大方
sight

大秦帝國

THE QIN EMPIRE

2019 年全新修订版

黑色裂变

孙皓晖
SUN HAO HUI
著

中信出版集团 | 北京

图书在版编目（CIP）数据

大秦帝国．黑色裂变 / 孙皓晖著．-- 北京：中信出版社，2018.5（2023.5 重印）

ISBN 978-7-5086-8575-5

Ⅰ. ①大… Ⅱ．①孙… Ⅲ．①长篇小说－中国－当代 Ⅳ．① I247.5

中国版本图书馆 CIP 数据核字（2018）第 019183 号

大秦帝国·黑色裂变

著者：　孙皓晖

出版发行：中信出版集团股份有限公司

（北京市朝阳区东三环北路 27 号嘉铭中心　邮编　100020）

承印者：　浙江新华数码印务有限公司

开本：880mm×1230mm　1/32　　印张：33.25　　字数：845 千字

版次：2018 年 5 月第 1 版　　印次：2023 年 5 月第 8 次印刷

书号：ISBN 978-7-5086-8575-5

定价：128.00 元

献给中国原生文明的光荣与梦想

赳赳老秦　共赴国难

中国文明正源的强势生存

——序长篇历史小说《大秦帝国》

一

大秦帝国是中国文明的正源。

大秦帝国所处的时代是中国五千年文明史中最重要的一个时代。

不幸的是，作为统一帝国的短促与后来以儒家观念为核心的官方意识形态的刻意贬损，秦帝国在“暴虐苛政”的恶名下几乎湮没在历史的沉沉烟雾之中。有限史料所显示的错讹断裂且不必论，明清小说《东周列国志》《二十四史演义》等通俗史话作品，对秦帝国的描述更是鲁莽灭裂，放肆亵渎，将这段历史涂抹得狰狞可怖面目全非。这种荒诞的史观，非但是官方正统意识形态的形象化，而且流布民间，形成了中国民众源远流长的“暴秦”口碑。事实上，对于酷爱说古道今的中国老百姓而言，话本小说、评书戏剧、民间传说等对民众意识所起到的浸润奠基作用，远远大于晦涩难懂的史书。两千年来，在对秦帝国的描绘评判中，旧的正统意识形态与旧的民间艺术异曲同工，或刻意贬损，或肆意涂抹，悠悠岁月中众口铄金，中国文明正源的万丈光焰竟然离奇地变形了。

这是中国历史的悲剧，也是中国文明的悲剧——一个富有正义感与历史感的民族，竟将奠定自己文明根基的伟大帝国硬生生划入异类而生猛挞伐！

悲剧的深远阴影正在随着历史的进步而渐渐淡化，儒家式的恶毒咒骂也已经大体终止了。但是，国人乃至世界对秦帝国的了解，依然朦胧混沌。尽管万里长城、兵马俑、郡县制、度量衡以至我们每日使用的方块字（请注意，人们叫它“汉字”），都实实在在地矗立在那里，人们观念的分裂却依旧如斯。

秦为何物？老百姓还是不甚了了。即或在知识阶层，能够大体说叨秦帝国来龙去脉与基本功绩的，也是凤毛麟角。

于是，就有了将秦帝国说叨清楚的冲动。

在漫长艰苦的写作中，这种冲动已经慢慢淡了下来，化成一个简单的愿望——将事实展现出来，让人们自己去判断。

虽然如此，还是想将研究与写作过程中形成的一些基本思想大体说说，给读者与研究家们提供些许谈资，以做深究品评。

二

通常意义上，“帝国”是一个历史概念。它一般包含三个基本特征：其一，统一辽阔的国土（小国家没有帝国）；其二，专制统治或高度集权（民主制没有帝国）；其三，强大的军事扩张（无扩张不成帝国）。秦在这三个方面都表现得极为鲜明，可算是典型的古典帝国，而不是一个普通的王朝。

所以，这部描述秦兴亡生灭过程的长篇历史小说，就叫了《大秦帝国》。

秦之作为大帝国，略早于西方的罗马帝国，但大体上是同时代的。在古朴粗犷的铁器农耕时代，大秦帝国与西方罗马帝国一起，成为高悬于人类历史天空的两颗太阳，同时成为东西方文明的正源。但是，大秦帝国与罗马帝国的历史命运却是截然不同的。这里有两个基本方面特别值得注意：其一，秦帝国统一大政权存在的时间极短，只有十五年；而罗马帝国却有数百年大政权的历史。其二，秦帝国创造的一整套统一国家体制与文明体系，奠定了中国文明的根基，而且绵延不断地流传了下来；具有数百年历史的罗马帝国，却在历史更替中变成了无数破碎的裂片，始终未能建立一脉相承的统一文明。

一个是滔滔大河千古不废。一个是源与流断裂，莽莽大河化成了淙淙小溪。

历史命运的不同，隐寓着两种文明方式内在的巨大差异。详细比较研究这种差异，不是文学作品的任务。《大秦帝国》所展现的，只是这个东方大帝国的生灭兴亡史的形象故事。与罗马帝国的比较只是说明，秦帝国是一个具有世界意义的东方帝国，是创造了一整套不朽文明体系的大帝国。在整个人类文明史中，这样的大帝国是独一无二的。

这是我创作《大秦帝国》的信念根基。

我对大秦帝国有着一种神圣的崇拜。

三

先得说说那个伟大的时代与伟大的时代精神。

秦帝国兴亡沉浮的五百多年（从秦立诸侯国到帝国二世灭亡），是中国历史上最为自由奔放、充满活力的大黄金时代。用那个时候的话说，那是一个“礼崩乐坏，瓦釜雷鸣，高岸为谷，深谷为陵”的剧烈变化时代。用历史主义的话说，那是一个大毁灭、大创造、大沉沦、大兴亡，从而在总体上大转型的时代。青铜文明向铁器文明的转型，隶农贵族经济向自由农地主经济的转型，联邦制政体向中央统治政体的转型，使中华民族在那个时代达到了农业文明的极致状态。

这个辉煌转型的历史过程，就是秦帝国生灭兴亡的历史过程。

春秋战国孕育出的时代精神是全面竞争，强势生存。用当时的话说，就是“凡有血气，皆有争心”的“大争之世”。所谓大争，就是争得全面，争得彻底，争得漫长，争得残酷无情。春秋三百年左右的纷争组合，就像春水化开了河冰，打碎了古典联邦王国时代的窒息封闭，铁器出现、商业活跃、井田制动摇、天子权威削弱、新兴地主与士人阶层涌现，整个社会的生命状态大大活跃起来。于是，旧制度崩溃了，旧文化破坏了，像瓦罐一样卑贱的平民奴隶雷鸣般躁动起来，高高的山陵塌陷了，深深的峡谷竟然崛起为巍巍大山！进入战国，这种纷争终于演变为大争，开始了强势生存的彻底竞争。弱小就要灭亡，落后就要挨打，成为几乎没有任何缓冲的铁血现实。彻底地变法，彻底地刷新自己，成为每个邦国迫在眉睫的生存之道。由此引发的人才竞争赤裸裸白热化。无能的庸才被抛弃，昏聩的国君被杀戮，名士英才成为天下争夺的瑰宝，明君英主成为最受拥戴的英雄。名将辈出，大才如云，英主迭起。中华民族的所有文明支系都被卷进了这场全面彻底的大竞争之中！经济、政治、军事、文化、民俗，乃至生活方式，举凡社会生活的所有领域，都在这种大争之中碰撞出最灿烂的辉煌。战争规模最大，经济改革最彻底，权力争夺最残酷，政治生活最阳光，文化争鸣最激烈，民众命运与国家命运的联系最紧密，创造的各种奇迹最多，涌现的伟人最多……所有这些，都是后来的时代无法与之比肩的，甚至是无法想象的。

在这样的历史土壤中成长的秦帝国，是那个伟大时代强力锻铸的结晶。

秦帝国崛起于铁血竞争的群雄列强之林，包容裹挟了那个时代的刚健质朴、创新求实精神。她崇尚法制，彻底变革，努力建设，统一国家，统一文明，历一百六十余年六代领袖坚定不移地努力追求，才完成了一场最伟大的帝国革命，建立起一个强大统一的帝国，开创了一个全新的铁器文明时代，使中国农耕文明完成了伟大的历史转型。

作为时代精神汇集的大秦帝国，最集中地体现了那个时代中华民族的强势生存精神。中华民族的整个文明体系之所以能够绵延相续如大河奔涌，秦帝国时代开创奠定的强势生存传统起了决定性的作用。

这种强势生存精神，可以概括为六个基本方面：其一，彻底的不断的变法革命，以激发民众最旺盛的活力与国家最强大的实力为生存之本。"求变图存"，此之谓也。其二，对外部野蛮民族与愚昧文明的冲击，实行"强力反弹，有限扩张"的战略。其三，整合统一，霸气巍巍。其四，统一架构文明载体，使不同习俗的民族分支在同一文明载体下凝聚起来。其五，兼容并蓄，消解融会外部流入的不同文明。其六，崇尚法制，实行英才治国。

这种强势生存的基本精神，已经在中国文明的历史发展中一以贯之地表现了出来。否则，我们这个幅员辽阔人口众多的国度，根本不可能在统一文明中顽强地生存数千年而成为世界唯一。

大秦帝国又是中国历史上的一个黑洞，一个巨大的兴亡之谜。她只有十五年生命，像流星一闪，轰鸣而逝。

这巨大的历史落差与戏剧性的帝国命运中，隐藏了难以计数的神奇故事以及伟人名士的悲欢离合。他们以或纤细，或壮美，或正气，或邪恶，或英雄，或平庸的个人命运奏成了这部历史交响乐。帝国所编织的统一文明框架及其所凝聚的文化传统，今天仍然规范着我们的生活，构成了中华民族的巨大精神支柱。

这些，就是《大秦帝国》要用故事去表现的最基本内涵。

四

虽然我们没有忘记秦帝国，但却也淡漠了那个时代的勇气与创造力。

在这种民族精神衰退面前，欧洲人的复兴之路是我们的镜子。

当欧洲社会将要被中世纪的死海窒息时，欧洲人发动了文艺复兴，力图从古希腊与罗马帝国勃勃生气的文明中召回强大的生命力。历史没有辜负欧洲民族。正是古希腊与罗马帝国原生文明的光焰，摧毁了中世纪宗教领主文明的藩篱，引发了波澜壮阔的启蒙运动。一个新兴的资本阶级破土而出，开辟了人类历史的新纪元。

被尘封的历史竟然有如此巨大的力量?

原生文明是一个民族的根基。一个国家、一个民族，在她由涓涓溪流汇成澎湃江河的历史中，必然有一段沉淀、凝聚、升华、成熟的枢纽期。这个时代所形成的文化文明，如同一个人的生命基因，将永远以各种各样的方式影响或决定一个人的生命轨迹。这便是原生文明。各个民族对其原生文明的深刻反思，从来都是各个民族在各个时代发挥创造力的精神资源宝库。

当许多人在西方文明面前底气不足时，当我们的民族文明被各种因素稀释搅和得乱七八糟时，我们淡忘了大秦帝国，淡忘了那个伟大的时代，淡忘了向伟大的原生文明寻求“凤凰涅槃”的再生动力。

与西方原生文明相比，以秦帝国为最高峰的中国原生文明更加灿烂，更加伟大。

与中国春秋时代大体同步的古希腊文明，温和脆弱娇嫩。虽然开放得多姿多彩，却缺乏一种强悍的张力与坚韧的抵抗力。所以，在罗马军团的剑盾方阵面前倏忽崩溃灭亡。这是一个文胜于质的民族的必然悲剧。幅员辽阔的罗马帝国，则是铁马剑盾铸成的刚性社会。他没有汲取希腊文明融会改造自身，本民族又缺乏丰厚渊深的原生文明。所以，他在岁月侵蚀中无声无息地解体了。这是一个质胜于文的民族的必然悲剧。

大秦帝国则不然。她既创造了博大精深的统一文明体系，又具有强悍的生命张力与极其坚韧的抵抗力。自然条件的严酷、内部整合的激烈、野蛮部族的蚕食、强大外敌的入侵、意识形态的较量、各种文化的渗入，都远远未能撼动她的根基。秦帝国兴亡沉浮的五百多年中，华夏文明历经千锤百炼而炉火纯青，具有无可匹敌的独立性与稳定性。秦帝国时代创造的统一文明，使中国人在此后两千多年中历经坎坷曲折而没有亡国灭种。

我们可以骄傲地说，在这个地球上，只有中国人创造的原生文明在自己的国土上绵延不断地生存发展到今天！

这绝不是“地大物博，人口众多”所能解释的。

罗马帝国不大么？奥斯曼帝国不大么？拜占庭帝国不大么？一个一个，灰飞烟灭，俱成过眼烟云，这些帝国所赖以存在的民族群也都淹没消散到各个人类族群中去了……唯有中华民族，一个黄皮肤、黑头发、写方块字、讲单音节的族类，所建立的国家始终是以其原生文明为共同根基的国家。

还得感谢大秦帝国，我们那伟大的原生文明的最高峰时代。

还得感谢这种原生文明所蕴涵的奋争精神与生命张力。

这是在写作《大秦帝国》中经常涌动的骄傲与激情。

否则，我是无法坚持这么多年的。

五

从文学艺术的角度说，大秦帝国无疑是一个世界性题材。

这不仅仅在于秦帝国对中国统一文明的奠基作用。从文学艺术的角度讲，更重要的在于这个时代本身的故事性。中国原生文明的春秋战国时代是中国人心中的圣土。政治的、经济的、军事的、科学技术的、文学艺术的、法学的、哲学的、神秘文化的……举凡基本领域，那个时代都创造了我们民族在自然经济时代的最高经典，并当之无愧地进入了人类文化的最高殿堂。仅以战争规模论，秦赵长平大战，双方参战兵力总数超过一百万，秦歼灭赵主力大军五十余万（坑杀二十万）！如此战争规模，即或在当代也仍然放射着炫目的光彩而难以逾越。而创造这些奇迹的各种人物以及这些事件的曲折艰难，都构成了作家无法凭空想象的戏剧性故事。展现这些人物，展现这些故事，展现那些令人感慨唏嘘的历史血肉，是文学艺术的骄傲，是文学艺术的使命。

在中国元代以前，中国是世界文明中心，西方世界是当时的“周边文明”。秦帝国及其之后的一千余年，中国的强盛衰落总是居于世界的中心潮流，无不对世界其他文明发生着深远的冲击与影响。中国文明具有悠长内力的根源，在于秦帝国，而不是别的任何时代。从这一点说，帝国时代创造统一文明的过程与史诗般的兴亡幻灭，是当今世界具有最大开采价值的文化矿床。文学艺术对这段历史的开发，更具有特殊的意义和特殊的价值。因为只有文学艺术，才能形象地告诉人们，那个时代人的生命状态是何等饱满、何等昂扬、何等自信、何等具有进取精神！

六

遗憾的是，正面表现秦帝国时代的文学艺术作品始终没有问世。

虽然学力浅薄笔力不济，还是勉力上阵了。

时常觉得，不做完这件事情，我的灵魂将永远不得安宁。1993 年冬天进入案头工作以来，其中的艰难周折无须细说。完成一个大工程，种种艰难几乎都是必然会发生的，也只有硬着头皮不去理它了。

作为作者，我想告诉读者的一点，仍然是有关作品的一点儿体会。《大秦帝国》最艰难的是剪裁，也就是理出一个故事框架来。帝国时代是一个气象万千而又云遮雾罩的时代。浩瀚而又芜杂的典籍资料，无数令人不能割舍而又无所适从的故事与结局，常常使人产生遍地珍宝而又无可判断的茫然与眩晕。鲁迅先生曾感慨系之，说三国宜于做小说，而春秋战国不宜于做小说。其实质困难也许正在这里。以秦帝国为轴心主体，以帝国兴亡为主线（古话叫“国运”吧），以人物命运与事件冲突为经纬，虽然是能想到的一条较好路子，但依然不能包容伟大帝国时代的全部冲突，甚至不得不割舍许多重要素材（譬如诸子伟人的许多故事）。这种遗憾可能将是永远难以弥补的。为了使读者更为深入地透视帝国命运，我欲另将早秦部族的故事专门写成一部《马背诸侯》，完成后另行出版，以完整展现那个曾为中华民族文明做出伟大贡献的古老部族的历史命运。

孙皓晖

修订于海南·积微坊

2012 年春

目录

为当代大变革立起一面历史镜鉴
——《大秦帝国·黑色裂变》专版代序　孙皓晖　*i*

楔子　*iii*

第一章　六国谋秦

一　上将军庞涓的秘密使命　*1*

二　五国君主同一天到达逢泽　*9*

三　接风小宴公开了会盟秘密　*26*

四　分秦大计在会盟大典上敲定　*35*

第二章　国耻昭昭

一　金令箭使者飞驰栎阳　*46*

二　秘密流言震动了秦国　*54*

三　政事堂憋出了一条奇计　*60*

四　秦国君臣在老霖雨中感谢上苍　*75*

五　国耻刻石血泪斑斑　*85*

六　逢泽猎场中阴谋与财富较量　*95*

第三章　安邑风云

一　洞香春众口纷纭说魏国　*104*

二　荐贤杀贤公叔痤忧愤而死　*109*

三　庞涓乔装　考校中庶子卫鞅　*119*

四　安邑王街的神秘商人　*129*

五　奇人名士　洞香春波诡云谲　*139*

六　棋室里的六国角逐　*151*

七　卫鞅庞涓　智计周旋　*159*

第四章　秦国求贤令

一　车英出奇计　洮水峡谷大血战　*166*

二　秦国特使来到了洛阳王城　*176*

三　求贤令应时而出　*186*

四　神秘的布衣小弟突然变身　*201*

五　求贤令激发了卫鞅　*218*

六　申不害要和卫鞅较量变法　*225*

第五章　卫鞅入秦

一　神秘客栈的布衣少年　*240*

二 卫鞅韬晦斡旋艰难脱身 247

三 茅津渡两情惜别 264

四 初入秦地谨慎探询 269

五 秦孝公奇策试真才 281

第六章 栎阳潮生

一 失望的景监大为惊喜 302

二 卫鞅两面君 招贤馆大起波澜 309

三 肝胆相照 卫鞅三说秦孝公 327

四 世族元老们惶惑不安了 337

五 政事堂发生了尖锐对立 345

六 奇特的故事震动了秦国民众 355

第七章 瓦釜雷鸣

一 左庶长开府震动朝野 363

二 疲民与贵族竟有了愤怒的共鸣 375

三 老秦世族顶风仇杀 383

四 七百名罪犯一次斩决 388

五 哑巴武士做了贴身护卫 398

六 两样老古董：井田和奴隶 407

七 白氏老族长搬动了大靠山 413

八 渭水刑场对大臣贵族开杀了 420

第八章　政侠发难

一　黑色鸽子飞进了神农大山　*436*
二　老墨子愤怒了　*446*
三　黑篷车主与神秘的工匠　*458*
四　荆南突然失踪　刺客突然出现　*468*
五　墨家剑士受到了意外袭击　*477*
六　陈仓河谷的苦行庄园　*485*

第九章　霹雳手段

一　栎阳城阴云四起　*499*
二　神农大山的墨家城堡　*514*
三　墨家论政台一波三折　*529*
四　阴谋与孤独的老人　*544*
五　阴谋阳治　霹雳手段　*551*

第十章　蒹葭苍苍

一　鼎沸中游离的浮冰　*567*
二　青青子衿　悠悠我心　*573*
三　蒹葭苍苍　白露为霜　*584*
四　风兮雅兮　我心何堪　*596*
五　洒满阳光的新都工地　*604*
六　大峡谷里的神秘新军　*609*

第十一章　天算六国

一　神秘天象逼出了楚宣王的妙策　*628*
二　魏惠王君臣雄心陡长　*645*
三　齐威王吏治的奇特手段　*656*
四　稷下学宫的人性大论战　*664*
五　围魏救赵　孙膑打了千古一仗　*686*
六　孟子论剑示射　长歌一抒飘蓬之志　*706*
七　申不害变法夭折　马陵道庞涓被杀　*716*

第十二章　收复河西

一　卫鞅抓住了稍纵即逝的机遇　*740*
二　魏国庙堂的名将与老将　*746*
三　卫鞅出奇兵　老龙贾酣战身死　*755*
四　秦步决魏骑　公子卬全军覆没　*764*
五　战国格局大变　咸阳祝捷封商君　*782*

第十三章　雨雪霏霏

一　宏图忧患两叹嗟　*791*
二　孤帆飘蓬水成冰　*797*
三　黑林沟夺情明法　*815*
四　崤山峡谷的神秘刺客　*824*
五　秋风山庄两情长　*832*

六 病榻上的秦孝公怦然心动 848
七 神医扁鹊对秦孝公的奇特诊断 856

第十四章 冰炭同器

一 秦孝公的大婚盛典 872
二 灰色影子与蒙面石刻 884
三 蒙面来客与神秘预言 892
四 嬴虔甘龙的诡秘暴亡 905
五 太子嬴驷乍现锋芒 915
六 商君府来了名士说客 923
七 秦孝公梦断关河 928

第十五章 万古国殇

一 沉沉夜幕 重重宫闱 937
二 流火落叶公器心 948
三 消弭风暴的哲人溘然长逝 958
四 濒临危难 理乱除奸 963
五 渭城白露秋萧萧 972
六 本色极身唯忧国 994
七 冬雷暴雪 1008

为当代大变革立起一面历史镜鉴

——《大秦帝国·黑色裂变》专版代序

在中国改革开放四十周年之际，中信出版集团将《大秦帝国》第一部《黑色裂变》专门出版，是非常合适的，也是具有重要意义的。

非常合适，是说这部历史小说是全方位呈现战国大变法浪潮的一部作品。

重要意义，是说这部作品所呈现的内容，对当代变革具有重要的参考价值。

风雨雷电的春秋战国时代，是中国文明史上最伟大的再造再生时代。在那五百多年里，中国民族群创造了生命力无限涌动的新型私有制经济，冲垮了已经僵化的公有井田制的框架，使联邦国体的王权制趋于崩溃，以诸侯分治的历史形式开始各自寻觅适合中国文明向更高阶段发展的历史道路。

在各自寻觅的道路上，中国民族群以诸侯纷争的方式，爆发出剧烈的战争冲突与深刻的社会摩擦，各种变革救世治国思想爆炸式涌现，这就是令后人神往的“百家争鸣”奇观。在深刻而普遍的理论探索基础上，中国迎来了第一次自觉变革的历史浪潮——战国大变法时代。其时也，变则强，不变则弱；变则富，不变则穷；变则存，不变则亡。在救亡图存的巨大压力下，七大战国竞相变法，展开了全面而深刻的“大争”。从本质上说，七大战国虽然有不同的变法内涵，但是都有一个共同点，就是奉法治国；无论各个战国的法令如何差异，它们都是法治之邦，而不是人治之邦。

在寻求法治国家新道路的浪潮中，秦国变法攀登得最高，变法最为彻底，其“凡事皆有法式”的法制体系也最完善，为战国后期的秦统一中国文明提供了最直接、最坚实的历史基础。所以如此，在于秦国的这场变法是那个时代最自觉的、最理性的、最坚定的、持续时间最长（六代坚持变法）的历史性变法。秦昭王之后的秦国，所以能一强独大（经济军事实力远超六国），其最深刻的根源就在于清明的法治社会与稳定的政治结构。而六国所以能被统一，除了统一文明已经成为天下共识这一基础之外，最根本的原因就是基础上的争无可争，在于变法浪潮中没有锤炼出同样坚实的根基。

这就是战国变法时代的历史延伸意义。

这样一个时代，应该成为当代中国大变革的历史镜鉴。

读读战国变法历史，对于寻求中国文明重建之路，具有恒久的意义。

孙皓晖

海南·积微坊

2018 年春

楔子

公元前 362 年秋，黄河西岸的少梁山地，打了一场罕见的恶仗。

战事已经结束。秋天的暮色中，红色衣甲的步兵骑兵已经退到主战场之外的南部山头，大纛旗上的“魏”字尚依稀可见。主战场北面的山头上黑蒙蒙一片，黑色旗甲的兵团整肃地排列在“秦”字大纛旗下严阵以待，愤怒地望着南面山头的魏军，随时准备再次冲杀。南面山头的魏军，也重新聚集成步骑两阵，同样愤怒地望着北面山头的秦军，同样准备随时冲杀。血红的晚霞在渐渐消退，双方就这样死死对峙着，既没有任何一方撤退，也没有任何一方冲杀，谷地主战场上的累累尸体和丢弃的战车辎重也没有任何一方争夺。就像两只猛虎的凝视对峙，谁也不能先行脱离战场。

这是一次奇特的战争，没有胜负，两败俱伤。

黑色军团由秦献公嬴师隰亲自统率，半日激战中斩首魏军五万。嫡子嬴渠梁率死士三百，直突敌阵中心，一举俘获了魏军统帅公叔痤。按照战国初期的用兵规模和评价标准，这算是一场特大胜利了。出人意料的是，魏军在统帅被俘后非但没有溃散，反而拼命回卷，力图抢回统帅。秦献公眼见次子嬴渠梁的三百死士陷入红色魏军的汪洋大海，情急之下，长剑挥动，亲自率领五千精锐骑兵冲入敌阵接应。两军会合，士气大盛。嬴渠梁一马当先，率死士冲出重围。秦献公断后阻击，眼见要脱离魏军，却被一支冷箭射中背心。秦献公痛彻心肺，一声低吼，几乎跌落马下。此时嬴渠梁已经将公叔痤交于后军大将，率死士反身杀回。秦军在嬴渠梁率领下大举冲杀，一气将魏军杀退到三里之外。回来再看公父，秦献公背心的箭头竟深入五寸有余，周围已经渗出一圈黑晕。随军太医急得大汗淋漓，却不知如何下手。

秦献公面色蜡黄，伏在军榻低声道："渠梁，撤军……栎阳。"便昏了过去。

"是否毒箭？"嬴渠梁满眼泪光，却没有慌乱。

太医急忙点头："这是魏国的狼毒箭，一时难解。"

"敢拔除么？"

"近箭疾射，铁镞深入五寸有余，断不可拔。"太医摇头。

嬴渠梁环视厅中大将，向一员威猛的将领拱手道："大哥，断箭吧。"

青年将领是秦献公的庶出子，嬴渠梁的长兄，叫嬴虔。他手中那柄弯月形的长剑极为奇特罕见，听得嬴渠梁招呼，他走到公父身后，拔出长剑立定，双手不禁微微颤抖。要知道，箭镞深入肉体，箭杆的受力处便在背心伤口，稍不留神使箭杆晃动带动箭镞，公父立时便有性命之忧。况且魏国的兵器打造得极为精细，长箭杆用上好的硬木制作，又反复刷过几遍桐油大漆，锃亮光滑，寻常刀剑根本难以着力。纵然这柄弯月长剑是神兵利器，可也没斩削过此等箭杆，安知没有万一？嬴虔紧张得头上冒汗，内心暗暗祷告："天月剑也天月剑，救公父一命了。"凝神定力，扬起天月剑轻轻一挥，只见一道光芒闪烁——剑刃尚未触及，箭杆已被剑气悄无声息地切断！嬴虔左手疾伸，凌空抓住断开的箭杆，再看公父，竟是丝毫没有察觉。嬴虔长嘘一声，不禁跌坐地上。

厅中大将们也同时轻轻地“啊”了一声。

嬴渠梁镇静如常，吩咐道：“立即班师。谁愿断后？”

嬴虔一跃而起：“断后我来。不杀暗箭魏狗，嬴虔提头来见！”

“大哥，”嬴渠梁低声道，“公父重伤，目下当以大局为重，不能恋战。敌不追，我不动。坚守一夜，明日立即撤回，万莫意气用事。我在栎阳等你。”

嬴虔猛然醒悟：“好。大哥明白了，明日回军。”

嬴渠梁立即吩咐幕府诸将：“前军子岸开路，长史公孙贾领中军护卫国君，其余诸将皆随中军护卫，我自率三千骑士殿后。立即拔营班师。”

众将一声答应，大步出帐，少梁北面的山地顿时紧张忙碌起来。

乌云遮月，秋风萧瑟。秦军壁垒依然是军灯高挑，刁斗声声。对面山头的魏军也是篝火军灯，一片严密戒备，等着在明日的激战中夺回主帅。魏国军法：主帅战死，将士无罪；主帅被俘，三军大将并护卫兵士则一律死罪。如今丞相兼统帅的公叔痤被秦军生擒，不夺回主帅，谁敢撤军？魏国将军们判断，秦人好战，国君受伤后定然是恼羞成怒，来日一定会进行复仇大战，绝没有乘胜撤军的道理。今夜第一等大事是养精蓄锐，明日大战，才是真正的你死我活。那时候，人们还不大擅长偷营劫寨之类的雕虫小技，还延续着春秋车战时期堂堂之阵正正之旗的正面决战传统，休战就休战，绝少有一方会乘着黑夜休战之机偷袭对方营寨。戒备归戒备，那是大军驻扎的必然形式，魏国军营还是迅速淹没于无边无际的鼾声之中。

太阳初升，秋霜晶莹。魏军埋锅造饭饱餐一顿后，剩余的八万铁骑出营结阵，准备向秦军发起抢夺主帅的死战。按照规则和传统，秦军也应该结阵而出，双方同时向中央谷地开进，一箭之地时双方扎住阵脚，主将出马对话宣战，然后发动冲锋，决胜当场。今日事却颇为蹊跷，秦军营寨炊烟袅袅，战旗猎猎，却迟迟不见出营结阵。魏军副将，目下的代理统帅，是魏惠王的庶出弟魏印，时称公子印，不到三十岁，虽是第一次带兵打仗，却自视极高。此刻他身披大红斗篷，在马上遥望秦军营寨，冷冷笑道："再等半个时辰，让那些穷秦做一回饱死鬼！"

半个时辰过去了，秦军营地还是没有动静。公子印举剑大喝："大魏军已经仁至义尽，冲上山去，诛灭秦军，杀——"牛角号凄厉长鸣，公子印一马当先，红色铁骑潮水般卷上北面山地，片刻间踏破了秦军营地的壁垒屏障。

可是，所有的魏军骑士都愣住了，怒吼和杀声骤然冻结，一片可怕的沉默。

秦军营地空荡荡一无长物。土灶埋了，帐篷拔了，唯有枯黄的秋草和虚插的旗帜在萧瑟的秋风中摇曳。秦军唯一的弃物，是营寨边缘的旌旗和一堆堆湿柴浓烟。

"嬴师隰！胆小鬼！"公子印愤怒的吼声在山谷回荡。

魏军想不到的是，秦军主力早已经在入夜时分从容撤退，回到了栎阳。嬴虔的断后骑兵也在黎明时分悄无声息地退出了战场。太阳升起时，嬴虔的五千轻骑已渡过了北洛水，向西南的栎阳纵马疾驰。魏军纵想追赶，也是为时已晚了。

嬴虔心急如焚，不断猛抽坐下战马，只想尽早赶回栎阳。按照他的心性，一定要打一场硬仗，抓住那个施射冷箭的魏狗回去在公父面前祭旗。然嬴渠梁的一番叮嘱却使他悚然警悟，仔细一想，更是后怕。公父重伤，危在旦夕，嬴渠梁的太子地位又没有明确，安知不会在瞬息之间生发肘腋之变？如果没有他们兄弟联手，说不定五十三年前的秦国内乱将会再度重演。

秦国从被周平王封为西部诸侯，至今四百零八年，极少发生内乱。但是在五十三年前，秦灵公逝世，嫡子嬴师隰只有五岁。灵公的叔父嬴倬子倚仗兵权，借口国君嫡子年幼，夺位自立为国君。本该继位的嬴师隰，被放逐到陇西河谷去了。嬴倬子就是秦简公，他在位十五年就死去了。简公的儿子继承了国君，史称秦惠公。秦惠公做了十三年国君，又死了。他的儿子继位，就是秦出子。出子即位第二年，左庶长菌改发动政变，将出子和太后沉到渭水溺死，迎接被放逐的嬴师隰回国都雍城做了国君。嬴师隰这时已经三十五岁了，长期远离权力中枢，在雍城的根基已经很是薄弱。但嬴师隰却在边陲游牧的粗犷生活中，磨炼出坚韧的意志和深沉的性格，并结交了秦军中许多将领。他即位后决意改变秦国的贫弱国势，第三年便将国都东迁到栎阳，引起举国震惊。一则是世族上层觉得嬴师隰有意摆脱他们的控制，二则是国人觉得离魏国大军的锋芒太近。朝野惶惶的时刻，嬴师隰却没有丝毫退却。他祭奠宗庙，慷慨立誓：东迁栎阳，就是要夺回秦国在数十年中失去的河西之地，将魏国赶回黄河东岸，赶出函谷关！嬴师隰的复仇壮志使秦国军民大为振作，国人同仇敌忾衷心拥戴，世族上层悻悻沉默。也是，世族能有何理由反对这种顺应民心的复仇壮举呢？魏国从魏文侯任用李悝变法后，国力大增，又用吴起做了上将军对诸侯作战。三十余年间，吴起率领魏国铁骑攻下函谷关，大小六十四战，夺取了秦国黄河西岸的五百多里土地，将秦国压缩到了华山以西的狭长地带。函谷关失守，少梁山地的龙门渡口同样失守，秦国的门户洞开。若非吴起被魏国政敌陷害而被迫逃到楚国，秦国真有可能被魏国吞灭。虽然如此，魏国仍然没有停止对秦国的蚕食。秦国面对魏国的攻势，没有丝毫的还手之力。秦出子刚一即位，便商议放弃关中，退回陇西重新做半农半牧的边陲部族。

当此之时，秦献公嬴师隰振聋发聩，一扫阴霾，岂能不获得举国拥戴？

东迁栎阳以后，嬴师隰宵衣旰食励精图治，亲自率领秦国军队和魏国大军展开了长期恶战。二十年中打了大大小小三十多仗，竟然很少败绩。最大的一次胜利是前年黄河西岸的石门之战，一战斩首魏军六万，将魏国人赶出了函谷关，收复了秦国东部门户。那次要不是赵国出兵救援魏军，秦军完全有可能一举收复河西全部土地。石门大捷，天子周显王派遣特使庆贺，赏赐给秦献公一套高贵的战神礼服——黼黻，那是在最名贵的彩丝上绣出青色战斧和黑白神秘图案的统帅斗篷与一套盔甲。这次的少梁大战，秦献公的本意是收复龙门渡口，彻底将魏国人赶出河西。若非秦献公突然中箭重伤，少梁大战就是又一个石门大捷，秦国有可能一举恢复秦穆公时的大国地位。

上天啊上天，莫非你有意亡秦？心念电闪，一阵凉意渗进嬴虔的脊梁。

嬴虔的马队是秦国久经锤炼的精锐骑士，是长途奔袭的行家里手。渡过北洛水后，嬴虔命令一个千人队在洛水西岸埋伏，若魏军万一追来，则半渡击之，迫使魏军撤退。他自己则率领四千轻骑马不停蹄地向栎阳奔驰。

栎阳是栎水北岸的一座小城堡，距离东北方向的北洛水只有二百余里。两个时辰后，栎阳东门的黑色箭楼已经遥遥可见，再翻过一道山梁，就可进入栎阳城了。这时，嬴虔扎住马队，将他的副将和四个千夫长召到马前慷慨陈词道：“国君箭伤甚重，生死不明，栎阳城内难保不生变故。为防万一，我决意留下三千骑士，连同洛水退回的一千骑士，隐蔽驻扎在这道山梁之后，余下的一千骑士随我入城。三日内的任何时候，但见城内升起狼烟，便立即杀入栎阳。诸君可有他意？”

“但听将军号令！”副将和四个千夫长齐声应命。

“好！副将景监听令：自即刻起，你便是城外驻军总领。若栎阳有变，你可持此兵符调集栎阳之外的任何兵马，包围栎阳，直至新君嬴渠梁平安即位！”

“景监遵命！”年轻英武的副将双手接过兵符，激昂高声道，“赳赳老秦，共赴国难！”

“赳赳老秦，共赴国难！”四个千夫长异口同声。

嬴虔慨然拱手：“诸君以我老秦民谚立誓，嬴虔感奋之至。若国中平安，诸君大功一件。就此别过，后会有期。”说完，向身边一个千夫长一招手，“随我进入栎阳，快！”话音落点，胯下战马已经电掣而出。身后千夫长长剑一挥，一千轻骑暴风骤雨般卷向栎阳。

到得栎阳东门，嬴虔见城门大开，吊桥长铺，城头安静如常，便知公父尚在，不由得长嘘一声，缓辔入城。但是，嬴虔还是多了一层心思，将马队直接带到国府门外列队等候，他自己手持天月剑大步入宫。嬴虔比嬴渠梁大三岁，是秦军著名的猛将，虽然性格如霹雳烈火，但却是个极为内明的有心之人。秦献公只有这两个儿子，一嫡一庶，但都视为国家干城，同样器重。秦献公也从来没有明确谁是太子。只是在人们眼中，因为嬴渠梁是正妻嫡出，加之气度沉稳，文武兼备，所以自然地认为他是国君继承人。嬴虔虽然已经隐隐然是秦军统帅，但却对弟弟嬴渠梁钦佩有加，认定他是太子，任何时候只要公父不在场，一定推出弟弟嬴渠梁主事，而且非常注意维护嬴渠梁的威权。当此微妙之时，嬴虔自感比嬴渠梁年长，责任重大，许多事嬴渠梁不好出面，必须由他一力承当，所以才不顾“宫门不得驻军”的严令，将一千死战骑士留在宫门守望，自己独自携带天月剑入宫。

栎阳的宫室很小，也很简陋，只是一座六进大庭院而已。且不说与山东六国的宫殿不能相比，就是和自己的老国都雍城相比，也是粗朴狭小了许多。唯一的长处，就是坚固。嬴虔不想在第二进的政事堂遇见国中大臣，他希望大臣们以为他此刻不在栎阳。他绕过正门，从偏门直接进入了第四进寝宫，他知道，重伤的公父此刻一定在寝宫疗伤。果然，刚进偏门，就见院内岗哨林立，戒备异常，显然与城门和宫外的松弛气氛迥然不同。

嬴渠梁手持长剑在院中踱步，看见嬴虔身影赳赳而入，连忙大步迎上。

“大哥，你回来得正好，少梁没事？”

“没事。魏狗们一定在跳脚大骂了。哎，公父如何？”

“精神见好一些。太医正在设法挖出箭头。你快去看看。”

“走，一起去。”

“不。公父吩咐，大哥一回来，立即单独去见他。”

嬴虔惊讶：“这——却是为何？”

“大哥，不要想这些。公父自有道理。你去。”

“好，你等着，有事我即刻出来。”嬴虔大踏步走进了门槛。

半个时辰后，嬴虔走出寝室，右手用白帛裹着，脸色苍白，额头上冒着津津细汗。嬴渠梁惊讶地迎上去：“大哥，如何有伤了？”嬴虔微微一笑：“没事。洛水渡河时蹭掉了一块皮，太医顺便包扎了一番。”嬴渠梁一怔，正要说话，却见白发苍苍的老内侍黑伯匆匆走来低声道：“仲公子，君上宣你即刻进见。”嬴虔挥挥手催促道：“快去。我办件事就来。”说罢疾步走了。嬴渠梁不及思索，跟着黑伯走进寝宫。

寝宫里空荡荡的，太医们一个都不见，母后和妹妹也不在。秦献公伏身榻上，赤裸的背上盖着一块大白帛，头伏在枕上，素来黧黑的面孔此刻是苍白潮红。嬴渠梁疾步走到榻前低声问：“公父，要否太医？”秦献公将大枕挪到胸下，双肘撑在榻上，抬头道：“渠梁，这厢坐下，听公父说话。”嬴渠梁答应一声“是”，便拉过一个木墩坐到榻前道：“公父，儿臣渠梁，聆听教诲。”

“渠梁啊，公父的路，已经走完了。公父原未立你为太子，是想不让你过早招风树敌。目下，你已经过了加冠之年，二十一岁了。公父确认你为太子，即刻即国君之位……不要说话，听公父说完。”秦献公粗重地喘息了一阵，晶亮的目光盯住儿子，“我要叮嘱你三件大事：其一，不要急于复仇。二十年来，秦国已经打穷了，留给你的，是一个烂摊子。要卧薪尝胆，富国强兵。像公父这样老打仗，不行。其二，要善待臣下，尤其是世族元老，不要轻易触动他们。其三，也是最要紧的一条，要兄弟同心，不得交恶。这是我让嬴虔立的血誓。他若有二心，你可将血誓公诸国人，使人人得而诛之。”说着，秦献公拉开榻头暗屉，拿出一卷血迹斑斑的白帛。

嬴渠梁双手接过抖开，血红的八个大字赫然入目——若负君弟，天诛地灭！

“公父，渠梁兄弟素来同心同德，何故如此折磨大哥？”

秦献公摇摇头：“渠梁谨记：同德易，同心难，大德大节，求同更难。历来公室内乱，几曾不是骨肉相残？嬴虔内明之人，你要倚重他。这血誓，唯防万一也。”

“渠梁谨记公父教诲：富国强兵，善待臣下，兄弟同心。若有负公父苦心，儿臣无颜见列祖列宗。”

秦献公静静端详着儿子，突然嘶声大笑：“好！好！好！公父在九泉等你……”言犹未了，一口鲜血喷出，双手扑在大枕上，溘然逝去。

“公父！”嬴渠梁一声哭喊，扑在公父身上。

白发苍苍的老内侍轻轻走进，扶住嬴渠梁低声道："太子节哀，大事要紧。"

嬴渠梁呜咽起身，静神拭泪，思忖有顷道："黑伯，速请虔将军。"秦献公安排后事的时候，一个大臣都不在身边。作为久经锤炼的国君，秦献公当然知道这是安排后事的大忌，自然不会有意如此。他的本意，是想将两个儿子的事安排妥帖，再召见几名重臣元老，申明并布置辅佐事宜。但是，他没有想到自己的箭伤骤然发作，夺去了他在最后时刻召见大臣的唯一机会。

秦献公骤然死去，国君继位的大事未及公诸世族大臣，原本简单明朗的朝局便顿时错综复杂起来。若拥戴嬴虔的势力借机发难，第一个疑团目标便是孤身伴君的嬴渠梁。同时，大臣们没有任何人接受辅佐重任，也会使权臣疑虑重重，有可能凭空生出诸多变故。嬴渠梁冷静思索，虽则兄弟二人在最后时刻都见到了公父，且兄长嬴虔先见，但嬴虔见公父时公父尚在；嬴虔走后，自己独对公父时公父却骤然逝去，无疑对自己不利。况且，公父只是口书申明，尚未给自己留下书写遗命就猝然去了。若有人借机发难，非但自己有弑君之嫌，而且发难者可以宣布公父的口书是编造。此刻的关键人物是嬴虔，只有他可以力排众议。嬴虔无事，则国中无事。嬴虔有事，则内乱必生。大哥嬴虔究竟会如何？嬴渠梁竟然一下子拿不准了。虽说嬴渠梁素来与嬴虔兄弟情义甚笃，但想到嬴虔此刻一念实系国家安危，不禁闪过一丝警觉——公父为何要大哥立下血誓？莫非真有蛛丝马迹被公父察觉了？

嬴渠梁脊梁骨悚然发凉，果真如此，局面将如何收拾？

此刻的政事堂中，秦国的大臣元老们更是等候得焦灼不安。既不知国君伤势如何，又不知国君是否确定了继任人；既要思谋国君伤愈无恙的对策，又要思谋国君崩逝新君即位后自己如何应对。所有这些，都因为国君的伤势不明与储君的不确定而变得扑朔迷离，无从商讨。大臣们都在厅中默默踱步，谁也不知道该商议些甚事。虽然如此，却也没有一个人离开政事堂。稍有阅历的大臣都知道，国君病危期间，是庙堂权力最容易发生倾覆的时刻，随时都有可能发生意料不到的巨大变化。春秋以来四百多年间，这种朝夕倾覆的故事太多太多了。且不说赫赫威名的齐桓公病危被困而导致奸佞夺权，就是目下国君秦献公的父亲秦灵公，也正是在刚刚病逝就被兄弟夺位自立的。所以，大凡国君伤重病危，国中大臣几乎无一例外地推开一切国事，寸步不离地守在距离国君最近的位置。包括在外领兵的统帅与地方大员，只要有可能，同样都尽可能地赶回国都，守在中枢要地。庙堂权力的变数愈大，朝臣们的心弦绷得就愈紧。这种躁动与紧张，要一直延续到新君确立形势明朗，方有可能结束。

目下，秦国的大臣们正处在这种焦灼不安之中。

长史公孙贾有意无意地踱到上大夫甘龙面前，拱手问：“上大夫可有见教？”

上大夫甘龙白发苍苍，清瘦矍铄，是国君倚重的主政大臣，门人故吏遍于秦国朝野。可是在这最要紧的关头，竟未被召进寝宫，而是和所有大臣一样，只能在政事堂守候，这本身就是一种令人不安的变化迹象。长史公孙贾请教，显然是想探听甘龙对这种变化的反应。甘龙却是淡淡回答：“长史常随国君，有何见教？”

这是一个微妙的反击。长史执掌国君机密，是左右亲信，然此时也在政事堂，这比主政大臣在危急时离开国君更为异常。公孙贾请教，显然是受不了内心紧张的折磨。甘龙淡淡的反诘，却分明表示出一种言外之意，不用试探，你比我更心虚。这使公孙贾感到尴尬，只好拱手笑道：“公孙贾才疏学浅，何敢言教？”

大臣们正在紧张焦躁，都想听谁说点儿什么。见上大夫甘龙和长史公孙贾两位枢要大臣对话，纷纷聚来，却又无从问起。此刻像“国君伤势如何”、“储君会是哪一位”这样的问题决然不能问，那意味着问话者有二心。所以，大臣们虽然围拢了过来，却都只是默默地看着甘龙而已。

不料甘龙此刻却没有沉默，他向围过来的大臣们拱拱手，高声道：

“上天佑护秦国，国君箭伤已经大有好转。我等大臣当共商大计，上书国君，大举复仇，讨伐魏国。”

真是高明老到。既避开了忌讳，又给了大臣们聚集政事堂一个最好的议题。大臣们如释重负，纷纷呼应：“上大夫所见极是，该当讨伐魏国，收复少梁！”“对。为国君报一箭之仇！”话题一开，大臣们顿时活跃起来，三五成群地纷纷开始议论少梁之战，同时以各种巧妙的方式试探着其他人的回应。

正在这哄哄嗡嗡的时刻，一队铁甲武士踏着整齐沉重的步伐开到政事堂外，铿锵列队，守在门外庭院。盔甲鲜明，长矛闪亮。带队将军正是嬴虔部的大将子岸。

政事堂骤然沉默。大臣们额头冒出了晶亮的汗珠，张口结舌，相互目询。莫非国君骤然崩逝了？嬴虔要夺位自立？果真如此，大约没有谁能够阻挡。嬴虔虽然不是名正言顺的秦军统帅，但他率领的五万骑兵几乎就是秦国的全部精锐。加之嬴虔体恤士卒，善待将领，又是身先士卒打恶仗的猛将，在军中威望极高。他要夺位，嬴渠梁还真难找出一支力量来抗衡。非常时期的权力对抗，最见真章的就是看谁握有重兵。嬴渠梁虽说也是智勇兼备的骁将，但毕竟在军中资望尚浅且经常辅佐国君政务，与嬴虔直接掌握精锐骑兵是不能相比的。兄弟俩真要刀兵相见，秦国可就大难临头了。

一时间，政事堂的紧张气氛达到了顶点。

甲士列队方完，又一阵沉重急促的脚步声，嬴虔手持天月剑率领两排带剑将领大步走进政事堂。嬴虔一摆手，顶盔贯甲的将领们在政事堂后边肃然站成两排，个个双手拄剑，沉默挺立，恰似两排石雕武士。嬴虔则往政事堂大门口一站，高声道：“朝臣列班就座，听候国君书命。”

大臣们迟疑缓慢地按照往常排位序列，坐入自己的案几前。刚刚坐好，老内侍黑伯带着两名年轻内侍走进政事堂前方正中央。黑伯从小内侍捧着的铜盘中拿过一卷羊皮展开，高声念道：“秦国臣民人等，少梁之战，本公箭毒重伤，自感无期，立仲公子嬴渠梁为太子，继任国君。国中臣等须竭力辅佐，有二心者，人人得而诛之。嬴师隰二十三年九月十六。”

随着黑伯的念诵，大臣们又是疑云大起，一片沉默，连惯常的领命呼应都没有人敢开口。从君书看，国君已经崩逝无疑。然则国君若果真如此清醒，册立储君这等大事却为何没有一个大臣知晓？再说，嬴虔也始终没有正面表态，万一其中有诈，是嬴虔的试探手段，积极呼应君书岂不是立惹杀身大祸？不呼应，不说话，至多是不敬之罪，且法不治众，至多贬黜罢了。若不小心出头领命，惹恼嬴虔，那可是祸及三族的大事，后悔也来不及了。人同此心，心同此理，政事堂一时出现了宣示国君书命后从来没有过的奇怪沉默。

沉默中，政事堂响彻嬴虔粗哑的声音：“恭请新君即位——”

随着喊声，两名内侍前导，嬴渠梁一身布衣，头戴黑玉冠，从容进入政事堂。大臣们又是惊愕，又是迷惑，深深的恐惧和疑虑还在延续，竟然期期艾艾地忘记了拥立新君的大礼，还是一片沉默，政事堂陷入大为尴尬的局面。

骤然间，嬴虔脸色变得铁青，高声怒喝："国君遗命，新君即位，谁人不从，有如此石！"大步回身，天月剑青光闪烁，无声地拦腰掠过政事堂门前的一根石柱。嬴虔冷笑一声，左手一挥，石柱上半截"咚"的一声大响，摔在台阶上滚落院中。石柱下半截平滑如镜的切口闪着青森森的光芒，令人不寒而栗。

两排将领齐声高呼："拥戴新君！新君万岁！"

政事堂大臣们这才从惊惧怀疑的噩梦中醒悟过来，参差不齐地伏地高呼："恭迎新君即位！新君万岁！"

上大夫甘龙高呼："嬴虔将军拥立有功，将军万岁！"大臣们也忙不迭跟着高呼："嬴虔将军万岁！"

嬴虔大吼一声："岂有此理！嬴虔如何与国君并论？若再非礼，嬴虔无情！"

政事堂立时肃然沉默。经过这几番验证，大臣们已经明白无误地清楚了，大局不会动荡，嬴虔是真心实意地辅佐弟弟嬴渠梁继任国君。但是，新君没有说话，大臣们还是一片沉默。一朝天子一朝臣，新君将如何动作，谁也不敢不摸底细，贸然开口，吉凶难料，还是等待为好。

嬴虔走到前边，深深一躬，高声道："请新君宣示国策。"

嬴渠梁一直站在中央国君座前，坦然自若，丝毫没有局促慌乱。此刻，他平静清晰地开口道："诸位大臣，公父骤然崩逝，嬴渠梁受命继任国君。当此危难之际，本公申明朝野：其一，国中大臣，各司其职，一律不动，国政仍由上大夫甘龙统摄。其二，嬴虔将军少梁之战有大功，擢升左庶长，总领秦国兵马。其三，由上大夫甘龙、长史公孙贾主持公父之国丧大礼。"

大臣们长长地嘘了一口气，齐声高呼："臣等遵命！"

嬴渠梁走到甘龙面前，深深一躬："上大夫年迈苍苍，又做国丧大臣，嬴渠梁深感不安。国丧期间，若有滋事生乱者，上大夫请行生杀予夺之权。”

甘龙感动振奋，躬身颤声道：“老臣受先君大恩，又蒙君上重托，敢不从命！”

嬴渠梁环视政事堂高声道：“其余诸事，按既往成规办理。散朝。”大臣们既有国丧哀礼的制约，又有对新君即位的感奋，却既不能喜形于色，也不便于此时大放悲声，于是便以职权范围三三两两地聚在一起，肃然正色地商议起国丧期间必须做的诸多事情。

嬴渠梁已经离开了政事堂，匆匆赶往栎阳西南的骊山军营。

他要办一件大事。在他看来，这件事甚至比安定朝臣国人还重要。他只带了黑伯和一百名与他经年并肩作战的轻锐骑士，马不停蹄地赶到骊山军营。这时天色已暮。也是刚刚赶回军营的前军主将子岸出来迎接时，惊讶莫名：“君上刚刚即位，如何便离开栎阳？”

“子岸，公叔痤如何？”嬴渠梁没有理会子岸的惊疑。

“老匹夫！哼，一句话不说，一口饭不吃，牛顽得很。该拿他在先君灵前祭旗。”子岸气狠狠地禀报。

“带我去见他。”嬴渠梁命令子岸。

公叔痤被囚禁在骊山军营的山根石屋里。他是魏国二十多年的丞相了，自吴起离开魏国，他便时不时兼做统帅领兵出征。他打败过韩国赵国楚国和韩赵联军，也算得当世文武兼备的赫赫人物。可就是在与秦国的大战中两次惨败，一次是三年前的石门之战，丧师六万，丢失函谷关。再就是这次少梁之战，竟莫名其妙地做了秦军俘虏。他已经是六十一岁的老人了，自感少梁之战一世英名付之流水，羞愤交加，不说话，不吃饭，不喝水，他要饿死自己渴死自己，为自己的无能赎罪。连续三天的自我折磨，他已经苍白干枯得在草席上气息奄奄。当囚室的石门隆隆推开时，他眼睛也没有眨一下。

“公叔丞相，嬴渠梁有礼了。”嬴渠梁向蜷卧在墙角的公叔痤深深一躬。

公叔痤闭上了眼睛，既没有坐起来，也没有开口应答。他钦佩这个生擒他的年轻将军，可是不愿意和他在这样的场合对话。

子岸气得大声吼道：“老公叔，这是秦国新君，你敢牛顽！”公叔痤微微一动，依然没有睁眼，也没有开口。

嬴渠梁拱手道：“公叔丞相，请勿为少梁之战羞愧。这一战，谁也没有赢。老丞相虽然被擒，我的公父也被你军冷箭所伤，猝然崩逝了。认真说起来，魏国还算是略胜一筹。丞相以为如何？”

公叔痤不禁惊讶得睁大了眼睛，嬴师隰这个令人生畏的劲敌死了？真的么？果真如此，自己连自杀的可能都没有了。依秦人习俗，一定要在国君灵前杀掉自己祭奠国君的。能与劲敌嬴师隰同战而死，也算得其所哉，又有何憾？心念及此，公叔痤冷冷一笑：“既然如此，公叔痤的人头就是你的了。何时开刀？”

“老丞相差矣。嬴渠梁不是杀你，是要放你回安邑。”

公叔痤哈哈大笑：“嬴渠梁，休得嘲弄老夫。士可杀，不可辱也！”

嬴渠梁正色道：“嬴渠梁何敢轻侮前辈？放老丞相回归魏国，乃嬴渠梁一片苦心。秦魏激战多年，生灵涂炭，死伤无算。嬴渠梁继任国君，图谋秦国庶民安居耕牧，不想两国交恶。嬴渠梁素知老丞相深明大义，欲与老丞相共谋，两国休战歇兵，不知老丞相意下如何？”

“秦公，果然不记杀父之仇？”公叔痤迷蒙混沌的老眼渐渐明亮起来。

“父仇为私，和战为公。嬴渠梁若非真心，甘受上天惩罚。”

公叔痤打量着面前这个神色肃然的青年君主，觉得他竟有一种令人折服的真诚与自信，一句话便公私分明地将大局料理清白，不禁暗暗赞赏。与秦国罢兵是他多年的主张，无奈秦献公连年攻魏，发誓要夺回整个河西，不想打也得奉陪了。在他这个魏国丞相看来，秦国被压缩得已经可以了，魏国的真正劲敌是东方崛起的齐国与南方的楚国，老是被秦国缠住不能脱身，实在是魏国很头疼的一件事。每与秦国作战，他都不赞同上将军庞涓领兵，怕的就是庞涓对秦国赶尽杀绝，与秦国的血仇越结越深。他很了解老秦人的剽悍顽强，认定这个在戎狄部族包围中拼杀了几百年的部族诸侯绝非轻易能够消灭，能够将秦人压缩到荒凉的一隅之地，就应该满足了。魏国的目标是中原沃土，而不是西陲蛮荒。但经过石门之战与这次少梁之战，他却觉得这种罢兵愿望似乎根本不可能，秦献公好像一个疯子一样仇恨魏国，有他在，魏国是无法摆脱这种纠缠的。被俘这几天他已经思谋妥当，自己自杀殉国，荐举上将军庞涓与秦献公决一死战，彻底解决与秦国的连年纠缠。然则，骤然间竟是峰回路转，秦献公死了，秦国新君主动提出罢兵休战，岂非天意?

老公叔一时感慨中来："好！老夫信你，一言为定。只是这疆界，却不知秦公如何打算？"

"以石门之战以前的疆界为定，河西之地还是魏国的。"

"噢？秦公不觉吃亏太多？"公叔痤大为惊讶，不禁靠墙坐起。

"二十年后，我会夺回来的。"嬴渠梁一字一板。

"一言为定？"

"一言为定。"嬴渠梁微笑，"老丞相，该进食了。"

公叔痤豪爽大笑："然也！吃饱了，好上路。"

"且慢。"嬴渠梁笑道，"老丞相徐徐将息，三日后嬴渠梁派人护送老丞相回安邑，不言俘获，而是魏王特使。"

公叔痤又一次惊讶，不禁挣扎起身笑道："秦公，老公叔阅人多矣，以公之气量胸怀，数年之后，必大出于天下。”

嬴渠梁恭敬地拱手行礼：“渠梁才疏学浅，如何敢当老丞相嘉勉？”

公叔痤仰天叹息：“只可惜老夫来日无多，不能和英杰并世争雄了。”一阵拊掌长笑，竟昏倒在地。

三天后的清晨，嬴渠梁亲率三百铁骑，护送着一辆青铜轺车驶出函谷关。

白发苍苍的公叔痤在函谷关外和嬴渠梁殷殷道别，向魏国都城安邑疾驰而去。

秋霜白露，草木枯黄。嬴渠梁站在函谷关城头凝望着远去的轺车，那面鲜红的“魏”字大旗已经与天边的原野融在了一起，他依然伫立在那里，任凭寒凉的秋风吹拂着自己。

按照战国之世的规矩，一个两次兵败的大臣是很难继续掌权的，即或公叔痤是魏国两朝元老深得魏王倚重，丞相之位也未必能保。果真如此，秦魏罢兵的和约岂非空言？而如果魏国继续对秦国用兵，秦国能支撑多久？嬴渠梁很清楚，公父连年对魏国激战，本意是想夺回河西后再封锁函谷关休兵养民。可是，秦国越打越穷，河西五百里土地还是没有夺回来，秦国如何再打得下去？这种战争对于魏国这样的富强大国，纵然失败几次，也无伤元气。可是，秦国不行，秦国已经不起再一次的失败了。辎重耗尽了，存粮吃光了，精壮男子死伤得几乎无人耕田了。再有一次失败，秦国就真得退回陇西河谷重做半农半牧的部族去了。当此之时，秦国虽然表面上打了两次大胜仗，但国力却到了崩溃的边缘，成了没有根基的风中纸鹞。在刀兵连绵的战国，这已是极为危险的最后境地。若能罢兵数年，缓得一缓，秦国也许还有重振雄风的希望，否则，秦国将从战国列强中消失。目下又是国丧，朝局未安，若魏国乘秦国内乱举兵而来，岂非灭顶之灾？

嬴渠梁觉得肩上担子如大山一般沉重。

如果罢兵成功，函谷关月内就要重新交割给魏国了。自从秦部族立为诸侯国，多少年来，这函谷关就是秦国的国命之门。有函谷关在手，秦人就坦然自若。丢失函谷关，秦人就像袒露胸口迎着敌人的长矛利剑一般举国紧张不安。如此命脉一般的函谷关，公父与秦人浴血疆场夺了回来，自己却又交给了魏国，那些世族元老能答应么？朝野国人能理解么？虽然嬴渠梁是经深思熟虑的，认为唯其如此，才能使魏国觉得不动刀兵而重占河西是一个巨大的利市，才有可能放秦国一马。如原地现状罢兵，那是几乎没有可能的，魏国绝不会在两次大败后让秦国封关休养。虽然如此，但毕竟函谷关对秦人太重要了，国中臣民能接受么？

上天啊上天，莫非秦国要灭亡在我嬴渠梁手里？

第一章 六国谋秦

一　上将军庞涓的秘密使命

暮霭沉沉，大河上下一片苍茫。

在刀兵连绵的岁月，这正是晚号长鸣城堡关闭的时分。坐落在黄河北岸的魏国都城——安邑，却打开已经关闭的南门，又隆隆放下吊桥，放出了一队没有任何旗号的铁甲骑士和一辆青铜轺车。暮色苍茫中，这队人马越过山地，飞驰平原，在朦胧月色下从孟津渡口摆渡黄河，上得南岸，便乘着月色星光，向苍茫大平原上的著名都会——大梁城飞驰而来。

此刻的大梁城，正沉浸在浓浓的兴奋与狂欢之中。

大梁是魏国的第一大城，与大河北岸的都城安邑遥遥相望。虽说不是都城，大梁的城池规模与街市气势却比安邑大得多。论地利之便，大梁地处丰腴的平原，北临黄河，南依逢泽大湖，水路陆路四通八达，便成了中原地带最大的物资集散地。魏国当年之所以没有将大梁作为都城，仅仅是因为韩赵魏三家分晋时，魏氏势力范围内的南部平原尚是贫瘠荒芜的原野，大梁还只是一座小城池。而当时的安邑却是魏氏的势力中心，地处黄河汾水交汇处，农耕发达，城池坚固，自然便做了都城。不想自魏文侯起用李悝变法，尽地力之教，全力在黄河南岸发展农耕，大梁大大地得了一回天时地利与人和，竟是迅速富庶了起来。随着农耕兴旺，工匠商贾也纷至沓来，大梁在一百多年间蓬蓬勃勃地变成了水陆大都会，重筑大城池，工商云集，店铺林立，形成了天下第一大市——魏市。更兼列国名士纷纷前来定居开馆，文风昌盛，私学大起，隐隐然便成了中原地区的文明中心。

虽则如此，大梁人心里总觉得缺少点儿东西，尤其见了安邑人，总是心里酸酸的不是滋味儿。安邑是王城，是国都，纵然不比大梁富庶文华，却自有一种王城国人的优越感，动辄便是“天下大势如何如何”的高谈阔论，或是“近日魏王赏赐上将军六进大宅”、“前几日丞相纳了一名美妾”等王侯将相的隐私逸闻。大梁人听得一边羡慕，一边泛酸。大梁人可以在任何外地人面前高谈大梁的享受讲究和精到至极的生意经，但就是在王城安邑人面前羞于开口。这也是没办法的事，财富与享受如果远离权力，人们只会说你是个富商而已。

说到底，大梁人缺的是一种贵气。富而不贵，心里总悻悻不是滋味。

然而，月余之前魏王特使带来的一道王书，却使大梁人看到了富贵双至在安邑人面前挺起腰杆的希望，全城沸腾了起来。

魏王特使的宣谕是：以魏国为盟主的六大国会盟，将在逢泽之畔举行，大梁城定为六国会盟的后援基地；大梁要迅速在逢泽大湖边修筑起六国兵营和六国行辕，在这里囤积大梁佳酿，云集大梁美女。如果仅仅是这样，自然还不会使见多识广的大梁人激动起来。要紧的是几乎就在同时，安邑商人酸酸地传过来一则王宫秘闻：魏王喜欢大梁，所以在逢泽会盟，是有意将国都迁往大梁城！

旬日之间，秘闻不胫而走，人人都在兴奋地议论。随着安邑商人不断地向大梁转移财产和各国商贾的探询证实，大梁城的兴奋激动终于蔓延成了狂欢。谁也不知道何时何人开的头，原本中夜收市的夜市变成了彻夜大市。各色酒肆饭铺灯笼高挑，幌旗招摇，高谈阔论与喝彩之声溢满街市。原本是盛典大节才举行的社舞也涌上了长街。那由四十多个壮汉抬在特大木车上的社神雕像缓缓行进，和善地看着在他脚下狂欢劲舞的彩衣男女，总角小儿也一群群拥上街头又唱又跳。外商们则站在街边檐下兴奋地指点议论，或面带微笑地听身边老人感慨地评价大梁的民俗和社舞的优劣。起先，最令外商们心跳的是，大梁的所有物价都大跌五六成，有的甚或跌了八成。每家铺面前都高高挂起大幅红布，大书一个“欢”字，下面便是“跌八”或“跌五”“跌六”。外国外地商人们心惊肉跳，但又不能开罪于天下第一水陆大市的父老，只好随行就市地跌四跌三。然则，更令外商们惊讶的是，大梁人根本不屑于趁此喜庆之日抢占小利，他们彬彬有礼地走进大店小店，只买些喜庆之物或酒食甜饼之类。就是这些，也是尽量在大梁人开的店里买，极少光顾外国商人们和外地商人们的店面。一时间，外国外地商人们钦慕不止，相顾惊叹“文哉大梁”！惊喜之余，不知哪国大商带头，外商们竟是大跌九成以谢大梁父老。一家齐国大商，竟然将喜庆之物与酒食甜饼摆在店门口馈赠市人，一天却没送出几件去。外商们既惭愧又高兴，便将店面生意交给账房先生们看管，纷纷走上街头与大梁人同欢。

在大梁的狂欢喜庆中，唯独一个地方冷清如常，这就是上将军庞涓的行辕。

庞涓和他的马队于四更时分到达大梁城外。城中的狂欢喜庆，使庞涓感到意外和惊讶。六国会盟是一件实实在在的大事，需要尽量地秘

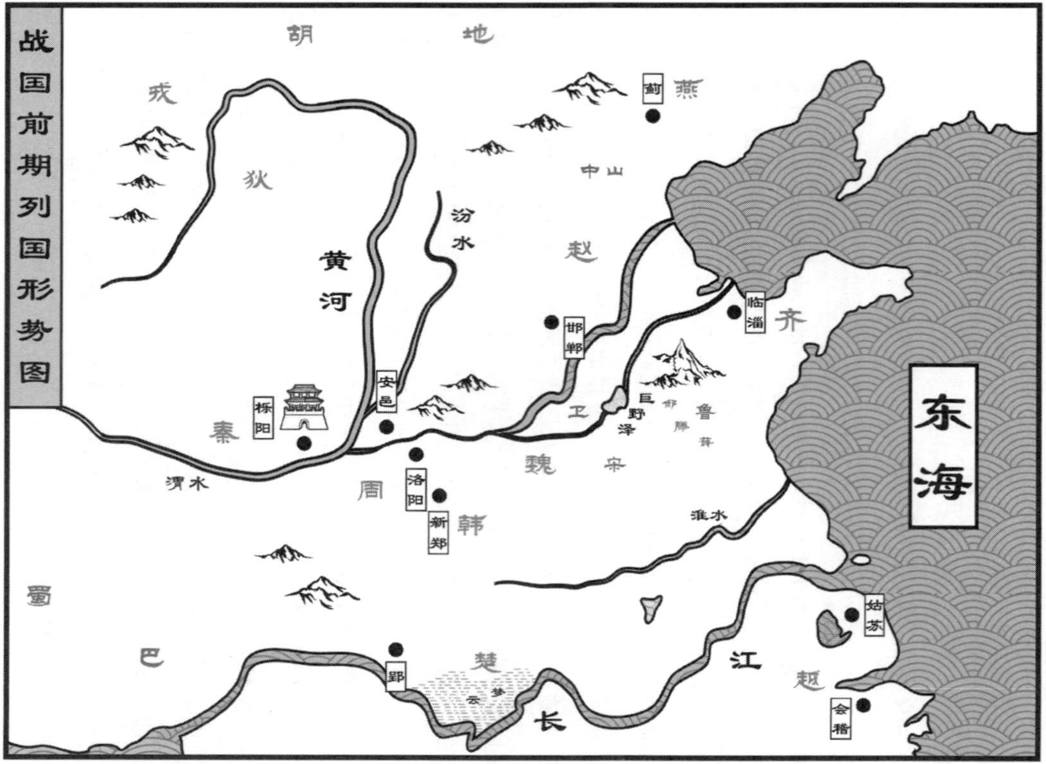
战国前期列国形势图
胡
地
戎
狄
燕
蓟
中山
汾水
赵
黄河
邯郸
临淄
齐
安邑
栎阳
秦
卫
巨野泽
邾
滕
鲁
薛
东海
渭水
周
洛阳
魏
宋
新郑
韩
淮水
蜀
姑苏
巴
郢
楚
云梦
长
江
越
会稽

密进行。如今被大梁张扬铺排得惊天动地，有何秘密可言？一时间，他感到大梁人很是浅薄，令人厌恶，断然拒绝了大梁守请他从正门入城接受万民拜迎的恳切请求，命令打开城外秘密通道，隐蔽进入城内事先准备好的上将军行辕。

进入行辕的第一件事，庞涓便派人打探城中各种传言。他要知道，六国会盟的秘密究竟泄露出去多少？及至各路密探在一个时辰后报齐，都说大梁人庆贺的是迁都消息，几乎没有人议论六国会盟，他才长长松了一口气，仔细一想，却又感到疑惑不解。迁都大梁是何等重大的国事，他身为上将军，何以竟然一无所知？谁提出的立即迁都？魏王何时赞同的？为何不预告于他？一时理不出头绪，他也不再纠缠。他相信如此重大的国事总是绕不过他这个手握重兵的上将军，迟早一切都会明白，瞒他的人也会付出代价的，目下最要紧的是准备六国会盟。

五鼓时分，庞涓已经在大铜镜前梳洗完毕，一身细软干爽的贴身白绢衣裤使他觉得分外舒适。喝下一陶碗肉羹，他轻轻地咳嗽一声，贴身侍卫便捧进了上将军的全副装束。那是一身用上好精铁特殊打制的甲胄，薄软贴身而又极为坚挺，甲叶摩擦时便发出清亮的振音。还有一顶青铜打制的上将头盔，一尺长的盔矛在烛光下熠熠生辉，径直五寸的两只护耳弧度精美，耳刺光滑异常。再就是一件等身制作的丝质大红披风，一经上身，光洁垂平，脖颈下的披风扣便大放光华。穿戴完毕，铜镜中立即出现了一个威严华丽且极有气度的上将军。庞涓稍事打量了一下自己，抚摸了一下披风扣上的两颗大珠，却微微皱起了眉头。作为战阵大将，他很不喜欢这种浮华招摇的东西。但这是他被拜为上将军时魏王亲自赏赐的，两颗当作披风扣的海珍珠是魏惠王的心爱宝物，这身甲胄则是魏王派专使在大梁著名的作坊定制的。这一身装束可真正是价值连城。除了魏国，大约哪个诸侯国的上将军都不会拥有这样豪华名贵的衣甲。对于魏王的特意赏赐，如果在六国会盟这样的重大场合不装束起来，魏王肯定会不高兴的。当今的魏国大臣中，只有丞相公叔痤和他这个上将军得到了这一特殊赏赐，酷爱珠宝名器且又特别讲究衣着威仪的魏王能不在意么？

装束停当，庞涓摘下剑架上的金鞘长剑，低声威严地命令："护卫十名，随我从小街出南门。三千铁骑走大街，午时赶到逢泽。"

"遵命！"侍立在大帐外的军务司马答应一声，疾步走出。

庞涓走出大帐时，他的三马轺车已经轻快地驶到帐口。十名铁甲骑士也已经整装上马立于车后。庞涓走到车前，右手一搭车轼，利落地跃上轺车，挺立于六尺青铜车盖下，剑鞘轻轻一点，轺车便辚辚驶出行辕。

因为大梁的喜庆和六国会盟关联不大，庞涓对大梁人的厌恶也消退了许多。他决定不再从秘道出城，而是直出南门，顺便看看大梁人的狂欢情景。他相信从小街走，又是黎明时分，耽搁不会太大。按照大梁人惯于夜生活的风习，清晨时分正是安睡之时，街上行人最为稀少。但庞涓没有想到，今天这条无名小街竟然也是火把成片，人头攒动，社舞鼓乐热闹非凡。庞涓在高高轺车上眼见人头火把望不到尽头，微微皱眉，沉声命令："改道。"

但就在这时，突然有人喊："上将军……上将军到了！"

"上将军是国家干城！给上将军让道！"一个白发老人在社舞队列中高声大喊，连连挥动手中的红色小旗。街心参与社舞的男女老少和蔓延到街边的看社舞人众，呼啦啦向两边闪开，"魏王万岁！上将军万岁！"之声喊成一片。

亲见大梁民众如此敬重自己，庞涓心中不禁涌起一股热流。虽然他没有提出立即迁都，但他却是魏国上层主张迁都大梁最坚定的一个，精明灵通的大梁人岂能不知？然则大梁人绝不会公开喊上将军为“恩公”，而只喊上将军为“干城”。就是连续不断的狂欢，大梁人也只是高呼：“魏王万岁！”“魏国大业，大梁当先！”没有一个人喊出埋藏于内心的真正冲动——大梁即将成为王城！庞涓自然明白其中道理，但却对大梁人的狡黠老到总有一丝不安与不快。数十万市井之民如此默契地借机宣情，如此忍耐地在狂欢中深藏不露，这在目下战国大都会中决然没有第二个大城庶民可以做到，包括齐国临淄和魏国安邑。面对这样的民众国人，庞涓总有不踏实的感觉。他本来想对敬重他的大梁父老们说上几句热情的敬谢话，但这种不踏实的感觉却使他紧紧地抿起厚阔的嘴唇，脸上一片庄重。他在轺车上拱着双手不断向两边民众作礼，在欢呼声中辚辚驶出了大梁南门。

清晨卯时，庞涓到达逢泽。

他的轺车直驶魏国营区的上将军幕府，匆匆吃下一鼎逢泽黄羊肉，便到会盟行辕区做最后一遍视察。明日六国的国君便将陆续到达，一切差错都要消灭在今天。本来，这会盟营区是由掌管地方民治土地的都司徒府督察，由大梁守具体实施建造的。大梁对这件事的兴奋与重视，应该是没有差错。但庞涓还是不放心。庞涓太清楚这次会盟成功对于他这个发端者的重要性了。说起来，六国会盟是他向魏惠王提出的，总体方略也是由他秘密制定的，就连会盟的地点时日也都是他提出的。魏王对他提出的具体谋划几乎是全盘接受。如果成功实行，庞涓就将是魏国霸业的奠定者。从近处说，他至少将成为魏国的丞相兼上将军，名副其实的出将入相，一改与公叔痤将相分权的局面；从远处说，他将远远超过名将吴起在魏国建立的勋业，若魏国统一了天下，那他毫无疑问将名垂千古。庞涓想得很深很远也很细，他绝不允许六国会盟出一丝一毫的差错。正因为如此，他禀明魏王，自领三千铁骑星夜奔赴大梁做最后的督察。

一整天巡查的结果，虽然查出了几处小纰漏，但总算没有大的差错，庞涓还算满意。他以上将军名义，赏赐给大梁守三名技击武士做护卫。大梁守诚惶诚恐地接受了，立即向上将军献上十名大梁美女和十桶大梁美酒。庞涓坚决回绝，并严厉斥责了大梁守私自动用会盟舞女和会盟王酒。大梁守慌得打躬不迭，连连辩解说舞女和美酒绝非官品，只是受大梁父老的重托而表示的一番敬谢。

“既非官品，即刻返还大梁父老。下去。”庞涓的声音没有透出一点表情。

“是是是……”大梁守一看庞涓冷若冰霜，忙不迭擦着汗退出幕府。

庞涓没有因为这件小事影响谋划。用罢晚餐，他将上将军府掌管文书的三名大主书与掌管杂务的八名少庶子全部召来，秘密布置他们以会盟执事的身份分别加入到五国君主的侍从行列，探听五国君主的动态。庞涓特别严厉地叮嘱，任何重大消息只能向他单独禀报，否则杀无赦！分派完毕，大主书立即发下执事吉服和出入令牌，各人便出帐准备去了。

庞涓松了一口气，信步踱出帐外。已经是月上中天了，虽是初夏，逢泽水面吹来的风还是略带寒意。庞涓望着一天星斗与逢泽岸边的连绵灯火，油然生出一腔感慨。他已经出山三年了，虽然打了几场还不算小的胜仗，但在刀兵频仍的战国还远远达不到名动天下的地步。必须有一举牵动天下格局的功业，才算真正达到了名士的最高境界。譬如李悝在魏国的变法，一举使魏国成为超强大国而举世闻名。譬如吴起，除了是战场上的常胜将军，还是执政变法的名臣。只有这样的名士，才是庞涓的人生目标。他常常觉得自己的才能与吴起相似，既是兵家名士，又是治国大才，该当是出将入相天下敬畏的摄政权臣。也许，正因为对自己如此评价，正因为有如此远大的目标，庞涓的目光从来都没有仅仅局限于兵事，从来都没有满足于做个能打胜仗的带兵将领。他对治国权力，对涉及天下格局的邦交大事更为关注。一个既能够统帅三军驰骋疆场，又能够谋划长策捭阖于天下诸侯之间者，方得为真名士也。这一切，都将因为六国会盟的实现而使庞涓迈出第一步，尽管很艰难，但庞涓是满怀信心的，他一定会成功，一定会改变老师对他当初的评价。

二　五国君主同一天到达逢泽

逢泽的清晨分外壮美。浩淼的水面在火红的天幕下金波粼粼。一轮红日涌出水天相接处，山水风物顿成朦朦红色剪影，苍茫苇草翻滚着金红的长波。连绵不断的各式军帐、战车、幡旗、矛戈结成的壮阔行营，环绕水面形成一个巨大的弧形。悠扬沉重的号角伴着萧萧马鸣此起彼伏。岸边官道上，一骑红色快马飞驰而来，在苇草长波中恍如一叶飞舟。

庞涓刚坐在长案前准备开鼎用餐，就听见大帐外骏马嘶鸣。他微微一怔间，帐口护卫已经高声宣呼："安邑信使到——"

未及庞涓站起，信使已经匆匆进帐，从背上抽出一个铜管双手捧起禀报："魏王急命，交上将军开启。"庞涓拱手接过铜管，拧开顶端铜帽，抽出一卷羊皮打开，两行大字赫然入目："庞涓我卿，公叔丞相有疾难行，今着庞涓我卿为特命王使，以代本王迎接五国君主，预商会盟事项。八年四月初六日。"庞涓心中涌起一阵冲动，面上却是不动声色道："请告我王，庞涓当鼎力维持，不负我王。"说着拿起公案上的一支六寸长的青铜令箭，交给信使作为回执。信使拱手道："回执如信，本使告辞。"大步出帐，上马疾驰而去。

庞涓握着羊皮高声命令："悬挂特使纛旗。备车出巡！"

半个时辰后，庞涓幕府外两面大纛旗迎风舒卷。一面大书"六国会盟特使庞"，一面大书"魏国上将军庞"。百名铁甲骑士护卫着一辆青铜轺车辚辚驶出帐外，轺车前三名骑士护卫着一面"六国会盟特使庞"的红色大旗，组成了迎接会盟国君的特使仪仗。中军司马一声高报，庞涓身着华贵的上将军甲胄，外罩光芒四射的大红披风，大步走出军帐。身后是一名红色长衫的主书，手捧一柄金鞘长剑，当先跃上轺车辕木，肃然站立。庞涓扶轼登车，低声命令："出巡。"大旗当先，轺车发动，仪仗队从容向会盟营区出发。

庞涓遥望行辕相连的广阔营区，一种豪情油然而生。上天对他真是庇护极了，恰恰在他最需要公叔痤消失的时候，公叔痤就突发恶疾，若非天意，真是没有解释。六国会盟原是庞涓一手策划的，可就是因为公叔痤是老丞相总摄国事，硬是挤进来做了魏惠王的会盟特使，代表魏王迎接五国君主并事先磋商六国盟约。庞涓内心对此是一百个不服气一百个不放心。六国会盟本来就是针对公叔痤提出的魏秦罢兵谋划的，如何能让这个老迈无能的权臣搅进来？少梁大战，公叔痤本来是被秦军俘获的，然却鬼使神差地与秦国达成了罢兵和约。庞涓坚决反对，力主对秦国继续用兵，一战根除这个心腹大患。但是魏惠王却认为公叔痤与秦国议定的罢兵和约对魏国大大有利，不用打仗便重新占领了秦国的河西五百里，何乐而不为？公叔痤也算将功补过了。庞涓自然拗不过国王丞相的一致主张，便谋划出六国会盟这着妙棋，要借六国之手灭掉秦国。魏惠王对庞涓的谋划也是大加赞赏，魏国既未负约，又得到了更大的利益，何乐而不为？然则如此一来，公叔痤大大地不高兴了，竟直谏魏王，斥责庞涓是使魏国失信于天下。魏惠王哈哈大笑一番，没有理睬公叔痤的劝谏。老公叔无奈，便硬要挤进来参与六国会盟。庞涓极力否定，魏惠王却笑着答应了。气得庞涓直骂老贼可恶，埋怨魏王懵懂。公叔痤有何才能？论将兵打仗，一败于石门，再败于少梁，却老着脸皮把着相位不松手。若非庞涓收拾局面，一败楚，再败齐，三败赵韩联军，魏国只恐怕丢尽脸面了。论治国，公叔痤恪守李悝吴起的法令，三十年不做任何变通，眼见魏国府库渐空，也是束手无策。这样的昏聩老人做了一回俘虏，竟然还高居他庞涓之上，做总摄国事的丞相，魏国能重振霸业统一天下么？但这种官场上的不公平，庞涓是不能公开理论的。虽然庞涓是立足实力竞争的名士，也必须忍耐，必须等待时机。目下，正当六国会盟扭转战国格局之际，老迈无能偏又喜欢搅和的公叔痤竟然突发暴疾，岂非上苍有眼，给予他庞涓一个大大的机会？

谋事在人，成事在天。庞涓真要相信这句老话了。

既然做了名正言顺的会盟特使，庞涓就要将会盟礼仪搞得非同凡响。本来他向魏王提出了一整套接待方略和会盟规格，偏偏公叔痤不以为然，说是不能教五国感到魏国有霸气。此等迂腐之见根本不解六国会盟的真正意图，魏王不置可否，庞涓也不好执意反对。今日绊脚石自动让道，庞涓的勃勃雄心陡然重新振作，决心将会盟形式恢复到以魏国为主轴的格局上来。他知道，魏王其实是很赞成他的，作为一个国王，谁不想称霸天下主宰别人命运？只不过魏王不像他的父亲魏武侯和祖父魏文侯那样的铁腕君主，往往在遇到此亦可彼亦可的选择时就会失去主见，听任办事臣下的左右。公叔痤病了，他庞涓的主张没有人反对了，魏王更不会拒绝做天下霸主，还有何理由不放开手脚？

庞涓的第一个动作，是将六国行辕的位置重新排列。公叔痤原来安排的是六国行辕排成环状，不分尊卑主次。庞涓下令将六国行辕的位置变成方形，魏国坐北面南独居盟主尊位，东侧为齐赵两国，西侧为燕韩两国，楚国是仅次于魏国的强国，行辕在南面和魏国遥遥相对。第二个动作是按照这一格局，改变会盟大帐内的王座位置，同样将环形座次变成了方形座次。为了快速有效，这两项急务庞涓都没有让大梁守率领民夫完成，而是由他训练有素的一千精兵去做。日上三竿时，大格局的改变便已经全部就绪。

庞涓的第三步，是派出了他的两千铁甲骑士，在行辕区外的大道上排列成一里长的甲士甬道。两骑一组，一面红色大旗，一柄青铜大斧。行辕区外红旗招展，斧钺生光，声威比原来壮盛了许多。

就在庞涓的轺车做最后的巡查时，一骑探马飞进大营禀报：韩国君主韩昭侯带领一千卫队并随从大臣，已经进入行辕区大道。

庞涓从容命令："韩侯车驾进入行辕外一箭之地，鼓号齐鸣。出迎。"

当庞涓的特使仪仗驶出行辕外甬道时，遥遥望见大道上一面绿色大旗迎风招展，悠悠而来，显然便是韩昭侯的会盟车队。车队驶入一箭之地的石刻标志时，甲士甬道外鼓声大作，两排长号仰天而起，呜呜齐鸣。庞涓在轺车上肃然拱手，高声报号："六国会盟特使庞涓，恭迎韩侯车驾——"

迎面而来的王车上，肃然端坐着一位三十余岁的国君。他就是韩国第六代君主，史称韩昭侯。这位君侯是战国时代著名的节用之君，惕厉自省，处处简朴，全然不怕列国哂笑。目下他乘坐的王车，是一辆铁皮包裹的木车，车轮哐啷嘎吱乱响，车厢中的伞盖也是木制的，稍有颠簸便摇摇晃晃。驾车的只有两匹灰斑马，且显然不是名马良驹。韩昭侯本人身穿一领极为普通的绿色布袍，头戴一顶高高的竹冠，长须飘拂，神色散淡，似凝重又似愁苦。若是平白在道边相遇，别说庞涓，任谁也只将他认做一个寻常的游学士子。

庞涓嘴角露出一丝轻蔑的微笑，但又立即变为肃然庄重。他可以哂笑韩昭侯的寒酸，甚至认为这是矫情做作，但他绝不能轻视和魏国同出一源的韩国，绝不能哂笑拥有天下最大铁山和最好铁坊的“劲韩”。庞涓轻轻咳嗽一声，轺车缓缓迎了上去。

韩昭侯早已经听见了迎风传来的庞涓声音，只是没有作答。他看着这位邻邦上将军总觉得别扭，打了几场胜仗便不可一世，浑身珠光宝气的大不是正道滋味儿。然而，他只是微微皱了皱眉头。两车迎面时，韩昭侯拱手淡然道：“上将军荣任会盟特使，可喜可贺。”

“公叔丞相有疾在身，魏王命庞涓代行特使，敢请君侯见谅。”庞涓知道公叔痤和韩赵两国的渊源极深，所以谦恭地自贬为“代行特使”，以示对韩昭侯与公叔痤交谊的敬重。

“敢问上将军，本侯是第几家到达？”韩昭侯岔开话题，淡淡微笑。

庞涓拱手笑答：“君侯先声夺人，第一家。君侯请。”

韩昭侯又微微一皱眉头，脸上淡淡漠漠：“韩魏近邻，自然早到。请。”

“君侯先请。”庞涓一挥手，身后一名导引骑将走马而出，高举一面绣有“韩”字的绿色大旗到韩昭侯车前高声报：“末将导引君侯车驾——”拨转马头，走马行入甲士甬道。

韩昭侯闭目养神，既不看落后半车的庞涓，也不看红旗林立斧钺生辉的铁甲骑士。庞涓却是始终微笑地看着韩昭侯，默默护送，绝不主动找话，心中却在暗笑这位君侯的迂腐——明是心虚偏又自做轻蔑状。

穿过甲士甬道，进入行辕大门后走马急行里许，来到烟波浩淼的逢泽北岸。一片绿色军帐围成一个巨大的环形，环形军帐内又是兵车围成的一个环形，一座绿色铜顶大帐被兵车围在中央，辕门口一杆“韩”字大纛旗迎风舒卷。庞涓拱手道：“君侯请看，这便是贵国行辕。行辕外军帐可驻扎君侯带来的一千军士。”

“尚好尚好。上将军请忙公务。本侯奔波困倦，欲休憩片刻也。”

庞涓本以为韩昭侯至少要邀他进帐稍事寒暄，他也很想借此机会和各国君主先行磋商试探一番，给魏王打好基石。没想到韩昭侯竟丝毫不做姿态，公然拒绝了他。刹那之间，庞涓感到了这位寒酸君主颇难对付。正在此时，一骑探马飞来，高报燕公驾到。庞涓就势拱手笑道：“君侯车马劳顿，理当休憩，庞涓告退。”

逢泽大道上重新卷起烟尘，隐约可见红蓝两色的大旗翻卷飞来。庞涓思忖，燕国究竟是老牌诸侯，国弱势不弱，看这车速，显然是燕文公率领燕山精锐亲赴会盟。时人眼里的七大国——魏、楚、齐、赵、燕、韩、秦，其中唯有燕国是周武王灭商后直接分封的“公”字号老诸侯国，第一任国君是周武王的弟弟召公奭，一脉延续六百余年竟未失政。另外六国，楚国是蛮夷部族自立为诸侯国，西周第三代天子周康王才予以正式册封，迄今五百年历史。秦国是周平王东迁洛阳后册封的诸侯，迄今三百多年。现下的齐国也不是周武王分封的老齐国，那个齐国的君主是姜姓，第一任国君是赫赫有名的姜尚，世人称为“姜齐”。目下这个齐国，是老齐国的田姓大臣田乞在势力坐大时杀掉了姜姓国君，田乞自立为国君，至今已经传了六代，世人称为“田齐”，时下也就一百多年。魏赵韩三国，原是老牌诸侯晋国的三家大臣，势力坐大后，三家共同瓜分了晋国。周威烈王于魏文侯四十三年不得不正式册封魏赵韩三家为诸侯国，迄今不过四十余年。这就是说，七大国中，有四个是新世族夺权建立的——齐魏赵韩；一个是山高水远先自立而后被王室认可的——楚；只有燕秦两国是正式册封立国而一脉相延的诸侯国。燕国是西周的开国诸侯，秦国是东周的开国诸侯，燕国比秦国恰恰老了整整一个时代。

正因为如此，燕国是七大国中最为孤傲的一家，而眼下这位燕公又是燕国历代国君中最为桀骜不驯的一个。

对这种老牌诸侯，庞涓丝毫没有敬畏之心，倒是觉得十分的可笑。一方诸侯六百余年，静悄悄无所作为，竟然还心安理得趾高气扬地苟活于天地之间，真真的无可救药。你看这位燕公，铜车驷马，金顶车盖，黑玉天平冠，手执金鞘剑，长须飘拂宛若天神般站在车中，哪有一丝一毫的羞愧之情？

鼓声大作长号齐鸣时，庞涓已经从遐想中恢复常态，不卑不亢地在轺车上遥遥拱手报名，原地迎候这唯一具有西周王族血统的老牌贵族君主。

燕文公早已经看见行辕区外的甲士仪仗和庞涓的车骑，对如此隆重的迎候颇为满意。尊重周公礼制的姬氏王族，凡事都很讲究，越是细节就越是讲究。渐行之间，他已经发现了迎候仪仗不合礼制的十多处纰漏，最显眼的是没有郊迎的乐队而只有长号大鼓。庞涓作为盟主特使，理当出车迎接，而却只在原地迎候。魏国号称天下第一强，如何如此亵渎礼乐有失大雅？然则又能如何？燕文公长叹一声，就像多年来蔑视一切礼崩乐坏和僭越行为一样，又一次蔑视了魏国的无知和愚昧。

“魏国上将军、六国会盟特使庞涓，恭迎燕公车驾。”庞涓毕恭毕敬。

燕文公矜持地拖长声调：“上将军，魏王安在？”

“回燕公，盟主魏王明日驾到，今日本使代我王行迎候大礼。”

“盟主？尚未会盟公推，何来盟主？”燕文公冷冷一笑。

“回燕公，本次会盟事关重大，各国均已先行回书，拥戴我王为盟主。燕公何其健忘也？”该挑明处庞涓也不会虚与周旋的。

“既为会盟大典，何以如此不通礼法？燕国不是韩赵，本公解盟。”手中长剑一挥，“回燕！”

庞涓并没有情急之色，拱手高声道："燕公六百年贵胄之身，竟以些须礼法琐事置大计于不顾，气量何其狭小也？魏王迟到，非为不敬重燕公，乃是为燕国谋划一份重礼也。"

"上将军所言何意？"燕文公弯回轺车，口气显然温和。

庞涓微微一笑："中山国，可是一块肉也。"

"中山侯去了魏国？"

庞涓点点头："此刻，魏王只怕正为中山侯洗尘接风。"

燕文公默然有顷，爽朗大笑："好！本公且看看魏王才具。"

正在此时，逢泽大道上烟尘大起马蹄如雷。探马飞报：赵国君主赵侯率领两千精兵赴盟。庞涓笑道："敢请燕公一同迎接赵侯如何？"

"有上将军迎接赵种足矣。本公不劳上将军相陪。"燕文公望着遥遥而来的"赵"字大旗，轻蔑地冷笑。

庞涓高声命令："导引官，领燕公入行辕歇息。"

红衣骏马的导引官高擎红蓝两色的"燕"字大旗，在燕文公车驾前走马前行，燕文公车队辚辚进入了行辕区。

庞涓自然清楚，燕赵两国为争夺河东太行山地区的中山国，已是势如水火，若非魏国从中斡旋，两国早就该兵戎相见了。在燕赵之间，庞涓是喜欢赵国的。倒不是因为赵国与魏国同属"三晋"，庞涓本来就不是魏国人，没有老魏人的这种俗念。庞涓看中的是立国不到五十年的赵国的英锐之风，蔑视的是六百年燕国的老朽之气。论实力，赵国吞灭中山国并打败燕国是完全可能的。但魏国却不能支持赵国，因为那样一来，赵国就会成为堪与魏国匹敌的一流强国。为了使其他六大国的实力维持现状并始终和魏国强大的实力保持较大差距，庞涓向魏王提出了"扶燕抑赵"的策略，将魏国斡旋燕赵之争的基点定在防止赵国强大上。虽然这与庞涓的认知倾向相违背，但这是庞涓身为魏国上将军所必须具有的忠诚谋国的精神。否则，他庞涓何以堪称赫赫鬼谷子先生的第一高徒？

“上将军，别来无恙？”赵成侯豪放地大笑着，手中带鞘长剑直指庞涓。

庞涓恍然醒过神来，大笑着跳下轺车，深深一躬：“赵侯大驾莅临，庞涓思慕走神，惭愧之极，敬请见谅。”

“思慕？啊哈哈哈哈哈哈……”赵种长剑拄车，一双眼睛电一般向庞涓射来，“又给我赵种设套子了，啊？”

“再大的套子，也套不住赵国的二十万铁甲骑士。”庞涓微微一笑。

“说得好！赵种相信实力，素来不怕套子。知赵种者，上将军也！”

“我却要说，知庞涓者，赵侯也。”

“啊哈哈哈哈哈……”

庞涓也大笑一阵，一跃跳上轺车，“赵侯先行，庞涓陪送行辕。”

赵成侯一捋连鬓大胡须，转头向后一努嘴笑道：“还有比赵种厉害者在后，上将军等着迎接人家好，你我就免了虚套，我自走了。”

庞涓慨然拱手：“若蒙赵侯不弃，庞涓来生做赵国将军。”

赵种诡秘地一笑：“来生？赵国只缺耕夫，不要将军了。走！”一跺脚，车马大队隆隆驶进了行辕。陡然，庞涓清晰地嗅到了深藏于赵种心中的那个远大目标——统一天下，放马南山！瞬息之间，庞涓一阵冲动，竟觉得自己错投了魏国。悠悠思忖，又不觉失笑，赵国连身边的一个小小中山国都拿不下，统一天下岂非痴人说梦？豪气是一回事，实力又是一回事，自己一以贯之的认定怎么会被赵种的豪气冲得走了形？

“禀报特使大人，齐王车驾已入三箭之地。”主书高声报告。

庞涓精神一振，他已经看见迎面而来的紫色大旗上的“齐”字了，立即高声命令：“一箭之地，迎接齐王。”话方落点，训练有素的驭手丝缰一抖，三匹火红色良马已碎步走蹄轻快驰出。

第四位到达的是齐王，叫田因齐，史称齐威王，是田氏齐国的第六代君主。他年龄不到三十岁，即位刚刚两年，却已经是令天下刮目相看的英主。在两年的时间里，田因齐整顿吏治、减少赋税、招贤用能、兴办学宫，齐国一片生机勃勃；又南却强楚，西退燕赵，宣布称王，使齐国陡然间声威大振。庞涓对齐国的事态非常关注也非常了解，很是佩服这个年轻君主的霹雳手段，惊叹为天赋奇才。在七大国中，楚国春秋初期就已经自行称王，魏国是八年前称王，而齐国则是这位年轻君主即位一年宣布称王的。这样，天下就有了四个王国：名存实亡的中央之王——周，以及三个诸侯王国——楚、魏、齐。齐威王敢于大胆称王，无疑向天下宣示了齐国敢于抗衡天下的信心和决心。庞涓作为即将统一天下的魏国上将军，其实内心最没底的就是这个齐国。齐国地处大海之滨，土地肥沃，民风强悍，非但涌现了孙武这样的兵学世家，且近年来又文风大盛、工商业昌隆，临淄已经成为仅次于大梁的商业大都会，号称“齐市”。目下，又出了这样一个大有作为的国王，要吞灭齐国真是心中没底。但归根结底，庞涓也并不看好齐国。齐国田氏的立国根基远远没有魏国牢靠。魏氏历经百余年流血争夺，才和韩赵两族共同瓜分了晋国，其后又变法改制，军民一统，如臂使指。齐国则不然，田氏主要靠小步新政和上层篡夺杀戮之方式夺得姜齐政权，旧贵族盘根错节势力极大，田氏在齐国执政后又没有彻底变法改制，世族封地的势力依然很大，根基自然不坚实可靠。对于这样一个大国，庞涓提出的策略是“重和轻战，静观待变”，期待齐国出现战国屡见不鲜的“其兴也勃焉，其亡也忽焉”的大起大落，其时一鼓击之，天下可定。

远远而来的齐王却没有庞涓这样的复杂思绪，他瞭望行辕气势格局，只是在想，齐国如何能搜寻到一个像庞涓这样的大才？齐国不乏战阵名将，但像庞涓这样统筹全局出将入相的扛鼎人物还真是没有。这位年轻国王的过人之处，正在于他全然没有寻常少壮派常有的浅薄狭隘，却是酷爱人才，大有容人之量。此刻，他望着轺车上华贵威武的魏国上将军，不禁感慨赞叹："国有良将如庞涓者，安得不兴？"

庞涓却早已经遥遥拱手报号，且利落下车，迎上前来躬身作礼道："齐王驾到，庞涓有失远迎，多请恕罪。"

齐威王也几乎是同时跳下王车，爽朗大笑："上将军当世英杰，何以如此官话客套，将我田因齐做俗人待也？"

"庞涓敬重齐王奋发有为，何敢造次？"庞涓谦恭笑答。

"上将军，"齐威王握住庞涓的手微笑道，"田因齐请你到齐国一游，对齐国将军们教诲一番，如何？"

"齐王言重了。"庞涓笑道，"庞涓焉敢妄为人师？若能有幸到齐国，定当聆听齐王治国高论。"

"上将军，别说谁听谁，你若到齐国，就做我齐国三个月丞相，田因齐封你天客侯，三个县做封地，如何？"齐威王满脸笑意中透着真诚。

"天客侯？齐王好才具！也许魏王有一天会派庞涓做国使赴齐，庞涓定当领教天客侯滋味儿了。"

"好！一言为定，上将军静候佳音。"齐威王用力握了握庞涓的手。

"齐王请登车，庞涓陪送行辕歇息。"庞涓不想再继续这个话题。

齐威王转身上车，向庞涓拱手笑道："不劳上将军，田因齐还想借此机会游览一番逢泽呢。导引官，起行。"

庞涓只有拱手相送，对这种天马行空的非凡君主，过分拘泥只会自讨无趣，莫若随其自便来得稳妥。那么，就只有楚王没到了。庞涓看看天色，已经是午时已过，未时有半，按照各路探马所报行程，五国君主在午时前均可到达逢泽行辕，为何楚王车驾如此迟缓？庞涓是大将之才，这次盟会的行止调度全是以兵法谋划的，一切都安排得紧凑有序，绝不会误算或漏掉任何一位君主的行程。庞涓望望动静全无的逢泽大道，略一思忖，已经料到变故原因，暗暗哂笑，高声命令道："仪仗鼓乐收回，全军开饭，酉时出营列队！"

主书轻声道："上将军，万一楚王酉时前来到，该当如何？"

庞涓冷冷一笑："不知楚人，不用多言。"

回到行辕，庞涓照旧是一鼎逢泽黄羊肉，不要汤饼，也不要其他菜，更不要酒。在大山中修习十几年，常跟老师风餐露宿，庞涓对简朴粗犷的生活已经形成习惯。用冗长的时间去消磨繁琐的酒菜，他很是不以为然，觉得那简直是浪费大好光阴。对于庞涓，每顿饭只要有一鼎肉或一盆汤饼就很满意了。行军打仗，则只要有干肉干饼水袋三样就行，从来不在中军大帐开小灶。出山到魏国做官以来，庞涓最感头痛的就是频繁的官宴和奢靡的应酬。但凡大小宴饮，庞涓都是简单吃饱，然后静观形形色色人等的诳语醉态。久而久之，他这种习惯也为魏国上层和军中将士所熟悉。贵胄们似乎对他有些微妙的冷落隔膜，军中将士对他却是衷心拥戴百般景仰，对他严格的军令与严酷的训练方式自然也乐于服从。庞涓根本不在乎那些纨绔膏粱者如何蔑视他，也不在意将士们对他简朴起居的赞颂，他深深懂得，在连绵刀兵你死我活的战国之世，立足的根本点是功业，是胜利。作为三军统帅的上将军，若果丧师失地，将士们的拥戴赞颂会在一夜之间变为咒骂或叛乱。若果能破国拔城，那些纨绔膏粱们也会在一夜之间跪拜在他的脚下。成者王侯败者贼，在刀兵铁血的年月，这是一条永远的铁则。

匆匆用完黄羊肉，再用盐水漱漱口，庞涓立即走进内帐。和寻常统帅不同的是，庞涓的中军幕府，前帐小而后帐大。前帐聚将厅只有一丈左右，简单得只有安置虎符、令箭、王剑的一张大案，再就是将领议事坐的十三个青石礅。后帐却足足有三丈见方，除了一张仅可容身的军榻，整齐堆积的竹简占去了后帐的四分之三空间。除此之外，就是一幅丈余见方的巨大的列国地图。这幅图不是绘制在羊皮上，而是刻制在十块木板上用卯榫拼成，行军时拆开装成木箱，扎营时拼起展开。这幅木图，是庞涓从师修习游历天下的心血结晶，其准确度曾得到老师鬼谷子的极高评价。这幅木图安置在后帐且蒙着一层白布，可知庞涓是将它作为军事秘密对待的。平日里后帐也是不允许任何人踏进来的，除了庞涓的贴身侍卫。

此刻，庞涓拉开白布，就势坐在身后的书案前打量着图上的七大国，眼光扫过，盯住了大河西部的秦国凝神沉思。论本土，秦国北部和燕、赵、中山三国接壤，东南部与魏国接壤，南部与韩国接壤，西南部和楚国接壤，除了齐国远在海边与秦国不搭界外，五大国均与秦国有领土利害关联。而秦国西部，是深远难测的高山草原与大漠，没有任何可作为后援的盟友力量。七大国之中，秦国地处西陲，接壤的邻国却最多，目下又最弱最小……

“报！”帐外遥遥传来探马临帐时的尖锐喊声。

庞涓走到前帐，斥候已经掀帐而入，躬身高报：“启禀上将军，楚王早已进入逢泽，在三十里外行猎饮酒，不入官道，不知何故？”

“一个半时辰后，楚王必到。”庞涓吩咐，“探马远走，不要再管楚王。”

“遵命！”斥候高声领命，昂然疾出。

对楚王的狡黠，庞涓是太清楚了。后来的中原士人讥讽楚人是沐猴而冠，虽是刻薄，倒也确实神妙。猴子精明，然终不成人器。说到底，这是讥笑楚国人精于算计而缺乏大器局。就说目下这楚宣王芈良夫，明明是按行程于清晨时分到达逢泽的，可就是不入行辕区，全部的心思就是为了最后到达以显示尊贵。为此在三十里外停留行猎，煞费苦心地派出斥候打探，非要等到韩赵齐燕各国之后再进入，也许还等待着庞涓到三十里外去隆重迎接。庞涓对这种乖张的精细算计，历来嗤之以鼻。一个国家，不在根本实力上下工夫，专在这些琐细礼节上较真儿，能有何出息？楚国自春秋末期吞并吴国之后，地阔五千里，民众近千万，江淮水网纵横如织，湖泊星罗棋布，虽有连绵高山密林，然平原地带却是土地肥沃易于耕作。山重水复，疆域纵深，任哪个强国也休想一口吞下。楚国上层若有高远器局，变法图强，北进中原，何愁不能完成统一霸业？可惜这个国家就是固守蛮夷陋习，极少汲取中原文明的精华，官制军制民治均是自己的一套，从来不学中原各国的文明法制。丞相叫做"令尹"，上大夫叫做"左尹"，王族事务大臣叫做"莫敖"，上将军叫做"大将军"，还有登徒、柱国、执圭、三闾大夫等种种莫名其妙的官名。这个由山地部族自立而后获得周王朝认可的诸侯国，有许多地方是中原文明所难以理解的，这也正是中原名士难以在楚国建功立业之所在。魏武侯时期，文武全才的吴起因奸佞排斥不被国君信任而逃到楚国。当时的楚悼王任命吴起为令尹（丞相），立志变法图强。吴起以铁腕强力变革楚国落后愚昧的旧制，却几乎将自己弄成了孤家寡人。楚悼王一死，吴起立遭惨杀，楚国就成了一个"三分新七分旧"的奇特国家，始终是萎靡不振难有作为。庞涓当初为了选定自己要报效的国家，曾对楚国做了深入的游历探究，认为楚国和中原文明尚有百年距离。吴起在楚国的失败，不是变法本身有误，而是这个国家的落后愚昧封闭，和变法所需要的基础还有很大一段距离，任谁在短期内也难以扭转。其中一个重要的原因，就是楚国的上层贵族始终偏安封闭的山国，没有放眼天下竞争存亡的大器局。中原诸国凡有大事，都离不开楚国参与，但却也没有一个国家将自己的存亡谋划寄托于联结楚国。中小诸侯国更是极少主动寻求楚国的保护。在七大国中，楚国与秦国的附属国最少。秦国是因为被山东六国封闭在函谷关以西，不可能东出争夺中原附属国。但秦国在秦穆公时代就吞灭兼并了几乎所有的西部戎狄部族邦国，没有被化入的草原部族也几乎全部臣服于秦国。秦国也是一个积极向中原文明靠拢的诸侯国，不管中原大国如何蔑视秦国，秦国都始终以中原文明为楷模。楚国对南部蛮夷部族之所以缺乏有效统合，则泰半是不思进取所致。譬如岭南的百越，楚国就仅仅满足于松散的“称臣纳贡”，而没有将这支繁衍旺盛人口众多的部族纳入整体国力。楚国名义上有千万人口，能够动员的兵力却只有数十万，还不如只有数百万人口的赵国可能动员的兵力。说到底，也是这种有名无实的庞大臃肿造成的。

在深入的查勘中，庞涓还发现楚国上层对中原文明有一种自卑而又不甘屈服的躁动。时时涌动着一种要求中原文明承认他们、接纳他们的强烈心志，又时时处处与中原文明警惕地保持着一定距离。如果不被重视，他们就会寻找机会和理由向中原示威，显示力量。如果中原大国敞开胸怀，他们又会自动退避三舍，害怕被中原同化。三百年前楚庄王时，谁都知道楚国的力量尚远远不及中原一个晋国，更不要说众多诸侯的联合力量。楚庄王却要借联兵抗戎之机，陈兵洛阳郊外，向东周王朝的劳军使者王孙满挑衅，问洛阳九鼎轻重几多。那时候，九鼎可是天子王权的象征，问鼎天子等于是向天子的王权挑战。王孙满回答：“周德虽衰，天命未改。”楚庄王也只好悻悻而归。从此以后，楚国对中原的野心大白于天下，惹来与中原王室及诸侯国的种种麻烦。

后来，楚国有一段称霸时期，又缺乏谋略，不懂像齐桓公和管仲那样树起“尊王攘夷”的大旗，而是凶巴巴急吼吼地号令中原。结果惹来和晋国的城濮大战，一败涂地，从此两百多年萎靡不振。庞涓认为，这些都是因为楚国缺乏大器局所致。在庞涓看来，这样的国家最好对付，最难对付的是那些不拘小节，甚至不计一城一地之得失却又雄心勃勃的国家，譬如赵国，譬如齐国，甚至秦国也同样。刚继位的这位秦国新君，竟将已经夺回大部分的河西土地拱手相送以求休兵罢战，简直匪夷所思。这种人不是懦弱昏聩，就是机谋深沉。他们对这些先来后到、座次排列之类的邦交细节绝非迟钝，可是在表面上浑不计较，一心只在大事上做文章。一个国家，若处处在这种细节游戏上较真儿，无疑已经是衰老了，因为他们已经没有更大价值的东西去计较了。楚宣王正是这样，给他一个尊贵的座次，再给他一点看得见的好处，他就会大喊大叫地用难懂的楚语为盟主捧场。这一点，庞涓早就算定了。

酉时一到，魏国的铁骑仪仗准时在行辕区外展开，漫天晚霞中整肃威武，一片灿烂。庞涓的轺车驶出行辕时，逢泽大道上也卷起了阵阵烟尘。

担任司礼的主书轻声笑道："上将军，果真妙算！"

庞涓嘴角掠过一丝轻蔑的微笑，缓缓举起右手。骤然间，鼓声大起，长号向天呜呜齐鸣，声势很是雄壮。一箭之地处，黄色大旗上的"楚"字已经清晰可见，王车上青铜伞盖的熠熠闪光也已经映入仪仗铁骑的眼里。

"上将军，王车上如何不见楚王？"主书困惑地问道。

庞涓没有答理主书，只是恭敬地深深一躬，低声命令："报号。"

主书醒悟，连忙以司礼身份高声唱道："六国会盟特使、魏国上将军庞涓，恭迎楚王大驾——"

王车上，楚宣王芈良夫特别兴奋。一路上，他都是躺在特制的大型王车中想心事。因生得特别壮硕高大，兼之做国王后又日渐肥胖，寻常轺车根本容不得他坐，更别说躺下睡觉。为此，郢都的王室作坊受命专门打造了这辆异乎寻常的王车——车厢丈二见方、高三尺六寸，青铜车盖盖高八尺，直径一丈，车轮几乎比寻常车轮大两圈。中原王车是四马驾拉，这辆王车是六马驾拉，一旦启动便辚辚隆隆气势慑人。这辆王车的最大不同，就是车中永远有两个侍女为常年挥汗如雨的楚宣王把扇、拭汗、喂水。行进到距行辕一箭之地时，楚宣王推开给他喂水的侍女，趴在车厢前方的望孔上瞄向魏国仪仗。瞄来瞄去，没有看见魏王的迎接车驾，心里顿时觉得空落落的又有些恼火。转而看见了魏国上将军庞涓车前的“六国会盟特使”旗号，也看见了庞涓肃然躬身的谦恭姿态，才颇感欣慰地喃喃自语：“魏王不迎我，暂且作罢，谁教人家是盟主啦？”

一刹那，楚宣王芈良夫已经打定一个讨回尊严的主意，六国会盟特使庞涓迎接他时一定要讲出“代魏王迎接楚王”的话，否则他立即回马。想到这里，他精神一振，扶着两个侍女的肩膀霍然站起。两个黄衫侍女差点儿被压趴下，却又连忙同时用力扶起庞大的国王。

隆隆驶来的大型王车伞盖下，突然冒出了天神一般的楚宣王！

魏国仪仗骑士与鼓号手死死忍住大笑，却将一股喷然之气弄成了一片喷嚏吹进呜呜咽咽的号声。司礼的主书也连连打了几个响亮的喷嚏，憋得眼泪流到了鼻端也不敢擦。若非魏国军士训练有素，非弄成一团儿戏大笑不可。

庞涓知道身后发生了什么，却沉静得浑然不觉。待楚宣王的超大王车嘎嘎吱吱地刹住，楚宣王目光盯住他却不说话时，庞涓庄重清晰地遥遥拱手道：“六国会盟特使庞涓，代魏王迎候楚王大驾，楚王万岁！”

楚宣王心中大感快慰，一双大手拱成了斗大的拳头：“魏王大礼，芈良夫何敢承受？魏王康健万岁。”硬是不涉庞涓而只提魏王。

“魏王恭请楚王，先入行辕歇息。晚来戌时，魏王为楚王接风洗尘。”谦恭的庞涓也始终只提魏王而不涉自己。

楚宣王依旧摇晃着斗大的拳头，满脸笑意：“魏王忒得多礼，芈良夫何敢叨扰？”

“请楚王入营，魏王特使相陪。”

“芈良夫谢过魏王，忝为先车，入营！”

马蹄嗒嗒，车声隆隆，楚国的车队人马器宇轩昂地开进了会盟行辕。楚王芈良夫扶着高高的车轼，庄重肃穆地巡视着行辕，脸上充满了尊严。

三　接风小宴公开了会盟秘密

夜晚，逢泽变得分外美丽。六大行辕区的各色灯火，在浩淼的逢泽水面倒映出一个流光溢彩的灿烂世界。军旗猎猎，刁斗声声，有军营的壮美，却没有战场的萧瑟杀气。初夏尚有凉意的微风中，逢泽弥漫出一片华贵的侈靡。

逢泽是两条大河滋养的。西北有黄河，东南有济水，中间地带就聚成了苍苍茫茫的逢泽。战国时期，独立入海的江、河、淮、济被称为天下四大名水。这四大名水，黄河在北，长江在南，中间是济水与淮水。北河南江之间，正是华夏文明的中心地带。而逢泽恰恰又在河济之间，西北又紧靠繁华文明的大梁城，是中原腹心地带最具盛名的大湖。论水面规模，逢泽远远不及楚国的云梦泽，但论当时的名气与文明内涵，逢泽却是远远高出于云梦泽。魏国作为天下第一强国，选择逢泽做六国会盟的地点，不仅仅因为逢泽是魏国最好的形胜之地，而且还因为是当时整个中原文明的精华所在。

六国会盟的总帐，设在逢泽北面依山傍水的山腰草地上，地势略高出于其他五国的行辕驻地。以灯火区域看，五国行辕对盟主行辕的总帐恰好形成五星捧月之势，使总帐地位十分突出。时下，盟主行辕所在的山地岗哨林立，山腰总帐内灯火通明。

大帐内没有乐舞和侍卫。先到的五国君主默默坐在各自案前目不斜视，等待庞涓的开场白。庞涓的座案设在平地上，背后是暂时空置的魏王盟主的长案。庞涓刚刚走进来，他没有落座，肃立案前向君主们所在的三个方向深深一躬，拱手朗声道："六国会盟特使、魏国上将军庞涓，参见楚王、齐王、燕公、赵侯、韩侯。各位国君安然到达逢泽，盟主魏王委派庞涓代为五君接风洗尘。庞涓不善饮酒，然则六国精诚会盟、安定天下，庞涓愿以卑微之身敬五国君主一爵。"说着双手捧起案上青铜大爵，抱爵拱手，"敢请接受庞涓敬意。"说完一饮而尽，憋得满脸通红，连连咳嗽。但庞涓丝毫没有慌乱，用白帕拭去嘴角酒水，又是真诚一躬，"庞涓失态，敬请见谅。"

赵成侯爽朗大笑："上将军破例饮酒，我赵种奉陪！"举爵豪饮而尽。

"上将军当世名将，田因齐奉陪！"齐威王也一饮而尽。

"奉陪。"韩昭侯面无表情地举爵饮尽。

"本公，也就循例了。"燕文公矜持地徐徐饮下。

楚宣王一拍长案："魏王特使，为我等接风。盛情难却，本王饮啦！"一爵落肚，两旁跪坐的侍女忙不迭挥扇送风。

"上将军，请入座。"韩昭侯向庞涓做了个手势，淡淡漠漠地开口：

"上将军，天下皆知三晋一家。然本次会盟，魏王密简只说了'安定天下'四个字。本侯愚昧，尚请上将军明告，如何安定法？"

"韩侯所言极是。"赵成侯笑道，"会盟总得有盟约，所约何事啊？"

年轻的齐威王炯炯有神的双眼扫视全场，脸上却是一片微笑。他心中有数，齐国远处海滨，除了南部和楚国交界外，因为鲁国隔在中间，和中原各国很少有直接的利害冲突。他应邀而来，看中的是魏国提出的“六国定天下”的大方略，想明确的是齐国在其中的地位；至于实际利益，他目下没有奢求，而只是静观待变。目下他只是冷静观察，决不会主动询问什么。

矜持的燕文公对庞涓华贵逼人的装束直皱眉头，内心暗骂。表面懦弱实则坚刚的韩昭侯先行发难，他感到欣喜，对赵种的呼应他却感到腻烦。自韩赵魏三家分晋，燕国和韩魏两国一直保持着友善，偏偏和相邻的赵国龃龉不断。燕国忍受不了赵国这个后起之强国的逼人气势，却又奈何不了他。中山国本来是燕国的附属国。可是自从赵氏立国，中山国就倒向了赵国。恼羞之下，燕国想吞灭中山，却又没有实力啃动这块带肉的骨头。眼看中山被赵国蚕食，又妒忌得眼红滴血，于是只有秘密请魏国向赵国施加压力，遏制赵国。三番五次，就和赵国结下了难分难解的恩怨纠葛，双方都恨得牙根发痒，可实际上谁也奈何不了谁。这次会盟，燕文公有个铁定的主见要拿出来，但必须有魏国支持方能实现。韩赵与魏国始终暗斗不休，三晋龃龉，魏国为了寻求支持，必然会倾向于结好燕国。如此一来，燕文公的谋划就极有可能实现。但是他必须等待最好的时机，而且必须和魏王密议。目下，他想耐住性子看看这个魏国新贵上将军如何处置眼前的棘手题目。

楚宣王芈良夫内心很是冲动，极想质询庞涓几件事情。但他有一种不可动摇的大国地位感，但凡开口，必须在列国之后、盟主之前，虽不能说一言九鼎，也须得是排解纷纭，否则何以昭彰楚国的尊严？芈良夫对楚国的实际利益很清楚。楚国东北和齐国交界，正北和魏国、韩国接壤，西北和秦国相邻。在七大国中，楚国的接壤大国仅仅次于秦国，秦有五大邻国，楚有四大邻国。对于齐魏韩三国，楚国当然无法问津，但对于秦国，楚国的觊觎之心则由来已久。秦国西南部和楚国西北部，均是层峦叠嶂山重水复的艰险地区，道路崎岖，易守难攻，秦国一个武关卡在西南要冲，楚国顿时没有办法向西北伸展。这一片广袤山区里隐藏着几块丰饶的绿色盆地，汉水盆地、丹水盆地、漾水盆地，都是肥美家园。一旦拿下这一带山水，就会顺利越过蓝田塬，进入渭水平原，秦国就可一鼓而下。以楚国的实力，挑战其他大国虽力不从心，但对付秦国这个日益萎缩的西部诸侯，还是有力量的。但有一个先决条件，就是其他大国必须不干预，尤其是魏国不干预。要实现这个心愿，六国会盟正是最好的时机。楚宣王打定的主意是，只要魏国赞同或默许楚国对秦动手，楚国就在任何盟约上书名盖印，否则便不承认任何盟约。魏王给楚国的密简上有“六国会盟，楚有大利”八个字，似乎比对韩赵的密简实在了许多。所以楚宣王没有急于开口，他要看庞涓如何拆解这个谜团。

庞涓看看齐威王、燕文公和楚宣王，拱手微笑道：“敢问齐王、燕公、楚王，有何指教？”

三人神色各异地默默摇头，齐威王微笑，燕文公矜持，楚宣王冷漠。

实际上庞涓早就料到了五国君主急不可待的心情，对由自己亲自揭开会盟主题并代魏王进行先期磋商，更是感到骄傲。他清清嗓子，再次向五王拱手道：“五位国君，庞涓既蒙魏王委做六国会盟特使，自当代魏王向五国之君阐释此次会盟主旨，并行先期磋商。魏王以为，方今天下，周室衰微，诸侯纷争，弱肉强食，春秋时期的一百多个大小诸侯已经减少到三十余个。而这三十多个诸侯国，实在是由七大国主宰乾坤。自春秋以来，天下兵连祸结业已三百余年，魏王体恤天下苍生，披肝沥胆，谋划天下和平之道。道在何方？在六大国会盟定天下。”

说到这里，五国君主的眼睛一齐盯住了庞涓，凛凛生威。他们根本不相信魏国会披肝沥胆谋划天下和平之道，他们关心的是六国定天下如何定法，利害冲突如何摆平，魏国想得到何等利市，自己得失如何。

庞涓对五双震慑天下的目光并没有在意，继续从容道来：“六国定天下，如何定法？大要有三：其一，六国盟誓，互不为敌，永不犯界；其二，对其余三十余个诸侯小邦，划定各自势力圈，圈内小邦由宗主国吞并，他国不得干预；若宗主国三年内无力吞并，则任他国吞灭；其三，也是本次会盟要害所在，肢解秦国，将这个西部蛮夷抹掉！何以要六国分秦？因秦国之大，不能划给任何一国独吞，否则将破坏天下均势。魏国军力最强，也不想独吞秦国，此乃魏王的天下为公之心，请诸位深解我王苦心。如此三条实施，可保天下纳入王道，长久和平。”庞涓戛然而止，有顷，四顾笑问，“魏王之意，诸位以为如何？”

大帐中安静得唯闻喘息之声，良久，没有一个人讲话。矜持沉默的表面下，五大国君主的头脑里都是车轮飞转，权衡利弊得失。对第一条，没有一个人当真。盟誓罢兵，那只是得到些许喘息时日，缓过神来照打不误，魏国还不是打出来的？若没有吴起和诸侯的数十次大战，没有眼前这个庞涓的几次战绩，就是有十个李悝变法，魏国将领土也扩大不了三倍。魏国说不打，那只是不让别人打罢了，自己则是想打就打，谁也拿它没办法。但也有一条，别人要打，它也不一定有办法。所以人人都在想后两条。这两条可是非同小可，非但瓜分所有小国，而且还要瓜分大大的一个秦国，这可是任何一国都从来没有想过的大胃口大谋划。乍一听，这个谋划非但宏大，而且人人得益。然则仔细一想，这里边的文章多得竟是一下子理不出头绪。作为争雄天下的战国君主，谁都在波涛汹涌中沉浮过几回，一旦涉及根本，他们绝非易与之辈。没有理清，他们就不讲话，不置可否，决不会在节骨眼上轻率表态。

庞涓没有料到会有这样的僵局。按照他的设想，谋划一端出，就会立即引起争吵，这些人君是经不起些微利益诱惑的，如同狗对骨头的争夺一样。如今看来，他们却是在细加揣摩，并没有急吼吼争抢。如何打破僵局？庞涓略一思忖，向楚王遥遥拱手，恭敬地微笑道："敢问楚王，魏王欲将秦国西南交由楚国处置，不知楚王肯接纳否？"

因为脑子里车轮飞转，楚宣王竟忘记了自己"王言必于后"的尊严铁则，见庞涓问话直指预想目标，不由得脱口道："秦国西南么，自当由楚国接纳啦。然则秦国腹地在渭水平川，沃土六百里，难道不分一勺羹与我大楚啦？"

庞涓淡淡一笑："兹事体大，请楚王与魏王面商，楚国定会满意。"

韩昭侯冷冷道："韩国四周没有小邦可吞并，秦国的渭水腹地，理当全部由韩国接纳。"

齐威王"啪"地一拍长案："齐国距秦国千里之遥，无意分秦寸土之地。然则，鲁国、宋国、薛国须得全境交由我齐国处置，魏国楚国不得染指。"这是公然向两个最强的大国要价，举座不禁侧目而视。

楚宣王大皱眉头，摇着头拉长声调道："齐王呀，你的胃口太大啦。鲁薛两国姑且不说啦，宋国可是楚魏之间的地盘噢。"语气词极多的楚国话呜里哇啦成一片。

齐威王田因齐终究年轻气盛，冲动的脸扭成一种狞厉的笑，又是"啪"地一拍长案："楚王所言差矣！百年以来，楚国吞灭小诸侯几多？二十一国！晋国几多？十二国。其余大国呢？齐灭四国，秦灭三国，越灭两国。数一数，哪国胃口最大？楚国。"齐国话声沉语慢，字字如板钉钉一般。

楚宣王"刷"地冒出一头大汗，一时被噎得反不上话来。

半日沉默的燕文公悠然开口："齐王这笔账算得甚好。春秋三百年，恪守王制，未灭一国者，唯我燕国。今日会盟，却不知列位何以报偿？"

赵成侯厌恶地向身旁铜盆中"啪"地吐了一口痰，冷冷一笑："三百年寸土未得，竟然也算得一个大国？"

燕文公向以六百年王族贵胄自居，自视极高，这种赤裸裸的嘲讽使他恼羞成怒，立时拍案而起："赵种，休得欺人太甚！天下九州，唯有道者居之。燕国不堪，却也是六百年安如泰山。赵国如何？区区五十年诸侯，有何资格对本公说三道四恶语相加？"

赵种一阵哈哈大笑："姬凡，别泛酸。赵氏子孙素来不吃祖上功劳，讲究个赤手空拳打天下。有本事别找靠山，燕赵两国堂堂正正摆战场，看谁个安如泰山？上将军以为如何？"谁都知道，燕国若非魏国长期庇护，可能早就被悍勇善战的赵国活吞了。赵种面向庞涓征询，实际上显然是一箭双雕，嘲弄燕国，试探魏国。

庞涓期望着这种争吵，没有五大国相互争夺，魏国衡平天下的霸主地位就无从谈起。所以他一直微笑着面对争吵，对他们开始的沉默感到好笑。见赵成侯话锋转向他，庞涓拱手笑道："赵侯笑谈。六国会盟，亲如手足。天下未定，自相酣斗，岂不惹天下笑话？庞涓以为，今日大计，还是以分秦为要，那些蕞尔小国的存亡划分，完全可另行商定。庞涓所言，乃魏王之意。诸位高见？"

又是一阵沉默。庞涓所言的确有理，要在一次会盟中商定对三十多个小诸侯国的分割，牵扯出来的数百年恩怨纠葛未免太过复杂，几乎不可能人皆认可。然五国君主默认庞涓的更深理由，还不在于怕发生恩怨纠葛，几十年几百年打打杀杀都不怕，还怕宴会上面红耳赤？即或拔刀相向，又有何妨？谁都明白的更深的理由是，对战国势力范围的划分和消灭小诸侯权力的确定，仅靠一张羊皮盟约是根本不可能的。谁灭谁？能不能？完全要靠实力。这是春秋战国四百多年历史铸下的铁则，在这里口头争吵最多出出气，实在没有实际着落。

矜持尊贵的燕文公先开了口：“列位，本公以为上将军所言甚是，分秦大计是消除一个心腹大患，蕞尔诸侯则是毛发之疾。本公以为，秦国北部与林胡、楼烦相接的三百余里，当归燕国所有。”

赵成侯瞄一眼燕文公，大手一挥笑道：“赵国力薄，得秦国洛水以东、河水以西之二百余里足矣。”

“韩国嘛，”韩昭侯愁眉苦脸地摇摇头，“让让，只要秦国腹心的渭水平川，其余不计了。”

楚宣王大摇其头：“如何如何？只给我剩下穷山恶水啦？不可不可，我还要渭水平川之东半，函谷关至骊山二百里啦。”

韩昭侯淡淡道：“楚王何其健忘？函谷关至华山，早已经是魏国土地了。难道楚王连吴起也记不得了？”

“啊啊啊？这讲了半日，分的不是老秦国啊。”楚宣王惊讶地摊开双手。

满座哄笑。赵成侯高声道：“哈哈，楚王想分秦穆公时的秦国啊。”

庞涓向楚宣王拱手笑道：“楚王，秦国近百年来，土地萎缩，本次会盟，六国分秦，以秦国现有土地为本。”

“真是啦。”楚王长长地叹了一口气，“好好好，我大楚就再让几分啦，秦国西部，泾水河谷三百里加上啦。那里给楚国养马也蛮好噢。”

这一阵唯有齐威王始终沉默。秦国最西，齐国最东，中间相隔千里之遥，分一块地还不是别人的肥肉？所以齐威王对分秦话题毫无兴趣，面色冷漠，一言不发。对此庞涓岂能不清楚？他早已是成竹在胸，站起来环座拱手道：“诸位王公侯，分秦大计，六国有份，不能使齐国无所得益。魏王之意，齐国当得秦国二百里土地。然齐国秦国相距遥远，有地难立。为今之计，其余五国各割地四十里归齐。赵韩魏与齐国不交界，就由楚国燕国各割一百里归齐，再由赵韩魏三国补足楚燕两国土地。如此转补，以求地利均得，诸位以为如何？”

此言一出，齐威王顿感宽慰，炯炯有神的大眼扫瞄全场，看国君们如何应对。

沉默有顷，楚宣王耸耸肥硕的肩膀，干声笑道：“好啦好啦，楚齐两国手足睦邻，割地一百里情理之中啦。”实则楚宣王在一刹那间已经盘算清楚，楚国和齐国相邻的几百里全是茫茫盐碱滩地，只生苇草不生稻谷，而魏国韩国转补给楚国的土地却只能是相邻的淮水平原。这一转，就给楚国转出一个小粮仓来，有此好事，不亦乐乎？

燕文公却是颇费踌躇，沉吟道：“衡平地利也是正理，燕国自当勉力而为。”他的艰难，也是因为太清楚而感到心痛。燕国与齐国相邻地带，全是济水两岸的湖泊鱼塘和耕耘沃土，齐国屡屡求之而不得，两国常常为此发生摩擦。而赵国魏国转补的土地则只能是老晋国北部的山地，显然是得不偿失。然则此次会盟是魏国主盟，魏王既然提出，燕国何能拒绝？没有魏国这棵大树，燕国可真是步履维艰，想一想，不答应也得答应。

楚国燕国既然表态，韩国赵国自是欣然呼应。庞涓向齐威王拱手笑道：“齐王意下如何？”齐威王爽朗笑道：“上将军纵横捭阖，斡旋得体，田因齐领受。”且不说燕国的一百里沃土齐王求之不得，就是楚国的一百里盐碱滩，齐威王也另有想法。田因齐的勃勃雄心是觊觎楚国的，他看准了楚国是个肥大中空的邻邦，终有一天齐国要吞灭楚国，而得地一百里，等于齐国向楚国纵深靠近了一大步。盐碱地虽不生五谷，却是最好的战场，最近的桥梁，凭谁说没有价值？

齐威王的表态，等于宣布六国分秦再没有了异议。

庞涓抱拳环拱，朗声笑道："如此，分秦大计已定，请各位君主尽兴游览逢泽夜景，明日魏王一到，即行会盟大典。"

四　分秦大计在会盟大典上敲定

清晨，大梁城的南门隆隆洞开。

魏国王室的全副仪仗整肃拥出，引来早在城外等候的大梁民众的四野欢呼。当一辆光彩闪烁的青铜王车在三千铁甲骑士之后辚辚驶出城门时，这种欢呼达到了山呼海啸般的高潮。"魏王万岁！六国盟主万岁！"的呼声漫山遍野，大梁城竟是万人空巷倾城出动了。

魏惠王兴奋极了，在高高的青铜车盖下不断向四野的民众父老拱手行礼。自即位以来，他从来没有想到民众会对他如此拥戴。这种隆重盛大的夹道欢呼，数百年以来肯定没有一个国君享受过，他的祖父魏文侯和父亲魏武侯更是想也不敢想。究其竟，还是我魏罃功业宏大，使魏国在我手中鼎盛起来了。国富民强疆土扩大自不必说，单是这会盟六国分定天下，百年以来谁能做到？即或是春秋齐桓公的"尊王攘夷，九合诸侯"，能比得今日的六国会盟？齐桓公会盟诸侯还要打天子的旗号，六国会盟则视天子为粪土，完全是依靠实力安定天下，齐桓公能比么？再说，六国会盟之后魏国将成为天下霸主，按上将军庞涓的谋划，数年内将逐一消灭六大国而统一天下。不，该是五大战国了，秦国在这次会盟后就要被抹掉了。那时，我魏罃将成为一统四海的天子，魏国的民众又该如何对我景仰拥戴？想到魏国和自己的皇皇未来，魏惠王猛然觉得眼前的红色人海变成了匍匐跪拜的各国诸侯，六国宫殿在人海中漂浮移动，洛阳的周天子也在人海中向他战栗跪拜；他的灿烂王车从他们身上碾过，飘飘地升向天帝的宫殿，他回头怜悯地望着大地上的芸芸众生，竟有一丝恋恋不舍——大梁民众太好了，也许做他们的主人比做天神还要神气。

“禀报我王，五国君主已在行辕外迎候，臣庞涓先行接驾。”

庞涓？魏惠王揉揉眼睛，王车已经停在苍茫苇草掩盖的逢泽大道中，王车前站着一个顶盔贯甲的大将，一件大红披风分外鲜亮，不是庞涓是谁？魏惠王从梦幻中猛然醒来，脸上却还保留着醉心的笑意：“噢，庞卿啊，你说何事？他们在迎候？些许小事了。大事如何？”

“禀报我王，大事已定，臣已经与五国之君磋商成功。”

“好！上将军首功一件，请上王车，与本王同行。”魏惠王完全醒过神来，在高高王车上向他的上将军伸出尊贵的手。

庞涓在地上深深一躬：“启禀我王，为臣当恪守礼制，伴驾而行。”

“也好。”魏惠王一挥手，“车驾起行，会见诸君。”

庞涓跳上自己的轺车，紧随魏惠王的青铜王车之后，向行辕区浩浩而来。

魏惠王在高车上瞭望，已遥遥可见行辕区外飘扬飞动的各色大纛旗，看来五国君主确实是在行辕外恭敬地迎候。战国时期，阴阳家学说甚盛，各大战国的旗帜颜色与服饰主色都是极有讲究，有据而定的。讲究的依据就是该国的天赋国命。阴阳家认为，任何一个王朝和邦国，都有一种上天赋予的德性，这种德性用五行来表示，就是金木水火土五种德性。这个国家与王朝的为政特点，必须或必然与它的德性相符合，它所崇尚的颜色即国色，也必须与它的德性相符合。唯其如此，这个国家才能在上天佑护下安稳顺畅地运行。黄帝政权是土德，就崇尚黄色，旗帜服饰皆为土黄。夏王朝是木德，崇尚青色。殷商王朝为金德，其兴起时有白银溢出大山的吉兆，是以崇尚白色。周王朝为火德，先祖得赤乌之符，自然便崇尚红色。当时天下对这种五德循环说无不认可，立政立国之初，便已经确定了自己的国命德性。七大国更是无一例外。魏国从晋国而出，自认承继了晋国正统，而晋国是王族诸侯，当然是周之火德，魏国便承继火德，旗帜服饰皆尚红色。韩国也出于晋国，但为了表示自己有特立独行的德性，便推演出木德，旗帜服饰皆为绿色。赵国亦出于晋国，却推演出更加特殊的“火德为主，木德为辅，木助火性，火德愈烈”的火木德，旗帜也就变成了七分红色三分蓝色。齐国较为微妙，论发端的姜齐，并非周室的王族诸侯。且春秋中期以前的天下诸侯，尚没有自立国命的僭越行为，所以姜齐仍然以天子德性为德性，旗帜服饰皆为红色。即或称霸天下的齐桓公，也是尊王的，自然也是红色。但到了田齐时代，战国争雄，齐国既不能没有自己的天赋德性，又不能从传承的意义上接受火德，于是齐国推演出“火德为主，金德为辅，金炼于火，王器恒久”的火金德，旗帜服饰变成了紫色。其中唯有楚国是蛮夷自立而后被册封，很长时间里楚国是旗有五色而服饰皆杂，中原诸侯嘲笑楚国是“乱穿乱戴乱德性”。进入战国，楚国便推演出“炎帝后裔，与黄帝同德”的土德，旗帜服饰变成了一色土黄。不过最为特殊的还是燕国。论本体，燕国是正宗的王族诸侯，承继火德顺理成章天下没有非议。然燕国久处幽燕六百年，对周室王族不断衰败的历史刻骨铭心，独立之心萌生已久。燕国公族认为，先祖的火德已经衰败，作为王族旁支后裔的燕国若承继火德，这把火必然熄灭，要兴盛，须反其道而行之，于是推演出“燕临北海，天赋水德”，确定了燕国的水德。燕国之水是烟波浩淼的蓝色大海，于是燕国的旗帜服饰就选定了蓝色。在七大战国中，唯有秦国没有确定宣示自己的国命德性，但却是举国尚黑，令列国百般嘲笑，说秦国蛮荒之地不懂王化。秦国却是不理不睬，依旧黑色不改，在各国眼里成了一个乖戾怪诞充满神秘的西部邦国。

行辕外，六国各色大纛旗在微微晨风中特别平展，旗面上的国号大字在魏惠王的高车上清晰可见。每面大纛旗下都整肃排列着本国的铁甲骑士，五色缤纷，斧钺生光。六国会盟，实际上也是六国军容的无声较量，国君们带来的都是精锐之旅，目下在行辕外全部展开，气势分外雄壮。五国君主高车骏马，各自立于本国的纛旗下，东侧是楚宣王、齐威王，西侧是燕文公、赵成侯、韩昭侯。当魏惠王那一片红云般的车驾仪仗缓缓推进到一箭之地时，鼓号齐鸣乐声大起，肃穆祥和，气势宏大极了。

“听见了么？奏的天子雅乐！”赵成侯高声向韩昭侯道。

邻车的韩昭侯淡漠一笑：“战国了，《大雅》凭谁都奏，何足道哉。”

赵成侯摇摇头，对韩昭侯的迟钝报以轻蔑的微笑。

“大魏国大魏王驾到，五大国君参见盟主！”司礼高亢地宣诵。

五大国君在高车上一齐拱手高诵：“参见盟主……”

魏惠王一阵冲动，连忙咳嗽一声，庄容拱手：“列位君主，魏罃有礼了。”

红衣司礼高声诵道：“盟主携五大国君，入行辕！”

“列位君主请。”魏惠王拱手谦让。

“魏王盟主请。”五国君主也同声拱手谦让。

宏大祥和的乐声中，魏惠王的车驾徐徐进入行辕。五国君主紧随其后，也徐徐进入了行辕。

这时，庞涓的轻便轺车早已经驶出国君行列，与司礼大臣来到逢泽岸边的祭坛下等候。这是一座三丈高的木架祭坛，依岸边土丘搭建，虽然是临时急赶，但在大梁城能工巧匠的手中却也是非常的坚固雄伟。

祭坛下，魏国的两千铁甲骑士围成了巨大的环形骑阵，将祭坛围在中央。按照春秋战国的传统，举凡重大的诸侯会盟，一定要举行祭天大礼，否则不能得到上天的庇护。但逢泽是一片大水，实在难以觅到一方祭天的高地。庞涓反复揣摩，独出心裁，向魏王提出在逢泽岸边水天共祭。庞涓认为，逢泽居天下四大名水之中央，聚河济淮江之精华，实乃魏国之德水，自当与天相通。六国会盟祭逢泽，将使魏国逢泽变成和鲁国泰山一般的圣地，魏国威德也将大昭天下。魏王极是受用，大为赞同。

六国君主的车驾隆隆开到祭坛下时，朝阳下的逢泽水面已是金波粼粼，壮美异常。三丈余高的祭坛上五色旌旗猎猎招展，祭坛下烟波浩淼的逢泽一望无际地伸展开去，水天相连共一色，分外的壮阔。黄钟大吕奏起庄重肃穆的祭天雅乐，魏惠王踩着红毡直上祭坛，丝毫没有感到胖大身躯的累赘，三十六级台阶竟然一口气登了上来，连自己都觉得惊讶。这时，一个奇怪的念头闪过心中——愿上天佑护，使他在榻上折腾狐姬时也能如此轻捷。这个念头很离谱，却又很实在，他想到回去告诉狐姬时她的娇嗔模样，不禁“噗”地笑了出来。正在这时，“啪”的一响，翻卷飞动的五色幡旗的一角重重打在了他的脸上，就像被人响亮地掴了一巴掌。“罪过也。”他的脸腾地涨红起来，连忙向正中央长案上的三牲祭品深深一躬，展开竹简，高诵庞涓为他写下的那篇长长的祭文。

祭坛下五车并列，五国君主仰头望着高高的祭坛，不约而同地冷笑了。

“祭文完了？讲了甚话？”赵成侯见魏王走下祭坛，忙问左手的齐威王。

齐威王微笑：“回去问问太祝，自然知晓。”

“祭祀大礼成！”司礼大臣亢声高诵，君主们一齐回过神来。

庞涓轺车驶到，高声拱手道："敢请各位君主回行辕歇息，午时会盟大典。"

君主们回到各自行辕并没有休憩，而是不约而同地召来各自的谋臣，琢磨庞涓昨晚公布的分秦谋划，反复敲定利害得失，计议如何在最要紧的会盟大典上提出被疏忽的重大利害。庞涓也向魏惠王详细禀报了五国君主的表态，剖析了各种可能出现的要求，并一一提出了自己的对策。魏惠王十分满意，大大褒扬了庞涓，而后又饱睡了半个时辰，起来时精神分外饱满。

正当午时，逢泽北山坡上的总帐在初夏的阳光下血红鲜亮。三十六面牛皮大鼓隆隆雷鸣，六通过后，会盟君主的各色车辆依次到达总帐行辕之外。

总帐前横排四辆兵车，车上甲士各持一方红色大木牌，组成"六国会盟"四个大字。兵车左右各有三面大纛旗，东侧魏（红旗）、楚（黄旗）、齐（紫旗），西侧赵（红蓝旗）、燕（蓝旗）、韩（绿旗）。六面大纛旗之外，二百余辆兵车组成环形车阵围绕着行辕总帐。环形兵车的中央，由八辆兵车排成一个巨大的辕门。辕门入口处，六排六色持戈甲士列成纵深甬道。道中红毡铺地，直达总帐深处。总帐入口处有一方乐队肃然跪坐，守钟抱器，端严异常。

总帐中，六张王案摆成一个方形结构——北南各一，东西各二。北面的王座高出平地三尺有余，非但造型宏伟，而且镶满珍珠宝玉，豪华辉煌。与之相对的南面王座高出地面二尺许。其余四案均贴地而设。每张王案上均有两只铜鼎热气蒸腾。二十四名侍女分为六组六色，分列于六案之后。此时帐中六座皆空，气氛静谧肃穆。

大钟轰鸣六响，正是午时首刻。辕门入口处，红衣司礼大臣悠扬高宣："韩国韩侯到——燕国燕公到——赵国赵侯到！"

钟鸣乐动。礼宾官引导着韩昭侯步入辕门。他依旧身着绿色大袍，头戴一柱青竹冠，似凝重又似愁苦地悠悠而来，虽在豪华的场面中显得寒素注目，但却坦然自若，目不斜视，直入大帐。

相继跟进的是燕文公，瘦削的脸上三绺长须，蓝色大披风，头戴一顶高高的蓝玉冠，一派老贵族的矜持气度。他踏着极有节奏的步伐，有意与前行的韩昭侯拉开距离。

再次跟进的是赵成侯，一领红蓝披风，一顶高高玉冠，连鬓胡须，气度威猛。他是六位国君中年龄最长、掌权最长的长者，在甲士甬道中信步而行，随意打量着甲士的服饰兵器，嘴角永远流露着轻蔑的笑意。

乐声稍停，三位国君被礼宾官引导入座。韩昭侯坐于西侧末位，燕文公坐于西侧首位，赵成侯坐于东侧末位。燕文公对与之并座的韩昭侯侧目一瞄，轻蔑而又无奈地闭上眼睛。赵成侯则对相邻虚空的首位嗤之以鼻，仰脸望着帐顶。唯韩昭侯平淡似水，肃然端坐。

这时，辕门入口处的司礼大臣突然提高声音："齐国齐王到！"

年轻英挺的齐威王身披紫色大披风，头戴没有流苏的天平冠，腰系长剑，大步穿过甲士甬道。帐口礼宾官未及引导，他已径自走到东侧首位入座，将长剑摘下，横置案头。先入三君的目光一齐瞄向齐威王，各自带着含义不同的淡淡微笑。

辕门入口处的司礼大臣又是高亢宣诵："楚国楚王到！"

四名黄衣壮汉用状如滑竿的抬椅，抬进肥大壮硕的楚宣王。他那肥硕的大腹凸出在扶手之上，双手不断在肥腹上抚摩。一顶黄色无流苏的天平冠下，肥脸上细汗闪亮。椅旁随行两名侍女，不断用精致的大圆绸扇向他送风。今日祭坛下，他见魏惠王威风十足风头出尽，心中很不是滋味，揣摩会盟大典时要来一番非同寻常的气度，否则颜面何存？于是就有了这"非走"入帐的杰作。帐口礼宾官引导抬椅入帐，被庞涓早已经分派好的四名壮汉抬扶入南面王座。两名纤细的侍女轻盈地跪坐两侧，时缓时急地摇动绸扇。楚王转动肥颈，打量四国君主，情不自禁地大笑拍案，悠然道："会盟大典，盟主何在呀？"

先入四君对楚宣王的乖张做作不约而同地显出蔑视。赵成侯和齐威王同声大笑，燕文公矜持地皱着眉头，嘴角抽搐，韩昭侯则不屑一顾地转过头望着大帐入口。

司礼大臣突然抬高了嗓音："大魏国大魏王到！"

在宏大的乐声中，身着软甲披风的庞涓和一员顶盔贯甲的大将，护卫着健壮而又略显肥胖的魏惠王缓步而来。精神饱满的魏惠王身着一领大红披风，头戴一顶前后流苏遮面、镶嵌一颗光芒四射宝珠的天平冠，脸色凝重，目不斜视。礼宾官连忙趋前引导魏惠王进入正北王座，两员大将侍立于后。

五国君主座中一齐拱手："参见盟主魏王。"

魏惠王自信平淡地点头受礼，环视全场有顷，右手一伸："列位，这位是六国会盟特使，我的上将军庞涓，列位想是很与他相熟了。本盟主命庞涓上将军为会盟大典之掌笔大臣。"

东侧的庞涓肃然拱手："庞涓参见五国君上。"礼罢，即走向魏惠王主案右前方摆有笔砚、羊皮的长案前入座。

魏惠王左手一伸："这是我的王弟公子卬，本盟主命他为会盟护军。"

西侧大将挺胸拱手："魏卬参见五国君上。"礼罢，傲慢冷漠地持剑肃立于魏惠王身后。

五国君主相顾探询，却都是不动声色，面色矜持。

司礼大臣高声宣诵："六国逢泽会盟，盟主开宗——"

魏惠王轻轻咳嗽一声，气度威严地开口："六大国会盟，磋商有年，终归同心。会盟之宗旨：罢兵息战，安定天下。安定方略之大要有三：其一，六国盟誓，互不为战，若违盟誓，五国共讨；其二，议定六国边界，划定诸侯小邦的处置归属；其三，六国分秦，首定西土。本盟主以为，分秦为当务之急，其余事项若有争端，可徐徐图之，不知列位意下如何。”讲完环视全场，并向司礼大臣示意。

司礼大臣高宣：“盟主开鼎，鸣钟！”

钟声悠扬而起。魏惠王伸出铜钩，肃然搬下案上食鼎的鼎盖：“钟鸣鼎食，礼仪之要。列位请开鼎畅饮。”随着魏惠王微笑着伸手做请，五位国君肃然开鼎，热气腾出，缭绕帐中。每座后的侍女跪行座侧，用小铜勺将鼎中红亮的方肉盛到铜盘中。

“列位，鼎中佳味乃逢泽鹿肉极品，保长元神。”魏惠王巡视四周微笑道。

座中唯有楚宣王身手不动，由侍女将肉送到口中。他细嚼一阵鹿肉，悠然开口：“盟主所定分秦大计，我等竭诚拥戴啦。然则秦国近年情势如何，我等不甚了了啦。魏国与秦国经年征战，尚请见告，秦国果能一鼓而下么？”语态俨然以五国代言者居之。

燕文公矜持地说：“楚王过虑了。秦国何足轻重？牧马起家，西蛮而已，国力贫弱，礼仪不修，何堪六国一击也。”

赵成侯最腻烦这个燕国，冷冷笑道：“不堪一击？只怕我赵种也得费劲也。”言外之意明显不过，你燕国只怕是力不从心。

韩昭侯很怕这时争吵起来，温言圆场道：“分秦大计，原本便无争端。然则中原各国和秦国来往甚少，近年秦事的确知之不多，此为楚王、燕公、赵侯担心之所在。盟主若有切实的分秦良策，尚请见告。”齐威王只是悠然饮酒，一言不发地看着场中微笑。

“啪”的一声，魏惠王拍案大笑：“本王实不曾想到列位竟在此处担忧？本次会盟何以要六国分秦？究其竟，秦国正在最小最弱最混乱之时。秦国穆公之时，有整个八百里渭水平川，再加上河西三百里和后来夺取的西戎之地，地广两千余里。当其时也，秦国是除晋国以外的第二大诸侯。然自战国以来，我大魏国非但将秦国的河西三百里夺了过来，且又将崤山地带与函谷关以西三百里夺了过来。赵国夺了秦国西北部一百余里，燕国也夺了秦国北部将近一百里。如此一来，秦国已经龟缩到华山以西，地不过七八百里，人众不过一两百万，可用之兵不超过十五万。如今我六大强国能容其苟安，已是大仁大义了。今六国联手，一鼓而下，岂非易如反掌？”

楚宣王按捺不住，推开向嘴里喂鹿肉的侍女，肥厚的大手一拍长案：“言之有理啦！我大楚国有可战之兵五十万，魏国三十万，齐国二十五六万，燕国二十万，赵国二十多万，韩国十八九万，任哪国也比秦国强出许多啦。会盟之后，我大楚国当先出兵啦！”

韩昭侯冷笑：“楚王要先下手为强？”

楚宣王尴尬地呵呵一笑：“岂有此理？韩国与秦国可是近在咫尺啦。”

齐威王一直默然观察，此时淡然道：“若以楚王算法论战力，楚国是当今第一强国了？”

楚宣王又是一阵尴尬：“齐王笑谈啦，不是说秦国么？”

赵成侯悠然笑道：“齐王之言有理，我等不要大意。六国分秦，务在一鼓而下，耽延时日，必生变故。而论陈兵决战，秦国虽弱，必做困兽之斗，急切未必能下。以赵种愚见，必得双管齐下，方能一鼓分秦。”

“双管齐下？何意？”魏惠王大感兴趣。

“一则，六国各出兵五万压向秦境。二则，策动秦国西部后方的戎狄部族叛乱。内外夹击，秦国纵有回天之力，也当不战自溃。六国坐收渔利，岂不妙哉？”赵成侯从来没有如此自信悠闲地讲过话。

“妙也！”一席话落点，满座拍案拊掌，大笑不止。六国君主终于在双管齐下的谋划中，一扫最初疑虑，在眼看到手的利益面前达成了一致，也使会盟大典终于产生出所需要的热烈高潮。

魏惠王兴奋地举爵：“列位，为赵侯妙算奇策，干此一爵！”

“干！”六国君主第一次同声相应，一饮而尽。

魏惠王仿佛想起了什么，满脸笑意地看看庞涓：“上将军以为如何？”

庞涓心中很不是滋味。平心而论，赵种的谋划的确老辣，对于一个衰败小国可谓是内外霹雳。庞涓感到不是滋味的是，自己为何没有想到这条奇计？如今由赵种提出，赵国在六国分秦中的分量无疑将大大加重，这对魏国的利益和盟主权威必然有所减弱。以兵法而论，庞涓出了谋划，赵种出了一支奇兵，最多打了个平手，这对自己也不利。魏王素来疏于智计，还兴高采烈地为赵种喊好。不行，必须压压赵种。想到这里，庞涓肃然站起，恭敬地环场拱手道：“列位君上，灭国战胜，奇正相因，正道为主，奇术为辅。六国分秦，实力第一，没有破国摧城之威，纵然奇计百出，也无以奏效。庞涓以为，六国首要之点，仍在大兵压秦。赵侯谋划，辅以奇计，为六国分秦增一树之木，诚可贵也。”

一席话落点，偌大帐中静得出奇，连魏惠王也困惑地看着庞涓不说话。赵种却是突然间爽朗大笑：“高明，上将军高明！六国分秦，自当靠魏国的三十万铁骑当先，我赵种那点东西，算个鸟！”

一句粗俗，大雅之堂哄然大笑，庞涓的正告顿成子虚乌有。

魏惠王微笑着举起手中铜爵：“列位，会盟大典异常圆满，甚合本王之意，来，为六国分秦，安定天下，干此一爵！”

五国君主一齐举爵相向：“六国分秦，安定天下。干！”

第二章 国耻昭昭

一　金令箭使者飞驰栎阳

黄河南岸的大道上，一个红衣骑士向西飞驰，渐渐进入两山夹峙的谷口。

正是夕阳西下时分，幽暗漫长的峡谷仿佛大山之中开出了一个抽屉，这就是闻名天下的函谷险道。因其纵深有如一个长长的匣子，时人称其为函谷。这条函谷险道地处黄河骤然折成东西流向后的南岸，东起崤山，中间穿过夸父逐日大渴而死的桃林高地，西至潼水渡口，莽莽苍苍长一百余里。峡谷两岸高峰绝谷，峻拔迂回，一条大道在谷底蜿蜒曲折，是山东（崤山以东）通往关中的唯一通道，号称函谷天险。千余年后，北魏郦道元的《水经注》这样记载古函谷关："邃岸天高，空谷幽深，涧道之峡，车不方轨，号曰天险。"后世东汉名士王元雄心勃勃地为当时的西部豪强隗嚣策划云："请以一丸泥，东封函谷关，图王不成，其弊足霸矣！"战国之后百千余年，函谷关尚有如此的险峻雄姿与要塞功能，足可见战国时代函谷天险的荒绝险峻。

西周时期，函谷本无关隘。周平王从镐京东迁洛阳之后，将原来是周室王畿之地的渭水平川全部封给了秦部族。秦成为诸侯国后，天下进入动荡不宁的春秋时代。为了防止山东诸侯西侵，秦国在函谷天险的东口筑起了一座砖石城堡，顺着函谷的地名，便称了函谷关。不想这座简陋的关城，却在兵戎相向的数百年间大大起了作用，山东诸侯的隆隆战车总是无法逾越这道狭长险峻的山谷。随着秦穆公称霸，秦国扩张，函谷关便也闻名天下。进入战国初期，魏国率先变法而强大起来，对穷弱秦国开始了长期的蚕食。名将吴起训练出的轻装骑兵与重甲武卒大显威力，二十多年间，秦国在黄河西岸的数百里土地被魏国一仗仗全部夺去。作为天险屏障的函谷关与崤山桃林高地丢失了，石门要塞、潼水渡口等东部屏障也被魏国尽数占领了。若非吴起后来被迫离开魏国，这位和天下诸侯大战七十四次无一败绩的著名统帅，决不仅仅只将秦国压迫到华山以西。

沉重的牛角号在城头响起，红色的“魏”字大纛旗完全消融在晚霞之中。

当红衣骑士风驰电掣般飞到关下时，函谷关城门正在隆隆关闭。那匹神骏的黑色坐骑通灵之极，长嘶一声，从行将合拢的石门中腾越而过，引起城头兵士的一片高声喝彩。

“过关者何人？”城头将军高声喊问。

“华山营斥候。”一声长长的回答飘在身后，骑士早已在一里之外。

函谷关对于秦国是曾经的国门咽喉，而对于时下的魏国，却是国土内的一座寻常关口而已。所以，魏国函谷关的盘查，远远不如秦国函谷关时的盘查严密。城头守军见出关者是魏国军士装束，又报号华山营斥候，也就没有派飞骑追赶盘查，反而聚在城头高声议论赞叹这个斥候的高超骑术和罕见良马。

在夕阳落下的余晖中，骑士骏马像一朵红云，向西掠过空旷的原野和滔滔的河流。眼见左手的华山已经遥遥落在身后，骑士脱下身上的红色披风用力向地上一摔，顿时变成了一个黑衣劲装的秦国骑士。他愤怒地高声骂了一句什么，向座下马大吼一声。神骏的黑色战马突然间人立，一声长长的嘶鸣，展开四蹄腾空奔驰，箭一般向西而去。

渐行渐西，遥遥可见苍黄透绿的原野上矗立着一座黑色城堡。从远处看，这座城堡很小。在夕阳余晖中，城堡的剪影像一只黑色巨兽。随着黑衣骑士的骏马飞驰，渐渐可见背向夕阳的东门箭楼上有黑衣甲士游动，猎猎飞动的黑色大纛旗上大书一个白色的“秦”字。

这就是秦国都城栎阳。它坐落在渭水的一条小支流——栎水的北岸。这座小城堡是秦立国四百年以来的第三座都城。当初秦国始封诸侯时，周平王已经东迁到洛阳去了。关中的镐京、丰京已经在戎狄入侵中化为焦土废墟，根本不可能做秦国的都城。秦国第一任国君秦襄公，便将都城设置在靠近自己西部根据地的陈仓山东口。第二代国君秦文公又将都城东迁三百里，设在了渭水北岸的雍城，一直稳定了三百多年。到了战国初期，秦国被魏国屡次攻城陷地，秦献公壮怀激烈，决然将都城东迁到距离魏国华山军营不到三百里的栎阳小城，向天下宣示从此誓死不向西后退一步。这座栎阳小城作为都城，实际上也是作为最前方的军事要塞建立的。城方虽然很小，每边只有一里，方方正正四里多，正是春秋战国时代常说的那种“三里之城，五里之郭”的典型小城。但却全部用大石条砌成，城墙也比寻常城墙高出三丈有余，连箭楼也是石板垒砌的。作为进出口的城门，则是两块巨大厚重的山石。也就是说，整个城堡的外部防御构造没有一寸木头，寻常的火攻根本无伤城堡之毫发。然则使人更有强烈印象的是，这座城堡的城墙和箭楼全部都用黑色的山漆厚厚涂抹，黑亮光滑，非但威猛可怖，而且爬城偷袭者也决然无计可施。这座高高耸立在栎水岸边的险峻城堡，因为临近魏国的华山大营，所以防范很是严密。在这暮色苍茫的时分，高高的城头上已经吹起了呜呜的牛角号，城门外原本稀疏的行人已加快了脚步。三遍号声之后，栎阳城门就会隆隆关闭。

快马渐近，黑衣骑士没有减速，伸手在怀中摸出一支足有两尺长的金制令箭高高举起。虽是傍晚，长大的金令箭依旧在马上划出一道闪亮的弧线。

“金令箭使者到，行人闪开！”城门将领举剑大喝，两列甲士肃然立定，城门内外的行人“哗”地闪于道旁。

黑衣骑士高举金色令箭，飞驰入城。

栎阳城内，街市萧条冷落。和大梁城繁华锦绣的夜市相比，这里简直就是荒凉偏僻的山村。店铺灯火星星点点，街边行人疏疏落落。幽幽摇曳的灯火下，可见市人衣着粗简，时有担柴牵牛者在街中匆匆穿过。在这条直通秦国国府的短街上，既没有一辆哪怕是简陋的牛拉辎车，也没有一个衣饰华贵的人物。店铺前的人们进行着简单的交易，或钱货两清，或物物交换，都在默默进行，没有任何讨价还价的争执。小城短街，静而有序，一切都是静悄悄的，没有一点儿慌乱。所有这些都在无声地表示，这座小城堡经历了无数惊涛骇浪，已经不知道恐惧为何物了。当骑术娴熟的金令箭使者纵马从街中驰过时，马不嘶鸣人不出声，也没有任何一个市人高声呼喝，街中行人迅速闪开，一副习以为常的坦然神色。

瞬息之间，黑衣快马逼近短街尽头一片高大简朴的青砖平房。

这片砖房被一圈高高的石墙围起，仅仅露出一片灰蒙蒙的屋脊。正中大门由整块巨石凿成，粗犷坚实。大门前两排黑衣甲士肃然侍立。金令箭使者骤然勒马，骏马人立，昂首嘶鸣。石门前带剑将领拱手高声道："君上有令，金令箭使者无须禀报，直入政事堂！"

黑衣人从马上一跃飞下，甩手将马缰交给将领，大步匆匆地直入石门。不想几步之后却一个踉跄倒在地上爬不起来，他嘶哑地摇手："快，扶我，政事堂。"四名护卫军士立即抢步上来，抬起使者疾步进入国府宫。

说是国府宫，实际上是一座九开间的六进大宅院，外加一片后庭园林。如果放在魏国，充其量不过是一个中大夫的住宅规格。在齐国也不过上卿规格。府中房屋一律是特大方砖块砌成，地上则是一色青石板，没有一片水面，没有一片花草，唯一的绿色是政事堂后边的一片胡杨林与几株松树。简单实在得冷冰冰的。第一进是国府各文书机构，第二进是国府中枢政事堂。这政事堂是一座六开间的青砖高房，坐落在院落正中央，两边是通向后进的偏门。政事堂本身分为两大部分，东侧为国君聚集大臣商议大事的正厅，西侧为国君处理日常政务的书房。以实际作用论，西侧书房才是国府的灵魂与中枢之地。

此刻，西书房已经亮起了灯光。这是一间陈设整肃简朴的书房，地上没有红毡，四周也没有任何纱帐窗幔之类的华贵用品。最显眼的是三大排书架，满置竹简与羊皮书，环绕了三面墙壁。正对中间书案的墙面上悬挂了一幅巨大的列国地图，画地图的羊皮已经没有了洁白与光滑，乌沉沉的显示出它的年深月久。地图两旁挂着长剑与弓箭。所有的几案书架都是几近于黑的沉沉紫红色，使政事堂颇显得威猛神秘。房间只有一盏粗大的牛油灯，不是很亮，风罩口的油烟还依稀可见。一个人站在地图前沉思不动。从背面看，他身材挺拔，一领黑袍上没有任何装饰，头发也用黑布束起。端详片刻，他一声长嘘，一拳砸在羊皮大地图上，忧愤而沉重。

一名白发老内侍守在政事堂门口，没有表情，没有声息。

急促沉重的脚步声从院中传来。白发老内侍警觉，立即轻步走下台阶。四名军士抬着黑衣使者匆匆而来，放在老内侍面前。黑衣使者艰难地向老内侍一扬手中金令箭。老内侍立即高声报号："金令箭使者晋见——"

"咣"的一声，书房内好像撞倒了物事，只听一阵急促脚步声，书房主人已经快步迎了出来。窗户透出的微光下，可见他是一个相貌敦厚的青年，眼睛很细很长，嘴唇很厚，嘴角隐入两腮极深，厚重中透出刚毅英健与从容镇静。他不是别人，正是书房的主人，秦国新君嬴渠梁，后来人说的秦孝公。他急步来到黑衣使者面前，蹲下身一看，一句话没说便伸手扶住黑衣人要抱他进去。

老内侍拱手拦住："君上，我来。"说着两手平伸插入黑衣人身下，将黑衣人平平端起，步履轻捷地走上台阶，走进书房。秦孝公对四名军士匆匆说一声："你们去吧。"军士们躬身应命间，他已经大步走进书房。

黑衣使者被平放在书房的木榻上，灰尘满面，大汗淋漓，胸脯急速起伏。他见秦孝公进来，连忙挣扎起身："君上，大事，不，不好。"秦孝公摇摇手："你先别开口。"回头吩咐："黑伯，热酒，快！"话音落点，老内侍已经从门外捧来一铜盆冒着微微热气的米酒。秦孝公接过，双手捧到黑衣人面前。黑衣人热泪骤然涌出，猛然捧住铜盆，咕咚咕咚一气饮干。秦孝公接过铜盆递给老内侍，回头拉住黑衣人的双手："景监，辛苦你也。"

一盆热酒使金令箭使者景监面色红润，脸上的汗水泪水一齐流下。他撩起衣角就要擦拭，秦孝公却已经递过来一条绢帛汗巾，景监接过拭去脸上汗水泪水，精神顿时焕发。这是一个英挺俊秀的青年，若没有久经风尘的黧黑肤色，当算是一个丰神俊朗的美男子。他费力站起深深一躬："君上如此待臣，景监如何报答？"

秦孝公爽朗大笑："你为国舍命，嬴渠梁又如何报答？老秦人不说虚话，来，说说你带回来的消息。"

景监原本是充满惊恐长驱赶回的。他本能地感到，秦国已经到了真正的生死存亡关头。从逢泽到栎阳两千余里，他两天两夜只是在三次喂马的空隙里吃了几块干牛肉。他的大腿内侧已经被粗糙的马鞍磨出了红肉，疼得他一路上不断咬牙吸气。那匹罕见的西域良马，平时根本不用马鞭，可是这次竟然被他抽得遍体血痕，景监痛心得不断咒骂自己，可是还是不由自主地猛抽战马。他只有一个愿望，赶快飞到栎阳！可是当他见到和他一样年轻的国君时，秦孝公那种异乎寻常的定力却使他深为惊讶。景监和大多数秦国臣子一样，对这位刚刚即位半年多的国君知之甚少。少年时代，景监还曾经和这位当时的公子在战场上共同打过几年仗，两个少年骑士交情甚密。有人嘲讽说，嬴渠梁如果当了国君，景监一定是国君的"弄臣"。然则秦国连年打仗动荡不定，景监早早就随父亲转移到了西部战场，嬴渠梁却一直留在东部与魏国作战。只是在去年的少梁之战前夕，他才奉命东调，做了前军副将。戎马倥偬，倏忽十年已经过去，两人几乎没有谋面的机会。年前新君即位的动荡时刻，景监奉嬴虔之命，率四千铁骑隐蔽驻扎栎阳城外做紧急策应。虽说因局势未乱没有派上用场，但这位前军副将的耿耿忠心却因此而尽人皆知。一个月前，风闻六国将在逢泽会盟，新君嬴渠梁竟然直接点将，派景监为金令箭使者赴魏国秘密活动探听消息。景监感到，国君肯定已经嗅到了六国会盟的异常气息。因为在秦国的历史上，没有非常特殊的重大差遣，是从来不启用金令箭的。但凡持有金令箭者，不但在秦国可以通行无阻，而且在外国遇见秦国人，也可以命令他们做所需要做的任何事情。新君首次启用金令箭，足见其对六国会盟的警觉和重视，足见对他这位少年挚友的信任。可是，当这位新君看到自己风尘仆仆地拼命赶回来时，竟然阻止了他的挣扎禀报，以异乎寻常的细心和真诚，关照着他的鞍马劳顿。景监身为军旅子弟，从小见过不知多少王公贵族，那种颐指气使的架势几乎是所有贵族难以克服的痼疾。而这位青年君主却是那样的质朴厚重，举止言谈间没有一丝一毫的夸张浮华。一刹那间，景监想起了一句老话："刚毅木讷，可成大器。"

虽则感动，景监还是着急，喘口气沉重急促地道："君上，山东六国会盟于逢泽。盟主是魏惠王，会盟主辞是六国定天下。更要紧的是，六国订立了三条盟约：其一,六国互不用兵；其二，划定吞并小诸侯的势力圈；其三,六国分秦，共灭秦国，而后对齐国转补土地二百里。"

秦孝公就站在景监对面，脸色越来越阴沉。听景监说完，他半晌没有说话，也没有挪动，双眼只是盯着窗外的沉沉夜色。

"君上？"景监有些惊慌，轻轻叫了一声。

秦孝公默默踱步，转到书架前突然发问："六国准备如何分秦？可有出人意料的谋划？"

"臣买通了一个护卫逢泽行辕的千夫长，化装成他的随从在魏惠王总帐外巡查警戒。但在会盟大典时，那位千夫长被派遣到猎场准备会猎事务，臣也只得同去。是以会盟的细务谋划，臣无法于仓促间得知。会盟次日，臣假装围圈野鹿，逃离猎场，星夜奔回。"景监话语中有深深的歉疚自责。

"无关大局。想想办法，继续探听。"秦孝公语气很平淡。

景监拱手道："是，君上，臣立即再赴大梁！"

"不用了，你留在栎阳，打探之人你另派干员就是。"

景监似乎还想再度请命，却终于说出了"遵命"二字。

秦孝公还在踱步，几乎是一步一顿，停比走多。景监站在厅中一时不知如何是好，看到这位年轻君主沉重的步子，他真切地感受到了国君内心的压力。面对灭顶之灾，任何惊慌失措都可能是正常的。如果面前这位新君流泪哭喊或无所措手足，景监反倒知道该如何安慰他，会给他讲述秦国屡次渡过的危难，会给他提出路上想好的各种主意。可是面前这位年轻的君主，竟是从一开始就没有哪怕是瞬间的惊慌。这种定力，这种静气，反倒使景监感到了无所措手足，不知道该说什么该做什么，甚至不知道该不该把自己的对策讲出来。

“景监，”秦孝公终于回过头来，平静如常，“你且先回去大睡一觉。我得静下来，好好思谋一番。明日清晨政事堂朝会，你也参加，我等君臣共商化解之策。如何？”

“君上保重，臣，遵命。”景监激动得声音颤抖。

二　秘密流言震动了秦国

这天夜里，栎阳城弥漫着一种莫名其妙的躁动和不安。

金令箭使者带回的消息尚来不及从国府中传出，按说这座久经风浪的小城堡应该是安静如常的。但让秦国人想不到的是，山东六国为了在瓜分秦国的行动中争得各自利益，先行摸清秦国底细，各国在会盟之前便已经向秦国要地派出了大量的商人间谍。他们潜入秦国，一是搜集军情政情，二是散布流言制造乱局。这些渗透秦国各地的密探，千方百计地结交国府重臣和地方官员，将六国分秦的消息秘密透露给他们，图谋能分化秦国上层，能瓦解那些顽固的老秦人。

那时候，秦国由于长期被魏国封锁在骊山以西，财货匮乏，国弱民穷。所以对这些以经商为名且带来罕见财货的商人格外宽厚，压根儿没有想到他们会是六国坐探，对他们传播的消息也认为是民间传言，从不在意。按照庞涓事先的秘密指令，六国会盟一结束，便是密探们在秦国各地制造散播流言的发动日。金令箭使者黄昏进入栎阳，是谁都知道的大事。它给了间人们一个信号，他们出动的时机到了。在夜幕落下的时候，零零星星的店铺里开始有了游荡的神秘生意人，一边买点儿东西一边漫无边际地和店主与客人攀谈，无意中说到“听说”的坏消息；还有一些和栎阳老秦人有来往的客商，便带着几条干肉登门拜访老友，在有意打探老友是否知道坏消息的同时，无意地说出六国大兵压境的更坏消息。不消两三个时辰，坏消息便在栎阳城弥漫开来。小小栎阳城只有五六万人口，居住的都是老秦国的本土之民，他们世世代代都和山东打仗，本来对哪国要打秦国这样的消息，从来只当做没听见。可这次不同，这次是山东六大国同时对秦国用兵，秦国岂不是面临灭顶之灾了么？那要死多少人？城池、土地、店铺、牛羊、老人、孩童，难道都要毁于一旦么？人群之中的慌乱恐惧是相互感染的，弥漫感染中又无形夸大着这种恐惧和慌乱。素来镇静自若的栎阳城，一夜之间竟陷入了惶惶不安之中。

这一切，秦孝公和秦国重臣都无从觉察。慌乱在黑夜继续弥漫着加重着。

天交四鼓时，政事堂书房依旧烛火通明。秦孝公一直在羊皮大图前转悠沉思，时而停下来在竹简上写几个字，便又开始转悠。老内侍黑伯将那一鼎炖羊肉已经烧了五次，还是依旧放在书案上。黑伯只是一遍又一遍地重热，绝不去出声打扰他的年轻君主。相反，看见君主沉重地思虑，他白发苍然的老脸上倒是分外安详。先君献公箭伤发作行将辞世前，曾指着他对这位未来君主说：“黑伯历经秦室三世，忠贞高义，渠梁善待之。”为了这一个嘱托，老内侍黑伯打消了回归西域故土的念头，仍旧留在了新君身边。久经沧桑的黑伯对新君有一种奇特的感觉，这位年轻人竟然具有和他这样的老人一样的深沉，说话极少，大多时间都在书房翻阅那无穷无尽的竹简，忘记吃饭决然比准时吃饭的次数多。凭经验，黑伯知道对这样经常皱眉深思的主人绝不能唠唠叨叨地提醒什么，打碎一件器皿他会一笑了之，可搅扰打断了他的沉思默想，他一定会大发雷霆的。当国君沉浸在冥思苦想中时，黑伯永远耐心地肃立在书房外的阴影里，等待着满足他醒悟过来的任何需求。

突然，黑伯听见了轻微的异响，一个纵跃，轻轻落在了院中。

“黑伯，雍城来使么？”秦孝公平静的声音从书房传出。

话音落点，宫门将领已经大步走入，向亮灯窗户拱手道：“禀报君上，雍城令星夜东来，从秘道入城，请求紧急晋见。”

“快请。”秦孝公已经走出书房，站在了檐下。

将领飞步而出。片刻间，满脸灰土的一个黑衣人站在了秦孝公面前：“雍城令嬴山夜半唐突，尚请君上恕罪。”

秦孝公走下台阶，打量着须发灰白的雍城令笑道：“看来，栎阳秘道太窄了，竟使老叔变得土鼠一般。”说着拉起雍城令的手，“来，到书房说话。黑伯，来一鼎炖羊肉。”

刚进书房坐定，雍城令便急促拱手道：“君上，雍城流言四起，都说山东六国要一起攻打秦国，吞并秦国！雍城已经有民众逃亡了。我连夜东来的途中，见到丰镐之地的民众也在稀稀落落地向东逃亡。老臣不知究竟出了甚事，再不制止，秦国腹地就要不战自溃了！”

秦孝公霍然站起，略一思忖断然命令：“黑伯，即刻办理几件事。一、立即命得力护卫到栎阳城内探听动静。二、宣栎阳令立即来见。三、速持兵符调遣两千骑士，半个时辰后在国府门前待命。四、请左庶长即刻选派二十名干员待命。”

刚刚走进书房的黑伯，放下食鼎，答应一声，轻步去了。

雍城令霍然站起："君上有何差遣？臣当万死不辞。"

秦孝公压压手："你先吃完这鼎羊肉，攒点儿劲力再说。"

这时庭院中响起急促的脚步声。秦孝公眼睛一亮，一员顶盔贯甲的将军已经站在面前，"栎阳令子岸奉命晋见。"

"子岸，好快也！"

"臣巡查到国府门前，恰遇宫使宣召，即刻来见。"

"好。"秦孝公面色骤然严峻，"可曾察觉栎阳城有何动静么？"

栎阳令沉吟摇头："臣并未觉察到异样。只是，只是感到今夜街上的行人多了些，往日四更天街中很少碰到行人。"

秦孝公微微冷笑："你也忒迟钝了些。栎阳雍城乃至整个秦国，已经谣言四起了，已经开始有人逃亡了。一夜之间，谣言遍布秦国，这只能是山东六国的秘密坐探所为，决非有他。秦国不怕大兵压境，最怕内部山崩，今夜就是秦国生死存亡的关口，明白么？"一席话语气严厉，神色凛然。

"是！臣下愚钝，请君上惩戒。"栎阳令躬身请罪。

"给你增派两千公室亲军，限你天亮之前，将栎阳城的六国商贾全部拘禁起来。不许触动财货，不准打杀一个，要他们衣食如常全部存活下来。死伤一个，唯你是问！能办到么？"

"能！臣下若有半点差池，提头来见！"栎阳令激昂领命。

这时，白发苍苍的黑伯已经无声地站在书房门口，双手捧着兵符道："君上，两千亲军骑士已在宫门列队等候。"

秦孝公点头："黑伯，将兵符交给栎阳令。子岸即刻启动。"

栎阳令子岸接过沉甸甸的青铜兵符，双手一拱："臣告退。"大步而去。

"君上，老臣想即刻赶回雍城，拘禁六国商探。"雍城令已经在秦孝公向栎阳令布置时，感到了事情的急迫和严重，也从新君的论断中知道了危险的根本所在。刹那之间，他对这位年轻国君的刚毅果决与迅疾处置由衷钦佩，匆匆吞下一鼎肥羊肉，便霍然起身请命。

秦孝公拉起雍城令的双手殷殷叮嘱："老叔，雍城是老秦根基所在，也是镇守西部之大本营，决不能被六国商探搅乱。为了老秦国不断送在我辈手中，辛苦老叔了。"

"君上，"雍城令眼中泪光闪闪，"老秦族百炼精铁，嬴山决然不辱君命！老臣告辞了。"

"老叔且慢。"秦孝公回头对黑伯吩咐，"立即将我的彤云驹牵来等候。"又回头道，"老叔，我再派二十名特使跟你一起出发，沿途城池各留一名，宣谕公室急令，搜捕拘禁六国斥候坐探。沿途各城若有阻碍抗拒者，老叔有先斩之权。"说完，回身在剑架上取下那柄铜锈斑驳的古剑，双手捧到雍城令面前，"这是先祖穆公留下的生死剑，请老叔持此剑西行。"

雍城令当然知道这柄穆公铜剑的巨大权力，也分明感到了新君将稳定西部的重任像山一样压在了他的肩上。他恭敬地接过青铜生死剑抱在怀中，向秦孝公双手一拱，大步走出书房。

国府大门外，黑伯牵着一匹火焰般的雄骏战马在静静等候，见雍城令出来，躬身道："大人，左庶长府二十名特使在此等候。"雍城令嬴山眼睛一扫，二十名特使人人身穿软甲，背上各背一个长长的竹筒，知道他们已经准备就绪，便高声命令："全体上马！"二十名特使齐刷刷跃上马背。

此时，雄骏的彤云驹看见了宫门台阶上的主人，不禁前蹄刨地咴咴喷鼻。秦孝公大步走下台阶拍拍彤云驹的头，一指雍城令："彤云，你跟老叔跑一趟雍城，有劳了，啊。"彤云驹短促嘶鸣着蹭了蹭主人的脸，便安静下来。秦孝公双手将马缰递给雍城令："老叔，请上马。"雍城令接过马缰，翻身上马，一抖马缰，彤云驹向秦孝公一声嘶鸣，驰向长街。

秦孝公正欲回身，却闻马蹄如雨，又一匹快马飞到。来人翻身下马，拱手高声道："左庶长嬴虔，晋见君上。"

"大哥？好！我正要请你来。走，进去说。"

"君上四更天需要二十道特使册命，事非寻常。我自当立即赶来。"

秦孝公显然感到高兴——左庶长嬴虔来得正是时候。进得书房，秦孝公将六国会盟与夜来的危机情势以及自己的部署，匆匆说了一遍。嬴虔听完后，大刀眉拧成了一窝疙瘩，拍案骂道："魏罃！狗彘不食！秦国那么好吞？崩掉肥子满口狗牙！"秦孝公忍不住一笑："大哥啊，目下是我们腹心疼痛，可有良药？"

嬴虔似乎感到方才有所不妥，肃然正容道："君上莫担心，先使国中安定，而后再议对付山东六国。栎阳与雍城老秦人居多，不易大乱。目下应急之策，当在拘禁六国奸商与秘密斥候之后，即刻派出数十名文吏，到城内国人中宣谕辟谣，大讲六国分秦乃虚张声势，公室自有应对良策等。栎阳国人久经风浪，一经国府挑明，人心自安。雍城与渭水平川的安定当也不难，只有北地、陇西、商於几县山高路远，要费些许工夫。"

"大哥所言甚是。此事需要即刻部署。就请你在国府选出干员，半个时辰后到民众中宣谕，务使人心安定。山区边地，国府另派特使星夜前往。"秦孝公起身，郑重地拱手叮嘱，"大哥，兹事体大，务请不要假手与人。"

嬴虔肃然拱手："君上放心，嬴虔当亲率吏员到城中宣谕。"说完大步匆匆出门去了。

秦孝公送走左庶长嬴虔，沉思有顷吩咐道：“黑伯，给我一身平民衣服，我要到城中走走。”

“君上，你可是一天一夜没吃没睡了。”黑伯终于忍不住轻声劝阻。

“黑伯，你不也一样么？”年轻君主笑了，“六国亡我之心不死，吃睡何能安宁？去吧。”

黑伯无声无息地去拿衣服了。这中间，派出去探听城内动静的内侍和文吏纷纷来报，栎阳城的确是人心惶惶，有人甚至收拾家当，准备天亮借出城耕耘之机逃走别国；栎阳令率领两千军士正在搜捕六国商人密探，密探们哭哭闹闹，城中鸡鸣狗吠，国人民户很害怕，几乎家家关门了。秦孝公听得心中不安，更是决意走出国府看看国人乱成了何等模样。栎阳可是秦国和山东六国誓死抗争的根基，栎阳一乱，秦国岂能安宁？

这时，黑伯捧来了一身粗麻布衣服，他自己也变成了一个寻常的布衣老人，矍铄健旺的神色从脸上神奇地消失了。

“黑伯？你？也去么？”秦孝公颇感惊讶。

黑伯点点头：“赳赳老秦，共赴国难。先人留下的老话。”

刹那之间，年轻君主的眼眶湿润了。他默默接过粗布衣穿好，声音喑哑地说了一句：“黑伯，走。”便大步出门。当一老一少两位布衣秦人走进曲折狭窄的小石巷时，栎阳城中的雄鸡开始打鸣了，高高耸立的栎阳城箭楼现出了一线微微曙光。

三　政事堂憋出了一条奇计

景监走出家门的时候，太阳还没有出来，东山却已经是红灿灿的了。凭多年栉风沐雨的战地经验，他知道今天一定是非雨即阴，不由得加快脚步向国府走来。秦国连年打仗，已经打得很穷了，像他这样仅仅职同下大夫的将军，是不可能有一辆牛车可乘的。骑马吧，战马缺乏。为了节省马匹马力，秦献公时已经下令禁止秦人在城内乘马，禁止使用战马耕田驾车。几十年来，秦国官员对栎阳城内的安步当车已经习惯了。所有的大臣都没有轺车，只是几位年届古稀的元老，才有国君特赐的走骡作为代步。在这样的都城中，人们是无法想象魏国大梁、齐国临淄那种车水马龙的富庶繁华景象的。栎阳的早晨从来很安静，洒扫庭除的市人也是疏疏落落的。虽说对栎阳城这种平静已经习以为常，但景监还是察觉到了今日清晨的异常迹象。国府大街上有五六家山东商贾开的店铺，他们的货品丰富，殷勤敬业，从来都是黎明即起打开店门洒扫庭除，今日却如何全都没有开门？再看看，往日清晨出城耕耘的牵牛农夫，也是一个没有。国人开的几家小铁铺也没有了叮叮当当的打铁声。不对，一定发生过自己不知道的异乎寻常的事情！昨夜，挑选并派定去大梁的秘密斥候后已经是二更天了，景监几乎是被人抬上卧榻的，一夜酣睡直像战场野宿一样深沉，又能知道何事？猛然想到六国分秦，景监一下子紧张起来，放开脚步便向国府跑来。

赶到政事堂前，景监却听到东侧正厅传出一阵哄然大笑，心中好生疑惑，急赶几步走上台阶高声报道："前军副将景监晋见。"正厅传出秦孝公声音："景监将军，进来，就等你了。"

景监跨进大厅，见黑红两色的宽阔房间里，秦孝公在长案前微笑走动。三级石阶下的大厅中分两边坐着四位大臣，分别是左庶长嬴虔、上大夫甘龙、中大夫杜挚、长史公孙贾。栎阳令子岸则站在中间正比比划划地学说着什么，君臣几个显然是因为他大笑的。景监感到疑惑，看看秦孝公，又看看大臣们，嗫嗫嚅嚅不知如何是好。秦孝公招招手，指着长史公孙贾后边空着的一张书案："景监坐那里吧。子岸，你把夜来的事再说说，让景监也明白。”

子岸就把昨夜谣言如何流传、君上如何下令、他自己如何率领军士搜捕拘禁六国商贾密探的事说了一遍。说到那些以商人面目出现的六国密探在被拘禁后的狼狈丑态时，子岸绘声绘色：“有个长胡子大肚子的楚国商人，正在一个老秦户的家里低声吹嘘魏国上将军庞涓的厉害，我带着三个军士跃墙进去，命令他跟我们走。他扑通跪在地上，拉长声调就哭：‘老秦爷爷，我是商人啦，不是斥候啦，你们不能杀我啦。’我说谁要杀你啊？跟我们去住几天就行了。他又哭，‘不杀我叫我去何处啦？我有地方住啦。’我心中气恼，大声喊他，换个地方，叫你对着墙吹嘘魏国！他一听吓得浑身乱抖，不断叩头打拱，‘求求你老人家放了我啦，我有十六岁的小妾送给你啦，你马上跟我去领走啦，不然我马上送到将军府上去也行啦。’……”

还没说完，君臣们就又一次同声大笑，景监笑得眼泪都流了出来。

上大夫甘龙摇头感慨：“危难当头，人心自见也。此等人竟然也立于天地之间？怪矣哉！”

“上大夫以为，该如何处置这些奸商？”中大夫杜挚虽是文臣，却颇有粗猛之相，问话高声大气。

甘龙冷冷一笑：“秦自穆公以来，便与山东诸侯势不两立。密探斥候太过阴狠，唯有一策，斩草除根，悉数杀尽。”

秦孝公本来正准备将话题引入沉甸甸的秦国危机，却不想杜挚无意一问，竟使他心念一动，也想听听大臣们对这件事的想法，就没有急于开口。待甘龙讲完，他想到昨夜自己的命令，心中不禁咯噔一沉。秦孝公没有想到他和元老重臣之间竟然会有如此之大的差异，他静下心来，准备再听听其他臣工的说法。

甘龙话音落点，杜挚立即高声呼应：“上大夫高见。山东奸商是我秦国心腹大患，不杀不足以安定民心！”

长史公孙贾看看厅中，微笑道：“兹事体大，当先听听左庶长主张。”

左庶长嬴虔自然知道国君昨夜的部署，平静回答：“嬴虔尚无定见。”

“栎阳令如何？你可是有功之臣啊。”公孙贾又问。

栎阳令子岸却直冲冲回答：“长史为文章谋划，咋光问别个？你如何说法？”他当然也知道新君的命令而且也忠实执行了，但见左庶长不说，他也就不愿说。春秋战国几百年血的教训比比皆是，大凡居官之人都明白，新君即位初期是权力场最动荡的时候，君主越年轻，这种动荡就越大。这时候，谁都会倍加小心。这位赳赳勇武的栎阳令，虽然在昨夜的动荡危机中被年轻君主严厉斥责为“迟钝”，但对这种权力场的基本路数却绝没有迟钝。

白面细须的公孙贾显然很精细，沉吟有顷平静作答：“我亦尚无定见。”

此中大约只有景监对秦国面临的严重危机最清楚，他对这些元老重臣们云山雾罩的回答摸不着头脑。只有一个上大夫甘龙态度明确，但景监却又极不赞同。然则不管他有何种想法与主张，他都不能抢在前面讲话。在座的每一个人都比他年长资深，也比他位高权重。上大夫甘龙原是山东甘国的儒家名士，又是秦国的三世元老，秦献公连年征战在外时，从来都是甘龙主持国政，学生门客遍及秦国，景监连给他当学生的资格都没有。左庶长嬴虔是公室贵族、国君的庶兄，更不必说是统率三军的实权重臣了。长史公孙贾职掌公室机密，常在国君左右，虽然没有兵权，可也是屈指可数的几个枢要大臣之一。栎阳令子岸是秦穆公时名臣由余的后裔，职掌都城军政大权，虽不是国府枢要大臣职位，但其实际权力却是足以颠倒乾坤的，否则他如何敢对长史公孙贾直言相撞？就连那个高声大气职位最低的中大夫杜挚，景监也不能与之相比。且不说杜挚是甘龙的学生，仅以职权论，景监虽然也是职同下大夫的前军副将，职位比杜挚只低了一等，但实际上却是军中朝中都没有任何实际职掌范围的一种职务——副将。杜挚却不同，他这个中大夫有一串后缀，叫做“辅上大夫视事兼领大田太仓”。辅上大夫视事，是确定他是上大夫的处政副手；兼领大田太仓，是说秦国的农耕、粮食与仓储都由他兼管。那时候，这可是两个最要紧的命脉权力。周王室将这一职务的大臣叫做“司土”，后来称为司徒，是与司马（掌兵）、司空（掌工程）、司寇（掌刑）并列的重臣。这样的中大夫，景监如何能比？要不是新君钦点他做了金令箭使者，又特命他参加今日廷议，他是不可能有机会和这些重臣坐在一起的。然而正因为如此，景监是无所顾忌的。他心中只有一个想法，做了一回秘密特使承担了重大使命，就要将自己所知道的全部情势和想法，真实地告诉国君和大臣们，使他们尽最大所能拯救秦国，否则愧对国君重托。至于说出来后是否被采纳，那不是景监此刻所想的。

公孙贾的笑容还没有完全收敛，景监就霍然站起拱手道：“列位大人，景监以为，六国商人密探不能杀，杀则对秦国有害。”

“啪”的一声，中大夫杜挚拍案呵斥：“尔是何人？竟敢驳上大夫主张！”

“在下乃赴魏国探秘的金令箭使者景监。秦国面临灭顶之灾，不能再给六国亡我之心火上浇油！”

“哈哈哈，同类相怜。”一阵大笑，景监的话又被杜挚的尖刻嘲讽打断。

秦孝公眼睛一亮，但终于没有说话，他还是要看一看。这时，左庶长嬴虔开了口："杜挚无理。危难当头，群策群力，听景监说完有何不好？"嬴虔本是带兵大将，性格深沉暴烈，平日又极少讲话，他一开口便全场肃静。

杜挚出语刻薄，景监本想还以颜色，但他生性宽厚且见左庶长斥责杜挚，也就不再计较此事。他再度向厅中君臣拱手作礼，亢声道："秦国弱小，六国强大，这是不争之事实。六国会盟，要共同起兵瓜分秦国。当此危急之际，若秦国诛杀六国商人密探，只会更加刺激六国，使他们以拯救六国商贾为口实，迅速举兵进逼。以秦国目下实力，我能抵挡几时？"

公孙贾淡淡问道："以你之见，不杀密探，六国就不举兵么？"

景监正色道："不杀密探，自然也不能使六国罢兵。然则，至少可使六国急切间找不到口实大举进兵，我秦国也可在此期间谋求对策。"

杜挚哈哈笑道："啊，景监将军大有谋略嘛，谋划个办法出来。"

景监没有理会杜挚的嘲讽，自顾将一路的思索一口气说了出来："如今天下虽连绵征战，然但凡举兵，都必找一个堂而皇之的理由。否则，师出无名，士气民心必然低落，联兵作战也会很是困难。我秦国对密探若拘而不杀，那就是向天下昭示，秦国愿意同六国和解。若拘而尽杀之，那就是公然和山东六国立时结下血仇。六国朝野都会对秦国恨之入骨，纵然我尽力斡旋，怕也难逃兵灾。正因如此，六国密探非但不能杀，还要保护其财货，善待其人身，照常让他们在秦国经商，去留自便。此中轻重，请君上与列位大人权衡。"侃侃道来，有理有据，显然是一路苦思的结果。

小人物一席话，大厅中无人反驳，良久静场。秦孝公大感欣慰。他没有想到，这个少年时期的小友竟然在大事上和自己如此不谋而合。作为老秦人，刚烈忠直恨则恨死爱则爱死的汉子比比皆是，但要找一个既坚刚又柔韧懂得忍耐与等待的汉子，却比铸剑还难。要老秦人誓死抗争宁为玉碎不为瓦全，那是一呼百应。但要老秦人迂回曲折韬光养晦，那可是阳春之曲和者甚寡。连那些山东儒家名士如甘龙者，久居秦国，也都变成了固执倔强宁折不弯的牛脾气。作为国君，年轻的嬴渠梁有一种超越年龄的深厚和宽广，自然深深懂得老秦部族的这种坚刚性格是弥足珍贵的，否则，秦国四百年间何以立足天下称霸西戎？然则，秦国上层的庙堂人物们假若都是这种人，秦国何以能成就大业？即如面临的这场灭国危难，逞血气之勇不难，难的是冷静忍耐顾全大局而后化险为夷。老秦人谁不恨六国密探？杀掉他们定然是举国拥护。在这时候能够想到不杀自己最痛恶的敌人，反而要善待他们，这需要多么宽广的视野？需要克服多少老秦人性格中的痼疾？更不要说景监还是个沙场征战的年轻将领了。当秦孝公昨夜想到这些时，他觉得自己是沉重的孤独的。可是当景监慷慨冷静地讲出这些时，他是激动的欣慰的，觉得自己已经不再孤独了。

刹那之间，年轻的国君对年轻的将军产生了深深的感激之情。

这时候，左庶长嬴虔粗重的声音响起："景监将军言之有理。以秦国目下实力，一个魏国已经难以抵挡，岂能和六国同时为敌？"

栎阳令子岸也跟了上来："子岸赞同左庶长所言，不杀密探。"他内心很清楚，国君本来就命令不杀不掠，左庶长一讲话便等于此事敲定。因为甘龙平日里多主内政，对这种外事并没有多少决定权，涉及邦交的大权在左庶长。

公孙贾在每个人说话时都不断点头，此时平静地笑道："大局已经清楚。究竟如何？还是君上抉择。"

甘龙面无表情，一言不发。杜挚只是微微冷笑，也不说话。

秦孝公这时轻轻一拍书案："六国密探，暂且不杀，财货不动，人身不伤。若六国动静有变，再杀亦不为晚。彼在我手，何惧之有？然，栎阳令须得对六国密探严加监视，不许任何人在半年内离开秦国，更不许逃走一个。否则，斩首无赦。”年轻国君在政事堂第一次显示权力，却是不怒自威。

“臣下遵命。”栎阳令子岸肃然站起，高声领命。

“诸位，”秦孝公环视大厅神色肃然道，“今日廷议，实则已经开始。山东六国会盟，提出六国定天下，图谋吞并小诸侯，划定势力范围。然则，更为要紧的是，山东六国要瓜分秦国，将天下七大国变成六大国。六国将在何时用何种手段实施其分秦野心，目下尚不清楚。可以确定的是，秦国已经面临百年以来最为深重的灭国危机。赳赳老秦，共赴国难。这是秦国妇孺皆知的一句老誓。当此存亡之际，我等君臣应同心谋国，群策群力，如此方能谋划出稳妥的对策与方略。”说完悠悠巡视一圈，“诸位不要有任何顾忌，哪位先说都行。”

场中又一阵沉默。在此之前，这些大臣也都风闻了六国会盟的种种消息，其中不乏六国密探有意透露给他们的各色流言。今日国君郑重提出且要征询存亡大计，大臣们顿时感到了强大压力，打打不过，逃逃不脱，投降不可能，一定要拿出一个能够不打不逃不投降的对策，方能消解这场危机。可是，危机迫在眉睫，仓促间如何思谋得周全？一时间，谁也没有话讲。

上大夫甘龙博学多识且长期主持国政，为在座资深老臣，眼见众皆默然，沉吟思忖了一番，谨慎开口：“老臣以为，六国会盟，吞灭诸侯，瓜分秦国，此举不合于礼，亦不合于道。我秦国，本是平王东迁的开国诸侯，对王室居功至伟。秦国有难，天子不会坐视不理。老臣以为，当上书洛阳周王，以天子名义下书，驳斥六国会盟谬误，真相自会大白于天下。与此同时，我秦国以王室名义联结若干中小诸侯，组成一支数十万大军抗衡六国兵马。若能如此，则危难可解，国家幸甚。”甘龙字斟句酌，一番话很是持重谨慎，绝不是明确决断据理力争，而只是以“老臣以为如何如何”的商榷口气说话。这恰恰是他的身份、权力与资望形成的一种矜持，绝不意味着暧昧含糊。

景监对国中权臣的习惯、风格与错综微妙的关系一概不清楚，认为自己只要把自己想好的说完便不负国君所托，谁的脸色也不看。此刻他听完甘龙的对策，不禁“噗”地笑了出来，却又使劲儿憋住。见无人说话，他咳嗽一声正容发问：“上大夫对策，太过迂腐。周王室衰落到一片孤城，自身尚且难保，六国谁会认这个天子？且不说周王不敢发，即或发了，一片王书有甚用处？至于以王室名义联结中小诸侯，更是无法行通……”

“景监大胆！”杜挚面色涨红，打断话题高声道，“上大夫所言极是。名正则言顺，六国会盟，周天子与秦国并天下诸侯同受欺侮。我秦国唯借天子名义声讨其荒谬，方可号召天下诸侯，组成多国盟军！得道多助，如何能说迂腐不通？”

“杜大夫，”嬴虔冷冰冰道，“君上有言，群策群谋，言无顾忌，你急个甚来？”

杜挚顿时语塞：“好好好，教……教他说。”

公孙贾破例插了一句：“行则可行，然也确实无大用。君上明断。”

景监老老实实：“在下不赞同上大夫主张，但也还没有想好的对策。”

杜挚冷冷一笑，狠狠瞪了景监一眼，张张口欲言又止。

左庶长嬴虔不断轻叩书案皱眉沉思，这时抬头道：“上大夫之策，天子下书一则，可行而无用。联兵抗衡一则，有用但难行。且不说仓促拼凑的盟军根本没有战力，仅仅建立多国盟军这一则，就极难做到。六国之外，天下尚有三十二个中小诸侯国，军马总计约在三十万左右，的确是一个大数。但他们却被六国分割在各个夹缝中，兵马根本无法越过大国而集结。即或越过，也无法进入函谷关。还有，六大国本来就虎视眈眈，要吞灭中小诸侯，这些小国又岂敢激怒大国自送虎口？捉了秦国的使者去大国邀功，倒是实实在在有可能。上大夫，嬴虔以为，还得再谋良策为是。”

甘龙有些尴尬，但还是呵呵一笑：“然也。若有高明良策，自当受教。”

栎阳令子岸冷笑道：“这些小不砬子诸侯，哼，教他们跟在六国大军后面分秦块肉倒是可能。要和秦国联兵，嘿嘿嘿，他们躲都躲不及。”

“那足下倒是有甚高明主张？拿出来也。”杜挚面红耳赤，仿佛自己的主张被驳了一般。

“要我说，就和六国拼个你死我活！”子岸霍然站起，手中短剑呛啷拔出，噌地插进地上方砖，咬牙骂道：“鸟！怕甚了？老秦人的血就是往战场流的。当年老秦族还不是硬硬在戎狄包围中杀出了一块地盘？既没退路，又没办法，说来说去还不是个打？还不是死战到底一条路？请君上下令，做二十万孝服，血战六国！子岸请命做先锋大将，不斩十万首级，誓不生还！”这个名臣后代慷慨激昂，声泪俱下，显然对这种庙堂廷议的絮叨极为不耐，竟忘记了这里是政事堂。他这一番激昂怒骂与慷慨请战，的确是老秦人的本色，吓得从来没有打过血仗的杜挚和公孙贾瞠目结舌。

左庶长嬴虔变色：“子岸，把剑收回去。这里是政事堂，不是战场。”嬴虔是秦军统帅，又是威震三军的猛将，也只有他才能震慑住老秦人特有的本色冲动。

子岸默默拔出插在地上的短剑，沉着脸重重坐回案前唏嘘拭泪。

秦孝公面色如常，对子岸的激烈慷慨仿佛没有看见，丝毫没有责怪之意。他此刻只是感觉到，有嬴虔这位庶兄，他省了一半力气。有嬴虔挡一挡，他便对每个人的主张都有充分思谋的余地。当然，对子岸那样的主张是不用思谋的。那是一条悲壮的殉国之路，退无可退时，也只有拔剑而起浴血疆场与国家共存亡了。只要有精神准备，那是用不着多想的。危难之际，主战将士的勇烈刚猛永远是最可贵的。作为一国之君，可以不纳其言，却无论如何不能伤其心。他从座中站起，走到子岸面前，递给他一方绢帛汗巾，慨然一叹："子岸哪，果真秦国无路可走时，我也会和你一样血战到底的。在座大臣们，也都会拔剑而起的。"

"哇"的一声，子岸放声大哭。

一时间，厅中君臣人人拭泪，个个唏嘘。

秦孝公站在厅中，缓慢沉重地问："诸位，秦国真的是无路可走了么？"他看着唯一没有讲话的景监。只要有一个人没讲话，秦孝公就不会讲出自己的想法，他要最大限度地将自己的决策建立在臣下主张的基础上，如果臣下阐述充分，他自己宁可不说而全盘采纳。新君即位，要大臣们齐心协力，最好的办法就是使每个人都觉得自己是在推行自己的主张。除非像昨夜那样的紧急关头必须当机立断，秦孝公宁愿让臣下来断事。这样做，既是他的思谋结果，也是他的性格所致。

"君上，列位大人，"景监站起来沉吟着，"我有一策，恐有失大雅，不知当讲不当讲。"

秦孝公爽朗大笑道："生死存亡，无所不用其极。只要有用，就是大雅。说，我等听听这不雅之策。"杜挚憋不住"扑哧"一笑，又连忙捂住嘴低下头。

景监却是落落大方，朗声说道："景监思谋，目下唯有一计可用：秘密游说六国，重金收买权臣，分化六国，延缓时日，使六国分秦盟约自行瓦解。六国之中，齐国与我秦国不搭界，不会主动当头羊。韩国燕国最弱，也不会单独攻秦。魏楚赵三国分秦最力，也是最有实力最有可能单独攻秦的。而魏楚赵三国，均有酷爱财色的权臣。尤其魏国，因魏王酷爱珠宝名器，大臣多有贪风。我只要以重金美女贿赂，并许以其他好处，此等权臣决然不会令我失望。若此三国不动，六国分秦自然拖延，拖则盟约自溃。”

“诸位，果然不雅之策也。”秦孝公不禁一笑。

厅中大臣一齐大笑。杜挚笑得眼泪鼻涕拭抹不及，连连咳嗽。甘龙则皱着眉大摇其头：“美女重金？成何体统？岂不令天下耻笑？”公孙贾则只是大笑，却不说话。栎阳令子岸啧啧撇嘴：“景监哪景监，亏你想得出！”左庶长嬴虔微微一笑，却是默然沉思。

唯有景监没有一丝笑意，一脸茫然地看着国君和大臣们。

嬴虔霍然站起：“景监之策，丑归丑，有大用。话说回来，方今天下，哪国不是阴狠歹毒挖墙脚？赵种铮铮一条汉子，为了争取魏国，硬是将自己的美妾送给了魏王。楚国还不是贿赂齐国大将田忌三千金，才使齐楚罢兵？庞涓那小子号称名士，为了做丞相，还贿赂魏王的狐姬。国家生死存亡之际，有何忌讳？说到底，老秦人以往只知道兵来将挡水来土屯，想不到使阴招罢了。目下六国逼我用阴招，我就用，怕他何来！”

公孙贾沉吟道：“敢问上大夫，府库有金几多？秦国有美女几多？”

甘龙冷笑：“老夫只知道金不足五千。美女几多？哼哼，大约只有长史知晓。”

公孙贾仿佛没察觉甘龙的嘲讽，自顾道：“五千金？设若魏楚赵三国各有两名权臣，那就是六人。除去特使的秘密活动金、搜罗美女金，大约每个权臣只能得到三百金。魏楚赵三国的权臣从国王那里得到的赏赐，动辄就是数百金，胃口极为贪婪。三百金，彼等可能看都不看。若果没有万金之数，此计难行。景监将军，以为如何？”

作为一个鏖战沙场的低级将领，景监确实不知道国府拮据到如此地步。公孙贾所说，又的确是实情。一时间景监愣在厅中，无言以对。

杜挚一副颇为认真的神情：“我倒是可以将先君赏赐的三百金，送给景监将军周旋，可也是杯水车薪，难以为继啊。”

甘龙冷笑：“老夫也可拿出几百金，够么？”

突然之间，一直在踱步沉思的秦孝公眼睛发亮，似乎因此而悟到了什么，站在案前良久未动，似乎又在盘算什么。一时间，他目光炯炯地扫视厅中道：“诸位，六国利剑已刺我咽喉，国家危亡决于旦夕之间，我等君臣不能拘泥。春秋宋襄公恪守仁义，不击半渡之兵，败师辱国贻笑天下。然则，宋襄公失去的毕竟只是小霸主地位。今日不然，一旦自缚手脚，老秦人就要亡国灭种。六国要灭秦分秦，最为歹毒的就是前后夹击。东方大兵压境，同时策动西方戎狄叛乱。那时候，老秦人只怕连回到陇西河谷的退路都没有了。他们要将老秦部族斩草除根，我等连投降都不会被接受。这就是亡国灭种，请诸位掂量。”猛然，他背过身子，肩膀一阵微微地颤动。

一时间举座动容，一股凛冽的冰凉骤然渗透每个人的脊梁骨。

公孙贾亢声道：“君上抉择就是，臣等赴汤蹈刃，死不旋踵！”他本是极少鲜明表态之人，此刻却是满面通红地喘着粗气。“赴汤蹈刃，死不旋踵”是流传天下的墨家誓言，说的是墨家弟子追随墨子，每临危局，人人争先赴险，死也不会转过脚跟逃跑。今日公孙贾将这句誓言用在这里倒是分外令人感奋。众人不禁齐声慷慨：“赴汤蹈刃，死不旋踵！”

秦孝公已经转过身来，声音略显喑哑：“嬴渠梁的血，会与老秦人流在一起的。”

“君上——”几位大臣连同景监，一起匍匐在地，哽咽不止。

秦孝公长长地出了一口粗气，语气转为平静：“诸位请起，老秦人也不是好欺侮的，我等还是得拿出个主见来，否则，无颜面对国人。”

“但凭君上抉择！”大臣们异口同声。

“确实说，景监之计不失为应急奇策。”秦孝公走下三级台阶，缓缓地踱着步子，“重金美女，重金是要害。至于美女，有则也好，没有也无伤大局。国府所存五千金，不能动用分毫，那是秦国十万大军的命脉。另则，也不能向民众紧急征收。百年动荡征战，秦国民众逃亡过半，留下来的都是老秦人。他们已经快被榨干了，家徒四壁，一贫如洗，只剩下老秦人的一腔热血了。国府再艰难，也不能打他们的主意。”年轻君主说到这里，已经是两眼含泪，沉重得停下来低头喘息。有顷，秦孝公抬起头激昂地开口，“国难当头，金从何来？嬴渠梁身为秦国之君，愿将国君私库的两千金拿出，再将公室所存的周王室历代赏赐的宝物珍品一并献出。其余尚有缺额……”突然，他不再往下说了。

刹那间，政事堂大厅肃然无声。大臣们被这位年轻君主深深震撼了。自古以来，国君启用私库并献出所有库藏珍宝者，闻所未闻。国君私库，其实也是国库的一种变相形式。这些金钱珍宝主要有两大用途，一是用来供国君宫室日常支用，一是赏赐有功臣民。因为这两种用途都由国君决定，而无须通过国家财政大臣，所以历来的习惯便将宫室府库认做国君私库。秦国宫室历来简朴，国君的护卫、内侍、侍女、作坊工匠以及各种文吏官署，加起来也不到一千人。秦国国君的嫡系宗族也历来不住宫室，而是与所有的秦国大宗族一样，除了老幼女人在封地耕作，男子几乎全部在军旅之中，不要宫室供养。这样一来，秦国宫室私库的金钱的主要用途，实际上就是赏赐和抚恤战死的将士。对于一国之君，治下的威权少不得官与禄两个字，更少不得赏与罚两个字，国君府库没了金钱珍宝，意味着一国之君将沦落到对功臣赏无可赏的惨状，任谁想来都会心底发虚。臣下天职，是与君分忧。国君家徒四壁，大臣颜面何存？

厅中六位臣子刷地站起，一齐跪倒哭喊："君上，不可啊——"

白发苍苍的甘龙浑身颤抖："君上一国之君，岂能一贫如洗？请君上收回成命，甘龙愿献千金！"

"左庶长嬴虔愿献三百金，并家传蚩尤天月剑！"

"长史公孙贾献三百金！"

"栎阳令子岸献五百金，外加家传嫘祖软甲！"

"中大夫杜挚献三百金！"

景监大哭："君上，景监唯有五百刀币……"

秦孝公静静地站在厅中，没有一滴眼泪。他再次向跪倒的大臣们深深一躬："如此，嬴渠梁谢过诸位了。上大夫请起，诸位请起。"待大臣们唏嘘起身，他平静地向厅门吩咐，"黑伯，今日之内，辟出专库，接纳诸位大臣的献金。"黑伯答应一声，疾步而去。秦孝公环视厅中微笑道，"诸位且莫伤感。金钱乃人世流火，生不带来，死不带去，用得其所，方为无价至宝。不得其所，铜臭如粪土。纵然一国之君，概莫能外。秦国若有富强之日，嬴渠梁当十倍偿还诸位。公孙长史，请记下嬴渠梁今日诺言。"

公孙贾拱手正色道："遵命，臣将转于太史，刻简留存。"

"诸位以为，何人堪当秘密特使？"秦孝公收敛笑容，转了话题。

甘龙慨然道："此策乃景监将军谋划，将军必有成算，当以景监为使。"

“嬴虔亦赞同景监为特使。”左庶长嬴虔立即支持。

“我等赞同。”公孙贾、子岸、杜挚齐声表态。

秦孝公点点头，似乎对大臣们出乎意料的一致并没有感到意外。他看着景监：“景监以为如何？”

景监躬身，肃然回答：“赳赳老秦，共赴国难。”

秦孝公默默注视着景监，泪水骤然溢满了眼眶。

四　秦国君臣在老霖雨中感谢上苍

暮春初夏，虽说已经是草长莺飞，但渭水平川的早晚还是颇有凉意的。尤其是河谷山口，早晚时分的凉风尚有些许寒冷。太阳距离西山尚有一竿之高，出城劳作的栎阳秦人便开始络绎不绝地回城了。但在城南栎水岸边的高坡风口上，却有一个人久久站立，一任河风吹得他的长衫啪啪作响，仍旧没有离开。两丈之外的洼地里，一个白发苍苍的老人默默地守候着。

秦孝公已经这样一动不动地站了一个时辰。河中碧绿明亮的波涛已经变得金黄幽暗了，风中的暖意已经消退，暮色苍茫的原野弥漫出凉如秋水的萧瑟寒气。这一切，二十二岁的年轻君主都没有察觉，他只是遥望着已经淹没在暮色中的东方远山，长长地沉重地叹息。分化六国所需要的万金之数虽然凑齐了，他却没有丝毫的轻松宽慰，反倒被一种无地自容的羞愧折磨得寝食难安。一想到母亲那慈和平静的笑容，他心中就像刀割般难过。

那天政事堂廷议之后，他忙于听匆匆赶来的雍城令禀报民情，又商议确定了继续安定民心的方略。雍城令刚走，景监又急急赶来禀报派赴大梁的密探传回的急报，说魏楚赵三国大军按兵未动，详情不知。两人商议了半天，还是揣摩不透发生了何种变故，决定继续筹集重金，不管发生何种变故，分化六国的方略不变。景监走后，已是午夜，他正要站起来端详羊皮大图，却一头栽倒在书案上。醒来时分，白发如雪的母亲正坐在榻旁静静望着他。母亲没有流泪，甚至没有叹息，见他醒来睁开眼睛，反而向他慈祥地微微一笑，还是没有说话，只是回身端过铜鼎打开鼎盖，将热气腾腾的羊肉汤端过来就要喂他。在嬴渠梁的记忆中，母亲从来没有喂过他吃饭，即或在孩提时候生了病，母亲也要看着他自己坐起来吃饭。目下自己已经做了国君，年迈苍苍的母亲却端起了食鼎要喂他吃饭。嬴渠梁霍然坐起，掀开毛毡："娘，没事，我自己来。"母亲又是微微一笑："没事就好，也该没事。"待嬴渠梁大口吃喝完毕，汗津津站起来时，母亲也从绣墩上站了起来，静静地看着儿子："渠梁，娘有两千金，还有几件珠宝，都给你准备好了，让黑伯来搬走。"骤然间，嬴渠梁泪水夺眶而出："娘！你，你都知道了？"母亲微笑着点点头："这两千金，是秦国后宫四百年星星点点留下的，今日也派个正当用场。"嬴渠梁肃然跪在了母亲面前："娘，渠梁无能，使秦国蒙受耻辱，使一国太后蒙羞。渠梁请受责罚。"霍然脱去长衫，露出汗津津的脊梁。母亲扶起了他，替他穿好长衫，又为他拭去脸上的泪和汗，温和地斥责他："渠梁大错了。娘岂不知能屈方能伸？都像你公父那样硬打硬挣，秦国未必成得大器。渠梁，娘知道你，老秦人就是缺乏个'忍'字。你有，娘信你。"二十二岁的年轻国君第一次感到了白发亲娘的亲和温暖，忍不住抱住母亲哽咽起来。母亲抱着他的头，抚摩着他的长发，一任他痛哭流涕。最后，娘对他说："渠梁，娘对你只有一个规矩，按时辰吃饭，最迟四更天睡觉。秦国的重担在你肩上，要有后劲。能答应娘么？"嬴渠梁记得自己是认真点了头的。

当黑伯带领内侍从太后庭院搬出两千金和珠宝时，秦孝公派景监查点登记，竟发现母亲头上的金钗和平日须臾不离的一只珠玉枕也在里边！景监无论如何不能接受，执意要送回给太后。黑伯在旁边看得直抹眼泪。秦孝公默默挡住了景监，咬着牙吞回了自己的泪水。他知道，送回去才会真正令母亲伤心。但是，这两件弥足珍贵的东西对母亲毕竟是太重要了。那支剑形的金钗是周天子赐给先祖穆公夫人的，上面有王室徽记和“洛阳尚坊”的古篆刻，是历代秦国第一夫人的标志，绝非一支寻常的金钗。那只珠玉枕，更是公父秦献公着意为母亲精工打造的。那是一块晶莹碧绿的蓝田玉，两端各镶嵌了一颗红得像火焰一样的珍珠，夜来入睡，小珍珠的幽幽微光总是将母亲的脸映衬得分外艳丽。更重要的是，公父将他的一把短剑重新熔铸，镶嵌在了两端枕顶。母亲告诉儿子，那是父亲在时时守护着她。小妹之所以取名荧玉，正是据此荧玉枕而来。母亲虽是秦国太后，但毕竟也是个女人，而且是个失去了夫君的寡居女人。这两件东西对于任何一个女子，都是不可能舍弃其中任何一件的，一件象征着她的尊贵身份，一件寄托着她的悠悠思恋。可如今，母亲是两件一齐拿了出来，而且还是那样平静地拿了出来。但是，嬴渠梁却从母亲那带有笑纹的眼睛里看见了晶亮的泪光，看见了母亲心田流淌的血。

“昔我往矣，杨柳依依。今我来思，雨雪霏霏。行道迟迟，载渴载饥。我心伤悲，莫知我哀。”这是母亲年轻美丽的时候最爱唱的《小雅》，那是妻子等待长久出征的夫君归来的一首歌儿。那时候，嬴渠梁不明白母亲为何总是唱这首让人直想哭直喘不过气来的歌儿？当他后来跨上战马挥动长剑冲锋陷阵归来时，他终于听懂了母亲的歌儿。奇怪的是，公父战死后，母亲就再也不唱这首歌儿了。那时候，嬴渠梁依然不懂母亲的心。这一次，年轻的国君觉得自己终于懂了——母亲的心田被犁下了那么多的伤口，却要给自己的儿子留下博大温暖的胸怀。

身为人子，秦孝公感到了从未有过的强烈愧疚。

不愿多想，又不能不想。年轻的国君在寒凉的晚风中不能自拔了。

猛然，一阵急骤的马蹄声惊醒了他。一回身，景监已经丢掉马缰疾步爬上高坡。秦孝公心中一惊，莫非六国发兵了？

景监上坡站定，气喘吁吁道：“君上，北地令遣使急报，赵国一队商旅越过肤施，从我西北部穿过，向陇西戎狄族聚居区进发。北地军士抓住了一个掉队商人，严刑拷问，商人供出商旅是赵国派出的秘密特使，他是特使护卫，使命如何，还不知晓。”

秦孝公沉思有顷：“商旅目下能走到何处？”

“大约已经进入陇西大山，追是来不及了。”

“景监，这赵国，为何要向戎狄派出特使？”

“君上，景监无从知晓，只是觉得赵国举动极不寻常。”

秦孝公看着东山上的一钩新月，悠悠道：“景监，我觉得这里边有一个大阴谋。六国分秦的具体方略虽然还不清楚，但我这几天总在想，假如我是魏王、庞涓和赵侯，我当如何一举使秦国溃败？他等我等都知道，仅仅靠战场用兵，很难吞灭一个毕竟还没有丧尽战力的秦国。几百年兴亡证实，没有内乱，一个大国很难崩溃。如果他们也是如此想，那么吞灭秦国最狠的手段就是内外夹击。前日得报，魏楚赵三国按兵不动，我不解其中缘由，然则，我内心总是觉得不对。仔细琢磨，六国似乎是在等待。等待何物？说不清楚。今日北地令的急报，倒使我茅塞顿开了。”

景监急问：“君上是说，赵国要在秦国策动内乱？”

“你以为不是？”秦孝公回过头来。

景监醒悟，惊出一身冷汗：“若果戎狄生乱，那可是洪水猛兽，如何得了？”

秦孝公冷笑："戎狄族群三十多支，岂能全部生乱？目下急务，是要确定哪些支族有危险，方可有备无患。"

"君上，对戎狄事务，左庶长最熟。"

"对，立即回城商议。"秦孝公说着已经向坡下疾走。

回到栎阳政事堂，已经是月上柳梢头的初更时分。左庶长嬴虔急急来到国府时，秦孝公刚刚用过一鼎汤饼。黑伯添了灯油，盖好灯座上的大网罩，便轻步退出，静静地守在门外阴影里。

景监首先向左庶长嬴虔禀报了北地令的急报，秦孝公又讲了自己的推测判断。嬴虔听完，阴沉着脸没有说话。半晌，他起身走到书房的大图前，用手中短剑敲着秦国西部，又划了一个大圈道："戎狄诸族三十四支，聚居在泾渭上游六百余里的河谷山原。自先祖穆公平定西戎以来，戎狄诸族除部分逃向阴山外，大部成为秦国臣民。自那时起，老秦人逐步迁到了渭水平川，将泾渭上游河谷全部让给了戎狄诸族定居。两百多年来，西部戎狄一直没有滋生大的事端。厉公、躁公、简公、出子四代一百余年，荒疏了对西部戎狄的镇抚约束。献公二十年，又忙于和三晋大战，也无暇顾及西部戎狄事务，又将驻守陇西的三万精兵东调栎阳。如此一来，西戎各族和国府就有所淡漠疏远。但赋税兵员年年依旧，并无缺少。秦国十万大军中，目下还有三万余名戎狄子弟。从根本上说，戎狄诸族不至于全部大乱。但是，据我带兵驻守西戎时所知，戎狄诸族有五六支原来在九原、云中一带游牧，和燕国赵国关系甚密。要说生乱，可能这几支危险最大。"

"这是哪几支？定居何地？"秦孝公目不转睛地盯着地图问。

嬴虔指点着地图道："阴戎、北戎、大驼、西貘、义渠、红发几族，所居地区在洮水、夏水流经的临洮、抱罕、狄道这一片。"

"大约有多少人口？多少兵力？"

“先君献公曾下令实行户籍相伍。那时初查，六族人口大约在三十余万。兵力不好说，戎狄诸族从来是上马做兵，下马耕牧。若以青壮年男子论，当有近十万不差。”

“哪个族最大？最危险？”

“西貘最大，族人有十万之众，青壮当有三四万之多。其族领曾经自封为王，和燕赵来往也从未间断。”

秦孝公大是皱眉，沉思不语。栎阳城箭楼的刁斗之声清晰传来，听点数，已经是三更天了。

“二位以为当如何应对？”秦孝公终于抬头问话。

“六国在西部策反，委实狠毒。西戎若乱，我不打不行，打又力不从心。目下秦国的兵力分散在东部四国的边界，若集中西调，又恐六国乘虚而入。”嬴虔沉重踌躇。

景监也是忧心忡忡：“我，一时间也没有主张。”

“咚”的一声，秦孝公一拳砸在书案上，霍然起立道：“不怕！我们也来利用他们的空隙，走一步险棋。”他大步走到地图前，“你们看，六国在函谷关外等待。西部戎狄纵然叛乱，必然也有等待六国先动之心。戎狄毕竟较弱，很怕被秦军先行吃掉。况且急切间也难以一齐发动。这就有一段两边等待，谋求同时动手的空隙。我们目下就要钻这个空隙，且要迅雷不及掩耳！”

“咋个钻这个空隙？”嬴虔景监齐声急问。

“我意，大哥立即秘密调动东部兵力，向西开进到戎狄区域的大山里隐蔽。戎狄不动我不动，戎狄若动，我必先动，且必须一鼓平定。同时，景监立即携带重金到魏国秘密活动，至少拖延其进兵日程。只要打破任何一方，秦国就有了回旋余地。”他喘了一口气，“假若大哥西进期间，六国万一进兵，那就只有拼死一战，玉石俱焚了。”

嬴虔霍然起身拱手道："给我三万轻骑，嬴虔踏平戎狄！"

"不，五万！不战则已，战必全胜。"

景监沉吟道："君上，东部太空虚了。我们只有五万骑士。"

秦孝公慨然道："老秦人尽在东部，嬴渠梁也是百战之身。存亡血战，举国皆兵，何惧之有？"说完，回身到书架旁的一个铜箱中捧出一个小铜匣打开，双手郑重地递给嬴虔，"左庶长，这是上将兵符。"

嬴虔双手颤抖着接过青铜兵符，两眼含泪，哽咽出声了。作为统兵大将，他自然知道这上将兵符意味着什么。它是只有秦国国君才能使用的无限制调动全国兵力的最高兵符。三百年中，只有秦穆公曾经有一次将它交给了荡平西戎的统帅由余。而今，年轻的君主将上将兵符亲自交到他手，无疑是将秦国的生死存亡交给了他。而这位年轻的弟弟，留给自己的却是孤城一片和准备最后一战的悲壮。老秦国有这样的国君，嬴虔有这样的兄弟，岂能不感奋万端？

君臣三人心里都清楚，秦国虽然有十余万军马，但半数是步兵和老旧的战车。只有这五万骑兵是由清一色老秦人组成的精锐轻骑。在战国初期，笨重的车战已经渐渐隐退，快速灵动而又冲击力极强的骑兵渐渐成为最有战力的新兵种。这种骑兵就是当时闻名天下的"铁骑"。所谓铁骑，就是战马和骑士均用当时上好的精铁马具与盔甲兵器装备起来的集团骑兵。马蹄装有铁掌，使战马能够在任何粗糙的地面奔驰而不惧荆棘尖刺；马头装有铁片与皮革相连的面具，使步兵弓箭对战马的威慑大大减弱；马具也用重量轻硬度高韧性好的精熟铁，代替了又重又厚又软又脆的铜质马具；马上骑士的兵器也从长大的矛戈演变为轻型刀剑，这种刀剑普遍用精铁铸造，长短一般在三尺左右，锋锐轻捷，便于集团冲锋格杀。面对笨重缓慢的战车与步兵结合的古典方阵，这种铁骑发动的狂飙一样的集团冲锋，具有摧枯拉朽般的威力。战国初期，这种铁骑以魏国最为精良，韩国赵国次之，楚齐秦燕四国不相伯仲。秦国崛起于西陲，久有马上作战传统，本来就没有战车兵种。然而秦国成为大诸侯国之后，春秋时期力图摹仿中原大国的军制，将原来大部分装备粗简的骑兵变成了战车兵。进入战国初期，铁骑涌现且战法发生了重大变化，秦国却因为精铁缺乏和人口减少，不可能拥有真正的精锐铁骑，而只是装备了少量铁马具铁兵器的轻骑兵。这五万轻骑所需要的精铁，大部分都是从韩国买来，辗转偷运进入秦国的。当初秦献公精选出五万老秦子弟兵组成的秦国“铁骑”，实际上成为秦国唯一一支可以随时开出与山东诸侯作战的防卫力量。如果全数开赴陇西，秦国东部只剩下千余辆老旧战车和两三万步卒，一旦强敌入侵，后果何堪设想？然则面临两面夹击的绝境，不如此孤注一掷，西部叛乱东部大战，后果又何堪设想？

君臣三人默然相视间，天边隐隐电闪，轰隆隆一阵闷雷从屋顶掠过，细密的雨滴打在书房窗棂上刷刷作响，犹如万蚕食桑，又如清风过竹。

景监一惊：“老霖？不好！”他闪过的念头是，道路泥泞，数万骑兵何以行军？

嬴虔却是眼睛一亮，大步走到廊下。仰望夜空，但见云厚天低，栎阳城一片漆黑，万籁俱寂，唯闻天地间无边无际刷刷雨声。这种雨声，不急不缓不疏不密不间不断，其徐缓舒展有如上天撒开一幅细纱覆盖大地。这是恍若春雨却又比春雨更厚实的初夏之雨，正是关中年年难免的四月老霖雨。其时春耕方完，播种已了，上天的绵绵细雨来得正是妙极。它既不是能够冲开地皮暴露种子的暴雨，又能够徐徐滋润土地彻底消解春旱，堪称关中大地的时令好雨。渭水平川，撒种皆收，正是因了这种天下难觅的风调雨顺。每年四月初，秦国民众都要祈祷这一场霖雨及时降落。不想今年的老霖雨来得竟是比往年早了半个多月，确实是有点儿异乎寻常。嬴虔仰头望天良久，猛然间仰天大笑。

秦孝公泪水盈眶，大步走到院中向黑沉沉的夜空深深一躬："上苍有知，若秦不当灭，嬴渠梁当永不负天！"刹那之间，景监恍然大悟，激动得冲到庭院中双手向天挥舞："上天啊，好雨！秦国有救了！"

君臣三人同声大笑，一任绵绵细雨将他们淋个透湿。

这场早到的老霖雨，当真抵得上千军万马。它既迟缓了六国进兵的时日，又给了秦国五万骑兵一个秘密运动的绝佳机会。大雨连绵的日子，任何一国的骑兵和步卒都不会做长途跋涉，更别说笨重的战车。一个显而易见的道理在于，粮草辎重的跟进是根本无法解决的。所以，雨季不用兵几乎是整个古典战争时代的铁则。然而，秦国面临生死存亡的两面夹击，这场连绵霖雨却成了最好的掩护。老秦人是从西周时代的戎狄海洋中杀出来的族群，其勇猛剽悍与顽强的苦磨硬斗是天下所有族群都为之逊色的。那时候，汪洋大海般的蛮夷诸族从四面八方包围蚕食中原文明，若非齐桓公九合诸侯、尊王攘夷，中原文明将被野蛮暴力整个吞没。正是如此，孔子才感慨地说，假如没有管仲，中原人都将成为袒着胳膊的蛮夷之人！其时戎狄诸族和东方蛮夷气势正旺，他们剽悍的骑兵使中原战车望而生畏。虽然是依靠一百多个诸侯国同心结盟最终战胜，却也使中原诸侯大大地伤了元气。但就在那血雨腥风的数百年间，秦人却独处西陲浴血拼杀，非但在泾渭上游杀出了一大块根基，而且在戎狄骑兵攻陷镐京时奋勇勤王，以骑兵对骑兵，杀得东进戎狄狼狈西逃，从而成为以赫赫武功立于东周的大诸侯国。老秦人牺牲了万千生命，吃尽了中原人闻所未闻的苦头，也积淀了百折不挠傲视苦难的族群品格。秦孝公和他的臣子们都知道，雨天行军对于山东六国是不可思议的，但对于老秦人却是十分寻常。而且目标就在本土之内，根本不用携带粮草辎重，沿途城池便可就近取食。以秦军的耐力，旬日之间便可抵达陇西大山。如果战事顺利，秦军班师之后便可全力防范东部，由两面受敌变为一面防御。

这就是一场老霖雨将要造成的战事格局。

左庶长嬴虔冒雨匆匆走了。他要立即调兵遣将，当夜便要派栎阳城的骑兵以千人队为单元陆续上路。斥候要出动，粮草使者要出动，兵器马具要检查，行军的秘密路线要确定，集结地点要预先警戒，等等，事情是太多了。更重要的是，嬴虔第一次以左庶长之身担任全军统帅，身边尚没有久经锤炼的一班军务司马，事无巨细几乎都要他一个人独立决断了。

“君上，能否给左庶长派出一个副将？”景监轻声道。

秦孝公重重地叹息一声：“有当然是好，可人在何处？你倒是堪当此任，可又派谁做秘密特使？子岸也可，可这栎阳城守将又派谁？你不见政事堂一班大臣，青黄不接，文武不济，有几个堪当大任者？无法之法，只好勉力支撑了。好在五万骑士久经战阵，统军大将或可顺当一些。”

景监一阵沉默，拱手道：“君上，我也去准备了。若无意外，我当后日出发。景监告辞。”

秦孝公微微一笑：“景监呵，你这不能露面的密使可是个用心思的活计，我倒想派个帮手给你，如何？”

“景监谢过君上，但不知何人为副使？”景监很是兴奋。

“别忙，不是副使，是个帮手。人嘛，我还得想想。”年轻的君主露出罕见的神秘笑容。

景监不由自主地一笑，却也不好再问，便告辞而去。

五　国耻刻石血泪斑斑

天地苍茫，细雨霏霏，清晨的栎阳城秋天般的冰凉。

栎阳城内有一条狭窄的无名小街。这里住着一个有名的老秦人，他便是做了四十年石工的白驼。老人清早起来，抬头望望黑沉沉厚腾腾的乌云，低头看看小院中还没有泛出光亮的夯土地，虔诚地跪在石板屋的浅檐下向天祷告："上天有好生之德，好好地下吧，一个春上都没有雨了。甚时这院子泛亮了，上天再晴不迟。"这时，老人听见了"啪，啪，啪"的拍门声，不轻不重，很有节奏。老人小心翼翼地向门口走来，极力不让自己滑倒。老秦人的民谚，男跌晴，女跌阴。男人雨中跌倒了，天就要放晴，如何得了？待老人小心翼翼地一步步走到门口，拉开石门，却惊讶地站在那里怔怔地说不出话来。

一辆牛车拉着一方用黑布包裹的大石，牵牛赶车的是一位和他一样白发苍苍的老者。车后站着的是一位粗黑布衣的后生。赶车老者拱手作礼道："敢问足下，可是白驼老人？"

栎阳城有牛车的绝非寻常人家。老人连忙拱手："石工白驼，见过大人。"

"我想请足下刻一大石，一百老刀币，不知可否？"

刻石？[1]老石工感到惊讶。连年征战，死者无算，暴尸荒野寻常事，何曾有人给死者立过刻石？他已经二十年没有给人刻过石了。今日此人要刻石，莫非国府里有大人物崩逝了？况且工钱高出寻常三倍之多，寻常平民谁有如此气魄？又觉不对，公室石刻，历来是栎阳令派遣里长传

---

[1]　刻石，碑在先秦时代的称谓，汉以后称碑。作为识别日影与拴牲畜的竖石，先秦时也有"碑"之名号。郑玄注《仪礼》云："宫必有碑，所以识日景（影），引阴阳也。"但作为刻字的石碑，先秦时叫做"刻石"，而不叫做"碑"。

令他进宫服徭役，何曾上门做请？老石工惶惑中不及多想，深深一躬道：“粗使活计，何敢当一请字？请大人站过，我唤街邻前来搬石。”

“不劳不劳，我自搬进来便是。”老者从容拱手，一转身从平板牛车上将大石横着翻起，微微蹲身背靠大石，轻轻地“嗨”了一声，已经将大石背起。白驼老人慌得连忙让路，惊讶面前老者竟有如此大力，一不小心，脚下打滑，已经跌倒在院中。白驼老人慌得忙不迭跪在泥地里向天叩头，高声祷告：“上天哪上天，小民不意滑跌，你可不能不下雨啊！”牛车后一直没说话的黑衣后生快步走过来扶起老人：“老人家，男跌晴，女跌阴，老人家跌得下连阴。你怕老天不下雨么？”白驼老人禁不住嘿嘿嘿笑个不住：“后生也，我看你是个贵相。你这个咒解得好，解得好啊！老人跌得下连阴？亏你想得出！老秦国不能没有雨啊。”黑衣后生笑道：“民心就是天心，上天还能另一套？老人家，进屋，院子里淋雨。”这时，背大石的老者已经稳步走到了中间没有门的石刻坊，小院中留下了足足有半尺深的一串脚印！老者似乎对这里很熟悉，一蹲身便将大石板搁在了最适合凿刻的木座上。等黑衣后生将白驼老人扶进来，黑衣老者已经气定神闲地站在那里了。老石工上下打量，惊讶得合不拢嘴，深深一躬：“老哥哥，真道天人神力。”

黑衣老者笑道：“白大哥，不敢当。看看这块石板了。”

老石工走到石架前一瞄，已经从黑布没有包严实的角落看出这块石板并非新采的山石，而是一块很难打凿的老青石板，不禁拱手问道：“老哥哥几时来取？”

“请白大哥目下就做，我等在此守候，刻完搬走。”

“老朽多年未动斧凿刻刀……”白驼老人有些忐忑，实在怕对不住面前这两位贵人。

“老人家，国人说你是鬼斧神工，不会差池的。”

看着这年轻人的信任目光，白驼老人顿时精神抖擞："行，请两位稍坐片刻，我看看字文。"说完熟练地抖开布结，一眼看去，顿时脸色大变。老石工虽远不能称为读书人，但石工长久与刻文打交道，字还是识得些许的。青石板上这斗大的两个字分明是"国耻"二字！一时间老石工心惊肉跳——谁敢刻这样的石文？将"国耻"刻在石上流传？刹那之间，老石工似乎明白了什么，回头打量一老一少，却见黑衣后生向他深深一躬，默默注视着他。

白驼老人也是默默转身，褪下沾上泥水的衫裤，换上石工劳作时穿的破旧羊皮裤，拿过铁锤凿子和斧子走到青石板前。蹲身跨在石板上时，老人双手颤抖，将铁凿凑近大字，却迟迟不敢下锤。那个黑衣后生站在他身旁，温和地问："老人家，老秦人都是这样想的，对么？"

白驼老人饱含热泪，默默点头。

"那就下锤，老人家。"

"铛！"这一开锤声震屋宇，余音久久回荡。老石工大滴大滴的泪水随着铁锤之声在石板上飞溅，赤裸的脊梁渗出了汗珠，一双胳膊青筋暴起，满头白发瑟瑟抖动。老人觉得这不是刻字，而是一锤一锤地将自己的儿子、妻子、女儿和族中战死者的灵魂镶嵌在这永远不会衰朽的石刻上。锤凿打到石旁一行小字时，老人已经不认识了，只是本能地感到这是老秦人世世代代的血泪和仇恨，是灭绝刀兵血火的上天咒语。一锤一锤，老人虽是泪眼朦胧，却当真是鬼斧神工，分毫不差地将石刻文字打了出来，青石白字，力道奇佳。

丢掉锤凿，白驼老人猛然扑在石刻上，老泪纵横，泣不成声。

黑衣老者默默地蹲身扶起老石工。黑衣后生却转过身去，仰望着无边雨幕。

"白大哥，这是一百魏国老刀币，请收好。"黑衣老者从怀中拿出一只皮袋递给老石工。那时候，天下称魏国老刀币为“老魏钱”，那是魏文侯时期铸造的刀型铁钱。因为笨重携带不便，魏国已经不再铸造了。但这样一来，反而使这种刀币成了兼具古董意义的名钱，走遍天下皆视为珍品。白驼老石工是居住在栎阳城里的“国人”，也在官府管辖的“百工”之列，比起穷乡僻壤的耕夫虽然好一些，但也是穷得叮当作响。这一百老刀币对于一个栎阳老工匠来说，无疑是一笔大钱。何况老石工白驼一辈子也没有见过这种名贵的老刀币。

谁想老石工却瞪起眼睛，声音嘶哑道：“老哥哥哪里话？这两个大字能由老白驼锤凿出来，死也安宁了。给钱，却将老白驼看得贱了。老哥哥，可知一句老话？”

“赳赳老秦，共赴国难。”黑衣老者正容回答。

“着！钱为何物？要它做甚？”

说话时分，黑衣后生走出门去，从牛车上拿回一个布袋，向老人肃然躬身道：“老人家高义大德，无以为敬，请收下这两条干肉，略表后生敬老之心。”

老石工泪眼婆娑：“后生呵，你是大贵之人，托福了。我老白驼就收下这两条干肉了。”老人猛然跪倒，向黑衣后生叩头不止。

“老人家……”骤然间黑衣后生语音哽咽，跪在地上扶起老人，“秦国百工，尚且难以食肉，这也是国耻啊。”

老人流着眼泪哈哈大笑道：“有贵人石上两个字，老秦人吃肉的日子，不远了！”

“老人家，说得好。老秦人终究有得肉吃。”

当哐啷咣当的牛车驶出狭窄的石板小街时，淅沥雨丝依然连绵不断。牛车拐了几个弯儿，便从一道偏门驶进了国府大院，直接进了政事堂前的小庭院。

秦孝公脱去淋得透湿的夹层布衫，换上了一件干爽的布袍，又喝了一鼎热腾腾的羊肉汤，便来到政事堂东厅。略显幽暗的空旷大厅中，黑伯已经将高大的石刻安放在事先做好的基座上。秦孝公端详沉思一阵，低声吩咐："黑伯，一个时辰内，不许任何人进入政事堂。"

黑伯答应一声，出去守在了庭院唯一的石门前，却总是心神不宁。想了想，他招手唤过一个带班护卫的武士低声叮嘱几句，便匆匆向最后一进走去了。

距日落还有一个时辰，国府大院第六进大厅已经是暗幽幽的了。但是，厅中闪动的红色身影与剑气光芒，却给沉沉大厅平添了一片亮色。练剑者纤细高挑的身影，飘飘飞动的长发，连同一身火焰般的红色劲装，都在显示着这是一个洋溢着青春气息的少女。

这是一间摆满各种兵器的大厅，往后两进就是秦国的后宫，往前五进则是国君的政务诸室。这间摆满兵器的大厅隔在国君与后宫的中间，叫短兵厅。厅中兵器架上是各种各样的短兵器。非但有中原各国流行的骑士厚背短刀和阔身短剑，还有已经灭亡的吴国的弯剑——吴钩，其他诸如韩国的战斧、戎狄的战刀、东瀛的打刀、越国的细剑、魏国的铁盾、赵国的牛皮盾等，几乎包容了当时天下的种种常用短兵器。练剑少女在厅中不断选择各种短兵器演练，无论快慢，却都是一点儿也不花哨的基本格杀动作。当她从剑架上拿下一柄吴钩弯剑演练时，挥剑斜劈，却怎么也没有凌厉的剑风啸声。她不禁皱皱眉头连劈数次，还是不行。停下来想了想，她掏出汗巾擦擦，提着吴钩向前院匆匆而来，步履轻盈，步态柔美，风一样掠过了一道道门槛。

政事堂的院子里静悄悄的，只有刷刷刷的雨声。少女轻手轻脚地走进庭院，走到书房门口，轻轻叫了一声"黑伯"。见没有人答应，她顽皮地一笑，伸长脖子向书房里张望，也没有人。她拍拍自己的头，忽然一笑，便从长廊下向政事堂大厅轻盈走来。走到门口，她又伸长脖子顽皮地笑着向里张望。忽然间，她屏住了气息，美丽的脸上充满了惊愕和恐惧，急急捂住已经张开的嘴巴，轻轻退出几步，转身向后院飞跑而去。

片刻之间，红衣少女扶着白发太后来到政事堂门外。黑伯疾步在前打开政事堂虚掩的厅门。白发苍苍的老太后没有说话，只向黑伯摇摇手，径自走进政事堂。

黑沉沉的政事堂里，嬴渠梁躺在地上，身上沾满了片片点点的鲜血。身前五步之外，立着一座高高的石刻，石上的血迹在沉沉大厅中发着幽幽红光。

“二哥！”一声哭喊，少女扑到嬴渠梁身上。

太后站在刻石前一动不动。大石中央是触目惊心的两个大字——国耻！大字槽沟里的鲜血还没有凝固，细细的血线还在蜿蜒下流。大石右上方是一行拳头大的字——国人永志六国分秦是为国耻天下卑秦丑莫大焉。左下方是“嬴渠梁元年”五个字。石上血迹斑斑，血线丝丝，令人不忍卒睹。

一回头，太后见儿子还在妹妹怀中昏迷未醒，两根断指还在淌血。刹那之间，太后脚步踉跄，几乎要昏倒。她咬紧牙关，扶住大柱终于站稳，嘶声吩咐：“黑伯，背渠梁到后宫，快！”

黑伯一个箭步冲来，两手平伸插进国君身下，平端起国君飞步向后院的太后寝室而来。

嬴渠梁悠悠醒来时，天已经大黑了。无边雨幕潇潇落下，风铃铁马叮叮有声。烛光下，他面容苍白得没有一点血色，眼睛却亮得没有半点衰颓气息。他闻到了一股浓浓的药味儿，也看到了瓦罐前木炭火映出的少女泪脸。

“荧玉？”他惊讶地轻声呼唤。

“二哥！醒来了？”少女惊喜异常地跑过来，坐到榻前边擦眼泪边笑，“疼不疼？饿不饿？吃不吃？手别动。”

嬴渠梁哈哈笑道：“不疼。不饿。不吃。”

“对！你就睡觉。娘说了，今晚不准你走出这里半步，若有违抗，拿我是问。”

“噢？娘呢？”

“娘，娘出去了。不教给你说。”

“出去？何处去了？阴雨天，如此的黑。”年轻的国君一下子坐起来，推开妹妹就要出门。

“哪里去？我回来了。”太后板着脸走到门口，显然是刚刚拿掉雨布，鬓边还有水珠，衣裳还有水渍。

“娘，你到外边去了？”秦孝公急问。

“你先给我坐回去。”荧玉一见母后，立即来了威风，将二哥推到榻上。

太后笑笑：“没事。我出去转了转。渠梁啊，坐，和娘说说话。做了国君，见你一面都难了。”老人幽幽一叹，脸上却挂着慈祥的微笑，仿佛什么事也没有发生过。

“娘，渠梁不孝。”秦孝公眼中含泪。

“哪里话来？”太后坐到绣墩上，“渠梁啊，娘知道你心气高远，有担待。可娘还是要说，你太过激切，又自责过甚。忧国忧民，是好君主，若过甚伤身，得失可是难料也。”

秦孝公沉重地叹息一声，默默点头，又默默摇头。

这时，黑伯用铜盘托着一只热气腾腾的铜鼎进来，默默放下，轻步退出。

“荧玉，给二哥盛鹿龟肉，鼎中肉汤也全教他喝完。”

“是！”荧玉高兴地拿起小陶碗和长木勺从鼎中盛肉舀汤。

秦孝公惊讶道：“娘，何来鹿龟肉？龟肉可吃么？”

太后微笑道：“娘和黑伯去猎到的。这龟龙麟凤，乃四大灵物，寻常时自然是不能食它。然圣贤绝境，万物可食。我儿渠梁，既受天命为一国君主，忧国伤身，上天自会体恤的。”老人又是轻轻地叹息了一声，“半月之内，你要把这只野鹿和十只山龟给吃下去，一分一毫都不许留。荧玉，你替娘看着。”

“是！遵母后命。”荧玉高兴地端着陶碗走到榻前，“二哥，即刻就餐。”

黑伯走进来拱手道：“君上，太后入山前设坛祭天，进山后第一道山口就撞上了这只鹿。射杀野鹿，山石后就爬出了这十只小山龟。此乃天意，君上安心进食无妨。”

秦孝公不再说话，默默地吃肉喝汤，脸上渐渐渗出汗珠。太后和荧玉一直守候在房中，又逼着嬴渠梁喝下了太医配的草药汁。

“娘，”秦孝公精神振作，微微一笑，“我想给小妹派个事做，你看如何？”

“好也！我也能派上用场了。”荧玉先自高兴起来。

“娘不赞同不行的。”秦孝公正色道。

太后笑道：“说来听听，何事？”

秦孝公诡秘地一笑：“娘且附耳来。”摇手让荧玉回避。荧玉大急叫道：“莫非想卖我不成？”孝公与太后大笑。太后走到榻前，孝公一阵低语，太后沉吟良久：“赳赳老秦，共赴国难。公室子弟，岂能例外。去吧，她也长大了。”

荧玉高兴地摇着太后胳膊：“娘答应了？好也！”

“不知何事，高兴个甚来由？”太后板着脸。

荧玉笑道：“无论何事都是好事，反正荧玉有用了。”

“将你卖到魏国去。高兴？”孝公正色道。

“啊！”荧玉尖叫一声，“真的？”

太后孝公一阵大笑，荧玉也清脆地笑起来，向秦孝公狠狠地扮个鬼脸。

五更起来，秦孝公精神大好，在短兵厅练了一回剑术。他心思细密，昨日书写血石时斩断的是左手两指。右手对他太重要了，至少提笔执剑是决然要用的。所以虽然左手吊着布带，依然没有影响他的晨练。练完剑，天色已经蒙蒙发亮，老霖雨暂时停了，天上黑云却是向西疾飞而去。秦地谚云，云向西，水滴滴。看来上天的老霖雨还得下。秦孝公来到书房时，恰逢左庶长嬴虔遣使急报：先头两万骑兵已经逼近陇西，后续两万骑兵三日内也可抵达，戎狄方向还没有动静。嬴虔申明，四万骑兵足以镇剿叛乱，决定不再向西调兵。秦孝公思忖有顷，对军使写了回书，赞同嬴虔部署并在最后重重写了八个大字：万勿懈怠，务须全胜。封好密札，军使疾速而去。秦孝公看看天色，已是大亮，便唤黑伯牵马，带了两名护卫出栎阳城东门去了。

出城十里，道边一片杨柳新绿，细雨方停，微风摇曳，直是青翠欲滴。新绿中掩着一座用石柱石板搭成的石亭，虽是粗拙古朴，倒也宽敞干净。亭中石案上摆着两只大陶碗，碗中盛满清亮的米酒。亭外引道上停着一辆锃亮的青铜轺车，虽只有两马驾拉，但雄骏的马姿一看便绝非凡品。轺车旁肃立着十名红衣壮汉，身旁各有一匹纯色良马。还有四辆被牛皮苫得严严实实的篷车停在道边。杨柳新绿下，站着一个华贵锦绣的人物，红色的绣金披风和头上的六寸白玉冠，使他的背影也显得丰姿英华。寻常人看来，这一行人马只能是山东的巨商大贾，贫弱的秦国如何有得如此的富商车队？

华贵的主人身在杨柳之下，眼睛却不断地向栎阳东门瞭望。终于，他的嘴角露出了一丝微笑。渐渐地，栎阳东门的三骑快马从较为干硬的草地上飞驰而来。到了十里亭，三骑士走马进入杨柳林中翻身下马，为首者大笑：“好！这摇身一变，还真是一派大富大贵，成事吉兆。”

丰姿华贵的青年深深一躬：“君上，道边不便久留，若无叮嘱，景监便告辞起行。”

“自当如此。来，你我共干一碗老秦酒，为你壮行。”说着拉起景监的手进入石亭，“还记得我说过给你派个帮手的事么？”

“记得，君上却是一直未派，臣也疏忽了。”

“今日我将此人交给你。黑林，过来见过特使。”

“遵命！”只听一声脆亮的回答，秦孝公身后的一名武士走来向景监拱手一礼，“千夫长黑林，见过特使大人。”

景监一瞄，此人年轻俊秀，声音脆亮，心中便闪过一个念头：如此女气，竟能做千夫长？却又立即想到既是国君推荐，想必不是平庸之辈，便笑道：“好，你就给我做总管。”年轻的黑林又挺胸高声道：“遵命！”大步站到了景监身后，俨然一个贴身总管。

秦孝公叮嘱：“黑林是黑伯的长孙，缺乏历练，黑伯托你要严厉督导。”

“景监明白。”

秦孝公端起陶碗，肃然站起道：“为君壮行，干！”

景监双手举碗：“臣万死不辱使命。干！”陶碗相碰，两人一齐举碗咕咚咚一饮而尽。

“臣告辞。”景监深深一躬。

“走吧，我看你等上路。”秦孝公肃然拱手，“与虎谋皮，善自珍重。”

“君上保重，后会有期。”景监踏上轺车，最后一拱，辚辚而去。年轻俊秀的黑林回头向秦孝公望了一眼，也上马飞驰而去。

青翠欲滴的杨柳林中，秦孝公遥望着渐行渐远的红色车马消失在霏霏雨雾中，打马一鞭，回身驰出柳林，向栎阳城疾疾去了。

六　逢泽猎场中阴谋与财富较量

逢泽猎场艳阳高照，和风带暖，正是围猎的大好时光。

逢泽岸边是连绵起伏的山，尤其是北面的芒山砀山，遥遥相望恍若一体，时人统称芒砀山。这片山泽密林苍苍苇草茫茫，其中又不乏起伏舒缓的大片草地，是各种野兽生存的上好水草之地，也是便于驰突狩猎的佳场胜地。芒砀山之所以成为中原围猎的胜地，还在于它有两种极为珍贵且奔跑如飞的灵物，一是麋，二是麋鹿。麋，后人称为獐，似鹿却没有角，非但善于奔跑跳跃，而且可以逢水游泳，正是狩猎高手极具刺激的对手。麋鹿，当时人称四不像，其角似鹿非鹿，其头似马非马，其身似驴非驴，其蹄似牛非牛。这四不像温顺通灵，若能捕到驯养，那真是善解人意的罕见珍品。然而更吸引狩猎者的是，四不像的肉是天下难觅的补阳神物。会盟大典上魏惠王所说的“逢泽鹿肉”正是此物。

有天下闻名的猎场，六国会盟这样的盛典，岂能没有一场大型围猎？

魏惠王是个非常精于享乐之道的君主，更是大型围猎的个中高手。祖父魏文侯和父亲魏武侯已经创下了强盛基业，他的青少年时期都是在华丽的宫廷中度过的，既没有带兵打仗，也没有出使奔波。虽不能说沉溺于声色犬马，却也是实实在在地浸透了富贵奢华。三十年前，父亲魏武侯病逝时，要不是弟弟公子缓密谋篡夺他的继位权力，他也决不会打起精神与公子缓势力周旋，最后将其全部铲除。即位以来，他一直以这次夺位大战为骄傲，认为自己是天生奇才，自当统一天下。即位第二年，他即宣布称王，向天下显示了他的勃勃雄心。列国嘲笑他“继位八年，一事无成”，他哈哈大笑。在他看来，真正的王者是大气挥洒，关键处一战定乾坤，何在乎整天计较些许胜负？像六国分秦这样的大谋划，如果不是他这个魏王，谁能聚盟六大国？大计一旦确定，实施交给丞相和将军们就行了，王者气度在于挥洒富贵使天下仰望如万仞高峰，始能震慑天下。正因如此，魏惠王对会盟围猎异常重视，昨夜在王帐中与公子卬谋划到四更天方睡。其间上将军庞涓紧急晋见，报告赵国策动秦国叛乱迟滞和秦国阴雨连绵的事，意欲请魏惠王敦促六国从速集结兵马等候机会。魏惠王大手一挥：“上将军，明日再议可也，围猎大事须得谋定。”庞涓闷闷不乐。他要庞涓坐下出谋划策，庞涓却说：“臣不通狩猎。臣告辞。”他知道庞涓出身寒门，确实不懂大型狩猎，也没有挽留。之后魏惠王又和公子卬琢磨了围猎的每个细节，才打着哈欠去了后帐，扑到已经酣睡的狐姬身上。

早晨醒来，晴空艳阳，魏惠王的心情特别舒畅。

围猎总帅公子卬一声令下，魏国的三千铁骑和临时增调的七千步卒共一万之众，分作三面浩浩荡荡地向芒砀山猎场进发。漫山遍野，鼓号震天，旗幡飘扬，场面蔚为壮观。魏惠王戎装甲胄，身背硬弓长箭，踏上大梁工匠特为六国围猎打造的王车，隆隆出动了。明亮的阳光与王车镶嵌的极品珠宝交相辉映，使车中的魏惠王天神般灿烂威武。环视原野的壮阔气势，他觉得自己比周穆王神游西天还要有气魄。在他的王车后面，是狐姬的一辆小巧精致的青铜轺车。狐姬内穿紧身红裙，外罩一领价值连城的红底金丝披风，在金灿灿的铜车盖下尽显妩媚的风采。这是魏惠王的精心杰作。他没有让狐姬乘坐篷车，而是让她乘一辆特制的轺车。这种轺车是天下通行的车辆，轻巧坚固，有一顶车盖立在车厢中央。若是官车，则车盖的高低以车主人品级的高低而定，最高六尺，最低三尺。狐姬的车盖自然是六尺极品，站在车中亭亭玉立，裙带招展，比坐在四面遮挡的篷车中倍显风姿。再后并行的是上将军庞涓的战车和围猎总帅公子卬的华丽轺车。只有庞涓固执，自己亲自驾驭一辆战车，腰系短剑，背负弓箭，脱下了会盟大典时那身华丽的装束，换上了一领黑色披风和战场甲胄。正是这一点魏惠王奈何不得庞涓，也正是在这一点上魏惠王隐隐约约地有点儿不喜欢庞涓，觉得他有时莫名其妙地让自己扫兴。按照本心本性，魏惠王不大喜欢这种一天到晚国事不离口的死板僵硬人物。身边一个丞相公叔痤，一个上将军庞涓，恰恰都是这种人，令魏惠王经常感到很不自在。若非公叔痤和庞涓目下是魏国柱石，魏惠王可能根本不想见他们。

辚辚隆隆的车声和马蹄声、鼓号声、脚步声、四野驱赶野兽的呼喝声混杂弥漫，等闲之人耳音闭塞，讲话也不由自主地高声大气。车上的魏惠王却是耳聪目明，不断向四野瞭望。猛然，他眼睛一亮，长剑向高坡后一指，高声命令：“四不像！快！”驭手一抖马缰，四马展蹄，王车便隆隆冲上高坡。坡下绿色的苇草中正有被军士驱赶出来的几头四不像奔跑跳跃。王车向坡下冲锋间，魏惠王已经取下硬弓搭上长箭，看看飞驰的王车渐渐接近四不像百步之遥，魏惠王一箭射出，领头的那只四不像悲鸣一声，倒在苇草中挣扎。

“魏王万岁！”四面山头上围观的军士一齐欢呼。

欢呼声中，王车已经冲到，魏惠王左手抓着车轼，伏身一个鱼鹰掠水般的动作，将那头带箭的四不像掳上王车。

“万岁！万岁！魏王万岁！”漫山遍野又是一阵欢呼跳跃。

魏惠王对着刚刚赶到的狐姬大笑："这只四不像赏给狐儿！"

"狐儿谢过我王。"狐姬艳丽柔媚地笑了。

公子卬在轺车上拱手赞叹："我王不愧猎场高手，臣弟钦佩之至！"

魏惠王大笑："逢泽逐鹿，鹿死我手，吉兆也！"

庞涓瞭望着北面的广阔山原，指着隐隐约约的红蓝色旗帜："魏王，山后赵侯正向这边围过来了。"

魏惠王豪气大发："好啊！翻过山去，会会赵种。"

围猎总帅公子卬高声命令道："猎场北移，会合赵国！"

大队人马轰轰隆隆向北面的山头围来。翻过山头，只见苇草茫茫的山坡上奔驰着赵国的三千骑兵，他们是驰马围猎，赵成侯也是弃车换马。若不是那一件翻飞舒卷的红蓝斗篷和那面随他飘移的"赵"字大旗，偌大猎场还真是难以找到他的准确位置。魏惠王向庞涓一挥手："走，追上赵种！"说完轻轻跺脚，王车向长长的山坡俯冲而下。庞涓一抖马缰，两马战车隆隆跟进。

手搭凉棚一望，魏惠王眼见赵成侯在飞马追赶一头奔走如飞的麋，高声命令："斜插过去，截住那只麋！"但是，魏惠王的王车尚在赵成侯的战马之后大约三箭之地，要斜插跃前，首先就要追上赵成侯。驭手一声长啸，四匹火红色的西域良马一齐嘶鸣飞奔，直逼赵成侯的白色战马。

赵成侯久经沙场，视野宽阔，早看见魏惠王驾车来追这头獐子。假若这头獐子果真被魏惠王截取猎获，赵国颜面何存？他自然知道魏惠王的王车宝马皆是天下极品，寻常战马根本无法与之争先。但他这匹白马却大非寻常，原是阴山草原的野马驯化而来，非但有一日千里的长腿耐力，短程冲击的爆发力更是如霹雳闪电。他冷冷一笑，打一个长长的呼哨，雄骏异常的白马长嘶一声，凌空展蹄，贴着茫茫苇草几乎是飞了起来！虽然如此，魏惠王的王车也已经从三箭之外赶了上来，驷马嘶鸣，车轮隆隆，气势非凡。堪堪接近，王车企图斜插超前。岂知白马灵动异常，赵成侯外侧的脚轻轻一贴，白马箭一般蹿出半头截住了斜插之路。狩猎竞赛，魏惠王的王车自然不能去硬撞赵成侯战马。王车驭手一声尖啸，驷马鼓勇飞起，要靠更快的速度迂回超前。一旦超出，魏惠王便可一箭射中三丈之外的獐子。千钧一发之时，前面突然现出一条小溪，王车驷马不避溪流，隆隆冲入水中。此时白马却是一声长嘶，腾空而起，飞过小溪。在白马下落的瞬息之间，赵成侯也从马上凌空飞跃，一只大鸟般疾扑獐子，活活将飞纵的獐子一把抓住。赵成侯双手提起獐子哈哈大笑："魏王，承让！"

魏惠王也哈哈大笑："赵侯该当得此麇，可喜可贺。"

这时，庞涓的战车也已经赶上，向赵侯拱手笑道："恭贺赵侯马到成功。"

赵成侯提起獐子笑道："上将军，送你做个坐垫。"正欲掷出，低头一看哈哈大笑，"惭愧惭愧，竟教我给整死了。"说完双手向前突然一抛，獐子便向庞涓凌空飞来。庞涓双手接住，端详笑道："没有伤痕。它与良马竞跑，活活累死了。"

魏惠王与赵成侯同声大笑一阵。笑罢赵成侯拱手道："魏王，我的密使已经派出，不日将到陇西。魏国大军也该出动了。盟主不动，他国不敢争先也。"

庞涓笑道："赵侯不以为太迟缓了么？"

"不缓。"赵成侯笑道，"关中正逢阴雨，恰好给了我策反需要的一段时日。六国兵马应该乘此时机，即刻着手集结，开进各自位置。魏国韩国在函谷关内，楚国在武关内，赵国在离石要塞，燕国当在云中以西。假若集结迟缓，西部一旦起事，就会孤立无援，东部也会失去机会。”

魏惠王很不愿意在艳阳高照的猎场说这种事，觉得简直是浪费大好时光，但又不便直说，皱着眉头问庞涓：“上将军之意如何？”

庞涓拱手笑道：“臣以为，赵侯不必思虑大军集结之事，庞涓会教你满意。赵国只要把西部的事办妥，足矣。”

“好，有上将军一诺，赵种安得不放心？”赵成侯又转头笑道：“魏王啊，这齐国不出兵还要分一杯羹，公平么？赵种以为，齐国至少当出粮草兵器和一些军饷。”

魏惠王沉吟点头：“有理。好，找齐王说去。”说着一指东边山后的紫色旗帜，“在那里，走！”一跺脚，王车从草地上平稳滑出。赵成侯飞身上马，庞涓催动战车，一齐向东边山头而去。翻过山坡，但见起伏不平的茫茫苇草中，舒卷的紫色大旗四面飘扬，显然在从四面围赶鹿群。两支队伍轻骑驰突，倒更像是战场操练。年轻的齐威王亲自驾着一辆战车追杀猎物。看阵势，他显然已经发现了魏惠王赵成侯，驾着战车迎了过来，齐国将士也从四面聚拢而来。

齐威王遥遥拱手：“魏王，赵侯，田因齐有礼了。”

魏惠王和赵成侯同时拱手：“齐王猎物丰厚，可喜可贺。”

齐威王笑道：“魏王赵侯，可愿下车稍歇，品尝一番齐酒？”

“正合我意，齐王可人也！赵侯，来。”魏惠王大笑着跳下王车。

赵成侯抚须大笑：“赵种酒命，岂有躲酒之理？”当即翻身下马。

齐国军士已经在草地上铺下了一张巨大的白色羊皮毡，又从一辆车上抬下三个木酒桶。毡旁草地上也支起了铁架，齐国军士利落地宰杀了一只四不像，吊在铁架上烤了起来。齐威王又郑重地请庞涓、公子卬和狐姬入座，六人开始了热烈的饮酒谈笑。

魏惠王转动着手中粗朴的盛酒陶碗笑道："齐为大国，简朴若此？"

齐威王大笑："魏王谬奖了，田因齐何敢当简朴二字？魏王想说我寒酸也。"

众人一齐大笑。赵成侯道："哪里话来？总比我赵种还强一些。"说着摘下腰间的皮酒袋一晃，"老兵一个。"

众人笑声中，魏惠王咳嗽一声道："齐王啊，六国分秦，齐国有一份。你不出兵，能否出点儿财货粮草？"

齐威王沉吟道："但不知，盟主想让齐国承担几多？"

"军粮十万斛、马草五万担、盔甲兵器五万套，另加万金。"

齐威王思忖有顷："魏王，粮草兵器我出。万金之数，齐国无力承担。"

魏惠王大为惊讶："万金也无法承担？齐国财富何处去了？"

齐威王看魏惠王惊讶的样子，不禁大笑道："国有财货，安得无处可用？奖励垦荒、更新兵器、开办学宫、赏赐将士，何处不用金钱？田因齐粮草兵器有一些，金钱，可是拮据得很。"

魏惠王睁大眼睛，一副匪夷所思的样子大摇其头："齐王何须搪塞？一个几百年大国，任何一件国宝便价值连城，如何能拮据若此？"

"国宝？不知魏王所指何物？"

魏惠王哈哈大笑："看来，齐王国宝还是很多，本王何知你物哉！"

齐威王摇头微笑："惭愧得很，田因齐不知魏王所指国宝为何物？"

魏惠王霍然站起，高声道："天下财货，聚于王室。天下富贵，莫过国王。王富而国富，王有宝而天下安。这王室藏宝就是国宝，国宝就是国力。目下魏齐并称王国，田齐又是继姜齐之后的老牌大国。你田氏在一百年前就是姜齐的公卿首富了。国老多财，齐国岂能没有国宝？”

“国宝就是国力？魏王之意，谁的国宝多，谁的国力便强？”

魏惠王颇为矜持地笑道：“多宝强国，自古皆然。”

齐威王摇摇头：“齐国没有这种国宝。”

魏惠王慨然一叹：“不管齐王所言真假，本王都让你看看我的国宝。你来看，”他用手一指那辆光华四射的王车，“我大魏国虽然立国刚刚百年，但却有镇国之宝，十颗夜明大珠！你知道这种大宝珠么？每颗直径一寸，其光芒在夜晚可照亮十二辆战车。若一百二十辆华车相连，简直一条彩龙！你看，眼前我这辆王车镶有两颗宝珠，足使这辆车价值连城，超过楚国和氏璧！”话音落点，外围的魏国军士一片欢呼。

魏惠王轻蔑笑道：“齐国曾富甲天下，难道可怜得没有一件国宝？”

齐威王依旧微笑：“盟主，我的国宝不一样。”

魏惠王一怔：“噢？还是有嘛，请道其详。”

齐威王爽朗笑道：“田因齐以为，国宝者，国家栋梁之才也。田因齐不才，数年来寻觅这种国宝，筑起稷下学宫召集天下名士，也才堪堪觅得几位可称镇国之宝的人才。目下的齐国，南有大将檀子镇守，南部十二小国对齐称臣，楚国亦不敢北犯我边界。西有郡守田盼镇守高唐关，赵国人再也不敢随意到齐国水面捕鱼，反而与我修好。赵侯，对么？北边有能臣黔夫镇守滕城，民众安居乐业，燕国七千民户迁入齐国，我增加人口十万。临淄都城有仲首做司寇，齐国盗贼消失，夜不闭户。另者，我齐国还有当世名将田忌镇抚四方——田将军见过魏王。”

外围战车旁肃立一员大将，正是昨日赶到逢泽的齐国大将田忌。他上前拱手作礼：“田忌拜见魏王。魏王康健。”

魏惠王面色难堪，却又不得不点头示意。

齐威王愈发直抒胸臆：“齐国至宝，光耀万里，岂止照亮十二辆兵车而已。本王以为，财货应交于商人，换来粮食兵器充实国力。珠宝藏于王室，徒然四壁生辉，有何价值可言？魏王头上一颗明珠，虽价值连城，然顶于王冠，与国何益？与民何益？魏王爱姬身上这一领金丝斗篷，更是价堪抵国，然系于一身，与国何益？与苍生何益？”

一席话，齐魏赵三边人马肃然静场。猛然，齐国军士欢呼雀跃起来，“万岁”之声震于四野。魏惠王脸色尴尬，公子卬不知所措，庞涓默然低头。

突然，马蹄如雨，两骑飞至。“报”声未落，两人已在魏王面前拜倒。

“何事惊慌！”魏惠王无端地声色俱厉。

骑将高声报：“禀报大王，公叔丞相病势危重，请大王回宫陈明大事。”

魏惠王颇为不耐：“久病在床，有何大事可言？”

齐威王正色拱手：“魏王国务繁忙，会盟也已经终期，田因齐告辞。”

突然，魏惠王觉得此话应该由他先讲，如何你便先讲了？脸一沉不睬齐威王，大步转身：“回宫！”跳上王车，隆隆而去。

赵成侯纵声大笑：“不想齐王奇兵突出，快哉快哉！”

“三军可夺帅，匹夫不可夺志。赵侯不也一样么？”两人同声大笑，互相道别，一东一西，分道扬镳而去。明媚的阳光下，茫茫苇草像金色的波浪，隐没了远去的旌旗战车，悠长的牛角号呜呜卷走了万千铁骑。

逢泽猎场沉寂了。

第三章 安邑风云

一 洞香春众口纷纭说魏国

魏国都城安邑纷纷传闻，老丞相公叔痤病入膏肓快要死了。有人惶惶不安，有人弹冠相庆[1]。惶惶者说，公叔痤是魏国的德政，他一死，魏国人可要吃苦头了。弹冠者说，公叔痤是魏国的朽木，他一死，魏国就要大展宏图了。

近百年来，安邑人已经养成了谈论时政秘闻的习俗。大街小巷，坊间邻里，举凡有三两人之地，便会有宫廷秘闻在口舌间流淌。若是酒肆春楼茶室乐坊这等市人如流名士穿梭的场所，就更是高谈阔论，争相对目下最重大的国事传闻发布真知灼见。其间若有语惊四座之高论，便会获得众人一片喝彩声。若一个人屡屡有这等高论，这个人便成了风雅场所的名士，身价便倏忽大增。这种论政名士，不是等闲场所能造就的，必须是安邑市井和上层名流共同认可的大雅之所。这种大雅之所，其场

[1] 弹冠，语出《楚辞·渔父》：“新沐者必弹冠。”意为弹去帽子上的灰尘。弹冠相庆成为成语，虽为《汉书》所出，然其意在战国时已有。宋代苏洵曾以“弹冠相庆”描述春秋故事。

地楼馆的华丽名贵自不必说起，更重要的是必须具有三个非同寻常的优势：一是具有悠久的历史，即坊间所谓的名贵老店；二是曾经有过几个大人物在这里成名的皇皇足迹；第三最难，就是这店主人也须得是世家名人或风雅名士。能三条凑在一起，自然凤毛麟角了。安邑人共同的口碑是，这样的大雅之所，安邑只有一个，天下也只有这一个。这便是安邑人的骄傲习性——魏国的文明中心便是天下的文明中心。

安邑最幽静的一条小街——天街，坐落着洞香春酒肆。

这条小街南北走向，北口是王宫，南口是丞相府和上将军府，东西各有两条小巷通往繁华的街市。虽然说是小街一条，却是城中的通衢之道，毫无闭塞之感。更为引人注目的是，这条小街没有民户和店铺，只有三十多个大小诸侯国的邦交驿馆建在这里。街边绿树成荫，街中石板铺地，行人衣饰华贵，馆所富丽堂皇。安邑人称这条小街为天街，是说她没有尘世的风华喧嚣，处处透出天堂般的富贵宁静和风雅。就在天街的中段，有一座绿树葱茏流水潺潺的庭院，院中有一座九开间的三层红色木楼。这座木楼，便是名满天下的洞香春酒肆。

说到洞香春，安邑人如数家珍。它是魏武侯时期的大商人白圭的产业。如果是纯粹商贾也还罢了，偏这白圭非但是名满天下富可敌国的大商，且在魏武侯时期做过多年丞相。魏国人认为，白圭是与陶朱公范蠡相伯仲的旷代政商。白氏一族本是商贾世家，白圭的父亲在三家分晋前已经是魏氏封地的大商了，洞香春便是那时候兴办的。其时，这条天街的一半还是魏氏族众的商业街市，另一半则是魏氏家臣的住宅。三家分晋后，魏文侯变法震动天下，列国官吏名士纷纷到安邑探询底细。坊间交往，这些列国士子和官员们便向白氏抱怨，偌大安邑竟没得个好去处清谈饮酒。白氏心思机敏，立即拿出一半家财办起了这座洞香春。开张之日，白氏立下定规：非读书士子、百工名匠、富商大贾与国府官吏，不得进入洞香春。这便将洞香春明确地当做了上流人群的清谈聚饮之所。幽静的院落酒楼，精美的器皿陈设，诱人的珍馐美味，名贵的列国老酒，还有温雅艳丽的侍女，每一样都是天下难觅的精品。一时间，名士吏员列国使臣趋之若鹜。上卿李悝经常在洞香春和名士们论战变法利弊，上将军吴起也多次在洞香春论战用兵之道。更有周王太史令老子、儒家名士孟子、自成一家的墨子、魏国奇士鬼谷子，都曾在洞香春一鸣惊人，飘然而去。后来白圭继承父业，又对洞香春屡加修葺，改进格局，名贵珍奇遍置其中，雅室密室酒室茶室棋室采室，错落隐秘。更有宽阔舒适的论战堂，专供客人们聚议重大国事。曾有楚国猗顿、赵国卓氏等著名巨商愿以十万金为底价竞买洞香春，白圭都一笑了之。后来，白圭做了魏国丞相，白氏累代聚集的财富大部分捐了国用，唯独留下了洞香春。谁想他在魏武侯末年郁郁病逝，洞香春也一时顿挫。后来，坊间传闻白圭的小女儿执掌洞香春，名流士子们更增好奇之心。虽然传闻这个小女儿丽质多才文武兼备，但从来没有客人在洞香春一睹国色。如此，洞香春倍添神秘，更为诱人了。

自从公叔痤老丞相的病危消息传出，洞香春大大地热闹起来。

名流要人聚集的论战堂，原本设有一百张绿玉长案，一人一案，正成百人之行。寻常时日，这是绰绰有余的。大多数时间里，名流士吏们总是三三五五地聚在各种名目的雅室密室里尽兴饮谈。纵是大事，也未必人人都认为大，所以论战堂很少有人满为患的时候。近日却是异乎寻常，雅室密室茶室棋室反倒是疏疏落落，连那些酷爱豪赌的富商大贾们最钟爱的采室，竟也是空空如也。显然，到洞香春的客人都聚集到论战堂来了。虽则如此，洞香春也还是井然有序。侍女们轻悄悄地抬来了精美的短案，又将平日里摆成马蹄形且有疏落间隔的长案前移接紧，在空阔的地毡上摆成一个中空很小的环形，外围又将短案摆成两层环形座位，唯在四角留出侍女上酒上菜的小道。如此一来，错落有致，堪堪可容三百人左右。这里没有等级定规，先来者都坐在中央一层长案前，后来者则都在外围短案前就座。满座锦绣华丽，铜鼎玉盘酒香四溢，侍女光彩夺目，当真是满室生辉。天下名士大商口口相传："不到洞香春，不知钱袋小矣！"说的就是这种豪华侈靡的氛围之下，贫寒士子也会倾囊挥霍的诱人处。

华灯初上，大厅门口走进两个一般年轻的红衣人。一个肤色黧黑，坚刚英挺。一个面白如玉，丰神俊朗。座后环立的侍女们眼中大放光彩，立即有两名侍女飘到客人身前，轻柔地解下他们的大红金丝斗篷，款软有致地将两人扶进短案前就座。瞬息之间，又有两名侍女捧上铜鼎玉爵，向爵中斟满客人指定的天下名酒。两名客人对雅致的侍女仿佛视而不见，只是目光炯炯地环视场中。

"诸位，我乃韩国游学之士。今闻魏国丞相公叔痤病危身艰，不知座中列位对此有何高见，足使在下解惑？"后座中一个绿衣士子拱手高声道。

"我且问你，惑从何来？"前座长案一中年高冠者矜持发问。

绿衣士子笑道："公叔痤三世名臣，出将入相，多有德政，且门生故吏遍及国中，对当今魏王有左右之力。若柱石骤然摧折，魏国内事外事安得不变？我之所惑，魏国当变向何方？霸中原乎？王天下乎？安守一隅乎？"

红衣中年人矜持笑道："君自远方来，安知魏国事？且听我为足下解惑。魏国三世以来，富国强兵已成既定国策。公叔痤虽为三世名臣，然主持国政也只二十余年事。公叔丞相为政持重，恪守李悝之法与文侯之制，对内富民胜于对外用兵。当今魏王即位八年，无改丞相一策。即或丞相一朝崩逝，魏国依然安如泰山。此所谓人去政留，千古不朽，足下有何惑哉？”

“哈哈哈……，”后座一位紫衫士子站起大笑，“人言安邑多有识之士，偏足下何出流俗之辞也？魏王即位八年，魏国日益变化，足下竟视而不见么？变化之一，称王明志；变化之二，用兵图霸；变化之三，重武黜文；变化之四，会盟诸侯。有此四者，公叔痤旧政何在？魏国安得不变哉？”

“好——彩！”厅中一片喝彩叫好声。

不容红衣中年人开口，又有人高声道：“足下之言貌似有理，实则差矣！魏国之变，变在其表。魏国根本，坚如磐石。魏国为政之根本何在？民富国强，天下太平也。称王图霸，会盟诸侯，其意皆在息兵罢战，安定天下。此变，与先君之道殊途同归，却是变末不变本，有何不好？疑惑何在！”

“变末不变本。好！”又有人一片喊好，却没有刚才热烈，也没有加“彩”。这是安邑酒肆论战场所的通常习俗。辞美理正者为上乘，听者一齐喊好喝彩。辞巧理曲为中乘，喊好不喝彩。辞理皆平，不予理睬。这种评判方式简短热烈，凭直觉不凭理论，往往反倒是惊人的一致。如方才一个回合，前者准确概括出魏国新君即位以来的变化，令国内外名流刹那警觉，又兼简洁锋利，自是上乘。后者虽说剖析名实颇见功力，然距离人们对魏国的直觉判断总有游离之感，所以只有“好”而没有“彩”。

这时，最后进来的黧黑年轻人微笑道：“敢问方才‘四变’之士，这第三变重武黜文，却是何意？魏国可是领天下文风之先也。”

紫衫士子爽朗大笑：“足下之说何其皮毛耳？重武黜文者，非重山野之武，亦非黜市井之文也。重武黜文，是重庙堂之武，黜宫廷之文。细微说之，公叔痤之文治日见消退，上将军之武功日见崛起，文衰武长，福也祸也？此当为魏国国策变化之前兆，安得小视？”

“好——彩！”一片哗然，厅中已有嗡嗡哄哄的议论之声。

“如此，敢问变化之走向如何？”黧黑年轻人没有笑容。

这一问，大厅中顿时肃然无声，众人一齐注目紫衫士子。

紫衫士子也是一个没留胡须的青年人，相貌平庸却是气度不凡。他向黧黑青年目光一闪笑道：“足下穷追不舍，非散论之道。然则，洞香春乃文华之地，直抒块垒，谅也无妨。以在下远观诸端，魏国雄霸之志已定，三年内将谋求荡平天下。期间契机，就在目前。公叔痤病逝之日，正是上将军铁骑纵横之时！”

话音落点，大厅中惊人的安静，人们竟然忘记了评判的惯例。黧黑青年向紫衫士子遥遥拱手，平静入座，又和身旁的白面青年低语几句。

“足下何方人士？如此危言耸听！”静场中站起一个红衣带剑的士子，面色红涨，亢声问道：“听足下之言，似乎魏国该当无所作为，方称足下之心。然则，我大魏之国人是这样想的么？非也！公叔痤主政二十年，文治不图富民，武功连遭败绩。倘非上将军庞涓力挽狂澜，三战皆捷，魏国颜面何存？今公叔痤行将谢世，正是魏王摆脱牵绊、锐意精进之日。天下虽大，唯有道者居之。难道战国争雄夺地，我大魏国统一天下，值得如此惊怪么？”

“好！彩！”骤然间，大厅中响起一阵暴风雨般的掌声喊好声喝彩声。

黧黑青年也兴奋地鼓掌叫好。紫衫士子却甩袖而去。

二　荐贤杀贤公叔痤忧愤而死

天街之南的丞相府，门前车马冷落，府内弥漫着沉重和忧伤。

白发如雪的公叔痤躺在卧榻上气如游丝，连睁开眼睛的气力都没有了。要不是他硬挺着一口气要见魏王，早已经撒手归天了。作为魏国出将入相的柱石人物，他觉得自己这次真的要去了。他已经顾不得计较卧病以来门前车马渐稀、魏王很少探望以及各种离奇的流言蜚语了。他目下唯一的希望，就是魏王赶快回来，听他交代一生中最后一件事，也是最重要的一件事。他的心中非常清楚也还非常自信，无论是论功劳论威望甚至论苦劳，他都是魏国当之无愧的三朝名臣。更别说魏王的父亲魏武侯和他的君臣莫逆之情了。目下的魏王即位以来，他的丞相地位并没有动摇。虽说打了几次败仗，还被秦献公俘虏过一次，没有给魏王增添武功的光彩，但他依然是丞相，在魏国朝堂的地位依然那样显赫，魏王对他的亲密和信任也没有改变。他的忠诚和德行是有口皆碑的。在魏国朝野，嘲笑他才能平庸者大有人在，但诋毁他德行操守者却没有一句流言。从心底里讲，他的确认为自己是个中才。但他对许多才华之士却也看不上眼，原因只有一个，那就是这些人缺乏一种养才成事的大德。他相信自己有大德，但却没有将大德化为政事的卓绝才华，立身有余，却愧对国家。多少年来，他内心一直深藏着一个愿望，就是给魏国寻觅一个足以扭转乾坤的经天纬地之才，同时此人又必须具有高绝的为政品德，不至于给国家酿成后患。寻寻觅觅二十年，曾经沧海，却难觅一瓢之饮。谁想在政事日少的这几年中，他却惊喜地发现自己踏破铁鞋无觅处的大才竟然就在自己身边！国之大运，可遇难求也。

他为此不知感慨过多少次，奋激过多少次，也不知谋划过多少次推荐方式。可最后还是一次一次地失败了。他真不知如何来办好这件大事，一直陷在深深的彷徨苦闷之中。依魏王说法，上将军庞涓是当世奇才，似乎有了庞涓就可以一了百了。公叔痤却不这样看。论为政才能，他自认中常。论相人，他却自认是万不失一的天眼。庞涓所缺乏的是成大事的器局和大德大谋，如同他公叔痤所缺乏的是成事的才华一样。同是名将，庞涓与魏国初期的吴起相比，明显地逊了一筹。这一筹，就是高远的志向与绝不向衰朽陈腐妥协的坚韧心志，就是老晋国时候祁黄羊那种内举不避亲外举不避仇的大公和开阔。庞涓可以为将为帅，但不可以为相总国。否则，魏国必然要倾覆在他的谋划中。但对这些道理，魏王总是哈哈一笑。后来公叔痤也就不再说了。国家稳定，在将相之和，他老说庞涓，于心何安？目下，公叔痤已经不想这些了，他只想一件事，就是最后一次向魏王推荐继承他丞相职位的大才。他相信，魏王无论如何也会在最后时刻来看望他，他还有最后一次机会。寝室中一片沉静。榻边侍女环立，面色紧张。坐在榻前的公叔老夫人，束手无策，垂泪无语。

公叔痤突然睁开眼睛，费力问道："大王，回安邑了么？"

"大王昨夜回宫，说今日正午来府探你病情。"老夫人急忙回答。

"你说，如何？昨夜回宫？"公叔痤惊讶了。

老夫人扶公叔痤坐起："莫急莫急，大王会来。"

公叔痤失望地叹息一声，想说什么却又打住了。停顿许久，猛然问："卫鞅，在哪里？"

一侍女上前："丞相，中庶子在书房整理丞相的竹简。"

公叔痤气喘吁吁道："请，请他，来见我。"

"是。"侍女应命，急忙去了。

丞相府书房在前院第二进，在国事厅的跨院内。国事厅是公叔痤处理政务的正厅，也是丞相府的轴心。国事厅向西有一个月门，进得月门是一座精致的小院。院内一片水池，绿树亭台，分外幽静。过了水池，有一排六开间的砖石大屋，这便是丞相府的书房。战国时代丞相的权力非常大。这种"大"不是代替君主决策，而是独立开府，行使日常的国家行政权力。所谓开府，是指丞相的府邸就是独立的国府官署，丞相有权不入王宫而在府邸召集官员议事并发布指令。而其他官员，除了国君特许外，都必须在自己所属或执掌的官署处理公务，府邸只是单纯意义上的住所。公叔痤是魏国老丞相，而魏国又是最强大富庶风华文明的大国，丞相府更是非同一般。就说这丞相府书房，非但藏有天下有名的上古典籍和春秋战国以来各学派名家的文章抄简，而且藏有洛阳王室、各大战国、诸侯国的政令抄简，至于魏国变法以来的政令典籍更是应有尽有。所谓学在官府，说的便是官府拥有民间所无法比拟的藏书和出色的知识人物。公叔痤的丞相府书房设有六名少庶子和一名中庶子管理。少庶子多是年轻的文墨吏员，实际上是做日常大量的整理、修缮和书简事务。中庶子是成年的文职吏员，通常是开府重臣的属官，可掌开府大臣指定的任何具体事务。在公叔痤的丞相府，中庶子历来专门掌管书房。

侍女来到书房时，长大的书案前坐着一位白衣人，低着头神色专注地翻动竹简。侍女走进来他根本没有察觉。

“中庶子，丞相请你即刻前去。”

伏案白衣人闻声抬头，恍然点点头霍然站起。他身材修长，一领长长的白布袍几乎要盖住那双轻软的白布鞋，连头发也是用白色丝带扎束，一支白玉簪横插在发束中。他虽很年轻，但却有一双锐利深邃的眼睛，脸庞棱角分明，与中原人常见的浑圆脸庞大是不同，沉稳的举止中透出一种冷峻高贵，与丞相府小吏的身份相去甚远。他便是公叔痤所请的卫鞅，执掌书房的中庶子。站起来时他低声问了一句：“魏王来过了么？”侍女道：“回中庶子，魏王尚未来过，说午时驾临的。”他没有再说什么，默默走出了书房。

从第二进书房到丞相的寝室小院，要穿过三进院落。年轻的中庶子走在冷冷清清的院落里，不时轻轻地发出一声叹息。曾几何时，这里还是官吏如梭热气腾腾，老丞相一病经年，偌大的丞相府竟变成门可罗雀的冷清所在，连寻常时日最热闹繁忙的出令堂大院也生出了青苔。难道这就是人世沧桑宦海沉浮么？

匆匆来到丞相寝室，卫鞅拱手作礼："卫鞅参见丞相。"便不再说话。

公叔痤挥挥手，侍女们退了下去。"夫人，你也回避。"公叔痤向来不愿夫人预闻政事，凡有大事，必嘱夫人回避。公叔夫人也知道老夫君的讲究，起身离座，幽幽一叹出门去了。

公叔痤看着面前的年轻人，语调迟缓但却非常清晰地道："鞅啊，你来我这里五年了，名为求学，其实老夫并没有教给你学问，反倒是你给我打开了一个新天地也。朝闻道，夕死可矣。看到魏国拥有你这样的英才，老夫死也瞑目了。"

"公叔丞相，卫鞅在府中五年，读遍天下名典，且跟从丞相精研政务，受益匪浅。卫鞅铭记丞相大恩大德。"卫鞅神色有一种淡淡的忧郁。

公叔痤微微摇头："鞅啊，不说这些。我要叮嘱你，希望你能留在魏国，成就魏国霸业。魏国之势，当一统天下也。"每说到魏国霸业，老公叔就激动喘息。

"公叔丞相，魏国气象不佳，魏王不会用我。"卫鞅显得很淡漠。

"何以见得？"公叔痤苍老浑浊的声音中透着惊讶。

"一则，魏王即位以来好大喜功，不务国本，醉心炫耀国力。如此国君，对魏国衰退并无洞察，对治国人才，也不会有渴求之心。二则，魏国官场腐败过甚，实力竞争之正气消弭，趋势逢迎之邪气上涨。魏王被腐败奢靡浸淫，如何能超拔起用一个小小中庶子？三则，上将军庞涓已经成为魏王的股肱重臣，他的战功，使魏国朝野已经被表面强盛所迷醉。连同魏王，没有人会想到魏国的实力正在日渐萎缩，更没有人想到魏国需要第二次变法，第二次登攀。时势如此，魏国如何能急迫求贤？”说到这里，卫鞅沉重地叹息一声，“公叔丞相，魏国不会强大很久了。卫鞅留下，也是无用。”

公叔痤紧紧盯着卫鞅，老眼中闪着一种奇特的光芒：“鞅啊，你总是有特异见识。这也正是老夫要鼎力荐举之理由。然则，请你实言相告，魏王若能真心用你，委以重任，你将如何？”

“二十年之内，魏国一统天下。”卫鞅的语气陡然变得坚定而自信。

公叔痤长长地嘘了一口气，满脸泛着兴奋的红光：“鞅啊，老夫将不久于人世了。你能告诉我，你真正的授业恩师是何人么？我真想见这位高人一面也。得天下英才而育之，人生一大乐事也。我渴慕这位高人，有你这样的弟子。”

卫鞅似有为难，神色却依旧坦然：“公叔丞相，先生与我有约，永远不说出他的名字。我应凭自己的真才实学立足于天地之间，而不能以先生名望立身。我之善恶功过，均应由自己一身担承。我当信守约定。”

公叔痤默然良久，慨然叹息：“世间有你等师生这般特立独行，人世才有五色当空，丰沛多彩矣！”

侍女走进来低声禀报：“丞相，魏王驾到。”

公叔痤眼中显出兴奋的光芒，低声道：“鞅啊，你先下去。”卫鞅点点头，从侧门从容地走了出去。

“魏王驾到——”寝室外护卫一声长长的报号。

魏惠王来了。轻车简从，朴实无华，与往常大相迥异。他很是知道，老公叔不事奢华且很厌恶珠光宝气高车驷马那一套，有几个王室子弟都曾因这个原因被老公叔罢职。魏惠王自己虽说是一国之王，老公叔也不能拿他如何，但对这个资深望重的三朝老臣，魏惠王总是有点儿莫名其妙的顾忌。这与对庞涓的隐隐约约的不喜欢不同。庞涓是布衣名士，并无盘根错节的根基与渊源，魏惠王无须在庞涓面前掩饰心迹。但老公叔不同，且不说公叔一族是三家分晋前的魏氏世族，族中子弟遍及魏国官署，仅仅老公叔这个德操口碑满天下的老权臣就够你消受。他要总是唠叨你的短处，你就肯定安生不了，因为那很快就会被国人当做权威评判，你也自然就名声大跌。对这样一个老古董式的名臣，纵是国王，也得收敛收敛。每见老公叔，魏惠王都要刻意朴实一次，弄得很不自在。这也是魏惠王很少到丞相府的原因。公叔痤一病经年，他只来探望了一次。他宁可不断派内侍送来名贵药材和种种礼物，也不愿和老公叔直面叙谈。昨日在逢泽猎场听到老公叔病危的急报，他甚至有点儿隐隐约约的高兴和轻松。这种不合时宜的老臣子，罢官会招来国人非议，听任他掌权又确实碍手碍脚，最好的结果是他不要像长青果一样结在世上。看来老公叔终于是要让道了，魏国君臣新锐放开手脚的日子也就要到了。今日，魏惠王是特意换了一套半旧的冠服，坐了一辆普通的轺车来的。唯一的特殊是车中带了五千金，准备赐给公叔夫人后半生安度晚年。同时，魏惠王已经决断，要隆重举行老公叔的葬礼，让天下都知道魏王敬老尊贤的美德。

魏惠王走进寝室时，脸上溢满了沉重和哀伤。

公叔痤在榻上欠身拱手："我王恕老臣重病在身，不能起身相迎。"

魏惠王疾步走到榻前扶住公叔痤，关切又亲和："老丞相不必多礼，病体要紧也。本王昨晚急急赶回，本当即刻前来，奈何国务繁冗一时难了，来得迟了。"这时，侍女捧来一个绣墩置于榻侧，魏王落座道，"老丞相一病经年，安心静养为是，魏国不能没有老丞相支撑也。"

公叔痤老眼中闪着泪光哽咽道："老臣……这次，只怕凶多吉少。"

"吉人自有天相。老丞相但放宽心，本王派太医日夜守护老丞相。"

公叔痤摇摇头喘息挣扎着坐起身子："臣以余息，等候我王归来，是想向我王推荐一个治国巨子，继我相位。此人乃扭转乾坤之大才，足以扫灭诸侯，一统天下，成就魏国大业。"

魏惠王认真地点头，急迫问道："他是何人？可是大将之才？庞涓是该换换了。"

"卫鞅……目下，就在我府。"

"卫鞅？"魏惠王恍然，顿时显得轻松了许多，"是否老丞相几次提起的那个卫鞅？老丞相也，他才二十余岁，你不觉得太稚嫩了么？再说，他是何人学生？如何堪称扭转乾坤的大才？"

"我王和他一论便知。看人何须一定看师？"

"名师出高徒也。他能无师自通？"魏惠王大度地笑了笑。

公叔痤艰难地拱手，老脸肃然："我王，且听老臣最后一言。老臣深知卫鞅。此人殷周血统，父周母商，天赋极高，跟一个不愿透露姓名的高人，修成经天纬地之才。卫鞅辅臣处理国政五年，诸多见解，使臣深为震惊。此人若不能为我王重用，将是魏国千古遗恨。"

魏惠王很能体察这个年迈老臣的殷切絮叨，人之将死，其言也善哉。但这种病话他却不能当真。沉吟片刻，他站起身来扶住公叔痤，以关切的口吻道："老丞相啊，你重病在身，安心歇息为上了。"

公叔痤闭上眼睛，苍老而痛苦的脸上涌出两行热泪。

魏惠王心中有些不耐，不想再继续絮叨一个无名年轻人，拍拍公叔痤，依然是倍加关切的口吻："老丞相，你以为庞涓和公子卬，谁更适合做丞相？"

公叔痤却没有接这个话题，眼神冰冷地说："请我王实言相告，魏国真的不用卫鞅么？"

魏惠王无可奈何地笑笑："老丞相，将一个大国命运，交给一个不明底细的年轻人，你就放心么？”

公叔痤沉默了，长长地叹息一声，陡然两眼放光：“我王不用此人，就必须杀了此人！为魏国长远大计，绝不能让他到别国去。”

魏惠王惊讶地看着公叔痤，觉得一个堂堂大魏国丞相，竟如此固执地纠缠在一个无名小辈的身上，一定是得了失心病。刹那之间，他有些可怜起这个发如霜雪枯瘦如柴的老功臣来，觉得不能让他再失望了，于是释然笑道：“好了，好了，明天就杀他，啊。”

公叔痤无力地倚在榻垫上，老泪纵横，一句话也不愿意再说了。

魏惠王默默地走出寝室，吩咐内侍抬来大铜箱，将五千金赐给公叔夫人，又说了一番关切的话，坐着轻便的轺车走了。

公叔痤艰难地摇摇手：“卫鞅，请他来，快。”侍女闻言，飞快地去了。

卫鞅来到寝室，明显感到了公叔丞相的失望和伤心。但他没有说话，只是默默站立着。公叔痤长长地叹息一声：“鞅啊，你快逃走，晚了，就来不及了。”卫鞅却是淡淡地一笑：“为何逃走？逃到哪里去？”公叔痤脸泛红潮，一阵喘息：“鞅啊，为了国家大义，老夫尽最后力量推荐你担当大任。然则，大王不用你。老夫就劝了大王杀掉你。杀你用你，都是为国家尽责。劝你逃走，是了却师友情分。你快走，走吧——”

“丞相，若为此因，不用逃。”卫鞅没有丝毫的惊讶，更没有立即要走的样子。

“你？甘心死在魏国？”老公叔大是惊诧。

“公叔丞相，大王既不听你用我之言，又何能听你杀我之言？他不会将我放在心上的。老师莫忧心。”卫鞅淡淡地微笑着。

公叔痤昏花的老眼死死盯住卫鞅。他显然感到出乎意料，却又顿时觉得明白了其中道理。同是事理，自己一个饱经沧桑的老人，如何竟没有面前这个年轻士子见地透彻？大智天赋，岂有他哉！老公叔不禁长长地出了一口粗气：“鞅啊，你的见识总是高人一筹……看不到，看不到你建功立业了……你会到哪国去？……你，你会让魏国灭亡的，是么……”他伸出枯瘦的双手，紧紧拉住卫鞅，眼中一丝光焰渐渐熄灭，沟壑纵横的老脸渐渐舒展开来——老公叔走了，心灰意冷地走了。

卫鞅默默站在榻前，冰冷的悲哀涌上心头，大滴眼泪滚到脸颊。他向公叔痤的遗体深深一躬：“公叔大人，感谢你知我至深。可你没有回天之力，只能眼睁睁看着魏国滑进深谷。大人，你无愧于魏国，你安息也。”

这天夜里，公叔府行完葬礼前预礼，挂起了白色灯笼，府中上下人等皆是麻布孝衣大放悲声。消息传出，安邑城有人欢喜有人忧，洞香春论战堂挤得水泄不通，通宵达旦的辩驳诘问却依旧是众说纷纭，莫衷一是。魏惠王当夜赶赴公叔府，身穿白布孝衣，在公叔痤的灵位前放声大哭。魏王的祭奠惊动了安邑的权臣和官场，高车骏马一时间挤满丞相府门前的停车拴马场，高官重臣们一片白衣，一片痛哭。但在洞香春论战堂却有一个传闻：只有上将军庞涓没有去公叔府祭奠。消息引得列国客人和安邑士子们又是一番激烈争辩与诸般猜测。

祭奠礼之后，公叔痤被隆重地安葬在安邑城南的灵山巫真峰下。孤峰为陵，南眺盐泽，建造得与魏文侯陵园所差无几。魏惠王与公叔夫人商议，鉴于老丞相膝下无子，决定选派府中一个得力干员守陵三年。正在仔细挑选时，不想侍女来报，说有人自请守陵。夫人一问，竟是中庶子卫鞅！

魏惠王释然一笑：“老丞相好像说到过这个人。教他去，也不枉老丞相赏识他一场。”

三　庞涓乔装　考校中庶子卫鞅

庞涓匆匆向王宫走来。

此刻他是既高兴又烦恼，高兴的是公叔痤死得其时，给他空出了一个巨大的权力位置。战国之世，上将军虽然也是位高权重，独立开府，但毕竟不能总揽国政，使他无法展现自己为政治国的出色才能，也无法使魏国在自己全面运筹下完成大业。若能做了魏国丞相，非但位极人臣，达到名士为政的权力最高峰，而且出将入相，达到文治武功两方面的功业极致。但是，就在他雄心勃勃地拒绝参加祭奠公叔痤，以显示自己不与老朽同流的时候，他的军中掌书却从洞香春带回一个传闻：魏王对丞相的人选未定，将在他与公子卬之间确定。这使他大感意外，内心莫名其妙地忐忑不安起来。平日里他不大瞧得起洞香春，认为那是浅薄士子附庸风雅的地方，多次拒绝了到洞香春论战天下大势和用兵之道的劝告。但是他对洞香春的神秘传闻可是从来不敢小视，那个鬼地方从来都是空穴来风，许多要害的转折都将洞香春的传闻变成了事实。庞涓曾经大义凛然地向魏王进言，请求取缔这个滋生事端的酒肆，认为那是魏国糜烂腐败的渊薮，是列国密使刺探魏国机密的最好渠道。可魏惠王总是哈哈大笑："上将军，洞香春大有根基，天下闻名，文侯武侯都视为安邑文华之明珠，我辈如何取缔也？"显然对他的主意感到匪夷所思，甚至有些不悦之色。这个讨厌的地方如今传出了这样的消息，至少证实魏王向某个亲信透露过这个想法，宫廷之内已经有人知道了。一时间，他感到很有些悲哀与愤愤然。公子卬何许人也？浮华纨绔的王室子弟一个，除了精于声色犬马，没有一样正经本领。如此之人，也在丞相人选之列，简直是滑天下之大稽。然则有何办法？他庞涓在魏国没有任何根基，平日里也不屑于和那些尸位素餐的王室人物交往，唯一的根基就是他自己的实力才具和已经建立的功劳。但是细细一想，本领才具这种东西，凭它谋生那是绰绰有余，凭它建功立业也可能大有可为，唯独要凭它在官场周旋，那可是最不可靠的东西。自古以来，才华之士比比埋没沉沦，谁来理论？尤其是魏国这种已经开始渗透腐败的国家，要靠才能功劳获取更大权力，随时都有可能跌进深渊。一时间，庞涓对魏国几乎丧失了信心，对魏王似乎一下子触摸到了平日没有觉察的东西，沮丧了很长时日。

然而能退却么？显然不能，建功立业原本就是要百折不挠，何况还并没有丧失最后希望。经过几天的辗转反侧，庞涓想清楚了两点：一是今后要改变对官场交往的冷漠，结束自己鹤立鸡群般的孤立。二是要主动晋见魏王，探听魏王的真实想法再做对策。今日清晨他处理完军务，午间便向王宫而来。他知道早去也没用，魏王的晚睡晚起是有名的，没有哪个大臣清晨去王宫晋见的。本来这也是庞涓准备劝谏魏王改正的大事之一。经过几日思虑，庞涓不但决定放弃在这种事情上进言，而且决意学会迁就宫廷某些不成文的贵族准则。

魏王城很大，大得占了安邑城的几乎四分之一，比同时从晋国分出去的赵国韩国的宫殿大过两三倍。其所以如此，是因为魏国的宫殿是三代国君扩建了三次。魏文侯分晋立国成为诸侯后，将祖父魏桓子原有的简陋宫室大大扩展。魏武侯即位国力增强，又将魏文侯时的宫室大大扩展了一番。魏惠王即位称王，觉得原先的宫室和王号不配，就在即位第二年大兴土木，在原有宫室外重新建了一大片金碧辉煌的王宫。三代宫室相连，层层叠叠望之无边。

庞涓的轺车辚辚驶进宽阔的白玉广场，在巍峨灿烂的正殿前没有停留，直驶东侧火德门前停下。他跳下轺车，第一次向护卫领军微笑拱手，慌得领军忙不迭躬身高报："上将军入宫——"庞涓笑笑，大步走进火德门。

绕过巨大的影壁，第一进是环形排列的二十三座官署，每座官署六开间。第二进是魏王专门召集重臣议事的两座小型殿堂，东西各一。第三进是魏王处理日常国务的书房、出令厅、掌书厅等枢要重地。这一进不能从中间穿过，而必须从东西两侧的拱门进入再向后。第四进是一座精美的庭院园林，亭台楼榭，绿荫幽幽，池水粼粼。穿过园林，最后一进才是占地三百多亩的魏王后宫。往昔庞涓从来不到后宫晋见魏王，原因简单得会令安邑官场的任何一个小吏失笑，那就是他对这些曲曲折折的穿廊过厅感到很不舒服，所以他是魏国重臣中唯一没有来过后宫的。尽管如此，他凭着一流将领兵法战阵的直觉一眼便明白了路径结构，轻车熟路般直入后宫。

后宫一大半是一片湖泊，魏王的寝宫在湖中半岛的树林中。初夏艳阳，绿树碧水映衬着金黄的屋顶，幽静得恍入梦境。庞涓走进林中小道时，一个侍女走来恭敬地躬身道："上将军，大王在寝宫。"庞涓略一点头，径自向寝宫而来。这魏惠王在行止起居上颇为豁达，后宫从来不要护卫甲士而只要侍女，也没有大臣不许进入后宫的迂腐规矩。他经常将大臣召到后宫议事，而且命令侍女，凡大臣来见不许阻拦也无须通禀。在战国时代，魏惠王待臣下之宽是很有名的。

尽管庞涓对魏王的侈靡已经有所预料，但当他走进寝宫时，还是被深深震撼了。

宽敞豪华的寝宫，格调奇特，华贵侈靡，具有一种神秘的诱惑力。最显眼的是一面巨大的铜镜立在卧榻对面，卧榻区的一切活动都在镜中呈现出来。卧榻的左方是一根酷似男根的挺拔闪亮的铜柱，显赫而孤立，右方是一个几类女阴的高高的卷边铜花盘，使人一望即生非分之想。四周各色纱帐长垂曳地，风吹纱动，扑朔迷离，使人飘忽神醉。透过飘忽朦胧的纱帐，庞涓看见半裸的狐姬正偎在魏王大腿根上……骤然之间，庞涓热血奔涌，举步维艰。

狐姬是魏惠王最为宠爱的妃子，也是以种种逸闻趣事闻名于魏国朝野的风流女人。她原本是晋文公时代名臣狐偃的后代。韩赵魏三家分晋时，狐氏早已经衰落了。魏文侯眼光非同寻常，将老晋国大部分名臣的后裔争夺到了魏国。五十年后，狐氏部族出了一个艳名四播的少女，就是这个狐姬。当时还只是贵公子的魏惠王与亲信谋划良久，在狐氏部族所在的绛城东部的白马山紫谷河扎营狩猎一月，以他在猎奇猎艳方面特有的耐心与机敏等待着机会。有一天，美艳的猎物终于出现在紫谷河畔的绿树野花中。这时，一只山猪突然从嶙峋怪石后扑向美艳的猎物。又是突然之间，魏罃匹马长剑冲到，奋力杀死了山猪，用带血的双臂抱起了昏迷的美艳女子。在山月高照的紫谷河畔，美艳的猎物感激不尽地扑进了公子魏罃的怀中。黎明时分，河谷中的帐篷和美艳的猎物一起神秘地消失了。三年之后，魏罃称王册封，人们才知道那美艳的狐氏少女竟然成了王妃。从此，她便成了安邑人茶余酒后的谈资，色彩缤纷，荤素皆宜。坊间传闻，说她柔若至水，媚若野狐，娇若婴儿，妖若鬼魅，魏王一天也离不开她。

庞涓在逢泽猎场见过狐姬。不过他对女人从来很迟钝，看不出这个女人有何过人之处，甚至连她的样子也记不清楚了。目下正当午时，炎炎白昼，如何竟让他遇上了如此难堪？

狐姬正蜷伏在魏惠王面前，柔媚地为魏王捏脚，间或伸出细长湿润的舌头舔吻他的脚趾，小嘴儿娇声叨叨：“还国王也，整天忙乱，多累也。”魏惠王情不自禁，一把拉过狐姬搂在怀中摸弄狐姬脸颊，又从腰间摸出一颗随身夜明珠在狐姬雪白的裸胸上滚抚。狐姬娇声昵语，尖声笑叫着钻进魏惠王怀中。魏惠王不禁大乐起来。

庞涓终于忍不住咳嗽了一声，刚咳嗽完又大大后悔，这不是说自己看见了不堪么？然也无法，不能再迟延了，一拱手高声道：“上将军庞涓晋见我王。”

魏惠王却浑然无觉，哈哈笑道：“上将军啊，进来。”

庞涓大步走进，目不斜视，深深一躬：“臣有要事禀报我王。”

魏惠王搂着狐姬没动，微笑问道：“庞卿，有何大事？”

庞涓一时沉默。魏惠王恍然大悟，笑着拍拍狐姬的屁股：“乖乖卧去吧，等会儿再射箭，啊。”狐姬嘤咛一声，狗一样爬到高大的玉石屏风后去了。

庞涓心中一阵腻歪，瞬间忘记了来时的心思，不禁深深皱眉。

魏惠王却是哈哈大笑道：“上将军啊，今日你来我后宫，本王可是很感欣慰也。我也知道，上将军乃鬼谷子之高徒，不喜奢华。然简朴也好，奢华也好，总当以时世定准。魏国若贫弱如秦国，本王也会苦行奋发。然则魏国富庶强大，若一味拘泥苦行之道，岂非让列国小瞧？上将军，人生一世，要建功立业，然也不能固守一理。魏国强大，我等君臣就要做一番大事。魏国富庶，我等君臣就要尽兴享受这富庶。否则，岂非暴殄天物？譬如这狩猎、饮宴、把玩珠宝、高车骏马、锦衣玉食、湖光山色、宫殿广厦，哪一件不是人生之乐？更有这女人，乃上天赐给男子之尤物，不把玩更是虚度一生。上将军看见我这狐姬了，柔媚驯顺得像一只母狗，跟她在一起，可真是妙不可言，大是消愁解乏。庞卿，你日后再来，大可不必咳嗽紧张，就走进来看看她是何等卑贱，岂不好事？本王这后宫，只许你和公子卬进出随意，可惜你不知道，也没来过。公子卬要是来了，可要躲在后面看个够，然后还要和本王品评一番也，啊——哈哈哈哈哈……”魏惠王侃侃开导，大笑不止，觉得这是改变庞涓的一个绝好机会。

庞涓听得头皮发麻喉头发干，身上直起鸡皮疙瘩。魏惠王这一番高谈阔论当真令他匪夷所思。他也知道，要想和魏王融洽起来，目下正是最佳的机会，何况他几日思虑，为的本来就是达到这个目的。他应该笑，应该迎合，应该表示茅塞顿开，甚至应当欣然请狐姬出来品评一番，就势成为魏王不避任何嫌疑的玩伴与股肱大臣，如此君臣一定会信任有加其乐无穷；然后再加上自己的才华实力，战胜公子卬当是易如反掌……可就是不行，庞涓笑不出来，更迎合不出半句，反倒是脸色铁青嘴角抽动，一副要呕吐出来的难堪和尴尬。刹那间他一身冷汗，很后悔自己到后宫里来。然而，庞涓毕竟有刚毅的忍耐力，他咬紧牙关强迫自己平静下来，拱手徐徐道："魏王明鉴，臣久居山野，孤陋寡闻如村夫一般。我王之高论，容臣假以时日，慢慢品味领悟。"

魏惠王开心地大笑："上将军，今日难为你了。说说，何事？"

庞涓拱手道："魏王，臣昨日去探视了公叔夫人，一则抚慰老夫人；二则想听听老丞相可否有过对兵事的叮嘱。不想，老丞相竟对我只字皆无。"

魏惠王慨然一叹："老丞相久病无治，去了也好。他弥留之时已经失心了，不会有如何话留下的。"

"莫非他对后任丞相，对国事，都没有提及？"

魏惠王恍然想起似的笑道："庞卿，你可知丞相府那个中庶子？名字？噢，对了，好像叫卫鞅。"

"中庶子？臣如何能知道一个小吏？不知我王所问何意？"

魏惠王哈哈大笑："上将军说，老丞相是不是失心病发昏了？他派特使请本王从逢泽火急赶回安邑，竟然就是为了这个中庶子。人之将死，其言也昏矣！"

庞涓一怔："臣推测，老丞相要我王重用这个中庶子。"

魏惠王点头："还真让你说对了。老丞相劝本王重用这个小吏，说让他做魏国丞相。还说，不用他就要杀掉他。你说，堂堂大魏的国王丞相，折腾一个小小中庶子，岂不贻笑大方？”

庞涓正色道：“人才难得，我王当对老丞相之言三思而后行。”

魏惠王豁达自信地笑道：“不用人才，大魏国能有今天么？可人才，尤其是宰辅之才，就那么容易得到么？那是可遇不可求也。”

“魏王，臣请查核丞相府这个中庶子。”庞涓一脸肃然。

“算了，算了，一个中庶子还用你上将军出面？大魏国要有点儿胸怀天下的气度，要走就走。你要留他，反倒竖子成名也。”

“臣请大王不要忘记孙膑逃齐的旧事，不能让奇智之士逃到他国，反为魏国树敌。”庞涓颇有些固执。

“啊哈哈哈……”魏惠王一阵大笑，“好好好，上将军自便可也。”

“臣谨遵王命。”庞涓深深一躬，转身大步走了。他觉得在这样的后宫再谈国事，未免不伦不类，连自己都觉得滑稽。

仔细思忖，庞涓总觉魏王不可能起用公子卬做丞相，但对他却也没有任何暗示。丞相人选究属何人？一下子总是想不清楚。庞涓对军旅之事极为自信，但对宫廷官场的纵横捭阖总是感到有些不得要领。譬如目下他就难以决断自己该如何争取主动，甚至连窥探魏王心意的办法也没有。但他对平民士子在魏国的动向，历来却很敏锐。魏惠王不经意说到的中庶子使他蓦然警觉起来。公叔痤的识人慧眼是天下闻名的，只有老师鬼谷子笑他是“识人有眼，用人无胆”。魏王今日既没有透露丞相人选的蛛丝马迹，安知没受老公叔的影响？安知不用这个中庶子是魏王真心？庞涓蔑视贵族阶层，觉得在贵族如林的庙堂之上自己有他们决然不能取代的位置和才能，纵然自己不能总揽国政，可是贵族永远也无法淹没他。因为这是战国，离开他这样的名将，贵族们有可能自己也变成丧家之犬。但他永远不能蔑视那些像他一样锐意进取的风尘士子。这些人周游列国，以真才实学求官入仕，一旦掌权往往便迅速崛起。庞涓本能地觉得，只有这种人才是自己真正的竞争对手，真正不可小视的敌人。正因为很早就有这种自觉，庞涓才对和自己同来魏国的同门师弟孙膑用尽机谋，将孙膑逼到齐国去了。当然，庞涓决不相信这个中庶子会有孙膑那样的旷世才华，但这个中庶子既然能被公叔痤作为丞相推荐，定然也非寻常之辈，对这样的人一定要做到心中有数。

庞涓决意要亲自掂掂这个中庶子的分量。

次日清晨，一个三十来岁普通吏员模样的中年人骑着一匹黑马，来到安邑郊外的公叔痤陵园。刚进石牌坊有一排石屋，住着二十个看护陵园的步卒，此时正在屋前扑跌作乐，看见黑马吏员来到，小头目惊讶得直揉眼睛。他怎么看也觉得这个人像上将军庞涓，可又拿不准，也不敢问，期期艾艾道："大、大人，有何贵干？"来人冷冷道："丞相府主书，找中庶子卫鞅。"小头目急忙道："就在陵前石屋里，小人领道。"来人挥挥手道："不用，我自去便了。"说罢走马沓沓而去。

公叔痤陵墓，是按照当时"依山为陵"的阴阳家理论修建的。一座苍翠的巫真峰，做了天然的陵墓。巫真峰之后是九座连绵起伏的小山，正是零山十巫。南望盐池，北依十巫，陵园恰在幽静的山谷。守陵的石屋正在陵前三丈开外，屋前是疏疏落落的高大石俑与一片松柏树林。中庶子卫鞅从相府里带来了整整一车有用之书，整日便在这里细细研读品味。今日他正在重读李悝的《法经》，读到酣处，不禁吟诵起来："善为国者，使民无伤而农益劝。国当善籴粜。小饥则发小熟之所敛，中饥则发中熟之所敛，大饥则发大熟之所敛而粜之，则虽遇饥馑水旱，籴不贵而民不散，取有余而补不足也。行之善者，国以富强也！"慷慨之中，拍案思忖，竟是深为感慨——李悝号称"以法为教"，不想于商道治国却也如此精通，魏国安得不富？安得不强？他日自己若在一国为政，李悝的《法经》当是不朽之师……正在深思遐想，忽闻门外马蹄之声，便警觉地将《法经》卷起插入木箱，摆上一卷《阴阳家》竹简刻本，未及坐定，已闻轻轻拍门之声。

“客人么？请进。”卫鞅淡淡地回答。

“吱呀”一声，厚厚的木门被推开，一个红衣长须者抱拳一拱道：“敢问足下，可是中庶子卫鞅？”

卫鞅眼睛一亮，一下子就看出了来者是上将军庞涓。在丞相府的五年中，他很少露面。然庞涓每年总有几次，是必须去丞相府调拨军粮协调军务的。他虽只远远瞄过庞涓一次，然卫鞅眼力极好，记忆力更是过目不忘，如何能将此等人物疏忽了？瞬息之间，他决意以静制动，随机而变，随即笑答：“在下正是卫鞅。”

庞涓笑道：“在下上将军府掌书，素闻中庶子才名，今日路过，特来拜望。”

“掌书大人，请入座赐教。”卫鞅很是谦恭。

庞涓哈哈大笑：“高才名士，素不拘礼，中庶子如何忒多俗气？”

卫鞅脸上堆满惶恐的笑容：“卫鞅小吏，何敢当高才名士？大人请。”

庞涓坦然坐在粗糙的书案前，瞥一眼展开的竹简：“中庶子对《阴阳家》情有所好？”

“回大人，在下正在参详公叔丞相的陵园气象。”卫鞅毕恭毕敬。

“足下哪国人氏？祖上官居何职啊？”

“大人，卫鞅乃卫国濮阳城外山里人氏。祖上经商，从未做过官。”

“何处修学？恩师何人也？”

“大人，在下濮阳修学，恩师是子思的高足子前。”卫鞅露出满足的笑容。

庞涓不禁爽朗大笑："子思乃孔子后裔。你是子思的徒孙，看来是儒家一派了。儒家素称博学，你读过哪些书啊？"

卫鞅掰着手指认真道："《论语》《大学》《周礼》《周易》《尚书》《农经》《乐经》《诗经》，还有六艺——礼、乐、射、御、书、数。大人，儒家之学，卫鞅尚算通达。"

庞涓不禁笑道："卫鞅，你很有学问也。我来问你，法家、兵家、墨家、道家的书读过么？还有鬼谷子，听说过么？"

卫鞅木然摇头，又深深一躬："小吏才疏学浅，尚请大人栽培。"

"卫鞅，你读书如此之多，可给老丞相谋划过几件大事么？"

"回大人，卫鞅曾向公叔丞相上书多次，皆言及魏国根本。"

"噢？"庞涓眼睛炯炯有神，"是何根本？"

"大人，都是事关魏国文明昌盛之大计。在下以为，魏国当大办学宫，广召天下贤士，大兴私学，与我儒家祖师在鲁国一般。卫鞅自请领一学馆。公叔丞相文治武功皆为第一，就是没有大兴文风之功业。为此，公叔丞相很是嘉许在下之谋划，屡次向魏王提及，惜乎魏王尚未采纳。"卫鞅不胜遗憾地叹息。

庞涓大笑一阵："也许魏王会采纳，何急之有哉！"

卫鞅却是叹息一声道："魏国不用我大计，我要走了。"

庞涓觉得很开心，一个仅有几分精明几分死学的儒家士子竟让老公叔如此推重，未免太可笑了；看来老公叔的确是老眼昏花，走水了，想想又转为真诚微笑："卫鞅啊，我看你尚算读书有志，谦恭谨慎。我回安邑，向上将军荐举你做个书房缮写如何？老丞相过世了，你总得有个出路也。魏国如此富庶，何须奔走他乡？"

卫鞅又是深深一躬："多谢大人提携栽培。"

庞涓起身离座，看着卫鞅，不禁又一阵哈哈大笑。

卫鞅惶恐道："大人笑从何来？小吏是否有不妥之处？"

"我笑世人有眼无珠，庙算歪打正着也！"大笑间出门上马扬长而去。

卫鞅在松柏林中望着庞涓远去的背影，若有所思，突然间放声大笑。

四　安邑王街的神秘商人

安邑有一条街很是特别，处在王城的最后面。说它是条街，又在王城的老红墙之内，说它是王宫，却是车马如流而没有任何护卫甲士。这便是安邑城最特殊的王城街，也就是魏文侯最早建造的宫殿区域。魏武侯时，这片老宫殿区还用做国府各种官署。魏惠王的新王宫落成后，官署迁走，这两层旧宫殿便闲置起来。后来在主管王室事务的官宰谋划下，魏惠王将这片最老的宫室区域分赐给了王族大臣和王族近支的后裔，这里便成了王族贵胄们集中居住的地方。经过一番合乎时宜的改造，几年之间这里变成锦绣豪阔的一条长街，安邑人称为"王街"。

这条街的最特别处是高车驷马川流不息，鲜有车马冷落的时日。且不说王族贵胄们多有车辆，便是天下诸侯特使和魏国官员们到这里来拜访的车辆，就已经是往来如梭了。如果说洞香春所在的天街是魏国的文华之地，那么这条王街便是魏国的阴谋渊薮。魏国虽然经过了大变法，但在王族权力上却没有任何触动，依旧和老晋国时代没有多大差别，和同时代的其他战国与中小诸侯更没有什么差别。这些王族贵胄表面上很少出任国家重臣，更没有显赫的功业可言，但他们的权力伸展却大得惊人。一则，他们依然有自己相对独立的世袭封地，虽然这种封地只能收缴赋税而不能治民建军，但毕竟使他们有了雄厚稳定的财富基础。二则，他们在宫廷盘根错节，渗透力极强，对国君的牵制与影响很大。三则，他们有高贵的身份，却没有实际执掌的官署权力，好像一个清流阶层。这使得他们伸缩自如，既能对任何掌权做事的重臣寻隙发动攻讦，又决不会因为没有权力而受到轻视或罢官黜职，更不会有问斩杀头的威胁。对这样一个王族阶层，任何官员都必须将它划进自己所必须计较的势力结构。同样，任何外国特使密使想要达到比较艰难的目标，也必须到这里投送财富寻求变化。魏国是最强大的战国，其内政外交的些微变化都会波及列国。所以，这条王街事实上是天下闻名的阴谋交易之地。

目下，一辆六尺车盖的华贵轺车正挤在车流中向王街深处而来。

夜幕已经降临，王街虽然没有商家店铺，街边风灯却是二十步一盏，照得川流车马一片灿烂。随着华车一辆辆流进两边府邸，王街渐渐到了尽头，车流也渐渐疏落下来。最后，便只有这辆六尺车盖的轺车了。

王街最深处，住着公子魏卬，确切说，应该是王子魏卬。战国时，只有对诸侯国国君的子弟，也就是"公"或"侯"的子弟才能称"公子"。大约秦汉之后，"公子"才与其实际身份脱离，化作了一种普遍的尊称。公子卬是魏武侯的庶出子、魏惠王的同父异母弟。就现下官职说，公子卬是白身。然而就实际影响力说，那可是一言九鼎。凡魏国官吏名士，都对公子卬的权力地位非常清楚，对他的为人做派更是心中有数。

六尺车盖的华丽轺车在大门前刚一停稳，便有一个白发红衣的老者碎步走来迎接。这是府中总管，魏国人称为家老。老人笑意殷殷拱手道："敢问先生，可是薛国贵客？"华车的主人已经下车，是一位面色黧黑气度高贵的年轻人，身后跟着的一个仆人却是面白如玉，俊秀英武。客人向总管老人拱手道："家老安好。在下正是薛国猗垣。"家老道：

“公子已在府中等候多时，先生请。”猗垣从容笑道：“家老，我猗氏老族有个讲究，首次遇家老必得送一件薄礼，叫一路通吉。不成敬意，请家老笑纳。”说话间，身后俊仆已将一个精致的小木匣捧到家老面前。家老一看木匣四边包铜，便知里面决然是名贵珠宝，惊喜得深深一躬：“先生大富大贵，小老儿三生有幸也。”怀抱木匣忙不迭道，“先生请。”

猗垣笑道：“在下有件小事相烦，不知家老肯赏方便否？”

“先生有事但讲，小老儿在公子府尚算通达。”

“在下有一爱妾，心慕公子夫人已久，托在下为夫人带来一件礼物。因在下行程匆匆，未必有幸一睹夫人风采。相烦家老代在下转呈夫人，在下他日再专程携小妾拜见夫人。不知可否？”一席话温文尔雅，给人好事却像求人一般，教人好生受用。

家老脸泛红光，抱匣拱手道：“能代先生为夫人效劳，小老儿深为荣幸。”

猗垣从俊仆手中接过一个在风灯下发着幽幽绿光的玉匣，双手捧起：“家老，这是西域雪山之国的一件貂裘，消融大雪于三尺之外。匣内尚有小妾一柬，请转呈夫人。”

家老毕恭毕敬道：“先生真乃大雅之士，小老儿即刻去见夫人。”又回身高声道：“典门何在？”一个将领模样的守门将官跑步而来。家老肃然吩咐：“领先生去见公子，对公子说夫人唤我有事，即刻就来。”

典门将官一声答应，谦恭地领着主仆二人向正厅而来。

公子卬正在厅中欣赏一口名剑。在剑架上看来，这把剑的剑鞘铜锈斑驳，剑身长二尺许，显然是一口名贵古剑。凡在厅中等候贵客时，公子卬都在赏玩这口名剑。在他看来，府中所有珍宝的价值都不如这一口名剑。战国兵争之期，拥有一口名剑非但使身价地位倍增，且其实用价值更是异乎寻常。目下他之所以在这里耐心等候，是因为叔父公子梁向他竭力推荐一个薛国巨商，说这位商人如何有古人之风、如何有名士情怀、如何拥有天下罕见的珍宝且性格又如何豪侠，说这位商人就常住洞香春最有名的雅室，已经成为名士官员们争相结识的人物等等一大串。公子印本来生性好奇，听叔父公子梁如此一番绘声绘色的介绍，不禁想见见这个神秘的大商人。公子梁慨然为他相约，说定今晚来访。如何掌灯已有三刻，客人还未到来？当然，最大的可能是王街塞车，否则见他公子印的客人是不敢在酉时首刻之后到来的。说起来，王街这车流真是叫人无可奈何，看来还得和魏王提说一番，最好是将老红墙拆掉，将王街再加宽三丈，否则还真不方便。

这时典门将官走了进来："禀报公子，薛国先生猗垣到。"

"家老何在？"公子印隐隐不悦。

"禀公子，夫人唤家老有事，家老特命末将先行领引先生，说他片刻即来。"

公子印本想到厅门迎接，想想未动，挥挥手道："去请先生进来。"典门出得正厅，恭恭敬敬地将客人领入，悄悄退了出去。

"在下薛国猗垣，久闻公子贤明高义，特来拜望。"

公子印眼前一亮！面前这个黧黑的年轻人一领大红金丝斗篷，一顶六寸高的墨玉冠，英挺威武，气度不凡，就连他身后的仆人也是丰神俊朗明目流盼。公子印不禁暗暗称奇，商道中竟有如此人物？心思转动间拱手笑道："印不敢当先生高辞，先生请入座叙谈。"这时家老轻步进入正厅，公子印当即吩咐："给先生上茶。"

猗垣在西侧的客位坐定，俊仆肃然立在身后。家老捧来茶器，俯身操作时向客人递过去一个兴奋的眼神。华贵的客人会意地笑了笑。

公子印在主位坐定，举起茶盅道："先生请。"

猗垣恭敬地举起茶盅："吴茶名贵，多谢公子。"微呷一口，品味得很是雅致。

“先生识得吴茶名贵，也算经多见广也。”公子卬没有忘记对方只是个商人，很是矜持。

“在下别无所长，唯对天下器物略知一二，公子见笑了。”

“噢？”公子卬微笑道，“听安邑传闻，言先生为商道奇人，多有才具。我有一口古剑，安邑无人识得，先生若能论定，也算得名器方家了。家老，拿古剑过来。”

猗垣摆摆手道：“不用。赏剑在架，方显其神韵也。”说话间起身离座走到剑架前端详沉吟有顷，笑道：“公子这口古剑，当真天下名器，价值不菲。”但凡品评剑器，通常总是持剑在手先看剑鞘形制，再拔剑出鞘观察剑身。偏这位贵公子般的商人却只是站在剑架前端详，丝毫没有取剑在手的意思。

公子卬心中颇有不悦，觉得这个商人未免托大，走过来淡淡笑道：“先生好眼力，相剑堪比薛烛了。”薛烛是春秋末期越国闻名的相剑大师。越王勾践灭吴称霸后，寻觅搜求天下名剑十二口，请来薛烛评定真伪等次。十二名剑并列于大厅剑架，薛烛一路走过，便指出其中五口是后来铸剑师仿制。经越国铸剑师开剑公议，证实薛烛所言无差。一时间，薛烛相剑名闻天下，称为剑器神相。公子卬这样比，显然是在嘲讽这位商人班门弄斧。

猗垣却似浑然不觉，再度端详，还是没有动一动剑身，凝思有顷道：“此剑当是工布古剑，剑身之曲纹有如大河奔涌，连绵不绝。剑身当长二尺二三寸，连带剑格，长约三尺。”

“噢？先生如何得知此剑纹状？”公子卬大是惊讶。

“公子，在下祖上极喜收藏古剑名器与兵器图籍，实乃在下从书中学来也。就实说，在下还没见过这工布剑。”猗垣谦恭豁达地笑答。

公子印开始对这个商人刮目相看了，一拱手作礼道："以先生眼光，这口古剑在当世名器中价值若何？"

"工布剑自然是名剑极品。寻常人看来，自当是价值连城了。"

"先生以为如何？"

"尚非天品神品，只能屈居第三等。"

"如何？第三等？！"公子印又一次感到了无可名状的惊讶，摇头大笑道，"先生何其大言也！请问，天下何剑堪称一、二等？"

华贵的商人并未局促，不卑不亢道："神品者，非干将、莫邪雌雄剑莫属。"

公子印无奈地点点头，这干将、莫邪一对雌雄剑，可是几百年来当世公认的神剑，品格自然比工布剑高了一等。他不禁问道："难道还有比干将、莫邪更名贵的剑器么？"

"堪称剑器天品者，当非天月剑莫属。"

"天月剑？"公子印轻轻冷笑着，"未尝闻也，却不知何人何时铸造？"

"天月剑，蚩尤所铸。"华贵商人庄重地回答。

"你，可是说的……与黄帝大战的蚩尤？"

"自古以来，只有一个蚩尤。"

公子印不禁哈哈大笑："尔等商人，专一的子虚乌有！蚩尤？蚩尤铸剑，那是坊间传闻，明白么？你还可说天帝之剑，真是！"刹那之间，公子印对华贵商人的敬意全消，现出了王族子孙蔑视一切的傲气。

客人却平静得一如止水，淡淡地微笑道："在下对公子久有景仰之心，无以为敬，特将先祖收藏的蚩尤天月剑献赠公子。"

"且慢且慢！你，你有蚩尤剑？"公子印收敛笑容，露出冷冰冰神色。他觉得荒诞得可笑，他素来自视为天下剑器收藏的名家，最不喜欢有人在他面前公然卖弄玄虚。一个商人纵然有钱，纵然是剑器收藏世家，也不至于如此神奇，竟然搞出一口蚩尤剑来，简直匪夷所思！他目光一扫门口，忍不住就要下逐客令了。

“小家老，打开天月剑，请公子品评。”客人依旧淡淡地微笑着。

公子卬一怔，终于没有开口。他要看看这个名动安邑的豪客，究竟要拿一件何等物事来搪塞他。目不转睛地看去，那个丰神俊朗的仆人手里捧着的，原来是一支形状怪异的竹杖。此刻这个俊仆闻声将竹杖两端一扯，“嗒”的一响，赫然显出一支黑沉沉的弯月形物事，双手捧到公子卬面前。

出于习惯，公子卬单手一托，只觉沉甸甸凉冰冰大是异常！莫名其妙的，他心中随着这冰凉的感觉便是一阵不由自主的震颤，连忙双手托住，发现这黑沉沉物件通体一根，恍若天生一段生铁，细看之下竟大是困惑。通常，纵然是名贵剑器，剑鞘剑身之分也是决然鲜明的。剑鞘以木制居多，讲究者无非是包裹一层皮革、镶嵌几颗珍珠，但皮下终究须以木壳撑持，方有可容剑身的空隙。正因为如此，任何剑器一上手，剑鞘剑身的形制就会很清晰地感觉出来。但眼前这个沉甸甸凉冰冰的物件——目下公子卬还不能认为它是一口剑——却大是怪异。寻常剑鞘的外形，总是或多或少地对剑身有些许装饰作用。譬如剑鞘顶端有可能是方形的，但剑尖却一定不会是方形。这物件既称之为“剑”，搭手一托却丝毫没有剑鞘的感觉，简直就是一根冰凉的铁物包裹了一层皮革，将那物件的怪异弧形逼真地显露出来。看这皮革，质地细密，黑得发亮，却看不出是何种皮质。厚重一端当是剑格护手与剑柄，这是剑形之常理。但这物件却是怪异，通体几乎没有差别，三尺之外难以看出剑柄剑身之分。上手之间，才会感觉到弧形稍小的一端有一段寸余宽的浑圆突起，之后便是一段圆柱。这便是“剑柄”么？几乎与剑身通体生成一根黑沉沉物件，令人感到怪异之中有一种威猛与神秘。

纵是公子卬见多识广，也对这冰冷物件不敢轻易开口。沉默一阵，心中还是难以相信，不由得将剑捧起道：“先生说是蚩尤剑，如何证实？”

猗垣笑道：“这口工布剑，公子可曾实地用过？”

“试过多次，削铁如泥，锋利无匹。”

猗垣沉吟道：“只是有些可惜……”

公子卬恍然笑道：“先生是说，与我的工布剑一试？”

“工布剑天下极品，若有损伤，只怕暴殄天物。”

公子卬傲然大笑：“若真是蚩尤剑出世，工布剑何足道哉！”将黑沉沉物件递给猗垣，便对着剑架深深一躬，上前双手捧下工布剑。

“恭敬不如从命了。”猗垣双臂架剑，拱手道：“公子，请开工布剑。”

公子卬缓缓抽出工布古剑，但闻隐隐振音，一股清冷的幽幽光芒在灯下弥漫开来。猗垣却是将天月剑置于长案之上，深深三躬，而后右手持剑，左手一抹，悠然扯去了黑沉沉的“剑鞘”。明亮的灯光之下，但见这物件似灰似黑长约三尺有余，形如新月，完全没有工布剑出鞘时的龙吟之声青芒之势，端的是淡淡漠漠。但令人惊异的是，就在蚩尤剑出鞘的刹那间，工布剑竟光芒尽敛，变得与刚刚出土一般！公子卬揉揉眼睛，细看剑身，大是奇怪，如何一点儿刺眼的寒意都没有？寻常时工布剑出鞘，眼睛是根本无法直视的，今日却大为怪异。沉吟有顷，他伸出剑锋：“来，一试便知。”

猗垣肃然将天月剑缓缓搭在工布剑上。两剑一搭，天月剑便发出一阵长长的清亮振音，宛若两军阵前的萧萧马鸣，剑身陡放光华，如长空一道闪电掠过，大厅中明亮的烛光顿时幽暗下来！工布剑却是瑟瑟发抖般一阵金铁之声。

公子卬强自镇静："来，还是剑锋相抵为好。"在他的记忆中，这工布剑无坚不摧，斩金断玉比砍瓜切菜还来得容易。

猗垣笑着点点头道："在下举剑不动，公子可任意砍来。"

公子卬缓缓举剑，突然发力，向天月剑剑锋猛然挥去——未闻金铁交锋之声，只觉手中一轻，工布剑已经无声无息地断为两截！断金触地，"噗"的一声没进白玉大砖之中。名震天下的工布剑，刹那之间变成了一段剑根。

公子卬大惊失色，怔怔地看着手中剑根发呆。工布剑不锋利么？那半截断剑尚能没入玉砖之中，可知锋锐依然。终于，他深深一躬道："如此天兵神器，卬何敢受之？"

客人已经将天月剑套上黑鞘，伸手扶住公子卬，肃然庄容道："方今刀兵岁月，此天兵神器藏于家库，何如出世效力？久闻公子高义，力促魏王罢兵息战。天兵神器赠与公子，愿公子建功立业，青史不朽。"说完，恭敬地双手捧上天月剑。

公子卬惊喜至极，慌忙接过黑沉沉天月剑，再度躬身一礼："先生如此大德，卬何以报答？"转身高声吩咐，"家老，上酒。我要与先生痛饮一番！"家老一直侍立在厅中，闻言比主人还要兴奋，高声应命，急急而去。

宾主小宴，公子卬频频劝酒，自己也饮得面色涨红。他一再询问客人可有何事让他效力以报，客人则屡屡大笑说没有，有事时一定会来相求公子。公子卬沉吟思忖，突然问道："先生是薛国人？"客人答曰："正是。"公子卬大笑："好！无功不受禄，魏卬保先生之国十年内安然无恙。"

谁知客人却无所谓地笑笑："公子，在下虽是薛国人，却是少小离家，奔走天下在各国经商。近年来，财货之利则重在秦国。”

“哎呀！先生如何偏偏到秦国经商？那里可是危邦也！”

“如何？秦国危邦么？”客人大为惊讶，不禁诉说起来，“公子有所不知，富商驻穷邦，这是家父的经商秘诀。秦国穷弱，更需商贾，更易牟利。十年来，在下从秦国牟利多矣。如何，公子却说秦国是危邦？”

“先生何其糊涂！目下，六大国就要起兵灭秦了。”公子卬一脸关切地告诫客人。

“六国灭秦？那，该当如何？”客人惊得冒出汗来，起身一躬，“敢请公子教我。”

公子卬沉吟半晌道：“先生从秦国脱身，须得几多时日？”

客人思忖：“脱身过急，秦人必会大起疑心，杀人夺财。走得太慢，毁于刀兵。这却如何是好？”想想又道，“此话休要再提，在下不能为公子分忧，何能再添烦心事体？还是容我再想想出路。”

公子卬笑道：“除了我，谁能在如此大事上找到出路？休得谦让了，还是我来设法。”略一沉吟，断然道，“这样，我先答你，两个月内，秦国无事。若还不够，我再设法。”

客人爽朗笑道：“些许财货之利，竟让公子为难了。然则，公子若能保全在下财货之利，在下终生所获，均与公子共享。”

“然则，何以为报？”

“公子若能将魏国对诸侯的兵器交易，教在下来做，就祸福与共了，谈何报答？”

公子卬哈哈大笑：“先生可人！快人快语却不失商家本色。日后有事，我派家老约你。先生有事，就派这位小家老来我府，如何？”

两人一起放声大笑，再度痛饮，直至子时方散。公子卬要留客，客人坚持不给公子添麻烦。公子卬要送客人出门，客人笑道：“公子待客常规人人皆知，从不送客。破例送一个商客，坊间传闻对你我不利也。”公子印恍然，连赞先生高明，便也就此止步了。

家老领引客人出门，来到树荫处低声道：“先生稍待，夫人有几句话。”说完咳嗽一声，树荫中转出一个纱裙拖地的高挑妇人。华贵客人忙深深一躬道：“薛国猗垣参见夫人。”妇人微微一礼笑道：“多承先生与爱妾美意。先生爱妾所言之事，我当尽力为之。若有佳音，家老会即刻报于先生。”说完又是微微一礼，飘然而去了。

华贵客人望着夫人背影深深一躬。家老低声道：“先生放心，公子夫人是老晋国郗克元帅的玄孙女，比公子的神通还广大。夫人从来不见客，先生真是天命财星也。”

“多谢家老关照，猗垣告辞了。”说完，客人与俊仆登车而去。

辚辚轺车行驶在昏黄幽暗的王街，驾车的俊仆猛然抽泣起来。

华贵主人低声严厉地斥责：“何等地方，不许哭！”

俊仆的抽泣声戛然而止，打马一鞭，驾车驷马展蹄飞起，轺车隆隆驶出王街。

五 奇人名士 洞香春波诡云谲

公叔痤陵园里，潜心读书的卫鞅忽然间感到了烦乱。

庞涓走后，卫鞅默默思忖了一整日，判定庞涓不会再打自己的主意，纵然打主意，也决不会将自己当做对手陷害。然则以后如何？守陵之后该去何处？数遍天下战国，竟是无一满意处。最后，想到了齐国尚算差强人意，然而，对齐国近年来的情势却是不甚了了。反复思虑，卫鞅觉得自己应当回安邑一趟，尤其应当到洞香春去走走听听，那里是天下传闻聚会处，对想得到任何一种消息的人来说，那里都是好去处。想定主意，便对守陵总管说要回丞相府拉一车书来。总管自是欣然应允。卫鞅便骑了一匹闲置的白马，向安邑城从容而来。

回到丞相府，卫鞅先见过了老夫人，禀报了陵园安然无事的诸般消息，又说了一车书的请求。老夫人抹着眼泪连连点头，叮嘱他在府中多住几日，莫要急着回陵园去受苦。从夫人房中出来回到自己的小院，卫鞅脱去守陵孝服，换上了一身吏员士子通常穿的长布衫，出门对家老说自己去拜望一个友人。家老要派一辆官车相送，卫鞅婉言谢绝了。

出得丞相府，卫鞅信步向天街而来。

洞香春依旧是灯火通明，门外车马场华车云集，一派富贵兴旺气象。洞香春的特别之一，便是大门前的两名侍者，永远都是白发苍苍而又矍铄健旺的老人，给人一种高贵府邸的感觉。白发侍者看见卫鞅虽然安步当车而来，却显然是个气度高华的士子，谦恭地点头笑迎，问要不要领引？卫鞅微笑摇头，径自进入庭院。

洞香春的布局，中央一座三层主楼，后面的园林中则隐藏着几十幢精致之极的庭院雅室。主楼是聚酒清谈、饮茶交友、传闻论战的场所，也是洞香春的轴心。庭院雅室则是达官贵人和学问巨子、外国大商常住或隐秘聚谈的地方，寻常时日似乎冷冷清清的，然而恰恰这里才是洞香春真正的生财之地。对卫鞅来说，庭院雅室没有多大意义，和绝大部分来洞香春者一样，他是冲着主楼来的。当他踩着铜包楼梯上柔软劲韧的红色地毡从容走上二楼时，一名俏丽的侍女飘了过来，轻柔问道："先生要茶座，还是酒座？"卫鞅淡淡回答："酒座。"侍女便将他领到临窗的一张玉案前，轻扶着他在厚软的坐垫上坐好，而后跪行案前轻柔问道："先生是独酌，或是相邀共饮？"卫鞅道："独酌消闲耳。"侍女莞尔一笑道："先生真雅致之士也。敢问喜欢何酒？"卫鞅淡然道："赵酒一桶，好肉一鼎，足矣。"侍女道："请先生稍待。"便飘然而去了。

卫鞅打量一番这间宽敞明亮而又华贵高雅的大厅，厅中百余张长案疏密有致地错落着，非但不显拥挤，反而使每张长案都显得是好位置，除非慷慨激昂地说话，否则邻座间决不相互影响。卫鞅不禁暗暗赞叹洞香春主人的运筹才华，油然想到此人若治国理民，定会使国家井然有序。正思谋间，那名侍女右手高高托着一个铜盘，左手抱着一个考究的小木桶飘了过来。侍女膝行地毡，将铜盘安置在玉案正中，将木桶固定在卫鞅左手一个三寸余高的铜座上，然后用一支发亮的铜钥匙塞进桶盖的一个小方孔，只听一声清脆的铜振，桶盖开启，刹那间便酒香四溢。卫鞅虽然没有来过洞香春，但也知道洞香春移花接木的高妙手段天下第一。譬如这赵酒，酒质享誉天下，外卖却都是粗朴的陶罐封存装运。道边茅屋张一面幌旗，这陶罐泥封便显得天成谐趣。然则在这金玉满堂之所，便显得太过村气了一些。洞香春别出心裁，对买回的赵酒重新整治，精工制作了一种青铜包边、桶体雕刻、桶盖设置机关的三斤木桶来装这赵酒，桶身镶嵌了“赵酒”两个铜字。粗朴的赵酒经此一装，倍显华贵，顿时成了名贵的酒中极品，价钱自然也就高得惊人了。虽则如此，还是有许多吏员士子外国使臣甚至赵国商人，仅仅是为了带回一个酒桶装自家的赵酒而欣然来洞香春饮酒的。

俏丽的侍女用细长弯曲的木勺从木桶中舀出酒来，如一丝银线般注进玉爵；又轻巧地打开鼎盖，将红亮的方肉盛进一个玉盘中，柔声问道：“先生，这肉割得可算正么？”

卫鞅笑道：“割不正不食，那是孔丘一套。肉之根本，在质厚味美，何在乎方方正正的架势？”侍女嫣然一笑：“先生何以钟爱赵酒？”卫鞅抚爵道：“赵酒以寒山寒泉酿之，酒中有肃杀凛冽之气。”说完淡淡一笑，仿佛觉得不屑与语。侍女道：“先生，酒之肃杀凛冽，赵不如燕。”卫鞅惊讶大笑：“你？也会品酒？”侍女微笑着摇摇头。卫鞅旁若无人地大饮一爵，慨然道："燕酒虽寒，却是孤寒萧瑟，酒力单薄，全无冲力，饮之无神。赵酒之寒，却是寒中蕴热激人热血。知酒者，当世几人也？"一时不由自主地抚爵叹息。侍女再行斟酒，作礼笑道："先生慢用了。"便飘然离去。

"敢问公子，可是宋国人？"邻座一位白发老人注目遥问。

卫鞅回头拱手，淡然道："不，卫国人。"

"公子不喜欢宋国人？"白发老人问。

卫鞅揶揄地反问："莫非老先生喜欢宋人？"

白发老人举爵："年轻人，我饮的正是宋酒，有何高见？"

卫鞅淡淡一笑："宋酒淡酸淡甜，绵软无神，与宋人如出一辙，不饮也罢。"

老人爽朗大笑："宋人为殷商后裔，深谙美食佳酿之道，所酿之酒，香气醇和，普天之下，无可与之比拟。以人而论，宋人不务虚名，崇尚实力，素有商战遗风。公子如此蔑视宋人宋酒，不觉持论偏颇么？"

卫鞅大饮一爵，依旧是冷漠忧郁的神色："宋酒之淡醇，与宋人之锱铢必较，适成大落差。美食佳酿，若非显示人之本色，皆为生僻怪异也。譬若生性好斗，却不食辛辣而嗜好甜品，岂非生僻怪异？前辈以为如何？"

"此言尚算有理。然则宋人如何？足下不以为商战遗风，将使宋人如龙归大海一般么？"

卫鞅冷冷一笑："前辈明鉴，方今大争之世，远非宋人先祖稔熟的温平时世。精于商道而疏于达变，非但不会龙归大海，反之可能倾国覆没。前辈且拭目以待，宋国灭亡之日，近在咫尺也。"

老人抚须微笑："宋国可以寿终正寝，宋人却未必。放眼三千年，国人风华何曾与国运盛衰等同？宋人英华聪慧，不等同于宋国称雄天下。魏国人才荟萃，亦不等于魏国终成大业。几多时日，恰恰相反。诚如卫国有公子这般英杰之士，不也是奄奄将亡之国么？根由何在？足下深思可也。”

卫鞅默然沉思有顷，大觉老人话语中隐含着无限深意，不觉离席向前，肃然拱手道：“敢问前辈高名上姓？”

白发老人笑道：“人生相逢，何必相识。足下可愿移樽共席？”

卫鞅在老人案前坐好，恭敬地拱手作礼：“前辈洞察深远，以为当今天下何处可去？”此时俏丽侍女已经轻盈走来，将卫鞅的酒肉移放到老人案上，又轻盈而去。

白发老人：“若求醇厚凛冽，天下唯一处可去也。”

“请前辈明示。”

“效法老子，西行一游。”

卫鞅略一思忖，用玉箸在长案上画了一个“秦”字，目视老人。老人点头微笑。卫鞅沉吟道：“西方之国，中气虚弱，内外交困，谈何醇厚凛冽？不若魏国，若有道之人在位，十年内即可大成。”老人依旧微笑：“天下大才，八九在魏。然魏国何曾用过一个？”卫鞅沉默，不由得深重地叹息一声。老人淡淡缓缓道：“天道悠悠，事各有本。大才在位，弱可变强。庸才在位，强可变弱。春秋五霸，倏忽沉沦。由此观之，岂可以一时强弱论最终归宿？”

卫鞅眼睛一亮，问道：“前辈以为，齐国气象如何？”

“老夫刚刚从齐国云游而来。齐国新近称王，国王田因齐志向远大，筑起学宫广招贤才，气象颇佳。然则，齐国旧根基素未触动，齐王号令步履维艰。老夫曾与齐王有一面之晤，观齐王之相，一方称霸可矣，不足王天下。”

“然则，总比秦国有底气也。”

老人微微摇头：“未必如此。且不说秦为久战之国，亡秦难于登天。单以秦国新君论，即有越王勾践卧薪尝胆之气概。栎阳城新近传闻，秦国新君嬴渠梁，在政事堂立了一座国耻刻石，自断左手两指，以鲜血涂写国耻二字。此君宵衣旰食，勤政爱民，又兼刚毅果决，诚为战国以来闻所未闻之国君。老夫观之，只怕秦国崛起，就在今世。”

卫鞅听得怦然心动，正想发问，却闻邻桌议论喧哗之声大起。一个蓝衫士人高声道：“知道么？魏王与齐王比国宝，魏王说国宝是夜明珠，齐王说国宝是人才！”一紫衣剑士接道：“夜明珠是国宝？魏国可就完了！”另一竹冠士人道：“我要到齐国去。齐国办了个稷下学宫，每个士子一所三进宅院，孟夫子都要去了！”那个剑士却高声道：“要去还是秦国，老子都曾在秦国讲学布道也！”又一个士人慷慨道：“六国分秦，你等不知道么？秦国就要完了。那个秦国新君登位，竟然不准国人庆贺，不准乡宴。你说哪个国君登位不大贺三月？不准庆贺，分明是无礼蛮夷之邦！”有人呼应道：“对！不克己，不复礼，亡国征兆！”另有士子愤愤喊道：“克己复礼有何用？秦国不误农时，反倒蛮夷了？你们儒生偏会不着边际！一个穷国，老百姓吃西北风乡宴哪！”又有人高声嘲笑：“难怪孔夫子周游列国没人敢用，你等就讲这种不吃饭的礼啊！”

众人哄然大笑。白发老人与卫鞅却都沉默着。

这时，一个红衣士人走进，在侍女引领下坐于卫鞅邻座。酒肉上案后，红衣人自顾饮酒，偶尔看看邻座的卫鞅和老人。卫鞅没有在意此人，向老人拱手问：“敢问前辈治哪家之学？”老人笑道：“生性散淡，驳杂无长，谈何治学？不若公子专精一学，躬行实践。”卫鞅笑笑问道：“既是杂家，前辈对天下诸家有何褒贬？”老人朗朗笑道：“诸子百家，无根不生。适者生存，何须褒贬？”卫鞅笑道：“前辈高洁，却未免过分出世也。”

红衣士人一直注意二人对话，此刻转过身来向卫鞅一拱手，笑问：“先生对前辈所答，似嫌不足，敢问先生对天下诸家有何褒贬？”

卫鞅心中原本郁闷，加之酒力冲击脸泛红潮，一时颇为兴奋。见红衣士人有意论战，直抒胸臆道：“诸子百家，务虚论理者多，经世致用者少；怀古念旧者多，推动时势者少；纠缠细目者多，紧扣大要者少。先生以为如何？”

“妙！”红衣人击掌笑道，“三多三少。看来先生推崇创新，注重致用了。但不知先生对天下大势可有高论？”

卫鞅大饮一爵，一泄胸中块垒道：“方今天下，战国争雄，诸侯图存，是为大势。争雄者急功近利，唯重兵争，却不思根本之争。是故争而难雄，雄而难霸，霸而难王，终未有大成之国也！三十余中小诸侯，或以守成图存，或以依附图存，或以斡旋图存，若郑庄公以小国求变图存而成小霸者，竟无一国。以此观之，中小诸侯难逃厄运，争雄之大国难有所成。先生以为如何？”

一番慷慨，引来厅中聚酒者引颈相望。纷争之世，时世潮流的变化与每个人的归宿息息相关，人们自然是倍加关心，但有议论便想听个究竟。此刻见这个布衣士子出语不同凡响，士子商贾吏员人等便纷纷聚拢而来，自然围成了一个大圈。洞香春侍女对此等情景习以为常，从容地将每个客人的酒案就势转移，片刻间便形成了一个众人聚酒论战的氛围。转移之间有人鼓掌赞叹：“好！口辞简约，义理皆通，确为高论！”

“且慢！先生说争雄之大国难有所成，岂非一言骂倒天下？我看楚国就能大成！”

卫鞅见有人发难，雄心陡起，拍案笑道：“这位先生，未免太过一厢情愿也。楚国虽地广人众，但变法却是浅尝辄止，依然被世族封地分割得零零碎碎，法令不能一统，国力不能凝聚。时至今日，连一个奄奄一息的越国都奈何不得，谈何大成？谈何争雄？”

众人一片哄笑，显然是应和卫鞅，嘲笑那个拥楚士子。此时那个红衣人却向众人抱拳拱手高声道：“诸位且慢，容我问完先生。”转回身道：“六国分秦，事在紧急，何以时近一月，两边皆无声息？”这是刚刚传开的消息，又是实实在在的眼前大事，自然是人人关心，人人都要听听这言必出新的年轻士子的说法，场中骤然安静下来。

卫鞅稍有沉吟，微笑道：“以在下推之，目下虽无巨浪掀起，水下却必有大动。然两边皆非阳谋，此处却不便道来。”

红衣士人傲慢的笑容一扫而去：“先生以为，六国分秦，魏国当持何策？”

卫鞅猛然举爵，却没有了酒。侍女飘然飞来，轻灵斟酒。卫鞅举爵饮尽，正色道：“大事不赖众谋，大功不赖联军。六国灭秦，不若魏国独当。合力虽则势大，然则裂缝亦大。若魏国独对秦国，强力敦促其回迁西部雍城，否则，逼迫秦国割让东部十城以保栎阳。若秦都西迁，东部必弱，魏国河西大军可一鼓破之！秦国若割让十城，则秦国沃土尽失，陷入西陲一隅，当有国破之危也。”

白发老人未动声色，身体却是轻轻一抖。红衣人揶揄笑道：“如此轻松，要大军何用？”卫鞅冷冷一笑：“先生若不知上兵伐谋为何物，也就罢了。”一副不屑与之再辩的神色。红衣人却非但没有不悦，反倒是爽朗大笑：“中庶子卫鞅果然不凡！佩服。”

有人高声问道：“这位是中庶子卫鞅，却不知红衣先生何许人也？”

“士人论政，时下风尚，何须留名？告辞。”红衣人起身一拱，大袖挥洒而去。

卫鞅默然，又举爵一饮而尽，低头默默思忖着。围观众人见骄傲的红衣人已去，年轻人似乎已经无心论战，便也纷纷散归原处，大厅中一时又静了下来。白发老人悠然道：“公子坚刚严毅，锋锐无匹，划策之精到实是罕见。然算划深刻者，阻力必大，望公子以天算为本，徐徐图之。”卫鞅猛然抬头，爽朗大笑道：“前辈，我更相信人为。”

不想红衣人报出卫鞅名字后，厅中已经议论纷纷。为卫鞅上酒的侍女轻步如飞，向后厅飘去。片刻之后，一个清秀异常的布衣士人来到大厅。此时白发老人正和卫鞅殷殷道别，布衣士人便站在厅口屏风一侧专注地端详卫鞅。卫鞅送走老人，回身来到自己案前，将一个金饼放到铜盘中便要出厅。却不想侍女捧着金饼轻柔笑道：“洞香春主人立规，客人但有高论，分文不取。敬请先生收回。”卫鞅一怔，又爽朗一笑，也不推辞便将金饼收起。侍女低声笑问：“不知先生明日还来否？”卫鞅酒意犹在，揶揄笑道：“也是分文不取么？”侍女点头笑答：“也许永远都是。”卫鞅对这慷慨的回答似感意外，不禁又一阵大笑，径自出厅下楼去了。走到庭院树荫处，却听身后有人道：“先生留步。”

卫鞅回头。一个清秀的布衣士人拱手迎来：“闻听先生颇通弈道，不知肯赐教否？”卫鞅惊讶道：“你是何人？如何知我喜欢棋道？”布衣士人道：“游学士子而已。安邑城对洞香春没有秘密。”卫鞅听说是游学士人，不禁释然笑道：“今日无此心思，下次若邂逅相遇，定当就教。”布衣士人道：“洞香春既可手谈，又可广闻博见，先生何不多多光顾？”卫鞅揶揄笑道：“多多光顾？洞香春博金如海，只怕成了顾光。”布衣士人被逗得“噗”地一笑，忽然孩童般顽皮地笑道：“怕它何来？洞香春棋室从来分文不取的。再说，店东请我谋划雅室改装，特许我有一个好友来访。”卫鞅见他少年般天真，童心忽起，哈哈笑道：“那么我来就说，找这么一个布衣游学？”手中比划着他的清秀模样。布衣士人脸泛红晕笑道：“用不着，你进门我就知道。”卫鞅笑道：“也好，反正我近日要来一次。”布衣士人道：“最好后日晚上。”卫鞅笑问：“却是为何？”布衣士人笑答：“后日我歇工。”卫鞅大笑：“为人做事，身不由己也。好，我走了。”说罢扬长而去。布衣士人却站在树荫里静静地望着他的背影，直到卫鞅去远。

次日清晨，丞相府刚刚开始洒扫庭除，卫鞅骑着白马驰出城外。

沿着涑水岸边一阵疾驰，他身上已是微微冒汗。放马跑出三十余里，卫鞅走马而回。想到昨夜在洞香春遇见的白发老人，他便不能安宁，总是感到老人身上有一种说不清看不透的神秘。卫鞅油然想到古代姜尚、百里奚甚至自己的老师，这些年岁高迈却依然心怀天下的大才高隐，都是可遇不可求的奇人。昨日经他一番点拨，的确有茅塞顿开之感。自己原来何曾想到秦国？何曾想到这样的贫弱之国也可能有所作为？看来自己几年来专注于魏国，潜心于书房，对战国情势已经有所生疏了。洞香春看来还得去，那里那种赤裸裸的辩驳论战和毫无掩饰的秘闻传播，几乎就是一个消息海，一个不同形式的智慧战国。卫鞅相信再去几次，就能决断出自己的出路。想到这里，他眼前浮现出那个俊秀明朗的布衣士人，想到了他孩童般顽皮的笑容和为了手谈的良苦用心，不由得“噗”地笑了出来。无垠宇宙[1]，茫茫人海，不期而遇一个毫无心机的棋友，也算一件舒心的事了。自己在陵园至少还得守一段时间，竟日苦读有时也感到枯燥难耐，若能将这样一个顽皮可人的小棋友邀去消磨消磨，也是快事一桩……突然，他看见涑水南岸码头停泊了一只小船，船上的红衣人竟好像是昨日在洞香春的辩驳对手？卫鞅眼力极好，

---

[1]　宇宙，语出战国早期名士尸佼论著，见《尸子》下卷：“天地四方曰宇，往古来今曰宙。”

相信自己不会看错。一种莫名其妙的感觉，使他不想在此处遇见此人。他圈转马头，直上山坡，隐在树后向河边观望。

南岸边驶来一辆华贵的轺车，车后有一队骑士。从下车官员的步态看，好像上将军庞涓。卫鞅没有看错，这正是上将军庞涓为红衣人送行。两人的对话随风飘来，很是清晰。

“上将军，这辆轺车价值不菲也。”

“先生见笑了，此乃魏王所赐，迎送必得乘坐。庞涓不能违拗王命也。”

一阵大笑：“上将军，在魏王眼中，你与珠宝何者更重？”

“先生取笑。庞涓不解，先生法家名士，为何定要返回齐国？魏国更需要人才。”

“上将军，慎到志在学宫，不在朝堂。魏国若真的需要人才，眼下就有扭转乾坤的巨子，何不起用？”——啊，原来此人竟是名闻天下的慎到！

“但不知先生所指何人？总该不会是公叔痤荐举的那个卫鞅也。”

慎到一笑：“上将军请我考校卫鞅。我观此人器宇风骨，决然槃槃大才。他对实际政务的精到深刻，令人惊讶。此人若能在魏国为相，与上将军文武相辅，魏国无可限量也。”

庞涓大感疑惑：“噢？此事来得蹊跷！我亲自考校卫鞅，明见他平庸迂腐，几乎只读儒家之书。何以先生竟认为他是相才？”

慎到大笑：“安邑城三岁孩童都知道，上将军与公叔痤将相不和，卫鞅能相信你么？酒肆谈辩，自然是名士本色了。上将军以为如何？”

庞涓似乎停顿了一阵，又传来声音：“先生放心，庞涓当力保卫鞅入政。”

“好！如此我法家将会涌现一个名垂青史的大家了。”

“先生何以甘心将大位留给别人？自己不想名垂青史？”

慎到一阵笑声：“任谁都能名垂青史，何如烧了那堆史书？慎到碌碌中才，居相为政，平平而已，何须徒然费力？”

庞涓：“先生可知卫鞅师承？”

慎到：“慎到相人，不问师门，唯看真才实学足矣。”

庞涓：“多谢先生指教。”

“告辞。”慎到大袖一甩，小船顺水飘然而去。庞涓车骑也辚辚隆隆地走了。

看看小船飘远车马无影，卫鞅方从山坡下来。一路却是心思翻动，谁能想到此人竟是慎到？谁又能想到慎到受庞涓之托找到洞香春考校自己？如此一来，在庞涓面前的一番工夫岂非弄巧成拙？庞涓何以要这样做？难道他根本就没有相信自己？果然如此，岂非证明庞涓依然在怀疑自己？慎到在庞涓面前将自己如此褒奖，岂不是引得庞涓愈发不能放手？庞涓会如何对待自己？想到传闻广泛的庞涓孙膑之间的恩怨故事与庞涓的无情手段，卫鞅不禁心中发紧。庞涓不是公叔痤，永远不可能像公叔痤那样着力举荐自己。庞涓懂得铲除潜在的竞争对手，只要他认定你将是他真正的竞争对手……突然，卫鞅心中一亮——庞涓未必认定自己是潜在对手！但细细琢磨，一时却又吃不准了。凭他对庞涓的体察以及种种关于庞涓的传闻，庞涓自视极高，是极为自信的一个人，未必会因为公叔痤的举荐与慎到的评价而推翻自己的考校。但是，公叔痤与慎到，都以“相人”享誉天下，庞涓又岂能对这两个人的话当耳旁清风一阵？

一段进城的路，卫鞅磨了整整一个时辰有余，终于打定了主意。

六　棋室里的六国角逐

洞香春的棋室永远都是诱人的。

主楼三层靠近庭院园林的一边，是安邑人人皆知的养心厅。养心厅者，专供客人纹枰手谈之清幽去处也。厅中疏落有致地排列着数十张绿玉案，每案各置做工考究的红木棋枰。北面墙上赫然挂一方特制的巨大木制棋盘，两侧永远站着两名女棋童。寻常时日，吏员士子们饮酒聚谈激烈辩驳之后，三三两两地来到养心厅安然对弈，将那无穷的机谋杀心尽显黑白搏杀之中。若有特出高手或弈者请求，养心厅执事便会布置大盘解说。这时分散对弈的人们便会停下搏杀，仔细品评大盘棋势，遇到精彩处便喝彩叫好，遇到失算处便摇头叹息。如果说，论战与交流传闻是洞香春的立足根本，那么养心厅的博弈便是洞香春的灵魂。

养心厅中最显眼的，是大盘下立在玉石架上的一张厚厚的铜板。铜板上刻着八个大字——连灭六国者，赏万金！煞是惊人。战国士子无不知棋，棋道杀伐中，士子们每每将对方与自己比做相互交战的两国一决生死。大厅中常常有诸如“赵国死矣”的叹息或“楚国得三城”的叫好，便是对双方的大势评判。时日长了，洞香春便将这习俗变成了一种棋外的规则，使弈者竞争更加激烈。弈者进厅入座，棋童便捧来一个铜鼎，鼎中是刻着字的七大战国与三十余中小诸侯国的圆形铜板。弈者伸手抓出一枚铜板，上面的国号便是自己一方的代号。若双方都摸到了大国，围观者便会助兴高喊：“燕楚大战，好！”若一方是大国而另一方是小诸侯，人们便会替小诸侯摇头叹息，若小诸侯一方胜了，人们则会加倍地兴奋喊好。若这时厅中恰恰有该国士子，他们便会高兴地请胜利者和客人们饮酒，而且会将这看做是国运的暗示。洞香春立下规矩，但有连灭“六大战国”而“统一”天下者，赏万金！然而数十年来，从来没有人在这里哪怕是连灭三大战国，所以那铜板镌刻的悬赏文告竟是始终不能拆除。正因为这种博弈规矩与风云动荡的天下大势隐隐暗合，所以那种国运与棋道交相刺激的诱惑，是其他聚谈甚或论战都不能替代的。

今日午后，养心厅来了一位非同寻常的客人。这便是那位面目黧黑的薛国商人猗垣。他和那个面白如玉的俊仆来到养心厅时，厅中已经有三十余座在捉对儿搏杀。华贵轩昂的黧黑商人微笑着对女执事道："何座胜多？"女执事恭敬地将黑白主仆领到中间一案前道："这位先生已连灭三家诸侯，格杀凌厉，无可匹敌。"猗垣拱手微笑道："在下愿与这位先生对阵，不知先生肯迎战否？"座中中年士人正在独坐饮酒，闻言矜持笑道："迎战何难？只是须得让子搏杀。"猗垣爽朗大笑道："一战若败，再让不迟。"中年士人点头笑道："然也。"猗垣回头对执事道："敢请安置大盘。"女执事兴奋地答应一声，回身向棋童道："伺候大盘，摆案。"

片刻之间，养心厅中央单列出一座晶莹碧绿的长案棋枰。待双方坐定，秀丽的女棋童捧来铜鼎请二人定名。中年士人伸手入鼎，摸出一个铜板"啪"地打到案上，不由得兴奋大叫："好！楚国！"黧黑商人摸出一枚铜板一打，却是鲁国，围观者不禁轻轻叹息。中年士人道："大国让先，请先生执黑棋。"言下之意，自然是他选了白棋。黧黑商人笑道："恭敬不如从命了。"便伸手将一枚黑子清脆地打到左上三三位，手未缩回，中年士人已经将一枚白子"啪"地打在右下星位。商人略一思忖，再将一枚黑子打到左下三三位。此时大盘下的棋童已经变成了四个，两个在木梯上站立，两个在地上站立。棋案前女执事高声报棋："黑棋左上三三，白棋右下星位，黑棋左下再三三——"棋童便将带有短钉的特制棋子摁进所报位置。

三手棋一出，大盘下的围观者一阵嗡嗡议论，大部分是替"鲁国"

叹息，一人高声道：“鲁国守势太过！”年轻商人却是不动声色。

随着大盘棋子不断增多，只见“楚国”形势广阔，“鲁国”却是抢占了四个大角，中腹一队“鲁军”正在出逃。显然，“鲁军”若逃出，则“楚国”地、势皆失。“楚国”若擒获“鲁军”，则灭“鲁”无疑。养心厅中寂静无声，观者无不为“鲁国”担心。一个大红长衫的鲁国士子急得额头冒汗，连连搓手。这时“鲁军”眼看山穷水尽，却突然掉头攻击“楚国”不甚整肃的追兵，且一举切断追兵归路，十余回合激战，竟将与大本营割裂的一队“楚军”歼灭。

“好——鲁国万岁！”那个额头冒汗的鲁国士人激动得嘶声大喊，厅中一片鼓掌喊好之声。几个楚国的黄衣士子不禁连声叹息，跺脚唏嘘，如丧考妣一般沉痛。鲁国士人高声喊道：“执事，上酒！每位先生一爵，鲁国泰山老酒！”片刻之间，一队侍女飘来，每个士子手里都有了一爵红亮亮的泰山美酒。鲁国士人举爵笑道：“为鲁国不衰不灭，干！”遵照为胜利者庆贺的规矩，所有人都举爵呼应：“为鲁国不衰不灭，干！”全场一饮而尽。

中年士人向年轻商人一拱手道：“先生精通博弈，在下佩服，明日再请赐教。”转过身又对几个楚国士人深深一躬，大有羞愧之色，匆匆下楼去了。

这时，天色已近黄昏，养心厅已经灯火通明。兴奋议论的士子们纷纷和黧黑的年轻商人商讨方才的激战。那个面白如玉的俊仆，却只顾站在棋枰前凝神沉思。这时，人群中出现了那个画工布衣士子，目光在厅中巡睃，似乎感到失望。突然，他眼睛一亮，快步向大厅门口走来。

卫鞅出现在养心厅口，依旧一身白衣，凝重飘逸。

布衣士子从背后轻轻一拍，低声笑道：“兄台来也。”卫鞅回头一看，高兴地笑道：“如何不称先生？非礼也。”布衣士子笑道：“俗套。

手谈友人，自应是兄台了。”卫鞅亲切微笑道：“甘做小弟，却是亏了。”布衣士子道：“得遇兄台，亏之心安也——”拉了一个长长的尾音。卫鞅不禁大笑：“还真是亏了啊？”转低声音道，“哎，回头到我的山里去手谈，如何？”布衣士子高兴得笑出一脸灿烂：“妙极妙极！”卫鞅道：“今日如何手谈？”布衣士子颇为神秘地笑道：“小弟听执事讲，方才有个大商棋道精湛，灭了‘楚国’，兄台先胜他一局如何？”卫鞅摇摇头笑道：“灭国棋战？那你？还是你我消磨了。”布衣士子道：“兄台不知，小弟最喜欢看棋。杀败那人，小弟为你庆贺。”卫鞅笑道：“输了如何？”布衣士子又露出顽皮的笑容：“小弟为你一哭。”卫鞅不禁哈哈大笑：“好，听你哭。”

布衣士子领卫鞅来到中央案前，只见面目黧黑的年轻巨商正在若有所思地和他的俊仆摆方才激战过的那盘棋，一边摆一边品评讲解。卫鞅端详有顷笑道：“楚国何其蠢也？”主仆抬头，商人笑道：“先生对‘鲁国’不以为然？”卫鞅淡淡一笑道：“机敏有余，大局不足。”商人揶揄笑道：“如此品评，先生定是弈道高手了？”卫鞅笑道：“尚未见阵，何论高低？”商人豪爽笑道：“可否与先生对弈一局？”卫鞅点头道：“大盘？”商人豪爽道：“大盘。”

卫鞅回头笑道：“小弟，如何？”

布衣士子高兴地上前：“二位请入座。我识得执事，即刻安置。”说完轻步走向厅后月门。

两人刚刚坐定，侍女便捧上赵酒给二人斟起。卫鞅与商人同时举爵相向，一饮而尽。也就在这片刻之间，大盘与棋枰均已安置妥当，女执事肃然站于长案前三尺处，养心厅士子们也围拢在大盘下啧啧感叹今日的奇遇。布衣士子却只站在卫鞅身后，不断打量对面的商人。玉面俊仆站在商人身后，也不断注视对面的卫鞅，眼中大有光彩。棋童捧来铜鼎请二人定名，商人摸出一个“魏国”，厅中顿时哗然喝彩。商人却是一怔，又是淡淡的一笑。卫鞅随意一摸，却出来一个“秦国”。围观者不禁一阵叹息。卫鞅心中闪过白发老人，不由自主地大笑起来。

“敢问先生，笑从何来？”商人拱手正色，似乎特别在意对手为“秦国”的大笑。

卫鞅豪气勃发：“人言弱秦，安知不会在我手中变为强秦？”

商人长长嘘了口气：“先生，岂不知我手中的魏国更强大？”

“强弱之势，古无定则。强可变弱，弱可变强。变化之道，全在人为。安知魏国不会萎缩弱小？”卫鞅决胜心起，双目炯炯发亮。

年轻商人似乎也特别兴奋，慨然道：“秦为弱国，先生请。”

卫鞅盯着棋枰，也不谦让，一枚黑子“啪”地打到中央天元上。女执事高声报道：“秦国占据天元——”围观者一片哗然，当即一齐聚拢到棋枰四周。

黧黑商人惊讶地“啊”了一声：“先生何等下法？许你重来，莫将秦国儿戏了。”

卫鞅很是平静：“中枢之地，辐射四极，雄视八荒，大势之第一要点也。如何儿戏秦国？”

“我若占地，先生之势岂非成空？”商人拈一白子，打到右下角位。

女执事高声报道：“白棋第一手，右下三三位——”

众人一片赞叹，纷纷点头。卫鞅身后的布衣士子和商人身后的玉面俊仆却都一齐盯着卫鞅，似乎又紧张又兴奋。

卫鞅淡然道：“势无虚势，地无实地。以势取地，势涨地扩，就地取地，地缩势衰。”拈一枚黑子，“啪”地打到右边星位。

“黑棋，右手星座——”

须臾之间，大棋盘上已落九手。黑棋五手均占上下左右中五星位，白棋四子占四方角地。年轻商人凝视棋盘，看黑子构成了一个纵横天地的大“十”字，正色拱手道：“先生行棋，着着高位，全无根基，却是何以将秦国化为实地？莫非有意输掉秦国？”急切之情，似乎比对自己的“魏国”更在心。

卫鞅不禁笑道：“岂有此理！若有高位，岂无实地？看好你的魏国便是。”

围观者多有魏人，立即一片呼应：“先生但下便是！”“魏国一定要胜！”

黑面商人不再说话，开始驱动“魏国”攻取实地。“秦国”却是腾挪有致，尽量避免缠斗。几十个回合后，“魏国”角边尽占，仔细一看，却都龟缩于三线以下。“秦国”却是自四线以外围起了广阔深邃的大势，莫名其妙地竟使“魏国”实地明显落后于“秦国”！

哄哄嗡嗡……养心厅整个骚动起来。魏国的吏员士子们急得连连叹息，故意以议论的口吻高声评点，以图给“魏国”一点儿启示和警告。黑面“魏国”却是不急不躁沉思默想，突然打进“秦国”腹地。

“好！”大盘一上子，厅中齐声叫好。布衣士子与玉面俊仆尽皆微微皱眉。

“秦国”没有慌乱，却突然向“魏国”边地切入。“魏国”若被渗透，实地就有可能被搜刮净尽。思忖良久，“魏国”只有回兵抵挡。但是如此回防，“秦国”本有些微缝隙的防线也因此而成了铜墙铁壁。卫鞅舍弃了渗透“魏国”边地的零散“秦兵”，抢得先手，突然向先前打入腹地的“魏军”发动猛攻。由于“秦国”起手占据了中央天元，一队“魏军”无论向哪个方向逃窜，都被从中央逼向四周的铜墙铁壁。堪堪数十回合，“魏军”被四面合围，终于陷入绝境。

养心厅一片愕然，一片沉寂，连叹息声也没有了。

“好——”一声脆亮，布衣士子和玉面俊仆两人不约而同地鼓掌高叫。

随着喊好声，一片沉重的叹息声终于嗡嗡哄哄地蔓延开来。“魏国气运不佳啊。”“此等打法，真教人匪夷所思。”“秦国有好运了，往前看吧。”

黑面商人站起身来肃然拱手：“先生棋道高远，在下输得心服口服。”

布衣士子笑吟吟高声问：“在座诸位，可有不服么？”

一片掌声，一人高声道：“战国讲究个崇尚实力，我等魏人也服了！”话音落点，养心厅一阵喊好喝彩。又一人高声道：“这位先生为棋道生辉，可否指点方才棋理，让我等以开茅塞？”

黑面年轻人也拱手笑道：“在下也有此意，愿闻高见。”

卫鞅心头又一次闪过白发老人的身影——奇怪，如何今日又一次贴近了秦国？对这种蹊跷之事他素来不以为意，今日却总是挥之不去。眼见厅中人等诚心请教，便抛开思绪微笑起身。战国风气，素来没有多余的自谦客套，胸有见解而遮遮掩掩，会被人大为不齿，一班名士更是不屑于虚已。卫鞅从容上前，指着墙上的大棋盘道：“围棋之道，天道人道交合而成也。远古洪荒，大禹疏导，大地现出茫茫原野。于是大禹立井田之制，划耕地为九九扩大的无限方块。其中沟渠纵横交织，民居点点布于其上，便成人间棋局也。后有圣哲，中夜观天，感天中星光点点，大地渠路纵横成方，神往遐思，便成奇想，遥感天上星辰布于地上经纬，当成气象万千之大格局。神思成技，做经纬交织于木上，交叉点置石子而戏，是有棋道之始也。其后攻占征伐，围城夺地，人世生灭愈演愈烈，棋道便也有了生杀攻占、围地争胜之规则。久而久之，棋道成矣。此乃人道天道交相成而生棋道之理也。”

举座无声，人们仿佛在听一个天外来客的深奥论说。

布衣士子问："这棋，何以称之为'围'？"

卫鞅侃侃而论："人间诸象，天地万物，皆环环相围而生。民被吏围，吏被官围，官被君围，君被国围，国被天下围，天下被宇宙围，宇宙被造物围，造物最终又被天地万物芸芸众生之精神围。围之愈广，其势愈大。势大围大，围大势大。此为棋道，亦是天道人道。棋道圣手，以围地为目标，然必以取势为根基。子子枢要，方可成势。势坚则围地，势弱则地断。若方才之棋，若'秦国'处处与'魏国'纠结缠斗，'秦国'则难以支撑。若以势围地，势地相生，则'秦国'自胜。因由何在？棋若无势，犹国家无法度架构也。棋若有势，则子子有序，若民有法可依，兵有营规可循也。圣手治棋，犹明君治国，名将治军也。"

年轻的黑面商人离席深深一躬："先生真当世大才。在下五岁学棋，至今已经二十余年，会过无数名家高手，却未闻此等精深见解。更无一人能像先生，讲棋而超于棋，将棋道、天道、人道、治道融为一体！今日得遇先生，当称三生有幸。不知先生可否与在下做长夜饮？"

卫鞅笑道："既逢知音，自当痛饮。"

"好！请到我居所去。"年轻人拉起卫鞅，举步便走。

"这位先生，不能走。"突然，一个冷冷的声音从厅门口传来。

厅中所有目光都转向了养心厅大门。只见一位带剑将军昂昂走进，向卫鞅拱手道："末将奉公叔夫人之命，请先生回府，商议要事。"卫鞅淡然道："你是公叔府何人？"来者又是昂昂一拱："末将新到，未能与中庶子相识，尚请见谅。"卫鞅思忖有顷，对年轻商人笑道："不期相逢，甚感知音，若有机缘，容当后会了。"黑面商人大有遗憾，却也慨然笑道："高人可遇难求，但愿后会有期。"卫鞅转身对来将道："走。"举步间想到那位颇显天真的布衣小弟，想对他道别一声，抬头四望，却不见了他的身影，便不再犹疑，大步出厅去了。

那个玉面俊仆怔怔地看着卫鞅背影，轻轻的一声叹息。

七　卫鞅庞涓　智计周旋

天街之南有一条东西走向的长街，是魏国官员宅邸集中的区域。这里有两座府邸特别显赫，一座是丞相府，另一座便是上将军府。丞相公叔痤已经死了。按照魏国定制：开府丞相死后其眷属应迁出丞相府，搬到国君赏赐的纯粹住宅，这种官署与住宅两结合的官邸应当由继任丞相居住。目下继任丞相虽没有确定，但官场对上将军庞涓出任丞相还是看好的，认为他完全可能同时成为这两座显赫府邸的主人。安邑官场素来以灵动闻名天下，自然是纷纷找出各自的理由来向上将军讨教。就在这已近午夜的时刻，上将军府前还是高车骏马如流，进进出出不断。上将军庞涓近日也一改平素间疏于应酬的习惯，对任何一个拜访讨教者都热诚指点，愿做学生门客者也欣然接纳。这种兴旺热闹，与百步之外幽幽冷清的丞相府适成两端比照，在这锦绣华贵的长街显出了一段宦海沧桑。

十名铁甲骑士护卫着一辆锃亮的轺车辚辚驶来。车上的卫鞅却感到不是滋味。礼贤下士么？派来一个赳赳千夫长。保护贵客么？倒更像是防范他逃走。卫鞅一出洞香春看到这轺车甲士，就揣测到自己将要去的地方。他安然上车，也不问为何说到丞相府而不进丞相府，听凭轺车向上将军府驶来。到得车马场轺车未停，直接驶入西偏门，进入幽静的跨院。千夫长在跨院石门前下车，向卫鞅昂昂拱手道：“到了，先生请下车。”卫鞅跳下车来，千夫长又向石门前肃立的军吏亮出了一支令箭，军吏肃然退后一步，两人进入幽静的庭院。

庭院正房廊柱下站着一位身穿大红斗篷者，千夫长高声报道：“禀报公子，中庶子卫鞅带到。”廊下红衣人挥挥手，千夫长昂昂而去，红斗篷者大笑迎来：“卫鞅何其风流？竟到洞香春消遣了，妙也！”卫鞅淡漠笑道：“公子卬王族贵胄，竟无居室待客么？”公子卬又是一阵大笑：“你啊，总是那么峻刻。来来来，进去就知因由了。”说着拉起卫鞅的手走入烛光明亮的正房。

正房里间是一个精致的小厅，竹简四围，剑架中立，两张长案上已经摆好了鼎爵酒肉，虚位以待。公子卬亲切笑道：“卫鞅，请入座。”卫鞅也不说话便坐入南面的客位。公子卬坐了北面正位，举爵笑道：“久未聚首，常怀思念。来，先干一爵。”卫鞅淡淡漠漠地笑着举爵，两人一饮而尽。公子卬慨然一叹道：“卫鞅，你刚来安邑，我就与你相识也。五年了，卬虽说是王族贵胄，可没有将你做小吏看。你是我的高朋益友，我的军师也。我每有难处，你总是能给我谋划出个好办法。否则，我早被活吞了……来，再干！”

卫鞅笑道：“权术谋划，卫鞅不以为荣，聊做游戏耳，何足道哉？”

“好！痛快。不过，我还是要还这个人情。”

卫鞅一阵大笑，只是不接话题。公子卬继续兴奋地说着：“昔日，我也曾举荐你到魏王身边做舍人，锦衣玉食，何等贵气？可你就是不去，跟着老公叔泡了几载书房，这叫名士入世么？老公叔器重你么？连个都司徒都不给，最后搪塞，干脆举荐你做丞相！这不是痴人说梦么？丞相那么好做？分明戏弄人也！还说不用你就杀了你，老公叔何其阴狠！若非魏王睿智通达，你岂非大祸临头？终了如何，你还替他守陵，世上还有个公道么？”

公子卬说得慷慨激昂。卫鞅却是面色渐渐阴沉，片刻间连饮三爵，竭力压制自己胸中翻翻滚滚的愤怒之火。对公子卬这样的人他能如何说辞，此时此地此人，都不是自己应该辩白的，唯一要做的，就是忍耐，忍耐。公子卬却是另一番感受，他很是同情卫鞅，很是理解卫鞅的心绪——经他点拨，卫鞅醒悟过来，心里自然不好受。他便举爵陪卫鞅连饮了三爵，叹息一声道："卫鞅啊，不要难过。天无绝人之路。今日请你，就是好事一桩。上将军庞涓听我说到你的才具，十分器重，想委你做他的军务司马，职同中大夫，比中庶子那是天上地下了。如何？时来运转也。"他讲得兴致盎然，溢出浓浓的施恩救人了却心愿的快感。

"军务司马，职同中大夫，不小。"卫鞅淡淡一笑。

"有三进宅院，三尺轺车，十名甲士，年俸三千斛也。"

"又悠闲，又风光。人云：'想舒服，中大夫。'对么？"

公子卬大笑道："鞅兄呵，你是说透了。再说，你到上将军府，对我也好。"说到后半句，他压低声音神秘地一笑。

卫鞅摇摇头道："公子高论，卫鞅不明。"

"你啊你，书房真将你给泡迂了？有你在此，这里的事我也清楚些许。你放心，有我在，没有谁敢动你。"

刹那之间，卫鞅的炯炯目光盯住了公子卬，倏忽之间却又消失，脸上现出淡漠的笑容："公子良苦用心，卫鞅感念不已。只是卫鞅与这做官无缘，如之奈何？"

"却是为何啊？"厅外传来浑厚的话音，随之走进一个红衫拖地长发披肩显得洒脱随意而又不失气度的人，赫然便是上将军庞涓。

公子卬连忙道："卫鞅，上将军到了，还不见礼？"

卫鞅离席而起，躬身一礼道："中庶子卫鞅，参见上将军。"

"入座入座。"庞涓坐到横置的长案前，抚着长须悠然笑道："卫鞅啊，我的掌书说你博学强记，六经皆通。公子对你更是大加赞赏。军务繁忙，老夫没有亲自登门求贤，多有得罪，还请见谅了。”

卫鞅谦恭道：“鞅区区小吏，何敢劳上将军大驾？”

“卫鞅啊，军务司马可是赞划军机的要职，你何以说与做官无缘？”

“禀上将军，公叔丞相新丧，我正在为师守陵，不宜入仕为官。”

公子印急切道：“非亲非故，连正宗学生也不是，你何须为他守陵？”

“公子此言差矣。公叔丞相教诲五年，待我不薄，卫鞅自当以师礼报之。我儒家素来以孝道为第一大礼，况我守陵为魏王亲点，岂敢半途而废？”一番话当真有儒家的认真执拗。

公子印情急道：“那有何难？我向魏王禀明实情，开脱守陵便是。”

庞涓一直静静地看着卫鞅，向公子印摇摇手，回头道：“当今名士，谁不想建功立业？卫鞅难道不想跟我征战列国，一统天下，名垂青史？”

“三年礼尽，卫鞅定到军前效力。”卫鞅恭敬地拱手回答。

突然，庞涓哈哈大笑道：“卫鞅莫非自命不凡，嫌官小职微？”

“小小中庶子，卫鞅做了五年，上将军自然知晓。”

“莫非想到他国求职？”

“若去他国，何待今日？”

公子印满脸不悦，叹息一声：“上将军，让他自己慢慢参详去也。”

庞涓大度地笑道：“儒家之士，多有坚贞。卫鞅尽大孝之礼，名正言顺也。卫鞅，你若守陵期满后能来我军中任职，就算本上将军没有看错你。”

卫鞅深深一躬道：“多谢上将军成全。”

庞涓一拍手，走进那个昂昂千夫长。庞涓正色命令道：“卫鞅已经是我军务司马，守陵期满后赴任，你带一百名军卒护卫司马，不得出半点差错。”

“末将遵命！”千夫长昂昂应命。

公子卬拊掌大笑：“上将军求贤有术，真个高明，我看你卫鞅敢不做官？”

卫鞅沉吟有顷，期期艾艾道：“既然如此，上将军，预发我俸金么？”

庞涓心中顿时一松：当一个人计较官俸的时候，那就意味着没有威胁了，于是欣然道：“卫鞅所请有理，司马官俸、车马、府邸，一应从年后发放。”

卫鞅诚惶诚恐地一躬：“多谢上将军恩德。”

公子卬一阵大笑道：“你这卫鞅，前倨而后恭，看来是只服上将军也！”

卫鞅略带愧色地笑道：“公子见谅，卫鞅原也敬服公子。”

庞涓与公子卬不约而同地大笑起来。

深夜，昂昂千夫长“护送”卫鞅到丞相府门前。卫鞅谢绝了车马入府，在幽暗冷清的丞相府门前下了车。望着轺车远去，他怔怔地站在树下，不禁一声沉重的叹息。

突然，身后有轻轻笑声。

卫鞅一惊，迅速回身，却见那个清秀的布衣士子笑吟吟站在面前。卫鞅生气道：“如何没个正形？夜半游魂一般。”布衣士子笑道：“你如何不问你走时我到何处去了？”卫鞅板着脸道：“你不说，我问你何来？”布衣士子道：“啊，我却知晓，中庶子卫鞅变吏为官，成了军务司马，明年就有官俸了。”卫鞅惊讶得一时无对，思忖间凛然道：“实言告我，你何许人也！”

布衣士子一笑："无论我是谁，都不会有损兄台丝毫。我来，是提醒你一件事。"

"提醒我何事？说！"

"凶巴巴的，名士都这样么？"

卫鞅被他说得有些尴尬，想想也是没来由的声色俱厉，不由得笑道："好，向小弟致歉了。请问，要提醒我何事？"

"哼，像个老儒，还不如凶巴巴。"

卫鞅不禁哈哈大笑："哎呀呀，你这小弟，难缠得紧。说话，别噘着嘴了。"

布衣士子看着卫鞅，脸色红布一般。卫鞅亲切地拍拍他肩膀："莫紧张。有不好的消息么？"布衣士子身子轻轻一抖，又立即镇静下来道："兄台，与你对弈的那个大商，是秦国密使。"

卫鞅闻言，惊讶得说不出话来。又是秦国？洞香春的种种巧合刹那间在他心中闪过——老人说秦国，下棋执"秦国"，对手又是秦国密使——莫非真是天意？倏忽间，一阵警悟从心头掠过，大有清凉舒畅之感。卫鞅长长出了一口气，无论如何，他至少能明确断定，秦国密使至少对他没有恶意，不会是坏事。突然，他对这个短暂相识的布衣士子顿觉亲切，双手扶着他的肩膀释然笑道："不问你是谁，多谢你了……哎，你身子为何发抖？凉风吹的？"卫鞅说着解下自己的长衫，给布衣士子披在身上。

布衣士子微微喘息："略受风寒，不打紧。兄台莫要再去洞香春了，有大传闻我来告你。"

"又不让我去了？好，不去。哎，是否你不在洞香春做了？"

布衣士子摇摇头笑道："你本该回陵园了，又牵挂消息不通，解你一难还不好？"

卫鞅没有想到这个邂逅的少年这般聪颖，竟然能想到他的处境，不禁涌上一种欣慰，轻轻一叹道："是啊，我不能老在上将军眼皮下转悠，我应当离开，也得好好思谋一番，许多事情我还得想透才是。"

布衣士子一拱手笑道："我走了。长衫给你。"

卫鞅笑道："下夜凉如水，给我何来？"

布衣士子又露出那种顽皮的笑容："兄台一件官衣，明日如何出门？"

卫鞅被他说破，不禁哈哈大笑："你也，鬼灵精！我这小吏无车，不能送你，不若到我的小屋痛饮手谈一夜，如何？"

布衣士子明亮的眼睛一扑闪，笑道："洞香春近在咫尺。我走了。"说完径自匆匆去了。

第四章 秦国求贤令

一　车英出奇计　洮水峡谷大血战

终于，秦孝公接到了景监送回的紧急密报——两个月内六国不会攻秦。

这时，渭水平川的老霖雨缠缠绵绵地下完了，正是太阳刚刚晒干地皮的时候。他看完密报，打马出城，沿着栎水北岸向西飞驰出三十余里。遍野葱绿，阳光明媚，秦孝公心中的阴霾也终于淡开了一些。在飞驰的马背上，他的第一个念头就是，如何利用这两个月化险为夷？在弱肉强食的战国，任何诺言和盟约都是不可靠的。景监说两个月无事，肯定是费尽了周旋。即或如此，也难保魏国上层在两个月中不发生变化。秦国要消除这次灭国之危，秘密斡旋分化六国固然重要，但这决不是消除危难的根本点。最重要最根本的是，秦国必须抓住斡旋分化所争取到的短暂时日有所作为，至少彻底解除西陲的后顾之忧，将两面受敌变为一面防御。但是，西陲的危险部族还没有公然发动叛乱，秦军能先发制人么？这些部族和山东六国不同，他们在没有叛乱的时候依旧是秦国臣民，无端进攻即或取胜也是后患无穷。西陲大大小小几十个部族方国，从此将不再信任秦国，从而酿成连绵不断的骚动叛乱，这是任何一个大国都难以应对的，况且秦国还是积贫积弱的时期。然则，若被动等待他们发动叛乱而后击之，秦国又必然陷入两面作战，即或取胜，也必须以东部的丢城失地大血战为代价。万一不测，秦国有可能尽失关中，重新被挤回到陇西河谷。无论哪个结局，都是秦国所必须避免的。可是，其中的兼顾之策在哪里？不妨派一个干员到陇西和左庶长嬴虔商议，看有没有一个尽速解困的好办法。

太阳偏西时分，秦孝公才走马回城。

来到国府门前，他正准备下马，却听到一阵隆隆之声从身后急骤而来。一回头，只见一队战车急匆匆驶来，驾车者竟全是少年兵士。秦孝公感到诧异，栎阳城的老战车早就废弃了，如何竟有如此多的少年兵卒驾战车上街？正在此时，为首战车上的一个年轻将佐向后举手高喊："停！"十余辆战车便辚辚隆隆地停了下来。秦孝公在街边大树旁下马，想看看这队战车究竟在做何军事？这时只见带剑小将军利落地跳下战车，到中间一辆战车前俯身察看车轮，又敲又打，竟一刻未完。秦孝公少年从军，对战车颇为熟悉，不禁走到战车前问："病车么？"小将没有抬头："行车声音不对，还没找出车病。"秦孝公道："你起来，我来试试车。"小将抬头，见一个身穿软甲外罩斗篷，稳健厚重却又难辨年龄的将军站在面前，连忙拱手道："是，请将军试车。"

秦孝公熟练地跨上战车，驾车向前疾驰一段折回，跳下战车道："这辆战车，车轴磨损过甚，行将断裂，要换新轴。"小将露出钦佩神色，高声道："将军，末将立即更换新轴！"秦孝公问："这些老旧战车，你等驾出来何用？"小将肃然正色道："禀报将军，秦国兵少力弱，末将想让这些未上过战场的新卒学会战车格杀，万一危急，这些老旧战车也可派上战场！”秦孝公大感欣慰，笑道：“你有此预想，堪称为将之才。今年多大？竟然是黑鹰剑士了？”秦孝公指着小将胸前的铁质黑鹰讶然赞叹。这种黑鹰徽记是秦军对剑术竞技中最优秀者的特殊标记，极难得到。

小将挺身拱手：“末将今年十八岁，十六岁时军中大校，得到黑鹰剑士。”

秦孝公惊讶笑道：“十六岁？比我还早一年？名字？”

“末将子车英，军中唤我车英。”

秦孝公心中一动，若有所思：“子车？子车氏？你，你与穆公时的子车氏三雄可有渊源？”

小将稍有沉吟，低声道：“穆公子车氏，正是末将先祖。”

刹那之间，秦孝公大为惊喜。子车氏三雄，那是秦穆公时候的三位名将贤臣。穆公将死时昏昧不明，竟下令这三位同胞英雄殉葬，引起老秦人的深刻哀伤，伤逝歌谣传遍了秦国的田野山村，又传到东方各国。三贤殉葬，子车氏一族泯灭，秦国也奇怪地就此衰落了。此后百余年间，秦国没有名将名臣出现。这是秦国的一段漫漫长夜，也是老秦人耳熟能详的悲惨故事。作为国君，秦孝公对这段历史熟悉得不能再熟悉了。常常是深夜时分，他会在书房里低哼着那首深沉忧伤的歌谣，默默地痛彻心脾地反省思索，激励自己不要重蹈先祖的覆辙。今日，竟然不期遇见子车氏后裔，他胸中顿时奔涌出一股热流，上前抓住小将的双手道：“车英，会唱那首《黄鸟》么？”

少年将军含泪点头：“将军，你也会唱《黄鸟》？”

“心祭先贤，我等一起唱。”秦孝公也是泪光闪闪。

车英颤声道：“将军，这是国府门前，还是莫唱《黄鸟》。”

秦孝公高声道：“车英，我就是国君嬴渠梁，唱……”

刹那之间，车英双泪奔流，扑身跪倒，哽咽一声道：“君上！”

这首《黄鸟》，寄托着老秦人对子车氏三雄的深深思念，也隐含着对秦穆公的重重谴责。今日国君要唱《黄鸟》，那是一种何等惊心动魄的预兆啊！年少睿智的将军如何能对自己家族的苦难无动于衷？一时间泪如泉涌。

这时，战车上的少年兵卒们也一齐下车跪倒高呼：“君上——”

秦孝公扶起车英，又对少年兵卒们挥手道：“来，我等唱起《黄鸟》，追念先贤，惕厉自省。”说着，便挽起车英和少年兵卒们，踏着秦人送葬时的沉重步伐，唱起了低沉忧伤的《黄鸟》：

交交黄鸟　止于棘
谁从穆公　子车奄息
彼苍者天　歼我良人
如可赎兮　人百其身

交交黄鸟　止于桑
谁从穆公　子车仲行
彼苍者天　歼我良人
如可赎兮　人百其身

交交黄鸟　止于楚
谁从穆公　子车针虎
彼苍者天　歼我良人
如可赎兮　人百其身
……

当秦孝公兴奋地拉着车英回到政事堂书房时，已经是黄昏时分了。秦孝公高兴地吩咐黑伯安置酒肉，与车英饮酒叙谈。黑伯看到国君从未有过的笑脸，也高兴得脚步特别轻快。车英含泪叙述了子车氏部族两千余口出走陇西的坎坷曲折，秦孝公听得唏嘘涕泪，不胜感慨。想到子车氏一门的根基仍然在陇西，不禁忧心如焚，那里大战将起，子车氏一门岂非有灭族之危？他满面忧急地问道：“车英，你对西陲情势清楚么？”车英点头道：“大体晓得。”秦孝公道：“陇西已成危邦险地，子车氏族长知道么？”车英摇头道：“族中不知道，然我军必能战而胜之，君上无须多虑。”秦孝公沉重地叹息一声，便将秦国目下面临的危境和陇西的左右为难，一一说给了面前这位睿智英俊的年轻人，最后正色道：“车英，你带我一道手令，迅疾赶往陇西，我命左庶长嬴虔给你三千铁骑，将子车氏全族快速地秘密转移到陈仓地带。子车氏不能覆没！”

车英沉吟未答，有顷抬头道：“君上，大军秘密开进陇西，本为对叛乱出其不意地痛击。若以大队人马迁移族人，必使叛乱部族警觉。车英以为，还当以国难为重，平乱为先。”

秦孝公不禁感慨中来——仅此寥寥数语，就显出了子车氏的大义本色。他对面前这个论年龄尚未加冠的少年竟有如此冷静的胆识，不禁由衷地赞叹，点头沉吟道：“车英，你说得甚好。然则，秦国如何能坐视子车氏再遭大难？”

“君上，末将有一计，可诱使叛乱早发，不知可行否？”

“好，快说！我正犯难。”秦孝公大为兴奋。

“君上派一干员，假扮为魏国使臣，试探陇西部族，若其当真做好了叛乱准备，可约定将叛乱发兵的日期提前。届时我五万铁骑埋伏在东进必经的要道峡谷，一鼓聚歼之。”

“啪”的一声大响，秦孝公拍案而起道：“好！真乃奇思妙想！”大笑有顷，秦孝公回头道，“车英，今日不期遇你，上天之意啊。就派你去做这件大事，如何？”

车英起身，肃然拱手：“末将决然不辱使命！”

秦孝公慨然笑道：“车英，自今日起，你就是左庶长嬴虔的前军主将！”

“谨遵君命！”车英英姿勃发，却无丝毫的浮躁气息。

“车英，你还得跟我去见见太后，她老人家要知道你是子车氏后代，不知该多高兴也。”

“君上，方今国家生死存亡之际，我想星夜奔赴陇西。战场归来，车英当对君上与太后报捷。”车英两眼闪着莹莹泪光。

“你欲今夜西行？”秦孝公感到惊讶。

“君上，既出奇计，便当兵贵神速。车英早到一日，我军便添胜算一分。”

秦孝公感慨万千，拍拍车英肩膀道：“好将军。这样，我们即刻准备。黑伯，传谕栎阳令子岸，即刻调轻骑五十，到国府门前等候。”

“是！”黑伯疾步走出政事堂。

午夜时分，车英携带着秦孝公的手令并一应假扮魏使护卫的铁甲骑士，出了栎阳城西门，狂风骤雨般向西卷去。

这时的陇西，表面上依然很平静。但在这平静的表面下，却隐藏着即将爆发的巨大风暴。赵国特使的煽动和占据秦国西地的许诺，重新燃起戎狄部族沉睡了的草原战国梦。西貘、犬丘、大骆、大荔、红发、黄发等十六个部族首领歃血为盟，公推西貘头领刹云单于为盟主，约定在六国进兵之日大举叛乱，共同瓜分秦国。赵国特使代表中原六国宣布：消灭秦国后，六国永远不西出陈仓谷口，陇西、云中、九原、阴山以及漠北草原永远是戎狄部族的天下！整个戎狄区域都被这激动人心的许诺煽动了起来。牧民们纷纷收拾马具战刀，一队一队的赤膊骑兵重新在陇西山地与草原呼啸冲锋起来，疏疏落落的叛乱野火正在迅速聚集着。陇西大山里的左庶长嬴虔，自然嗅到了这股浓烈的血腥味。但嬴虔不是一个莽撞的统帅，他知道目下决不能出击，为了秦国西陲的安宁，他只能后发制人。虽然他对东部的压力感到焦灼不安，也只有眼看叛乱势力坐大而后再打硬仗。

就在嬴虔焦灼不安的时候，一队铁骑在漆黑的夜里飞进了陇西大山。秦军的秘密营地里，中军幕府的灯火通宵达旦地亮着。第二天黄昏时分，一队红衣骑士簇拥着一个华贵的魏国巨商，悄悄出了秦军山谷，向北飞驰，绕道北地西部沙漠而后急速南下。

几天之后，一个惊人的消息在草原和山地弥漫开来：五月初六山东六国将大举攻秦，草原戎狄部族也将在那一天举兵反秦，共同消灭秦国。赵国特使因为反对魏国盟主特使宣示的王命，被盟主特使和刹云单于斩杀祭旗。整个戎狄聚居区域，顿时活跃起来，参与叛乱的十六部族集合了八万骑兵，全部集结在洮水河谷，等待着大举东进的五月初六。

五月初四这一天，魏王盟主的特使再次赠送给头领们一批珠宝，带领他的十名随从护卫和刹云单于殷殷道别，回魏国复命去了。也就在这天夜里，左庶长嬴虔的五万铁骑开出渭水上游的狭长河谷，悄无声息地运动到东进要道——狄道峡谷的两岸密林中埋伏了下来。

五月初六，晴空艳阳。戎狄部族的八万骑兵，山呼海啸般向东开进了。按照他们的速度和骑士传统，一天之内便可以开到陈仓谷口，如果顺利，还可以捎带一鼓攻下雍城。赵侯特使、魏王特使都已经说明，秦国军兵全部集中在东部，栎阳以西没有驻扎防守。所以，戎狄骑兵连前方游骑斥候都没有派出，八万大军长驱直入。

洮水上游的广袤山原叫达坂山，向东数百里便进入了六盘山。两片连绵大山中，有一条大峡谷，洮水从峡谷中流过，两岸是马匹行人千百年踏出的小道。这是戎狄通往中原的必经之路，时人称为狄道。南北流向的洮水，进入峡谷后骤然变窄，可着峡谷西边的大山满流而下，河道东边是两丈多宽的碎石山坡连接大山。所谓狄道，正是在这宽缓的斜坡上踏出的一条便道。这条狄道虽在峡谷之中，却是有水有草有遮盖，十分地便利行人歇息。所以，东来西往的商旅行人尽皆视狄道为福道，谁也没有想到这里会成为最险要的兵家要塞。

然则，秦军统帅嬴虔却是早早就盯上了这条峡谷。这里本来就是早秦部族的根据地，嬴虔又曾在陇西驻防三年，对这里的一山一水都很熟悉。只因为戎狄已成秦国臣民，更远的胡人也主要在阴山漠北游牧，秦国西部长期没有战事，所以这里的要塞意义已经被人们忽视了。这次要截击戎狄，嬴虔自然是毫不犹豫地选择了狄道峡谷。且不说这里是戎狄必经，仅说两岸广阔的高山密林，山坡不陡不缓，林木不稀不密，便于冲锋，便于隐蔽，当真是天下难觅的骑兵埋伏的妙地。嬴虔将五万骑兵分为四路埋伏，北边谷口埋伏三千人马，堵截退路；南边谷口埋伏五千人马，堵截出路；西边山高林密且有洮水滚滚，也只埋伏五千骑兵，专门截杀冒死泅渡过去的漏网敌人；其余三万余主力，全部埋伏在东岸十余里的山林之中。嬴虔下了狠心，要将戎狄骑兵一个不留全部铲除。他对各部发出最严厉的命令，谁敢放走一个戎狄骑兵，就用自己的头颅来换！

戎狄骑兵进入洮河峡谷，依旧是赤膊挥刀呼啸向前。当几近二十里长的峡谷装完了八万骑兵时，两岸密林中战鼓骤起，牛角号凄厉长鸣，滚木礌石夹着箭雨隆隆飞下，东岸山坡的黑色铁骑排山倒海般压顶杀来。戎狄骑兵猝不及防，潮水般回旋倒涌，无奈马前身后都是铁骑汹涌，迎头截杀。西边是波涛滚滚的洮河，退无可退，逃无可逃。东岸的秦军主力以五千骑为一个轮次，一波又一波地发动强力冲锋，轮番向峡谷中冲杀。

戎狄骑兵自古有名，素来令中原诸侯大感头疼。无奈碰上的是数百年的克星——老秦骑兵，顿时威风大减。自殷商灭亡，作为殷商弃儿的秦部族，便成为沦入戎狄海洋的唯一一支中原部族。为了生存，他们半农半牧，人人皆兵，死死奋战，竟是越战越强，非但占领了渭水泾水上游的几乎全部河谷地带，而且杀得戎狄部族竞相与他们罢兵媾和。到西周末年，老秦部族的五六万骑兵已经成为西部胡人谈虎色变的一支力量。时逢周幽王昏聩，宠信褒姒，要废长立幼；太子宜臼的舅父是申国诸侯，便联结戎狄胡合兵东进，攻破镐京，杀死周幽王，欲拥立宜臼即位。不成想戎狄单于野心大发，非但赖在镐京不走，而且准备东进中原。周太子宜臼屡发勤王密书，无奈中原诸侯都是老旧战车兵，对戎狄骑兵畏惧怯战，迟迟不来勤王救驾。无奈之中，太子宜臼不避艰险，秘密跋涉近千里，找到了老秦部族。秦人首领嬴开（秦襄公）极是敏锐，看准了这个老秦部族返回中原的大好机会，亲率五万精锐骑兵秘密东进，在镐京原野与近十万戎狄骑兵展开了生死大战。激战三昼夜，戎狄胡骑兵溃不成军，仅余几万残兵逃回西域。秦人自此声威大振，非但成为东周的开国诸侯，而且成为西部戎狄胡人各部族闻风丧胆的劲敌。从大处说，没有秦国守在中原西大门，戎狄胡完全有可能洪水猛兽般反复冲击中原。正因为这种历史形成的威慑力量，秦穆公时代的统一西戎才没有费很大力气，半打仗半劝降地成就了西部统合。自秦穆公后百余年，西部戎狄与秦人没有过真正的战争。秦国日渐衰落，戎狄部族也慢慢松懈了对老秦人的敬畏之心。此次叛乱，他们更是对赵国密使的“秦弱”评价深信不疑，举兵东进，志在必得。他们实在没有想到，老秦国竟然还有如此强大精锐的一支骑兵。当那隆隆战鼓雷鸣般漫山遍野滚动时，当老秦人激越高亢的熟悉喊杀声震耳欲聋地扑来时，当黑压压的骑兵群从高山密林中压顶而来时，戎狄骑兵们顿时陷入慌乱之中。刹云老单于和一群头领们无所措手足，简直不知道该下令向哪个方向冲杀。很快，他们便感到了绝望。秦国铁骑威猛的冲杀，显然是要痛下杀手斩草除根。否则，如何连中原人“围师必阙”的用兵典训都全然不顾了。

眼见必死，戎狄骑兵在各族头领率领下死命拼杀。从午时杀到黄昏，峡谷中被箭雨礌石滚木击杀者尸骨累累，南北两谷口被秦军铁骑杀得尸体封住了山道。紧靠西山的滚滚洮河，被鲜血染成了红河！随着暮色降临，秦军的铁骑方阵变成了散骑冲杀，火把漫山遍野，战鼓震天动地，不管戎狄骑兵叫喊什么，秦军只是轮番冲杀，眼看是不许一个人活在眼前。尸横遍野，鲜血汩汩。太阳落山以后，戎狄骑兵只剩下不到两万残兵。他们的斗志被彻底击垮，乱纷纷下马，丢下战刀，拥到河边一齐跪倒在地，哇哇啦啦地嘶声哭喊。

黑色铁骑围拢了，带血的战刀丛林般悬在头顶……

满身鲜血的车英颤抖了，低声道：“左庶长……放了，他们。”

黑色大纛旗下，左庶长嬴虔的左臂尚在汩汩流血，右手提着第三把带血的长剑，面色狞厉地喊道：“放了？他们都是狼！狼！——砍下每人右臂左脚，爬回去！”

火把下，黑色铁骑列成一条长长的甬道。万余戎狄骑士徒步缓缓进入铁骑甬道，每过一个，便有一道闪亮的剑光，一声凄厉的嘶吼。当月亮爬上山头时，洮河峡谷外的山原上到处蠕动着断臂残肢的血人，到处弥漫着绝望痛苦的嘶吼，连虎狼野兽都远远地躲开了这道恐怖的峡谷。

二 秦国特使来到了洛阳王城

公子卬从上将军府中回来，高兴得直想大笑大乐一番。

庞涓接到戎狄全军覆没的消息时，震惊愤怒得竟摔碎了手边一只魏王亲赐的玉鼎。多少年来，无论遇到多么难堪的困境，庞涓都从来没有失态过，这次他实在是忍不住了。他在六国会盟时表面上虽然对赵侯的“两面夹击”不以为然，实际上却是非常重视的，甚至比赵侯本人还更清楚这步棋对灭秦的重要。他时时都在等待赵国特使的回音，准备一旦约定时日，魏国的十万铁骑就全数开出华山大营，届时一鼓攻下秦都栎阳并占据整个渭水平川，让其他五国无可奈何。蹊跷的是，戎狄部族如何竟敢在没有约定的情势下举兵东进？他感到震惊的是，秦国军兵又如何有如此强大的战力，竟一举歼灭了戎狄数万骑兵？他感到愤怒的是，魏王竟不让他全权调遣灭秦大计，以致延误时机。六国会盟之后，为了削弱赵侯的“两面夹击”的影响力，他曾对魏王提出早日进兵，魏国和秦国打到胶着状态时，戎狄从背后发兵同样是万无一失。可魏王偏偏不听，公子卬也竭力主张要等候赵侯约定的戎狄叛乱，说是魏国可以减少流血。结果如何？一脚踩空，竟让秦国抢先消除了后患，腾出了兵力一面对敌，当真是莫名其妙。

思忖半日，庞涓雄心陡起，决意亲率十万铁骑和秦国大打一场硬仗，一举摧毁秦国主力。他对自己亲自严格训练的铁骑战力，有十二分的自信。但是要打大仗，必须有魏王的命令，可魏王目下能同意么？庞涓第一次感到对魏王失去了把握，隐隐约约感到了魏王似乎在限制自己：六国会盟，特使本来就是让公叔痤做的；会盟后对自己提出的快速进兵也莫名其妙地搁置了起来；丞相明明是自己的，偏偏又莫名其妙地模糊起来……那么，这次如果提出和秦国大打，魏王会同意么？蓦然之间，他感到了平日的谋划总是自己一个人提出似乎不妥，其他重臣总是默然不语，他们肯定会在背后千方百计地非议自己。这种非议日积月累，岂非一点一滴地销蚀着自己在魏王心目中的地位？看来，今后的大谋略必须找到共谋者一起动议。那么这次呢？反复思忖，庞涓想到了公子卬。他隐隐感到了这个貌似豪侠的王族贵胄，对自己的妒忌和对魏王的影响力，若能和他共谋，岂非一箭双雕？既消除了公子卬的妒忌，又增强了谋划的可行和自己在魏王心中的地位。好也，就该如此办理。

庞涓很为自己想到的这步棋骄傲，通权达变，名士本色也。

庞涓殷殷请来公子卬，热诚地为他摆上了隆重小宴，又诚恳地提出了和公子卬合谋共力建起大魏霸业的意愿，而后仔细地描绘了与秦国大打的谋划，端的是煞费苦心。然而庞涓怎么也想不到，公子卬竟然不置可否，只是连连大笑，说秦国能消灭戎狄几万大军，证明秦国战力尚存，当徐徐图之，不可操之过急。庞涓惊讶得睁大了眼睛，会盟时公子卬对灭秦可是比他激烈坚定得多，曾几何时竟变成了“徐徐图之”？然后，公子卬就兴致勃勃地邀他去品评一把“亘古第一剑”。庞涓冷冷笑道：“国之第一利器，在良将锐士。”便默然静坐，不屑与语。公子卬却是哈哈大笑，扬长而去。庞涓忍无可忍，气恼得掀翻了长案。

公子卬舒畅得几乎要飘起来了。怎么就如此的天从人愿，他正在为如何劝说魏王取消灭秦而发愁，戎狄叛乱失败的消息就传了过来，顿时就有了堂堂正正的理由。他整日为庞涓的不可一世蔑视自己而心中发恨，这个庞涓就盛情邀请他共谋大计，还要跟他共建大业。他原本对丞相大位只是缥缥缈缈的钦慕，压根儿就想不到会轮到自己做丞相。可偏偏的事有凑巧，戎狄起事兵败，他在此前又坚持劝说魏王推迟发兵谨慎从事，魏王对他的老成谋国大加赞赏，当面表示准备让他做魏国丞相。这一切都顺利得让他无法预料，他岂能不感到上天对他的眷顾？尤其今日看到庞涓的谦恭热诚和心事重重，他如何不开怀大笑？更要紧的是，他做了丞相，就可以将魏国的兵器买卖和盐铁买卖，名正言顺地交给猗垣去做，这样他就可以神鬼不知地坐拥猗垣一半财富，岂非妙不可言？

如此多的好事，如此充溢的舒畅惬意，公子卬觉得非要找个可以与语的人诉说一番方可。这个人不能是庙堂朋友，这些大事对于他们来说都是秘密；也不能是夫人亲戚等，这些大事对他们来说是保持自己尊严的光环。蓦然间他想到了猗垣，此人小国巨商，行事机密且善解人意，日后又是自己的财源，正可借此卖个大大的人情，一箭双雕美妙之极。他双掌一拍，命令家老立即备车去洞香春请猗垣来。

半个时辰后，家老却空手而返，带回的消息是：猗垣先生三天前已经到楚国去了。公子卬悻悻了半日，索性到涑水河谷狩猎去了。

就在公子卬兴奋寻觅的时候，那辆青铜轺车已经驶近了洛阳城的东门。轺车上，华贵的薛国巨商猗垣变成了一身黑衣的秦国将军景监，驾车的白面俊仆也变成了顶盔贯甲的秦国骑士，车后二十余名护卫则是一色的秦国铁骑。

景监一行遥遥可见洛阳时，正是仲夏清晨。广阔的原野上五谷苍黄绿树葱茏，洛阳城却像一个衰颓的老人蜷缩在洛水北岸，古老破旧的城门箭楼上没有守军，只有一面褪色的“周”字大纛旗孤独慵懒地舒卷着。东门外的官道原本是天下通衢枢纽，车马竞日川流，如今却是车骑寥落，昔日六丈余宽的夯土大道萎缩得只剩下轮辐之宽，连道边高大的迎送亭也淹没在摇曳的荒草之中。景监心中不禁一阵苍凉酸楚。

老秦人对洛阳王室有着一种特殊的复杂情怀。三百多年前，在戎狄骑兵毁灭镐京诸侯无人勤王的危难时刻，老秦人举族东进，非但一战歼灭了戎狄骑兵，而且为周平王东迁洛阳护送了整整六个月。周平王感念老秦人力挽狂澜于既倒，将周王室的根基之地——关中盆地全部封给秦人，数百年流浪动荡的秦部族一举成为一等诸侯大国。若论封地形胜险要，尚远远优于晋齐鲁燕四大诸侯。周平王册封秦国时，曾万般感慨地说了一句话：“周秦同根，辄出西土，秦国定当大出于天下！”几百年来，周王室即便在衰微之际，也从来没有忘记秦国的任何一次战胜之功。五六年前，秦献公在石门大胜魏国时，周王室还派来特使庆贺，特赐给秦献公最高贵的战神礼服——黼黻。那是周天子对大捷归来的王师统帅颁赐的最高奖赏，上面有黑白丝线绣成的巨大战斧，有黑青花纹的几近“亚”字形的空心长弓。老秦人呢，在王权沦落诸侯争霸的春秋时期，虽说也做过几件向王权挑战的事，但比起其他诸侯毕竟是小巫见大巫。洛阳周室和自己的开国诸侯秦国，始终保持了一种源远流长的礼让和尊敬。令人惋惜的是进入战国以来，洛阳王室衰落得只剩下大小七座城池，秦国也是越打越穷，土地萎缩得比初封诸侯时少了一半。两个先后崛起于西陲的老部族，都衰落了，都挣扎在生死存亡的边缘。

景监从安邑急赴洛阳，是接到了秦孝公密函，告知他西陲大捷秦国危机稍减，嘱他从安邑迅速取道洛阳面见周王，看能否借出一批粮食和盐铁。目下的秦国，在山东战国和诸侯间几乎没有一个盟友。六大国限制本国商贾和秦国做生意，中小诸侯则迫于大国淫威，不敢和秦国做生意。这样一来，秦国所急需要的粮食、盐、铁、麻布等便出现了长期的匮乏。只有洛阳王室和秦国始终没有断绝往来，残存着一缕先祖沉淀的情分。秦孝公的想法是，洛阳王室久无战事消耗，也无须向其他诸侯纳贡，多年积累也许还有些许剩余之物，能借多少算多少，好为抵御即将到来的六国进攻积蓄一点力量。

景监从来没有来过洛阳，传闻的三川形胜曾给他记忆中留下了天国般的洛阳王畿，留下了辉煌的王权尊严和无与伦比的财货富贵的印象。在魏国安邑时，他想象洛阳至少应当和安邑的繁华相差无几。今日，当他走近这座赫赫王城时，他几乎不相信眼前的城池竟会是洛阳。作为一个军中将领，当他从遥远的地方感到王权的光环已经消失时，他无论如何想不到古老的王权圣地果真会如此的衰颓破败。眼前的洛阳，骤然之间打碎了他一个美丽的梦幻，顿时觉得空落落的。他颓然坐倒在车中，沉重地叹息一声，眼中热泪无声地涌流出来。

景监的轺车按照礼仪，先行到接待使臣的国驿馆安歇。这座国驿馆冷清得像座破庙，蛛网尘封，满院荒草。好容易找到一个白发苍苍步履蹒跚的老吏，不管来人说什么他都听不见，只是自顾嘶哑着苍老的嗓子高声道："上大夫，樊余。他管事。"

樊余上大夫的名字，景监倒是知道。就是这个樊余，三次以机智的说辞，斡旋化解了魏国楚国齐国觊觎洛阳的危机。有他理事，也许还有点儿用。景监一行便径直找到樊余府上。樊余很是惊喜，洛阳王室竟有使臣来访，说明天下还有诸侯记得天子，岂非大大的好事？樊余热诚地安置景监一行在自己府邸住下，又在正厅为景监小宴接风。当景监坦诚奉上秦孝公书简并说明来意后，樊余沉思无言，半日才问道："敢问秦使，一则，若有器物，如何运到秦国？二则，周若助秦，何以为报？"景监道："回上大夫，这第一件，我有魏国通秦的商贾令，可以以魏国官商名义运达秦国。第二件，秦国三年后加倍奉还，此间周室若有危难，秦国将决然勤王。"樊余沉吟有顷，长叹一声道："洛阳王室之政务，目下唯有太师颜率和樊余照拂。贵使已经看了，洛阳王城衰败破落，一班臣工无所事事，政荒业废矣。贵使既来，也是周室振作的一个机会。我即刻便知会太师颜率，明日樊余陪贵使晋见周王便了。"

小宴后，樊余匆匆去找太师颜率商议，直到掌灯时分才回来。樊余说，颜率太师赞同助秦，然他卧病在榻不能视事，樊余顺道察看了洛阳府库方才赶回。景监躬身大礼，连表谢意。樊余道：“洛阳府库囤积了十余万件旧兵器、一万辆老战车、十五万斛粮食。铁块不多，只有万余，青盐也只有一万三千多包。太师与樊余之意，每宗给秦国一半，如何？”景监肃然正色拱手道：“我秦国素重然诺，定然不负王室！”樊余郁郁一叹，苦笑道：“只要秦国能在王室危难时鼎力撑持，足矣。今日周王，何有他求？”

次日五更，景监醒来梳洗整齐穿戴妥当，准备和樊余进入王城。他是第一次觐见周王，尽管自己是秦国臣子，但天子在他的心目中依然是神圣尊严的。他心中感奋，不由得走到院中，只见碧空如洗残月将隐，硕大孤独的启明星已经在鱼肚白色的天际光华烁烁。景监正待练一回剑术，却见他的随从总管黑林匆匆走来道：“大人，上大夫家老传话，觐见周王要到辰时方可，请大人安心歇息。”景监惊讶道：“辰时？如何竟到辰时？”黑林笑道：“可能是这周王喜欢睡懒觉？”景监低声斥责道：“休得胡言，这是洛阳。”黑林偷偷做个鬼脸道：“谨遵大人命，我这便去准备车马。”

也难怪景监惊讶莫名。一昼夜十二个时辰，子时起点，正是夜半；鸡鸣开始为丑时，黎明平旦为寅时，太阳初升为卯时，早饭时节为辰时，日上半天为巳时，日中为午时，日偏西方为未时，再饭为申时，日落西山为酉时，初夜为戌时，人定入睡为亥时。十二时辰中，卯时最重要。举凡国府官署军营，一日劳作都从卯时开始。官署军营甚或作坊店铺，都在卯时首刻点查人数，谓之“点卯”。对于国都官员和君主，事实上要开始得更早。所谓早朝，一般均在黎明寅时上下。遇到宵衣旰食勤政奋发的君主，黎明早朝更是经常的。至少七大国的君主，决然没有人敢到辰时才开始会见大臣。景监知道，秦国新君几乎是十二时辰中随时都可以觐见，入睡了也可以唤醒。如何这洛阳天子竟然到卯时还不处置国事？在景监看来，周室虽然不再可能以天子职权统辖九州，但王畿土地至少还是相当于一个宋国那样的中等诸侯国大小，若君臣振作励精图治，安知不会大有可为？如何竟衰败颓废到大梦难醒的混沌状态？早起晚睡，已经成了秦国君臣的习惯，要景监此时再上榻，无论如何是不能入睡了。他叹息一声，拔出剑来猛烈劈刺。

辰时，上大夫樊余不急不缓地来了，请景监用过早膳，方各乘轺车向王城而来。

洛阳王城是洛阳城中天子的宫殿区域。当人们在洛阳之外说“洛阳王城”，指的是整个洛阳；走进洛阳说“王城”，那便是天子宫殿区域了。洛阳的天子宫殿有着独立的红墙，是一座完整的城内城。虽然红墙已经斑驳脱落，绿瓦已经苍苔满目，但那连绵的宫殿群落在阳光下依然闪烁着扑朔迷离的灿烂，在无限的苍凉冷清中透出昔日的无上高贵。目下已是辰时，王城中央的大门还紧闭着，高大深邃的门洞外站着一排无精打采的红衣甲士，手中的青铜斧钺显得笨重而陈旧。看见两辆轺车辚辚驶来，甲士们轧轧推开厚重的王城大门，没有任何盘查询问，轺车便淹没进深邃的王城去了。

王城内宫殿巍峨，金碧辉煌，一片荒凉破败的气息扑面而来。地面巨大的白玉方砖已经处处碎裂片片凹陷，缝隙间竟长出了摇曳的荒草。宽阔的正殿广场，排列着九只象征王权的巨大铜鼎，鼎耳上鸟巢累累鸦雀飞旋。朝臣进出的鼎间大道上，同样是苍苔满地荒草摇摇。大道尽头，九级白玉阶上的正殿好似荒废了的古堡，透过永远敞开的殿门，依稀可见殿中巨大的青铜王座结满蛛网，时有蝙蝠在幽暗中无声地飞舞。昔日山呼朝拜的天子圣殿，弥漫着幽幽清冷和沉沉腐朽的死亡气息。景监情不自禁地一阵发抖。

唯一的声息，是从大殿东侧偏殿里传出的器乐之声。始终皱着眉头的樊余，向景监招招手跳下车，向东偏殿走来。偏殿周围倒是一片整洁，没有苍苔荒草，几株合抱大树遮出一片阴凉。门口没有护卫，樊余也没有高声报号就走了进去。景监小心翼翼地跟在后面。偏殿是里外两间，中间隔着一道碧绿如玉的细纱。景监不自觉间一抬头，竟惊讶得钉在了殿中挪动不得。

碧玉绿纱内竟然还点着几盏座灯，在户外明亮的阳光衬托下，显得一片昏黄，幽暗混沌。一个身穿绣金红衣长发披散胡须垂胸的庞大人物，斜躺在华贵的短榻上。显然，他便是王城的主人——周显王。他左右各有一名纱衣半裸的女子偎依着，她们随意在庞大人物的身上抚摸着，就像哄弄一个婴孩。庞大人物睡眼蒙眬，一动不动。还有几名纱衣透明的妙龄少女在轻歌曼舞，几乎是清晰可见的雪白肉体飘飘忽忽，无声地扭动着。编钟下的乐师们也似睡非睡，音乐节奏松缓，若断若续，缥缈得好像梦中游丝……这一片艳丽侈靡，当真使景监目瞪口呆。

樊余却只是紧紧皱着眉头，向一名舞女招招手，舞女疲惫蹒跚地跌出了落地绿纱。

“几多时辰了？”樊余高声问。

舞女伸了一番长长的细腰，打着哈欠昵声道：“三日三夜？白天晚上，不知道。”

樊余眉毛猛跳，一把推开舞女，径直走了进去。这舞女被推，身子竟如丝绵一样倒卧于宽大的门槛上，风儿吹起轻纱，露出了脂玉般的大腿。但却没有一个人注意她，似乎连肉欲也被无休止的醉生梦死淹没了。舞女一倒地，殿中所有的嫔妃乐师内侍舞女全都像中了魔法，一齐就地歪倒大睡，睡态百出，鼾声一片。樊余走进内殿，快步带起的清风使座灯昏黄的光焰摇晃起来。他噗噗噗迅速地吹灭了座灯，撩起了内殿门的绿纱，偏殿中豁然显出了白日的亮光。

樊余走到庞大人物身侧，拱手高声道："我王请起——"

周显王被惊醒，揉着眼睛惊讶道："噢呀，上大夫也，三更天如何进宫？"

"我王睁眼看看，已是辰时了。"樊余指着窗外的阳光高声道。

"是么？"周显王惊讶的又揉揉眼睛，打了一声长长的重重的哈欠，摇头道："如何刚睡着天便亮了？噢呀上大夫，你有事？莫非又是列国开战？打就让人家打，与我等君臣何干也？"

"启禀我王：六国会盟，意欲分秦，周室大有危难！"

"你这樊余，分秦也好，开战也好，洛阳有何危难？"

"我王不知，楚国、韩国起兵攻秦，须经三川要道，都想假道灭周也。"

周显王一声慵懒的叹息，淡淡漠漠地道："灭就灭，又有何法？"樊余似乎已经习以为常，平静拱手道："秦国尚有战力，近日一鼓平息了戎狄叛乱，只是器物粮草匮乏，难敌山东六国大兵压境。秦公派来特使，请我王助秦些许，秦国许以周室危难时全力救援。我王以为如何？"

周显王喟然一叹："给就给了，周秦同源也。秦国对周室有再造之功，算是滴水之报也。至于多少，上大夫与太师斟酌可也。"

"臣遵王命。再者，臣还带来了秦国特使——景监将军。"樊余伸手向景监做请。

景监已经被太多的惊讶失望与感慨搅得神思恍惚，虽然听见了周王的回答，却没有丝毫的兴奋愉快，也全然忘记了参见拜谢。此时恍然大悟，快步走过来深深一躬："秦使景监，拜见周王，周王万岁！"

周显王哈哈大笑："万岁？何其耳生也！"说着从短榻上站起，苦笑着叹息一声，"景监将军，回去传话秦公，秦国要强盛起来，要学文王武王，不要学我这等模样。秦国强盛了，我也高兴。”两眼之中一时泪光闪闪。

刹那之间，景监激动得热泪盈眶，匍匐在地高声呼道：“我王万岁！”

樊余似乎看到了难得的机会，激动急切地道：“我王勿忧，周室尚有三百里王畿，数十万老周国人，只要我王惕厉自省，周室必当中兴！”

对樊余的劝谏激励，周显王似乎没有任何感觉，悠悠地踱着步子摇头一叹，仿佛一个久经沧海的哲人：“上大夫，卿之苦心，我岂不知？然周室将亡，非人力所能挽回也。平王东迁，桓王中兴，又能如何？还不是一日不如一日？周室以礼治天下，战国以力治天下，犹如冰炭不可同器。若仅仅是战国权贵摈弃礼制，周室尚有可为。然则，方今天下庶民也摈弃了礼制，礼崩乐坏，瓦釜雷鸣。民心即天心，此乃天亡周室，无可挽回也。武王伐纣，天下山呼，八百诸侯会于孟津，那是天心民心也。今日周室，连王畿国人都纷纷逃亡于列国，以何为本振作中兴？若依了上大夫与列国争雄，只会灭得更快。不为而守，或可有百年苟安……上大夫，你以为我就不想中兴么？非不为也，是不能也。”老天子疲惫松弛的脸上潸然泪下。

景监感到了深深的震撼。想不到这个醉生梦死的混沌天子，竟是如此惊人的清醒。他已经看透了周王室无可挽回的灭亡结局，却忍受着被世人蔑视指责的屈辱，默默守着祖先的宗庙社稷，苟延残喘地延续着随时可能熄灭的姬姓王族的香火。一瞬间，景监看到了至高无上的王族在穷途末路的无限凄凉，不禁久久地沉默，深深地同情这位可怜可悲的天子。

樊余默然良久，躬身一礼：“我王做如是想，臣下只有辞官去也。”

周显王笑了：“正当如此。上大夫，找一个实力大国，去施展才干也，无须守这座活坟墓了。我，不守不行。你，不守可也。去了……”

樊余扑身拜倒：“臣家六世效忠王室，一朝离去，是为不忠，我王勿罪樊余。”

周显王欠身扶住樊余：“上大夫请起。六百多年来，周室素以仁厚待臣下诸侯，知天命而自安，何忍埋没天下英才？上大夫不怪罪王室，我便心安也。处置完秦国的事，上大夫便可走……”他猛然回过身去了。

樊余默默走出了偏殿。周显王默默伫立着，始终没有回身。

景监陪着樊余走出王城的时候，暮色苍茫的广场上鸦噪雀鸣，巨大的九鼎像黑色的巨兽矗立在血红的夕阳下，那片粗重的鼾声和着周显王自己敲起的悠长编钟在王城回荡，为这个古老的王国唱着悲凉的挽歌。

“上大夫，到秦国去，秦国需要大才。”景监的声音在宫殿峡谷中共鸣。

樊余木然摇头：“将军，樊余的路只有一条，那就是山林茅屋。”

三　求贤令应时而出

秦国的灭顶之灾慢慢挺了过来，秦孝公稍稍松了一口气。

一连串的事情都发生在几个月之间。公子卬做了魏国丞相，对“薛国巨商猗垣”大开方便之门，非但特许将购买洛阳王室的老旧兵器，经魏国函谷关运入秦国“高价牟利”；而且将魏国囤积的过时兵器和战车也全数卖给了“猗垣”，特许他自由处置；只有铸铁和生盐两项遭到了上将军庞涓的强烈反对，公子卬只有作罢。当“猗垣”将洛阳和安邑的老旧兵器运送过境后一个月，“猗垣”再次回到了安邑，向公子卬奉上了一批价值连城的珠宝。公子卬十分满意，又从丞相府拨出两万金交给“猗垣”，委托他从阴山草原给魏国购买两万匹良马。进入秋季后，韩国、赵国、楚国、燕国都莫名其妙地发生了大小不同的内乱，一时竟无暇过问六国分秦。齐国本来就不热衷分秦之战，加之忙于整顿吏治，便明白宣示齐国不再参与攻秦联军。上将军庞涓力主魏国立即单独对秦国发动猛攻。可丞相公子卬强烈反对，说秦国已经在栎阳聚集了全部十万步骑大军，上将军即便战胜，魏国也是元气大伤，他国若乘虚来犯，魏国何以防范？魏王原本犹豫不决，被公子卬一席话说得头上冒汗，终于决定搁置攻秦。上将军庞涓感愤激切，郁郁成疾，竟卧病在榻一月不起。公子卬觉得自己施展才具的时机到了，便向魏惠王提出着手实施迁都大梁的谋划。不想此举正中魏惠王下怀。这个魏王，原本就对享乐人生大有追求，立即和公子卬埋头寝宫，在狐姬的百般照拂下，反复琢磨大梁王城的建造格局和自己寝宫的新奇构想。之后，公子卬自任大梁新都的监造特使，开始了规模浩大的新都建造工程。魏惠王巡视大梁的次数也大大频繁了起来。从此，包括六国分秦在内的其他一切争雄谋划，尽皆泥牛入海，没有了踪影。

洛阳王室的援助真是雪中送炭。最主要的是粮食和青盐，至少支撑了秦国军队将近一年的军粮，避免了即将发生的粮草饥荒。对洛阳和安邑的老旧兵器，秦孝公和左庶长嬴虔商定，由前军主将车英带领军中工匠逐件核查，可用者则留，不可用者全部重新回炉冶炼，再加入洛阳援助的生铁块，重新打造新兵器。上大夫甘龙带领中大夫杜挚，征调了五千余名工匠，连同所有的军中工匠共一万余人，整整花费了三个月的时间，才将堆积如山的老铜斧钺、只能车战的笨重矛戟、潮湿变形的桑弓和锈蚀脱落的箭镞改造完毕，打造出清一色的骑兵长剑五万把、远射弩弓三千架、轻便硬弓一万张、箭镞十万枚。这时，从阴山购买良马的

“猗垣”陆续赶着马群从秦国经过，给秦国一次就留下了五千匹雄骏的战马。两个月之内，左庶长嬴虔从“猗垣”手中“买得”战马两万匹。魏国丞相公子卬也得到“猗垣”送来的阴山良马一万匹和无数的草原宝物，兴奋地和“猗垣”痛饮了整整一夜。

栎阳城大大地忙碌了一阵，到冬日第一场大雪来临的时候，才稍稍平静下来。假冒“薛国巨商猗垣”的景监，在一个大雪纷飞的夜里秘密回到了栎阳城。秦孝公和左庶长嬴虔隆重地设宴为景监接风。席间，三人说到夏天的危机、魏国的内中腐败与洛阳王室的衰颓，都是不胜感慨。秦孝公三次向嬴虔和景监敬酒，激情地褒扬了两人化解秦国灭顶之灾的莫大功劳，当场任命景监为内史，职司都城栎阳之民治，兼为长史公孙贾辅助，共掌秦国公室政务。

嬴虔和景监离开政事堂时，已经是三更天了，大雪依旧纷纷扬扬。秦孝公原本想去看看小妹荧玉，听她说说几个月来的秘闻趣事，也看看这个小妹妹磨炼得是否精干了一些。可是，当他在廊下看到漫天大雪寒风呼啸时，心中一动，回身书房取下长剑，披上黑色斗篷，大步向国府外走去。黑伯早已经做好准备，远远跟随在后面踏雪出宫。

一场好大的雪，城中街巷已经是雪陷踝骨了。秦孝公踏雪走向城墙，黑伯便知道君上要去看望瓮城中的军营工匠。栎阳城中征调的国人工匠已经在一个月前回家了，只留下部分军中工匠改制一批难度很大的精铁兵器。栎阳城不大，西门瓮城更小，进入瓮城的马道也只有一车之宽，里面却驻扎了一千多名工匠。秦孝公刚刚走到马道口，恰遇主管兵器改制的前军主将车英带一队兵士巡视过来。秦孝公详细询问了工匠们的防寒和军食，又走进瓮城，逐一查看了一百多顶军帐，才走出瓮城。远远跟随的黑伯注意到君上并没有原路返回，却拐进了一条小巷。黑伯猛然醒悟，君上莫非要去看望老石工白驼？

秦孝公刚刚走进巷口丈许，却突然停步，贴身一家门口的石柱后。这时，黑伯远远看见小巷深处一个黑影飞上墙头，倏忽不见了踪迹。黑伯久经沧桑，并不急于跟进，反而守在巷口不动。秦孝公从隐身处闪出，轻身向前滑行，没有半点儿踏雪之声。他来到那家墙下，纵身跃上屋脊，伏身向院中望去，只见庭院正房灯火明亮，窗棂白布上映出一个长发长须者正在翻动一本大书。窗下伏着一条黑影，显然正在倾听窗内动静。

突然，窗下黑影长身蹿起，一柄短剑飞向窗内读书之人。窗内读书人的身形未见移动，手中一支大笔微微一摆，传出一声清脆的铜铁交击之声，那支短剑飞出窗外没入雪地之中。黑衣人一击不中，飞身从院中跃上屋脊，要逃出院子。不意秦孝公长身站起，剑鞘平推而出。黑衣人惊呼一声，一个踉跄跌入院内雪地。秦孝公又伏身原处不动，想看看主人如何处置刺客。

屋内读书人听见声音，缓缓站起，开门而出。其人背着灯光立于廊下台阶，秦孝公看不清他的面目。只听他一阵大笑道："道不同不相为谋罢了，学派之间，谋杀劫书，岂非贻笑天下？屋顶高士请勿挡驾，教这位朋友去也。"

跌坐雪地狼狈不堪的黑衣人深深一躬，飞身上墙，倏忽消失于雪夜之中。

读书人拱手笑道："雪夜客来，不胜荣幸。请贵人光临寒舍一叙。"屋顶秦孝公像一只黑色大鹰，悄无声息地落入院中雪地。廊下读书人伸手作礼道："贵客请入内叙谈。"秦孝公拱手道："如此多谢。"抖抖雪花进入屋内。

屋内不算宽大，却是温暖整洁。主人将客人让进了木墙隔断的内间。明亮的灯光下，可见这是一间不大的书房。三面竹简木架，四壁俱白，没有任何饰物。中间一张本色木案，一只燃着粗大木炭的红亮燎炉设在长大的木案旁。木案上那本大书刚刚合上，从粗黑程度看，秦孝公知道那是一本抄写在羊皮上的书，书皮上三个拳头大的字——鬼谷子。书旁有一支两尺余长的大笔，却是罕见的青铜笔管。若非方才被短剑刺破的窗棂布洞透进飕飕寒风，这小小书房也算是温暖如春。秦孝公想不到，书房主人竟是一位白发白须白眉高耸的老人，他身着白麻布衣，高挑瘦削，明亮幽深的目光透出一种清奇矍铄的神韵来。秦孝公不禁深深一躬："雪夜唐突，敢请前辈见谅。"老人笑道："雪夜客来，拥炉聚谈，岂非佳境？公子请坐。"

"大父，方才有事么？"随着声音，一个白衣少女飘然走进书房。

老人笑道："不速之客造访，这位公子帮忙请走了。"

白衣少女士子一样微笑拱手道："多谢公子救急。"

秦孝公忙拱手回道："不敢当。前辈原是无事，我却当做盗贼了。"

老人道："公子，这是老夫孙女，名唤玄奇。孙儿见过公子。"

玄奇再度拱手道："玄奇见过公子。敢问公子高名上姓？"

孝公正欲开口，似觉不妥，便又打住。正在此时，老人爽朗笑道："不期而遇俊杰，此乃天赐，何须知名，奇儿上茶。"少女道："公子稍候。"便在燎炉上架起陶罐煮水，同时利落地收拾陶壶陶碗。

孝公恭敬道："方才前辈以一支大笔，便令强敌知难而退，堪称世外高人。后生不期得见前辈，幸甚之至。"

"公子谬奖了。老夫得遇公子，大约当是天意也。"

"前辈高人，果真相信天道天意？"

"天道玄远，人道直观。天道为本，人道为末。玄直本末，自有通关处也。"

"前辈莫非操道家之学？"孝公目光转向羊皮大书，老人不禁爽朗大笑。

这时，火盆陶罐中的茶水已经煮沸，玄奇轻柔快捷地将浓酽的茶水斟好两只陶碗，分置两人面前。老人举碗笑道：“雪夜客来，淡茶做酒，拥炉清谈，快哉快哉。”孝公举碗笑答：“雪夜闲走，得遇高人，快哉快哉。”玄奇一边补窗户一边添加木炭、煮茶斟茶，似乎还在倾听他们的谈话，却丝毫的不忙不乱。

孝公问道：“前辈夜读《鬼谷子》，后生揣测不速之客也是为《鬼谷子》而来。敢问前辈，可是鬼谷神生之高足？”

老人点头微笑：“公子对鬼谷子一门有何高见？”

“当今诸子百家，后生只是略知皮毛。闻听鬼谷神生深不可测，曾在楚国天门山洞中授徒。他的弟子似乎都很神秘。入世者，后生只听说了庞涓、孙膑。对孙膑知之甚少，不敢妄加评论。然则魏国上将军庞涓，似乎多有不敢称道处。鬼谷子究竟治何学问，后生更是一无所知，尚请前辈指教。”

老人慨然叹道：“说到鬼谷子，那真是大海汪洋，难以尽述。即以门人学生论，也是人各一学，且互不相识，其间难免鱼龙混杂矣。”

“人各一学？”孝公惊讶地看着老人，“世间有这等渊博奇人？”

老人点头微笑：“孔夫子虽说首倡因材施教，可他的学生几乎都是一个味道。鬼谷子不同。他的学生每人都是一家之精华，世人所知的庞涓、孙膑是兵家，还有即将出山的纵横家，更有法家、阴阳家、道家，诸多学生尚为世人所不知。这些士子，都是鬼谷子踏遍天下寻觅的天赋之才，甚或有小小孩童就被先生带进山者。所治何学，完全是先生根据其性情、志趣、意志、天赋确定，且都是单独或同门传授，非同门学问者从不相通。鬼谷子究竟有几多弟子，大约永远没有人知晓。”

“如此说来，鬼谷子没有自己的学问了？”

“非也，非也。”老人大笑摇头，“天下确无鬼学一家，然则鬼谷子却改制了每一家学问。鬼谷子门徒的法家，迥然不同于李悝、慎到、申不害，兵家亦迥然不同于孙武、吴起。何以如此？皆因了鬼谷子向每个学生渗透了一种求实求变、特立独行的创新之志。每治一学，必出新果。此点将在最为特异的法家、纵横家中得以光大。这大约就是鬼谷子学问了。”

“鬼谷神生，天下第一高人也！”孝公不禁悠然神往。

老人捋着白须悠悠道：“老夫所知，皆因与鬼门渊源极深，可又算不得鬼谷子门人。皆因老夫天性疏淡，对入世之学无法修至极致，只有追随先生奔波事务。若是专精治学，岂能知晓无关之事？”

孝公默然沉思，有顷道：“敢问前辈，对方才刺客何以不解到官府治罪，以求根绝后患，却反而将他放走？”

“人间万事，官府能管几多？老夫云游四海，动辄告官，多有不便。方才刺客并非劫财盗物，而是意在此书，且又未遂，告官何用？”

“前辈虑事旷达，后生受益匪浅。今日本当请教前辈一件大事，奈何夜色将尽，来日待后生郑重拜访请教，万望前辈休要推托。”

老人既不问何事，也不加推辞，只点头笑道：“有缘之人，终当相聚也。”

这时，大门外清晰地传来“咔嚓咔嚓”的踏雪之声。白衣少女玄奇笑道：“大父大父，又有客人来也。”孝公凝神细听，笑道：“小妹，这是我的老友。前辈，后生告辞。”走到院中，却见天色微微发白，大雪依旧纷纷扬扬。

玄奇在身后笑道：“哎，别急，还有剑。”抱着长剑跑到院中递给孝公，灿烂地一笑：“还算剑士也，起身忘剑。”孝公报之一笑：“看来没有剑士戒心，不够格。”三人在大雪中爽朗大笑。孝公拱手道：“请勿出门，我自来自去。”拉开院门又回身关好，便听踏雪之声渐渐远去。

玄奇笑问："大父，这就是人说的不速之客么？"

老人沉吟道："我在安邑遇到一个奇才，今日又遇到一个。半年两遇，非同寻常也。看来这秦国要有事了。"玄奇笑道："我看啊，大父也要有事了。"一边顽皮地比划着客人的样子，板着脸道，"来日郑重拜访相求，万望前辈莫要推托。"老人被逗得大笑起来。

秦孝公回到国府，天色已经在茫茫大雪中透出一丝青色的亮来。

他来到书房，换上轻软宽大的羊皮长袍，坐到木炭燎炉前，细想夜来所遇，久久不能平静。那位颇有仙风道骨的老人，使他蓦然想到了垂钓渭水的姜尚、为人牧羊的百里奚。老人学问渊深，话语间寓意高远，又与高不可攀的鬼谷子有极深渊源，当是一个隐士高人无疑。就连老人的那个孙女也给了他一种从未有过的强烈感受。少女算不得一个丽人，她没有柔媚，没有娇态，一身布衣一头长发，甚至连对人施礼都是士子式的。但她身上那种明朗那种聪慧那种本色那种纯真，以及那种英风之中时不时透出的一种妩媚，却是任何丽人都无法企及的。尤其是她那空谷鸟鸣般的声音和说话的语调，真是给人一种莫大的享受。孝公知道，她说的是寻常女子说不来的"雅言"，多少游学士子和官府吏员终生都难以说好。所谓雅言，是与各国各地的方言土语相对的官话。西周定都镐京，便确定以镐京王畿语音为准的官话为"雅言"。这种雅言，对山野民众是无法推行的，主要在官府、商旅、都城国人、士人阶层使用，尤其是书面文字必须使用雅言。孔子的学生们曾经不无骄傲地说，孔夫子诵读《诗》《书》，执行典礼，都使用纯正的雅言，而不用鲁国土语。后来的荀子将雅言看得更重，主张"夷俗邪音，不得乱雅"，而且认为说雅言还是说夷俗邪音，是有关士人荣辱的大事，"越人安越，楚人安楚，君子安雅"。就是说，越国人讲越国话，楚国人讲楚国话，但天下的君子都应当讲雅言。虽则如此，但由于种种原因，官吏商人士子国人事实上很难做到人皆雅言，更不用说那些很少外出交往，更不求学做官的女人了。一个少女有一口纯正流利的雅言，至少可以看出她出生在世代书香之家，且这个少女本人还要有周游和求学的阅历。孝公想到小妹荧玉至今还说不好雅言，不禁对这个少女由衷地欣赏，还隐隐感到了她身上的一种神秘气息，如同她的名字“玄奇”一样扑朔迷离。

“二哥，想心事耶，痴呆呆？”一个红衣少女跑着跳着进了书房。

“荧玉，吓我一跳。”忽然之间，孝公感到脸上一阵发热，故意板起脸道，“起这么早做甚？也不去好好读书。”

荧玉咯咯笑道：“谁让我每天早起的？还要练剑？还不是你？”说着蹲到孝公身边把着他胳膊，“二哥，这次去安邑、洛阳、阴山，我可长见识也。要不要听听？”

“小妹，你说给一个少姑送件礼品，何物最为相宜？”孝公突然问，连他自己也觉得意外，脸不由自主地涨红起来。

“吔！”荧玉惊喜地跳了起来，拍手笑道，“日出西方吔！二哥快说，是哪里的少姑？宫里的？大臣的？哪一家？谁呀？何时大婚？”

孝公板着脸：“乡姑。你就说，何物最相宜？”

荧玉做个鬼脸笑道：“哪个乡姑如此身价？吔，我想想。你得告诉我，她的喜好性情啊，少姑与少姑不一样。女人都不一样。”

“你说的这一串，我如何知晓？”孝公还是板着脸。

“吔，我的二哥。如何见了女子忒笨？一无所知，送个甚礼？礼有定制，诸侯可以娶九女。二哥准备拿她做夫人，还是做媵妾？”

“啪！”孝公一拍书案，“胡扯个甚！”又觉得不忍，低声道：“我就是赞赏这个少姑，想给她留个念物，可不知何物为佳？”

荧玉知道二哥刚毅木讷的脾性，极少与人谈笑，更是不谈女子。

母后几次问他对大婚的打算，他都默然不答。今日能说到一个少姑，简直是天大的好事。她后悔自己大喜之余唠叨过甚引得二哥生气，以后再对她不提这种事，岂非大坏？母后本来就让她多和二哥开开心的。目下见二哥诚恳坦率，荧玉很是感动。她跪坐在二哥身旁，低声体贴地说："二哥，我想这个少姑，一定是个非同寻常的女子。荧玉想，女子非同寻常，一定坚贞聪慧，对念物本身并无甚一定嗜好。要紧处是，她一定看重男子是否真诚，是否值得她思念？若值得思念，你就是送她一片树叶，一根茅草，她也会永远珍藏，不惜用性命去保护。否则，就是一座金山，她也会视若粪土。"

孝公听得认真，拍案慨然道："小妹，你说得真好，二哥茅塞顿开。"他轻轻地叹息了一声，"不管她对我如何，我都会永远想着她。"

刹那间，荧玉惊讶地睁大了眼睛，半日无言。国中官员们都说，二哥坚刚严毅厚重稳健，可在荧玉和母后看来，二哥更多的是倔强执拗的牛脾气，想定了的事天塌下来也要做，有时还激烈得让人胆战心惊。譬如上次立国耻石自断两根手指，母后不知流了多少眼泪，气得在背后骂他"犟牛"，可又不能说他做错了，还得支持他抚慰他。像他这样的心性，今日能认真说出永远想念一个少姑的话，可见决然是深深地爱上了这个女子，而且永远都不会有丝毫的改变。荧玉感到奇怪，就这么一段时日，二哥又没有出城，在何处遇到了这个神秘的少姑？她思忖半日，觉得应当告诉母后，当然，得问问黑伯才能知晓。但是不管如何，荧玉还是非常兴奋。她从安邑的迷醉奢华和洛阳的颓废沉沦，更感到了二哥的清苦。几个月来，她在弥漫中原的卑秦气氛中几乎窒息，深深感受到了秦国蒙受的灾难和耻辱，多少次躲在被中涕泪交流。回来后，她对二哥严峻的黑脸开始有了新的体察，对他拒绝大婚专注国事，也有了一种深切的认同。她似乎清晰地看见了二哥的内心在流血，再看到沉沉血红的国耻刻石时，第一次感到了心惊肉跳。如今，二哥心中有了一个极具魅力的少女，二哥阴霾笼罩的心田就有了一缕阳光，一片温馨。这种阳光和温馨，是她这个小妹和母后所永远无法给予的。荧玉内心感激那个从未谋面素不相识的少女，感激她接过了一副沉重的担子……想着想着，荧玉的泪水不由得涌满了眼眶。

“小妹，如何哭了？是二哥不好，惹小妹生气。”孝公揽着荧玉，笑着哄她。

“二哥！”荧玉扑到孝公肩上，边哭边笑道：“小妹高兴，为你。”

孝公哈哈大笑：“我倒是为你着急，嫁不出去，让你哭个够。”

荧玉咯咯笑道：“就嫁不出去！你大婚我才嫁，看你磨蹭到几时！”兄妹两人同声大笑。

黑伯进来道：“禀君上，老人所居叫五玄庄，家中唯有老人与孙女两人。老人的来历没有人知道，只知他经年在外云游，极少回栎阳。”

孝公收敛笑容沉吟道：“黑伯，找景监说说，备一份不俗的礼物。天放晴以后，即刻去五玄庄拜访前辈。”

“君上放心，我即刻找景监内史商议。”黑伯冒着纷纷扬扬的大雪出宫去了。

大雪初晴，整个栎阳城还埋在雪中。

太阳虽然无力，却是非常的晃眼。按照景监的意思，最好是等几日再去拜访五玄庄。秦孝公却很着急，认为不能拖延。于是在午后时分，孝公景监一行人踏着陷入膝盖的深雪来到那条小巷。到得五玄庄门前，只见大雪封门，毫无铲雪扫雪的痕迹，秦孝公心中一凉，莫非老人又走了？景监上前轻轻叩门有顷，粗简的木门“吱呀”开了半边。一个少女探出头来，正想问话，却看见孝公在后相跟，惊喜之情油然而生，脱口笑道：“呀，忘剑士也，快快请进。”孝公素来庄重，但却被玄奇这滑脱出来的俏皮称谓引得笑了出来："若那把剑不拿，就成了不拿剑客，我就整日来取剑了。"少女灿烂地一笑，侧身开门让进客人，转身向屋内高兴叫道："大父大父，忘剑公子到了。"大家一齐笑了起来。孝公这才注意到玄奇背了一口短剑，外穿了一件白羊皮长袍，里边却是紧身束装，好像要出门远行的样子，心中不禁一紧。

这时，老人正从屋内走出，身背斗笠和一个青布包袱，一身短装粗布衣，显然是要远行了。孝公忙深深一躬："大雪阻隔，渠梁来迟，不想却扰前辈远足，尚请见谅。"老人爽朗笑道："故人临门，幸甚之至。云游远行，原无定期，请入内就座。"说话之间，少女玄奇已经进屋打开了苫在家什上的粗麻布，重新生起了木炭火，架起了煮茶的陶罐，不声不响却又热情亲切地关照孝公和景监入座，又立即到院中安排抬礼盒的黑伯一行到偏厢就座。片刻之间，一切都井然有序起来。老人也卸去行装，换上一件羊皮长袍，悠然坐到案前。

孝公指着景监道："前辈，他是我秦国内史景监。"景监对老人深深一躬。

玄奇正在煮茶，微感诧异地笑道："他是内史，那你是何人？"

景监道："前辈、小妹，这是我秦国新君。"

老人丝毫没有感到惊讶，微笑拱手："贵客临门，茅舍添辉也。"玄奇怔怔地看了孝公一眼，明亮的目光渐渐暗淡下来。孝公笑道："小妹妹莫待我以国君，当我是一个友人可好？"诚恳的目光中有着明显的期待。玄奇默然，继之一笑，悄悄退出房中。

孝公向老人再度一躬，庄重谦恭地开口："前辈，前日雪夜仓促，未及畅叙，今日特来拜望，恳请前辈教我。"

"国君来意，我已尽知。秦国之事，老夫自当尽绵薄之力。然则，只能略为相谋，不能身处其事，请万勿对老夫寄予厚望。"

“前辈，莫非罪我敬贤不周？”

老人大笑道：“非也。老夫闲散一生，不求闻达于诸侯，更不堪国事繁剧之辛劳。我师曾言，我是散淡终身逍遥命，强为入仕必自毁。另者，老夫从不研习治国之道，对政务国务了无兴味，确无兴邦大才也。”

“前辈对世事洞察入微，见识高远，却何以笃信虚无缥缈之学？莫非前辈觉我秦国太弱，不堪成就王霸之业？”

老人微微一笑，略顿一顿道：“国君可知晓我是何人？”

孝公一怔：“五玄庄主人。不敢冒昧问及前辈高名上姓。”

刹那之间，老人眼中泪光莹然，不胜感慨道：“国君诚挚相求，老夫不忍相瞒。我乃秦穆公时百里奚的六世孙……我岂能对秦国无动于衷？”

秦孝公惊喜交集，肃然离席站起，扑地拜倒：“百里前辈，嬴渠梁不肖来迟。”

百里老人扶起孝公，黑发白发交臂而抱。玄奇正走到书房门口，见状默默拭泪，明亮的目光久久注视着孝公。良久，二人分开，都是唏嘘拭泪。景监站起来肃然躬身道：“百里前辈隐士显身，君上得遇大贤，可喜可贺。”

玄奇揉着眼睛一笑：“大父知道自己忍不住，早早想走，又没走脱，天意也。”

百里老人悠然一叹：“是也，天意使然。不瞒国君，穆公辞世后，先祖百里奚回楚国隐居修身。先祖临终前曾预言，秦国百余年后将有大兴，嘱后代迁回秦国居住，但不得任官任事。”

孝公惊讶：“这却为何？”

老人道：“先祖虑及后人以祖上功业身居要职，而不能成大事。是以百里氏六世治学，从不入仕，实为先祖遗训。久而久之，亦成家风也。”孝公沉重叹息：“百里前辈，而今秦国贫弱，国无乾坤大才。渠梁为君，孤掌难鸣。恳请前辈为渠梁指点迷津，使我国人温饱，兵强财厚。否则，渠梁何以面对秦国父老？何以面对列祖列宗？”

玄奇被孝公的诚恳感动了，摇着老人胳膊道：“大父说也，你不是早有谋划么？”

老人缓缓捋着长长的白须：“秦国之事，我思谋日久，时至今日，机缘到矣。兴国之道，以人为本，列国皆然。秦国要强大，就要找到这个扭转乾坤的大才。”

“然则世无英才，却到何处寻觅？”

“国君莫要一言抹煞。方今战国争雄，名士辈出，前浪未退，后浪已涌，风尘朝野，多有雄奇。只看求之是否得法？”

“渠梁派遣多人遍访秦国山野城池，何以大才深藏不遇？”

老人爽朗大笑：“治国求贤，何限本国？自古以来王天下者，哪个不是放眼天下搜求人才？穆公称霸的一班重臣，先祖百里奚是楚国奴隶，治民能臣蹇叔是宋国庶人，大将丕豹是晋国樵夫，理财名臣公孙支是燕国小吏，大军师由余更是流落戎狄的老晋人。此五人皆非老秦人，更非老世族，穆公却委以重任而成霸业。孔丘为此赞叹不已：‘穆公之胸怀，霸主小矣，当王天下！’由此观之，治秦者未必秦人也。自缚手脚，岂能远行？”

孝公本是思虑深锐之人，一经点拨，不禁豁然开朗：“前辈是说，向列国求贤？”

“然也，向山东各国搜罗人才。”老人击掌呼应。

孝公不禁兴奋地对景监道：“景监，回国府即刻拟定一道求贤令，向列国广为散发，大国小国，一个不漏！”景监兴奋应道：“是，臣即刻就办。”

百里老人微笑着："我将带公求贤令一道，去山东为秦国谋一大才。"

玄奇急切道："大父，谁也？"

老人神秘一笑："谁也？我亦不知。"玄奇向爷爷做一个鬼脸，众人不禁笑了起来。

看看暮色将至，秦孝公站起来吩咐抬进礼盒。百里老人正色摆手道："我观国君非是俗人，秦国目下正在艰难处，此等物事当用于可用之处，老夫岂能受国难之礼？"说得孝公无言以对，只有深深一躬："大恩不言谢，嬴渠梁当对百里氏永志不忘。天色已晚，渠梁告辞，明日便将求贤令送来。"

百里老人送孝公一行到院中，寒风卷着雪末打来，孝公坚持不让老人送行。老人便殷殷道别，嘱咐玄奇代为送行。

直走到门口，玄奇都没有说一句话。孝公已经踏出了门槛，却又像钉在那里一样默默沉思，猛然回身对玄奇拱手道："小妹，我观你游历多于居家，谋面颇难。嬴渠梁欲送小妹一物，以作思念，不知小妹肯接纳否？"刹那之间，玄奇明亮的目光直视孝公，孝公真挚的目光坦然相对。两双对视的目光在询问，在回答，在碰撞，在融和，在寒冷的冬日暮色中化成了熊熊的火焰。良久，玄奇默默地伸出双手，脸上飞出一片红晕。孝公从怀中取出一支几近尺长的铜鞘短剑，双手捧到玄奇的掌中。短短剑身带着孝公身上的温热，玄奇双手不禁一抖，眼中闪出晶莹的泪光。孝公专注地看了玄奇一眼，转身大步而去。走了几步，玄奇却默默地赶了上来。孝公回头，玄奇从腰间解下自己所佩的一尺剑，双手捧到孝公面前，双眼中射出炽热的光芒。孝公缓慢艰难地平伸双手，紧紧抿着的嘴唇簌簌抖动，双眼坚定地融会着玄奇的目光。玄奇将短剑缓缓捧到孝公掌中，双眼朦胧脸颊一片绯红。

夜色降临，寒风料峭，雪光映衬出两个久久伫立的身影。

“不移，不易，不离，不弃。”

“天地合，乃敢与君绝。”

浑厚的誓言与深情的吟诵，在洁白的天地间抖动着燃烧着。

四　神秘的布衣小弟突然变身

银装素裹的原野上，栎阳城迎来了冬日大雪后初晴的阳光。

栎阳的庶民百姓们终于有了一片难得的欢畅。原本人人准备上阵杀敌的大血战，擦肩而过了。一场大雪深深覆盖了久旱干涸的麦田，又使人们看到了一个大熟之年就在眼前。两个多月的满城叮当结束后，老秦人的子弟们都换上了锋利的新矛新剑。上苍似乎又开始念及秦国了，否则，这些急难大险怎么就憋着气过去了？国人们对雪后初晴的阳光现出了从未有过的兴奋与新鲜。官府未及号令，人人走出家门，手执扫把锹耒扫雪清道。街巷中堆满了头戴斗笠红鼻子蓝眼睛的雪人，引得孩童们绕着雪人唱啊跳啊地打雪仗。最显眼的是扫雪者在栎阳城东门口堆砌的两个巨大雪人，高约三丈，手执长矛，威风凛凛若天神一般。雪人筑起，引来城门口一片“老秦万岁”的狂热欢呼。

这时，城门守军头目高喊：“行人闪开，快马特使出城！”欢呼的人群哗然闪开之际，一骑黑色快马箭一般飞出城门，越过吊桥。“一骑！”“又一骑！”“还有一骑！”“不对，还有！”人们惊讶地发现，三十余骑快马特使，竟在半个时辰内络绎不绝地飞出了东门。一片忧色，顿时浮上栎阳国人欢快未消的面容。多少年了，老秦人对打仗很熟悉，但也很敏感，他们看到这非同寻常的如飞快马，立即意识到危险又在迫近他们，聚拢一片的人们开始默默疏散。

这时，守军头目又一次高喊：“国府大令到——”人们看见栎阳令子岸带着三名文吏大步赳赳而来。“又要招募壮士，征收粮草了，快看看如何分派？”人群中有人急切低声地对一个穿长衫的识字者嚷嚷。长衫识字者冷冷道：“再征，就只有人肉了。”嚷嚷者嘘了一声：“别胡说，快看。”栎阳令子岸高声命令文吏：“张挂起来，高一点。”文吏站在大石上挂起了一张写在羊皮上的文告。子岸高声道：“父老们，谁识得字？出来给念念。走，到南门去。”人们哗地围拢过来，长衫识字者被嚷嚷者推出嚷道：“念，给睁眼瞎子们念念。”长衫识字者抬头向文告一看，却愣在那里半天不出声。人群鸦雀无声，一层乌云明显笼罩在脸上。嚷嚷者忍不住嚷道：“怕甚？念呀，大不了一场大血战，鸟！”长衫识字者却不住摇头，惊讶的脸上抽搐着，竟呜呜咽咽地哭了起来。嚷嚷者骂道：“哭个鸟！还算老秦人么？走，不听了，回家烙饼，明日打仗！”

人们默默散开。长衫识字者猛然醒悟，嘶声喊道：“回来！快回来！好事！我来念！”人们犹豫着重新围拢。嚷嚷者骂道：“鸟！仗都打不完，还有好事？念啊！”

长衫识字者擦擦鼻涕眼泪，高声道：“这是国君的求贤令，就是要搜寻贤才，强盛秦国！这样写的：天下列国士人群臣庶民，凡能出奇计强秦者，吾将让他位居高官，且与他分享秦国之土地财富！若能荐举贤才者，也有重赏！”

人群愣怔片刻，猛然炸开，轰雷般高喊：“好！秦公万岁！”

老人们掉了眼泪，相互一片点头感慨：“对了对了，这就对了。”

“秦公睡醒啦，早该变。要不咱这破裤子何年能脱得？”

嚷嚷者拉着长衫识字者就走：“鸟！咱老秦人也有大才。我荐举你做大官，我也得一堆赏金！走啊，愣怔个甚？”长衫识字者惶恐拱手："老哥哥，别乱来。那大贤之才等闲了得！我连一筐书都没读完，书吏都做不得，还做大官？"嚷嚷者急切道："鸟！那还不赶紧找一个出来？"

"我看你就能行！"有人高声喊道。

"鸟！我能做甚？"嚷嚷者笑骂。

"教训女人啊！教男人如何一天打三顿老妻！"

众人哄然大笑，嚷嚷者边骂边追那个"荐举者"，城门口又变得一片热闹。

在老秦人的欢笑中，秦国的快马特使像一颗颗流星，北上九原，东出函谷，南下武关，撒向天下六大国与三十余个中小诸侯国。他们以数百年来迁徙各国的秦国人为根基，以各种形式秘密散发着秦孝公的求贤令。数月之间，秦国求贤若渴的消息，便在天下城池乡野名山大川的士人们中间流传开来，成为比齐国稷下学宫招募学人更为令人振奋的喜讯。

这里的不同之处在于，齐国的稷下学宫旨在弘扬文明，虽然也不排除个别学宫士人出仕为官，但其主流毕竟是治学，所要求士人们的是黄卷青灯，是修身自励，是文章道德。而秦国则直截了当地请士人们去做官，去强秦，去建功立业，去出将入相，去名满天下，去光宗耀祖！相比之下，如何不令士人们怦然心动？正因了这一点，到齐国稷下学宫去的士人，绝大部分都属于有志于治学的各式士子。当时及后来的诸子百家在稷下学宫几乎先后都有代表人物。法家的慎到，儒家的孟子，儒法并体的荀子，名家的惠施与公孙龙，辩家的田骈，纵横家的鲁仲连与庄辛，阴阳家的邹衍，道家的宋钘与尹文，农家的许行，等等。然而，纯粹治学从来都不是春秋战国士人阶层的主流精神。自从"士"这个人群阶层出现以来，主流精神始终是经世致用，就是以学问入世奋争，以才能建功立业。孔子是个直话直说的老倔头，他说过许多令后人难堪的老实话，譬如“唯小人与女子为难养也，近之则不逊，远之则怨”等等。就是这个爱说难听话的倔老人，将士人们的这种精神一口叫白，名曰“学而优，则仕”——优秀的士人应当做官！这是当时士人阶层毫不隐瞒的公开宣示和终生追求，而当了官后的目标也决不含糊，叫做“治国平天下”，就是要为国家为天下做一番事。正是这种坦诚直率而又奋发有为的入世精神，战国士人们将直接做官看得比终生治学重要一万倍。他们往往在入仕无望的情势下，才被迫治学著作和传授学问，这便是后人所谓的“强使英雄做诗人”。更有趣的是，即或无奈治学，所治也还是治国为政之学。老子、孔子、墨子、庄子、孟子，都是求官不成无奈治学，而又在学问中建立为政经典的大学问家。这种相互促进相互激扬的士大夫精神，历经沧桑磨炼，厚厚沉积在华夏士子们的魂灵之中，一有火光，便会轰然爆发。

如今，秦孝公的求贤令就是一道耀眼的火光！

当这道求贤令秘密传播到安邑的时候，正是冰雪消融的三月。

安邑城外的灵山，已经是麦苗返青枯木新芽残雪变为淙淙溪水的春日了。山脚下的公叔墓地，也从冰雪覆盖中走了出来，松柏苍翠，山花初现。墓前苍黄的衰草，也被春风在朦朦胧胧中摇绿了。此刻，与墓地遥遥相对的山腰小道上，走来了一个身披红丝斗篷的少女，在山野初绿中分外鲜亮夺目。少女手中拿着一支极为精致的细剑，身材颀长秀美，一头长发盘成一个高高的发髻，中间横插一支碧绿的玉簪，恍若士子头上刚刚加冠，透出一种高雅的书卷气息。当她遥遥望见公叔墓的石坊时，站在山道上静静地想了一会儿，又低头看看自己的装束，似乎平静了一下自己的心绪，方继续向墓地走来。

石坊前的大道分外冷清，庞涓派在这里的步卒骑士也不知道如何不见了踪迹，坊下竟没有一个军士。少女显然感到了疑惑，边走边四下打量，终于看见了守护墓地的十多个兵士在营屋旁倚着墙角晒太阳。看见她进来，他们抬起了头，老兵头沙哑地问："又是找卫鞅的？"少女微笑着点点头。一个兵士惊叹道："看人家卫鞅福气，鸟！"老兵头低声喝道："作死！"又回头笑道，"姑娘请自进去，他整日守在陵下石屋里。"少女点点头，径自进去了。

陵墓前数丈之外的小屋，显然是粗糙搭盖的，很难说清它是一间石屋还是一间茅屋。墙是大石板拼起来的，缝隙也没有填塞，屋顶苫盖着一层绝不算厚的茅草，虚掩着的木门也已经破旧。按照丧礼，这种守陵的住所应该是最简单的茅庵草舍，以考验和磨炼守陵者的大孝之心。进入战国时期，摧残身心且耗费巨大的葬礼渐渐淡化，有关葬仪的一切礼节都在简化和变通。于是，这间守陵小屋就变成了既不能严实如常，又不能过分透漏，既要粗简，又要遮风挡雨的石板墙茅草顶。

少女在石茅屋前打量一番，摇摇头皱起眉，似乎很不满意，却又略显顽皮地一笑，轻轻咳嗽一声，粗着嗓门高声道："中庶子兄台在否？布衣小弟前来讨教了。"虚掩的木门吱呀开了，依旧是白色长衫的卫鞅大步走出，分明一脸兴奋的笑意。突然之间，他却惊愕得后退几步，揉揉眼睛打量着面前美丽的少女，疑惑问道："这里，你，一个人？"

少女微笑着点点头。

"方才，是你在说话？"

少女还是微笑着点点头。

"你是何人？为何假冒我布衣小弟？"卫鞅正色问道。

少女脸上泛起一阵红晕，却又落落大方地拱手道："兄台见谅，布衣小弟就是我，我就是布衣小弟。"

卫鞅大是疑惑，不禁绕着少女打量了一圈。少女红着脸不说话，微笑着任他打量。良久，卫鞅哈哈大笑道："世间竟有这等事？我却不信。莫非少姑是布衣小弟的妹妹？"少女摇摇头，猛然又粗声道："我是来提醒你，与你对弈的巨商是秦国密使。"卫鞅近在咫尺，猛然听到面前这个美丽的少女说出布衣小弟夜半树下说的密语，突然一惊，竟然不小心跌倒坐地。少女大笑，忙去拉卫鞅，不想笑得岔气，一下子软在了卫鞅身上。卫鞅被这突如其来的变幻弄得云雾不明，又对自己方才的失惊感到滑稽，跌坐在地便大笑起来。少女笑软在他身上，他也笑得没有力气去扶去推。两人同时大笑着叠在一起，滚了一身泥土。

"你，真是布衣小弟？"卫鞅想正色说话，却又是禁不住开怀大笑。

少女笑得泪水长流，虽然已经坐起，却不断地抹泪，听卫鞅一问一笑，又禁不住咯咯笑道："你请我来，又不认我，是何道理？"

"那？还叫你布衣小弟？"

少女笑着摇摇头。

"既是女儿身，何以装扮成一个游学士子？"

"不告你。"少女脸泛红晕。

卫鞅感到惊讶，他第一次听到"布衣小弟"的女儿本声，想不到同一个人的声音竟可以有如此大的差别。作为男子，"布衣小弟"的声音虽显细亮，但毕竟男子中也有这种声音，卫鞅并没有特别注意。但作为女子，少女的声音却与"布衣小弟"迥然有异。卫鞅对自己曾经严酷训练的听力非常自信，且相信人的音质是难以改变的。然而，面前的这个少女与冬天里那个"布衣小弟"，却怎么也看不出一点相同处，连声音也是截然两人……不想了，该知晓的迟早会知晓。卫鞅站起来拱手道："少姑，请到屋内叙谈。"

少女将沾上泥土的红丝斗篷解下，现出一身白色紧身长裙，颀长的身材更显婀娜高雅。她笑着点点头："兄台请当先。"

卫鞅推开被山风吹得闭合的木门，笑道："请进。我得给你找一个坐处。"

少女笑道："不须找了，榻上正好。"说完走到书案旁的木榻前，将斗篷搭在榻边木栏上，回身笑道："我来煮茶，你可先换件干衣，今日可是要消磨你也。"边说话边动手，也不问卫鞅何物放在何处妥当，眼睛只一扫，已经清楚了这间斗室的全部物事。先用火钩清理了燎炉木炭灰，重新燃起了一架红红的木炭火；又熟练地支起铁架，吊上陶罐煮水；再给干燥的黄土地面洒上水，从屋角拿来笤帚，将屋中灰土全部扫去；又将屋角木几上的冲茶陶壶饮茶陶杯全部洗干净；又利落地撕开了一块旧布，塞住了两条透风的石板缝隙。这时，木炭火已经烘烘燃起，陶罐中水也已经大响，整洁的小屋顿时温暖如春。

卫鞅换了一件长袍，对"布衣小弟"的轻柔利落欣赏之极。他注意到，几个书架和那张摊满竹简的书案，都抹去了灰尘，而书简位置却没有任何移动。而这两处也是读书士子最怕别人乱收拾的，若非熟悉书房生涯的女子，绝不会有这种细致的照拂。

少女煮好了水，斟好了茶，做了一个女儿礼微笑道："请兄台入座。"

卫鞅开心地拱手笑道："布衣小弟请。"

少女举起陶杯："为重逢兄台，尽饮此杯。"将一杯清香茶水嫣然饮下。

卫鞅举杯笑道："为布衣小弟变做女儿，尽饮此杯！"

少女脸上又飞起红晕，笑道："还布衣小弟，我可是有名姓也。"

"敢问小妹高名上姓？"卫鞅收敛笑容。

少女跪坐到矮榻上，悠然笑道："我姓白，单名一个雪字。"

“小妹在洞香春做何事？”

“洞香春是我的，时不时去看看。”

卫鞅恍然大悟，似乎证实了他隐隐约约的猜想，笑道：“如此，小妹当是名满天下的白圭丞相的女儿了？”

白雪微笑着点点头：“也还是你的布衣小弟。”

卫鞅淡淡一笑：“小妹今日找我，意欲手谈？”

“不是，有大事。不过你先猜猜看。”

“那个白发隐者露面了？”

“不是。”

“秦国特使来了？”

“不是。”

卫鞅沉吟道：“总是与秦国有关联的事了？”

白雪点头笑笑：“看来你开始想秦国的事了。我呀，给你带来两则消息。一则，韩国开春后可能起用申不害，筹划变法；二则，秦国国君向天下列国发出求贤令，搜求强秦奇计与治国大才。兄台以为如何？”

卫鞅肃然拱手：“多谢白雪姑娘。”

“先别谢，我可有所图也。”

卫鞅爽朗笑道：“有所图最好，最怕无所图。”

“对我讲讲你对这两件事的评说。喜欢听你谈政论棋。”

卫鞅沉吟点头道：“这两件事耐人寻味。韩国原本是仅强于秦国的第二弱国，在山东六大国中座次最末。但韩国虽小，铁山却是最多，农耕平原也最多。所以，韩国兵器锻造天下第一，粮食贮藏也是天下第一。然则为何成为弱国，因由皆出于旧贵族根基未动，人力财力分散于豪强封地。若能法令统一，激励民心，韩国将成为中原令人生畏的强国。申不害被韩侯重用，这一天为期不远了。”

白雪钦佩点头，又问：“秦国颁发求贤令，是否也想变法？”

卫鞅默然有顷，叹息一声道：“自古求贤有虚实，奋发图强者求贤，沽名钓誉者亦求贤。秦国求贤之真意，我得见到求贤令方可有断。”

“我已经安排妥当，明晚将有求贤令送到洞香春。我来，就是要请你去。”

“这座陵园近日看管松弛了许多，我明晚一定来。难为白雪姑娘了。”

白雪笑道：“如何俗了起来，不叫我小妹？”

卫鞅肃然道：“姑娘襟怀高洁，卫鞅岂能失敬？”

白雪悠然一叹：“老父给我留下三桩物事，一笔财富，一张大网，一种志向。我生为女儿之身，难以充裕利用这些财富、这张大网，来实现这种志向。我想扶助一个有襟怀、有抱负、有经纬之才，更有远大志向的人成就大业。我不希望这个人将我的扶助看做恩赐，而折损他的心志。因为，我也想在他的大业中实现我的梦想。”

“敢问姑娘，何为父亲留下的志向？”

“以财图大计，以才治国家。老父商家入相，正是如此。”

卫鞅点头沉吟：“姑娘之梦想如何？”

白雪略显羞涩地笑道：“不告你。但愿它已经开始了。”

卫鞅觉得面前这个少女当真是个奇人：论财富难以计数，论襟怀志不可量，论才识堪称名士，论心性明亮豁达，论聪慧天赋极高，论相貌绝然佳丽。如何她就没有些许瑕疵？然而如果只有这些，也许他反倒会敬而远之。只因为这些方面他也许更强更高。如果这些非凡的东西生在一个男子身上，他一定会和他成为生死至交，会毫无顾忌地使用他的财富，就像管仲和鲍叔牙一样。然而生在一个女子身上，这些非同寻常的光彩处恰恰就成了他和她必须疏远的根源。倒不是他畏惧这种女子的才华和财富，而是他觉得问心有愧。一个心怀天下志向高远才华卓绝的男子，内心天地更需要一种灵动一种柔情一种照拂一种具有渗透性的知音，如果一个女子只有前者而没有后者，他的人生就会产生僵硬的枯燥的裂痕。内心没有激情，却要为了种种外在的制约长期相处，这就是他所感到的惭愧。但是，面前这个少女却不是只有前者而没有后者的女子，非但是两者兼备，且在她身上的糅合简直奇妙得令人难以相信！才华中显出自然与风情，操持中显出雅致与书香，特有的才华与志向深深隐藏在美丽的风韵之后，又处处显露在她的一举一动之中。她还是“布衣小弟”的时候，卫鞅就不由自主地喜欢了那个布衣士子，当“他”变成光彩照人的少女时，卫鞅内心流过的激情与舒畅是难以自制的。他那从未有过的开怀大笑是情不自禁的，也是油然而生的。他的心灵告诉他，他已经很是喜欢这个少女了。原因只有一个，她让他怦然心动，她让他奔放燃烧，她让他从心底里流出轻松与欢畅。

但是，他能接受她么？他的心灵在问自己。

卫鞅对任何事情都喜欢正面作为。这也是战国士子做事的普遍喜好——说就说个彻底，做就做个彻底。这时候，他的第一个念头就是：把自己想说的话说出来，不要遮遮掩掩。他从书案旁站起，肃然向白雪深深一躬：“白雪姑娘，感谢你对卫鞅的赞赏和寄托。我知道，姑娘的赞赏和寄托，也包含了姑娘的那个梦想。然则，卫鞅秉性不群，一生注定是孤身奋争命蹇事乖，只能给身边的人带来不幸。姑娘名门之后，与一个中庶子交往并行，只会使姑娘身败名裂。是以，卫鞅既不会成为姑娘成就志向的并肩之人，也不会走进姑娘的梦想。”

白雪明亮如秋水般的眼睛充满了惊讶与疑惑。她默默沉思，突然爽朗大笑道：“卫鞅，你扪心自问，说的可是心里话？假若你真是如此之想，白雪这双眼睛也算徒有虚名了。”她深深地叹息一声，“你说得何等痛快？我听得却何等酸楚？说孤身奋争命蹇事乖，说秉性不群身败名裂。君为名士，岂不闻‘人生得一知己足矣，斯世当以同怀视之’？白雪既能与君相知，且不说君不会命蹇事乖，我亦不会身败名裂，纵然有之，又何惧之？以此为由，拒相知于千里之外，卫鞅也卫鞅，君是怯懦，还是坚刚？是熄灭自己，还是燃烧自己？请君慎之，请君思之。”她说得真诚痛切，明亮的眼睛却始终看着卫鞅。

片刻之间，卫鞅感到了一种前所未有的震撼。他是个自信心极强且词锋极为犀利的人，从来没有谁准确洞察他的内心并一击而中。今日，就是面前这个少女，却说得他内心一阵发抖。她不激烈，不尖刻，却有着一种对回避者高贵的审视和对脆弱者至善的怜悯，有着冰冷淡漠的对心灵的评判，更有一种无可抗拒的消融冰雪的暖流。卫鞅第一次感到，自己气短起来，默默的半日沉思不语。

白雪微微一笑，岔开了话题：“兄台，说正事。记住明晚了？”

卫鞅一怔，恍然笑道：“我倒是云雾中了。好，明晚看秦国求贤令。”

“哎，猜猜，我还给你带来何物？”白雪顽皮地笑了起来。

卫鞅打量着她身上似乎没有口袋一类的累赘之物，笑道：“还有好消息？”

“如何忒多好消息？闭上眼睛，闭上嘛。”

卫鞅从来没有和少女有过如此亲昵，自己先红了脸，却也是不由自主地闭上了眼睛，只觉得心里暖烘烘的舒畅极了。听到一声：“睁开了，看看。”便睁开眼睛，不禁哈哈大笑起来：“好，好物事！”

书案上摆着一个小小扁扁极为精致的红木匣，上面一个大铜字“鹿”，旁边是一个金黄锃亮的雁形樽，樽身两个红字“赵酒”。卫鞅一看便知，木匣中是烤鹿肉，金樽中是他最喜欢的赵酒，如何不高兴地叫好？只是他不明白，这两件东西如何能随身带着却丝毫不显痕迹，便问道："这，却如何带在身边？"白雪笑道："你来看。"拿起雁形樽，将雁喙的上片轻轻一拍，只听"当"地一振，雁喙便严丝合缝；又伸出两根脂玉般的细长手指将背盖两边一捏，背盖也严丝合缝地扣在一起；又平伸手掌将雁蹼向上轻轻一托，那原本是底座的雁蹼也悄无声息地缩回了雁腹；再用两根手指捏住雁喙一推，细长的雁颈竟也缩回去不见。如此一来，一个雁形樽便成了一个圆鼓鼓的金球。白雪将金球托在手中，单掌从上向下徐徐一摁，金球竟又变成了一个圆圆扁扁的金饼。白雪嫣然一笑："就这样，戴在我腰扣带上的，方才放在披风里。"

卫鞅对这般精巧多变的酒樽见所未见，连连赞叹造物者之神奇。白雪笑道："这雁形樽材质极薄极韧，能装两斤酒也。老父当年商贾远行，就带它随身。"说着摇摇雁形樽，"你看，一点不会漏也。"又拿过红木匣道："这个木匣只装一斤干肉，六寸长，五寸宽，三寸厚，不妨身的。"说完，又一阵捏、揪、挤、拍，雁形樽便稳稳立在书案上放出酒香；又一按红木匣铜扣，匣盖轻轻弹开，轻巧地揭去一层白纱，一方红亮亮的烤鹿肉便发出悠长浓郁的香味。

卫鞅不由得咽了咽口水笑道："如此口福，神仙难求也。洞香春有么？"

白雪微笑摇头："这是家传物事。白氏家计从来与洞香春不牵连。"

"如此巧惠，府中炊师能治大国了。"卫鞅赞叹。

白雪明朗顽皮地一笑："不敢当，这可是我自己动手做的吔。"

刹那之间，卫鞅又看到了"布衣小弟"的可爱神态，不由得"啊"了一声，却转口笑道："你？会下厨？"

白雪悠然道："下厨有何惊讶？有人要吃饭，就得有人下厨了。"

卫鞅大笑道："好，那我就吃将起来。"

时而娓娓侃侃，时而感慨叹息，卫鞅吃酒，白雪饮茶，两人竟不知不觉间谈到了斜阳夕照，才一齐笑着叫道：“呀，太阳偏西了！”

白雪回到安邑城内时，正是日落黄昏时分。她没有走显眼的天街，而是从一条小巷进了洞香春。这是白氏主人进洞香春的专用密道。

白氏祖传的经营传统，是尽量少干预所开店铺、作坊、酒肆的日常生意。白氏遍及列国的商贾字号，都有一个总执事，呼之为“总事”，日常交易一概由总事掌管。白氏主人只是在月底年终查账决事，或大的时令节日来听听看看而已。这种奇特的松散的经营方略，却竟使白氏的商贾规模在三代人的时间里迅速扩大，且没有一例背叛主人或中饱私囊的坏事出现。白圭以商入相，魏武侯问其商道秘术，白圭回答：“商道与治国之术同，放权任事，智勇仁强。”魏武侯问其治国方略，白圭答曰：“与商贾之道同，人弃我取，人取我与。”正是在白圭掌事的三十多年中，白氏成为与赵国卓氏郭氏、楚国猗氏、齐国刀氏、韩国卜氏齐名的六大巨商。白圭的经商天赋独步天下，他曾经骄傲地说：“吾治生产商贾，犹伊尹、吕尚之谋，孙吴用兵，李悝行法是也。”多少商贾许以重金请求他传授秘术，白圭以蔑视天下的口吻宣示：“为商之人，其智不足以通权变，勇不足以任决断，仁不足以明取予，强不足以有所守，虽欲学我术，终不告之也。”但是，对他唯一的一个女儿，白圭却从来不传授商贾之道。白雪曾经幽幽地问：“女儿不通商贾，父亲的生财秘术就失传了，悔不悔也？”白圭大笑：“日有升沉，月有盈亏。天生我女，不予我子，乃上天惧我白圭敛尽天下财富也，何悔之有？女儿冰雪聪慧，读书游历足矣，何须经商自污？”

正是白圭这种超凡脱俗的开朗秉性，滋润生长了白雪轻财货重名节的名士襟怀。然而奇怪的是，白氏产业却没有因为白圭的病逝而萎缩，增长扩大的速度虽然慢了一些，却是依旧在增长。白雪是更加宽松了，且不说从来没有去过开在列国的商号，就是安邑的洞香春她也极少来。巧的是，上次一来就遇到了谈政论棋意气风发的卫鞅，使她不由自主地多次秘密来到洞香春。她虽疏于办事，一旦办起事来却是思虑周密。为了经常性地掌握各种消息传闻，扶助卫鞅早日踏上大道，她派自己的贴身女仆梅姑守着她在洞香春的专用密室，专门做传递联络。她每次来也决然不问生意，只做她自己关心的事，仿佛这豪华的洞香春和她没有干系似的。

虽然天色还没有尽黑，洞香春已经是华灯齐明了。

"小姐，正等你，急死我了。"看见白雪走进密室，梅姑急忙迎了上来。

"如何？出事了？"白雪微笑问道。

梅姑低声道："有个黑衣汉子不声不响，在外厅坐了两个时辰……"猛然感到身后有气息微微，一转身，发现一个黑衣男子悄无声息地站在她身后，身材高大，连鬓胡须，面色炭黑，不禁"啊"地惊叫了一声，"就，就是他。"

白雪笑道："梅姑，你到外面去看看。"待梅姑匆匆出门，白雪向黑衣人拱手道："壮士，可是侯嬴大哥派来？"

黑衣人深深一躬，嘴里呜呜啦啦地比划一通，从背上抽出竹筒，恭敬地递给白雪。白雪利落地打开竹筒，抽出一束竹简，打开一瞄，简首"求贤令"三个大字赫然入目。她轻轻地"啊"了一声，露出灿烂的笑容。白雪已经知道来人是个哑人，打着手势笑道："壮士请在这里安歇，住几日看看安邑。"黑衣人连连摆手，拱手转身，看来立即要走。白雪笑着拦住道："壮士高义，敢问姓名？"说着指指书案上的笔砚。黑衣人略一沉吟，走到书案前拿起那支长长的玉管鹅翎，蹲下身来，在砚旁一摞竹简上抽出一条，歪歪扭扭写下两个大字。白雪笑道："啊，荆南。楚国人？”黑衣人颇为拘谨地笑着点头。白雪转身从一个铜匣中拿出两个金饼递过：“壮士，路上茶水。”荆南面色涨红，呜呜啦啦连连摇手摇头。白雪笑着将金饼塞进他背上的皮袋，拱手道：“谢壮士。也替我谢过侯嬴大哥。”荆南点头，再度一躬，转身大步出门了。

白雪给梅姑留下两个字，匆匆地从密道出了洞香春，回到了自己的庭院居所。

白氏的地产房产很多，但是自从白圭做了魏国丞相，白氏在安邑的房地产就开始慢慢地缩水。到白圭临终之前，安邑的庄园只保留了两处，一处是城内的一座四进庭院，大约只相当于魏国一个下大夫的住宅；一处是城外狩猎的一座小小山居。白圭在弥留之际，将女儿唤到榻前叮嘱：“雪儿，白氏的房地园林全部没有了，为父留给你的，只是涑水河谷的狩猎山庄和这座小院子，你埋怨老父亲么？”白雪笑着摇头：“钱财是父亲的脚印，抹去它，是父亲要解脱女儿。女儿岂能迂腐计较？”白圭喟然一叹：“雪儿，这只是其一。最要紧者，父亲要保护你永远不陷入钱财风浪，一生只做自己喜欢做的事。庄园地业，一部分是父亲捐赠了官署国府，一部分给了白氏部族的十四支支脉。父亲去后，不会有任何人来向你瓜分财产。”说着吩咐白雪从榻旁铁柜里找出一个小小铜箱打开，“这里有国府官署历次的书凭，还有十四族长分头与我立下的析产书契，你，收好了。”白雪含泪带笑地合上铜箱：“父亲，女儿晓得，钱财终是身外物事……”白圭轻轻摇头：“雪儿，莫要轻易这样说。金钱是一种力量，可成人，可毁人。为父没有处置者，就剩下安邑洞香春和楚国、秦国、赵国、齐国的几家生计。除了洞香春，其余各国的生计都是秘密的，没有人晓得。有一天，当你不需要这种力量支撑你时，它们才是身外物事。”白圭费力地向胸前一指，“雪儿，解开这里。”白雪笑笑：“世人说父亲算计天下第一，还真是，要将女儿算计到老也。”白圭也笑了：“雪儿是老父的宝贝儿，自然要给一个万全。解开。”白雪解开父亲的长袍，不由得吃了一惊——长袍衬里画满了各种图形、线条与密密麻麻的小字，就像一张没有头绪的蜘蛛网。白雪笑了：“老父啊，这分明是蝌蚪文天书也。”白圭神秘地一笑：“这是外国生计图，看好了？上面有主事人与联络之法。”说着精神奕奕地坐了起来，脱下长衫交给女儿：“雪儿，记住了，魏国未必是久居之地。收好了这件东西。老父的事完了，完了……”一阵哈哈大笑，从容去了。

十二岁的小白雪，没有一点儿惊慌与悲伤。她穿了一身大红吉服，将老父亲的丧事当做喜事来办，一时惊动了整个安邑。虽说白圭只当过短短的八年丞相，但毕竟是由名满天下的魏国巨商入仕，人望极高，送葬者不绝于道。人们惊讶地发现，白氏并没有国人传闻的那样豪阔，反倒是处处流露出士子世家一般的质朴实在。人们叹息白圭经商治国皆有术，但却没有善始善终，竟清白寒素地去了，给小女儿留下的太少太少。一段时间过去，白氏家族也就渐渐地从国人心目中淡出了。小白雪平静地成长了起来。

白雪就住在这条小街的这座极为普通的小庭院里。小街多住燕赵两国的商人，所以叫了燕赵街这个名字。这条小街不繁华，不冷落，不在闹市，也不偏僻，倒确实是一处平凡得令人很难记住的地方。

庭院的第二进是白氏家传的书房。并排六间，分为西四东二两个隔间，中间一门相连，西边是书简文物收藏屋，东边是读书刻简屋。白氏家产中，唯独这书房完整无缺地保留了下来，连专司书房的两个仆人也保留下来，没有遣散。老仆是专门保管、修补文物书简的，他是白圭生前的一个书吏，因少小时骑马摔伤了腿，好读书不善奔波，白圭就让他做了书房总管。小女仆则是白圭生前专门为女儿物色的伴读，由于和女儿很是相投，白圭专门叮嘱将这两个忠仆留给了女儿。女仆叫梅姑，便是这些天来替白雪守在洞香春的那个少女。白雪每次从外边回到家里，都要先到书房将要办的事安排妥当，然后才去休憩消闲。

今晚回来虽然已经是二更时分，书房里还亮着大灯。白雪照例匆匆来到书房。老书吏瘸着腿进来禀报："公子，今日无事，你去安歇了。"白府上下人等，只有这个老人坚持将白雪称为"公子"，似乎认定这个女主人与男子一般出色。天长日久，人们也都认可了老人的称谓，白雪也习惯了这样的女公子身份。

"书翁，我有事。"白雪匆匆道，"你要将藏书间的各国法令，啊，不是全部，那太多了，主要是几个变法国家自变法以来的重要法令，收拾装成一个大木箱，要经得起颠簸才好。"

"公子，你要自己出门用？还是要卖了？要送人？"书翁惊讶道，"那可是老丞相最宝贵的藏简，有些连国府书库都缺失也。"

"我的书翁，"白雪笑道，"晓得啦。物有大用，方得其所，是么？"

"那是。我是给公子提个醒，莫要轻易许人。"

"多谢书翁，白雪岂能轻易许人？好了，去办，没错的。"

书翁瘸着腿去了。白雪在书案前坐了下来，打开案上一个红木匣，拿出一张一尺见方的黄白色的羊皮纸。这种羊皮纸很难制作，所以很贵重，即便在白氏这样的巨富之家，羊皮纸也不是轻易能用的。除了极重要的书信、命令等，一般书籍文章都是用竹简缮写誊刻的。白雪将羊皮纸轻轻用一方铜镇纸压住一角，从绿玉笔架上抽出一支新修磨得很是光滑圆锐的鹅翎，略一思忖，凝神"嚓嚓嚓"地一笔一画写了起来。[1]

片刻之后，白雪写好，将羊皮纸细心地卷成一个细筒，塞进一根精致的铜管里，"当"地合上盖子，轻轻扭了三圈，这支铜管便成了一

[1]　战国中期，成型毛笔还没有发明，书写工具多样化，战国晚期时蒙恬发明了毛笔。

支锁定的信管，非得有约定的钥匙才能开启。这是白氏部族传送商业秘密的特制信管，非重大事件不轻易启用。

白雪将信管笼在袖中，来到西跨院一间石屋前轻轻敲门。

“咕咚”一声，一块硕大的石板被搬开，一个精瘦的汉子走了出来：“小姐？瘦柴衣衫不整，失礼了。”说着便往屋里走要收拾整齐自己。白雪笑道：“瘦柴，莫烦了。原是我该唤你到书房的，又不想劳动书翁。来，有事了。”

“瘦柴听小姐吩咐。”

“相烦你去一趟秦国，到栎阳找……”白雪的声音突然低了下去。

“小姐放心。瘦柴这就准备，四更出城。三五日便赶回来。”

白雪回到寝室，已经是更深人静了。她看着庭院中明亮的月光，久久没有睡意。

五　求贤令激发了卫鞅

第二天傍晚，白雪趁着暮色从密道进了洞香春，来到自己那间密室。

刚刚饮罢一盏茶，梅姑轻步进来神秘笑道：“小姐，那位先生到了，只饮茶，没饮酒。”“哪位先生啊？”白雪板着脸。“呶，高高的个子，一身白衣，很有气度的。”梅姑笑着比划着。白雪笑笑，拿出一束竹简道：“立即到写字房，将这卷竹简誊写十份，散到士子们聚集的案上。还有，那位神秘老人若是来了，立即领到那位先生案位。”“小姐放心，不会误事的。”梅姑拿着竹简出门去了。

白雪走进密室内间，片刻后走出，又变成了那个布衣士子，拉上密室的厚厚木门，从庭院绕到洞香春主楼下从容而入。她没有立即去见卫鞅，却先到各个厅室浏览了一遭，方才来到清幽高雅的茗香厅。

一个有屏风遮挡的雅室里，卫鞅正在若有所思地品茶。他感到洞香春今晚似乎有一种特异的气息，以往极为热闹的论战堂竟然没有一个“主战”的名士，甚至连“助战”的士子也不见踪迹，想看热闹听消息的吏员商贾走进来看看，便也出去饮酒博彩了。饮酒的开间大厅客人倒是不少，只是没有一个士子模样的饮者，座中几乎全是华丽的商人与矜持的官吏。以往相对冷清的茗香厅，今晚却是三三两两地不断来客，竟然大都是布衣士子。这茗香厅与其他厅室的不同处，在于这里都是一个一个清幽雅致的小隔间，以与品茶的境界相合。虽然如此，隔间之间还是能时时隐约听到高谈阔论与朗朗笑声。今晚却忒煞奇怪，一个个隔间分明都是三五相聚，却竟然都是静悄悄的。难道都在像他这样细心品茶？一阵思忖，卫鞅笑了，洞香春原本就是无奇不生的地方，想它做甚？于是，心念一动，揣测着秦国求贤令会是何等写法。假若不尽如人意，自己该怎么对白雪说明？白雪又会是什么想法？一时想来，纷乱得没有头绪。

正在此时，轻轻几声敲叩，屏风隔间的小门被轻轻移开。卫鞅心中烦躁，头也不抬挥挥手道：“这里还有人来，请去别处了。”却听一个苍老的声音悠然道：“足下品茶悠闲否？”

好熟悉的声音！卫鞅抬头一看，却是一个白发白须的老人，身后站着一个俊朗少年。卫鞅惊喜过望，站起身深深一躬道：“前辈别来无恙？”老人爽朗大笑：“人生何处不相逢也。”卫鞅笑道：“前辈神龙见首不见尾，相逢岂是易事？请前辈入座。”老人微笑入座，少年便横坐相陪。老人道：“这是我孙儿。来，见过大父的忘年好友。”俊朗少年向卫鞅默默行礼，卫鞅也微笑还礼。侍女装扮的梅姑微笑着上了一份新茶，轻轻退出，急忙去找白雪了。

“冬雪消融，河冰已开，前辈又踏青云游了。”

老人哈哈一笑：“疏懒散淡，漫走天下也，原不足道。却不想与足下再度萍水相逢，这却是天缘了。”

“蒙前辈启迪，卫鞅多有警悟，只是不知西方于年后有何变数？”卫鞅在委婉地试探老人是否知晓秦国求贤令，以便判断老人与秦国的渊源有多深。

“敢问足下，别来可有谋算？”老人微笑反问，对卫鞅的问话不置可否。

“不敢相瞒，卫鞅对何去何从仍无定见。读了几卷西方之书，毕竟对西方实情不甚了了，委实难以决断。”卫鞅实话实说。

老人微笑点头：“很巧，老夫路过西方之国，恰巧知道些许消息。其灭国危难似已缓解，朝野颇为振作。新君似决意图强，向天下各国发出求贤令，寻求强国大才。老夫以为，此举创战国以来之求贤奇迹。只可惜，老夫已经力不从心了，否则，也想试试。”说完，一阵爽朗大笑。

“先辈，”卫鞅并没有惊讶，“自古求贤之君多矣。向普天之下求贤，委实难能可贵，称奇可也，未必称得一个迹字。迹者，事实之谓也。能否招得大才？终须看求贤之诚意，之深切，否则，一卷空文而已。”

老人对卫鞅带有反驳意味的感慨，丝毫没有不悦，反倒是赞许地点头道：“足下冷静求实，很是难得。老夫没有觅得求贤令请足下一睹为快，诚为憾事。然则，我这孙儿过目不忘，在栎阳城门看得一遍，已能倒背如流了。玄奇，背来听听。”

卫鞅忙拱手道：“有劳小兄。”

俊朗少年笑着点点头，轻轻咳嗽一声，一口纯正的雅言念诵道：

求贤令

国人列国贤士宾客：昔我穆公自岐雍之间，修德行武，东平晋乱，以河为界，西霸戎翟，广地千里，天子致伯，诸侯毕贺，为后世开业，甚光美。会往者厉、躁、简公、出子之不宁，国家内忧，未遑外事，三晋攻夺我先君河西地，诸侯卑秦，丑莫大焉。献公即位，镇抚边境，徙治栎阳，且欲东伐，复穆公之故地，修穆公之政令。寡人思念先君之意，常痛于心。国人宾客贤士群臣，有能出奇计强秦者，吾且尊官，与之分土。

卫鞅听罢，一时久久沉默，胸中翻翻滚滚地涌动起来。

这时，布衣士子装扮的白雪轻步走了进来。卫鞅眼睛一亮，对老人笑道："前辈，这是我的手谈至交。小弟，这位是前辈高人。"布衣士子恭敬拱手道："晚生见过前辈。这位小兄的雅言好纯正也。"老人笑道："只是可惜，老夫没有盖官印的求贤令原件也。足下请坐。"布衣士子笑着向老人一躬，在卫鞅案头打横坐下，从怀中掏出一个青布包打开："前辈、兄台，这位小兄也请看，这便是秦国求贤令原件，发到魏国的！"说着拿出一卷竹简递给卫鞅。

卫鞅道一声"多谢"，连忙打开，一方鲜红的大印盖在连接细密的竹简上，分外清晰。卫鞅细细地看完，不禁赞叹道："小兄背诵，一字不差！"又是不由自主地从头再看。良久，方才抬头，长长地嘘了一口气。

老人微笑道："足下以为，秦国这求贤令如何？"

"好！有胸襟！"卫鞅不禁拍案赞叹。

"就如此三个字？"过目不忘的俊朗少年笑问一句，脸上飞起了一片红晕。

卫鞅看了少年一眼，正色缓缓道："这求贤令大是非同寻常。其一，开旷古先例，痛说国耻。历数先祖四代之无能，千古之下，举凡国君者，几人能为？几人敢为？其二，求强秦奇计，而非求平平治国之术，足见此公志在天下霸业。身处穷弱，被人鄙视，却能做鲲鹏远望，生出吞吐八荒之志。古往今来，除禹汤文武，几人能及？其三，胸襟开阔，敢与功臣共享天下。有此三者，堪称真心求贤也！"显然，卫鞅是被求贤令真正地激动了。老人平静的面颊突然抽搐了几下，那位俊朗少年竟像是对方在赞颂自己，变得满面通红。白雪盯着卫鞅，明亮的眼睛一直在燃烧。

终于，老人笑道："足下以为，求贤令有瑕疵否？"

卫鞅慨然道："秦公意在恢复穆公霸业，其志小矣。若有强秦之计，当有一统天下之大志！"

老人仰天大笑，拍案道："好！山外青山，更高更远。然则敢问足下，今见求贤令，可否愿去秦国一展抱负？"

卫鞅笑问："布衣小弟，以为如何？"

白雪拍掌笑道："自然好极。我也想去。"

卫鞅向老人一拱道："今见求贤令，心方定，意已决，我当赴秦国，一展胸中经纬。"

"人云上将军庞涓软禁足下于陵园，可有脱困之法？"

"庞涓只想卫鞅为他所用，并非以为卫鞅才堪大任。否则，以孙膑先例，鞅岂能稍有出入之便？唯其如此，脱困尚不算难。"卫鞅颇有信心。

"能否见告，足下何以不做军务司马？此职亦非庸常也。"

卫鞅浩然一叹："鞅虽书剑漂泊，然绝不为安身立命谋官入仕矣！生平之志，为国立制，为民做法。寥寥军务，何堪所学？"傲岸之气，盈然而出。

“足下特立独行，他日必成大器。”老人赞叹罢拈须微笑，“老夫可否为足下入秦谋划一二？”

“敢请前辈多加指点。”

“我有一个像你这样年轻的忘年交，在秦国做官。老夫与足下几个字，你去见他，他可将你直接引见于秦公面前，也省去许多周折，之后就看你自己了。老夫忠告足下，老秦人朴实厚重，厌恶钻营，一切都要靠自己的才干去开辟，没有谁能帮你。”说完，从怀中掏出一个长不盈尺的铜管递给卫鞅，“请足下收好。”

卫鞅起身深深一躬：“多谢前辈教诲。我们两次相逢，敢问前辈高名大姓？”

老人笑道：“老夫因先祖之故，欠下秦国一段人情，是故想助秦国物色三二大才。此事一了，老夫就此云游四海了。世外之人，何须留名？”

卫鞅怅然一叹，默默点头。

白雪笑道：“前辈说要为秦国物色三二大才，难道天下大才竟有与我兄比肩者？”

老人大笑：“金无足赤，才无万能。汝兄治国大才也，然兵事战阵、理财算计等，岂能尽皆卓然成家？”

卫鞅诚恳道：“前辈明锐衡平，是为公论也。”

老人站起一拱：“老夫告辞了。”

白雪一拱手笑道：“前辈，难道从此不再相逢？”

老人目光猛然在布衣白雪身上一闪，沉吟笑道：“姑娘，二十年后，或许还有一晤。”

老人叫了一声“姑娘”，白雪惊讶地睁大了眼睛上下打量自己：

“这，这？”

老人、卫鞅和那个俊朗少年一齐大笑起来，引得白雪也大笑起来。

老人向俊朗少年点点头：“走了。”说着向卫鞅白雪摇摇手，示意他们不须相送，径自回身去了。卫鞅白雪怔怔地望着老人背影，不禁叹息了一声。

老人和少年走过茶酒两厅的甬道，听见酒厅中传来悠扬的埙笛合奏，一个士子高亢明亮的歌声颇显苍凉。老人与少年同时止步倾听，只听那歌声唱道：

日月如梭　人生如梦
流光易逝　功业难成
大风有隧　大道相通
何堪书剑　歧路匆匆
国有难也　念其良工
嘤其鸣也　求其友声

俊朗少年听得痴了。老人轻轻叹息一声，抚着少年肩膀，少年恍然一笑，两人匆匆出了洞香春。

走到天街树影里，俊朗少年低声笑道：“大父，那个士子唱得好也。”老人笑道：“你知晓他是谁？”少年惊讶：“大父知晓么？”老人笑道：“走，我们这就去找他。”少年笑道：“人家在洞香春，你往哪儿走？”老人悠然道：“此人性情激烈，行止若电光石火。唱完这首歌子，他就不在这里了。我知晓他去处。”少年道：“这就去么？”老人道：“对，饱餐一顿，五更出发。”

六　申不害要和卫鞅较量变法

百里老人和玄奇昼夜兼程，快马疾进，第三日赶到韩国，还是迟了一步。

韩国都城新郑坐落在洧水北岸。城池不大，历史却是悠久得很。相传这里曾经是黄帝的都城，留下了一个有熊氏城墟。周宣王时封了他的弟弟姬友做诸侯，国号“郑”，封地在华山以东，史称郑桓公。这郑桓公眼光颇为远大，在周幽王时见西周国运大衰，便将封地轴心城池迁徙到华山以东近千里之外的颍水洧水之间，远远躲开了灾难即将来临的镐京。到了第二代，郑武公率领臣民，将黄帝废墟一带的荒芜土地全部开垦出来，并在黄帝废墟上建立了一座大城，定名为新郑。从此，小小郑国日益强大。到了郑庄公时，郑国称霸一时，天下呼之为“小霸”。谁想自郑庄公之后，郑国一代不如一代。到了战国初期，郑国第四百二十一年的春天，也就是公元前375年，终于被新诸侯韩国吞灭。韩国原都城在黄河西岸的韩原，灭郑后便将韩国都城南迁新郑，远远离开咄咄逼人的魏国安邑。到韩昭侯时期，韩国已经南迁新郑二十余年了。

然而，天下事颇多迷惑处。韩国南迁后国力便渐渐衰弱，新郑也萧条冷落起来，连郑国时期表面的繁华侈靡也没有了。韩昭侯已经即位八年，眼见国力萎缩，深感寝食不安。韩国朝野仿佛受了国君的感染，无处不散发出一种萧瑟落寞的气息。就说这新郑街市，房屋陈旧，店铺冷清，行人稀少，车马寥落。百里祖孙走马过街，也成了行人关注的新鲜人物。玄奇笑道：“大父，这韩国忒冷落，比秦国也强不到哪里去也。”老人摇摇手，自顾寻街认路。

百里老人要找的人大大有名，他就是法家名士申不害。

申不害是个奇人。祖籍算是老郑国的京邑，在汜水东南的平原上。申不害的父亲曾经在末代郑国做过小官。他自己因了父亲的关系，也做了郑国的赋税小吏。谁知刚刚做了两年，申不害才十八岁，韩国便吞灭了郑国，申不害父子一起成为“旧国贱臣”，被罢黜归家耕田。老父老母忧愤而死，申不害则成为无拘无束的贱民。郁忿之下，他一把火烧了祖居老屋，愤而离开韩国，到列国游学去了。近二十年中，申不害游遍列国，广读博览，自研自修，从不拜任何名家为师。五年前他到了齐国的稷下学宫，一个月中与各家名士论战二十余场，战无不胜，声名鹊起，被稷下士子们称为“法家怪才”。其所以为怪才，在于申不害研修的法家之学很特别，他自己称为“术经”。说到底，就是在承认依法治国的基础上专门研修督察权术的学问，权术研修的轴心，是国君统驭臣下的手段技巧。对“术”的精深钻研，使申不害成为人人畏惧三分敬而远之的名士。他写的两卷《申子》，士子传抄求购，国君案头必备，但就是没有一个大臣敢举荐他，没有一个国君敢于用他。连齐威王田因齐这样四处求贤的国君，也有意无意地对申不害视而不见。

一气之下，申不害决然离开稷下学宫，又开始了于名山大川寻访世外高人的游历。

一次，申不害在楚国的神农大山寻访墨子不遇，却遇见了从山中出来的百里老人。两人在松间泉水旁的大石上摆开干肉醇酒闲谈，越谈越深，两昼夜风餐露宿不忍离去。百里老人的高远散淡，使申不害感到一种前所未有的清新愉悦。申不害的锋锐无匹，也使百里老人感到了勇猛精进的活力。老百里对申不害的求仕受挫做了析解，说他“杀气与诡秘皆存，人辄怀畏惧之心”；要一展抱负，须得“依法为进，以术为用。术，可用不可道”。申不害听得仰天大笑了半日，深感老百里指点迷津，使他悟到了人事龌龊的关键所在，说老百里道出了“术者之术，堪称天下大术”，说完后一跃而起大笑道：“此一去，申不害必当为相也！”便惊雷闪电般地消失了。

有趣的是，两人在两天两夜中始终不知道谁是谁。

百里老人后来在稷下学宫知道了申不害。申不害则依然不知道这高人是谁。

栎阳城与秦孝公雪夜相逢，百里老人心田里油然生出卫鞅和申不害的影子。在他看来，卫鞅是个正才，申不害是个奇谋怪才，两人若能同到秦国，相得益彰，再有一个兵家名将，安知秦国不会鲲鹏展翅？申不害这次去了魏国，一定也知道了秦国求贤令，也一定会去秦国效力的。

当百里老人寻觅赶到申不害的破屋时，却冷冷清清空无一人，只有屋角破草席旁有一口装满竹简的旧木箱。邻居告诉老人，先生进宫去了，三天三夜没回来，听说要做韩国丞相了。百里老人大为疑惑，便和玄奇在破屋里耐心等待。

入夜，破屋里蚊蝇哄嗡，屋外小院子里倒是明月高照，凉风宜人。老百里爷孙便在小院里纳凉等候。闲适之中，玄奇从紧身腹带上抽出那支短剑，在月光下端详抚摩，笑问道：“大父，你说那卫鞅到了秦国，他会如何用？”老人笑问：“他？他是谁啊？”玄奇娇嗔道：“爷爷，你知晓的嘛。”老人慈祥诙谐地笑着：“我知晓何事？我甚也不知晓。”玄奇生气地噘起小嘴：“你不说，明日我回总院了，不跟你瞎跑了。”老人哈哈大笑：“好好好，爷爷说。他呀，定会重用卫鞅。”玄奇道：“那这个申不害？”老人笑道：“一样，也会重用的。”玄奇若有所思地摇摇头：“未必。这申不害我听你一说，总觉得有点儿不纯不正，味道不对。他是个很纯很正的人，对异味儿肯定很烦。”老人大笑道：“孩子气。为君者有‘正’字，哪有个‘纯’字？何况味道纵然有偏，只要能强国，何能不用？”玄奇却只是默默摇头。

这时，一阵大笑远远传来：“谁还想着我申不害？啊！”说话间，一个长大瘦削长须长发的青衣人已经走进破落的大门。

百里老人已经站起，拱手悠然笑道：“谅你也不知老夫何人？何须问来？”

申不害闻声惊喜得“啪啪啪”连声鼓掌，深深一躬笑道：“申不害天下第一糊涂，竟忘记了问高人尊姓大名。我回来骂了自己三天三夜！”

老人不禁大笑——这申不害骂了自己还是不问。既想逍遥洒脱，又想以世俗之礼尊重别人；既想问对方姓名，又想对方自报姓名，当真的有点儿味道不对。可谓术到尽头反糊涂。一时间老百里无心多想，也知晓申不害藏心不藏话的秉性，径直问道：“申兄，恭贺你要做韩国丞相。”

申不害又一阵大笑：“哎，高人兄，你何以知晓也？”

玄奇被这古怪称呼逗得“噗”地笑出声来。

老人笑道：“许你做，就许人知。新郑城里都传遍了，何况我也。”

“这还得多谢高人兄那一番指点也。我这次面见韩侯，便是言法不言术，果然是一箭中的。哎，高人兄还没吃饭歇息，老说话如何行？来人！”

墙外疾步走进一个小吏，躬身道：“大人何事？”

“即刻整治酒肉来，我要在旧宅款待好友。”

小吏答应一声，疾步走出。申不害回头笑道：“高人兄，我今日是回来搬这一箱书的，不想得遇高兄。明月清风，我等再畅饮畅谈。”

说话间便将“高人兄”又压缩为“高兄”，玄奇又被逗得笑出声来。申不害这才注意到这个俊朗少年，惊讶道：“这位是高兄仆人？”

玄奇学着他口吻笑道："非也。我乃高人孙儿，此刻便是高孙也。"申不害仰天大笑："高孙？好！想不到我申不害遇到了如此睿智少年，竟片刻间学会了申术。知道么？这叫'倚愚之术'！"

老百里揶揄笑道："申兄终究是本色难改。"

申不害是人逢喜事精神爽，拱手笑道："惭愧惭愧，我要管住自己不说术，那得清心一夜才能办到。"又转过身笑道，"哎，我说高孙，你拜我为师如何？我申不害没有拜名师，吃尽了苦头，你做我学生，申术便后继有人了。"

玄奇笑道："你那申术，不学也会。"

"噫！"申不害一声惊叹，笑问，"你高孙能答上我申术三问？"

"申术请问。"玄奇依旧是盈盈笑脸。

"好。何谓倚愚之术？"

"不欲明言，装聋作哑，藏于无事，窜端匿疏。"

"噫！"申不害又是一声惊叹，追问道："何谓破君之术？"

"一臣专君，群臣皆蔽，言路堵塞，则君自破。若一妇擅夫，众妇皆乱。"

申不害肃然正色："何谓君不破之术？"

"明君不破，使其臣如车轮并进，莫得使一人专君；正名而无为，犹鼓不入五音，而为五音之主。此为明君不破之术。"玄奇答完，颇显顽皮地看着申不害。

申不害愣怔半日，疑惑问道："你如此年少，何以对我申术如此详明？"

玄奇一笑："法为大道，术为小技，收不到高徒的。"

"岂有此理？法无术不行，无术岂能吏治清明？"

百里老人笑道："申兄不要和小孩子说了，她读你的《申子》不知几多遍了。”

申不害恍然大笑：“啊，高孙实在已经是我申不害的学生了！”

这时，小吏挑来一担食盒，将一张大布铺在地上，摆好酒肉并酒具食具，躬身道：“大人请。”申不害伸手向面东尊位一指，笑道：“高兄、高孙，请入座。”百里老人和玄奇便席地坐在大布上的宾位。申不害谦恭地坐到了面西主位，举爵笑道：“高兄啊，你千里来寻，申不害无以为敬，只有这破屋、明月与官酒了。来，先干一爵！”

百里老人笑着举爵：“申兄与神农山时相比，判若两人。恭贺申兄，干！”

“神农山之申不害若何？”

“穷途末路，破败苍凉。”

“今日之申不害若何？”

“一朝发达，激越锋锐。”

申不害大笑：“哎呀高兄，你该不是说申不害沐猴而冠，成不得大器哉。”

百里老人笑道：“申兄高才名士，何愁大器不成？然则大器之材，必得大器之国，方有大器功业。不知申兄将在何处归宿？”

申不害慨然叹道：“不瞒高兄，我本想到秦国一试，然则我闻听卫鞅要去秦国，我就决意留在韩国了。”

“却是为何？申兄如何知晓卫鞅此人？”

申不害冷冷一笑道：“慎到在稷下学宫将卫鞅之才广为传播，如今天下名士谁不知晓卫鞅？慎到说，卫鞅是法家大道。我申不害偏就不服。谁是大道？谁是小道？目下评判，岂非为时过早？卫鞅入秦，必得变法。申不害留韩，也必得变法。二十年后，再来说谁是法家大道！”

百里老人惊讶沉默，突然大笑：“申不害啊申不害，就为如此理由不去秦国？”

“不能么？”申不害又是冷冷一笑，“申不害的学问才能，是自己苦修而来，真材实料。可二十年来，那些名家名士谁承认过我？若非在稷下学宫与那些名家名士连续的学问较量，申不害还不是泥牛入海？申不害要成名，要建功立业，就不能给别人做嫁衣裳。否则，申不害的功劳就会莫名其妙地没有了！和卫鞅同到秦国，变法的功业会有申不害么？没有，决然没有！不怕高兄评判指责，申不害必得独身创业，才能证明我自己的学问才能是自己发奋得来，而不是靠名门高足起家。高兄，名士们认定我荒诞无行，我认了。然则，不是申不害一类，何知申不害苦衷哉！”

百里老人沉思有顷，笑道：“如此说来，申不害是要和卫鞅较量变法？”

“然也！”申不害感慨激奋，“没有较量，何以证真伪？明高下？辨文野？若非实力较量，何有战国大争之世？”

玄奇诡秘地一笑：“高孙看先生，留在韩国必有另外思虑，非纯然为了较量。”

申不害哈哈大笑：“高孙不愧读我《申子》，一语中的！高兄试想，秦国穷弱之邦，变法之首要，当在富民强兵。做此大事，变法立制为第一，术有何用？而韩国不然，民富国弱。因由在贵族分治，官吏不轨，国君无统驭臣下聚财强兵之术。当此国家，整肃吏治为第一。唯其如此，术有大用。卫鞅若来韩国，定会捉襟见肘。申不害若入秦国，也会力不从心。高兄高孙，如何？申不害可是实言相告？”说完径自大饮了一爵。

百里老人默默点头，仰望天中明月，怅然一叹。

玄奇笑道：“依先生之言，倒是各得其所了。”

申不害拊掌大笑：“然也，然也。”

百里老人面色平和，悠然笑道：“申兄为韩相，何以治韩？”

“吏治第一，强兵次之。”申不害正色答道。

“强兵之后，又当如何？”

“先灭秦国，再灭魏国，最终一统天下！”申不害慷慨激昂。

百里老人仰天大笑：“好！好志向。想没想过韩国若被人灭，君当何以处之？”

“杀身以谢天下！”申不害没有半分迟疑。

百里老人喟然一叹：“天道无私，是以恒正。老夫来迟一步，天意也。”

申不害大笑饮酒，院中大树上的猫头鹰惊得扑棱棱飞走。百里老人抬头看看天中一钩残月，悠然笑道：“申兄啊，老夫该告辞了。”说着站起身来。

申不害正色道：“二十年后，请高兄秉公评判，申不害、卫鞅何为法家大道？”

“你们俩，谁能做到二十年丞相，谁便是法家大道。”

“噢？你是说，申不害做不到二十年丞相？”

“天晓得。老夫如何晓得？”百里老人说完一拱手，“告辞。”和玄奇走出破院子扬长而去。

申不害望着爷孙二人走出院子，不禁怅然一叹，自言自语：“如此高人，如何就不知他姓名？如何他也不说？真世外隐士也。”

此时，雄鸡高唱，东方欲晓。申不害练了一趟自创的山跳功夫，脸上微微冒汗，顿觉精神抖擞。他喊进跟随小吏，吩咐将破旧大书箱搬到新宅去，将这旧院子一草一木不许动地封存起来。吩咐完毕，上马飞驰进宫去了。

今日清晨，是申不害动议的第一次朝会。韩昭侯要在朝会上正式册封他为丞相，而后由申不害以丞相之身份宣示韩国的变法步骤。这是韩国国策转折的重大朝会，也是申不害自己首次登堂入室，于国于己，均是关系重大。申不害虽然已经想好了种种预定方略，但还是有些紧张。

距离卯时还有一刻，申不害匹马驰进宫门车马场。他感到惊讶，如何竟没有一辆轺车？车马场如此冷清？他没有多想，将马拴好，大步往中门而来。

“站住。何人？何事啊？”一个轻慢悠长尖锐的声音从台阶上传来。

申不害抬头一看，须发灰白的内侍总管似笑非笑地盯着他。申不害知道，这是人皆畏惧呼之为“韩家老”的宫廷权奴。以他的权力与消息网，不可能不知道申不害即将出任丞相的大事，也不可能不知道申不害的长相特点。他拦在当道意欲何为？噢，是想给我申不害一个下马威，让申不害以后看他的颜色行事。

申不害心中憋气，正色道：“我是待任丞相申不害，进宫朝会。”

“丞相？有如此丞相么？还是待任？老夫还是待任国君也。”

上下打量了一番这个阴冷微笑的干瘪老人，申不害脸上迅即闪出一片笑容，一把扯下头上的丝巾笑道：“家老啊，你可知道这条丝巾的名贵？它是老郑国名相子产的遗物。送给你，日后我等就是老友了。”

老内侍接过丝巾，看到边上的金线绣字，顿时笑容满面：“好说好说，申丞相请，日后借光也。”

申不害早已经扬长进宫去了。

韩国仍然沿用了老郑国的宫室。这座政事殿虽然陈旧了些，但气势确实不小，坐落在六级台阶之上，红墙绿瓦，廊柱有合抱之粗。可是，眼见太阳已经升起，卯时将到，朝中大臣却没有一个到来。韩昭侯在廊柱下愁眉苦脸地踱着步子，不时望望殿前。看看无事，韩昭侯回到殿中，从正中高座上拿起那条换下来的补丁旧裤端详着。

座旁内侍见韩昭侯手捧破裤发愁，欲笑不敢，干咳几声捂住了嘴。韩昭侯回身道："去，将这条破裤送到府库保管起来。"内侍笑道："我说君上，一条破裤还要交府库么？你就赏给韩家老穿得了。他老人家会说，这是国侯赏给我的君裤哩，虽然破，然则破得有侯气也。"韩昭侯生气地脸一沉："你懂何事？听说过英明君主必须珍惜一喜一怒么？皱眉发愁必须得为大事，欢笑时必须与臣民同乐。一条裤再破，岂不比一喜一怒要紧？本侯要把这条破裤收藏起来，将来赏给有功之臣穿。赏给家老，他值么？"内侍笑着连连点头："国侯英明，臣即刻将破裤送到府库去，将来赏赐，臣一准手到裤来。"说完，憋住笑碎步跑去了。

这时，申不害大步匆匆而来，向殿中一看，面如寒霜，半日没有说话。

韩昭侯皱眉摇头："申卿啊，臣子不尽臣道，该当如何？"

申不害向韩昭侯深深一躬，斩钉截铁道："只要君上信臣，臣定为君上立威。"

韩昭侯摇头叹息："难。盘根错节，难也。"

这时，韩国的大臣将军们方才陆陆续续三三两两地慢步走来，相互谈论着各自封地的女人猎犬奴仆护卫老酒之类的趣闻，不断哈哈大笑。有人看见老内侍站在廊柱下，便高声笑问："韩家老，今日朝会，却是何事？"老内侍打哈哈道："进去进去，朝会一开，自然知道，猴儿急！"臣子们爆出一片笑声："我听说要换丞相？谁做新丞相啊？""听说是申不害。"有人问道："申不害是个甚东西？"有人高声答道："申不害不是东西！是个郑国贱民！"

众人一阵哄然大笑。老内侍向殿内撇撇嘴，示意他们收敛些许。可这些臣子没有一个在意，依旧高声谈笑着走进政事殿。猛然间，众臣肃静了下来。政事殿内，韩昭侯在中央大座上正襟危坐，面无表情。申不害肃然站立在韩昭侯身侧，长发披散，不怒自威。这种场面在韩国实在罕见。但大臣们相互瞅瞅，又开始哄哄嗡嗡地谈笑议论起来。老内侍韩家老走进来站在韩昭侯另一侧，骤然尖声高宣：“列位噤声，听国侯宣示国策——”

待众臣安静下来，韩昭侯咳嗽一声，郑重缓慢地开口道：“列位大臣，我韩国民力不聚，吏治不整，软弱受欺，内忧外患不断。长此以往，韩国将亡矣。为此，本侯晓谕：任当今名士申不害为韩国丞相，主持变法，明修国政……”

政事殿“哄”地骚动起来。大臣们似乎根本不相信这是真的。

一个身穿紫衣的大臣高声道：“变法大事，涉及国家根本、祖宗法制，怎能如此草率？望国侯收回成命！”此人乃韩国上卿侠趁，其祖父侠累乃韩列侯时盘踞封地威慑国君的权相，被韩国名臣韩仲子所结交的著名剑士聂政刺杀。二十年后，侠氏家族再度崛起，成为韩国势力最大的旧贵族。

一个绿衣大臣道：“申不害是何东西？郑国贱民一个！如何做得我韩国丞相？又如何服得众望？该当收回成命！”此人乃韩国现任丞相公厘子，其部族五万余人占据着韩国老封地韩原一百余里，专横跋扈，遇事只和几个权臣谋断，根本不将韩昭侯放在眼里。

“韩国官吏质朴，民风淳厚，君上何故乱折腾？”这位黑衣大臣乃韩国功臣段规的三世孙段修，职任上大夫。段规在三家分晋时，力劝韩康子争得荒凉的成皋要塞，给吞灭郑国创造了根基。韩康子封段规成皋六十里封邑。四代之后，段氏部族发展到两万人，成为与侠氏、公厘氏相比肩的大贵族。

“申不害亡国妖孽，当杀之以谢天下！”

“对，杀！杀申不害！”

殿中一片混乱，大臣们交相乱嚷，吼声连连。

老内侍尖叫道："嚷个鸟！国侯还没说完。再嚷回家去！"

申不害不动声色地走近韩昭侯身边，正色低声道："君上请授臣执法权力，整肃吏治自今日始。"

韩昭侯本是极为聪敏的君主，内心也极有主见，素来对这班大臣厌恶之极，偏又无可奈何。他内心很明白，韩国局面若由他亲自出面收拾，极有可能酿成举国祸乱，最直接的后果就是自己倒台。韩国要好，必须借助刚毅锋锐的强臣，自己只能在背后支持，相机行事。申不害有没有舍身变法的杀气，韩昭侯吃不准，又不能主动请他镇抚群臣。目下见申不害自请执法，韩昭侯大为振作，清清嗓子，似乎无奈地向殿中挥挥手道："列位臣工，申不害丞相开始宣示变法大义。从目下开始，一切国事由丞相决断。"

申不害已经为今日朝会做了周密准备，特意将忠于国侯且也有自己诸多朋友的三千精锐甲士从新郑城外调入宫中，将原来与大臣们里外沟通、由韩家老统领的宫室护军调出城外训练补充。他决意为变法祭旗，对旧贵族大开杀戒，震慑韩国旧贵族的气焰，为变法扫清道路。此举成功，变法成功。此举失败，变法失败。至于自己的安危存亡，他早已置之度外。此时，申不害双手捧定一柄金鞘古剑，凛然站立在三级石阶之上，冷峻地开口："列位，申不害手里这把剑，是韩国定国诸侯的镇国生杀剑。它尘封多年，光芒已经被邪恶吞噬。君侯将它赐予申不害，由我仗剑整肃吏治。国无律法则国自乱，庙堂无治则吏自贪。今日庙堂朝会，群臣置若罔闻，卯时不到，到则闹市一般。更有甚者，小小侍臣也竟敢在庙堂之上污言秽语。国府若此，何以治民？为立律法威严，定要整肃不肖之臣。"

政事殿一片愕然。大臣们和老内侍都惊讶地看着申不害，认为他一定是想变法想疯了。老内侍嘻嘻一笑，轻慢无礼地尖声道："噢，数落到老夫头上来了？还丞相也，也不想想，你如何走出这六尺禁地？"

申不害举剑过顶，大喝一声："殿前武士听令！"

一千名重甲武士已经按照申不害事先部署，悄无声息地将政事殿四面围定。一百名重甲武士手持大斧站在殿外廊柱下，此刻轰雷似的齐吼一声："在！"

申不害手中金剑直指老内侍，厉声道："你污秽庙堂，守门索贿，勾结外臣，私泄宫室机密，实为奸佞污君，推出立斩！"

老内侍一看甲士阵势，便知大事不好，扑倒在韩昭侯案前大呼救命。韩昭侯背过脸挥挥手。八名甲士一拥拿下老内侍，架起走出。顷刻间，殿外传来一声苍老嘶哑的惨叫！一名甲士用大木盘托进须发灰白的一颗人头亢声道："请丞相验明人头。"申不害冷冰冰道："大臣传看，验明人头。"

甲士捧着血淋淋的人头，逐一递到每个大臣的眼前。这些大臣们这才开始紧张起来。但他们依然相信这只是申不害杀鸡给猴看的小伎俩，决然不敢触动这些根基雄厚的大臣。另外一面，杀了这个阴阳怪气的韩家老，权臣们更多的是幸灾乐祸。因为这个老东西仗着统领宫室护军，谁也没少敲诈，杀了他既除一害，又给申不害种一恶名，何乐不为？虽则如此，权臣们还是嗅到了一丝慑人的杀气。上卿侠趁铁青着脸推开人头，声色俱厉地喊道："申不害，尔意欲何为？"

"申不害，尔休得猖狂！"大臣们愤激高叫。

申不害微微冷笑："尔等猖狂三世，岂不许国家律法威风一时？殿前甲士听令！"

"在！"又是轰雷般一阵轰鸣。

"将权奸佞臣侠趁、公厘子、段修押起来！"

“嘿！”甲士们一声回应，进殿将三名权臣捆绑起来，清冷的刀锋森森然搭在他们又肥又白的脖颈上。段修竟吓得噗噜噜尿流一地。

“申不害，侠氏亲军会将你碎尸万段！”侠趁嘶声大叫。

“国侯，你任用酷吏，国人不会饶恕你！”公厘子也颤声高喊。

申不害冷笑道：“韩国衰弱，根源何在？就在尔等旧族权臣挟封地自重，私立亲军，豢养门客，聚敛财富，堵塞贤路，使民穷国弱，庙堂污浊。尔等非但不思悔改，反倒穷凶极恶，威胁国侯，图谋弑君。不除尔等奸佞权臣，岂有韩国变法图强之时？押出立斩！”

甲士轰然一声，将三名不可一世的权臣架出殿外。随着三声长长的惨叫，三名甲士用大木盘又托进了三颗人头！

这一举当真是惊雷闪电威不可挡。政事殿大臣们冷汗直流，不知几人软倒在地尿了出来。人头尚未传验，大臣们便一齐扑倒在地，涕泪交流地高喊：“臣等谨遵变法国策，效忠国侯，听命丞相，绝不敢有丝毫异心！”

申不害冷漠地展开一卷竹简，高声道：“列位既然服从国家法令，三日之内，须交出全部多占封地、亲军及数十年所欠国府赋税。日后有超越国府官俸而私收国人赋税者，杀无赦！”

“谨遵丞相令！”大臣们伏地齐应。

“这是列位私扩封地、亲军，以及应缴财货赋税的清单，传阅后立即写出手令，由国府派员接收。全部接收完毕后，尔等方可回归。抗命不缴者，杀无赦！”

“谨遵丞相令。”大臣们又是一片呼应。

申不害一摆手，一名中年内侍毕恭毕敬地低头双手接过竹简，捧给大臣们传阅。立刻便有人接过身后内侍手里的雁翎笔和羊皮纸写了起来。一时间，政事殿肃然无声，唯闻窸窸窣窣的写字声与折叠羊皮纸的声音。

申不害向韩昭侯拱手道:“请君上回宫安歇,这里有五百甲士看守。臣当自领五千军马,接收侠氏、公厘、段氏三族封地。三日后与君上会于政事殿。”

韩昭侯一直提心吊胆地看着局面变化,此刻大感快慰,向申不害深深一躬:“先生真乃不世奇才也。谨遵先生教诲。”

三日后,申不害凯旋,不但将三族私扩封地的城堡摧毁、府库清理收回,而且将三族的两万多家族私兵收编为国家官军。此间,被扣押在新郑的其他贵族也纷纷交出多占领地、所欠赋税以及家族私兵。一个月内,韩国的府库就充盈起来,三万多私兵也大大增强了韩国兵力。申不害认为,整肃吏治后必须立即着手整肃军兵。他向韩昭侯主动请命,自任韩国上将军,将贵族私兵和原有国兵混编,开始了极其严酷的训练。

韩国开始激变,唤起了生机勃勃的活力,也引起了六大国和各种隐秘力量的警觉与密切关注。

第五章 卫鞅入秦

一 神秘客栈的布衣少年

离开韩国时，玄奇在洧水岸边的太室山峡谷中放出了一只信鸽。黑色的鸽子长鸣一声，振翼疾飞，箭一般冲上一线蓝天，向南飞去。

百里老人笑问："墨家总院又盯上申不害了，对么？"

玄奇肃然道："凡以杀戮为政者，在外弟子都要即刻急报，以便查实遏制。"

"老头子啊，哪里有事就到哪里，也管得忒宽了。"百里老人叹息一声。

"大父，你给孙儿找了个好老师，如何又不赞同老师的信念？"

百里老人悠然道："你师大义高风，然以暴易暴，终非良策。"

"对付暴政，除了诛杀，难道大父还有更高明的办法？"玄奇认真地问。

老人摇摇头："没有。天下事原本也难。"

玄奇笑道："那就莫想了。大父，该分道了。"

百里老人恍然笑道："啊，已经到歧路口了。好，孙儿去魏，爷爷去齐。"

玄奇扬着马鞭笑道："办完事，我来找大父，也见见那个孙膑。"

"好，爷爷在临淄等你。"说完，扬鞭纵马而去。

玄奇望着爷爷的背影消失，才打马一鞭，直向东北方的茅津渡而来。匆匆过河，飞马直奔安邑。她到安邑城的目的，是暗中探听魏国近期有无侵吞别国的谋划，然后最快地报告总院，以帮助弱国制订周密的防御方略。这是她的公事。还有一件私事，就是大父委托她暗中了解卫鞅入秦有无困难阻力，如果需要，她应该暗中全力帮助。这两件事对于玄奇来说，都很重要。前一件，是学派信念所在，责无旁贷。后一件，则是她作为秦人后裔的情意所系。更何况，一想到能够为"他"的招贤暗中尽一份力量，她心中就有一股暖流涌动，情不自禁地脸上发热。为了行动方便，她仍然是在外游历的一贯装束，一领本色布袍，一顶六寸竹冠，快马短剑，简朴利落。如此男装士子，反倒衬得她愈显丰神英姿，引得道边少女常常驻足凝望。

安邑城南门内紧靠城墙的一条小街上，有一家简朴的客栈，门额上一块长方形青石刻着两个大字——莫谷。寻常时日里，这家客栈既不挑出灯笼，也不打开店门，更不像安邑城大多数客栈那样讲究，门口总是肃然站立着一个或两个仆人，似乎对有没有客人来住根本不在意。再加上所在偏僻，商旅游客难以发现，门庭异乎寻常的冷清。如此客栈若在别国，也许会教人觉得怪异反而引起注意。然而在安邑城这样人欲横流鱼龙混杂的风华都会，人们注目的是王室，是贵族，是名士，是巨商大贾，市井底层的任何怪诞诡秘都会变得平庸无奇，丝毫没有人愿意多看你两眼。譬如这莫谷客栈，没有谁能打听得到，甚至没有人知道它是何时开在这里的。

傍晚时分，玄奇入城，来到了这清净的客栈门口，在厚厚的木门上拍了三掌。

木门无声地开了。黑黝黝的门厅里传出一个苍老的声音："行广无私。"

"厚施不德。"玄奇拱手肃然回答。

"欲生？欲富？欲治？"

"欲治。"

苍老的声音消失了。门厅里走出一个黑衣小童，接过玄奇手中马缰，拉马从侧门进入偏院。玄奇从容步入庭院，亮了一下手中的一张刻有"子"字的竹板，影壁前的一个白发老人便领她来到北面的三间正房。顷刻之间，有小童点上铜灯，打来热水。房间里陈设极为简朴，方砖铺地，一榻一几。老人拱手道："子门师兄请净面濯足，一刻后用饭。"说完便拉上门退了出去。玄奇擦了把脸，从宽宽的牛皮腰带上解下一个小皮袋，那里面全是女儿家必需的用品，她抽出一把小木梳，放开长发仔细梳理了一番。然后将洗过脸的热水倒入另一个木盆，将疲劳的双脚浸泡了片刻。这时小童用木盘将饭捧了进来，一陶罐牛肉炖蔓菁，两个黑面饼，半杯盐水。他们学派的简朴刻苦是天下闻名的，即或像她这样的高位弟子，出外公干也只能吃饱，绝不许有丝毫的奢华浪费。玄奇刚刚吃完，用半杯盐水漱了漱口，小童便进门收拾，几乎就像掐算好了时刻一般。

一个布衣中年人走进："禀报子门师兄，我等探得魏国将有大的灭国之战，然则尚不知进兵何国？要否报回总院，请师兄定夺。"

玄奇思忖有顷，点头道："知道了。容我权衡后再作定夺。"

中年人退出后，玄奇想了想，决意先到洞香春看看安邑的动静。

洞香春依旧是热闹奢靡，处处都在高谈阔论。玄奇在几个主要厅室都分别逗留了片刻，没有发现那个中庶子卫鞅。但在这个传闻的海洋里，她却听到了一则出乎意料的议论：中庶子卫鞅做了一家巨商的总事，忘恩负义，欺世盗名，是一个十足的小人！玄奇感到惊讶，又感到气愤。洞香春的议论不会是空穴来风，若果真如此，大父岂非大大看错了人？向“他”的荐贤岂非也成了无的放矢？卫鞅若果真是见利忘义的假名士，那一定是个大奸大恶之徒。他们学派有两个“必杀”信条：暴政必杀，奸恶必杀。卫鞅这种已被各种圈子确认为高才名士，而又被他自己的作为证明是小人者，谓之欺世盗名，若放任自流，必成披着名士外衣的大奸大恶之徒。他们学派对这种人和对待暴君酷吏一样，知之必杀。

玄奇在茶厅独自品饮，默默思忖，决意今夜先办另一件大事，卫鞅之事留待明日查实再说。想到这里，她丢下一个金饼，离开了洞香春向天街而来。

近日，上将军府前戒备森严，除了持有令箭的军中将吏，寻常官吏根本不许进入。当玄奇走到府门车马场时，带剑的护军头领远远高声呵斥：“不许近前！作速离开！”玄奇没有停步，昂然走到头领面前一拱手：“我是上将军师弟，千里来寻，相烦通禀。”头领疑惑道：“上将军师弟？以何凭据通禀？”玄奇从腰间宽带上摸出一物递过：“请报上将军自然知晓。”头领接过，却是一根拭摸年久而光滑发亮的白骨，中间刻有几个小洞，惊讶道：“这般怪异之物，我却如何通禀？给你，速速离开！”

玄奇接过白骨冷笑道：“足下不要后悔。”说着将白骨横起到嘴边吹动，乍然一股激越清亮的乐音破空而出，直上中天，竟比军中号角更有一番响遏行云的魅力，转而低沉婉转呜咽凄厉，使人顿时生出一阵酸楚。府门护军一时听得愣怔，不知如何是好。此时大门内一阵匆匆脚步，上将军府的总管家老遥遥拱手高声道："上将军请贵客进府相见。"

玄奇撇下愣怔莫名的头领，从容进入上将军府。

庞涓刚刚在军务厅和亲信将领议完大事，便听见府门特异的骨笛声。这种乐音他在山中听了二十年，熟悉极了，纵然是万马军中，他也能捕捉到只有骨笛才有的那种破空之声。老师派人来找他了，是谁？为何要找他？正沉思间，一个布衣少年在阶下拱手笑道："师兄别来无恙？"

庞涓淡淡道："你的骨笛吹得很好。老夫没见过你，谈何别来无恙？"

布衣少年笑道："师兄修学时，我尚是小童，在老师坊中侍奉，师兄自然不识我。我却识得师兄也。"

庞涓恍然，拱手笑道："如此请入座。我门规矩，同门间不相通连，你可知否？"

布衣少年点点头："那是你等修习大学问的大弟子的规矩。我等杂务，兼修些许本领，可以例外也。我已经年满十八，在山中做了十三年杂务，老师特许我兼修兵学，然却没有工夫指点，特命我来向大师兄求教。请大师兄代师教我。"

庞涓心中大感欣慰。代师教习是一种极为难得的荣耀，老师委托于他，是对他的极大信任和器重，自然也包含了对他的远大希望。他立即命仆人给小师弟上了茶，笑道："小师弟要兼修兵学，通达实战军务为第一，兵书韬略并战阵之法，日后从容研习可也。恰好我在年内要打一场大仗，你跟在军中，自然长了学问。"

"大仗？却不知师兄攻打何国？楚国？齐国？"布衣少年一脸的疑惑稚气。

庞涓哈哈大笑着摇头道："我要打的，是韩国。知道么？韩国近来有个申不害在变法强军，再有几年，韩国就强大了。目下打韩国，正是最佳时机。”

“我该如何熟悉军务，跟得上将军？”

庞涓摇头笑道：“不。战前战中，我都没有时间指点你。我给你指定一个能干的军务司马，你给他做属吏，先走一遍军务。打完仗我再给你解析指点，如何？”

“好。”少年道，“如此不误师兄大事。我明日便来拜见老师。”

庞涓摆摆手道：“稍等两日。这位军务司马是个干才，原在公叔丞相府做中庶子，他已经答应做我的军务司马，我明日就要押他来任事。等他安于职事了，你再随他修习不迟。”

布衣少年笑道：“当官还要押来，岂非咄咄怪事？”

庞涓冷冷一笑：“你久在山中，岂知人世繁难？此人假托受聘于一家巨商，意在逃脱我的军令，我岂能被此等小伎俩蒙蔽？”

“师兄洞察人世，小师弟又长见识了。”

“你有此悟性，甚好。今日到此，三日后你再来。”庞涓一副师长口吻。

布衣少年拱手道别，飘然而去。

玄奇到得大街，心中很是高兴。她利用老师送给爷爷的骨笛和对学门规矩的了解，从庞涓口中片刻便搞清了两个疑团。按照规矩，庞涓不会查问她的姓名和住所，因为那骨笛和骨笛乐音是任何人也伪造不来的。对庞涓的欺骗，玄奇丝毫没有歉意。因为庞涓自做了魏国上将军，四处杀伐，早已经列为学派的必杀对象，只是因为他戒备森严常在军中一时无从得手罢了。他们设在安邑城的莫谷客栈，有一半原因就是针对庞涓的。目下的困惑是，韩国已经有暴政变法的迹象，魏国则要发动攻打韩国的不义之战，是两恶相斗，还是帮助韩国抵御灾难？玄奇一下子想不清楚。

回到莫谷客栈，玄奇决意将警报先送回总院，请老师判定如何处置。她写好密简，捆扎停当，装进铜管用蜡印封好，唤来客栈掌事的微子，吩咐他快马兼程直送神农大山总院。这“微子”，是团体最底层头目的称谓，相对于学派最高层的“巨子”，中间尚有大子、中子、介子几层。在外人员不管地位多高，只要住在学派所设的据点内，向上传递消息和就地采取行动，就必须通过各层掌事的“子”来完成。而这些“子”及其所辖学生弟子，绝对不得过问传递内容和行动目标，只许忠实地快速传递和达到行动目标。

莫谷微子接过玄奇的密件铜管，立即行动。此时本已三更，寻常人等自然出不得这高峻的城堡。然则“客栈”在城墙根的小街上已经秘密经营多年，早已做好在任何情况下出城的准备。只见大门无声滑开，三名黑衣汉子站在门厅，在黑暗中用劲力极大的弩弓“飕飕飕”射出一串短箭，城墙上的风灯立即熄灭。一个黑衣汉子便迅疾冲过门前小街来到城墙下，用特制的手凿与脚刺灵敏快速地攀上城头。刹那之间，城头传来一声猫头鹰鸣叫，莫谷客栈的大门便无声地关闭了。这说明，那个信使已经缒城而出，骑上城外接应的快马走了。

玄奇自然知道，这一切都不会有任何障碍。目下她在想另外一件事，卫鞅的真相究竟如何？不查明真相，不可能决定是暗中帮助还是示以惩罚。洞香春传闻肯定事出有因，然则庞涓为何又坚决不信？明日强押卫鞅，若卫鞅被抓到上将军府，又当如何？看庞涓那阴冷的笑容，卫鞅若不屈服定是凶多吉少。卫鞅若真是个见利忘义的小人，为何又要拒绝做军务司马？对于一个布衣士子，相当于中大夫的官职难道还抵不上一个商家总事？况且这是魏国的军务司马，官俸比其他国家高出几倍，再说也还有建功立业一展志向的机会。既然如此，他为何要逃官而就商？啊！对了……玄奇心中猛然一道闪亮，翻身坐起，决定即刻出城。

玄奇唤来莫谷微子，简约地向他说明了独自行动的因由，约定了明日接应的方法，便牵马出了客栈向城门而来。她有庞涓给的出入上将军府的令牌，此时便做了最好的用场。懵懵懂懂的守门军士看见上将军府的令牌，忙不迭开了小城门让她出城。出得城来，打马一鞭，玄奇向灵山十巫峰的公叔痤陵园疾驰而来。

二　卫鞅韬晦斡旋艰难脱身

将近四更时分，公叔陵园一片漆黑，唯有卫鞅的石屋亮着灯光。

卫鞅在仔细琢磨申不害在韩国颁布的十道新法。这是白雪昨日送来的，他已经看了十多遍，反复思虑，感慨良多。应该说，战国初期魏国的李悝变法、楚国的吴起变法，是战国争雄的第一波变法。那么，目下申不害在韩国的变法，与已经在酝酿之中的齐国变法，将成为战国第二波变法的开端。从申不害颁布的法令内容看，这第二波变法开始的气势远远比李悝、吴起变法猛烈得多，而这也恰恰符合了申不害激烈偏执的性情。这使卫鞅感到了鼓舞，也感到了紧迫。光阴如白驹过隙，变法图强的大势已经是时不我待，自己却还羁留在风华腐败的魏国不能脱身，实在令人心急如焚。申不害对齐国稷下学宫的士子们公开宣示，要和法家名士慎到推崇的卫鞅较量变法，看谁是真正的法家大道？对此，卫鞅虽一笑了之，但内心却是极不平静的。一则，他生具高傲的性格，从来崇尚真正的实力较量，目下有如此一个激烈偏执的斗士和自己挑战，岂能不雄心陡起？二则，他已经积累了丰厚的法治学问，以他的天赋，对各国的法令典籍无不倒背如流，更不说自己不断地揣摩沉思，已经写出了十篇《治国法书》，若公之于世，一朝成名是轻而易举的。然则，卫鞅的心志决不仅仅在青灯黄卷的著书立说，他要将自己的思虑变成一个活生生的强大国家。十年磨剑，霍霍待试，枕戈待旦，跃跃难平。他甚至常常听到自己内心像临阵战马一般的嘶鸣。

利剑铸成，何堪埋没？

前几日，白雪为他谋划了一个脱身方略：由白氏商社出面聘他为总事，然后将这个消息散布出去，如果庞涓不在意，就立即离魏；如果庞涓阻拦，就买通魏国上层瓦解庞涓。这个办法虽然好，但代价却是卫鞅在魏国名誉扫地。战国之世，虽然商人的地位比春秋时期有了很大改观，但一个名士在未建功业的时日弃官从商，又中途离开尽孝守陵的大礼所在，必然被世人视为见利忘义的小人，在魏国失去立足之地。这样做的实际后果是，卫鞅再也没有了任何退路，如果在秦国失败，等于一生的为政壮志就此化为云烟，再也没有哪个国家可去了。想到了吴起因“小人”恶名带来的诸多后患，卫鞅确实颇费踌躇。

战国初期，有人推荐吴起做鲁国大将。但鲁国的旧贵族却因为吴起的妻子是“异邦女”而坚决阻挠。吴起妻子听到后愧疚万分，愤然剖腹自杀。旧贵族们便又说，吴起为了求得将军职位残杀了妻子，是个丧尽人伦的小人。就为了这“杀妻求将”的传闻，吴起连投三国，都被拒绝。若非魏文侯独具慧眼，力排众议，这颗璀璨的将星也许永远没有升起的机会。

整整想了两日，卫鞅还是同意了。他喜欢挑战，甚至喜欢背水一战，那样可以使他义无反顾地走下去，无须回头张望。吴起遇到了魏文侯，安知他卫鞅不会遇到一个英明的秦公？如果潮流命运注定要他失败，纵然是誉满天下，他也依然会失败，孔子不是最好的诠释么？如果潮流命运需要他的成功，虽万千诋毁，也不会掩盖他的光彩。他去秦国为了何事？为了变法。而变法是天下大势所趋。为了在天下大势中做一番不朽功业，一时被世人诋毁又有何妨？尽管这只是一种希望，而且渺渺茫茫远远没有开始，唯其如此，他觉得更具激发性。是的，这是一场人生博戏，他押下的彩物是名士的声誉，而他期望获得的却是皇皇功业。如果得不到后者，那么前者也将被全部淹没，他将成为一个一无所有与一无是处的赤条条流浪者。如果得到了后者，那么押下的彩物照样可以收回，他将成为光耀汗青的胜利者。

如此的人生博戏，一生能遇几次？此时不博，更待何时？

想透了，想定了，卫鞅就静下心来揣摩申不害的法令。白雪和梅姑向他绘声绘色地学说关于他的“小人”传闻时，他竟开怀大笑了。他已经心无旁骛，一心只在静静地捕捉庞涓的动作。

万籁无声，唯有山风送来涑水河谷的阵阵蛙鸣。突然，卫鞅一阵警觉，好像听到了隐隐逼近的急促脚步声。他听力极好，仔细辨别，迅速站起，拉开木门疾步而出。刚走到门前的大松树下，便见两个人影倏忽飘来。

“小妹么？”卫鞅低声急问，他想肯定是有了紧急事情。

白雪看见卫鞅，未及与他说话，喘息着低声吩咐道：“梅姑，进去收拾一下。”待梅姑轻步进屋，方才轻声说，“事态紧急，马上走，详情回头再讲。”说话间，梅姑已经拎着一个包袱走出。卫鞅急道：“哎，我的书！”白雪急道：“有办法，回头取，先走人。”说着拉起卫鞅的手向后山走去。

这条山道卫鞅很熟悉，每天清晨都要从这条小道登山。白雪也和卫鞅在这条小道上漫步徜徉过几次，自然也熟悉了。卫鞅见从后山走，便想到肯定陵园大门已经走不通了。否则，白雪早已买通了那十余个守门军士，进出是极为方便的。思忖间已经来到小山顶松林中。白雪回头一指道：“你看。”

卫鞅回头，只见山下陵园中飘进一片火把，急速地聚拢在守陵石屋前。

隐约可见有人推门进屋，出来高声喊：“没有人，只有一信。”一人粗声答道：“带回去复命，走！”此时却见又一支火把急速飘到，一个尖锐脆亮的声音喊道：“慢走！卫鞅何在？”粗声者喝问：“你是何人？”脆亮声音道：“我乃公叔丞相府掌书，夫人有急事召他。”粗声者答道：“卫鞅不在，你爱等就等。走！”脆亮声音喝道：“慢！将卫鞅的信留下。”粗声者哈哈大笑道：“今日公叔府能有何事？走！”

马蹄发动间，突见一片火把全部熄灭，黑暗中传来咴咴马嘶与人声怪叫。那一支火把却依然亮着，只听脆亮声音笑道：“这样的信还不给我看。给你，拿回去向庞涓复命。”粗声者大叫：“哎哟，好疼好酸。你，你好大胆子！”脆亮声音留下一阵笑声，一支火把倏忽飘走了。

梅姑低声惊叹：“好功夫！”

卫鞅一直在静静观察，默默思索，摇头点头。

白雪道：“我们走，到地方再说话不迟。”

三人下到山后，松林中已经有三匹骏马在等待。三人分别上马，白雪一抖马缰，当先驰出领路。卫鞅居中，梅姑断后，三骑向西北飞驰。

涞水河谷不阔不深不险不峻，有山有水有林有兽，河谷山原密林覆盖起伏舒展，是安邑贵族传统的狩猎地带。河谷离安邑城不远不近，便有酷爱狩猎的贵族在河谷中盖起了狩猎别居，守候在别居中消夏游猎。久而久之，仿效者日多，河谷中便星星点点布满了贵族别居。喜好品评的安邑人，便将是否在涞水河谷拥有一座狩猎别居做了老贵族的标志。否则，你就是富可敌国，也只是一个欠缺风雅的暴发户。白氏一门三代大商巨贾，白圭又做过魏国丞相，自然在这里有一座狩猎别居。涞水河谷的最特异处在于，这里永远都有人住，却永远没有任何官府管辖。春夏秋冬，白昼黑夜，任何时候都可能有激烈的马蹄声和装束怪异的人物进入谷中，谁也不会感到惊诧，谁也不会前来盘查。

五更时分，三骑骏马飞驰入谷，直奔河谷深处的山腰密林。

半山腰平台上亮起了三支火把，照亮了通往平台的四尺小道。飞驰而来的三骑骏马顺着小道直上平台。三位骑者下马，手执火把的两个仆人接过马缰，另一个仆人举着火把在前领道，向林中房屋而来。

火把照耀下，卫鞅看见这是一座建造得极为坚固的山庄。门厅全部用山石砌成，两扇巨大的石门竟然是两块整石。门额正中镶嵌着两个斗大的铜字——白庄。近两丈高的山石墙壁依着山势逶迤起伏，恍然一道小长城。手执火把的仆人向门上机关一摁，巨大厚重的石门便隆隆滑开。进得门来，庭院颇为宽阔，三排房屋摆成了马蹄形。正北面南的是一排六开间正屋，东侧是五开间的厨屋与仆人住房，西侧显然是猎犬和猎具房。整个院中没有一棵树，只有南边墙下几个高高的铁架，卫鞅想那定然是宰剥猎物晾晒兽皮用的。

白雪笑道："若非事出突然，我还来不了这里。"

"你不是个好猎手。"卫鞅笑了。

梅姑问仆人："准备好了么？"

仆人躬身回答："全部就绪，猎犬已经关好。请公子进正房歇息。"

梅姑道："姑娘、先生，请进。"说着当先走上台阶，推开房门，灯光明亮的正厅非常整洁精雅。白雪卫鞅褪下布靴，坐在几前厚厚的红色地毡上，都是长长地舒了一口气。梅姑上好茶，拿来一张羊皮大图和一串钥匙，笑道："姑娘，这是我在家老那里要来的山庄图。房子不少也，我先去看看道儿，拾掇拾掇。"白雪道："去吧。"梅姑便推门进了里间。

白雪呷了一口茶笑道："三更时分，家老紧急告我，说上将军府掌书透漏，庞涓明日要强逼你做军务司马，不做便即刻斩首。我突然心血来潮，觉得危险，便立即出城。没想到庞涓的人马就在后边，更没想到螳螂捕蝉，黄雀在后，后边还有一个诡秘人物。”

卫鞅点头沉吟：“庞涓提前出动，说明他怀疑身边人了。后边那个诡秘人物，却猜不出来路。然则可以断言，绝不是公叔府的掌书。”

“看此人作为，不像对你有恶意。”

卫鞅笑道：“不着急，迟早会知道。”

两人商议完明日的行动，已经是五更天了。白雪道：“你先歇息，不要急着起来，左右是昼伏夜出了。我和梅姑再合计准备一番。”说完正好梅姑进来道：“先生的寝室在东屋第二进，已经预备好了。”白雪道：“那就过去。”梅姑开了正厅左手的小门，领着卫鞅穿过一进起居室，来到寝室，指着一道紫色屏风道：“屏后是热水，请先生沐浴后安歇。”卫鞅道：“多谢姑娘。你去忙。”梅姑笑道：“有事就摁榻旁这个铜钮，我即刻便来。”拉上门出去了。卫鞅脱掉衣服，在屏风后的大木桶中热水沐浴了一番，顿觉浑身轻松，刚一上榻便沉沉入睡。

次日近午，卫鞅方才醒来，睁开眼睛，却看见白雪笑盈盈站在榻前，手中捧着一套新衣服道：“赶制的，试穿一下，看合适否？”卫鞅笑道：“还是旧的吧，我穿不来新衣。”白雪笑道：“要做商家总事了，能老是布衣么？”卫鞅道：“好，尝尝商人滋味。”白雪道：“穿好了出来我看。”笑着走了出去。

卫鞅穿好衣服来到正厅，梅姑连声惊叹：“吔吔吔，先生天人一般！”白雪微笑着点头道：“可惜只是商家总事，委屈了。”梅姑嚷道：“总事哪行？先生是个大丞相！”卫鞅大笑：“大丞相，可不知晓哪国有也？”白雪笑道：“秦国不是有大良造么？”梅姑嚷道：“对，就大良造！”卫鞅揶揄笑道：“好，梅姑此话叫言卜，就做大良造！”三人笑谈间，仆人已经捧来饭菜，一鼎野羊萝卜羹，一盘饼，一爵酒。卫鞅道："你们不用饭？"白雪笑了："我们起得早，用过了，你自己用，我陪你。"卫鞅先饮了那爵酒，觉得那酒入口略冰，清凉沁脾，令人顿感精神，不由得赞叹："清凉甘醇，好酒！再来一爵。"梅姑再斟满了一爵笑道："三爵为限，不能再饮。"卫鞅道："却是为何？"白雪笑道："这是消暑法酒，性极凉，饭前不宜多饮。"卫鞅惊讶笑道："法酒？好名字，我却没听过。"白雪道："这种酒的酿造极讲究，法度甚严，是以人称法酒。"卫鞅又饮了一爵，不禁笑问："却是如何严法？"白雪道："其一，只能春天三月三这天酿制。其二，用春酒曲三斤三两，用深井水三斗三升，用黍米三斗三升。其三，酒曲之糟糠不得让狗猪羊鸡鼠偷食，水须至清至净，米须淘得洁白光亮，否则酒变黑色。其四，每次只许酿三瓮，然后于中夜三更三点入地窖，藏至次年三月三方可开封。其五，酒瓮饮至一半，再加黍米三升三合，不许注水加曲，三日后酒瓮复满。竟夏饮之，不能穷尽，所谓神异也。"

卫鞅饮了第三爵，感慨笑道："依法治酒，酒亦神异，况乎人也！"再看那盘饼，一面金黄，一面雪白，夹来咬了一口，酥香松脆绵软筋甜，无比可口，不由得又是赞叹，"此饼肥美香甜得紧，也有讲究么？"白雪笑道："这是梅姑的绝活儿，教她给你说。"梅姑咯咯笑道："姑娘夸我，实则姑娘做得比我还好。这叫髓饼。用上好的牛骨髓与蜂蜜和面，圆成厚五分、径六寸的面饼，放于胡饼炉中半个时辰，不得翻动。这髓饼烤成，经久不坏不变，食之强志轻身也。"卫鞅爽朗大笑："看来，我要变成神仙了。"

午后，白雪陪着卫鞅在山顶漫步一回。眺望山腰河谷星星点点的行猎别居，又看山外挥汗耕耘的赤膊农夫，卫鞅良久沉思，默默不语。白雪和他说了一会儿晚上的事，两人便回到了白庄。

暮色降临，一骑黑马驰出河谷。在谷口树林中，骑者换乘一辆车厢像小房子一样的蓝色辎车，直奔安邑城而去。

掌灯时分，丞相府所在的天街车流如梭。蓝色辎车一直驶到丞相府门前方才停下。丞相府的新主人是公子卬，公叔痤家人已经搬到魏惠王另赐的官宅去了。丞相府易主以来，比往昔是更加的热闹繁忙，整日间车水马龙达官贵人络绎不绝。奇怪的是，今晚丞相府门前却很是幽静，偌大车马场空荡荡的没有一车一骑。蓝色辎车刚在车马场停下，府门护军头领便向内高声报号：“白门总事先生到——”报声落点，丞相府家老碎步跑出，来到车前深深一躬道：“小老儿代丞相迎接贵客，请先生安坐。”说着跨上辎车，请驭手坐到一边，亲自驾车从正门驰入。家老是丞相府总管，对寻常高官都是淡漠之极，今日却是殷勤有加，边赶车边回头笑道：“先生头面大得很也，丞相今夜谢客闭门，专门等候先生。”车中传出矜持的笑声，却没有说话。顷刻间，辎车驶到相府深处一片小树林旁停下，家老下车拱手笑道：“敢请先生下车。”车中人走出，从容向林中木屋走去。家老忙不迭领道，却被车中一个布衣少年叫住，递给他一个皮袋子笑道：“多谢家老照应。这是总事先生的些许答谢。”家老接过精致考究的皮袋子，知道这是白门特制的钱袋，沉甸甸的足有十多个金饼。家老心中高兴，连忙道谢，回身碎步跑着去追总事。

林中木屋灯火通明，遥遥可见廊柱下一人，红衣高冠大袖博带，分明便是公子卬。他看见道中来人，大笑迎出：“鞅兄，别来无恙啊？”

卫鞅拱手笑道：“公子荣升丞相，可喜可贺。”

“噫！士别三日，真当刮目相看。鞅兄真道步入风华富贵乡了也。”公子卬拉着卫鞅在廊灯下左右打量，发觉素来简朴高洁的卫鞅今日竟是锦衣玉冠，气度华贵，俨然换了个人一般。

“丞相何须惊奇，卫鞅弃学从商，入道随俗，惭愧惭愧。”

“鞅兄何出此言？大商巨贾乃当今风云人物，谁敢小视？我就最喜和商贾来往。来来来，请到内厅叙话。”公子卬拉起卫鞅的手，笑着走进正厅。

厅中酒菜已经铺排就绪，公子卬热情让道：“鞅兄请入坐贵客尊位。”卫鞅一看座次摆法，明白公子卬已经不再将他当做官场中人对待，而当做民间客友对待了。战国之世，尽管礼制已经不再烦琐迂腐，但尊卑座次还是极为讲究的。但凡官场中人，包括名士交游，客人尊位必是坐北面南，主人则在对面或东侧相陪。若是非官场之客人，则客人尊位必是坐西面东，主人坐东面西相陪。今日坐席面东，自然是非官场礼节。两种坐法，后一种自然比前一种低了一个规格，但后一种却不太拘泥，寻常师生朋友间饮宴待客，均是如此坐法。

卫鞅微笑入座。仆人上来酒具，却不是爵，而是觯。古礼之中，酒具比座次讲究更大。所谓爵位，即是酒具与座次组合的等次。举凡大宴，最尊贵者用爵，盛酒一合；次等用觯，盛酒两合；三等用觚，盛酒三合；四等用角，盛酒四合；五等用杯，盛酒五合。也就是说，地位越是尊贵，酒具的容量就越小。各种酒具中又有材质、形制、精粗、铭文等诸多区别，即或是王室犒赏群臣的数百人大宴，繁多的酒具也会将每个人的身份等次丝毫不差地表现出来，绝不会出现尊卑混淆。上酒的大容器也有区别，三等以上用大尊，三等以下用大壶。春秋末期，这种烦琐酒礼大大地简化淡化，酒具的使用也变得随意起来。孔子大为感慨，曾惋惜长叹：“觚不觚！觚哉！”觚已经不是觚了，觚啊！虽则如此，但在上层官场，酒具的尊卑讲究还是存在的。官吏聚宴，寻常全部用各种爵。民间聚宴，则全部用觯或觚。上酒容器则完全随意。今日公子卬用觯，再次表明对卫鞅的接待是民间友人，而不再将他当做名士小吏。

卫鞅笑道："丞相通权达变，鞅自愧不如也。"

"要说通权达变，那是卫鞅。当今名士，谁能弃官从商？卫鞅也！"

"卫鞅困窘，不得已做稻粱谋，已成天下笑柄，丞相勿得谬奖。"

公子卬发现，素来冷峻傲岸的卫鞅一朝富贵，竟变得柔顺了谦卑了，似乎对他这个位极人臣的王室贵族已经有了敬畏之心。公子卬大为欣慰舒畅，既往对卫鞅才气的钦佩和人品的景仰在顷刻之间荡然无存。他举觯笑道："卫鞅，来，为了足下富贵前程，先干一觯！"举觯一饮而尽。

卫鞅恭敬笑道："为了丞相功业兴隆，干！"也是一饮而尽。

"卫鞅啊，白门家老请我为你在上将军处开脱，此事可是难办也。庞涓要打大仗，正需军务司马，他如何肯放你走？再说，你原先慷慨应允，守陵期满后任事，我也在当场。此话教我如何去说？"公子卬一副为难的样子。

卫鞅笑道："丞相放得我一条财路，卫鞅自有报答。"

"噢？此话怎讲？"公子卬高深莫测地微笑着。

"白门有言，愿以洞香春十年之利金报答丞相。"

"十年几多？"

"大约三百万金，顶一个小诸侯府库了。"

公子卬沉吟道："卫鞅，白门用如此天价买你，却是为何？你修习学问尚可，经商为贾难道也是个中高手？一旦失手，白门无报，此事岂非大大麻烦？要知晓，白氏一门，和王室可是千丝万缕也。"

卫鞅笑道："丞相勿忧。卫鞅对陶朱公范蠡的《计然》十策，早已经揣摩精熟，对商道颇有心得。不瞒丞相，卫鞅已经牛刀小试，为白门做成了一笔近十万金的大买卖。否则，以白门天下巨商，如何能教卫鞅做总事？又如何肯如此费力为我周旋？"

公子卬悠然点头："鞅兄如此干才，此事尚可为也。"

"此外，卫鞅每年奉送丞相五千金，以做酒资。"

"好！富贵不忘旧交，果然是聪敏豪爽，啊！"公子卬哈哈大笑，却突然压低声音问道："鞅兄，见过白门女主否？"

卫鞅摇摇头："我只和白门家老共谋商事。"

公子卬沉吟笑道："白圭的独生女，可是名动安邑的神秘丽人，然却谁都没有见过。我想请你疏通一件大事，不知可否？"

"不知何事使丞相犯难？"

"原由在此——"公子卬起身走到卫鞅身旁坐下，低声道："魏王一直没有立狐姬做王后，皆因狐姬风情太盛，艳事太过，有累魏王清名。白门乃天下望族，白圭女儿才貌双绝，若能使此女做了魏王王后，何愁你做不得上卿？届时你我同朝，又何愁对付不了一个庞涓？鞅兄意下如何？"

卫鞅淡淡一笑："只是，我能做甚事？"

"好说。鞅兄只要将我意详明达于白女，约定我与白女一见，万事皆妥。"

"丞相能使白女成为王后？"卫鞅大是惊讶。

公子卬大笑："后边之事，鞅兄不用管了。应对官场，兄不如我也。"

"只是，"卫鞅沉吟道，"目下我还不能正式在白门任事。"

"此事鞅兄尽可放心，我明日即刻办理。"公子卬爽快明朗。

离开丞相府，卫鞅回到涑水河谷，已经是三更尾四更头了。他对等候的白雪没有详细讲述公子卬的叵测居心，他要等到公子卬有了明确结果再说。

此日午时，公子卬醒来梳洗，觉得精神焕发舒畅极了。

用午餐时，掌书和家老分别向他禀报了早晨的内外事务。他指点了几件事，又对午后要来的几拨官吏要办的几件事做了定夺，一天的公事大体了结。所余的时光，是他用来斡旋各方的时光。公子卬做官，有他独到的办法，这便是“少做事，多走动”的六字诀。世间大凡喜欢实干做事的人，总是官运艰涩。原因只有一个，要做事就要出错，一出错就要遭非议，非议多了必然下台。公子卬对“少做事”又有独到方式——多议事，少做事，多做虚事，少做实事。作为丞相，凡事皆可参与议论，凡事皆不可亲自做，成则有决策之功，败则有推诿之辞。这是“多议少做”。但只要为官，永远不做事亦不可能。这就要尽量多做那些易见功劳而难查错漏的虚事，譬如接见使臣、祭奠天地、抚恤将士、救济灾民、编修国史、宫室监造、出使友邦、巡视吏治、主持国宴、遴选嫔妃、赞立王后，等等。对于那些易查罪责而难见功效的实事，非万不得已，则坚决不做。譬如修筑堤防、领兵出征、整肃吏治、制定法令、查究弹劾、出使敌国、决定和战、督导耕耘、剿灭盗贼、审理案件，等等。

公子卬的大事只有一件，就是巩固地位，提高声望。要做到这一点，就要殚精竭虑地走动——对上斡旋，对下周旋，对官言礼，对士言义。仅以两端而论，公子卬就做得极有成效。对魏王，他极尽投其所好，而又做得雅致有趣。魏王晚睡晚起，他也晚睡晚起，纵有军国急务，也绝不在魏王睡觉的时候去打扰。魏王精于玩乐享受，对珠宝鉴赏、狩猎游览、宫室建造、音律品评、美酒美食、美女美色、猛犬珍禽，等等等等，都有高深造诣。公子卬也便刻刻努力，一样不落，成了魏王最高雅的玩伴。纵是魏王和狐姬裸体腻戏之时，他也能微笑着坐在三尺之外细加评点，使魏王大为感慨，称赞公子卬为“无拘细行，真名士也”！也使魏王和他成了无话不谈无密不谋的君臣莫逆。对于学问名士，公子印则是“义”字当先，谦恭豪爽，不惜降尊纡贵地结交。五年前，他对多才冷傲的卫鞅就称兄道弟，传为安邑佳话，获得了“贤明好义”的一片声誉。

公子印来到王城寝宫时，魏惠王正在湖畔对着大梁新都的王城建造图入神。湖中漂荡的小舟上不时传来狐姬和侍女们的嬉笑嚷闹，也没有使魏王抬起头来。

“王兄啊，又在为国呕心了，该节劳也。”公子印摇着一把大扇，送去一缕清风。

“王弟，你来得正好。”魏惠王手指敲着摊开在玉几上的大图，“你看，大梁王城有如此大一片水面，却空荡荡没个可看可乐处。我想在湖心造一座可浮游漂动的寝宫，这湖面方能物尽其用。”

“好！王兄真道得奇思妙想，天下独此一家。即刻动工，我来监造！”

魏惠王皱皱眉头：“你可知晓，浮宫要几多金？”

“百万之数大体不差。”

“百万？大梁工师已经算过，三百万金也。府库存金，除去庞涓的军费、官吏俸金和新都建造费用，只有一百万金了，如何能够？”

公子印爽朗大笑：“天意天意！偏巧我给王兄带来一笔重金，浮宫可造也。”

“你？你何能如此多金？”魏惠王惊讶地盯住了这位丞相。

“王兄知晓白圭否？”

“笑谈，白圭如何不知？”

“白圭死后，其独生女儿掌业，欲寻觅一位总揽商事的干才。王兄知晓否？”

“不知。”魏惠王摇摇头。

“王兄知晓卫鞅此人否？”

“卫鞅？何许人也？不知。”

“老公叔临终前举荐的丞相，王兄也忘记了？”

魏惠王哈哈大笑道：“啊啊，那个中庶子也。白门请他做总事？”

“王兄果然高明。正是此人。”

“此人与两百万金何干？”

“王兄不知，上将军庞涓急需卫鞅做他的军务司马，卫鞅原已答应，难以脱身从商。白门便请我出面与庞涓讲情，许以十年内两百万利金。小弟一片愚忠，不敢私吞，献于王室，岂非王兄有了浮宫？”

魏惠王高兴得拊掌大笑：“好好好！王弟忠诚谋国，真正难得。”却突然沉吟，“十年？远水解得近渴？”

公子卬微笑道：“王兄贵为国君，自不通贱商之道。此事可教卫鞅周转，浮宫用金先行从府库支付，卫鞅每年补入库金即可，何劳王兄担忧？”

“好谋划！”魏惠王笑道，“这卫鞅又没打过仗，不通军旅，做何军务司马？从商也算是人尽其才了，就教他去也。上将军用人不当，另当别论。”

“那，上将军的军务司马如何处置？”

“那有何难？本王从王族子弟中派出两个，让他等也磨炼磨炼，学学战阵生涯，也省却整日无所事事。”

“我王思虑深远，用人得当，臣即刻去上将军府处置此事。”

公子卬出得王城，立即驱车前往上将军府。见到庞涓，他简约地转达了王命，尤其具体转述了魏王对庞涓“用人不当”的评点。庞涓脸如寒霜，正想开口，公子卬却拱手告辞，扬长而去。出得上将军府，公子卬立即派人将消息送到白门，而后逍遥登车。他在车中大笑不止，觉得这几件大事处置得妙极顺极，真是一举三得。了结了长期以来欠卫鞅的情分，还从卫鞅处得到了极大好处；解了魏王浮宫急难，显示了极大的忠心，还落到了多余的一百万金；压制了庞涓的气势，挖了庞涓的墙脚，还给庞涓军中掺进了自己的王室子弟。在这三大好处之外，公子印还保留了最大的一个果子，就是白氏女与魏王联姻的秘密谋划。此事若成，公子印将权倾朝野，一来不愁封侯分地，二来不愁重臣依附，何亚于在魏国做第二国王？如此多的鸿运好事，公子印如何不大喜若狂？但是，他绝不会将这种鸿运告诉任何人，也不会在任何人面前露出自己大喜过望的心情。在夫人家人亲友同僚面前，公子印始终是忧国忧民豪侠仗义的王族英才，岂能如此有失体统？

庞涓却是胸口胀痛，忧气难消。丢了一个卫鞅，来了两个饭袋，还落了个用人不当，真道是莫名其妙！寻常时日，魏王从来不给军中随意派员，也不过问军中的具体军务，算是放得很开的君王了。一个卫鞅，弄得一切都变了样，真正是岂有此理！庞涓想进宫，又觉得为一个军务司马和国君理论，伤了和气就是因小失大。退回两个王族饭袋吧，饭袋还没开始做事，又有不够容人之嫌。和公子印理论吧，他转达的是王命，尽可以推得一干二净只和你打哈哈。想来想去，庞涓觉得自己吃了个哑巴亏，不宜说，不宜动，只有闷在肚子里让胸口胀痛。庞涓长嘘一声，暗暗咬牙，决意灭了韩国后再来消磨这些小人。

此时天色将晚，一个细瘦的身影轻步走进了上将军书房。

庞涓没有回头便怒喝一声：“出去！谁也不见。”

细瘦身影轻声笑道：“大师兄，和谁生气？”

庞涓回头，却见幽暗中站着那个布衣小师弟，不禁觉得自己失态，回身释然笑道：“小师弟，师兄正在思虑一个阵法，见笑见笑。坐了。”

布衣少年入座，拱手认真道：“大师兄，小师弟前来修习，那位军务司马到任否？”

庞涓叹息一声：“天有不测风云，人有旦夕祸福。那个军务司马出外访友，却在夜行时不幸摔死在山涧之中，真乃令人伤痛也。”

布衣少年大惊，脸上阵青阵白，却硬是以袖塞口，没有叫出声来。有顷，颤声问道：“夜行？哪一日？”

“三日之前也。”庞涓悠然一叹。

布衣少年眼中涌出两行热泪，拼命忍住哽咽之声。庞涓不悦道：“素不相识，何须如此女儿态？”布衣少年拱手道：“小弟失去修习之师，命运多舛，安得不痛心？”庞涓正色道：“代师教你者是我庞涓，他人安得算修习之师？”布衣少年含泪道：“大师兄有所不知，临下山老师预卜，言我命中只有一师，此人若死，我须即刻回山，否则将短寿夭亡。大师兄，告辞了。”庞涓素来对老师这种神秘兮兮的东西不感兴趣，听此一言，顿感晦气，冷脸拂袖：“你走吧。”

突然，门外家老高声报号：“白门总事晋见上将军。”

话音落点，锦衣玉冠风采照人的卫鞅已经步入正厅，在书房外深深一躬高声道：“白门总事卫鞅，参见上将军。”抬起头时，却与布衣少年惊讶的目光正巧相遇，电光石火间，两人眼睛均是一亮，却又同时岔开了视线，平静如常。

庞涓懊恼莫名，冷冷道：“你来何干？”

“禀报上将军，卫鞅特来赴约，任职军务司马。”卫鞅神态谦恭。

“本上将军的军务司马已经死了，新的也有了，要你这商人做甚？”

“禀报上将军，白门有言，不敢开罪上将军，若上将军留任在下，白门即刻与在下解约。在下期望在上将军麾下建功立业。请上将军明察。”

庞涓气得脸色发青，戟指卫鞅，低声喝道："你这个言而无信反复无常成事不足败事有余的小人，老夫永远不会用你！给我送客。"

门外家老高声道："送客——"

卫鞅一脸沮丧，拱手道："上将军但有用人之时，卫鞅招之即来。告辞。"转身唯唯而去。庞涓转身，布衣少年却也不见了踪迹，气得高声喝令："关上府门，今日不见客！"

"关闭府门——"随着一声长长的传喝，沉重的上将军府门隆隆关闭。

此刻，卫鞅已经打马出城。这时他在魏国已经成了官吏士子皆曰不可交的小人，人人避之唯恐不及，没有人再暗算他，也没有人再威胁他，无须辎车掩盖，无须躲避行藏。一骑快马，大道疾驰，山风送爽，不禁仰天大笑。

"敢问先生，笑从何来？"一个清亮而略显嘶哑的声音冷冷发问。

卫鞅一惊，勒马观望——此时月上梢头，照得道边山野间林木葱郁朦胧，却发现不了声音发自何处。卫鞅静静神，沉声问道："阁下何人？敢请现身答话。"

"不涉利害，先生无须问我是谁？"

"难道阁下就这一句话么？"

"我要正告先生，危邦不可久留，须得即刻决定行止。"

卫鞅大笑道："我已无人理睬，何须耸人听闻？"

"非也。先生三日内必有新的纠葛，若不趁早离魏，再想离开将永远不能。"

卫鞅惊出了一身冷汗，恭敬拱手道："何方高人？鞅不胜感谢。"

"既非高人，先生亦无须言谢。我就在你右手山头，只是不宜相见罢了。先生请回。告辞了。"

卫鞅向数丈之外的右手小山头看去，只见树影微动，遥闻一阵马蹄声远去，四野又是一片沉寂。卫鞅猛然想到方才在庞涓书房见到的布衣少年，难道是他？不会啊，那个布衣少年分明是洞香春遇到的神秘老人的孙儿，他既在庞涓府中，必和庞涓大有渊源，如何又能帮我？方才他也显然明白不宜在那里和我表示认识，可见他和庞涓又有一定距离。有渊源，有距离，可能是何种人？再说，一个少年，如何能有如此奇异技能？是的，不可能。然则是谁？卫鞅又想到了公叔陵园那个单身骑士惊心动魄的搏击绝技，对，极有可能是他。然则他又是谁？卫鞅已经问过，公叔府已经交出了所有文职小吏，没有一个掌书。那人自称公叔府掌书，显然是假托。那么他的真实身份？他为何关注自己的行止安危？莫非是老师派出的使者？不会，绝不会。老师在他下山时与他言明，不许说出老师名字来历，自己的人生功过善恶，均由自己承担。老师是严厉的，也是明哲的，绝不会心血来潮派出一个人帮扶自己。一时间，卫鞅倒是理不清这团乱麻了，于是不再想它，打马一鞭，飞驰涑水河谷。

三　茅津渡两情惜别

太阳还没有升起，大河两岸的辽阔山原锦缎般灿烂。

大河从漠漠云中南下，一泻千里地冲到桃林高地，过蒲坂，越函谷，包砥柱，吞三门，在广袤的山原间铺开，浩浩荡荡向东而去。大河在南下东折的初段，鬼斧神工般开辟出种种险峻奇观。这“河包砥柱，三门而过”便是大河东折处最为不可思议的神奇造化。砥柱本是一片孤山，当道矗立，阻拦大河东去。大禹治水，举凡山陵挡水者，皆凿通水道。河阻砥柱山，大禹便从两边破山通河。中央主峰孤立水中，河水分流，包山而过，山在水中犹如通天一柱，人皆称为砥柱山。所谓中流砥柱，从此成为一个不朽的典故。大河从砥柱两边分流，中央砥柱与两边的山峰便如大河的三道大门，时人呼之为三门。

这砥柱以西函谷以东，却是大河在漫长岁月中冲积成的莽莽荒原。一眼望去，两岸苇草茫茫，杳无人烟，唯有一座古朴雄峻的石亭在苇草间时隐时现。石亭下不远处是一个小小渡口，两只木舟横在当做码头的大石旁，一群水鸟在舟中盘旋啁啾。苇草间可见红白两骑，走马而来，遥指渡口，相互讲说着什么。渐行渐近，正是卫鞅与白雪。

昨夜，卫鞅回到涑水河谷，白雪与梅姑正在整理他需要带走的书简，连同从陵园取回的一箱和白雪家藏的法令典籍，总共装了满满两大箱。见卫鞅回来，她们便收妥书箱，收拾晚餐。饭后，卫鞅对白雪讲了去庞涓府的经过，白雪不禁笑得流出泪来。梅姑在旁边高兴得直嚷："该！气死这个小心眼儿。"高兴一阵，卫鞅讲了自己回来路上遇见的奇异告诫以及自己对此人身份的种种猜测。白雪很警觉，沉思一阵，提出今夜即刻离魏。卫鞅本想为白雪安排一番，迟走两日，然白雪却再三坚持，便也赞同了。一个时辰内，三人收拾好所有必备用品，梅姑留在后面从商路运送书简并准备船只。卫鞅和白雪仔细选择了西行道路，四更将尽时飞马出谷，直奔选定的渡口而来。红日将升时分，荒凉的古渡已遥遥在望。

这个渡口叫做茅津古渡，虽然荒凉破败，却是西入函谷关的最近渡口。

茅津渡处在橐水入河的交叉处。春秋早期，这里叫茅戎邑，是戎狄部族的一支——茅戎的游牧区域。后来戎狄部族在中原如洪水泛滥，齐桓公九次联合诸侯，合力驱逐从四面八方侵入中原的戎狄部族。几次血战，茅戎部族的残余人口也被赶出了中原。这块水草丰茂却不适宜耕种的土地，从此沦落为荒芜的草滩河谷。茅戎人开辟的渡口也变成了荒野古渡。有酷爱古迹的士子们感念齐桓公的驱戎大功，便在茅戎邑的古城堡废墟上建了一座茅亭，以作凭吊怀古之念物。茅津渡南岸数十里便是函谷天险。西入函谷关，半日便可到达秦国目下的控制疆域。

看看已到茅亭，白雪笑道："千里送君，终须一别。最后这段路，走走。"

"对，应该走走了。"卫鞅笑着下马，向白雪伸出一只手。

白雪搭着卫鞅的手跳下马来。此时夏日喷薄而出，朝阳照得白雪脸上细汗津津。卫鞅从怀中掏出一方白色汗巾递过来："小妹，擦擦汗。"白雪明亮的眼睛深情地望着卫鞅，脸上飞起一片红晕，睫毛敛起娇声道："你来擦也。"卫鞅看看白雪近不盈尺的秀美面庞，慢慢伸出颤抖的手，在她宽阔洁白的额头上轻轻沾拭。白雪微微眯着双目，身体却是轻轻一抖，依偎在了卫鞅肩头。一种生平从未体验过的奇异感受，如惊雷闪电般从卫鞅周身掠过，他猛然丢开马缰，伸开双臂将她紧紧抱在怀里，嘴唇不由自主地贴上了白雪滚烫的面颊与颤抖的双唇。白雪低低的一声呻吟，软软地倒在深深的苇草中。

两马交颈嘶鸣，茫茫的苇草绿浪淹没了它们的主人。

良久，两人从苇草长波中浮了起来。白雪眺望着朝霞照耀下的滔滔大河："真想化作大河之水，伴君而去。"

卫鞅揽着白雪的肩膀："多想留下，永远相拥相伴。"

"出息了你？真话么？"白雪扑地笑了。

卫鞅大笑一阵："要我真是个商人，做你的白门总事多好？"

"真是个商人，要你何来？"白雪咯咯笑了。

"一介布衣，美人如斯。看来啊，造物主还算公平。"卫鞅夸张地做出一副陶醉的样子，逗得白雪大笑起来。

笑了一阵，卫鞅正色道："小妹，我还得告你一件大事。"白雪惊讶道："大事？我不知晓？"卫鞅点头道："这件事颇为麻烦，因我没想好妥善对策，所以没对你讲。公子卬有不良之心，意欲将你纳为魏王王后，还想教我从中与你达意。"白雪长嘘一口气，笑道："你这不达意了么？"卫鞅哈哈大笑："你却意下如何？"白雪轻轻啐了一口，朗朗笑道："你就放心去也。我还以为何等大事，吓得人心跳。"卫鞅道："昨夜那人，说三日内有纠葛，我想定是公子卬要逼我扯出你来。你得谨慎应对也。"白雪笑道："你不走，我岂能不出来？你走了，我又何须出来？找我不见，这件事不就湮没了？白雪不想见谁，谁就休想找到她。是么？"卫鞅笑道："是啊，天火无焰，岂有寻常踪迹？"白雪脸一红低声笑道："只有你，知道我的秘密。"卫鞅揶揄笑道："其实，我倒是真心喜欢那个布衣小弟也。"白雪娇嗔道："哟！那就让他跟你了。"

说话间已是日上三竿，晨风摇动苇草，一艘小船向渡口悠悠漂来，梅姑在船上遥遥招手。

"梅姑来得好快，我该走了。"卫鞅不舍地叹息一声。

"稍等不妨，"白雪叮嘱道，"栎阳那家客栈的执事是老父的门客，实则是一位风尘隐侠。事有眉目之前，你就住在那里，他会帮扶你。我在那里存储了万金之数备你急需，不要吝啬了。"

卫鞅一怔："万金？如果秦国也要用钱活动，我马上离开。"

"离开？到何处去？"

"和你泛舟湖海，与范蠡西施一般，永远不涉政事。"

白雪悠然一叹："君有此言，白雪足矣！古人云，冬有雷电，夏有霜雪，然则寒暑之势不易，所谓小变不足以妨大节。只要心正，金钱未必不能用于官场。君之内性，强毅刚烈，嫉恶如仇，初入秦国，万莫以官场瑕疵萌生退意。"

卫鞅又一次感到了深深的震撼。这个女子似乎生来就是他的红颜知己。她对他心灵的沟壑波澜是那样的洞察入微，又对他精神性格的细小伤痕是那样的细心呵护。在公叔陵园中第一次现出女儿身，她就使他的孤傲冷峻与偏执自尊土崩瓦解，使他受到前所未有的心灵震撼。如果说那还是纯粹的情感天地，女儿家有天然的细心与深刻的话，今日却是为政之道，是卫鞅傲视天下的最强之处。这个妙龄女儿却提出了如此饱含人世沧桑的劝诫，恰到好处地抚摩到了他内心的弱点——坚刚有余而柔韧不足，冷静自省而海纳百川之胸怀尚有不足处。平心而论，卫鞅也知道自己还需要锤炼，然则生平第一次被人点出缺陷，愧疚之心油然而生。他向白雪深深一躬，坦诚真挚地说："小妹一言，照我肺腑，使我顿生惊悟。此后当惕厉自省，深以为戒。"

"哟，"白雪扶住他含笑嗔道，"那是老父的话，记住可也，忒般认真？"

卫鞅慨然一叹："知我医我者，唯小妹耳，安得不敬？"

"不要敬，要爱。"白雪低眉柔声。

"礼恒敬之，心恒爱之。"卫鞅双手轻抚白雪双肩。

白雪眼含热泪，轻轻偎在卫鞅怀中低声吟诵道："绸缪束薪，大河在天。今日何日？见此良人。何堪所思，何堪所忆？子兮子兮，君在远山。"

河中小船已在渡口大石边泊定。梅姑没有相催，却对着大河流水唱起悠长的歌儿："青青子衿，悠悠我心，纵我不往，子宁不嗣音？青青子佩，悠悠我思，一日不见，如三月兮——"歌声在河面飘荡，水鸟在身边盘旋伴舞。

卫鞅笑道："梅姑相思了，走。"

"莫急。"白雪从腰间摘下那支精致的细剑，围在卫鞅腰间，一搭剑柄剑尖的铜扣，"叮"的一声振音，卫鞅腰间多了一条锃亮的腰带。

白雪笑道："这是老父留给我的素女剑，细薄柔韧之极，去鞘可做腰带，锋锐可断金玉。它在你腰间，就是我抱着你也。"

卫鞅猛然抱住白雪，深深一吻，转身大步而去。

晨风习习，大河在金色的阳光下连天而去，一只小舟向南岸起伏漂逝。卫鞅站在船头向岸上遥遥招手，白马在船尾向故土昂首嘶鸣。北岸渡口，伫立着凝望的白雪，化成了苇草绿浪中的一点猩红。

四　初入秦地谨慎探询

进入函谷关，到华山的魏国军营，快马只有半日路程。

卫鞅所乘白马，是在公叔府做中庶子时的寻常坐骑，这段路走了整整两日。也并非白马脚力太弱，实在是卫鞅并不急于进入栎阳。卫鞅想好好看看秦国，顺便查勘一番秦国的风土人情。毕竟，这个被魏国封锁在函谷关以西的战国，对他是遥远而陌生的。确切地说，所闻甚多，却从来没有踏上这片神秘的土地。这对他这个多有游历的士子，不能不说是一种缺憾。

卫鞅的祖国，是大河中段最肥沃地段的卫国。

卫国不是大诸侯，却是个最为特异的诸侯国。特异所在，是始封国君与初始臣民的"水火同器"。周武王克商之后，殷商族群虽亡国而几欲复仇复辟。历经密谋，终有了殷纣王之子武庚与周室监管势力管叔、蔡叔部的联结叛乱。于周武王之后摄政的周公旦，平定了这场大叛乱后，将殷商族群分而治之：残存的殷商王族遗民，悉数聚迁于淮水流域的宋地，以殷纣王的庶兄微子为国君，封成了宋国，以彰显周王室存续殷商社稷的宽仁大德；残存的殷商臣民族群，则悉数聚迁到大河中段的濮阳地带，以周武王最小的弟弟康叔为国君，封成了卫国。就实而论，宋国虽延续了殷商王族的社稷祭祀，然其王族人口在动乱中锐减，国人又大多不是殷商庶民，其殷商国风便大大淡化了；卫国不然，由于聚集了殷商七大族群，是故虽以周王族为国君，却始终弥漫着浓郁的殷商国风。殷商庶民多以商旅为传统生计，邦国兴亡的爱恨情仇渐渐抚平之后，又开始了实实在在的生计奔波，卫国便渐渐呈现出了一片蓬勃生机。在整个西周时期，卫国都是小邦土地而大邦财货，商贾发达，民生殷实，堪称实际上的大诸侯国。及至春秋，卫国依然是富庶大邦，其“桑间濮上”的开化民风，一时成为春秋之世极有魅力的文明风华旗帜。

只是到了战国的刀兵大争之世，卫国才渐渐衰落了，萎缩了。

卫鞅的祖上颇见特异，父系是卫国国君部族的周王族远支公子，历代母系却多有殷商女子。随着族群繁衍而血缘渐远，也随着卫国公族渐渐衰落，姬姓族群之后裔也在种种分化中大多沦为平民了。卫鞅一族，也走过了如此一条淡出贵族的路程：始以公族之“姬”为姓，再以“公孙”为姓，再以国号“卫”为姓，从王族血统渐渐地步入了平民。战国之世，卫鞅的曾祖父与祖父，虽然还顶着“公子”之名，然已经是实际上的“国人”了。出行谋生及结交之际，羞于对人提及“公孙”，更羞于对人言及王族姬姓，于是随了潮流时俗，以国为姓，采用了方便而不显痕迹的国号“卫”姓。到了父亲卫赫之时，卫姓已成了家族常用的姓氏，“公孙”几乎已经被族人遗忘了。

从曾祖时起，卫氏操持的是“文商”生计。所谓文商，是制作各种文具与书写用材，卖给官府和士人的文路商贾。其中，曾祖父卫嗣时期的“卫氏竹简”颇具盛名，被中原官府士子多呼为“卫氏简”。这种生计利金不高，然却较为稳定，一代人下来，卫氏也算是既有贵族名号又有财货来路的殷实之家了。祖父卫桓一代又辛勤扩展，已经是占领近十个诸侯国竹简市场的大文商了。父亲卫赫，年轻时既顶着“公子”

名号，又秉持着传统生计，家道虽无大进，却也在卫国颇具名望。其时，一个商旅人家的美丽女子，与父亲在“桑间濮上”的春日踏青篝火中相识了，相爱了。这个女子是殷商后裔，嫁给父亲时，由于商人之女的身份，不能做一个具有王族血统的“公子”的正妻，只有做了妾。她便是卫鞅的母亲。以看重礼制尊卑的周人的说法，妾生子是庶孽之子——唯其庶出，唯其卑贱，故呼之为“庶孽”也。如此，卫鞅便是公族远支诸多“庶孽”公子中的一个了。

卫鞅刚刚降生，一场突如其来的水患毁灭了卫氏田庄与文商作坊。其时，诸侯间动辄以邻为壑，或淹没欲图夺取的邻国良田，或威慑敌国以为惩戒。这场突然的大河水患，是魏国欲威慑卫国称臣，有意决开了大河堤防。在那场水患之中，母亲为了救出儿子，被滔滔大水吞没了，永远地埋葬在了一片汪洋的卫氏田庄作坊。父亲为这个从大水中存活的儿子取了一个特异的名字——鞅。鞅者，马颈下之坚韧皮革也。父亲的寓意是深远的，期盼儿子像马颈革一样坚韧，甚或，期盼他成为驯服烈马的勇士。

然则，陡遭变故的父亲没有精力教诲儿子，只有全副身心投入商旅谋生。父亲对文墨诸事颇见精熟，然对商旅经营之道却远不及先祖。父亲唯有一长，便是在商事来往中结交了诸多高人名士与风尘隐者。对辛苦游学的读书士子，或自己敬重的高士隐者，父亲一律赠送上品竹简，常常不收一钱。然则，也正因了这种“义利”不明，低价义卖，长相赠送，父亲一直是辛劳有加而获利微薄，几年之中一间小作坊始终不见起色。便在如此凝滞艰涩的岁月，一场水患之后的瘟疫又悄悄来临了。残存的卫氏家人一个个撒手去了，只留下了奄奄一息的父亲与奇迹般活下来的鞅——马颈革一样坚韧的鞅……孤独的父亲郁郁成疾，自感不久于人世，遂带着幼小的儿子跋涉入山，将儿子托付给了一个隐居深山的高人，便撒手西去了。

深山隐士一诺千金，将小卫鞅带进了莽莽苍苍的大山。

从此，卫鞅开始识字，开始练剑，开始读书，开始作文，开始修习法家之学。十三岁开始，卫鞅随老师周游天下，走遍了列国名山大川。十六岁时，老师将他秘密送到魏国丞相公叔痤府中，实际修习政务。五年之中，卫鞅为公叔痤收集法令典籍，又一次重新踏勘了中原列国，对各国的民生民治有了切实的体察与揣摩。即或是奔放多彩的战国之世，在堪堪加冠的年岁上有如此丰厚阅历的士子，也是极为罕见的。

遗憾的是，卫鞅却从来没有来过秦国。

在卫鞅成长的年代，东方列国对秦国列为蛮夷之邦，剔除在中原文明之外。这种蔑视，甚至远远超过了对另一个蛮夷之邦楚国的蔑视。这里的根源在于，秦部族长期与西方戎狄杂居，仅凭武勇之力成为大诸侯，所谓根基野蛮。但凡士人官吏相聚，总要大谈秦国的种种落后愚昧与野蛮。民风是“三代同居，男女同屋；寒食恶饮，好逸恶劳”；民治是“悍勇好斗，不通礼法”；民智则更是“钝蛮憨愚，不知诗书”。即便是对享有盛名的秦穆公，也有“人殉酷烈，滥用蛮夷”的恶名相加。在东方士人眼里，秦国是一片野蛮恐怖的土地，除了打仗，万万不要踏上那块恶土。在这种流播久远的议论传闻年复一年地弥漫东方的情势下，极少有士人流入秦国。数百年来，除了老子和个别墨家弟子踏进过秦国外，“秦国无士”一直是天下共识。在这种陈陈相因的共识中，卫鞅的老师和卫鞅也都未能免俗。他们甚至在另一个“蛮夷之邦”的楚国游历了半年，却从来没有想到过去秦国。若非那个神秘老人的启迪和那卷振聋发聩的求贤令，卫鞅真不知晓此生会不会来到秦国。

正因为陌生而神秘，卫鞅才决意寻访而进。他期望在进入栎阳之前，对这个在东方士人眼中面目狰狞的邦国，有个大约的了解。

一进函谷关，便是河西地带。战国时代，一提“河西”二字，人们想到的便是魏国秦国间的长期拉锯连绵杀伐。“河西”，是黄河成南北走向这一段的西岸地带，南部大体上包括了桃林高地、崤山区域，直到华山，东西三百余里；中部大体包括洛水中下游流域[1]以及石门、少梁、蒲坂等要塞地区；北部大体包括了雕阴、高奴、肤施，直到更北边的云中。这就是战国人所说的河西之地。黄河西岸这块辽阔的土地，纵横千余里，在秦穆公时代都是秦国的领土。后来日渐被魏赵韩三国蚕食。尤其是魏文侯时期的两个名将——吴起和乐羊，对秦国和其他诸侯展开大战七十六次，战胜六十四次，战平十二次，使魏国疆域大大扩展，其中夺过来最大的一块便是秦国的河西之地。那时候，正是秦国厉、躁、简、出四代国公当政，秦国最为混乱软弱的时期，根本没有能力与新兴的强大魏国对抗。卫鞅对这一块已经被魏国占领三十余年的区域，大体上还算熟悉。魏国对原本属于老秦国的这块河西之地，并没有实行相应的变法，井田制、隶农制依旧保留着。也没有封给任何功臣作为封地，确切地说，是没有一个重臣愿意被封到这里。魏国的办法是，将河西之地划分为十六县，由王室派出县令直接管辖，赋税通归王室；对河西之民课以重税与频繁徭役，却不许河西之民入军。魏国信不过这个“蛮夷之邦”的子民，只将他们当做耕夫和牛马看待，而不愿意教他们成为光荣的骑士。河西之民和魏国本土民众的富裕日子相差甚远，只是在温饱边缘苦苦挣扎而已。

在卫鞅看来，这是对待新领土最为愚蠢的方法，是逼迫河西庶民离心离德的苛政。他曾经几次向公叔痤上书，建言魏国对河西之地实行“轻税宽役，许民入伍”的“化心宽政”。公叔痤大为赞赏，却就是无

[1] 洛水有两条，一是流经洛阳、从平原入黄河的洛水；一是流经陕北、从潼关入黄河的洛水。这里指后者。

法取得魏王与魏国上层的认同。魏王说，这是祖制，轻易不能触动，看看老臣世族们如何？老贵族们则说，秦人蛮贱，只配做苦役，岂能以王道待之？

卫鞅没有在河西地带耽延，进了函谷关打马向西，直到看见华山才缓辔而行。

他选择了渭水北岸的官道作为西行路径，要看看秦国的腹心地带究竟如何？这条路说是官道，实则是一条仅能错开车辆的坑坑洼洼的黄土路。仅此一端，可见秦国确实贫穷。卫鞅边走边看，又成了当年的游学士子。遇到道边农舍便走进去讨口水，和主人寒暄片刻。天黑时分，便在一家农舍歇了，和主人直说到三更。次日清晨，卫鞅和主人同时起来，殷殷作别，又上路西行。

走马半日，已是渭水平原地带。但见渭水河面宽阔清波滚滚，两岸却是白茫茫一望无际的盐碱荒滩，滩中野草灌木若断若续，恍如雪原中的片片绿洲。偶有大风吹过，荡起漫天白色尘雾，扑面而来，呼啸而过，一片荒凉，一片沉寂。直到盐碱滩外的靠山原处，方露出点点民居与缕缕炊烟。卫鞅不禁心生感慨，为这块肥美土地的荒芜贫瘠深深叹息。注目凝望，却看见前方不远处一群农夫在淘沟，夏日的阳光晒得他们黝黑的身上汗水晶晶发亮。卫鞅将白马拴在道边树上，拿下皮袋走了过去。

农夫们默默劳作，谁也没有抬头看他。

“敢问诸位父老，这里是何地方？”卫鞅恭敬地拱手相问。

一个中年男子抬起头，在强烈的阳光下眯起双眼，用腰带上拴着的一块脏污的大布擦擦汗水，打量着他喘息道：“回大人，这里是白里，属骊邑管。”

“父老们，夏日炎炎，在树下歇息片刻如何？”

中年人道："也好，大人说了，就歇息片刻。"话音落点，沟中的十几个农夫带泥带水地爬上来，瘫坐在树旁地上喘息擦汗。

卫鞅举举手中皮袋笑道："我是游学布衣，不是大人。来，喝一碗清凉米酒。"说着将树下农夫们饮水的一摞陶碗摆开，逐次注满了米酒，笑道："莫要客气，来，一起干。"双手向那个中年人递过一碗，"请。"

中年人惶恐地接过，憨厚地笑笑："先生请酒，大家就喝。"

农夫们纷纷端起碗来，齐声道："多谢先生。"一饮而尽。

卫鞅也饮尽一碗，笑问："敢问父老，你等这是合伙耕田么？"

中年人又是憨厚地一笑："先生游学，有所不知。我等八家是一井，今日是合耕公田的日子。官府指派，淘这条水沟，我等便来淘了。"

"这儿没有耕地，水沟有何用处？"

"先生你看，"中年人一指白茫茫滩地，"这渭水两岸的盐碱滩，忒煞怪了，光长草，不长粮。那滩地上的汪汪清水，可是又咸又苦，不能吃，也不能灌田，害死人哩。淘几条毛沟毛渠，苦咸水慢慢从沟渠中流走，滩上便会生出几块薄田。你看，那几块长庄稼的都是。"

卫鞅一看，几块一两亩大的田中，摇曳着低矮弱小的大麦，不禁问道："一亩地能打几斗？"

"几斗？能收回种子，就托天之福了。"一个老人高声插话。

"那还种它？加上人力，岂不大大折本？"卫鞅颇有疑惑。

中年人叹息道："新君下令垦荒，想多收点儿粮食。可他如何知道，这碱滩不生五谷哩。"

卫鞅看看农夫们，除了这个中年人，其余几乎全是两鬓斑白的老人，不禁问："这位大哥，我看尽是老人耕田，丁壮田力做甚了？"

"你说后生呀，都当兵了。"中年人淡漠回答。

"你是井正，没有当兵，对么？"

“对，一井留一壮。咳，还不如当兵战死，一了百了。”

“这位大哥，这里为何叫白里？和这白滩地有关么？”

一个老人面色涨红，粗声大气道：“白滩地？扯！我白里是功臣儿孙。”卫鞅连忙拱手笑道：“在下无知，请老伯包涵。可是穆公时大将白乙丙？”

中年人微笑点头：“白氏一族，祖居郿县。献公东迁栎阳，把西边的老秦人迁了许多到东边，白氏迁了一半，老根还在郿县。”

“白里距魏国大军如此近，你等怕不怕？”

“赳赳老秦，共赴国难。怕个甚来？”中年人憨厚地淡淡一笑，起身道，“不敢说了，活计要紧也。”

卫鞅向农夫们深深一躬：“诸位父老，多有叨扰，就此别过。”农夫们拱拱手，纷纷跳下了水沟，蹚泥踩水地又忙了起来。

卫鞅站在沟边，默默看了许久，两眼不由得湿润了。他突然生出一种愿望——尽快到栎阳去，不能再耽延了。

白马放开四蹄奔驰，走走歇歇，暮色降临时终于到了栎阳。残留的晚霞映照着黑色的城堡，沉重悠扬的闭城号角已经吹了两遍，吊桥两边的铁索已经哐啷啷放下，未入城的归耕农夫们也加快了脚步。卫鞅远远打量了一阵这雄峻怪异的黑色城堡，终于在第三遍号角之前走马入城了。进得城来，卫鞅牵马步行。栎阳城很小，大约只有魏国一个中等县城的样子。也不用问路，卫鞅凭着一路上农人对栎阳的点滴介绍，转悠了仅有的四条街道。这四条街都很短很窄，交织成“井”字形，秦国国府便在这“井”字的最上方口内，也就是最北边。在国府右手的南北街上，卫鞅没费力气便撞到了白雪说的那家客栈。

这条小街上只有五六家店铺和两三家作坊，都是低矮的青砖房。这家客栈虽然也是青砖房屋，但却比其他店铺高出一大截。门厅用青石砌成，门口蹲着两只石牛。廊下高悬两只斗大的白丝风灯，“渭风”两字远远可见。门厅内迎面一道高大的影壁，挡住了庭院内的景象。听沿路老秦人说，这家客栈的大门从来不关闭，门厅下则永远站着一个面无表情的黑衣侍者。目下看来，果然如此。要在安邑，这家客栈只能算个末流小店，供小商贩们下榻而已。然则在这里，在这条街上，它却显赫突出，犹如鹤立鸡群一般。卫鞅打量一番，觉得住在这里似乎太过招摇，急切间却又无处可去，想想先住下再说，确实不合适，过几日再搬出不迟。

卫鞅牵马来到门前。灯笼下的黑衣侍者向他一瞄，脸上露出惊喜的笑容，抱拳一拱手，伸手接过马缰，又伸手示意卫鞅自己进去，他要牵马从边门进后院的马厩。一通比划，一句话也没有，可意思却是丝毫无差。卫鞅微微一笑，知道此人是个哑巴，便将马缰交到他手，自己进了院内。

绕过影壁，两排客房夹着深深的庭院，整洁异常，只是房间都黑着灯，显然没有客人。卫鞅正在打量，一个年轻侍者走过来问：“敢问先生，可是从安邑来？”卫鞅点点头。侍者恭敬道：“我家主人已经等候先生多日，请随我来。”便领卫鞅穿过客房庭院，来到最后边的小院。婆娑灯影下，可见这小院子方砖铺地，中有两棵大槐树，幽静整洁。侍者走到中间亮着灯的一间屋前高声道：“先生，安邑先生到了。”房内主人朗声笑道：“贵客来临，有失远迎了。”随着话音，人已掀帘而出向卫鞅拱手施礼：“先生请进，侯嬴等候多日了。”卫鞅也拱手笑道：“烦劳费心，卫鞅谢过了。”侯嬴笑道：“莫要客气，请进屋内叙谈。”又对侍者吩咐，“即刻准备肥羊炖，酒菜搬到屋里来，我与先生接风洗尘。”侍者答应一声，快步去了。

主人侯嬴的正屋是三开间两进，外间是一个小客厅，朴实得看不出任何特点，与客栈门面以及客房庭院的高雅古朴迥然相异。侯嬴则是那种说不准年龄的中年男子，须发黑中间白，举止谈吐皆刚健清朗。侯嬴稍稍打量了卫鞅一眼，拱手笑道："一见先生，方知白姑娘慧眼不虚也。来，请坐。"卫鞅坐进木几前，侯嬴亲自捧了茶水送到卫鞅面前，卫鞅歉意笑道："匆匆来秦，多有叨扰了。"侯嬴爽朗大笑："鞅兄莫要见外。我原是白圭大人弟子，做过几日相府曹官。后因母亲过世，我回到故乡大梁守丧，便没有再回安邑相府。后来大人卧病，我重回安邑，不想大人却已经去了。我也便离开魏国，到秦国开了这家小店。十多年了，一直未与白姑娘见过面。不想上月她竟星夜而来，我都不认识了。我在安邑时，白姑娘才四五岁，这么高一点儿。光阴如白驹过隙，一晃啊，人就老去了。能为你等后进尽绵薄之力，我委实高兴也。"卫鞅见侯嬴以朋友口吻称他为"鞅兄"，又主动讲述自己经历，心知是个胸无块垒的侠士，也不再客套，笑道："侯兄弃官经商，却为何选在秦国？"侯嬴摇头苦笑："一言难尽，日后细讲了。"

这时，侍者在门外道："先生，酒菜齐备了。"

"拿进来。"侯嬴打起了布帘。

两名侍者托盘提篮而入，将酒菜摆上长大的木案，却是简单实惠，一派秦地习俗。中间一个大陶盆，盛着一整只热气蒸腾汤汁鲜亮的炖肥羊腿。旁边四大碗素菜，分别是绿葵、藿菜、鲜韭、一盆无名野菜。另有两只小铜碗，却盛着红亮的米醋和黄亮的卵蒜泥。边上一个大木盘，摆着一摞热腾腾的白面饼。酒器却是大大的陶杯。

侯嬴笑道："秦人无华，大盆大碗，鞅兄莫嫌粗简。"

卫鞅内心大感欣慰，仿佛嗅到了山中与老师一起过的那段粗犷简朴的生活。他和老师一起种菜，务葵割韭摘藿挑蒜，至今记忆犹新。看到面前简朴的餐具和鲜绿的青菜，顿感一阵清新，不由得慨然道："秦风真本色，羞煞世间珍馐也。”

侯嬴大笑道：“好！看来鞅兄也是个秦人种子。来，先干一杯，为兄洗尘。”

卫鞅端起造型憨朴的陶杯，笑道：“好！干一杯。”两人碰杯，一饮而尽。

“酒力如何？”侯嬴笑问。

卫鞅轻哈一气，啧啧惊叹：“这是秦酒？竟如此凛冽？”

“然也。正是秦国凤酒，酒力胜过赵酒多矣。”

“卫鞅正好烈酒，寻常以赵酒为上品，不想秦国竟有此等好酒！”

“人云，酒为民性之表。秦国有如此烈酒，可见秦人之凛然风骨。”

卫鞅一笑：“看侯兄模样，很是喜欢秦国了？”

侯嬴笑着指指大陶盆道：“鞅兄，来一块炖肥羊，将米醋和卵蒜泥调和，蘸食大嚼，味美无比。试试？上手，筷子不济事。”

卫鞅按照叮嘱，如法炮制，两手撕扯开一大块带骨肥肉，吞下热腾腾一口，竟是肥嫩浓香！不禁食欲大振，一阵撕扯，吃得两腮糊满汤汁，额头涔涔冒汗。侯嬴递过一方汗巾，卫鞅擦拭一番，悠然赞叹：“本色本味，痛快之极！割不正不食，孔夫子遇到此等本色，要气歪了嘴也。”

侯嬴见卫鞅毫无做作，大感对劲儿，不禁大笑道：“孔夫子岂有此等口福？鞅兄你看，这四盆素菜都是秦人做法，开水中一汆，油盐醋蒜一拌，更是本色本味。这盆野菜，秦人叫苦菜，是生在麦田里的野草菜。秦人多贫苦，这是寻常民户的常菜。尝尝？”

卫鞅对葵、韭、藿这三种常见蔬菜很是熟悉。正在寻思这野菜名目，听见侯嬴指点，即刻夹了一筷入口。但觉一股泥土味儿中渗出嫩脆清香的野草苦涩，细嚼下咽，舌间犹苦，叹息道：“富家佐餐，可为美味。若做常菜，真是苦菜也。”

侯嬴大是精神，笑道：“鞅兄，来，喝起。你方才问我是否喜欢上了秦国？实言相告，我的确喜欢秦国。这个国家很穷，但穷得硬正。民风朴实厚重，买东西言不二价。虽不知诗书，不通风华，但却极有古风。住在秦国，穷人富人都很坦然。我在秦国开店，还是异国人，却从未遇到过兵士强人的勒索敲诈，也不用向官府贿赂，只要你每年缴了税，万事皆无。打仗也不骚扰我。你说，舒心不舒心？你从安邑来，魏国是个甚味道？来，喝起！你看，我说话也带了秦音。秦人了不得，可惜太穷了。秦人有一句老话，知道不？”

“赳赳老秦，共赴国难。”卫鞅一字一字念出。

“着！”侯嬴一拍木案，“就是这句。来，喝起！鞅兄，你说秦国如此穷困，打了几十年仗还硬硬地撑在这儿，凭甚？还不就凭着老秦人扭成一股劲儿的牛脾气？你说，这样的国家，要有了魏国那样的财富，了得么？来，喝起！”

卫鞅跟着侯嬴一次又一次喝起，面色已是通红冒汗，心中却是痛快舒畅，笑道：“侯兄以为，秦国不好处在哪里？”

侯嬴拍拍头，思忖笑道：“真想不出来。还是一个字，穷，太穷。”

“不觉得缺人才么？”

“着！就是缺人才。我如何连这等大事都忘记了？不缺人才，发求贤令做甚？”

“侯兄可知，求贤令发出后，来了多少士子？”

“听说是一百多，我这客栈还住过二三十个。前日国府辟了一座招贤馆，他们都搬过去了。依我看，这些人做派不行。住在我这儿的那些人，天天嚷着给他们做魏国菜、齐国菜，私下骂秦国太穷，连个饮酒歌舞处也没有。前日搬到招贤馆的只有十三个，其余大半都跑了。来，喝起！鞅兄，别小看这个穷字，穷土不扎根啊。能在这天一黑满城黑的穷栎阳待下来，谈何容易？”

浓烈悠长的秦酒伴着侃侃夜话，卫鞅到栎阳的第一夜深深醉倒了。他看见了老师，看见了白雪，看见了公子印和庞涓，还看见了渭水两岸漫天的白尘白雾，看见了生草不生粮的荒凉碱滩，看见了遍地涌动着的衣不蔽体的农夫……

五　秦孝公奇策试真才

景监起来得很早。城头的五更刁斗打完，他已在朦胧曙光中练剑了。

久在军中作战，他历来没有睡懒觉的恶习。目下虽说做了内史，依旧是勤奋谨慎。梳洗以后，他坐在小书房看一卷简册，时而在简册上用刻字小刀划个记号。这是进入秦国的列国士子名册，他要对每个人的基本面目有个大约的了解，以备国君随时问及。求贤令发布之后，一直是他在具体管这件事。按照秦国传统，日常的官吏安置由上大夫甘龙管辖。这次大规模求贤在秦国是史无前例，孝公派景监做甘龙副手，专门管辖求贤诸种事务。甘龙对向列国求贤本来就很冷漠，让景监介入人事更是颇有微词，对求贤之事便很少过问。有几次景监登门商议招贤馆选址和来秦士子的俸金事宜，都被甘龙岔开话题，要么就是一句：“内史少年英锐，相机而断了。”景监碰了软钉子，却从来不对国君奏报，只是兢兢业业地化解一个又一个难题，总算没有使求贤大计半途而废。在他谨慎周到的操持下，陆续来秦的二百多名山东士子，总算留下来了一百余人。其余一小半，都是忍受不了秦国的种种穷困，回头走了。剩下的这些人也还算不得稳定，这一点最叫景监头疼。士人们读书习兵，为的就是个功业富贵。论做官，到得秦国就是做了大夫，也不如魏国一个小吏富裕丰华。论治学，齐国稷下学宫给士子的待遇比秦国好过百倍。在这种积贫积弱的情势下，有士子入秦，已经是破天荒了。至于来了又走，也是无可奈何的事，只有尽心尽力地留几个算几个了。

景监连看了两遍花名简册，也没有发现他心中的那个名字。真奇怪，百里老人捎来书简，分明说此人已经入秦，却为何还没有到？一想到在安邑洞香春对弈的白衣士子，景监就有一种油然而生的冲动和敬慕。此人若能入秦，定可大有作为。可是，他为何不见呢？景监心里空落落的。想想还是先做眼下的事，那种可遇不可求的事想也没用。他起身离座，收拾好简册，准备到招贤馆等候秦孝公。今日，国君要到招贤馆看望入秦士子，还要宣布对士子们任用的办法，是最要紧的日子。

秦国招贤馆在南门内城墙边的一条小街上。

这里原是一座旧兵器库。实在没有现成的庭院房屋，景监找栎阳令子岸和卫尉车英商议，将旧兵器搬出，腾出了这座带有庭院的府库，经过紧急修葺，尚算过得去。大门前，临时赶起来一座石坊，门额正中是老石工白驼刻的四个大字——正国求贤。庭院内围成方框的四排青砖大房，分割成一百多间小屋，入秦士子人各一间。景监亲自督办招贤馆士子们的饮食，保证了招贤馆士子每日三餐皆有肉食和白面烤饼。这在当时的栎阳，已经是超豪华的食水了。因为在秦国，连七十岁的老人也不能做到日有一肉，即或国君秦孝公，也至多是三日一肉食，而入秦士子却是餐餐有肉，谈何容易？仅此一点，已经在栎阳城大为轰动。国人们每日闻着招贤馆飘出来的肉香，每个人都对自己的儿子讲这样的话：“看见了么？想天天吃肉，就得有本事进招贤馆。”听见竟有士子逃走，栎阳庶民气得牙根发痒，纷纷大骂：“鸟！全撵跑算了！”“吃了个肚儿圆还跑，忒没良心！”“没了士人有甚打紧？老秦国照样打胜仗！”

骂归骂，气归气，栎阳老秦人终究还是非常敬重这些士子。但凡在城中遇到招贤馆的长衣士子，憨厚的秦人莫不垂手让道，在店铺买杂物，店主更是将价钱压得奉送一般。引得招贤馆士子们无不感慨，每日聚餐时大谈秦人的憨朴厚道。

景监来到招贤馆，正是太阳初升的卯时。吏员们已经在庭院中摆布好了国君会见士子们的露天场子。院中铺了两百张芦席，每席一张木几。正前方中央位置摆了两张较长大的木案，虚位以待。

卯时首刻，招贤馆掌事撞响了那口古钟，三响之后，士子们陆陆续续走出小屋，到芦席前就座。这时，一个白衣士子从偏门走进，坐到了最后排的中间，头上缠了一条宽宽的白布巾，显得面目不清。他便是卫鞅。昨晚虽然大醉，但他喜爱烈酒的习惯和非同寻常的酒量，却使他经受住了来得猛去得快的秦凤酒的冲击，一觉醒来倒是分外清醒。他不想按照神秘老人的书简先找景监，很想先到招贤馆看看再说。他和景监下过棋，怕他万一认出自己，便包了一块头巾不声不响地坐在议论纷纷的士子中间，倒真是没人注意到他。

士子们哄哄嗡嗡的，不是交谈相互见闻，便是对秦国新君做种种猜测。山东列国对秦国新君传闻颇多，乃至大相径庭。士子们入秦，许多人最感兴趣的，竟是一睹这位敢在求贤令中数落自己祖先的奇异国君，其中不乏见了这位奇异君主便要离开秦国者。可是，这位发出求贤令的国君一个多月来竟始终没有来招贤馆，许多士子熬不住，骂着“求贤不敬贤”一类的话，陆续走了不少。今日，这位国君终于要露面了，士子们的兴奋是显然的，猜测也是千奇百怪的。

这时，招贤馆掌事高声报号：“秦国国君驾到！”

景监前导，秦孝公嬴渠梁从容走到中央案前。他一身黑色布衣，腰间勒一条宽宽的牛皮鞶带，头戴一顶六寸黑玉冠，脚下是一双寻常布靴，面色黝黑却没有留胡须，眼睛细长，嘴唇阔厚，中等个头，一副典型的秦人相貌。如果不是在招贤馆而是在街市山野，谁也不会将他认做七大国之一的秦国君主，只当他是一个寻常布衣而已。场中士子们顿时一片叹息议论，显然是感到了失望。在大多数士子们的想象中，秦国虽穷，但却是剽悍善战的蛮勇之邦，若是秦孝公生得膀大腰圆红发碧眼面目狰狞，他们倒是毫不足怪，甚至会啧啧赞赏。今日一见，却是如此的平庸无奇，没有一点儿逼人的英雄气概，如何不令人沮丧？这种失望的议论叹息，是谁都感觉得到的。奇怪的是，秦孝公却没有丝毫的窘迫难堪，镇静自若地站在那里，不笑不嗔，面无表情一般。

景监拱手高声道，“诸位先生，国公亲临招贤馆，向先生们昭明任贤用能之国策，以定诸位去向。”又向秦孝公拱手道：“君上请入座。”

秦孝公摆摆手，没有坐入大案，肃然站立，凝重开口：“诸位贤士不避艰险，跋涉入秦，嬴渠梁与秦国臣民深为敬佩，谨向诸位贤士深表谢意。”说完向场中深深一躬。若在其他大国，士子们一定会感动呼应。但在秦国，他们似乎很自然地忘记了这一点，认为在穷乡僻壤受到如此礼遇是天经地义的。而且，这是虚礼，关键是看他后面如何说法。毫无反应的寂静中，只听秦孝公继续讲道：“秦国僻处西土，积贫积弱，是以求贤图强。诸位入秦，当是胸中所学未展，平生抱负未达。秦国需要诸位治国图强，诸位也需要秦国一展大才。秦国将成为诸位一展才学的山河大场，诸位也将成为秦国的再造功臣。如此天地机遇，须当诸君与嬴渠梁共同珍惜……”

一位中年士子不耐，霍然站起拱手道：“吾乃齐国稷下士子。秦公莫要虚言，我等做事来也，请即刻确认职掌，各司其职，治理秦国，莫得误了时光。”

如此公然要官，确实为不逊之言。士子们虽说心中着急，也感到此人过于桀骜不驯大为失礼，却不知这位国君如何发作？一时间全场紧张，默然无声。

秦孝公却是微微一笑，不紧不慢地道："先生之言有理。依列国惯例，士达则任职。然秦国与列国素少来往，山东士子对秦国也所知甚少，匆促任职，难展其能。国府对诸位的才能所长，知之不详，亦难以确任职掌。嬴渠梁之意，请各位带国府令牌，遍访秦国三月，而后各出治秦之策。国府视各位策论所长，而后确任职掌。诸位以为如何？"

话音落点，士子们感到大是新鲜惊奇，又是哄哄议论声四起。这些山东士子们能来秦国，自感已经是降尊纡贵了，内心企及着来到秦国便能立即做个高官，虽然穷些，好赖也是士子正途。不想这位国君非但不立即任官授爵，还要教士子们先到穷乡僻壤跑三个月。招贤求士，岂有此理！终于，还是方才的稷下红衣士子不耐，站起来拱手高声道："秦公此言差矣！秦国无士，天下共知。我等犯难历险而来，公却如此烦琐不堪，惜官吝爵，天下有如此待贤之道乎！"辞色锋利，引起一片赞叹附和。

秦孝公朗声大笑，踱步悠然道："惜官吝爵，人君大患。滥官滥爵，国之大患。今秦国欲求治国大才，共享秦国可也，何惜区区官爵权禄？然各位谁是大才？谁是中才小才？谁长于治国？谁胜于军旅？谁堪庙堂？谁可县治？岂能混沌间以寥寥数语定之？嬴渠梁对天明心，三月之后，各位若有任职不当者，尽可鸣鼓见我！"一席话慷慨明朗，掷地有声，全场静了下来。

稷下士子红衣大袖一摆，脸上露出轻蔑的微笑："此等做法，闻所未闻。秦国之官，不做也罢！我等去也。"向秦孝公一拱手便走。同时有二十多个人站起附和："君非信人，我等去韩国也。"

"诸位且慢。"秦孝公在士子们身后招手。

士子们回身，眼中重新流露出希望。秦孝公平静地一拱手："诸位入秦不易，修业成才更不易。景监内史，发给每位先生五十金，资其前往他国。"又回身对场中士子们道："列位，三月之后，若有不堪秦国贫弱艰难者，国府赠百金，车马礼送回乡，以使贤士不虚秦国之行。愿留秦国者，当与国人共度艰难，共享富强。"

全场默然肃然中，原先欲走的八九人又回到场中坐下，其余人终于拂袖而去了。

座中一个布衣士子站起高声问道："在下王轼，请问秦公，士子所学不一，公欲以何种学说为治秦根本？"

"入秦士子，各有所学。至于以何家为本？嬴渠梁所学甚浅，尚无定策。然则有一条可明白告知诸位，秦国求实不求虚，无论何家治秦，必须使秦国富有强大。能使秦国富强者，哪家都行。"

"好！"士子们终于一起认可了这最结实最无学派偏见的一条，喊起好来。

午后，士子们又聚在一起纷纷议论，交流的结果，又走了三十多个。招贤馆可可的剩下了九十九名士子。景监一边不断地发出返金，一边感慨地连连叹息。这些金钱是国君硬从宫室府库挤出来的，不送这些人，还可增加一点留下士人的访秦衣食零用。发给这些离开的士子，等于白扔了四五百金。对于步履维艰的秦国，这可不是一笔小数目啊。打理完这些事，又和留下的士子们盘桓了半日，景监才回到府中。这时，已经是掌灯时分了。

景监的父母和哥哥，都在跟随秦献公大战时阵亡。原先的旧宅也早早被他变卖了。那时候，他决意报仇雪恨马革裹尸，哪里能让一院房子拖累？不想人事无常，他却竟然做了内史，要住在栎阳城里了。秦国惯例，旧族子弟做官不封赐宅第，加之此事由甘龙上大夫管辖，自然是不可能对他这个“新贵”做特例处置。景监倒是常见国君，无话不谈，唯独对自己的私宅绝口不提。他咬牙变卖了父亲留下的一副上好的牛皮盔甲，加上原有的几百刀币，买下了偏僻小巷里这座小小庭院。两排房，共六间。景监二十余岁，虽然还没有来得及娶妻，家中却有一个十三岁的养女。这个女孩儿是他在军中一个生死朋友的独生女儿。老友是个千夫长，正当盛年时却惨烈战死。老友的妻子在埋葬丈夫的时候，向景监三拜叩头，将女儿推进景监怀里，跳进墓坑剖腹自杀了。景监含着眼泪将小女孩儿领回家认做了义女。小女聪慧伶俐，将家中收拾得井井有条，景监便也没有再雇用仆人。

听见门响，小女儿碎步跑来开门，笑道：“吔，回来这么早。”

景监笑着拍拍小女：“小令狐，叫爹，给你好吃的。”

小令狐顽皮地一笑：“不叫，你才多大？好吃的留给你自己了。”拉着他胳膊亲热地进了景监住的正房。景监无可奈何地笑了：“好好好，给你。哎，别急，读书了没有？”小令狐做个鬼脸儿笑道：“读了读了，都背过了。啊，肉饼吔！”跳起来抱住了景监。景监笑问：“你却给我吃甚？”小令狐顽皮地一笑：“莫急，就来。”无声地飘到厨屋，顷刻间又飘了回来，木几上便有了一盆香喷喷绿莹莹的藿菜羹和一盘面饼，另有一个小木盘，盘中放着切开成两半的一个肉饼。景监板着脸道：“肉饼是给你的，拿过去吃了。”小令狐娇嗔道：“不，你不吃我不吃。以为我不知晓，自家挨饿，整天给我吃好的。”亮晶晶的双眼中溢满了泪水。景监笑道：“你个小东西，知道甚？爹是大人，你是小儿，能比么？你要不吃完它，我今日也不吃饭了。”说着，认真地放下筷子就要站起来。小令狐着急道：“哎哎，一会儿凉了不好吃了。我吃我吃，不行么？”说罢捧起肉饼细嚼慢咽起来。景监吃完了晚饭，她竟还有大半个肉饼捧在手里。景监正要训斥，却听见“嗒嗒嗒”的敲门声。小令狐跳起来就要去开门。景监道："坐下，天晚了，我去。"

栎阳不比安邑，天一黑就满城静寂，官府吏员也极少晚上走动。这时候会有谁登门？国君急召？为何却没有马蹄声？景监思忖间走到门口，隔门问道："何人敲门？"

"故人来访，无须担忧。"门外声音颇为耳熟，景监却一下子想不起来。待他拉开木门，月光下站着一个微微含笑的白衣人，似曾相识。景监打量端详有顷，惊喜地高声笑道："中庶子卫——鞅？快哉快哉！"白衣人笑道："安邑手谈，栎阳重逢，确是快哉。"景监拉住卫鞅的手："鞅兄真乃天外来客，想煞我也。来来来，屋里坐。寒舍狭小，实在惭愧，这里这里。小令狐，上茶！"偏房一声答应，小令狐笑盈盈飘来："先生，请用茶。"景监笑道："鞅兄，这是我的义女，叫令狐丽元。小令狐，这是爹的挚友，快快见礼。"小令狐红着脸作礼道："见过先生。"景监笑道："去收拾酒菜来，爹与先生接风洗尘。"小令狐嫣然一笑道："你们先说话，片刻就来。"轻捷地跑了出去。

"鞅兄，你来了就好，我明日即刻向国君禀报。"

卫鞅摆摆手笑道："内史不知，我今日也在招贤馆，一切都明白。"

景监大是惊讶："如何？你先去了招贤馆？不先来会我？"

"国家求贤，招贤馆是公道，内史举荐是私道。先公后私，入政大道也。"

景监钦佩地一拱手："鞅兄人正心正，景监佩服。国君宣示的做法，是因了对士子们才具不清楚。兄之大才，景监已经领教，当由景监担保引荐，无需耽延时日。"

卫鞅笑道："鞅初入秦国，得遇内史一片热诚，先行谢过。"

景监连连摇手："哪里话来？为国举贤，职责所在，鞅兄何必拘泥俗礼？"

卫鞅正容道："实言相告，鞅也曾想过请内史直接引见于国君。然则，今日招贤馆所见所闻，领略了秦公之气度胸襟，此念顿消。秦公思虑深远，透彻坚实，不为士人浮躁虚荣所动，所出试贤奇策，令人心折。求贤令出自此公，绝非虚妄之笔。鞅虽学有所长，然对秦国民治尚无深彻体察，若依秦公之法，访秦三月而后对策，自显各人才具之高下。如此大道，鞅若刻意回避，岂是名士本色？"

"如此说来，鞅兄准备访秦？"景监终是有些困惑。

卫鞅点点头："我自己原本也有此意，恰遇秦公如此明断，岂能错失良机？"

"鞅兄以为深入山野，乃士人之良机？"

卫鞅看着景监惊讶的神色，不禁哈哈大笑："难道内史以为是坏事么？"

景监不禁大为感慨，叹息一声道："我是说，招贤馆士子们却无人做如此想也。他们大都以为多此一举，甚至认为是折磨贤士。秦公苦心，唯君一人体察也，岂非是知音难求，神交难遇？"

此时，小令狐用一个大木盘上来了酒菜：一陶盆蔓菁炖羊肉，一盘鲜韭，一盘青萝卜，一盘野苦菜。小令狐摆好酒菜笑道："请先生慢用。"笑着走了出去。卫鞅笑道："小女年幼聪慧，真乃罕见。"景监苦笑："亡友孤女，我疏于督导，不知礼数，鞅兄见谅。"卫鞅大笑："本色本性为天质，何苦拘泥礼数？我看，此女将成内史绝佳辅助。"景监略显窘迫地笑道："鞅兄笑谈。此事一言难尽，容后细说。来，干一杯！"

卫鞅举杯饮尽，便去夹那苦菜。景监笑着阻止："鞅兄啊，那是野苦菜，你吃不下的。来，炖羊肉。"卫鞅笑道："我已经尝过一次，苦中自有后味无穷。"说着吃下一筷，又大饮一杯，慨然笑道，"吾爱秦国，唯有两宗耳。”景监笑问：“哪两宗？”卫鞅笑答：“苦菜烈酒，尽皆本色。”景监大笑，举杯一饮：“秦国别无所有，唯此两样，取之不尽。”卫鞅笑道：“唯其如此，卫鞅可为秦人，是么？”景监慨然高声：“然！为鞅兄之苦菜烈酒，干！”两人大笑碰杯，一饮而尽。

卫鞅连饮，满面红光：“鞅有一请，内史助我。”

“鞅兄请讲，景监当全力相助。”

“三月之内，不要对秦公言及卫鞅。”

景监惊讶：“却是为何？”

“三月后，秦公若对卫鞅不满，尚请内史保我与秦公连见三次，可否？”

景监更是困惑莫名：“鞅兄何出此言？以鞅兄大才，秦公何以不满？一次便可任职，此后同殿为臣，何故三次？”

卫鞅微笑摇头：“君若信鞅，便当为之，君若不信，亦可不为。个中因由，日后自当详告，此时却不便说明。此乃卫鞅拜会内史之故也。”

景监沉吟有顷道：“好！景监当勉力为君斡旋。”

卫鞅起身，郑重一躬：“君子重然诺，内史信人也。卫鞅告辞，三月后再会。”

“且慢。”景监举起大陶杯，“鞅兄当辛苦三月，景监以此杯为君饯行。”

“好！”卫鞅朗声大笑，“卫鞅若负苦菜烈酒，无颜见君。干！”

两人不约而同地伸手相握，举杯相碰，慨然饮尽。

第二天清晨卯时，卫鞅来到招贤馆。士子们还在各自的小屋里收拾衣物零碎，有富裕者来时还带有随身贵重之物，吵吵嚷嚷地要求招贤馆掌事找地方保管，也有人站在院中商议该到何处去？有人说：“我看只到县府走走就行了，难道真到穷乡僻壤不成？”有人立即应和：“对，反正秦公说是随意走访不做定规嘛。”又有人道：“没有车马，仅这翻山越岭就累死人，能到县府就谢天谢地了。”更有一个士子扬着手中短剑道：“荒山野岭，遇到刺客盗贼如何办？治民在官，看民有何用？”吵吵嚷嚷，莫衷一是。发放钱物的书吏案几前还是冷冷清清，没有一个人开始。

卫鞅向院中扫了一眼，径直走到书吏案前递过刻名木牌。书吏恭敬热情地笑道：“先生稍等。”翻开花名简册浏览，却没有找到卫鞅的名字，正在诧异间，景监来到案前吩咐：“这位先生昨夜刚到，尚未住进招贤馆，给先生办理。”书吏点头答应，便给卫鞅发放了一应物事。那是四样东西：一张手掌大的通行令牌，装在一只皮袋里的一千枚秦国铁钱，一双结实的皮靴，一支骑士用的短剑。卫鞅久有孤身游历的经验，早已是一身布衣，利落地收拾好东西，当场换上皮靴，便走出了招贤馆。景监默默望着他的背影，久久伫立在院中。

卫鞅这次没有骑马。他知道，马虽可以代步，但在穷困的山乡，一则是快不了多少，二则是草料负担难以解决。布衣徒步对于他来说，本来就不是新鲜事，而且踏勘的又是一个准备长期扎根的国家，兴奋而愉快，丝毫没有苦不堪言的沮丧情绪。他也没有在招贤馆士子中寻觅同伴，他相信这么多士子中肯定也有刻苦勤奋之人，不会全然是浮躁虚荣之士。即或如此，他仍然愿意孤身而行。在他看来，深刻的思虑是孤独的审视所产生的，大行赖独断，不赖众议。深访山野，啧啧众议只会关注行止妨碍心神，而无助于明澈的思虑。

卫鞅首先向西。入秦以前，他仔细研读了能找到的一切有关秦国的典籍，对早秦部族的坎坷足迹有了深刻印象，知道偏僻的西陲正是秦国的根本，秦国的根基在西方，在泾渭上游的河谷地带。当年秦部族东进勤王，就是从陇西的河谷地带秘密开进的。秦人本是一个古老的东方部族，从商代开始，奉命西迁，成为殷商王朝抵御西部戎狄的主要力量。殷商灭亡后，秦部族作为先朝遗族，分散流亡。其中的嬴氏族群，在西部边陲的戎狄海洋里浴血奋战，夺得了泾渭河谷半农半牧。周穆王时代，迁到北方赵地。秦部族出了个驯服烈马且有驾车绝技的造父，北方秦族方得在西周王朝初露端倪。周孝王时期，西部秦族为周室牧养战马有功，被封了一个不够诸侯等级、只有三十里地的“附庸”小邦，头角终于露了出来。三代之后，戎狄屡犯中原，西部秦族重新被起用，首领秦仲被封为周天子的大夫，率领秦族抗击戎狄，秦族锋芒再现。却不幸秦仲战死，戎狄退却，秦部族再次被遗忘。

数十年后，周幽王失政，戎狄大举占领镐京，杀死幽王，焚烧镐京，周王朝面临灭顶之灾。太子宜臼也就是后来的周平王，再次想起了戎狄克星秦部族。于是冒险西进，亲自求援。秦人首领秦襄亲率五万剽悍善战的骑兵东进，一战将戎狄击溃驱逐，又全力护送周平王东迁洛阳。秦部族对周王朝的再造大功，终于使它成为继承全部周室王畿的大诸侯国。像这样脱离中原文明，在西部边陲独自发展数百年，即便是当今最强大的魏国，也未必能够做到。唯其如此，秦国的封闭，秦国的孤立，秦国的穷困，秦国屡败于东方而没有灭亡的原因，应该都可以在西部找到踪迹。

卫鞅正是想到秦国西部老根上，看看能否找到别人熟视无睹的东西。

依旧是边走边问，风餐露宿，整整十天，才走过了秦国旧都雍城，走到了数百年前秦部族被封为“附庸”的山间盆地。这里再向西走三五十里，便是两山夹峙的陈仓险道，也是当年秦穆公对付戎狄的咽喉要塞。

卫鞅走到陈仓口山巅的时候，正是夕阳将落的时分。茫茫群山的沟沟壑壑均被染成了金色，沟中可见民居点点，炊烟袅袅，山岭石面裸露，一条小河从沟中流过，两岸乱石滩依稀可见。其时正是夏日，山野沟壑却难得看到几株绿树，映满眼中的不是青白的山石，便是一片片的黄土。山沟中时有"哞——哞——"的牛叫声回荡，山岭沟壑倍显空旷寂凉。卫鞅站在岭上遥望，不由得沉重地叹息一声。这是他走遍列国，所见到的最为荒凉贫瘠的地方。应当说，这还是老秦人最早的根基之一，肯定还不是最穷困的地方，也就是说，秦国还有更多的穷山恶水，更多的不毛之地。腹心地带的渭水平川他已经大体看过了，那是一种本该富庶的贫瘠。那么这里已经是真正的穷困了，可是竟然还有比这里更为穷困的地方，秦国可真是满目荒凉的穷极之邦啊！这样的国家，要变成漫山苍翠遍野良田遍地牛羊民富国强的强盛之邦，无异于痴人说梦。没有翻天覆地的大志向大动作，休谈秦国富强也。

暮色降临，卫鞅沿着石块夹杂着土块的荆棘小道走下沟来。

这是一个很小的村落，大约有二三十户人家。秦国的村庄，官称叫做"里"，民人则是说村说里都有。此时山顶还有晚霞，沟中却已经是暮霭沉沉了，可是村中竟然没有一家透出灯光。卫鞅走到一座稍微整洁的小院落前，发现粗大的柴门半掩着，黄泥巴糊成的门额上挂着一个破旧的木牌，隐隐可见"里正"两个大字。卫鞅敲敲柴门上的木帮，拱手高声问："里正在家么？"话音刚落，一只大黑狗凶猛地扑了出来，汪汪吼叫。

"黑子，住了！"黑屋里传出一声苍老的呵斥，黑狗立即钉在门边伸出长舌呼呼喘息。黑屋门"吱呀"一声开了，走出一个身形佝偻的老人，边走边咳边嘶声问："谁？"卫鞅拱手笑道："里正老伯，我是游学士子，迷了路，想投宿一晚，行么？"老人拉开柴门，上下打量着卫鞅："黑灯瞎火，能进沟？"卫鞅笑道："老伯，我是不小心滚下沟的，不是从河边大路进沟的。”老人点头道：“噢，像，像，手脚都有血珠子。来，先进来。黑儿，卧去！”

卫鞅走进院子。大黑狗悄悄地卧在了黑屋门口。老人高声道：“婆子，出来见客。碎小子，去叫人，笼火迎客！”黑屋里连应两声，先钻出来一个光屁股男孩向卫鞅躬了一躬腰，尖声笑道：“远客哩，好！”便蹦出门去了。后边又跟出来一个身着黑布短衣裤的女人，向卫鞅猫腰一躬笑道：“客好。”卫鞅拱手笑答：“主家好。”女人道：“同好同好。客坐。碎女子，茶。”

虽是最粗朴的山野应酬，却也是礼数不缺，看来老里正毕竟见过一些世面。卫鞅拱手一礼笑道：“多谢里正关照。”老人给卫鞅搬过一个木墩：“坐。”卫鞅便坐了下来。老人道：“哪国人？”卫鞅道：“陈国，太远了。”老人点头：“陈国？还好，老秦跟陈国没开过仗。没人骂。”这时一个颇丰满的女孩子光着脚丫，穿着一身补丁摞补丁说不清颜色的短衫裤，捧来一个硕大的陶壶和瓦盆，将瓦盆放在卫鞅脚前，将大陶壶水噗噜噜倒满陶碗，低声笑道：“凉茶。客喝。”卫鞅确实是渴极，端起陶碗，顿觉一种浓浓的土腥味儿夹着干树叶的味儿扑鼻而来，一口气咕咚咚饮尽了，用衣袖沾沾嘴巴笑道：“多谢。”老人嘿嘿笑道：“碎女子整的凉茶谁都爱哩。今黑儿就她陪你。”卫鞅一下没听清，以为老人夸赞女儿，也笑道：“多谢里正，小女勤劳聪敏，定能嫁个好人家。”老人高兴地笑道：“碎女子，客夸你哩。”女孩娇嗔道：“听着了。客也好哩。”老人笑道：“同好同好，碎女子福气哩。”

“火笼好了！”门外传来男孩的尖叫。

老人起身：“走，老秦人有客必迎，热闹哩。婆子，女子，都走。”

山脚下的打麦场中燃起了一堆篝火，火上吊烤着一只野羊。山村孩童们兴奋地从山坡上搬来囤积的枯树枝丢进火里，篝火熊熊烧着，将半个村子都照得亮了起来。偏僻的穷山沟经年累月没有客人，一旦有客，就是全村的大喜之日。无论冬夏，山民们都会燃起篝火举行迎客礼。这是老秦人与戎狄杂居数百年形成的古朴习俗。卫鞅在东方列国游历的时候，从来没有见过主人如此古道热肠地欢迎来客。他很感奋，也很高兴，能见到全村人，对他就是最有价值的地方。虽然是七月夏日，山沟河谷却丝毫不显炎热。村人们在火堆旁边围成了一个大圈子，每人面前都摆着一个粗陶碗，男女相杂地坐着。卫鞅坐在老里正和一个白发老人的中间，算做迎客礼的尊位。老里正黑胖胖的女儿高兴地坐在卫鞅身边。时当月半，天中一轮明月，地上一堆篝火，恍惚间卫鞅仿佛回到了远古祖先的岁月。

“上苦酒——”卫鞅身旁的白发老人嘶哑地发令。老人是“族老”，在族中最有权威，即或是官府委任的里正，在族中大事上也得听他的。

一个瘸腿光膀子的中年男人，提着一个陶罐向每人面前的陶碗里倒满红红的汁液。由于瘸，他一步一闪，一闪一点，便是一碗，极有节奏，煞是利落，引起村人们一片赞叹。顷刻之间，男女老少面前的粗黑陶碗都满了。佝偻的老里正举起陶碗向卫鞅一晃，又转对村人，嘶声道：“贵客远来，苦酒，干——”便咕咚咚喝下。卫鞅虽不知苦酒为何酒，但对饮酒却有着本能的喜好，从来是客随主便，见里正饮下，也举碗道一声：“多谢族老里正，多谢父老兄弟。”一气饮尽。刚一入口，酸呛刺鼻直冲头顶，若非他定力极好，便可能要吐了出来，卫鞅一定心神，强饮而下。村人们啧啧擦嘴，交口赞叹：“好苦酒！”“够酸！”“这是村中最后一坛，藏了八年，能不好？”

族老笑问：“远客，本族苦酒如何？”

卫鞅笑道：“提神！很酸很呛，很像醋。”

村人们一齐哈哈大笑。族老正色道：“醋，酒母生，五谷化，酒之异也，不列为酒，老秦人叫做苦酒。远客不知？”

卫鞅恍然大悟，拱手笑道：“多谢教诲。”

老里正笑道：“人家魏国，做苦酒用的都是五谷。老秦穷哩，收些烂掉的山果汁水，藏在山窖里，两三年后便成苦酒了。这几年天旱，山果没得长，苦酒也没得做了。这是最后一坛，八年了，舍不得哩。”

卫鞅听得酸楚，拱手道：“素不相识，受此大恩，何以回报？”

“回报？”族老哈哈大笑，“远客入老秦，便是一家人！若求回报，算得老秦？”

蓦然，卫鞅在火光下看见族老半裸的胳膊上有一块很大的伤疤，再听老人谈吐不凡，恭敬问道：“敢问老伯，从过军？”

族老悠然笑道：“老秦男丁，谁没当过兵？你问他们。”

倒酒瘸子高声道：“族老当过千夫长，斩首六十二，本事大哩！”

卫鞅肃然起敬：“族老，为何解甲归田了？”

瘸子喊道：“丢了一条腿，打不了仗咧，还有啥！”

卫鞅低头一看，族老坐在石头上盘着的分明只有一条腿，破旧的布裤有个大洞，鲜红的大腿根在火光下忽隐忽现。卫鞅心如潮涌，颤声问：“官府没有封赏？”

里正粗重地叹息了一声，冷冷一笑：“封赏？连从军时自己的马和盔甲，都没得拿回来。光身子一人被抬回来，没婆子，没儿子，老可怜去了。”

一个老妇人呜呜咽咽地哭了起来：“我的儿呀，你回来——”

瘸子尖声喊道：“老婶子，哭个啥？挺住！给你客说，我山河里百十口人，五十来个男人当兵打过仗，活着的都是半截人，你看！”瘸子猛然拉开自己的布裤，两腿上赫然露出十几个黑洞，“这是中了埋伏，挨箭射的！再看他们。”

男子们默默地脱去破旧的衣衫，火光照耀下，黝黑粗糙的身体上各种肉红色的伤疤闪着奇异的惊心动魄的亮光！村人们掩面哭泣，唏嘘不止。

族老高声呵斥："都抬起头来！哭个甚？这是迎客么？"

村人们中止了哭声，抽抽嗒嗒地拭泪抬头。

卫鞅已经是热泪盈眶，默默拭去，哑声问道："斩首立功，不能任官，爵位也不给？"

族老叹息道："好远客哩，普天下爵位都是老世族的。我等贱民，纵然斩首立功，也只配回家耕田卖苦。能在回来时领上千把个铁钱，泥土糊间房子，就托天之福了，还想爵位？客从外邦来，天下可有一国给贱民爵位的？"

卫鞅默默摇头，无言以对。

里正笑道："说这些做甚？客又不懂。老哥，上肉。"

族老点点头，高声道："咥肉——"

瘸子高兴地跳起来蹦到篝火前，拿出一把短剑，极其利落地将烤野羊割成许多大小一样的肉块。两个赤脚男孩子飞跑着专门往每人面前送肉。唯有卫鞅面前的是一块肥大的羊腿。肉块分定，一位一直默默无言的红衣老人站起，从腰间抽出一支木剑，肃然指划一圈，高声念诵起来："七月流火，天赐我肉，人各均等，合族兴盛——咥肉！"村人们欢笑一声，各自抓起面前的肉块。里正和族老向卫鞅一拱手，"客请。咥！"

卫鞅知道，秦人将吃叫做"咥"。这是极古的一个字，本来发源于周部族。《周易》的《履卦》就有"履虎尾，不咥人，亨"的卦辞。《诗经·卫风》也有"咥其笑矣"的歌词。老秦部族与周部族同源，又继承了周部族的西土根基，周部族特殊的语言自然也就在秦人中保留了下来。周部族东迁洛阳后，悠悠数百年，大受中原风习的渗透影响，反倒是丢失了许多古老的语言风习。这个“咥”字，便成了秦人独有的方言。被东方士子讥笑为“蛮实土话”。卫鞅却觉得这个“咥”字比吃字更有劲力，口至食物便是“咥”，多直接。“吃”字呢，绕一大圈，要乞求才能到口，多憋气。所以他到秦国后，很快学会了这个“咥”字，一坐到案前，拿起筷子说一声：“咥！”立即开吃。几次惹得侯嬴哈哈大笑。

此刻，卫鞅也笑着拱手道：“多谢。咥！”在欢笑声中和村人们一起啃起了烤羊肉。卫鞅撕下一半羊腿，递给身旁的里正女儿道：“给你，我咥不了的。”女儿粲然一笑，拿过来放在手边。

瘸子尖声喊道：“来，山唱一支！”

山民吹起呜呜咽咽的陶埙，一齐用木筷敲打着陶碗唱了起来：

七月流火　过我山陵
女儿耕织　男儿作兵
有功无赏　有田无耕
有荒无救　有年无成
悠悠上天　忘我苍生

陶埙呜咽，粗重悠扬的歌声飘荡在夏夜的山风里，飘得很远，很远。

回到老里正家里，看天上月亮，已经是三更将尽了。老里正只有一座两开间的砖泥屋，显然无处留客。卫鞅对风餐露宿有过锤炼，坚持要睡在院子里。可老里正夫妇无论如何不答应，说山风要受凉，硬是要他睡在靠近窗户的墙下。这个位置和老里正夫妇一家仅仅隔了一道半尺高的土坎儿，老里正说，那里是专门留宿贵客的，冬暖夏凉哩。卫鞅虽说不怕清苦，也抱定了随遇而安的主意，但对这男女老少同屋而眠，的确是难以接受。然这些山民朴实憨厚，丝毫不以客人见外，如果拒绝，那是大不敬也。想来想去找不到托词，卫鞅只好在窗下和衣而卧，连日奔波疲劳，竟也呼呼睡去了。

酣梦之中，老秦人们在呼啸冲杀，骤然间尸横遍野，伤兵们凄惨哭嚎，躺在山村荒野中无人过问，一头怪兽不断地吞噬伤兵，一个美极的女子长衣飘飘，将怪兽一剑杀死，却是白雪！她紧紧抱住自己，解开了自己的衣服，双手在他身上轻轻地抚摩，她真大胆，竟然……卫鞅在奇异的感受中霍然坐起，揉揉眼睛，定神一看，只见里正女儿赤身裸体地趴在自己腿上蠕动着，丰满的肉体在暗夜中发出幽幽的白光。卫鞅惊出了一身冷汗，双手推开光滑的肉体，低声道："小妹妹，不能，不能如此。"山村少女扑哧一笑："怕甚？爹教陪你的，你不要我，没脸见人哩。"卫鞅想了想道："我想小解，跟我到外边院子里可好？"少女笑道："想尿哩，走。"说着光身子披了件衣服，拉起卫鞅到了院中。

残月西沉，院中一片朦胧月色。卫鞅笑道："小妹妹，拉片席子陪我说会儿话，好么？"少女高兴道："好哩，想咋就咋。"拉来一片破席，教卫鞅坐下，自己偎在他旁边。卫鞅脱下长衫亲切地说："小妹妹，穿上这件衣服再说话，冷哩。"少女笑笑，穿上长衫包住了自己，又趴在卫鞅腿上。卫鞅笑道："小妹妹，多大了？"

"十三。客多大？"

卫鞅笑道："老哩，三十六了。有婆家么？"

"没。村里没有后生，只有老半截人。"

"小妹妹，陪过别的客人么？"

"没。娘说，我还没破身哩。"

卫鞅长长地叹息一声："小妹妹，想找个好后生么？"

"想。"少女明亮的眼睛涌出了泪水。

卫鞅含泪笑道："小妹妹，叫我一声大哥，大哥帮你。"

"大，哥——"少女抱住了卫鞅，一声哽咽。

卫鞅不断找各种话题，终于和这个十三岁的山村少女说到了天亮。

清晨，老里正夫妇高兴地给卫鞅做了最好吃的野菜疙瘩，连连说碎女子没有陪好客。卫鞅百感交集，吃完野菜疙瘩，站起来肃然拱手道："老伯，我乃四海游学的士子，要钱没用，我想给你留下九百铁钱，再盖间房子。请老伯万勿推托。"说着拿出钱袋捧到老里正面前。

"啥？这叫啥事么！不成！"老里正一听，面红耳赤，高声回绝，显然有受到欺侮的感觉。卫鞅无奈，只好收起钱袋，叹息道："老伯，村里没有年轻后生，我想将小妹妹认做义妹，带她到栎阳一个朋友那里做份生计，不知老伯意下如何？"老里正惊讶地睁大眼睛喊道："碎女子，过来！昨晚没陪客？"少女垂头低声道："陪了。"里正道："睡了没？"少女擦着眼泪摇摇头。老里正摇头叹气："咳，不中用的东西！婆子，你说。"老妇人擦着眼泪道："客是好人哩，叫碎女子跟他去。"老里正挥挥手道："去去，在村里也是见不得人哩。"老妇人擦泪道："碎女子，快给客磕头，叫大哥，快！"少女笑道："娘，昨晚叫过了。"便跪倒在卫鞅面前叩头。卫鞅连忙扶起："小妹妹，不用了，跟大哥走。"老里正挥手道："村人还没起哩，快走。"老妇人道："走，我送客，送碎女子。"

卫鞅向老里正深深一躬："老伯，父老始终无人问我姓名。在下实言相告，我叫卫鞅，前往栎阳修学。如果你想小妹了，就到栎阳渭风客栈来找。"

"记下了，走。"老里正抹抹眼泪，背过身去了。

太阳还没有爬上山巅，山沟里尚是蒙蒙发亮。卫鞅牵着山女的手走出了沟口，老妇人在身后遥遥招手。

“大哥，我还没出过沟哩。”

“跟大哥走，长大了再回来。”

第六章 栎阳潮生

一　失望的景监大为惊喜

九月底，卫鞅回到了栎阳。

他从山河里出来后，没有因为身边带着一个小女孩而终止踏勘访秦。这个山村女孩结实敏捷，走路爬山从来不喊累，又是一口老秦土话，倒是给卫鞅与山民攀谈带来许多方便。卫鞅给她取了个直白易记的名字，叫陈河丫，意为陈仓河谷的丫头，好教她永远记得自己的故乡。卫鞅平日叫她河丫，漫漫途中，给她讲述她感到新鲜好奇的所见所闻，倒也带来些许快乐。带着这个小河丫，卫鞅趟过渭水，翻过南山，在商於山地寻访了一月。尤其对和楚国接壤的武关、峣关做了一番仔细踏勘。走出商於山地，从南山中部的子午谷险道北上，到达蓝田塬，径直北上穿过渭水平川，又沿洛水北上，遍访了已经成为魏国土地的河西之地。九月初，秋风微寒，卫鞅方从雕阴向西南而来，到达秦国的另一块根基之地——泾水河谷。一月之内，沿泾水河谷向东南进入渭水平川，终在黄叶飘落的时候进了栎阳。

这时的卫鞅，已经是黑瘦高挑胡须连鬓破衣烂衫，加上身后跟着一个瘦骨伶仃的小女孩，任谁也认不出这是三个月以前丰姿卓然的名士卫鞅。在栎阳城门，军士拦住盘查，说秦国不准山东难民流入，呵斥他即刻回去。卫鞅默默拿出通行令牌，军士反复端详令牌背面的小字“持此令牌者招贤馆士子卫鞅”，惊愕无话，跑步去向卫尉车英禀报。车英疾步来到南门，审视令牌，上下打量一番卫鞅，肃然躬身道：“先生受苦了。来人，护送先生回招贤馆。”卫鞅笑道：“多谢将军。我还有些许私事办理。”径自拉着瘦骨伶仃的河丫走了。

侯嬴见到卫鞅，惊讶得半天说不上话来。一番忙碌，亲自操持，沐浴，修面，换衣，接风，两人又是羊肉烈酒地畅谈起来。侯嬴告诉卫鞅，招贤馆士子们早就三三两两地回来了，没回来的听说也住在县府查书，听说只有一个叫王轼的走了十个县，已经在栎阳传开了，都说秦公准备重用他。卫鞅倒是没在意，只是说了许多见闻感慨，尤其详细说了在陈仓河谷里的经历，请侯嬴收留河丫。侯嬴感慨万端，一口应允。两人直说到四更，侯嬴再三敦促卫鞅歇息，卫鞅方才作罢，回到房间，衣服也没脱便沉沉睡去了。

第二天正午，卫鞅方才醒来。匆匆用过午饭，便埋头整理沿途刻记的竹简，将所记诸般数字与各种结论，分项誊清到三十多张羊皮纸上，缝成一册。在公叔府做了五年中庶子，卫鞅对整理简册是娴熟精到的。做完这件最重要的事情，卫鞅驰马出城，来到了城南栎水入渭的河口。他需要冷静地想想，如何对秦公陈述自己的政见和治秦之策。

为山九仞，功亏一篑者多矣。面见国君是最重要的一步，慎之，慎之。

秦公求贤的诚意，卫鞅是不怀疑的。然则，诚意不能等同于治国方略的选择。自古以来，人们对治理国家提出了千百种主张，大而言之，形成传统共识的便有王道治国、道家治国、儒家治国、墨家治国、法家治国几种主流。其中的王道治国是经过两千多年历史延续的成规定制，其最为成功的范例便是西周礼制。这种王道礼制，的确曾经使天下康宁一片兴盛，且儒家道家至今还在不遗余力地为这种王道张目礼赞。春秋战国以来，王道礼制虽然已经大为衰落，但许多国君为了表示自己仁义，仍然坚持说自己奉行王道。秦公如何，能说秦公就一定不赞赏王道么？似乎还没有证据这样论断。而且，秦穆公时期的百里奚正是操王道之学，那时秦国确实强盛一时，穆公也称了霸，老秦人至今还引为骄傲。秦公求贤令也申明向往穆公时的强盛，信誓旦旦地要恢复穆公霸业。据此推测，秦公如果接受王道治国，似乎也有理由。

道家如何？老子在秦献公时期西行入秦，这也是秦人的一大骄傲。更重要的是，秦献公的确曾想用老子为丞相治国，只不过老子本人坚辞不受罢了。秦献公是目下秦公嬴渠梁的父君，也是继穆公之后最有作为的一位秦国君主。秦公在求贤令中数落了几代祖先，但对父君秦献公却是推崇有加的。他会拒绝父亲曾经很赞赏的道家么？也很难说。至少没有充分的证据说明秦公厌恶道家。再说，来栎阳后，卫鞅还听侯嬴讲过，秦公曾想请百里奚之后裔治秦，而那位老人据说是操道家之学的。

至于儒家和墨家，卫鞅相信秦公不会选择。在诸子百家中，儒家最蔑视秦国，秦人也最厌恶儒家。儒家士子不入秦，几乎是天下皆知。儒家的仁政、礼制、恢复井田制等根本主张，秦国也和列国一样嗤之以鼻。秦公不会看中儒家，至少有两个事实根据。其一，上大夫甘龙就是东方甘国的名儒子弟，权力在嬴渠梁即位后却日渐萎缩。其二，秦国求贤令发出后，曾秘密要求在各国活动的密使，尽可能少地使儒家士子入秦。墨家如何？虽然是天下最简朴最勤奋最巧思最主张正义且最有实际战力的团体学派，但墨家的“息兵”和“兼爱非攻”两点为政主张，在任何一个战国都是行不通的。如果秦公要选墨家，可说最容易，因为墨家曾经在一段时间里以秦国南部大山为学派总院，和秦国大有渊源。

然则法家如何？法家是战国变法的火炬。凡欲强国者必先变法，已经成为战国名士明君的热点话题。然则推行法家之学的根本前提，是国君的决心彻底与否。法行半途，不如不行。楚国的半途变法造成的不伦不类，正是最为惨痛的前车之鉴。秦公熟悉法家么？不熟悉。秦公喜欢法家么？不清楚。秦公能以法家为唯一的治国之道么？更不清楚。卫鞅清醒地知道，推行王道礼制，未必需要国君与主政大臣同心同德，只要国君不阻挠即可。而推行法制，则必须要国君支持，而且要坚定不移地支持，君臣始终要同心同德，否则，法令难以统一，变法难见成效。列国变法的道路，无一不铺满了鲜血。韩国申不害尚只是整肃吏治，已经是血雨腥风了，更何况天翻地覆的彻底变法？像秦国这样的赤贫国家，非强力法治无以拯救，法治推行如排山倒海，激起的回力亦是天摇地动，没有同心同德力挽狂澜的君臣相知，变法者自己就会被混乱的动荡无情地吞噬，谈何强国大志？

如何试探？卫鞅一时想不清楚，但有一点很清楚，那就是不能急躁。

秋风清凉，卫鞅耳边响起一个苍老旷远的声音：“计国事者，当审权量。说人主者，当审君情。谋虑情欲，必出于此。士虽有圣智，非揣摩细究，真情无所索之。此，谋之本也，说之法也。错其人，勿与语。此，名士择君之道。慎之，慎之。”

这是老师精研历代名士的成功与失败后归纳的《说君》。当初讲解时，卫鞅似懂非懂，唯强记在心而已。十年之后，当自己历经坎坷曲折而面临艰难抉择的时刻，这段警语却油然浮上心头，使他顿时清凉醒悟——即便有圣者智慧，也当审视君情；要求得君主内心的真正选择，就必须揣摩细究反复试探；“错其人，勿与语”，若国君不是自己所持主张的当说之人，就不要对他陈述自己的真实想法，这是名士选择君主的根本点。那么，自己该当如何试探秦公的真正抉择呢？

太阳落山了，卫鞅打马入城，来到内史景监的小院。

景监对卫鞅一直刻刻在心，多少次，景监都差点儿要对孝公讲出来，想到对卫鞅的承诺，竟硬是生生憋了回去。三个月来，各县不断派人报来士子们在县府的作为——共下秦地的九十九个士子，竟有八十多个滞留县府。他们都有各种各样的合理合法的理由，蹲在县府，搜集浏览所能见到的各种书简，思谋撰写自己的治秦对策。只有十余个士子到雍城附近的山村里看了看，回到县府便叫苦不迭，声称不给肉吃便要回栎阳招贤馆吃饱了再来。令景监感到欣慰的是，有个叫王轼的陈国士子，独身一人跑遍了秦中十县，虽然都在县府周围，但毕竟是深入民间乡野了，实在是凤毛麟角。当景监将王轼的行止禀报给国君时，孝公也很是高兴，笑着对他说：“这位先生颇有吃苦之心，回来再看看，若才学见识也可，就给他重任了。”景监实在忍不住，冒出来一句：“君上，定然还有出类拔萃者在后。”孝公大笑：“在后？在哪里？景监啊，我看也就是王轼了。该来的都来了，不来的永远也不会来了。谋事在人，成事在天，上天不让秦国强大，求贤令也就如此而已了。”在孝公的笑声中，景监分明看到了他眼中闪亮的泪光。景监感到揪心，可就是不敢再往下说，万一卫鞅……他不敢往下想，也不愿往下想，憋在心里又着急，只有三天两头向各县催问士子们动向，反复叮嘱不许漏掉一人。奇怪的是，始终没有任何一个县报来卫鞅这个名字，更别说动静了。

看看进入九月，风凉叶落，卫鞅还是泥牛入海，景监的心越来越凉了。他一百个不愿意将卫鞅想成小人，不愿意想到他逃回了魏国。可是，他能到哪里去呢？深访山野，也不能一个县府都不去啊？出事了？

跌入深谷了？恰恰遇上盗匪了？景监更是不信。他知道，卫鞅这种上品名士都是文武兼修的，寻常山险与匪贼也未必奈何得了他。且秦国虽穷，盗匪却是极少，丁壮都当了兵，谁去做盗匪？想来想去，还是不得不想到卫鞅逃回了魏国。景监每每在深夜长长地叹息，想到原本一个身负绝世才华的名士，却是如此一个不重然诺不讲信义的小人，景监的心就阵阵作痛。他无法在心中将卫鞅留下的坚实形象撕成碎片，又无法不相信这泥牛入海的唯一可能。对他这个久在军中的秦人骑士来说，男子汉之间的情义比生命还重要。卫鞅是他生平结交的第一个名士，他敬佩他，本能地相信他，甚至对他不说明理由的要求也无端地接受了。在他心目中，“大义”为士子之根本，不义不节，无耻之尤！一个可敬可亲的名士挚友，在他心中泯灭了，他感到如同自己的生命结束了，自己要垮了，世上再也没有激发人心闪现光华的高风亮节了。伤心欲绝，便觉得招贤馆求贤真是无聊之极，于是也不去管它，天天关在屋中大喝闷酒。吓得小令狐只是悄悄流泪，夜里也不敢睡觉，死死守在房门外挨冻。

今天是九月底，三个月的最后一天，景监特别心酸，天黑时分已经醉倒。

小令狐坐在正房外的台阶上默默流泪。她想，他一定是在官府受了极大的委屈，她要看好他，绝不能让他像妈妈一样剖腹自杀。否则，她将失去最后一个依靠，成为流浪女，成为官奴。小令狐不断敲打自己的头，怕迷迷糊糊睡着了听不见屋里的动静。

猛然，小令狐听见一阵马蹄声，又听见有节奏的“嗒嗒嗒”的敲门声。

小令狐轻手轻脚地走到门后，从门缝中向外张望，只见一个人白衣白马，似乎像是上次来客的身影。不对，那个人白皙风采，如何此人干瘦黝黑？听听声音？对，声音不会变。想到这里，聪明绝顶的小令狐低声问：“谁人敲门？”

“小令狐么？我呀，忘记了么？”门外传来熟悉亲切的声音。

小令狐打开门。卫鞅将马拴在门外石桩上，走进来蹲身抚摩着小令狐头发道：“小妹，我三月前来过，记得？”

小令狐“哇”的一声，扑在卫鞅肩膀上哭了。

卫鞅一惊：“怎么了？内史呢？”

小令狐拉着卫鞅的手，推开正屋的门，一股浓烈的酒气扑鼻而来！景监歪倒在黑乎乎的屋子里呢喃自语：“卫鞅，你，你，骗了我。小人，骗了我！你，为何如此啊？你……”小令狐哽咽道：“他天天如此，吓死我了。”

卫鞅寻思片刻，吩咐小令狐找来一支粗大的蜡烛点亮。他举着蜡烛走到景监身边蹲下，扶起景监高声道：“内史，看看我是何人？”

景监睁开朦胧的双眼：“你？你是谁？君上派来的？”

“我是卫鞅！内史再看看。”

景监听到“卫鞅”二字，顿时一惊，睁大眼睛：“你？你是，卫鞅？”又揉揉眼睛，“不对，干瘦黝黑，有，卫鞅风采？”

“景兄，卫鞅跋涉三月，走遍秦国，安得不黑不瘦！”卫鞅慷慨高声。

像是一声惊雷，景监内心的朦胧阴云顿被炸开，霍然站立，目光炯炯地盯着卫鞅颤声道：“鞅兄，果然是你么？你，回来了？”

“对，卫鞅回来了，整整三月，没有骗你！”

景监仰天大笑，欣喜若狂，满身龌龊酒意一扫而去，张开双臂，竟和卫鞅紧紧地抱在了一起。小令狐看见两人孩童一般，高兴得咯咯直笑。

“小令狐，拿酒来！”景监兴奋地高喊。

卫鞅笑道：“还酒啊？醉得人都不认了。”

“如何不酒？方才，那是醉死，死醉！再酒，那是醉生，生醉！”

卫鞅大笑：“好！苦菜烈酒，就醉生！”

小令狐噔噔噔跑进厨屋，端来两只陶碗笑道：“先喝下去，我再拿。”

两人接过陶碗“当”地一碰，各自咕咚咚饮下，却又同声大笑。卫鞅道：“好苦酒。”景监道：“酸得爽利！真酒？”

小令狐咯咯笑道：“没酒了。吓得我将酒都倒了。我来煮茶。”

卫鞅笑道：“小令狐好聪敏，以茶醒酒。此刻正当饮茶。”

“还有饭，你们俩都没吃饭，等等就来。”小令狐飞快地钻进了厨屋。

景监兴起，将草席木几搬到了院中。两人在明朗的秋月下高谈阔论感慨百出，率性讲起了秦人土语，时而大笑，时而叹息，时而兴奋，时而感伤，直到明月暗淡，东方发白。

二　卫鞅两面君　招贤馆大起波澜

秦孝公黎明即起，练剑片刻，埋首书房开始读书。

三个月以来，他对求贤令颁布后的功效产生了很大怀疑。原想东方列国士子们只要进入秦国，一定会被他的诚意感动，会和他同心同德地治秦强秦。他不曾想到，注目于功业的士人竟也会有如此多的世俗之心，怕苦怕穷怕累。从心里讲，作为一个国君，他何尝不想和齐威王一样搞个学宫将这些士子们养起来，需要他们的时候请他们谋划，不需要的时候便教他们自由自在地切磋学问，以彰国家文华。可是秦国太穷，哪里有财力做这些锦上添花的事？在一个穷弱的战国，该做的能做的他都做了，甚至不能做的他也勉力做了，诚心诚意，披肝沥胆。

可是他看到的回应却是淡漠的。他从士子们的举止眼光中读到了轻蔑，读到了嘲笑，读到了他们自感降尊纡贵的虚荣和自大。这正是他最不能容忍的。他可以坦然接受任何人对秦国的指责评点甚或是恶意咒骂，但决然不能接受对秦国的蔑视和嘲笑。六国卑秦，不屑与之会盟，他视为莫大国耻，书刻血石以示永志不忘。他想不到的是，连求官做事的士子们，竟然也对秦国现出一种满不在乎的轻蔑与嘲笑。当他确定无疑地感受到这一点时，他的心又一次被深深刺伤。为何如此？为何这些将依靠秦国建功立业，要靠秦国给予官职爵位的士人也敢蔑视秦国，蔑视秦国君主？冥思苦想中他恍然大悟，这些士子们将他们自己看作了拯救秦国的恩人，他们将给秦国带来富强，是以有理由蔑视呈现在他们面前的穷困愚昧。果然如此，也就罢了，嬴渠梁的胸襟够宽阔，对大才贤士的狂傲不羁全然可一笑了之。然则随着士子们的访秦作为，他又一次感到了失望。这些人只在县府打转儿，能找到强秦国策？是大才造世的作为么？聊以自慰的，还有一个王轼差强人意，招贤一事不至于难以收拾。名士难求，高人难遇，看来扭转乾坤的桀桀大才真是可遇不可求。说到底，秦国强大还得靠自己。

嬴渠梁决意自己谋划强秦之道，他相信自己的学力不算很差，刻苦修习，纵然不是大才，也是中才，决然不会让秦国在自己手里继续衰落。一个月前，他将书房扩大了三倍，开始让长史公孙贾给他搜集简册典籍，将宫室所能找到的一切务实书籍全部搬到了自己的新书房。从此，他每天夜读两个时辰，早起一个时辰，练剑之后准点读书到卯时，再处理国务。卯时之前，他不见任何人。天天如此，今日亦如此。

黑伯在书房门口轻声禀报：“君上，内史景监求见。”

“教他卯时后再来。”

“内史说，有紧急事体。”

秦孝公无奈地丢开简册：“请内史进来。”

景监走进书房，只看见沉沉简册高高低低环绕成巨大的书山，却不见国君身影，惊讶得不知说甚好。他有一个多月没有到国君书房了，不想变化竟如此之大。他不禁高声道：“君上，景监参见。”

秦孝公从书山中绕出来，手中还拿着一卷竹简：“景监啊，如此高兴？”

“君上，好事，大好事！”

“究竟何事？孩童一般。”秦孝公颇为不悦。

“君上，兹事体大，容臣徐徐道来。”景监虽笑，脸上却冒出了细汗。

“徐徐道来？”孝公不禁一笑，“你也成老儒了？好，就徐徐道来，坐。”

景监长嘘一声，从出使魏国遇卫鞅讲起，讲到卫鞅入秦，讲到招贤馆卫鞅暗察国君，讲到卫鞅访秦的艰苦认真和细致，对卫鞅的才能大加褒扬。

秦孝公很平静地听完景监叙说，淡淡笑道：“内史是说，卫鞅是个大才？”

“是。君上，卫鞅入秦，求贤令终有正果！”

秦孝公笑道：“莫给求贤令找正果，自古求贤不遇者多矣。内史究竟何意？”

“臣请君上，许卫鞅面陈长策。”

秦孝公点头道：“当然。士子如此苦访，可见一片赤诚，有无长策，皆须敬之。就明日，政事堂大礼待之。”

景监激动得颤声道："臣，谢过君上！"

"又非待你大礼，谢从何来？"秦孝公一笑，又一叹，"景监啊，求贤之道，长矣远矣。人有精诚，上天不负。纵无大才，秦国也不会灭亡的。"

景监从国府出来，立即赶赴招贤馆，派出一名书吏给渭风客栈的卫鞅送去一信，叮嘱他务必精心准备一举成功。然后又找到王轼等十余名士子，请他们做好面见君上的准备。最后又安排了其余士子们撰写治秦对策的竹简、笔墨、刻刀等一应琐务，方才回家呼呼大睡，安心给明日准备精神。

次日清晨卯时三刻，栎阳城门刚刚染上秋日的金色，四名甲士护卫着一辆牛拉轺车，哐啷哐啷地驶到了渭风客栈门前。景监从车前跳下，肃立门前高声报号："内史景监，迎接卫鞅先生入宫！"话音落点，一名随行书吏捧着刻有景监官位名号的木牌恭敬进入客栈。片刻之后，卫鞅在侯嬴陪同下出门，互致礼仪，景监恭请卫鞅上车，自己亲自驾车，向国府哐啷哐啷驶来。

短短的路程，景监没有问话，卫鞅也没有说话。

国府门前，已经升任国府卫尉的车英全副戎装，肃立迎候。见牛车到来，高声宣示道："奉国君令，贤士轺车直入国府——"长剑一举，两列甲士哗然闪开，景监驾着牛车哐啷哐啷驶进了国府庭院，直到政事堂院中停下。

秦孝公和甘龙、嬴虔、公孙贾、杜挚几名重臣，已经在政事堂前等候。见牛车驶到，秦孝公大步上前，亲自来扶卫鞅下车。卫鞅拱手道："多劳君上。"也没有推辞，搭着孝公的胳膊下了车。旁边的甘龙深深皱起了眉头。

卫鞅下车，向秦孝公拱手作礼："在下卫鞅，参见君上。"

秦孝公扶住笑道："先生辛苦了。请——"扶着卫鞅走上六级台阶，走进政事堂大厅，一直扶卫鞅到君主旁边最尊贵的位置坐下。一行大臣随后坐定，内侍上茶后退出，大厅一片肃然。

秦孝公肃然拱手道："先生入秦，苦访三月，踏遍秦国荒僻山川，堪为贤士楷模。今日朝会，特请先生一抒治秦长策。"说着站起身来，转向卫鞅深深一躬，"敢请先生教我。"卫鞅座中坦然拱手道："不敢言教，但抒己见耳。"秦孝公坐回旁边长案前，又恭敬拱手道："望先生不吝赐教。"

卫鞅环视四座，终于将目光注视着秦孝公，不慌不忙开讲："天下万物，凡有所事，必有所学。治国之道，为诸学之首，源远流长，博大精深。自黄帝以降，历经三皇五帝而夏商周，治国之道虽有变化，然终以王道治国为主流。周室东迁以降，礼崩乐坏，天下纷扰，高岸为谷，深谷为陵，诸侯僭越，瓦釜雷鸣，王室衰落，列国崛起。唯其如此，治国之学亦成众家争胜之势，终于莫衷一是。然细细查究，终无超越王道治国之境界者。"

听到这一通辞藻华丽而不着边际的开场白，景监迷糊起来，不明白卫鞅要如何了结这场隆重的殿对。难道他胸中所学就是这些老生常谈？卫鞅啊卫鞅，我如何老是摸不透你？机会给你了，你没真才实学，怨得谁也？景监再抬头看看场中，甘龙与公孙贾、杜挚频频点头，面露笑容。而嬴虔、子岸与后来的卫尉车英三个将领，似乎直打瞌睡。唯有国君秦孝公平静如常面无表情，只有景监知道，这是国君对最讨厌最无奈的人和事才有的一种冷漠和蔑视。

"敢问先生，何谓王道治国？"秦孝公淡淡地问道。

"所谓王道者，乃德政化民，德服四邦，德昭海内，德息兵祸，以无形大德服人心，而使天下安宁之道也。何谓德？德者，政之魂魄也。

对庶民如同亲生骨肉，对邻邦如同兄弟手足，对罪犯如同亲朋友人。如此则四海宾服，天下化一也。”卫鞅语言松缓，面色庄重，俨然一副讲述高深玄妙之大道的神色。

秦孝公闭目养神，似睡非睡。三个将军却是实实在在地睡着了，粗莽的子岸竟打起了沉重的鼾声。秦孝公竟然如同没听见一般。唯有甘龙颇感兴趣，插进来问道：“先生以为，秦国当如何行王道之治？”

卫鞅从容道：“王道以德为本。秦国行王道，当如鲁国，行仁政，息兵戈，力行井田，赦免罪犯。”

秦孝公霍然睁开眼睛，打断话头道：“先生，今日到此为止。后有闲暇，再听先生高论。内史，送先生。”说完，径自撇下一堂大臣扬长而去。甘龙想唤回国君，却欲言又止，向卫鞅拱手作礼，便匆匆而去。三位将军也伸着懒腰，打着哈欠揉揉眼睛径自走了。公孙贾和杜挚也跟着甘龙走了。空荡荡的政事堂，只剩下肃然沉思的卫鞅。

景监尴尬得无地自容，再也无心和卫鞅说话，苦笑着拱手道：“先生，请了。”

牛车哐啷哐啷地又驶出了国府。到得渭风客栈门前，卫鞅刚一下车，景监便对牛脊梁狠抽一鞭，“驾”的一声，哐啷啷走了。

卫鞅看着景监的背影，摇头微笑着走进渭风客栈。

回到家，景监丧气得直想打自己耳光。这叫甚事？如何能弄成这样？要知道他学的就是这些鸟玩意儿，费那么大劲儿吃撑了？算了算了，不想了，明日还有正事哩，吃完饭睡觉！景监高声道：“小令狐，饭来，快点！”

“来了来了。”小令狐捧着木盘顽皮笑道，“哟，一阴一晴，又咋了？”

“小孩子家少问。只对你说，今后那个人再来，就说我不在。”

“哪个人呀？”

“昨晚那个人！知道么？就是他！吃饭。”

小令狐捂着嘴巴不敢笑，嘟囔道：“那人很好么，称兄道弟的。”

“好甚？草包！饭袋！猪头！砖头！”景监气得连连乱骂。

从来没见过景监如此孩童般失态，小令狐咯咯大笑得喷出饭来。

景监脸一板，却禁不住也“扑”地一笑：“气死我也。”

“嗒、嗒、嗒”，响起熟悉的敲门声。

小令狐做个鬼脸：“开不？一定是那块砖头。”

“懂个甚？我还要问他话，开去。”

“说人家是块砖头，还问个啥？”小令狐嘟囔着走了出去。

“吱呀”一声门响，卫鞅笑道：“小妹呀，内史骂我了么？”

小令狐向卫鞅做个鬼脸，指指正房悄声道：“正骂呢，小心。”

卫鞅笑着走进正房，坐在景监对面：“景兄，我特来领骂。”

景监丢下碗筷，“啪”地一拍木几，颤声道：“卫鞅啊卫鞅，国君念你辛苦，景监慕你才华，谁想你竟是个草包，饭袋，猪头，砖头！说出忒般没力气的话来！分明是亡国之道，还说甚治秦长策？那鲁国气息奄奄，是秦国学的么？你呀你，我看也就只能下两盘棋。说到正事，哼，砖头一块，一块砖头！”

卫鞅不禁哈哈大笑，前仰后合，逗得小令狐也咯咯笑得上气不接下气。

“笑甚？难道你很高明么？”

大笑一阵，卫鞅回过神来认真问：“内史大人，你说我卫鞅千里迢迢，就是为了给秦国讲这亡国之道来了？”

景监一怔：“既然不是，为何忒般没力气？”

“记得访秦之前，你答应我的请求么？”

景监默然点头，眼睛盯住卫鞅。

卫鞅坦然相对："景兄，请为我再次约见秦公，我知道该说甚。"

景监叹息一声："好吧，君子一诺，就再信你一次。"

正在此时，门外一阵急骤的马蹄声传来，接着便是"啪啪啪"的拍门声。小令狐急急开门，一个书吏冲进门来高声道："内史大人，招贤馆士子们闹起来了！"

"所为何事？"景监急问。

"尚不清楚，只是有三五十人吵着要走。"

景监道："鞅兄，我去了，回头再说。"

卫鞅笑道："你去忙，我也走了。"便和景监一起出门回了客栈。

招贤馆里一片混乱。

士子们将掌事围在中间，吵吵嚷嚷要见国君，否则今夜就离开秦国。掌事连连向士子们作揖，高声道："诸位先生，不要急，不要急，已经派吏员去请内史大人了。"一个士子高声怒斥："内史徇私，找他何用？要见国君！""对，要见国君！"士子们嚷成一片。景监赶到时，满庭院正乱得不可收拾。景监站上一块石头高声道："诸位先生，我是内史景监。有何不平，请对我说。"

一个红衣士子高声道："请问内史，一个腐儒能见君面陈，我等何被冷落？"

"内史徇私，举贤无公心，我等要面见君上！"

"王道之说，竟也大礼相待，这是何人荐举？"

"国君不听此等亡国之道，只有内史徇私舞弊，举莠弃良！"

"请问内史，卫鞅用多少金钱买通了大人？"

"我等实言相告，今夜不见君上，即刻就走！"

"对，求贤令说得好，实则是虚情假意，蒙骗天下！"

景监已经明白，这完全是因为卫鞅今日的失败激起的事端。这些士子们原本就是个个自命不凡，访秦回来后更是踌躇满志地熬夜撰写，等待一朝面君陈策。后来听说，有个不住在招贤馆的魏国士子竟然捷足先登，被轺车接进了国府。士子们就议论纷纷，说秦国只瞅着魏国士子，瞧不起别国贤士。一时间，“魏国士子有何了得”的愤然议论弥漫了招贤馆。然则景监已经分头排定了国君对策的次序，也已经分别向士子们说明。所以不满归不满，倒也没出乱子。谁知午后有消息传出，说那个魏国士子是个腐儒朽木，金玉其外，败絮其中，讲了一通不着边际的大话，国君愤然拂袖而去。这一下犹如火上浇油，士子们不约而同地将举荐腐儒的罪责看在了景监身上，越想越不满，便聚相计议，以离开秦国相要挟，提出当夜面见君上。

景监心下明白，向场中拱手高声道：“诸位先生，景监是否徇私枉贤，可以存疑。卫鞅是否有才，可以后观。诸位请见君上，景监即刻进宫禀明。君上勤政敬贤，定然不会怠慢诸位先生。请诸位立即准备对策。”

士子们想不到这个很有实权的内史如此爽快，一时间倒是全场沉默。依许多士子的想法揣测，这个实权内史一定被卫鞅收买了；此等佞臣，不给他金钱，休想过他的关口，和山东六国一样。今日向他提出面见国君，他定然拒绝，然后便闹到国府，扳倒这个黑心内史。但却没有想到他竟然一口答应去请国君，却也奇了。有些没有对策或有他情者，竟忐忑不安起来，原本准备借故离开已经将包袱提在手里的人，也顿时尴尬起来。

景监走下大石，对掌事吩咐：“好生侍奉先生们，今夜对策之前哪位先生也不能走。收拾庭院，准备迎候国君。”说完，上马出了招贤馆。

秦孝公正在书房用功，接到景监急报也感意外，稍加思忖，感到这倒未尝不是一个好机会，便向黑伯吩咐了几件事，和景监一起从容来到招贤馆。

招贤馆庭院中已经布置好露天坐席。秋月当空，再加上几十盏硕大的风灯，偌大庭院倒也是明亮异常。士子们已经在各自坐席上就位，一片肃然安静中透出几分紧张。景监吩咐在前方中央国君长案的两侧再加了六张木案。刚刚加好，甘龙、嬴虔、公孙贾、杜挚、子岸、车英六位大臣便相继来到入座。场面如此隆重，显然大出士子们意料，肃然静场中有人紧张得不断轻轻咳嗽。这时，景监看见卫鞅也来了，坐在最后的灯影里。

秦孝公庄重开口道："诸位贤士访秦辛苦，嬴渠梁先行谢过。秦国求贤，未分良莠前，一体待之。今夜以卫鞅陈策之同等大礼，倾听诸位先生的治秦国策，请诸位先生不吝赐教。上有青天明月，下有国士民心，嬴渠梁是否屈才枉贤，神人共鉴。"

景监向场中拱手道："敢请诸位贤士，先行报出策论名目，以为应对次序。"

士子们相互观察，眼神探询，窃窃私语，一时无人先报。

终于一人站起，布衣长衫，黑面长须，高声道："我乃陈国士子王轼，访秦十县，深感秦国吏治弊端，呈上我的《治秦吏制策》。"书吏接过，恭敬地摆在秦孝公案前。孝公肃然拱手道："多谢先生，嬴渠梁当择日聆听高论。"

一阵骚动，有人站起高声道："访秦有得，呈上我之《秦县记》。"

"吾推崇墨家，呈上《兼爱治秦》。"

"呈上《无为治秦》。"

"呈上《百里奚王道治秦》。"

"呈上《中兴井田论》。"

“呈上《地力之教未尽论》。”

“我是《更张刑治论》。”

一卷又一卷地报出呈上，秦孝公的案前已经堆起了高高一摞。大约在五十多卷时，秦孝公感觉还没有听到一个振聋发聩的题目，场中却突然静了下来。

景监笑问：“如何？其余先生？”

经常愤愤然的红衣士子霍然站起，手扶长剑，高声道：“我乃稷下士子田常，不知秦公对非秦策论可否容得？”自报稷下学宫的赫赫名号与“田”字显贵姓氏，又兼腰系长剑神态倨傲，非但使甘龙等几位大臣一脸不悦，就是场中士子，也是侧目而视。秦孝公却是精神一振，微笑答：“良药苦口，良臣言悖。如何不容非秦之言？”

“好！这是我田常的《恶政十陈》，秦公愿听否？”

名目一报，场中一片哗然，甘龙等早已经是面色阴沉。面对秦国君臣和天下士子，公然指斥秦国为“恶政”，等闲之人岂能容得？

秦孝公却拱手笑道：“请先生徐徐道来，嬴渠梁洗耳恭听。”

红衣士子田常展开长卷，亢声道：“秦之恶政有十：其一，穷兵黩武；其二，姑息戎狄；其三，君道乖张；其四，吏治暗昧；其五，贬斥私学；其六，田制混乱；其七，不崇孝道；其八，蹂躏民生；其九，崇武贬文；其十，不开风化。大要如此，请秦公思之。”

这《恶政十陈》，几乎将秦国的政情治情悉数罗列，刻薄如君道乖张、蹂躏民生、不崇孝道、不开风化，使座中大臣无不愤然作色。嬴虔、子岸、车英三人同时紧紧握住了剑柄。田常却是坦然微笑，站立场中，似乎在等候着秦国君臣的雷霆怒火。坐在最后灯影里的卫鞅禁不住手心出汗，担心秦孝公按捺不住。他看透此人苦心，定是要在秦国以“不畏暴政”的惊人行动成名于天下。若秦公发作，田常肯定更加激烈，这是“死士”一派的传统，他们不会屈服于任何刀丛剑树。

这时再看秦孝公，却是肃然站起，向田常深深一躬：“先生所言，嬴渠梁虽感痛心疾首，然则实情大体不差，嬴渠梁当谨记先生教诲，刷新秦国，矢志不渝。”

又是大出意料，士子们不禁拍掌高喊：“好！”“秦公雅量！”

十几个士子纷纷站起，呈上手中卷册，高报：“我的《穷秦录》。”

“我的《苛政猛于虎》。”

“我之《入秦三论——兵穷野》。”

“我也有对，《栎阳死论》。”

纷纷嚷嚷，竟然全是抨击秦国的简册，一卷一卷，堆满了一张长案。秦孝公肃然立于攻秦简册前，一卷卷飞快浏览，悚然动容。他回身对田常等人拱手道：“公等骨鲠之士，请留秦国，以正朝野视听。”

田常哈哈大笑：“秦公欲以我等为官乎？我等痛斥秦国，秦公不记狂狷荒唐已知足矣，岂能留秦自讨无趣？”非秦士子们纷纷应和：“多谢秦公！”“我等当离开秦国也。”“秦公胸襟似海，容当后报！”

“且慢！”秦孝公站上长案，向士子们拱手一周，慨然高声道：“公等对秦国百年以来之诸种弊端，皆作通彻评点，切中时弊。嬴渠梁以为，非秦者可敬，卑秦者可恶。诸位既敢公然非秦，亦当有胆略治秦，精诚之心，何自觉无趣？敢请诸公留秦，十日内确认职守。公等以为如何？”又是深深一躬。

抨击秦政的士子们低下了头，难堪的沉默。突然，田常面色涨红，呛啷拔出长剑走到秦孝公面前。座中子岸一声怒吼：“大胆！”长剑一挥，远处几名甲士跑步上来围住了田常。秦孝公勃然变色，大喝一声：“下去！”转对田常拱手道：“先生见谅，有话请讲。”田常向秦孝公深深一躬，激昂高声道：“田常身为稷下名士，非但作《恶政十陈》，且鼓动同仁离开秦国。然则秦公非但不以为忤，反以国士待我。人云，君以国士待我，我当以国士报之。田常当以热血，昭秦公之明！”话音方落，长剑倒转，洞穿腹中，一股热血直喷三丈之外！

“先生——”秦孝公大惊，扑到田常身上。

田常拉住秦孝公的手笑道：“公之胸襟，图霸小矣，当王天下……”话音未了，颓然后仰，撒手而去。

变起仓促，所有的士子都感到震惊，围在田常的尸体周围默然垂首。

秦孝公抱起田常遗体，安放到自己的长案上，眼中含泪，对景监肃然道：“先生国士，以上大夫之礼葬之。”

满场士子们庄重一躬：“谢过秦公高义！”

秦孝公向士子们拱手作礼，坦诚真挚而又不胜惋惜：“田常先生去了，诸位勿以先生之慷慨激烈有所为难。愿留则留，愿去则去。留则同舟共济，去则好自为之。秦国穷困，没有高车驷马送别诸君，远道者赠匹马，近道者牛车相送，每位先生赠送百金，以为杯水车薪之助。”

一个中年士子感动哽咽：“我等离秦还乡，皆因与秦地风习水土不合，其中亦有不堪艰难困苦者。是以我等没有对策可呈，然绝无他意，尚请秦公详察。”

秦孝公不禁大笑：“周游列国，士子风尚，入秦去秦，极为寻常。十年后请诸位重游秦国，若秦国贫弱如故，嬴渠梁当负荆请罪于天下。”

“好！”一片激昂，喊声掌声响彻招贤馆。

当南门箭楼上响起五更刁斗时，招贤馆方才恢复了平静。

第二天早晨，景监送走了三十多名东方士子，又将留下的士子们的各种事务安排妥帖，才来到国府晋见秦孝公。时当正午，秦孝公正在书房外间用饭，立即吩咐黑伯给景监送来一份午饭——一鼎萝卜炖黄豆，一盘黑面烤饼。看看国君面前也是同样，景监不禁眼眶湿润起来。孝公笑道："有何可看？咥。"一句秦人土语，景监笑了起来，埋头便吃，泪水却滴到了热气蒸腾的鼎中。匆匆用完，黑伯收拾擦拭了书案，默默去了。孝公笑道："秋阳正好，院中走走了。"景监随孝公来到庭院，正是秋高气爽的时节，院中落叶沙沙，阳光暖和得令人心醉。漫步徜徉，景监一直不说话。孝公笑道："景监，你匆匆而来，就是要跟我晒太阳么？"景监嗫嚅道："君上，招贤馆士子们，如何安置？"孝公大笑："如何安置？昨夜不是说了？至于何人何职，还得计议一番也。内史着急了？"景监忙道："不急不急。"孝公道："不急？那你来何事？"景监脸色涨红，却是说不出话来。秦孝公看着景监窘迫，不禁哈哈大笑："说，不怪你就是。"景监吭吭哧哧道："上次，卫鞅之事，臣，委实不安。"

"有何不安？"秦孝公淡漠问道。

"卫鞅对策，实在迂腐。"

"迂腐的又不是你，不安何来？"

"只是，臣斥责卫鞅，说他给国君讲述亡国之道，他回了一句，臣感意外。"

"他如何回？"

"他说，我卫鞅千里迢迢，难道就是对秦公讲述亡国之道来了？"

秦孝公闻言，默然良久，笑问："内史还想如何？"

"臣斗胆，请君上再，再次听卫鞅一对。"

"既然内史不死心，就再见一次。我看，明日正午，就这院中。"

景监深深一躬："谢君上。"心中顿感宽慰，舒心地笑道，"君上，臣告辞。"孝公叮嘱道："见卫鞅的事不要太操心。田常的葬礼一定要办好。"景监道："臣明白。"兴冲冲走了。到得招贤馆，景监先仔细安排了田常葬礼的细节琐务，确定了下葬日期，然后便向渭风客栈匆匆而来。

卫鞅在招贤馆目睹了田常剖腹自杀，感慨万端，回到客栈一时无法入睡。

他知道，招贤馆波澜皆由他的“失败”对策引起，如果他第一次就显出法家本色，肯定局势要好得多，但却试探不出秦公的本心本色，自己往前走就会不踏实。第一次虽然“失败”，但却切实感觉到了秦孝公决然不会接受王道的明确坚定。更重要的是，由此引起的波澜使秦孝公在招贤馆淋漓尽致地表现出发奋强秦的心志，真是始料未及。这种用语言所无法试探的内心沟壑，在强烈的冲突面前尽显本色，无法压抑，也无法掩饰。使卫鞅激动的不仅仅是看到了秦孝公忍辱负重决意强国的心志，而且看到了秦孝公在骤然事变面前稳如山岳强毅果断的闪光。既然如此，要不要继续试探？卫鞅凝思默想半日，心中终于明晰起来。

这时，景监匆匆而来，高兴地向卫鞅说了国君的应诺。卫鞅也很高兴，请景监和侯嬴一起饮酒。景监和侯嬴一见如故，三人直饮到二更时分方散。临走时，景监反复叮嘱卫鞅，一定要拿出真正的治国长策，否则他无法再面见国君。卫鞅带着几分酒意，慷慨应道：“内史勿忧，卫鞅自有分寸。”景监也就放心去了。

第二天正午，卫鞅赶早吃完饭，特意先到招贤馆等候景监用完饭，两人一起向国府而来。进得政事堂，恰恰秦孝公也是用餐方罢，正在庭院中漫步，见二人到来，便笑道：“嬴渠梁正在恭候先生，这厢请。”来到政事堂后面的空阔庭院，只见树下已经铺好了一张大草席，案几齐备，黑伯正在摆设茶具。显然，秦孝公要在这露天庭院听卫鞅第二次对策。秋日和煦，黄叶沙沙，又逢午后最少来人的时刻，院中一片寂静清幽，正是静心叙谈的大好时光。

秦孝公拱手笑道："前次朝堂人多纷扰，先生未尽其兴。今日嬴渠梁摒弃杂务，恭听先生高论，不知先生何以教我？"

卫鞅从容不迫："君上既然不喜王道，卫鞅以为可在秦国推行礼制。以礼治国，乃鲁国大儒孔丘创立的兴邦大道，以礼制为体，以仁政为用，仁政理民，礼制化俗，使国家里外同心，达大同之最高境界。如此，则国力自然凝聚为一。"

秦孝公不像头次那样一听到底，微笑插问道："儒家主张兴灭国、继绝世、举逸民，其实，就是要恢复到西周时的一千多个诸侯国去，先生以为可行么？复井田、去赋税，在方今战国也可行么？"

卫鞅辩驳道："儒家行仁政礼制，不以成败论美恶。不修仁政，虽成亦恶。修行仁政，虽败亦美。此乃杀身成仁、舍生取义之大理也。公当思之。"

秦孝公冷冷笑道："大争之世，弱肉强食，正是实力较量之时，先生却教我不以成败论美恶，不觉可笑么？果真如此，秦国何用招贤？"

景监在旁，沮丧之极，只是不好插话，大惑不解地盯着卫鞅，脸上木呆呆。卫鞅却是不急不躁，没有丝毫的窘迫，从容再道："君上再容我一言。"

秦孝公笑道："无妨，嬴渠梁洗耳恭听。"

"若君上痛恶仁政礼制，卫鞅以为，可行老子之大道之术。老聃乃千古奇才，他的道家之学，绝非寻常所言的修身养性之学，而是一种深奥的邦国大学问。方今天下刀兵连绵，若能行道家之学，则君上定成千古留名之圣君。"

"敢问先生，道家治国，具体主张究竟何在？"

"官府缩减，军士归田，小国寡民，无为而治。此乃万世之壮举也。"

“还有么？”

“道家精华，尽皆上述。其余皆细枝末节也。”

秦孝公哈哈大笑：“先生之学，何以尽教人成虚名而败实事？这种学问，与宋襄公的仁义道德如出一辙，有何新鲜？一国之君，听任国亡民丧，却去琢磨自己的虚名，一味地沽名钓誉，这是为君之道么？是治国之道么？”说罢站起来一笑，“先生若有精神，就去做别的事，治国一道，不谈也罢。”大袖一挥，径自而去。

景监呆若木鸡，难堪得不知何以自处。想追孝公，无颜以对，想说卫鞅，又觉无趣，只有板着脸生自己的闷气。突然，卫鞅却仰天大笑，爽朗兴奋之极。景监愕然：“你？莫非有病？”卫鞅再次大笑：“内史，我是高兴也！”景监上下端详：“你？高兴？有何高兴处？”卫鞅向景监深深一躬：“请内史与我回客栈共饮，以贺半道之功。”景监心中有气道：“好，我看你卫鞅能搞出甚名目？走！随你。”

卫鞅拉着景监欣然来到渭风客栈，侯嬴高兴得立即摆上肥羊炖和苦菜烈酒。景监闷闷不乐，卫鞅却是满面笑意。侯嬴疑惑地看着两人：“一喜一忧，究竟如何？”景监摇头叹息道：“又说一通忒没力气的话，君上拂袖而去。你说你高兴个甚？不是有病么？”侯嬴不禁笑了起来：“先生原本卖药，何以自己有病？”卫鞅大笑举爵：“来，景兄，侯兄，我等先痛饮一爵。”三人举爵饮尽，景监低头不语，侯嬴却笑看卫鞅，等待他说话。卫鞅微笑道：“景兄莫要沮丧，与君上今日一会，大功已成一半矣。”景监蓦然抬头：“大功？你有大功么？”卫鞅笑道：“景兄，你久在官场，但闻国君求贤而择臣，可曾闻臣亦求明而择君？”景监惊讶道：“你是说，你是在选择明君？”卫鞅大笑道：“然也。景兄一语中的。”景监依然一脸困惑：“用亡国之道选择明君？”卫鞅悠然道：“景兄曾扮东方巨商进入魏国，想来对商道尚通。敢问，今一人怀有绝世珍品，当如何寻找识货之买主？”

景监毫不迟疑：“自当示珍品于买主，真实介绍，如实开价。”

“若买主不识货，又当如何？”

“继续等候，或另觅识货买主。”

“整日怀抱珍奇，沿街叫卖？”

“难道还有更好的办法不成？”景监似有不服。

“我有一法，景兄姑妄听之。”卫鞅颇为神秘地一笑，“大凡稀世珍奇，绝不可轻易示人。首要大计，在于选择目光如炬的识货之人，此所谓货卖识家也。试探买家之上乘法则，先示劣货，后出珍奇，如此则百不差一。景兄以为如何？”卫鞅的口吻，完全是一个老谋深算的商人。

景监还在回味之中，喃喃自语：“先示劣货，后出珍奇？先示劣货？”

侯嬴笑道：“不识劣货，岂能识得绝世珍奇？鞅兄如此精于商计，佩服。”

“鞅有一半殷商之血，略通一二，聊做类比，二位见笑。”

景监猛然拍案，高声道：“好！君择臣以才，臣择君以明，不识货，焉得为明？鞅兄高见，景监茅塞顿开！”

侯嬴道：“那，往前路，该如何走法？”

“这要看内史了，景兄对卫鞅还有信心否？”

景监大饮一爵，长嘘一声：“我就硬起头皮，再来一次。”又猛然醒悟，“哎，先说好，这次是劣货？还是珍奇？”卫鞅和侯嬴同声大笑，景监也大笑起来。

三　肝胆相照　卫鞅三说秦孝公

十月二十日，栎阳城举行了隆重的葬礼，将齐国稷下学宫名士田常以上大夫的礼遇，安葬在城北高岗上。那一天，招贤馆三十六名士子为灵车执绋挽歌，秦国下大夫以上官员全部送葬。在三丈高的坟墓堆起时，秦孝公亲自在墓前祭奠，并亲手为田常墓栽下了两棵栾树。

葬礼完毕，秦孝公没有回栎阳，带着车英直接到了渭水北岸的渡口。自平定戎狄叛乱后，他还没有巡视西部。这次，他想在严冬到来之前乘船逆流而上，到雍城以西看看。到得船上，秦孝公对车英吩咐：“稍等片刻。”站在船头的车英指着北岸塬坡：“君上，内史来了，两个人。”孝公笑道：“就是等他两个。半个时辰就完，误不了行程。”

塬坡小道上，驰马而来的正是景监和卫鞅。

三天以前，在请准田常葬礼事宜的时候，景监由招贤馆士子又拐弯抹角地提到了卫鞅。秦孝公又好气又好笑：“我说你个景监，是叫卫鞅迷住了，还是吃了卫鞅好处？这个人已经在书房里泡迂了，表面上颇有英风，实则是老气横秋，你还不死心？咄咄怪事！”景监退无可退，就直说了卫鞅那一番“君试臣以才，臣试君以明”的论理和珍奇出手的比喻。秦孝公听了，又是沉默不语。他感到卫鞅此说颇耐寻味，蓦然之间，又觉此人颇为蹊跷，何以每次都能找出让他怦然心动的请见理由？若非有备而来，预谋而发，岂能如此？沉吟有顷，悠然笑道：“好，就再见卫鞅一次，看看他揣了多少劣货？”

秋霜已起，渭水两岸草木枯黄。渡口停泊着一条高桅黑帆的官船，遥遥可见甲板上凉棚状的船亭中有长案木几。景监和卫鞅来到岸边，将马拴好，走向官船。景监低声道：“鞅兄，我再说一次，君上所以在船上见你，是想到西地察访民情。这次不行，你就只有回魏国了。”卫鞅笑着点点头，两人便踏上宽宽的木跳板上了船。

车英在船口迎候，拱手笑道："内史、先生，这厢请。"将两人让到船亭坐定。

秦孝公见二人上船，从船舱来到船亭，景监卫鞅一起施礼："参见君上。"

秦孝公笑道："不必多礼，我等边走边说。"转身对车英吩咐，"开船西上。"

车英令下，桨手们一声呼喝："起船……"官船悠悠离岸，缓缓西上。

渭水河面宽阔，清波滔滔，水深无险，端的是罕见的良性航道。要是在魏国，这样的水道一定是樯桅林立船只如梭。可眼下的渭水河面却是冷冷清清，偶有小船驶过，也只是衣衫破旧的打鱼人。茫茫水面，竟然看不到一只装载货物的商船。

卫鞅凝视着河面，发出一声喟然长叹。

秦孝公道："先生两次言王道，虽不合秦国，然先生之博学多识，我已感同身受。嬴渠梁意欲请先生任招贤馆掌事，职同下大夫，不知先生肯屈就否？"

卫鞅仿佛没有听见秦孝公的话，望着清冷的河面，缓缓说道："渭水滔滔，河面宽阔，在秦境内无有险阻，乃天赐佳水也。何以秦据渭水数百年，坐失鱼盐航运之利？关中川道，土地平坦，沃野千里，天下所无，何以在秦数百年，却荒芜薄收，民陷饥困？"

景监一怔，生怕卫鞅又迂阔起来，仔细一听，都在实处，便不再言语。秦孝公则不动声色地沉默着，他想听听这个蹊跷的博学之士还能说出什么来。卫鞅也似乎并没有注意秦孝公和景监的沉默，继续面河问道："秦地民众朴实厚重，又化进戎狄部族近百万，尚武之风深植朝野。秦国却何以没有一支攻必克、战必胜的精锐之师？”

景监高兴插话：“先生所问，正是君上日夜所思之大事。先生大计何在？”

秦孝公目光锐利地盯住卫鞅背影，向景监摆摆手，示意不要打断。

卫鞅转过身来正视着秦孝公道：“方今天下列国争雄，国力消长为兴亡根本。何谓国力？其一，人口众多，民家富庶，田业兴旺。其二，国库充盈，财货粮食经得起连年大战与天灾饥荒之消耗。其三，民众与国府同心，举国凝聚如臂使指。其四，法令稳定，国内无动荡人祸。其五，甲兵强盛，铁骑精良。有此五者，方堪称强国。而目下之秦国，五无其一。地小民少，田业凋敝；国库空虚，无积年之粮；民治松散，国府控缰乏力；内政法令，因循旧制；举国之兵，不到二十万，尚是残破老旧之师。如此秦国，隐患无穷，但有大战，便是灭顶之灾。君上以为然否？”

秦孝公微微一笑：“如此一无是处，却如何改变？王道？无为？仁政？”

景监看话题已经入港，正在高兴，却听国君话音不对，着急道：“不行不行，那都是亡国之道，先生岂能再提？”

秦孝公摆摆手道：“请先生继续说下去。”

卫鞅神色肃然道：“治国之道，强国为本。王道、仁政、无为，尽皆虚幻之说，与强国之道冰炭不能同器。君上洞察深彻，不为所动，鞅引以为慰。”

“然则如何强国？嬴渠梁却没有成算。”

“强国亦有各种强法。魏国、齐国、楚国，君上以为哪一国可堪楷模？”

秦孝公听此一问，精神陡然一振，目光炯炯道：“先生此言，大有深奥。嬴渠梁平日只为强国忧心如焚，心念尚不及此，敢请先生指教。”

“魏国乃甲兵财货之强，齐国乃明君吏治之强，楚国为地广人众之强。目下正在变法崛起之韩国，与齐国相类。”

秦孝公喟然长叹：“与三强不相上下，嬴渠梁此生足矣！”

卫鞅笑道：“然则，上述三强，皆非根本强国，不足效法。”

秦孝公感到惊讶了。他在《求贤令》中已经申明，图强的目标就是要恢复穆公时代的霸业，与东方诸侯一争高下。按照这样的目标，达到魏齐楚韩四国的强盛，应当就是满足了。而卫鞅居然说上述三国不足效法，口气之大，当真是蔑视天下。是这个卫鞅不知治国之艰难，还是真有扭转乾坤的大才？他在骤然之间弄不清楚，不妨先虚心听之，于是谦恭地拱手道：“先生之言，使人气壮，尚请详加拆解。”

卫鞅面色肃然，侃侃而论：“前三种强国范式之根本弱点，在于只强一时，不强永远，只强其表，不强根本。魏国在文侯武侯两代是蒸蒸日上，真正强盛，自魏罃称王，魏国便每况愈下。齐国是这一代齐王强盛，之后必然衰弱。楚国则自楚悼王以后，一直是外强中干，不堪真正一击。即或以目下正在变法之中的韩国而言，也是一代之强，甚至不出一代，便会呈衰落之势。此中根源何在？其一，变法不深彻。李悝助魏文侯变法，以废除井田、奖励农耕、兴旺田业为主，疏忽了封地军制、吏制、爵制、国制、民制之全面变法。齐国韩国则更是粗浅的整军治吏之变法，没有深彻地再造翻新。楚国之变法，因吴起惨死而中途夭折，对旧世族只有些许触动，更休提深彻二字。其二，法令不稳定，没有留下一个国家应当长期信守的铁律。前代变法，后代复辟，根基不稳，必然是兴也勃焉，亡也忽焉。有此两大缺憾，岂能强大于永远？又岂能成大业于千秋？唯其如此，三强四国不足以效法，秦国要强大，就要从根本上强盛！”

秦孝公被这一番江河直下的理论强烈震撼！陡然觉得往昔那笼罩心田的沉沉阴霾顷刻消散，身心枷锁顿时开脱，心明眼亮，坚实舒坦。他站起身向卫鞅深深一躬：“先生一番理论，当真是高屋建瓴，勘透天下，使嬴渠梁拨云见日，忧心顿去。敢问先生，根本强大，将欲如何？”

景监高兴得不知所以，兴奋地用秦人土语喊道：“君上，该咥饭了！咥了再说如何？”

秦孝公醒悟，爽朗大笑：“对，咥饭。黑伯，上酒菜，与先生痛饮一番！”

此时已经是黄昏夕阳，深秋的河风萧瑟寒凉，与君臣四人异常的兴奋热烈全然不同。最开心的是景监，忙不迭地帮黑伯上菜上酒，害得一向整肃利落的黑伯手忙脚乱，车英说他帮倒忙，景监却高兴得哈哈大笑。片刻之间，菜上齐：四个大黑色陶盆，一盆肥羊炖，一盆清炖鱼，一盆生拌萝卜，一盆生拌野苦菜，另有一坛秦国凤酒。君臣四人坐定，秦孝公亲自为卫鞅斟满一爵，而后端起自己面前的大爵：“先生高才深谋，胸中定有强秦奇计。嬴渠梁敬先生一爵，望先生教我。”说完，举爵一饮而尽。卫鞅坦然受了一礼，举爵痛饮，慨然道：“国有明君如公者，何愁不强？”

秦孝公叹息道：“君无良相，孤掌难鸣。常盼管仲复生，不期而遇。”

“茫茫中国，代有良才，强国何需借代而兴？”卫鞅慷慨傲岸。

景监兴奋道：“君上，管仲强齐一代，先生要强秦于永远，气魄何其大哉！”

孝公大笑：“说得好！来，再与先生痛饮。”向卫鞅拱手相敬，一饮而尽。

卫鞅一爵饮尽，慨然道："治秦之策，鞅已谋划在胸。这是我访秦归来拟就的《强秦九论》，请君上评点。具体谋划，待君上西巡归来再行陈述。"说着，从怀中掏出一本羊皮纸书恭敬递过。

秦孝公双手接过，未及翻阅便高声命令："车英，掉船回栎阳，改期西巡。"转身对卫鞅拱手道："敢请先生随我回宫，嬴渠梁与先生一抒胸中块垒，做竟夜长谈如何？"

"君上呕心沥血，卫鞅自当披肝沥胆。"

官船掉头东下。秋日短暂，转瞬淹没在远山后面，唯留一抹血红的晚霞，照得河面波光粼粼。秦孝公与卫鞅始终站在船头兴奋交谈，一个说得出神，一个听得入迷。晚秋河风吹起一白一黑两领长衫啪啪作响，二人竟丝毫未觉寒凉。车英为两人披上棉袍，两人浑然无觉，时而感慨，时而大笑。

明月东升，官船方才回到了栎阳渡口。船一靠岸，孝公吩咐车英善后，景监通知各县缓行面君，说完便和卫鞅驰马急回。到得政事堂大书房，黑伯点亮四盏纱灯，煮来浓茶。正是秋冬之交，老屋更显寒意，黑伯又打起了木炭燎炉。收拾妥当，孝公便和卫鞅饮茶畅谈。孝公先向卫鞅详细讲述了秦国三百多年的历史、传统与各种礼法，以及目下二十三个县的民生民治，使卫鞅对秦国有了更为全面扎实的了解。卫鞅也逐一详细介绍了东方各国的变化和军制、官制、民风、国君特点，尤其对魏国为首的六大战国，做了更为详尽的剖析。秦孝公除了少年征战，从未走出过函谷关，对天下大势可说是不甚了了，对各国具体国情更是所知粗疏。卫鞅详尽生动的叙述，第一次在他眼前打开了一片广阔的天地，使他对进入战国六十余年来的天下大势和列国详情了然于胸。秦孝公禀赋极高，边听边想，已经对秦国的落后悚然心惊。

卫鞅讲完，孝公慨然道："先生一席话，领我遍游天下，方知人之所以长，我之所以短。我还想听先生详述列国变法，以开我茅塞。”卫鞅便从春秋时代的新政变法讲起，逐一介绍了郑国子产的田制新政、齐国管仲的经济统制、越国文种聚集国力的新政、鲁国宣公的初税亩新政、晋国的赐田减税、秦国简公的初租禾等主要新政。卫鞅道：“大要而言，春秋三百年，新政围绕田制与税制之变化发生，然皆为粗浅，无一巩固，反倒被新政激起的巨浪吞没。此即推行新政的郑国、齐国、晋国、越国相继灭亡之根本所在。”边听边想，孝公额头上不禁渗出晶晶细汗。卫鞅又讲述了战国以来魏国的李悝变法，楚国的吴起变法，与正在发生的齐国变法和韩国变法；对变法的内容、特点、嬗变及其结局，都做了鞭辟入里的解说和预测。

此时，已经是红日临窗。黑伯轻轻走进来低声道：“君上，卯时已过，该吃点儿啦。”孝公依旧精神奕奕，笑道：“酒菜拿来，边吃边谈如何？”卫鞅欣然道：“好极，边吃边谈。”黑伯捧来两鼎萝卜黄豆炖牛肉、一盘黑面饼、一坛酒。孝公吩咐道：“黑伯，谁来也不见。你也去吧。”黑伯走出，皱着眉头守在政事堂门口。

刚吃了几口，孝公翻开昨日卫鞅送的《治秦九论》看起来，一入眼便放下了筷子凝神细思。刹那之间，卫鞅眼眶湿润了。如此简朴又如此勤奋的国君，卫鞅确实是闻所未闻见所未见。从昨日午后开始，他胸中积累的学问见识便汹涌澎湃地迸发出来，一夜之间，没有丝毫停滞地呼啸奔泻。他流淌着自己，燃烧着自己。而作为国君的秦孝公，则像空谷沧海，接纳着他无尽的奔流而没有丝毫的满足。闪念之间，卫鞅从这个仅仅比自己大一岁的国君身上，看到了一种远远超越于年龄和阅历之上的成熟与博大。他仿佛生来就是做国君的，处变不惊，临危不乱，慧眼辨才，沉静深远。对于寻常人等而言，拥有其中任何一种品质都是极为难得的了。而他，却如此出色地融这些过人品质于一身，真正是令人叹服。与这个年轻的国君在一起，就像与山岳为伍，令人胆气顿生。他静静地看着专注沉思的秦孝公，神思奔放，竟也忘记了吃饭。

须臾，秦孝公抬起头兴奋道：“《治秦九论》，字字千钧！来，痛饮一爵，请先生详为拆解。”卫鞅举爵，锵然相碰，两人一饮而尽。

烈酒下喉，卫鞅精神为之一振道：“《治秦九论》乃卫鞅谋划的变法大纲。其一《田论》，立定废井田、开阡陌、田可买卖之法令。其二《赋税论》，抛弃贡物无定数的旧税制，使农按田亩、工按作坊、商按交易纳税之新法。如此则民富国亦富。其三《农爵论》，农人力耕致富，并多缴粮税者，可获国家爵位。此举将真正激发农人勤奋耕耘，为根本的聚粮之道。其四《军功论》，凡战阵斩首者，以斩获首级数目赐爵。使国人皆以从军杀敌为荣耀，举国皆兵，士卒奋勇，伤残无忧，何患无战胜之功？其五《郡县论》，将秦国旧世族的自治封地一律取缔，设郡县两级官府，直辖于国府之下，使全国治权一统，如臂使指。其六《连坐论》，县下设里、甲两级小吏。民以十户为一甲，一人犯罪，十户连坐，使民众荣辱与共，怯于私斗犯罪，勇于公战立功。其七《度量衡论》，将秦国所行之长度、重量、容器一体统一，由国府制作标准校正，杜绝商贾与奸恶吏员对庶民的盘剥。其八《官制论》，限定各级官府官吏定员与治权，杜绝政出私门。其九《齐俗论》，强制取缔山野之民的愚蛮风习，譬如寒食、举家同眠、妻妾人殉，等等。此九论为大纲，若变法开始，尚须逐一制定法令，落于实处。”

“人云，纲举目张。有此九论，嬴渠梁已经看见了秦国来日！”

两人又是痛饮一爵，就着《治秦九论》侃侃问答，不觉已是红日西坠，纱灯重亮。黑伯收拾燎炉点灯时，看见正午的饭竟然原封未动，不禁摇头叹息，轻声道：“君上，该用晚饭了。”孝公笑道：“好，将这些弄热就行。”黑伯哽咽劝道：“君上，歇息吧，三日两夜了。”孝公不悦道：“又有何妨？不要打扰，去吧。”

匆匆吃罢，两人围着燎炉一条一条计议。说到最后的纠正民俗时，孝公竟然不了解西部老秦人的陋习。卫鞅便将自己在山河里的夜宿和带出河丫的故事讲了一遍。孝公不禁大为感慨唏嘘，眼中莹然泪光，最后又大笑一番，举酒庆贺卫鞅的深彻踏勘。忘情之间，不觉又是红日临窗。

黑伯心急如焚，百思无计，匆匆到后边庭院禀报了太后，请设法教国君歇息。

太后听黑伯一说，又气又急，抬脚往前院便走，到得兵器厅廊外，想想又停下脚步，派侍女唤来正在晨读的荧玉，吩咐道：“你二哥又发痴了，三日两夜没歇息和人说话。我想他是否遇上了奇人高才？我去未免扫兴。你去看看，送点好吃的，捣乱捣乱，教他们歇会儿。”荧玉顽皮地笑笑，飘然跑去了。

政事堂外的庭院中，守了三天两夜的车英在晨光下边踢腿边打哈欠，打着打着，一下子瘫倒在地上睡着了，长剑压在身下，却照样鼾声大作。荧玉提着棉布包裹的陶罐和小竹篮轻盈走来，发现车英横卧在地，呼噜连声，摇头一笑，绕过车英，来到政事堂大厅，看见里间的大书房门掩着，便轻手轻脚趴到门格上向里张望。

房内，秦孝公与卫鞅各自包着一块毛毡斜依在墙上，中间地毡上铺着一张大图，面前长几上杯盘散乱，二人都是眼睛发红面色发青，神情却是激越兴奋，毫无倦意。荧玉知道二哥脾气，不敢贸然闯进，便悄悄站立偷听，寻觅进去的机会。只听屋内传来一个略显沙哑的声音道：“强兵之本，在激赏于民。劳而无功，战而无赏，必生异心。我在山河里听到老秦人民歌：‘有功无赏，有田无耕，有荒无救，有年无成。’民生怨心，何以强兵？是以要奖励耕战，激赏强兵！”孝公插话道：“别急别急，你将那民歌再念一遍。”沙哑声音道：“我唱给君上听吧。”说着咳嗽一声，低低唱了起来，悠扬悲凉的歌声飞出门外：“七月流火，过我山陵。女儿耕织，男儿做兵。有功无赏，有田无耕。有荒无救，有年无成。悠悠上天，忘我苍生。”

歌声之后，屋内良久沉寂……荧玉被歌儿深深打动，不禁热泪盈眶。只听二哥沉重的一声叹息与低低的哽咽拭泪之声。沙哑声音道：“君上何忧？但有变法雄心，君上将无愧于秦国民众，无愧于祖宗社稷。”二哥坚定深沉的声音道：“嬴渠梁决意变法，请先生为我承担大任。”沙哑声音道：“君上信鞅，鞅万死不辞。然则变法愈深彻，道路愈艰险。鞅悉心推究过列国变法，以为至少需要三个条件，不知君上能做到否？”

“先生但讲。”

“其一，有一批竭诚拥戴变法之士，居于枢要职位。否则，法无伸张，令无推行，行之朝野，便成强弩之末。”

“此点但请先生放心。嬴渠梁当全力为先生罗织力量。”

“其二，真法不避权贵。新法一旦推行，举国唯法是从。即或宫室宗亲，违法亦与庶民同罪。此点，庸常之君断难做到。”

“此点在嬴渠梁倒非难事。但讲第三。”

“其三，国君对变法主政大臣须深信不疑，不受挑拨，不受离间。否则，权臣死而法令溃。春秋以来三百余年，凡新政变法失败者，无一不是君臣生疑。若无生死知遇，变法断难成功。”

此时，风儿将门无声地吹开，荧玉悄然走进，站在了二人身后。

秦孝公长嘘一声：“强秦，是我的毕生大梦。为了这个梦，嬴渠梁九死而无悔，万难不足以扰我心！三百年以来，变法功臣皆死于非命，此乃国君之罪也。你我君臣相知，终我之世，绝不负君！”

卫鞅眼中湿润："公如青山，鞅如松柏，粉身碎骨，永不负秦！"

两人四手，紧紧相握。中间忽然伸出两爵热气蒸腾的米酒，荧玉含泪笑道："热酒赤心，天地为证。"秦孝公爽朗大笑："说得好！小妹来得正是时候，来，干！"卫鞅接过一爵笑道："为了秦国强大，干！"两爵锵然相碰，各自痛饮而尽。

荧玉凝神打量着卫鞅，脸上露出一种纯真的感动。

四　世族元老们惶惑不安了

栎阳的上层世族迅速传播着一个消息：秦公和魏国士子卫鞅连续密商三昼夜，准备在秦国大动干戈！秦国世族第一次感到了震惊，也感到了恐慌，奔走相告，议论纷纷。

与山东六国相比，秦国世族层的数量和势力都很小，财力和私家武装的规模更小。如果维持旧制，秦国世族对公室国府几乎没有什么威胁。但是，秦国世族有两个突出特点，一是一脉相延数百年，极少有中途泯灭的家族；二是对国家都有值得称颂的功劳，其第一代往往都是大功臣。而东方六国的世族，却在春秋以来的三百多年中历经毁灭与再生，延续百年以上的真正旧世族几乎悉数淹没，代之而起的是新政变法中诞生的新世族，此所谓"高岸为谷，深谷为陵"的权力层大动荡。

秦国不然，立国之前的嬴氏部族原本就是殷商遗落的老世族，在与西部戎狄的长期较量中，世族力量始终是嬴氏部族的中坚，将领官吏层几乎与世族层等同。立国为大诸侯之后，又在历代征战中陆续诞生了许多新世族。由于秦国僻处西域，加之东方的蔑视，很少与中原列国紧密融通，国内也就很少发生政权动荡。在秦国的历史上，除了秦孝公的父亲秦献公之前的几次政变动荡，几乎没有大的政变与经济动荡。长期的国内稳定与长期的对外战争，相辅相成，战争强化了稳定，稳定赢得了战争。

这就是一个穷困落后的秦国，何以能长期与东方并立的奥秘所在。

由于落后，由于穷困，由于稳定，由于战争，秦国世族和乡野庶民的种种差距，远远不像东方世族与庶民那样天壤之别。秦国世族在战争中的伤亡丝毫不比庶民少，生活上想奢侈排场也没有财货根基。一旦兵连祸结，世族庶民一般艰苦一般流血。所有的世族子弟，都是少年从军，浴血奋战，任何一个家族都可以数出历代成百上千的战死者。这种不大的差别，使秦国世族在山野庶民中有着很深的根基，某种意义上说融为一体也不为过。正是这种相安无事的稳定和谐，使秦国世族和乡野庶民都没有改变现状的强烈愿望。世族中没有分化出东方那样的新地主，也没有产生东方那样的士人阶层；庶民虽有怨言和不满，但却从来没有发生过几乎同样落后的楚国那样的群盗暴动，或周室洛阳那样的百工起义。三百多年中，秦国朝野没有改变这种“一体穷困，同甘共苦”的愿望。平民如此，世族更如此。

而今，国君在一个外来士子的蛊惑下竟要大动干戈，能不震惊哗然？

最早将这个消息传播出去的，是职任戎右的西乞弧。这个西乞弧，是秦穆公时期名将西乞术的后裔，算得上秦国的名门世族。戎右，是秦国公室护军的将领之一。西乞弧三十余岁，机警异常。他守护国府，连续三天挡回了二十余位大臣，自然知道这三天三夜非同寻常。他第一个找的是他的顶头上司——卫尉车英探听口风。车英职位比他高，也是世族之后，年龄资望和军功却还都不能与他相比，所以说话也没有顾忌，直截了当便问：“敢问卫尉，国君和这个白衣士子密谈三天三夜，想让他在秦国变法么？”谁知车英冷冷回答：“西乞将军，你想的事忒多了，歇歇了。”西乞弧碰了个软钉子，便去找他的“孟西白”圈子说话。

这“孟西白”在秦国可是大大有名，说的是秦穆公的三大名将孟明视、西乞术、白乙丙。此三人曾先后做过秦军统帅，长期共同作战，交谊甚厚，素来是通家之好。三将死后，孟西白三大家族遂成世交，百年以来代代结好，姻缘互通，成了一个联片盘根的世族势力。三大家族中，“西乞”虽是复姓，但老秦人却按照他们惯有的简单说法，喊为“孟西白”。时下孟氏家族的嫡系主人叫孟坼，官居行人，执掌对戎狄联络的外部事务。白氏部族的嫡系主人叫白缙，官居车右，掌秦国的战车兵。由于秦国的战车逐步淘汰，所以三家之中，白缙稍显冷落。西乞弧与孟坼均居相对显赫的要职。

西乞弧先到孟坼府，又派人请来白缙。西乞弧一说消息，孟坼与白缙先还不在意，变法就是变变法令，有何大不了？经西乞弧一说变法的厉害，才恍然大悟，感到不妙。但三人除了骂一通那个卫鞅以外，也不知如何是好。西乞弧机警，提议去见上大夫甘龙，听听他的主意。不消片刻，三人赶到甘龙府，巧的是长史公孙贾和中大夫杜挚也在甘龙府议事。西乞弧将来意说明，甘龙沉吟半日，却没说话。公孙贾淡淡笑道：“国君求贤令已经申明，就是要恢复穆公霸业，能变到何处去？三位无须多虑。”甘龙道：“这件事，老秦人都知道了，不要着急，看看再说。”杜挚粗声大气道：“一个魏国中庶子，能成何气候？国君见他，消闲解闷罢了。真的大动干戈，我却不信！”西乞弧轻蔑地笑笑，便对孟坼白缙示意，三人告辞，聚在孟府又饮酒议论到二更方散。

栎阳城各种各样的议论和动态，景监都及时禀报给秦孝公。自从卫鞅与秦孝公昼夜聚谈以来，景监简直高兴得心都要醉了。因为卫鞅而使他产生的委屈、难堪、愤懑，早已经烟消云散。他唯一的担心，就是世族们的这种诋毁，会不会使尚在襁褓中的变法大计窒息？景监是秦国现任重臣中唯一的平民子弟，确切地说，是过早败落在世族倾轧中的世族后裔。他本能地对世族层保持着一定的距离，对他们的动态却是异常地敏感。当他把这些沸沸扬扬的议论和动态禀报给国君时，秦孝公却笑着挥挥手："教他们说去，吹吹风也好。"

秦孝公心中有数，和卫鞅彻谈三昼夜，信心大增，原来准备自己苦修自己动手的悲壮，化成了烈烈变法的昂扬情怀。但是，长期锤炼的沉稳性格却使他很是冷静地思索了几日。他不想在没有充分准备的情势下急于动手，他思谋了一个周密的疏导方略，而且决意不让卫鞅过早地在前期疏导中显露锋芒，树敌于元老重臣。当世族层沸沸扬扬地奔走议论时，他开始了不着痕迹的疏导。

孝公的第一个动作，是拜卫鞅为客卿，赐两进院落的宅邸一座。此令一颁，栎阳世族与朝臣大出意外，招贤馆士子则忐忑不安。朝臣世族们原本以为，卫鞅马上就要成为红得发紫的权臣，耀武扬威地立即对他们动手，就像韩国的申不害那样。孰料，国君才给了卫鞅一个客卿。客卿者，没大没小的一个虚职，对任何官署都不能干预，只能和国君叙谈叙谈罢了。世族朝臣们顿时长长地出了一口气，轻松了下来，觉得这个卫鞅对自己没有任何威胁。杜挚和孟坼几个人晋见秦孝公时，还抱怨国君给卫鞅官职太小太虚，不利于招贤，请国君对卫鞅再升一级。秦孝公淡淡笑道："诸卿贤明，我已知晓。但有大任再说。"出得国府，几人相对大笑，分外畅快。招贤馆士子们不然，一看卫鞅如此赫赫才拜了客卿，自己如何有指望在秦国做官，自然是愁眉苦脸，聚相议论，思谋着要回老家。

然而就在这时，国君却颁下君书：招贤馆所留士人，全部派为县令、郡守和国府官署的实权官吏。最高职位是王轼，做了栎阳令。原先的栎阳令子岸则重回军中做大将。此令一下，朝野又是一片哗然。招贤馆振奋庆贺，世族朝臣却又变得茫然失措。战国初期，县比郡还重要，县令比郡守爵位也高，是国府直辖的最高地方官署。变法前的秦国，除了在陇西戎狄区域和北部荒凉地带设郡以外，腹心地带全部以县为治，而不设郡。所以县令、郡守都是当时十分重要的地方大员，军政一把抓。至于栎阳令，那更是都城长官，非同寻常。这些如此重要的职位，大部分派给了这些外邦士子，世族元老们可是老大不舒服。不舒服归不舒服，嘴里却讲不出。国君花大力气招贤，没有重用那个咄咄逼人的卫鞅，还能不教用其他贤士？令世族元老们沉住了气的还有重要的一点，那就是国君对招贤馆士子们只授了官，而没有授爵。在一个老牌国家，有官无爵的实际含义是临时任职，尚未进入真正的上层世族，一旦罢免，即为平民。

君书颁布三天之后，秦孝公在招贤馆设宴为新任大员们饯行。酒间秦孝公郑重叮嘱，新官上任，不要急于做事，半年之内许静不许动，只准熟悉政务治情督导劝耕，不许擅行新政。这个奇特的命令，引来士子们一片茫然——强大秦国却又不许创新不许做事，却要贤士何用？又想想初任重职，谨慎为是，也无人异议，饯行结束，士子们便各赴任所了。

此信传出，世族朝臣们又是大为宽心，认定国君招贤只是求治而已，并非要拿祖制开刀。就在朝臣世族们虽有狐疑而又无话可说的时日，秦孝公依然天天和客卿卫鞅见面叙谈，却始终没有出人意料的大举动。一个月过去，寒冬来临，又没有战事，进入了老秦人说的“窝冬”期，也就没人再关心这件事了。

一个大雪纷飞的日子，秦孝公来到左庶长嬴虔的府中，密谈了整整一天。

第二天，孝公举行朝会，任命上大夫甘龙为太师，辅助国君承当协理阴阳、融通天地、聚合民心的重任；长史公孙贾升任太子傅，左庶长嬴虔也加太子傅，共同教习太子文武学问；中大夫杜挚升任太庙丞，掌祭祀大礼，职同上大夫。三人原先所辖的“琐碎政事”，分别交于左庶长嬴虔和内史景监，国政大计由左庶长统摄。四道书令一颁布，政事堂中你看我，我看你，不知所以然了。

说起来，秦国素来没有太师这个显贵尊荣的职位，那只是商周两代王室才设置的“百官之首，协理阴阳”的首要大臣，有无实权，视时视人而定。老秦国素来认为那是不着边际的荒诞高位，从未设置。而今国君竟然抬出一个“太师”给了元老重臣，实在莫名其妙！想想却又无法诘难于国君。甘龙本是东方大儒，寻常时动辄来一通老秦臣子们摸不着头脑的高论，让他去“协理阴阳融通天地聚合民心”，倒也是合适不过，况且又是大大升了两级爵位，比上大夫显贵多了，又如何质疑于国君？长史公孙贾的太子傅更重要，历来为学问大臣所争夺，公孙贾又本来就是文臣，又能说甚？至于杜挚，从中大夫一下子升到了上大夫一级，也是非同小可的升迁，不好么？一阵惶惑，大臣们终于一齐向甘龙、公孙贾、杜挚三人庆贺。三人虽是笑意盈盈，却显得颇为尴尬。

散朝之后，孟西白三人在孟府议论了半日。西乞弧说他总觉得这几件事来得蹊跷，认定国君还有举动，说不定还会罢免了他们几个的官职。说得孟坼和白缙惶惶不安。谁知过了几日，秦孝公召集军中将领议事，宣示秦军将领一个不动，每人还晋爵一级。将军们放了心，栎阳又安静了下来。

秦孝公并没有停止他的举动。三日之后，他分别和景监、车英密议了半日。第二天颁布书令，迁景监为长史暂署左庶长府事务；迁车英为栎阳将军。内史迁左庶长府长史，爵位降了一级。卫尉迁栎阳将军，爵位降了两级。新贵贬官，世族元老们忒是快意，却又一次感到了莫名其妙。这两人虽然遭贬，但迁后的职位却极为重要。是明降暗升？也不对。这两个新贵本来的职位也都是冲要高位，一个掌国府庶务兼领栎阳民治，一个总领国府护军，绝非虚职，似乎谈不上明贬暗升。然二人又无过错，却何以贬官？一时间，朝臣们云山雾罩，纷纷揣测却又莫衷一是，渐渐地又平静了下来。

这一段日子里，卫鞅的小庭院大雪封门，异常冷清。秦孝公没有来过，景监也没有来过。但令人感到奇怪的是，客卿院落的四周总有三五甲士不断经过，转角隐蔽处，还有钉在那里一动不动的便装武士。栎阳国人悄悄议论，那个院子里的官人肯定是被囚居了，否则哪有如此森严的警戒？这一切，足不出户的卫鞅自然不知道。买菜、造饭并一应琐务，都有国府派来的两个仆人打理，他是整日埋首书房，不是读书，便是谋划，仿佛山中一般。

这日午后，依旧是大雪飞扬，却有人嘭嘭敲门。

仆人开门，卫鞅听得一个熟悉的声音："先生在家否？"侯嬴？对，是他！卫鞅疾步出得书房，来到廊下，见满身是雪的侯嬴提着一个大竹篮走进院子，不禁高兴地大笑："侯嬴兄，想煞我也！"侯嬴笑道：

"鞅兄做了官，就忘记我这贱商了，怪得谁来？"卫鞅笑道："客卿也算官么？"说着接过侯嬴手中的大竹篮，耸耸鼻子，"好香，定是秦酒羊肉！"侯嬴大笑："没错。大雪窝冬，不痛饮一顿说不过去。"卫鞅便将竹篮递给仆人吩咐道："加加火拿到书房来。"老仆人恭谨应诺，连忙到厨下去了。侯嬴走进书房低声问："说话方便么？"卫鞅揶揄笑道："如何不方便？这是我的府邸。"侯嬴摇头道："如何外面有暗岗？还有兵士巡查？"卫鞅一怔，想想心下明白，爽朗笑道："没事儿，只管痛饮。"说话间老仆人已经将热气蒸腾的炖肥羊捧来摆好，又将烫好的酒壶用棉布包裹，斟好两杯，轻步退出。侯嬴微笑点头："看来，给你这个客卿派的仆人倒还够格。”卫鞅笑道：“我是没管，这都是国府分派。来，先干一杯！”两人端起面前冒着热气的陶杯叮当一碰，痛饮而下。侯嬴困惑道：“秦国从来不给上大夫以下的官员配官仆，你这客卿，职同上大夫？”卫鞅大笑：“客卿者，没大没小也，礼遇有加，也不为过。”侯嬴道：“没有实权执掌么？”卫鞅摇摇头：“没有。”侯嬴沉吟道：“鞅兄，招贤馆士子们都做了县令郡守。秦公和你畅谈三日三夜，栎阳国人皆知，却给了个有名无实的客卿，究竟是何道理？”卫鞅思忖有顷道：“侯兄，我与秦公披肝沥胆，引为知音，我卫鞅愿与这样的国君终生共事。至于用我为何职，何须虑之。给如此一个国君做谋士，也是人生一大快事也！”

侯嬴又斟满一杯，共饮而尽：“你就听任摆布？”显是颇有不解。

卫鞅又是哈哈大笑：“侯兄差矣！我观秦公绝非举棋不定之人，更非斡旋无能之主。然为人君者，有寻常人所不能体察的难处，凡事须给他一个疏导的余地。既为知音，若连此点都不能理会，急吼吼求官，岂非大煞风景？”

“你还有信心？”侯嬴认真问。

卫鞅点点头，斟满两杯：“来，不要辜负了烈酒苦菜。”

一杯饮下，侯嬴从怀中掏出一个铜管：“白姑娘给鞅兄带来一信。”

卫鞅眼睛一亮，惊喜地接过铜管打开，抽出一卷展开，却是一方白丝，上面是白雪秀劲的小字：“自君别去，倍加思念。秦国诸事，大略知之，虽多曲折，然必有成。唯念君者，孤身自理，清苦有加，无以为助，刻刻挂怀。愿君保重，以慰我心。”白丝左下角，画了一只展翅飞翔的鸿雁。

卫鞅看得眼睛湿润，举杯一饮，良久无话。

侯嬴喟然一叹：“白姑娘用心良苦，若有不察处，鞅兄莫要上心。”

卫鞅默默地递过白绢，侯嬴犹疑着接过，看后笑道："知鞅兄者，唯白姑娘也。来，为鞅兄有如此红颜知己，干！"

卫鞅举杯饮尽，慨然道："侯兄稍待，我书一信给她。"

侯嬴笑道："正当如此。三日后白姑娘便可看到。鞅兄只写。"

卫鞅走到旁边书案前，拿出一方羊皮纸，提起鹅翎却是感慨万端，含泪下笔，竟觉字字艰难。写完后在火盆上稍一烘烤，墨迹干尽，卷起来装进原来的铜管递给侯嬴。侯嬴一摁管头的铜豆，管盖"当"的一声扣紧，笑道："这是白氏特制的密管，一管一法，最为保密。"卫鞅笑道："那就烦劳侯兄送给她了。"侯嬴道："方便得很，反正客栈每旬都要回魏国进货，你有事，随时找我便是。"卫鞅高兴，两人将一坛秦酒在侃侃叙谈中饮了个尽干，直到暮色降临，大雪稍停，侯嬴方才离去。

整个冬天，秦孝公都在忙碌，每隔几日总要和左庶长嬴虔、长史景监、栎阳将军车英、栎阳令王轼会商，要么就是单独和其中的一位密商。唯独和卫鞅没有见过一次。窝冬的朝臣们也几乎忘记了客卿卫鞅这个人。

五　政事堂发生了尖锐对立

转眼冰雪消融春暖花开。三月初三，秦孝公举行完一年一度例行的启耕大典，笑着对参加大典的朝臣们道："明日朝会，议定今岁大计，诸卿各做准备。"这也是每年启耕大典后的第一次隆重朝会，官员们称为"春朝"，是朝臣们特别看重的年首朝会。

这天晚上，景监来到了客卿卫鞅的小院落。卫鞅正对着书房墙壁上的大图出神，见景监来到，微微一笑："久违之客，必有大信，是么？"景监一言不发，从怀中摸出一支宽宽的竹板。卫鞅接过一瞥，只见竹板上赫然四个大字——明朝廷争。卫鞅拊掌大笑："好！又一个启耕大典。"景监笑道："一冬蜗居，鞅兄冷清否？"卫鞅道："秦公教我养精蓄锐，安得冷清？"景监感慨："知君上者，唯鞅兄也。"卫鞅却笑道："知卫鞅者，唯君上也。"景监道："鞅兄上路，真让我欣慰。想起去冬，时觉后怕也。"卫鞅不禁大笑，景监也大笑起来。

第二天早晨，政事堂早早生起了四个径直六尺的大燎炉，红红的木炭火使阴冷的大厅暖烘烘的。春寒料峭中赶来的朝臣们，进得大厅直喊好暖和，搓搓手便脱去皮袍，坐在自己的位置上与左右谈笑。杜挚笑问公孙贾："太傅大人，那个位子谁坐啊？"他指的是中央国君长案稍下的两张书案，一张显然是太师甘龙的坐席，对应的另一张何人？太子傅公孙贾没有坐，左庶长加衔太子傅的嬴虔也没有坐，还有谁能如此尊贵？有些人原本没注意，杜挚一问，恍然大悟，顿觉蹊跷。再一看，栎阳将军车英全副戎装肃立在政事堂门口，外面大院中两队甲士盔明甲亮，持矛带剑，整齐威武。朝臣们你看我，我看你，都觉有些异常。除了嬴虔、景监、王轼几个人默然静坐外，竟都是忐忑不安。

正在这时，门外内侍高声报号："客卿大人到——"

众人一惊，哄嗡议论声大起。除了国君偶然为之，朝臣们进政事堂都是自己进来便是，哪有隆重报号的？哪个客卿何以如此气魄？仔细一想，秦国只拜了一个客卿，不是卫鞅，还有何人？议论之中，但见卫鞅一领白袍，头顶三寸白玉冠，从容走进政事堂。内侍总管黑伯亲自引导卫鞅在那个空闲的尊贵位置上坐下。一时间，朝臣们骤然安静，面面相觑，脸色很是难看。

又一声报号："君上到！"话音落点，秦孝公已经走进政事堂，惯常的一身黑衣，与卫鞅适成鲜明对比。令朝臣们惊讶的是，从来不在朝会上带剑的国君，今日腰间竟然挎上了那支铜锈斑驳的穆公剑。隐隐约约的，朝臣们觉得将有大事发生，几个月来扑朔迷离的疑团将要在今日揭破了。

秦孝公走到中央长案前就座，环视大厅道：“诸位卿臣，秦国《求贤令》发出已经一年，入秦贤士历经坎坷，已经各任其职。秦国求贤，不为虚名，而为强国。何以强国？唯有变法。客卿卫鞅，对本公提出了变法强秦之方略。念及变法乃国家大计，须得上下同心君臣一体，是以举行今日朝会，商讨议决。列位皆秦国文武重臣，须得坦诚直言。”

政事堂一片安静，朝臣们低头沉思，甚至连寻常时日遇到困惑便相互目光询问的举动也没有了。半日，还是甘龙咳嗽一声，打破了平静。

甘龙在升为太师以后，极不是滋味。他看得很清楚，这是要把他“赐以尊荣，束之高阁”。非但对他，连和他声气相通的公孙贾、杜挚也如法炮制。将他们手中的实权拿掉，必然是为了转移给另外一批新人。如果说这种权力转移在此之前还显得扑朔迷离，升升降降不太清楚的话，今日则已经完全清楚，就是准备全部转移给卫鞅。甘龙以他久经沧桑的敏锐嗅觉，已经完全看准了这一点，决然不相信卫鞅永远都是客卿。这使甘龙感到了一种悲凉，一种被抛弃了的屈辱。因为这种升迁贬黜，都是在他毫不知情的情况下做出的。就本心而论，如果国君与他真诚商议，他告老辞官又有何妨？再说变法大计，他竟丝毫不知，难道国君就认定他不拥戴变法？甘龙虽是儒家，然也是秦国老臣，岂有不希望秦国强大之理？这一点给甘龙的刺激比前一点更甚。一个任何实权都没有的太师，再加上大政决策不能事先预闻，岂非真正的做了摆设？虽然悲凉，虽然屈辱，但甘龙毕竟久经沉浮，老到之极。他心中明白，强风乍起，若迎头而上，必然会被彻底吞没。这时候，长草偃伏是避免身败名裂的最好生存之法。然则，又不能一副冷漠状，将内心不满显露出来，要有度，该说话时仍然要说话，对自己的升迁贬黜浑然无觉，方为上乘。眼见无人讲话，甘龙觉得对他这个万事不管而又凡事可议的太师正是机会。

“敢请客卿，先行宣示变法方略，可否？”甘龙只有这一句。

然则这一句话，就把被动变成了主动，也缓和了政事堂微妙的僵硬气氛。秦孝公看了卫鞅一眼，微微点头。卫鞅便向全场拱手道：“君上，列位大人，秦国贫弱，天下皆知。欲得强秦，必须变法，舍此无二途。秦国变法之方略为：奖励农耕以富国，激赏军功以强兵，统一治权以正吏，化俗齐风以聚民。此四项之下，各有若干法令保其实施。列位大人以为然否？”

太子傅公孙贾对甘龙的心情和对策以及场中情势非常清楚，见卫鞅说完，便问道：“不知旧法弊端，难以变法。敢问客卿，秦国传统治道，弊在何处？”

此一问正中卫鞅下怀，不假思索便道：“秦国旧制，弊有其三。第一，以王道为本，杂以零碎新政，民无以适从。秦在立国之初，对周室礼制王道略加变通而治民。穆公时以百里奚治国，力行德治，又引进旧楚国若干法令。秦简公时行‘初租禾’新政，摈弃旧制，然时日无多，又恢复旧制。献公即位，欲行新政，然战事迭起，无暇以顾。时至今日，秦国仍是春秋旧制，距离战国新法差距甚大。这种旧制，只能治民于小争之世，而不能强国于大争之世。”

“此说真乃稀奇古怪！”新任太庙令杜挚一拍面前木案，愤然作色道，“秦法之弊若此，百里奚何以助穆公称霸诸侯？”

卫鞅很是冷静：“百里奚治秦，全赖一贤之力临机处置，无法令规制为后世遵守。此乃人治，绝非法治。是以穆公百里奚之后，秦国陷入四代混乱而沦为弱国。请问太庙令，若百里奚有法可守，何以秦国百余年不能振兴穆公霸业，反倒尽失河西之地，从函谷关退缩到栎阳？”这番话诘难犀利，毫不忌讳地指责秦国朝臣视为神圣的秦穆公与百里奚，论理却是堂堂正正，政事堂大臣们虽愤然尴尬，却无言以对。杜挚气得呼呼直喘，硬是说不上话来。

“第二弊呢？敢请高论。”公孙贾悠然笑问。

卫鞅道：“秦国旧制第二弊，法无要领，奖罚不明。世族有罪不罚，庶民有功不赏。农人耕有余依然贫困，军士战有功依然无爵。如此，奋勇为国之正气如何激扬？”

“啪！”一人拍案而起，众人一看，却是戎右将军西乞弧。他愤然高声道：“客卿一派胡言！秦国如何有功不赏？在座文臣不论，单说武将，哪一个不是一刀一剑有了战功方做将军？若有功不赏，景监一个骑士能做到内史长史？车英一个千夫长能做到卫尉和栎阳将军？”

“然也！”行人孟坼站起激昂道，“以臣看来，不是有功不赏，而是无功有赏！王轼无尺寸之功，竟取代战功累累的子岸将军，做了栎阳令。招贤馆士人有何功劳？都做了县令郡守！”

“还有，你卫鞅有何功劳？拜了客卿，派了官仆，与太师比肩而坐，宣号入朝！无功受禄，反倒诋毁秦国，是何道理？”这直指卫鞅的，是车右将军白缙。

政事堂气氛骤然紧张，且完全脱离了正题，将矛头对准了卫鞅乃至《求贤令》颁布以来的秦孝公。甘龙公孙贾肃然沉默。杜挚则忍不住一脸笑意。孟西白乃功臣之后，秦国显赫的军旅家族，三人齐出发难，非同寻常。秦孝公却是不动声色，丝毫没有对孟西白三人的突然发难表露出喜怒。倒是左庶长嬴虔嘴角抽动，显然感到愤怒。景监见西乞弧公然拿自己和车英做挡箭牌，内心愤愤不平，却也知道不是自己说话的时候，目不转睛地盯着卫鞅，生怕他无言以对。最紧张的是新任栎阳令王轼，第一次见到这种激烈尖锐的朝堂较量，尤其是自己也成了箭靶，额头不禁渗出细汗。

就在满朝目光齐聚到卫鞅身上时，卫鞅突然一阵仰天大笑，从座中站起朗声道："卫鞅所谈，乃秦国旧制之弊端，孟西白三位何以顾左右而言他？国家法令，一体同遵，方为法制公平。正因了诸位世族后裔有功便赏，方显得农人有功无赏、军士有功无爵之荒诞。世族有功便赏，岂能等同于庶民有功便赏？三位以世族之利比庶民之害，以世族之得比庶民之失，不觉荒唐过甚么？此种说法，对秦国旧制弊端视而不见，何异于掩耳盗铃乎？若孟西白三位能说出庶民有功而加爵受赏，卫鞅自然拜服。此其一。"卫鞅话锋一转，"至于说卫鞅等人无功受禄，则大谬不然。武士阵前杀敌为功，文士运筹治国亦为功。天下为公，国家官署爵位，唯有才有功者居之。秦公《求贤令》昭明天下，与强秦之士共享秦国，小小客卿何足道哉！"一席话义正词严，坦率辛辣。政事堂一片肃然，孟西白三人面色通红。

公孙贾仿佛没有听见方才一个回合的较量，平静问道："敢问客卿，秦国法制第三弊若何？"

卫鞅也仿佛没有发生过方才的争辩，接道："秦国旧制，无聚民之力，无慑乱之威，此为第三弊也。何谓聚民慑乱之威？法令一统，令行禁止，有罪重罚，有功激赏，公正严明。如此则官吏无贪，庶民无私，国家兴亡，匹夫有责，人人奋勇立功，个个避罪求赏，朝野形成浩然正气，则国家不怒自威。秦人厚重坚韧，若元气养成，则必将大出于天下！"

"好！"左庶长嬴虔拍案而起，"先生之言，大长秦人志气！舜帝当年赐给我嬴氏祖先皂游时，就曾预言，嬴氏一族必将大出于天下。不想竟在千年之后被先生讲出，大大吉兆也！秦国强大，必将应在先生之手。诸位以为如何？"

“好！吉兆！”话音落点，政事堂一片激昂的喊声。

卫鞅的这句话，是流传在老秦人中间的一个久远的部族神话。说的是嬴秦先祖大费与大禹共同治水有功，舜帝隆重赐给嬴氏部族以皂游大旗，并预言“尔族后将大出天下”。多少年来，这个故事在嬴秦部族中代代流传，人人坚信舜帝的预言终有一朝会变成真的。“大出天下”这句话，几乎是老秦人相互鼓励的一句神秘誓言，和“赳赳老秦，共赴国难”那句话一起，构成了秦人的精神支柱和献身传统。卫鞅此言一出，左庶长嬴虔心念电闪，立即将它生发至神圣的誓言和神秘的启示，谁能不觉得振奋？谁又能在久远的部族精神面前不昂扬呼应？

峰回路转，秦孝公没想到如此突然变化，竟将激烈对峙瞬间就融会在了一种壮烈久远的誓言中，不由得低声自语：“天意也。”仔细思忖，又微笑道：“如此吉兆，自当庆贺。然大出天下，终须一步一步做来。客卿方才所述变法大计，诸位尚须仔细计议才是。”见又是片刻沉默，秦孝公看着甘龙笑道：“今日朝会，事先未与太师及诸位大臣商议，为的就是一体同商。不知太师以为变法大计如何？”

甘龙见国君委婉解释，心中稍觉舒坦，显得很沉重地说：“变法事大。变得不好，国无宁日。越是大变，越是多有利害冲突。以秦国时下而论，不变法犹可为之。一旦变法，朝野动荡，若有战事，只怕有亡国之危。况且，圣贤治国，法度宜静不宜变，民风宜古不宜今。因循旧制是稳定之道，官吏熟悉旧规，民众安心旧习。此为万古之道。不求自安而求自乱，老臣委实不解客卿之意。”

卫鞅心下明白，这才是真正的开始，他从容微笑道：“太师饱学之士，何以出此世俗之言？庸人安于世故，学人溺于所习。若守此心态，今日犹在三皇五帝时也。太师当知，夏商周三代不同制，春秋五霸不同法。世生变，变生强，强则进。治国之道，贤勇者创法立制，庸碌者因循守旧。创新者生，守旧者亡。秦国因循旧制数百年，守出了富，还是守出了强？抑或守出了土地？”

“非也。”公孙贾淡淡地说，“太师之意，一旦变法，朝野动荡，削弱国家战力，若有战事，必有亡国之危。客卿对此做何应对？”他巧妙地将守旧创新的话题，引到谁也难以承担罪责的兴亡前途上来，显然是一个严重的挑战。

卫鞅不假思索道：“其一，变法所生之动荡，是利害冲突，法令得当，可迅速平息冲突稳定国人。此短暂动荡，不是国家内乱，不会导致国家战力瘫痪。恰好相反，变法可在短时间内迅速增强国家战力。其二，东方六国在逢泽会盟的分秦图谋瓦解后，燕赵两国忙于抢夺中山国，韩国齐国正在变法，楚国忙于防范南部蛮夷作乱，魏国忙于迁都大梁。鞅可断言，至少三年内不会有大举攻秦的战事。其三，即或万一发生不测之危，新法奖励农耕激赏军功，只能使庶民奋勇赴战，何有削弱战力之虞？再者，列国变法，无一不强。何以秦国变法，诸位却生出削弱国力之虑？惧战乎？惧变乎？”

此一问，锋芒直指讳莫如深的变法利害，加之前三条坚实的剖析，甘龙和公孙贾顿时觉得尴尬起来。

突然，“啪”的一声，杜挚拍案而起，戟指卫鞅愤然道：“卫鞅，你拿不出办法却污人之心，岂有此理？古人云，不得百利不变法度，工不十倍不换器具。你要变更秦法，究竟能给秦国带来多少好处？还不是士人游说，惑众谋官，却让我秦国承担亡国风险！变法不成，你拔腿溜走，破烂摊子谁来收拾？！”

政事堂气氛骤然紧张。杜挚昂昂而立，甘龙公孙贾面无表情地沉默，孟西白三人脸色铁青，似乎准备随时扑上来手刃卫鞅。言尽于此，卫鞅已觉没必要讲话，他泰然自若地站在那里，蔑视地看着杜挚。政事堂无人说话，显然都在等秦孝公裁断。然秦孝公也是肃然沉默，一点儿说话的意思也没有。

左庶长嬴虔拄着那把须臾不离的长剑，缓缓站起来走到杜挚面前，冷冷笑道："太庙令，一个大臣，以小人之心，猜度国士胸怀，岂不怕天下人耻笑？先生以强秦为己任，冒险入秦，栉风沐雨，苦访秦国，拳拳之心，令人下泪。你能做到么？在座诸位，谁能做到？谁到过山野荒村？谁能与民同宿？谁又走遍了秦国的关隘要塞？说呀，有谁能如此？！如此国士高风，岂是拔腿溜走之辈？我等生为老秦子孙，不思图强雪耻，却将烂污之水泼向先生，以求苟且偷安，良心何在？"嬴虔粗重地喘了一口气，狠声道："我要正告诸位，天赐先生于秦，乃我秦国之福，乃我秦国大出天下之吉兆！论政归论政，谁敢无端中伤先生，我嬴虔这把长剑第一个不饶！"话音落点，锵然拔出长剑，白光一闪，杜挚面前的木案"咔嚓"断为两半。

杜挚吓得面色发青，站在那里愣怔着不敢动弹。朝臣们也被嬴虔的凛然威势震慑，面红心跳，没有一个人讲话。谁都明白，嬴虔作为国君庶兄、三军统帅兼握有实权的左庶长，他的实力几乎就是秦国一半的力量。且嬴虔自少年时代就是秦军著名的猛士，性格深沉暴烈，平日里极少发作，而一旦发作，从来是霹雳雷暴般敢作敢为且不计后果。谁都知道的是，在和魏国的一次激战中，他的侄子不听号令丢失营寨，他大发雷霆，一剑砍下了侄子头颅，又连杀三个千夫长，方才那一剑没劈向杜挚，已经是杜挚万幸了，谁还愿意撞这个雷神的火头？

这时，公孙贾面色庄重地道："左庶长之言，使我愧疚振作。公孙贾以为，客卿所述大计确实不差，秦国臣子当全力支持变法。"

甘龙咳嗽一声，嘶哑着声音道："变法自是好事，何有反对之理？"

杜挚一看，连忙惶恐笑道："杜挚失态，向先生赔罪。身为老秦子孙，杜挚当洗心革面，拥戴变法。"

政事堂所有大臣同声呼应："臣等拥戴变法。"

秦孝公肃然从座中起身，环视政事堂一周道："既然诸位大臣没有异议，本公决意在秦国变法。"说着走下台阶，穿过朝臣列座的甬道，来到政事堂大柱后面的木屏前站定。大臣们尚在愣怔，黑伯上来拉开了木屏，屏后赫然现出一座石刻，石上显然有大大的血字。大臣们原本没在意这道新增年余的屏障，毕竟，殿堂修葺是经常的。然此刻木屏拉开，大臣们却惊愕了，一时纷纷从座中站起，来到刻石前。但见巍然矗立的大石上紫红的两个大血字——国耻！触目惊心之下，大臣们深为震撼，一片肃然默然。

秦孝公指着刻石："诸位，这座国耻刻石，是老秦人与老秦国的耻辱标记。为再造秦国，本公在这座国耻刻石前与诸位立誓：同心变法，洗刷国耻，若有异心，天地不容！"

大臣们奋然同声："同心变法，洗刷国耻，若有异心，天地不容！"

秦孝公道："自今日起，本公拜卫鞅为左庶长，主持国政，推行变法。嬴虔改任上将军。"说完，从黑伯手中接过摆有左庶长大印的铜盘，向卫鞅深深一躬，双手捧到卫鞅面前。卫鞅庄重地向秦孝公深深一躬，接过印信铜盘。秦孝公又解下腰间长剑，环视群臣道："这是先祖穆公留下的镇国金剑，号令所指，违抗者斩无赦。本公今日将此剑赐予卫鞅力行变法，凡坏我变法大计者，虽公室宗亲，依律而行，依法论罪！"说完将金剑"嗒"的一声横搭在卫鞅手中的大铜盘上。

大臣们第一次看到国君如此深沉激烈，一片沉寂，唯闻喘息之声。

卫鞅捧着印剑铜盘，慨然高声："卫鞅受君上重托，当舍生忘死，推行变法。秦国不强，誓不罢休！”

大臣们仿佛惊醒过来，齐声呼应：“秦国不强，誓不罢休！”

六　奇特的故事震动了秦国民众

三月二十，风和日丽，南市比平日里热闹了许多。

南市，是栎阳南门内城墙下的一处农牧货品交易大市。就实说，只是一片较为开阔的广场罢了。市场入口处有一个木栅栏大门，门额中央斗大的两个黑字——南市。进得大门，帐篷罗列，人头攒动，牲畜、山货、农具、皮具、陶器、土布、蔬菜、五谷等自发地混杂在各个破旧的大帐篷下。偶有鲜亮簇新的皮帐篷，门口大牌上写“只卖不换”四个大字者，是东方列国商人的帐店。只有少数衣着整齐的“国人”进出这种大帐，使用铜钱铁钱或刀币买货。农人牧人们大多是走进秦国商人和国府官商的破旧帐篷，以物易物，或用狩猎得来的一张野羊皮换几个陶罐，或用几个鸡蛋换半篮葵菜，或用一匹土布换一只母羊。不过，大多数人都是用各种东西换粮食和农具。秦人农谚云：“三月赶集，五谷农器。”收获大忙的五月即将来临，农夫之家一年的存粮也到了瓮底，春耕用坏了的农具也急需更新或修补。不换点儿粮食，不修补更新农具，收种大忙时如何有空闲来办此等事体？

南市不是稳定的商业街市。秦人叫它做“大集”，上市交易叫做“赶集”。所谓“集”，便是长期约定俗成，定期在某地集中交易的一种简单市场。战国初期，由于秦国落后穷困，举国没有一个稳定的商业都会，而只有每座县城定期交易的集市。即或是国都栎阳，也主要依靠集市进行交换，日常的街市倒是分外冷清。由于是国都，南市大集便成了秦国最大的集市，十天一次，逢十便是集市。逢集之日，不但是城内国人的大事，而且是方圆数十里乃至方圆百里的农夫猎户牧人的盛事。三月二十的大集，恰在五月大忙之前，更是加倍热闹。从早晨开始，远远近近的老百姓便络绎不绝地拥进栎阳城南门，到正午时分，集市中已经是人山人海了。

这时，市场中心的官坊面前出现了一阵小小的骚动，许多人赶过来看热闹。

官坊，是官府悬挂告示的一面青石墙，一丈余宽，八九尺高，外有一圈木栅栏。寻常时日，官府有关市易的各种命令文告便张挂在石墙上，旁边守着两名书吏，专门给人们念诵讲解。到得日暮集散，书吏收起文告，下个集日再行张挂。对于一些头脑精明的农牧猎人和略略识得几个大字的栎阳国人，南市官坊是他们特别在意的地方，每次逢集，都要先在官坊前转转看看，心里有底了再去买卖。今天，官坊没有张挂任何文告，自然也没有人围观议论。

正午最热闹的时分，官坊前来了一小队兵士。他们将抬来的一根粗壮的木椽靠在官坊上，便守护在官坊两边一动不动。一些逛集的闲人觉得奇怪，便站在外面指指点点。正在这时，一个黑衣小吏走进栅栏，站在平日讲读文告的石礅上高声道："农牧猎工商人等听着：奉左庶长卫鞅大人命令，谁人能将这根木椽扛到北门，国府赏十金！看好了，这是十金！"小吏摇晃着手里的皮钱袋，当啷当啷的金饼撞击声清脆悦耳。

木栅栏外"轰"的一片笑声，许多买卖完毕的市人也围了过来。人们你看我，我看你，嘻嘻哈哈笑个不停。一个身着蓝衫的东方小商人高声笑问："官府也来凑热闹？想卖这根破椽么？"

"想得好！这根木椽最多十个布钱，如何要十金？"有人跟着大喊。

黑衣吏摇着钱袋："不是卖椽！是悬赏搬木椽，谁扛到北门，赏十金！"

“轰——”人群又一次哄笑起来。一个瘸腿老人高声道：“上阵杀敌断了腿，都不赏一个钱。搬一根木头就赏十金？哄老实人哩不是？”

“嗨，还不明白？官府想叫集市兴旺，凑热闹哩。赏金好吃难克化。”

“对对对，十金能盖一片房子哩，人家当官当兵的为何不搬？骗人骗人。”

“官府上次说减少田赋，都没减，有个甚信头！”

市人越聚越多，纷纷议论，只是没有一个人上前扛那根椽。正在此时，一队甲士护卫着一辆牛车驶到木栅栏外。车上跳下三个人来，为首的是左庶长卫鞅，紧跟的是栎阳令王轼，最后是一个捧着木盘的书吏。市人们见此阵势，知道是大官来到，不敢再肆意哄笑，渐渐安静下来。进入官坊栅栏，原先的黑衣吏向卫鞅低语几句，卫鞅看看王轼，王轼点点头，踏上石礅高声道：“秦国父老兄弟、列国客商们：我是栎阳令王轼，为昭国府信誉，目下，扛这根木椽的赏金增加到三十金，无论谁扛到北门，即刻领赏，绝不食言！诸位看，这便是赏金。”回身一指书吏捧着的木盘，揭去红布的木盘中码着一排金饼，在阳光下灿灿生光。

人群一片哄哄嗡嗡的低声议论。有人神秘地对左右说：“这个栎阳令，便是招贤馆那个东方士子。上任没做一件事，能信他么？”有人说：“如何不能信？人家是大官哩。”有人便冷冷笑道：“大官？国君都朝三暮四不算数，他说了能算？”有人附和道：“不信你试试，包准白辛苦。”

眼见议论纷纷，却是无人上前，卫鞅一脚踏上了石礅道：“秦国民众、列国客商们：我是左庶长卫鞅，总领国政。以往国府号令多有反复，庶民国人不相信官府，是以秦国的事情办不好。从今日开始，官府说话一定算数，一是一，二是二，决不更改！为表官府诚意，今日徙木立信，谁将这根木椽搬到北门，即刻赏五十金，这是秦国官府今年的第一道书令。”

“啊——赏金又涨了！”

人群开始骚动起来，激动和兴奋的情绪开始弥漫，但还是将信将疑，三五成堆地相互议论。这时，人群中出现了侯嬴的身影。他是商人，每集必来采买客栈的日用物品，而且都是市中高潮来买，每次办完货也必然来官坊前看看有无新文告。今日中市，却意外地遇见了这场奇异的热闹。侯嬴一直站在场外人群中观看，及至卫鞅王轼到来，他已经明白了其中之理。自去冬大雪之后，他再没有见过卫鞅，今日看见他卫士牛车而来，便知他今非昔比。可他仍然没有想到，卫鞅竟然成了总领国政的左庶长。卫鞅的讲话他听得明白，心中兴奋激动，决意暗中帮他一把。侯嬴知道，秦人厚重憨朴，即或相信，也很少有人出这个风头，更别说对官府信誉素来疑信参半。他悄悄在人群中游挤察看，一对爷孙模样的山农引起了他的注意。爷爷是个白发苍苍的老人，身背隐隐散发出草药气息的竹篓，篓中有一杆粗糙的白木秤。身边少年却是虎头虎脑，布衣赤脚，右手拿着一柄铁铲。侯嬴看出这是南山中的药农，除非有贵重药材出售，他们极少赶这种大集。他们挤在这里，纯粹是看热闹见世面。

布衣少年扯扯老人的衣襟：“大父，我去试试。”

“碎崽子！知道个啥，官府能给你钱？”老人摇头。

“大父，你的病……”

“静静待着！甭给我惹祸。”老人低声呵斥。

这时，卫鞅见没有动静，又高声道：“列位以为搬木容易，不值五十金，没有人相信，对么？卫鞅正告列位，官府信誉，千金万金也买不来，为官府立信，理当赏赐！从今以后，官府言必信，行必果，庶民相信国家，国家令出必行，秦国才能变样。目下，我再增加赏金。谁人徙木北门，赏金一百！”一招手，身后书吏将满当当一盘金饼举起转了一圈。

人群又一次掀起波澜，哄嗡之声大起，相互推对方上去一试。

侯嬴微笑着走近老人：“老人家，何不让小兄弟一试？”

老人摇摇头：“小孩子家搬了算数么？官家又该说要大人才算哩。”

侯嬴：“既是立信，自当是童叟无欺，小孩子更算啦。可小兄弟能搬动么？”

老人谦恭地笑笑：“这小子，一把牛力气。”

少年低声道：“大父，那我就去了。不给钱，就当耍了一趟。”说着撞开人群高喊一声，“我来扛！”

人群骤然安静下来，看着场中。少年布衣褴褛，赤脚长发，黝黑结实的肌肉一块块鼓在破衣外面。他走到粗粗的木椽前，左右打量思忖。

卫鞅：“小兄弟，你想搬？”

少年目光闪闪：“咋？不算数？”

卫鞅摇头：“不。我怕你搬不到，到北门可要二里地。吃过饭了么？”

少年摇摇头：“不吃饭也搬了。官家真给几个钱，我大父，就有救了。”微有哽咽，向卫鞅深深地躬了下去。

卫鞅眼睛一潮，扶住少年，面向众人道：“国府立信，童叟无欺。列位随这位小兄弟到北门做证，看他领赏金一百！”

话音落点，少年一弯腰，粗长的木椽已经轻松上肩，稳稳神便走出木栅栏。栅栏外的人群哗地闪开一条通道，卫鞅一行紧随其后。这一下惊动了整个栎阳南市，人们丢下买卖，挤成了夹道人墙，裹着扛木少年向城中拥进。街中行人也被惊动吸引，终于形成了沿街两道厚厚的人墙，中间只留下一条小道。人们随着少年的步子向前涌动，万人空巷，肃然无声。走到街中大约一半路程，一位白发飘飘的老妇人端了一大碗米酒拦住少年道："碎娃啊，喝，喝了再搬。娃一片孝心救大父，官府不给钱可是没良心哟！"少年高声道："多谢婆婆。我不喝，也不歇，万一官家给钱，我也心安哩。"说话间，毫无喘息费力之相，引来市人一片赞叹。

"这碎崽天生牛力，从军准定一员虎将！"

"有孝心，有志气，少见的后生！"

"走稳，看——就到北门了！"有人向少年高喊，提醒他不要功亏一篑。

北门箭楼遥遥在望，有人高喊："马上到城门了，行了——"

扛木少年高声道："不，官家没说门内门外，扛到北门外，教官家没话说！"

"有志气！就看官府了！"满街一片赞叹呼喝。

少年大步如飞，直到吊桥外的平地上才停下来，将木椽"咚"地栽到地上，抱椽而立，紧张地看着卫鞅一行。人们全赶到了北门外，黑压压望不到边，没有一个人说话，都紧紧盯着一路徒步跟来的卫鞅。此刻，卫鞅那一身白衣在遍野黑色的秦人中分外显眼。卫鞅也没有说话，看看少年，走到书吏面前揭开大盘上的红布，亲自双手捧起，郑重地托到少年面前。少年紧张地眨眨眼，轻轻地摇摇头。卫鞅坦率地看着少年，真诚地点点头。少年将木椽交到军士手里，迟疑地向前几步，在破旧的衣襟上擦擦手却不敢伸出。猛然，少年扑地拜倒，久久不能抬头。王轼上前扶起少年。少年泪流满面哽咽道："大人，我，只要十金，大父就有救了……"

卫鞅双眼湿润，郑重道："小兄弟，不行。官府立信，说一百金就一百金，岂能食言自肥？他日国强民富，百金之数何足道哉！拿上，小兄弟有功，救爷爷，盖房子，置地。”

少年恭敬地向卫鞅三叩，站起来双手接过大盘，捧到白发老人面前。老人泣不成声，扑地向卫鞅拜倒：“左庶长大人，教我的孙儿跟你从军吧。小民信你了，教他去报国。他父亲，我儿子，在少梁大战中死了……”

卫鞅扶起老人：“老人家，教小兄弟到县府从军，立军功有爵！”

“立功有爵？”老人惊讶地睁大眼睛，“庶民能有爵位？我儿子杀死了十个魏狗方死，如何啥也没有？”

卫鞅：“老人家，那是旧法，秦国马上要变法！”

老人嘶哑地笑道：“如此说，这法是得变了。变了法，我等贱民也能光宗耀祖，是么？”

“对！老人家，正是这样。”卫鞅大声回答。

这一番对话，场中听得清清楚楚。人们眼见少年拿到了一百赏金，对这位白衣左庶长的话自然信任有加，他说要变法，能有假么？人群高兴地一片欢呼：“说话算数，官府万岁！”卫鞅摆摆手，人们平静下来。卫鞅站上一块大石高声道：“父老兄弟们，秦国从明日开始，要实行变法了。你们会陆续看到官府颁布的新法令。这些新法，是要大家勤于耕作，勇于征战，有功便赏，有罪则罚；官员世族犯法者，与庶民同罪。今日徙木立信，就是要大家明白，官府说话是算数的，颁布的新法令必须忠实执行。守法有功者赏，违法有罪者刑。这就是强秦变法！只要秦国上下同心，官民同心，十数年之内，秦国就会富裕起来，强大起来！”

全场一片欢呼：“官府万岁！变法强秦！”还有人高喊了一句：“左庶长万岁！”众人如梦方醒，立即奋力高喊：“左庶长万岁！”一时大海波涛般连绵不绝。众人兴奋的喊声中，卫鞅一行已经悄悄地离开了。

随着三月二十栎阳大集的结束，左庶长徙木立信的故事迅速传遍了秦国山野村庄。

“一个老药农的小孙子，扛了一根椽子，从左庶长手里得了一百金！”还有比这种故事更能激起穷苦庶民好奇心的么？人们络绎不绝地赶到南山里的商於山地，看老药农爷孙，听少年和老人讲述那迷人的梦幻般的故事。后来，有人还看到了老人盖的房子，看见县令为老人战死的儿子立的功德石刻。一传十，十传百，官府的信誉便在这神奇的口碑中树立了起来。再后来，人们就只有听老人一个人讲故事了。听说那个少年已经从军去了。

第七章 瓦釜雷鸣

一 左庶长开府震动朝野

秦孝公并没有轻松起来，他忙的是另一番事。

卫鞅虽然已经明确做了左庶长，成为总摄国政的大臣，但卫鞅如何行使权力，才最有利于大刀阔斧的变法？这是国君要框定的大事。目下，他的第一要务，就是要把卫鞅的这个变法作坊建立起来，使之立即投入运转。去冬大雪天的时候，秦孝公就想透了这个最关键的环节，决意仿效东方列国，使卫鞅成为开府治国的丞相。丞相开府治国，这是进入战国后东方列国的普遍新法。所谓丞相开府，就是丞相建立相对独立的权力机构，全权处置国家日常政务，国君只保持军权、官吏任免权和大政决策权。国君和开府丞相的这种分权治国，在战国时代达到了最高程度，也是中国古典政治文明的最高水准。丞相开府治国的实际意义是，国家战车由一马驾驭变成了两马驾驭，治国效率与国家生命力明显增高。像魏国、齐国这样的东方大国，国王之所以能全力在外交和军事上斡旋，就是因为国家日常政务由开府丞相全权处置。丞相治国权的稳定带来的另一个好处是，避免了国家由于君主年幼或昏聩无能而产生的迅速衰落与政权颠覆，大大有利于国家稳定。

但是，对于落后的秦国来说，这是一件很新又很难的事。

长期的马上征战，秦国的权力机构从来都很简单。早秦部族时期，是直接的军政合一。一个最高头领加左右两个庶长，便是全部最高权力。立国之后虽然官署多了些，但与东方大国相比，依然带有浓厚的简单化与笼统化。即或在春秋最强盛的那一段——秦穆公时期，秦国的官制也没有摆脱传统的军政合一，权力结构的划分依然很是简单笼统。在这一点上，秦国与早期周部族有很大的不同。周人出了个圣人级的领袖，这就是周文王。他对发达的中原殷商文明不是排斥，而是靠拢吸收，使周部族在作为殷商西部诸侯的时候，就在官制民治方面与殷商王朝的中央政权保持着大体上的同一性。没有这样的基础，就没有后来另一个圣人级领袖——周公旦全面制定《周礼》的可能。也就是说，周部族在诸侯国时期，已经做到了与中原发达文明保持大体同步，已经完成了国家权力结构方面的基础准备。而秦部族一直在死拼硬打，一直没有涌现建立基础文明的圣人，所以在成为诸侯国三百余年后，依然保留着简单落后的官制，保留着落后的治国方式。

整个春秋时期，秦国的官制很简单，名称也很怪诞，这一点与楚国大体相当。国君称为“伯”，实际上是“霸”的意思。执政大臣称为“庶长”，先后曾经有过大庶长、左庶长、右庶长等不同设置。掌军事的大臣为“威垒”与“帅”。掌国君护卫的将军为“不更”，掌外事的大臣为“行人”，等等。唯一的例外是秦穆公将百里奚的官职定为“相”，大约因为百里奚是东方士子而用了一个东方执政大臣的名称。从此以后，“相”这个职位在秦国一直没再出现过，直到秦孝公时期，执政大臣仍然称左庶长。秦献公时期，有了“大夫”的设置，但职权依旧很模糊。譬如甘龙是上大夫主政，同时又有一个执政的左庶长，事权自然就多有纠葛。

秦国没有设过丞相，也从来没有过由一个大臣独立开府来行使权力的先例。长期征战，闭锁关西，秦国朝野长期孤陋寡闻，对重臣开府治国所知甚少，也很难理解。相反，对开府的另一面——分权倒是更为敏感。在贵族和庶民的眼中，都觉得这是在和国君分庭抗礼，大有叛逆之嫌。秦国既往的治国大臣，只有秦穆公时代的百里奚和秦献公时期的上大夫甘龙，稍稍有一些“开府”的影子。实际上，也就是八九个文吏加上主政大臣自己而已，只能办些粮草赋税赈灾济民之类的具体事务，军国大事还得由国君决策调遣。这种“开府”，和东方大国的丞相开府在权力、规模和政务效率上远远不能相比。

秦孝公很想从卫鞅变法开始，改变秦国官制的落后状况。

他很明白，由于诸多原因，卫鞅在官制变革方面肯定有所顾忌，尤其在国府上层的官制变革方面不好彻底放开手脚。若没有他这个国君出面为卫鞅打开局面，在秦国这样一个落后的军政国家，卫鞅将很难展开彻底变法。孝公本来就是个胸怀开阔、志向远大的青年英杰，自与卫鞅促膝长谈，对天下大势列国变革了然于胸后，雄心大起，决意与卫鞅这样一个乾坤大才共同驾拉秦国这辆锈蚀的战车。秦孝公是自信的，丝毫没有想到大臣开府对国君的威胁，更不会想卫鞅会成为威胁。目下，秦孝公想的做的都只是一件事，增大卫鞅权力，使卫鞅成为与他共同治国的总政大臣，而不是秦国传统的左庶长，尽管传统左庶长的权力已经很大了。他思虑周密，既要扎实地达到实际目的，又不想国人疑虑。反复揣摩，孝公采取了“重实轻名”的方略——在名义上尽量沿用老秦国旧称，在实际上则一定做到像东方大国一样的治国方式。

秦孝公没有任命卫鞅为丞相，而仍然任命他为左庶长。这是秦国沿用了几百年的官名，原本就是最有实权的大臣职务。秦国两个庶长中，左庶长为首，右庶长次之。春秋时期，秦国的左庶长是上马治军、下马治民的军政首席大臣，非嬴氏公族不得担任。进入战国，秦献公将治民的政务权分给了上大夫甘龙，左庶长协助国君统军作战并总管军务。但在朝野国人的心目中，左庶长依然是最重要的军政大臣。去年冬天，秦孝公将甘龙升为太师，将甘龙的治民政权回归到左庶长嬴虔手里，为的就是给卫鞅执掌大政铺路。当卫鞅从嬴虔手中接掌左庶长权力的时候，事实上已经是与东方列国的开府丞相具有同等权力的大臣了。

但是，这种大权并不意味着事实上已经成为东方列国那样的开府丞相。丞相总理政务的要害是开府设立权力机构，仅仅有个人权力而没有开府，就无法全面处理国家事务。开府的根本之点是配备属官，其次是建立府邸。这两件事对于目下的秦国来说，都很不容易。

去年冬天，秦孝公已经给卫鞅准备好了两个忠实能干的助手——景监和车英。这两人原来的官位是内史和卫尉，配给卫鞅的左庶长府，显得位置太高，朝臣侧目，卫鞅也不容易接受。当秦孝公坦率地说明这一点时，景监和车英慷慨表示，愿意自贬官职做卫鞅的属官。于是，有了去年冬天大雪时分景监被迁为长史、车英迁为栎阳将军的一幕。秦孝公的方略是，景监做左庶长府的领书，车英做左庶长府的执法尉。这两人虽然都是军旅出身，但却具有不同的才能特点。景监有政事才能，虑事周密且很有担待，出使魏国和洛阳，已经隐隐然有了大臣风范。他做领书，可以为卫鞅挑起所有琐细繁杂的事务重担。车英则对军旅事务具有很高的天赋，又是一个机警勇猛的剑士。他做左庶长府的执法尉，非但可以给卫鞅提供军旅变法的诸多谋划，更重要的是，卫鞅具有了一支得力的执法力量。这两个干员做卫鞅的左膀右臂，卫鞅的左庶长府就有可能成为一个构架轻巧而又具有最高行政效率的变法作坊。

南市大集上徙木立信的消息迅速传开，秦孝公比谁都高兴。卫鞅做事，总是别出心裁，一举打开局面。像给国家树立信誉这样的大事，谁能想到用如此便捷的方式去完成？然则仔细一想，却发现这是一个极具匠心的奇妙点子。老秦人十有八九不识字，淳厚而又愚朴，若是出一篇慷慨激昂的文告，一定是既读不懂又记不住，最多是在士子吏员中间流传罢了。而今由左庶长这样的大臣出面，做一个活生生的故事，万千庶民眼见为实，众口传诵，谁不相信？

诸事就绪，秦孝公带着景监和车英来到卫鞅的小院子。

夜色沉沉，暖中带凉的春风中散发着微微潮湿的泥土气息。君臣三人都很高兴，秦孝公抬头望望天空："老天爷也信守节气，谷雨将至了。"话音落点，天上一阵隆隆雷声，漫天细雨沙沙而下。景监车英一齐拍掌大笑："好！风调雨顺，好年景！"秦孝公爽朗大笑："左庶长徙木立信，老天爷谷雨立信，天人合一啊！"车英一指前方道："君上，左庶长没睡。"秦孝公一看，前方黑沉沉夜色中唯有那座熟悉的小院子里灯光闪烁，感慨叹道，"左庶长睡觉早着呢，走。"

客卿小院笼罩在茫茫雨雾里，清净无声。景监上前轻轻敲门。院内传来老仆人沙哑的声音："谁？"景监低声道："我，景监。"老仆人拉开木门，让进景监，却见国君在后，慌得忙不迭要躬身行礼。秦孝公摇摇手道："免了免了。左庶长忙甚？"老仆人道："一直在书房里，晚餐还没用哩。"秦孝公没有说话，径自大步向亮着灯的书房走来。

轻轻推开书房门，秦孝公愣住了。偌大的书房里堆满竹简，码成一座一座比人还高的小山，小山上挂满了写字的布条，一张书案夹在书山中，是仅有的容身空地。卫鞅手里拿着一支长大的鹅毛翎，正在竹简小山中转悠忙碌，对敲门开门浑然无觉。

秦孝公默默注视一阵，轻声笑道："先生，该用晚餐了。"

卫鞅恍然回头，见是秦孝公站在门口，忙小心翼翼地从竹简小山中绕了出来，拱手道：“参见君上。”秦孝公指着竹简小山道：“这一座座书山，都是经典么？”卫鞅笑道：“经典已经收起来了。这是第一批新法令，草本。”秦孝公惊讶默然。他知道，这一定是卫鞅一个冬天昼夜辛苦的结果。看着卫鞅清癯泛黑的面孔和红红的眼珠，孝公一把拉起卫鞅的手：“走，先咥饭，后说话。”来到客厅，景监已经吩咐厨役将重新热过的饭菜搬来，是一陶罐羊肉，一小盘苦菜，一爵米酒。秦孝公笑道：“你先咥饭，我等暂候片刻。”又对景监车英二人笑道：“我们到先生书房看看。”就和二人出了客厅。

卫鞅匆匆吃了几块羊肉和苦菜，将一大爵热腾腾的米酒大口饮尽，用清水漱了漱口，吩咐老仆撤下饭具，起身要来书房。却不想秦孝公三人又到客厅，景监笑道：“不出君上所料，左庶长咥饭也忒快了。”卫鞅笑道：“快久了，慢不下来，如何是好？”孝公笑道：“以后尽给左庶长羊骨头，看他还快得起来？”四人大笑一番。卫鞅拱手道：“臣请君上，对第一批法令过目。”孝公笑着摆摆手：“法令的事有你，不急。今日专议左庶长开府一事。”卫鞅道：“开府头绪太多，一时难以就绪，还是先做事要紧。”孝公道：“老秦民谚，磨镰不误耪地。开了府名正言顺，做事更快，还是先开府。左庶长有何想法，尽管道来。”卫鞅沉吟道：“臣之本意，想一年后再议此事。”孝公道：“却是为何？”卫鞅道：“一则，急切间难以找到精干的属官。二则，国府正在艰难时刻，新建府邸也不合时宜。三则，秦国朝野是否接受东方人做开府大臣，尚需时日方得清楚。”孝公大笑：“天翻地覆，三则小事何足道哉！”说着扳起手指道，“先说第一桩。我今日给你带来的这两位，可算满意？”

卫鞅大是惊讶：“景监？车英？给我做属官，岂非贬黜两位新锐大臣？”

景监笑道："左庶长何时有了世俗之见？不接纳我这个领书？"车英则肃然拱手道："执法尉车英，参见左庶长。"

"君上？这……"卫鞅一时间感到困惑。

"左庶长啊，如果合适，就不要推托了，他们都想跟你长一番本事也。"孝公爽朗一笑，"景监做左庶长长史，总领事务。车英做执法尉，配备甲士两千，兼领栎阳将军护卫左庶长府。如何？"

刹那之间，卫鞅心潮奔涌，默然有顷，拱手断然道："臣，谢过君上。"

"再说第二桩。景监之意，将招贤馆改做左庶长府邸，如何？"孝公笑问。

景监接道："招贤馆暂无他用，将来需要时再建，左庶长意下如何？"

卫鞅笑道："有何不可？自然好极。"

秦孝公一拍掌："既然如此，景监车英筹备，一个月内左庶长开府理事。"

"臣下遵命！"景监车英齐声应命。

"再说第三桩。朝野臣民的任何风浪，嬴渠梁一身承当，左庶长放手变法便是。变法强秦，生死相扶。左庶长莫要忘了这句话。"

"变法强秦，生死相扶。卫鞅不敢相忘。"

君臣四人的笑声融汇进无边无际的绵绵春雨之中。

四月里的一个晴朗日子，招贤馆改造的左庶长府竣工了。

高大的石坊中央镶嵌着四个斗大的铜字——开府总政。石坊左右石柱各悬红木大牌，右边镌刻"天地有道"，左边镌刻"律法无私"。进得石坊，是一个新拓的方圆十余丈的车马场，分东西两区整齐排列着数十根拴马石桩。车马场尽头是府邸大门，已经由原来的小门拓宽为三开间的红木大门。中间正门宽阔，可容轺车直接进入，门额镶嵌四个大铜字“左庶长府”。左右两道偏门稍窄，供寻常官员人等出入。进得大门，迎面一道巨大的青石影壁，上面镌刻着一头威猛怪异的独角法兽——獬豸。影壁后面是原来的招贤馆场院，目下变成了一片方砖铺地的小院子。坐北向南的正面是一座六开间大厅，厅门正中三个斗大的铜字——国事厅。大厅东西各有两排九开间的厢房，每间房门口都挂着一块木牌，分别写着田土曹、赋税曹、市曹、工曹、军曹、法曹、吏曹、出令曹、功曹等各色名目。每个门口都站着两个威武英挺的长矛甲士，国事厅大门口则有四名甲士，使整个院子充满威严肃杀的气氛。大院子西边有一个小偏院，原来是招贤馆士子们住的一片小房子，目下改造成了卫鞅的起居住所。

这两个院子连在一起，便是秦国的新任左庶长开府理事的府邸。这座府邸虽然不大且只有两进，但在秦国却是最大的官邸，在狭小简朴的栎阳城堡中，这座府邸简直就与国府秦宫相差无几！虽然是在一个月里匆匆赶修出来的，粗犷简朴，但其赫赫威势已经使栎阳国人大为震惊了。在栎阳大集上见过卫鞅的人，纷纷在店铺、饭馆、客寓或街巷邻里，激动神秘地向人们讲述那个白衣左庶长的“天人贵相”和言谈举止的气魄。一时间，卫鞅在栎阳国人的口中变成了一个神奇的天上星宿。有能人甚至说，卫鞅是周武王的开国丞相姜尚转世，国君派金令箭使者在渭水河谷追回来的。栎阳国人的这种传闻议论，迅速弥漫到了一座座县城和山野乡村。秦国庶民被各种传言搅得兴奋异常，心里暖烘烘的，都觉得老秦国要变了，庶民百姓将神奇地富裕起来，秦国也将神奇地强大起来，所有欺负秦国的东方大国都将被打得一败涂地。

这些弥漫朝野的神奇传闻，卫鞅和他的开府班底不知道，秦孝公也不知道，或者说，他们紧张繁忙得无法知道。一个月来，景监和车英全力以赴地筹备开府，景监要遴选各司一职的十八名属官和二十名书吏，还要将国君书房的有关典籍和卫鞅带来的典籍，以及长史、太史两大国府书房的秦国史料集中起来，建立一个包括东方各国法令典籍在内的大书房。车英则除了遴选两千甲士外，更要全力督建左庶长府的修葺改造。卫鞅则埋首整理第一批法令，完成一件，呈送秦孝公一件，经常是君臣二人通宵达旦地商议法令和实施步骤，仿佛又回到了初次畅谈时忘我忘形的时光。

眼看将近五月农忙，秦孝公决意选在四月底举行左庶长开府大典。

这一日，天刚蒙蒙亮，车英亲自率领三百名长矛甲士开到左庶长府，除了府内护卫，剩余的二百多名甲士全部在石坊内外排成两列，中间形成了一个长长的甬道。景监和所有的属官书吏也全部到齐，各守其职。秦孝公本来要景监做今日的司礼大臣，可是景监却提出请太师甘龙做司礼大臣。秦孝公想了想恍然醒悟，不禁对景监的练达成熟连连赞叹。景监自己昨天已经搬进了左庶长府内的一间小屋，和属官书吏们忙碌地整理缮写，一直到四更方得歇息。五更鸡鸣，景监离榻梳洗，又和络绎不绝赶到的属官书吏们忙起来。看看卯时已到，景监快步来到大门口迎候。

太阳刚刚照亮栎阳箭楼，大臣们或骑马或步行，纷纷来到石坊外按照序次排成两列。

将近卯时，一辆破旧的牛车哐啷哐啷驶来，车上坐着白发苍苍一身大红吉服的老太师甘龙。到得石坊下，甘龙在牛车上打量一番威势赫赫的府邸，脸上毫无表情。景监快步迎上，拱手躬身道："左庶长府领书景监，参见太师。"甘龙点点头，淡淡笑道："内史大臣，别来无恙？"景监一闪念，知道甘龙有意呼出自己原来的高位，却仍然恭敬笑道："景监无才，只做得属官。太师请。"上前伸手扶甘龙下车，却发现甘龙非但坐了一辆破旧不堪的牛车，而且车厢板竟然连草席也没有铺，大红吉服竟然坐得皱巴巴一片灰土。甘龙明明有一辆秦献公特赐的青铜轺车，也是秦国大臣中唯一的一辆青铜轺车，为何今日偏偏乘了这辆破旧不堪的牛车？待得扶下甘龙，景监的布袍大袖顺势一掸，甘龙吉服上的灰土已经大半干净。甘龙沙哑地笑道："垂垂老矣，轺车站不得，只有坐这牛车了。"一句话，便将理由说得顺理成章。待到仆役将牛车赶到车马场中，大臣们惊讶得一阵小声哄嗡。今日朝臣们都是新衣骏马，以示喜庆。这辆破旧的牛车在衣着簇新的人群和威势赫赫的府邸衬托下，显得分外寒碜，分外不是滋味。一时间，大臣们好像生了虱子，浑身不自在起来，扯扯衣服，拽拽衣襟，咳嗽着东张西望。

"国君驾到！"执法尉车英一声高呼，全场不禁愕然。

一辆青铜轺车缓缓驶来，六尺车盖下肃然坐着黑衣秦孝公和白衣卫鞅。君臣并乘一车，这是上古尊贤的最高礼遇，寻常人们从传说中听到的，大约也就是周文王为姜尚拉车八百步的故事。但春秋战国以来已经三四百年，可是没有一个国君在正式的典礼场合与大臣同乘一车。在秦国变法的当口，这种礼遇宣示的内涵是谁都清楚的。一时间，全场鸦雀无声，竟忘记了参见国君的起码礼节。还是太子傅兼领上将军嬴虔带头高呼："参见君上——"大臣们才醒悟过来，纷纷躬身拱手，参差不齐地行起礼来。秦孝公仿佛没有看见，先行跳下车来整整衣冠，然后肃然拱手作礼："先生请。"伸出双手，扶住正要下车的卫鞅踩到地上。

就在朝臣们又一次愣怔的时候，担当司礼大臣的太师甘龙骤然高声宣呼："开府大典起行——君上携左庶长入府！"

大臣们又一次莫名其妙起来，相互观望，不知如何呼应。在他们收到的大典礼仪中分明没有这一项，大家在石坊外迎候国君与卫鞅，完全是无意自发地表示一种喜庆，正式大典是安排在庭院内开始的。如今甘龙突然宣呼大典起行，人们不禁茫然起来，嘴里没词儿，脚下黏糊，竟不知如何挪动。景监一直在机警观察，见此情状，立即向石坊门内的乐手们一挥手低声道：“奏乐。”等得钟鸣乐动，大臣们顿时自如起来，按照惯常礼仪一齐高呼：“恭请君上，携左庶长入府！”

秦孝公始终是一副浑然无觉的庄重，听得乐声，一拱手道：“先生请。”伸出手来握住卫鞅的左手，两人从容地从甲士甬道中并肩进入石坊大门，又穿过车马场进入庭院。朝臣们在甘龙、嬴虔、公孙贾三人之后排列跟进，秩序井然。

进得庭院，甘龙出列宣呼：“君上昭告上天——”

秦孝公走到备好的三牲祭案前深深一躬，展开一卷竹简高声念诵：“昊天无极，伏惟告之：秦国贫弱，图治求贤。开府变法，顺乎民心。祈祷上苍，佑我臣工。国强民富，永念上天。秦公嬴渠梁三年四月。”

群臣齐声跟随：“国强民富，永念上天！”

甘龙：“左庶长昭告大地——”

卫鞅走到祭案前深深三躬，展开竹简肃然念诵：“大地茫茫，载德载物。我心惶恐，伏惟告之：鞅受君命，开府治国，维苦维艰，无怨无尤；皇天后土，佑我庶民，百业兴旺，永念大德。秦国左庶长卫鞅，再拜大地厚恩。”

大臣们参差不齐地跟随着念了最后两句：“百业兴旺，永念大德。”便又茫然起来。这祭祀天地，原本是国君才有资格举行的大礼。卫鞅作为臣子，与国君共祭天地，本来就已经是别出心裁的惊人之举了，大臣们虽然事先已经知道，但却在细节上不知如何应对。按照国君祭祀天地的惯常礼仪，参加的大臣肯定是跟随宣呼最后两句。卫鞅祭地，很多人本来就心中别扭，还有一些人则不知该不该跟随，于是就出现了犹犹豫豫参差不齐。只有公孙贾特别清醒，非但立即跟随，而且特别响亮。他注意到国君的祭辞中明确提了“开府变法”，卫鞅的祭辞中却没有一个字涉及变法。他感到了这种精心安排的礼仪后面，隐藏着秦孝公和卫鞅山岳般不可动摇的心志。昭告天地，意味着变法和开府这两件大事已经得到了上天的认可，谁若反对，便是逆天行事。在这种时候，无论心中如何想，都必须做出最热烈的呼应。老太师甘龙不也一板一眼地做了司礼大臣么？孟西白不也亦步亦趋么？

正在公孙贾琢磨其中滋味的时候，甘龙沙哑苍老的声音又响了起来：“祭祀完毕，君臣进入国事堂——”

依然是秦孝公和卫鞅携手并入，数十名官员随后整肃跟进。进得国事堂，秦孝公坐进正中长案前，卫鞅肃立在长案左手，三级台阶下群臣各自就座。甘龙在长案右侧高声宣呼：“太子傅兼领上将军嬴虔，宣示国君开府书令——”

嬴虔大步走上台阶，展开竹简宣读：“秦国欲强，秦人欲富，非变法无以建功。变法之途，非开府无以立威。今命左庶长卫鞅为开府大臣，总摄国政，力行变法，所颁府文谓之令。另任景监为左庶长府领书，总领属官书吏；车英为左庶长府执法尉兼领栎阳将军。自即日起，左庶长卫鞅即行开府。秦公嬴渠梁三年四月书。”

嬴虔的声音本来就特别的低沉浑厚，加之他咬字又重，在有些许回音的大厅念来，隆隆响过，仿佛铁锤在山石上凿出来一个一个大字，清晰有力。大臣们听得明明白白，卫鞅的左庶长府简直就是第二个国君府，生杀大权在握，竟成了七大战国中最有威势的开府总政权臣。

国事厅安静极了，粗重的喘息声清晰可闻。大臣们似乎感到紧张，却又说不清为何紧张。

“左庶长出令——”甘龙的沙哑嗓音又响了起来。

卫鞅白衣玉冠，白丝束发，在一片黑色的秦国大臣中显赫而又孤立。他从容走出道：“卫鞅秉承天意君命，开府变法自今日开始。第一批法令十道，五道立即颁发实施，五道夏忙后颁发实施。立即颁发的五道法令：《农耕奖励法》《军功授爵法》《编民什伍连坐法》《客栈盘查法》《私斗治罪法》。上述法令，除立即快马传送各县外，一律在栎阳城门与南市张挂，公之于众，举国同行。领书出令。”

景监早已经做好准备，闻言高声答道：“遵命！”一挥手，两名书吏抬进一张宽大的长案，上面码满了捆好的竹简。长案刚刚在中央摆好，景监又一声高宣：“特使领令！”十六名劲装使者一声答应，整齐地走进大堂。

“北地特使——”

“雍州特使——”

“陇西特使——”

“郿县特使——”

“商於特使——”

……

景监一个一个地将捆扎好的竹简分发给十六名特使。特使们双手捧着竹简一个一个走出大堂。庭院里整肃排列着三人一组的十六组铁甲骑士，每组护卫一个特使奔赴秦国郡县。

快马流星，旬日之间，秦国的二十三县并三郡活跃了起来，动荡了起来。

二　疲民与贵族竟有了愤怒的共鸣

就像一道道霹雳闪电，新法令震动了秦国的城堡乡野！

上至栎阳卿大夫，下至隶农村汉，无不认为这是匪夷所思的大变，搅得秦国鸡犬不宁，人人别扭。就说《编民什伍连坐法》和《私斗治罪法》，将城堡里的国人和乡村里的农人，一律编为“保”和“亭”，十家一保，五保一亭。如果仅仅是这种编民入制，人们说说也就罢了。最重要的是连保连坐，使人惶恐不安。保内一家犯罪，其余九家必须立即共同举发，若不举发而使罪犯逃匿，则十家同罪连坐，一并惩治。如果一保有人违法犯罪，其余四保也得迅速举发，否则就是五保连坐。也就是说，五十家内任何一人犯罪，都有可能导致四十九家连坐惩治。人们必须时刻睁大眼睛，注意邻里是否违法犯罪，并且得经常相互提醒各种法令规定，以避免陷入连坐灾难。如此提心吊胆，老秦人如何忍受？

秦国的民风是最令人头疼的。莫说山东六国大摇其头，就是老秦人，也对自己骂骂咧咧大不以为然。可真要动真格改了，老秦人更是骂骂咧咧火冒三丈。

秦国地处西陲，农牧相杂，尤其是泾水渭水上游的陇西河谷草原地带，更是牧业为主。就是腹心地带的关中平原，也有大量从游牧部族转化不久的农耕人口。自古以来，西部的民间风习便狂野好斗，动辄为一件小事，在田间地头打得头破血流，进而引起家族斗殴、村落打斗，甚或部族仇杀。蔓延日久，村落、部族、家族间极少没有血仇者。这些相互仇恨的部族子弟在军旅中，甚或在战场上，也经常寻衅私斗，宁可为了义气或仇恨帮助正在私斗中的恩人友人，也不愿赶赴战场上救援勇敢杀敌的兄弟。还有与西部戎狄部族杂居的老秦人，更是剽悍狂野，只认热血义气，从来不知“规矩律法”为何物。茫茫草原，幽幽河谷，经常为争夺水草耕地打成了世代血仇。偶然有仇家子弟在草原落单，立即会被仇家毫不留情地杀掉。这里的老秦人和戎狄部族都信奉“以血换血，以命换命”的复仇方式，除非强力与战争，几乎任何法令都难以伸展到草原河谷的好勇斗狠之中。秦穆公时代，为了防止戎狄作乱，便将臣服于秦国的许多戎狄部族半强制地迁移到地广人稀的关中，与农耕的老秦人村落杂居。

大势是稳定了，但久远的民风却是无法改变的。戎狄聚居的村落，就像他们在草原争夺水草一样，与老秦人的村落争夺着水渠，争夺着地界。年复一年，非但老秦人与戎狄部族多有仇杀，就是戎狄部族之间，老秦人之间，也有着各种各样的私斗血仇。一有机会，仇人间便大打出手，死伤无算。

在当时的华夏大地上，没有一个邦国的民风像秦国这般浓烈的私斗风习。就是同样被中原轻蔑嘲笑的“南蛮”三国——楚、吴、越，也没有秦国的民间私斗这般普遍，这般酷烈。秦人自诩“人皆勇士”，可东方列国却嘲笑秦人“怯于公战，勇于私斗，诚为恶习”。

秦国官府对这种民风历来是“民不告，官不究”，睁一只眼，闭一只眼。一则是无法可治无可奈何，一则是大战不断要依赖民众从军血战，无力去细致地究诘这些私仇纠纷。秦国只有一个铁的法则：但有兵戎战事，须得人人争先，一致对外，否则杀无赦。也就是说，只要民人不抗赋税、不拒从戎，官府一般不去理会民间仇杀。

遍访秦国乡野，卫鞅对这种私斗风尚感触极深。他把这种现象称为“强民弱国”。民风强悍而国家衰弱，根源正在于私斗。要肃清这种恶风，将秦人引导到为国家荣誉而死战的正道上来，就要彻底禁止私斗，培植一种勇于公战的庶民精神。卫鞅为此专门写了一篇《弱民》，向秦孝公提出“民弱国强，民强国弱。有道之国，务在弱民”的总方略。所谓弱民，一则指弱化庶民的野蛮不法习俗，二则指民众在国家法律面前处于弱小地位，必须尊奉法律从而不敢触犯法律。所谓强民，就是那种蔑视法律敢于犯法的刁民。弱民，就要使民众厚道朴实，奉公守法。故此，弱民则民众守法，强民则乱法坏法。这就是“朴则弱，淫则强”

的道理。这种深彻的甚至是冰冷的论证，征服了秦孝公，使这个年轻清醒的国君看到了凝聚秦人的希望，决意支持卫鞅从根本上改变秦人的精神风尚。

为此，卫鞅做了精心谋划，决定变法从治乱立威开始。

他在开府之日颁布的第一批五道法令，全部是围绕“弱民”治乱展开的。《私斗治罪法》，首先严厉禁止一切私人斗殴。也就是说，一切私人仇杀斗殴都是违法犯罪行为，一切纠纷都应通过官府依据法令裁决，而不能私相仇杀解决。《编民什伍连坐法》则确保一切私斗犯罪者不被隐藏、不能逃匿，而得以严厉惩处。《客栈盘查法》则在于防止仇杀犯罪者和东方密探的藏匿。也就是说，任何罪犯在秦国都将难以藏身。因为这两部法令规定“告奸者与斩敌首同赏，藏奸者与降敌同罚”。也就是说，举发一个犯罪者和在战场上斩杀一个敌人，功劳一样，赏爵位一级；藏匿一个犯罪者和投降敌国一样，都是死罪。很显然，国家新法明确地将私斗犯罪当做大敌，要彻底肃清。《农耕奖励法》和《军功授爵法》则是培植正气，激励民众去争取国家荣誉，辛勤耕耘，奋勇杀敌，建功立业，光宗耀祖。

这五道法令颁布的时机，恰恰在五月大忙之前，既不影响农事，又将对年年夏忙必然发生的村落部族间为争水争地而引起的大量私斗仇杀，给以迎头震慑。卫鞅的法治主张是，顶风立威，新法才能站稳脚跟，法令的尊严要在治乱中确立。

但是，这五道法令几乎全部改变了秦人的生存传统。它等于要人们对既往的恩怨仇恨一概泯灭，走上一条以法律为行动准绳的道路。无论是城堡国人，还是乡野农夫，都感到被一条巨大的绳索捆住，浑身不自在。对邻里村人的仇恨不能任意报复了，快意恩仇的日子将不复存在，杀了人不能逃匿，没有官府的验身画像简，连客栈也不能住；恩人犯罪要举发，仇人立功要庆贺；一切纠纷都要告官，弱肉强食要变成公平相处，争水争地要听凭官府裁决……这一切，对快意恩仇随心所欲的老秦人来说，简直别扭得要死。

按照新法，一切都要颠倒过来，如何不感到别扭？岂能不大发怨声？

山野农夫们如此，栎阳城里的国人也是如此。所谓国人，说的是居住在都城及都城领地的工匠、商贾、市人和农夫。在这几种人中，称为“百工”的工匠地位较高，商人则地位较低，自由农人地位居中。但在战国时代，商人远不像后来那样被称为“贱商”而大加抑制，只不过没有工匠那样受人尊崇罢了。因为工匠绝大部分是官府经营的作坊的技师，是典型的“国人”，而商人则绝大部分是私人业主，官府对待他们自然有高下之分。

都城国人对法令的怨言，主要在“惩疲”法条。所谓惩疲，就是惩治懒惰懈怠和不务正业的游手好闲分子。《周礼》称这种人为“疲民”，所以，惩治这种人的法令称为“惩疲”。卫鞅颁布的奖励军功、奖励农耕的法令中同时规定，对这种“疲民”给予严厉惩罚：无论农工商人，凡是因为懒惰、懈怠而贫困者，一律罚为官府奴隶，男人做苦力，女人做仆婢；凡是有业不操而游手好闲者，一律罚为官府奴隶，强迫劳动；凡罚为奴隶者，夫妻不得同居，家人不得同事一主。更严厉的一条是，主犯家长一生不能恢复为自由籍的平民。

对于这种惩罚，忠厚勤劳的人们自然不会反对，也不会有怨言。但忠厚勤劳者一般都谨慎怕事，影响力很小。大发怨气的是各种疲民。这些人刁钻强悍，通常专门靠欺压良善、敲诈商贾、偷鸡摸狗、抢劫财物为生。还有一种“富疲”，由于家道富裕不缺钱财，便不事劳作，逃避兵役，专门游荡四方，做游侠式的好汉。这种人有威望有能力有武功，影响力很大，是疲民之最。更有一种家道中落的“士疲”，识得字，读得书，偏偏吃不得苦。文不是文，武不是武，或整日在市人中摇唇鼓舌评判是非，或在官府吏员中传播道听途说的各种流言，或帮着“富疲”出谋划策蹭饭吃。这种“士疲”对惩治疲民的法令骂得最为刻薄尖酸，说惩疲法令是“蛇蝎心肠，有损阴德”，是“老妪当家，阴气到顶”，等等等等，不一而足。

除了庶民国人中的怨言，上层也是一片怨气，大不安宁。

卫鞅的第一批法令中，也包括了对宗室贵族的惩治，即所谓惩治“贵疲”。宗室贵族，就是国君（国王或国公）所在的部族。按照千百年来的传统，这种人是天生的贵族，做事不做事，立功不立功，都照样是世袭的高等级爵位，从国库中领取极为优厚的俸禄，享受包括高车骏马、大片府邸在内的各种特权礼遇。几乎所有人都认为这是天经地义的，没有什么不合理的，因为他们是王公贵族，他们的享受是无法被剥夺的。可是，《军功授爵法》却横空出世，赫然规定：取缔世袭爵位制！凡宗室贵族，如果没有军功或其他大功，不得取得爵位；两年无军功者，除去贵族籍；一旦除籍，贵族就是庶民，原由国家提供的各种特权一律剥夺，享受的国库器物一律没收，附属仆佣一律归官府，其家人与其他人口（如庇居亲戚），不得在府邸、田产、车马、衣食各方面享受原来贵族待遇；现有爵位的贵族，包括家人在内，必须严格按照家长爵位的高低等级定衣食住行，不得以财力雄厚或其他背景而有丝毫僭越。这样做，就是要造成“有功者必使显贵。无功者，虽富而不得芬华”的现实，鼓励人们为国家立功。

这种法令对秦国的宗室贵族来说，直是匪夷所思。

三皇五帝以来，贵族纵然无功，最差也是个等级较低的世袭贵族。何曾有过没有功劳就会被开除出贵族阶层的怪事？说到底，那时的贵族毕竟还是国家骨干，想为国家立功者也不在少数，而且确实有许多建立大功的贵族人物。寻常时日，正派的贵族也会认为，为国家建功立业是完全应当的。可是有了这道法令，有功的贵族们便认为这是蔑视宗室贵族，刻意限制贵族，感到尊严受到了大大伤害。那些无功也无能、整天混日子的“贵疲”，则惶惶不安，大骂卫鞅是挖秦国的老根，是吃里扒外的小人，新法是“害人恶法”。

有怨气的宗室贵族便秘密串通，来找宗室贵族中最有地位的嬴虔。

在宗室贵族中，嬴虔非但曾经是大权在握的左庶长，目下依然是太傅和事实上的上将军，更重要的是，嬴虔还是先君秦献公的长子，是最显赫的宗室贵族大臣。如果嬴虔也反对这种侮辱宗室贵族的“恶法”，贵胄们就可以再求见国君诉说委屈，形成气候，卫鞅的法令就很有可能被取缔，甚至卫鞅本人也极有可能翻船。可是，当这一群老老少少在暮色中陆陆续续来到嬴虔府邸门前时，府中家老却出来说，太傅身体不适，不能见客，教他们早早回去。朝野上下谁都知道嬴虔是个睁硬眼的厉害角色，闻言不敢停留，都灰溜溜地走了。

此刻，孟西白三人却正在嬴虔府中诉苦。

嬴虔对卫鞅变法是全力撑持的，甚至可以说，没有嬴虔的全力配合，卫鞅要在秦国立足，变法要纳入正轨，都会是极为困难的。但嬴虔以为，变法就是整顿吏治、废除井田、训练军队，等等。他忙于军务，也没有时间去预闻新法内容，确实未曾想到变法会是如此的彻底，竟然对宗室贵族也毫不留情。更重要的，是他觉得变法是国君与卫鞅的事，他无须多管，管多了也不好。及至第一批新法令颁布，朝野轰动，他才认真看了看，想了想。从本心讲，他认为这些法令都是对的，但心里总有一丝隐隐的不快，也觉得这些法令总有些许不对味儿。想来想去，是觉得法令太严厉，尤其是对宗室贵族太无情，教他心里觉得不舒服。虽然如此，嬴虔毕竟是个头脑清醒的人物，他决意不干预变法，立即找来家人严厉叮嘱，不许一人在外面议论新法，否则决不留情。

嬴虔刚刚安顿好家人，孟西白三人便联袂而来。因为三人都是将军，而嬴虔又是事实上的秦军统帅，来嬴虔府原本也不奇怪。然则嬴虔从来不在家中会见将领和大臣，事先更没有约见孟西白三人，心中便知三人有事外之事。偏偏嬴虔沉得住气，礼仪寒暄仆役上茶之后尽问一些军旅之事，绝口不提栎阳国事。孟西白三人说了半个时辰还找不到转移话题的机会，心中暗暗着急。恰在这时，家老来报，说有宗室老少十余人在府门外求见。嬴虔冷冷回答："教他们回去。就说我身体不适，不能见客。"家老出去后，孟坼谨慎地小声问："敢问太傅，是否我等干扰了宗室会聚？"嬴虔淡淡笑道："我素来不在家中见族亲和臣子，他等应当知道。"此话一出，等于告诉三人应当告辞了。西乞弧勉强笑笑，"我等久坐，也该告辞了。"嬴虔立即站起身来拱手道："未完之事，来日官署计议。恕不远送。"

三人悻悻出来，你看我，我看你，摇头叹气，半日无话。来到西乞弧府中，孟坼沉吟道："仔细想来，我倒觉得公子虔大有文章。"白缙叹息道："有何文章？连我等开口的机会都没有，明白是卫鞅一党。"孟坼摇头笑道："非也非也。君知其一，不知其二。这公子虔素来是个强硬坦荡的人物，若真如你言，铁心赞同新法，还不将我等严词训斥一通？岂容我等静坐一个时辰？想想。"西乞弧猛然拍掌笑道："着啊！如何迷了这一窍？今日秦人，谁不谈新法？公子虔回避，明白是有疙瘩！只是，只是不便于说罢了，对么？"白缙高声笑道："顿开茅塞！对，是这个道理。"

三人同声大笑，觉得心情特别舒畅。西乞弧吩咐摆酒，三人开怀痛饮起来。

孟西白三家虽说不是宗室贵族，然而却是百年功臣贵族。虽说他三人有功劳，不存在除籍，然其家族安能没有平庸之辈？更不说三族百余年来与宗室贵族相互通婚结亲，形成了盘根错节的血缘联结。这些宗室贵族中的无功受禄之辈，和三族可是荣辱相连，这些“贵疲”求其设法，他们岂能坐视不理？再说，他们从一开始就视卫鞅为异类，眼见其气焰大长，今后也很难重用他们这些贵族，心中又岂能安宁？想来想去，他们觉得先找嬴虔探探风向最好，如今对风向有了如此判断，岂能不开怀大笑？

整个四月，流言飞走，怨气弥漫。勤劳宽厚的国人庶民本来拥戴变法，对新法令的奖勤罚懒从心底里赞同。但是，在漫天飞走的流言怨气面前，也觉得新法过于严厉。像私人打架要惩罚苦役，路边倒点儿柴火灰要砍脚断手，量地亩时每步超过六尺要砍掉四个脚趾等等，宽厚勤劳者也觉得大不方便。谁都有无心之错，可是新法令连改正错失的机会都不给你，一旦有错就行刑制裁，轻则苦役，重则刑治，不死便伤，一生都要留下耻辱的烙印。心念及此，老实人也觉得胆战心惊，纷纷跟着埋怨起来，谁也看不见新法将对他们带来的根本好处。

朝野山乡，底层上层，穷疲富疲士疲贵疲们第一次有了自发的共鸣，同声相应，同气相求，对新法骂骂咧咧，对左庶长卫鞅恶毒诅咒。老实人不自在，疲民们不服气，各种怨气漫无边际地流淌开来。一时间，新法陷入了人人侧目千夫所指的尴尬境地。

三　老秦世族顶风仇杀

进入五月，正是农家大忙的时节。

渭水平川的农夫们，一边要收割大麦、小麦，一边还要种下谷子、豆子、荞麦，同时抽空在菜园栽下夏葵菜。这时，人忙、地忙、牛马忙，整个田畴一片紧张活跃。但令人揪心的是，这个季节也是私斗最高发的季节。争地、争水、偷盗庄稼、抢劫牲畜、催讨债粮，以及趁着忙乱报复仇家等，无一不是大起争端的茬口。每逢五月，各国间的战争也都基本停止，官府都全力以赴地督导农事，解决各种突发的争端和私斗。秦国的五月，更比东方国家紧张。以实际而言，秦国还是井田制，八家一井，共用水渠水井。非但井内八家有争地争水和承担公田劳力多少的纠纷冲突，而且井与井之间也经常有争地争水的冲突，牵扯两井十六家，动辄便发生群殴械斗。再者，秦国的村落氏族制还相对完整地保留着，一有冲突便是举村举族出动，如同一场小型战争。但最重要的还是民风使然，对私相血斗习以为常，甚至引以为荣，经常会因为小小争端而大打出手。

所以，秦国的五月，历来是内部最繁忙最紧张和最混乱的时节。

卫鞅其所以将第一批法令选择在三月底四月初颁布施行，目的之一，也想对五月大忙的混乱产生震慑作用。有了新法，再加上新任命的拥戴变法的县令，应该是比往年稳定些许。可是，谁也没有想到，大规模的混乱与暴力械斗还是发生了，而且来得那样突然和暴烈。

更令人震惊的是，这场大规模的私斗仇杀，恰恰发生在赫赫有名的郿县。

关中平原的渭水北岸有一座城堡，是郿县的县城。郿县东距栎阳六百余里，西距陈仓三百余里，正在渭水平原西部的最肥沃地段，是秦国最有名的大县。但是，郿县的赫赫大名，并不是仅仅因为地处沃土，在地利方面，郿县毕竟还不如关中东部更为宽阔平坦，还稍逊一筹。郿县的威名，在于它是秦国的“名将之乡”。秦穆公时代的三大名将——孟明视、西乞术、白乙丙都是郿县人。孟西白三族的嫡系虽然居住在都城栎阳，但郿县留下的旁支家族在百余年间繁衍生息，也形成了庞大的势力。三族鼎立，几乎就是大半个郿县。郿县的其他人口，很大一部分是陇西戎狄贵族的后裔。秦穆公时，担心戎族死灰复燃，接受了大谋略家由余的主张，将戎狄上层贵族一律迁到关中定居。顾忌到戎狄部族狂野好武，其他地方无力制约，便将大部分安排在了这个赫赫名将之乡、具有浓厚尚武之风的郿县，和老秦人花插杂居。百年过去，这些戎狄贵族虽然变成了农人庶民，但桀骜不驯的品性和剽悍好斗的风气却没有丝毫的减弱。在郿县的二百多里地面，他们和孟西白三族一直恩怨纠葛，私斗不断。小至邻里斗殴，大至举族大打，几乎从来没有停止过。

新法颁布，郿县人倒是紧张了几天。但旬日之间，嘲笑和怨气便大长起来，两大势力均对新法嗤之以鼻，聚相议论，大是不满。戎人族长醉醺醺地大笑："不教男人打架么？就像不教女人生崽一样！"孟族老族长孟天仪则微笑着对族人们说："当年，老祖先就是打出来的硬汉子。戎狄野种就认打，越是打得痛快，他越服气！怕甚新法？没事儿。秦国再变，还能翻得过穆公老规矩？"

五月二十三，郿县终于爆发了一场惨烈的民间战争。

孟族聚居的九个村庄都在渭水北岸，分别叫孟一里到孟九里。人们将这一带叫孟乡。孟乡的土地大约方圆三十多里，有一条引渭水渠贯穿了九个里的土地。孟乡九里旱涝保收，全靠了这条大水渠。这水渠是秦穆公时的贤臣百里奚主持修建的，叫百里渠。因为大将孟明视就是百里奚的儿子，孟族就是百里氏的后裔，所以历代秦公都特许郿县孟族聚居在百里渠两岸。那时候，关中西部是秦国的轴心地带，都城雍州在郿县西边百余里，这条大渠是秦国在春秋时代修建的唯一水利工程。百里渠干渠全长大约不到四十里，流出孟乡地段便东西分流为两条支渠，向西的支渠伸展到雍城，向东的支渠伸展到漦县。孟乡处在总干渠地段，分流渠口便在孟九里的田野中。戎狄移民都住在东支渠两岸，大约也有八九个里，常常因用水和孟乡恶斗。郿县官府虽有渠吏，但也无法制止孟乡在天旱时堵渠强行截水，更无法制止戎狄移民聚众抢水。今年夏天，恰遇干旱，土地不灌溉便要干种，干种就要大大减收，这是农家谁都懂得的道理。

这时候，水比黄金还贵重。

五月二十三的深夜，麦收刚完，月明星稀，孟乡人堵住了干渠通往东支渠的渠口，除了给西支渠放过去一股细流外，全部将渠水引到孟乡各里的小毛渠中。按照官府规定和民间用水习俗，灌田历来是先下游，再上游。往年虽然也遇天旱，但渭水河道水量并不减少，孟乡人还不甚着急。今年忒怪，旱情倒未必有往年严重，渭水河道的水量却是大大减少，虽然说不上干涸，也是看得见河槽大石了。不知哪里传来的流言，说秦国变法有违天道，上天要大旱三年！孟乡人着了急，抢先动手堵了干渠截水。

下游的戎狄移民在田头渠口眼巴巴守候了半日，不见渠中一滴水花。戎狄族长虎茅大起疑惑，支渠漏水也不能一干二净啊？决口也该有个响动啊？巡渠女人没有回报，分明是还没有水。但是，孟族毕竟是大族，也不能无端寻衅，事情要先弄确凿。于是，虎茅派出六十余名精壮男子沿渠道上巡，查看究竟，迅速回报。

四更时分，巡水队伍一直走到总干渠口，才发现是孟乡人堵了渠口。戎狄丁壮不由得大怒，呼喝一声便上前开挖渠口。守在干渠口的孟乡百余名壮汉岂能容得？头人一声口哨，抡起手中锄头、铁耒和棍棒扑将上来拦截，于是开打。混斗半个时辰，戎狄巡渠人寡不敌众，死了六个，人人带伤，只得逃回去报信。

戎狄族长虎茅一见抬回来的六具尸体，怒火中烧，长发都竖了起来，大喝一声："吹号聚兵！给我上——"顿时，凄厉的牛角号呜呜地响了起来，一长两短，响彻夜空。这是戎狄人的死战号角，是发动全体精壮上阵的特殊信号。刹那之间，各个戎狄村落骚动起来，男女老少一齐出动，举着猎刀、匕首、棍棒、锄头呼啸而来。族长虎茅带领一百多名有马有刀的丁壮勇士，呼啸一声，向西方孟乡狂风暴雨般卷去。随后的一千余人喊杀声大起，跟在马队后面呼喝怪叫着蜂拥而来。

一场惨烈的缠斗在总干渠外的田野上展开。

孟族九里已经做好了准备，一千余人集结在渠岸背后，摆成了一个大方阵凭险防守。孟西白三族是老秦人，青壮年多数从军征战，在家耕耘者多是老人、妇女和少年。戎狄人则是两丁征一，尚留有一部分精壮人口。两族相遇，各自都有引以为荣的尚武传统，加上新仇宿怨，竟是分外眼红，比两军肉搏更为惊心动魄。戎狄的先锋马队一个猛冲越过渠岸，杀入孟西白的老少阵营。担任"总帅"的孟族老族长一声呼哨，渠岸后的老少们呼喝四散。戎狄马队的大半，扑进了刚刚挖出来的陷坑。围上来要斩尽杀绝戎狄骑士的孟族老少，却被陷坑外面的马队狠命阻拦劈杀，搅作一团，恶斗起来。后来的戎狄人也蜂拥呼叫，拼命冲上干渠大堤，和守在渠堤上的孟族老少们混战起来。

一时间呼喝遍野，惨叫不断。孟族人虽然多是老少女人，但却有老秦部族的阵战章法，总是十余人一个圈子，里外护持，相互照应着群斗戎狄。戎狄虽多有精壮，还有数十骑士，但却历来是单个冲杀狠斗，一时竟显不出优势。双方混战厮缠大半夜，就在天快亮的时候，混战的人群终于踩跨了干渠大堤。

"哗——"大水卷着数尺高的浪头，扑向两岸死死纠缠狠斗的人群。

"快——跑——"孟族"总帅"嘶声大喝。

"啊——吹号！撤啦——"虎茅举着弯刀拼命吼叫。

但是，已经来不及了。酣斗撕扯的人群，你挡着我，我绊着你，抱在一起的又害怕放开对手反遭暗算，相互死死揪住对手不放……及至泥水大浪猛烈卷来，想要喊一声也来不及了。大水淹死的，泥巴呛死的，掐压窒息死的，受伤流血死的，尸横遍野，死人无算。比黄金还要贵重的五月之水，却漫无边际地流淌成了一片汪洋。

侥幸逃出的些许人马，隔着一片汪洋烂泥，犹自对骂不休。

四 七百名罪犯一次斩决

太阳出来时，郿县令赵亢带领一班县吏赶到了孟乡干渠。看着这触目惊心的场面，赵亢脸色铁青，二话没说，飞马奔赴栎阳。

赵亢是秦国招贤中应召的唯一一个秦国士人，为人方正，饱读诗书，和兄长赵良齐名，都是家居云阳的名士，人称云阳双贤。虽然兄弟俩都是没入过孔门的儒家名士，处世却是大大不同。赵良志在治学修经，远赴齐国稷下学宫求学去了。赵亢却是奋力入世，要为秦国强大做一番功业。秦孝公招贤，赵亢欣然而来。任命官职时，秦孝公派赵亢做了要害的郿县县令。赴任半年，无甚大事，只是熟悉县情，等候新法令颁布。赵亢无论如何想不到，新法颁布伊始，便有人以身试法，闹出天大的事来。孟西白三族和戎狄移民，哪一边都关系到秦国安危，他如何能擅自处置？

正午时分，卫鞅正在书房用餐，听说赵亢紧急求见，二话没说，一推鼎盘便来到政事厅。听完赵亢的紧迫禀报，卫鞅略一思忖，断然命令："车英，带二百名铁甲骑士，即刻赶赴郿县。"车英领命，去集合骑士。卫鞅吩咐赵亢进餐，自己到书房做了一番准备。卫鞅出来时，赵亢已经霍然起身，府门外也已经传来了马队嘶鸣。卫鞅一挥手："走。"

匆匆大步出门。赵亢惊讶地问："左庶长，这就去郿县？"卫鞅冷冷道："迟了么？"赵亢嗫嚅道："不，不给君上禀报么？"卫鞅凌厉的目光扫了过来："凡事都报君上，要我这左庶长何用？"说完大步出门，飞身上马，当先驰去。车英的马队紧随其后，卷出西门。赵亢思忖片刻，上马一鞭，急追而来。

太阳到得西边山顶时，马队赶到了孟乡总干渠。卫鞅立马残堤，放眼望去，暮色苍茫，四野汪洋，水面上漂浮着黑压压的尸体，鹰鹫穿梭啄食，腐臭气息弥漫乡野。孟乡九里所在的高地，全变成了一座座小岛。

卫鞅面色铁青，断然命令："郿县令，即刻派人关闭总干渠！"

赵亢答应一声，飞马奔去。

太阳落山时，渭水总渠口终于被堵住了。晚上，卫鞅在郿县县府接连发出三道命令。第一道，命令赵亢带领县城驻军步卒二百人并沿岸民众，立即抢修渠堤。第二道，命令车英带领铁甲骑士，星夜到戎狄聚居区缉拿所有罪犯，不许一人逃匿。第三道，命令各县将新法颁布三个月期间，公然聚众恶斗的罪犯全部押解到郿县。赵亢、车英和信使们出发后，卫鞅心潮难平，灯下提笔疾书两信，吩咐快马使者即刻送往栎阳左庶长府。

此刻，秦孝公正在庭院里练剑，稍稍出汗，便回到书房埋首公案。

新法颁布三个月，他案头的简册骤然增加，全部是朝野城乡通过各种渠道直接送给他的民情密报。他认真仔细地阅读揣摩了这些密报，感到了一种不寻常的气氛在弥漫。这些密报能直接送给国君，而不送给总摄国政主持变法的左庶长卫鞅，本身就意味着对新法令的轻慢和不满。密报者背后的意图很明显，国君是被权臣蒙蔽的不知情者，罪责是外来权臣的，国君应当出来废弃恶法安抚民心。秦孝公警觉地意识到，变法能否成功，目下正是关键。密报所传达的“民意民心”，虽然是一种叶公好龙式的惊恐，但也是一个危险的信号——变法的第一个浪头，遇到了疲民裹挟民意的骚动逆浪，如何处置，关系到变法成败，其中分寸颇难把握。秦孝公没有把这些密报和自己的判断告诉卫鞅。他相信，以卫鞅的洞察力，不可能不知道这些弥漫朝野的流言。他要看一看，卫鞅如何评判目下的大势，如何处理这场民意危机。如果卫鞅没有处置这种普遍危机的能力，秦孝公倒是愿意早日得到证明，以免在更大的危机来临时因信任错失而造成灭顶之灾。毕竟，卫鞅没有过大权在握的实际阅历，掌权之后能否还像论政时候一样深彻明晰，还需要得到验证。正因为这样，秦孝公深居简出，丝毫没有过问变法的进程。

目下，秦孝公埋首书房，就是要谋定一个善后之策，以防万一。

“君上，左庶长府领书大人求见。”黑伯在书房门口低声禀报。

“景监？让他进来。”秦孝公有些惊讶，景监在夜半时分来见，莫非有大事？

景监疾步走进，拱手道：“君上，郿县三族与戎狄人大肆械斗，死伤无算，左庶长已经赶去处置。这是左庶长给君上的紧急书简。”

“为何械斗？”秦孝公问。

“孟西白三族堵了干渠，戎狄人争水，故而大打出手。”

“准备如何处置？”

“左庶长决断尚不清楚。想必给君上的书简里有禀报。”

秦孝公打开手中铜管，抽出一卷羊皮纸展开，但见酣畅淋漓的一片字迹：

卫鞅拜会君上：郿县私斗，乃刁民乱法与秦国痼疾所致耳。臣查，其余郡县亦有乱法私斗者三十余起。治国之道，一刑，一赏，一教也。刑赏不举，法令无威。乱民不除，国无宁日。臣拟对犯罪乱民按律处置，无计多少。本不欲报君上，朝野但有恶名，臣一身担之。然法令初行，君上当知，臣若有不察，请君上火速示下。臣卫鞅顿首。

秦孝公思忖有顷，问道："依据新法，此等私斗，该当何罪？"

"回君上，纠举私斗，首恶与主凶斩立决，从犯视其轻重罚没、苦役。"

"首恶与主凶有多少？"

"详数景监尚难以知晓，推测当在三百名以上。"

"从犯？"

景监踌躇道："臣大体算过，仅郿县双方从犯，就在三千人以上。加上其余郡县，大约五千人不止。"

秦孝公沉默了。假若这是一场战争，就是死伤上万人，也不会有任何人说三道四，也不会有任何人沮丧动摇。可这是刑杀，是国法杀人，三五十还则罢了，一次杀数百名人犯，这实在是旷古未闻。三家分晋前，韩赵魏三族联合擒杀智伯，一次杀智伯家族二百余口，天下震惊。然则，那是和诸侯战争一样的部族集团间的战争，人们并没有将它看成刑杀。要说变法刑杀，魏国的李悝变法、楚国的吴起变法、韩国的申不害变法，都没有数以百计地斩决罪犯。秦国这样做会带来何等后果？秦孝公第一次感到吃不准。但是，不这样做，后果则只有一个，那等于在实际上宣告变法流产，秦国回到老路上去，在穷困中一步步走向灭亡。这是秦孝公绝对不愿走的一条路。两害相权取其轻，这是古人的典训。前者有可能带来的动乱风险与亡国灭顶的灾难相比，自然要冒前一个风险，而避免后一个灾难。卫鞅敢于这样做，也一定想到了这一点。目下，他需要知道的是国君的想法。

“景监，你有何思谋？”秦孝公猛然问。

景监也一直在沉默，见国君问他，毫不犹豫地回答：“臣以为，变法必有风险。风险与亡国相比，此险值得一冒。”

“好。说得好。我等不谋而合。”秦孝公微笑点头，走到书案前提起铜管大笔在羊皮纸上一阵疾书，盖上铜印，卷起装入铜管封好，递给景监道：“景监，作速派人送给左庶长。如果能离开，最好你到郿县去，左庶长目下需要帮手。”

“臣遵命。”景监接过铜管，转身疾步而去。

日上三竿，景监已经赶到郿县。卫鞅正在县府后院临时腾出的一间大屋里翻阅户籍简册，见景监风尘仆仆地走进，惊讶笑道：“正想召你，你就来了。先坐。”转身吩咐仆人上茶上饭。景监未及擦汗便从怀中皮袋掏出铜管：“左庶长，这是君上的书简。”卫鞅接过打开，两行大字扑入眼中：

左庶长吾卿：疲民乱法，殊为可恶。新法初行，不可示弱。但以法决罪，毋虑他事。嬴渠梁三年五月

卫鞅长长地舒了一口气，将羊皮纸递给景监。景监一看，兴奋地说：“君上明察，左庶长可无后顾之忧了。”卫鞅淡淡笑道：“后顾之忧何尝没有？”这时仆人捧进茶饭摆好，景监匆匆用饭。卫鞅道：“领书暂且留在郿县几日，这是一场大事，需周密处置，不留后患。”景监道：“我已经将栎阳府中的事安置妥当，左庶长放心，我来料理杂务。”卫鞅道：“今日最要紧的，是会同赵亢，理出罪犯名册。”说话间景监已经吃罢，两人秘密商议了半个时辰，便分头行动起来。

两天之后，决堤的大水在炎炎赤日下迅速消失在干涸的土地里，大路小路更是干得快，除去多了些坑坑洼洼，几乎和平时没有两样。赵亢和车英已经分别将孟西白三族和戎狄移民的械斗参与者，全部押解到县城外的临时帐篷中。景监和赵亢分别带领一班干练吏员，对械斗罪犯进行清理，按照主谋、主凶、死人、伤人、鼓噪，将人犯分为五类分开关押，一一录下口供。这件事做了整整三天。三天中，外县的私斗罪犯也纷纷押解到郿县。一时间，县城四门外的官道上军卒与罪犯络绎不绝，加上一些哭哭啼啼跟随而来的老人、女人与孩童，临时关押罪犯的渭水草滩如赶大集一般。郿县人恐惧、紧张而又好奇地纷纷赶来看热闹，有些精明人乘机摆起了各种小摊，专门向探视者卖水卖饭卖零碎杂物，外国商人则专门卖酒卖新衣服。穷人探监，要吃要喝。富人探监，则要给关押者买酒浇愁。自忖必死者，亲友族人还要给置办新衣。

旬日之间，草滩帐篷外生意兴隆。尤其是外国商人的酒和新衣，分外抢手，价钱直往上蹿。孟西白三族在秦国树大根深，戎狄移民也是战功卓著，外县敢于顶风私斗者，也个个不是易与之辈。各方说情者神秘地来来去去，轺车、骏马每日如穿梭般往来郿县小城，使郿县人在惊讶之余又大开眼界。

卫鞅清楚地知道外面的种种热闹，但却不闻不问，只是专心致志地在县府中翻阅罪犯口供和各县有关记载。凡是赶来求见的宗室贵族、勋臣元老、陇西戎狄首领、地方大员等，非但见不到卫鞅，连景监、车英也见不上。景监委派的三名书吏专门接待这些人，所有的礼物都收，所有的书简都留下，所有的说辞都用一句话回答："一定如实禀报左庶长。"十天之中，贵重礼物和秘密书简已经堆满了一间专门的房子，看守的吏员们简直不敢相信，穷困的秦国如何能突然冒出如此多的奇珍异宝？

第十三天，卫鞅走出了书房，打破了沉默。他下的第一道命令，就是取缔渭水草滩的临时集市，将一切商贾尽行清理。当日午后，渭水草滩又成了炎热的旷野。第二道命令，是派赵亢征发五百民夫修筑刑场。第三道命令，派车英紧急将所部两千铁甲骑士全数调到郿县听候调遣。第四道命令发往秦国所有郡县，命令各县县令率领全县所有里正和族长，三天后赶到郿县。第五道是密简，飞马送往栎阳国府。

随着使者的快马飞驰，秦国朝野又弥漫出浓厚的惊恐、疑惑和各种猜测。有人说，天候不祥，左庶长要大开杀戒了。有人说，犯罪的主谋都是富人，还不是杀几个穷人完事。更有人说，左庶长收了难以计数的奇珍异宝，人犯们一个也没事。国府内外安静如常，国君也没有以任何形式召集朝会议事，好像秦国从来没有发生过什么一样。栎阳的上层贵族们则保持着矜持的沉默，对变法，对郿县发生的一切都缄口不言，看看平静的国府，相互报以高深莫测的微笑。

七月流火，郿县小小的城堡活似一个大蒸笼。中夜时分，卫鞅走出书房，唤出景监车英，三骑快马出城，在渭水草滩反复巡视。遍野蛙鸣淹没了他们的指点议论，直到一轮又大又圆的明月在遥远的西天变小变淡，三人才回到城中。

早晨，朝霞刚刚穿破云层，郿县城四门箭楼响起了沉重的牛角号，呜呜咽咽，酸楚悲怆。人们从打开的四座城门争先恐后地拥出，奔过吊桥，向渭水草滩汇聚。田野的大路小路上，都有人手上举着白幡，身上披着麻衣，腰间系着草绳，大声哭嚎着呼天抢地跌跌撞撞地赶来。渭水草滩上的低洼地带，两千铁甲骑士单列围出了一个巨大的法场，将所有赶来观刑的人群隔离在外围。但四野高地上的庶民们却如鸟瞰一般，看得分外清楚。铁甲骑士之内，七百名精选的行刑手红布包头，手执厚背宽刃短刀，整肃排列。法场中央一个临时堆砌的高台上，坐着威严冷峻的卫鞅。景监车英肃然站立在长案两侧。长案前两排黑衣官吏，则是从各郡县远道赶来的郡守县令。高台下密密麻麻排列的一千余人，则是秦国所有的里正和族长。所有人都沉默着，偌大的法场只能听见风吹幡旗的啪啪响声。

郿县令赵亢匆匆走到高台前低声禀报："左庶长，人犯亲属要来活祭。"

卫鞅道："命令人犯亲属远离法场，不许搅扰滋事，否则以扰刑问罪。"

赵亢又匆匆走到法场外宣示左庶长命令。法场外的罪犯亲属们第一次露出了惊恐的神色，垂头瘫在草地上无声地哭泣着。历来法场刑杀，都不禁止亲友活祭，如何这秦国新左庶长连些许仁义之心都没有？未免太无情也。其余看热闹的万千庶民也都一片寂静，全然没有以往看法场杀人时的纷纷议论。人们在如此巨大的刑场面前，第一次感到了国家法令的威严，感到了这个白衣左庶长的强硬与无情，竟全然不若人们原先议论想象的那么软弱，竟敢摆如此骇人的法场！忠厚的农夫们想起了三月大集上的徙木立信，不禁相顾点头，低声叹息："咳，也是自作孽，不可活。"

太阳升起三竿时，景监高声下令："将人犯押进法场！"

车英一摆手中令旗，两千骑士让出一个门户，一队长矛步卒分两列夹持着将长长的人犯队伍押进法场。人犯们穿着红褐色的粗布衣裤，粗大的麻绳拴着他们的手脚，每百人一串，缓缓蠕动着走向法场中央。四野高地上的民众鸦雀无声，他们第一次看见如此成群结队的"赭衣"，第一次看见战场方阵一般的红巾短刀行刑手，每个人的心都不禁簌簌颤抖起来。赭衣囚犯们再也没有了狂妄浮躁，个个垂头丧气面色煞白。最头前的是孟西白三族的族长和二十六个里正，以及戎狄移民的族长们里正们。他们都是六十岁上下的老人，一片须发灰白的头颅在阳光下瑟瑟抖动。他们中的每一个都曾经在战场厮杀过，为秦国流过血拼过命。直到昨天，他们还对晚年的生命充满了希望，相信栎阳会有神奇的赦免，相信秦国绝不会对孟西白这样的老秦人和穆公时期的戎狄老移民大开杀戒，不相信一个魏国的中庶子能在秦国颠倒乾坤。

此刻，当他们从一片死一样沉寂的人山人海中穿过，走进杀气弥漫的法场，他们才第一次感到了这种叫做“法”的东西的威严，感到了个人生命在国家法令面前的渺小。当他们走到濒临河水的草滩上，面前展现出一片密密麻麻的木桩，每个木桩上都写着一个名字，名字上赫然打着一个鲜红的大勾时，他们油然生出了深深的恐惧，双腿发软地瘫在草地上。在战场上的刀光剑影中，他们每时每刻都有可能血溅五步，变成一具尸体，但是却没有一个人感到畏惧，没有一个人想到退缩。照民谚说，人活五十，不算夭折。而今六十岁已过，死有何惧？人同此心，心同此理。但是却没有一个人能克服这种恐惧，能自己站起来。

两个兵卒将为首的孟氏族长孟天仪，夹持起来靠在木桩上。老族长似乎终于明白过来，白发苍苍的头颅靠在木桩上呼呼喘息。突然，他挺身站起，嘶声大喊：“秦人莫忘，私斗罪死耻辱！公战流血不朽！”喊罢纵身跃起，将咽喉对准木桩的尖头猛然跃起斜扑。只听“噗”的一声，尖利的木桩刺进咽喉，一股鲜血喷涌飞溅！孟天仪的尸体顿时挺挺地挂在了木桩上。

刹那之间，孟西白三族的人犯一片大嚎，挺身而起，嘶声齐吼：“私斗耻辱，公战不朽！”纷纷跃起，自撞木桩尖头而死。

喊声在河谷回荡，四野山头的民众被这闻所未闻见所未见的刑场悔悟深深震撼，竟然冲动地跟着喊起来：“私斗耻辱！公战不朽！”喊声中夹杂着一片哭声，那是圈外人犯亲属们的祭奠。

变起仓促，景监大是愣怔。卫鞅点头道："临刑悔悟，许族人祭奠，回故里安葬。"

景监顿时清醒，高声宣示了卫鞅的命令。围观民众哗地闪开了一条夹道，孟西白三族剩余的女人和少年冲进法场，大哭着向高台跪倒，三叩谢恩。

卫鞅冷冷道："人犯临刑悔悟，教民公战，略有寸功。祭奠安葬，乃法令规定，卫鞅有何恩可谢？今后不得将法令之明，归于个人之功，否则以妄言处罪。"

法场的万千民众官吏尽皆愕然。不接受称颂谢恩，还真是大大的稀奇事情。此人是薄情寡义，还是执法如山？一时谁也不敢议论。

"开始。"卫鞅低声吩咐。

景监命令："人犯就桩，验明正身——"

车英在人犯入场时已经下到法场指挥，一阵忙碌，驰马前来高声报道："禀报左庶长，七百名人犯全部验明正身，无一错漏！"

卫鞅点头，景监宣布："鸣鼓行刑！"

车英令旗挥动，鼓声大作，再举令旗："行刑手就位！"

七百名红巾行刑手整齐分列，踏着赳赳大步，分别走到各个木桩前站定。

"举刀——"

"刷"的一声，七百把短刀一齐举起，阳光下闪出一片雪亮的光芒。

"一,二,三，斩！"

七百把厚背大刀划出一片闪亮的弧线，光芒四射，鲜血飞溅，七百颗人头在同一瞬间滚落在绿油油的草地上。四野高地上的人山人海几乎同时轻轻地"啊——"了一声，就像在梦魇中惊恐地挣扎。蓝幽幽的天空下，鲜红的血流汩汩地进入了渭水，宽阔的河面漂起了一层金红的泡沫，随着波浪滔滔东去。炎炎烈日下，血腥迅速弥漫，人们恶心呕吐，四散逃开。

一只黑色的鸽子冲上天空，带着隐隐哨音，向东南方向的崇山峻岭飞去。

五　哑巴武士做了贴身护卫

回到栎阳，天色已黑了下来。卫鞅稍事整理，立即去见秦孝公。

国府很安静，很空旷，一片清爽，全然没有夏日的燥热烦闷。月上城楼时分，庭院里洒满月光。院中石案上，铺着一张大图，秦孝公正在图上摆弄几个不同颜色的木头人，时而皱眉，时而点头，反复摆弄，痴迷一般。郿县大刑场朝野震惊，他却没有去郿县，也没有离开栎阳。一个月里，他没有会见任何朝臣，一直把自己关在书房庭院里琢磨有可能出现的各种变化。他的静处不动，用意很深。一则，他要和这场空前的大刑杀保持表面上的距离，以防万一出现不测，他好出面收拾局面。二则，他要看一看，没有他的出面，卫鞅处理危局的才干究竟如何？三则，他要仔细掂掂，秦国民众对改变旧制实行新法的承受力究竟有多大？变法还能不能按照原有力度往前走？四则，他要给朝野一个印象，没有卫鞅在栎阳，国君不会对国事发出任何命令。这些用意之外，他也希望栎阳的宗室贵族元老勋臣们对他的意图纷纷猜测，疑惑不定，延迟和淡化所有可能的上层骚乱。政治如同用兵，有时候也是一种“诡道”，需要权谋机变，胜利是唯一的目标。关键时刻制造扑朔迷离的局面，从而迷惑潜在的敌人，是度过危机的高明谋略。但是，制造扑朔迷离的权力拥有者自己却需要极度的清醒，绝不能陷入自己制造的迷雾之中。归根结底，政治的胜负是需要实力较量的。秦孝公在一个月里，精心揣摩的一件事，就是预防卫鞅不可能抵挡的那种普遍动乱。他用短剑削出一堆小木人，涂上各种颜色，在秦国大图上反复摆置，预想出有可能出现的种种动乱方式，以及可以采取的各种平息方略。

月亮很亮。他对着地图上的木人，陷入深深的思索。

“君上，左庶长求见。”黑伯低声禀报。

“噢？左庶长？他回来了？快请。”秦孝公笑笑，终于回过神来。

卫鞅匆匆走进：“臣卫鞅，参见君上。”

秦孝公笑道：“左庶长辛苦了。黑伯，上茶。月色正好，就在这儿说。”指着一个石礅，“坐，比草席凉快多。”自己也在另一个石礅上坐下来。

卫鞅坐下，看看石案上地图上的木人阵势，沉吟道：“君上，有迹象么？”

“没事。我是做万一之想。说说郿县事。”

卫鞅喝了一盏茶，便从孟西白三族和戎狄移民争水说起，详细讲述了械斗原因和经过以及死伤人数，又讲了审理人犯中“接受”的礼物，一直说到法场上孟西白三族人犯的悔悟与自杀，最后道：“君上，一次刑杀七百人犯，确实是旷古未有。臣也忐忑不安。然则孟西白族人的悔悟，使国人深为震撼，臣亦感到意外。有此一条，足以说明邪不胜正，罪不抗法，国人不会由此而动荡。”

秦孝公长嘘一声：“国人庶民好办，我担心的是栎阳，是宗室庙堂。”

“君上，臣之见恰恰相反。”卫鞅笑笑，“只要民众稳定，拥戴新法，宗室庙堂的作祟势力再大，也翻不了大船。”

“何以见得？”

“国家之根本在民众，国家之力量亦在民众。只要民众守法自律，庙堂蟊贼就没有力量兴风作乱。纵然作乱，也可从容应对。君上以为然否？”

秦孝公沉吟道：“宗室贵族和元老勋臣都有封地，封地内的民众都是依附隶农，素来以宗主号令是从，安知他们没有力量？”

“君上所虑极是。下一步就是要剥夺宗主贵族的这部分力量，教所有的民众都直接听命于国府，让任何叛逆都无所施展。”

“噢？请道其详。”秦孝公有些兴奋。

“废井田，开阡陌，除隶籍，改封地，此所谓釜底抽薪也。”

秦孝公沉默品味有顷，拍掌笑道：“好！连接得好。冬天以前能铺开除籍、夺地这两件大事，秦国就度过了倾覆之危。左庶长再说说仔细。”

卫鞅便将第二批法令的内容、目标及推行办法说了一遍，秦孝公又提出了许多应该注意的民情国情，两人商议到三更天方散。临走时秦孝公反复叮嘱，要卫鞅专心致志地操持变法大计，不要为宗室庙堂的骚动分心，这种事有他一力支撑。

回到府中，卫鞅吩咐景监即刻清理在郿县“接受”的奇珍异宝，送到秦孝公书房。景监刚刚出门，仆人来报，说门外有故人求见。卫鞅感到诧异，自称故人，莫非侯嬴？出得大门外一看，月光下站立者正是侯嬴。卫鞅拱手笑道：“月夜故人，果是侯兄。走，进去说话。”拉起侯嬴的手就走。侯嬴笑道：“鞅兄莫忙，原是我要请你去做客。”卫鞅笑问：“有事么？”侯嬴揶揄笑道：“没事就不去了？”卫鞅爽朗大笑：“哪里话来？走。”回头对府门卫士头领吩咐道：“领书回来，就说我出去办件事。”便和侯嬴一路笑谈而去。

到得渭风客栈，侯嬴吩咐摆酒。热气腾腾的秦地肥羊炖一上来，卫鞅就兴奋搓手，连连叫好。侯嬴吩咐道："还有凉拌苦菜，不要忘了。"黑衣仆人点点头，轻步退出。卫鞅一瞥，笑道："侯兄，他就是我第一次来栎阳，在客栈门口见到的那个武士？"侯嬴一笑："鞅兄好眼力，是他。"卫鞅道："是个哑人？"侯嬴点点头："没错。一个身怀绝技的哑人。"卫鞅叹道："真是难为他也。"说话间酒菜上齐，侯嬴举爵道："来，为鞅兄一鸣惊人，干！"卫鞅举起酒爵，却不禁笑道："一鸣惊人？侯兄是说一杀吓人吧。"侯嬴噗地笑了："也是，确实吓人一跳。"卫鞅揶揄道："还别说，也吓了我一大跳。"两人同声大笑，"当"地一碰，一饮而尽。卫鞅夹了一口苦菜咀嚼，赞道："还是苦菜烈酒，见得本色。"侯嬴喟然一叹："本色自然好，却谈何容易？"

卫鞅："侯兄，你是有事对我说？"

侯嬴："对，受人之托也。这是白雪姑娘的信，前日送来。"

卫鞅惊喜地接过铜管，启封打开，抽出一卷白绢，熟悉的字迹顿时跳跃起来。白雪的字不是寻常女儿家那般娟秀娇小，却是挺拔飞动，峻峭清奇，等闲名士也难以望其项背。每每看见白雪的字迹，卫鞅就仿佛看见白雪活生生地站在他面前说话一般：

> 兄台如面：渭水大刑，震动天下，君当缜密思虑，谨慎应对。我在安邑甚好，常在涑水河谷闲住。盼能早日赴栎阳与君相聚。思君念君，此情悠悠。白雪手字。

卫鞅沉默良久，抬头道："侯兄，上次我已带信，请小妹过来的……"

侯嬴叹息道："白姑娘有心人。她说，变法初期不能扰你心神。"

卫鞅举爵大饮，慨然一叹，却是无话。

“我看，明年夏秋时光，白姑娘差不多可以来了。”

卫鞅点点头：“那时，变法当可以立于不败了。来，侯兄，再干。”

侯嬴放下酒爵：“哎，鞅兄啊，我也赶到郿县去看了大法场……我想到了一件事，你的身边要有个贴身护卫。”

“贴身何用？”卫鞅笑道，“车英的两千骑士足矣，贴身护卫岂非蛇足？”

“不然不然。”侯嬴摇头，“执法权臣，万民侧目。这个古训不能忘记。鞅兄力行变法，重刑惩恶，此中生出的明仇暗恨，当真是层层叠叠。譬如郿县大刑中斩决了三十余名疲民游侠，这些人与列国游侠剑士皆有交谊。此等人本无正业，可以耗费终生，处心积虑地复仇扬名，防不胜防。铁甲骑士可以当大敌，却不能防刺客。而权臣之患，不在正面大敌，恰在背后冷箭。鞅兄须听得人劝也。”

卫鞅沉默有顷，沉吟问道：“莫非侯兄要……给我一个贴身护卫？”

“对。我正是要给你举荐一个武士。”

“是那个——黑衣哑人？”卫鞅目光炯炯。

侯嬴大笑：“鞅兄啊，鞅兄，和你说话真是省力，想听听他的故事么？”

卫鞅点点头：“好，先干一爵再说。”

两人各自大饮了一爵热酒，侯嬴掷爵一叹，感慨地说起了一段奇遇。

十八年前，侯嬴奉白圭之命，在楚国收购竹器向魏国运输。

有一天，他来到郢都官市，寻访一个手艺极高的竹器工匠。曲曲折折，不意走进了郢都“人市”。那时，中原各国虽然也还有官奴、私奴和隶农，但官办的奴隶市场早已经消失了。尤其是魏国，李悝变法前三年，奴隶市场便被取缔。侯嬴在中原还真没见过买人卖人的“人市”。郢都的“人市”很大，在城角一片旷野里，和秦国栎阳的南市大集差不多。各种奴隶分别被拴在粗大的麻绳圈里，任人评点挑选。侯嬴从市人的谈笑中得知，楚国“人市”买卖的奴隶，绝大部分是贵族私家军队攻破“山夷”部落得到的战俘。战胜贵族在战俘面颊上，烙下一个自己家族特有的标记。如果买去的奴隶与所标明的能力体力有较大差距，或者是个病人，则买主可以凭奴隶烙印找到卖人的贵族退换或退钱。

侯嬴漫步过市，却被一顶帐篷门口的叫卖声吸引。一个管家模样的胖子大声吆喝着：“快来买家奴啦，不是山夷，是叛逆罪犯啦——”过往贵族纷纷拥进帐篷，侯嬴也跟了进去，想看看是何等罪犯竟上了人市？进得帐篷，只见木桩上拴着一男一女和一个少年。管家拧着男人光膀子上的肌肉高声道：“列位请看，这男奴的肉像石头一样啦，食量大，力气大，足足顶半头水牛啦！买回去耕田护院，一准没错的啦。”说完又一把扯开女奴胸前的白布，揉摸着女人的胸部高声吆喝：“列位再看这母货啦！又肥又白，奶子又大，识得字，能干活，还能陪床啦！”说着掀开女人的粗布短裙，亮出女人丰满修长的大腿和浑圆雪白的屁股，啧啧赞赏，“来，看看，摸摸，有多光！前后上下由着主人，保你乖得像一只母狗啦！”说话间气喘吁吁，口水滴到了女人的大腿上，伸手一抹，“啪”地在女人大腿上拍了一掌，笑问周围，“如何？够味儿吧？”有人喊道：“那个小东西，有何长处？”管家忙不迭走到少年面前，掰开少年嘴巴道：“这个小东西当真宝货啦！割掉舌头的活工具，能听不会说，任凭驱使啦。列位请看，有牙无舌，不假啦！”便有人高声问：“开价几何？”管家气喘吁吁道：“便宜啦，三连买，五百金！单个买，每个二百金！”便有逛市的贵族纷纷凑上前去，摸摸捏捏，评头品足讲价钱。侯嬴看着，觉得心里老大不舒服，悄悄挤出了帐篷。

两个月后的一天，侯嬴在郢都外的山林里踏勘竹源，却突然听见林外传来尖锐的女子喊声。侯嬴疾步走出竹林，只见山坡上的茶田里，一个衣饰华丽的贵族正在从背后强奸一个女奴，女奴脖颈和双手都拴着铁链，趴在地上不断呼救。旁边两个被铁链拴在树上的奴隶，愤怒地呼喊挣扎。仔细看去，却正是那天在人市上遇见的三个奴隶。

侯嬴怒火中烧，冲到茶田，一剑刺死了那个作恶的贵族，又解开了拴在树上的男人和少年。三人一齐跪在地上哭喊谢恩。侯嬴扶起他们，将手中的钱袋递给男子道："这是二百刀币，你们拿上，逃到深山里安家去吧。"男子连连摆手，咬牙沉默。女人哭道："客官不知，我夫君本是楚国将军，只因在攻打山夷时放走了几百名战俘，被令尹判罪，全家没入官奴。如今烙上了官印，逃到哪里都是死路。只求客官带走我的小儿子，给将军留个根苗！"说罢，搂着少年放声大哭。少年嗷嗷怒吼，将铁链在石头上摔得当啷乱响。侯嬴向男子深深一躬："将军宅心仁厚，可愿跟我侯嬴到魏国去？"男子沉重地摇摇头："我一走，族中剩余人口就会被斩尽杀绝。谢过客官了。我姓荆，小儿叫荆南。此生无以为报，来生当为客官做牛做马。"侯嬴含泪拱手道："荆将军放心，侯嬴定保荆南无忧。"

夫妇二人再次向侯嬴跪地三叩，站起身来，相互拥抱，一起向山石上猛力撞去！侯嬴不及阻挡，眼见二人鲜血飞溅，当场死去了。奇怪的是，那个脚上拴着铁链的少年却没有哭喊，站在那里像一块石头。侯嬴想挖个土坑埋葬了将军夫妇，少年却拉住他的手默默摇头。侯嬴恍然大悟，罪犯奴隶逃亡，举族要受杀戮，留得尸体，可保族人无事。侯嬴不禁惊叹少年的机警聪敏，二话没说，拉起少年就走。

在一个信得过的铁工作坊里，侯嬴为小荆南取掉了脚上的铁链，又将他化装成一个女孩子，才随着运送竹器的车队回到了安邑。

卫鞅感慨叹息："一个人殉，一个奴隶，害了人间多少英雄？"

"这个小荆南天赋极佳。我一直将他带在身边，教他剑术，教他识字，任何一样，都是一遍即会。在安邑第二年的夏天，当时他只有十三岁。有一天夜里，他正在庭院练剑，却突然失踪了。留下的只有一个竹片，上面写了四个大字——借走荆南。你说奇也不奇？"侯嬴饮了一爵热酒，又慨然道，"十二年后，也就是五年前，荆南居然找到了栎阳城这座客栈。我从他的比划中知道，原来是一个老人带他到一座神秘的大山中修习剑道。十二年后，老人认为他已经学成，就让他到秦国找我。我问他这个老人是谁？他只比划是个好人。你道奇也不奇？"

卫鞅思忖有顷："寻常游侠不可能。据我所知，天下以如此方式取人者，大体只有两家，鬼谷子一门，墨家一门。"

"鞅兄以为，究竟何门？"

"墨家。大约不错。"

"何以见得？"

"鬼谷子一门，文武兼修，政道为主，极少取纯粹的武士。墨家则不然。虽然真正的墨家弟子，也都是文武兼修。但墨家却有一支护法力量，叫非攻院，专一训练剑道高手。荆南更接近墨家这个尺度。"

侯嬴哈哈大笑："墨家是个学派，要这护法队伍何用？"

卫鞅摇头感慨："侯兄所言差矣！墨家可是非同寻常，与其说墨家是个学派，毋宁说墨家是个团体。自老墨子创立墨家，以天下为己任，以兼爱非攻为信念，主张息兵灭战、诛杀暴政、还天下以和平康宁。如果仅仅是一种学派主张，也还罢了。墨家的特立独行处，在于他不求助于任何诸侯或天子，而是依靠自己的力量息兵止战，消灭暴政。墨家的入室弟子非但满腹学问，且个个都是能工巧匠，个个都有布防御敌的大将之才。就是非攻院的习武弟子，也个个都是剑道高手。更令天下学派望尘莫及者，墨家法纪严明，人人怀苦行救世的高远志向，粗食布衣，慷慨赴死，留下了无数可歌可泣的业绩。墨家能够横行天下，不受任何邦国制约，反倒使许多好战之国视为心腹大患，凭的不仅是学问，而且是实力。你说，如此一个团体，能仅仅将他当做学派看待？”

“如此说来，荆南你是要了？”

“他为人如何？”

“深明大义，忠诚可靠。几年来一直是客栈和白姑娘的联络人。”

卫鞅思忖有顷：“好，也有助于墨家了解秦国变法的实情。我推测，墨家早已经瞄上秦国了。”

“何以见得？”

卫鞅笑道：“墨家是天下有名的反暴政者，岂能对渭水刑杀无动于衷？”

侯嬴揶揄道：“看来天下还真有狗逮耗子的事。”

卫鞅大笑：“好！将荆南请来。”

侯嬴啪啪啪连拍三掌，一个黑衣大汉推门而入，对侯嬴深深一躬，比划了一个手势，肃然站立。侯嬴道：“荆南，这位先生，是秦国左庶长卫鞅。你去做他的贴身护卫，如何？”荆南闻言，流露出钦佩的眼光，一阵手势，向卫鞅深深一躬，脚跟一碰，啪地站直身子。侯嬴道：“他说，愿为大人效力，誓死追随。”卫鞅拱手笑道：“壮士不怕我是暴政恶吏？”荆南满脸涨红，一阵比划，喉头中低沉地呜呜哇哇。侯嬴道：“他亲自看过了渭水法场，杀的都是为害一方的恶人。他如果是你，也要杀这些犯罪的坏人。”卫鞅慨然一叹，拱手道：“多谢壮士，日后烦劳你了。”刹那之间，荆南眼中闪烁出晶莹泪光，扑地跪倒，咚咚三叩，从怀中掏出一块白布，双手递给卫鞅。卫鞅抖开，只见上面赫然写着一排血字——“秦国将废奴除籍真假？”

卫鞅认真地点点头。荆南嘴角一阵抽搐，突然放声大哭了。

六　两样老古董：井田和奴隶

进入九月，秦国又沸腾了起来。

往年，秋收过后再种上麦子，就一天天冷了。白茫茫的一片秋霜过后，秦人就进入了漫长的窝冬期。直到来年二月，人们才从土窑里茅棚里瓦房里的火炕头走出来，度春荒，备春耕。通常年景，这小半年没有战事，没有徭役，没有劳作，几乎就是整个国家的冬眠期。那时候的人，活得简约，凝重，洒脱。一切大事，都是从春天开始，到秋天结束。夏日酷暑，冬天冰雪，人们就蛰伏下来，极少在手脚不舒展的时候做大事。也因为这一点，孔夫子才把他记载的历史大事命名为《春秋》。于是就有人说，那时的人，还不知道一年分为四季，只知道春秋两季。其佐证之一，就是在古书上找不到夏天和冬天的事情。烦琐细冗的后人忘记了，那时候的天象观测已经能发现天上的大部分星体并记载下来，还能发明二进制的《周易》八卦，历法已经能把一年确定为三百六十五点二五日，如何能对一年仅有的四次气候变化浑然无觉？

说到底，是后人忘记了先民的睿智和雍容大器——蛰伏之期，何足道哉！

秦人的蛰伏传统，却被卫鞅的新法令搅乱了。因为在冬天来临之前，秦国要全面推行新田法。有什么能比土地更揪人心的？土地非但是农人牧人的安身立命之本，就是宗室贵族和勋臣元老也有自己的封地和依附的隶农，国家官府也有山林水面和耕地，许多商人和工匠也有祖先留下来的土地。推行新田法，重新分配土地，朝野上下真正是奋激起来了。比起第一批法令颁布后的骚动和怨气，这次要平静许多，但却也深刻了许多。人们从渭水法场看到了国府变法的强硬决心，开始真正相信新法令的威严了。最要紧的是，勤劳忠厚的农人牧人和国人，都感到了惩治疲民和私斗治罪后骚扰绝迹，村族邻里大为安定的好处，从内心开始真正地拥戴变法了。春夏间甚嚣尘上的朝野怨声，随着秋季的到来，渐渐平息了下去。推行新田法，民众更多的是兴奋和忐忑不安，封地贵族则更多的是忧虑。

对于卫鞅的左庶长府，秋天是个更忙碌的季节。

废除井田而推行新田制，是全部变法的轴心环节，也是变法成败的根本基石。全府上下从八月便开始紧锣密鼓地筹备，国府各官署的吏员在左庶长府穿梭般出出进进，信使探马流星般往返于栎阳和各郡县之间。卫鞅的书房彻夜灯光。国事厅里，景监带着文吏班子昼夜连轴转。面对这千古大变，要做的事情是太多了。

井田和奴隶，是两样老古董。从五帝最后一个的大禹到春秋战国，几近三千年以来，井田制和奴隶制一直巍然矗立，是近古华夏社会框架的泰山北斗，是中央王室和诸侯国家的柱石。井田制和奴隶制共生共存，井田制是奴隶制的框架，奴隶制是井田制的依附。要明白这两样老古董，得先说说井田制。

井田制的始作俑者，是治水的大禹。远古之时，华夏大地是洪水时代，气候湿热，百川横溢，大大小小的河流山溪，都是漫无目标地相互冲击流淌，在山原大地上搅成了无数个巨大的漩涡。遍地汪洋，人们仓皇地逃离茅屋、城堡和土窑，躲避到高高的山洞和树林中去。农耕、放牧、制陶和狩猎的土地，全部沦为水乡泽国。如果不能驯服洪水，整个华夏大地上的先民就会倒退回茹毛饮血的远古之世，与林间百兽争生存。幸运的是，当时的部落联盟首领是伟大的舜帝。舜没有被洪水吓退，而是决然命令嵩山族领禹担负起治水的使命，而以秦人部族首领大费、殷商族领契、周人族领后稷共同为禹的辅佐。禹，是一个寻常人无法想象的治水天才。他抛弃了祖祖辈辈“遇水土屯”的堵截治水法，发明了“疏导水流，尽入大海”的伟大方略。他说服逃到高山上的部落首领，请他们的族人自带干粮干肉，和他一同疏导洪水。十三年栉风沐雨，三过家门而不入，禹的两条大腿上磨起了厚厚的老茧，治水的民众也死伤了千千万万，终于使百川入海，洪水被制服了。

禹的伟大业绩人人传诵，天下都叫他大禹。这时候，舜帝老了，大禹做了先民们争相拥戴的首领。大禹死后，他的儿子启建立了第一个国家，国号是“夏”。

洪水消退，大地显露出来。洪水夹带泥土，填平了沟沟壑壑，冲积出大片平原土地，一望无边，平平展展。人们从山林中走出来，争相占领肥美的土地，厮杀拼打，乱得不可收拾。可是，大禹是第一个开邦君主，坚定果敢，没有在混乱和争夺面前退缩，而是决意建立一种能使人们和谐共处的耕作秩序。他发明了一种耕作方式，叫做井田制。就是在广袤平坦的肥沃平原上，将土地划成无数个“井”字形的大方块，每八家一“井”，中间一块土地是公田，由八家合力耕种，收获物上缴国家。八家唯一的水井，在公田中央位置。人们每天清晨前来打水，顺便就在井边交换剩余的物品。八家田地（一井）的周围，是灌溉的水渠和道路。十井一里，十里一社，人们在平展展的田野里组成了互不侵犯的相望里社。那时人口不多，大大小小的冲积平原划出的方方正正的井田，足够当时的人口居住耕耘了。

那时，井田制是一种伟大的发明。它把零散无序的农人们编织在一个框架里，使他们同心协力耕作，抵御灾害，和谐相处，收获的东西也越来越多。然而也有抢掠成性的部族不守规矩，仍在依靠暴力杀戮，抢夺其他部族井田里的粮食、牲畜和财产。大禹就在会稽山大会诸侯（部族首领），公然杀了不守井田规制且会盟迟到的防风氏，宣布建立永远不解散的军马，专门对破坏井田秩序的部族进行讨伐。

从此，井田制真正站稳了脚跟。

可是，平民农夫（自由民）分得的井田，只能耕种，不能买卖或做任意处置。用后人的话说，就是“国有私耕”。《诗经》说“普天之下，莫非王土。率土之滨，莫非王臣”，说的正是井田制时代的人地关系。国王在需要的时候，可以没收平民农夫的耕田赐给别人。在平民犯罪时，更是理所当然地没收田产，甚至包括将犯罪者及其家人也没收为官府奴隶。也就是说，土地的处置权在中央官府。平民耕种的井田，永远不可能像真正的私有财货那样转让和继承，自然更谈不上自由买卖。

井田制还有一个孪生的制度，就是奴隶制。

那时候，国王、诸侯（部族首领）和大小族长，都拥有大片土地（封地），这就是私家井田。这种私家井田，主人对土地虽然也没有名正言顺的最终处置权，但却比平民仅有的耕作权大大进了一步。只要豪族主人（领主）不犯罪，不招天子讨伐，不在战争中失败，这些土地实际等同自己的私有财产，可以转让、赠送甚至买卖。有了土地，就得有人耕种。国王、诸侯和族长，就把战俘、罪犯以及因各种原因依附于他们的穷困庶民，强力安排在自己的土地上耕耘。这些劳作者便是奴隶。“奴隶”一词，春秋战国已有，只不过不常为人用罢了。《后汉书·西羌传》记载了一个春秋秦国的奴隶逃亡故事，开首云：“羌无弋爰剑者，秦历公时，为秦所拘执，以为奴隶……羌人谓奴为‘无弋’，以爰剑尝为奴隶，故国名之。”这个无弋爰剑，便是无数的奴隶之一。奴隶主除了给耕耘者留下仅够生存的物品，收获物必须全部上缴土地主人。国王和大大小小的诸侯、封主、族长及其家人，正是依靠从这些“奴隶井田”和自由农夫的公田缴来的收获物，维持着军队、官吏和舒适富裕的生活。官私井田的劳动者奴隶，也叫做隶农。他们没有官府承认的自由民身份，官府“料民”（户籍登记）也不登记他们入册。他们的身份只存在于豪族主人（领主）的“奴籍”之中。来源于战俘和罪犯的奴隶，脸上还烙有或刺有主人家族特有的徽记，即或脱逃，也无处容身。世世代代，奴隶们只能在主人的井田里无偿劳作。奴隶耕作的私家井田与自由民的井田，唯一的不同是，私家井田的中央只有水井而没有公田。千百年下来，井田制和依附在井田制上的奴隶制，已经成为密不可分的一个整体。就土地数量而言，自由民耕作的（有公田与自耕田之分的）那种典型的井田，所占有的土地数量，远远少于由隶农耕种的私家井田。后来，私家井田渐渐地获得了国王认可，被称为“封地”，也就是封赐给贵族的个人土地。

这种被强力禁锢于井田中的耕作奴隶（隶农），是奴隶制的最主要部分。

另一种奴隶，是劳工奴隶。这种奴隶分为官府奴隶和家庭奴隶，来源也是战俘、罪犯家属及穷困沦落者。官府奴隶除了做仆役外，就是在官府工程做苦役。

又经过了殷商六百多年，西周春秋六百余年，随着人口增多，商品交换的发达，土地质量恶化以及频繁的战争、政变等等因素，自由民的土地越来越少，隶农依附的私家井田越来越多，社会重新出现了人欲横流的无序争夺，井田制已经是千疮百孔了。这时候，一些官吏家族用强力掠夺、金钱买卖、没收罪犯等手段，巧取豪夺了大量土地，成为许多诸侯国的新兴地主势力。另有一部分大商人也用金钱买得了大量土地与依附奴隶，同时成为新兴地主。新兴地主占有大量土地与人口，日渐主宰了许多诸侯国的政权，对“王权——井田——奴隶”这种旧的存在方式形成了巨大的威胁。新兴地主要创造出私家政权的基础，就要不断扩大自由平民的数量，就要使土地成为可以流动的财富。而旧的王权要维持自己存在的基础，就要使“民不得买卖”的井田制固定下来，使流动的土地重新变成凝固于井田框架的“王土”，否则，天下便不能安宁。

这种大争夺导致了长期的大动荡，导致了连绵不断的杀伐征战，天下大乱了。

于是，诸多有识之士提出了各种救世主张。儒家坚定地主张恢复井田制，孔子直到孟子，儒家奔走天下数百年，为此不懈呼吁。道家的老子提出了“小国寡民”、“鸡犬之声相闻，老死不相往来”的返古主张，事实上也赞同恢复井田制。

新出现的地主贵族和法家人物，却极力反对回到古老的井田制。他们主张废除井田制和隶农制，建立一种更能激发农人勤奋耕作的新田制，建立一种能够使新地主依靠财富自由扩大土地的新土地制度，这就是“民得买卖”的土地私有制。

然则，说归说，吵归吵，真正动手实现新田制的，却只有魏国李悝变法所推行的半新半旧的“五成田制”。李悝只在自由民耕种的井田和魏国的公室井田上实施了“田得买卖”，废除了封地隶农。对魏国境内举足轻重的旧贵族的私家井田，仍然保留着封地（私家井田）和隶农。其他像楚国、齐国、韩国、赵国或多或少的变法，都没有超过魏国的限度。燕国和秦国两个老牌诸侯国，更是没有对旧的井田制作任何触动。剩余的三十多个小诸侯国，更谈不上废除井田制了。

事实是，直到秦国变法，井田制事实上没有在任何一个国家真正地彻底废除。

而今，卫鞅要在秦国彻底废除井田制，随之必然结束奴隶制，如何能不引起朝野震动？如何能不引起依靠封地养尊处优的贵族们的惶恐不安？

七　白氏老族长搬动了大靠山

事情还是从郿县生出来的。这次是白氏部族领头。

说起白氏部族，在栎阳做将军的白缙一支是嫡系正宗。但这正宗嫡系的白氏，人口却很少，只有三百余口。在秦献公以前，所有的白氏旁系都居住在郿县，人口逾万，整整二十三个大村（里）。秦献公东迁栎阳，将郿县的孟西白三族老秦人各迁往东部一半，形成了“西白”与“东白”，其他两族也一样。在孟西白三族中，白氏部族的传统最为勇武厚重，在秦军中有许多中下级将领和军吏，老秦人甚至流传有“无白不成军”的说法。另一面，白氏部族又很擅长农耕，对侍弄土地有特殊的禀赋。有人说，白氏部族是农神后稷的传人，天生的种田人。无论在郿县，还是在秦东，只要在白氏族人居住的地面上发生了和土地耕耘有关的大事，历来离不开白氏部族的参与。

旁系白氏部族有两个族长，一个是“西白”的白龙，一个是“东白”的白虎。年轻时候，白龙白虎都是秦军中赫赫有名的千夫长。在秦献公时期，和魏国争夺龙门要塞的激战中，白龙断了一条右臂，白虎断了一条左腿，不得不离开军旅。倏忽二十多年过去，两人都成了白发苍苍的老族长。白龙处事狡黠精细，白虎则憨猛粗率。上次孟西白三族和戎狄移民争水恶斗，白龙大不以为然，说是“挺着脖子往刀口上送，张着大嘴往风头上呛”，不主张和新法令硬上。结果虽然拗不过孟族和西乞族以及本族人众的嚷嚷，派出了一百来人参与“作战”，但却都是女人和少年，他自己也没有去。虽然当时大大得罪了两族人众，但在渭水大法场后，孟族和西乞族的老族长都在法场上悔悟自杀，唯一留下来的白龙，便赢得了族人极好的口碑，隐隐然成了郿县孟西白三族的轴心。

然则，白龙却变得郁郁寡欢起来。当初，他不主张和戎狄移民械斗，并不是拥戴新法，而是觉得风头不对。渭水大法场之后，他感到新法太严酷，心中老大不是滋味。如今又要废除井田封地，他无论如何是忍不住了。

这得说说井田制的废除方法。

井田制下，农户各家的城外房子都在自己的田里，分散居住，遥遥相望，才有所谓的“鸡犬之声相闻，老死不相往来”之说。官府所谓的“里”与民人口中的“村”，指的只是一个治理区域，而没有集中的居住地。废除井田则要来一番大折腾。首先，农户（不管是自由民还是依附隶农）要从井田里搬出来，在不能耕种的山坡或荒滩集中盖房子居住。一拆一迁一盖，对农人来说，都是了不得的大事。其次，井田中原来的庄基地和原来的田界以及原来的车道、毛渠道，都要开垦出来合并成耕田一并分配，合起来叫“开阡陌”。虽然，后世大儒朱熹考据“开阡陌”之“开”为开买卖之禁，而不仅仅是开渠开路。然在变法之初，开渠开路开田界还是最主要的。原先分散在田中居住，各家的院子和打谷场都很大，占了很大一部分可耕地。私田之间，地界很宽很高，几乎和小路一样，也占去了一部分可耕良田。更占地的是纵横田间的车道。春秋和战国初期的战争是车战，战车又是农家自造（每十户或更多，出一辆战车）。所以在田野里必须留出战车道路。更有大规模车战碾出的道路和毁坏的田野。这些又占去了许多良田。如今要农人搬出田野，以里为单元集中居住，将田中的车道、地界、庄基场院和废弃的渠道统统开垦出来，变为良田重新分配。这样，一方面是节省土地（集中居住的村庄占的是荒地），一方面是大量增加土地。一正一反，秦国的土地资源便大大丰富起来。但是这一拆一迁、集中成村、开垦路界、重新分地，人力财力大折腾，引出的利害冲突可当真不少。

白氏部族的不满，尚不在这些表面冲突之中。

以孟西白三族在乡间之间的势力与影响，他们不会担心在拆迁聚居和重新分配中折损了自己的物事，他们的好田好地不会因为新法而减少，反而会增多。他们都是殷实的老族农家，寻常农户在拆迁搬家中的艰难对他们并不构成威胁，也伤不了他们的元气。白氏部族的不满，不在寻常农家的这些琐碎担忧，而在他们的特殊地位将在新田制中失去。

郿县的孟西白三族，都是贵族血统的自由民，向来被秦国公室当做“国人”对待，其地位本来就与依附隶农不可同日而语，甚至与普通的自由民也有很大的不同。白族的最特殊之处在于，在孟西白三族中，唯有白族是太子封地。太子封地，是秦国在春秋时期的传统做法——太子一旦明确，无论其年长年幼，都有一块储君封地。这种封地与权臣豪族的封地不同：一则，农家庶民不改变原来的自由民身份或隶农身份（豪族领地的农人大多是依附隶农），譬如白氏部族被确定为太子封地，但依然是显赫的自由民；二则，太子对封地民众只有象征性的治权。也就是说，既不像豪族领地那样的完全治权，也不像寻常土地那样完全归郡县官府治理。太子府向郿县封地派出的常驻官吏只有一个，而且不管民治，只管督导农耕和收缴赋税；三则，太子封地享有许多农人不可企及的特权。最简单的一点，若逢天旱，百里渠的渠水便要首先保证太子封地的农田浇灌。如果县令执行不力，或有与封地抢水之类的事端发生，封地的常驻官吏就会立即上报太子府，给予严厉惩治。夏天抢水与戎狄移民械斗时，白龙其所以比较冷静迟缓，也是因为白氏部族从来没有感受到缺水对他们的威胁。

如今，卫鞅的新法令非但要废除井田，而且要取消公室贵族的封地——新法令规定，公室贵族必须对国家有大功方能封爵封地，不能仅凭贵族身份享有封地。这样一来，太子的封地自然要被取消，白氏部族作为太子封地所享有的特权也将随之烟消云散。白龙心里很别扭，觉得这新法令处处透着一股邪乎劲儿，硬是和体面人家过不去！眼看着白氏家业和老祖先创下的部族荣誉要在新法令中沉沦下去，自己也要成为白氏部族最没出息的一代族长，窝火得吃不下睡不着，几天不说一句话。

八月头上，老白龙准备了一份特殊的乡礼，带着族中一个识得字的先生，赶到了栎阳。

“老族长，到栎阳见谁？”将到栎阳，细长胡须的先生小心翼翼地问。

“多嘴。到时自然知道。”

进得栎阳，天色傍黑。白龙走马向国府偏门径直而来。细胡须先生惊讶得合不拢嘴，看来，老族长要走“天路”了。

“老族长，”细胡须先生压低声音道，“是否先见见当家的白将军？”

白龙默默地摇摇头，下马拴马，走到门前对守门军吏拱手道：“郿县白龙，求见太子，相烦将军通禀。”军吏笑笑：“太子封地的白族长啊，请稍待。”匆匆进门去了。细胡须先生没想到老族长如此体面，简直和栎阳朝臣一般，又一次惊讶得张大了嘴巴合不拢。顷刻之间，军吏出来拱手道：“白族长请。”白龙一拱手，大步进门。细胡须先生背着青布包袱也匆匆跟了进来。

太子府很小，只是栎阳国府的一个三进四开间的偏院。太子正在第二进的书房里听太子傅公孙贾讲解《尚书》。军吏禀报白龙求见，太子皱皱眉头道："带他去见总管，公孙师正在讲书。"公孙贾却笑道："是封地族长，太子还是见见，讲书无甚耽搁。"太子便道："既然如此，教他进来。公孙师无须回避，也帮我听听。"公孙贾拱手笑道："臣遵命就是。"

白龙是第二次见这位太子了。第一次是五六年前初封地时的"赐封"晋见，那时太子才六七岁。白龙只知道太子叫嬴驷，是新任国君的唯一的儿子。但就是那短短的一次礼仪性的晋见，白龙已经对太子留下了很深的印象。白龙的第一感觉是太子不像个年仅六七岁的孩童，他举止得体，说话清楚，竟然还问了白氏部族的人口、地亩和收成年景。白龙事后感慨万端，直说："龙种就是龙种！"就因了这特殊的好感，白龙在每年两次上缴五谷赋税时，都要给太子特备一份少年王子准定喜欢的礼物，或是一张良弓与一壶好箭，或是一只上好猎犬。有一年是一把戎狄人用的锋利匕首，太子高兴得直说："白老族长好！"在这种极少见面却又慢慢渗透着的一种好感中，白龙和小太子之间，好像有了一种忘年的神交。白龙委托封地官吏请太子恩准的一些变通，几乎是有求必应，没有遭到过一次拒绝。白龙觉得这个太子少年世故，胸有城府，做事比大人还有主见，确实有王者气派。倏忽五年不见，太子该当没甚变化。

"郿县封地族长白龙，参见太子——"白龙匍匐在地，大礼三叩。他是一介庶民，和太子天地之别，就选择了这种异乎寻常的礼节。

"白老族长，快快请起。几年不见，族长老了许多也。"

"屈指五年，太子却是长大了，一身英气，老朽高兴也。"

"老族长请坐。上茶。老族长远道而来，有事就说，说完了用饭。"

白龙坐在长案前虽显局促，却也教人觉得实在可靠，一拱手慨然道："也没甚大事，几年不晋见太子，心中老大不安。此来栎阳，买些许农具，顺便拜见太子，带来三张貂皮，给太子冬天做件皮衣，遮挡风寒。”话音落点，细胡须先生忙打开青布包袱，恭敬捧上三张制好的貂皮。太子接过笑道：“呀，如此雪白细软！我还真没见过这等上好的貂皮。公孙师，你看看。”公孙贾接过抚摩一番，赞叹道：“毛色好，做工细，上等皮子也！”白龙笑道：“这是老朽去年冬雪天，在阴山下猎得的。胡人说，此等貂皮化雪于三尺之外。老朽不知真假，请太子试着穿。”太子高兴地笑起来：“好！今冬狩猎不怕风雪了。”公孙贾点头道：

“白族长终归是老秦人，老封地，事事想着太子，难得也。”白龙长嘘一声，只是低头不语。

公孙贾打量着这个陌生老人，心中一动：“老族长啊，新法分地，郿县进展如何？白族长分了几多好田？”

“对，老族长，说说，分了几多好地？”太子也兴致勃勃。

却不料老白龙“噢——”的一声痛哭起来，嘶哑呜咽，凄惨酸楚，那一只断了胳膊的空袖管也在簌簌抖动。少年太子嬴驷慌得无所措手足，蹲在老人面前连连道：“老族长莫哭，莫哭，有事尽说，有事尽说。”公孙贾叹息一声：“老族长，你是太子府的自家人，有太子替你做主，哭个甚？说也，赋税重了？”太子笑道：“那还不易？太子府明年减半收。我这太子府，吃不了恁多粮食。”

老白龙抹抹眼泪，摇头哽咽：“太子哪里话来？白氏千户，做了太子封地，是天大的幸事。老秦人，谁个不想给太子府多贡点物事？老朽所哭，为的是不能再给太子效犬马之劳了，这条路，走到头了。”

“却是为何？”太子惊讶，脸骤然涨红起来。

公孙贾淡淡笑道：“太子忘了？新法要取缔公室封地。”

“取缔公室封地？太子封地也取缔么？公孙师，我如何不知？”

“国君有令，只给太子讲书，暂不给太子讲秦国新法。”公孙贾拱手回答。

太子怔怔地站着，一时没有话说。

白龙痛心疾首："郿县和华山的孟西白三族，原本都要做太子的封地。这新法邪乎，竟要取缔公室封地，还要抢走先君穆公赐封给功臣的养生田！天理何存哪！男女老少都害怕，都请做太子封地哪！太子不为老秦人做主，老秦人就完了……"说着说着，声泪俱下。

太子焦躁，在书房中走来走去："这，这，是新法？我听君父说，秦国要变法，这就是变法么？岂有此理！老秦人如此苦楚，那个卫鞅，不知道么？"

公孙贾默默摇头，沉重叹息，却是一言不发。

太子猛然站定，慷慨激昂："老族长，本太子未奉君命，封地还是封地，谁也不能动！"

"孟族，西乞族，也一样可怜。"老白龙泪流满面。

"那是增加封地，我要禀明君父再说。"

就这样，老白龙扛着太子这把"尚方剑"回到了郿县，招来族人一说，举族欢呼雀跃。消息传开，孟族西乞族立即呼应，一面上书国府请做太子封地，一面拒绝拆迁房屋，稳稳地按兵不动。孟西白三族抗命，其余稍有根基的家族也闻风即停，郿县的新田制推行顿时瘫了下来。三天之内，华山西边的孟西白三族也立即效法，非但上书请为公室封地，而且赶走了县令派来的分田县吏，做得更为明目张胆。

所有的人都怀着一个心思，有太子为老秦人说话，一个卫鞅又能如何？

八 渭水刑场对大臣贵族开杀了

事情一出，先急坏了郿县令赵亢。

赵亢本想在秦国变法中大大作为一番，治好郿县，为儒家名士争得荣耀，免得天下人说只有法家能变法理民。但是，夏天的渭水大法场，使他一下子跌进了冰窖里。夜里睡觉，梦中老是刀光鲜血人头骨碌碌滚到脚边，悚然醒来，也是大汗淋漓心惊肉跳。一个月下来，他觉得新法令森森然令人畏惧，对变法的热忱情怀竟渐渐由陌生而冷漠起来，不知不觉地对“仁政”、对“小国寡民”的闲散恬淡油然生出向往。赵亢开始后悔自己入世做官，更后悔贸然卷入变法，对兄长赵良选择的稷下学宫倒是分外怀念了。然则，如何退却？能向国君上书，诉说自己的害怕和后悔？那岂非令天下人笑掉大牙？反复思虑，赵亢觉得唯一的办法是先拖上一段时日，然后以有病为由上书告退，万一国君不允，就请迁个清庙文官，脱离变法，日后再徐徐图之。心意一定，赵亢对推行新田制就淡漠起来，公事派给几个县吏去做，自己整日价在书房里埋头不出。谁想，就在这时候郿县出事了。

县吏们流星般赶回县城禀报，等待着赵亢的决断。赵亢一下子慌了手脚，急得团团乱转。他知道，这个时候出事，那个杀伐严厉的左庶长卫鞅决不会给他好看。万般无奈，赵亢带着一班县吏连夜赶到了太子封地白乡。

等了约莫一顿饭工夫，老白龙才“拜见”了县令大人。赵亢温言悦色地问起事情的起因，白龙却只有硬邦邦的两句话：“功臣赐田，太子封地，谁也休想动！”赵亢再说，白龙干脆板着脸一言不发。赵亢急了，厉声道：“老族长，你就不怕左庶长的大法场！”白龙冷笑：“老秦人流了那么多血，再多流点儿，又有何妨？”赵亢顿时僵在当场无话，想想不能硬逼，便软语相求，让白龙念在一方安危上，不要和新法令顶牛。磨了半个时辰，白龙慢腾腾道：“县令大人，不是我白龙不办。这是太子封地，我得见太子手谕，你说是不？”赵亢道：“有太子手谕，你就动？”白龙淡淡点头：“那是自然。”赵亢一拱手：“告辞。”

一出白乡，赵亢带了一名县吏，飞马向栎阳赶来。

卫鞅的左庶长府，早已经知道了郿县抗法、分田瘫痪的事。景监着急，请命赶赴郿县。卫鞅沉思半日，摆手道：“事大宜缓，且看看再说。”卫鞅对废除井田制的艰难早已想透，在秦国这样的老牌诸侯国，进行如此千古大变，若一帆风顺，他倒是会觉得奇怪，有意外阻力，他丝毫也不觉奇怪。但事情从太子封地生出来，他倒确实没有想到。太子正在少年，如何能对封地如此敏感执著？后边肯定有难以说清的人和事。

卫鞅感到不解的是，事发三日，郿县令赵亢如何不见动静？上次争水械斗，赵亢虽然未做直接处置，却也立时飞马赶来禀报请命，这次却如何声息不闻？难道赵亢正在断然处置，要等平息了此事再禀报不成？反复思忖，卫鞅打消了这个念头。他对赵亢虽知之不深，却也有一种基本的评判。初见赵亢，他觉此人聪敏热诚，闪烁的目光中却总是透出一种谨慎和优柔，对争水械斗事件的处置，也确实证明此人缺乏杀伐决断。指望他去撞击孟西白三族和太子封地这样的大山，肯定是不可能。那么，赵亢作为县令，究竟在做何事？为何对他这个总摄国政推行变法的左庶长没有个回说？

这时，景监轻轻走进来，说赵亢到了太子府，和太子一起去晋见了国君，君上请左庶长立即到国府去。卫鞅既感到惊讶，又感到好笑。这个赵亢，径直找到太子，岂非将事情搅得更纷繁？国君储君都搅进来，国家没有了一种超然于冲突之外的力量，岂能保持最终的稳定？看来，这个赵亢还真是个有几分呆气的儒生。

卫鞅没有停留，立即策马赶往国府。

秦孝公已经听完太子和赵亢的陈述，冷若冰霜地坐着，一句话也不说。他最生气的是太子嬴驷，稚气未脱，竟然鼻涕眼泪地请求保留太子封地，还要将孟西白三族全部扩大进来。还有那个秦国的贤士县令赵亢，非但不反对，竟然也主张保留太子封地，以稳定老秦人之心。这算得个变法县令么？还有一层，既然是县令推行变法，为何不向左庶长府禀报政事，却径直找到太子和国君这里来？变法大事，政出多门，全无秩序，岂非大乱？一个是少不更事的太子，一个是胆小怕事的儒生，一个鼻孔出气，合起来添乱！秦孝公第一次感到了怒不可遏，但还是咬咬牙强忍住自己，若没有赵亢这个县令在当面，他可能早已经对太子大发雷霆了。

“臣卫鞅，参见君上。”

直到卫鞅进得书房，秦孝公始终面如寒霜地肃然端坐，一言不发。太子和赵亢站立两旁，局促忐忑，不知如何是好。见卫鞅到来，秦孝公点点头正色道：“左庶长，郿县令赵亢与太子所请，乃变法大事，交你依法度处置。”说完，起身拂袖而去。

卫鞅略一思忖，已知就里，淡淡问道：“敢问太子，所请何事？”

太子被父亲冷落，大为尴尬，满脸涨红，期期艾艾道：“没，没，没甚。我自会对公父说。你，不用再问了。”

卫鞅微微一笑：“赵亢，你是国府命官，如何讲说？”

赵亢已经从秦孝公冷若冰霜的沉默中预感到不妙，自然不敢像太子那样拒绝回答，拭拭额头上的冷汗，拱手答道：“启禀左庶长，郿县三族上书，请做太子封地。下官禀报太子，以为若不取缔太子封地，可保秦国安稳。”

“三族上书交于何人？”

“在，在下官手里。”

“你该当禀报何处？”

“该，该报左庶长府处置。”

“然则，你却报送何处？”

“报送，报送了太子。下官以为，事关太子……”赵亢已经是大汗淋漓。

卫鞅正色道：“太子乃国家储君，尚在少年，素未参与国政，更未预闻变法。你身为大臣，不力行法令，反擅自干扰太子，为抗法者说情，又越权扰乱君上，可知何罪么？”

赵亢沮丧恐惧，看了太子一眼，低头咬牙，死死沉默。

“左庶长，今日之事，乃嬴驷所为，与县令无关！”太子着急，亢声揽事。

“兹事体大，须依法论处。二位请。”卫鞅平淡冷漠。

“到何处去？”太子急问。

“左庶长府。”卫鞅淡漠冷峻。

“卫鞅，你好大胆！竟妄图拘禁储君？”太子面红耳赤，声音尖锐。

正在此时，顶盔贯甲的车英大步走进道：“国君有令，太子须到左庶长府听凭发落，不得违抗。”

太子狠狠地瞪了卫鞅一眼，腾腾腾急步出门。到得院中，却被荆南嘿的一声拦住。太子正要发作，荆南抱剑一拱，伸手向旁边的一辆黑布篷车一指。太子“咳”地一跺脚，跳上篷车。赵亢拭拭额头汗水，也匆匆碎步走出来钻进篷车。车英一摆手，已经在篷车驭手位置就座的荆南一抖马缰，篷车辚辚驶出国府。卫鞅换乘甲士马匹，随后赶出。

来到左庶长府，卫鞅对景监一阵吩咐，两人分头行事。景监将太子请到卫鞅书房，为其讲解变法缘由和新法令的内容。卫鞅则将赵亢带到政事厅，讯问抗法事件的详细经过和赵亢的政令举措。一个时辰后，卫鞅结束讯问，来到书房。太子一副专心听景监讲解法令的样子，目不斜视。卫鞅正色命令："景监领书，将太子留左庶长府十日，研习新法，十日后考校。"景监答应一声遵命，拱手道："太子，请到小书房。"太子惊讶万分，锐声道："如何？尔等敢软禁太子？！"卫鞅拱手道："太子尚未加冠，却擅自干政，臣代君上执法，不得不罚。"说完大袖一甩，径自出门。景监拱手道："太子，左庶长是在保护你，其中深意尚请太子细察。"太子冷冷一笑："保护？哼！走。"径自出门。景监将太子安顿在备好的一间小书房，又安排好护卫和仆役，方才匆忙地去见卫鞅，也顾不得太子老大不悦。

暮色时分，卫鞅带着全副班底并一千名铁甲骑士，飞驰郿县。

秋风一起，大地一片苍黄。树叶飘落，遍布井田的民居疏疏落落毫无遮掩地裸露在田野里。按照卫鞅的变法部署，现下本该是忙忙碌碌的拆迁、整田和分田了，田野里也自当该是热气腾腾了。但是一路所见，除了栎阳城外的田野里有动静外，所过处一片冷清，秋风掠过旷野，触目尽是苍凉。

马队奔驰在井田的车道上，卫鞅觉得特别不是滋味。他没有料到赵亢作为一个秦国名士，作为一个大县县令，竟是如此懦弱。也没有料到太子作为国家储君，竟是如此的幼稚冲动。然他心中十分清楚，这两个人都不是兴风作浪者，他们的背后肯定有更为阴鸷的人物。对于变法过程所能遇到的种种阻力，卫鞅都做了周密的预想，他不但精细地揣摩了各国变法失败的原因，而且在魏国亲自经历了官场的种种阴谋沆瀣，自然不会将掀翻旧制的变法看成唾手可得的美事。虽然他不能预料，阴谋和阻力在秦国将以何种形式出现，但是各种基本的应变方略他是有准备的。对目下的“抗田事件”，卫鞅虽然感到了沉重的压力，却丝毫没有惊慌，他有自己独特的处置方略。

进得郿县城，卫鞅吩咐车英立即在县府外的车马场搭筑一座幕府。

这幕府，本来是军中统帅在战场上的统帅部。县城有官府，再搭幕府颇显蹊跷。车英不解，对景监使个眼色，意思是提醒卫鞅不必多此一举。景监却摆手道：“搭，左庶长自有用场。”车英不再犹豫，令旗一摆，一队甲士片刻之间便将幕府搭起，二十辆兵车一围，一座辕门帅帐顿时现出。卫鞅又吩咐景监在辕门口竖起一块两丈余高的木牌，大书“左庶长卫鞅力行新田制幕府”。大牌一立，旗帜招展，甲士环列，一片威严肃杀的气氛顿时弥漫开来。

卫鞅进入幕府大帐，立即吩咐景监率一班文吏进入县府清理民籍田册，并立即发一道紧急公文到栎阳东部的下邽，命令下邽县令立即押解东部孟西白三族的族长，火速赶到郿县。东去特使出发后，卫鞅又命令车英带六十名甲士，即刻前去白氏田庄。

白氏族人居住在平原地带。郿县的平原主要在渭水北岸，大约五六十里宽。孟西白三族就占去了三十多里宽的地面，其中白氏一族地土最广，约占三族的一半。白龙身为族长，和六个儿子都有田籍，七家井田共占地将近五千亩。白龙一人的“大井”，就有田八百多亩，清一色的临渠水田。但是，白龙的庄园却建在大儿子的井田中，没有占用最好的水田。这片庄园占地五六亩，瓦屋二十余间，居住着白龙一家三代八十余口，算得上农家罕见的大家庭。白家能够劳作耕耘的人口不过十来个，却如何种得如此多的土地？

这就得说说自由民和隶农的关系。

西周和春秋时期，公室的领地和贵族的封地，都直接由奴隶耕作，贵族和公室、王室直接管理，直接收获。那时候，自由民和奴隶（隶农）没有直接关系，自由民占有的土地数量不大而且必须自己耕耘，直接向官府缴纳赋税（实物徭役多钱币少）。后来，商品交换的活跃，大大改变了各个诸侯国新贵族，觉得直接管理大量奴隶在广袤田野上耕作的旧方法太过笨拙，管理吏员庞大且效率不高。就有许多新贵族施行新法，将封地土地分散委托给富有耕作经验的自由民，同时也将原来的奴隶（隶农）分配给自由民，由自由民督导管理隶农耕耘，贵族直接从自由民收取应该得到的“租税”。战国初期，这种形式在东方国家已经比较普遍，一些大诸侯国变法后，许多隶农也变成了自由民。但在秦国，还延续着自由民管辖隶农的老式井田制。这时的秦国，几乎所有的可耕田都分割在自由民名下。官府只承认自由民的“田籍”（分田占田的资格）。官府和贵族分派给自由民的奴隶（隶农），只是劳动力，只在“地主”的土地上劳动。于是，自由民都成了大大小小的“地主”，拥有或多或少的奴隶（隶农）。

白龙是自由民中的显赫人物，父子七人各有一井，每井有八家隶农，白家共拥有五十六户隶农。尽管有隶农耕耘，但白氏家人依旧勤奋。每天日出，白家的男女老少都走出庄园，到白龙划定的“家田”里去劳作耕耘。白龙则带着掌事的大儿子到处走动，查看田野，督促隶农耕耘。日落时分，则聚家同食。成年男子一屋，妇人一屋。所有的三十多个小儿，却都在两棵固定的“大树”吃“板碗饭”，堪称奇特的一景。这两棵“大树”，是两块又长又厚的木板，板上每隔两尺镶嵌一个铜碗，白氏家人叫做“板碗”。每到饭时，几个儿媳将饭菜用大盆抬出，分到每个板碗里。“咥饭！”掌厨的二儿媳一声令下，守在院子里的三十多个孩子们，便按照年龄大小与男女次序，快步走到自己的板碗前开吃，直至吃完，没有一个孩童敢说话。即或旁边有客人观看，孩童们也没有人张望。仅此一端，老白龙的治家声望便大大有名。晚饭后，则是合家计议农事和白龙处置族中事务的时候。三年前，白龙已经将家中农事交由长子掌管，将家务交由夫人和次子掌管，自己主要处置族中事务，对家事农事只是偶然过问便了。

变法以来，白氏部族平静有序的生活，被完全打乱了。

以往，辛勤的农人们的白日都交给了田野，几乎所有的家事族事都放在晚上找人。但自从《田法》颁布以来，登白氏门者络绎不绝，尤其是白龙从栎阳回来，天天都有人聚来问讯计议。

今日从晌午开始，族中六十岁以上的老人便都聚到了白龙家，一直说到日落还没有结束。白龙的主意挺正，一再说就是秦国全部推行新田制，孟西白三族也还是太子封地。可那些族老们却总是忧心忡忡，说着听来看来的各种传闻和事实，心下老大的不安。最令人沮丧的是族中老巫师竟期期艾艾叹息着说："孟西白三族，兴旺了百多年，气数衰了，不能硬挺也。"此话一出，族老们更是一片沉默，忧郁地瞅着白龙。

骤然间，白龙火气上冲，独臂一挥："不能挺也要挺！守不住祖业，我白龙无颜面见祖宗！"

突然，一阵急骤的马蹄声传来，屋中老人不约而同地站了起来。他们都曾经是身经百战的军中老卒，从马蹄气势，便知来者是铁甲骑士。白龙微微冷笑："一身老骨头，慌个鸟！"话音落点，马蹄声已经逼近。白龙长子飞跑进来道："父亲，国府铁骑！"白龙冷冷道："打开庄门。"

庄门打开时，马队已经从纵横田野的车道上飞驰到白家门外的打谷场。车英一摆手中令旗，马队迅速列成了一个小小方阵。车英下马，一招手，前排六名甲士也纵身下马，跟随车英走进庄园。绕过高大的砖石影壁，车英一怔，只见二十多个白发苍苍的老人怒目站立在院中，分明一个步卒拼杀的小方阵。白龙的长子站在老人阵外，紧张得无所措手足。车英仿佛没看见眼前的阵仗，从斜挎腰间的皮袋中摸出一卷竹简展开，高声道：“奉左庶长令，缉拿白龙归案。白龙何人？出来受绑！”

一个老人拨开挡在他身前的几个老者，昂然走出：“老夫便是白龙，走。”车英一打量，只见面前老人白发披肩，长身独臂，一脸无所畏惧的冷笑，便知确实是白龙无差。车英一挥手，身后甲士便上前拿人。

“不能拿人！”白龙身后的老人们一声大吼，四面围住了车英和六名甲士。

“如何？白氏族老们要抗命乱法？”车英冷冷一笑。

一个老人高声喝问：“你只说，为何拿人？”

“老族长乃太子封地掌事，没有太子书命，谁敢缉拿？！”又一个老人大吼。

车英冷冷道：“白龙身犯何罪？到左庶长幕府自然明白。族老们再不让开，车英就要依法诛杀抗命乱民了。”

“杀吧！怕死不是白氏后人！”老人们一片怒吼，围了上来。

“退下！”老白龙面色涨红。他心中清楚，一旦与官府弄出血战，太子想出力维护也不行了，没有太子，白氏族人纵然鲜血流尽，又如何挡得官府行事？他一声大喝，“一人做事一人当，知道么？谁再胡来，白龙立即撞死！”

在老人们沉默愣怔的瞬间，白龙伸手就缚，赳赳出门。马队远去时，身后庄园传来一片哭声和吼叫声。

次日深夜，下邽县令也押解着东部孟西白三族的族长到达郿县。卫鞅审问了三位族长，三人对上书请做太子封地供认不讳，而且对废除井田制和隶农制大是不满，同声要求面见国君，辩诉冤情。接着，卫鞅又审问了白龙，白龙只说一句话：“此事请太子说话。”再也不开口。卫鞅冷笑，不再多问，吩咐押起人犯，便来到后帐。景监正在后帐整理郿县田籍，见卫鞅进来，拍拍案头高高的一摞竹简道：“田籍就绪，单等分田到民了。”

“景监，此次抗田的要害何在？”卫鞅突兀发问。

景监沉吟有顷：“要害？自然在白龙抗命。”

“不对。要害在国府，在官员。”

“左庶长是说，在太子？在郿县令？”

“对。没有大树，焉有风声？乱民抗命，岂有如此强硬？”

景监似乎从卫鞅冷峻的口吻中感到了事态的严重，犹豫问道：“难道左庶长准备将太子、县令作为人犯处置？”

卫鞅踱步道：“太子是国家储君，又在少年稚嫩之时，没有蛊惑之人，岂有荒唐之事？太子背后当还有一个影子。”

“正是，我亦有同感。查出来，一起处置，解脱太子。”

“行法论罪，得讲究真凭实据，不能仅凭揣摩与猜度处置。”

“左庶长未免太过拘泥。维护太子，大局当先，何须对佞臣讲究法度？”景监第一次对卫鞅的做法表示异议。

卫鞅目光炯炯地盯住景监，沉默有顷，肃然道：“足下之言差矣。查奸不拘细行，此乃儒墨道三家与王道治国之说。他们将查奸治罪，寄托于圣王贤臣，以为此等人神目如电，可以洞察奸佞，无须具体查证罪行。究其实，没有真凭实据便治人于死罪。此乃人治。法治则不然，法治必须依法治政，依法治民，依法治国。何谓依法治政？就是对国家官员的言行功罪，要依照法律判定，而不是按照国君或权臣的洞察判定。依法判罪，就要讲究真凭实据，而不依赖人君权臣的一己圣明。此乃人治与法治之根本不同。”

“如此说来，法家治国，要等奸佞之臣坐大，而后才能论罪？尾大不掉，岂不大大危险？”景监很是不服气。

“不然。”卫鞅淡淡一笑，“只要依法治国，奸佞之臣永远不可能坐大。原因何在？大凡奸佞，必有奸行。奸行必违法，违法必治罪，何能使奸佞坐大？反之，一个人没有违法之奸行，于国无害，于民无害，又如何能凭空洞察为奸佞？”

“能。人心品性，足可为凭。”

卫鞅面色肃然，一字一字道：“法治不诛心，诛心非法治。请君谨记。”

景监笑道：“那就是说，法家不察人心之善恶，只看言行之是否合法？”

“对也。”卫鞅微笑道，“人心如海，汪洋恣肆，仅善恶二字如何包容？春秋至今四百余年，天下诸侯大体都是人治。贤愚忠奸，多赖国君洞察臣下之心迹品性而评判。对臣下国人随意惩罚杀戮，致使人人自危，一味讨好国君权臣，而荒疏国事。为官者以揣摩权术为要务，为民者以洁身自好为根本。国家有难，官吏退缩。作奸犯科，民不举发。政变连绵不断，国家无一稳定。究其实，皆在没有固定法度；赏功罚罪，皆在国君权臣的一念之间。晋国之赵盾乃国家干城，忠贞威烈，却被晋景公断为权奸灭族。屠岸贾真正奸佞，却被晋景公视为忠信大臣。致使晋国内乱绵绵不断，终于被魏赵韩三家瓜分。假若晋国明修法度，依法治政，安有此等惨剧？”

景监默然，显然已经明白了卫鞅的想法，只是一下还脱不出笃信明君圣贤的旧辙。叹息一声道：“那，就等，等他们自己跳出来再说。”

卫鞅看着景监沮丧的神情，爽朗大笑道：“说得好！法治就是后发制人。景监兄但放宽心，真正的复辟奸佞迟早会跳出来，你摁也摁不住。新法颁行，没摁住私斗吧？照样有人顶风犯罪。《田法》颁行，没摁住白龙吧？请君拭目以待，不久便有更大的物事跳出水面！”

“你是说，法网恢恢，疏而不漏？”景监做了一个合围手势。

卫鞅哈哈大笑，景监也大笑起来。

第二天，卫鞅下令关押赵亢。当车英率领武士到赵亢的小院时，赵亢惊讶莫名，愣怔得半天说不出话来。自卫鞅到达郿县，赵亢便奉命将一应公事交给了景监，软禁在县府后院的家中思过。赵亢的从政豪情已经消磨净尽，准备此间事情一了，便学大哥赵良的路子，到稷下学宫去修习学问。至于这次风波，他也有接受处罚的思谋准备。在他看来，最重的处罚就是贬官降俸，告示朝野。自古以来，刑不上大夫，秦国自穆公百里奚以来，有王道仁政的传统，根本没有重罚过一个官员。像郿县令这样的首席地方大臣，更不会有刑罚之虞。所以赵亢想的完全是另外一回事。他担心国府仍然会让自己留任郿县，陷在这个是非之地不能自拔。自己毕竟是秦国名士，想隐居游学谈何容易？三天以来，他思虑的中心是如何辞官归隐。今晨卯时，他肃然坐于书案前，开始按照几日来的构思提笔写《辞官书》。方得写完，一阵沉重的脚步声，车英带领武士进了庭院。

“尔……尔等，意欲何为？”铜笔“噗”地掉在地上，赵亢才回过神来。

“奉左庶长命，缉拿赵亢归案。”车英展开一卷竹简高声宣读。

“且慢且慢。”赵亢摆摆手，“将军莫非搞错，本官乃郿县令赵亢！”

车英强忍住笑意，冷冷道：“丝毫无错，正是缉拿郿县令赵亢。”

赵亢半日沉默，终于指着案上的羊皮纸道：“请将本官之《辞官书》交于左庶长。赵亢不做官足矣！何罪之有？”说完，昂首就缚。

卫鞅拿着赵亢的《辞官书》沉思良久，亲自来到关押赵亢的石屋。

赵亢对于卫鞅的到来丝毫不觉惊讶。在赵亢看来，就算是国君，见了他的《辞官书》表露的高洁情怀，也会尊敬有加，又何况卫鞅？他见卫鞅只身前来，并没有前呼后拥，不禁从破席上坐起，淡然一笑："左庶长，在下去意已定，不要挽留。赵亢，不是做官的材料。"卫鞅也是淡淡一笑："赵亢兄，卫鞅不明白你言下何意？"赵亢一怔："如何？你不是来挽留我？"卫鞅道："为何要挽留你？"赵亢释然笑道："那你是要放我走了，如此更好，赵亢先行谢过。"卫鞅摇摇头收敛笑容："为何要放你走？"赵亢真的惊讶了，茫然问道："那？你来却是做甚？"

卫鞅当真是又气又笑，揶揄道："来拜望你这个秦国贤士也。"

"既知敬贤，何故差人缉拿，斯文扫地！"赵亢昂然挺胸。

卫鞅不禁大笑："赵亢啊赵亢，你当真不知自己是戴罪之身？"

"赵亢追慕圣贤，敬祖畏天，知书达理，洁身自好。纵然无能从政，亦是有所为有所不为而已，谈何戴罪之身！"赵亢面色涨红，理直气壮。

骤然间，卫鞅犀利的目光直视赵亢，冷冷道："好一个追慕圣贤，敬祖畏天，知书达理，洁身自好，有所为有所不为。可惜，你赵亢不是一介儒生，不是在学宫讲书。你是秦国的县令，是自认名士来报效国家的官员。在你管辖的县境内，国法难行，政令不通，疲民滋事，贵族乱政，食国家俸禄的赵亢，你却到哪里去了？"

赵亢觉得这种申斥有辱尊严，不禁怒火上冲："足下之法悖逆天理，唯知杀人，赵亢岂能俯首听命？"

卫鞅哈哈大笑："如此说来，足下这个儒家名士是有意抗法了？"

"正是。左庶长如何处置？"赵亢昂头望着屋顶，喉头不断抖动。

卫鞅沉默有顷，长嘘一声，平静地道："赵亢，卫鞅知道你是儒生本性，不想对你讲说法家治国的道理。然则，你我都是国家官员，各司其职，都得忠实地行使自己的权力，否则便亵渎了这顶玉冠。卫鞅今日前来，是想告诉你，按照秦国新法，你是死罪。”

“如何如何？你再说一遍！”刹那之间，赵亢面色苍白。

“按照秦国新法，你是死罪。”

“自、自古以来，礼、不下庶人，刑、不上大夫……”

“三代不同礼，五霸不同法。刑上大夫，自秦国变法始。”

赵亢像霜打了的秋草一般，低下了高傲执拗的头颅，额头上冒出了涔涔细汗。死罪！对他不啻是一个晴天霹雳。他做梦也想不到，自己身为秦国名士，秦国首席县令，三代贵族之身，会仅仅因为同情抗田就要被斩首。他之所以对卫鞅不以为然，是内心始终认为卫鞅即或是总摄国政的左庶长，也不敢擅杀大臣，至少要禀报国君。而国君绝不会突兀地改变秦国倚重贵族的传统，一定会害怕招来“杀贤”罪名而挽留他，至少也会教他平安地归隐山林。此刻震惊之下，他神奇地清醒起来，惊诧自己何以忘记了招贤馆那段日子里耳闻目睹的无数故事，国君与卫鞅意气相投，举国相托，立誓变法，又怎能阻挠卫鞅依法治吏？渭水草滩一次斩首七百余人，国君尚鼎力支持，不怕担“暴君”恶名，如何能为他赵亢一个县令变了章法？猛然，赵亢心念电闪，想到了杀一个像自己这样的贵族名士出身的县令，可以震慑贵族反对变法的气焰，而绝不会激起国人的动乱。安知卫鞅不是处心积虑地寻找这样一个警世钟？自己硬邦邦地撞上来，人家岂有不敢杀之理？

赵亢深深地懊悔，长嘘一声：“早知今日，何必当初？”两行眼泪断线般滴答下来。

“大仁不仁，大善不惠。赵亢兄尽可视卫鞅为刻薄酷吏。”卫鞅一拱手，转身大步出门。

“且慢！”赵亢猛然醒来，颤声招手。

卫鞅转身，冷冷问："还有事么？"

赵亢泪流满面："能、能否教我见长兄赵良，最、最后一面？"

卫鞅不假思索："不能。举国同法，庶民人犯何曾见过家人？"

赵亢顿足捶胸："卫鞅，你好狠毒！上天，会惩罚你！"

卫鞅哈哈大笑，扬长而去。

两天后，渭水草滩的刑场又一次堆成了人山人海。这次，庶民们已经没有了上一次的恐惧，人人都在兴奋地议论着十三名人犯。上次刑杀的七百名人犯中，大多数还是庶民百姓，而这次待死之人，却都是秦国赫赫有名的显贵族长。最令庶民们激动不已的是，县令赵亢也要被斩首。赵亢赵良这两个名字，秦国人老早就很熟，在落后闭塞的秦国，赵良赵亢兄弟二人简直就是凤毛麟角般珍贵耀眼。尤其是云阳百姓，遇见生人总喜欢说："我乃云阳人，赵良赵亢那个县。"初遇之人也就特别地肃然起敬，将面前的"云阳人"看做知书达理的王化之民，有话好说，有生意好做。赵亢做了郿县县令，郿县人比云阳人还骄傲，动辄便是："有赵县令变法，郿县日子一定好过！"想不到的是，变法开始将近一年，郿县却成了一锅疙瘩粥，大族械斗，东西争水，目下又分不动土地，日子不但没有好过，反而死了许多人，使郿县成了"杀人刑场"的同义语。

郿县人心冷了，怨言也骤然多了，期盼变法带来好日子的庶民隶农们更是变得愁眉苦脸。对赵县令救星般的赞颂也越来越少了。郿县人原本将赵亢当做百里奚那样的贤臣，渴盼他能像传说中的百里奚那样到民间嘘寒问暖，处置纠纷，解民倒悬。可是，郿县人既没有见到这个"百里奚"，也见不到外县那种热热闹闹的变法气象，死水一潭，竟还贴进去那么多人命！

终于，庶民们的崇敬期盼，变成了言谈间的冷漠嘲笑和嗤之以鼻。

“人家是官身贵人，如何能替蝼蚁庶民说话？”“变法？变个鸟！赵县令都害怕白氏。”“再变下去，郿县就要死光了。”“百里奚？我看是白日死！”几个月过去，郿县流传开了一支童谣，唱道：

月亮走小　百里不遥
点下几日　秋草做刀

流传之初，谁也弄不懂童谣唱的甚事。但是，深信“小儿天作口”的秦国人朦朦胧胧地觉得郿县将有大事发生，是祸是福，谁也料不定，人人都在惴惴不安。如今，左庶长要将这赫赫大名的县令问斩，郿县人可是炸开了锅！他们想起了那首神秘的童谣，顿时觉得明明白白。那“月亮走小，点下几日”不就是赵亢的名字么？那“百里不遥”，分明是说这个假百里奚不会长远。“秋草如刀”，不就是在秋天来临时杀赵亢么？

人们在纷纷议论中，不禁惊叹冥冥天意。

正午时分，渭水草滩一阵尖锐的号角，赵亢、白龙和十一位抗田族长的头颅喷溅着鲜血，滚到了黄绿色的秋草上。人山人海的渭水草滩，爆发出前所未有的一片欢腾。

哨声隐隐，又一只黑色的鸽子冲上蓝天，飞向东南方的苍茫大山中。

第八章 政侠发难

一　黑色鸽子飞进了神农大山

天高云淡。一只黑色的鸽子带着劲急的哨音，飞过秋草枯黄的渭水平原，飞过南山，飞进沟壑纵横的绿色苍茫之中。山山水水缓慢地向后退去，黑色鸽子像永远不停的箭镞，向着东南疾飞。

这是大河水系和长江水系之间的万千群山。这片群山在渭水南岸的百里之遥拔地而起，横空出世，形成第一道高峰绝谷，时人叫做南山，后人称为秦岭。天下水流从这道南山分开，北面的河流绝大部分流入黄河，南面的河流绝大部分流入长江。这南山便成为大河流域和江水流域的分水岭。古人将四条独立入海的大川称为“四渎”，就是河（黄河）、江（长江）、淮（淮水）、济（济水）。“四渎”的主要支脉为“八流”，分别是渭水、洛水（黄河支脉），汉水、沔水（长江支脉），颍水、汝水、泗水、沂水（淮水支脉）。这“四渎八流”是具有神性的大水，其他河川不能与之相提并论。其所以如此，原因有两个：一是这“四渎八流”都源出名山，河出昆仑，江出岷山，济出王屋，淮出桐柏。“八流”

中的沂水最小，而且先流入泗水再流入淮水，是支流的支流，但因为它发源于神圣的泰山，所以跻身于名水之中。二则是，“四渎八流”流经的区域都是王化文明区域，楚国岭南的几条大川因在蛮荒山野，所以不能进入名水。在“四渎八流”中，最大的自然是黄河长江。古人为了表示对这两条大川的敬畏，采用了独一无二的称谓，黄河叫“河”，长江叫“江”，其余河流一律叫做“水”。天下只有一条“河”，一条“江”。说到“河”字，那一定确凿无疑的是黄河，说到“江”字，则确凿无疑的是长江。

在古人的观念里，山是水的生命之源，山水相连，山生水，水养万物。茫茫苍苍的群山是天地的支柱，是一切生命的阳性之根。山将水分割开来，框定起来，鬼斧神工般雕出惊险奇绝的峡谷险滩千尺飞瀑，将万千的生命姿态赋予本无定性的流水。水将山拥抱起来，描绘起来，使层峦叠嶂的群山长青苍翠，虎啸猿啼，鸟鸣花香，多姿多彩地矗立在天地之间。名山大川相依存的地区，必生出天地灵气，孕育出超凡人物，流播着瑰丽的故事。

黑鸽子飞进的这片茫茫大山，北挽黄河，南拥长江，从西北到东南横亘千里，人迹罕至，是天地元气最为充沛的隐秘之地。当先民们还在穿兽皮食野果的时候，有个被呼为神农氏的奇人，在这片大山中尝遍百草，不但发现了许多可吃的野果，还采集奇异的灵草灵花当做药材，年年月月地治病救人。神农氏牛头人身，一步一步地从南山进入这片无名群山，踏遍了这片大山的每一个山头每一道峡谷，回到人群送药的时候还要教人们耕种。为了登山采药，他发明了挖土的耒和耜。他将这两种工具传授给人们，使先民们能够开垦荒地耕种庄稼，不再忍饥挨饿。年复一年地跋涉奔波，神农氏终于累死在这片莽苍苍的群山之中，再也没有回到人们中间。先民们从渭水出发，进入南山，在这片无名大山中寻找了多年，也没有找到牛头人身的神农氏。先民们都说，神农氏尝完了百草，采完了药材，教会了人们耕作，人间的事办完了，一定是回天上歇乏去了。

从此，这片茫茫青山就叫了大神农山。

先民们看见这片茫茫青山，就想起了牛头人身坚韧博大的神农氏。先民们怕惊动神农氏的长眠，相约从此不再踏进这片青山。成千上万年时光流去，这片青山就变成了人迹罕至的茫茫林海。淡淡白云下，秀峰迭起，刺破青天。林木萧森，离离蔚蔚，峡谷峻绝，水流如带，全然不见人间烟火，唯闻长风掠过林海的隐隐涛声。在这淹没一切的茫茫绿色中，没有人能够分清方向，没有人能够走出走进这片无垠的山海。

然则，那只黑色的鸽子依旧顽强地飞向茫茫青山的深处，碧蓝的天空，响彻着嗡嗡嗡的哨音。猛然，均匀的嗡嗡哨音变成了尖锐的长啸，鸽子像一支黑色的箭镞，冲向一座高峰的后面——一道绿色的峡谷豁然展开，半山腰露出了一片黄色的屋顶。黑色鸽子绕屋顶飞翔了一圈，“嗡——”的一声，俯冲而下。

就在鸽子嗡嗡嗡绕着屋顶飞翔时，院中走出了一个长须黝黑的中年人，身着粗短布衣，赤着双脚。他走到墙边，伸手拍了一下镶在墙体中的一块圆石，笼罩屋顶的铜网带着轻微脆亮的金属声缩了回来。之后，他向天上打了一个响亮的呼哨，飞翔回旋的黑色鸽子便“嗡——”的一声扑棱棱落了下来。黝黑的中年人亲切地笑了：“焦明，来，先吃点儿喝点儿。”说着在院中一块很干净的方砖上撒下一把谷子，摆上一盅清水。“焦明”却只是咕咕叫着，不断地拍打右翅，不去啄谷饮水。中年人笑道：“焦明莫急，我来取信。”说着抱起鸽子，从它右腿下解下一个小竹管，打开一看，中年人骤然变色：“焦明，有大事，我要去禀报大师兄了。”鸽子咕咕两声，点点头，自顾啄米饮水去了。

中年人刚刚走开，空中一只苍鹰长鸣一声，箭一般俯冲下来扑向鸽子。黑色鸽子在苍鹰长鸣时便警觉抬头，苍鹰俯冲时，鸽子“咕——”的一声尖叫，嗖地扑进墙上的石窟中，不断发出“咕咕、咕咕”的锐急叫声。苍鹰一扑不中，倏忽展翅，飞出院子在蓝天中盘旋等待。一个布衣少年闻声冲出，怒喝一声：“何方饿鹰，竟敢闯我墨家禁地？看箭！”怒喝间，手中的小小弩机一扬，一支短箭带着尖锐的啸声疾冲蓝天。苍鹰一声长唳，坠向茫茫林海。少年自言自语：“苦获兄呵，你怎的忘了关上天网？”说着一拍墙上圆石，屋顶的铜网锃锃锃展开，遮住了碧蓝的天空。少年转身笑道：“焦明莫怕，出来。”黑色鸽子扑棱棱飞出，对少年咕咕咕叫了几声，又低头啄米，安详如故。少年笑道：“焦明，焦明，师姐给你取这个名字，说你是五方神鸟之一也，怕甚来？我去找师姐来看你，啊。”说完，疾步走进了院子深处。

片刻之后，一个布衣少女匆匆走来：“啊，焦明回来了。”鸽子兴奋地拍着翅膀，咕咕几声，飞进少女的怀中。少女抱着鸽子，抚摩着光滑闪亮的黑色羽毛，柔声道：“焦明，是从秦国回来么？”说着伸出右手向西北方向一指。鸽子咕咕两声，伸头看着少女。正在这时，那位少年匆匆走来：“玄奇师姐，大师兄请你速到议政堂。”少女答应一声，放下鸽子笑道：“焦明，姐姐走了，乖乖吃。”便匆匆走了。

玄奇自从和大父在韩国分开，在安邑依靠墨家据点暗中掩护卫鞅去了秦国，便到齐国去找大父会合。爷孙俩在临淄逗留半年，原想将逃离魏国的孙膑设法秘密运送到秦国去。不想孙膑断肢伤残后身心元气大伤，客居大将军田忌的府邸养息，田忌对孙膑敬如上宾，一时间根本无法着手。春去秋来，玄奇要回墨家总院，劝爷爷一起到大山中盘桓歇息，颐养天年。百里老人却执意要留下，等待机会说动孙膑去秦国，说这是他一生为秦国办的最后一件大事，完了立即到神农大山中来。爷爷曾是鬼谷子一门的要人，与孙膑有同门之缘，在齐国又多有故旧，相信自己一定能完成心愿。玄奇也不再勉强爷爷，独自跋山涉水，回到了神农大山的墨家总院。一年多来，她对秦国的消息知道得很少，只在临淄听说秦国已经开始变法，而且势头很是凶猛，杀了许多人。她挂怀着秦国变法，但她更是挂怀着烙在心头的嬴渠梁。从齐国归来，她很想选择从函谷关入秦，再由南山进入神农大山这条路，顺便在栎阳看看他，以了浓浓思念。然则，临淄的墨家客栈却给她带来巨子的命令，必须尽快回到总院，有大事要做。玄奇像所有的墨家子弟一样，对墨家的事业忠诚无二，对巨子的命令绝对服从。一接到传讯，她立即改道从齐国入楚，从丹水径进神农大山。匆匆归来半月有余，她的老师，也就是墨家巨子，却没有见她，代替巨子处置日常事务的大师兄禽滑釐也没有交代任何急务。

玄奇颇为纳闷，风风火火地召她回来，何以却动静全无？后来又在总院遇到许多派往外地的师兄师弟，才知道巨子召回了在外活动的全部骨干弟子，却没有接见任何一个人。隐隐约约地，玄奇觉得一定有非同寻常的大事要做。她知道，在墨家的历史上，只有数十年前援助宋国抵御楚国入侵的那一次，提前一个月集中了全部三百名墨家弟子，由大师兄禽滑釐率领，星夜奔赴宋国守护。老师巨子则只带了三名少年弟子，径到楚国郢都和发明云梯的公输班较量攻防谋略。那一次，墨家全面胜利，老师战胜了公输班，弟子们则将守城战术传遍了弱小国家，非但挽救了宋国，而且大大灭了好战大国的气焰。那一次，墨家名扬天下，被天下诸侯呼之为“政侠墨家”。

那时候，玄奇还没有出生，但每每听到这段动人的故事，就感到热血沸腾不胜向往。这次，难道也有了那样千载难逢的机会？玄奇一直在暗自揣摩，这次的对象是哪个国家？反复比较，玄奇认定是魏国。魏国的上将军庞涓非但残害自己的同门师弟孙膑，而且穷兵黩武，妄图吞掉卫国、薛国，甚至企图吃掉中山国和韩国，伙同大国瓜分秦国。魏王大兴土木兴建大梁王宫，劳民伤财，赋税大大加重。那个新任宰相公子卬更是贪财受贿的膏粱子弟，使魏国变得腐烂不堪。这些作为，墨家称之为“恶政”，比“暴政”更甚。按照墨家“诛暴去恶，兼爱非攻”的道义准绳，那是丝毫不能容忍的。要在以往，墨家早就出动了。也是老师年高，墨家在进入战国以后有所收敛，才没有对魏国动手。但玄奇也知道，老师一直在寻找重振墨家正道的时机。震慑像魏国这样的强国，能为天下伸张正气，能大灭恶政与暴政的气焰，何乐而不为？要诛杀庞涓、公子卬和魏王，玄奇的第一个念头，就是主动请命，为天下除去这帮恶政之徒。

听到大师兄召唤，玄奇的心中猛然一动，心中闪着纷纷乱乱的念头，疾步向山腰的议政堂奔来。

墨家总院是神农大山中的一座秘密城堡。自老墨子成名时算起，愚公移山般经营了四十余年，才形成了完整的规模。这座城堡在千山万壑的茫茫林海中确实小得难以发现，但实际的房屋数量，却抵得上小诸侯国的一座三里之城五里之郭。这座城堡依山而建，每边石墙长一里，内中共有八百六十四间房屋，六十四口水井，四百多亩耕地和许多个秘密石洞仓库。墨家子弟足不出城，即可以在这里永远生存下去。墨家崇尚百工之术，老墨子和每一个弟子都是第一流的工师算师，将城堡建得坚固实用而且机关密布，等闲大军也休想接近。这座城堡的每一构思都有实用意义上的讲究。高处房屋的屋顶全部涂成黄色，是为了分布在天下的一百多只信鸽能在茫茫林海中准确找到落点。屋顶之下，全部涂成绿色，是为了迷惑能够纵蹿跳跃的猿猴山猫等野兽。整个城堡的院落屋顶全部拉起铜网，是为了防备空中的猛禽袭击信鸽与猎犬。城堡内的所有房屋都用山石砌成，尽量建在树丛或山岩之下，除了坚固和冬暖夏凉的好处，就是隐蔽。在高处看，除了用做信鸽落点标志的几座黄色屋顶，很难发现大片的房子。重要的所在，则都设在有密道通行的石窟。

玄奇要去的议政堂，是墨家的核心重地之一，是一座极为隐秘的宽敞山洞。

玄奇到达时，墨家的“子门”四大弟子已经全部到齐，只差她这个最小的“子门”师妹了。墨家子弟的排行辈次与天下学派大不相同。寻常学派或者剑士门派，辈次严格，师承关系按照血缘关系类比排列，分为师祖、师爷、师父、学生几代，同门旁系则称师叔祖、师叔等，一个学派就是一个严格有序的家族序列。墨子兼爱天下，所有求学的子弟不分辈次，一律互称师兄师弟，全部墨家只有墨子一个被称为“老师”。学生的辈次排列按照地支分为子、丑、寅、卯四个梯次，分别称为子门、丑门、寅门、卯门。梯次的划分不按照进入墨家的先后和受业的顺序，而是按照学生的才能特长与职守划分。“子门”弟子很少，均是文武工三方面造诣很高的资深弟子。“丑门”弟子以修文和辩物（即后人说的科学）为主，都是些有奇思妙想的特异之才。“寅门”弟子以兵学（不是单纯的剑术武功）为主，是墨家实行“非攻”防御和诛灭暴政的主要力量。“卯门”则全部是少年弟子，边耕耘边修习，长大后视其特长分别列入各门。墨家的四门弟子之外，还有一个“虎门”，全部由因为各种各样的原因无法读书识字但又必须收留的特异人物组成，这些人不列为墨家的正式弟子，但却必须接受墨家严酷的训练，人人都有精湛的剑术和搏击术。这些虎门弟子是神农大山的险道关隘与墨家总院的主要守护力量，实际上就是墨家的一支私家武装。所有这些弟子（包括虎门非正式弟子），都没有身份上的尊卑之分，但却有极为严格的法纪服从，互称兄弟姐妹而不失令行禁止。

这种独有的爱心与理想，独有的平等精神与结构风貌，极大地凝聚着激励着所有的墨家弟子。他们热爱墨家，为了墨家的信念与理想，人人都准备随时献身。时人评说“墨家子弟，皆能赴火蹈刃，死不旋踵”！这种献身精神，是天下所有学派都望尘莫及的。

在墨家子弟中，玄奇是“子门”的唯一女弟子。玄奇的父亲和秦国的绝大多数青壮年一样，死在了年年都有的战场上。母亲也和绝大多数秦国女子一样，不到三十岁就累死在桑麻田中。从三岁开始，玄奇就跟着大父在王屋山中的“鬼门”山庄生活。但是，鬼谷子一门从来不收女弟子。玄奇六岁时，爷爷跋山涉水，将她送到了神农大山的墨家门下。爷爷说，墨家最适合将人锤炼得自立于天地之间，且墨家又有“卯门”少年院，生活起居上也不用担心。那时候，老墨子秃头上的一圈白发已经霜雪一般，没有人能够说清他的年岁。念及和爷爷的忘年之交，老墨子才破例收了这个秀丽聪敏的小女孩儿。在墨家的十二年中，玄奇显示出非凡的天赋与刻苦勤奋，对墨家经典、各种技能以及兵学剑术，均有上乘的修习造诣，仿佛墨家的一切都天生地与她的好恶相合，竟使她孜孜不倦如鱼得水。她的天赋与品性深为老墨子所欣赏，破例将她排列在“子门”，成为墨家年轻一代的重要人物。

先行到达的墨家四大弟子是禽滑釐、相里勤、邓陵子、苦获。墨家事务由这四人主持，已经有了十余年的时间。见玄奇匆匆进来，苦获笑道：“小师妹，就等你了，快坐。”玄奇答应一声，坐在了最末位的石礅上。

“三位师弟，玄奇师妹，今日有要事相商。”首座弟子禽滑釐已经五十余岁，睿智威严，素来不苟言笑，此刻肃然道，“三月之前，秦国在渭水草滩刑杀七百庶民。今日，焦明从秦国飞回，带来的消息是，秦国又在渭水斩决十二名族长和郿县县令赵亢。这是天下进入战国以来，最大数量的暴政杀人。主刑杀人者是秦国的左庶长卫鞅。此人号称变法强国，实则蒙蔽国君嬴渠梁，推行霸道暴政。此等震惊天下之大事，发生在墨家眼前，诸位以为，该当如何处置？”

邓陵子性急，不待禽滑釐话音落点已经面色通红，一口楚语短促尖锐：“以变法之名，行杀人之实，当是暴政无疑。暴政必杀啦！此乃墨家救世之准绳。不用商议，立即派虎门剑士诛杀卫鞅！”

“莫急。”宽厚稳健的相里勤悠然一笑，“墨家尚同。要‘同’，就要议，不议如何得‘同’？当初三家分晋后，魏国李悝率先变法，也有弊端，杀了不少人，然毕竟是强了国富了民，给天下带来了极大变化。也就是从那以后，老师决意对列国变法取审慎对策，不轻易将变法杀人做暴政对待。为此，我墨家多年不出山行做。今卫鞅在秦国变法，本是好事，第一次杀了七百人，我墨家也没有轻率出动，而是派了十余名精干弟子去细致打探。这次送回的消息，非但又杀害十三族长，而且还有一个县令赵亢。这赵亢乃秦国云阳名士，其兄赵良是稷下学宫唯一的秦国士子。赵氏兄弟素有贤名，民间口碑极好。杀得此人，足以证明卫鞅变法大有暴虐邪恶处。上次所杀七百余人的详情，苦获师弟，你谨细，说说。”

苦获嘴唇厚阔，永远拧着眉头，似乎总是在愁苦地思虑：“卫鞅第一次杀的七百人，有三百一十三人乃孟西白三族之庶民与戎狄移民，二百一十六人乃三族隶民，一百零一人乃国中疲民，四十人乃游侠剑士，三十三人乃各族族长，二十一人乃族中巫师。共杀七百二十四人，确为滥使刑杀，震惊天下。这次又杀了秦国名士赵亢和勤耕不辍的白氏族长。此等暴政酷吏，即或变法成功，也是涂炭生民，用庶民鲜血浇灌一己功业，必须给予严厉惩戒！否则，墨家之兼爱天下就是空谈。”苦获一字一板地说来，肃杀痛心，场中一阵沉默。禽滑釐点点头，问：

“玄奇师妹，你对秦国甚为熟悉，有何见地？”

“玄奇师妹，如何？病了？”相里勤关切问道。

玄奇面色苍白，愣怔着不说话，见相里勤发问，猛然惊醒过来，脱口道：“不会！绝不会如此！他如何能行暴政？定然错也。”

“玄奇师妹，你说如何？谁出错了？”禽滑釐正色问。

玄奇默然了。她知道墨家子弟探事的传统和法纪，那是绝对不允许出错的。可是，说秦孝公推行残害民众的暴政，她是决然不会相信的。秦孝公是国君，卫鞅变法如果滥杀无辜，他岂能不知？知道了又岂能允许？如果他知道而且也不反对，那就一定另有隐情。然则，墨家探事子弟带回的消息证据确凿，她能说什么？将近一年，她一直在齐国，对秦国的情况确实不甚了了，能仅仅用自己的信任推翻探事子弟的证据么？自然不能。然则，秦孝公与卫鞅是暴君酷吏么？绝不可能。一时间，玄奇心乱如麻，强自镇静道：“玄奇以为，秦国刑杀之事，定然另有隐情，尚须再查，不宜轻动，请四位师兄详察。”

禽滑釐道：“玄奇师妹，是否暴政，墨家素来看事实。你所言隐情，乃是一种臆测，如何能改变查核过的事实？”

邓陵子锐声道：“玄奇师妹。是否你自己心中有隐情？秦国目下是任何人都敢杀，连巫师、游侠都杀。更可恨者，连最穷苦的隶农都杀！墨家兼爱天下，如果不为庶民苦难伸张正气，我墨家有何面目对这‘政侠’二字？墨家向来不徇私情，师妹当自省才是啦。”

“邓陵子，且莫如此讲话。”相里勤平静地笑笑，“要‘尚同’，必有争议。玄奇师妹纵有私心，也不至于为暴政张目，无非要查清楚罢了。现既已查清，玄奇师妹也会和我们一样的。”

苦获硬邦邦道：“事不宜迟，当尽快动手，灭暴政气焰，为怨民张目。”

玄奇急得面色通红："不然。若诸位师兄皆持此论，玄奇提请老师定夺。"

四人一怔，一时沉默无言。墨家事务多年来已经由四大弟子处置，事后只对老墨子禀报结果。但老墨子当初交出权力的时候立下定规：一、子门首席弟子禽滑釐只是主掌事务，不称巨子，墨家巨子仍然是他本人。二、参与议事的任何一人若对决策提出异议，必须禀报他裁定。也就是说，子门弟子们对大事的意见只要一致，就可以不经过墨子，意见不一致，则必须经过老墨子。

多年以来，第一次出现此等情况，四大弟子不禁惊讶沉默。

禽滑釐沉吟有顷道："好，就交由巨子定夺。日暮之后，尚同坊会合。"

二　老墨子愤怒了

神农大山中的秋日忒短，晌午饭刚过一个时辰，茫茫山林就暗淡下来。

墨家讲究节用苦修，即或财货富有，也生活得异常简朴。墨子和子弟们一样，一天只吃两顿饭。第一顿叫"早饭"，在早晨的辰时，日头爬上山顶的晨练之后。第二顿叫"晌午饭"，在未时太阳西斜之际。晚上叫"喝汤"，不算做正餐，只供给耕田、采药、习武和职司防卫的虎门弟子。有大的全体性行动时，则所有人都有晚汤。目下正常时日，玄奇没有必要喝汤，太阳落下西山之后，便向总院城堡最深处的尚同坊而来。

尚同坊在山根，是老墨子会见弟子议论大事的山洞。所谓"尚同"，就是崇尚同一。见诸实践，就是追求统一。这是墨子的十大主张之一，用之于山洞命名，寓意着这座山洞是弟子与老师达到同一主张，从而统一行动的地方。随着老墨子年高隐退，墨家弟子们已经很少在尚同坊议事了。玄奇在神农大山十二年，只在这里和老师见过三次。当然，她作为老墨子晚年唯一的亲授弟子，一年中总能见到老师几次。但在这里和老师见面与在书房和老师见面大不相同。在书房解惑，老师是一个慈祥的老人，但在尚同坊议事，老师就变成了坚刚严厉的“巨子”。每逢在尚同坊议事，玄奇便忐忑不安，觉得这里最缺少墨家的亲和，连老师在内，每个人都冷冰冰的。将近山洞，她又一次心跳起来，总觉得心里不踏实，但一想到老师的明睿深邃和博大胸怀，又一下子坦然起来，步子也不觉轻快了。

尚同坊原先是个滴水的岩洞。墨家建城，那些通晓百工的弟子们，在墨子指导下将这座阴暗潮湿的滴水洞进行了大改造。非但神奇地解决了滴水，而且凿出了几条通向山体外的风洞光窗，干爽山风浩浩涌入，日间还可以照到一两个时辰的阳光。数年之后，这座山洞便成了干燥舒适的一个所在。最奇妙的是，这座山洞流进来的风中充满了浓郁的绿树山花的清新香味儿，竟是山中其他任何地方也没有的。谁走进这里，都要情不自禁地做一番深深的吐纳。为了这个奇妙的好处，四大弟子一致认为应该将老师的书房建在此处，有利于老师延年益寿。老墨子却哈哈大笑道：“老夫兼爱天下，岂能独享上天所赐？”于是这座山洞做了尚同坊，平日里谁都可以来，身体衰弱的弟子，还可以搬到尚同坊隔开的小间里养息。

此刻，执事子弟已经将石礅在洞口的岩石平台上摆好。按照墨家的“节用”规矩，凡有山月，便不可掌灯。今夜秋月高悬，明澄清澈，自然便成了月下议事。玄奇第一个到来，她看了看石礅位置，便将一个自己带来的绵垫儿铺在了老师的石礅上。正在收拾的少年执事弟子笑道：

“玄奇姐姐，我知道你会带来的。我等要铺上熊皮垫儿，老师准定要骂要扔。只要你铺上，老师皱皱眉头也就坐了。真没法也。”玄奇笑道：“老师年高，石礅冰凉，略微衬衬最好。熊皮太烧，老师尚健旺，坐不得。这个绵垫儿干脆留下，我不参加议事时你就给老师铺上。”少年高兴道：“好也！听玄奇姐姐的。我去请老师了。”便一溜小跑走了。

离尚同坊一箭之地的一座小竹楼里，一个老人正凝望着天上的月亮沉思，一动不动，仿佛伫立在那里的一座铜像。良久，老人一声沉重的叹息。

“老师，师兄师姐已经到了尚同坊。”少年弟子跑来轻声禀报。

“知道了。”老人转过身来，“走。”

“老师，请穿上这双布履，很软的。”少年蹲下来为老人穿鞋。

“忒烦。老夫一生打赤脚，小子不晓得？”老人笑骂。

“玄奇姐姐说，秋霜冰冷，脚下要暖和一些。”

“又是玄奇姐姐，小妮子！难道老夫秃顶，也要戴上绵冠不成？走也，休要啰嗦。”老人一边笑骂，一边下楼，竹梯竟然毫无声息。下得竹楼，老人赤脚走在石板道上，脑后一圈长长的白发衬着红亮的秃顶，大袖飘飘，步履轻快，没有丝毫的老态。

这个老人，就是名震天下的墨子。

春秋以来，有两个名声若日月的“子”使天下人扑朔迷离，一个是鬼谷子，另一个就是这个墨子。所谓扑朔迷离，一是没有人能够确切地说清他们是何方人氏，二是谁也不知晓他们活了多大年岁，三是他们都有天下人所不能理解的诸多特立独行处，多被人骂为“贱行乖僻”。

先说这一，鬼谷子生身生地虽然朦胧，毕竟还限定在中原哪一国人的争论上。这墨子不然，尽管有人说他是宋国人，在宋国做过大夫；也有人说他是鲁国人，在鲁国儒家求学多年。但更多的人认为，他根本不是华夏子民，而是来自西方异国的怪人，甚或有人说墨子根本就是天外来客！因为他生得与中原人迥然有异，高鼻深目，身材高大却又略有佝偻，天生秃顶，一生赤脚。儒家的孟子最恨墨子，一骂他“无父”，二骂他“摩顶放踵利天下”。“无父”是骂墨子生身不明，终身无家，自己无生父，也不做人生父。“摩顶放踵利天下”，骂的是这个秃顶（摩顶）没有别的本事，就是凭着一副异相与一身苦行施小惠于天下。言外之意，是骂墨子没有正经的救世主张。首座弟子禽滑釐气愤孟子刻薄，请老师自陈身世以正视听。墨子大笑：“圣者以言行立于天下。吾生于何方，与大道何干？”竟是不予理睬。后来，墨子无意中对苦获说了一句：“吾乃北方之鄙人也。”只此一句，言犹未尽，却不再说了。究竟是北方何地何国？戎狄？匈奴？还是华夏？谁也不知道。

再说这二，鬼谷子与墨子都在春秋中后期和战国初期有频繁作为，谁也说不清他们活了多大年岁。鬼谷子的知名弟子主要在战国初中期，还可以大体上说个八九不离十。墨子则几乎无从说起。他在儒家与孔子的孙子子思同门修习，不满儒家的迂阔复古，与儒家子弟们激烈论战，使孔门三盈三虚，名声大振，旋即自创墨家学派，长期在列国奔走推行。这该当是春秋中后期的事儿，到战国初期，已经有将近百年，墨家已经是天下显学了。孟子是子思的学生，子思已经不在人世了，儒家的孟子也已经成了风云名士，可与子思同门修习的墨子竟然还时时有蛛丝马迹。说老墨子还活着吧，经常是十数年不见动静，这在战国大师级的名士中几乎不可能做到。可说老墨子死了吧，又常常在人们完全无法想象的时候突然地闪现——有些事是只有老墨子才能做出来的。久而久之，老墨子就变成了神龙见首不见尾的神秘人物，谁也说不清楚他的生灭踪迹。有人说墨子早死了，有人说他还很健旺地活着，还能活一百年。就是身边的弟子，也没有人能说清他的确切年岁。

这三就更是说不清楚。鬼谷子与墨子，都有世人难以理解的奇特主张和行为。鬼谷子崇尚法制、权谋与兵学，认为只有这些强力神秘的东西才能消灭人的恶性。他诋毁一切迂阔无用的儒家道家阴阳家，门下弟子不是治国大才就是军中上将，前者如李悝，后者如庞涓孙膑以及后来大名赫赫的苏秦张仪等。墨子则不然，他仿佛生来就有悲天悯人的襟怀，痛感庶民的无尽痛苦，对治国弄权那一套很是冷淡，所有的学问都为了拯救贱民。他提出了救世的十大主张：兼爱、非攻、节用、节葬、尚贤、尚同、敬天、明鬼、非乐、非命。这十大主张都是为了穷苦的贱民和辛辛苦苦不得志的贤者。十大主张中，兼爱是根本，是太阳，其余的都是兼爱生发出来的星辰枝叶。墨子非但这样说，也实实在在地这样做。不娶妻，不生子，布衣赤脚，粗茶淡饭，自耕自食，风餐露宿，带着弟子奔走列国，教庶民百姓百工之术，制止强国对小国弱国的刀兵欺凌。贵族名士骂他的所作所为是“贱人之行”，是“无父之徒”，极尽刻薄。但墨子从来不为所动，坚韧不拔的身体力行，人格学问竟像泰山北斗一般矗立起来，名振列国，天下景仰。追随墨子的弟子越来越多，墨家的势力也越来越大。而且这些弟子都是忠心耿耿，一声令下，赴火蹈刃，死不旋踵。鬼谷子的怪异，在于惊世骇俗的多种高精尖学问，不是治一学而成大家，而是治多学皆成大家。这在天下诸子百家中绝无仅有。墨子的怪异，则在于终其一生与世俗强权格格不入，胸怀经天纬地之才而甘为贱人苦行，不做官更不求官，风风火火地奔走全部为的扶弱救困；兼爱天下，蔑视强权，却在墨家内部搞出一套权威分明的“巨子”制；巧思巧工，连著名工师公输班都自叹弗如，却又崇信鬼神怪异……端的是庞大博杂得理不出头绪。这样的流派，诸子百家中更是绝无仅有。

然则，无论多么不为天下人理解，数十近百年间，墨家无可置疑地成了天下诸侯谁也不敢小视的一支力量。有人说，墨家是天下的“政侠”，是超然于所有国家之外的正义力量。强悍的大国纵然有战车铁骑，可是对那些无处不在无孔不入的墨家剑士也畏惧三分。天下之大，唯墨家敢于仗剑而起，血流五步，而使天下缟素！这对一切邪恶的力量都是一种极大的震慑。春秋战国之世，大国提起墨家就摇头，小国提起墨家却赞美不止。暴虐国君说到墨家就额头冒汗，贤明国君说到墨子就坦然舒畅。

虽则如此，进入战国，老墨子还是深居简出，诛暴利剑轻易不出鞘了，墨家大队也极少开出这座神农大山。将近三十多年，天下关于墨家的神奇故事渐渐少了起来。有人说墨子早已经死了，墨家也散伙了。流言传入深山，老墨子哈哈大笑，但依然隐居大山纹丝不动。

老墨子踏着月光，走得很轻快。他很瘦，很高，头很大，宽阔的前额和那片红亮的秃顶连成了一片广阔的智慧高地，一圈霜雪般的白发在高地边缘银丝闪亮，恍若红色岩石上永不解冻的冰雪。他的步幅很大，一双大赤脚片踩在冰冷的青石板上，发出与穿鞋者一模一样的清晰坚实的脚步声，可知他脚上的老茧有多厚。玄奇有次笑问：“老师脚上的老茧，有大禹腿上的老茧厚么？”老墨子大笑：“大禹只磨了十三年，股茧何足道哉！老夫脚茧，唯刀币可比耳！”

当墨子走到尚同坊外的时候，已经远远看见了等候在月下的弟子们的身影。弟子们也已经听见了老师的脚步声，一齐在岩石平台上遥遥拱手：“子门弟子恭候老师。”老墨子大手一扬：“多日不见，想尔等小子也。”一阵大笑，山鸣谷应。

玄奇快步走来，扶着墨子走到中间石礅前。老墨子看看石礅上的绵垫儿，又看看玄奇，摇摇头却没说话，便坐了下去。执事的少年弟子在背后偷偷向玄奇做个鬼脸，玄奇不禁“嗤”地笑了出来。老墨子回头一瞪眼，少年弟子连忙便跑，玄奇和禽滑釐几个哈哈大笑，老墨子笑骂道：“小子好没出息。”瞬间笑容敛去，缓缓道，“何事？说。”

禽滑釐拱手道：“禀报巨子，卫鞅在秦国名为变法，实则大肆杀戮。我等议定诛暴救秦。玄奇师妹提出异议。呈请巨子裁决。”

“玄奇，说说你道理。”老墨子淡淡缓缓。

玄奇从石礅上站起拱手道：“禀报巨子，玄奇以为，卫鞅乃法家名士，嬴渠梁乃发奋之君，他们君臣不会乱施刑杀，其中定然另有隐情。望巨子详查定夺。”

“玄奇，你清楚卫鞅？清楚嬴渠梁？”老墨子半闭的眼睛陡然睁开，锐利的目光从深邃的眼眶中射出，仿佛能穿透人的五脏六腑。

“禀报巨子，玄奇在魏国安邑见过卫鞅，其人举止方正，论政极有见地，是以玄奇曾助他逃出魏国。秦国新君嬴渠梁，玄奇随大父见过两次，其人发奋图强，求贤若渴，决然不是昏暴国君。请巨子详查定夺。”

老墨子微微冷笑：“玄奇，尔语音颤抖，面色泛红，辞色偏激，何曾有墨家子弟论政定暴之公允心境？从实说，尔之论断，有无隐情？”

“老师，不，巨子。”玄奇骤然慌乱起来，脱口而出，“他决然不是暴君！不会滥施刑杀！”

老墨子声音一沉：“玄奇，你对申不害、韩侯，也会如此论断么？”

“禀报巨子，玄奇不清楚申不害与韩侯，不敢贸然评判。”

“玄奇，”老墨子冷冷道，“小小年岁，就有了机心？尔与大父，在韩国和申不害谈论三个时辰，何以不敢贸然评判？”

玄奇大感意外，一时语塞，竟说不出话来。

“再说，尔为何对秦国新君如此坚定，竟不顾墨家查实的消息？”

玄奇本想将自己对嬴渠梁、对卫鞅、对秦国的了解和想法向老师细细讲说，也相信老师会像教诲学问时一样耐心听，认真想。万万没有想到一开始就让老师觉得不对味儿，将自己陷于尴尬困窘。关心则乱，智慧的玄奇心乱如麻，后悔自己没有冷静地准备说辞，也后悔自己忘记了老师在作为“巨子”断事时和作为“老师”解惑时是截然不同的两个人。此时此刻，说自己和这个新任国君有渊源么？万万不能，那样非但会在墨家被定为“私情枉法”的大罪，而且会给他帮倒忙，使事情不可收拾。那么，如何解释自己明确坚定的评判？看来只有将错就错，好在自己并不违背良心，不是为一个真正的暴君开脱。心念及此，玄奇抬头看着老师，明明朗朗道：“回巨子，对秦国新君的评判，乃弟子亲自勘察所得，当否，尚请巨子决断。”

邓陵子冷笑道：“勘察？玄奇师妹，你对申不害难道就没有勘察啦？”

老墨子大手一挥：“邓陵子休得多言。论事焉有诛心之理？”

禽滑釐拱手道：“弟子以为，秦国之事当重事实。玄奇师妹与秦国素有渊源，且在栎阳见识过秦国新君，持有异议不足为奇，现已尚同，巨子不必追究。”

“好！禽滑釐襟怀，尔等当做楷模。”老墨子爽朗大笑，又骤然收敛，肃然道，“秦国暴政，老夫略知。我墨家三十余年收剑封刀，意在观天下变法之效。目下韩国、秦国、齐国都在变法，然均以杀戮为变法手段，不去触及根本。墨家要让天下知晓：靠杀人变法者，天理不容。墨家要给天下一个警示。尔等以为，当从何入手？”

“从秦国入手！”四大弟子异口同声。

墨子面色肃杀：“正是如此。秦族虽生东方，然又起于戎狄，长久征战，本多暴戾之气。若以变法为理由，杀戮过甚，这个国家就会走上邪路，庶民就会永无宁日。不给秦国以血之告诫，秦国君臣就不会珍惜庶民性命。尔等说说，该当如何告诫秦国？”

禽滑釐：“弟子之意，当由邓陵子师弟率神杀剑士三十名潜入栎阳，取卫鞅首级。由苦获师弟率虎门勇士二十名，将嬴渠梁擒来总院，由巨子给予教诲。另由弟子与相里勤师弟率墨家剑阵，在陈仓峡谷接应。”

“大师兄部署甚善，敢请巨子定夺！”邓陵子很是激奋。

老墨子凌厉的目光盯住玄奇：“邓陵子一路，当由玄奇率领。其余可也。”

玄奇看着老师，惊讶愣怔着说不出话来，猛然一头栽倒在地上。相里勤惊叫一声，上前扶住玄奇：“苦获，快，银针！”

老墨子脸色骤变，大袖一甩：“成何体统？让她醒来见我！”大步而去。

老墨子显然很愤怒。他虽然将墨家的日常事务交禽滑釐率子门弟子处理，但最重大的决策和最重要的权力仍然掌握在自己手里。其所以如此，并非墨子以权术之道治理学派，而是基于非常实际的考虑。一来是自己并没有年迈力衰神志不清。二来是唯恐弟子们在大行动中有失洞察而损害墨家的信仰。三呢，则是墨子对自己的骨干弟子们不很满意。虽说禽滑釐几个大弟子也算久经风雨，但在胸怀气度学问技能以及品德修养方面，总是缺少一种大师风范。这一点，墨子倒是佩服自己的宿敌儒家，孔子之后竟然出了个孟子，将濒临绝境风雨飘摇的儒家硬是挺了起来，在战国时期仍然成为天下显学。自己身后眼看是没有这样的大才，墨子心中总是有些空荡荡的。对于墨子而言，没有妻子，没有儿子，完全不是何等了不得的大事。但在毕生开创的正义大业上没有一个理想的继承者，却是一种深深的遗憾。

墨子相信天道鬼神，认为这些冥冥之中的意志，总要在人世寻找一种防止人群颓废堕落的力量，这种力量就是自己和自己创立的墨家。墨家的正义之剑之所以所向无敌，从根本上说，是天道的意志，是鬼神的力量。上天其所以选择墨家，那是因为墨子具有超凡的天赋品性和学问技能，他所倡导的主张能够代上天言道，能够代鬼神辨明人世间的善恶恩怨，能够坚如山岳般的惩恶扬善。

墨子没有父亲，母亲是遥远北方的大山里的一个女人。在墨子的记忆中，母亲独居大山，一生都没有见过一个男人。有一年春天，女人到山中砍柴，累倒在清泉边的山石上，梦见一只黑色的大鸟飞入怀中，醒来时已经生下了一个男孩儿。母亲给他取名“乌”，因为他是黑鸟的儿子。母亲说他生下来就是只有一圈头发的秃头，脚很大，脚茧厚得教人吃惊，就像一个沧桑跋涉的老头儿。墨子记得自己长得惊人地快，六岁时已经成了一个身高五尺的少年。幼小的他，内心总是隐隐约约地觉得自己应当离开大山，应当向南边去，整天怔怔地望着南天发呆。八岁时，健壮的母亲竟然莫名其妙地死了，无疾而终，仿佛到人世来就是为了生下这个儿子。墨子在山腰密林挖了一个土坑，埋葬了母亲，就漫无目标地向南方流浪。记不清走了几年，墨子终于到了繁华富庶的华夏中原。

在大河南岸的宋国，一个小吏收留了这个怪异的小流浪者，让他做家里的仆人。

小仆人在收拾书房竹简时，竟觉自己对竹简上的字似乎隐隐约约都认识，等主人回来一问，竟然念得大体都对！小吏大惊，视为天人，立即举荐给宋国君主。于是，小仆人“乌”就做了宋国的太庙小吏。“乌”觉得自己的名字不好叫，自己给自己改名，将“乌”变做“墨”为姓，取名为“翟”，意思是深山里飞出的一个长尾巴的野鸡。从此以后，中原就有了墨翟这个人。三年以后，墨翟辞官挂冠，出游鲁国，在孔子的后辈儒家门下求学。那时候，墨翟才十八岁。可是这个秃顶赤脚高鼻深目的青年，却惊动了所有的儒家弟子。他好像延续了一种未知的智慧，对艰深博大的儒家学问过目不忘，一通百通。一年之后，墨翟开始向儒家挑战，驳斥儒家学派的荒谬虚伪守旧迂阔。儒家子弟轮番上阵，却不能抵挡。即使孔子的孙子子思，在与墨翟的论战中也败下阵来。天下学子闻名而来，大会鲁国，却都尽在听墨翟论学，使儒家丢尽了脸面。儒家子弟群起声讨，墨翟愤而离开儒家，到处讲学，几年内便创立了自己的一套墨家学说。

天下名士无不惊异，一个不到三十岁的后生学子，如何竟能提出非饱经人生忧患而不能提出的许多高深命题和主张？更重要的是，墨翟提出的这些主张，个个击中人世苦难的要害，每一个命题都焕发出绚烂的光芒，给劳苦庶民和饱受蹂躏的人世，活生生呈现出一张救世的风帆。更令天下学子汗颜者，墨子非但言论惊人，行动更是惊人。他是天下学派宗师中唯一拒绝入仕而苦行救世的一个。布衣粗食，扶危济困，诛杀酷吏，消灭暴政，使兼爱的光芒普照苦难的人生——这种境界，这种精神，这种意志，这种品性，这种力量，是天下任何学派都不能望其项背的。

天下名士尊墨翟为墨子，推墨家为天下显学。

当然，墨子也不是没有敌人。除了儒家处处刻薄恶毒的咒骂——墨子对那些刻薄言辞从来报以轻蔑的大笑——也还有稳健有力的正面敌人，这就是法家。法家是战国时代一支最有实力的正面力量。他们认为，墨子的主张与行为乖张偏激，只能拯救人世的小苦小难，而无法使庶民实实在在地富裕，无法使国家实实在在地强大。与其竭尽心力帮助弱国防止侵略，何如法家全心全意地使弱国强大？与其一点一滴地扶危救困，何如法家推行变法而使国富民强？墨家是扬汤止沸，而法家是釜底抽薪。这是法家最有力的驳斥。更重要的是，法家反对墨家无视国家法制的侠义行为，认为墨家对变法潮流是一种悖逆，是一种褊狭的扰乱，根本上与儒家的迂阔倒退没有两样！

墨子可以轻视儒家，但是不能轻视法家。法家学子素来敬重墨子，从来没有一个法家名士对墨子进行过人身攻击。法家讲的是理，儒家骂的是人。假若墨子不是一个超凡的哲人，他也许会在法家的变法潮流和宏大立论面前自甘隐退。然则墨子不是这样，法家的发难，丝毫没有动摇墨子。从心底说，墨子也认为法家是匡正乱世的支柱，但是墨家守定的是人世间另一道警戒线，要“兴天下之利，除天下之弊”，要诛灭的是一切邪恶残暴，包括法家变法中出现的邪恶和残暴。人的恶性会从所有的竞争缝隙挤出来，自然包括法家变法这样的潮流。早期的李悝变法和吴起变法，都在邪恶的鲜血中失败，李悝退隐，吴起惨死。能因为魏国楚国变法，就抹煞两国变法中的残暴么？近几年韩国的申不害变法、齐国的齐威王变法、秦国的卫鞅变法，都充满了杀戮。韩国杀了几乎所有的权臣，齐国更是用大鼎烹煮官吏；秦国最甚，竟大肆杀戮平民农夫甚至最为苦难的奴隶！如此暴行，能因为他们是变法而一笔勾销么？天下没有变法固然不行，然则没有抑制变法暴行的霹雳力量更不行。没有墨家，没有墨子，天下暴君酷吏岂非要甚嚣尘上？

老墨子没有糊涂。他静观变法三十年没有出山，在于他期望天下变法能够以兼爱天下的博大胸怀去做，能够给天下带来平和康宁。可是，他最终失望了。且不说变法中的血腥暴行，就是变法后的强国，也没有变成温和自重的国家，他们依然在穷兵黩武，在频频用兵，在吞灭一个又一个小国弱国！假如变法不能给天下播撒爱的种子，反而使刀兵争夺更为穷凶极恶，变法之正义何在？如今，秦国这样一个具有好战之风的国家，又开始了杀人变法，即或它强大了，也只会给天下带来更多的灾难。

对于这样的残酷变法，墨家不应该给予惩戒么？

往远处说，墨家和秦国还是有些渊源的。在春秋诸侯蔑视秦国的年代里，只有道家墨家不将秦国做另类看待，照样入秦游学。尤其是墨子将根基扎在神农大山中时，曾经从秦国的南山商道运输了许多砖石、铁器与粮食进山。当时秦国虽然很穷，但对于墨家还是很敬重的，只要墨家有要求，秦国关卡从来都是顺利放行。秦国虽然不够强大，但是山东诸侯也奈何不了秦国。所以墨家也没有将秦国作为必须援助的小国弱国对待，长期以来，双方都保持着一种和谐的相处，井水不犯河水，谁也没有给谁带来过麻烦与不快。

老墨子的愤怒，在于他感到，秦国变法似乎完全忘记了墨家铲除暴政的力量，竟然敢如此大规模地严刑杀戮！是可忍，孰不可忍？骨干弟子们的反应也似乎太迟钝了一些。

老墨子本来在一个月前就看到了秘密弟子单独给他送来的密报，他没有动作，就是在等待禽滑釐他们的反应，想考校一下骨干弟子们对这件大事的反应能力。结果不如人意，老墨子老大不高兴。尤其是他最钟爱的女弟子玄奇，竟然为秦国暴行辩护，匪夷所思也。

老墨子站在小竹楼上，仰望中天圆月，不禁浩叹一声。

三　黑篷车主与神秘的工匠

函谷关东来的官道上，一辆两马驾拉的黑布篷车不紧不慢地辚辚行进着。

这辆车没有驾车的驭手。车旁一个俊秀少年，骑着一匹神骏的红马，手中一条马鞭，偶然在岔道口指点一下驾车的白马，并不时笑着对车中说几句话，显得兴奋而好奇。看看前面左手就是华山，少年笑道：

“公子，前面就是华山了。快看，好高吔！”车中一阵笑声：“往前走，南山更高了。”少年笑道：“如此平展展的田野，怎的都是荒地？”车中一声叹息：“这是魏国的客地，来来往往都是打仗，谁愿来种田？”少年问：“客地？如何叫客地？”车中人回答：“就是占别人的土地，自己顾不上治理。”少年笑道：“呀，明白了。这莫非就是秦国的河西之地？”车中人笑道：“你个小丫头，还有明白的时候？”少年嘘了一声笑道：“哎，姐姐，可不敢叫我丫头，小心人家听见。看，前边有人了。”只见车篷布中间稍稍张开，车中人显然向外望了一眼：“谁是姐姐？自己小心。奇怪，好热闹。”少年道：“狩猎？不像。耕田？也不像。秋收都完了，这么多人在田野里吵吵嚷嚷做甚？”车中人道：“打马，到前边看看。”少年噘着嘴：“算了，还是赶路要紧，你不着急了？”车中人拍拍车厢板：“已经到了秦国地界，如何不看？急甚？”少年做个鬼脸笑道：“好。主人不急，我急甚来？”说完一扬手中马鞭，少年坐下红马与两匹驾车骏马大跑起来。

片刻之间，已经到了纷纷攘攘的地头。马车停稳，少年下马，警惕地四周张望，不断下意识地碰碰腰间的短剑。车中走下一个俊拔的布衣青年，一方白巾挽着长发，站在地头饶有兴致地打量起来。

时已秋日黄昏，收割干净的田野极目无垠。原先井田里星星点点的民居竟然神奇地消失了，唯有残留的庄园杨柳，使人想到这里昔日的炊烟。井田之间又宽又高的“封疆”（田界）也没有了。更令人惊奇的是，田野中纵横交错的“阡陌”全部消失，都被开垦成了耕田，新翻的黄土踏上去特别松软。这种田间小道，纵的叫“阡”，横的叫“陌”，是专门用来供战车通行的。春秋以来，刀兵连绵，几乎没有不打仗的国家，所以这兵车阡陌是官府最看重的。农人要不留，战车来了横行田野，庄稼种了也是白种，所以无论多么需要土地，兵车阡陌是任谁也不敢动的。车道交错，占田极多。后来的《商君书》中有一篇《算地》，说田间道路加上星罗棋布的民居，占去了十分之四左右的耕地。虽然如此，谁也不能动，虽然车战已经被淘汰，但那些纵横交错荒草摇摇的车道却依然盘踞在田畴之中，将珍贵的土地分割成无数零零碎碎的小块。即或是最发达文明的魏国，也还保留着田畴中的废弃车道。如今在秦国，没有了封疆阡陌，平展展的良田一望无际，岂能不令人惊奇？

白巾青年大感新鲜，索性走到田野去看。身后少年紧张得一溜碎步跟了上来。

田野中散布着布衣褴褛的男女老幼。精壮男人们大多围在一名黑衣小吏周围，女人们则或聚或散地啧啧议论，总角小儿们则在松软的新土中追逐嬉闹。白巾青年走到青壮男子们聚拢的地方，只见那个黑衣小吏对着三个白发苍苍的老人高声道："记准了，六尺一步，百步一亩，不准丝毫有差！左庶长新法：步过六尺者罚，亩过百步者刑！诸位都是族中长老，素有公平人望，若有虚假，新法不容！"

一个老人拱手高声道："我等晓得，左庶长执法如山，谁敢触法？"

一个青年男子高声问："敢问王嗇夫，每个户主可是五百亩？"

"对。"黑衣小吏王嗇夫颇为矜持地一挥手，"开始，分地！"

人群一片欢呼雀跃，小儿们赶来围住一个老人拍手齐喊："走啊！走——"老人神色肃然地整整衣襟，双手抱拳向上天深深一躬，挺直身板，右手"啪啪"敲了两下膝盖，终于抬起了右脚。随着老人的右脚起落，小儿们高兴地数起来："一，二，三……"大人们则屏着呼吸跟着老人往前走。白巾青年也随着人们一步一步地向田野深处走去。人群后边，两名壮汉手扯麻绳拉成一条直线跟在老人身后，另有十几个青壮年手执铁铲沿麻绳堆起一道长长的田埂，算是新的"封疆"。终于到了地头，又有一群男人女人在田埂顶端立起了一方大石。

步丈土地的老人对着石碑高声念道：“地主——黑老六！地数——五百亩！”黑衣吏一挥手：“记定了，五百亩！黑老六！”人群哗然拍掌高喊：“自家的地！老六万岁！”一个粗黑的壮年人向人群后兴奋招手：“暮旦妈，快点拿来啊！”一个浑身补丁的女人挎着一个竹篮子从人群后挤出来嚷道：“谁能想到，咱这黑斑脎，还占了个鳌头！”众人不禁轰声大笑。

白巾青年注意到粗黑的黑六额角有一块肉红色的大伤疤，心念一闪，笑着问身旁一个后生：“敢问，这‘黑斑脎’为何物？”

青年笑得直流眼泪：“这黑斑脎么——何物？就是这，看见了么？”使劲地拍拍脑袋。

白巾青年疑惑道：“脎，就是头？”

后生摇头晃脑地学着斯文口气：“然也。”

白巾青年仍然不解：“那，黑斑脎[1]呢？莫非头上生了黑斑？”

后生使劲憋住笑点头：“差不多，就是说这人背运倒霉。他呀，原先是官奴，你没看见他脸上那块烙疤么？你不懂秦人土话？哪国人？”

白巾青年却笑指田野道：“快看，敬天了。”

精瘦黝黑的黑老六和挎竹篮子的女人，已经跪在了地头石刻下，身后还并排跪着两男一女三个少年。粗壮的女人从竹篮子里拿出两碗红色方肉和两碗染红了的鸡蛋，递给黑六。男人恭敬地捧着粗糙的陶碗，轻轻放到石前松软的土地上，又接过女人递过来的三支香点燃，小心翼翼地插到松土里，而后抱拳向天高声呐喊般道：“上天哪，上天，黑家九代为奴，给人当了三百年牛马。今日，我黑六有自己的地了，五百

[1] 脎，秦地古典方言，读上声，至今关中方言仍将头叫做“脎”。

亩！天哪，天，你老人家有好生之德，差遣左庶长秦国变法，奴人有了自由身，穷人可吃饱穿暖咧。求上天赐福左庶长大人寿比南山，永做农人的守护大神哪！”一番嘶喊，黑六泪流满面了。女人颤声高喊：“磕头！拜地！地神呀，年年保佑好庄稼！”一家五口连连叩头。田中农人们感慨唏嘘，喜极而泣，哭成了一片。

白巾青年神色肃然，两行热泪涌出，滴落在脚下松软的黄土中。

一个老人高声道：“今日乃我里大喜之日，晚来行社火大礼！县吏王大人和这两位小哥，乃逢喜贵客，务请到里社同喜！”说完，向三人深深一躬。

众人齐喊：“大喜同喜！来者有席！大喜同喜！来者有席！”

白巾青年深深一躬：“天地翻覆，理当与父老共庆。”身后少年皱着眉头，却也忙跟着深深一躬。

秋夜，山脚下的一座茅亭边燃起了几堆熊熊篝火。

这是新建的望华里，十个“井”的农户搬进了这座新村庄，八十户人家，腾出了井田中的六百多亩耕地，新居占用的土地是山脚下新开垦的荒地。那时候的亩分为大亩和小亩，大亩二百四十方步，大约相当于后来的九分地左右；小亩一百方步，大约相当于后来的半亩地左右。秦国商鞅变法开始时，采用的是东方诸侯传统的百步亩，直到定都咸阳后，才改制为二百四十步大亩。这是后话。这个新村的东南就是险峻的华山，白日里华山的巍峨青峰清晰可见，所以被命名为望华里。村中的十井八十户农人，都是原来孟西白三族的隶农。新法规定：隶农除籍分地成为新自由民后，须得与原先的宗主户分开，各自集中建里。其所以如此，是为了尽可能地避免无谓的歧视偏见与冲突，尽可能地消灭村族械斗的根源。这些昔日的隶农除去了隶籍，有了自己安身立命的土地财富，又和宗主户分开村落居住，身心在陡然间完全摆脱了束缚，获得了自由，第一次尝到了挺直腰杆做人的味道，其兴奋激动之情自然要狂放地发泄出来。

篝火周围摆了十多张长大木几，没有油漆，还是粗糙的木质本色。几前坐着村中的老人、县吏和作为贵客的白巾青年，以及那位始终拿着马鞭的少年。木几上摆着装酒的大陶罐，一碗方肉，一碗苦菜。木几外围，层层叠叠坐着望华里的男女老幼三百余口，十多人一圈，每圈中间有两碗菜一罐酒，总角小儿们在篝火间窜来窜去地嬉闹着。精瘦的黑六坐在长大木几的最边缘，显得很是局促。

木几中间的一个白发老人向县吏、贵客和黑六点点头，拍拍手，全场顿时安静下来。老人苍老沙哑的声音在夜空回旋："父老兄弟姐妹们，今日变法三喜：望华新里落成，土地重新分过，我等成了自由民！来，我等为此三桩大喜，先干这一碗了！"说着端起面前的陶碗和邻座白巾青年"当"地一碰。

"干！"全场轰然笑叫，叮叮当当碰起来喝下去。

老人一抹白须，慨然道："这社火大会，一来为了庆贺，二来为了交代一下公事。新法按一里一治，不再是一族一治。同里可以多姓杂居，族长不再是官府认可的吏员。村社公务今后就由里正办理了。我这族长从今日起，也就退隐了。王大人，请你委任里正吧。"

黑衣县吏站起来高声道："奉下邽县令之命，委任黑六为望华里里正，推行官府新法，依法治理民事！"

"彩！"全场拍掌欢呼，"黑六万岁！"

黑六满脸通红，站起来连连向场中抱拳打躬，使劲清清嗓子道："黑六蠢才，以往是个黑斑脎，斗大字不识半升。官府抬举，赶我这黑斑脎上阵，只好奉命。我望华里分为八甲连保，每甲十户。日后八个甲长要多操心，村人须得严守新法，不然，官府要连坐治罪哩。我望华里是新民里，大伙都是刚刚脱籍的泥猴黑斑脎，一定要争光！”

一个老人高声道：“里正放心，左庶长法令严明，孟西白三族族长都被处了斩刑，谁还敢以身试法？”

一个女人大声说：“只要日子好，犯法吃撑啦！”

众人大笑，乱纷纷喊彩喊好。黑六长胳膊一抡：

“好，舞社火了！”

“舞社火了——”众人一片欢呼，年轻的姑娘后生们笑着跳着，在篝火上点燃了事先准备好的松木火把，高高举着成群结队地跑向村边，小儿们也笑闹着窜前窜后，一片童声嚷叫，围绕新村的小道顿时成了一条火龙，一条欢笑的河流。很快，所有女人和壮年男子也都加入了社火行列，漫山遍野地挥舞着火把，手舞足蹈，粗犷热烈地跳了起来，放开嗓子满喉而吼，山野间充满了狂野的呐喊。

留在篝火边的老人们则点起了三炷香，各自拿出乐器，凝神地奏起村社歌谣。那乐器只是最简单的陶埙和竹篪，也是民间最基本的两样乐器。然而在月色清冷的秋夜旷野，却显得饱满而激烈，凄婉而悠长。《诗经》云“如埙如篪”，说的就是埙篪合奏的音乐境界。陶埙呜咽低沉，如泣如诉。竹篪清亮悲怆，如慷如慨。埙篪合奏，刚柔相济，将秦人秦风那种酸楚激昂的愤激情怀淋漓尽致地表现了出来。乐声中一个老人敲着瓦片，席地高歌：

皇天后土　育我子民
狐兔硕鼠　啐我苦心
背卧黄土　求我天神
灭却狐鼠　富我大秦

农人们深沉地唱和着：“灭却狐鼠，富我大秦……”

白巾青年听得泪光莹然，慨然长叹：“入得秦地，方知埙篪之个中三昧也！”主持社火开场的老人不禁问道：“后生呵，看你是个山东读书人。你说，魏国变法几十年了，庶民百姓有秦国这光景么？”白巾青年摇摇头：“老人家，魏国是蛇蜕之变，秦国可是龙腾之变，不能比也。”老人哈哈大笑：“说得好！秦国这龙头，就是左庶长！”白巾青年不禁摇头低声笑道：“老人家，可不敢这样说，犯忌也。”老人倔强地梗着脖子：“咋？犯甚忌？那是你们山东六国人的小肚鸡肠。我大秦左庶长说了，秦法诛行不诛心。懂么？年轻人。”白巾青年一怔，喃喃自语：“诛行不诛心。好，说得好，有长进。”又抬头笑道，“老人家，左庶长对老百姓好，老百姓也要对左庶长好，是么？”

“那还用说！”

“既然如此，不能给左庶长帮倒忙也。”

“帮倒忙？别急，我想想……你这后生想得蛮深，可是要去栎阳？”

“想去看看。”

“可是要去求官？”

白巾青年一笑：“做不了官，做生意。”

“做生意好啊。我秦人眼看日子就要好起来了，你等就将山东的好东西多运过来些。针头线脑呵，桑麻粗布呵，盐呵铁呵的。老秦人实诚，不会亏生意人。”

白巾青年大笑起来：“好啊老爹，我记住了，一定给你送来！”

次日清晨，那辆篷车离开了望华里。一上官道，少年甩响了马鞭，两马展蹄车行辚辚，向西疾驰而来。暮色时分，行至骊山脚下，西北方向的栎阳城已经遥遥在望。这时，骑马少年笑道：“公子快看，那是秦国骑兵么？好怪！”

车篷布掀开，白巾青年向骊山看去，只见大约一里之外一支马队从南边的山塬上飞下，马上骑士背负短剑身姿矫健，骑术显然十分高超，只是没有头盔铁甲，而且都是黑白两色的布衣，在秋日暮色中显得很是怪异。眼见马队倏忽间飞进了骊山谷中，白巾青年大皱眉头：“这不像军中骑兵，倒像游侠一般。然则，哪有结队成行的游侠？”说话间已经跳下车来，“莫慌，稍微等等看。”少年笑道：“晓得了。”便将内侧马匹的肚带解下来，做出修理的样子摆弄着。白巾青年则悠闲地踱步，眼睛却没有离开那道山谷。

片刻之后，只见山谷中断断续续地走出来二三十个挑担之人，最后是一辆咣里咣当的牛车。一出山谷，这些人便分散到不同的田野小道，从不同方向朝官道走来。白巾青年目光闪烁着低声道：“沉住气，照旧。”挑担者们陆续走上了官道，有人挑着干柴，有人挑着草药，有人挑着兽皮。他们都穿着黑粗布衣，擦着汗光着脚各自从篷车旁匆匆走过，没有一个人看白巾青年和少年一眼。

最后那辆牛车咣咣当当驶来时，赶车者拱手笑问：“先生何故停车？可否要我帮忙？”白巾青年连忙拱手回答：“马肚带断了，足下可修得？”黝黑的赶车人笑道：“常年赶车，小事一桩。小哥，我来看看。”走到少年面前，拿过马具肚带一打量笑道：“这八成新的肚带，如何能断？小哥会不会驾车？”少年低头：“刚学会。”“难怪。”黝黑汉子利落地从怀中摸出四根铁钉在口中抿抿，又从随身皮袋中摸出一个小铁锤和一块牛皮，将肚带在路边一块青石上铺平，用牛皮包住断口，当当当将四根铁钉钉实打平，递到少年手里：“好了。我走了。”白巾青年拱手笑道：“看足下做工，如同工师般神妙，佩服佩服。”黝黑汉子笑道：“多承褒奖，我本来就是铁工。好。你们走。”白巾青年问：“足下可是到栎阳做农具生意？不妨同行。”黝黑汉子道：“我是受雇给人送货。牛车忒慢，先生自管走了。”说罢，牛鞭一扬“嘚”的一声吆喝，牛车咣当咣当地走了。白巾青年望着牛车汉子的背影沉思有顷，说声：“走。”便上了车。少年上马一扬马鞭，车马辚辚而行，直到栎阳城外才赶上牛车和挑担者们。

白巾青年向车篷外一瞄，脚下一跺，篷车进了栎阳东门，直奔渭风客栈。

侯嬴正在焦急不安。五天前，安邑捎来书信，说白雪姑娘马上要到栎阳，一是先不要告诉卫鞅，二是就住在渭风客栈。侯嬴知道白雪办事向来准点准时，便准备好房间等候。按照路程，昨日就该到达，何以今日天色已黑还不见踪迹？侯嬴本想到左庶长府告知卫鞅，想了想，决定还是等等再说，今夜要是不到，那一定要去找卫鞅。正在庭院愣怔沉思间，猛然听得门外车轮之声，大步走出，却见一辆篷车已经停在门口，马上少年笑盈盈问：“足下可是侯嬴大哥？”有此一问，车中不是少主白姑娘还能有谁？侯嬴连忙拱手答道：“在下正是侯嬴。白姑娘，请。”

车中走下白巾青年：“侯兄，别来无恙？”侯嬴笑道：“一切尚好。白姑娘真教我认不出来了。请。”白巾青年笑道：“路途方便，岂有他哉。”便跨进了高高的青石门槛。

侯嬴领着白雪穿过两排宽敞整齐的客房，来到后院，又拐进一个圆门，来到一座僻静的跨院。但见小小庭院，三间精舍掩在黄叶萧疏的树木之中，石墙石门，坚固隐蔽，幽静非常。侯嬴拱手道：“白姑娘，栎阳不比安邑，只有这处小地方了。”白雪笑道：“多好啊！我还想不到你有如此幽雅的小院。他在这里也住过么？”侯嬴道：“正是，卫鞅兄在此住过三个月。河丫，快来见过白姐姐。”

“哎，来了。”精舍中一声清脆的答应，一个干净整齐的布衣村姑跑了出来，手中还拿着抹布，脸上红扑扑两团红晕，没说话先甜甜地一笑："大哥，白姐姐是哪个？"侯嬴指着白雪道："这位是白姐姐。"村姑天真地笑道："哟，好漂亮的大哥哥，是姐姐么？"说着一躬到底，却是男子礼法。白雪、侯嬴与少年一齐大笑起来。白雪笑道："这位是梅姑姐姐，也见过了。"村姑嗤地一笑："梅姑姐姐？这是甚叫法？"又是一躬到底。白雪梅姑被村姑的天真憨漫逗得乐不可支，白雪笑问："她是侯兄雇用的丫头？"侯嬴笑道："不是。她是卫鞅兄访秦时带回来的一个小村姑，家穷养不起，刚来时和泥猴一般，名字也是卫鞅兄取的，叫陈河丫。"白雪感动得眼眶一红，抚摩着小河丫的头发："河丫，跟着大姐。大姐教你不再受苦。"河丫咯咯笑道："我要回去了。老爹捎话来，我家有地了！大姐到我家住去，好么？"白雪笑道："好啊，一定去。"

说话间已经到了掌灯时分，河丫已经将房子收拾得妥帖干净，梅姑又利落地摆置好随身带来的一应物事，小庭院便成了温馨幽静的闺房。饭前，白雪将侯嬴叫到一边，悄悄说了路上的奇遇，两人商议一番便吩咐开饭。饭后分头稍事准备，侯嬴和梅姑换了装束，飞出了客栈。等了片刻，白雪也换了装束，出得客栈，向左庶长府悠然而来。

四　荆南突然失踪　刺客突然出现

左庶长府灯火通明，依旧一片忙碌。

抗田风波平息后，新《田法》在秦国势不可当地推行开来。贵族们一片沉寂，听任摆布。卫鞅却从这种沉寂中嗅到了一丝异味儿，几天来反复思虑，想捕捉到事情的症结。这天晚饭后，他将自己关在书房里，反复在墙上挂着的新法条幅前踱步思索回顾，想找出那种异常感觉的根子。思索良久，他的双脚还是钉在了《田法》下面。他觉得好像清晰了一些，可是始终抓不准那个点。这种感觉使卫鞅不禁扑哧笑出声来，想起了自己在山中修习时有几次身上发痒，将身上抓得大片大片红，可就是找不准那个“痒根”。一旦找到，只消用指甲轻轻一摁，轻微的一阵疼痛，身上的奇痒就海水退潮般荡然无存。可是你假如找不到那个“痒根”，就是将全身抓破也无济于事，痒还是痒。目下就是要找这个“痒根”，而且还不能乱抓。那个“痒根”往往是身上一个不起眼的小红点儿，虽然不是大伤口，可引起的全身不宁丝毫不亚于一个伤口和一场病痛。变法给秦国带来的这种异常气息，就是那种怪痒。可是，这个“痒根”究竟在何处？刑杀太重？不是。那是疼痛。赏功过烈？不是。那是眩晕。隶农除籍？不是。那是舒畅。抑制贵族？也不是。那是憋气。究竟在何处？

猛然，卫鞅脑海里一道闪电划过！他蓦然醒悟——对，是封地！

在秦国取消封地，而且以郿县风波为契机，先行取缔了太子的封地，这件事有点儿过头？对，是有点儿过头。将封地制度彻底取缔，本意是将世袭贵族养尊处优的基础连根拔除。然则，却给整个贵族和未来的功臣以无处着落的空荡荡的感觉，功劳再大，也就是爵位、官职与俸禄，还能有什么不朽的标记？再说，对国君好像也有一种激赏乏力的感觉。秦公颁布《求贤令》时，曾明确告白天下“宾客群臣有能出奇计强秦者，吾且尊官，与之分土”。自古以来，拥有一方土地，非但是人臣极致，也是君王激励国人奇士的最有力手段。如今，秦国的封地制度如果彻底取缔，在这战争连绵刀兵不断需要激赏功臣的战国时期，究竟好不好？完整保留封地制，自然不可能，那无异于回到诸侯制。但彻底取缔，似乎也太早。对，这里分明是“痒根”。既然如此，只消轻轻一摁可也。

如何“一摁”？卫鞅凝神有顷，爽朗大笑一阵，回头走向书案。

突然，卫鞅发现书案有异。紧走两步，仔细一看，竟是一支短箭钉在书案上。箭头下还带着一片白布，扯出一看，上面分明画着一柄短剑刺进一个白衣人的胸膛，下面还有四个大字——暴政必杀！卫鞅惊讶地四面打量，窗户、屋顶都没有发现异常，想不出什么人能够在什么时候将这短箭射进来？猛然，他心中一动，快步走出，廊下却不见了荆南。平日任何时候，只要卫鞅在书房，荆南都守在书房廊下。卫鞅赶出来，也正是想教荆南看看这样东西的来路。如何荆南突然不见了？卫鞅感到情境异常，却也没有丝毫惊慌。他知道，这种刺客依靠人多势众是防不住的，除非你永远躲在万马军中。他没有召车英和景监，重新走进书房，将书房门大开，灯烛全部点亮，对着书案上的白布短箭沉思起来。

“暴政必杀”——从这四个字看，刺客不是寻常的游侠，而是对变法刑杀有激烈仇恨的人或团体。这种人在秦国只有三种，一是秦国的孟西白族人和疲民游侠，二是上层贵族，三是赵亢之兄赵良。然仔细一想，又都不大可能。孟西白三族虽有数百人和几名族长服刑，但三族均是老秦之民，虽好勇斗狠，但却素来没有游侠暗杀的习俗，他们宁可公开决斗。秦国的游侠？自从数十名挑唆私斗者服刑之后，其余都被收缴兵器做了良民。目下他们都分了大片土地，兴高采烈地忙于整田，没有迹象要替犯法的游侠复仇。上层贵族虽有仇恨，但目下变法还没有从根本上触动他们的利益，谁有足够的仇恨心理来出头组织如此公然暗杀？好像一个都没有。赵亢之死，倒是有可能招致游侠复仇，他毕竟是秦国名士，其兄赵良又是稷下学宫的名士，在齐国多有交游。但是赵亢赵良兄弟都是儒家学人，素来与游侠格格不入，游侠剑士也素来蔑视儒家，两种人素不搭界，何能有一批本领高强的侠者为其复仇？

那么，是秦国之外的力量么？可秦国之外有何种力量呢？是期望秦国变法失败的山东六国派出的刺客么？不大可能。山东六国虽说早想置秦国于死地而瓜分之，但那只会通过正面的战争较量去完成，而不会采取谋杀手段。战国以来，大国君主和执政大臣历来崇尚阳谋——正面的实力较量，历来蔑视阴谋——背后暗杀别国君主和大臣。所以战国以来近百年之间，大国的内乱政变与杀戮，比春秋时代已经大为减少。一个国家以暗杀颠覆另一个国家的事，还从来没有发生过。大家都在憋足劲儿强国变法增长实力，谁也没想到暗杀对手而取胜。魏国在忙着整军迁都，韩国忙着变法练兵，齐国忙着整顿吏治，赵国燕国忙着争夺中山国，就是最没有生气的楚国，也忙着吞并岭南的山夷苗蛮。再说，山东六国确实还在嘲笑蔑视秦国的变法，谁也没有认真地将秦国的变法看成未来的威胁。此等情势下，哪个国家会花大力气做这种贻笑天下的勾当？如此说来，还有别的力量注视着秦国变法？何等力量呢？卫鞅心中闪过天下一个一个的学派团体，心中突然一顿，莫非……

正在此时，屋顶一阵极轻微的咯咯响动。卫鞅眉头一挑，快步走到庭院中的没遮拦处伫立不动。此时正当月初，没有月亮，夜黑如漆，秋风呼啸，卫鞅随风抖动的白色长衫分外显眼。卫鞅注目屋顶，已经看见两个极模糊的黑影伏在屋脊。他的右手轻轻搭在腰间，依旧一动不动地站着。

突然，屋脊上的两个黑影暴起！黑暗中只听一片尖锐的啸声，数不清的短箭从四面八方向卫鞅飞来。

瞬间之际，卫鞅腰间的素女剑正欲展开，却见一个黑色斗篷的身形从后飞出，扑入箭雨，剑光大起间短箭纷纷落地。黑色斗篷一个翻身，一只大鹰般飞上屋顶。此时屋顶已经有四个黑色身影打在了一起，显然有人拦住了刺客。待黑色斗篷飞上屋顶，只听一声尖锐的口哨，两个黑影凌空而去。

卫鞅在院中拱手道："何方朋友帮忙？请到屋中一叙，卫鞅尚要请教。"

屋顶飘然飞下一人，另两人却倏忽不见。卫鞅拱手道："请屋内叙话。"来人也不做声，默默跟随卫鞅走进书房外间。灯下，来人揭去面上的黑纱，卫鞅惊讶笑道："侯嬴兄？你如何也成了大侠？"侯嬴微笑："不是白姑娘，我岂能赶巧？"卫鞅一怔："你说白雪？她到栎阳了？"侯嬴点点头："她就在客栈，你去么？"卫鞅笑道："这还用问？走。哎，侯嬴兄，荆南失踪了。"侯嬴一惊："失踪了？何时？"卫鞅道："大约一个时辰。"侯嬴沉吟有顷道："先去客栈。这事我来查。"说着两人出了书房。来到庭院，卫鞅道："侯嬴兄稍待。"到旁边的政事厅对景监交代了一番，和侯嬴匆匆出门。

栎阳城本来不大，卫鞅二人大步匆匆，片刻便到。

小庭院外，侯嬴说他要处置几件急务，告辞先去了。卫鞅伫立在小门外，不禁思绪万千，敲门的手竟然迟迟停在半空。倏忽之间两年多了，他只接到过白雪托侯嬴转来的两封信，无限的思恋都被繁忙紧张的公务深深压在了心底，即或在更深人静的时分，他也是伏案辛劳，想国事多想白雪少。当他倒头睡去的时候，往往已经是鸡鸣五更，疲劳之极，连做梦的机会也没有。他唯一能做到的，便是左手长时间地抚摩在腰间那把柔韧的素女剑上。他知道白雪一定会来，但无论如何没有想到，白雪会在这个危险的关头来到栎阳。他自己被那个神秘的团体当做暴政酷吏盯上了倒也不当紧，白雪要被裹进去可就麻烦了，她要是有个三长两短，那比他自己出事更令他难以忍受。他多想白雪永远留在自己身边甘苦共尝，但又不忍心她为了他而生出意外。以白雪的性格，她知道自己所爱之人有危险，一定是舍身排解，可是，这次卫鞅面对的绝不是游侠之类的独行剑士，而是一个具有霹雳手段、高超技能、坚定信念和博大学问的诛暴团体。这个误会能否澄清？卫鞅自己能否安保无恙？连卫鞅自己也说不清楚。当此之时，白雪和自己在一起，的确有很大风险。

“笃！笃！笃！”卫鞅终于敲门了。

小门“吱呀”一声开了，梅姑兴奋地叫道：“姐姐！卫，大人来了！”

卫鞅一笑：“乱叫。这里有大人么？”便往里走去。

白雪已经匆匆迎了出来。黑暗中，两个身影紧紧抱在了一起，久久没有分开。梅姑抹着泪水跑进屋里去收拾了。良久，白雪放开了卫鞅：“瘦多了，胡须也有了。走吧，进去说话。”拉着卫鞅走进了自己的卧房。

白雪的卧房布置得精致舒适，明亮的烛光下洁净异常。一面大铜镜立在中央，挡住了背后帐幔低垂的卧榻。一柄短剑横置在榻前的剑架上，剑架后是两个堆满竹简的书架，书架与剑架中间是一方书案。除了铜镜和红色的帐幔，屋中充溢着浓浓的书卷气息，丝毫没有匆匆来去的临时居所的那种草率痕迹。

“没想到，这地方经你一收拾，竟如此惬意。”卫鞅赞赏地点头。

白雪红着脸笑道：“这是我在栎阳的家，岂能草率？坐，这儿。”说着在卧榻上拿过一个暄软的绵垫儿靠在书案旁的书架上，摁着卫鞅的肩膀让他靠着绵垫儿坐在厚厚的地毡上，“如何？可惬意？”

“妙极。比我那书房舒适多也。”卫鞅靠着书架，伸直双腿，身心顿时放松。

白雪跪坐在卫鞅对面，抑制不住的柔情写满在红扑扑的脸上：“给你说也，我慢了两天，是在路上被变法分田的喜庆景象给吸引住了。秦国乡野开了锅似的，热闹忙碌极了，山摇地动一般。隶农将你当天神般敬，富人说你劳民伤财草菅人命，可知晓么？我的左庶长大人！”

卫鞅笑了笑：“变法之难，难在起始。一两年内，骂声必多。目下有赞有骂，比我所预料的还好一些。你说，变法究竟变甚？说到底，还不是改变旧的利害关联，建就一种新的利害关联？隶农得益最大，自然最高兴。富裕农户尚未得益，自然怨骂。你且拭目以待，三年以后，秦国朝野定将对变法刮目相看。”

“何用三年？我在路上就刮目相看了！”白雪激动地拍手赞叹，又长长地出了一口气，“几多屈辱，几多弯路，你终于在这个穷国，扎实地迈出了第一步。一路上，我常常忍不住自己的泪水，我，真为你高兴……”白雪忍不住扑到卫鞅肩头又哭又笑。

卫鞅紧紧搂着白雪，抚摩着她长长的黑发，心中也是一阵异常的激动。只有在白雪面前，他那不苟言笑的冷峻才会不翼而飞，才是一个本色的男人，高兴了就想大笑，悲伤了就想流泪。那是因为她那温柔细腻而又明晰的女儿心总是像潺潺小溪，能够渗透到他心田的沟沟壑壑，激起他的豪情，挽起他的悲伤，点燃他的心灯，化解他的失落，使他情不自禁地现出内心的本色。当热热的泪水涌出眼眶时，内心淤积的阴暗和绷紧的心弦顿时溶化了松弛了。白雪滚烫的脸颊贴在他的耳根，同样滚烫的泪水在他的脸上涌流着，和他的泪水交汇在一起，温热的泪线顺着他的脖颈流向胸前和心头，就像一只无形的手在神奇地抚摸他的四肢百骸，使他物我两忘。

轻微的一声响动，梅姑放下了一个铜壶，轻轻带上门出去了。

两人终于分开。卫鞅揉揉眼睛笑道：“呀，这就叫温柔乡吧，几要醉了。”

白雪嫣然一笑：“快，来一碗热酒。”轻柔地将铜壶中的热酒斟进陶碗，双手捧给卫鞅。卫鞅接过，一饮而尽，啧啧道：“好酒！来块凉面巾。”白雪咯咯笑道：“啊，昏头了。等等。”起身从外间拿进来一方浸过凉水的面巾，跪在卫鞅面前为他轻柔地擦拭，而后又擦擦自己的脸，掠掠散乱的长发，将面巾撂进书案上的铜盘中，移坐案前斟茶。

“小妹，你和他们，方才都到我那里去了？”卫鞅笑问。

白雪沉吟有顷，点头“嗯”了一声。

“你在路上发现了他们？”

白雪点点头，又“嗯”了一声。

“你觉得是哪个路数？”

白雪摇摇头：“一下看不出来。但，我觉得绝非寻常的游侠剑士。”

“对，绝不是寻常游侠。”

“你知晓来路？”白雪惊喜道。

卫鞅摇摇头：“不能确定。我有一种预感，墨家神杀团出山了。”

白雪大大惊讶：“墨家？你从何推断？这可是太教人想不到了。”

“听我说。其一，瞄着变法，警语是暴政必杀。就是说，这暗杀，不是冲着一己仇恨来的，而是为了诛灭暴政权臣。普天之下，这样的团体焉有第二家？其二，荆南失踪。侯嬴兄当初对我讲荆南的身世和经历时，我就想到了荆南有可能是墨家的门外弟子。若是寻常游侠，荆南岂能毫无抵抗？其三，暗杀时机。目下国君正在西部巡视，我在栎阳独当国政，正是分而治之的时机。这种谋划与魄力，寻常游侠和团体决然没有。我断定，十有八九是墨家所为。你看，这是他们的警告袖箭。”卫鞅将书案上的带着白布画的短箭递给白雪。

白雪接过箭画端详：“发现这袖箭，距离刺客出现有几多辰光？”

“不超过一个时辰。”

白雪笑道：“还真有气魄，暗杀还先下战书，不愧是兼爱之心也。如此说来，当是墨家无疑了。你打算如何应对？”

“这是飞来横剑，应对方略我还得想想。我目下要说的是你。”

“我？说，教我做甚？赴火蹈刃，死不旋踵。”白雪念着墨家誓词笑答。

“你必须立即离开栎阳，回安邑等我。”卫鞅没有一点儿笑容。

“如何？我回安邑？不！”白雪惊讶得骤然高声。

“听我说，小妹。栎阳目下很是危险，依墨家的能力和缜密，渭风客栈一定是监视之列。尤其是今晚，你们狙击了他们的第一次攻杀，他们不久一定会发现你们。墨家虽讲兼爱天下，但对行动中的扰乱和对手却从不手软，历来如此。我了解墨家。非但你必须离开，侯嬴兄也必须离开，渭风客栈暂时关闭。”

“那你？你也逃出栎阳城么？”白雪淡淡笑问。

卫鞅哈哈大笑：“岂有此理？秦公托国于我，我岂能退避三舍？我还要看看墨家究竟有何种高明手段。”

“那我为何要离开？就因了些许风险？”

“你如何就不明白？”卫鞅着急起来，“你在栎阳，我不得几头分心么？万一你有个闪失，我……”

白雪见卫鞅如此为自己着急，心中一阵热流，思忖有顷，淡淡笑道：“好，我走，明天。”

“小妹。”卫鞅长长的一声叹息，“其实，我何尝想让你走啊！”

“我晓得。我走。”白雪嫣然一笑，“可是，今天晚上，你不能走。”

卫鞅笑了：“交换么？好，我今天不走。”

白雪轻轻抱住卫鞅，在他耳边悄声道：“在这儿稍等片刻，我安顿一下上路的事就来。”说完，轻盈地转身走出了卧房。

秋深凉如水，风停了，细细的霜花开始降落。白雪来到侯嬴屋中，侯嬴和梅姑正就着燎炉议论晚上的神秘刺客。白雪来到，说了卫鞅的主张，两人都很不高兴。白雪低声说了一个主意，两人又兴奋起来。三个人秘密计议了一个时辰，方才散了。

回到卧房一看，白雪不禁笑了。卫鞅手中握着一卷竹简，背靠着书架坐地，沉沉地睡去了。白雪拨亮了燎炉，伏身轻轻抱起卫鞅放到了帐幔之中。听得栎阳城楼上的刁斗声已经是三更四点，白雪打来一盆热水，脱去了卫鞅的衣服，轻柔仔细地为他洗脚擦身。一切做完，白雪又收拾好自己，轻轻地坐在了卫鞅身边。

灯下，她仔细地端详着经常出现在她梦中的这副面孔——他黑了，瘦了，下颌的胡须也留起来了。两年有半，一个姿容挺拔的年轻士子，脸上竟然刻下了深深的沧桑忧患。看着看着，白雪的热泪情不自禁地涌流出来，断线似的掉到卫鞅的脸上。

卫鞅醒来了，猛然抱住了白雪……

五　墨家剑士受到了意外袭击

日上东山，栎阳城四门进进出出，一片忙碌景象。

变法开始以来，尤其是推行新田制以来，老秦人似乎忘记了节令。往年霜降一过，田野净光，就进入了漫长的窝冬期。早晨开城，除了几拨外国商旅，农人几乎无人出进。目下可不一样了，早城未开，已经有人牵牛执耒成群结队地在城门洞等候出城。巳时一过，又有络绎不绝的女人孩童提着陶罐竹篮出城送饭，或有牛车不断地拉着从田中砍伐的树木进城。太阳落山，人们才依依不舍地离开土地，陆陆续续地回到城里。栎阳令王轼已经将城门开关的时间改了三次，国人还是埋怨开城太迟闭城太早。王轼无奈，禀报左庶长府。卫鞅下令，改为五更开城二更关城，简直只差几个时辰便是昼夜开城了。这在刀兵不断的战国，可是惊人的早开晚闭，除了魏国安邑、齐国临淄，栎阳便是第三家。国人们喜气洋洋，忙忙碌碌地收拾整治自己的土地，准备来年春天挣个大年成，竟是出城更早，回城更晚。农人一振作，城内工匠商贾也忙了起来，东西有人买了，农具、铁器、粗盐、布帛等需要量大增。工匠们要扩大作坊，商贾们要扩大铺面，外国商人要进来开店，秦国商人要出去采购。如此一来，栎阳城整日整夜地有人要出出进进，一个小城堡热闹非凡，生气勃勃。左庶长府直接下令王轼，昼夜开城。

这可是天下独一份，哪个国家也不敢做的事。卫鞅却笑着说："当年吴起尚说，固国不以山河之险。况乎今日？况乎变法之世？"

在川流不息的人群车马中，一辆篷车辚辚出城，赶车的依然是那个骑马少年。

城内的渭风客栈挂起了"屋漏停宿"的大木牌，大门紧紧关闭了。一个身穿黑色布衫的中年人牵马从偏门走出，翻身上马，从容出城。

篷车驶向栎阳城南的河谷，又辚辚进入河谷南面的山林之中。秋野山冈，树木萧疏，眼界很宽，但却难以看清这片岩石嶙峋的山谷。篷车在隐蔽处停了下来，少年下马笑道："吔！好去处，谁都找不见。"篷车里一阵笑声，走出一个白巾青年笑道："又不是做贼，怕人找见么？"少年做个鬼脸："我才不怕，有人怕。"白巾青年笑道："小妮子！快看看，侯大哥来了没有？"少年一纵身飞上了一方高高的岩石，手搭凉棚一望："来了，侯大哥骑术蛮高也。"白巾青年笑道："侯大哥本领你还没领教过，二十年前就是著名剑士了。"少年跳下岩石："那就好，我们三个就行了，何必再找人？"白巾青年板着脸道："做事要的是成功，不是逞能，明白？"少年吐吐舌头笑道："明白，公子大哥。"

但闻林外马蹄声响，一个黑衣骑士已经从林间小道飞上山头林中。到得岩石后面下马，从容拱手道："公子到了。"白巾青年笑道："侯大哥，挺快。先将我们的车马安顿下来。”黑衣骑士道：“不难。当年我修这个货仓大着呢，你们来看。”将马拴到一棵大树上，领二人来到小山头背后。山头背后是阳面，一片树林在错综零乱的岩石缝隙中生长出来，枝蔓纷披，灌木丛生，覆盖了这片嶙峋嵯峨的岩石山头。

“这儿有甚呀？”少年的马鞭抽打着枯黄的草梢。

黑衣人笑道：“别急，跟我来。”绕过几块山石，来到一个低洼避风的山坳，拨开山体的一片灌木，一个山洞显露出来。“跟我来。”黑衣人走进山洞，白巾青年和少年跟着进入，发现山洞里空荡荡一无物事，只有暖烘烘的干燥气息和脚下的败草枯叶，怎么看也是一个空荡荡的寻常山洞。“侯大哥，这就是货仓么？”少年惊讶。黑衣人没有答话，走到洞底，刨开脚下的乱草，在一块大石上连跺三脚。片刻间，只见山洞尽头的大石轧轧分开，一个宽阔的洞口顿时显现出来！

“侯大哥，用心良苦也。”白巾青年点头赞叹。

“姑娘有所不知，白公在世时，要求开在每个诸侯国的店面，都必须有隐蔽的秘密货仓，既能就近储存货物，又能防止被战乱洗劫。我学白公。后来打仗不停，不再扩大商事规模，这货仓也就用处不大了。”黑衣人颇有感慨。

“不，用处照样大，目下秦国可是大商机来了。”白巾青年兴致勃勃。

“姑娘有心商机？”黑衣人颇是惊喜。

“我不是经商材料。我是说，侯兄可以在秦国大做一番了。”

黑衣人大笑：“好，过了这一关再说。”

“哎，侯大哥，里边储存水和食物了么？”少年急迫地问。

“有。还有喂马草料。战乱一起，这里便是我们的藏身之地。”说着，黑衣人前行走进，白巾青年与少年也跟进洞中。只见主洞宽敞，约有十丈方圆，洞中间是石桌石凳，角落里是拴马桩与马槽。主洞四周有六个封闭的小洞，显然便是真正的货仓。黑衣人指着小洞道：“小洞只有两个储存货物了。昨夜我已经将另外几个小洞重新收拾，可做安歇之地。这洞中冬暖夏凉，唯有水源稍稍不足。”

“好。我们将车马藏在这里，好生休憩一番，晚上做事。”

片刻后，三人出了山洞，绕过山头，将篷车马匹赶进了山洞。

入夜，山风呼啸，三个黑影飘上山头，掠过栎水，向栎阳城南门而来。夜不关城的栎阳，初夜时分正是商旅进出频繁的时候，三个黑衣人在服饰各异的列国商人中毫不起眼，顺利入城。三人陆续来到渭风客栈，悄无声息地从偏门进去了。

三更时分，夜深人静，三个黑影飞出客栈，分头急速地消失在狭长的小巷里。

栎阳北门里的铁工作坊，最近热闹了起来。

这是栎阳官府唯一的铁工作坊，也是秦国最大的铁器制造所。其余的六家铁工作坊都是私家开设，是那种一个师傅带两三个徒弟的小工匠作坊。三年前，秦孝公即位时，由于六国封锁，生铁奇缺，栎阳的私家铁作坊几乎全部关闭，唯一的官府铁坊也只有二三十个铁工在维持。变法一年后，形势大变。一则是六国各自内急，顾不得秦国。二则六国商人唯利是图，纷纷拥入需求量大增的秦国。栎阳城的铁工作坊便首先振兴起来。兵器、农具、菜刀这三样基本商品竟总是供不应求。官府铁坊广求铁工，私人铁坊也重新起火，搜求铁工。但是，铁工作为战国时代最宝贵的“百工第一才”，各国都尽力搜罗，要想大批招募，真是谈何容易。就在栎阳令王轼百思无计的时候，三天前，忽然陆续来了十几个山东六国的铁工。上炉试手，在辨器、锻铁、淬火、锤工几方面竟然都是良工。王轼大喜，下令全部接纳，俸金从优。奇怪的是，说没有一个没有，说有竟然就都有了。几家私家铁坊也都相继收下了三两个手艺不错的工匠。王轼本想将这些人一体掳到官府铁坊，怎奈私家铁坊也是国人百工，新法又激励百工立功，官府不能与他们争利过甚，只好忍痛割爱。

殊不想，这些技艺纯熟的铁工，正是墨家的神杀剑士。

邓陵子很是机警聪敏，这次率队下山，谋划得非常精细。第一步，根据秦国极需要铁工的实际，利用墨家子弟的百工之长，名正言顺地立足栎阳。第二步，进入栎阳的当晚，向卫鞅发出警告，进行第一次试探性暗杀。第三步，在栎阳城人心惶惶之际，多方出击，一举斩获卫鞅首级。邓陵子知道，暗杀卫鞅是墨家震慑天下暴政并重振雄风的关键所在，也是自己建功立业成名于天下的关键所在，一定要快捷干净地体现墨家的霹雳手段。他对玄奇的脆弱很是蔑视，也很是高兴。这个小师妹本是老师的钟爱弟子，在墨家可谓出类拔萃的后起之秀。谁能想到，她竟在最重大的"辨恶除暴"的关节点上与老师相违。假如不是老师震怒，惩罚了玄奇，剥夺了她带队斩杀卫鞅的资格，邓陵子还只能做接应后援，冲不到第一阵来。目下，由他对付卫鞅，苦获师弟擒拿嬴渠梁，相里勤带队后援接应，这才是墨家最有力的搭配。谁都知道，墨家从来都将最危险的暗杀权臣的行动作为首功的。这次，邓陵子无疑是墨家重新出山的剑锋，是崇尚死难的墨家的最大荣誉所系，邓陵子岂能不热血沸腾？

想不到的是，栎阳的情势并不像他们在山中想象的那样脆弱，那样民心怨愤，那样一击成功。第一夜出击，两名弟子便碰到了强硬对手。后来探查，秦国国君嬴渠梁竟然也不在栎阳。苦获便带着他的一队剑士，秘密离开了栎阳西去。邓陵子对苦获离去而失去配合力量，非但没有感到沮丧，反而有一种大功独建的豪情。他想，栎阳的民心民情没有必要报告老师，否则，老师也会以为他和玄奇一样善恶不辨。他和几个骨干弟子秘密计议停当，准备先行探察清楚左庶长府的详细情形和卫鞅的出入行止，再伺机一击成功。

铁坊的劳作是辛苦的，每天晚上初更才能结束一天的锻造锤打。之后，家在栎阳的老铁工们冲洗之后便回家去了。客籍铁工们吃完官饭，便在作坊大屋里倒头睡觉。官府的三名铁坊吏锁上大门，清点器物，登录铁器，完毕也回家睡觉去了。这时候，铁作坊大院里一片宁静，只有铁工们悠长粗重的鼾声。

三更刚过，邓陵子在黑暗中豁然睁开眼睛，轻轻地吹了一声口哨。屋中“铁工”纷纷在黑暗中坐了起来。奇怪的是，所有坐起来的人，都照旧打着粗重悠长的鼾声。

“三人留守。其余人出发探察，四更尾须全部回来。”邓陵子轻声命令。

打着鼾声的人影迅速起身……猛然，一声低沉的犬吠从院中传来。

“躺下！”邓陵子觉得怪异，铁坊的寻常犬哪有如此的叫声？

刚刚起身的剑士立即迅速地回到卧榻上躺下，满屋鼾声大起。邓陵子断定，这是铁坊吏员的夜间巡查，会很快过去。

突然，关得严严实实的窗扇上“砰”的一声大响，屋顶也似乎有轻微的喀喀声。邓陵子心念电闪，已经认定绝不是铁坊吏员的巡查响动，而是有了对手。他位置正靠窗户，翻身跃起，拉开窗扇，一眼看见一支短箭带着一片白布钉在厚厚的木窗扇上，有两寸余深，箭杆尚在微微颤动。他拔下短箭，关上窗户，低声命令：“点灯！”

烛光下可见白布上清晰的八个大字——扰政乱法，作速离秦！

邓陵子骤然变色，急迫命令：“天地剑阵，务除强敌！出门！”

墨家子弟是在和强国军旅的对抗中锤炼出来的，素来有团体行动的极高素质。每个剑士非但是单独的剑道高手，而且有结阵而战的军事传统。“二人出行，必有配置。三人出行，必有阵法”是墨家的行动法纪。凡三人以上者，墨家子弟必结阵而战，从不像江湖游侠那样追求单打独斗。在墨家的理念中，任何行动都是作战，而不是个人决斗，必须最快地消灭对手。现下之所以有十三人在栎阳的官府铁坊“做工”，而私家作坊则是三三两两，为的就是在这里保持最强的“天地剑阵”。天地剑阵，是按照天干地支搭配作战的一种步战结构。墨家子弟甚至在骑兵冲锋的汹涌波涛中，也能依靠这小单元阵法结成孤岛岿然不动。墨子年老之后，天地阵法由禽滑釐一代不断完善，成了墨家十余人攻防的基本阵式。十二人出战，一人留守，是邓陵子早就谋划好的应急对策，只是想不到这么早就要突然使用。

大门无声地骤然闪开，十二条黑影箭一般连续冲出，眨眼之间便在院中站成一个锥形的阵式，每人手中的剑竟然长短不一。邓陵子站在锥形的底边中央，向屋顶拱手道：“何方高朋？敢请现身答话。”

话音方落，四面屋顶上陡然树林般立起一道人墙黑影。

一个弟子低声道：“报师兄，二十三个。”

邓陵子冷冷笑道：“尔等为暴政张目，究竟受何人差遣？”

屋顶一个粗哑的声音也冷笑道：“天下大事，并非墨家所能包揽。事关善恶是非，庶民祸福，我门为何管不得？”

邓陵子厉声喝道：“天下何时冒出一个管大事者？从实说！尔等意欲如何？”

“尔等必须立即出城回山。否则，我门将诛灭乱法刺客。”声音磨刀石般粗粝。

“诛灭？”邓陵子哈哈大笑，“天下真有不自量力者也，请吧。”

“放箭！”随着屋顶粗粝的怒喝，四面火箭齐发，道道蓝光尖厉地呼啸着向院中疾射。不等邓陵子发令，墨家剑阵自行发动，剑光霍霍，将蓝光箭雨纷纷击落，没有一个人受伤。虽则如此，那带磷燃烧的火油箭却极难熄灭，许多被打落击飞钉在门户窗扇上，将门窗燃烧起来。夜半秋风正猛，不消片刻便引得大火四起。

屋顶黑影齐声高喝："墨家杀人放火喽——快来看也——"倏忽散去，屋顶上没有了一个人影。

邓陵子气得连连跺脚怒喝："卑鄙小人！焉敢以正道自居？！"内心却很清楚，大火一起，官府必然派兵前来救火拿人，屋顶喊声又点明了墨家，岂能再隐蔽下去？对方明明是逼自己离开栎阳，仓促间却想不出留在栎阳的办法……必须撤出！否则，墨家弟子落入秦国官府被押上刑场，赫赫墨家颜面何存？心念电闪间一跺脚大喝，"撤出栎阳！我自断后！"

墨家法纪严明，令行禁止。邓陵子一声令下，墨家弟子全数飞上四面屋脊，四面散去。邓陵子已经听见街中人喊马嘶，知是秦军开来，情急间一剑砍断左手食指，在土墙上大书几字，飞身而去。

这铁工作坊本是要害所在，大火一起，满城惊慌。栎阳令王轼首先率领一百名甲士赶到。正在救火间，铁工坊官吏与铁工们也急急忙忙地赶到。片刻之后，卫鞅和景监也飞马赶来。大火扑灭，清点器物，丝毫无损，只是客籍铁工们全不见了踪影。

突然，有人喊道："墙上有字！"

卫鞅疾步向前，火把下可见黄土墙上紫红的大字——"墨家无过，恶政有报！"

卫鞅思忖有顷，向王轼淡淡笑道："明告国人，无须惊扰。"

王轼会意，不再布置查究缉拿，只是专心督促重建铁工坊。好在铁料铁器与一应工具炉具没有任何损失，房屋盖好便一切正常。三五日之内，栎阳城又恢复了生气勃勃的状态。

六　陈仓河谷的苦行庄园

秦国西部的官道上，一队骑士放马奔驰，为首将军正是车英。

按照卫鞅的推测判断，墨家一定要分兵袭击国君。秦孝公此次西巡，只带了三名卫士，如何能对付墨家剑士的突然攻杀？卫鞅心急如焚，命令车英带一百名精锐的铁甲骑士星夜赶赴西秦，保护国君。车英兼程疾驰，追过杜邮、废丘、郿县、虢县、雍城，还是没有追上秦孝公。雍城令说，国君一路西行，在虢县只住了一个晚上，天不亮便起程西进，没有说去何处。车英熟悉秦孝公的禀性，推测他肯定要去陇西巡视，马不停蹄地向陈仓方向赶来。

陈仓，原本是一片山的名字，扼守在关中、陇西、汉水地区的三岔口上。古人说，黄帝曾在这里建都，当时叫陈。后来黄帝与炎帝在阪泉大战后东迁而去了，数千年沧桑，这里又回到了莽苍荒野。渭水东来，越过陈仓山便进入了渭水平原的狭长脖颈。汉水地区要北上，也必须先越过大散岭，再越过陈仓山，才能进入渭水平原。而从渭水平原无论是去陇西还是去汉水，陈仓山都是必经的咽喉之地。西周时期，陈仓山和大散岭是扼守巴蜀和西部戎狄的重要关隘。当时只在大散岭建了散关，一并守卫大散岭和陈仓山。传说的老子要出关西入流沙，被关令尹喜强留请著书，因而写下了不朽的《道德经》。那个关，便是散关。周平王东迁洛阳，秦国成为渭水平原的主人后，由于汉水流域大部分属楚国土地，所以大散岭的散关依旧是重要隘口。而陇西本是秦人的老根基，所以扼守在陇西与渭水平原脖颈处的陈仓山倒一直没有建立关隘，而只有一座驿站。通常商旅之行，都是在陈仓驿站养足精神，而后或西出陇西，或南下散关入楚入蜀。

车英预料，在雍城与陈仓之间大体可以追上国君。他下令疲劳难行的马匹缓行，自己带领三十名快马骑士先行全力追赶。将近陈仓山，遥遥可见两山夹峙的古道中正有三骑身影。

“君上——慢行——”车英放喉高喊。

山风迎面呼啸，前行者不可能听见后面的呼喊之声，依旧向谷中走马而去。

正在此时，一声尖厉的山鹰鸣叫，两岸山头扑下一群黑色身影，向谷中三骑凌空袭击。车英大吼一声：“箭队冲杀！快！”一声凄厉的牛角号声，三十骑铁甲骑士以车英为箭头，狂飙般向山谷卷来。

前行三骑正是秦孝公嬴渠梁和他的两名卫士。进入陈仓山，他正在仰望两岸险峻的山势，猛然听见山鹰怪叫，心中一紧，腰间长剑已经拔出。几乎就在拔剑的同时，两边山头的人影在黑白交错中已经凌空飞下，霍霍剑光夹着一片绳网迎头罩来。秦孝公少年从军，久经沙场，是秦军中智勇双全的名将，眼光一扫，便知强敌已将前后上三路封堵严实，最大危险是头顶的剑击与绳网。电闪之间，他采用了战场上骑兵惯用的抵抗手段，身体一伏，机警地贴着马腹滑到马下。身后的两名卫士已经从马背飞身跃起，两支闪亮的阔身短剑迎住了空中的剑光绳网。只听两声沉闷的低哼，鲜血飞溅，两名卫士像石板一样跌落在地！此刻秦孝公已经飞快贴紧了战马右侧，那匹神勇异常的彤云驹嘶鸣跳跃间，已经紧紧靠住了北面的山体。秦孝公飞身纵跃到一块大石后面，彤云驹则死死挡在大石前站立嘶鸣，用那双铁蹄不断踩踏冲上来的黑白身影。虽然如此，凌空飞来的强敌似乎根本没有看在眼里，两条灵动的绳钩贴地飞出，“咔”地搭住两只马蹄猛力一扯，彤云驹顿时轰然倒地。几乎就在同时，十余个黑白身影大鹰般越过战马围住山石，一声齐吼：“生擒暴君嬴渠梁！”

生死关头，秦孝公热血沸腾，大吼一声，飞身突刺，一个黑白人顿时被洞穿胸膛，倒地死去。秦孝公抽剑之际，身形一蹲，躲过了头顶身后扑来的身影，随即一个急转身，长剑迎面划出一个圆弧。强敌飞身后退，一齐大喝：“嬴渠梁弃剑受缚，饶尔不死！”秦孝公嘶声大喝：“赳赳老秦，有死无降！”跳下大石，挥动长剑，直冲强敌圈中。

正在此时，谷口响起暴风骤雨般的马蹄声，车英率领三十名铁甲骑士赶到。

高处一声大喝：“撤！”黑白身影倏忽间消失在山石密林中无踪无影。

“君上——”车英飞身下马，一个纵跃到了秦孝公面前，“君上可有剑伤？”

“没有。”秦孝公犹自望着山林，眉头紧紧拧在一起。

“君上，请勿在险地停留，当速回驿站定夺行止。”车英面色仍很紧张。

“好，回驿站再做计较。”秦孝公回头看看两名卫士的尸体，吩咐道，“运回驿站交虢县令妥为安葬，赐爵一级，家人免劳役赋税三年。”车英答应一声，命令将卫士尸体驮上战马，迅速保护秦孝公回到陈仓驿站。

陈仓驿站虽然不大，但由于位在要塞，所以建得像一个小城堡，十分坚固。一百多间房子靠山建成梯次形，护墙大门全部由巨石砌成，平时住客，战时驻兵，实际上起着关隘盘查的作用。驿站丞五十余岁，老兵出身，虽然做了小吏，依然穿着一身破旧的盔甲，腰系一支阔身短剑，雄赳赳地向秦孝公施礼：“陈仓吏山石头参见君上！”秦孝公笑道：“山石头，在你这儿歇息一晚。”“是！陈仓吏遵命！”山石头雄赳赳前行领路，“君上请跟我到上正大屋！”

上正大屋，便是最高处的一排正房，眼界开阔，用矮矮的石墙圈成了一座小院子。孝公住下。车英便在山头和小院内外布置好隐蔽的甲士，又安置好其余骑士轮换就餐喂马，以防突然袭击。一切安顿就绪，车英来见秦孝公。

“车英，你是如何赶来？”孝公仍然在思忖今日的怪异袭击。

“禀报君上，墨家在栎阳对左庶长行刺未遂，左庶长派我昼夜兼程赶来保护。”

“行刺？”秦孝公面色微变，“如何知晓是墨家？”

车英将荆南失踪和卫鞅的推断说了一遍，秦孝公冷笑道：“看来墨家动了杀机，要将我和左庶长做暴君酷吏铲除了。车英，你以为该当如何？”

“君上，墨家剑士，防不胜防。唯一的办法是，剿灭其根基以绝后患！”

秦孝公摇头笑道：“不能。墨家天下显学，义剑诛暴，兼爱救世，乃近百年来天下正义之旗。秦国出兵剿灭墨家，且不说能否成功，大军一动，秦国就将激怒天下，自取其辱。”

车英醒悟：“此举不可行，君上便当速回栎阳，增加精锐护卫，防备墨家再度袭击。”

秦孝公缓缓踱步道：“此事当真难办。对秦国变法，墨家显然误会极深。墨家素来坚韧不拔，绝不会因为一次失败而罢手。兵来将挡，双方必有死伤，旧恨新仇屡屡纠缠，变法局面就有可能反复，有可能引起大局动荡……为今之计，只有一条路可走。”

“敢问君上何计？”

“我亲赴墨家，澄清误会，釜底抽薪，安定大局。”

“君上，不可！”车英急迫道，“墨家本来就要擒获君上，君上身系国家根本，岂能自投罗网？请君上修书一封，臣做特使前往墨家，务必澄清误会！”

秦孝公摇摇头：“此事唯有我亲自前往，无人可以替代。”

“君上——”车英哭喊一声，伏地叩头不止，“万万不可，秦国不能没有君上。教我去，纵然粉身碎骨，车英不辱君命！”

秦孝公扶起车英，感慨叹息：“车英啊，你忠肝义胆，我岂能不信？然墨家素来以神明裁判自居，唯以老墨子学说为生杀准绳，从不听外人辩解，任何人做特使都会适得其反。你还有更重大的使命，回栎阳保护左庶长。”

“臣不能回栎阳。臣纵获罪，也要跟定君上！”

“车英，你我都是老秦人了，这块土地上渗透了我等祖祖辈辈的鲜血。能使秦国强大，谁舍弃生命都不足惜。如今秦国变法图强，绝处逢生，正在关键时机。目下，秦国的生命在何处？秦国的灵魂在何处？你应该知道。秦国不能没有左庶长，不能没有变法！如果需要做牺牲，首先当是我等老秦子弟。荆南失踪，左庶长处境更危险，谁能说荆南不是墨家斥候？左庶长是秦国新生之厚望，你一定要回栎阳，一定要保护左庶长安然无恙！”秦孝公深沉激昂，没有回旋的余地。

“君上，你孤身去闯墨家，臣如何放心得下？”

“车英，”秦孝公轻松地笑了笑，“墨家虽然自负霸道，但毕竟讲理。看今日阵势，他们并未一力死战，一定要杀死我，倒像是要俘获我……我去墨家，虽则危险，然若处置得当，也不会即刻就有杀身之祸。你放心回栎阳去了。”

车英默默地低下头，大滴的泪水断线似的掉到脚下。

第二天清晨，少有的晴朗天气。在陈仓驿站外的岔道口，秦孝公与车英分手，带领两名新卫士向西南大山中进发。秦孝公谋划的路径，是越过大散岭从汉水进入神农大山。他虽然不知道墨家总院确切位置，但他对神农大山却并不陌生，那里是秦楚接壤的连绵群山，他曾经三次跟随公父去巡视要塞，三次从神农山腹地穿行。那时候，墨家的故事使他感到神秘，为此也对那片莽莽群山生出了敬意。

要到大散岭，须得走出陈仓山小道。这是一条在山腰蜿蜒的傍山古道，虽是浓浓秋色，两边山头却也是苍黄中渗着青绿，道边小溪淙淙流向渭水，山谷中一片幽静。秦孝公走在一前一后两个卫士中间，不断观察着四面山势。

突然，山腰传来一阵清亮的女声山歌，在山谷中悠悠回荡。秦孝公不禁驻足倾听，那歌声仿佛从天外飞来，在空谷中飘渺回旋，令人回肠荡气：

生人莫要恋乐土噢
乐土原有千般苦啊
何日天下兼相爱也
抛却矛戈共耕织哟

孝公听得入神，却又微微一怔，手搭凉棚极目山原，竟没有发现一个人影。他觉得这声音似乎在哪里听过，却又想不起来。猛然，他心中一动，放喉歌唱：

莫道乐土千般苦
甘泉原从苦中出
若得天下兼相爱

犹是日月两聚头

山悄悄，寂静无声，山腰传来一声缥缥缈缈的叹息，却再也没有清亮的歌声了。

一种怅然若失的心绪突然涌上秦孝公心头。他茫然四顾，青山杳杳，了无声息，不禁轻轻一叹，顺着山道继续前行。突然，一声短促的尖叫，山腰传来一阵异响。

两名卫士飞身跃起，将秦孝公掩在一块大石后，长剑飞快出鞘。此刻只见山上土块石块哗啦啦滚下。秦孝公在大石死角抬头观察，只见石子土块激起的尘雾中一个身影翻滚而下，显然是有人失足摔落。山坡陡峭，又兼草木衰落无可阻挡，那身影竟翻翻滚滚向下跌落。秦孝公眼疾身快，从大石下一跃而起，冲上山坡，抱住那个在陡坡上翻滚的身影。两个卫士也立即冲上山坡，从身后拥住秦孝公站稳。

到山下小道，秦孝公将那人放到大石上，一个卫士便给伤者擦拭脸上的灰土血迹。孝公看着山上，想着方才的歌声，心思迷茫。

“君上，是个女子！”卫士惊讶地叫道。

孝公回身一看，不禁惊怔得说不出话来——眼前伤者露出了秀丽苍白的脸庞，长发散乱，不是玄奇却是谁？她身上穿着从中间分为黑白两色的粗布衣，布靴绑腿上还插着一支短剑——孝公一眼看见，那就是自己赠给玄奇的护身剑！

卫士低声道：“君上，是墨家女杀手，小心！”挡在秦孝公身前，对另一个卫士道：“保护君上，这个我来对付。”孝公恍然醒悟，正色摆手道：“退后。我认识她。”说着伏下身来，“水！”接过卫士递过的水袋，右臂揽起玄奇，给她慢慢喂水。

女子睁开了眼睛，迷蒙喘息：“方才，谁在唱歌儿？”

“玄奇妹妹，是我！看看，我！”

玄奇身体轻轻一颤，凝目注视，惊讶地“啊”了一声，一下子昏了过去。

孝公情急，轻轻摇着玄奇呼唤：“玄奇妹妹，玄奇妹妹，醒醒……”

玄奇苍白的脸庞上涌出了两行泪水：“不要，不要见你。你，快回栎阳。”

孝公压抑着酸楚，将玄奇的身体靠在山石上放正，平静地笑道：“玄奇妹妹，睁开眼睛，看看我。一别三载，山水未改也。”

玄奇睁开眼睛，冷冷道：“世无不动之物。你速回栎阳，无须多言。”

秦孝公淡淡一笑：“我不回栎阳。我要到神农大山，找墨家总院。”

“你，你说甚？”玄奇骤然变色，红潮涌上了苍白的脸庞。

“我要去墨家总院。”孝公一字一顿。

瞬息之间，玄奇恢复了平静冷漠：“嬴渠梁，山外有山，我劝你回栎阳去。”

“不越高山，无得通衢。纵然失足，此心无憾。”

“嬴渠梁，世间大事，不逞口舌之辩。”

“无口舌之辩，不足以明公理，正是非。”

“一身之难，不足以填沟壑。一忍之勇，可以育山川。”

“士有不忍之辱，国有不避之难。”

玄奇沉默了。突然，她抱住孝公痛哭失声，身体颤抖得像秋风中的落叶。孝公轻轻拍着她的肩膀，理顺她散乱的长发：“小妹，你是从来不流眼泪的。来，对我说说，你现下在做何事？要去何方？”

“也许，有一天你会知道。”玄奇拭去了泪水。

“小妹，我现下就想知道，我到五玄庄不知多少次了。”孝公着急起来。

玄奇明亮的眼睛扑闪扑闪的：“你可愿意一个人跟我走？”

“好，走。”秦孝公说着站了起来，向两个卫士吩咐道，“你们两个回陈仓驿站等候。”便来搀扶玄奇。

“君上不可！”两个卫士急切道，“她是墨家……万一有诈……”

“不许胡言。你们知道她是谁么？”秦孝公正色呵斥卫士。

玄奇笑道：“两位宽心。墨家除恶，严禁骗杀恶行，你们的国君不会有事。”

两个卫士无奈地拱手领命，看着秦孝公扶着玄奇向山腰小道走去。

到得山顶，玄奇遥指山谷：“看，那里，是我的家。”

孝公顺玄奇所指望去，但见两山之间一条小河流过，河畔一片小小谷地。秋色清爽，草黄叶落，一间茅屋孤零零坐落在萧疏之中，茅屋四周的篱笆竹墙影影绰绰。不远处的草滩上有一匹红马在悠闲地吃草，时而长嘶一声，山鸣谷应。

“玄奇，你直是世外高人也。”

玄奇没有笑：“走，下去看看。不用扶了，没摔伤。”

两人顺着一条经年踩出的羊肠小道下山。玄奇默默前行，孝公默默跟随，二人一路无话。到得谷底，但见小道旁收割后的谷茬已经枯黄，旁边几畦菜田却是青绿葱葱。孝公笑问：“这是秋葵还是萝卜？”玄奇揶揄道：“四体不勤，五谷不分。说了能记住？”孝公笑笑不再言语。将到茅屋，却见一株桑树已经是绿色将尽树叶金黄，树下放置了一个大木盆，盆中沙沙有声。孝公惊讶笑道：“霜降已过，尚能养蚕？”玄奇回头笑道：“此乃寒蚕。你又如何晓得？”孝公感慨，又见茅屋前面的土墙上整整齐齐地挂着铁铲药锄木耒连枷等一应农具。茅屋前的一片土地压磨得光滑平整，边上有一垛摞得很整齐的谷草。孝公知道，这肯定是打谷场了。

“吱呀”一声，玄奇推开茅屋小门：“请，国君大人。”

孝公笑笑，走进茅屋。小屋中明明亮亮，几乎没有任何陈设。东墙边一张竹榻，榻柱上挂着一支皮鞘已经黑红的阔身短剑。榻侧一个小小的木台，放着一把普通的木梳。榻前一张本色无漆的粗制木几，上面是几摞竹简。这些东西只占了一个小小角落。中间却是一个石桌，一片白布苫盖着一张古琴。没有女儿家必备的铜镜，也没有华彩的衣物，整个屋子空荡荡冷清清的。

孝公一路留心，进屋打量，此时已经是眼眶湿润了。玄奇似乎没有觉察，从陶罐里倒出一木碗清水：“河中活水，喝。”孝公接过木碗，咕咚咚饮尽。玄奇坐到竹榻上，却看着孝公不说话。

“小妹，大父何处去了？”孝公的声音有些颤抖。

“爷爷云游四海，我也不知此刻他在何处。”

“小妹，倏忽一别，如此生分，世情原也淡薄也。”孝公一声叹息。

“你，是用卫鞅为左庶长变法了么？”玄奇突然问。

孝公惊讶，却又高兴：“是，你知道了？”

“是否在渭水草滩一次刑杀七百余人？”

“是，你也知道了？”

“是否杀了名士赵亢？是否毁了民居数十万？是否还要准备焚烧民间《诗》《书》？你说，是也不是？”玄奇疾言厉色，一连串追问。

孝公点点头，笑容已经从脸上隐去：“玄奇，都是事实，但却不是你说的味道，也不是墨家所说的暴政。”

玄奇嘴唇青紫，牙关紧咬，突然泪如泉涌，趴在小台上饮泣道：“嬴渠梁，你为何要如此做？为何呀？难道变法就一定要如此么……”

孝公走到竹榻前扶着玄奇的双肩："小妹，不要伤心，许多事都要慢慢说。你若信得嬴渠梁，就给我一个说话的机会，好么？"

玄奇回身，猛然抱住孝公，吞声饮泣不止。孝公心中一阵酸楚，大滴泪水滚落在玄奇乌黑的头发上。玄奇觉察，抬头仰望着那张诚实痛苦的脸庞，止住了哭声。她伸手为孝公拭去泪水，轻柔细致，明亮的眼中一片体恤。孝公心中潮涌，猛然抓住她的双手，脸庞伏在她小小的温热手心，强忍哭声，泪如泉涌，浑身颤抖。玄奇将孝公的头紧紧抱在胸前，轻声道："想哭就哭，有我陪你，不怕。我甚都对你说，甚都说，哪怕杀了我……"

天色将晚时分，两人终于平静了下来。玄奇详细讲述了墨家要对秦国动手的经过和自己受惩罚的原因，末了道："老师斥责我大事迷乱，不堪大任，罚我在这里自省三年，同时探察秦国有无改弦更张。我今日上山采药，听得有人和歌，声音似很熟悉，一个不慎，脚下踩空，滚了下来。谁想果然是你。"孝公也说了秦国变法、卫鞅遇刺、自己遭到袭击等事，叹息一声道："我最担心的是卫鞅。秦国不能没有卫鞅，不能没有变法。"

"莫得担心。墨家子弟在栎阳受到了意外袭击，大约鬼谷子门人有意阻挠。老师见冬天将至，已经命令邓陵子撤回大山，来春再进栎阳。至于对你这个暴君，苦获一击未中，料你还要去陇西，正准备第二次捕获。怕不怕？"

孝公爽朗大笑："捕获？我正要送上门去也。老墨子也忒小瞧嬴渠梁了。"

玄奇笑道："你真的不怕在墨家生出意外？"

孝公肃然："墨家子弟为了学派信念，尚死不旋踵。嬴渠梁肩负一国正道，岂能逃避风险苟且偷安？"

玄奇在孝公脸上轻轻亲了一口："我从开始就知道，你是个秦川犟牛！"

秦孝公哈哈大笑："你，不也是个墨家犟妞？"却将"妞"念成了"牛"，使一口温婉官话的玄奇不禁笑得前仰后合。

秋月已上东山，玄奇在茅屋里做了野菜饼和米菜羹。孝公生平第一次如此贴近地看女子下厨，见玄奇围着粗布围裙，又显得明艳本色，不禁一股温暖涌上心头，暗自感慨隐居田园的愉悦洒脱，自己却偏偏无缘。片刻之间，青绿的野菜面饼和金黄的米菜羹摆在了木几上，孝公胃口大开，吃喝得啧咂呼噜，声气大作。玄奇笑得不亦乐乎："我的国君大人，你慢点儿好么？馋相！"拿面巾轻拭他额头汗水。孝公高声道："再来一碗！"理直气壮俨然夫君。玄奇拍拍他的头："吆喝甚？村汉一般。"孝公慨然道："村汉好啊，一个老妻三间屋……下边甚来着？"玄奇咯咯笑得弯腰蹲在地上，眼中闪着晶莹的泪光，上气不接下气："冬来，火炕，春来……"却不再说了，转身盛羹。

"哎，这春来如何？"

玄奇悠然一叹："春来哭啊。"

孝公笑道："这词儿不好，春来哭甚？"

"暖阳阳，饿断肠。不哭么？"

孝公恍然叹道："是了是了，难怪孔夫子没有将它编进《诗》里。"

玄奇揶揄道："村汉好么？"孝公默然一叹。

吃罢晚饭，明月已到中天。玄奇领着孝公在河谷漫步。孝公猛然问："小妹，你一个人如何在这里维持生计？能自食其力？"显然，这个问题一直搁在他心头。

玄奇笑道："做国君就是蠢。给你说，每一个墨家子弟，在总院之外都有一个自立的小田园。这小田园必须是自己亲手开垦，一则做在外游学的根基，二则是总院在各国的伸展根基。这片河谷小园，是我在三年之间断断续续开垦的。你来看，这里是我的谷田，小十亩，足够吃。这里是菜田，大约一亩，也够了。山上，还有取之不尽的药材野菜。”

“那还有衣服、农具、其他所需器物呢？”

“换呀。拿我不用的东西到集市上换。”

“你拿甚换？家徒四壁，有用不上的物事？”

玄奇笑笑，“我的国君，你还真得好好学学也。你看，这是两株桑树，那一株细小的是女桑，那株高大的叫柘桑。记得孟子的话么？”

孝公恍然笑道：“啊，孟子曰：五亩之宅，树之以桑，五十者可以衣帛矣。”

“如此便是了。”

“话虽如此，可这两株桑树，究竟能做甚物事？我终不明白。”

玄奇咯咯笑着：“你也就是问我。”掰着指头诉说起来，“听好了：三年桑枝，可以做老杖，三钱一支。十年桑枝，可做马鞭，一支二十钱。十五年干枝，可做弓材，一张弓两三百钱。做木屐，一双百钱。做剑柄刀柄，一具十钱。二十年老桑，可做轺车良材，一辆轺车，可值几多？晓得么？”

孝公惊讶道：“轺车一辆，万钱左右也。”

“是啊，桑树还可做上好马鞍。桑葚则可食可卖。我那株柘桑尽皆宝贝，柘桑皮是药材，也还是染料，能染出柘黄色丝绸。柘桑叶喂蚕，其丝异常细韧，可做上好琴弦，清鸣响彻，胜凡丝远矣。凡此等等，岂不能换来等闲日用之物？那株女桑更宝贵，不对你说了。”玄奇一口气说来，珠玉落盘般脆亮。

孝公不禁感慨叹息，“我只知公室之桑，由国后于春三月沐浴而种，可丝衣。竟不知桑树有此等诸多用途，何其蠢也！”

玄奇大笑道："蠢蠢蠢！蠢哥哥！"拉着孝公双手，"想不想听我奏琴？"

"好！我正想听听柘蚕丝做的琴弦。"

玄奇高兴地搬出古琴，安放在谷草垛旁的一块青石上，又恭敬地燃了一炷香插在琴前香炉里，坐正身子，轻拨琴弦，一阵清亮浑厚的琴声便在谷场中荡开，典雅旷远。玄奇望着圆圆的秋月，轻声吟唱：

陈仓河谷兮渭水之阳
养育斯人兮慰我肝肠
女桑柘桑兮齐我百物
禾田菜园兮做我谷仓
淙淙流水兮琴声泱泱
山月皎洁兮与诉衷肠
松涛呜咽兮入我梦乡
青灯黄卷兮流我时光
今欲别去兮谁为惆怅
女儿依依兮恋我陈仓
恋我陈仓兮永莫相忘
衣食父母兮山高水长
……

琴声戛然而止，缥缈的余音在山谷久久回荡，孝公不禁听得痴了。

第九章 霹雳手段

一 栎阳城阴云四起

卫鞅从来没有这样生气过。

铁工坊的大火扑灭，铲除了焦土废墟，不消几日，砖石砌成的大屋代替了原先土墙木柱的破旧房子和工棚，铁工们一片欢呼，立即又紧张忙碌起来。就铁工坊而言，更新了破旧作坊，铁器产量有所增加，未尝不是好事。但是，铁工坊事件的当晚，墨家剑客刺杀卫鞅的消息不胫而走，栎阳城人心惴惴不安，各种流言又一次弥漫开来，波及到不明真相的郡县山乡。卫鞅的气恼正在于此。

他很清楚，袭击并赶走墨家子弟者，必定是同情变法维护自己的某种势力。但他们却帮了一个倒忙，使栎阳城乃至秦国冬眠的反变法势力苏醒了过来，国人因为获得土地而唤起的变法激情顿时被泼了一盆冷水，又忐忑不安地怀疑起来。这肯定是袭击墨家的势力始料不及的。

袭击墨家者，究竟是何等势力？

以卫鞅对天下民间力量的了解，想不清来路。能在栎阳城将三十个墨家剑客在片刻之间干净利索地赶走，绝不是等闲门派。战国学派中，能和墨家在秘密行动上一争高下者，唯有鬼谷子一门。其余学派虽多有深藏不露的特出剑士，毕竟是修学为主，不可能实施这种霹雳风暴般的袭击行动。即或是名将渊薮的兵家，也因志不在此而素来不事秘密行动。那么说，是鬼谷子一门发动了这场袭击？有可能。因为鬼谷子一门在政学上是坚定的法家，历来反对墨家用大而无当的“兼爱”“非攻”干预国家法治。再者，鬼谷子一门多奇能异士，高明如百里老人者当有数十人之多，虽在整体行动上与墨家无法抗衡，但在一次行动中击败墨家还是完全有可能的。然则，鬼谷子一门一旦出山，组织非常严密，不可能不给自己一个消息。难道老师违背了让他独自承担入世风险的诺言，想伸手帮他？不，不可能。老师与他的约定，凝聚了漫长的思虑，那是老师对抗天下的秘密试验，不可能改变。再说，以鬼谷子一门的为政智慧，岂能想不到这样做的后果？岂能帮他一个倒忙？应该说，不会是鬼门所为。那么，能有何人？难道山东六国会保护我卫鞅么？匪夷所思。

此时景监走进书房：

“我闻，近日甘龙给太子讲书了，讲的是《尚书》之《洪范》篇。”

卫鞅顿感诧异。甘龙已是太师，尽管名位尊崇，但毕竟不是太子傅，等闲情势下是不能给太子讲书的。按照秦国惯例，太子傅之外的大臣要给太子讲书，首先要由太子傅上报国君，国君许可，方得讲书。如今秦孝公远在西陲巡视，何人许可甘龙对太子讲书？太子傅只有两人，嬴虔居左领衔，公孙贾居右讲书，难道是嬴虔做主请甘龙讲书？这件事看起来微不足道，但是却有着微妙深远的纠葛。太子乃国家储君，变法国策能否延续，太子具有至关重要的作用。而太子接受何种治国主张，则又是国策变化的根基所在。秦孝公不可能不明白其中奥妙。但是太子正在少年，同时为了安抚元老重臣以保证变法顺利，秦孝公才让公孙贾做了太子傅，为防万一，又让耿耿忠心的兄长嬴虔居左领衔；同时明确告诫公孙贾，三年之内，主要给太子讲授技能性知识性经典，诸如农书、乐书、兵书与儒家六艺等。秦孝公曾对卫鞅暗示，合适时候，将把教导太子的重任交给卫鞅。卫鞅心里也很明白这一点。如何不迟不早，偏偏在墨家刺客暴露而流言四起的时候，甘龙竟然给太子讲书了？而且是赫赫有名的《尚书·洪范》篇！

“景监，我要去拜会公子虔，你以为如何？”

“该当如此。公子虔乃首席太子傅，也许与他有关联。”

片刻之后，一辆粗朴的轺车驶出左庶长府，直奔上将军嬴虔府邸而来。变法繁忙，卫鞅已经很长时间没有与嬴虔单独见面了。作为现任执政大臣与曾经执掌军政大权的重臣，卫鞅与嬴虔本该经常沟通的。卫鞅心中十分明白此中利害，然则秉性所致，卫鞅对没有公事内容的诸种拜会与沟通始终没有兴致。“极心无二虑，尽公不顾私”是当时名士们对卫鞅的评价。这种性格在寻常士子身上即或有，也难以极端化地表现出来。但在卫鞅这样的执政大臣身上，则这种极端性格完全可能将人变成冷冰冰的公务机器。繁忙的公务淹没了一切，渗透在卫鞅的行动与生活中。这种无私忘我的禀赋，就在无穷尽的公务中放大了，极端化了。在官场交往中，卫鞅没有私交，唯有公务。与任何人谋面，公事一完立即送客。他处置公务的速度令所有的属吏吃惊，满满两案公文晚上抬进书房，第二天卯时便准时分发到各个官署，从来没有延误过哪怕半个时辰。吏员报事，没有人超过半炷细香的时刻。卫鞅有规矩，铜壶滴过二十，吏员还不能将一件事说明白，立即让他下去理清头绪再来。三次超出，罚俸一石，六次超出，贬职迁官，调出左庶长府。两年多来，卫鞅已经罚了十三人，贬了九人。没有专精公事而心无旁骛的秉性，这种极高的处理公务的功效根本是不可能的。

要如此一个执政大臣去经常性地拜会应酬，自然是无暇为之。

与卫鞅相反，嬴虔却是悠闲得很。自嬴虔将左庶长位置让给卫鞅，嬴虔的公事就大大减少。官场政坛，公事多少就是权力大小。一个悠闲的官员，即或是位高名尊，假若必须做的公事很少，无疑就是权力已经减少了。秦国的左庶长爵位不高，但历来是兼领军政的权臣位置。嬴虔既然让出了这个位置，原本在军中的事务也渐渐减少。上将军职位虽在，但在不打仗时却没有多少实际事务。因为日常性的军政大事也归左庶长，具体军政则有车英这样的将军和大小军吏。所以，这个上将军也几乎成了一个挂名的统帅。至于太子傅一职，对他更是有名无实，本来就可以撒手不管。再说，教他这个火爆性子去细致调教一个少年侄子，也真是未做先烦。如此一来，正当青壮的嬴虔，竟然和老太师甘龙一样闲暇了起来。虽则如此，嬴虔并没有任何怨言。他知道为政在专，多一个人插手，往往事倍功半。当初自己既然对尚贤让权有功，今日又何须无事生非？嬴虔很通达，无非总觉空落落而已。每日里练剑读书，便成了他最主要的两件事。

听得卫鞅来到，嬴虔高兴地迎出门来："呵，左庶长大驾光临，当真稀客！"说着走到车前，伸手要扶卫鞅下车。

卫鞅一旦将拜会来往当做公务，心思便机警细致，对每个细节都非常注意。他在轺车上一直站着，见嬴虔出门走来，便遥遥拱手，轺车尚未停稳便跳下车来，迎住了嬴虔的双手爽朗大笑道："太子傅，别来无恙？"使劲摇摇嬴虔的胳膊，就像军旅中老友相见一样坦率。

"手劲儿好大！我可是不行了。"嬴虔大笑，拍打着卫鞅肩膀，"进去说话。"便拉着卫鞅的手一路笑谈着进得府来。嬴虔府邸在秦国算很是宽敞的大府邸，五开间四进带一个小跨院，一进门厅护卫，二进一座小庭院，三进正厅，四进书房剑房。嬴虔领着卫鞅穿房过厅，边走边指点介绍，最后推开剑房走廊的一道圆门笑道："此地如何？"

眼前一座幽静的小院：几株桑树，一畦菜田，顶头一座土堆的山包，山上有一座小小石亭，亭下有石桌石礅。整个院子整洁干净，使人身心为之一爽。卫鞅不禁赞叹道："身居城堡，有此田园小筑，此生足矣！"

嬴虔大笑："这是小跨院改的，左右无事，花了我半年工夫。"

"你我就在石亭叙谈，如何？"

嬴虔拊掌笑道："妙！我也正有此意。家老，搬一坛好酒来。"

两人在山顶石亭坐定，秋阳无力，凉风半透，分外清爽。家老搬来一坛好酒、两尊食鼎并一应食具，一切周到，悄悄下了亭子。

"来，你我经年不见，先干此一爵！"嬴虔慨然举起大大的酒爵。

卫鞅举爵："近在咫尺，少来拜望，先行谢罪了。"一饮而尽。

"哪里话来？你公务繁忙，我疏懒成习，各杖五十！干！"嬴虔大笑饮尽。

卫鞅咂咂嘴，拍案笑道："这乃赵酒！多年未沾，今日有此口福，再干！"

嬴虔脸上迅速掠过一片红潮，慨然笑道："惭愧惭愧。这是赵国一个故交马商送了一车。我历来不饮赵酒，送了公孙贾几坛，留下几坛，偶尔饮了一回。嗨！娘的，就是不一般！早知你如此品评功夫，你我分了岂不大好？便宜竖子也！"又是一阵大笑。

"酒茶无家，原是守不住。"卫鞅笑道，"公孙贾也好酒么？"

嬴虔摇摇头："哪里。他拿我的酒给老甘龙上贡也。"

"岂有此理！老太师滴酒不沾也。"

"你只知其一，不知其二。老甘龙在外不饮酒，然在家却用酒浸草药饮之。”

“浸药之酒，宜醇厚凛冽，赵酒对路。”

“正是如此。”嬴虔笑道，“那公孙贾来我这儿讨去几坛，送了老甘龙。”

“也是。公孙贾与老太师毕竟有师生之名，敬师原是该当。”

嬴虔微微冷笑：“敬师？拔一毛利天下而不为，公孙贾也。他是为了劳动老甘龙替他讲书。”

“讲书？请老太师教诲他儿子么？”

“哪里！给太子讲书。公孙贾在我这里絮叨，言他自己修习甚浅，几篇古文揣摩不透，想请老甘龙给太子讲课。你说此等小事也来聒噪，烦不？过了几日，又来絮叨，说老甘龙已经答应，问我该讲何典籍？我哪儿知道啊？就说你自己看吧。不想他竟厚着面皮向我讨酒，说我不饮赵酒，不妨教他孝敬老师。你说，他如何就知道我不饮赵酒？那个笑啊，让我发腻。我给了他几坛酒，立马送客！”嬉笑怒骂间，嬴虔充满对公孙贾的轻蔑与厌恶。

卫鞅听得分明，心中不禁一个激灵——好个阴鸷的公孙贾！事事都向首席太子傅“禀报”了，又事事都按照自己的谋划办了。嬴虔却是什么也不知道，却又无法说自己不知道，但凡有事，又必须担待。仔细一想，此事还只有嬴虔这个角色可以扳过来。卫鞅又大饮了一爵，慨然笑问：“公子，可知老太师给太子所讲何书？”

嬴虔摇摇头：“管他甚书？还不都一样？酒！”

“老太师讲的是《尚书》之《洪范》篇。”

“有何不妥么？”

“公子，《尚书》之《洪范》篇，乃殷商箕子对商王讲述的治国主张，王道阴阳学说之经典，师古敬天，贬斥人为。王道之说，无出其右。”

嬴虔一怔，思忖间脸色便阴沉起来，“啪”的一掌拍在石桌上：“直娘贼！”仿佛又在军中，粗鲁地骂了一声霍然站起，“左庶长自回。我去太子府。”

甘龙正在侃侃讲书，抑扬顿挫，有声有色。

秦国的太子府，实际上是国府宫的一个偏院。院中最大的是书房，六间房子中分为二，东面是讲书厅，西面是读书写字房。公孙贾给太子的作息时段划分得简单明了：五更至卯时练剑，早晨练字并刻简，午饭后讲书，晚间一个时辰温习。

太子嬴驷是秦孝公与比他大几岁的一个侍女所生。那个侍女叫采桑，生下嬴驷后一个月便突然失踪了。她在嬴驷身旁留下了一方白布，血写着八个大字——身患内疾，远遁山林。从此再也没有回来。初知人事的嬴渠梁那时很是气愤，认为采桑是个无情无义的女子。及至加冠成年，嬴渠梁才理解了那个美丽侍女的苦心——老秦风习朴野，私生子倒是照常承继大业，然对其母却往往有诸多非议。采桑若留在宫中，蛊惑储君的恶名在宫廷纠葛中随时可能成为儿子的致命陷坑。断然离开，一了百了，岂非聪敏绝顶的奇女子？从那以后，嬴渠梁幡然悔悟，发愤立身，竟一直再没有娶妻立后。

嬴驷由太后抚养长大，天赋过人，成熟颇早，十二三岁就像一个成年人般深沉多思。寻常时日听公孙贾讲书，他极少像一般孩童那样问来问去，偶然问一句，却往往令公孙贾难以作答。有次，公孙贾讲许行的《农经》。嬴驷突然问：“先生言，许行楚人，南蛮鴃舌，如何通中原农事？”公孙贾面红耳赤，沉默片刻方才答道：“此乃孟子之言也，吾何以知之？”

今日讲书的是甘龙，嬴驷非常恭敬，听讲一个时辰神色肃然。小太子很景仰这个白发苍苍的老太师，从小就知道他是秦国的三世老臣、学富五车的东方名士。《尚书》又是他第一次听治国大道，确实是津津有味。

“统而言之，《洪范》篇乃万世楷模。五行、五事、八政、五纪、三德、五福、六极，乃天地万物运行之恒辙，治国理民之大纲，交友为人之准绳也。三代之治，所以垂世，皆赖箕子《洪范》之力也。春秋以降，王道式微，霸道崛起，此所以天下大失康宁，水深火热之故也。惜我秦国，本东周开国诸侯，自穆公百里奚力行王道，大出天下以来，世风日下，淳厚尽失，王道湮灭，国势沦落；河西之地尽失，陇西之族屡叛，庶民惶惶，朝野怏怏，国将不国，殊为痛心。呜呼！穆公安在？百里奚安在哉？！”老太师甘龙讲到最后，白头颤抖，伏案痛哭失声了。

嬴驷童稚纯真，惊讶非常，连忙上前抚慰：“老太师莫要伤恸，国家大政，从长计议也。公父回来，嬴驷定然禀明老太师一片忠心，力谏老太师主政治国便是。”

“咳！”公孙贾重重地叹息一声，泪光晶莹，哽咽有声，“太子也，今非昔比，断断不可莽撞。老太师一片苦心，太子心知足矣，何敢奢望亡羊补牢。”

“老师之言差矣！”嬴驷慷慨正色，“亡羊补牢，犹未晚也，何谈奢望？尔等老臣，难道以为公父乃昏庸之辈，不纳忠言么？”

公孙贾大为惶恐，伏地叩头不止：“太子休出轻率之言，臣等委实吃罪不起。老太师风烛残年，臣亦久欲逃遁山林，岂敢过问朝局？”

谁知嬴驷更加气恼，小脸儿通红，尖声叫道：“岂有此理？秦国难道成了危邦不可居么？谁将国家搅成了如此模样？骨鲠之臣都要走！谁？说呀！怕甚来……”却突然打住，眼睛直勾勾地望着门口。

嬴虔一脸寒霜走了进来，冷冷道："驷儿，身为太子，对大臣不敬，成何体统？"

嬴驷和所有的公室子弟一样，素来害怕这位威猛庄重的伯父，况且他又是太子左傅，管教自己名正言顺。脸上一红，声势顿时萎缩，期期艾艾道："驷儿，见、见过公伯。没、没说甚……"

"国事有官称。不是公伯，我是左太子傅，来检视学业。"嬴虔冷冰冰打断嬴驷，将"左太子傅"几个字咬得又重又响。

甘龙正在泪眼蒙眬，一时竟有些茫然。虽然他是资深老臣，但对霹雳猛将嬴虔却素来敬而远之，实则是敬畏三分，况且今日又在太子府，嬴虔分明便是正主儿；自己身为太师，对太子讲书本也无可厚非，但讲出局外，总有些不妥。甘龙内心忐忑不安，但毕竟久经沧海，漫不经心地哽咽着："左傅见谅，都因老夫感念穆公，有所失态。太子劝慰，原是体恤老臣，莫要责怪太子才是。"

嬴驷感激地望了甘龙一眼，觉得这个白发苍苍的老太师很有气度。公孙贾原本难堪困窘之极，但在嬴驷甘龙的一遮一挡之后已经冷静下来，他抹着眼泪拱手道："公孙贾参见左傅。太子有过，公孙贾有责，愿受惩治。"

嬴虔却大咧咧一笑："你个公孙贾，我是闷得发慌来转转。老太师讲书，如何不告我一声，让我这粗憨也长点儿学问？"

"左傅笑谈了，不是禀报你了么？左傅还教我赠送老太师赵酒也。"

嬴虔一怔，哈哈大笑道："糊涂糊涂。那好也，从今日开始，每次我也来听，左右闲着无事，何如长点儿见识？老太师，继续讲了。"

甘龙拱手道："已经两个时辰了。老臣年迈，不堪支撑也。"

嬴虔又是一阵大笑："老太师能讲书两个时辰，老当益壮，可喜可贺。我呀，最怕说话，半炷香也撑不得，非哑了喉咙不可。"

公孙贾笑道："老太师委实劳顿，下次讲书，我当专程请左傅监讲。"嬴虔脸色一沉："监讲？你疑心老太师，会用邪说蛊惑太子？大胆！"公孙贾想不到丢给嬴虔的烫手山药，竟如此快捷利落地回到了自己手上，忙不迭挤出一脸笑容，连连拱手："岂敢岂敢，有罪有罪。老太师见谅！左傅见谅！"

甘龙皱着眉头冷笑道："公孙贾，学着了。左傅，老夫告辞了。"佝偻着腰身，一副老态龙钟的样子咳嗽着出了门。嬴驷狠狠瞪了公孙贾一眼，连忙赶上去扶着甘龙出门上车。

"右傅大人，何时讲书，不要忘了我，记住了？"嬴虔笑得森然。

"公孙贾但凭左傅大人定夺。"公孙贾满脸堆笑，双腿却簌簌发抖。

刚刚掌灯，吏员便抬进满当当两案公文。卫鞅在书案前坐定，准备开始批点。正欲提笔，景监匆匆走进，将太子府的事备细说了一遍，卫鞅禁不住大笑，却是甚话也没说。景监知道卫鞅规矩，说完立即忙着打理公事去了。刚刚批得几卷，卫鞅突然觉得面前有个身影，不自觉间，手中铁笔短剑般飞出。随即抬头，却见侯嬴握着铁笔微笑着站在面前。

"是侯兄。"卫鞅嘘了一口气，"吓我一跳。来，请坐。"

侯嬴笑道："我看这铁笔不错，管中有箭头，可谓绵里藏针也。"

"侯兄有眼光，此乃铁笔剑，老师赠我的，不想第一次就用错了。"

侯嬴坐到对面："鞅兄，我听说城里有过刺客，特来看看。荆南失踪，你可要加倍小心。"卫鞅点头，随即深锁眉头道："侯兄，你说天下哪个学派能与墨家剑士抗衡？"

侯嬴一怔，摇头笑道："如何？你想求援？"

"哪里话来，一夜之间，墨家剑士竟被一个来历不明的门派赶走了。"

"有此等事体？这批剑士真地厉害！"侯嬴惊讶。

“他们显然是想帮我，岂不知帮了一个大大的倒忙。”

侯嬴脸色微变：“如何？帮了倒忙？愿闻其详。”

“咳，”卫鞅叹息一声道，“也难怪。他等如何能明了这政道奥妙？为政治民，诸多事情是不能大白于天下的，这便是所谓国事机密了。权臣执政，永远都会有政敌必欲除之而后快。政敌之仇杀，可防可治，不可告民。原因何在？这民情如海，有风必有浪，浪急则国家倾覆。政敌之行若大白于天下，反治疲民便会与之通连呼应，使民心不稳，国策难行。墨家乃近百年来震慑天下的正正之旗，在民在官，皆可振聋发聩。墨家对我变法之偏见，本属误解，必能消除。今墨家剑士在栎阳被袭击驱逐，加之一场大火，使朝野皆知墨家认定秦国变法乃暴政虐民，流言便会不胫而走，如此长了谁的志气？灭了何人威风？变法正在爬坡之时，庶民方醒未醒。经此一举，民心惶惑，无从辨识。墨家之误解又会更深一层，岂非要大费周折？侯兄思之，这是否帮了一个倒忙？”卫鞅说得缓慢沉重，忧心忡忡。

侯嬴听着听着，额头渗出晶晶汗珠，大是惶惑不安，突兀自语：“如何没想到这一层？”又警觉醒悟，笑道，“鞅兄勿忧。敢与墨家对阵者，必非寻常之辈。我之愚见，解铃还须系铃者，也许他们自己会补正。”

卫鞅感慨一叹：“虽则帮了倒忙，然则卫鞅有此无名知音，也足可自慰了。知我变法者，唯此人也！又何求补过？”

侯嬴也是一叹，眼神中流露出一种感动：“鞅兄，侯嬴告辞。”

送走侯嬴，卫鞅无心批阅公文，在庭院中踱步，仰望天中明月，心潮起伏回荡。不知白雪可曾平安回到了魏国？墨家会不会找她的麻烦？君上在西部巡视，如何还没有消息？车英找到君上了没有？墨家仓促退去，下一步可能如何？和墨家的这场敌对误会如何化解澄清？有没有必要亲自去一趟墨家总院……乱纷纷想来，一时没有头绪。但无论如何行动，都要等君上回来再说，栎阳不能没有镇国之主，君上与卫鞅，必须有一人守在栎阳。还是君上镇国合适，毕竟，卫鞅对山中生活与学派门户熟悉许多，绝不能让君上去冒险。对，正是如此。变法已开，没有我卫鞅，君上可以继续推行变法。没有了君上，我卫鞅在秦国岂能站稳脚跟？想着想着，卫鞅清晰起来，觉得应该乘窝冬季节化解墨家误会，给来年春天推进变法扫清道路。山地纵然费时，三个月时间，长途跋涉一次也算够了……

突然，马蹄声急如骤雨，在静夜长街如惊雷滚过。仔细一听，正向左庶长府而来。卫鞅心头一震，大步匆匆向府门走来。

马队正在左庶长府门前收住，车英滚鞍下马："车英参见左庶长！"

卫鞅心头一沉："车英，君上何在？"

"禀报左庶长，君上执意孤身赴险，到神农大山找老墨子论理去了……左庶长！"

卫鞅心头轰的一声大跳，面色骤然苍白，摇摇晃晃地站不稳。车英一个箭步冲上，扶住卫鞅。此时景监已经赶到，立即和车英扶着卫鞅回到寝室。当太医被急如星火般唤来时，卫鞅已经从卧榻翻身坐起，挥手吩咐所有人退下，唯留景监车英在房中。卫鞅走下卧榻，双腿犹自发软，强自扶着剑架道："车英，详情如何？仔细说来。"

卫鞅的震惊昏厥，使景监、车英乃至左庶长府的所有吏员都深深震撼。这个在他们看来是泰山崩于前而色不变的卓越人物，闻君急难竟是如此急火攻心，可见其对君上、对秦国的耿耿忠心。战国之世，风雷激荡，唯有肝胆相照才能杀出一条生存之路。唯其如此，人们对大忠的渴望和崇尚达到了极致。一个人可以才能平平，但只要有耿耿忠诚的德行，就会受到人们的赞许、景仰和追随。才华横溢而不忠不义，则为天下所不齿。忠于家国，忠于君父，忠于功业，忠于友谊，忠于爱情，忠于知音，忠于学派，忠于信念……无尽的忠诚在残酷激烈的大争之世磨砺出炫目的光华，数不清的忠臣烈士，留下了天地为之变色的故事。无论何时，无论何地，人们对忠诚的景仰都不会稍减，都会为之感动不已。卫鞅醒来的时候，屋中所有的眼睛都含着泪水。他们的泪水凝结了对卫鞅的崇敬，也凝结了对老秦国的忠诚。况且，卫鞅是山东士子，是外邦人，他对秦国的忠诚更容易激起这些老秦人的情感波澜。

卫鞅却什么也没有看见，只是紧紧盯着车英。

车英脸上汗水和着泪水，擦拭一把，从头讲述了追赶国君、国君遇险、国君决意进山和自己被严令返回栎阳的详细经过。重述秦孝公“秦国不能没有左庶长，左庶长是秦国新生的厚望”这段原话时，卫鞅的泪水夺眶而出，又一头栽倒在榻上。

半个时辰后，卫鞅醒了过来。他终于平静了，喝下一大碗热气腾腾的羊肉汤，精力也恢复了过来。思忖有顷，他对景监简略地交代了必须在晚上完成的公务，便匆匆出门了。

时近四更，栎阳街市已经沉寂。卫鞅来到渭风客栈门口，只见漆黑一片，往日挂灯笼处挂上了一个隐约可见的大木牌。卫鞅绕到偏门，也是大门上锁。稍一打量，街中确实无人，卫鞅登上门前石礅，轻轻一纵，跃上墙头。看看院中无人，听听又是静悄悄一片，卫鞅手搭墙头，无声地落到院中。

卫鞅相信，侯嬴会在客栈留下一个可靠的联络信使，如今一看，竟是完全地按照他的要求撤出了栎阳。此刻，卫鞅真希望侯嬴能有所保留，否则，他的这条应急之策就要落空，面临危难的国君就没有奇士后援。卫鞅此来，是想请侯嬴出山援助秦公的。他了解侯嬴，知道他是一个罕见的风尘隐侠。但他从来没有说破这一点，一则是没有必要，二则是作为法家名士，卫鞅对“乱法游侠”历来不赞成也不相交。假如不是白雪，侯嬴也不是商家，卫鞅即或相识也不会有交谊。时也势也，在这种精兵猛将无以着力的特殊时刻和特殊对手面前，需要的又恰恰是这种独往独来具有超凡个人行动本领的游侠人物。侠士们常说：“法以治国，侠以补世。”卫鞅对此从来视为笑谈，不想自己今日竟真要请游侠“补世”了，不禁感慨中来，第一次感到天下之大，竟然真有法治威力所不能到达的死角。甚至于自己目下的行动，和游侠又有何不同？心念及此，不禁哑然失笑。

猛然，卫鞅听到了侯嬴住的那排大屋中有轻微的鼾声……有人！

卫鞅轻步来到门前，想了想，“啪啪啪”敲门。

“谁？”一个粗重的声音带有明显的警觉，卫鞅听见他已经到了门后。

“你家主人在么？我是老国来的朋友。”

“安邑来的么？等等。”门吱呀一声开了，一个大汉搓着睡眼蒙眬的脸，使劲摇摇头，才看清眼前来人，“哎呀，你从安邑刚来？晚了，事情早完了。”

“侯大哥何在？”

“我也不知道。我光管看家。”

“看家几个人？”

“就我和河丫，两个。”

“河丫？可是陈河丫？”

“啊，对！不对！你如何识得河丫？”粗憨的问话显然有些醋意。

“河丫住哪里？我要找她说话。”

“好，跟我来。河丫，有人找！”

“哎，来了……”白雪住过的小院里传来一声长长的应答，就听见一溜碎步声，接着拉开门，“谁找我？噢，大哥！”河丫一下子抱住了卫鞅。

“啊，是大哥呀。稀客稀客，快进去，院里凉。我去煮茶！”大汉一下子热心起来，一溜小跑去了。

卫鞅拍着河丫肩膀笑道：“河丫，白姐姐呢？”

“还说，她们都走了，不带我。本来我就要回老家去了，可听黑柱子说，有人要杀那个甚？噢，姓卫的左庶长，变法可能不稳当，我就没走。来，大哥，进去坐。你从哪儿来呀？我给你弄饭吃……”河丫高兴得语无伦次。

卫鞅笑笑：“河丫，我不饿。我先要问你两句话。”

“问吧问吧，问甚我都高兴……”

“侯大哥去了哪里？”

“不晓得。他今晚回来，急忙拿了几件东西，又走了。”

“店里有事，如何找他？”

“哎呀，他不让我和黑柱子找他，说栎阳不会有事，吃喝给我俩留得足足的，有事他也会知道，不要我俩操心。我俩就管狗、猪、马和收拾房子。”

“白姐姐呢？在魏国还好么？”

“魏国？白姐姐没去魏国啊。”

“如何？”卫鞅一惊，“你听谁说？”

“黑柱子呀！他送白姐姐上路的。”

卫鞅沉默了。白雪没有回魏国，侯嬴没有回客栈，她们去了哪里？墨家已经离开栎阳，侯嬴本不该再走，今晚从他那里离开匆匆回店匆匆离开，肯定有紧急事情，短时间也不可能回来，一时间也无法找到。卫鞅想想拍拍河丫肩膀道："河丫，天气暖和了就回去。听大哥话，秦国变法稳当得很，你家的土地也稳当得很。回去采桑种田过日子，过两年找个婆家，生个胖小子不好么？"

河丫抹着眼泪："大哥是世上顶好的人，河丫听大哥的。大哥，我把黑柱子带回去，行么？"

"行啊。侯大哥一准答应，秦国人丁少，官府也一准入籍。"

河丫高兴得拍手："黑柱子，快来呀，大哥说你能跟我走！"

大汉正在碎步跑来，手中捧着一个铜盘，憨声笑道："哎！侯掌事回来就走。大哥，黑柱子谢你了。河丫整天念叨你。"

卫鞅笑道："河丫，我不喝，也不吃。我有急事，要走了。黑柱子，你俩好好过，勤耕勤织，多缴五谷，挣个爵位，我去看你俩！"

"哎，听大哥的，一定不给大哥丢脸！"黑柱子使劲点头。

"好。我走了。"

"哎，大哥！跑了一路，不吃不喝便走啊？"河丫急得要哭了。

卫鞅回头招招手："下次在你们家吃好的。"匆匆而去。

回到府中，已经五更。卫鞅辗转难眠，站在廊下任寒风吹拂。白雪没有回魏国，侯嬴没有在客栈，他们去了哪里？莫非趁机游历天下去了？不会。若游历山水，侯嬴何须行色匆匆？昨晚见我时为何不说？若有荆南在，还可以派去顶替侯嬴，而今荆南失踪，这样的人物何处可找？想来想去，卫鞅束手无策，生平第一次遇到了无法解决的难题。

二　神农大山的墨家城堡

虽是深秋，神农大山依然是莽莽苍苍无边无际的绿色。

悬崖绝壁上有一条蜿蜒的栈道，栈道上有两个身影在缓缓行进。这是刚刚踏进这片神秘大山的秦孝公嬴渠梁和墨家弟子玄奇。孝公走得小心翼翼，玄奇在后边不断叮嘱。边走边看，孝公对山中奇绝的风光大为感慨。亘古以来，这广袤的森林人迹罕至，大山中古木参天，不知来源的溪流飞瀑时时如空谷雷鸣，洒下漫天雨丝。放眼看去，奇峰嵯峨，一线蓝天在绝壁夹峙的大峡谷中时隐时现，深深的谷底镶嵌着明镜一般的湖泊。山风掠过，林海涛声弥漫了整个天地之间，一切声音都消融在这山神的吼啸之中。风息山空，鸟叫兽鸣近在咫尺，却看不见一只飞禽一个走兽。一种博大无边的虚空，一种无可形容的清幽，一种亘古洁身的纯净，一种吞噬一切的包容，都使这片大山充满了迷迷蒙蒙而又惊心动魄的肃穆。

“如此大山，是对墨家的最好注释，天人合一。”秦孝公终于找到了感觉所在。

玄奇却在四面张望，低声道：“再向前，你就不能说话了，我来应对。”秦孝公点点头，退到玄奇身后道：“偏是墨家有这些讲究，身居天堑，也如此用心。”

玄奇笑道：“我的国君，天下欲生灭墨家者，可是大有人在也。”

“就是楚国、魏国。莫非还有？”

“你不算一个么？”

孝公大笑，玄奇嘘了一声道：“看前边，第一道关，黑卡。”

一座突兀的山岩凌空伸出，犹如山体长出了巨大的胳膊一般，高高悬罩在栈道前方，几乎与对面山体的绝壁相连成空中石桥。山岩成奇特的青黑色，凌空伸出的部分光秃秃寸草不生，裸露的岩石在幽暗的峡谷森森然隐隐有光，显得怪异非常。秦孝公惊讶端详间，一支响箭呼啸着从岩石胳膊的根部斜斜地飞向天空，在一线蓝天中劲直而上，后面拖着一股青烟，煞是好看。

“好功夫！”秦孝公不禁轻声赞叹。

玄奇摆摆手低声道：“跟我走，别说话。”踏着栈道轻松前行，如履平地一般。孝公走这样的栈道远不如玄奇熟练，踩得脚下木板嘎吱嘎吱直响。两人弯过一道凸出的山体，进入一片凹陷山体时，再看那青黑色的凌空巨石，竟赫赫然悬在头顶。玄奇脚下轻轻一跺，示意孝公停步。

“何为一？”凌空巨石中传来深厚缓慢的话音。

玄奇右臂划一个大圆，悠然答道：“一为圆。一中同长也。”

“何为二？”

玄奇双手大交叉平伸：“两物相异，为二。”

“两物相异，何能一道？”

玄奇双臂并拢前伸：“相异不相左，是为一道。”

凌空巨石中伸出一面飘带般的长长小白旗，左右摆动：“黑卡，过——”

玄奇又轻轻一跺脚，孝公便移动脚步。刚刚穿过凌空飞架的巨石，孝公听见身后又是一声尖啸，一支响箭拖着一股黄烟飞上天空，却不知又是何种信号？孝公回头想看看巨石中的暗哨位置，却发现凌空巨石上横刻着四个大字——非攻乐土！奇怪，这字如何刻在里面？仔细一想，恍然大悟，外面进山之人只能看到山水自然，只有出山的墨家弟子和经过认可验证的友人，才能在荒绝恐怖中看到人的标记，给冷清孤独的旅途留下一抹温暖。思忖间已经转过一道山弯，一道瀑布匹练般从对面绝壁穿空直下，飞珠溅玉，隐隐轰鸣，分外壮美。

孝公伸手指指瀑布，又指指嘴巴，比比划划做惊叹状，如哑语一般。

玄奇大笑道：“可以说话了！还真听话也。”

秦孝公凝视瀑布："多美啊。墨家苦行，却尽享山水之精华，大乐了。"

玄奇扶住他肩膀笑道："好么？不做国君了，做隐士如何？"

孝公拍拍她的手："好，等秦国强大了，只要我还活着，一定找座大山。"

"别骗我了。秦国强大了，你又想统一天下，能想到我？"

孝公大笑："那真是欲壑难填了。"又感慨一叹，"不过小妹，也许真有那么一天。我倒不想做尽天下大事，我只想秦国在我手里强大起来。"

"我的国君，我知道。"玄奇亲昵地将头伏在孝公胸前，"那时如果我也活着，我一定会去找你，将你偷走。宫中会大吃一惊：呀，没有国君了！"玄奇绘声绘色，两人快乐地大笑起来。

说话间，两人在栈道继续前行。山体岩石不知从何处开始竟然全部变成了白色，奇绝险峻，栈道在峭壁间宛如细线。正行间但见一柱白岩冲天而立，依稀一口刺天长剑。这支"长剑"在山腰凭空生出，在高空鸟瞰栈道，显然是控制栈道的绝佳制高点。白岩剑尖，一物似石，带着哨音劲射而上。又有一物似流星赶月后发先至，直击前面一物。两物相击，一声大响，山鸣谷应间，一团红烟淡淡散开，宛如开在蓝天上的一朵花儿。

秦孝公似乎忘记了身处险境，看得惊叹不已，玄奇跺脚，他才静了下来。

"二人入园，欲窃桃李乎？"声音仿佛从云端飞来，缥缈而清晰。

玄奇向天遥遥拱手："二人同来，去天之恶。"

"天，何所恶？"

玄奇短剑前伸："天恶不义，天正不义。"

“顺天之意何为？”

玄奇双手做环抱状：“兼爱非攻。”

玄奇话音刚落，遥见白岩顶尖伸出一面黑色小旗向山中一荡：“白卡，过——”

脚步匆匆，二人走得三里之遥，又见白岩褪成了灰色山石，栈道也走到了尽头。接下来是一条羊肠小道伸向前面的山腰。孝公长长地嘘了一口气：“前面还有黄卡红卡么？”玄奇咯咯笑道：“没有了。翻过这个山头，你就能看见总院了。”孝公揶揄笑道：“老墨子真是古怪，拿墨家经书做暗语，打定主意不和外人交往？”玄奇笑道：“站着说话不腰疼。这也是逼出来的。墨家树敌甚多，且都是以国为敌。各国斥候收买游侠，费尽心机要打进墨家，防备不严，墨家焉能长期生存？这暗语非但全是墨家经典，而且三日一换。不精通《墨子》，寸步难行，栈道上到处都有截杀机关。等闲一支大军，也攻不进来。”

孝公喟然一叹：“老墨子威加诸侯，可谓天下学霸矣！”

玄奇笑道：“也许这就是强者本色。人强则硬，国强则霸，学强则横。老孟子骂遍天下，还不是自恃显学？你将来也一样，秦国强了，你不霸道？”

孝公笑了：“霸道？但愿来得及。”

“你，不怕么？”玄奇明亮的眼睛盯着秦孝公。

“怕甚？”孝公惊讶。

“翻过山就到总院了。墨家素来讲究诛暴不问心，此去实在吉凶难料……”

孝公坦然笑道：“小妹，你比我更危险。带我进山，你已经是墨家叛逆，我更担心你有不测之祸。”

“大哥！”玄奇脱口而出，猛然抱住孝公，“我不怕。能和你生死与共，此生足矣！”

孝公揽着玄奇颤抖的肩膀，眼前浮现出那个多雪三月五玄庄门外的誓言，轻声念道：“不移，不易，不离，不弃。”

“天地合，乃敢与君绝。”玄奇一脸满足的笑容。

峡谷中渐渐幽暗。两人快步走出羊肠小道时，眼前豁然开朗，四面奇峰夹着一片绿森森的谷地，夕阳正挂在西边山尖，山峰林海一片金黄。正北面最大山峰的半山腰处，遥遥可见一片金碧辉煌的屋顶巍然矗立，满山绿树中露出断断续续的灰色石墙。一座箭楼伫立在灰墙南段，虽然比不上城池箭楼的规模，但建在这荒绝险峻的大山之中，却显得分外雄奇。

突然，一声凄厉的长嚎响彻山谷，似哭非哭，充满绝望与愤怒。二人同时一惊，疾步冲上高处山头，举目四顾，不禁失色——只见箭楼外的一片空地上，一个黑衣大汉被粗壮的铁索拴在一块大石柱上，手中握一柄铁耒在挖地。石柱旁边，一只穿着红褂子的大黑猴子拿着一支长长的藤条，不断抽打黑衣壮汉。黑大汉不顾抽打，只是拄着铁耒遥望山外，不断地凄厉长嚎。

“堂堂墨家，如何这般惨无人道？”秦孝公面色阴沉。

玄奇惊讶道：“难道有了叛逆不成？莫急，等他们回去了再走。”

城堡前一阵人声喧闹，一群黑衣白衣的墨家弟子肩扛手提着铁耒、铁铲、大锯，从东边山道上走下。另一群少年男女则挎着竹篮，拿着药锄，从西边山道上走下。将近城堡箭楼，东边弟子中有人高喊：“谁唱支歌儿消消乏？”

“禽滑釐大师兄，你唱！”西边的少年弟子们雀跃欢呼起来。

只听人群中一人高声笑道：“还是邓陵子唱了。”

“不！两个师兄都要唱。”少年弟子们笑着叫着。

“唱吧，平日里难得听到两位歌声，教小弟妹们高兴高兴。”东边有个浑厚的声音为少年子弟帮阵，引来一片欢呼。

只听一声咳嗽，浑厚悠长的歌声响彻山谷：

立德立言须立身
生逢乱世要正心
刀兵四起说利害
人欲横流莫沉沦

一片和声在山谷中回荡：“人欲横流莫沉沦，莫沉沦……”又有苍凉激越的歌声接唱道：

生民苦兮——
人世忧患何太急
饥者不得食兮
寒者不得衣
乱者不得治兮
劳者不得息
征夫无家园兮
妻儿失暖席
鳏寡无所依兮
道边人悲啼
念我生民苦兮
义士舞干戚

悲怆激越的童声唱和着："念我生民苦兮，义士舞干戚……"悠悠歌声，飘向深邃无垠的大山林海，与隐隐林涛融成一体，仿佛天地都在呜咽悲戚。

"这是墨家的《忧患歌》？"秦孝公泪光莹然。

玄奇默默点头，发出一声沉重的叹息："这《忧患歌》，平日里是不许唱的。"

突然，凄厉的长嚎又一次划破山谷，在《忧患歌》悲凉的余音中显得怪诞恐怖。黑衣壮汉向墨家弟子手舞足蹈比比划划，全然无人理会。虽则如此，弟子们却也顿时没有了欢歌笑语，默默地走进了箭楼下的门洞。红褂猴子也蹦蹦跳跳地解开铁索，用藤条赶着黑衣大汉走进了城堡。

玄奇看看孝公，眼中闪出一片关切，低声道："走。"

秦孝公微笑："这里是你的家，不用怕，走。"

太阳已经落山了，大峡谷中一片昏黑。秦孝公看清了城堡外的那片空地是新开垦的一片松土，想到那个黑衣大汉已经被铁索和猴子押了许久，不禁轻轻地一声叹息。

箭楼下，两名持剑弟子拦住玄奇："请出示门牌。"

玄奇从怀中摸出一方黑色石牌递过，持剑弟子一看，拱手道："师妹受罚出山，回山须得巨子手令。"

玄奇道："我有意外大事，须得与这位先生立即见到巨子。请即刻通禀老师。"

"请稍候。"持剑弟子匆匆而去。

片刻之后，大门内传来一阵急促的脚步声，禽滑釐和邓陵子带着几名持剑弟子匆匆赶来。禽滑釐打量着玄奇二人，淡淡笑道："玄奇师妹，回山报捷么？"

“禀报大师兄，玄奇有紧急大事，此处不宜细讲。”

邓陵子冷冷问道：“这位何人？岂能擅入墨家总院？”

秦孝公坦然拱手笑道：“我乃秦国国君嬴渠梁，特来拜会墨家巨子。”

话音刚落，禽滑釐、邓陵子骤然变色。门洞众弟子更是怒目相向，立即快步仗剑围住了秦孝公，齐喝一声：“狂妄暴君，格杀勿论！”

玄奇挡在孝公身前，厉声道：“大胆！没有巨子裁决，谁敢擅杀一国之君？”

秦孝公推开玄奇，微微笑道：“墨家除暴，都是如此不问青红皂白么？”

禽滑釐已经恢复镇静，威严命令道：“收剑回队。邓师弟，先将玄奇关押起来。”

“且慢。”秦孝公正色道，“秦国是非，有我承担。你等若像对待黑大汉那样，将她当苦役奴隶，我绝不饶恕你等。”

“如何？你要阻挡墨家执法？”邓陵子冷笑。

秦孝公果断坚定道：“玄奇乃秦国大功臣之后，不仅仅是墨家弟子。尔等敢虐待玄奇，我将亲率秦国勇士，剿灭墨家！”

邓陵子本来已经感到在秦国丢尽了脸面，此刻恼羞成怒，大喝一声：“嬴渠梁！尔休得猖狂！剿灭墨家？我邓陵子先试试你的本领！”顺手掠过身边一个弟子的阔身短剑，大袖一拱，“请，公平决斗。”

禽滑釐断喝：“邓陵子退下！”

秦孝公大笑道：“禽滑兄莫要阻拦，嬴渠梁正想领教墨家剑术。”其实在来路上孝公已经反复思忖了有可能在墨家遇到的各种危险和应对之策。他很清楚，墨家这种以天道正义自居且横行天下的学派团体，已经在百年之间形成了一种蔑视天下的霸气，必要时在无伤大局的关节上，必须教他们明白天外有天，墨家不是万能的，也不是所向无敌的至尊正义。剑术一道，本来也是嬴渠梁的长项，他从十二岁随军征战，十六岁获得秦国的黑鹰剑士甲胄，于万马军中冲锋搏杀过不知几多次。虽说步战剑术与骑士格斗不尽相同，且邓陵子又是墨家四大弟子中剑术最高的一个，一把奇异的吴钩弯剑曾经震慑了天下多少邪恶？但秦孝公依然充满了战胜的自信。再说，玄奇的安危，实际上也系于秦国的实力和正邪，正邪之分要见到老墨子方能定夺，实力则是目前必须让对方知道的。因为谁都知道，一个居于战国之列的大国，再穷再弱，以倾国壮士对付一个学派还是绰绰有余的。情势的关键，就是这个国家的国君有没有决战决胜的气质和发动这种剿灭的勇武。既然如此，岂能不慷慨应战？

眼见邓陵子短剑在握，秦孝公笑道："邓陵子，请换你的吴钩。"

邓陵子冷笑："那要看你的本领，配不配用吴钩？"

秦孝公皱皱眉头，原本黧黑的脸更黑了几分，冷冷道："那就看看。"向前三步，长剑锵然出鞘，"请。"

"长剑先请。"邓陵子此话，本意在嘲笑秦孝公的尊贵身份，同时也有意无意地提醒在场同门，我在兵器上是让他一筹的。战国初中期，普遍使用的乃是阔身短剑，长剑只是国君、统帅和极少数著名剑士才有的。后来随着精铁冶炼工艺的提高和铁产量的增加，到了战国末期，三尺长剑才渐渐普遍起来。

不想秦孝公闻得此话，微微一笑，回身道："玄奇小妹，请借我短剑一用。"

玄奇本来就急出了一头细汗，此刻更是担心："短剑……"想想又将后面的话硬生生憋了回去。玄奇是久有阅历的墨家才女，岂能不知决斗不能分心的道理？她默默捧出了秦孝公赠给他的一尺剑。她知道，那肯定是他用顺了手的兵器。

秦孝公短剑在手，竟是比邓陵子的短剑还短了几寸。他左手一顺，短剑从犀牛皮精制的剑鞘中滑出，暮色中发出一道闪亮，无疑是一把神兵利器。

邓陵子后悔自己多嘴，竟然变成了真正的平等决斗。此刻要再说什么未免显得啰嗦，便不再说话，短剑直刺，一道寒光直逼孝公当胸而来。秦孝公眼力极是敏锐，一个滑步侧身，人已到了邓陵子左侧，短剑一撩，邓陵子正在疾步转身的时候，短剑已到他左边肋下！邓陵子本来漫不经心，骤然间一身冷汗，大喝一声，阔身短剑闪电般压下，又顺势一个弧形横扫。这是吴钩剑的连绵攻击动作，守攻相连，凌厉异常。殊不料秦孝公在短剑上撩时步伐已经急速地向左旋转，邓陵子的阔身短剑回防下击时，他的一尺剑已经收回，轻灵地滑到了邓陵子左侧，非但避开了正面的弧形剑光，且短剑又迅疾地刺向邓陵子左腰！当此攻势，邓陵子已经清楚必须摆脱这种被动旋转。他一个蹲身右跳，避开左刺，阔身短剑在离地尺许高处划开一个半圆，身前一丈之内将没有秦孝公的落脚之处。这是墨家的步战绝技——低攻斩足！然则秦孝公久在马上征战，对步卒低攻的反击训练有素，反应极为灵敏。邓陵子纵跃蹲身时他已经凌空跃起，短剑划出，邓陵子后背的布衣顿时一分为二！

全场墨家子弟都“咦”地惊叹了一声。

邓陵子回身，掷剑在地：“好！配得上我的吴钩！”显然想换了兵器再战。

禽滑釐正色道：“邓师弟，成何体统？墨家是缠斗之辈么？”

秦孝公拱手笑道：“久闻邓陵子吴钩天下无二，嬴渠梁侥幸一胜，尚请见谅。”说罢，将短剑捧给玄奇，“小妹，多谢你了。”玄奇默默接过短剑，一种舒心的微笑洋溢在脸庞。

邓陵子脸色忽白忽红，直恨自己轻敌大意，使墨家在这个暴君面前有失颜面，眼见秦孝公谈笑自若，越想越气，一跺脚扬长而去。

禽滑釐仿佛没有看见，平静如常道："将玄奇押下去，待禀明巨子再做处置。秦公请随我来。"大袖一挥，径自向城堡深处走去。

厚重的石门隆隆关闭，墨家城堡淹没在神农大山的无边黑暗中。

小竹楼里，老墨子正在对着一本《鬼谷子》出神，那是一本已经磨得很破旧的羊皮大书，边角发毛，书页暗黄，唯有上面的字迹依旧清晰。风灯摇曳，一颗硕大的秃头忽明忽暗，枯瘦伟岸的身躯一动不动。这是老墨子的习惯。每每遇到意外困惑，他都要竟日枯坐，让思绪在冥冥之中随意遨游。

邓陵子从栎阳撤回，立即向老师禀明了遭受突然袭击的经过。事隔三天，苦获也在陈仓古道失利。老墨子大为惊奇，天下何门敢于袭击墨家？嬴渠梁在即将就擒之际，何以就偏偏有救援赶到？不对。老墨子凭着他老辣的洞察，捕捉到一丝不寻常的气息——此间一定有极为高明的对手在策划部署。否则，墨家在栎阳一出手，何以就有了袭击事件？而且手段极为高明，既不和墨家正面交手，又堂而皇之地使墨家暴露无遗不得不退，同时又警觉到墨家的另一着棋，立即派精骑追赶保护嬴渠梁，能使嬴渠梁脱险。在突发事变面前能有如此连环动作，绝非寻常之人所能办到。在将近百年的周旋中，老墨子对列国诸侯和七大战国的应变才能了如指掌。这些王公将相中自然不乏杰出之辈，然而对这种和大军征战迥然有异的奇袭暗杀，他们大多束手无策或迟钝之极。墨家对暴政暴君和公然的不义战争，其所以能保持强大的威慑力，原因正在于这种狂飙闪电式的突袭，使即或是强大的国家也防不胜防。老墨子蔑视天下，蔑视王公将相，是有理由的，不仅仅因为他高举着正义天道的旗帜，而且因为他从来没有失算过，更没有失败过。难道上天在秦国给他安插了一个真正的对手？需要他亲自出山？心念及此，老墨子豪气顿生。多年来沉寂深山，并没有泯灭他为天下而生、为天下而死的高远情怀。假如强敌崛起，他会毫不犹豫地挺身而出，率领弟子们铲除暴政。墨子自成为天下显学，从来没有因为惧怕牺牲与毁灭学派而向暴政酷吏屈服。

三十年前，当楚国逞公输班云梯之威，大举兴兵妄图吞灭宋国的危急时刻，墨子非但亲率三名弟子急如星火地赶到楚国郢都，与公输班较量以说服楚王罢兵；而且做好了最坏的准备，派出了全部三百名弟子赶往宋国帮助防御。那一次如果楚国硬是出兵，整个墨家势力肯定会和宋国一起毁灭。老墨子对这一点很是透彻，既然挑起了天下重担，既然立起了正义的旗帜，就不能姑息生命而畏首畏尾。“赴火蹈刃，死不旋踵”——这是每一个人成为墨家子弟时的誓言，也是老墨子毕生推崇的烈士精神。一身赴难，舍我其谁？在强大的暴政对手面前，老墨子从来都是气壮山河的。

虽则如此，老墨子从来不鲁莽行事。没有将对手揣摩透彻以前，他绝不会轻易出击，况且这第一次还两路失利，岂能不引起他极大的注意？竟日思虑，他排除了鬼谷子亲自出山的可能。他了解鬼谷子，那个老头儿从来不屑于与世人争一日之短长，雄心勃勃地要埋头教出一批扭转乾坤的弟子。那些弟子在出山以前，鬼谷子对他们百般珍惜，唯恐他们在成为栋梁之前有所闪失，岂能让这些弥足珍贵的未来大才涉险赴难？而弟子一旦出山，鬼谷子老头儿就永远撒手，绝不过问学生的胜败荣辱。所以，没有任何一条理由要鬼谷子去阻击一场暗杀。“鬼谷子出山”，简直等于痴人说梦！那么，袭击之人自称“我门”，会是哪一门？以老墨子的沧桑阅历，一时困惑莫名，莫非天下又冒出来一个秘密学派，以压倒墨家为成名阶梯？

老墨子不禁哑然失笑，果真如此，此人岂非忒小瞧墨家？

“老师，禽滑釐师兄有要事求见。”随侍弟子站在竹楼外。

“进来。”老墨子依旧在风灯前沉思。

禽滑釐匆匆走进，恭敬地躬身拱手道：“禀报巨子，玄奇回山，秦国暴君嬴渠梁一起来到。”

“噢？”老墨子身形未动，却已经回过头来面对着禽滑釐，他显然有些惊讶，两道雪白的长眉猛然一抖，“嬴渠梁，自己来了？一个人？”

“是。一个人。对，还有玄奇。”

老墨子沉默有顷：“如何安置了？”

“邓陵子并赴栎阳弟子要诛杀嬴渠梁，弟子以为不妥，将他安置在客岭暂住，十名虎门弟子看护。如何处置，请巨子示下。”

“邓陵子和嬴渠梁没有比剑？”

“比了。邓陵子轻敌致败。”

“轻敌？你也如此看？”老墨子长长的白眉一挑，目光锐利地看着禽滑釐。

“不。此乃邓陵子之言，弟子尚难以定论。”

“玄奇如何？”

“师妹擅自逃罚，弟子下令将她关在省身洞思过，而后请巨子处置。”

老墨子咳嗽一声：“立即将玄奇带来见我。一个时辰后，你们四个也来。”

“弟子遵命。”禽滑釐作礼，迅速去了。

老墨子看着禽滑釐的背影，轻轻叹息一声。禽滑釐是他的第一个弟子，数十年来追随墨子，为墨家立下了无数功劳，早已经成为名震天下的大师，也成为墨家自然形成的第二代巨子。然则，老墨子对禽滑釐总有些隐隐不安。已经是五十多岁的人了，但是对墨子永远是毕恭毕敬唯命是从，从来没有争辩。老墨子很清楚，禽滑釐的性格本色坚毅严厉，离开他办事极有主见，且果断独裁。唯其如此，老墨子总感到禽滑釐在许多事情上未必赞同自己的决断，但却总是毫不犹豫地服从执行。老墨子一生苦斗，天性洒脱，希望也喜欢弟子们纪律严明，希望也喜欢弟子们无所顾忌地表现出本色，在有不同看法时和老师争辩，经常说："不争不辩，大道不显。"他喜欢玄奇，就是喜欢这个女弟子的纯真活泼和敢于求真的勇气。她很少叫墨子"巨子"，几乎从来都只叫"老师"，墨子竟然例外地从来不纠正她。还有苦获那犟牛一般的固执争辩，邓陵子的偏执激烈，相里勤的宽厚失察，老墨子也从来不以为忤。而这些，禽滑釐从来没有，他在老墨子面前永远是那么谦恭服从，没有丝毫的争辩。老墨子感到禽滑釐和几个骨干弟子之间，总有些许隐隐约约的拧劲儿，禽滑釐却从来不正面涉及，只是在诸如衣食住行、健身比武等细节上有意无意地说："师弟师妹们年轻，让他们尽兴也。"果真是年龄差异么？老墨子有时也真是吃不准。人心如海，博大汪洋，他老墨子就能看透一切么？可身后墨家的光大，靠的就是他们啊。

每每想到这里，老墨子就有一丝隐隐的不安……

"老师……"玄奇站在竹楼门口哽咽。

"进来。"老墨子淡淡笑道，"只身擒回嬴渠梁，大功，何有眼泪？"

"老师，他是自己要来，弟子带路而已。"

"知道。"老墨子淡淡一笑，"玄奇啊，你以为嬴渠梁如何？"

玄奇轻轻地走进来，垂手肃立："老师，嬴渠梁，至少不是暴君……"

老墨子爽朗大笑："玄奇啊，一说嬴渠梁，你就咬住这一句话。口才哪里去了？来，坐下，仔细说说，嬴渠梁如何来的？"

玄奇止住了泪水后，平静下来，对老师备细叙述了陈仓谷的巧遇和来神农山的经过。老墨子听完，久久沉默，直到玄奇离开，他也没有说话。

中夜时分，禽滑釐等来到，老墨子和四大弟子秘密商议了整整一个时辰。

三 墨家论政台一波三折

初冬的太阳照到这座深山城堡时，已经是辰时了，在平原上就已经是半早晨了。由于墨家城堡建在四面高峰的山腰地段，非但隐蔽，而且避风，但有阳光便是一片春意。此时正是万里无云，冬日阳光洒满山谷，整个城堡也明亮起来。

但墨家总院却弥漫着一片肃杀森严之气。平日里墨家子弟演武的小校场，全然变了模样。校场最深处搭了一座高高的石台，前垂粗糙的白布帐幔。石台前横立五块高大的木牌，大书"墨家论政台"五个大字。石台下，正面一张长案，肃然端坐着大袖高冠的禽滑釐。再前六尺，并列三张长案，旁立木牌上大书"主辩席"，坐着相里勤、邓陵子和苦获三人。侧置一案，木牌大书"论敌席"，案前坐着面无表情的秦孝公。遥遥相对的一座简易木栅栏中，站着似平静又似木然的玄奇。这是墨家对失职子弟的最轻惩罚。再前方丈许之遥，是墨家黑白衣弟子四百六十八人组成的方阵，全体抱剑跪坐，腰身笔挺，神色冰冷。方阵两侧，各有一个少年方队五六十人，也是抱剑跪坐，目光炯炯地盯着侧座的暴君。校场东侧竖着四块大字木牌，写着"敬天明鬼"。西侧竖着同样四块大字木牌，是“暴政必杀”。校场方阵的外围，两面黑白大旗猎猎作响。

这就是震慑天下的墨家论政台。

战国之世，论战之风乃时代潮流。举凡名士名家，其信念主张非经论战锤炼而不能立于世间，更不能得以流传。一种行为一种理念，要为天下所接受，非经反复论战而不能确立。完全可以说，那是一个演说大爆炸的时代。墨子本人如同无数名士一样，是从论战中搏杀而出，鱼跃而起的。作为天下一面正义的旗帜，墨家自然不能在大事上对天下没有一个坦荡的回答。墨家纵横天下的数十年中，举凡诛杀苛虐的暴君，无不筑起论政台历数其劣迹罪恶，且许其反复争辩，直到对方理屈词穷而心悦诚服地引颈就戮。纵有理屈词穷而仍不认罪者，墨家也允许其寻找雄辩之士代为论战，以使其死而无怨。这是墨家的自信，也是天下所公认的坦荡精神。如今秦国国君只身上门，这番论战便显得尤其特殊。

一阵木梆声敲起，急促而响亮，犹如马蹄击于石板。随即一声大锣轰鸣，悠长地荡满山谷。禽滑釐座中威严宣布：“秦国暴君嬴渠梁，来我墨家欲申国政，持论与我墨家所判相左。今日对天论政，明是非，定生杀。嬴渠梁，尔可任意争辩，墨家自有公心。”

邓陵子霍然站起，满脸激愤，正欲开口，突然，一声凄厉的长嚎从城堡深处传出，山鸣谷应。秦孝公面色一沉，向邓陵子一摆手：“且慢。请问，墨家素来以兼爱非攻教天下，为何对人如奴隶？嬴渠梁愿闻正义之辞。”

邓陵子冷笑：“你可知他是何人？为何受墨家锁链之刑么？”

“士可杀不可辱。无论何人，墨家都是自贬尊严。”

方阵齐声怒喝：“大胆妄言！当受惩治！”

秦孝公微微一笑：“如此便是墨家论政台了？只听恭维之辞也。”

邓陵子愤然道："嬴渠梁，他就是酷吏卫鞅的贴身卫士、墨家之叛逆荆南！其人少年被人割去舌头，知武不知书，是为墨家门外弟子，下山之后，不行正道，却做酷吏鹰犬。墨家诛杀卫鞅，他非但不助力，反给卫鞅告警，又来总院为卫鞅说情。按墨家律条，叛逆当斩！我师巨子念他苦寒出身，罚做苦役，有何不当？嬴渠梁休得借题做文，休得为叛逆张目，为自己遮掩！"

秦孝公豁然醒悟，离座起身，朗声道："邓陵子差矣！既是卫鞅卫士，便是秦国之事。嬴渠梁坎坷来此，正是为秦国澄清是非。若我秦国果真是暴政虐民，嬴渠梁愿引颈就戮，绝不偷生于天下，岂能连累荆壮士受此非人折磨？敢请墨家以兼爱为怀，开赦荆南壮士。秦国之事，嬴渠梁以国君之身，一人承当。"

全场安静得鸦雀无声。墨家子弟原本个个热血男儿，听得秦孝公一席极明理的肺腑之言，内心已是暗暗欣赏。禽滑釐大袖一挥："放了荆南，请其入座。"

片刻之间，荆南被带到方阵之前，蓬头垢面，长发披散，直如野人一般。秦孝公神色肃然地一拱到底："荆南壮士忠心为国，请受嬴渠梁一拜。"

荆南愣怔半日，嘴唇颤抖，突然扑地拜倒，大嚎一声，泪如雨下。秦孝公含泪俯身，扶起荆南坐到安置好的草席之上。满场墨家子弟，面上都显出难堪之色。

邓陵子已是满面通红，厉声道："嬴渠梁，秦国若非暴政，何故勾结游侠袭击墨家？放火杀人，蛊惑民众，嫁祸墨家，居心何其险恶？尔做何说？"

全场轰然："居心险恶，尔做何说！"

秦孝公对此事本不知情，心中一怔，高声道："邓陵子此言，当有确凿证据。秦国作为尚武之战国，即或贫弱，也还有铁甲骑士数万，要袭击墨家，何须勾结游侠？此点尚请三思。”

“强词夺理！”方阵中前三排剑士刷地站起，他们都是随邓陵子赴栎阳的“铁工”，对火攻袭击恨得咬牙切齿，如今见暴君否认，自是气愤难当。

邓陵子冷冷笑道：“嬴渠梁啊嬴渠梁，墨家所为，伸张正义，坦荡光明，永远不会有那种无中生有的阴谋勾当！然尔秦国，暴君权臣隐身于后，疲民游侠鼓噪于前，混淆视听，搅乱局势，嫁祸墨家，以求一逞！直至今日，尚以数万铁骑反证胁迫，用心何其险恶？此事不大白于天下，谈何政道是非？”

“阴谋不明，不能论政！”三十名子弟愤然齐声。

秦孝公万万没想到一场大事就要卡在这样一个关节点上，墨家将火攻袭击事件看成玷污墨家的卑鄙手段，龌龊阴谋，必欲大白而后快。而他对此事确实不甚了了，方才所讲理由虽非胁迫，倒也确实是“反证”。而此时的墨家，需要的恰恰是正面真相，却教他如何说出？然这种内心的急迫并没有使秦孝公慌乱，他坦然高声道：“嬴渠梁离开栎阳在一月半之前，火攻袭击之事，岂能知道真相？此事容当后查，真相大白之日再论不迟，何须急切定论？”

“狡辩！”邓陵子戟指斥责，“此等大事，国君焉有不知之理？离开栎阳，恰是逃避恶名，自来墨家，又是刻意迷惑。此等大伪大奸，岂能在我墨家得逞？”

“不许回避。讲！”方阵全体怒喝，声若雷鸣。

秦孝公默然。一个死扣无解，误会越陷越深。墨家向来固执强横，除非真相大白，否则任何解释都会被看做搪塞，而导致误会更深。秦孝公心中一阵悲凉，他想，此刻唯一能做的事，就是防止这种误会演变为仇恨而不可收拾。沉默有顷，他在众目睽睽之下缓缓站起……

突然，空中一声长呼：“火攻之人在此！”

声音苍老悠远，在幽静空旷的山谷中钟声一般荡开。在双方聚精会神之际，这悠悠的呼唤实在惊人。不待命令，墨家方阵的人刷地全体站起。邓陵子三人霍然离座，长剑已各自在手。

“何方人士，擅闯墨家？”禽滑釐的声音浑厚威严。

一阵笑声：“墨家老友，休得惊恐。”

声音来自箭楼。众人一看，箭楼屋脊上站着四个人，一个身穿翻毛白羊皮大氅的老人遥遥拱手道：“禽滑子别来无恙乎？”

禽滑釐命令：“打开城门，放他们进来。”随即也遥遥拱手，“百里子，非常时刻，恕不远迎。”木栅栏中的玄奇见秦孝公身陷困境，正在心乱如麻，突然醒悟，大叫一声：“爷爷！”一时泣不成声。秦孝公心中一阵惊喜，却依旧面无表情地肃然跪坐。

箭楼城门打开片刻，不速之客们来到小校场中。众人目光齐齐聚在来人身上，惊讶得鸦雀无声。除了那个清瘦矍铄的老人和一个须发灰白的中年人，另外两人竟匪夷所思！一个一身布衣头束白巾的俊秀青年，另一个则是眼珠子骨碌碌转的顽皮少年。如此老少一帮，能袭击墨家剑士？

老人拱手道：“吾等不速之客，只为明事而来，请禽滑子继续。”

禽滑釐大袖一挥：“方阵就座。百里子，请入座。”

方阵落座，小校场顿时回复肃然秩序。百里子坐在秦孝公外侧六尺处，其余三人肃然站立。

禽滑釐拱手道：“百里子，玄奇在此，你……”

百里老人打断道：“公事不论私情。禽滑子尽管行事。”老人连玄奇看也不看。

禽滑鳌一招手，邓陵子霍然起身，直指四人："尔等声言袭击了墨家。请问列位乃何方高人？如何与暴君勾结，陷我墨家于不义？从实供认！"

百里老人眉头微皱，安如泰山般坐着，仿佛没有听见邓陵子尖锐的声音。倒是须发灰白的中年人站起，拱手环视场中道："在下侯嬴，乃魏国白氏门下总管。这位是白圭大人的女公子白雪，这位小哥是公子女仆梅姑。栎阳火攻，袭击墨家，乃我白门所为，与他人无关。"

听后，全场无不惊讶。魏国白门，坐商兼政，非但商家势力遍及列国，就是在各国官场也多有故旧，影响力极大，通晓天下的墨家子弟谁人不知？然则众人惊讶处尚不在此，而在这白门势力与墨家学派风马牛不相及，却为何与墨家为敌？一时间，全场惊愕默然。

来者正是百里老人与白雪、侯嬴、梅姑四人。那日晚上，侯嬴从左庶长府匆匆离去，对白雪转述了卫鞅的一席话，白雪深为震撼，大悔自己虑事不周见事不透。三人在山洞秘密计议，白雪决议弥补过失，三人反复商讨，谋划出了一个周密方略。天亮后，三匹快马直奔安邑，经打探得知百里老人在齐国，又快马驰骋，三日赶到临淄。在稷下学宫找到百里老人后，一说秦公与卫鞅面临的危机，老人感慨万端，立即与白雪三人上马起程，赶赴神农大山。一路之上，百里老人详细讲述了墨家的诸种规矩与应对办法，又对白雪、侯嬴的应对方略提出了许多补正。几经锤炼，进山时四人已经是胸有成竹了。

场中静默之际，老练稳健的禽滑鳌冷冷开口："请问白门公子，白氏经商，墨家治学，井河无犯，白氏何以对墨家有如此仇恨？"

白雪拱手一礼，微笑道："利害冲突，岂能井河无犯？秦国与魏国相邻，秦国商市乃我白门商家之最佳区域。从魏文侯至今，我白门在秦国经商已有三代，然均无起色。其中根本，是秦国贫穷，庶民购物之力太弱，以致白门无以伸展。及至秦国变法，隶农除籍，井田废除，土地私有，民得买卖，加之激赏军功，惩治疲惰，举国一片生机勃勃。秦国无论官署庶民，财货需求大长，手头买力骤增。当此之时，乃我商家牟利之千古良机也。奈何墨家不知世情，不明潮流，竟视变法为暴政，视变法卫鞅为权臣酷吏，必欲杀之而后快。试想，卫鞅一死，秦国旧制复辟，商市必得萎缩，财货必得大跌，我白门辛苦等候百年之良机又将失去。当此之际，禽滑子若我，又当如何？”

一番话娓娓道来，大出墨家预料。墨家明于治学，精于工理，通于兵戎，勇于救世，唯独对商家蔑视有加，对商市不屑一顾，对商情一无所知。举凡行止，墨家皆以大道为准绳，何曾想到过商人这一块？如今竟有一个大名赫赫的商政世家横空飞来，大谈商机牟利之道，而且以此为利害冲突之根本，如何不教正气凛然的墨家一头雾水？公然否认这种利害么？大为不妥。战国之世，大商家已经是纵横天下的实力派人物，整个商人的地位已经不像春秋时期那样卑贱。天下著名学派即或心存蔑视，也已经不再刻薄地咒骂商人。墨家作为震慑天下邪恶的显学名门，岂能在公开论战的场合，否认一个举世皆知的大商家的利益所在？禽滑釐纵横天下，十余年前已经是公认的诸子人物，岂能不明白其中的微妙与尴尬？所以一时间竟不能立即接话。

邓陵子身为被袭击的当事人，心念只在细节之间，见禽滑釐愣怔，厉声喝道：“休得逞商人机巧！一个商人，何来数十名一流剑士包围墨家？从实供认，你是何门鹰犬？受何人指派？”

白雪冷笑：“敢问足下，墨家乃一个学派，何来数百名剑士？方今战国之世，举凡豪族名家，门客剑士数百上千者不知几多，邓陵子身为墨家四大支柱，难道一叶障目如此闭塞？据实而论，我白门多有生意，商旅迢迢，山高水远，岂能没有一流剑士数百名？”

“既有剑士，何不堂堂正正较量？何故纵火铁坊，嫁祸墨家？”

“我白门不想与墨家杀人为仇，只想将墨家赶出栎阳，故而不得已为之。至于纵火铁坊，给秦国带来损失，白门自当谢罪赔偿，与尔墨家却无干系。”白雪气静神闲，说得邓陵子面红气喘，无言以对。

禽滑釐心知不能在这件事上再纠缠下去，岔开话题问：“请问百里子，何时与商家结缘？到此何干？”

百里老人笑答：“禽滑子何出此言？老夫半生云游，深受你师兼爱牵累，逢人皆是友也。没有老夫，他等如何进得这神农大山？另有一则，我师闻得墨家受阻，特捎书与我转交你师，共析疑义。”说着从怀中摸出一个竹筒递过。

禽滑釐见是鬼谷子物件，连忙拱手作礼接过：“如此谢过百里子，禽滑釐当亲自交于老师。”随即肃然正容道，“诸位既来，都是我墨家贵客，请参与墨家论政。方才插题，揭过不论，继续正题之争。”

主辩席一人站起，敦厚威猛，冷冷发问：“嬴渠梁，苦获问你，何谓暴政？”这个苦获，即是陈仓道活擒秦孝公未遂的主将，又是在栎阳秘密查询秦国暴政的主持者，语气显得信心十足。

秦孝公：“政之为暴，残苛庶民，滥施刑杀，横征暴敛也。”

“好！渭水决刑，一次杀人七百余，渭水为之血红三日，可算滥施刑杀？”

秦孝公慨然道：“乱世求治，不动刑杀，虽圣贤不能做到。事之症结，在于杀了何种人？如何杀之？秦人起于西陲，悍勇不知法度，私斗成习，游侠成风，疲民横行乡里，良民躬耕不宁。辄逢夏灌，举族械斗，死伤遍野，渠路皆毁，大损耕作。当此之时，不杀械斗之主谋、凶犯及游侠疲民，何能平息民愤安定秦国？墨家但知决刑七百余，可知裹入仇杀械斗者何止千万？其二，渭水决刑，乃依法刑杀。法令颁布于前，疲民犯法于后，明知故犯，挑衅国法，岂能不按律决刑？墨家作为一个学派，尚有私刑加于弟子，秦国乃一国家，何能没有法令刑杀？向闻墨家行事周严，可否举出不当杀之人？”

听嬴渠梁竟对墨家门规称之为“私刑”，墨家弟子均怒目相向。苦获更是嘴角抽搐，但他毕竟大有定力，明知玄奇在押、荆南苦役都在目前，若纠缠此话题，只怕这位暴君求之不得，于是愤然反诘：“如何没有？名士赵亢，杀之何罪？”

“说！赵亢何罪？”方阵一声怒吼。白雪侯嬴大皱眉头，百里老人淡淡一笑。

“赵亢乃秦国本土名士，我本寄予厚望，委以秦国第一县令。谁想他懦弱渎职，逃避治民职责，致使郿县大乱，波及国中。不杀赵亢，吏治何在？莫非名士做官，便可逃刑？抑或墨家也和儒家一样，认为刑不上大夫，礼不下庶人么？”

“嬴渠梁何其狡辩！赵亢反对者，乃卫鞅之害民田制！秦国自行变法，肆意毁田，逼民拆迁，致使万民流离失所，无家可归，可是实情？”

秦孝公揶揄笑道：“害民田制？卫鞅新法，废除井田，开阡陌封疆，乃千古大变，虽李悝吴起不能及也。墨家却将开阡陌封疆说成肆意毁田，将取缔散居说成逼民拆迁，将迁居新村说成流离失所，将万民拥戴的新田制竟然说成害民田制，何其荒诞不经也！足下既曾入秦，何以只在栎阳蜻蜓掠水，而不到秦国山野，倾听农夫如何说法？”

未容苦获再开口，相里勤站起来高声接过话头：“嬴渠梁，卫鞅新法，要焚毁民间《诗》《书》典籍，当作何说？”相里勤稳健细腻，他感到在大政主题上已经很难驳倒嬴渠梁，和禽滑釐低声商议，突然改变策略。

秦孝公微微一惊，墨家如何知晓第二批法令？他不及多想便道："此乃尚未颁行之法令，不当属墨家论政之列。"

相里勤冷笑："正因其尚未颁行，墨家才须防患于未然。墨家论政，非但论既成事实，且要论为政走势。未颁法令，正是卫鞅暴政之要害，如何不论？莫非要等到卫鞅焚烧《诗》《书》，毁灭典籍，坑杀文明既成事实之日，墨家再来管么？"

禽滑釐接道："治国原非一道，姑且不论。然无论何道，皆应敬重累世文明。今卫鞅变法，竟要毁灭文明，此乃旷古未闻之举，虽桀纣亦不敢为也。虽不杀人，为害更烈，实乃愚昧天下之狼子野心也。"他第一次正面开口，严厉冷静，立论坚实，墨家子弟为之一振，全场逼视秦孝公，看他如何作答。

秦孝公已经敏锐地感觉到墨家策略的转变与即将面临的挑战。收缴焚烧民间藏书的法令，卫鞅早已经和他议定，要到秦国大势稳定时再颁发推行，此前要郡县文吏与民间读书士子们事先渗透沟通，方可不生动荡。今日墨家却要在这里将这道法令当做旷古暴行公然争辩，这等于将一道需要酝酿疏导而后方能颁行的法令硬生生大白于天下！秦孝公对墨家这种强横霸道感到愤慨，冷冷一笑道："墨家以文明卫道士自居，全然不通为政之道，嬴渠梁夫复何言！"

相里勤冷笑道："嬴渠梁未免狂妄过甚！尔为国君，若能诛灭卫鞅，废除焚书法令，尚可救药。否则，墨家将呼吁天下，共讨秦国！"

此言一出，全场气氛骤然紧张。白雪热血上涌，就要挺身理论。百里老人轻轻扯了一下她的衣袖，白雪方才醒悟忍住。

"足下要我杀掉卫鞅？"秦孝公哈哈大笑。

"此乃拯救文明、洗刷秦公之唯一途径。"

秦孝公笑容收敛，慨然一叹："列位，嬴渠梁进山，本为崇敬墨家论政求真之精神而来。不意嬴渠梁今日看到者，竟是徒有其表、以势压人的天下学霸……”

“暴君大胆！”全场怒喝，雷鸣一般打断了秦孝公。

禽滑釐面色一沉：“何谓徒有其表？何谓以势压人？”

秦孝公心知决战时刻来临，豪气顿生，决意一吐为快：“昨日在城堡之外，嬴渠梁有幸聆听了墨家的《忧患歌》，令人为之下泪。多少年来，我秦国庶民正是寒者不得衣，饥者不得食，乱者不得治，劳者不得息，鳏寡无所依，道边人悲啼。唯其如此，秦国才需要变法改制，富民强国。如今秦国力行变法，举国振作，农人力耕，百工勤奋，商市通达，贫寒稍减，变法已经初见成效。如此大功，舍卫鞅其谁？卫鞅一介书生，身怀救国救民之壮志，走遍秦国山野，昼夜操劳不息，极心无二虑，尽公不顾私，方有今日秦国之气象。此等才具，此等胸襟，此等大善，此等大义，相比于墨家口头高喊兼爱、胸中实无一策之迂阔，何异于天差地别？墨家自命救世，却只着力于斡旋上层，扬汤止沸；实则隐居深山，远离庶民，于国于民，何曾有温饱之助？反之，却对卫鞅这等真正救世之才横加指责，肆意歪曲，必欲杀之而后快。如此偏执，如此狭隘，如此名实相违，岂非徒有其表也！”

如此激烈尖刻的直面抨击，墨家子弟当真是闻所未闻。一时人人变色，个个激愤。邓陵子早已经怒火中烧，厉声高喝：“墨家剑阵！诛杀暴君！”一个纵跃，弯月吴钩已经闪亮出鞘，逼到秦孝公面前。墨家方阵也平地拔起，将小校场围成一个方框。

邓陵子一动，白雪已经轻疾起身，挡在秦孝公身前。侯嬴荆南梅姑三人也已经长剑在手，护住秦孝公。木栅栏里的玄奇一声哭喊，飞身冲出，却被相里勤率数十名墨家弟子团团围住。玄奇愤激难当，顿时昏死。秦孝公镇静坦然，拱手微笑：“白公子，嬴渠梁谢过你等。此乃秦国之事，你等魏国商家无须介入。”说着走出四人圈子，将长剑向地上一掷，正色对禽滑釐道：“嬴渠梁纵可一战，亦觉索然无味。今为秦国变法，虽死何憾。”

“拿下嬴渠梁！就地正法！”邓陵子一声厉喝，墨家方阵四面聚拢。

百里老人脸色骤变，长声呼喊：“老墨子，你当真死了么——”

突然，高台上的白布帐幔之中爆发出一阵长声大笑。笑声中，一位老人从台上轻跃而下，秃头白眉，布衣赤脚，宽大的粗布白袍随风舞动，不是老墨子却是何人？他大袖背后，径直来到秦孝公面前，一阵端详，一阵大笑。秦孝公从容镇静，任老墨子端详大笑。

“好，秦公嬴渠梁无愧王者气度，人间似乎要有新天地了。”老墨子又爽朗大笑。

百里老人生气道：“老墨子，你甚个名堂？这是论政台么？岂有此理！”

老墨子晃晃发亮的秃头，又一阵开心地大笑：“百里子，试玉要烈火，精铁要千锤，你鬼门岂晓得个中奥秘？哈哈哈……”显然愉快之极。

“嬴渠梁见过墨子前辈。”秦孝公深深一躬。

老墨子略略拱手：“呵，老墨翟纵横天下数十年，今日遇公，实堪欣慰。禽滑釐，撤掉论政台，设论学宴席，与秦公并诸位贵客洗尘。”

墨家弟子本来已经对秦孝公心生敬意，奈何不知真情又兼法纪森严，自然是令行禁止。听得老师话语，已经明白其中奥秘，早已不再紧张，如今见老师下令设论学宴席，顿时欢声四起，不待禽滑釐吩咐，雀跃散去准备。

玄奇醒来，高兴得泪水在笑脸上涌流，来到老墨子面前扑地拜倒：“老师，你老人家真好……”

老墨子大笑着扶起玄奇，宽厚慈爱地拂去她身上的尘土道：“玄奇啊，是你据理力争，宁可受罚而无怨无悔，才逼老师亲临论政台试探真伪也。老师相信你，然而也得有个章法，是么？”

“老师……”玄奇泪水又涌了出来。

冬日苦短，论学宴席在校场摆好，已经是月上半山了。

墨家办事，素来庄重简洁。这论学宴席是接待天下名士的最高礼节。东侧大牌换成了“修学修身”，西侧大牌换成了“躬行致用”。院中全数草席，墨家子弟席地而坐，围成一个一个的小圈子，每个圈中一盏风灯，两个陶盆。无数个风灯圈子围在四周，中间是一张两丈见方的大草席，围坐着老墨子、百里老人、秦孝公、白雪、侯嬴、梅姑，并墨家四大弟子和玄奇。墨家节用，最反对暴殄天物，所以这最高礼节的宴席上也没有酒，只有各种奇异的叶子泡成的红茶绿茶。一席只有一盆肉，而且是带着骨头蒸煮的山猪肉。宴席结束后，所有的骨头都要收回大厨，重新蒸煮为骨头菜汤，供值勤劳作弟子做晚汤用。虽是粗茶淡饭，庭院山风，但那种亲如一家的情谊与甘苦共尝的精神，却使墨家宴席的气氛远远超出任何山珍海馐的豪门大宴。

禽滑釐手捧陶碗站起，环视四周：“诸位贵客高朋、同门学人，秦公以‘不速之客’闯入我墨家总院，通过了墨家的论政大战，实堪可贺！巨子明令教诲：自今日开始，墨家与秦国误解澄清，言归于好，墨家子弟要勤访秦国变法，以富学问。来，为秦公高风亮节，为卫鞅变法初胜，为诸位高朋远来，共干粗茶一碗！”

“干！”全场哄然，大碗叮当，笑声一片。

老墨子喟然一叹：“百里子啊，若非秦公此来，只怕老夫要亲自出山，大动干戈了。秦公进山，乃墨家警钟也。终究老了，我没想到，天下竟出了秦公卫鞅君臣英才，为政论理竟如此透彻精辟，老夫深感已成西山半月矣。”

百里老人大笑一阵：“大哉！老墨子也。该隐则隐，何其明睿！”

秦孝公谦恭拱手道：“墨子前辈乃当世圣贤，我辈少时便仰慕如泰山北斗。今前辈虽老，然墨家精神则恒久年轻，墨家情操将永世垂范。人生若此，前辈何憾之有？”

老墨子大笑：“然也然也，朝闻道，夕死可矣。何憾之有也！”

“老师，这可是孔夫子的话也。”玄奇笑道。

老墨子诡秘地一笑：“孔夫子诸多话，可是不得不听也。”晃动秃头的滑稽神色，引得众人一阵大笑。

百里老人道：“老墨子玄机深远，能以秦国变法为大道之闻，巍巍乎高哉！”

老墨子微笑：“秦公，你可知卫鞅老师何人？”

秦孝公摇摇头：“没有问过，也没有想过。”

“百里子呢？晓得么？也不晓得？”老墨子微笑摇头。

白雪忍不住问：“墨子前辈，莫非知道卫鞅师门？”

“你问老夫？我呀，也不晓得！”老墨子纵声大笑，充满独享天下秘密的快乐，笑罢很是郑重地问，“秦公信不信鬼神？”

秦孝公沉默有顷：“信得三分吧。墨子前辈有敬天明鬼之说，是真的相信？抑或为了告诫恶人恶政？”

墨子悠然道：“老夫与儒家相悖，一生崇信天道鬼神，而且常常感到鬼神就在我等周围。”说得周间人不禁肃然顾盼。老墨子慨然长叹，“天道悠远，人世苍茫。幽冥万物，人却识得几多？若天无心志，人无灵魂，何来世间善恶报应？人间万事，非但个人善恶恩怨有鬼神明察，大如国家兴亡，法令代谢，亦有天道感应鬼神明察。行善政者国家兴旺，行恶政者国家灭亡。此所谓殷鉴不远，在夏后之世也。”

秦孝公肃然拱手："请教墨子前辈，对法家有何评判？"

老墨子雪白的长眉一挑："老夫对法家相知至深，其弊在求治太速。速者易苛，易入富国穷民之途也。天将兴秦，唯愿戒之。世道沧桑，当从容求治也。"

时已月上东山，场中风灯熄灭，更显月光皎洁。秦孝公默默沉思。老墨子对禽滑釐笑道："何不对秦公一舞《鬼歌》？"

"《鬼歌》？"秦孝公与百里老人等尽皆惊讶。

"此乃老夫新作，我当亲自为诸位一歌。"

"啪啪啪"，禽滑釐连拍三掌，中间弟子散开，顿时空出一片大场。邓陵子奏起古琴，苦获吹起呜咽的陶埙。八名少年女弟子扮成山鬼模样，从场外飘进场中，白布长衫，黑发披散，对月起舞，幽怨阴柔。老墨子站了起来，白衣大袖，秃顶闪亮，在一声女鬼长哭中引吭而歌，浑厚苍哑的歌声回荡在城堡峡谷：

鬼兮鬼兮生者魂魄兮
飘忽形之外兮幽冥叹无极
惩恶不能言兮空有悲啼
扬善须待时兮日月太急
鬼目如电察天地兮人有暗室亏心
明鬼明鬼兮天地万物良知兮

月夜之下一片和声："明鬼明鬼兮天地万物良知兮……"

四 阴谋与孤独的老人

三月阳春，秦国大大地热闹了起来。

白雪侯嬴已经在二月回到栎阳，同来的还有“墨家四贤”之一的相里勤。他们带回了秦孝公的书信，相里勤还在栎阳南市向秦人宣布了墨家与秦国误会澄清，重新修好的文告。消息传开，城乡一片欣然。老秦人们便早早开始谋划自家的日子了。启耕大典之前，秦国城乡已经忙碌起来。惊蛰一过，乡野农家纷纷走出家门来到自己的地头，整田春耕悄悄地开始了。待到太子代行启耕大典后，县吏们下乡督耕，田畴里早已经耕牛遍野，春歌互答，热闹非凡。城里的工匠商人们也不顾冰雪刚刚消融的泥泞，赶着牛车将农具盐布诸种杂货送到一个一个的新村叫卖。这在昔日，商人们想做也做不到。农家都分散住在沟渠阻挡的井田中，肩扛人挑，一天也走不了几家，如何做得买卖？而今农家迁出井田，聚居成里，牛车赶到村头吆喝一阵，留在家中的女人便纷纷出来或买或换，往往是一个时辰便做了往昔一个月的买卖。商人工匠们高兴，农家高兴，皆大欢喜，对新法令交口称赞。

不再是奴隶的昔日隶农们最是兴奋，在他们聚居的新村落，除了忙忙碌碌的春耕，还增添了一个新内容，便是纷纷将家中青壮送到县府从军。朴实憨厚的新自由民们觉得自己成了“国人”，理当有“国人”的尊严与荣誉。那时，国人自由民的最大荣誉，是家中有一个征战沙场的骑士。往昔的奴隶从军，只能做步卒，不能做骑士，更没有升为将领的可能。奴隶士兵的最好结局，是老卒还乡。如今，不再是奴隶的农人们举村行动，由里正们率领，将青壮男子一队一队地送到县令面前。秦国历来多战事，谁都知道，官府永远需要骑士。一个春天，入军风潮弥漫开来，几乎每个县府门前每天都有青年在晚上被火把簇拥而来。

各县将消息飞马报到栎阳，卫鞅心中一动，当即与景监车英商议，准备提前实现新军训练计划。方略议定，卫鞅下令：车英为新军主将，精心遴选一万名青壮年从军，同时将原先的五万骑兵精简为两万，新老骑士混编，练成三万真正能够和六国抗衡的精锐铁骑；原先的五万步兵，精简为两万；裁减的病员老弱一律还乡务农，骑兵的老马和辎重兵的老牛，一律分配给有青壮年入伍的里充做耕畜。

进入四月初，卫鞅将新军训练事宜已经安排妥当，就要专程拜会嬴虔，想商议一个对贵族封地法令的变更方法。不想尚未成行，嬴虔已经上门来访。

“左庶长，你可是门庭若市了。我等了三天才瞅准了今日。”一落座，嬴虔便感慨连连。

“左傅不知，我正欲前往拜会，不期自来，鞅实堪欣慰。”

“要找我？真话——有事么？”嬴虔半信半疑地大笑着。

卫鞅一笑：“我有难题，请左傅助一臂之力，岂敢有假？”

“好！说，国事私事，嬴虔全帮。”

“自是国事了。”卫鞅打开一卷竹简道，“这是废除贵族封地的法令。我想对此法令略做修正，将取缔一切封地，改为取缔除太子之外的世袭封地；同时，对以后的立功之士允许封地；然则，封地无治权，封地赋税也只保留三成。如此一来，国君激赏臣下立功便有了名目，公室贵族亦可稍安。左傅以为如何？”

“好！”嬴虔拍案大笑，“改得好！左庶长不愧思虑深远。栎阳这些鸟贵族，无非就是咬住取缔太子封地，做自己的文章。如此一改，叫他们哑子吃黄连，妙！无功无封，有功大封，给国君留下封赏余地，实则治权在国，赋税权也大部在国。好！嬴虔早想说，就怕那些鸟贵族借我鼓噪。左庶长自改，釜底抽薪！”

卫鞅摇摇头："左傅啊，法令贵在稳定。要修正，须得一个名头。我岂能自改？"

"啊，你怕坏了自家信誉？好，你说，如何改，我来出头。"嬴虔大笑。

"敢请左傅上书国君，由君上直接下书修正。如此，则通达无阻。"

嬴虔揶揄地微笑："左庶长平白将一个功劳让给我，何苦来哉？"

卫鞅大笑："我领政，要的是言出必行之信。失信于民，无异山崩也。"

"好！各有所得。此话撂过，我也有一事。"

"国事私事？"卫鞅笑着如法回敬。

"今日嬴虔有何国事？私事。喜事。"嬴虔颇为神秘地一笑。

卫鞅一怔："何事之私，劳动左傅？"

嬴虔不禁开心大笑："实言相告，太后相中你这个女婿了。荧玉公主也很是敬佩你。太后派我来向你提亲，你孤身在秦，岂非天缘？"

卫鞅大为惊讶，忙摆手道："左傅差矣。我虽孤身，实已定亲，不敢欺瞒太后。"

嬴虔笑道："你呀，莫要搪塞于我。你父母皆亡，列国漂泊，谁个做主为你定亲？纵然识得几个安邑女子，也是名士风流，何能当真？"

"不。左傅，卫鞅真情实言，绝非搪塞之辞。"

嬴虔沉吟有顷道："好了，这件事现下不说，容你思虑几日。左庶长，荧玉可是秦国公主，你可要三思而行喽……好，嬴虔告辞。"

卫鞅愣怔半日，竟不知嬴虔是如何走的。

当晚，卫鞅来到渭风客栈看望白雪与侯嬴。侯嬴高兴地整治了一案秦菜，三人痛饮，说到墨家之行的种种惊险，说到老墨子的深邃神秘，说到秦公的大智大勇，皆感慨不已。最后说到栎阳，说到客栈，说到小河丫已经带着憨实的黑柱子走了，三人又是感慨唏嘘，旁边的梅姑也直抹眼泪。卫鞅几次想说嬴虔今日来访提亲之事，终觉得这应当由自己拒绝了事，没必要大家担心议论，始终没有说起。将近四更，三人才结束了小宴，白雪扶着已有醉意的卫鞅回到了幽静的小院子……

嬴虔倒是快捷利索，第二天便派府中家老送来上书国君的拟稿，请卫鞅过目并斧正。卫鞅稍做了两处修改，便教家老带回。第三天，卫鞅派出特急信使将嬴虔的上书连同自己的长信，追送给继续在陇西巡视的秦孝公。十日以后，特急信使带回秦孝公的国书。卫鞅立即将国书颁行郡县朝野，并以左庶长府名义，一起颁行了对封地法令的修正律条。一时间，栎阳上层贵族仿佛被打了一闷棍，惊讶得无声无息。

只有少年太子嬴驷很是高兴。现下，他又可以拥有一方封地了。

嬴驷对封地的向往，是从和白氏老族长来往开始的。基于少年心性，老族长每次到来都让嬴驷觉得新鲜亲切，一则是那些乡村礼物，或一张兽皮，或几筐桑葚，或一只白狐，或一只黑猫，都教嬴驷爱不释手。二则是老族长每次都能讲一大堆乡间趣事，使嬴驷知道了许多原本不知道的东西。老族长上次来本已说好，今年秋收后请他去封地狩猎。整日闷在栎阳读书，嬴驷实在憋气。公父像他这般年龄的时候已经上战场了，可偏偏这几年又没打仗，他想上阵杀敌也没机会。所以，秋天狩猎就成了他心中期待已久的一个梦。谁能料到，恰恰在这时候卫鞅变法，取缔了封地，白氏老族长也被杀了。他真是想不通，对卫鞅一肚子愤懑，觉得这个左庶长当真冷酷无情，管得忒宽！非但将公室封地一概取缔，而且连谁给自己讲书都要管。右傅公孙贾请老太师甘龙讲了几次书，卫鞅就撺掇伯父公子虔来干涉，弄得右傅和老太师老大没趣，真真的岂有此理！他本来想将卫鞅召到太子府，狠狠斥责一顿。但不知为何，他对这个不苟言笑永远都穿着一身白衣的、老太师说起他总是摇头的左庶长总有一种莫名其妙的畏惧。论脾性，伯父嬴虔那才是火暴雷神，人见人怕，然嬴驷对伯父却一点儿都不怕。这个卫鞅从来没有对谁大发雷霆过一次，和嬴驷甚至见面的次数都很少，嬴驷却对他有一种说不清的疏远和畏惧。正好公父又不在栎阳，嬴驷只得在宫中憋气，也不敢乱说乱动，生怕这个谁都敢杀的卫鞅抓住他一个甚把柄，把他也给杀了……正在这忐忑不安的日子，忽然又恢复了太子封地，嬴驷简直高兴得要跳起来。

左傅嬴虔来宣读左庶长令：太子封地恢复，赋税三成，无治权；鉴于郿县较远，太子可在骊山以西选择半个县作为封地。

“不。我就要原来的郿县白氏做封地。”嬴驷毫不犹豫。

“郿县白氏的土地只有三个乡，可是少多了。”

“我不要那么多，又不是真的靠封地吃喝。”嬴驷说得很平淡。

嬴虔沉吟：“驷儿，郿县乃秦国老地老族，太师甘龙与右傅公孙贾的封地，也都在郿县，情势交错，你还是选骊山好。”

“那又如何？左庶长只说是郿县太远，又没说别的，嬴驷不怕远。”

“好。毕竟不是大事，我替左庶长做主，就是郿县白氏了。”

“谢过公伯。”嬴驷高兴地笑了。

卫鞅接到嬴虔回报，本欲强制更正，思虑沉吟，终于批了一个“可”字。命令颁行，郿县令立即将恢复为太子封地的里正们召到县府宣令，明确了治权和赋税分缴的办法。这些“里”都是孟西白三族，自然都是高兴非常。一时间，他们又有了比寻常农户，尤其比隶农除籍的新自由民“贵气”的特殊地位。

修正封地的法令使甘龙意外又震惊。

他想不到，气势凌厉一往无前的卫鞅，竟然还有如此柔韧的回望本领。秦国的情势，不变法就是死路一条，变法是谁也不能反对的。甘龙作为治国老臣，何尝不知道其中利害。但由卫鞅这样的人来变法，甘龙却怀有深深的敌意。理由只有一个，卫鞅在秦国执政变法，将秦国原有的元老重臣都逼到了尴尬死角——非但权力无形流失，全部成为束之高阁的藏品，而且因提出纠正某些严酷法令，使世族大臣尽皆陷于守旧贵族的不光彩境地。战国之世，求变图存乃天下潮流，守旧复古遭天下唾弃。否则，以儒家孔子孟子那样的大家名士，何以竟能惶惶若丧家之犬？秦国世族本不守旧，但出了卫鞅这个人，秦国世族竟显得迂腐不堪。秦国权力本来稳定均衡，出了卫鞅这个人，竟出现了动荡倾覆。卫鞅就像生硬插进秦国的一个巨大楔子，将庙堂框架挤得嘎吱嘎吱几乎要爆裂开来，而被挤得最瘪的，是他甘龙。嬴虔虽然失掉了左庶长，但毕竟还是公族太子傅、上将军，又是国君长兄，毕竟还有几分军权。公孙贾和杜挚虽然失掉了实权，然毕竟进入了庙堂大臣之列。唯有自己这个三世元老上大夫主政大臣，竟只落得了个太师名号，真令人齿冷。太师，这是个早已经被天下遗忘了的上古名号，所谓“协理阴阳，贯通天人，安抚四邦”，在山东六国早已经嗤之以鼻，无人理睬了。而今，他却偏偏就成了这样的老太师，甘龙如何不感到窝囊？

虽则窝囊，外表上甘龙可是从容镇静，该做的照做，该说的照说，没有一丝难堪尴尬。譬如给太子讲书，他就毫不避嫌。他内心非常清楚，和卫鞅的较量是漫长的，至少在秦国没有强大以前，在秦公对卫鞅没有丧失信任以前，卫鞅很难被扳倒。然则他坚信一点，卫鞅这样的能事权臣，迟早会出纰漏。每有纰漏而攻之，日积月累，卫鞅的根基将会被一点一滴地蚕食。这是甘龙悟出来的“蚕攻”谋略：在悠悠岁月中埋下吞噬卫鞅的土壤，就像鲧的“息壤”一样无限增长，将卫鞅的变法洪水滤干成自己的堤坝。

传说鲧是大禹的父亲，受天帝之命到人间治水。天帝赐给了鲧一包神奇的土，名叫息壤，叮嘱鲧在万不得已时才能使用。来到人间，鲧看到洪水滔滔弥天，无以立足，便立即撒出一把息壤。谁想这息壤神奇无比，水高它也高，不断增高，终成大山一般将洪水圈了起来。鲧惊喜万分，觉得这是治水的最好办法，便不断地撒出息壤，将洪水堵在了数不清的山坝圈子里。可是，随着洪水增高，躲避在山岭山洞里的人，也被淹死了无数。水是堵住了，人却被困在所有的山上挣扎着。撒着撒着，息壤突然没有了……天帝震怒了，杀死了鲧，才有了后来的大禹治水。

甘龙要使自己的“蚕攻”谋略变成神奇的“息壤”，与水竞高，永不停息。

这是一个宏大的目标，需要甘龙有悠长的生命，需要甘龙有敏锐的寻找缝隙的老辣眼光。这两点，甘龙都不愁。他出身贵族，谨严立身，素无恶习，更无暗疾，又从来没有鞍马劳顿，主持国政也是轻松洒脱。年过六十，耳不聋，眼不花，齿不落，发不脱，童颜鹤发身轻体健，自信在三十年内决然死不了。至于洞察错失抓住时机，那更是甘龙的深厚功夫。目下，他就思谋着这个微妙的机会。

太子封地在郿县，甘龙与公孙贾的封地也在郿县，而且是渠畔相连的土地。如此格局，一定该有文章可做。老甘龙想的是，究竟一个人做这篇文章，还是拉上公孙贾一起做？思忖良久，甘龙决意一个人做。公孙贾心机深，也肯定乐于合力整治卫鞅，要拉他共谋，那是容易极了。然则，多一个人就多一分风险，卫鞅绝非易与之辈，一旦让他觉察，那必然是玉石俱焚。大谋须得独断，独断才能出其不意，行之于世才有“天不容”的神秘口碑，也才能鼓动秦国世族以“天命”、“天道”要挟国君，迫使卫鞅倒台。

但更重要的是，甘龙有一种内心确立的使命：在秦国撒播“倒鞅”种子者，必须是他，绝不能是别人。只有这样，在卫鞅倒台的那一日，他才会有真正的胜利感。

晚上，甘龙唤来了自己的长子甘成，在书房摆起了一卷孔子的《春秋》，又摆上了一卷李悝的《法经》，便娓娓开讲。三更时分，甘龙终于抛开竹简，讲到了秦国，讲到了目下，讲到了郿县。

父子二人愈谈愈深，直到栎阳城楼的刁斗声止，黎明的长号呜呜吹响。

五　阴谋阳治　霹雳手段

转眼之间，五月来临。

关中平川今年的麦子长势特别好，家家农田都是金黄一片，麦浪连成了茫茫金波。先收大麦，后收小麦，五月下旬进入了颗粒入仓的最要紧时刻。恰逢连日晴朗，每个新村都陷在打麦入仓的忙碌中。村头共用的打麦场轮换不过来，农人们在自家门前的小场院摊开麦子，用最老式的连枷打麦了。一根长长的木棍，顶端固定一个装有小转轴的木板，一下一下用力挥舞，金灿灿的麦粒便从麦穗中蹦了出来。家家门前连枷挥舞，满村响彻“啪嗵啪嗵”的打麦声，老秦国腹地充满了丰收的喜庆。

这时候，栎阳城内有封地的几家世族也忙碌起来，清扫粮仓，准备接纳封地缴来的新麦。本来已经取缔了封地，贵族们的私家粮仓根本就没有准备。一个月前突然宣布恢复了封地，虽然田亩大大缩小，赋税率大大降低，治权也没有了，但失而复得，世族们还是格外兴奋，紧张得如同迎接大典一般。太子府也一样，嬴驷兴奋得前后忙乱，亲自监督腾出了三座最大的泥仓，要接受封地的新麦子。过去封地缴粮，嬴驷一来年幼，二来习以为常，根本不去过问。今年不一样，嬴驷第一次眼见封地失而复得，而且与自己的努力有关，其兴奋喜悦如同自己立功获得的一般，停止了讲书习武，整日忙碌在整理府库之中。十天之后，仓库整理就绪，嬴驷满怀激动地等待着新麦入仓。他已经谋划好，先奉送给太后三车，然后卖掉一些陈粮，给自己的卫队添置精铁马具和上好弓箭，秋天好到封地去痛痛快快地狩猎一番。

五月二十三，一队牛车嘎嘎吱吱地到了太子府库门前。

太子府家老一身整肃，手持六尺余长的竹节验杆来到车队前："可是封地粮赋？"

当先牛车上跳下一名中年汉子，谦卑躬身道："郿县白里，里正白亮，前来缴纳粮赋，请大人验收。"公事说官话，汉子将民人口中的白村说成了官称的白里。

家老冷笑道："就是这些么？还有甚物事孝敬太子？"

"回大人，小可新任里正，不知粮赋之外还有何纳赋之物？请大人明示。"

家老面色阴沉，知道这是棵生萝卜，气哼哼道："休得聒噪，打开验粮！"

里正白亮回头："打开口袋，检验粮赋。"

二十几辆牛车停在狭窄的小巷子里，每辆车上跳下两三个光膀子农夫站在车旁，准备验收后扛粮进库，为首一车已经打开一袋搬到地上。

"大人请验收。"白亮指着解开绳子的口袋。

家老黑着脸走过来，左手拨开袋口，右手的空心竹节验杆噌地插下，直入口袋粮食三两尺深，猛地抽出杆来，顿时带起一阵尘土。家老脸色更黑，将验杆倾倒，手掌中顿时哗啦啦摊满了沙石碎砾。

"好啊，白里正，这种东西也叫粮赋？"家老笑得阴气森森。

里正白亮惊恐地回身大喊："谁？谁捣的鬼？！快！全都打开！"

农夫们慌了手脚，纷纷跳上车打开口袋，顿时傻子一般面色煞白——每个口袋里全都是沙砾土石混着几成麦子，脏得不堪入目。

家老大喝一声："看住他！"转身飞步向太子府奔去。

片刻之间，嬴驷匆匆赶来。他怒色满面，"刷"地一剑将一个口袋从上到下通体划开，一阵尘土扬起，沙砾土石流淌扑溅，嬴驷的黑色绣金斗篷顿时一片脏污。里正白亮惊恐得欲哭无泪，欲喊无声，只是木木地盯着太子。嬴驷面色煞白口鼻抽搐，走到白亮面前，突然出剑。白亮一声叫，洞穿的身体鲜血四溅。

"里正！"农夫们一拥围上，惊慌哭喊成一片。

白亮挣扎喘息，"报，族长……有人，害，我……"骤然死去了。

嬴驷团团乱转着，看了一车又一车"新麦"，气得浑身颤抖，尖声叫喊："将他绑在马上，去郿县！"

太子府骑队早已经被家老招在府库门外，听得太子一声令下，几名骑士立即赶散农夫，捞起白亮尸体捆绑在马后。嬴驷上马，长剑一挥，马队疾风骤雨般卷出街巷。

这时，太子傅公孙贾飞马赶到，遥遥高喊："太子，不能，快回来！"眼看马队绝尘而去，急忙勒马喊道，"家老，将牛车赶进府库，人犯押起，不准任何人动！我去追赶太子！"连连打马而去。

正当午后，白里村头的打麦场一片热闹忙碌。

白氏一族的农耕术在老秦人中素负盛名，收获大忙季节历来是井井有条忙而不乱。老族长白龙被杀后，年近七十的白丁老人做了族长。他为人宽厚持重，深得族人拥戴。老白丁率白氏举族盟誓，白氏一族永远不做乱法之民，要凭勤耕劳苦挣回白氏一族的荣誉。他举荐精于农事的白亮做了里正，决意和原来是白氏隶农的几个里一争高下。

今年夏收是新法田制的第一个麦收，官府将对缴税粮最多的农户授予爵位，对收成最好的村庄氏族赐铜额[1]，族长里正皆授爵位。白氏一族上下发奋，从去年秋天下种开始精耕细作，冬天又冒着严寒，破例在窝冬时节浇灌了两次麦田。五月一到，眼看白氏田野的麦子齐整整金波翻滚，举族大是欣慰，刑场带给族人的屈辱也被好年成的喜悦所淹没。眼下进入打麦时节，老白丁更是勤谨有加，每天都拉着一片席子坐在村头场边的大树下看着打麦。公用麦场是各家轮流，举村帮忙，也就是全村人手一起上阵，帮着一家一家打场。虽然举族融洽，也难免会有些许口角纠纷，老白丁坐在这里，就是要即时化解，不耽搁打场工夫。但是，老白丁最要紧的使命却是观天。农家一年辛苦，全在收打季节。这时偏偏阴晴无定，时有“白雨”[2]突然袭来，一场麦子便要泡进水里。老白丁对夏日风雨的征候特别敏锐，往往是万里无云的好天气，他却扯开苍老嘶哑的嗓子大吼一声：“收场了！”赶众人急如风火将摊开的麦子垛起，白雨恰恰便刷刷而来，茫茫一片。

老白丁往大树下一坐，族人们心里踏实。

现下午后，正是白雨多发时刻。老白丁仰头望着北方天空，只见一片灰白云疾疾飘来，眉头不禁微微皱起。猛然，一阵凉风吹过，老白丁嗅到了风中一丝特有的气息，骤然起身，挥手大喊：“收场了！快！”

当场主人立即大喊一声：“收场！”场中男女急忙扔下连枷，男人紧张地操起木杈归拢场中麦草，女人利落地用扫帚木推清扫已经打出来的麦粒。堪堪将麦草垛好，麦粒苫盖严实，北方的那片灰白云已经变成了厚厚的乌云压将过来，一阵雷声，一道闪电，眼见铜钱大的雨点裹在风中啪啪打来，人们喊着笑着往大树下跑去。

---

[1] 铜额，即后世之铜匾，悬挂于门额的铜制横牌。古称“额”，后世称“匾额”或“匾”。

[2] 白雨，秦地古方言，即突然而来的暴雨。

突然，一个少年锐声喊道：“快看！马队……”

话音落点，马队在隆隆雷声中卷进麦场，为首骑士高喝：“谁是族长？出来！”

老白丁拄着桑木杖走到场中：“老夫白丁。敢问可是官府？到白里何事？”

嬴驷尖声喝道：“将那个里正押下来，你问他！”

浑身血染的白亮被从马上扔下，白里男女哗地围了上来：“白亮啊！”一个女人一声惨叫，冲出人群：“谁！谁杀死了白亮？！”

嬴驷没有料到白亮竟然死了，微微一怔，迅即怒喝：“白里以沙石充赋，欺骗封主，罪有应得！马上将场中粮食全数运到太子府！否则杀无赦！”

此时雷电轰鸣，白雨瓢泼般浇下。老白丁嘶声大喊：“冤枉啊！白氏一族，百年封地，几时坏过粮赋？冤枉啊……”

嬴驷被大雨一激，本就狼狈，又见老白丁大喊大叫，不禁恶气顿生，大喊：“砍开粮囤！看看真假！”卫队立即跃马挥剑，将苫盖得严严实实的麦囤纷纷砍开，金黄的麦子顿时涌出，瞬息间便被大雨冲走。

白氏族人本是尚武大族，血气方刚，此刻心头出血，齐齐怒喝一声，操起棍棒木杈连枷等一拥而上，哭着喊着向太子人马疯狂地扑来。

嬴驷气急败坏，大喊：“杀！杀光！”马队骑士短剑闪亮，几个冲突，白氏族人的尸体便摆满了雨水泥泞的麦场。老族长白丁不及阻挡，眼见顷刻间血流成河，扑倒在滚滚泥水中大喊：“造孽啊！上天……”便一头栽倒。

这时公孙贾飞马赶到，一见场中情景，吓得浑身筛糠一般道：“太子，如何，如何闯下这般大祸……”

嬴驷尖声叫喊：“我自担承！与你何干？回马！”缰绳一抖，坐下马冲向官道，卫队紧紧随后，向栎阳飞驰而去了。公孙贾本想为太子善后，此刻却是魂飞魄散，打马自顾去了。

“轰——轰——轰——”白里撞响了村头巨大的铜钟。这是白氏一族举族血战的信号。居住在周围村庄的白氏族人冒着大雨，呼啸而来。

白雨骤然停止了。午后斜阳照在血流成河麦草狼藉的大场上，分外凄惨恐怖。数千白氏男女聚在村头，哭声震天。老白丁跳上场边石礅，一身泥水鲜血，白发披散，愤怒得像一头老狮子：“白氏子孙们听了，举族披麻戴孝，到栎阳交农！官府不还白氏一个公道，白氏反出秦国！”

“交农！报仇！反出秦国！”满场仇恨的呼啸呐喊声震原野。

就在白氏举族出动的时候，孟族与西乞族也闻讯聚来。孟西白三族从来血肉相连，同仇敌忾，今日白氏骤遭大难，孟西二族岂能袖手旁观？两个时辰之内，素有征战传统的孟西白三族聚集了两万多男女老幼，人人披麻戴孝，手持各种农具，抬起三十多具尸体，点起粗大的火把，浩浩荡荡哭声动地，黑压压向官道涌来。

此刻，官道上三骑快马正向东边的栎阳疾驰。这是从新军营地急急赶回的车英。时当暮黑，他见如此声势的火把长龙和震天动地的哭喊，心知异常，忙勒马官道，派一个骑士去打探情况。片刻之后，骑士回报，车英大惊，低声命令：“快！兼程栎阳！”打马一鞭，风驰电掣般向东驰去。

栎阳城内，左庶长府一片紧张繁忙。

按照卫鞅的大纲，景监领着全部属吏夜以继日地准备二次变法的新法令。卫鞅则在紧张筹划新军训练的装备及粮草辎重的供应，还要加紧批示各地送来的紧急公文。最重要的是，卫鞅同时在仔细谋划秦国新都城的地址。栎阳太靠近函谷关与魏国的华山军营，且城堡过于狭小，无法满足蓬蓬勃勃发展的商市与百工作坊，城外也无险可守，迁都是必然的。这是一件大事，卫鞅已经派出了三批堪舆之才对关中腹地仔细踏勘，反复琢磨报回来的山水大图，准备夏忙后亲自去确定地址。

天气闷热，卫鞅埋头书房，直到太阳西斜，还没有顾上吃摆在偏案上的晌午饭。荆南几次推门进来，终于都是轻轻地拉上门走了出去，在廊下连连叹息，希望有人来打断一下，借机好教左庶长吃饭。

突然，一阵急骤的马蹄声传来，一个人跌跌撞撞满身泥水跑进来："左庶长，左庶长，大事不……不好！"

荆南急忙抢步上前，将来人扶起，却是太子傅公孙贾。卫鞅已经闻声而起来到廊下："太子傅，何事如此狼狈？"

"左庶长，太，太，太子……闯下大祸了！"公孙贾一下子瘫在了地上。

"荆南，给太子傅一碗水，静静神，慢慢说。"卫鞅异常镇静。

公孙贾大喝几口，喘息一阵，将经过大略一说。卫鞅心头一沉："太子现在何处？"

"不，不知道。反正，不会在太子府……"公孙贾犹自喘息。

卫鞅心念一闪："荆南，到公子虔府中有请太子，快！"

"不用请，我给你带来了。"嬴虔拉着太子走进门来，一脸怒气。

卫鞅神色肃然："敢问太子，白里杀人毁粮，可是实情？"

嬴驷已经清醒，一身泥污，面色煞白，嗫嚅道："白里沙石充赋……"

"粮赋有假，亦当由官府依法处置。太子岂有私刑国人之权？杀人多少？"

嬴驷低声道："不，不清楚。二三十上下……"

卫鞅心头大震，勃然变色："可恶！孟西白三族乃老秦根基，刚正尚武，今无端惨遭屠戮，岂能罢休？国人动荡，大局乱矣！”

嬴虔不以为然，揶揄笑道：“左庶长何其慌张？你的渭水决刑，不还杀了孟西白三族几百口么？怕他何来？再说也都是秦国子民，若敢乱来，嬴虔在此。”

卫鞅愤然道：“左傅何其大谬也！私刑杀人，岂能与依法刑杀相提并论？秦国若连老秦人也肆意屠戮，无异于自毁根基，谈何变法强国！”

卫鞅的严厉辞色令嬴虔非常不快，微微冷笑了一声，看着卫鞅不说话了。

忽闻门外马蹄声疾，紧接着一声高喊：“左庶长——”随着喊声，一个人踉踉跄跄跑进来。众人看时，却是郿县新任县令由之。他带着哭声扑地拜倒：“左庶长，大、大事不好。孟西白三族，两三万人，来，来栎阳，交农！白氏扬言，国府不给公道，他们，就、就反出秦国呀！”

由之的禀报不啻一声惊雷，不独卫鞅内心震惊，太子、嬴虔和公孙贾也脸色大变。

“交农”是当时农人对官府的最强烈的抗议示威，就是将所有的农具都堆积到官署中，官府不答应所请，永远不再耕耘。春秋战国之世，哪个国家若有一次“交农”发生，那就是这个国家的最大耻辱，天下会视这个国家丧失了天心民心，便可以大起盟军，任意讨伐。这比一两次战争的失败更能动摇国家根本。百年以来的变法历史上，天下还没有发生过这样的“交农”，今日秦国的老秦人却要“交农”，如何能不引起极大震动？何况，还不仅仅是“交农”，还要“反出秦国”！这对于素来稳定的秦国腹地老秦人来说，简直是天崩地裂般的乱象。

顷刻之间，卫鞅意识到了事态的严重，意识到秦国变法到了生死存亡的关头。以孟西白三族老秦人的执拗，不真正公平地处置滥杀事件，根本不可能平息他们的怒火，秦国就必然要出现大动荡，山东六国再一出兵，秦国如何不灭亡？那时，一切都将付诸东流。然则，这件事大大棘手处，在于是太子犯法。且不说太子只有十三四岁，尚未加冠成年。更重要的是太子是国家储君，能杀掉太子平息民愤么？而且，国君目下不在栎阳，臣下如何能擅自处置太子？然则，如何举措才能使怒潮平息？

嬴虔见卫鞅沉吟思忖，拔剑愤然道："左庶长不要怕。嬴虔只要两千铁骑守在栎阳西门，看谁敢反出秦国！"他想卫鞅虽则奇才，然毕竟书生，面对如此汹汹阵势，必须由他这个身经百战的公室大臣来支撑局面。如果调兵权力还在自己手中，又何须和卫鞅商议，他早已经领兵在半道拦截了。

猛然，卫鞅微微一笑："左傅少安毋躁，请与太子、右傅先行到国事厅休憩片刻，容我调兵妥当后再分头行事。"

"如此也好。走。"嬴虔和六神无主的太子、惊恐不安的公孙贾去了国事厅。

卫鞅面色一沉，向荆南做了个包围手势，荆南"咳"的一声，疾步而去。卫鞅转身对匆匆赶来的景监命令："景监领书，立即下令栎阳令王轼，调集两千铁骑一百辆兵车，在西门外待命。"景监匆匆去了。

又是马蹄声疾，车英飞步进门："左庶长，郿县民众汹汹而来，大约还有三十里。披麻戴孝，抬尸交农，情势紧急！"

卫鞅眼睛一亮道："车英，你来得正好。其余事体回头再说，目下立即赶到栎阳府，凭兵符与王轼一起率领铁骑兵车，在栎阳西门列成阵势等候，不许与民众冲突。"

"遵命！"车英飞身上马，驰向栎阳官署。

国事厅内，嬴虔看到院中有一队公室禁军甲士，心中一怔，似乎不经意地走到后窗向外端详，见树影里影影绰绰全是禁军甲士，心下不禁怒气顿生，冷笑道："看来，卫鞅将我等拘禁起来了。"

公孙贾一直处在惊恐不安之中。他有一种不祥的预感，觉得这场突如其来的灾祸大是神秘难测。太子如何像疯子一样不可理喻？素负盛名的农耕望族白氏一族，如何竟能明目张胆地用沙石充粮？太不可思议了。事情一出，他就认定卫鞅要拿他做替罪羊，因为他是太子傅，如何能逃脱干系？想到这里，不禁脸色大变："左傅，这、这如何是好？卫鞅可是六亲不认也。"

太子也盯着伯父，嘴唇颤抖着："公伯，公父，如何不回来？"

嬴虔低声喝道："慌甚！公父不在栎阳，才有你的小命。公父若在，你就是剑下之鬼。知道么？卫鞅不会动你的。"

"那……那，动谁？"太子上牙打着下牙。

"还能有谁？"嬴虔冷笑，"公孙贾，准备丢官吧。"

公孙贾摇头哭丧着脸："不，不会……"

"难道，你还指望升官不成？"嬴虔的眼神充满厌恶。

"不不不，左、左傅，我是说，卫鞅肯定要杀我等！"公孙贾几乎要哭出来。

嬴虔哈哈大笑："鸟！杀就杀，你他娘的，怕死鬼！"

一阵急促的脚步声，卫鞅匆匆走进。嬴虔大笑戛然而止，冷冷道："左庶长大人，我等已经是你的阶下囚了。你一个人进来，不怕我杀了你么？"长剑锵然出鞘，闪电般刺到卫鞅咽喉。

卫鞅看着顶住咽喉的剑尖，微微笑道："公子虔，我等一起为秦国殉葬。"

嬴虔收剑道："你说，如何处置？"

卫鞅拱手肃然道："两位太子傅，太子滥杀，激起民变，秦国面临治乱安危生死存亡之关头。卫鞅总领国事，决然依法平息民变。法令如山，两位罪责难逃。卫鞅得罪了。来人，将嬴虔、公孙贾押赴西门！"

院中禁军甲士昂昂进入。嬴虔愤然长叹，掷剑于地："鸟！来吧。"

景监疾步走来，轻声道："太子请随我来。"将太子领了出去。

夜色苍茫。官道上哭声动地，火把遍野，向栎阳城西门呼啸卷来。

西门外的空地上，一百辆兵车围出一个巨大的马蹄形场地，向西一面的官道敞开着。兵车上的甲士持矛背弓高举火把，兵车外围是两千铁甲骑士，一手火把，一手长矛，惶惶不安地等待着。

火把海洋汹涌而来。当先一排巨大的火把下是几百名白发苍苍的老人，身前长龙般的白布上，血写着八个大字"民不畏死交农请命"！老人身后，是难以计数的少年和女人，她们拉着长长的执绋，顿足长哭，哀声遍野。少年女人身后，是分别用木板抬着三十多具尸体的青壮年，每具尸体上都覆盖着一方黑布，旁边是一束用红绳捆扎的麦穗和一抔装在陶盆中的黄土。尸体之后，是三位红衣巫师。他们手中的木剑指向苍茫夜空，长声嘶喊着代代相传的招魂古调："壮士归来啊——恋我禾谷！魂魄何去啊——卧我黄土！"这是老秦人安葬战死沙场的勇士时招魂专用的词调，今日孟西白三族巫师用在了无辜死者的身上，竟分外凄厉壮烈。巫师之后，是浩浩荡荡扛着各式农具的男女老幼，他们不断愤怒地高喊："官府滥杀，天理何存！""交农请命，讨回公道！""秦不容民，反出秦国！"

西门外两千将士从来没有见过如此壮烈凄惨的浩大场面，一时间人人悚然动容，鸦雀无声，只有各种旗帜在风中啪啪抖动。毕竟，士兵们面对的不是战场敌人，而是手无寸铁的秦国父老。这在老秦国的历史上还是第一次。孟西白三族的从军子弟极多，而且大都是精锐骑士与千夫长上下的中低级将领，两千骑士中就有一两百孟西白子弟，他们已经激动慌乱得难以自制，竟有几名骑士猛然倒撞在马下。铁骑甲士的阵形顿时骚动起来。

车英大吼一声：“老秦子弟，忠于国法！乱军者，杀无赦！”

铁甲骑士终于稳定了下来。万千民众拥到城门外也停了下来，没有一个人叫喊，无边的火把映着无数愤怒的面孔，和对面官军沉默地对峙着。

车英高声报号：“左庶长到！”

一辆牛拉轺车从城门洞咣当咣当地驶出，直到连环兵车的中央空隙停下来。

轺车上挺身站立的卫鞅在火把海洋里显得肃穆庄严。他头戴六寸白玉冠，身披秦孝公亲赐的黑丝绣金斗篷，怀抱着那把粗犷古朴的秦穆公金鞘镇秦剑。就是在渭水第一次大刑杀时，卫鞅也没有抬出这些标志特殊权力的信物。今天，他却破例地全部使用了象征特殊权力的所有标志，包括那辆六尺车盖的牛拉轺车。面对愤怒汹涌的老秦部族和真正上层的公族罪犯，他要借用这些崇高的威权象征，来增加他处置事件的威慑力和汹汹民众对他的信服。当卫鞅在高高伞盖下看见弥漫四野的万千火把和愤怒沉默的茫茫人海时，不禁油然想起老子的旷世警语：“民不畏死，奈何以死惧之！”面对这一触即发的连绵火山，两千铁骑、百辆兵车和身后这座栎阳城堡显得何其渺小。当此之时，非霹雳手段，无以力挽狂澜。卫鞅啊卫鞅，今日考校你的时刻到了……

轺车刚刚停稳，最前面的老人们扑地跪倒，大片白发苍苍的头颅在火把下颤抖着。浑身血迹泥水披麻戴孝的老白丁，将一方白布血书举过头顶，悲怆高喊：“左庶长大人，为民做主啊！”身后人海举起手中各式农具和火把齐声嘶喊：“左庶长，为民做主啊！”声浪呼啸着滚过原野，就像夏夜的轰轰闷雷。

突然，一个女人哭喊一声，将一把扫帚扔到兵车前：“男人们，交农啊——”

“交农啊——”一声无边的怒吼，人们将带来的所有农具抛进兵车空场，抛在一切可能的空地上。片刻之间，栎阳城门前和人海空隙中，堆起了无数座农具小山。

卫鞅断然命令一声，驭手将轺车赶过农具小山，来到老人们面前。车英顿时紧张，手中令旗一摇，率领一个百人骑队跟了上来。卫鞅回身厉声喝道：“执法尉退下！”车英稍一沉吟，摆动令旗教骑队归位，自己驾着一辆兵车来到卫鞅身边。

卫鞅下车，深深一躬，接过老白丁头顶的血书：“老族长，卫鞅不公，天理难容！请父老兄弟姐妹们静下来吧。”

老白丁回身高喊：“莫要喊叫，听左庶长处置。”

卫鞅回身跳上轺车，向面前人海深深一躬：“父老兄弟姐妹们，白氏一族乃秦国功臣大族。百年以来，无数白氏子弟为秦国效命疆场，马革裹尸者不知几多。秦国农耕，白氏领先，乃公室府库之粮货根本。初行新田制，白氏举族勤耕，收成为秦国之首。当此之际，太子私刑滥杀白氏三十余人，致使孟西白三族交农请命。秦国朝野，都在看国府如何处置太子犯法事件，对么？”

“对！”全场雷鸣般回答。

“卫鞅身为左庶长，要告知秦国朝野臣民：秦国变法不会改变！新法要义：国无二律，刑无二治，公族犯法，与庶民同罪！我手中这口穆公镇秦剑，就是推行新法的天命神器。卫鞅今日持穆公金剑，对违法人犯明正典刑！”卫鞅说完，向后一挥手，“领书宣读书令。”

景监走上车英的兵车，展开手中竹简高声宣读：“秦国左庶长卫鞅令：太子犯法，与民同罪。依据新法，尚未加冠之少年犯法，不加肉刑。太子乃十余岁少子，免去肉刑。然太子所为，触法太甚，违背天道，处罚如下：其一，太子须亲为白里死者送葬；其二，白里送葬用度与死者遗属之抚恤，全数由太子府库承担；其三，夺太子封地，年俸减半；其四，太子颁行《罪己书》，将其违法作为昭告朝野，明其痛改之心。此令。左庶长卫鞅。”

人群相互观望，似有缓和，却仍然愤愤不平。老白丁伏地哭喊：“太子身为储君，如此滥施刁蛮，国体何在啊？！”

卫鞅厉声道：“将太子傅嬴虔、公孙贾，押上来！”

两队士卒将两辆囚车推到卫鞅轺车旁。囚车中嬴虔脸色铁青，冷笑不止。公孙贾却瘫吊在木笼中，尿水在衣裤上不断滴沥。

卫鞅指着木笼高声道：“父老兄弟姐妹们，他是太子左傅嬴虔，他是太子右傅公孙贾。太子无教，太子傅难辞其咎！”

景监立即高声宣令：“太子左傅嬴虔，处劓刑，另奏国君罢官削爵！太子右傅公孙贾，处黥刑，流陇西山地！”

老人们唏嘘站起，纷纷点头：“公道难逃啊！”外围的人群骚动起来，高喊：“割鼻子！刺字！”“活该！”“报应！”“此等人做太子傅？杀了才好！”

车英一挥令旗：“行刑！”

两辆高大的囚车木笼打开，一名红衣行刑手手持一柄雪亮的短刀，身后跟着一名手端盛水铜盆的武士，大步来到嬴虔囚车前。嬴虔愤然长叹一声，咬牙闭目。在如同白昼般的火把照耀下，万千人众骤然无声，喘息可闻。雪亮的短刀冰凉地搭上了嬴虔英挺笔直的鼻梁——只听一声雄狮般的怒吼，嬴虔满面鲜血，喷溅数尺之外！

与此同时，公孙贾囚车前的行刑手，从硕大的木炭火盆中抽出一根烧红的长条烙铁，骤然贴上公孙贾细嫩的面颊，尖锐凄厉的吼叫中一股人肉的焦臭随风四散……万千人众无不悚然动容，女人少年惊恐地蒙上了眼睛。

刑吏高喊："刑法完毕，验明正身。"

卫鞅向民众拱手高声道："依法行刑，还要依法赏赐！"

景监高声宣读第三卷竹简："白氏族人勤耕守法，国府特赐铜额一方，以为国人楷模。白里死者，皆以战死记功，各赐爵一级，由长子、长女承袭。族长白丁，为民请命，亦赐爵一级。白里粮赋，免去三年。"

四名卫士抬着一块"勤耕守法"的铜字大额从轺车后走出。卫鞅走到老白丁面前："老族长，白里安葬死者之日，卫鞅当亲自前来吊丧。"

老白丁热泪纵横，扑地长拜："左庶长啊，你是国人的再生父母呀……"霍然站起，高声嘶喊，"收农！"人们也哄然大喊："收农了！"纷纷拥挤着从农具堆中抽回一件，也不管是否自己的了。顷刻之间，十几座农具小山又回到了农人们的肩上。满场哭声，满场沸腾，"新法万岁！""国府万岁！""左庶长万岁！"的喊声回荡在栎阳城外的广阔原野上。

人潮退去，栎阳城渐渐地平息下来。卫鞅回到府中，已经是四更天了。

景监、车英和王轼都没有回家，一齐跟到左庶长府。卫鞅吩咐厨下搞来几大盆凉苦菜、大笼蒸饼以及热腾腾的羊肉汤，四个人吃得满头大汗，才发现真正是饿极了。

吃喝完毕，王轼拭着额头汗水问："左庶长，下着如何走法？"

卫鞅道："下着？自然是继续二次变法了。"

"不是。左庶长，我说的，是背后的那只黑手，如何揪法？"王轼愤愤道，“这是明摆着的怪事！太子目睹沙石充粮，铁的事实。白里没有作弊，也是铁的事实。这新麦纳赋，究竟在何处出了鬼？岂非大有蹊跷？背后无人，岂能如此怪异？”

景监接道：“对。且此人绝非等闲，几乎要将新法整个掀翻！”

“更阴毒的是，给左庶长树了死敌。太子、公子虔、公孙贾，牵扯着多少势力？不将这个藏匿极深的黑手明正典刑，国无宁日！”车英一脸黑霜。

卫鞅沉吟有顷，似乎不想延续这个话题，想想又道：“你等说得都对，看得也准。白里与太子府中间，肯定有一段引线还埋在地下。然则，目下硬扯这根线，还不到时机。最大的危险，是诱发混乱动荡，而使变法搁浅。此所谓鼠伏于器，投而忌之也。要推动变法，唯有后发制人。只要变法无可阻挡，大局便可底定。诸位须得牢记，当此之际，阴谋，须得阳治。谁人违法，决然处置。但却无须大动干戈，试图一网打尽。”

卫鞅意味深长地一笑：“水下的怪物，不会永远不露出水面的。”

三人会意地点头，相视微笑。

第十章 蒹葭苍苍

一　鼎沸中游离的浮冰

七月流火，秦孝公终于回到了栎阳。

大半年之中，孝公在陇西郡与北地郡走遍了每个县，还跑了许多零散的农耕区和游牧区。这两个地区虽然土地辽阔，但却很是荒凉偏远。在秦部族还没有成为诸侯国的时候，陇西和北地是他们的故乡。那里的许多河谷与草原都曾经是他们的生存本土，是被包围在戎狄部族海洋中的无数个孤岛。成为占据周人本土的大诸侯国之后，秦人举族迁入成为战争废墟的关中，无数个孤岛般的故乡便被戎狄部族席卷吞没了。直到秦穆公时期，秦国为了安定后方，全力西进，使三十多个戎狄部落国臣服于秦国旗下，这两个地区才成为秦国真正的领土。穆公之后百余年虽说时有叛乱，土地不断缩小，民众不断减少，但最主要的河谷草原却依然在秦国治下。秦献公时期，为了这块后方根基不再被继续肢解，便将这块辽阔的地区划做了两个郡，陇西郡和北地郡，专设官府，常驻军旅，取代了原先依靠部族头领治理的传统方略。

秦孝公之所以坚持巡视这两个边陲地区，一是他从未到过这两个郡，很需要有实际的踏勘了解。最重要的是，这两个郡虽然荒凉辽阔，但却是秦国西部北部的屏障。陇西之外，是流动无常的匈奴、西羌、诸胡与月氏部族等，他们的草原骑兵随时都有可能闪电般进攻陇西。北地郡在目下更重要，北面的阴山草原有匈奴部族，东北面的云中山地是虎视眈眈的赵国。东面是秦国的河西地区，原本有漫长险峻的太行山与黄河天险，却被魏国在三十年前逐步蚕食，河西尽失，将北地郡压缩到洛水流域以西。如此一来，魏国、赵国、中山国就都成了觊觎北地郡的凶恶对手。

秦孝公最想知道的，是这两个鞭长莫及的地区变法成效如何？能不能在变法之后成为坚固的西北屏障？半年巡视下来，尚算满意。卫鞅的每道法令都及时地送到了郡署，由戎狄部族头领担任的郡守也还算忠实地执行了变法法令，废除了隶农制和牧奴制，河谷耕地和草原牧场也都分给了农人牧民。两郡的府库都充实了许多，愿意从军的青壮年也大大增加。秦孝公当即颁布了两道书令：第一道，两个郡守各晋升爵位两级，从原来的第七级公大夫爵，晋升到第九级五大夫爵。这在地方臣僚中可算是最高爵位了，因为卫鞅的左庶长爵位也才是第十级。两个郡守自然是感奋异常。第二道：两郡庶民的赋税减去三成；两郡府库所征收的财货十年内用作军务官俸，免缴国府赋税。如此一来，两郡的财政压力大大减轻，郡守吏员庶民无不称颂欢呼。两个郡守向国君慷慨激昂地立誓，决意建立两郡骑兵，对各种侵扰坚决回击，绝不使敌国再压缩秦国土地。

陇西北地的夏天是宜人的，除了正午前后炎热两三个时辰外，早晚的山风河风凉爽干燥，没有一点儿闷热难当的感觉。虽则如此，秦孝公整日在山川奔驰，少有歇息，几个月下来，也成了一个地道的西部汉子，黝黑发亮，精悍结实。一路东行，过了陈仓山顿觉一阵湿热，身上立时汗津津的。秦孝公本想到玄奇的河谷庄园再去看看，却知道在他离开墨家总院的同时，玄奇也已经到齐国去了。孝公站在山头上望了一阵，叹息一声，回头走了。走了一段，秦孝公却又回马向河谷纵深驰去。

到得小庄园外，孝公吩咐两名卫士留在小河边，独自一人推开篱笆走了进去。院子里两株桑树绿叶正浓，树下却没有养蚕的竹箩。小场院中堆着一个麦草垛，篱笆外的麦子显然已经收割打过。小屋的木门没有上锁，门上写着两行大字：入山采药狩猎迷路之人，可进屋食宿。孝公感慨地叹息一声，推开屋门，屋内几样简单陈设都用布苫着，除了一层灰尘，还是那样整洁冷清，显然还没有人光顾过这个小小庄园。孝公四顾，拿下古琴上苫盖的那块白布翻了过来，掏出怀中一锭干墨，在布上用力写下两行大字，又将白布翻过来原样苫盖妥当，方才走出小屋。他本想在这里独自住宿一夜，听听那山风松涛，看看那明亮孤独的月亮，替她理一理庄园桑树，重温一次那永远烙在心头的美丽的河谷之夜。

但是，他必须匆匆离开这里。事情太多了。在陇西他已经大体知道了栎阳发生的动荡。风险关头，他相信卫鞅的品格与能力。但风险之后的善后，应该由他这个国君来出面，不能再纠缠卫鞅。正因为这一点，秦孝公才要冒着酷暑赶回关中。

赶到栎阳，已经是晚汤时分。秦孝公梳洗完毕，对黑伯叮嘱几句，只身出门了。

匆匆来到嬴虔府前，秦孝公惊讶得愣怔了半天。大门已经用砖石封堵，黑漆漆没有一丝灯光，没有一个人影，往日里生机勃勃的上将军府变得一片死寂。秦孝公端详徘徊，终于来到小小的偏门。奇怪的是，小偏门也关着，一个卫士也没有，一盏灯笼也没有。想了想，孝公举手敲门。

偏门内一阵脚步，一个苍老嘶哑的声音：“公子不见客，请回。”

“嬴渠梁到此，家老开门。”

吱呀一声，小门打开，家老涕泪纵横地跪倒在地上：“君上！公子大冤哪……”

秦孝公扶起家老，没有说话，自顾向里走去。整个庭院也是黑漆漆一片，没有一个房间有灯光。家老轻步抢前，将秦孝公领到后院小山下，向山顶的石亭上一指，低声哽咽道：“公子整日整夜地在那里……”

秦孝公挥挥手，示意家老离去，独自踏着石阶走上石亭。

硕大粗朴的石亭下，一个披散长发的高大黑影背身站立。听见身后熟悉的脚步声，他身体微微一阵颤抖，却依然没有回头。秦孝公也没有说话，只是默默地站在高大黑影的身后，深深一声叹息。高大黑影一动不动地站着，没有回身，也没有说话，连一声叹息也没有发出。

两个人默默地站着，足足有半个时辰，谁也没有说话。

“就刑护法，大哥有功。”秦孝公终于打破了沉默。

高大的黑影依旧石像般的沉默。

“公父遗嘱，大哥记得否？”

回答的还是沉默。

“大哥历来支持变法，历来支持卫鞅。”

依旧是死死的沉默。

“放弃变法，杀掉卫鞅，我嬴氏一族重回西陲？”

高大黑影身体一抖，声音喑哑道：“何须逼我？嬴虔不反变法。”

“然则仇恨卫鞅。”

高大黑影嘶声叹息，不回头，不说话。

“大哥，诸多人等你出面合力。”

“无须多言，我不会与任何人交往。”黑影的声音一阵颤抖，“嬴虔已经死了。”突然回头，脸上垂着一幅厚厚的黑纱，在朦胧夜色中透出几分恐怖。

秦孝公深深一躬：“大哥，保重。我会教荧玉经常来看你……”

“还有一句话。莫将荧玉嫁给卫鞅！”

秦孝公惊讶：“荧玉嫁给卫鞅？从何说起？”

嬴虔已经转过身躯，不再说话了。

秦孝公回到国府，心中很不是滋味儿。此时黑伯来报，说太子不敢来书房晋见，在太后寝宫等着。秦孝公一怔，阴沉着脸来到后庭院太后住处。

太子嬴驷一个多月来神思恍惚，骤然消瘦。闻得公父回来，更是惊恐。黑伯宣他在孝公书房等候时，他忐忑不安地跑到国府后院，默默地流着眼泪跪在太后面前。太后长叹一声：“好吧，你就在这儿等吧，但愿你小子还，还有一条活命……”说完，太后唏嘘着唤来荧玉，在女儿耳边小声叮嘱了一阵。嬴驷吓得六神无主，一直跪在太后的正厅动也不动。

来到后庭院，秦孝公吩咐黑伯守在寝宫门口不许任何人进来，便匆匆走了进去。进得正厅，太后不在，只有嬴驷跪在厅中，荧玉站在旁边一副认真监督的样子。秦孝公胸中怒火骤然蹿起，大喝一声：“逆子！”上前抡圆胳膊就是两个巴掌，打得嬴驷嘴角顿时出血，面颊肿起，又一脚将嬴驷踹翻，捞起一个陶瓶就要往嬴驷头上砸去。

“二哥……”荧玉哭喊着扑上来，双手死死抓住孝公胳膊，陶瓶哐啷一声掉在地上摔碎。孝公猛然推开荧玉，向剑架奔来，却不见了剑架上的长剑，一怒之下，又抱起一个石礅就要来砸嬴驷。荧玉情急，紧紧抱住孝公尖声哭喊："驷儿快跑！快啊！"

嬴驷咬着牙，不哭，不喊，不躲，不跑，反倒清醒了一般，默默地爬起跪在地上看着狂怒的公父。一瞬间，秦孝公一脚踢开荧玉，顺手捞过一个青铜烛台向嬴驷扑来。

"渠梁！可也！"太后面如寒霜地挡在嬴驷身前。

"母后……"秦孝公嘶喊一声，手中青铜烛台咣啷砸在青砖地上，双手捂脸，泪如泉涌，浑身颤抖。

白发苍苍的太后默默地双手扶住儿子："渠梁……"一时泣不成声。

"母后，渠梁有负列祖，不孝……"孝公大袖裹住脸，使劲一抹如泉泪水，扶母亲坐在石礅上。荧玉已经挣扎起来，收拾地上的凌乱东西，还不忘背过身向哥哥做个鬼脸。

"渠梁，驷儿有大错，罚他教他可也，不能伤残其身。"太后拭泪唏嘘。

秦孝公已经平静下来，冷冷道："嬴驷，过来。"

嬴驷默默地膝行而前，红肿的脸上没有眼泪，也没有惊慌。

"嬴驷，你身为国家储君，私刑滥杀老秦望族三十余人，几使秦国倾覆，新法夭亡。战国天下，可曾有你如此太子？！如果不是卫鞅，而是我这个国君在栎阳，不杀你这个逆子，何以面对天下？何以面对为秦国流过无数鲜血的老秦人？"秦孝公粗重地喘息着，强压胸中怒火，冷冷道："自今日起，废去你太子爵位。给你一卷通国文书，你要以游学士子身份，在秦国山野游历谋生。看看秦国千里河山的变法，想想你的作为！你，好自为之了。"秦孝公沉重伤感，嘶哑地叹息一声。

荧玉惊讶："大哥，驷儿还只有十三四岁……我，陪他去。"

嬴驷却重重地叩了一个头："不，姑姑，嬴驷一个人。"说罢站起，向太后、父亲与姑姑深深一躬，头也不回地走了。

“驷儿……”太后喊着站起来，眼见嬴驷去了，摇头拭泪，“又是个犟种……”

“母后，教他去。我像他那么大，已经打了两年仗了。”

“都像你？”太后长长嘘了一口气，“总算过去了，那阵子我也提心吊胆，和荧玉通宵合不上眼。说起来，还是卫鞅，泰山石敢当，不愧国家栋梁。你小妹还发了个誓……”

“娘！”荧玉满脸通红，“人家那是求上天庇佑秦国。”

“噢？庇佑秦国？”秦孝公恍然大悟，不禁揶揄地笑看妹妹。

“荧玉，你去给二哥收拾饭来，他一准儿没吃。我和你二哥说说话。”

“哎。”荧玉笑着跑了出去。

太后低声笑道：“荧玉立誓，卫鞅若平息动荡，她就嫁给卫鞅。”

秦孝公惊讶地一怔，立即恍然，不禁高兴得爽朗大笑，胸中的郁闷烦恼一时舒缓了许多。

二　青青子衿　悠悠我心

卫鞅有许多大事急于请秦孝公最后定夺，但却没有立即晋见。

他突然产生了一个微妙的想法，应当给国君些许时间，让其余声音先行上达，让国君先听到对他的仇恨和怨愤，他自己应当先看两天。卫鞅为这个突如其来的想法感到惊讶，觉得自己似乎有了一些不该有的东西。仔细回味，又觉得有理。国君几乎一年不在栎阳，自己单独扛过了变法初期的巨大压力，而且在平息最危险的动荡中惩罚了太子，刑治了两位太子傅。如果算上前面已经对他有怨恨的“孟西白”三将和老太师甘龙及太庙令杜挚等，变法开始时的所有贵族元老已经都变成了他的敌对势力。最重要的，是失去了根基雄厚资望极深的嬴虔这个盟友力量。以嬴虔品行，他可能不会反对变法。然则以嬴虔的个性和难以克服的贵族痼疾，他也不会漠视个人仇恨。在嬴虔看来，他这个太子傅本来就是虚职，刑治公孙贾一人已经足以服众，将他牵连进去一同治罪，完全是卫鞅取悦民众的手段。卫鞅也曾反复问自己，那天不处置嬴虔能不能平息动荡局面？以卫鞅的能力，再加上嬴虔的支持，应该说能。然则，不处置嬴虔，能不能抚平孟西白三族老秦人彻底冰冷的心？能不能避免由此引发的诸多隐患？显然不能。处置嬴虔这个朝野赫赫重臣，有利于一举稳定国中大局，有利于消除隐患，有利于向国人宣示无可阻挡的变法决心，且必然换来一段长期的稳定安宁。如此说来，嬴虔从直接事件的意义上本来是可以开脱的，是卫鞅基于大局需要，将他做了牺牲。

这种权衡局势而牺牲重臣的做法并非新鲜，然则，从来都是国君的权力。一个尽管握有实权但爵位毕竟只是左庶长的他，竟断然将国君长兄、一位一等爵位的公族重臣处了劓刑，割了鼻子，这在战国变法权臣的历史上绝无仅有。这样做，国君当做何想？当国君身处异地远离权力中枢的时日，同意他临机处置，这是稍微明智的君主都可以做到的。然则国君回到了国都，回到了权力情境，还能否对他这种大有越权嫌疑的行为保持清醒判断？卫鞅第一次感到了一丝迷茫。

“君心无常，伴君如虎。”这句古老的典训顽固地钻进了卫鞅的心头。

虽有一丝迷茫，但卫鞅依旧沉浸在准备第二次变法的繁重国务中。他有一个顽强的信念，只要他不在二次变法之前倒下，他的人生就可以满足。所以无论心中有何波澜，他都没有一刻停止公务。前一个月，他已经通令各郡县准备第二次变法，并将第二批法令的大要告知各郡县官署。目下，景监已经督促府中吏员辛劳月余，将他反复披阅增删的第二批法令全部缮写刻简完毕，单等国君定夺后颁行全国。

“左庶长，国君已经回到栎阳，当即刻将第二批法令送呈国君了。”景监指着长案上满满当当的竹简，提醒卫鞅。

“莫急。”卫鞅笑道，“教君上歇息两日。”

“左庶长，你当先见君上，要使君上尽早知晓左庶长想法。”

卫鞅微笑：“先入为主？夜长梦多？”

景监苦笑：“哪里话来，早见君上早开始也。否则，我先去见君上。”

“不用。我自己来了。”一阵大笑，秦孝公信步进门。

卫鞅霍然站起：“君上……臣，卫鞅参见。臣正欲入宫晋见，不意君上亲临。”

“景监参见君上。”

秦孝公笑道：“你们事比我多，当然该我来。啊，士别三日，当刮目相看了。景监也成大忙人了，再不泡棋案了？”

“君上宵衣旰食，左庶长昼夜操劳，景监何敢荒疏？”

卫鞅感慨一叹：“君上辛苦，黑瘦多也。”

“黑瘦？是结实！”孝公笑着挽起袖口，露出黑黝黝的胳膊，“看，比你等瓷实多了！”说着放下大袖，坐在景监搬来的石礅上，感慨道：“此次西行，看到了陇西北地两郡有了起色，我委实高兴。这两座屏障安稳，乃我秦国万幸也。左庶长，这正是变法的威力啊。”

“君上，二次变法完成，秦国将有更大的变化！”景监兴奋插话。

“准备好了？”

卫鞅：“君上，这是第二批法令。单等君上定夺颁行。”

“左庶长先大要言之，若无不妥，即行颁发。”

卫鞅指着案上的竹简：“第一次变法，为秦国划出了一个总框架，解决的是田制、激赏军功等当务之急。第二次变法，是要理顺秦国之民生国计、权力范式、民风民俗等错综复杂的关联，犹如人体之根本调理。二次变法的大要目标有五：其一，秦国地广人稀，土地荒芜甚多。而毗邻的魏赵韩三国，则多有无地可耕之民。秦国要鼓励三晋穷苦民众来秦国定居，开拓致富。此乃激赏移民之法令。”

“好！有十万户迁入，秦国就成了第一流大国！”秦孝公拊掌大笑。

“其二，秦国无统一治理全国的官署体制，封地自治、部族自治与国府直辖之郡县同时并存，导致民治混乱，国力分散。本次变法，要建立国府统一治理国家每一寸土地的权力范式。具体而言，就是建立郡县制，将国家权力分为国、郡、县、乡、亭、里六级。取缔一切部族自治与封地自治。如此秦国上下统属，如臂使指，国力当大有增强。”

“好！此乃天下一大创举也。李悝、吴起、申不害，谁也没想到！”

“其三，秦国民俗蛮荒，大损秦人身体。举家男女同居一室，三代四代不分家；西北部民众冬天寒食，多有恶疾；栎阳国人粗朴脏乱，城内秽物如山，导致国人腹泻多发，六国商贾亦大是为难。凡此等等，非但弊端丛生，难以管制，且大不利于吸引山东流民定居。本次变法，要强制民户除夫妇之外，男女一律分室而居；男子年满十七岁便可成婚，独自立户，不得与父母同户。还须强制取缔寒食陋习，脏乱痼疾。如此清理，一来移风易俗，使民众文明彰行。二来使户口增加，税源扩充。”

秦孝公沉吟道：“这件事较为麻烦琐细……然则，还是要做。秦国应当效法魏齐鲁民俗，使秦国甩脱西蛮称号，文明起来。”

景监笑了：“左庶长要不受河丫扰乱，安得对秦人陋习感同身受？”

秦孝公与卫鞅同声大笑起来。

“说吧，其四？”孝公急迫问。

“统一度量衡，杜绝商人欺诈与官吏伤农，并为吸引六国工商大量进入秦国做准备。官府铸造法定的斗、尺、秤，公开悬于各县府，供工商民众校准。丈量土地以六尺为步，百步一亩，步过六尺者罚。如此可使农工商百业，公平竞争，百业兴旺。”

“好！其五？”

“建立新军制，统属国君统率调遣。戎狄的部族军兵和少数世族的私兵，一律取缔遣散。旧式战车全部淘汰，新建一支神速快捷的辎重车队。秦国军旅之主力，则是以铁甲骑兵和野战步卒为主的新军。有三万真正精良的铁骑，两万勇猛善战的步兵甲士，则秦国足以纵横天下！”

秦孝公不禁大笑：“景监，拿酒来！”

景监高喊：“上酒——”

老仆人大盘捧来三爵一尊。秦孝公上前，亲自掌尊，斟酒入爵，双手捧起第一爵递到卫鞅手中。景监迅速将第二爵捧给孝公，自己端起一爵。

秦孝公慷慨举爵：“来，为秦国第二次变法，干！”

“叮当”一声，三爵相碰，三人一饮而尽。

“君上。”卫鞅深深一躬，“臣请罪。”

“请罪？左庶长何罪之有？”秦孝公惊讶。

“臣擅自治罪于太子及太子傅，请君上处罚。”

“处罚？”秦孝公喟然叹息，“左庶长不必惶恐不安，这次动荡由嬴驷逆子引起，若非你临危不乱，执法如山，岂能如此迅速地安定老秦人之心？扪心自问，你是救了嬴驷逆子的一条命。若我在栎阳，面对汹汹国人，岂能不杀太子以谢天下？我已经削去太子封号，命嬴驷以士子之身到山野磨炼。他没有了母亲，我是想留他一条活命，也没有再严厉追究。左庶长，你不怪嬴渠梁枉法徇情吧？”

“君上……太子毕竟年幼啊！若有闪失，何以为继？”卫鞅哽咽拜倒，“臣请君上收回成命。臣以为，臣之处罚合乎法度。”

“左庶长，快快请起。”秦孝公扶起卫鞅，“生死由命，国运在天。只要我等顺应民心潮流，变法图强，秦国岂能因没有了一个嬴驷而后继无人？公子虔的事，你也无须在心。嬴渠梁不能做变法后盾，岂非枉为国君？”

卫鞅感动沉默，热泪纵横。

“左庶长，你忙。我还要去办一件好事。”说完，颇为神秘地笑笑走了。

渭风客栈可是大大热闹了起来，不阔都不行了。

不管白雪和侯嬴如何淡漠于这家客栈的经营，客栈都无可阻挡地兴盛起来了。尽管山东六国的上层对秦国变法依然嗤之以鼻，但雄心勃勃的富商大贾和著名工匠们可是见微知著，早早嗅到了从函谷关西边飘出的诱人的商市气息。牛车马队从函谷关、大散关、武关和太行山的离石要塞络绎不绝地来到栎阳。最多的是魏国商人和楚国商人，当然也包括了陇西之外和阴山漠北迢迢而来的匈奴马商。这些衣饰华贵挥金如土生怕不能显示实力的富商大贾们，在还没有吃准秦国商情之前，都不可能建立自己的固定根基，自然要住在最气派的客栈里奔波生意。渭风客栈是名满天下的魏国白氏的老店，又是栎阳最豪华的客栈，整洁清幽，酒菜自成一格，自然成了富商大贾们趋之若鹜的名店。谁能将商根扎在渭风客栈，谁便能在同行面前将胸脯拍得啪啪响，借酒高高一嗓子：“走！到渭风客栈，在下做东！”那种实力气运的张扬，实在令挤不进渭风客栈而在二三流小店落脚的商贾们牙根发痒。

本来，白雪从墨家总院回来后与侯嬴商议，准备将渭风客栈改建为自己在秦国的庄院。她想，和卫鞅婚期已经不远，婚后常住这里，将这里真正变成自己的家。她不想住在卫鞅的府邸后院，做一个既招摇又不自由的贵夫人。住在这里，出入自由，也能给卫鞅一个完完全全的家庭境遇，使他身心愉悦。除此而外，白雪还有更深远的隐忧，就是要为卫鞅留一个坚实的出路。她有一种预感，像卫鞅这种凌厉无匹的本色性格，随时都有可能的不测风险。渭风客栈经营数十年，随时出走的机关秘道与对外界的秘密联络方式都极为可靠。住在这里，她心中要踏实许多。可就在这时候，侯嬴告诉她已经来不及了，六国商人早已经将客栈房子全数订完了。

白雪断然决定，哪怕加倍赔偿，也要关闭渭风客栈。侯嬴当然是立即照办，可没有一家愿意接受赔偿。侯嬴无法，就十倍地提高价格，想使那些商贾知难而退。谁知商人们看准了秦国大市，都想在栎阳立足，价格猛提，竟然引来商家一片赞叹：“白氏老店，值！提得像安邑洞香春一样才好，才是上流居所！”侯嬴哭笑不得，决意借助官府力量“查封”客栈。谁知栎阳令王轼早已经接到外国商贾们联名上书，请求官府阻止白氏关闭。商贾们振振有词说：“栎阳没有白氏老店，大商家何以立足？白氏关闭，商贾逃秦！”王轼连忙上报左庶长府。卫鞅只以为白雪淡漠商事，怕婚后招来世人闲话，却如何懂得白雪如此细密的心思？他自然从秦国需要着眼，下令：“渭风客栈乃东方商贾入秦鼻祖，若有难处，官府鼎力协助，不得在此急需之际停业关闭。”待侯嬴来求，卫鞅反倒讲了一通祁黄羊内举不避亲、外举不避仇的故事，教侯嬴告诉白雪，不要担心世人说白氏老店借助秦国左庶长之力牟利。侯嬴又是哭笑不得，将经过向白雪细说一遍，白雪不禁揶揄笑叹：“世间多少人想发财不得，偏我白雪逃都逃不脱。世事弄人，竟至于此矣！”

于是，渭风客栈只有无可奈何地红火下去了。白雪只有将自己住的小院子重新整修了一番，和客栈分开了事。

渭风客栈虽则热闹非凡，侯嬴却是很轻松。客栈执事人等都是从安邑洞香春带来的老人，经营如此一个小店，根本不用他亲自料理。但凡逢十的日子，侯嬴只需清点账房抬来的大箱金银与各国钱币，然后赶车出城将钱货藏在栎水南岸的秘密山洞了事。今日侯嬴正在后院理事房点箱，一个仆人匆匆来报，说左庶长府一个书吏求见。侯嬴想一定是卫鞅有事，头也没抬便说："快请进来。"

片刻间仆人领进一人，此人身后还跟了一个白发老人，老人不进屋，直直地站在门口。

侯嬴抬头一看，惊讶得说不出话来。

"渭风客栈财运发达，为先生贺喜了。"来人眼神示意侯嬴不要说破。

侯嬴连忙吩咐抬走几个木箱，关上门，扑地便拜："不知秦公驾到，万望恕罪。"

秦孝公连忙扶起侯嬴："神农山得先生与白公子相助，未尝得谢，嬴渠梁惭愧也。今日唐突，先生莫将我做国君待。我今有事，相烦先生也。"

"草民侯嬴，但凭差遣。"侯嬴又是深深一躬。

秦孝公笑道："先生如此，教我如何说话？"

侯嬴拱手笑道："如此，敢请君上随我到书房叙话。"说着推开房内一道小门，将秦孝公领到自己的书房入座，亲自为秦孝公斟好茶，坐在对面静待下文。

"今日拜访，欲请先生周旋一事。嬴渠梁先行谢过。"

"但请君上明示。"

秦孝公沉吟道："这是一件私事，并非国家政务。先生无论做成与否，都与嬴渠梁排忧解难了。"略微顿了一下，接着慨然笑道："太后相中了卫鞅，要将小妹荧玉嫁给左庶长。小妹亦很钟情于卫鞅，发誓非卫鞅莫嫁。此事，先前已经由公子虔向左庶长提过，其时卫鞅没有赞同，婉言回绝了。我本当与左庶长面叙，又恐他有难言之隐。公子虔服刑，一时无合适之人提及此事。方才想到了先生，男女亲事，友人出面，总比官身去说要好。"

侯嬴心中大为惊讶。但他作为旁人，却不能推托这种依照民俗人人都必须热心担当的喜媒角色，闪念间拱手笑道："君上重托，侯嬴荣幸之至。只是在下素来没有与左庶长言及此事，尚不知他有无定亲或意中之人。"

秦孝公释然一笑："先生姑且做一媒妁之言，听天由命也。小妹与我骨肉至亲，我期望她有美好和谐的姻缘……左庶长与我生死相扶，我也不想他有违心之举。先生当解我一片苦心也。"

"君上肺腑之言，侯嬴心感至深。"

秦孝公没有久留，大约半个时辰就告辞而去，且执意坚持不让侯嬴相送。孝公一走，侯嬴可是大大为难，不知是先给卫鞅说好，还是先给白雪说好，想来想去，还是走向了白雪的小院子。

仲秋之夜，月明风清，白雪正在院中抚琴，优雅的琴声使庭院中漫出一片幽静祥和。见侯嬴到来，白雪琴声停止，高兴地请侯嬴坐在对面石礅上说话。侯嬴深知白雪不是等闲小儿女，略一沉吟，便将秦公来访所托之事说了一遍。白雪静静地听完，陷入深深的沉默之中。

"侯兄，对鞅兄可曾说过？"白雪终于轻声开口。

"尚未说过。"

"那就对鞅兄明说了。我也该好好想想……是的，得想想……"

侯嬴默默地走了。背后又响起异样琴声，让人感到沉重窒塞。突然，“嗡”的一声大响，夹杂着一声激越尖锐的短促乐音，琴声戛然而止，庭院陷入空谷一般深深的寂静……

侯嬴心头不禁猛然一颤，他知道，那是琴弦断了。

卫鞅离开栎阳，到乡野郡县巡视去了。

第二批法令颁行后一个月，秦国热气腾腾地进入了第二次变法。卫鞅乘着一辆两马轺车，带着一百名铁甲骑士，马不停蹄地巡视督导着每一个县每一个郡。推行新军制并训练新军、建立郡县制这两件大事，主要靠各级官署，假以时日，不难做到。他要督导的是移民入秦、改变民俗、统一度量衡三则当务之急。这三件大事的弹性都很大，做得好与坏，与各级官署吏员的能力和执法宽严有极大关系。他出巡之前，已经从栎阳派出了大批吏员以商人身份东出函谷关，去秘密动员三晋穷苦民众移居秦国。他巡视各县的第一急务，是严厉督导县府预定好移民定居的土地，并亲自到预定的移民区踏勘。若是县府将移民区定在了荒凉贫瘠的山区，便立即责令换到河边土地。返身路过再踏勘，若没有换到临水地区，便断然罢免县令；做得出色的，立即晋爵奖赏。这种雷厉风行赏罚严明的做派，使秦国上下官署紧张得昼夜忙碌，不敢有丝毫懈怠。庶民们惊叹不已，觉得官府变法竟然是说到就到，快捷得令人目不暇接。既往的官老爷们变得像两个轮子的马车，日夜风转，一有官司当即了断，谁家有功立即奖赏，谁家犯法立即查办，几乎等不到第二天，民众办事便当极了。

各郡县的六国商人们惊叹：“秦人疯了！山东六国三年办不完的事，秦国一个月就妥了。”

虽然如此，卫鞅觉得最费精力的还是强制分居这件事。秦人数百年来与戎狄之民杂居共处，共同的风俗都是大家庭生活，家愈大愈好，人越多越好，三代不分家者比比皆是。要使他们分解为夫妇自立的小家庭，难处多矣。有的分开立户没有房子住，有的男子到了分户年龄却因没有妻子而无法自立生活，有的老人重病需要儿子照顾，有的家全是女儿，找不到男子入赘也无法自立，等等，不一而足。许多时间，卫鞅都耗在与县令县吏商讨如何变通这些具体细节上，一个一个解决，再颁行全国作为法例允许他县效仿。

几个月下来，总算将其中难题一一化解，一归总，秦国竟然增加了十万民户。待卫鞅东归时，移居关中的三晋庶民也已经有将近六万户，可谓始料不及的大收获。

同行的景监一直诧异，总觉得卫鞅这次急如星火的巡视督导有些许不对劲。当卫鞅站在轺车伞盖下凝望渭水河滩的山东移民区时，那种含泪不舍的情景使景监产生了一种深深的不安。他敏锐地感到，卫鞅一定有心事。

道边歇息时，卫鞅慨然一叹："景监啊，再过几年，一定要提醒君上迁都。栎阳不适合做国都也。"

景监终于忍不住了："左庶长何出此言？莫非，几年后你不在秦国了？"

"有了第二次变法开端，我也放心了。"卫鞅似乎没有听见，又是感慨叹息。

"鞅兄何难？可否先告一二？"

卫鞅摇摇头笑道："景监兄，回栎阳后我到你家，看看令狐姑娘，你该和她成婚了。"

景监笑道："日出西山了，左庶长也想起了儿女之事？好，我等你。"

三　蒹葭苍苍　白露为霜

回到栎阳，景监督促所有吏员，按照卫鞅吩咐，三日之内将所有的公文清理完毕并分类归案。卫鞅则埋头书房，就着燎炉火盆，整整忙碌了一夜半日。次日晌午，卫鞅匆匆忙忙地吃了几口饭，又写了一信，派荆南送去渭风客栈，自己倒头睡了两个时辰。

傍晚时分，卫鞅醒来，略事梳洗信步向景监府走来。

屈指数年，栎阳街市已经发生了很大变化，店铺林立，夜市已经很热闹了。想起初入秦国时栎阳的冷清穷困，卫鞅不禁感慨中来，在树荫里遥望灯火阑珊的夜市，两行热泪不禁悄悄地流到脸颊。景监住的那条熟悉的小巷也今非昔比了，街中铺成了整齐的青石路面，两边也盖满了青砖瓦房，道中车马辚辚，民居灯火明亮，一片小康安乐的气氛无处不在。

“大哥，在这儿！”一个绿衫少女在街边向卫鞅高兴地招手。

“啊，小令狐！我都认不出了。这是你家？很气派嘛。”

“门房和院子大了些，也叫气派么？大哥，快进来！”

卫鞅走进门厅，绕过影壁，见院中整洁干净，灯火明亮，简直让人想象不出这个小院子几年前家徒四壁的冷清困窘。景监闻声迎出，也是一身夹袍风采奕奕，拱手笑道：“鞅兄啊，我说教你好好找找，也看看栎阳民居的变化。令狐偏说不能让你着急，要出去等你。来，上房就座。”

“若非小令狐接我，还真难找到也。不想几年之间，栎阳竟是殷实小康之境了。”卫鞅走进屋中，四顾感慨，“不错嘛，像个家了。”

“大哥啊，没有变法，哪有今日？”小令狐端着铜盘轻盈走进，在灯下白皙丰满，满面红光，任谁也想不到她就是几年前那个黝黑细瘦的小女孩子。

“小令狐，长成大姑娘了。”卫鞅笑叹。

“还说呢，整个秦国都变了，小妹能不争气？”小令狐噘起了嘴巴。

卫鞅不禁大笑：“啊，小令狐是为变法争气，才美起来的？好！再过几年更美！”

“那是自然，老百姓都知道。”

“噢？老百姓也知道小令狐日后更美？”

“哪儿啊？大哥没听近日的栎阳童谣？”

卫鞅摇摇头：“说说，童谣如何？”

小令狐斟好茶，肃然站立，轻声念诵道：“山塬两川，十年三变。五年河西，六年崤函。泱泱大都，岁在十三。”念完红着脸笑了，“我也不懂说的甚，反正秦国要变，还要变。”

景监笑道：“我也是刚听说的，揣摩不来后几句何意。”

卫鞅沉默思忖有顷，笑道：“我不大通占卜谶语这些阴阳之学，大约是小令狐说的，秦国还要变。哎，景监兄，今晚我来，是要饮喜酒的也。”

“喜酒？”景监一怔，脸色泛红，“还是，日后再提此事吧。”

小令狐闻言，已经跑到厨下忙去了。卫鞅慨然叹道：“景兄啊，小令狐的心志我最了解。她从来都没有认你是义父，而将你做兄长看待。十几年了，她对你的一片深情没有丝毫改变。你要将此等尴尬维持到何年何月？君上不知详情，其他人也不好拆解这件事。只有我对你和令狐姑娘知之甚深，我俩又是患难至交，我来为你们办这件事最合适。景兄，不要再拖了。”

景监不无难堪地笑道：“道理如此，总觉得问心有愧一般。”

“景兄啊，不要迂腐了。都像儒家那样对待女人与情事，不知要淹没世间多少美好。你在孤身一人的艰难时刻，高风大义，抚养了一个朋友的遗孤。这个遗孤在风雨坎坷的岁月里，对你深情无改，能仅仅说她是知恩图报么？若景兄坚执拒绝这岁月磨炼的纯真情义，旷达之士该说你沽名钓誉了。卫鞅以为，景兄与令狐姑娘成婚，深情相守，忠贞白头，就是景兄义举的最好归宿，也是对朋友亡灵的最好告慰。景兄以为然否？”

虚掩的门外，有小令狐的哽咽哭声。

景监慨然拱手：“好吧，但凭鞅兄做主。”

突然响起了敲门声。听见小令狐不情愿地慢慢去开门，卫鞅笑了。

“请问，你是令狐妹妹么？”院中传来白雪的声音。

“你，你是何人？”

“我是卫鞅的义妹，你们的朋友。”

卫鞅和景监已经来到院中，卫鞅笑道：“景兄，她是我的未婚妻，白雪姑娘。雪妹，这是景监兄。”景监与白雪相互见礼，各自想起安邑往事，不禁大笑一阵。景监高兴异常道：“咳，想不到你们俩到了一起，上天有眼啊！令狐，快快见过嫂夫人！”小令狐擦擦眼泪高兴得忙不迭走来：“令狐见过嫂夫人，愿大哥嫂嫂百年好合。”白雪笑道：“令狐姑娘纯情娇美，景监兄果真艳福也。”一片笑声中，白雪向外面招招手，“抬进来。”但见梅姑推开大门，街中停着一辆牛车，两名仆人已经将车上的三个大木箱抬到门口。梅姑指点着小心翼翼地将大箱搬进院中，吩咐两个仆人赶着牛车走了。

“这是做甚？”景监惊讶。

“做甚？”卫鞅模仿着景监的秦音笑道，“今晚就给你俩完婚。”

景监更加惊讶：“鞅兄，莫非你，你想……走？”

卫鞅哈哈大笑：“哪里话来？我欠你太多，难道办不得一件好事么？”

小令狐扯扯景监衣袖，低声娇嗔道：“大哥一片好心，还不领情！”景监无可奈何地笑笑：“好好好，但凭兄嫂做主了。”

白雪笑着吩咐：“梅姑，将荆南也唤进来，一起收拾。景兄你俩说话，顺便教鞅兄将你收拾一番。我来打扮新娘。”

梅姑将守在门外的荆南叫了进来，打开木箱，快捷利落地布置起来。虽然也是年轻姑娘，梅姑却是从小经受过严格训练的女管家之才，又在安邑白氏府中操持过许多大场面，对这种临时应急的喜庆自然极有章法。她指点着荆南，不消半个时辰，景监庭院变了一个模样，张灯结彩，洞房花烛，洋溢出一片浓浓的喜庆气氛。然后又将一个大箱抬到厨下，一个人有条不紊地忙碌起来。

月上中天，卫鞅在正厅廊下高声宣道：“子时开元，婚典伊始——”

梅姑操琴，荆南吹起一只陶埙，舒缓祥和的雅乐弥漫在红灯高照的庭院。一身雪白长裙的白雪搀扶着一身大红吉服的新娘从廊下缓步而来。头戴玉冠，斜披大红喜带的景监在正厅门口拱手相迎，拉起新娘的手，走向院中设置好牺牲的香案前。

“大拜上天——明月证婚——”

一对相濡以沫十几年的“义父孤女”，深深叩头，祷告上苍赋予他们新的生命。小令狐一叩之下，伏地大哭……白雪看着这对从礼仪羁绊中挣脱的情人，两行泪水不禁盈眶涌出。

拜完天地，景监与令狐坚执省去了洞房之礼。小令狐抹着笑意盈盈的泪水，脱去长裙，利落地与梅姑一起摆置小宴，要大家一起痛饮。白雪也破例地大爵饮酒，天亮时分，四个人都醉了。梅姑看着白雪脸上两行细细的泪痕，不禁抱住了醉昏过去的白雪。

卫鞅醒来时，已经是第二天傍晚了。

府中吏员难得见卫鞅大睡一次，奔走相告，没有一个人来打扰。景监午后来过一次，吩咐所有的公务都推到明日，让左庶长歇个透。吏员们第一次没有了夜间公务，高兴地早早回了家，左庶长府难得地清静起来。一觉醒来，卫鞅浑身充满了轻松后的疲倦。月亮爬上城头时，他喝了一鼎浓浓的胡羊羹，便在幽静的庭院中漫步。看着熟悉的院落，他油然想起这座院子还是招贤馆时的破旧和热闹，想起初入秦国时的种种风波。光阴荏苒，世事难料，自己就要离开这主宰了几年的左庶长府了，一丝轻松，一片惆怅。既然已经决定和心爱的人一起隐居，却为何心中如此的烦乱？这已经是几个月来的深思熟虑了，难道你卫鞅也是那种拿得起放不下的人么？连在秦国唯一的一个朋友的情谊债都还了，还有何事迷茫惆怅？卫鞅嘲笑着自己，顿时清醒起来，几日之内还有许多事要对各方交代，如何有此优哉游哉的时光？你卫鞅以后有的是闲暇岁月，这几天还是先忙也。

大步走向书房，却听见一声轻轻的叹息。白雪？卫鞅轻步走进，果然是白雪熟悉的背影。她还是昨夜那身雪白的长裙，长长的黑发用白丝带在脑后随意地束起，显得淡素高雅。她跪坐案前，抚摩着书案上归置整齐的象征权力的铜锈斑驳的镇秦剑、晶莹圆润的白玉圭、铜匣锁就的左庶长大印、折叠整齐的绣金斗篷。最后，她的手停留在一卷已经封好的《辞官书》上。卫鞅看见，她的身体微微颤抖着。

“你，想好了？”白雪没有回头。

“是也，想好了。”卫鞅平静地回答。

“为何不与我事先商议？”

“当为则为，莫非你不赞同么？”卫鞅努力轻松地笑着。

“鞅，我是来向你道别的。我不赞同你这样做。”白雪异乎寻常地平静。

“不赞同？为，为何？”卫鞅感到意外的惊讶。

“鞅，你太轻率，没有权衡，缺乏深思。”

“岂有此理！”卫鞅骤然发作，“维护至真的情爱也需要权衡？力行心中的誓言也需要深思？相爱十年，积累一朝，也算轻率？小妹，情爱不是商事，不需要斤斤计较精打细算，它需要激情，需要忠诚，需要敢于抛开一切身外之物的勇气！十年前守陵时，我第一次看见你显出女儿本色，就知道我生命中不能没有你。如今，我已经在秦国展示了我的为政信念，完成了我的治国志向，变法已经走上了正轨。我还有什么不能舍弃？我还需要权衡何来？深思何来？三个月前，我的心意就已经决然，我就开始为告退做谋划了，难道徘徊延误直至陷入尴尬，才叫深思熟虑么……不要胡思乱想了，你那是关心则乱。准备吧，我们将再也不会分开了！”卫鞅慷慨激昂，语气凌厉，掷地有声的宣言中有一种难以名状的火气。

白雪静静地听着，始终看着火气十足的卫鞅，明亮的眼睛中溢满爱意与宽容，仿佛一个母亲看着暴躁地发泄委屈的儿子。她从案前站起，轻轻地将卫鞅扶着坐到长案前，又给他斟了一盏浓酽的苦茶，跪坐在卫鞅对面：“鞅，我们的至真情爱，我从来没有丝毫动摇过。然则，我们面临的不是会不会失去爱，而是爱该当有一个何等样的归宿？鞅，我们面临的是婚嫁的挑战，而不是情爱的危机。情爱需要激情与勇气，婚姻则需要权衡与深思。”

“婚嫁是情爱的归宿。只有大婚，情爱才是完满的。”

“鞅，婚嫁是情爱的归宿，然却不是唯一的归宿。当情爱不能与婚嫁并立之时，情爱反而会更加纯真美艳，惊世骇俗。”

卫鞅又一次深深地惊讶：“你？你想，将情爱与婚嫁分开？匪夷所思！”

白雪嫣然一笑：“鞅，你不是寻常士子，你所遇到的婚嫁，也不是一场寻常的婚嫁。而你，却选择了寻常士子处理寻常婚嫁的路径。这就是没有权衡，没有深思。”

“小妹，只要走得通，简单寻常有何不好？”

“不。你是在逃避自己，最终毁灭自己。”

卫鞅哈哈大笑：“小妹啊，你这是何苦来哉！危言耸听了……”

“鞅，不要逃避灵魂的本色。假若我们真的退隐山林，我就会失去你的灵魂，而只拥有你的生命与肉身。那样的事，白雪可不想做。”一丝不苟的话语中没有一点儿笑意。

“痴人说梦！”卫鞅揶揄地冷冷一笑。

突然，白雪也对着卫鞅轻轻一笑，低头默默不语。过得片刻，白雪抬起头来平静地看着卫鞅：“莫要躁气，你我之间，无须辩白，也无须回避。你一定要耐下性子，听听我的心里话。可好？”

卫鞅点点头。

“鞅，我比你更懂得你的心。我用生命与灵魂在抚摸它，用我的痴爱之心在感知它，熟悉它的一沟一壑一平一凹。鞅，你是天生的铁腕执政家。你的意志，你的灵魂，你的秉性，你的智慧，都是为政为治而生的。你的血液中奔流着有为权臣的无尽激情，你的内心深处涌动着强烈的权力欲望，你可以为了自己的治国信念去做牺牲，而无怨无悔。你的超人品性，注定了你更适合于创造烈烈伟业，而不是隐居田园，去谱写生生死死如歌如泣的情爱奇迹。你不是陶朱公范蠡，你缺乏散淡超脱。你规整、严厉，追求生命的每一刻都有实际价值。所有这些，都是芜杂散漫的田园情爱所无法给予你的。没有了权力，没有了运用权力创造国家秩序的机会，你的生命价值就会失去最灿烂的光彩，你的灵魂就会不由自主地沉沦。当我们隐居田园，泛舟湖海，开始了那平淡漫长的二人之旅时，你会慢慢地感到空虚无聊，寂寞难耐。并非你不爱我了，而是你最坚实的生命根基已经化成了流沙。你可能变成一个狂夫，变成一个放荡任性的游侠，去寻找新的生命刺激。你也可能变成一个酒徒，变成一个行吟诗人，将自己献给朝阳、落日、山海、林涛。一个生机勃勃的政坛巨星，必然要在平凡琐细的消磨中陨落。那时候，你只有一具或狂放或堕落的生命之躯，你的灵魂，将无可挽回地漂泊失落。而我，也只有更加痛苦。我所深爱的那个人已经不复存在，我寄托在他身上的人生情怀，也永远地化成了泡影。那时候，我们的田园生活，我们的诗情画意，还会有么？”

卫鞅陷入了深深的沉默，白雪的深彻，又一次击中了他灵魂深处的根基。细细想来，自己在做出抉择后的惆怅烦乱，不正是这种朦胧隐约的取舍冲突么？他虽然不止一次地感受到白雪的才智与清醒，但还是为她在如此重大的抉择面前，竟然有如此深远的思虑和人生智慧感到震惊。人生有知音若此，夫复何憾？

卫鞅慨然一叹：“小妹，我们成婚，我也不走，如何？”

“鞅，你知道吴起为何要离开魏国么？”

“魏武侯嫉贤妒能，夺吴起兵权，吴起愤然离魏。此事天下皆知。”

白雪轻轻摇头：“魏武侯并非昏庸之君，吴起更是大才槃槃。这里有一个鲜为人知的秘密。”

“秘密？我在魏国数年，如何不知？”

白雪微笑着：“鞅，胸有大志者眼光往往粗疏。若你等之人，看此等之事，往往拘泥正道得失，忽略权力场中情感人生的纠缠对大政的左右。有时即或知道了，也不屑一顾，不做深思。多少大才就是这样被莫名其妙地逐出了中枢，多少庸才也是这样莫名其妙地常居高位。前者如吴起，后者如公子卬。”

“噫，吴起究竟是如何离开魏国的？”

白雪淡淡缓缓地讲了一个宫廷阴谋的故事——

魏文侯死后，太子魏击即位，也就是魏武侯。此时吴起是魏国上将军，其赫赫战功与杰出的治国才能，使他在魏国乃至天下诸侯中享有极高威望。在魏文侯时期，吴起率领魏军与天下诸侯大战七十六次，全胜六十四次，战和十二次。魏国的疆土在吴起的铁骑下伸展了一倍还多，魏国成为最强大的战国。诸侯战国惧怕他，魏国朝野崇敬他。由于变法大师李悝隐居，吴起成了魏国举足轻重的权臣柱石。魏武侯时当盛年，想依靠吴起继续变法，创造更为辉煌的霸业，又怕吴起这样的元勋功臣万一生变，就要把自己的小妹妹嫁给吴起为妻，以图和吴起结成巩固的君臣联盟。

吴起早年在鲁国时，有朝臣怀疑吴起的妻子不是鲁国人，撺掇国君不用吴起为将。吴妻得讯，愤然自杀。自此，吴起身背“杀妻求将”的恶名离开鲁国，一直没有正妻。正因为如此，魏国一些佞臣不断吹风，说吴起这样连家小也不想有的人，如何能在魏国长久？迟早要逃走。此时魏武侯要将公主嫁与吴起，正是君臣结盟的大好时机。大婚告成，吴起就会成为丞相兼上将军，出将入相，充分施展其超凡才华。

谁知就在此时，一个小小的阴谋，改变了这一切。

那时候，魏国的丞相是公叔仑，他的妻子是魏武侯的大妹妹。公叔仑生怕吴起根基稳固后自己丢掉丞相权力，和妻子秘密商议了一个匪夷所思的圈套。

有一天，吴起被郑重邀请来到公叔府“商讨军国急务”。奇怪的是，大公主竟然以主人身份迎接他，陪伴他。公叔丞相则谨小慎微地坐在下手，不断地瞄着公主的脸色，对吴起说话反倒是有一搭没一搭的。

酒宴开始，公主以主人身份开鼎敬酒。公叔仓一时紧张，将酒呛进了喉咙，满脸通红连连咳嗽。公主鄙夷怒视，一掌打到公叔脸上。公叔惊愕不已，显得大是难堪，但却没有一声辩驳，竟是默默忍受了。吴起深锁眉头，内心大大地不以为然。

公主移座吴起身旁，热烈地诉说自己对吴起的敬佩，又命令公叔给吴起斟酒。公叔慌乱斟酒，却不防跌倒，将跪坐的公主压翻在地。公主大怒，厉声叱骂："公叔老小子，别说你是丞相，还不是我魏家的臣奴一个！跪那儿，自己打十个嘴巴！"公叔竟然赔着笑脸，端端正正跪好，真的打起了自己的脸。

吴起惊讶了，也愤怒了，霍然起身告辞。公主赔笑挽留："上将军莫要见笑，我已经没有火气了。若是我小妹，还不知如何折腾这老小子也。请将军留步，小妹即刻就到了。"吴起正色道："请公主自重。大臣，不是臣奴。"大袖一拂，昂然而去。

几天后，魏武侯向吴起正式提起将公主嫁给吴起。吴起婉言谢绝了，说自己在鲁国已经再娶了妻子。魏武侯自然不信，反复说服，吴起始终沉默。魏武侯终于叹息一声，教吴起走了。

卫鞅久久沉默，故事的结局他自然明白，不禁长长地叹息一声。

白雪道："这件事很小，进不了史家的春秋之笔，但它却酿成了一代雄才的悲怆结局。公叔夫妇的龌龊阴谋，使吴起误以为小公主也是悍妇，拒绝了与国君的婚姻结盟。魏武侯又因此误以为吴起有了逃魏之心，夺了吴起的统帅大权。吴起，又误以为国君嫉妒功臣，要加害自己，逃到楚国去了。六年后吴起惨死楚国，终究没有完成变法大业。"

"秦公是秦公，绝不是魏武侯。"卫鞅有一种莫名气恼。

白雪摇头道："鞅，人莫不在变化。秦国的世族元老，与你原本就是冰炭不能同器，太子势力与公子虔军中势力，已经成了你的敌人。若再拒绝公主婚事，太后与公主又将成为你的敌人。秦国朝野，变法新人之力量，尚远远不足以支撑如此多的压力与冲击。若没有秦公对你的撑持，朝野敌对势力随时可能将你等淹没。在秦国，你和秦公的结盟，就是变法成功的根本。”

“我与秦公，生死相扶。这是誓言。”

“鞅，你真的相信君臣盟誓？切莫忘记，时也势也。在秦国这样的诸侯战国，与公主成婚，远远胜过千万条盟誓。这种婚嫁，意味着一个人进入了亘古不变的血亲势力范围。它将使你的变法权力生出神圣的光环，震慑敌人，使他们对你、对变法，都要退避三舍。否则，你将进退维谷，权力受制，功业流产。”

“那我们到中原去，齐国或赵国。来得及，我至少还有三十年时光。”

“普天之下，不会有秦公这般雄才大略的君主了。”

卫鞅沉默。白雪说出的，是他内心最为深刻的感受，如何能否认？一想到要离开秦国，离开秦孝公，他的心就隐隐作痛。对各国变法做过深入勘研的卫鞅，确信天下将不会再有秦公与他这样的君臣遇合。

良久，他叹息一声：“小妹，教我想想，也许还有两全之法。”

白雪摇头：“鞅，不要犹豫，你必须与公主成婚。我已经让侯嬴兄回秦公，说你已经答应了。”

“为何？”卫鞅霍然站起，气得团团乱转，“你怎么可以……可以，如此胡闹！”

“鞅，你不是我白雪一个人的，你属于天下财富，属于秦国庶民。你爱我，愿意随我而去，白雪足矣。白雪从爱你的第一天起，便立下誓言，愿意牺牲一切，成就你的伟业，包括舍弃做你的妻子……我，只是没有想到，它来得这么快，这么突然……”骤然，热泪夺眶而出，白雪再也说不下去了。

卫鞅紧紧抱住白雪："雪妹，卫鞅今生来世，永远都是你的……"

朦胧的月光下，两人走出左庶长府，回到了白雪宁静的小庭院。

第二天晚上，当卫鞅如约来到时，小庭院已经没有了灯光，寝室门上悬挂着一幅白布大字："我去也，君自保重。"卫鞅一下子瘫在院中，却又立即跃起，出门驰马飞出栎阳！他不解白雪为何突然离去？原本答应他的，至少在栎阳再住一个月，看看事情有无新的变化。为何突然就走了，竟然还不告而别。此刻卫鞅只有一个念头，追上白雪，至少送她一程。

白雪是午后悄悄走的。她和梅姑又恢复了男装士子的扮相，一辆篷车辚辚而去。她心里很清楚，只要她在栎阳一天，卫鞅就不会安心。虽然她相信卫鞅的定力，但情之所至，难保不会出现他因心绪激切而生出事端，最终陷于尴尬困境。只有她断然离开，使他痛定思痛，慢慢恢复，才是唯一的方法。她走得很急，而且出城不远就弃车换马，从崤山小道向大河而来。

当深秋的太阳涌出大河地平线时，两骑快马来到大河西岸。白雪立马山头，遥望对岸苇草茫茫的茅津渡，不禁潸然泪下。正待下马登船，却听身后马蹄声疾，梅姑惊喜叫喊："侯大哥来了！侯大哥，在这儿——"

侯嬴飞身下马："白姑娘，你，就这样离开秦国了？"

白雪凝视着侯嬴，下马深深一躬："侯兄，待卫鞅成婚后，相机告诉他，我，已经有他的孩子了……几年之后，我才能见他。望他保重自己，善待公主……侯兄，后会有期了。"说完，头也不回地向岸边小船走去。

当那只小船悠悠离开河岸时，飞驰一夜的卫鞅终于赶到了河边。

宽阔的河面在秋阳下滚滚滔滔，小船悠悠北去，一条火红的长裙在小船上缓缓挥舞，那是她向他做最后的告别。渐渐地，小船红裙与波涛霞光终于消融在了一起。

卫鞅颓然坐在高高的山头，一任泪水将自己淹没。

四　风兮雅兮　我心何堪

栎阳后宫沉浸在一片喜庆中，公主荧玉的婚礼正在忙碌地准备着。

秦孝公听到侯嬴回报的消息后，长嘘一声，顿感欣慰轻松。自己一直没有大婚，母后一直不高兴。若荧玉的婚事再没有着落，母后该忧思成疾了。而今荧玉的婚嫁结局竟是难得的理想，母后赞同，荧玉自己更是一心向往，他自然也大是赞同。

秦孝公想得更多。秦国变法正在最要害的半坡上爬，卫鞅已经隐隐成为朝臣中的一个孤岛，连秦孝公自己也感到了世族元老的疏远冷漠。自从嬴虔遭受劓刑，公孙贾被黥刑放逐，太子被贬黜庶民离开栎阳，秦国的朝局顿时严峻起来了。嬴虔的封闭门户，宣告了秦国世族大臣全部退出了变法势力。原先的故旧权臣几乎全都在变法中受到了打击或损害，国人庶民中的老秦旧部族也在变法中经受了很大的利益损害，显赫地位降低、世袭特权被剥夺、附属隶农脱籍成为自由民、私家武装被取缔，成了与庶民家族同等的寻常部族。当此之时，如果变法本身出现混乱、意外或哪怕是某些方面的失败，都会引起这些势力的合流反对，秦国必然出现混乱动荡乃至政变，秦孝公和卫鞅也会一起葬身在复辟势力的愤怒复仇中。那时，变法在秦国将像风一样吹过。

要避免这样的结局，就要确保变法顺利进展，确保卫鞅和他的变法班底稳如泰山。要做到这一点，秦孝公与卫鞅的君臣合力是根本。嬴虔没出事的时候，秦孝公——卫鞅——嬴虔，是支撑变法的三足鼎立，等闲势力难以撼动。而今，一足折损，唯余两足支撑。若两足之间稍生嫌隙，大局就有倾覆的可能。当今天下，向世人宣示结盟的最有力手段就是君臣联姻。受到劓刑后的嬴虔之所以反对，恰恰说明了这件事正是局势的症结。秦孝公之所以亲自去找侯嬴斡旋，也是因为他清醒意识到，秦国局势的要害在于君主与变法大臣的坚实结盟。他深知卫鞅长于国政而短于人事，卫鞅关注的是民情国力，对权力场本身的利害冲突，远不如对国事冲突的敏锐与智慧。要卫鞅自觉体察到这一点，几乎是不可能的。然则，卫鞅毕竟是天赋过人的大才，名士的自尊心又极为强烈，若由秦孝公亲自对卫鞅说明，必然会给卫鞅一种难以回绝的压力。采取传统的媒妁之言，给卫鞅以回旋的余地，这是孝公反复思虑的最佳办法。

所幸的是，卫鞅最终赞同了，而卫鞅第一次是回绝了嬴虔的。这说明，卫鞅也洞悉了朝局的微妙危机，决意以最传统但也是最彻底的方式，显示君臣同盟的力量。然则，既有一次回绝，就意味着卫鞅必然有难言的苦衷。秦孝公和太后、荧玉细致商议，一则大张旗鼓地准备婚典，使这个消息传遍朝野；二则不催促卫鞅，给他一段充裕的善后时间。

在卫鞅和公主即将大婚的消息迅速传开时，秦孝公最充分地利用了这个时机，一举升任卫鞅为大良造，兼行丞相与上将军职权，将嬴虔遗留的部分军权和分散在孟西白三族将领的军权全部转移到卫鞅手中。

大良造是秦国传统爵位的第十六级[1]，是最高爵位中囊括军政实权的实际爵位，其上的四级爵位基本上是虚衔。战国后期军政分权，大良

[1] 秦国爵位分为二十级，一级最低，二十级最高。大良造之上还有驷车庶长、大庶长、关内侯、彻侯。

造爵位也成为荣誉虚衔，以至最终消失。卫鞅升任大良造的消息传开，震惊秦国朝野，世族大臣们瞠目结舌却无话可说。根据秦国传统，与公室联姻的大臣自然便是公室贵族成员，也自然是高爵重臣，即或功勋平平，也能晋升高爵，何况卫鞅两次变法的赫赫功劳，谁能提出反驳？然则，贵族们还是对卫鞅的一举跃升六级（左庶长乃第十级爵位）、总揽军国大政感到震惊。对这样一个骤然集公室贵族身份和军国权力于一身的卫鞅，谁还能轻易撼动他？

秦孝公此举，几乎是将整个国家权力交给了卫鞅，一举廓清了弥漫朝野的等待卫鞅失势的复辟阴霾。庶民们奔走相告，不再担心变法再变回去。阴沉沉的世族们则大大泄气，开始慢慢地向卫鞅的变法势力靠拢了。

当这两个消息震荡秦国朝野时，蜗居书房的甘龙一动不动，就像一条阴鸷的老狐。

孤独无形的密谋，一举将嬴虔和太子从变法势力中分离出来，而且给卫鞅树了一个异常顽强的敌人。这是甘龙的阴谋杰作。可是，他还没有暗自高兴几日，局势就发生了更大的变化，秦公与卫鞅联姻，卫鞅升任大良造并总揽军政大权。从内心讲，甘龙对卫鞅这种只知做事而不知做人的才士并不感到畏惧，这样的人倒台很容易。但是，甘龙对秦公的权术谋略却感到莫名其妙地畏惧，这个与卫鞅同样年轻的国君，直是天生的权谋奇才。他那不露痕迹的权力动作，每次都击到了朝局的要害，似乎谁也没觉得针对自己，却结结实实地震慑着每一个或明或暗的对手。他没有寻常国君惜权如命的弱点，敢于将最大权力交给他所信任的重臣，他不关注细致具体的政务，只在关键时刻扭转危局。嬴渠梁天生就是一个罕见的明君，卫鞅天生就是一个罕见的强臣，如今这两人紧紧携手结为一体，甘龙难道注定要无声无息地老死不成？

“父亲，杜挚前来探病。我说父亲身体不适，他坚持求见。”儿子甘成轻声禀报。

“教他进来。否则，那头犟驴会坐三天三夜。”

杜挚黑着脸走了进来，深深一躬：“老太师，杜挚欲辞官还雍城老家，敢请赐教。”

甘龙丝毫没有惊讶，叹息一声：“可惜也，秦国从此没有杜挚这个人了。”

“隐居故乡，强如在栎阳窝囊下去。”

“蠢也，蠢也，一叶障目。”

“老太师，此话怎讲？”

甘龙苍老嘶哑的声音一字一板：“秦国正在连根折腾，举国无净土，岂有隐居之地？庶人之身还乡，即刻编入连坐连保，躬耕参战，躲无可躲，藏无可藏。新法不二出，拒绝农战者皆为疲民，一个里正就能将你置于死地。你杜挚身为贵胄，纵然忍得与贱民为伍，能保定自己不犯法或不受别人连坐？届时，却来何人救你？”

杜挚一头冷汗：“如此，逃往山东如何？”

“逃？老秦人出逃，株连九族，你能举族逃走么？”

杜挚沉默有顷，愤愤道：“难道让卫鞅闷死不成？”

甘龙一阵沉默，最后长长地嘘了一口气，倚身书案招手：“你过来。”

待得杜挚靠近，甘龙悠悠道：“秦国大势，已难扭转，嬴鞅一体，其志难夺。我等唯有静观其变了。也许，上天会给我等一个机会。记住了，只要不违法，此人就不会动我等。他是强法明理，唯法是从的那种人。飓风过岗，伏草唯存。慎之慎之也。”

“老太师是说，利用此人弱点，长期蛰居偃伏？”

老甘龙闭着眼睛点点头。

“这，有把握么？”

老甘龙冷冷一笑，轻蔑地拉长声调：“回去好生想想，那个越王勾践是如何做的？但有命在，焉有不变之世事？”

焕然一新的大良造府矗立起来，一片喜庆气象。

门前小街被辟成了一方车马场，拴马的石柱均系着红布，停车场则是罕见的清一色大青砖铺成。门前右侧竖立着一方高大的蓝田玉，四个大字赫然在目——权兼将相。左侧同样的玉刻大书——功盖管吴。正中牌坊是四个青铜大字——大良造府。牌坊与后面的大门都结上了硕大的红色布花。进得大门，迎面的白玉影壁上凸现着黑玉雕成的法兽獬豸，影壁背面，一个黑玉镶嵌的斗大的“灋”[1]字。庭院内的政事厅刷得焕然一新，门额大字换成了“大良造政堂”。原先作为卫鞅起居的小跨院，已经扩大成一个几乎与正院同样大小的园林庭院，小池山石青松石亭，显得幽静宽敞。北面正房门额大书“书剑立身”，两侧廊柱的顶端各有一个铜字“祥”、“瑞”，柱身用绣着金色凤凰的红绫包裹。自从周文王时期有“凤鸣岐山”的故事流传，秦人便像周人一样，将凤凰作为吉祥的神鸟，作为对女子幸福的最高祝愿。正厅东侧的起居室，现下是华贵喜庆的洞房，门额镶嵌着“凤雅颂”三个铜字。卫鞅的书房还是在正厅西侧，除了门面刷新，唯独这里没有任何变化。

对大良造府的修葺改造，是秦孝公委派黑伯监造的。他给黑伯说了八个字：“彰显权力，浸渍祥瑞”。他知道，卫鞅从来不重视表面文章，更不会去将自己的府邸弄得冠冕堂皇。但这是需要，国人民众认这些，世族元老也认这些，他就是要使卫鞅的大良造府邸声威赫赫，震慑

---

[1] 灋，“灋”为“法”的古体字，音义皆与“法”同。

那些潜藏的野心与阴谋。除了庭院稍有扩大外，这座府邸没有任何名贵奢侈的排场，它的赫赫威势主要在于昭彰权力与尊贵的那些石刻大字。然则，恰恰这些东西是寻常大臣所无法擅自铭刻的，那是国君赋予大臣的权力象征和地位框定。有了诸如“权兼将相，功盖管吴”这样的铭刻定论，国人能不肃然起敬？朝臣同僚能不刮目相看？

除此之外，秦孝公更大的动作，是赐给大良造卫鞅六尺车盖的青铜轺车一辆、铁甲骑士二百作为出巡护卫仪仗，连同原来的穆公镇秦剑，这一切都强烈地向朝野昭告：卫鞅的权力是不可动摇的，秦国的变法是不会动摇的。当然，秦孝公没有料到，这些声威赫赫的权力象征，在他死后，却变成了世族大臣与儒家士子攻击卫鞅的口实。

盛大的婚典，终于在冬天到来之前举行了。

那一天，栎阳城几乎是万人空巷，拥上街头目睹秦国罕见的公室权臣之间的大婚。世族大臣更是由于国君亲临而人人亲赴。当公主荧玉的结红轺车和随行送亲的国君大臣的车队辚辚驶上街头时，栎阳国人为美丽高贵的公主激动了，“公主万岁”的声浪淹没了一切欢声笑语。当白衣玉冠的卫鞅站在青铜轺车上迎出府门，与红裙拖曳的公主遥遥相对时，淳朴的国人被眼前天神般的名士美人的婚姻感动了，不知谁人带头，满街人群都手舞足蹈地高喊着：“公主大良造！秦国洪福照！”国人们将这场美丽高贵的婚姻看成了国运兴隆的吉兆，喜极而泣，如醉如痴。

大良造府邸门前的两方乐队奏起了宏大祥和的雅乐，伴着深沉明净的和声歌唱：

风兮雅兮　国人将乐
春雨颂兮　秋谷送子

凤长鸣兮　美若琴瑟

天心顺兮　人道祥和

长街之上，国人相和，祝福的歌声响彻了整个栎阳。当一轮秋月悠悠飘到栎阳箭楼顶上时，尽管城中夜市还弥漫着国人聚相庆贺的喧闹，大良造府已经一片幽静了。

荧玉在洞房中独自徘徊。她很兴奋，白天的婚典盛况和国人的虔诚祝愿还在心中流淌。她也很惶恐，为自己即将面对渴慕已久的英雄名士不知所措。慢慢扯下覆盖铜镜的红绫，她端详着铜镜中红扑扑的脸庞，对自己做个鬼脸呢喃自语："他来了，我该如何？"突然，身后响起清晰的脚步，她不由自主地捂住了自己的脸不敢回身。

"公主，请先行歇息。卫鞅还要到书房办理几件紧急公文。"

荧玉慢慢回过头来，看着平静如常的卫鞅，恬静地一笑："孔夫子也，如此多礼？去吧，我等你了。"

卫鞅再没有说话，转身走了。

荧玉在铜镜中看见了自己的泪水在眼眶中打转儿，不禁生气地噘起小嘴："不是想好的么？没出息。"莞尔一笑，抹抹眼泪，信步走到庭院中漫步。她端详着庭院中的池塘、假山、松树、石亭，想象着自己将如何在这里做女主人，如何与自己的夫君在这里吟诵美丽的诗章。想着想着，醉心地笑了。她轻手轻脚地走到书房门前，从门缝儿向里张望，看见卫鞅眉头深锁地坐在长大的书案前，手边批完的竹简已经摞起了一尺多高。她惊讶地发现，他在灯下的面庞，看起来竟然不像在阳光下的轺车上面对万千庶民时那样光彩明亮；宽阔的前额已经有了粗深的皱纹，紧锁深思的眉头和明亮的双眸，也延伸出细细的鱼尾纹，英挺的鼻梁带有些微的鹰钩，显出凛然难犯的一种严厉；不厚然而却很宽阔的嘴唇紧闭着，嘴角伸出两条深深的腮线；似乎隐藏了太多的人世沧桑，那平静淡漠而又专注的神情，给人难以窥视的深沉和隐秘……

荧玉蓦然想起，当年在大哥书房见到卫鞅时，那是一副多么英俊而明亮的青春面容！光阴荏苒，呕心沥血，竟至于青春亮色倏忽消逝了！猛然之间，荧玉不禁心头一阵热流。默默离开了书房，一个人久久凝望着那轮西斜的秋月。片刻后，她又飘然来到书房门前，轻轻地叩门。

“呵，请进。”卫鞅显然知道仆人是不会敲门的，声音平淡礼貌。

“饮点儿热酒好么？夜凉了。”荧玉托着一个铜盘，上面放着一个棉布包裹的陶罐，脸上洋溢着纯真甜蜜的笑意。

“啊，好。”卫鞅似乎没有料到，手头的大笔还点在竹简上。

荧玉撩起长裙，跪坐在长案的横头，从陶罐中斟出一碗热气腾腾的黄米稠酒，双手捧到卫鞅面前：“来，二哥一次能喝半坛也。”待卫鞅接过，她又利落地将燎炉拨旺，加了几片木炭，又静静地端详着卫鞅，脸上泛起一片红潮，“我，该如何称你？夫君？鞅？还是……”还没说完，已经羞怯地低下了头，只有雪白的脖颈对着卫鞅。

“你说呢？”卫鞅没有想到会有如此一问，不禁笑了。

“那——我能叫你名字么？”

卫鞅喉头猛然一哽，想起了白雪的神情，闪念间又感到荧玉的无辜：“叫吧，随你了。”

“还是，先，叫你夫君好。”

“也可。”卫鞅笑笑，“好，再来一碗。你先去歇息。我要将这些批完。新都城即刻开工，要急用。”

“知道。不会扰你的。”荧玉一笑，却没有离开，“新都城在哪儿？能带我去看看么？”

“好吧。开春后新都启工，正好要去。”

“真好。”荧玉笑着起身，“那我先去了。”离开了书房，将门轻轻掩上。

天色微明，当庭院中传来仆人洒扫庭除的声音时，卫鞅才疲惫地离开书案，匆匆来到已经是花烛洞房的寝室。粗大的红烛依旧在风罩中摇曳，已经凝成了大块的泪结，偶尔弹起爆响的烛花。荧玉和衣倚在卧榻栏杆上睡着了，脸上是灿烂的笑容，眼角却有一丝细细的泪珠。

卫鞅怔怔地站立良久，不禁轻轻地叹息一声，拿过自己宽大的夹层斗篷，轻轻披在她身上。

五　洒满阳光的新都工地

二月仲春，一队人马出了栎阳，向西而来。

大地已经解冻，杨柳桑榆也已经冒出了鲜嫩的绿芽。官道上人车马川流不息，绝大部分都是向西去的。络绎不绝的牛车拉着粮食、草料、工具，后边尾随着身背各色包袱和各种工具的农夫。他们看见身后骑士簇拥的官人，纷纷驻足，兴奋议论：“哟，公主！知道么？”“那个，穿白衣的是大良造！”“大婚典见过，记得呢！”“国君！那个是国君！”一时间，官道上骚动起来，“公主万岁”的喊声响彻原野。

荧玉红着脸笑道：“我看还是下道，人太多，不好走。”

卫鞅道：“君上，下道也好，官道民夫劳作，太慢。”

“好，我等从河岸走。”秦孝公说完，马缰一提，冲上了官道旁的草地。一队人马拐上了渭水北岸的盐碱草滩。

正是冰雪融化春水浩荡的季节，渭水河道宽阔异常，泛蓝的波涛中隐隐可见晶莹洁白的浮冰。往年，渭水的开运时节是三月中浮冰完全消失的时候。眼下正是二月未完，河面上已经有了木排和货船。那些张着巨大白帆的货船，显然都是山东六国的商船。它们满帆劲划，悠悠西上，将黑帆木排一只又一只地抛在后面。黑帆大木排几乎无一例外的是秦人的货排，木排上堆满小山一样的白色石料，一队队纤夫在河边喊着粗犷的号子逆流而上。

“君上，石料是从蓝田采集，从灞水进入渭水西上的。”卫鞅指着河中木排，向秦孝公解说。

“春日开工，会不会妨碍春耕？”秦孝公问。

“不会。新都工地是三丁抽一，日工一钱，庶民都很踊跃，还要自带粮草。”

秦孝公大笑：“那不成大禹治水了？不行，粮草还是国府出。”

卫鞅笑道：“我变通了一下，自带粮草者如数抵去赋税，如此可免来回运输周折，老百姓也很高兴。各县吏员只管督导做工，粮草一点儿没费心。”

“好啊，秦人还是富了，春荒时节尚有余粮，谈何容易！”

荧玉笑问：“大良造啊，离新都还有多远？”

虽然是官称，荧玉却说得亲昵玩笑一般。卫鞅不禁笑道：“若放马驰骋，一个时辰可到。缓行踏勘，两个多时辰吧。”

“河里只见石料，木材从哪儿来？”荧玉又问。

“木材比石料好解决。陇西、陈仓、大散岭，都在渭水两岸，顺流放排，快捷便当。如若不够，还有南山林海。”

“大良造，”秦孝公似乎想起了什么，“我们的工师行么？城防、宫殿、街市，要摆布好谈何容易？秦国没有建过大都城啊。”

卫鞅笑了：“君上，如今我们的工师却是不愁了。其一，六国援助，尤其魏国最热心。”

“哎，日出西山不成？魏国援助秦国？”荧玉惊讶得合不拢嘴。

孝公大笑：“真傻！那是黄鼠狼拜鸡，想摸清我们新都的底细，能要么？”

“其二，六国大商人争相包揽，还有找景监重金贿赂于我者。”

“噢？他们没有所图？”荧玉似乎也明白了许多。

“自然有。新都给他一条街。”

秦孝公轻蔑笑道：“商之为奸，竟至于此也。”

“其三，墨家派相里勤下山，愿率一百名弟子做大工师，帮我建造秦都。”

秦孝公恍然大悟：“啊，墨子大师，好！原来大良造的宝押在此处！”

荧玉顽皮地一笑：“一说墨家，大哥准高兴。”秦孝公和卫鞅不禁同声大笑。

谈笑间遥遥可见一道高塬横在右手，西来的渭水河道拐了一个大弯，好像骤然被折断一般。

卫鞅手中马鞭遥指高塬道：“君上，当地庶民将这座山塬叫北阪跃[1]。北阪，可鸟瞰新都地貌。”

秦孝公笑道：“自当一看。”

卫鞅一挥手，马队驰上了高塬。众人立马遥望，顿感胸襟开阔。

高塬之上，仍然是平坦的土地伸向遥远的北方。渭水平原从北阪开始，形成第一道土塬，而后逐次向北方推进，一道塬高过一道塬，直到变成莽莽苍苍的高山密林，变成北地郡和上郡的山地高原。第一道跃

---

[1] 阪，战国秦人将山塬高坡称为“阪”，咸阳北阪后来成为著名的六国宫殿区。此称谓至今在日本保留，“大阪”即建在山塬高坡上的都市。古典游记如《水经注》等，常有“峻阪迂回”之说，皆出于秦时语汇。

起的北阪，在渭水北岸形成了一个向南面张开的巨大的弧形，渭水自西而来，在北阪脚下骤然折向东北，沿着北阪东流六十余里，又沿着北阪东塬折向东南，再骤然东折，一涌而入大河。雄峻的北阪好像一个巨人张开了双臂，将渭水揽进了怀抱。北阪塬根至渭水河道，是宽约三四十里的广阔谷地。秦国的新都就要建在这片东西六十余里、南北三四十里的谷地的中央地带。

秦孝公一看就明白，这片夹在北阪与渭水之间的广阔谷地，实在是关中平原的一块腹心险地。纵有强敌可以攻破东面的函谷关、武关或西面的大散关，进入关中腹心，这块依山面水纵深宽阔的谷地，也完全可以展开兵力凭险据守，至少可以从容不迫地向北阪撤退，进入北边的山塬地带再行周旋。而在目下，魏国还占据着函谷关天险和华山要塞，关中东面已无险可守的情势下，这块北阪谷地显得尤其重要。相比于栎阳的孤城一片四面平川，北阪之地简直就是四面要塞的金城汤池。

卫鞅笑道："阴阳家说，北阪乃兴秦圣地也。"

"噢？何以见得？"秦孝公大有兴致。

"君上请看，这巍巍北阪，乃天赐王座。这滔滔渭水，乃龙行于前。被山带河，南面而坐，正成王天下之大气象也。五德说以为，秦为水德，水性阴平，正应以法治国而大出于天下。渭水逶迤于王城，正应彰显水德之兆。佳水于前，北阪于后，正是聚合王气之形胜要地。"

秦孝公微笑："大良造也精通阴阳五行说？真信么？"

卫鞅低声笑道："民心即天心。庶民信之，君上难道不信么？"

秦孝公恍然大笑："好！与民同心。秦国当兴，如何不信？"

荧玉兴奋地问："新都有名字么？"

"还没有。正要请君上定名。"卫鞅肃然拱手。

秦孝公笑道："大良造定吧，其中许多讲究，我是不明白也。"

卫鞅马鞭对着河谷遥遥一圈："君上，你看这块平川坐北面南，处处向阳，一片大明大亮，就叫它咸阳如何？"

荧玉先拍掌笑道："咸阳，咸阳，都是太阳！好，二哥，这名字好！"

"还有甚讲究么？"秦孝公笑问。

"水德阴平，须得大阳之象补之，方可阴阳中和，气象久远。"

秦孝公点头大笑："好！让我秦国尽洒阳光，一片辉煌——就叫咸阳了！"

马队骑士顿时欢呼起来："咸阳！咸阳！大秦皇皇！"

从北阪进入工地的下坡路上，遥遥可见数十里方圆的平原上到处都是劳作的人群。北阪塬根处，各县民夫正在各自的居住区域挖土窑，熙熙攘攘，喧闹不断。北阪黄土厚实疏松，窑洞很容易挖，且又直立不倒。入住其中，非但冬暖夏凉，而且可以节省大量的帐篷，又不占施工场地，对于建筑都城这样的长期工程，真是天赐便利。平原上川流不息的人群，则主要是划分工区，堆放石料、木料和砖瓦。渭水岸边的河谷之中，是数十座烧制砖瓦石灰的火窑，浓烟滚滚，连绵十余里如狼烟烽火，分外壮观。荧玉看得大是惊讶兴奋，笑问："呀，千军万马，战场一般，谁来统率？"

卫鞅笑答："栎阳令王轼总领，墨家相里勤总工，领书景监总监。"

"五年能完工么？"秦孝公问。

"谋划六年，若无意外，不会延期。"

"魏国大梁的王宫建了几年？"

"五年，还得三五年吧。"

秦孝公不禁大笑："果真和魏国同时迁都，魏罃得气歪了嘴也。"

正当午时，在工地中心——未来的咸阳大殿地基处，由栎阳令王鞅主持，秦孝公祭拜天地，亲自挖开了第一块草地，将雍城宗庙的一抔黄土埋进了咸阳宫的基石下，祷告列祖列宗保佑秦国强盛。如同春耕大典一样，奠基大礼一完成，四野欢呼，整个工地轰轰然破土动工。

秦都咸阳的建造，就在这个风和日丽的春天开始了。

秦孝公卫鞅一行却没有在这片令人留恋的土地上停留，奠基大礼一毕，就马不停蹄地赶往陈仓。他们更加关注的是陈仓峡谷里的新军训练。

六　大峡谷里的神秘新军

车英受命训练新军已经整整一年了。

经过裁汰整编，秦国的新军只保留三万铁甲骑兵和两万重甲步卒。就其总数而言，只有秦国原来兵力的一小半。按照周礼，秦国在周平王初封诸侯时就是“千乘之国”的大诸侯，也就是说，其拥有的战车数量以千为单位计算，最多不许超过五千辆兵车。车战的全盛时期，恰逢春秋争霸的烽烟时代，秦穆公称霸时，秦国最多曾拥有兵车五千余辆，总兵力将近二十万，曾经威震中原。

在殷商和西周时期，兵车的配置为：车上甲士三人，车左、车右各一名主战甲士，御者一人驾驭战车，皆由贵族出身的壮士担任；车下步卒十人，称为“一什”，由平民与奴隶出身的军兵组成。那时候，车战甲士是军中骑士的最高等级，训练极为严格，非但要精通长戈大矛的搏击，而且要对短兵与射箭有很高技艺。除此而外，骑术、驾驭技能，经受剧烈颠簸而能挺立作战的体能技能，三人配合的默契等，无一不是车战成败的关键。

到了春秋时期，由于长期战争，兵车甲士大是短缺。同时，兵源也有了很大变化，兵车配置就形成了车上甲士减少，而车下步卒增多的普遍局面。秦国兵车与当时的山东诸侯在配置上大体相当，车上甲士减少为两人，一人主战，一人驾车；车下步卒扩大为二十到七十二人不等，编为五人一“伍”、五伍一“两”的战斗小单元；车下步卒由车上甲士指挥，车上甲士称为“两司马”。

按照如此规模配置，秦国在车战全盛时期的兵力大体是十余二十万人。这种车战机动性很差，非常容易分出胜负。两军各下战书之后，约定在相对平坦的山塬摆开大规模的方阵，一个冲锋，厮杀几个时辰，便胜负分明。所以春秋争霸的大战，从来没有过相互对峙的长期战争。天下闻名的晋楚城濮大战，主战场也才纠缠了一天时间。一战之后，失败的一方要重新打造数千上万辆兵车，并重新训练数以万计的车战甲士，当真是谈何容易。这是春秋时期“一战称霸”的根本原因。

一辆经得起高速驰骋、剧烈冲撞、崎岖泥泞、酷寒暴暑而不瘫痪的战车，需要上好的桑木做车体，硬度极高的木材做车轮，弹性硬度均为上乘的木材做战车大轴；要用韧厚的兽皮或牛皮包裹车轮，要用上好的铜铁皮包裹车辕车厢，要用矛头一般粗壮的铜柱铁柱做轴头；要购买、训练至少两匹能够配合奔驰的良马，更不说大型战车还要四马驾拉；要打造不同于寻常鞍辔的特殊马具，要打造战车专用的长戈和远程硬弓，要训练高超的驭手和车上甲士……凡此种种，使战车成为很难制造的古典重兵器。在春秋农耕时代，大约十户农人积两年的财力，方才能制造、供给一辆合格的战阵兵车。

到了春秋晚期与战国初期，战争更加频繁，战车的打造根本跟不上战争的消耗与需要。于是，大战频仍的中原诸侯率先变成了兵车与步兵分离、步兵可独立作战的“车步混同”兵制。晋平公时的大将魏舒对“车步混同”起到了开山作用。他率军疾行在狭窄山道时，恰遇戎狄骑兵的突然攻击，车战无法展开，便“毁车以为行”，将车上甲士和车下步卒紧急混编，每辆战车的二十五人组成一个步兵小方队，方队相连组成小方阵，据山步战，击退了戎狄袭击。从此便有了闻名天下的“魏氏步阵”。后来，魏国的名将吴起又将车上甲士训练为骑士，与步卒配合作战，便有了专门的骑兵。大耗财力人力，颇似威猛而战力脆弱的笨重兵车，便逐渐退出了中原大国的战争舞台。

秦国与中原诸侯，本来就有很大的“国情”差异。在进入中原成为诸侯之前，秦人部族在戎狄游牧部族间经年厮杀，本来就没有战车，只有清一色的马上骑士。正因为老秦人举族骑兵，当年才能驰驱千里，奔袭进犯镐京的戎狄匈奴骑兵，一举挽救了濒临灭亡的周王室。那时候，中原诸侯的战车面对狂飙飓风般的西域骑兵，跑又跑不过，打又没法打，如同一堆任人冲击宰割的板肉，没有一个诸侯国赶来勤王。

然则，秦人兵制却发生了一个“文明”的倒退。成为中原大诸侯之后，秦人决意成为王化之邦，抛弃了被中原人讥讽为“野战”的骑兵，开始按照《周礼》的规制“整肃”军制，取缔遣散骑兵，耐心细致地打造兵车，变成了中规中矩的“千乘之国”。到了战国初期，中原战车已经基本淘汰，可秦国还保留着大部分残破兵车。既无力裁汰更新，又面临魏国名将吴起准备灭秦的强大压力。秦国迫不得已大举征兵，一时兵力膨胀到将近三十万，几乎是男丁皆兵。然而这老战车、青铜骑兵和未经严格训练的新步兵相互混杂的三十万大军，被吴起率领五万精兵一举击溃。若非装备虽差但却骑术精良的五万老秦骑兵，秦国真要遭受灭顶之灾了。秦献公痛定思痛，将虚冗之兵全部归田，又回复到了十余万兵力的老规模。

秦孝公少年征战，自然熟知秦国军力军制的弊端。但是要彻底改变旧军制，训练出一支精锐新军，对于一个穷困诸侯国来说，无异于一个诱人的黄粱美梦。如今，力行变法，梦想成真，秦国开始训练自己的新军了，岂能不成为秦国朝野关注的大事？

过了郿县，渭水河道渐渐变窄变深，两岸青山已经遥遥对望。放马奔驰半个时辰，便过了老虢国。老虢国的背后有一片三五十里的山地，那是当年西周孝王封给秦人的第一片土地，不列入诸侯，只称为“附庸”，让秦部族居住在这里为王室养马。悠悠岁月，五六百年过去，这里的老虢国早已经变成了秦国本土，那片古老的“附庸”山地，也已经成了寻常的乡野。在这片乡野西边，是嵯峨险峻的陈仓河谷，那里有一片小小的庄园，永远烙在他的心头……极目望去，秦孝公不禁感慨万端。

“君上，陈仓峡谷就在前面了。”卫鞅马鞭一指，高声提醒。

秦孝公恍然抬头，但见数里之外两座高山耸立，一条小河如银线般隐隐穿出两山中间。山色苍黄泛绿，春风浩荡呼啸，一片荒僻无人的景象，不禁问道：“山后便是营地么？”

“正是。”

“好地方！有山有水有草，走！”

马队急风暴雨般向大峡谷卷去。

车英觉得自己的担子太重了，颇有受命于危难之际的沉重压力。

在车英看来，按照秦国执掌兵权的传统，统率新军的应该是嬴虔。可嬴虔自从受到劓刑后封堵府门，不与任何人来往，更不参与国事，连国君的几次探访都被他拒之门外，还能为国效力么？当大良造奏请国君任命他为新军统领时，车英深深地感动了。

四百多年前，子车氏一族本是戎狄部族中与秦人结好通婚的大骆族，后来归入秦嬴部族，到秦穆公时已经成为功勋卓著的老秦部族。可是，由于子车氏三位著名的将领奄息、仲行、针虎被秦穆公“强令”

殉葬，子车氏部族被深深刺伤，脱离秦国远遁西域。历经一百余年，车英所在的仲行一部又辗转回到了秦国故土。这时候，子车氏功勋贵族的地位已经不复存在了。他们隐名埋姓，开始了与秦国无数庶民一样的农耕军旅生涯。不期上天有眼，让车英在栎阳国府前巧遇国君，子车氏又鱼跃而起，在西陲狄道大血战后全族迁回关中，恢复了老秦部族的荣誉与活力。车英虽然是子车氏一族的后起之秀，但诚实地说，军功尚少，当初做嬴虔的前军主将和后来做卫鞅的护法尉，除了他的军旅才华、忠诚品行与奇计功劳，自然还有着朝野君臣对子车氏的怀念与歉疚在起作用。如果说，那是一种多少带有回报色彩的晋升，那么让他统率新军训练，则是实实在在的重任寄托。秦国再也不是靠世袭功劳过日子的时候了，没有才能，没有自己的功劳，就没有任何家族的荣耀与个人的光芒。在这种大争之世，车英能够拥有如此重要的功业机遇，如何能不激动感奋？

车英完全摆脱了老旧车战的路子，凭着他的兵家天赋与军旅磨炼，开始了一丝不苟的新军立制与严酷的实战训练。

第一件事，车英在景监协助下，三个月内就完成了遴选将士、裁汰旧军的繁重任务。卫鞅向他们交代的方略是“裁旧编新，双管齐下”，以求最快地完成新旧交替，防止战事突然爆发。车英带着十名军吏，马不停蹄地跑遍了秦国所有的军营，一个个地挑选出两万余名官兵，又妥善接受了所有可用的军器辎重。其余的七万余名秦国老军，则全部交给景监去安置。如此安排，在极短的三个月时间内，使一支新军胚胎初步形成，完成了从旧军的蜕变。这是山东六国根本无法想象的。

第二件事，从各县青壮中一举招募了两万多新兵。因为军功激励，应征者踊跃而来，大大超出所需数额。面对从军人潮，车英报卫鞅批准，定了两条军法：一、只招家有三丁以上者入伍，独生子、二子者纵然本领过人，也不招收。二、以魏国“武卒”的标准严格考选。

当时天下最著名的步兵，就是吴起时代训练出来的“魏武卒”。标准是：身穿三层铠甲，头戴铁盔，腰佩阔身短剑，身背二十石强弩并带箭五十支，肩扛长矛一支，背三天干粮，日行一百里后尚能保持战力。单以甲胄与随身携带物事的重量论，大约也有五六十斤，更兼甲胄兵器皆是累赘长大之物，在全身挂满的情况下要健步如飞地日行百里，还要随时有剩余体力迎战，谈何容易。对于未经训练的壮丁，这是根本不可能办到的。车英的变通办法是：只考校体力与意志，凡能按以上要求披挂，日行一百里者就合格，不要求保持战力。如此一来，纵然秦国乃久负盛名的尚武之邦，也堪堪只选了两万名合格者。

第三件事，更新装备。战国时代的新军，主要标志是精铁的应用程度。铁骑、铁甲、铁兵器，都要上好的精铁打造，才能对铜兵器保持绝对优势。当时天下铁山主要在韩国，所以韩国虽小，却有“劲韩”之名。秦国铁材匮乏，按照原来的十余万兵力计，秦国尚不可能建立一支“铁军”。然则兵力精简为五万，加上变法以来从山东各国流入秦国的铁材，却也可以勉力应付。卫鞅下令，除了农具，所有能够搜集到的铁器铁材一律上缴官署，全数交给车英的工器辎重营。一时间，秦国民间三户用一把菜刀，富裕人家仅有的牛车上的铁轮毂和宗庙的铁香炉，以及旧军遗留的少量铁兵器，都一起进了陈仓峡谷的兵器坊。车英派一名得力副将，专司监造兵器、甲胄、马具。一年之间，峡谷中烟火彻夜不熄，皮囊鼓风恍若沉雷，叮当锤锻几乎淹没了刁斗之声。

诸事就绪后，车英才开始了真正的组军训练。

开端一把火，车英首先在军中遴选了一批年轻将领。依秦国军制爵位，伍长什长通常是最低级的“公士”爵位，“两长”（五伍一两，二十五人）通常为第二级“造士”爵位，百夫长一般是第三级“簪袅”

爵位，这些都不能算军中将领。称“将”者，最低为千夫长，爵位通常是第四级“不更”，或是第五级“大夫”。

车战淘汰后，骑兵和步兵中的千人队乃战场厮杀的基本单元。千夫长就是军中最基层最中坚的将领层，他们通常都必须是四十岁以下的壮年或杰出青年。在千夫长这个将领阶层，几乎没有“老将”之说。战国军制，千夫长可以有大书姓氏的将旗号令，而千夫长以下的百夫长则不能有标名战旗。一国军队战力的强弱，很大程度上取决于千夫长层的战术素质与胆略气质。因为即或是小型战场，千夫长也是冲锋陷阵的最直接指挥者。后来的《尉缭子兵法》云“千人被刃，擒敌杀将。万人被刃，纵横天下”，说的也正是千人队作为基本单元的直接战斗作用。

车英起自行伍，也做过战车兵中等同于千夫长的“百车将”，自然深知千夫长的重要，所以他的遴选重点是千夫长人选。三万骑兵需要三十名千夫长，两万步兵需要二十名千夫长，全部新军便是五十名千夫长。按照数字，秦军中原来的千夫长有一百多名。但由于战事频仍，来不及及时吐纳裁汰，所以大部分千夫长都已经成了四十岁以上的“老将”，许多还是没有爵位且永远不能再晋升的奴隶出身的“老将”。开始从旧军遴选官兵时，车英反复筛选，只留下了二十多个身经百战的青年千夫长，还差一半有余要从新军中选拔。

车英的办法是，打破身份，唯才是举。秦国新法虽然已经消除了军中的身份天堑，军兵之间不再有贵族甲士和永远只能做行伍老卒的“隶兵”之分。但来自贵族、平民、新自由民三种家族的将士之间的偏见隔阂，毕竟不是短时期能消除的。车英要做的打破身份，就是打破这种偏见，尤其要消除贵族平民官兵对新自由民子弟的蔑视。要做到这一点，仅仅靠说辞不行，最扎实的办法就是比试本领，唯才是举。

千夫长的职位不需要精通兵书战策，甚至不识字也无妨，所需要的最重要素质，是出色地组织指挥小型实战的本领和出类拔萃的个人厮杀功夫。车英命军吏在隐秘地带用泥土做了一个十亩地大的“河西山川”，再用山石封闭。之后便将在个人拼杀中过关的二百名壮士，带到缩小了的“河西山川”前，逐一地教每个人单独走进“河西山川”，在全军十六名大将面前完成两项军考——辨认山川方向，立即说出最有利的攻防地形。这一考校，一次便淘汰了一百五十多人，只留下了四十余人。一个二十多岁、精干瘦削的年轻人引起了车英的注意，他不但一口气说清了方向和攻防地形，而且全部说准了地名。地名本来不要求说出的，因为新军中绝大部分将士还没到过河西地带。

“你，报上名字。”

“禀报将军，我叫山甲！”青年昂首挺胸，高声回答。

“何方人氏？”

“商於大山！”

“你如此年轻，到过河西？”

“禀报将军，我五岁跟随爷爷采药谋生，到过秦国每一座山，每一条水流。”

“何时从军？”

“左庶长变法开始那年，我十五岁！”

车英惊讶，变法开始以来可是严禁招收少年入伍的呀。这时，一个军吏走到车英面前附耳低语了几句，车英不禁大笑：“啊，你是栎阳南市那个徙木少年？”

“禀报将军，正是！”

“你，为何叫了如此一个名字？”车英颇感兴趣地微笑。

“禀报将军，我爷爷是药农，给我取名穿山甲，从军时说不雅，改的！”

“穿山甲？那你一定有山中本领了？”

“禀报将军，我在山林中永不迷路，三天不吃，爬山可追野兔，攀高能抓野鸟！”

“力气呢？”

山甲脸微微一红，高声道：“禀报将军，只能活擒野狼，虎豹可能不行。”

“剑术厮杀？”

“禀报将军，军中比武只得了第六，不好。”

车英高兴地大笑起来：“噢，几万人得了第六，还不好啊？”

在确定千夫长时，二十余岁的山甲成为新军中最年轻的千夫长。山甲是居无定所、无田无产的“药隶”子弟，又那样年轻，按照军中传统，做个百夫长已算非常破格了。车英大胆起用山甲为步卒千夫长，一举打破了对新自由民兵士的歧视偏见。新兵们奔走相告，群情振奋，人人都看到了立功受爵的希望。

千夫长选拔结束，车英在中军大帐举行了第一次聚将会议。全军千夫长以上六十余名将领济济一堂，分外整肃。

车英肃然道：“诸位将军，新军训练即将开始，我要正告诸位的第一件大事，就是职爵暂分。秦国新法，无立战功者不得授爵。新军将领中，有二十六位千夫长乃白身之将，没有任何爵位。还有新近晋升的骑步三军主将共八人没有加爵，仍是原来的低爵。本将军自受命统率新军以来，也是原来的第八级‘公乘’爵，没有加爵。为维护新法，本将军决意在新军实行职爵暂时分离，没有战事，没有斩首立功之前，不向国府报功。无爵低爵之将领，一律待到斩首立功之时以功定爵！诸位以为如何？”

帐中将领异口同声：“斩首受爵，我等心服！”

“好！”车英霍然站起，“距明年开春，我军只有八个月时间。八个月里，新军要训练成一支所向无敌的精锐之师！新军面对的第一个强敌，就是魏国的河西守军。秦国新军的每一名官兵，都要成为能够战胜名震天下的魏武卒的锐士。不收复河西之地，是秦国的耻辱，是新军的耻辱！诸位将军务必激励将士，精诚互助，奋发练兵，枕戈待旦，雪我国耻！”

全帐激昂齐吼：“奋发练兵！枕戈待旦！雪我国耻！”

倏忽之间，大峡谷中已经是冰雪消融流水淙淙满山泛绿春意盎然了。经过酷暑严冬一天也没有中止的严酷训练，这支新军已经成了一支名副其实的铁军。骑兵是清一色的铁甲长剑，非但马具马蹄，连马头上也披挂上了铁皮面具。步兵则分成了三个兵群：五千强弩手，清一色的二十石以上的强弓硬弩；五千长矛手，清一色的铁杆长矛，外加一支精铁短剑；一万主战步兵，人手一口重达八斤的厚背宽刃大刀，一张硬木包裹铁皮的三尺盾牌。兵士铠甲也全部换过，骑士为双层铁甲，红缨头盔。步兵为三层铁甲，铁枪无缨头盔。全军分为左中右三军，骑步混编，能够各自为战。左军骑兵八千，步兵五千；右军骑兵八千，步兵五千；中军骑兵一万四千，步兵一万。另有一万名由战车兵改制的辎重兵，专门护送粮草物资。

今天是新军大演的日子，五万将士将在这隐秘广阔的大峡谷演练一场惊心动魄的攻防战。全副戎装的车英刚刚走上中央将台，一骑飞马台前：“报！国君、大良造、公主驾到！被山甲将军挡在营门之外！”

车英霍然起立：“三军主将随我出迎！”

峡谷寨口，正是步兵千夫长山甲总哨。当秦孝公一行驰马来到时，山甲当道高呼：“来者何人？军营重地，不得驰马！”

前行护卫骑将高喝：“国君驾到！打开寨门！”

“军营大演，不得擅入！容末将通报主将定夺！”

护卫骑将怒喝：“岂有此理？打开寨门，迎国君入营！”

山甲气昂昂道：“三军法度，唯将令是从。末将不知有国君！”

护卫骑士尽皆变色，怒目相向。秦孝公却是笑了：“少安毋躁，整肃待命。”便与卫鞅、荧玉下马，在营门三丈之外等待。

片刻之间，峡谷寨门内烟尘大起，车英率领三军主将和三辆接驾兵车隆隆驰来。车英在营门飞身下马，深深一躬：“臣车英参见君上！恕臣甲胄在身，不能全礼。”秦孝公大步上前扶住车英，端详感慨：“车英啊，一年不见，黑瘦若此，胡须也留起来了！”车英高声道：“臣谢过君上！参见大良造！参见公主！”卫鞅笑道：“车英啊，士别三日，刮目相看也。君上要看者，可不是门面呵。”车英肃然拱手：“敢请君上与大良造、公主登车入营！”

秦孝公三人分别登上兵车，车英此间匆匆向左军主将叮咛几句便飞身上马，率领众将夹护在三辆兵车两旁隆隆驶入军营。来到空荡荡的中军幕府，秦孝公颇为惊讶，车英赳赳禀报：“禀报君上，今日大演，军吏全部出动。君上请稍事歇息，军务容臣大演结束再行禀报！”秦孝公对卫鞅笑道：“如此好事，我等待在帐里做甚？”卫鞅道：“车英将军，先请君上视察大演。”

“遵命！请君上、大良造换马！”

“哎哎，车英将军，我也要看。”荧玉急得涨红了脸。

车英看看秦孝公，秦孝公却望着远处微笑，卫鞅点点头：“教公主去。”

军吏牵来三匹战马，秦孝公手搭马鞍，轻捷熟练地翻身上马。卫鞅看看荧玉没有动，似乎拿不定主意该不该扶她一把。荧玉却向卫鞅嫣然一笑，左手一搂红色长裙，右手一搭马鞍，一团火焰般飞到了马背上。

卫鞅一点头，马队便向大峡谷深处的校场飞去。

新军校场非常特殊，就面积而言，它几乎就是整个宽阔深邃的大峡谷，远远超出任何一个都城或寻常军营的操演场地。就地形而言，它有河流，有沟坎，有山包，甚至还有烂泥塘，远远不像寻常校场那样平坦。峡谷中的小河将校场中分为二，将台坐落在东面高高的山坡上。五万新军已经在广阔的峡谷里集结成方阵等待。秦孝公和卫鞅、荧玉并车英等将领登上将台后，被眼前威武雄壮的军容顿时激动了。

遥遥鸟瞰，全部大军列成左中右三个大阵，每大阵均有步骑两个方阵。六个方阵有序分列，骑士与战马全数戴着黑色的甲胄面具，步兵的盾牌短刀和强弩长矛仿佛一道冰冷的铁壁森森闪光。旌旗飘摇，剑光闪烁，五万大军静如山岳，清一色的黑森森的面孔，没有任何杂乱声息。久经战阵的秦孝公与颇通兵法的卫鞅一看就明白，仅仅凭纹丝不动地屹立于山风之中这一点，就决然不是寻常军旅能做到的。

车英高声宣布："三军将士们，国君、大良造、公主视察新军来了！全军将士卸下面甲，致礼欢呼！"

峡谷中响起整齐清脆的铿锵振音，骑士步卒全部揭开铁皮面甲，骤然现出大片明亮的面孔，随之而起的是排山倒海般的欢呼："国君万岁！""大良造万岁！""公主万岁！"

秦孝公与卫鞅肃穆地向场中山呼海啸般的方阵招手。荧玉兴奋激动起来，挥动红色长袖，频频向将士们致意。卫鞅低声对车英道："先大演，完毕后请君上训示。"车英点头，待欢呼声平息，高声发令："三军主将归制，大演开始！"

将台上的将军们轰然齐应："遵命！"转身上马，飞驰下山，各自归入左中右三军大旗下。车英向秦孝公拱手高声道："君上，臣要归制大演，恕臣不能奉陪。"孝公一点头，车英上马间却又回头，"大良造，请注意中军步兵黑白战旗。”便飞马而去。

最高山头的三名司旗军吏，各执一面大旗肃然站立，眼见车英回归中军主将的大纛旗下，中间司旗军吏立时高高举起黑色红带的大旗猛然甩下，山头的三十面牛皮大鼓以行进节奏“咚——咚——咚——”整齐响起。闻鼓而进，鸣金而退，这是冷兵器军队的基本法度。但听大鼓雷鸣，左右两军主将的大旗一摆，两个方阵立即向南北方向疾驰，骑兵走河东，步兵走河西，盏茶之间消失在大峡谷中。留在原地的中军旗帜翻动，交叉飞驰，片刻之间散开阵形，布成了一个两翼骑兵中央步兵的大阵。

高台上，秦孝公问：“大良造以为，将如何演练？”

“大约是左右两军夹攻中军吧。”卫鞅微笑。

“新军真了不得也。”荧玉兴奋插话。

卫鞅淡淡一笑：“别急，得看完再说。”

孝公慨然一叹：“是也，战场最能识别真假，谁也骗不了谁。”

山头上大旗飞扬，三十面大鼓震天动地地轰鸣起来，这是正式进攻的第一通战鼓。初闻鼓声，便见南北两面的峡谷中尘土大起，旗帜翻飞，两军骑兵以排山倒海的气势向峡谷中央冲锋而来。排成方阵的步兵在山根突然出现，从侧翼迂回进攻。南北两军的步兵骑兵各攻两个方向，中军即是四面受攻，且左右两军的总兵力近三万之众，而中军只有两万，显然处于劣势。此时但见中军大旗招展，两翼骑兵狂风暴雨般压向距离较远的两军步兵方阵，中军自己的步兵方阵则急速变换，瞬间变成了一个大大的圆阵，外围是三千名强弩弓箭手，内阵是纵深六层的甲士。

中军的步兵阵形在将台山下的旷野，台上看得分外清楚。左右两军的骑兵是一万六千，中军的步兵是一万八千。按照战国步骑作战的传统，骑兵可冲击、战胜三倍于自己的步兵，若兵力相差无几，铁甲骑兵战胜无疑。秦孝公本是骑兵将领，不禁为中军步兵大为担心，对卫鞅急切道："能支撑半个时辰足矣！"卫鞅激动拊掌："车英这个难题选得好。君上快看！"

但见中军外围的强弩疾箭如雨，四面原野上的铁甲骑士纷纷"中箭落马"。但不容强弩手装上第二轮长箭，铁甲战马已四面呼啸着卷入步兵阵地。顷刻之间，但见强弩弓箭手立即变成了右刀左盾、以"伍"为战的攻防单元。纵深步兵则一刀一矛两人一组，与骑兵展开了激烈搏杀。车英作为中军主将，并没有率领骑兵冲锋，而是坐镇步兵阵地的中央，亲自指挥步战。左右两军骑兵的目标是突破中央，力擒中军主将结束战事。战国军法通例："三军大战，若大将死，从吏五百人以上不能死敌者，斩！大将左右近卒在阵中者，皆斩！其余士卒有军功者，夺一级。无军功者，戍三年……"[1]也就是说，主将战死或被俘，全军重罚受辱：凡领兵五百名以上的军官全部斩首，主将周围的护卫军兵全部斩首，即或部分将士立功，也要受降一级的惩罚。可见大将危难就是全军危难，大将死伤或被俘，自然也是最大的战败。唯其如此，车英作为中军主将坐镇步兵对抗骑兵的最危险的中央阵地，对中军步兵可谓最严酷的考验。

"车英有胆略，大大激励士气。"秦孝公赞叹。

"亲阵探索步骑之战，颇有见识。"卫鞅点头。

"快看。步兵不行了！"荧玉锐声叫喊。

此时只见步兵大阵已经被骑兵撕开了五六道缺口，几次猛冲中军主将的土台方阵。车英的将台四周是一个千人队布成的圆阵，千夫长

[1] 见《尉缭子·兵令下二十四》。

的将旗是黑旗白带，中间大书一个“山”字。面对汹涌的铁甲骑士，那面“山”字大旗像黑色的闪电，在各个缺口来回翻飞。一个瘦削的黑色身影不断地愤怒吼叫：“长矛刺人！短刀砍马！”“缺口两改五！快！”在他的奔跑指挥补救下，一个个缺口重新合拢。

但就在这时，一队骑兵突破外围纵深，卷起巨大的尘暴席卷而来，眼看就要一举突破中央将台。当此之时，只见“山”字大旗在尘暴烟雾中骤然迎风一抖，一声狼嗥般的长吼响彻山谷。随着狼嗥之声，将台千人队像暴风一般，卷集到骑队正面约半里宽的沟壑地带。一阵闪亮，每个步卒手中都骤然出现一支怪异的木槌！步卒们丢掉盾牌，右手木棰，左手大刀，吼叫着扑向马队之中，将马队三三两两地分割围困，杀在一起。仔细看去，这木槌长约三尺，细身大头，专门砸向戴着铁甲面具的马头。步卒们欺身马前，左刀隔挡骑士长剑的同时，右手木槌便对准正好发力的马头猛然一击。马头面甲对于寻常刀剑，确实有良好的防御功效。但对这猛力砸来的大头木槌，却极是忌惮。但闻“嘭嗵”之声，一旦砸中马头铁甲，战马无不嘶鸣倒退。纵有神骏战马堪堪躲过，另一面的大头木槌又纵跃跟进，立即从另一方向猛烈打来。这种奇异的兵器，奇异的打法，令骑兵防不胜防，反复躲闪，马上骑士的砍杀战力自然大大减弱。前仆后继的大头木槌与铁甲骑士反复纠缠两个时辰，左右两军的骑兵始终不能击溃兵力相当的步兵大阵。

秦孝公三人看得激动不已，却听得山头大锣轰鸣，大演收兵。

车英一身泥汗飞马将台，片刻间三军集结。清点战场的军吏飞马来报：“禀报将军：左右两军与中军伤亡相当！中军阵地未被攻破，左右两军未被击溃，胜负难定！”

“请君上、大良造评点训示！”车英汗透铁甲，依然赳赳雄风。

“将士劳累，待后再评点不迟，大良造以为如何？”

卫鞅拱手道："评点可后，请君上训示三军，激励士气。"

秦孝公摇头微笑："大良造乃国家上将军，理当训示将士。我到幕府再说。"

车英转身面对峡谷大军："请大良造，训示三军——"

卫鞅不再推辞，高冠带剑走上土台，一领白色披风随风抖动："新军将士们，秦国变法十余年了，你们是变法诞生的新军锐士。经年训练，将士同心，你们创出了异乎寻常的新战法，必将成为纵横天下、雪我国耻的精锐之师！中原战国亡秦之心不死，秦国在夹缝中赢得的时日无多，一场大战迫在眉睫。新军将士，你们建功立业的机会，就要到了！"

全场高呼："雪我国耻！建功立业！"

车英深深一躬："君上、大良造，车英请求公主抚慰三军将士。"

秦孝公爽朗大笑："大良造，你说？军中尽皆男子汉。"

卫鞅向荧玉微笑点头："夫人，红颜一语，可抵千军也。"

荧玉脸上泛起激动的红潮，向卫鞅投去热烈的一瞥，缓缓走上高台，红色的斗篷一团火焰般在燃烧。车英令旗挥下："公主抚慰三军。"大军屏息，峡谷中一片寂静，唯闻战旗猎猎之声。

面对这遍野翻卷的猎猎战旗，面对这黑色山岳般的万千骑士，荧玉心头怦怦大跳了。她蓦然想起跟随景监出使山东六国时看到对秦国的种种蔑视，不禁热泪盈眶："新军将士们，你们都是秦国的勇士，都是秦国父老的好男儿。秦国民众的土地、房屋、牛羊，你们的妻子儿女，你们从变法中得到的自由之身和宝贵土地，都要靠你们手中的刀矛剑盾去保护。你们是秦国真正的长城，是护法的铁军！你们要保住这个国家，保住你们的家园……你们的父母与妻子儿女挂怀你们，期盼你们杀敌立功，光耀门庭。你们的汗水、泪水、鲜血，将伴随你们的荣誉和爵位，永远铭刻在你们家族的石坊之上！家人不能来看望你们，我要为你们唱一首秦地民谣，当做你们父母妻儿对你们立功报国的期盼之心。”

悠悠歌声如丝飘荡，那是每一个秦人都熟悉的美丽情歌，五万官兵的泪水顿时溢满了眼眶。

蒹葭苍苍　白露为霜
所谓伊人　在水一方
溯洄从之　道阻且长
溯游从之　宛在水中央
……

歌声落定，峡谷中刀剑齐举，骤然爆发出雷鸣般的吼声：“保卫家园！光耀门庭！”“为国效命！舍生忘死！”“公主万岁！”

卫鞅被荧玉深深感动了，不禁深情地看了她一眼：“夫人……”

骤然之间，荧玉肩膀一抖，大袖遮住了脸庞。

是夜，秦孝公与卫鞅在中军大帐听车英详细禀报了一年来的新军训练。孝公起自军旅，对新军战法和兵器改制逐一详加询问，感慨不已。但他最感兴趣的还是两件兵器：一是对骑兵的阔身短剑改为窄身长剑，二就是那怪异威猛的大头硬木槌。

秦孝公本来是骑兵将领，又是秦军中的铁鹰剑士，自然熟知天下骑兵的用剑都是阔身短剑——剑身四寸宽二尺长，加上剑格护手，也就是二尺五六寸长短。如今秦军骑士的用剑变窄，宽为不到三寸，长度却加长了八寸，连剑格在内三尺有余。“我来试试。”孝公拿过一把骑士长剑掂了掂，比自己的阔身长剑轻了许多。“好使么？”他笑了笑，似乎不太踏实。

“君上，帐外有木桩，可以试手。”车英看出孝公心思，立即提议。

“好，试试手。”孝公提着长剑走到中军大帐外，车英指着几根三四尺高的木桩道：“君上，这是试剑桩，请君上一试。”孝公见那木桩高度与骑兵对步卒的高度相类，不禁赞叹车英的训练细致，猜测这试剑桩肯定是为检验工师交来的剑器而立的。他站稳马步，长剑斜举过头，猛然向木桩挥下，只听“咔嚓”一声大响，剑身陷入木桩半尺有余，却没有劈开木桩。“噫”的一声惊诧，秦孝公不禁疑惑沉默。他的佩剑也是长剑，只是宽了一寸，是阔身长剑。难道窄了一寸多，力道与锋利程度就如此大减？依他的剑术造诣，若使用自己的阔身长剑，一剑劈开这三尺木桩当不是难事。依照目下这剑的效果，骑士砍杀会有威力么？

“君上，这窄身长剑是我琢磨出来的，轻便趁手，只是须得训练劈杀手法。臣是教一千骑兵先行训练，确有威力，才配置全军的。君上且看，当是这样——”车英拔剑做了一个大斜劈的动作，一剑挥下，另一根三尺木桩已经“咔嚓”一声迎刃开为两半。“噢！”秦孝公不禁惊讶地笑了。车英也是少年成名的铁鹰剑士，论剑术自与孝公相当，然则一剑轻挥，竟能将三尺木桩从中间一劈到底，可见这窄身长剑确实威力不小。轻而锋锐，对于骑兵自然是大大的好事，同等体力之下，可挥舞劈杀的次数可能大大增加，这在战场上的作用就可想而知了。

经过三个骑兵千夫长的演练，秦孝公已经看出了劈杀诀窍。他再次挥剑，凌空一剑将粗大的三尺木桩劈开挑起，犹自觉得力道未尽，不禁哈哈大笑：“好，改得好！也给我配一把。”场边的将领们不禁高声喝彩起来。孝公意犹未尽，兴致勃勃道：“大良造，试试，好用得很！”

卫鞅本是名门名士，对剑术自然也是颇有造诣，然却是独身搏击的路数，讲究灵动点刺，与马战剑术的注重劈杀有许多不同。他上前拿起一支窄身长剑，试试觉得颇为顺手，一剑劈下，却只是将三尺木桩堪堪劈开了一半，剑身夹在木桩中已不能动弹了，不禁摇头笑道：“看来呀，不能斩首立功了。”惹得众人大笑起来。

进得大帐，秦孝公振奋有加，又兴致勃勃地问到大头木槌的奥秘。

车英略有尴尬地笑了：“君上，这大头木槌，我也不知山甲何时闹的。他在山野与野兽多有搏斗，曾说过他将硬木削成的大头木槌随身隐藏，威力极大。没承想他的千人队竟然人人一把，我也惊讶，不知他何时赶造。今日看来，却是威力不凡。方才，他还在帐外为私用兵器请罪。大良造，我请你注意的就是他，二十余岁，你应当认识他。”

“我？认识这个千夫长？”卫鞅惊讶。

“想想，栎阳南市，徙木立信。”

“啊——莫非他是那个徙木少年？！”

“对呀！没错！现下是新军最年轻的千夫长。”

卫鞅感慨中来：“难得呀难得，异数也。一个药隶少年成了军中将领，那时候谁敢想哪！”

孝公笑道：“大良造，你这变法可不知要多少人新生，感慨不完也。”

突然，峡谷中马蹄声疾，车英习惯地霍然转身，正待发令，听得马蹄声已到帐外，卫士高声禀报：“大良造府领书景监到！”三人不禁一惊。

景监匆匆走进一躬：“君上、大良造，斥候星夜急报，山东有变！”

“噢？快讲。”秦孝公和卫鞅已经同时站起。

“一是楚国联络中原，图谋攻秦。二是三晋龃龉，魏国正在秘密准备吞灭赵国韩国。三是齐燕结盟，企图迫我秦国割地！”

秦孝公和卫鞅相互对视，半日沉默，突然，两人同声大笑起来。

第十一章　天算六国

一　神秘天象逼出了楚宣王的妙策

楚宣王芈良夫烦闷极了，一日数次问侍臣："江乙大夫回来没有啦？"中大夫江乙到魏国齐国去了。他是楚宣王的密使，已经派出去三个月了还没有回音，楚宣王如何不着急？六国逢泽会盟后，庄严的誓言与盟约都莫名其妙地瓦解了，非但合兵攻秦做了泥牛入海，连瓜分小国都无法兑现。按照芈良夫原先的盘算，灭秦之心除了齐国，哪国都比楚国猴急。所以他回到郢都后稳如泰山，既不整训兵马，也不积极联络，只是派出了三名得力干员潜入武关探听秦国动静，准备坐收渔利。

芈良夫素来自负，觉得自己是历代楚王中最英明的一个，远远胜过先祖。他们打打杀杀地折腾了几百年，楚国还是楚国，中原还是中原，楚国连淮水都不能越过。只有他运筹帷幄，兵不血刃，就以天下第二强国的身份参与了六国会盟，而且将毫不费力地拿到几百里土地，将楚国一举推进到大河南北。这种功业谁堪比拟？楚庄王一鸣惊人，用十几万具尸体换回来的也不过是三几年霸主、数百里土地而已。父亲楚悼王殚精竭虑，任用吴起变法，牺牲朝局稳定换来强兵富国，也不过是个中原不敢来犯的格局，又能如何？芈良夫经常为先祖们的蠢笨感到滑稽可笑，觉得他们实在是错失了诸多好机会，不够大国王者的风范。芈良夫应对天下的策略是：不做老大，只做老二；不图虚名，唯求实利。谁做战国老大，谁就是众矢之的，谁就得付出十倍百倍的精力国力，去面对所有想算计你蚕食你削弱你吃掉你的天下诸侯，实在是坐在燎炉一般。如此傻事，楚国能做么？坐定老二，则可左右逢源。老大有的好处，老二必定不能少，老大有的风险，老二却大体没有，甚至在必要的时候可以借天下众力挟制老大，得到比老大更多的好处。

天下纷争，鹿走无主。那些庸常的君王仅仅注目于肥鹿而无法顾及左右，他们如何能像芈良夫，看得如此深彻？

芈良夫很是为自己自豪了一阵子。他对大臣们说，他的大策是从老子那儿来的："老子，老子你等知道么？我大楚国的圣人啦！你等都给我好好读《老子》，每人一百遍。读完了，才有议论国事的资格。知道啦？"从那儿以后，吟诵《老子》的悠扬声音弥漫了宫廷内外，君臣议事，老子的典籍也频繁出现，"不尚贤，为无为"，"夫唯不争，故天下莫能与之争"，"战战兢兢，如履薄冰"，"治大国若烹小鲜"，等等，成了终日嗡嗡哼哼的朝堂乐章。

有一天，芈良夫和三名宫女狎玩，被一个老臣撞上，给他大诵了一段佶屈聱牙的东西来劝谏："归根曰静，是谓复命。复命曰常，知常曰明。不知常，妄作凶。知常容，容乃公。公乃全，全乃天，天乃道，道乃久。没身不殆。"芈良夫听得云遮雾罩："你？你念的什么东西？啁啾鸟语啦！"老臣愤然亢声："我王，这是《老子》教诲，何能是啁啾鸟语？莫要污了圣人啊！"芈良夫大为狼狈，从来没认真读过一遍《老子》的他，如何知道这是老子？不由得恼羞成怒，大喝一声："你读的不是地方啦！女人面前，读《老子》圣典，玷污圣人啦！”

从此，宫廷中吟诵《老子》的哼哼嗡嗡，戛然而止了。楚宣王肥大的身躯旁永远蜷伏着两个艳丽的侍女，谁敢玷污圣人？

倏忽十年，楚宣王越来越觉得窝囊。坐收渔利没得成，想吞几个虾米小国，却受到魏国齐国的威胁，只好不情愿地缩回了手脚。“天下老二”做得没人理睬，连自己都觉得大是乏味。做国王二十多年了，《老子》大策迟迟不得伸展。全部心志，原本都倾注在六国会盟所能捞到的实利和名位上，如今竟成了竹篮打水，颜面何存啦？虽然他还是那么豁达，心事却越来越重，本来就肥硕的身子，也就更加肥硕，如同楚国水田里的老水牛，整日呼哧呼哧地大喘息，分不清是热的还是累的。

几个月前的一日，芈良夫苦思无计，压在打扇的侍女身上睡着了。朦胧之中，忽然心动，顿觉灵光一闪，一个奇妙的主意浮上心头。仔细琢磨，大是得意，愈发觉得这是天意，是振兴“天下老二”威风的一道奇策。不禁拍着侍女的细软腰身哈哈大笑，吩咐内侍立即将中大夫江乙宣来，密商了整整一天。第二天，江乙就辚辚北上了。

江乙的秘密使命，是寻找两个天下闻名的星象家甘德和石申。

甘德、石申是两个神秘的灵慧隐士，却与巫师占卜、阴阳五行、堪舆之术等神秘流派丝毫无染。他们是“究天人之际”的渊深学派，是上天隐藏在尘世的眼睛，也是人世体察天机的异能之士。在春秋战国，以“天”为直接对象的学派有两个，一个叫“占候家”，一个叫“星象家”。占候，是以天地气象的变化预测人间祸福，云气、风势、日色、虹挂、雾象、电光、雷声、海潮、月晕、尘土、阴霾等等，都是占候家观测玄机的对象。星象家也叫占星家，是以天上星辰的变化，预测人事国运的学问家。自夏商周三代开始，国王通常有两个固定的官身预测家，一个是占卜的巫师，另一个就是占星的星象家。其余诸如阴阳家、堪舆家等，则都是一事一招，极少有朝臣资格。两者相比，卜卦较为流行易懂，尤其在周文王演绎八卦和孔夫子撰写爻辞之后，等闲士子也对卜卦有所了解，占卜的结果对国人的心理威慑和影响力也就日渐减弱了。相反，星象家却始终保持着他们曲高和寡的神秘，等闲学问家是无法窥其奥秘的，国人庶民更是难知万一。

这种状态一直保持了三千余年。后来的魏晋时期，有个最著名的天才星象家叫管辂，他只活了四十八岁，官至少府丞。他少年时师从著名易家郭恩，先修《周易》，后修星象。观天之时，管辂常通夜不眠，往往有惊人的论断，连老师也不能理解。一年之后，老师郭恩反倒常常求教于管辂，慨然叹息："闻君至论，忘我笃疾！竟何至此？"管辂洒脱笑答："此非修习之功，乃吾之天分也。"四十岁时，其弟管辰请求随管辂学习星象之学。管辂正色答："此道，非至精不能见其数，非至妙不能窥其道。皆由无才，不由得无书也。孝经诗论，足为三公。无用知之也！"

正因为如此深奥，如此难以为常人所掌握，星象家的预测对天下始终保持着高远的威慑。它可以化成童谣，化成谶语，化成各种神秘预言，甚或化成席卷天下的风暴。整个古典时代，没有人敢于对星象预言的权威提出挑战。

这正是楚宣王要寻觅甘德、石申两个星象家的奥秘所在。他要知道天下的兴亡大势，要根据天机来决定自己的大策，不能再等待了。芈良夫想封这两个高人为"天大夫"，永远留在他身边，随时告诉他上天的奥秘，好让他顺天行事，大振国威。

从远古起，历代都有星象家辅佐王室。夏有昆吾，商有巫咸，周有史佚、苌弘。春秋三百年，星象家更多了一些。著名的有郑国的裨灶，鲁国的梓慎，晋国的史赵、史墨，唐国的子昧等。进入战国，声名赫赫者有齐国的甘德（人称甘公），魏国的石申，赵国的尹皋等。然最为天下折服的还是甘德、石申两位高人。芈良夫认为，战国如三晋魏赵韩者，如田氏齐国者，如西陲秦国者，皆莽勇蛮荒之辈，根本不配了解天机玄奥，活活糟践了出生于他们国家的星象家。唯有楚国燕国这样的资深老诸侯，才能知天命而畏之，顺天行事。芈良夫觉得，信天更有一样好处，当国君犯了国事过失而庶民难以原谅时，只要国君表示真诚悔悟，上天仍然会还给你一个吉祥福音。这是最妙的所在。顺天行事，自己永远都是英明的，犯了错失，上天也会帮你挽回的。芈良夫耳熟能详的故事发生在宋国。

宋景公时，有一年荧惑守心[1]，宋景公大惊。司星大夫子韦提议："可移祸于丞相。"宋景公摇头："丞相乃肱股之臣，不行。"子韦又道："可移祸于民。"宋景公更摇头："君当爱民，何堪移祸？"子韦三提："如此可移于年成，岁减即灾消。"宋景公急道："年成减则民饥困，何有如此国君？"子韦肃然道："天高听卑。国君有如此人道者三，荧惑当移动也。"宋景公半信半疑。谁知三个时辰后，荧惑果然离开心宿三度，出了宋国的"天界"！

上天如此与君为善，岂有不信之理？

正在楚宣王芈良夫心神不宁的时候，飞骑来报：江乙大夫已经到了郢都北门，两位高人同车来到。芈良夫高兴得差点儿跳起来，立即吩咐备车，亲自迎出北门，将两位高士恭恭敬敬地送到早已经准备好的隐秘大宅，并派了两百名武士严密保护。

从第二天开始，芈良夫破例离开了侍女，独自住进太庙，斋戒沐浴三日，以示对上天的敬畏。三天出来，口中寡淡，腹中空虚，大嚼了

[1] 荧惑，火星别名，因其隐现不定而令人迷惑，故名。心，星宿名，又称大火，二十八宿东宫苍龙七宿之一。荧惑守心，即荧惑居于心宿。古星象家认为乃大凶之兆。

一顿麋鹿肥鱼，方才气喘吁吁地下令赶往荆山观星台。

赶到荆山脚下，已经是夕阳残照了。虽是夏天，山风却颇有凉意。荆山葱茏，云雾缭绕，抬头看去，高高的孤峰仿佛就在天上一般。

六名壮士轮流，用粗大结实的长竿竹椅，抬着肥硕的楚宣王走上了山梯小道。甘德、石申两位高士均是清瘦矍铄，白发童颜，无论如何也不坐竹竿椅。中大夫江乙，自然得陪着两位高士步行登山。他虽然也生得精瘦，晒得黝黑，似乎显得身轻体健。但不消一半，精瘦黝黑的江乙便气喘流汗腰酸腿软了。他原本没有爬过如此漫长的山路，此刻方才知道这登山大非易事。本想坐进竹竿椅，无奈自己只是一个中大夫，不敢在高人仙客步行时自己与国君有一样的享受。只好走走歇歇，大大地落在了后面。看那两位老人，却是逍遥自在，步履依旧从容。江乙身后的数十名内侍，抱着担着抬着各种御寒之物和祭祀用品，更是汗流浃背，气喘如牛，拉成了一个长达一二里的散乱队伍。走走歇歇，大约一个半时辰，长长的队伍终于磨到了孤峰观星台的垛口。

这座观星台坐落在荆山主峰的顶端，形状就像切下来的一块城墙，四四方方，周围有与城墙一样高的女墙，垛口上插满五色旗帜。观星台的北面是三间石头房子，足以抵挡任何山风暴雨。中央才是实际上的观星台，一座三丈六尺高的青石高台，暮色苍茫中就像插入苍穹的长剑。高台四周，是按照星辰分野的位置筑好的十二张石板香案。那时候，星象家将每个诸侯国都与天上的星宿位置做了对应测定，何星之下何位置为何国，都有一个公认的分野。《周礼》所谓的“以星土辨九州之地，所封封域皆有分量，以观妖祥”，正是这种分野星占的具体说明。按照后来星象家的典籍，夏王朝时最初的星象分野只对应天下九州和江河湖泊，分别是：

角、亢、氐三星——兖州
房、心二星——豫州
尾、箕二星——幽州
牵牛、婺女——扬州
虚、危二星——青州
营室、东壁——并州
奎、娄、胃三星——徐州
昴、毕二星——冀州
东井、舆鬼二星——雍州
北斗——天下江河湖海

进入春秋战国，这种分野就显得粗疏不明，星象家们又做了重新的细致分野，主要有用二十八宿对应分野，用十二次[1]对应分野两种方法，后一种主要针对大国分野，具体是：

荧惑——其下分野为楚、吴、越、宋
太白——其下分野为秦国、郑国
辰星——其下分野为燕国、赵国
房星——其下分野为魏国、韩国
玄枵——其下分野为齐国、鲁国
填星——其下分野为洛阳周王室

按照这种分野划分，观星台南面的楚国方位，也就是荧惑之下的

[1] 十二次，即日月及主要星辰运行所经历的十二个处所，按此划分地下对应的十二个方位，用十二支表示。

那张石案，便做了祭天的主案。主案上有准备好的牺牲，三只洗刮得白亮还系着粗大红绫的牛羊猪头，昂昂立在大铜盘中，香气缕缕弥漫了小小城池。中央的实际观星台已经用黄幔围起，只有顶端传来的旗帜抖动之声，使人想到了它的神秘使命。

“二位高士辛苦了。”楚宣王喘息着走过来。

甘德、石申肃然一拱，略高一些的甘德道：“楚王，我二人要到星室调息元神，待到夜中子时观星，若有征兆，再与楚王计议。”

楚宣王虔诚拱手：“本王亦当诚心敬天，在东室沐浴净身，子时再行求教。”

时当六月初三的无月之夜，碧空如洗，星河灿烂。中夜时分谷风习习，凉得有些寒意。芈良夫虽然肥硕，却经不住夏日山寒，裹了一件夹袍走出东室在观星台上徘徊。仰望满天星斗，只觉得乱纷纷闪烁不定，一点儿奥妙也琢磨不出。这时只听肃立在高台下的司礼大臣高宣：“子时已到，有请高士……”

星室的厚帘掀起，甘德石申二人白发披散，身穿绣有星宿分野的黑色长袍走出，在南面祭坛前跪拜祷告：“昊天在上，有甘德、石申二位弟子祈求天帝，恳望昭示天机，以告诫国君自励奋发，拯救苍生于水火。”拜罢起身，肃然登上观星台。楚宣王连忙跪在二人跪过的祭案前，再度祷告一番：“上天哪上天，芈良夫耗费资财诚心敬天，总该比宋景公那几句空话好吧，你该当有个吉兆啦。”

观星台顶上，甘德、石申各自向深邃的苍穹肃穆一拜，闭目定神，霍然开眼，向广袤无垠的星河缓缓扫过。灿烂的夜空出奇的静谧，晶莹闪烁，嘲讽着人间的简单和愚昧。大约一个时辰后，二人同时轻轻地“啊”了一声，身子急速地从面南转向面西。他们灵异的耳朵，已经听见了遥远的河汉深处的隐隐“天音”，凭着与生俱来的天赋异禀，他们已经预感到今夜将有惊人的旷世奇观。

片刻之间，西部夜空一道强光横过天际，一颗巨大的彗星拖着长长的尾巴，由北向南横亘西部天空！它那强烈的光芒，横扫河汉的巨大气势，竟使星群河汉黯然失色。强光照耀之际，隐隐雷声久久不散。

甘德、石申被深深震撼了，伫立在观星台上，久久沉默着。

寅时末刻，两位大师终于走下了观星台。司礼大臣和江乙大夫恭恭敬敬地将两位大师迎进国王专用的东室。楚宣王屏退左右侍从，将两位高士请到尊位坐定，诚惶诚恐地深深一躬："敢问先生，上天如何垂象？"

石申道："今夜天象，非同寻常，天下将有山河巨变。"

楚宣王眼睛骤然放光，一脸惊喜："先生但讲无妨啦。"

甘德道："楚王敬天，不敢隐瞒。丑时有半，西部天际有彗星骤显，长可径天，苍色闪烁，其后隐隐有风雷之声，横亘天际一个时辰有余。山人观星数十年，其间隐寓的沧桑巨变，实在难以尽述也。"

楚宣王对甘德石申可以说是高山仰止了，对他们的秉性也颇有耳闻——淡泊矜持，直言不讳，对灾难星变从来泰然处之。因何两人对今夜天象竟如此悚然动容？心头不禁大是忐忑，却又有些激动："先生所言彗星，莫非就是帚星？此乃大灾之星，芈良夫略知一二，但不知何国将有大灾大难？楚国可否代上天灭之，以伸天地正道？"

石申的目光不经意地扫过芈良夫的肥脸，嘴角抽搐了一下，却又低眉敛目道："楚王但知其一，不知其二。寻常人以为，彗星为妖星之首，预示人间大灾大恶。然则天行有常，常中寓变，远非常人所能窥视。这彗星，在非常时期以非常色式出现，则有极为奥秘深远之意蕴，并非寻常的灾变。大恶大凶之时，彗星大显，乃除旧布新之兆。巫咸有言，彗星大出，主灭不义。当年周武王伐纣，彗星大显，正应此兆也。

晏子有言，天现彗星，以除人间污秽也。彗星出于太平盛世者，昭示灾难。然彗星若大出于恶世，则大灾难中有新生，新政将大出于天下，人世将有沧海桑田之变也。”

芈良夫心中大动，吴起在楚国变法不正是新政么？不禁连连点头：“先生所言极是，烦请详加拆解。”

甘德一直在深思默想，此时悠然一叹：“今夜，径天彗星大显于西方太白之下，当主西方有明君强臣当国，新政已成根基。天下从此将有巨大无比的兵暴动荡，而后扫灭四海灾难，人间归于一统盛世。”

楚宣王愕然，“太白之下”，那不就是秦国么？匪夷所思！要说哪个国家他都相信，偏这秦国要成大器，他是无论如何不能相信。秦国，一个天下鄙视的西陲蛮夷，芈良夫连正眼看它一眼都不屑，竟能应上天正道而大出？一时间，他惶惑起来，怀疑两位星象家老眼昏花看错了星星：“敢问，先生，有否看、看错？真是，太白之下啦？”

甘德石申惊讶地睁开眼睛，相互对视有顷，竟不约而同地大笑起来。楚宣王已经烦躁不安地站了起来：“我大楚国，尚被中原视为蛮夷。那秦国，分明比楚国还差老远啦！这上天倒玄妙得紧，本王，如何信得啦？”“上天授权，唯德是亲。”甘德淡漠微笑。

石申眉头微微皱起道：“楚王尚有不知，荧惑暗淡不明，躁急促疾，长悬列宿之上。分野之国，当惕厉自省也。”

“如何？”楚宣王又是一惊，“荧惑暗淡啦？列宿之上？那不快要荧惑守心了？上天也上天，芈良夫敬你有加，你为何忒般无情啦！”

石申道：“荧惑暗淡久矣，非今夜之象。若非楚王敬天，本不当讲。”“天机悠远，不可尽察。或我等未能尽窥堂奥，也未可知。言尽于此，愿王自图之。”甘德说着已经站起，一拱手，“我等告辞。”石申大笑起来：“然也然也，或未能尽窥堂奥也。告辞。”

楚宣王心乱如麻，挥手道："江乙大夫，代本王送两位先生。赏赐千金。"待两人走出石门，芈良夫山一般的身躯再也支撑不了烦躁劳累和失望，呼呼大喘着瘫软在冰凉的石板地上。

荆山观星台下来，楚宣王就像霜打了的秋菜一般，蔫得一句话也懒得说。江乙回来禀报说，甘德石申两位高人已经走了，楚宣王才惊讶地推开了打扇的侍女："如何走啦？不是说好的做天大夫啦？"江乙苦笑道："两位高人不屑做官，臣实在挽留不住。大王，得另谋良策才是。""上天都给谋过啦，我能谋过天么？"楚宣王愁眉苦脸地挥挥手，"江乙啊，你说这上天也是没谱，如何秦国也能大出，本王如何信他啦？"江乙看着楚宣王，沉默着不说话。

"说呀，你信不信啦？"

"大王，容臣下直言。"黑瘦短小的江乙在肥白硕大的楚宣王面前没有委顿，一双精光四射的眼睛在黝黑的瘦脸上分外活跃，一拱手道，"臣以为，天象之说，素来是信则有之，不信则无。若天象对我有利，我可用之以振民心。若天象对我不利，我则可置之度外。儒家孔丘就从来不涉怪力乱神，只是尽人事而已。若大王这般笃信，岂非大大辜负了芈氏祖宗？"

楚宣王眯着眼睛，打量了江乙好大一会儿没说话。他本来也实在不想相信这两个糟老头儿透露的天机，但却总觉得老大沮丧。江乙这一番话倒真对他的胃口，但又觉得缺点儿物事，想想问道："如你所言，先祖有非天举动啦？"

"正是。"江乙显得深思熟虑，"先祖庄王，问鼎中原，向天命发难，反成一代霸业。往前说，武王伐纣，老姜尚踏碎太庙里的占卜龟甲；天做雷电风雨，老姜尚却对武王大喝，'吊民伐罪，何须问此等腐朽之物？'武王从之，大举发兵，一举灭商。往近说，郑庄公射天，反成春秋第一霸主。臣日前在齐国时听说，稷下学宫有后起名士在论战中大反天道天命之说，已经轰动齐国了。我王何须为区区彗星灭了志气？当谋良策，尽人事，以振兴楚国。”

“反得好啦！”楚宣王一阵大笑，大为振作，“就是啦，要说变法，也是我大楚早啦。那时候，秦国还在睡大觉啦！”

“我王所言甚是。先祖悼王用吴起变法，威震中原，无敢犯楚。我王当重振雄风！”

“好啦！”楚宣王推开两名打扇侍女，肥大的身躯摇晃着站了起来，仿佛在江乙的头顶俯视一般，“江乙，本王拜你为上卿啦。即刻回府准备，办理官印文书。晚上进宫，本王要委你重大国务，振兴大楚啦！”

江乙振奋了，深深一躬道：“臣纵肝脑涂地，亦当报效楚国！”

按照传统，楚国的上卿是令尹（丞相）的辅政助理大臣，职爵显赫。楚国目下没有令尹，由执圭景授代理主政。江乙若为上卿，自然必是主政大臣之一。多年来，江乙多在中原出使，熟悉中原战国的变法势头，一直想上书楚王在楚国进行第二次变法，真正地振兴楚国。可惜，江乙一直淹没在为楚王一个又一个奇妙谋划奔波的忙碌中，竟无暇认真地与楚王商讨一次国事。这次借楚王对天象惶惑之际，江乙坦率进言，尚未涉及第二次变法的大计，楚王便晋升他为上卿，岂非大大的好兆头？一旦赴任上卿，江乙决意立即推行第二次变法的主张，使楚国强大，自己也成为变法名臣。一路上江乙都很激奋，想着晚上如何对楚王陈述自己思虑日久的变法大计，心潮起伏不能自已。猛然想到楚王让自己办好官印文书的事，方才急匆匆赶到主政大臣景授府中，宣了王命，领了大印并办理了一应仪仗护卫等事宜，便急匆匆回府。楚国有四大世族，屈、景、昭、项。这景授是景氏家族的族领兼楚国主政大臣，与江乙一般干瘦，却是须发霜雪的一个老人。见江乙精神勃发疾步匆匆的样子，景授大是好笑，悠然揶揄道："上卿啊，走稳了，楚国山多崎岖，小心闪了腰啦。"江乙记得自己好像笑了笑，回答得也还得体："不劳执圭挂心，是山是水，江乙都晓得。"谁想那景授竟摇头大笑道："当真啦？那吴起当年也这样说，后来如何？"

江乙的心，不禁猛然沉了一下。

三十多年前，吴起逃出魏国。楚悼王正在苦苦寻觅大才，立即将吴起接到楚国，拜为令尹，总揽军政大权，谋划实行变法。在楚悼王的全力支持下，吴起开始雷厉风行地在楚国推行变法，实行了四道新法令：第一，世袭祖先爵禄封地已经三世者，一律收回封地，罢黜爵位。仅这一道法令的推行，便使楚国直属国府的耕地增加了数百万亩，纳税农户增加了十万。这道法令没有涉及屈、景、昭、项四大世族的嫡系家族，更没有涉及王室部族，所以进展得尚算顺利。

第二，裁汰冗官。楚国世族盘根错节，贵族子弟人皆有爵，官府吏员人浮于事者十有六七。这些"大人"们无所事事，每日除了狩猎、豪饮、聚赌、猎艳，便是聚在一起挑剔国中是非，但有能员实干者，便从这些"大人"们口中生出无数匪夷所思的流言蜚语。过不了多少日子，这个能员也就准定偃旗息鼓，否则便连爵禄也没有了。吴起当政，对这些冗官狠狠裁减，几乎将贵族子弟的绝大部分赶回了他们的庄园，使他们成为"白身贵族"。仅这一项节余的费用，就使全部留任官员的俸禄绰绰有余。更重要的是在很大程度上清除了官场无事生非的恶习，楚国朝野顿时整肃起来。

第三，明法审令，整顿民治。当时楚国的治理极为混乱，国府直辖的县很少，大部分国土都是贵族的世袭封地，许多庶民隶农都依附在贵族的封地，成为私家农户。还有很大一部分山地盆地，属于更为蛮荒的山地部族“自领”。楚国的法令政令，对封地与“自领”地几乎没有任何效力。楚国实际上是一个“诸侯”同盟邦国，看起来很大，实际上所能积聚的力量却很小。面对如此乱象，吴起的重大行动是：对保留的贵族嫡系的封地，实行治权赋税分离的法令，民治权与少部分赋税归于官府，大部分赋税归贵族领主。此所谓明法，官府治民，贵族受税。对于自领自治的山地部族，则与其分权。全部军权与赋税的一半归王室官府，治权与赋税一半归部族，部族治权的法令必须经过王室官府的勘审准许方得通行。此所谓审令。另外一个重要法令是，限定贵族必须将荒无人烟的土地开垦出来，而且必须吸引移民进去耕耘。此所谓“令贵人实空虚之地”。上述法令一经强力推行，楚国王室权力大增，赋税大增，直辖民户大增。楚国在那六年多的时间里，确实是生机勃勃。

第四，整顿军制，训练新军。当时，楚国的军制与秦国的军制相差无几，都停留在春秋时期的老兵车传统上，战力极弱，对经常骚扰楚国的岭南百越部族都无能为力。吴起本是战无不胜的卓越统帅，对整军经武大是行家里手。他将收回封地的赋税与裁减冗员的节余，全部用于新军经费，大量招募“战斗之士”，一年内便训练出了一支八万人的精锐新军。

第三年，新军练成，国力大增，吴起开始了对外作战。像在魏国一样，吴起采取了“先内后外”的谋略。第一步，吴起亲率精悍的轻装步兵三万，开进岭南与百越部族展开了山地战，一年内大小十战，全部大胜，平定了百越部族，消除了长期危害楚国的心腹大患。第二步，吴起亲率步骑混编的精锐四万，对苍梧大山（今湖南广西一带）尚未臣服的苗蛮部族发动进攻，半年之内，全部收服苗蛮部族。第三步，吴起统率全部精锐八万新军，北渡淮水，一战吞并了蔡国，再战吞并了陈国，使楚国势力骤然扩张到淮水以北，直与韩国魏国遥遥相望。在此之前，楚国的领土势力一直在淮水以南涨涨缩缩，富庶文明的淮水以北一直是传统的中原势力范围。吴起一举消灭陈蔡两国，使楚国触角骤然伸进中原腹心，最感威胁的就是三晋魏赵韩三国。于是，三晋联兵，与吴起大军在淮北展开激战，两场大战，吴起全面击溃三晋联军，楚国大胜。从此，楚国才在淮北站稳了脚跟。

可是，就在这样的节骨眼上，做了二十一年国君的楚悼王死了。

江乙记得很清楚，当时吴起正在淮北安抚地方民治，尚未回到郢都。他对郢都贵族势力的密谋一无所知。及至吴起接到噩耗，匆匆只身赶回郢都奔丧，阴谋已经天罗地网般罩住了吴起。那时候江乙还只是个被夺爵禄的少年士子，只能在王宫外祭奠。当他看到急匆匆赶来的一支又一支贵族家兵时，他惊恐地睁大了眼睛，竟忽发奇想，悄悄挤进了贵族的祭奠行列……进得大殿，他发现沉沉帷幕后面竟站满了一排一排的弓箭手，身穿麻衣重孝的贵族大臣们也都暗藏着弯弯的吴钩短剑。楚悼王的尸体摆在大殿中央的长大木台上，祭奠完毕就要入殓归棺了。按照楚国丧葬礼仪，太子芈臧已经在父王逝世当日解国守灵，不再预闻国事。此刻，太子是麻衣重孝，跪在遗体台前哀哀哭号，两位年轻的王室子弟站在太子身后护持，眼睛却不断地瞟来瞟去。

丧葬哀乐呜呜咽咽地奏了起来，王室嫡系宗亲的元老大臣们先行一一祭奠完毕，又都整齐地跪在太子身后丈余处守灵了。按照爵位次序，下来就是令尹大将军吴起祭奠，再下来就是屈、景、昭、项四大世族的元老大臣祭奠。就在吴起沉重缓慢地走向楚悼王遗体时，江乙听到了贵族群中一声苍老尖锐的哭号突然响起："大王何去兮！"随着尖锐哭号，太子身后的两位贵族卫士猛然扶起太子，回身钻进了帷幕之后。就在这刹那之间，帷幕刷拉拉拉开，弓箭手的长箭急雨般向吴起飞来。

吴起正在悲痛之中，眼睛只向前看着楚悼王遗体，怎能料到如此巨变？突闻异动回过身来，已经是连中三箭。那时候，江乙清楚地看见吴起高声呼喊着："楚王——变法休矣！"踉踉跄跄地冲到楚悼王遗体前，紧紧抱着楚悼王的遗体放声大哭……对吴起恐惧已极的贵族们此刻已经完全疯狂，一片声高喊："射杀吴起！射杀吴起！"贵族家兵们本来就不是战场厮杀的军队，箭术平平，又在慌乱之中，一阵狂乱猛射，竟将吴起与楚悼王的遗体射成了刺猬一般，长箭纠葛，根本无法分开。

大乱之后，楚悼王的葬礼迟迟无法进行。太医们愁眉苦脸地折腾了三天，竟还是无法分开楚悼王与吴起的尸体，若要分开，便得零刀碎割。太子芈臧痛彻心肺，觉得这是楚国的奇耻大辱。愤怒之下，芈臧下令追封吴起为安国君，将父王与吴起合葬了事。三月之后，太子即位称王，这便是楚肃王。一即位楚肃王便秘密筹划，将吴起训练的八万精锐新军调回郢都，一举捕获参与叛乱的七十三家贵族大臣的家族两千余口，以"毁灭王尸，叛逆作乱"的罪名，将两千余口贵族一次全部斩首。

那是楚国历史上最大规模的一次屠杀，江乙记得自己从刑场回来，呕吐得三天都没能吃饭。他对吴起佩服景仰极了。一个人能在那么紧急的时候想出那么高妙的主意，竟在死后使仇敌全数覆没，这种智慧当真是难以企及。是啊，吴起毕竟是身经百战的大将，生具应对仓促巨变的天赋。仓促之间便立即清楚，自己手无寸铁，纵逃出箭雨，也逃不出殿外伏兵追杀，当是必死无疑，能做的也只有将阴谋家卷进来，使他们与自己同归于尽，自己也得以复仇。

吴起的复仇愿望实现了，楚国的变法夭折了。从那以后，谁也没觉得有什么疾风暴雨，楚国就渐渐地不知不觉地回到老路上去了。江乙始终没有想明白，楚国究竟是如何退回去的？性格阴沉的楚肃王，郁郁寡欢地做了十一年国王，又死了，连儿子都没有。贵族们力保他的小弟弟芈良夫做了国王，便是目下的这个楚王。这位楚王倒是心思聪敏，即位快二十年了，肥硕的头脑里奇思妙想不断，可就是国势一无进展，也实在令人摸不着头脑。就说三个月前，突然要江乙不惜重金，寻觅甘德石申两位星象高士。好容易找来了，说好的要拜人家为“天大夫”辅政，可一观星象不合胃口，竟然又不理睬两位高士了。江乙好生斡旋，才保住了楚国的体面。

今日，楚王又突现振作，任命自己为上卿辅政，而且要自己晚上进宫议事。江乙总觉得楚王要做的这件大事，该当是让自己主政变法。可是，以往的曲曲折折反反复复又使他心里很不踏实，很怕楚王又想出一个什么“奇计妙策”，教他去做徒劳的奔波驰驱。

忐忑不安地忙到暮色降临，江乙匆匆安排了几件事，匆匆地进宫了。

楚宣王正在皱着眉头眯着眼睛，挺着肥大的身躯躺卧在特制的一张落地大木榻上，看几个舞女在扭着混混沌沌不知名的舞曲。听得江乙参见的报号，竟霍然坐起，将两个打扇侍女吓得尖叫一声丢了大扇。楚宣王生气地呵斥道：“蠢啦！下去！”两个侍女一叩头连忙碎步疾行去了。楚宣王破例地向江乙招手，呵呵笑着拍拍木榻道：“上卿，过来，这里坐啦。”江乙走过去坐在了楚宣王旁边。纵是这木榻长大，江乙离楚宣王还有两三尺距离，也立即感到了一股热烘烘的汗味儿弥漫扑来，若非心中兴奋紧张，还真难以忍受。

“哎呀上卿，再过来啦，这是大计密谈。哎，是啦是啦，听我说……”楚宣王的声音突然低了。听着听着，江乙的心越来越凉，一句话也说不出来，只觉得胸口一阵憋闷，软软地倒在了楚宣王肥大的脚上……

三日之后，一队甲士簇拥着一辆青铜轺车驶出郢都，六尺车盖下的玉冠使者却正是江乙。这次特使他实在不想做，却又不能不做。

楚宣王芈良夫又有了一个天赐奇策。

二　魏惠王君臣雄心陡长

江乙到达安邑的时候，简直不认识这个以风雅锦绣闻名于天下的著名都会了。

长街之上，除了兵器店铺照常兴隆外，绝大部分商号酒肆都关了门。街巷之中，风扫落叶，行人稀少，萧瑟清冷中弥漫出一片狂热躁动。不断有一队一队的铁甲步卒开过各条大街，高喊着“振兴大魏！报效国家！”的号子，和着整齐威武的步伐，满城轰鸣。城中行人无论男女，都是大步匆匆，好像都在办紧急大事一般，和安邑人平日里的闲逸风雅迥异。但最令江乙惊讶的是，安邑的外国商铺几乎全部封门停业，几条外商云集的大街几乎通街冷落，没有一家开业者。江乙本来想先住在楚人商社里，徐徐计议大事。因楚人商社坐落在天街中段，与洞香春隔街相望，打探各种消息极是方便。谁能想到，这条集中了天下财富权势与四海消息的林荫石板街，此刻竟比任何一条街巷都冷清，外国人的商社全部关闭，连神秘显赫的洞香春都关上了那永远敞开的大铁门。

无奈，江乙只好打出国使旗号，住进了国府驿馆，匆匆梳洗一番，乘着轺车捧着国书来到魏王宫。来到宫门，只见甲士重重，分外肃杀。江乙正要下车，却听巡视将官一声大喝：“使者回车！我王休朝三日！”江乙站在轺车伞盖下遥遥拱手道：“我乃楚王特使江乙，有紧急大事晋见魏王，请将军务必禀报。”巡将不耐，一挥手，便有小队甲士跑步围上，将轺车哗啷啷推转方向，向马臀上猛抽一鞭，轺车便惊跳蹿出。吓得驭手连连叫喊，好容易稳住车马，却听身后传来一阵哄然大笑："楚使？鸟屎！回去……"江乙感到困惑恐惧，这魏国如何变得如此乖僻，连大国特使都肆意哄赶？思想之下，他决定先到丞相公子印府中说话。谁想又吃了一个闭门羹，家老说丞相有军国要务，三日不回府。江乙连忙按规矩给家老送上一份厚礼，家老不理不睬，转身就关上了大门。江乙可真是糊涂了，如何骤然之间这魏国官府上下都变得不认识了？连贪财的丞相家老也廉洁起来了？莫非这天下巨变要应在魏国不成？江乙不死心，一口气又跑到太子魏申和上将军庞涓两处府邸，竟都无一例外地得到"三日不回"的答复，有资格接待国使的大员一个也没有见着，邪气也。

江乙蓦然警觉，魏国要出大事了，天下要大乱了！

魏王宫内。绿树掩映的小殿周围环布着游动的甲士，殿门口两排甲士的矛戈在午后阳光下森森闪光。魏国君臣正在这座极少启用的密殿里秘密会商，参加者只有君臣五人：魏惠王、太子魏申、丞相公子印、上将军庞涓、河西大将龙贾。魏惠王一扫往日的慵懒散漫，肃然端坐，手扶长剑，目光炯炯，仿佛又找回了初登王位时的勃勃雄心。太子魏申和丞相公子印也破天荒一身华贵戎装，甲胄齐全，显得威风凛凛。相比之下，倒是庞涓、龙贾两员真正的战将的布衣铁甲显得颇为寒酸。

"诸卿，"魏惠王咳嗽一声，面色肃然地环顾四周，"上天垂象，西方太白之下彗星径天，天下将要刀兵动荡，归于一统。大魏巫师占卜天象玄机，确认我大魏上应彗星径天之兆，将由西向东扫灭六国，一统天下。月余以来，我大魏朝野振奋，举国求战。我等君臣要上应天心，下顺民意，奋发自励，五年内逐一荡平列国，完成千古不朽之帝业。大战韬略如何，诸卿尽可谋划，本王定夺而后行。"

这番矜持沉稳的话刚一落点，丞相公子印霍然起身道："我王天纵英明，决意奋发，臣以为乃国之大幸，民之大幸，天下之大幸也！灭国韬略，臣以为可由太子申、臣与上将军、龙贾老将军，各领十五万精兵分四路大战。太子申灭燕国，臣灭秦国，上将军灭赵国韩国，龙贾老将军灭齐国楚国。其余小诸侯，乘势席卷之。如此不须五年，两年便可大功告成，一统天下！”他很为自己这个精心盘算的方略得意。这种大仗，无论如何都要亲自领兵打几场的，否则一统天下后如何立足？想来想去，公子卬选择了秦国，给太子推荐了燕国，将四个难打的留给了庞涓和龙贾两个老古板。他想，这个主意一定能得到太子申与魏王的赞同。

没想到太子魏申却冷冷一笑：“丞相可知魏国有多少甲士？”

“上将军辖下精兵二十五万，河西守军十五万，再重行征兵二十万，当六十万有余。”公子卬信心十足，没有觉察太子的言外之音。

“新征之兵，也能去灭国大战么？”

公子卬这才听出味道不对，内心颇为不悦，却也不便反驳，迅速做出一副笑脸：“然则，太子的上上之策何在？”

太子魏申二十多岁，口气却仿佛久经沙场：“自然有长策大计。父王，儿臣以为，以魏国目前状况，不宜分兵过甚。而当集中精兵，先灭赵韩，统一三晋，而后灭齐国。其余秦国楚国两个蛮夷之邦和数十个蕞尔小诸侯，在我大军威慑之下，定然纷纷来降。分兵四路，同时作战，辎重粮草难以为继，若一路有失，便大伤士气，很是不妥。”这一席话对叔父公子卬的谋划的确是一盆冷水，显得大是老成，仅“辎重粮草难以为继”这一条就颇有说服力。身为丞相的公子卬大为尴尬。

魏惠王不置可否道：“军旅大战，还是先听听上将军、龙老将军如何主张也。”

多年磨来，庞涓是深沉多了，和这些金玉其外败絮其中的贵族大臣议事，他从来不抢先说话了，只在魏王点名或涉及自己时寥寥几句适可而止，绝不再滔滔不绝地企图说服这些贵族膏粱。一月多前的那次彗星奇观，他也看见了，虽然也很有些意外和惊讶，但并没有认真放在心上。身为名家大将，他也算通晓天文，知道彗星现于太白之下，那是秦国变法成功的预兆，而绝不是魏国统一天下的预兆。其所以没有太放在心上，是因为他早就清醒地看到了秦国变法之后对魏国的威胁，如此浅显的战国格局，竟然还要什么“上天垂象”来揭示，当真令人哭笑不得。多年来，庞涓每有机会单独见魏王，都要郑重提醒魏王提防秦国，趁早消灭这个潜在的可怕敌人。然则，魏国宫廷朝野弥漫的蔑视秦国的痼疾，深深影响着魏王。庞涓每次的正告都引来魏王的一通大笑，还要说给别的大臣听，如同当年将公叔痤要他杀掉卫鞅的“昏话”到处讲给人听一样。久而久之，庞涓竟落了个“恐秦上将军”的雅号，使庞涓大为恼火，从此不再提灭秦之事。

将近十年没有打大仗，魏国君臣都在忙建造大梁迁都大梁。他这个上将军的威名权力在魏国朝野也渐渐黯淡了下来，庞涓自己也郁郁寡欢，很少和朝臣应酬，若非师弟孙膑被他逼逃到齐国，庞涓真想离开魏国到齐威王那里去了。两个月前，他心念闪动，找了个理由出使赵国，看看赵种是否还像六国会盟时那样看重他。谁知车近邯郸，竟然接到赵种暴病身亡的噩耗。本为试探出路，竟变成了一场对赵种的悲伤祭奠，对太子赵语继位的庆贺。就在庞涓归来准备到楚国试探时，却不想出现了那场彗星天象，魏国朝野上下竟然在旬日之间狂热起来。他的上将军府又骤然成为举国关注的重地。庞涓感到悲伤，如此浅薄无智的君主，如此狂悖轻信的民众，一夜之间竟全部拜倒在虚幻的星象面前，有何大作为可言？但强烈的功名之心，却使他又从中看到了利用这种狂热的机会。不是么？连慵懒成性的魏王都换了个人似的精神勃发。连公子卬这样的纨绔人物，都郑重其事地一身戎装准备建功立业了，安知魏国不会被神奇地激发起来？加上超强的国力与战无不胜的数十万魏国武卒，如果他庞涓再全力以赴，十年之内谁说不能建立赫赫功业？虽然统一天下对于魏国来说已经时过境迁，但先灭几个大国，重新奠定统一基础，还是有可能的。

若以真实谋划，庞涓还是认为应当先灭秦国。但由于以往受到的奚落嘲笑太多，庞涓一时不知该不该如实陈述。公子卬的可笑已经被太子申驳倒，庞涓无须和他计较。目下只是如何拿出一个切实可行且能被魏王采纳的大计。他一直在思索，当然也知道在这种军国大计上自己说话的分量。

“我王，”庞涓坐直身子正色道，“臣有三策，可供定夺。”

“三策？”魏惠王惊讶，“上将军请讲。”

“上策以灭秦为先。秦国与魏国犬牙交错，纠缠数十年，积怨极深。我大魏国要东向中原，就必须先除掉这个背后钉子。目下秦国虽变法有成，但毕竟羽翼未丰，军力不强，正是灭秦的最后一个时机。若再耽延不决，三五年之后秦国强大，魏国要回头封堵，必将大费气力，甚至可能时势逆转。愿我王三思。”

“嗯哼，”魏惠王不置可否地点点头，“中策如何？”公子卬却几乎忍不住要大笑出来，生生憋出了一个响亮的喷嚏。太子申只是微微一笑。只有霜染两鬓的老龙贾，一丝不苟地正襟危坐着。

庞涓没有理会他人，侃侃道：“中策以先灭赵韩为要。十余年来，赵国与北胡及中山国纠缠不休，国力业已大损。目下又逢赵成侯新丧，太子继位，主少国疑，人心不稳，完全可一击而下。灭赵之后，兵锋南下，直指韩国，一战灭之。韩赵本三晋之国，民情熟悉，最易化入大魏一体治理，无飞地难治之忧。若得三晋统一于大魏，我国力将增强数倍，可为扫灭天下奠定根基。是为中策。”

“嗯哼，下策如何？”魏惠王依旧不置可否地点点头。

“下策灭楚。楚国与魏国接壤最长，东西横贯数百里。吞灭楚国，地土增加十倍，民众增加两倍，魏国当成名副其实的天下第一大国。楚王芈良夫志大才疏，耽于梦想，数十年国事荒疏，国内一片松懈混乱。我大军所指，必当所向披靡。然楚国广袤蛮荒，臣恐难以在短期内化为有效国力，故此列为下策。”

“如此说来，上将军是主张上策了？”魏惠王罕见的认真。

“臣以为，先灭秦国方应上天彗星之象，方可根除魏国后院隐患。”庞涓心念一闪，抬出了西部彗星，这在他是从来没有过的。

“我王，”公子卬立即上前一步，正色拱手道，“臣曾请教过高明星象家，西天彗星之象，主西陲秦国将发生内乱、动荡和饥荒，是秦国的大凶之兆。不消两年，秦国就会瓦解崩溃而不攻自破！当此之时，魏国大兵灭秦，徒然费时费力，误我中原称雄之大好机遇。”公子卬不能与太子驳论，不是太子真正高明多少，而是绝对不能与太子龃龉。要显得自己才干，就要咬住庞涓，只要庞涓开口，他就要大加挑剔。和庞涓斗宫廷权术，公子卬从来都得心应手。

“丞相差矣！”庞涓在军国大计上从来不会对谁让步，更何况公子卬这种饭袋。但要驳斥这个酒囊饭袋，就不能回避天象，因为这正是魏国君臣振奋的根源。庞涓平静地说：“天象示兆，亦在人为。人为不力，天象可改。秦国正在蒸蒸日上，如何能不攻自破？世间从来没有永恒不变的天象。臣再次提醒我王，这是大魏消灭秦国的最后一次机会，愿我王深思。”

魏惠王沉吟思忖，良久沉默。在他看来，打仗是要靠庞涓无疑的，但在事关国运的大计上，庞涓总是古板固执得永远咬住一条道，未免太缺乏机变了。公子卬虽则不善军旅，但在国运谋划上却颇有眼光，譬如迁都大梁，譬如筹划钱财，此人都是个贵相之人，按他的主张办事，魏国往往会兴旺起来。人无天命，谋划再好也不会成功；人有天命，纵然谋划有差，往往也会歪打正着。

当年父亲魏武侯死后，庶兄公子缓与自己争位，两人各自率领数万人马紧张对峙。这时候宋国有个能士叫公孙颀，竟然说动韩懿侯与赵成侯趁着内乱联兵攻魏。浊泽畔一场大战，自己与公子缓的八万联军一败涂地，连统帅王错也身负重伤了。魏惠王当时万念俱灰，准备投降赵国做个白身商人了此一生。谁想在这个要命的时候，韩懿侯与赵成侯却在如何处置魏国的决策上发生了分歧。赵成侯主张扶立公子缓为魏国君主，然后各割魏地三百里退兵。韩懿侯不赞同，说："杀魏罃立公子缓，天下人必说我暴虐；割地而退，人必说我贪婪。不如将魏国分成宋国那样的两个小国，韩赵便永远没有魏国这个心腹大患了。"赵成侯大笑，嘲讽韩懿侯呆笨迂阔。韩懿侯反唇相讥，说赵成侯贪图小利鼠目寸光。当夜，韩懿侯便率领五万韩军撤退了。赵国眼看吞不下这块大象，也负气撤兵了。韩赵一退，魏罃大军重整旗鼓，将没有了赵国支持的公子缓一战消灭，方才做了魏国君主。魏罃总是百思不得其解，你说无论按照谁的主张，魏国都要崩溃灭亡，为什么就是一场口角，竟使韩赵君主功亏一篑？以韩懿侯的老谋深算，赵成侯的精悍凌厉，无论如何也不当放弃如此大好时机也。如此鬼迷心窍般的犯懵懂，除了天命天意，还能做何解释？

从那以后，魏惠王对自己的国运就从来没有怀疑过，对于用人也恪守一条铁则——庙堂运筹，当用贵相大命之人，庶务臣子尽可从宽。庞涓的命相，魏惠王也找人悄悄看过，是"先吉后凶"的苦恶相。魏惠王便将他定在了"做事可也，谋国不策"这一格上。公子卬恰恰相反，天命福厚，是"可谋国、不可做事"的一格。两人互补之，则魏国大成。这种庙谟心机，自然不能丝毫地显现于形色之中，而要作为驾驭臣下的秘术深藏于心底。

“丞相以为，究竟如何开战为好？”魏惠王终于看着公子印说话了。

“臣以为，太子眼光远大，所提先统三晋乃用兵良谋。”公子印大是兴奋，心中也非常清楚，放弃自己“兵分四路”的主张一点儿不打紧，要紧的是不能教太子的主张被庞涓的主张取代。虽然庞涓的“中策”也主张灭赵，但他必须申明，先灭韩赵是太子的主张，必须支持太子。

“龙贾老将军，你镇守河西多年，乃我大魏继吴起之后的名将，长期与秦国相持纠缠。你以为，秦国目下战力如何？”魏惠王以少有的谦恭有礼，笑着问这位威猛持重的老将军。只要有庞涓在场，魏惠王总要给其他将领很高的褒奖。

龙贾是魏国本土的老将，白发黑面，一脸深刻的皱纹溢满了诚厚庄重和战场沧桑。他素来不苟言笑，肃然拱手道：“我王，老臣实言，秦国近年来变得难以捉摸了。与我军相持的秦国要塞，依旧是当年的破旧衰弱状。战车、骑兵、步卒相混杂，马老兵疲车破，士卒不断逃亡，显然无法与我军抗衡。时有过来投降的秦军，说秦国民心不稳，国府没有财力建立步骑野战新军。然老臣总觉蹊跷，曾派精干斥候多次潜入秦国探察。斥候回报，秦国西部陈仓山大峡谷封闭多年，常有隐隐喊杀之声与战马嘶鸣，夜间还发现有车辆秘密进入，近年来尤为频繁。我王，秦国与韩国不同。韩国大军在新郑城外训练，尽人皆知。秦国却像隐藏在河底的大石，令人不安。老臣以为，上将军洞察颇深，不能小视秦国。”

太子魏申笑道：“老将军，国家大争，岂能以零碎猜测为据？兵不厌诈，诡道之本。安知不是秦国为了掩饰动荡而故弄玄虚？”

老将面色涨红：“太子，据老臣所知，秦国生机勃勃，并无民心动荡。”

“老将军也，”公子卬大笑，“人老多疑，也在情理之中。你说，哪个国家不训练军马？可建立、训练一支野战步骑大军，谈何容易！我大魏新军自文侯武侯到今日，快一百年才形成稳定战力。一个西陲蛮夷，三五年就能练出一支铁军？韩国乃富铁之国，还拉不出一支铁军，秦国哪里来的大量精铁和良马？充其量弄出一两万骑兵、三五万步兵，打打戎狄罢了。至于铁骑，秦国再有三十年也上不了道！老将军以为如何？”

龙贾面如寒霜，铁一样地沉默。

太子魏申掰着指头，一副深思熟虑的样子：“父王，儿臣以为秦国有三大弱点不足以构成魏国威胁：其一，变法峻急，民心不稳，财力匮乏。其二，军制落后，车步骑混杂，战力极差。新军纵然开始训练，二十年内也无法与我抗争。其三，秦国没有统军名将，公子虔那样的车战将领根本不堪一击。有此三条，我军在荡平中原后，再回师灭秦，定能迫使秦国不战而降，强如今日用牛刀杀鸡。”

从来没有领过兵，更没有上过战场的太子申，却有如此振振华辞，庞涓终于是忍不住了。他冷冷一笑：“太子切勿轻言兵事。秦人本牧马部族，训练骑兵比中原快捷得多。秦献公正是以旧式骑兵，两次大胜魏军，使我无法越过华山、洛水，何况今日？”

庞涓冷冰冰几句，噎得太子申回不过话来。公子卬岂容此等机会失去，戟指庞涓赳赳高声道：“上将军恐秦症莫非又发作也？身为大将，长他人志气，灭自己威风，莫非是上将军的师门兵法！”

“丞相，”魏惠王正色呵斥，“大战在即，将相当如一人，何能如此讲话！”

公子卬心思何等灵动，立即向庞涓深深一躬：“在下失言，上将军幸勿介怀。”

庞涓哼地冷笑一声，没有理睬。

魏惠王沉吟有顷道：“上将军，若先行灭赵，危险何在？”

庞涓不假思索道：“赵韩皆地处中原冲要，他国容易救援，我军有陷入两面作战之可能。此为最大危险。此外，也须提防秦军从背后突袭河西。”

“救援？哪个国家救援？”太子申见父王有意采纳自己主张，精神大振，“燕国？楚国？还是韩国？方才驿馆来报，楚国特使匆匆来到，显见是有求于我。燕国教东胡缠得自顾不暇，韩国只有幸灾乐祸，谁来救赵国？”

“太子不要忘了，还有一个齐国。”龙贾突然插了一句。

“齐国？更不可能！”公子卬大笑，“老将军差矣！齐国非但不会救赵韩，反而会帮我灭赵韩，而求分一杯羹也。我王思之，齐国素来远离中原是非，当年分秦，齐国还不是置之度外？齐王目下又忙着整肃吏治，救赵国开罪魏国，对齐国有何好处？齐国愿意与我强大的魏国为敌么？田因齐可是猾贼得很也。”

庞涓实在想起而驳斥，思忖再三，还是咬紧牙关忍住了。

太子申突然站起，声泪俱下：“父王，赵韩不灭，魏氏祖宗在天之灵难安哪！统合三晋，威震天下！灭一秦国，无声无息，徒引列国耻笑也！”

魏惠王不耐烦地挥挥手，太子申悻悻坐回。

魏惠王站起来缓缓踱步到庞涓案前：“上将军，军国大事，还是要靠你来谋划，没有你与龙贾老将军这般名将统兵，再说也是落空。本王以为，秦国和齐国两面都要防备，方可放手在中原大战，上将军以为如何？”

“但凭我王号令，庞涓虽肝脑涂地，亦当报效国家。”庞涓心下稍有舒展，觉得自己也只能这样了。

“好！”魏惠王慷慨激昂，“本王决意展开中原大战，完成大魏一统大业。自今日起，我魏国大军兵分三路：西路由龙贾老将军率河西守军，一力对华山、桃林、洛水诸要塞防守，秦军妄动，立即痛歼。东路由太子申和公子卬率军八万，抵御齐国援兵。中路大军二十万，由上将军统帅，半月后对赵国大举进攻，务求一战灭赵！”

“谨遵王命！”四人哄然应命。

惴惴不安的江乙终于见到了魏惠王。当江乙在灯火辉煌的寝宫诚惶诚恐地说完楚王“联魏灭秦”的大计后，魏惠王纵声大笑：“上卿，楚王何等壮伟，怕秦国一个干瘦子么？”江乙哭笑不得，拭着汗道：“我王之意，恐秦国坐大，威胁楚魏。若魏国出兵，楚国唯魏国马首是瞻。”魏惠王又是一阵大笑，推开身边女人，走出艳丽的纱帐：“请问上卿，楚国可出兵几何？”

“回魏王，我王答应出兵十万。”

“以谁为将？”

“令尹子昊。”

“灭秦之后如何？”

“魏得秦三分有二，楚得秦三分有一。”

“楚王中途退缩，不是一次，本王何能相信？”

“我王为天象警示，立志奋发，决意先行将淮水以北六座城池，割让给魏国抵押。若中途反悔，六城属魏。若灭秦有成，再行收回。”

“好！”魏惠王大笑，“上卿可回复楚王，请他一月之后立即发兵，从武关北上。我大魏河西将军龙贾从东北南下，两面夹攻，一举灭秦！”

“谢、谢过魏王！”江乙没想到如此顺利，竟结巴起来。

江乙高高兴兴地走了。魏惠王觉得自己瞬息之间又完成了一个大大的难题，也化解了庞涓喋喋不休所唠叨的危险，运筹帷幄的功业感骤然溢满心头，兴奋地拉过狐姬，破天荒地向这个柔媚可人的女人慷慨激昂地讲说自己的英明决策和高远谋划，说得狐姬惶惶然不知道该如何称颂了。

这时候，楚王特使的轺车正驶出安邑，奔驰在去齐国的路上。

楚王这套环环相连的大计的关键在齐国，没有齐国，楚国就等于要教魏国牵着鼻子走。可是江乙对出使齐国，比出使魏国还没有把握。魏国虽说是一等一的强国，可魏惠王那种刻意做出的大国君主气度与霸主气魄，倒实在是外交使臣眼里的明显弱点。江乙很是清楚，对魏国只要谦恭示弱，等闲不会有辱使命。可齐国这个不到四十岁的国王，却是大大两样，江乙心中实在盘算不出一套体面机智的说辞，只好准备随机应变了。

三　齐威王吏治的奇特手段

天刚刚亮，丞相驺忌就登上轺车向王宫而来。

齐王宫在临淄城的北面，与王宫遥遥相对的，是南面的稷下学宫。中间是一片异常宽阔的街市，那便是名闻天下的临淄“齐市”。所有的朝臣进宫，都得从这条街市穿过。这种都市格局，在天下都会中堪称独一无二。身为临淄大夫，驺忌当年督建王宫与学宫时，给这里留出的本来是一片松柏林，松柏林两边是王宫与学宫的车马场，四周则是齐国官署。如此布局，这里就形成了一个肃穆的王权中心，列国使臣和庶民百姓只要接近这个地方，敬畏之心就会油然而生。谁知年轻的齐王却大皱眉头，站在王宫地基上指着中央广阔的空地问：“莫非齐国钱财多得没用场了？要这几百亩地大的松柏林何用？暴殄天物。这里当建一条天下最宽阔的街市，就叫齐市，一定要超过大梁的魏市！天下商贾云集这里，我等王公大臣与学宫士子不能天天看农夫耕田，至少可天天看见商贾民生。”于是，这片构想中的静谧的松林，被喧嚣的街市取代了。

建成伊始，商贾们便大感兴趣。一片商市竟能和王宫比肩而立，这在当时确实是天下独一份。无疑表明，齐国大大地看重商人。这在饱受“抑商”之苦的商人们看来，简直比赚钱本身还诱人。于是，天下的富商大贾接踵而来，争相求购店面，同时又在临淄大买地皮建房建仓。倏忽十几年，齐市不期然成了天下最繁华的第一大市。临淄人口大增，百工商贾达七万多户，几近五十万人口。齐市与魏市，大有不同处。魏市风华侈靡，多以酒肆、珠宝、丝绸、剑器名品为重。齐市则平朴实惠，主要是鱼市、盐市、铁市、布市四大类。总的说来，奢靡风华，齐不如魏；实惠便民，魏不如齐。

齐王规定：朝臣入宫，非有紧急国务，必须步行穿过齐市；运输车辆与紧急军务，可走旁边专门设置的车道；朝臣入宫，须得向齐王禀报街市遇到的逸闻趣事。

驺忌的轺车进入市口，下得车来，教驭手将车赶走，自己从容步行入市。正逢早市，除了饭铺酒肆，大宗店铺尚都正在上货之时，市人不算很多。三三两两者，多为临淄老民中的闲散之人。驺忌步履匆匆，心中一直在思忖如何向齐王禀报心中大事，不意眼前突然一亮，对面走来了一个丰神俊朗的美男子。

驺忌心中一动，拱手高声问：“先生，可是城北徐公？”

美男子拱手笑道：“正是在下。敢问先生高名上姓？”

“我乃城东驺氏，久慕先生琴棋貌三绝，可否到府上请教？”

“先生谬奖了，徐公愧不敢当。先生可是驺忌丞相？”

“驺忌，我兄也。我代兄一陈敬慕之心。”

“徐公素闻驺忌丞相貌美，气度非凡。其弟若此，方知传闻不虚。改日定当登门求教。”

二人正在互相敬慕之际，市人纷纷驻足观望，啧啧赞叹相互议论。

“不愧齐国男中二美！天下奇观也。”

“要说，还是城北徐公更美一些，飘逸若仙。”

“也是。美男比赛，我押徐公一彩！”

“嘘！那个是丞相兄弟，大仪雍容，谁堪比呀？”

“富贵气度与美男子是一回事么？瞎捧！”

驺忌看市人渐多，便和徐公殷殷道别，分头而去。人群尚聚拢不散，望着他们的背影争论不休。驺忌出得街市，便到了王宫前有甲士守护的车马场。嗡嗡喧嚣的市声被抛在三百步之后，王宫前顿时安静下来。驺忌觉得神清气爽，大步迈上十六级白玉台阶，走进王宫大殿。

齐威王正在和大将田忌低声议事，见驺忌到来，笑道：“丞相好早。”

“我王比臣更早。”驺忌深深一躬。

“丞相早来，必有大事，你就先说。入座。”

驺忌知道，田忌与齐王议论的肯定是军旅事务，加之田忌乃王族大臣，他这个文职丞相对军务历来是“王不问，臣不说”，从不主动涉及。他从容坐到自己日常的首座前，那是齐王左手下的一张长案，拱手一礼道：“我王，日前臣派两路密使查访阿城与即墨县政绩，使者已回到临淄，结果却与我王判语不同，臣特来禀报。”

“如何不同？”齐威王淡淡问道。

“经使者查实，阿城令所辖三城田野荒芜，民众逃亡，工商不振，百业凋敝。阿城令将府库之赋税财货，用来贿赂我王身边吏员，猎取美名，官声鹊起。”

“如何？”齐威王大大惊讶，“阿城令，正欲重用……即墨令如何？”

“即墨令所辖三城，田野开辟，民众富饶，市农百工皆旺。五年之间，人口增加万余。且官府无积压讼案，村社无族人械斗，民众皆同声称颂。即墨令勤于政事，常常微服私访于山野民户，却不善疏通，以致官声不佳。”

齐威王一时烦躁道：“岂有此理？齐国整顿吏治数年，竟有此等颠倒黑白之事？丞相，密使所查，可敢担保？”

“我王，密使正是为臣自己。愿以九族性命，担保所言不虚。”

齐威王沉默良久，脸色越来越难看。

“我王，请看臣可算齐国美男？”驺忌突然问。

齐威王不禁一笑：“丞相真有闲心。你身长八尺[1]，伟岸光华，何明知故问也？”

驺忌笑道：“我王容臣一言。今日清晨，臣在镜前整衣，臣妻在旁侍奉。臣问妻，我与城北徐公孰美？臣妻笑曰，夫君雄姿英发，俊逸非凡，徐公岂能相比？臣出寝室，在正厅遇妾。臣又问妾，我与徐公孰美？臣妾羞颜笑答，夫君天上骏马，徐公地上狐兔耳，何能相比？臣出门于庭院遇客人，又问客人，客人答曰，公乃人中雄杰，徐公一介寒素士子，自然驺公大美。却不想方才过市，偶遇徐公，两相寒暄，臣自觉不如徐公之飘逸俊秀。市人亦围观品评，皆说臣不若徐公之美。然则我王，何以臣之妻妾客人，都说臣比徐公美耶？”

---

[1]　战国尺小，按今日度量衡，八尺当在一米八左右。

齐威王沉吟着不说话，只是看着驺忌，等他继续说下去。

驺忌收敛了笑容："以臣思虑，臣妻说臣美，是爱臣过甚。臣妾说臣美，是怕失去臣之宠爱。客人说臣美，是有求于臣。爱臣、怕臣、有求于臣者，皆说违心之言讨好于臣。齐国千里之地，城邑近百。宫中妇人都喜爱我王，朝中之臣都惧怕我王，境内之民都有求于我王。可想而知，我王究竟能听到几多真话？"

齐威王离席，肃然拱手："丞相拨云见日，我当不负丞相忠诚谋国。"

驺忌深深一躬："臣请我王广开言路，整饬吏治，固齐根基。"

这一则寓意颇深的故事，使齐威王几日都不能宁静。阿城令与即墨令果真相反么？他真不敢相信。整饬多年了，齐国应该是吏治清明了，如何竟有此等深刻作弊的欺瞒？长此以往，齐国岂非要不知不觉地垮下去？想着想着，齐威王觉得脊骨发凉，悚然醒悟。战国之世，吏治一旦滑坡，国家不能令行禁止，就等于这个国家崩溃了。当晚，齐威王轻车简从，秘密来到稷下学宫，与学宫令邹衍秘密商谈了一个时辰。次日清晨，十多名布衣士子络绎不绝地出了稷下学宫，到国内游学去了。

一个月后，齐市面对王宫的木栅栏被拆掉，市人潮水般拥到了王宫前的车马场。

车马场中央立起了一口一丈多高的大铁鼎。鼎下大块的硬木材燃烧起熊熊火焰，鼎内热气蒸腾，沸水翻滚。大鼎四周三层甲士围成了一个马蹄形阵势，只有面对王宫的一面敞开着。高大的王宫廊柱下站满了矛戈甲士，田忌抱着红色令旗伫立在中央王案之前。看这场面，一定是要发生大事情了。临淄市人闻听消息，万人空巷，一齐聚到了王宫周围。偌大齐市的外国商人们也齐齐地关了店铺，拥到广场看热闹。北面的王宫与南面的稷下学宫之间的广场上，人山人海。齐市的房顶上站满了人，学宫门前的那片大树上也爬满了人。

午时刚到，王宫东廊的大铜钟轰然撞响。

“齐王驾到！”内侍一声长喝，齐威王与丞相驺忌从王宫大殿从容走了出来，肃然站立在白玉平台的中央。左右亲信吏员与内宠、侍臣们，在齐威王身后站成了两排。他们兴奋地望着场中大鼎，相互对视着不断地抽搐着嘴角。这些宫廷中人在这种特殊场合，痉挛式地抽搐，便是他们的笑。对生杀诛灭这类事，他们从来不出声笑，那是他们轻蔑这些臣子的特异方式。齐国的大臣们也早已经在平台两侧列队等候，惴惴不安地望着国君，不知道今日这阵势对着何人？

驺忌对齐威王微微一点头。

齐威王大袖一摆，走到王案前：“宣阿城令、即墨令。”

内侍尖锐悠长的声音响彻了广场：“阿城令、即墨令晋见——”

十六级台阶下，地方大臣的队列中走出一个大红长袍、高高玉冠的白皙中年大臣，神采飞扬地朝着向他低声祝贺的同僚们点点头，疾步走上高台拜倒在地：“臣，阿城令田榫参见我王，我王万岁！”

随后的即墨令，一身布衣面色黝黑风尘仆仆，与前边的阿城令相比，更像一个颇为寒酸的布衣士子。他按照常礼深深一躬：“臣，即墨令晏舛参见我王。”

“二位站过，本王自有发落。”齐威王面无表情地离席起身，走到王案前对着广场招手，场中顿时肃静下来，“齐国臣民们，朝野皆知，在齐国二百多名地方大员中，有两个最引人注目。一个是阿城令田榫，王族臣工。我的亲信宠臣与诸多大员，都说阿城令政绩卓著、勤政爱民、阿城富庶、万民受惠！”

广场上的人群顿时骚动起来，纷纷叫喊，声若潮音。吏员队伍中却有许多人点头微笑。齐威王身后的亲信宠臣们嘴角抽搐得更厉害，眼睛大是放光。田忌令旗挥动，高声命令："切勿喧哗，听我王宣示——"场中渐渐平息下来。

齐威王依旧面无表情："另一个，即墨令晏舛。我的亲信和朝臣们都说他不理民事、残苛庶民、贪赃枉法、民众深受其荼毒！"

场中再次骚动，轰轰嗡嗡，愈显怒色。田忌再次挥动令旗，人群又渐渐平息了。

"为此，本王派出二十余名稷下学宫的正直士子秘密查访，本欲晋升阿城令为上卿，欲治即墨令死罪。然则，天道无私，查访实情正好相反！阿城令用国库税收大行贿赂，博取官声政绩，致令田野荒芜、庶民怨恨。即墨令则勤政爱民，百业兴旺，民众富庶！"齐威王喘息着顿了一顿，扫视广场中鸦雀无声的人山人海，嘶哑高亢的声音又响了起来，"齐国吏治整饬多年，竟有阿城令此等国贼，竟有公然蒙骗本王的朝中吏员，本王深感痛心！为重整吏治，广开言路，本王晓谕：封即墨令万户，自即日起晋升为齐国司寇！"

话音落点，广场中民众欢腾，纷纷脱下衣衫摇动着向国君欢呼。即墨令双泪长流，深深拜谢。阿城令和齐威王身后的亲信们吓得瑟瑟发抖，嘴角真正地抽搐了起来。台下吏员大汗淋漓惶惶不安。

齐威王冷冰冰下令："为惩治恶吏，根除口舌杀人歪风，将阿城令投鼎烹杀！"

田忌令旗一挥，四名力士大步走上十六级台阶，四面叉起面如死灰的阿城令，一声号子，骤然发力，竟将一个大活人弹丸般抛向广场中的大鼎之内。只听一声尖厉的惨呼，顷刻之间，大鼎翻滚蒸腾的沸水中泛起了白骨一具。

"万岁！齐王万岁！"场中骤然欢腾雀跃。烹杀王族大臣，这在任何国家都是不可能的事。可它就发生在眼前，谁又能不相信？那特殊的焦臭肉腥味儿分明还在鼻息间弥漫，深深震撼了齐国民众和外国客商。平素为阿城令鼓吹的内侍、宠臣与官员们，早吓得软成了一堆肉泥，黑压压一片瘫跪在地，哀求饶恕，涕泪交流，更有屎尿横流者丑态百出。齐威王毫不动心，指着这些往昔的亲信狞厉地冷笑着："本王将尔等视为亲信耳目，尔等却将本王视作木偶。若饶恕尔等，天理何在？法制何在？上将军，将本王划定之人，一律烹杀！"

一场中国历史上绝无仅有的酷烈烹杀开始了。

田忌左手持一张羊皮名单，右手挥动令旗，喊出一个，力士们向沸腾翻滚的大鼎发力抛进一个……片刻之间，连续烹杀十五名亲信侍臣、十三名朝臣与地方官员。烈火浓烟，热气蒸腾，大鼎内白骨翻翻滚滚。几名甲士挥动长长的铁钩，不断向外钩出一具具白森森的骷髅。不消顿饭工夫，大鼎旁的白骨已经摞成了一座小山。血肉腥味儿夹着滚滚浓烟，弥漫了整个广场。随着一个又一个烹杀，欢呼声没有了，一种不安和恐怖的气氛四散蔓延开来，女人们开始呕吐，男人们惴惴不安，有人低声呼妻唤子，悄悄地走了。衣饰华贵见多识广的外国商人们也连连呕吐，掩着鼻子急忙逃出了广场……

齐威王却始终站在烟雾中，铁铸一般，寸步未移。

第二天，当临淄城还飘荡着烹杀的腥臭时，大街两旁张挂起了《许民诽谤令》。根据这道法令，齐国大小近百座城池的主要大街，纵横齐国全境的十余条官道两旁，都立起了"谤木"。这种"谤木"与人等高，官道旁每隔五里立一块，城池街道每隔三十丈立一块。实际上是在一根粗大的木柱上方，钉一块大大的方形木板，专门供民众或写或画或刻，评点官员，抨击时政，或提出自己的国策主张。这便叫"诽谤"。谤木写满，有吏员随时更换，写有字画的谤木必须全部上缴王宫官府，任何地方官署不得扣押。

齐威王的许民诽谤令，是广开言路的旷古创举。它大大激扬了齐国的民气，人人都觉得自己可以向国王进言。大小官吏则觉得时时有万民督察，不敢有丝毫懈怠。事实上，齐国真正清明的吏治，正是从许民诽谤开始的。但在齐威王死后，“谤木”就莫名其妙地升高了。后来越来越高，经过千百年演变，“谤木”变成了白玉雕刻的高不可攀的华表，“诽谤”也演变为恶意攻击的专用词。历史万花筒也，令人啼笑皆非。

四 稷下学宫的人性大论战

不到五年，齐国已经是生机勃勃，百业兴旺，文明昌盛，隐隐然成为与魏国并驾齐驱的第一流大国。这时候的齐国，朝堂大臣有驺忌、田忌、邹衍、晏舛、段干朋等名臣名将，地方大臣更是清明勤政人才济济。然而更令齐国雄视天下的，却是他们的稷下学宫。历经二十余年精心培植，稷下学宫已经是名士荟萃，精英云集，成为齐国取之不竭的人才宝库。视人才为国宝的齐威王，每每说到稷下学宫，便是豪气勃发：“稷下学宫收尽天下英才，齐国岂能不一统天下！”

世间事锦上添花。就在齐国沐浴着海风崛起的时候，两位名震天下的人物来到了临淄。一个是大张旗鼓堂堂正正来的，一个却是无声无息秘密来的。

齐威王接到两路禀报，精神大振，霍然离席道：“丞相、学宫令随本王迎候大师。上将军安排先生便是。”田忌答应一声，兴奋地走了，毕竟那位神秘人物对他这个上将军来说是太重要了。齐威王则和驺忌各乘轺车，急急赶到城外。

临淄南门外的迎送亭已经隆重地布置了起来。齐威王站在亭外轺车上，遥遥望着通往鲁国的官道。大臣们则分列站在亭外，纷纷低声议论着，显得很是有些激动。齐国就差这么个大宗师，而今他终于来了。

“禀报我王，车骑已现！”

“丞相，随本王迎上。”齐威王一跺脚，轺车辚辚驶上官道。

迎面烟尘大起，一支没有旗帜的车队隆隆北来。遥遥可见每辆车都是两马驾拉，驭手全是长衫布巾的儒生打扮。战国时代，便是大国特使，除了骑士护卫，寻常也只有一辆轺车和两辆随车。寻常名士周游，能有一车就算是极大的排场了。这支车队却有十三辆双马快车外加一辆青铜轺车，虽然没有旗帜，却也是气势非凡，绝非寻常学派名士可比。青铜轺车下肃然端坐的是一个五十多岁须发见白的男子，面目清朗肃穆，三绺长须被风吹起，潇洒凝重气度非凡。

齐威王不禁高声赞叹：“孟夫子果然不凡！”

来者正是名动天下的孟子车队。这位高才雄辩洒脱不羁而又坚如磐石的儒家领袖，在战国之间已经奔波了二十多年。像当年的孔子一样，他的奔波使儒家学问种子撒遍天下，但却始终没有实现自己的实际追求——为政一国并以儒家理想治国安邦。但孟子没有灰心。他坚信在这大争之世，天下必有他一展抱负的礼仪大邦。魏国他去过多次，原以为富庶繁华的魏国最需要儒家名士，不想魏惠王[1]对他奉若上宾，每天和他谈天说地议古论今，却从来不问他治理邦国的大政方略，显然要将他当作食客养起来。孟子雄心勃勃，肩负中兴儒家的大任，岂容得此等难堪与尴尬？但孟子毕竟是孟子，他彬彬有礼地向魏惠王告别，说明了重新出游的愿望。魏惠王哈哈大笑：“好啊好啊，儒家博学，正是从游历天下中得来！本王相赠夫子书车十辆，黄金百镒，以资行色！”孟子内心发凉，长长一躬，断然离开了安邑。他久闻齐国稷下学宫的名声，

[1] 魏惠王，后因魏国迁都大梁，所以文献典籍如《孟子》也有将其称为“梁惠王”者。

便借着游学名义到齐国来了。

“夫子，有人迎接！好像是大臣？”驾车的万章颇为惊讶，高声回头提醒老师。

后面车上一个弟子站起来瞭望：“啊！是齐王！没错，王旗，是齐王！”

万章知道公孙丑的眼力极好，“吁——”的一声挽缰停车，回身拱手道：“夫子，齐王在官道迎接，要否下车，列队缓行？”

孟子微微睁开眼睛，略一思忖道：“照常行进。”

“是。”万章向后高声道：“照常行进，切勿喧哗。”一抖马缰，车队辚辚启动。

官道边的齐威王君臣已经下车，在道边肃然拱手迎候。见孟子的青铜轺车辚辚驶来，齐威王当道拱手高声道：“齐王田因齐，恭迎夫子莅临。”

万章机警，早已经将车速减缓，此时正好将轺车停稳。孟子霍然从轺车伞盖下站起，深深一躬：“不知齐王在此，孟轲唐突挡驾，多有得罪。”

“夫子，田因齐专程来迎，非有他事。”齐威王笑迎上前。

孟子大礼拜伏在地：“孟轲何德何能，竟劳齐王迎候郊外？”

齐威王连忙扶起孟子，爽朗大笑道：“夫子学问，天下魁首，田因齐自当敬贤礼遇。夫子，这位是我齐国丞相驺忌，这位是稷下学宫令邹衍。”

驺忌、邹衍一齐拱手：“见过夫子。”

孟子恭敬还礼：“得见二位大人，不胜荣幸之至。”

说话间，已到迎送亭外，跪坐在大红地毡上的乐队奏起了祥和宏大的乐曲，孟子肃然拱手：“齐王，此《小雅》乃天子迎送诸侯之乐，孟轲如何敢当？”

齐威王大笑：“夫子啊，乐礼等级当真不成？好听罢了。”

邹衍笑道：“夫子啊，恪守礼制，何有今日之天下也。”

孟子也豁达地纵声大笑：“笑谈笑谈，孟轲又迂腐一回。”

孟子的坦诚爽朗，使略微拘谨的气氛顷刻消散。齐威王笑道：“夫子远来，车行劳顿，先行歇息，来日我当亲为夫子主持论战大会，一睹夫子风采。”

孟子谢过，由稷下学宫令邹衍陪同着进了临淄城。

齐威王对驺忌一挥手：“丞相，还有一位，随我去看。”

君臣二人轻车简从，绕道西门进得临淄，到了一座清幽的府邸前。这座府邸门口没有肃杀森立的卫士，倒像是一座清静的书院。要不是齐威王路上说明，驺忌真不敢相信这是威势赫赫的上将军田忌的府邸。田忌是王室贵族，是齐威王的庶兄，是田氏王族中很有实力的一支。田氏本是在姜齐内部依据封地成长起来的新贵族势力，夺取齐国政权后，田氏成为王族，内部却仍然保持着各自的地域势力。这种地域势力被长期默认为田氏各支脉的封地，国家（王室）和封地贵族各收取一半赋税，“封地”的官吏也是贵族推荐国君委派，既听命于王室，又听命于贵族。王权强大的时候，这种“封地”与国家土地没有两样。王权衰落的时候，“封地”贵族便成为几乎完全自治的一方势力。其间变数，完全取决于政权格局的此消彼长。齐国在王族封地这一点上，与天下诸侯及魏楚燕赵韩没有更大的不同，基本上维持在旧有的框架内。正因为如此，田忌这种王族大臣，不像驺忌这种士人出身的官员，他们即或不在王室做官，也有世袭的封地，在临淄依然会有很豪华气派的生活。田忌又做了上将军，其府邸无论豪华威势到何种程度，人们也不会觉得惊奇，倒是这种书院般的高雅脱俗，使得驺忌大大地出乎预料。寻常同朝共事，驺忌对王族大臣总是有着一种本能的戒备，很少与这些大臣私人交往，自然也从来没有来过上将军府。今日一看，对田忌的本能戒备顿时减轻了许多。

也没有人通报，便见大门打开，田忌匆匆迎出，深深一躬，将二人迎进正厅。

“先生如何了？”齐威王急切问道。

“禀报我王，先生伤残严重，状况不佳，急需治疗休养。”

“太医来了么？”

“太医令亲自前来，已为先生剔去两腿腐肉碎骨，目下先生正在昏睡。”

齐威王喟然叹息：“一世名家，竟至于此，令人痛心也。”

田忌思忖有顷道：“臣以为，先生入齐之事，暂且不做透露。先教先生住在臣府疗伤，痊愈后再做计较。”

齐威王点点头：“先生乃我齐国人杰，务必倾尽全力，恢复先生身体。”

“臣明白。”田忌肃然拱手。

齐威王看看驺忌，微微一笑：“丞相啊，此人乃天下闻名的兵家名士。他能康复，乃我齐国大幸也。丞相可知他是何人？”

驺忌不喜欢过问不需要他知道的事，也从不对自己不清楚的事贸然开口，所以一直平静地沉默着。然自己也是名士根底，岂能不知天下闻名的大家？见国君相问，笑道：“是否兵家祖师孙武的后裔——孙膑？”

齐威王大笑：“正是。齐国有此大才，文武兼备，何惧天下？”

孟子住进了六进大宅，弟子们大为激奋。

据邹衍介绍，这是齐国中大夫规格的府邸，只有对称为“子”的学派领袖才特赐，寻常名士只是三进宅院。孟子在邹衍陪同下，看了一遍住宅。进大门的两侧是仆役门房，第一进是一个大庭院，山水竹草俱备，很是雅致；第二进是正厅，宽大敞亮，陈设华贵；第三进为书房琴室，其宽阔足以摆布他的七八车书；第四进为寝室，帐幔掩映，浴室精巧，为孟子生平未见；第五进是炊厨房，足以让五六名厨师一展身手；最后一进是一片后园连同一个偏院，是门客住房，正好做孟子学生们的住处。看了一遍，弟子们是交口赞叹。孟子虽然没说话，心下也颇为满意。毕竟，这是齐国敬贤，是赐给自己的府邸，比住在魏国豪华的驿馆感觉要好得多。

安顿好之后，万章、公孙丑来劝老师去看稷下学宫。孟子虽然也想看看这座名震天下的学宫，但想想还是忍住了："你等且先去，为师要歇息歇息。"万章、公孙丑高兴地去了。

稷下学宫坐落在王宫的正南。万章和公孙丑对中间相隔的"齐市"实在没有兴趣，但穿过街市的感觉，还是让他们大为惊讶。连绵无际的店铺帐篷，比肩摩踵讨价还价的市人，鱼盐混杂的奇特腥臭，堆积如山的铁材布帛，琳琅满目的精铁兵器，都是他们在任何官市没有见过的。匆匆走出街市，竟用了整整半个时辰。两人不禁大为感慨，说回头一定让老师来走走"齐市"，看老师有何评点。

出得街市向南百步之遥，是一道宽阔的松柏林带。走进松柏树林，阵阵清风啾啾鸟鸣，便将身后的大市隔在了另一个世界。眼见一座高大的木石坊矗立在夹道林木中，坊额中间雕刻着四个硕大的绿字——学海渊深。木石坊前立着一方横卧的石龟之上的白玉大石，上面刻着四个斗大红字——稷下学宫。木石坊极为宽阔，最豪华宽大的王公马车也可以直驶而进。木石坊两边各有两名蓝衣门吏垂手肃立，一名红衣领班在门前游动。木石坊后遥遥可见大片绿树掩映中的金顶绿瓦和高高的棕红色木楼。

万章、公孙丑被这宏大的气魄震慑了。走遍天下，哪个国家能将学宫建得如此肃穆恢弘？原想稷下学宫纵然有名，也无非是学风有名而已，学宫本身无非是一片房子，能有何令人向往处？今日一看，不说里边，仅这外观，就和王宫、太庙具有同等的庄严气势。这种气势绝不是房子庭院的大小，它意味着文明学业在齐国的神圣地位，这在哪个国家能做到？

不由自主地，两人对着白玉大石深深一躬。红衣执事看见，上来拱手道："请二位士子出示府牌。"公孙丑恍然笑道："啊，府牌是在这儿用的？我等新来懵懂，请谅。"说着两人各自掏出一张小铜牌递上。红衣执事看后笑道："啊，二位是孟夫子门生，请进。要否派人带二位一游？"万章道："多谢。不用了，我等自看方便些。"

二人走进学宫，却见木石坊大门内是一条宽阔的林荫大道，大道两边是平展展的草地和树林，林间石桌石凳错落有致，形成了一个一个天然的聚谈圈子，激烈争论的声音隐约可闻。时见长衫士子手捧竹简在林间长声吟诵，使人顿生读书清修之心。林荫大道的尽头，是一片一片的树林与屋顶，十几条小道网一般通向纵深。一时间，二人竟不知何去何从。正在徘徊迷惘之中，一个年轻的蓝衫士子从一片树林中飘然而来："二位，可是孟夫子高足？"

"正是。在下万章、公孙丑。阁下高名上姓，如何识得我等？"

"我乃宋国尸佼。孟夫子来齐，学宫早已人人皆知了。"士子一指林间，"二位请看，都在准备和孟夫子论战。"

"原来是'宇宙'说的尸佼学兄！久闻大名也！"公孙丑很是高兴。

"宇宙说浅陋，何敢当大名二字？"

万章笑道："敢问尸佼学兄，何谓宇宙？"

尸佼爽朗大笑："天地四方曰宇，往古来今曰宙。如此而已，何足道哉！"

"尸佼兄儒也法也？抑或只取治学之道？"万章笑问。

"时也势也，何须守定儒法？"

公孙丑揶揄笑道："首鼠两端，何其狡也？"

三人不约而同地哈哈大笑。尸佼道："二位初来，我陪二位一游。"

三人同行，谈笑风生，自是话题汹涌。相互究诘了片刻，尸佼笑道："就此打住。稷下学宫要看的主要是三个地方，争鸣堂、大国学馆、诸子学院。其余厅堂馆舍，最具一看的就是藏简楼了。你们看，前面就是争鸣堂。"

走进一片树林，但见一座大门突兀耸立。从外面看，它很像一座大庭院。大门正中镶嵌着四个铜字——论如战阵。进得大门，遥见正中一座大殿坐北面南，两侧为长长的廊厅；中间是宽阔的露天大场，大场中一排排长条石板上都铺着红毡，看样子足有千余人的坐席，显然便是论战的主会场。大殿口正中的木架上立着一面大鼓，两支鼓槌悬于木架，却是大笔形状。大殿两侧各有一方丈余高的白玉大石，右刻"锤炼学问"，左刻"推陈出新"，白玉衬托着斗大的红字，入眼便令人振奋。

"好大气魄，当真没想到也。"公孙丑油然感慨。

"我师就要在这里，论战天下学子？"万章问。

"对了。稷下学宫规矩，凡诸子名家来齐，必得举行争鸣大论战。久闻孟夫子雄辩无匹，稷下士子都想求教一番也。"

公孙丑不禁兴奋点头："好！看尸佼学兄如何挑战？"

万章微微冷笑："只怕稷下学宫没几个人能与我师对阵。"

尸佼哈哈大笑道："天下之大，岂能教英雄寂寞？兄台，也莫将孟夫子当做尊神也。"说着遥遥一指，"两位看看前边，稷下学宫可是囊括了天下诸子百家，还能没有孟夫子敌手？”两人见尸佼豪爽可亲，倒也没有因他的狂傲生气。随着尸佼脚步出得争鸣堂左拐，便见远处大片屋舍隔成若干小区，红墙绿瓦，树木沉沉，极是幽静。尸佼笑道：“看，那是大国学馆区。内中主要有周、鲁、魏、楚、韩、赵、燕、宋、郑、吴越十个学馆区。”

“噫？如何没有秦国？”公孙丑不解。

尸佼笑了：“秦国乃文学沙漠，既无学风，又无学子，何以建馆？”

“秦国也有招贤馆了，还去了不少士子，法家有卫鞅。”万章明是提醒，暗中却是不服尸佼“论必有断”的气势。

“文明风华，在于积累。一国文明，绝非开一座招贤馆便能立竿见影。秦国距离中原文明，至少有百年之遥。”尸佼对秦国的轻蔑是显然的。

“有理有理。”公孙丑憨直，当即大为赞同。作为儒家子弟，对这个孔夫子拒绝访游的秦国自然谁都绝无好感。万章也是如此，只是不想附和尸佼而已。三人边谈边走，不觉来到又一片馆舍前。这片馆舍各自建在一座一座的小山包上，绿树环绕，大有隐居情趣。

“你等看，这里是诸子学院。凡成一家之言，又能开馆授徒的名家，均可在这里分得一座独立学堂，大则二十间，小则七八间。给孟夫子的最大，二十五间，正在收拾。”

万章有些惊诧：“诸子学院？目下，容纳了多少家？”

“目下么，大约已经有九十多家了。天下学派，几乎全数进入稷下学宫了。”

万章大是摇头：“以我看，稷下学宫这诸子学院，却有些轻率。”

“此说新鲜，何以见得轻率？”

“立学院者，当非天下显学莫属。”万章现出名门高徒的特有矜持，“九十多家，鱼龙混杂，岂能为天下文明之先？”

“以足下之言，何派堪称天下显学？”

公孙丑笑了：“哎呀尸佼，你如何连天下显学都不知晓？儒墨道法四大家也。”

突然，尸佼放声大笑：“久闻孟夫子霸气十足，不曾想门下弟子也小视天下了。请告孟夫子，二十年后，天下显学还会增加一家，那就是尸子！”

万章自觉方才说得不是地方，也笑了起来：“尸佼兄志在千里，万章佩服。”

公孙丑憨直笑道：“人言尸佼兄乃卫鞅之师，或言尸兄师从卫鞅，不知究竟如何？”

尸佼豁达又颇见神秘地笑了：“人言归人言，何须证之哉！再往前看。”

“那边何处？”公孙丑指着三座棕红色小楼问。

“那就是藏简阁。”尸佼笑道，“三座木楼共藏书五百多万卷，非但有诸子百家，连各国政令都有专门收藏。仅凭这藏简阁，稷下学宫也足以傲视天下了。”

万章感慨：“莫说学而优则仕。我看，就在稷下学宫遨游修业，此生足矣！”

公孙丑却少有地露出诡秘的一笑：“敢问尸佼兄，齐王将天下学子尽收囊中，却很少用他们入仕为政，是何用意？”

尸佼不想公孙丑有此一问，一时竟不知如何回答，有顷笑道：“在下尚未想过，愿闻公孙兄高见。”

公孙丑摇头：“莫非，想尽聚天下大才，使别国无人可用？”

三人哈哈大笑。尸佼拊掌道："公孙兄之论匪夷所思，妙极！"

暮色降临，万章和公孙丑方才匆匆离开学宫。一路上，两人说起鲁国本来与齐国相邻，且为礼仪文明首邦，而今非但失去了文明大国的地位，且弄到几乎要亡国的地步，不禁感慨中来，唏嘘泪下。回到府邸向老师讲述了在稷下学宫的所见所闻和感受，孟子也是沉默良久，喟然一叹："儒家遭逢强权肆虐、人欲横流的大争之世，自祖师孔夫子起，奔波列国两百多年，终究未遇文明之邦一展抱负。齐国气象，为师也看不错，修文重武，礼贤下士。然则，方今战国推崇强力，借重法家兵家，对我儒家多有虚礼，少有重任。齐王虽说对我敬重有加，稷下学宫更是天下难觅的修学之境。然则，我们究竟能否将齐国作为永久根基，目下尚很难说。究其竟，儒家是尚古复礼之学，是盛世安邦之学，是教化民众之学，是修身齐家之学，是克己正身之学。唯其如此，也是生不逢时之学。时也势也，我儒家将有一段漫漫低谷。我们同人一定要强毅精神，受得起冷遇，要像墨家那样刻苦自励，方能复兴儒家于盛世之时。"

"谨遵师教，刻苦自励，复兴儒家！"万章、公孙丑异口同声。

"弟子们须当谨记，天将降大任于斯人也，必先苦其心志，劳其筋骨，饿其体肤，空乏其身，行拂乱其所为。是以动心忍性，增益其所不能。"孟子颇有些悲壮。

万章与公孙丑被老师深深地感动了，回到跨院一说，弟子们议论纷纷，究诘辩驳，探求真谛，一夜未能入睡。

旬日之后，齐威王领丞相驺忌、上将军田忌、学宫令邹衍，来隆重地迎接孟子师徒正式进入稷下学宫。进入的盛典，就是特为孟子举行的论战大会。这是齐威王与驺忌商议好的，既表示了对孟子的极高礼遇，又能试探孟子的为政主张。虽说天下都知道儒家的为政之道，但在战国时代，名家大师对鼻祖的主张做出顺应潮流的修正，也是屡见不鲜。齐威王期待的正是这种改变。

争鸣堂人如山海。露天庭院的长排坐席上是诸子学院与大国学馆的弟子群。孟子的随行弟子三十余人被安排在中间位置。前排几乎是清一色的成名大家——慎到、淳于髡、田骈、倪说、尹文、宋钘、庄辛、杨朱、许行、公孙龙等，最年轻的尸佼则坐在前排末座。庭院坐席的后一半，全部是各国前来求学的“散士”。两厢长廊下拥挤得严严实实的，是颇有神通而又欣赏风雅的各国商人，他们没有资格入席就座，只能站立在两廊聆听。大殿正中是齐威王君臣，突前主案是孟子坐席。

看看场中已经就绪，稷下学宫令邹衍向大殿两角的红衣鼓手点头示意。

红衣鼓手擂动大笔形的鼓槌，两面大鼓响起密集的战阵鼓声，隆隆滚过，催人欲起。一通鼓罢，司礼官吏悠长高宣：“稷下学宫，第一百零五次争鸣大战，开始。”

邹衍走到大殿中央开宗明义：“列国士子们，稷下学宫素来以学风奔放、自由争鸣闻名于天下。这第一百零五次大论战，专为孟夫子而设，乃稷下学宫迎接孟夫子入齐之大典。学无止境，士无贵贱，诸位皆可向孟夫子挑战争鸣……”

场中有人高声打断：“学宫令莫要空泛，还是请孟夫子讲。”

邹衍抱歉地一笑，向孟子坐席拱手：“孟夫子，请！”便入了大殿西侧的坐席。

孟子环视会场，声音清朗深远：“诸位，儒家创立百余年，大要主张已为天下所熟知，一一重申，似无必要。莫若列位就相异处辩驳诘难，我来作答，方能比较各家之学，紧扣时下急务。列位以为如何？”

“好！”“正当如此！”场中一片呼应。

前排一个没有头发的瘦子起立，拱手笑道：“孟夫子果然气度不凡。在下淳于髡，欲以人情物理求为政之道，敢请孟夫子不吝赐教。”淳于髡是齐国著名的博学之士，少年时因意气杀人，曾受髡刑，被剃去长发，永远只能留寸发。在“身体发肤，受之父母，不得丝毫损伤”的时代，截发髡刑是一种极为严重的精神刑罚。这个少年从此就叫了淳于髡。他变卖家财，周游天下，发奋修习，二十年后回到临淄时一鸣惊人。后来留在了稷下学宫，成了齐威王与丞相驺忌的座上客。他学无专精却博大渊深，诙谐机敏，急智应对更是出色，临场辩驳好说隐语，被人称为“神谜”。他所说的“以人情物理求为政之道”，实际上就是他说一条人事物理，孟子就得对答一条治国格言，实际考校的是急智应对。这对正道治学的孟子而言，虽则不屑为之，但也是一个从来没有过的挑战。

场中已经有人兴奋起来：“淳于子乃隐语大师，孟夫子一旦卡住就完了！”

万章对公孙丑低声道：“别担心，正好让他们领教夫子辩才。”

孟子看看台下这个身着紫衫的光头布衣，坦然道：“先生请讲。”

“子不离母，妇不离夫。”淳于髡脱口而出。

“臣不敢远离君侧。”孟子不假思索。

“猪脂涂轴，则轴滑，投于方孔，则轮不能转。”

“为政施仁，则民顺，苛政暴虐，则国政不行。”

“弓干虽胶，有时而脱。众流赴海，自然而合。”

“任贤用能，不究小过。中和公允，天下归心。”一言落点，有人忍不住大喊：“妙对！”周围士子嘘声四起，示意他立即噤声。

“狐裘虽破，不可补以黄狗之皮。”

“明君用人，莫以不肖杂于贤。”

场中一片掌声，轰然大喊：“彩！”

淳于髡突然高声："车轮不较分寸，不能成其车。琴瑟不调缓急，不能成其律。"

"邦国不以礼治，无以立其国。理民不师尧舜，无以安其心。"

孟子此语一出，却引起轩然大波。有人欢呼，有人反对。欢呼者自然赞叹孟子的雄辩才华和王道主张。反对者却高喊："迂腐！尧舜礼治如何治国？"这显然针对的是孟子回答的内容。孟子弟子们立即一片高喊："义理兼工！夫子高明！"

淳于髡显然不服，对场中锐声高喝："我尚有最后一问！"场中顿时安静下来。

"敢问夫子，儒家以礼为本，主张男女授受不亲。然则，若嫂嫂落水，濒临灭顶之灾，叔见之，应援之以手乎？应袖手旁观乎？"

场中哄然大笑。一则是淳于髡的滑稽神态使人捧腹，二则是这个问题的微妙两难。许多士子都以为，这个问题一定会使正人君子的孟夫子难堪回避，那就等于儒家自相矛盾而宣告失败。孟子弟子们顿时一片紧张，觉得这淳于髡未免太过刁钻。

孟子依旧坦然，喟然叹息道："儒家之礼，以不违人伦为本，以维护天理为根。男女授受不亲，人伦常礼也。嫂嫂溺水，非常之时也。非常之时，当以天赋性命为本，权行变通之法，援之以手，救嫂出水。否则，不违人伦而违天理也。"

淳于髡急迫追问："既然如此，天下水深火热，甚于妇人溺水多也，夫子何不援手以救，而终致碌碌无为乎？"

这显然是在讥讽孟子一生奔波而终无治国之功。士子们一片大喊："问得妙极！"

孟子不恼不忧，坦然回答："妇人溺水，援之以手。天下溺水，救之以道。儒家奔波列国，传播大道，虽未执一国之政，却也广播仁政于天下，何谓碌碌无为？若蕞尔之才者，思得一策，用得一计，于天下不过九牛之一毛，与儒家之弘扬大道，何能同日而语？”

“好——”“彩——”掌声与喝彩声雷鸣般响起，淹没了孟子的声音。

淳于髡拱手高声道：“孟夫子才学气度，自愧弗如！”

会场正中一个年轻的士子霍然站起：“孟夫子方才说到，谋划于庙堂者乃蕞尔之才，传播大道于天下，才是援手救世。敢问孟夫子，天下万物，何者为贵？何者为轻？”

“民为贵，社稷次之，君为轻。”孟子没有丝毫的犹豫。

全场不禁肃然安静。孟子的论断不啻是振聋发聩之音，使天下学子们大是警悟。且不说自古以来的贵贱等级传统与沉积久远的礼制法则，就凭身后坐着国王，而孟子本人和所有的士子一样都企盼着国王重用，而孟子敢于如此坦然自若地讲出这一论断，其胸怀与勇气，都不能不使人肃然起敬。良久，场中再次爆发出雷鸣般的掌声。

待到场中重新安静下来，前排的慎到站了起来：“请问夫子，天下动荡，根本却在于何处？”慎到乃法家名士，也是稷下学宫的大宗师之一。他这一问，是在搜求为政之根，看孟子如何作答，是执法，还是守礼？

孟子朗朗一笑：“天下动荡杀戮，皆为人之本性日渐丧失。人性本善。恻隐之心，人皆有之。羞恶之心，人皆有之。恭敬之心，人皆有之。是非之心，人皆有之。恻隐之心，仁也。羞恶之心，义也。恭敬之心，礼也。是非之心，智也。仁义礼智，非由外铄也，人固有之也。此乃人之本性。人性犹水之就下。人无有不善，水无有不下。激水拦截，可使水行于山，然则非水之本性也。濡染以恶，可使人残虐无道，然则非人之本性也。春秋以来，天下无道，礼崩乐坏，人性堕落，竞相为恶，致使天下以杀戮征战称霸为快事。此为天下动荡之根本……”孟子这一席话显然将天下动荡的根源归于“人性堕落”，必然的结论就是“复归人性，方可治世”，显然回避了法治与礼治的争端，而将问题提升到了一个虽然更为广阔却也脱离务实的层面。饶是如此，还没有说完，场中已经轰然。

“夫子此言，大谬也！”如此公然的指责，对于孟子这样的治学大师实属不敬，场中不禁一片哗然。有人高声愤然指责：“不得对夫子无理！”“论战在理，不在呵斥！”

万章看时，果然不出所料，正是前排的尸佼。万章微微冷笑，霍然起身：“尸佼学兄，言之无物，空有严词，莫非稷下学宫之恶风乎？”

在全场侧目的惊讶议论中，尸佼仿佛没有听见万章的责难讥讽，面对孟子激昂高声，就像在慷慨宣战：“人性本恶，何以为善？恶是人之本性，善乃人伦教化。天下之人，生而好利，是以有争夺；生而狠毒，是以有盗贼；生而有耳目欲望，是以有声色犬马。若从人之本性，必然生出争夺，生出暴力，生出杀戮！方今天下，动荡杀戮不绝，正是人性大恶之泛滥，人欲横流之恶果。唯其如此，必须有法治之教、礼仪之教、圣兵之教，以使人性归化，合于法而归于治。无法制，不足以治人之恶；无礼仪，不足以教人向善；无圣兵，不足以制止杀戮。明辨人性之恶，方可依法疏导，犹如大禹治水。孟夫子徒言性善，复归人性，将法制教化之功归于人之本性。此乃蛊惑人心，纵容恶行，蒙蔽幼稚，真正的大谬之言！”

这一番激烈抨击，直捣孟子根本，也提出了一个天下学人从来没有明确提出过的根本问题——人性孰善孰恶？一时间全场愕然，竟无人反应，都直直地盯着尸佼。唯有孟门子弟全体起立，愤慨相向，轻蔑地冷笑着，只等孟子开口，便要围攻这个不知天高地厚的狂士。

大殿中的孟子缓缓起立，面色异常的凝重，向邹衍深深一躬："学宫令，尸佼持此凶险巧辩之论，心逆而险，言伪而辩，记丑而博，实乃奸人少正卯再生也。子为学宫令，请为天下人性张目，杀尸佼以正学风。"

邹衍愕然失色："夫子，如何如何？杀尸佼？咳，稷下之风，原讲究争鸣，如何能动辄杀人？这……"

场中士子们原以为孟夫子要长篇大论驳斥尸佼，都在暗暗期待一篇精辟的文章说辞。却不想孟子公然提出要杀尸佼，当真匪夷所思，不禁哄然大笑，嘘声四起。连两廊下的商人们也骚动起来，纷纷议论："好生理论是了，杀人做甚？""买卖不成仁义在，老先生连我等商人也不如啦！""说不过人就杀人？真是霸道！""是了是了，这杀人确实无理！"

台上的孟子根本不理睬台下骚动，又走到齐威王坐席前，深深一躬："孟轲敢请齐王为天下正纲纪，烹杀凶险之徒，以彰明天理人伦。"

齐威王哈哈大笑："孟夫子啊孟夫子，齐国汇集四海之士，各抒己见，早已司空见惯了。杀了尸佼，稷下学宫何以面对天下？笔墨口舌官司，何须计较忒多？罢了罢了，夫子请坐。"一直用心听的齐威王既敬佩孟子的高才雄辩，又对孟子的论证锋芒有些隐隐不快。尸佼的反击使他惊喜非常，心中顿时豁亮，看出了孟子的弱点所在。孟子请杀尸佼，齐威王觉其有失大师风范，不由得有些奚落之意。

孟子遭到回绝，心下愤然，铁青着脸回到坐席，台下却因此而沸腾起来。稷下学宫的士子们愤愤不平，纷纷议论："论战杀人，成何体统？枉为大师！""孟夫子若主政一国，天下士子便都是少正卯！""百家争鸣，动辄便要杀人，真是学霸！""对！就是学霸！"

公孙丑听得不耐，高声道："人性本善，本为公理！"

士子们立即一片高喊："人性本恶！"

孟门弟子全体高喊起来："人性本善！"

尸佼周围的士子们毫不退让，对着孟门子弟高喊："人性本恶！"

善恶的喊声回荡在稷下学宫，连绵不断，引得前来聆听的富商大贾们也争吵起来，分成两团对争对喊。这种坦率真诚、锋芒烁烁、不遮不掩的大争鸣，是中国文明史上的伟大奇观，也是那个伟大时代的生存竞争方式。它培育出了最茁壮的文明根基，浇灌出了最灿烂的文明之花，使那个时代成为不朽耸立的历史最高峰，迄今为止，人们都只能叹为观止而无法逾越。

论战结束后，齐威王问驺忌田忌："卿等以为，孟夫子如何？"

驺忌："孟夫子学问，堪为天下师。"

田忌："可惜齐国要不断打仗，养不得太平卿相。"

齐威王沉默良久，吩咐侍臣："传楚国特使江乙进宫。"

江乙已经在临淄等了三日，听得齐王宣召，忙不迭带了礼物入宫。

齐威王淡淡笑道："江乙大夫，何以教本王？"

江乙惶恐拱手道："齐王在上，这是楚王特意赠送齐王的礼物，敢请笑纳。"身后侍从捧过一支铜锈斑驳的古剑递上。齐王身边侍臣接过，齐威王笑道："先请上将军看看了。"侍臣捧到田忌面前的长案上。田忌乃名将世家，对珍奇兵器可说是见多识广，然对面前这支不到两尺长的短剑剑鞘却极为眼生，沉吟间右手一搭剑扣轻轻一摁，便听"铿嗡——"一声振音，剑身弹出三寸，顿时眼前一道青光闪烁，剑身又无声缩回。

田忌惊讶之极，拱手道："我王，此剑神器，臣不识得。"

齐威王笑道："江乙大夫，此剑何名啊？"

江乙："禀报齐王，此剑乃楚国王室至宝，只可惜我楚国也无人识得。楚王赠与齐王，以表诚意。”

齐威王悠然道：“好，本王收下慢慢鉴赏。那，楚王是何诚意也？”

“禀报齐王，我王请高士夜观天象，见西方太白之下彗星径天，秦国当有极大灾变。我王之意，欲与齐国结盟，合兵灭秦。”

“如何灭法？”田忌冷笑。

“两国各出二十万兵马，齐国为帅。”

“齐秦相隔，走哪条路？”

“楚国借道于齐国，出武关灭秦。”

“对齐国有何好处？莫非齐国可以占住一块飞地？”驺忌淡淡地问。

“灭秦之后，土地转补，楚国划给齐国二十座城池。”江乙对答如流。

田忌摇头叹息：“齐国多年无战事，只怕粮草兵器匮乏不济也。”

江乙慷慨道：“我王料到此点，愿先出军粮十万斛，矛戈五万支，良弓五万张，铁簇箭十万支，资助齐军！”

田忌惊讶地睁大眼睛，似乎不敢相信：“噢？何时可运到齐国？”

“结盟之后，一个月内运到。”江乙很是利落。

驺忌正色问：“还有所图么？”

“一则，魏国若向楚国发难，齐国需与楚国联兵抗魏。”

驺忌田忌一齐拱手道：“我王定夺。”

齐威王大笑：“好！楚王一片诚意，本王允诺。丞相与江乙大夫商谈盟约。”

一片笑声，皆大欢喜。随后大摆酒宴，驺忌本著名琴师，亲自操琴为特使奏了一曲。江乙想不到如此顺利，高兴得心花怒放，开怀畅饮，被四名侍女扶回驿馆后，还醉醺醺地合不拢嘴。

江乙一走，齐威王三人大笑不止。君臣三人对楚宣王的“奇思妙策”感到惊讶，实在想不到竟有如此愚蠢的“灭秦大计”。秦国距离齐国虽然遥远，但齐国却从来没有放松过对秦国的监视。秦国的山东商人中齐国商人最多，而每家齐商的雇员中，都有齐威王御史府派出的秘密斥候。他们从各种渠道送回的消息都非常及时，秦国的变化齐国君臣自然非常清楚。齐威王君臣对秦国的强大心里有本账：一来，秦国的强大距离威胁齐国还很遥远，齐国犯不着紧张。二来，秦国强大，必将形成战国新格局，而这个新格局有利于齐国。基本的原因是，秦国强大首先对魏赵韩楚四国不利，四国要遏制秦国，势必就会缓和对齐国的压力，大大有利于齐国的放手壮大。三来，齐国将因秦国强大，而成为天下战国争夺的主要力量——秦国要想对抗四国，要与齐国修好；四国要想遏制秦国，也必须借重齐国；剩下一个夙敌燕国，也不敢得罪齐国了。在这种格局中，齐国左右逢源，岂非大大好事？所以，齐国对秦国的强大完全不像魏赵韩楚四国那样耿耿于怀，而是听其自然不加干预。齐威王君臣确信，齐国只会从中得到好处。

目下正是如此，星象显示秦国将要强大，楚国就急吼吼地找上门来要联兵灭秦了。对楚国特使江乙的连环出使，齐威王的秘密斥候早已经探听清楚。楚国先行联魏攻秦，又怕魏国不可靠，于是再找齐国这个制约力量。楚国的如意算盘是：灭秦利大，魏国齐国必然参加，楚国要得大利却又战力不足，就得先期付出（抵押城池、援助兵器粮草）以促成联盟；一旦灭秦成行，楚国既可收回抵押，又可在分割秦国中争得更多的土地人口。

魏国高兴地接受了抵押，先将六座淮北城池拿了过来。齐国自然也高兴地接受了援助，先将大批兵器粮草拿了过来。可齐威王君臣清楚极了，齐国完全可以签订一道盟约，但绝不会在魏楚出兵之前主动出兵。而楚国魏国的盟约绝不会顺利成行，因为魏国绝不会卖力气成全楚国的美梦；不管魏楚盟约以何等理由何等形式散伙，楚国的六座城池都是永远不可能收回去了。那时候，齐国更主动，非但将接受的援助名正言顺地留下，而且要谴责楚国背盟，使齐国耽搁了其他行动从而蒙受损失，甚或还可以进一步要求楚国赔偿。

楚宣王的这种愚蠢，如何不教齐威王君臣开怀大笑？

恰在这时，宫外马蹄声疾，驻魏国密使夤夜回国，紧急求见。

密使带来了惊人消息：魏国上将军庞涓率领二十万大军进攻赵国！

这个消息使齐威王君臣方才的兴奋消失得干干净净，骤然之间茫然无措。魏国这步棋走得匪夷所思，究竟有何图谋？不理睬仍然弱小的秦国，却要去灭强大的赵国，难道是要真的吞并三晋么？如果这个目标实现，齐国还能安宁么？对剽悍善战的赵国动手，这无疑是最强大的魏国要对天下战国正面宣战了。一时间，齐威王君臣说不出话来。

良久，齐威王问：“如此突然，说辞何在？”

“没有说辞，不宣而战。安邑城民情亢奋，叫嚷要一统三晋！”

齐威王和驺忌、田忌相互对视，都现出困惑的目光。正在此时，又是马蹄声疾，东阿令差人急报：魏国八万大军开进巨野泽北岸草地，统兵将领为太子魏申与丞相公子卬。齐威王惊愕得说不出话来，怔怔地看着驺忌和田忌。

田忌断然命令：“晓谕东阿令，严加防守，外表如常，随时回报军情！”又对特使下令，“立即从小道返回安邑，及时回报魏军攻赵情势！”两使匆匆离去后，田忌道：“我王，丞相，田忌以为魏国此举绝非寻常，是要一战灭赵！巨野泽八万大军是在防备齐国救援赵国，我不动，太子申等也不会动。”

齐威王骤然感到了沉重压力。齐国正在迅速强大，和魏国的决战迟早都会发生，但他希望这种决战尽量迟一些发生，齐国能够更加强大一些，决战能够更加胜算一些。要知道，魏国毕竟是天下第一强国。更重要的是，战国之世，一旦打大仗，各国都会趁势卷入，企图火中取栗，非但不能指望有真正的盟友，还必须有能够同时对付其他国家联兵合击的军力。唯其如此，延迟和魏国争霸进而统一六国的正面决战，对齐国极为有利。齐威王想不到的是，魏国竟然先动了手。虽然是对赵国开战，但已经骤然嗅到了齐魏对峙的浓烈气息，统一三晋之后必然是齐魏大战，不想打也得打，否则就是亡国！作为一国之君，齐威王虽然对这场大战早有预料且没有放松准备，但大战就这样在意想不到的时刻突然迫近，他还是感到大大地出乎预料，以至于仓促间想不明白了。

"魏国如何要陈兵巨野？料定齐国一定要救援赵国？"齐威王困惑。

"我王，不是齐国一定要救赵，而是唯有齐国有力量救赵。防住齐国，魏国就可以放手灭赵了。"田忌不愧名将，对这种大谋划一目了然。

齐威王点头："已经如此了，说说，该如何应对？"

驺忌："臣以为，无论如何，当立即进入大战准备。粮草辎重和大军应当秘密集结，以免措手不及。至于如何打法，要否救赵，臣尚无定策，请上将军谋划。"

田忌沉吟道："臣赞同丞相之意，即刻集结大军粮草以做准备。赵国不弱，魏军攻赵，非一日可下。如何应对，容臣细细思忖一番。"

"也好，明日午后再议。"

第二天，快马急报，魏军攻势猛烈，两日之内连下三城，已经直扑邯郸。

田忌道："臣预料，赵国使者三日内必到临淄求救，我王要稳一稳才是。"

"稳一稳不难，难在我究竟如何应对。上将军何意？"齐威王显然没有定见。

“即或救赵，也要等到适当时机。”

“上将军，你欲和庞涓一比高低？”

“对付庞涓，臣没有胜算。齐国有一个现成的大才，臣举他全盘筹划。”

“谁也？”

“孙膑。”

齐威王恍然大笑：“对呀，如何忘了先生？不过，他伤势如何？能行动么？”

“一月疗养，伤势已经痊愈，只是身体稍有虚弱。先生只需调度谋划，支撑当无意外。”

齐威王顿时振作：“走，先去看看先生，一起商议。”

五　围魏救赵　孙膑打了千古一仗

幽静的小庭院里，一辆轮椅缓缓地游动着，来到高墙下的浓荫处，轮椅停了下来。

椅上的红衣人苍白清癯，一头长发和三绺胡须也显得细柔发黄，教人觉得他很文弱，也很年轻。只有那宽阔的前额、犀利的目光和沟壑纵横的皱纹，隐隐现出曾经有过的飞扬风华和沧桑沉沦。他专注地看着高墙下一片泥土摆布成的“山川地形”，仿佛钉在那里一般。

他就是孙膑，一颗光芒乍现又骤然消逝的神秘彗星。

想到出山以来的险恶经历，孙膑恍若隔世。十年前，他和师兄庞涓告别了老师鬼谷子，一起到了魏国。本来，孙膑要回自己的祖国齐国，庞涓的目标是去魏国。可在走到魏齐分道的十字路口时，庞涓却突然现出一种殷殷之情，说不妨先顺路和他一起到魏国看看，若魏国不容人，就一起去齐国。孙膑几乎是想都没有想便答应了。魏国是天下一等一的强国，能去魏国自然是天下名士的第一愿望。孙膑原先之所以没有这样想，而提出了先回齐国，一则是想先回去祭扫祖先陵园，顺便再看看齐国这些年的变化；二则是隐隐约约地觉得，既然师兄庞涓要去魏国，那么自己最好另谋他途。毕竟，两人都是兵家弟子，所学相同，在一国的任职也必将相同，难免或多或少的有所冲突，避一避自然要好一些。孙膑还记得，下山前两人做告别游山归来，老师问他们准备各去何国，两人都说没有想好。白发苍苍的老师笑了："既然如此，为师且与你等做个钱卜，国名先写在这里，有字国名一面乃庞涓所去处，无字一面乃孙膑所去处。如何？"孙膑高兴地笑了："好，老师正好为学生解惑。"

老师拿出了一个厚厚的魏国老铁钱，那还是魏文侯时期第一次用铁铸钱，也是天下第一次出现的铁钱，现下已经很难见到了。老师很是喜欢这种"文侯铁钱"，说它厚重光滑，颇有灵性，用做"钱卜"最为上乘。正在老师闭目沉思将要掷钱之际，庞涓突然高声道："老师，弟子愿赴魏国！"

"呵，也好，发自内心，也是天意了。"老师目光一闪，却是散淡的笑容。

"老师，弟子以为，同室修习，庞涓与师弟当坦诚相见，各显本心，无须天断。"

"也好。孙膑如何？"

"如此，"孙膑略微沉吟，"弟子回齐国。"

老师摩挲着掌心的铁钱，眉头一皱，又突然大笑："时也运也，终是命也。好，好，好。你等去，好自为之了。"

本来，事情就这样定了，孙膑也没有再多想，更没有想到师兄对自己的殷殷相邀。当时，他确实是大为感奋。然则万万没有想到，就这样一个偶然的原因，竟然使他本来清晰坚实的人生轨迹突然被折断了。

可是，纵然现在回想起来，孙膑仍以为那时候的庞涓尚没有害人之心，只是确实对能否留在魏国没有信心，预先留条齐国退路罢了。包括下山前庞涓突然先行确定去魏国，阻止了听天由命的钱卜，无非也是私心重了而已。孙膑对师兄这种精明其实很早就有觉察，只不过始终不放在心上。

庞涓师兄出身寒门，父母夭寿而亡，从小被经商的叔父抚养。叔父常年奔波在外，叔母与堂兄弟们歧视他欺负他，使他饱受寄人篱下的痛苦与屈辱。师兄六岁那年，有一天吃饭时，小堂弟恶作剧地向他的饭盆里撒了一把土。小庞涓忍无可忍，大嚎一声，将小堂弟猛然一推，小堂弟却恰巧撞在了廊下石柱上，惨叫一声，顿时鲜血满面。叔母闻声赶出一看，回转身抄了一把菜刀，疯狂地向小庞涓砍来。庞涓拼命逃跑，叔母发疯追赶。追到一道悬崖边上，小庞涓躲在一块大石头后面，呼哧呼哧喘息着高喊："再要过来，砸死你！"疯狂的叔母愣怔了一下，虎吼一声，挥舞着菜刀冲了上来。小庞涓眼睛一闭，奋力一推那块年久松动的大石，只听轰隆隆一声，大石夹泥带土地滚了下去，无巧不巧，恰恰将叔母压翻在地。小庞涓愣愣怔怔地走到叔母面前，狞厉地吼叫着："叫你欺负！叫你欺负！老天杀你！"捡起掉落在旁边的菜刀，照着叔母连连猛砍一阵，又朝着鲜血淋漓的叔母啐了几口，慌忙逃窜了……及至老师在深山里发现庞涓，庞涓已经是一个在山林里生活了一年多的小野人，爬高蹿低地与鸟兽争食。孙膑还记得，当老师有一天带回那个浑身长毛的"大猴子"时，那"大猴子"的目光让他浑身都起鸡皮疙瘩。后来，当他知道了师兄这些身世故事后，孙膑内心不禁生出一种深深的同情。从此，孙膑没有与庞涓师兄争过任何一件利事，也深深理解了师兄酷烈的功名之心。

相比之下，孙膑却是望族出身，七代之前的祖先便是赫赫有名的孙武。那孙氏祖居齐国东阿，后又迁徙甄城，本是姜氏老齐国的书吏世家。传到孙武，却是酷爱兵事，利用书吏整理典籍的方便，将当时视为圣典的《太公六韬》与《司马穰苴兵法》抄回苦读。那《太公六韬》乃周武王开国统帅、齐国始封国君姜尚所撰，可谓当时最为古老的兵学圣典。那《司马穰苴兵法》则是齐景公时代的名将田穰苴所撰，因田穰苴官居司马，所以人称司马穰苴。这是距离当时最近的一部兵法。孙武精研完两部兵法，请辞书吏之职，到齐国的上将军府做了一名小司马。军旅磨炼了整整六年，见识大长，也领兵打了几场漂亮的胜仗，可就是因为出身低微而不能晋升。一气之下，孙武逃军隐居八年，自己写了《兵法十三篇》。一经示人，传抄天下，声名鹊起。但是，孙武总感到自己没有统率大军的实战功绩，对于一个兵家之士，总觉得大是憾事。为了一酬宿愿，决然南下，到了吴国。

当时的吴王正是刚刚杀死吴王僚而夺取王位的公子光，时人称为吴王阖闾。这阖闾雄心勃勃，用人不拘一格，全无贵族门第恶习。先是用著名刺客专诸杀了吴王僚，后又重用了逃离楚国的“叛臣”伍子胥为上将军，闻听孙武来吴，欣然召见。阖闾申明：“先生《十三篇》我已经读过了，只是不知道先生勒兵如何？”

勒兵，就是训练军队。大凡真正的名将，第一本领就是能够练出一支精兵，而后才是战场本领；不能练兵的将领，无论如何也算不得名将的。孙武自然知道这一点，那《司马穰苴兵法》本来就是着重讲训练士卒的。可是自己的《十三篇》却很少专门讲训练军兵，倒不是孙武不重视训练，而是认为训练军队只是为将的基础，他的志向却是更为高远的用兵智慧。大约阖闾看《十三篇》少谈勒兵，便要试试孙武的勒兵之能。孙武自然爽快地答应了。

谁知阖闾却给孙武出了个难题，要他当场训练女子，而且是宫女嫔妃。

当一百八十名宫女嫔妃喜笑颜开地站在孙武面前时，坐在高台上的阖闾君臣都笑了起来。作为吴王的阖闾，明知这是不可能的事，他只是想教孙武知道，天下也有不能“勒”之人，不要太过自信而已。而孙武却不这样看，他认为只要勒兵得法，人皆可兵。方才他就明确地回答了吴王阖闾：“可试以妇人。”实际上，谁也没有相信他，包括那个大名赫赫的伍子胥。

孙武将一百八十名宫女分为两队，各令一名吴王宠姬为队长，持戟站于队首。而后孙武开始了最基本的勒兵交代：“你们知道前心、后背与左右手么？”一片莺声燕语：“知道也。”孙武高声道：“那好。我叫向前，你等都要盯住队长的前心！我叫向后，你等都要盯住前面人的后背！向左，看左手！向右，看右手！明白了没有？”又是一片莺声燕语：“明白也。”于是孙武像在军中一样，两边设置了斧钺仪仗与金鼓令旗，又反复教了几遍口令，于是宣布擂响战鼓，令旗一挥，高喊：“向右——”宫女嫔妃们却东倒西歪地笑成了一片，连高台上的阖闾君臣也大笑起来。

孙武高声道：“约束不明，申令不熟，将之罪也！”便停了下来，又再三讲了几遍口令。然后下令擂动大鼓：“向左——”令旗劈向左方。谁知宫女嫔妃们又是哄然大笑。孙武肃然正色：“申令既明而不执法，吏士之罪。队长当斩！”当即喝令两边斧钺手绑起两名吴王宠姬，推下斩首。吴王阖闾这一惊非同小可，急忙令内侍飞马传令：“本王已知将军勒兵之能，请莫斩首两位宠姬，本王离开她们，食不甘味也！”谁知孙武却正色拱手道：“将在军，君命有所不受。”喝令立即斩首两位宠姬。片刻之间，血淋淋的长发人头捧来，全场都瞪圆了眼睛，宫女嫔妃们惊恐得大气也不敢出。孙武另换两名年长宫女为队长，大鼓再响，令旗一挥，步伐整齐，中规中矩，毫无差错，直看得全场鸦雀无声。

孙武禀报吴王："勒兵已成，我王请检阅。但有军令，这支女兵可赴水火而不避。"

阖闾哭笑不得："罢了罢了，我如何能看？"

孙武淡然笑道："素闻吴王有大志，原来却是徒好虚言，不能用其实也。孙武告辞。"

阖闾恍然警悟，连忙站起来紧赶几步肃然躬身："本王错失，敢请先生见谅可也。吴国兵事，尚请先生不吝赐教。"

从那时开始，孙武做了吴国统兵大将。可是，孙武最辉煌的战绩只有一次，就是千里奇袭楚国，以五六万之众五战五胜，几乎要消灭了楚国。若非阖闾早逝，太子夫差与孙武不和，孙武也许还会有更大的功业。夫差即位后，生性恬淡的孙武便隐居了。他本是一个清醒深思又极善于总结的高士，临终前给他的后人留下家律："但凡孙氏后裔，建功立业者，得止且止，贪功者丧身。"

孙膑就出生在这样一个家族，有着不肯埋没自己却又明智散淡适可而止的传统家风。孙武之后的孙氏族人，其所以没有一个天下闻名的杰出人物，不能说和这样的家族遗风没有关联。正是这种遗风，形成了孙膑谦和恬淡的秉性。他从来不谈自己的家世，庞涓自然也不知道他是孙武的后裔，只是对他的渊博灵慧常常感到惊讶，常常叹息着说："如此兵家智慧，如何生在了一个与世无争的师弟身上？"每次都引得孙膑一阵大笑。孙膑感慨师兄的苦难身世，对师兄处处争先的禀性毫不感到别扭，反而是时时事事谦让，因与自己性格相合，也没有显得丝毫做作，倒是与师兄处得特别融洽。久而久之，便有人说他们师兄弟是"刚柔相济，天作之合”。奇怪的是，老师却从来没有对他们的友情做过评判，最多只是笑笑而已。现下想来，孙膑对老师的先知当真感到了不可思议。

到了魏国，他们遇到了当时正在为没有名将而苦恼的魏惠王的隆重礼遇。由于出乎预料，庞涓是非常的惊喜，非常的奋激，整整对孙膑诉说了一个通宵，全部是如何为魏国打天下的宏大谋划，竟没有问一句孙膑在魏国将如何打算。庞涓的口气神态中透露出一个鲜明的消息——报效魏国，庞涓是经过深思熟虑的，魏国的军权是庞涓一个人的。孙膑何等灵慧，自然是觉察到了这种强烈的潜台词。孙膑记得自己当时笑着说：“师兄，魏国很器重你，我看也用不着到齐国去了。我们还是原来谋划，我回齐国。老家族人还有诸多事等着我也。”庞涓高兴得大笑了一阵：“好！明日到十里长亭，我为师弟饯行。说不定，我等日后还要联军作战也！”孙膑也笑了：“那可未必，倒是两国交兵的时候多一些。”“哎呀，师弟。”庞涓恍然正色问：“果真如此，你如何应对？”孙膑坦然道：“那还用说？各有其国，各为其主，私情不扰国事也。”庞涓长长叹息了一声：“是啊，不能两全也。”卧在榻上不再说话了。

也许是天意，他们的命运又一次发生了转折。

第二天清晨，当孙膑已经在收拾简单的行囊时，驿馆外马蹄声疾，没想到竟是魏惠王亲自来到。庞涓连忙迎了出去，魏惠王脚步匆匆边走边问：“庞涓，先生何在？可不能教他走。”庞涓一怔：“先生？但不知，大王所问何人？”“何人？孙膑啊！”魏惠王哈哈大笑，“我也是方才知道的，孙膑是孙武的七世孙，名门大才也，你这师弟呀，了不得！”说着已经匆匆进门，向孙膑深深一躬：“魏罃敬贤不周，尚望先生见谅。”孙膑愕然，竟忘记了扶住魏惠王：“魏王？这、这是何意？”魏惠王豁达地笑了：“先生啊，这些探事斥候忒笨，本王也是刚刚知晓的，多有怠慢了。”说着又是深深一躬。孙膑这下连忙扶住道：“魏王，在下正要告辞，不知魏王所说何事？”“先生好诙谐也！”魏惠王大笑，“先生乃孙武后裔，名门出大才，魏罃如何能放先生？敢请先生回宫，魏罃为先生接风！”

孙膑恍然大悟，不禁生出一丝腻烦。他素来不喜欢张扬家世，更不喜欢以祖先名望获得器重，淡淡一笑拱手道：“启禀魏王，孙膑只是孙氏旁支，不敢妄称孙武后裔。更何况才疏学浅，比我庞涓师兄相差多矣！不敢劳魏王大驾，孙膑要回齐国料理家事去了，就此告辞。”

魏惠王很能转圜，拱手笑道：“先生谦恭礼让，更见高才美德。鬼谷子门生，魏罃可是求之不得，哪敢放走？孙膑庞涓，都是本王的嘉宾，先生请。”

庞涓一时尴尬难堪得无地自容。突然，他觉得孙膑欺骗了他，一直隐瞒着自己的显赫家世，却偏偏在自己即将被委以重任时“泄露”家世，使他凭空受到冷落，其心机何其深也。刹那之间，他对贵族子弟的本能憎恶油然而生，满脸涨得通红。但是庞涓死死地咬牙忍住了，他知道，这正是自己的又一个悬崖时刻，必须忍耐。他长长地喘了一口粗气，借着魏惠王的话头，上前挽起孙膑的手笑道：“师弟，走啊。魏王求贤若渴，师弟如何自居清高，少了礼数？”魏惠王高兴地笑了：“然也然也，庞卿豁达。先生请。”

孙膑只得去了，心里老大不舒坦。

魏惠王大是高兴，席间立即正式任命庞涓为上将军，孙膑为上卿。在魏国，这两个职位的爵次是同等的，只不过上将军是军权，上卿则是综合性的国政大权，几与丞相接近。庞涓立即谢恩受封了。孙膑却坚辞不受，只是答应留在魏国给师兄襄赞一段军务，不敢受职。魏惠王虽然老大不悦，却也不好勉强，只得暂时拜孙膑为客卿。

孙膑记得很清楚，那晚回来，庞涓就早早歇息了，没有与孙膑再说一句话。孙膑却在庭院里徘徊了半宿，直到刁斗打了四更，才去了卧榻躺下。

为了扶助已经被封为上将军的庞涓尽早站稳脚跟，然后自己也可以安心离开，孙膑全力为庞涓赞划军机，有时即或当着魏王，也直言不讳。想起来，阴谋就是在这时候开始滋生的。阴谋开始的细节和过程，在孙膑的记忆中已经不清楚了，可以说，那是被后来的巨大灾难所带来的痛苦淹没了。他睿智明晰的心海里，唯独留下了两片深深的烙印——魏惠王不想让齐国拥有与庞涓相匹敌甚至超过庞涓的兵家大才，这是阴谋的根基；庞涓对他的才华，甚至对他的家世的忌惮，以及对他的“深沉心机”的憎恶，是阴谋的枝叶。没有魏王的默许，庞涓不可能对他这样的名家实施公然的陷害和残酷的膑刑[1]；没有庞涓的撺掇权术，魏惠王则不可能视他为“魏国的威胁”。

在被监禁并被残忍地挖掉膝盖骨时，孙膑对陷害阴谋都一无所知。突然降临的灾难，使他的心智完全懵懂了。他的狂乱失态、呼天抢地与语无伦次的辩解，自然地被当做“惊吓失心”——疯了！真是上天佑护啊。否则，陷害必然还将继续，直到他生命消失。从庞涓轻蔑的大笑中，孙膑突然悟到应该继续疯下去。于是，他真的疯了，没有冷暖，没有饥饱，没有廉耻，没有尊严，像猪，像狗，像乞丐，傻呆呆直愣愣地游荡着。

也就是从那时开始，他的天赋智慧与无与伦比的悟性神奇地复活了。当他在寒风料峭的冬夜，遥望着深邃苍穹灿烂的星斗时，计谋的孳生伸展，竟像图画一样活生生地展现在眼前。一切都是那样清楚，就像

[1] 膑刑，挖掉膝盖骨，使人残废的肉刑。

他对战场风云的洞察。他的智慧告诉他，面对阴谋迫害，他只有以坚忍的意志和最荒诞的方式求得生存，伺机逃走。

十载寒暑，终于被他等到了一个机会，齐国使臣将他秘密地带出了魏国。

“先生，齐王看望你来了。”

轮椅转了过来，孙膑看见田忌和一个红衣高冠的人站在院中，那肯定就是威名赫赫的齐王了。还没等孙膑行礼，齐威王已经走过来深深一躬：“先生受苦了。”孙膑拱手作礼：“病残之躯，不能全礼，我王恕罪。”齐威王豁达地笑了：“先生不必拘于俗礼。从今日开始，先生不必对任何人作礼。”眼睛一瞄，却看见了旁边的“山川地形”，惊讶笑道：“敢问先生，这是观赏么？”田忌走过来一看，也大为惊讶：“先生何时所制？”孙膑微笑道：“闲来无事，我指点两个使女堆砌的。”

“我王，先生做的是魏国山川地形！”田忌兴奋地指点着。

齐威王仔细一看，恍然大悟：“先生在揣摩战事？”

“习兵之人，陋习也。”孙膑谦逊地笑答。

“先生，魏国已经大举进攻赵国，同时在巨野泽北岸屯兵八万。先生对此有何高见？”齐威王开门见山，谦恭求教。

孙膑淡淡一笑：“噢，终究是开始了。”他丝毫没觉得突兀，侃侃道：“魏国攻赵，是吞并天下第一步。赵成侯新丧，太子刚刚即位，魏国咬住这个时机，显然想一举灭赵。以赵国目下之将才兵力，绝非魏国对手。近日之内，赵国必然要向齐国求救。”

“齐国当如何应对？”

孙膑微微一笑：“敢问齐王之志若何？”

“先生何意？”

“齐王若满足于偏安东海之滨，则赵国可任其自生自灭。齐王若志在天下，则赵国存亡事关重大。”孙膑笑着顿住了。

齐威王拊掌大笑：“东海一隅，窝得人心慌也！”

孙膑点了点头：“齐王须知，赵为大国，可使魏国增加六百余万人口、一千余里国土。赵国一灭，燕国与中山国便失去屏障，魏国可顺势攻灭。那时候，整个大河之北，直到阴山草原与辽东海滨，纵横万里，皆成魏国，其势将难以阻挡。”

“先生之言，洞察深彻。上将军荐举先生为齐军统帅，筹划救赵之战，恳请先生万莫推辞。”突然之间，齐威王说出了来时尚有犹豫的决断。孙膑的短短剖析，已经使他感到了这位兵家名士并未因这场人生灾变而心智衰颓，他的智慧依然在熠熠闪光，而且更有了一种老辣洗练的成熟与深沉。历经劫难而身负大任，这种人绝不会误事。这便是齐威王在瞬息之间的判断。

孙膑依旧是淡淡微笑：“臣致力兵学，自当为祖国尽忠效力。然则，我王需听臣一言。”

“先生请讲。”

“臣肢体残损，提兵战阵之间，不能激励士气，反遭敌无端嘲笑。以臣之见，当以上将军为统帅，臣愿为军师，一力筹划，击败魏军。”

田忌笑道：“我荐举先生，因只有先生才敌得庞涓。先生却反来荐我，岂有此理？”

孙膑大笑：“以其人之道，还治其人之身，此之谓也。”

齐威王思忖有顷，点头道：“先生之言，出自肺腑，亦较为周全。自即日起，田忌为三军统帅，孙膑为齐国军师，即刻办理兵符印信，进入大战准备。”

“臣等遵命！”田忌孙膑慨然应命。

三日之后的深夜，赵国特使急如星火般赶到临淄，向齐国求救。

齐威王对特使说，出兵事大，需要和臣下们认真商议，请特使在驿馆等候几日。不想三日之内，赵国连派三名特使请求齐国救援。最后的特使还带来新君赵肃侯的亲笔国书，答应魏国退兵之后向齐国割让十座城池。虽则如此，齐威王还是到了第十日才正式回答赵国特使，齐国决定出兵援救赵国，但齐国大军与粮草辎重的调集需要时间，赵国至少要坚守一个月，齐军才能抵达。赵国特使虽然焦急，也只有连连答应，留下一名联络斥候，又急如星火地赶回邯郸报信去了。

这时，赵国正陷在惊慌动荡和全力激战之中，邯郸城已经岌岌可危。

在七大战国的初期，全面强大的次序大体是：魏国、楚国、齐国、韩国、赵国、燕国、秦国。赵氏部族在晋国后期，是四大部族（智氏、赵氏、魏氏、韩氏）中最为悍勇善战的一支。四大部族中，唯有赵氏历代为将，执掌晋国兵权，具有久远的军争传统。但是在赵魏韩三族联合消灭了最强大的智氏，进而三家分晋之后，赵国却始终没有涌现出像魏文侯魏武侯那样英明的君主，更没有进行像魏国、楚国、齐国甚至韩国那样的变法，所以被一个一个的变法之国甩在了后边，成为稍强于燕国与秦国的二流战国。这种状况一直维持到战国中期的赵武灵王胡服骑射之前。成侯赵种是赵国前期最有为的君主，曾对燕国和中山国造成巨大压力，几次几乎就要吞灭中山国。但赵种有一个最致命的缺陷，就是性格的激烈褊狭，不善于采纳良谋，不善于与邻国斡旋。最大的失误，就是失去了与韩国合作消灭魏国的那次天赐机会。赵国在他掌权的时期，虽然始终在气势汹汹地南征北讨，国土民众却几乎没有增加。赵种做了二十六年国君，就积劳去世了。太子赵语只有十八九岁，很缺乏历练。这正是国家最忌讳的“主少国疑”的微妙时期——国君年少，举国疑虑。同时，赵国又没有久经风浪的栋梁大臣与著名将领支撑局面，正是

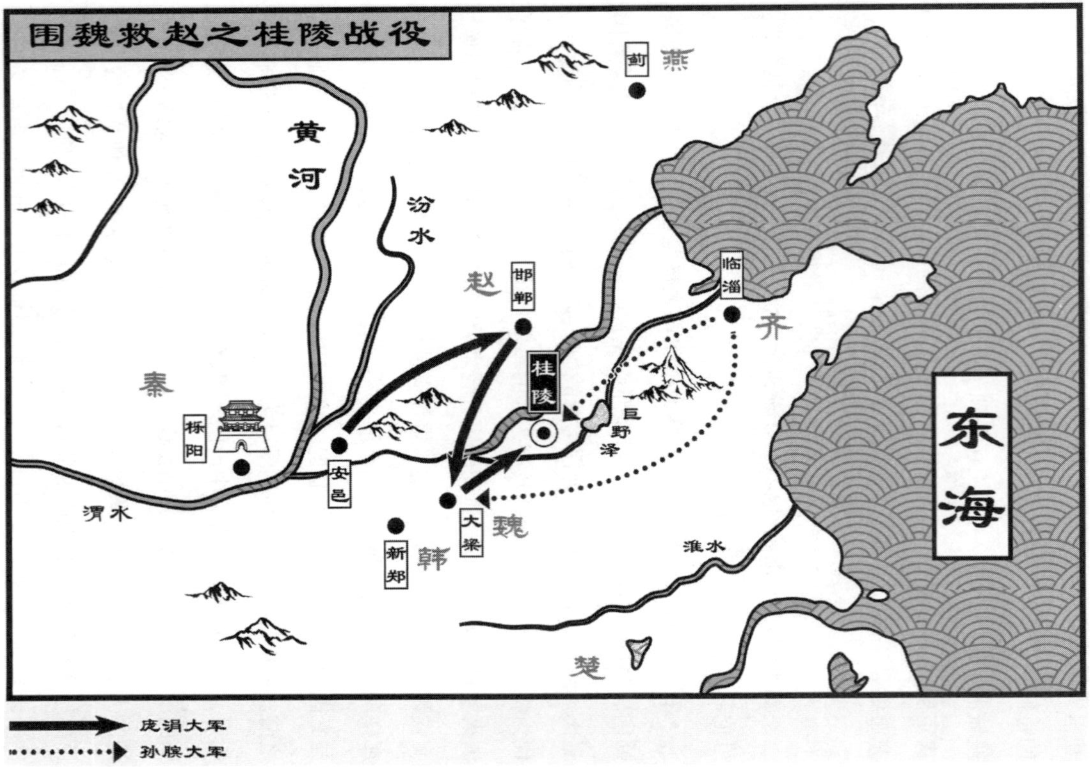
围魏救赵之桂陵战役
黄河
汾水
渭水
秦
栎阳
安邑
赵
邯郸
桂陵
巨野泽
蓟
燕
临淄
齐
东海
大梁
魏
新郑
韩
淮水
楚
庞涓大军
孙膑大军

最害怕强敌入侵的脆弱时期。

魏国恰恰选择了这个机会，向赵国猛烈进攻。

魏国二十万大军在庞涓率领下分三路北上。第一路右军五万，从渑池北上，渡过少水，从南面逼近邯郸。第二路左军五万，从魏国北部的离石要塞向东开进，攻克晋阳，再从北面压迫邯郸。第三路中军十万，由庞涓亲自统领，从平阳东渡汾水，攻克赵上党要塞，从西边直逼邯郸。半个月内，三路大军势如破竹，连克沿途二十余城，将邯郸北西南三面围定，只留下东面缺口。而邯郸的东面，恰恰是汹涌的漳水。

歇兵数日，庞涓下令攻城。魏国的步兵历来强于骑兵，所谓驰名天下的"魏武卒"，说的正是魏国步兵。攻城作战，步兵是绝对主力，正是魏武卒的用武之地。赵国则因为长期与北方的匈奴、林胡的游牧骑兵作战，自然形成了很有战力的骑兵，步兵则相对较弱。守城防御战，主要依靠的恰恰是步兵。两相比较，魏国以其特长，攻击赵国所短，邯郸城的艰危自是必然的了。庞涓乃兵家名士，早在出山之前就对列国兵力、特长及弱点了如指掌，胜算在胸，不急不躁，让士兵们养足了精神再从容攻杀。魏军将士在举国狂热中已经滋养出傲视天下的激情和勇气，人人热血沸腾，个个狂野躁动，完全不将赵军放在眼里。

当三百多面牛皮大鼓开始沉雷般轰鸣时，魏武卒方阵轰隆隆开动了。

方阵以一百人为一个方队，配备一架大型云梯，形成一个进攻单元。每十个方队组成一个独立方阵。邯郸城西面城墙最长，魏军主力展开了二十个方阵两万武卒，作为第一轮猛攻。纵深地带的四十个方阵也已经排列就绪，准备做第二轮第三轮的连续猛攻。按照庞涓的谋划，三轮猛攻之后，邯郸必破。西北南三面城墙同时猛攻，赵军必然从没有魏军的东门逃走，这是庞涓专门留给赵军的逃亡路径，也是"围师必阙"

的古老兵训。庞涓其所以照搬了这条古训，在于他不想四面围定而让赵军做绝望的困兽死斗，城池反而难破。给赵军留下一条退路，实际上是瓦解赵军斗志的妙着。但是，庞涓又绝不能教赵国君臣的残兵真正逃跑，那是后患无穷。他已经在漳水西岸和东岸埋伏了三万精锐骑兵，专门对付漏网之鱼。

庞涓相信，灭赵的整体谋划是严密得当的，赵国一定会被一举吞灭。这是他出山以来真正的灭国大战，也是他庞涓跻身一代名将的成名大战，绝不能有丝毫差错。

庞涓站在与城墙等高又可自由推动的云车司令台上，猛然劈下令旗。

随着大鼓轰鸣，早已经整肃排列在方阵之后的两万名二十石强弩手骤然发动，向邯郸城头的女墙垛口万箭齐发，使城头守军不敢露头。与此同时，魏军方阵在震天战鼓中隆隆推进。瞬息之间，云梯靠上了城墙，震天动地的呐喊声骤然响彻原野。魏军武卒迅猛有序地爬上云梯，杀上城头。这时，寂静无声的邯郸城头，却骤然立起了一道人墙。

一场残酷激烈的浴血攻防战开始了。

数千里之外的临淄郊野异常平静。连绵军灯伸向远方，融会在漫天星斗之中。如果不是偶尔的战马嘶鸣，谁也想不到这片山地里隐藏着十余万大军。在这片军营的中心地带，一杆大纛旗迎风舒展，斗大的一个“田”字隐约可见。大纛旗下的幕府大帐里灯火通明，两个身影清晰地印在幕府墙壁上。

“先生，明日我军直扑邯郸，和庞涓决战，给先生复仇！”田忌慷慨激昂。

孙膑在轮椅上微笑着：“将军以为，齐军战力与魏军如何？”

田忌沉吟：“齐军技击闻名，然与魏武卒相比，稍逊一筹。”

“将军，此战对我军有四不利。”孙膑平静地掰着手指，“齐军战力较弱，为其一；我军长途奔袭，魏军以逸待劳，为其二；我军十五万，魏军二十万，敌众我寡，为其三；直扑邯郸，魏军八万卡在巨野要道，少不了要冲杀损伤，到了邯郸兵力更少，此其四。将军以为然否？”

田忌沉默良久，点头：“先生之意，此仗不能打了？”

孙膑摇摇头：“非也。此战只能智取，不能硬拼。”

“纵然智取，也得到邯郸打仗。”

“不一定。”孙膑摇头微笑。

“不一定？”田忌哑然失笑，“救赵救赵，不去邯郸，如何救赵？”

“将军，此战纠葛甚多，不能以常法谋划，须得出奇制胜。这个‘奇’字，就在于我军不赴邯郸寻战，而直捣魏国大梁。大梁，乃魏国在建新都，军辎重地。魏国绝不允许大梁陷落，必得回兵救援。此谓攻其必救也。此战制胜处，在于我军于魏军回救大梁时，中途伏击，一举击溃，事半功倍也。”孙膑没有笑，也说得很慢，仿佛在将长期的思虑一丝一丝地抽出来。

田忌惊讶得说不出话来。他打过多少仗了，可无论如何想不到，打仗竟然可以如此打？不去战场而去后方！仔细咀嚼一番，竟觉大有奥妙。大梁离齐国边境只有三百多里地，骑兵大半日可到，步兵昼夜兼程也就一天一夜；而邯郸则有千里之遥，利弊自然一眼可见。再者，齐军开赴赵国的大路只有一条，这正是已经被魏军封堵的巨野要道。而齐国通往魏国的道路可是很多，魏国根本无法路路防守，也无从重兵防守。秘密进军大梁，可以说不会有任何麻烦或抵抗……想到这里，田忌不禁恍然大笑：“快哉快哉！先生奇人奇策也！”

田忌久经沙场，一旦豁然贯通，立即按照孙膑的谋划行动起来。

第二日清晨，孙膑出手第一颗棋子——派出两万兵马，由副将眥牛率领，伪装成十万大军，大张旗鼓地从巨野北面的燕齐边境向赵国方向进发，引诱魏国太子申和公子卬的八万人马离开巨野，去“增援”庞涓。巨野魏军一旦入赵，訾牛人马便立即秘密撤回，到桂陵山地埋伏。

日暮时分，孙膑出手第二颗棋子——六万骑兵由田忌亲自率领，向大梁快速进发，天亮赶到城下，立即发动猛烈攻势。七万步兵随后兼程进发，第二天午后赶到，立即加入攻城，给魏国造成大梁行将陷落的强大压力。

由于魏国的强大，数十年来，魏国本土没有过战争。长期的安宁富庶和“大魏无敌于天下”的自信，大梁的三万多守军已经被风华商市将悍勇之气淘洗得干干净净了，整齐威武的甲胄，寒光闪烁的兵器，仅仅只有对庶民国人凛凛生威了。在刀兵连绵的战国时代，竟有如此一支“老爷兵”，倒是确实罕见。当阑珊的夜市灯火还在满城闪亮的时候，城外突然战鼓如雷喊杀连天，齐军恍如天外飞来，突然出现在大梁城下猛攻，大梁城内的惊慌失措可想而知。要不是大梁有天下最宽阔坚固的城墙，有用之不竭的长弓硬弩，大梁城几乎要真正的陷落了。

从黎明到午后的大半天之内，大梁守将向安邑魏惠王派出了六次快马特使求援。

此时，孙膑出手第三颗棋子——主将田忌率领六万精锐骑兵，撤出大梁，秘密回师桂陵山地，与訾牛的两万人马会合设伏，准备伏击庞涓的回救大军。

暮色苍茫之中，齐国的步兵对大梁展开了更加猛烈的攻势。在天下大国的军旅中，齐军以技击之士闻名。也就是说，齐国军卒的单兵技艺非常出色，长矛投掷、剑术搏杀、弓弩箭法、徒手格斗，都堪称一流。实战之中，攻城一方的团体冲锋，往往被防守军士的种种反击所分割，恰恰更需要单兵的勇猛精神和技击能力去突破。齐军步兵得其所长，攻城威力丝毫不亚于魏军对邯郸的攻杀。更由于有意张扬声威，在气势上竟比邯郸之战更为猛烈。

魏惠王大为惊慌，向庞涓接连发出十道紧急王书，下令紧急回救大梁。

此时的太子申和公子卬也愚蠢中计，带领八万大军匆匆赶往邯郸。这两个对打仗一窍不通的“大将”，眼见齐军声势浩大地越过燕国边境去救援赵国，既怕庞涓两面受敌，又怕庞涓已经攻下邯郸独占大功，反复商讨，紧随齐军“追击”，一直进了赵国东部。然则未到漳水，齐军却突然在夜晚消失。两人又是反复计议，认为齐军既然畏惧撤回，再回防巨野也就没有意义了，不如杀到邯郸与庞涓一起灭赵，挣一份大大的军功。于是一声令下，八万大军直扑了邯郸。

此时的邯郸城外，大军已经攻破西门。庞涓没有理会魏惠王的紧急命令，沉着地下令继续猛攻，务必全面攻陷邯郸。但是，当魏惠王的第十道手令到达时，庞涓终于慌乱了，若再抗命不回，如果大梁真的陷落，那可是十个邯郸也补不回来的。

遥望洞开的城门和遍野的烟火尸体，庞涓脸色铁青，痛苦地一拳砸在了大旗杆上。不偏不倚，令旗“扑”地落下，恰恰罩在庞涓头上。庞涓大怒，一把扯下令旗，却将头盔连带扯落，顿时长发散乱，狰狞可怖，左右护卫不由得惊恐地后退。

“三军撤退！回救大梁！”庞涓嘶声怒喝，眼中涌出了无可遏止的泪水。

就在庞涓大军悻悻撤出邯郸，星夜奔赴在回师途中时，器宇轩昂的太子申公子卬也率大军赶到了邯郸城外。两人望着漆黑的旷野和肃杀的邯郸箭楼，竟不知道如何是好。邯郸城内的赵肃侯君臣却吓坏了，以为庞涓回师，连忙计议如何趁着夜色逃出。如果这时太子申和公子印能够猛攻邯郸，也许赵国从此就消失了。奈何两人没有一个正才，看见夜色中的烟火尸体都瑟瑟发抖，又兼不知道庞涓为何退兵，反倒更害怕赵国军队出城袭击。于是，八万大军尾随着庞涓大军的路标，逃窜一般地南撤回师。历史的机遇，便和这两个金色草包擦肩而过了。

这时候，孙膑已经在桂陵[1]山道布下了第四颗棋子。

桂陵山地是魏国的边缘地区，西南距大梁二百里左右，东北面一百余里便是齐魏交界的巨野泽，东南数十里便是济水。庞涓大军回师大梁，若从魏国境内的安邑折向大梁，非但要走一个大大的“弓背”，且大军急行驰驱在繁华本土，速度更要减慢许多。而从赵国入齐的巨野大道经桂陵到大梁，非但路程缩短三分之二，且在人烟稀少的边境山塬可兼程急行，速度自然快了许多。所谓兵贵神速，庞涓不回军则已，回军则必须追求快速，否则便会两头功劳全落空。孙膑自然清楚其中奥妙，料定桂陵山地是庞涓大军回救大梁的必经要道。这片山塬林木茂密，山道狭长，十万大军埋伏在纵深三十多里的两边山塬，丝毫不露痕迹。

一路之上，庞涓怒火中烧。齐人无耻之尤，不敢救赵，还偏要在天下做对抗魏国的盟主，分明是趁火打劫，夺取大梁的财富。一场灭国大业，竟被如此鼠窃狗盗的手段破坏，真真将人气煞。如此宵小之辈不彻底吞灭，魏国岂能安宁？庞涓有何脸面做魏国上将军？怒气冲冲的庞涓下令步兵后行，亲自率领八万骑兵，暴风骤雨般从巨野大道向南压来，要将齐国军队堵在大梁城下全部歼灭。

巨野距离大梁只有两三百里地，魏国铁骑两三个时辰就可以冲到

[1] 桂陵，在今日山东省菏泽西部的山原地带。围魏救赵的伏击点史家素有争论，此取主流一说。

大梁，齐军纵然攻破大梁，也要使它吐出嘴里的肥肉。庞涓作为名将，对桂陵山地本应有一定的警觉。然则，此刻他已经完全被愤怒和骄傲淹没了。再说，这片山地也并不算特别的荒凉偏僻，谷地道路也不算很狭窄，铁骑通过并不算很艰难。兵家常识，只要骑兵能稍微展开，一般就不是最佳的埋伏地点。大约在庞涓的心目中，也没有特别留意过桂陵山地。所以，他在进入桂陵山地前下的唯一命令是散骑队形，快速通过谷地。所谓散骑，就是骑士不再做五骑一列的“成伍”并进，而是根据山间地形相对自由地选择道路前进。这是骑兵通过山谷最快的方法。命令下达，魏军的八万铁骑在三十多里长的山谷中全面撒开，山道、山坡遍布飞驰的骑兵，马蹄如雷，山鸣谷应。

孙膑在庞涓大军进入齐国巨野大道前，撒出了第五颗棋子——围攻大梁的七万步兵快速回师，从南面封堵桂陵山口，截击漏网的魏国骑兵。庞涓率领骑兵前行，本是孙膑预料到的，这时候撤出进攻大梁的兵力，大梁要经过安邑魏惠王再给庞涓通报，已经是来不及了。即或来得及，庞涓也要全速前进，迎面截击消灭齐军，决不会允许齐军逃走，更不会想到自己会有何等危险。孙膑摸透了庞涓的秉性，大胆回兵，最充分地利用齐国的现有兵力来实现桂陵伏击。

夕阳暮色中，庞涓骑兵深入桂陵山谷。突然，山腰战鼓如同晴天霹雳在头顶炸响！滚木礌石排山倒海般从陡峭的山坡涌下，铁镞箭尖厉地啸叫着，如急雨般飞来。山谷中奔驰的马队顿时拥挤践踏，人仰马翻者不计其数。在魏军尚未清醒的时候，齐军汹涌的洪水呼啸着呐喊着从两面山坡猛扑而下。在这种狭窄险峻的山谷作战，铁甲骑兵无以奔驰腾挪，被齐国弃马步战的八万大军压在谷底，根本无法伸展。

面对漫山遍野的被动挨杀，庞涓骤然间清醒过来，大吼一声：“全体下马步战，冲出山谷！”

经过两个时辰的激烈拼杀，庞涓大军折损大半，但也终于冲到了桂陵山地的出口。却不想恰恰遇上从大梁回师的齐国步兵，只见遍野火把，刀矛闪亮，箭如骤雨，堪堪封堵在山口。

拼杀到夜半时分，庞涓只带着杀出重围的三四千人狼狈逃到大梁。后面兼程赶来的魏国步兵也被齐军回师截杀，一举击溃。仅仅一个晚上，庞涓率领的二十万大军，损失了十三万之多。最可惜的是，所向无敌的魏国铁骑几乎全军覆没，骄傲的魏国武卒——天下唯一一支重甲步兵也溃不成军了。

孙膑的围魏救赵，像暗夜中一道强烈的闪电，照亮了被雾霭掩盖的战争空间。人们猛然醒悟，原来战争空间如此广阔，竟可以你打你的我打我的，在运动中将战场无限拓宽。在骑兵步兵代替老式战车的历史转换关头，孙膑的围魏救赵，使步骑野战真正走进了战争新天地。战争的动态形式，兵家的诡道本质，被真正的运动战淋漓尽致地挥洒了出来。从此，智慧与计谋在战争中大放异彩，运筹于帷幄之中，决胜于千里之外，成为战争长河的奇观。

六　孟子论剑示射　长歌一抒飘蓬之志

桂陵之战，齐军大胜，孟子黯然失色了。

且不说朝野间颂扬的都是孙膑田忌，最令孟子难堪的是，齐国许多重臣元老竟然都借此对孟子生出莫名其妙的非议，仿佛孟子曾经反对过这场大战一般。这些人中以丞相驺忌为甚，公然对齐威王说，孟子是迂腐过时的老古董，齐国最需要孙膑这样的兵家大才。就连稷下学宫的名士邹衍、慎到、淳于髡、田骈一班人，也说了许多贬损孟子的话。相比之下，倒是那个少正卯一般“偏激险恶”的尸佼公然赞颂孟子，上书齐威王，主张齐国应当竭力留住“博大渊深坦直求真”的孟子，“不用其为政之道，而用其治学之法，为齐国树起文明的大纛”。一日三传，流言纷纷，孟子感慨万端。孟子很清楚，驺忌这样的权臣反对他，是怕他受到齐威王重用。驺忌等也很清楚，对孟子这样名满天下的大师，要么不用，要么重用，绝不会打发他一个中大夫之类的闲职了事。孟子一旦重用，纵然不免去驺忌的丞相官职，也会分掌丞相的一大半权力。对于驺忌这种琴师出身的士子，一旦失去丞相官职，就等于从贵族阶层永远退出，甚至还有杀身之祸。孟子觉得，这种将一生根基立在一顶高冠上的所谓名士，其实很可怜，也很渺小，和他们共事一堂，很是龌龊。稷下学宫的邹衍非议他，是怕他做了学宫令而夺去自己“天下学帅”的地位。其他诸子跟着反对，则是畏惧孟子的学问辩才淹没了他们在稷下学宫的光彩。纵然是坦荡磊落的尸佼，也不认为他能治国理民，而只能治学。如此一片蜚声，显然是伸展无望的征候了。孟子对齐国的一片热诚，也渐渐冷了下来。虽说齐威王对这些议论还没有任何表示，然孟子已经看到齐国不是久留之地了。

这天晚上，孟子写了一札坦率而又委婉的辞齐书，准备次日呈给齐威王。

清晨，万章匆匆走进，兴奋道：“禀报夫子，齐王已经到了大门之外！”

“噢？何人同行？”

“齐王单车，无人同行。”

孟子怦然心动：“打开中门，迎候齐王。”

当孟子迎出大门的时候，齐威王已经下车向门口走来。孟子深深一躬，齐威王拱手笑道：“久未拜望夫子，心中甚是不安，今日特来讨教。”孟子笑道：“孟轲何德何能，敢劳齐王造访？请。”说着并行陪着齐威王来到正厅。孟子的弟子们都很兴奋，肃然在庭院站成两排，聆听老师与齐王的对话。公孙丑恭敬上茶，侍立一旁。万章则在木屏风后准备录写夫子言论。

“夫子啊，我军虽大胜魏国，救了赵国，然本王却遇到了难题。赵国对齐国竟很淡漠，不结盟，不称臣。燕国呢，一反常态，敌视齐国，挑衅边境。楚国原先极力求我结盟伐秦，目下却突然背盟，倒向了战败的魏国。敢请夫子教我，此三国何以如此？齐国当如何应对？”齐威王很困惑，也很认真。

孟子微微一笑：“邦交诡道，小伎也，孟轲一无所知。”

“诡道小伎？依夫子看来，何为正道大计？”齐威王惊讶了。

“正道者，邦国礼法也。大计者，庶民安乐也。”

“然则，夫子不操小伎，何以治国安邦？”齐威王语气中显然有些惋惜。

孟子异常平淡：“大道不举，诡道何益？徒谋诡道小伎，非立国图王之道也。”

齐威王轻轻地叹息了一声，一时无话。孟子从大袖中拿出一卷竹简双手捧上：“齐王，这是孟轲的辞齐书。多谢齐王对孟轲的优厚相待。”

“如何？夫子要离开齐国？却是为何？”

“孟轲家有老母。待得侍奉老母入土，孟轲也许可再来齐国。”

齐威王默然良久：“夫子至孝，何能强留？”深重地叹息一声，似不胜惋惜。

孟子不再多说，向来谈笑挥洒的齐威王似乎也无话可说。孟子恭敬庄重地将齐威王送到大门外，齐威王慨然拱手道：“夫子，三日后，本王为你长亭饯行。”

那日晚上，弟子们都有些落寞之感，齐国和稷下学宫刚刚激起了他们心中的豪情大志，却突然要走，一时不禁迷惘失落，围在孟子周围默默相向。

“尔等郁郁无言，莫非怨为师离开齐国？”孟子微笑。

公孙丑拱手道：“弟子以为，夫子当敬重齐王爱贤之心，仓促离去，似有唐突。”

孟子依然是淡淡的微笑：“游历于诸侯则藐之，莫将其巍巍然置于心目也。我儒家秉承大道，当此颓废之世，当为王者师，不可为王者器。为王者器，必行诡道小伎，其身必为刍狗。为王者师，必行正道大计，其身不朽。方今齐国，刍狗横行，大道湮灭，岂可蝇营狗苟，与之比肩争冠？”

满厅寂然，一股肃穆悲壮的殉道之气在弟子们心中油然生出。

三日后，齐威王率领群臣诸子，在临淄城外的郊亭为孟子隆重饯行。气氛似乎比迎接孟子时还要热烈。孟子在郊亭外下车后，立即被大臣和稷下学宫的诸子们围了起来，关切的问候，热烈的挽留，殷勤的抚慰，衷心的颂扬，熙熙攘攘地围着孟子缠绕飞扬。孟子依旧是一副永远不变的沉静微笑，拱手环视，将所有的热烈都照拂了一遍。

“百官诸子入席——”司礼大臣一声高宣，结束了熙熙攘攘的赞颂和关照。

齐威王在祥和的乐声中拉起孟子的手，并肩走进大石亭，其余百官诸子都在亭外一圈帐篷下的长案前落座。乐声终止，齐威王高声道：“孟夫子至孝大贤，乃天下楷模。今日为孟夫子饯行，来日愿孟夫子早日回齐！”

“愿孟夫子早日回齐！”一片呼应，特别的热烈。

孟子在齐威王身边拱手笑道：“多谢齐王君臣盛情，孟轲永志不忘。”

齐威王举爵："来，为孟夫子高堂康健，干！"

孟子抱爵环拱，一饮而尽，表示了向齐王君臣的深深谢意。

刚刚入座，上将军田忌从紧挨石亭的帐篷下站起，拱手道："夫子今日要走，田忌有一事不能自解，尚请夫子赐教。"

孟子笑答："不敢言教，但尽所能。"

田忌恭谨道："楚国献来一剑，百官诸子无人能识。素闻儒家辨物诘古，博大渊深，当初孔夫子曾为列国解过不知几多疑难之物，是以敢请夫子辨识此剑，为天下解惑。"

齐威王拱手道："多劳夫子了。"

"敢请一观楚剑。"孟子没有推辞。

田忌一招手，内侍用大盘托着一支古剑呈到孟子面前。盘中古剑约有二尺许长，青铜剑鞘上古纹斑驳，有金石古器的神韵。孟子拿过古剑，左手一掂，右手一按剑扣，但闻一阵清越振音隐隐而起，青光乍闪，古剑滑出剑鞘一尺许。随着剑身完全抽出剑鞘，一道清冷的光芒在亭中闪烁不定。亭外遥观，恍若一面铜镜的反光。群臣诸子不由得一阵惊叹。孟子端详剑锋有许，又以手指轻弹剑身，青扬的金声嗡嗡绕梁。孟子又用一方白丝巾细细地拭抹了一遍剑身，若有所思地将古剑放回大盘。全场不禁屏息。

"此剑乃鱼肠剑，确系古剑神品。"孟子肯定地回答。

齐威王："烦请夫子详加拆解。"

孟子从容道："要说剑器，须说源流。铸剑术源于黄帝时之蚩尤部族。蚩尤以天赐铜料铸剑三千，曾屡败黄帝大军。相传蚩尤部族所铸最有名的剑，是弯月形的'蚩尤天月剑'，惜乎此剑湮灭后世，渺渺难寻。三千多年后，吴越大山中有神工巧匠欧冶子，善以铁料辅以铜、金铸剑，遂使铸剑术成为一门极深的学问。春秋时又有吴国神工干将、楚国神工风胡子，两门派比肩而立，铸剑术此时达于登峰造极。此三人先后为天下铸成十口名剑，每一口均是稀世珍宝，兵中神品。”

田忌惊讶了：“田忌愧为大将，只知二三，敢问十剑之名？”

“何谓十剑？一曰干将，二曰莫邪，三曰龙渊，四曰太阿，五曰工布，六曰湛卢，七曰纯钧，八曰胜邪，九曰鱼肠，十曰巨阙。其中后五剑分为大三、小二，称大刑三、小刑二。即湛卢、纯钧、胜邪，均为长剑。鱼肠、巨阙，则为短剑。前五剑为雌雄、三名神剑。干将、莫邪为雌雄剑。太阿、龙渊、工布为三名剑。此谓十剑之名。”孟子说得有些神往。

“十剑落于何处？夫子可知？”齐威王大感兴趣。

“十剑出，天下为之争城夺地，到手则秘不示人，是以十剑下落均难确定。越国曾有著名相剑师薛烛，为酷爱剑器的越王勾践相过五口名剑，即大刑三、小刑二。可知五剑曾一时落于越国。干将莫邪百余年来未闻出世。其余各剑，也是偶有所闻，倏忽不知其所。”

“楚国特使私下说，这口剑是干将。”田忌脱口而出。

“非也。”孟子摇摇头笑道，“此剑断非干将，有三不是。其一，剑形不是。干将为雄剑，英挺雄长，当有三尺左右。此剑短而稍宽，不足二尺，乃小刑之象。其二，剑锋不是。干将莫邪者，乃夫妇合炼而得名之雌雄剑。妻子莫邪投身入炉，而使铁汁大出。剑成后，雄剑剑锋有纹络斑痕，那是雌剑血泪洒于雄剑所致。眼前古剑虽有纹络，然却在剑身，不在剑锋，且通体有纹，故非干将也。其三，剑音不是。剑为百兵之神。举凡名剑，皆有灵性神韵，遇大奸大恶，则鸣于鞘中；剑鸣通于琴鸣，一旦出鞘，则先声夺人。干将莫邪之振音，不同于任何名剑；匣中警示之鸣，宛如寒风过林，悲鸣低啸；剑身出鞘，则锵锵然若萧萧马鸣；若指弹剑身，则其振音低沉悠长，宛若长夜悲凄。而眼前古剑，则振音清越，余音明朗绕梁，与干将大异。”

“夫子认定此剑为鱼肠，可有来历？”邹衍忍不住高声问。

孟子再度抽出古剑：“此剑，形制短小，为其一。振音清越，为其二。但根本之点，尚在剑身纹络。名剑除干将莫邪有血泪斑外，其余八剑均有不同纹络，且皆在剑身。龙渊纹络如高山临渊，太阿纹络如流水微澜，工布纹络则如大河巨浪。诸公请看，眼前古剑之纹络屈襞蟠曲，酷似鱼肠，此剑鱼肠之名，正根据纹络之形而来。是以，孟轲断定此剑为鱼肠古剑。春秋时专诸刺僚，所用之剑即此剑。专诸藏之蒸鱼腹中，鱼上酒案，此剑破腹而立，使专诸飞剑杀吴王僚，推出了吴王阖闾，成就一段功业矣。”

年轻的尸佼霍然起身，高声道：“天下皆说儒家只通礼乐，怎知孟夫子对剑道如此精深？佩服之至！”

众臣齐声附和：“孟夫子博大渊深，佩服之至！”

孟子对这个年轻的尸佼本来反感，加之众人对他附和，心中颇觉腻烦，不由得高声道：“儒家教人，文武并进，六艺皆精，何来只通礼乐之事？”

石亭外的孙膑遥遥拱手作礼：“曾闻孟夫子射技超人，敢请夫子一展风采。”

众人知道孙膑久在魏国，而孟子也在魏国多年，孙膑的话断无差错，不由得齐声附和：“愿睹夫子射技！”

齐威王却是大有疑虑，孟夫子虽为大师，毕竟一介书生，如何能精通箭术？他猛然警觉，是否有人要给孟子难堪？心念一闪，他对孟子笑道：“夫子高才，何在乎鼓勇小技，莫与彼等当真便了。”

孟子本当婉辞，不想听到齐威王的“小技”二字，却猛然想起自己对齐威王讲的“小伎”一词。当世之人，无不对具有实用价值的学问技能推崇备至，独孟子公然称实用学问为“小伎”，致使天下以为儒家对实用技能与学问一窍不通，常常报以轻蔑的嘲笑，常常也在一些场合公开诋毁儒家。方才孟子已经觉察到，辨认鱼肠剑给齐国君臣带来了震动，此刻他猛然想到，应当真实显示儒家的全貌，改变天下对儒家的偏见。心念及此，孟子霍然起身道：“齐王并诸位大人，孟轲今日献丑了。”宽大的布袍一撩，走出亭外，场中顿时一片欢呼。

郊亭外本是专停车马的空场，田忌立即指挥兵士将车马转移，让出一条宽阔的箭道，竖起一座高大的箭靶。齐国群臣诸子一齐兴奋得夹道而立，护卫军兵也站在高处观看，整个箭道被密匝匝包围了起来。齐威王则站在亭外高出人群许多的王车上，饶有兴致而又不无担心地观看这场文人弯弓。

孟子来到人群夹道之中，向前一瞄，笑道：“上将军，如此能叫射技么？换最小箭靶，摆至一百八十步。”

全场惊讶得鸦雀无声。谁都知道，给孟子摆的箭靶是射箭初学者用的大靶，比真人还要高大，而且只摆了六十多步远。尽管如此，能射中三箭，对于孟子这样的学问泰斗，就已经是非常的罕见了。稷下学宫研修实用学问的诸子，又有几个能射箭、击剑、驾车？所以一闻孟子要求最小靶，而且要一百八十步，所有人都不禁惊讶失色。要知道，最小靶、一百八十步，那是军中神射都极少使用的，寻常被称为神射者也不过“百步穿杨”。一百八十步，意味着射手必须具有开二十石强弓的力量，必须有久经训练的极好的目力，这样的射手，在几十万大军中也是寥寥无几的。齐军长于技击，对神射箭术极为推崇，自然是人人知道其中难度，一时间难以相信，却又不敢言声，全场静得空山幽谷一般。

田忌稍有沉吟，断然命令：“延长箭道！换神靶！”命令一下，官兵人群自动地哗然后撤，箭道骤然开阔，远处的小小箭靶，如猎场上的一只兔子般隐隐约约。

一名军吏捧上一张长弓、三支铁箭。孟子掂了掂，笑道："请用王弓兵矢。"

军吏困惑："此乃军中最好弓箭，小吏未尝闻王弓兵矢。"

孟子大为叹息："齐为大国，兵械却如此贫乏，何以强兵哉！弓有八种，箭有十二类。王弓力强，远射战车与皮革。兵矢以精铁为镞，长羽为尾，远程射杀才不致飘飞。如此利器，岂能无备？"孟子本是不世而出的教育大师，凡事皆能说得透彻简明且诲人不倦。此时一番评点，军中将士闻所未闻，一时人人咋舌，对孟子肃然起敬。

齐威王高声道："夫子，请用本王弓箭。"说着摘下王车上的长弓与箭壶。

田忌上前接过，恭敬捧给孟子。孟子向齐威王遥遥拱手作谢，接过弓箭一掂道："此弓乃唐弓，此箭乃杀矢。唐弓力道厚重，宜于射深。杀矢杆重镞锐，远射稳健，亦算良弓名矢了。上将军，战阵攻杀，仅王者有利器，可是无用也。"

田忌深深一躬："谨遵教诲。齐军当重新改制军器，配置全军。"

孟子不再多说，脱去宽大布袍，露出紧身白布衫裤，两鬓白发衬出沟壑纵横的古铜色面孔，现出一种知天命之年饱经风霜忧患的威武稳健。他背起箭壶，执弓试拉，似乎觉得弓箭尚算差强人意，便搭上长箭，缓缓开弓。强劲的唐弓倏忽间满月般张开，孟子双腿前蹬后弓，纹丝不动地引弓伫立，瞄一眼已经很少见他射箭的弟子，殷殷叮嘱："射艺之本，在于力神合一，常引而不发，直练至视靶中鹄心其大如盘、其近在鼻，方可引弓满射。"

话音刚落，嗖、嗖、嗖，三箭连发。长箭带着尖厉的啸声，飞向隐隐约约的兔子般的小小箭靶，穿透了靶心。最后一箭穿过靶心时，隐约可见的小木靶轰然倒地，激打起一阵尘土。

全场惊愕有顷，响起雷鸣般的掌声、喝彩声与欢呼声。齐国军兵欢呼雀跃，齐声大喊：“请孟夫子为齐军教习！”

孟子穿好长袍，神定气闲地向官员军兵微笑拱手。齐威王已经兴奋地下了车，向孟子一躬到地：“夫子艺业惊人，何其深藏不露也？夫子请进亭入座，田因齐有话。”

孟子进入石亭落座，朝臣诸子也都复归原位，凝神聚目于齐王。

齐威王郑重拱手道：“夫子深藏艺业之学，田因齐深为感慨。今郑重相求，若夫子放弃仁政礼治之道，即在我齐国任丞相之职，统摄国政，不知夫子意下如何？”

田忌慨然道：“孟夫子为齐国丞相，正当其所。”田忌立即响应。

驺忌立即道：“我王以孟夫子为相，上顺天心，下应民意。”

倒是稷下学宫的诸子们大为惶恐，轰轰嗡嗡地各抒己见议论起来。

孟子喟然一叹：“孟轲之不能放弃仁政礼治，正若齐王之不能放弃王霸之道。道不同，不相为谋。孟轲宁不任丞相，亦当固守孔夫子为政大道。”

尸佼站起高声道：“夫子之道，崇高美好，然却远离当今时世，实则以良善之心倒行逆施。若以此道为政，殃及万民。尸佼愿夫子久远治学，莫为卿相！”

慎到也拱手高声道：“夫子若能像我法家卫鞅那般，使弱国强大，儒家方有再生之根基。空言复辟井田，犹如水上浮萍，何以为政治国？”

孟子露出了一种悲天悯人的微笑：“秦国变法，实乃苛政之变。苛政猛于虎，必不长久矣！我儒家追求大同之境，为万世立极，虽明知不可而为之，无怨无悔。为给人世保存一缕良知，儒家子弟宁杀身以成仁，舍生以取义，绝无苟且。”说罢缓缓起立，走出石亭，来到筵席帐篷中间的大红地毡上，从田忌手中拿过一口长剑。众人不禁大为惊愕。

“齐王并诸位大人，请听孟轲一曲，以为分别大礼。”说罢，孟子踏步舞剑，大袖飘飘，剑光摇摇，俄而长歌，歌声中充满了一种悲壮幻灭：

礼崩乐坏兮　瓦釜雷鸣
高岸为谷兮　深谷为陵
痛我生民兮　遍地哀鸿
念我大同兮　恍若大梦
天命何归兮　四海飘蓬

弟子们人人肃穆，低沉苍凉地和唱着：“天命何归兮，四海飘蓬……”

歌声反复，化成天地间悠远的回声。在那个风雷激荡铁血竞争的时代，儒家以深刻的智慧、高远的理想与不合时宜的复古主张，被天下大势逼上了祭坛，做了牺牲。两百多年后，儒家又以特有的礼教功能被推上“独尊”的学霸地位，扼杀了一切具有蓬勃生机的主流学派，最终，自己也在悠悠岁月中僵化窒息了。

七　申不害变法夭折　马陵道庞涓被杀

路过魏国，孟子想到安邑见见魏惠王。在孟子看来，魏罃这个国君毕竟还算是有敬贤之心的，当初不用自己，也是自己的复古仁政主张天下皆知，无论哪个国家都不敢用，又何况魏国？辞了齐国，孟子把一切都想透了。儒家与战国潮流是格格不入的，在此等情势下，各大战国还对他孟子待以“王师”之礼，也算难能可贵了。所以，孟子对以往在列国所受的种种礼遇下的冷漠，自觉宽容了许多。路过魏国，不期生出了见见魏罃的念头，播撒一些学问的种子，毕竟不是坏事也。

谁知派出公孙丑一探听，魏国竟是去不得了。公孙丑的说法是：“魏国大动，举国躁急，危邦不可居也。”孟子站在轺车伞盖下遥望安邑良久，长长地叹息了一声：“魏罃啊，何须自取其辱？”

“老师，魏国不要复仇，不宜再动了么？”万章显然感到很困惑。

孟子淡淡一笑：“走。三个月内，你等便会明白。”

的确，桂陵之战不但没有使魏国清醒，反而激起了一股同仇敌忾的血气。从魏惠王、太子申、丞相公子卬、上将军庞涓，到军中将士与安邑大梁的国人，无不痛骂齐人鼠窃狗偷、孙膑“废人”阴险狠毒。总之是惊人的一致——魏国不小心遭了一次暗算，齐国其实差得很远。精明开朗的魏人觉得，魏国没有错，灭赵是应当的，回兵援救大梁更是应当的，坏就坏在孙膑阴毒，竟然卡在半道上偷袭！朝野上下对太子与丞相更是一片颂扬，他们率兵“追击”齐军到邯郸，又及时回师，何等英明，否则又被孙膑偷偷摸摸包了进去，损失更大。骤然之间，太子申和公子卬自然而然地成了保存魏军“主力”的名将，齐军所消灭的只是魏军的“偏师”而已。

魏国朝野如此这般地总结了桂陵兵败，汹涌迸发出强烈的复仇呼声。

复仇的方略是太子申、公子卬两位“名将”提出来的，归结为“灭韩震齐”四个字。理由是：上次赵国距离太远，孙膑钻了空子；这次魏国全力攻灭距离最近的韩国，孙膑绝没有可能再钻空子；因为，魏国大梁和韩国都城新郑相距仅仅一百多里，且全部是平原地带，风驰电掣的骑兵半个时辰就可赶到；齐国胆敢再攻大梁，正可一举歼灭，收一箭双雕之功效；若齐国不敢来救，魏国灭韩后立即向齐国宣战，一举灭之。

“灭韩震齐之要旨，在于诱齐发兵！”太子申振振有词。

“齐国若故伎重演，则正中我下怀！”公子卬兴奋补充。

对两位后起“名将”的周详谋划，大臣们异口同声，赞颂备至。魏惠王更是大为快慰，太子申有如此长进，他做梦也没有想到，顿时觉得对庞涓的依赖减轻了许多。他大手一挥道：“太子、丞相良谋若此，本王深感快慰。本次灭韩大战，以太子申为主将，丞相与上将军辅之，报我大仇，兴我大业！”魏惠王甚至没有征询庞涓的看法，而庞涓也始终一言未发。

庞涓清楚极了，也痛苦极了，却什么也不能说，什么也不能做。桂陵战败，他最恨孙膑，却又对孙膑的战法有一丝莫测高深的隐忧。他对这位同门师弟的智慧从来就没有低估过，否则，当初绝不会想到除掉孙膑。火急回师的时候，他还不知道齐军的实际统帅是孙膑，否则他可能会谨慎一些。战败之后，知道了这是孙膑的运筹谋略，从心底讲，庞涓已经不再认为这是齐军误打误撞捡来的运气，而认为这是一场精心策划的极为高明的战役。即或在事后想对策，他还是必须回师救援，难道还能真的丢了大梁？而回师救援，还是必须走桂陵山地，还是必然钻入伏击圈。事后都想不出脱困对策，能说孙膑不是精心运筹？尽管如此，他却只能跟着魏国上下人等大骂齐国卑劣，而不能真正讲出自己的想法，否则，等于宣告自己根本不是孙膑的对手。为了上将军权力不会被剥夺，他必须迎合那些平素极为蔑视的酒囊饭袋，且不能揭破太子申与公子卬的谎言。而只要他庞涓这个货真价实的名将不提出异议，魏国庙堂这种惊人的一致就会包容每个人。如果说，这些带给庞涓的还仅仅是痛心和压抑，那么魏王任命太子申为伐韩主将，则使庞涓感到了莫大屈辱。太子申比公子卬还要酒囊饭袋，还要志大才疏。这样一个“统帅”，再加上一个善于逢迎的油滑的公子卬，自己这个上将军岂不是成了一个只能领命作战的前敌先锋？战胜了，主要功劳肯定与自己无缘，战败了，罪责则无疑将由自己一人承担。

这种尴尬，庞涓还真是第一次遇到。没有争到丞相，他已经很是窝火了，而今连上将军也弄成了名不副实，两个酒囊饭袋顶着“名将”的光环架在他头上，这仗能打好么？军权贵专，号令贵一，所以才有“将在外君命有所不受”的典训。这是人人皆知的常理。庞涓身为名将，平日更是厌烦庸君权臣对军旅兵事的干预。而今，最厌烦的事恰恰在最要命的时候无端落在自己头上，且还不能反对，当真令庞涓吃了苍蝇一般。

难消胸中块垒，庞涓回到府中病倒了。

安邑没有秘密。就在魏国确定灭韩大计的同时，消息已经沸沸扬扬地传播开来了。朝野振奋，魏国上下又一次激昂起来了。韩国商人大为惊慌，立即快马飞报新郑。

韩国丞相申不害接到急报，冷冷一笑，立即进宫。

从第二日起，新郑开始了大规模的防御准备。大捆大捆的箭矢、长矛、刀剑，无数的滚木礌石，专门用来焚烧云梯的牛油火把以及大筐的干粮干肉，被运上四面城墙囤积起来。新郑本来是春秋时期郑国的都城，城池不大，却有两个极为突出的特点：一是城墙宽阔高峻，且全部用石条和特制大青砖砌成，女墙箭楼更是全部用石料筑成；二是城外有一条宽约三丈的护城河，水源引自城外流过的洧水，滚滚滔滔，与寻常护城沟河的小水细流相比，的确是难以逾越。从春秋时起，新郑就享有“深沟高垒，金城汤池”的威名，除了围困，从来没有被真正攻克过。韩国迁都于新郑，看中的也正是新郑雄踞沃野而又易守难攻的长处。而今韩国已经变法十六年，国力军力皆大有增长，攻灭别国虽力不能及，然要固守自保，显然游刃有余。这正是申不害的信心所在。

变法期间，申不害强行取缔了旧贵族的私家武装，纳入国府统辖，将全国军马整编训练为八万新军，四万分布在周边要塞，三万驻扎在新郑城外，一万驻扎在新郑城内。申不害自认“法家为主，杂学深广”，对兵事颇为通达。韩国新军的整编训练，申不害始终是事必躬亲，严格督导，将一支新军确实训练得有了“劲韩”气象。恰逢韩国没有带兵名将，韩昭侯对申不害又信任有加，申不害便自领上将军，权兼将相，统摄国政。申不害认为，韩国的变法已经完成，剩下来的就是吞灭几个小诸侯，开拓国土增强实力，然后相机与大国抗衡。目下韩国毕竟太小，又夹在几个大国之中，没有纵深可供回旋。这一点，韩国甚至不如秦国。秦国有广阔的陇西纵深，丢了关中也不至于亡国。韩国则不同，新郑一失，敌军铁骑一夜之间便可踏遍腹地，逃无可逃，只有亡国灭族。基于这种判断，申不害对韩昭侯提出了“吞并周陈，开疆拓土，十年大国称王”的方略。韩昭侯大是欣然，下令申不害全权筹划总领。

申不害成算在胸：两年灭周，吞并周室的三川地区；一年灭陈，吞并淮水北岸的山原要塞；而后几年，再相机从齐楚两大国的夹缝里抢得宋、薛、邹、鲁任何一两个小国，韩国就成了地广三千里的大战国，一展雄图当非难事。

就在申不害雄心勃勃地将要开始动手时，魏国却要来灭韩。

申不害大是愤然，对韩昭侯慷慨陈策：“魏国强大，韩国不得不先行放弃灭周灭陈大计，联合齐赵两国，全力抵御魏国。战胜之后，韩国挟战胜之威西进灭周，南下灭陈，则更为顺利。由此观之，魏国攻韩，未尝不是好事。此中关键，在于韩国要顶住魏国攻势。只要新郑不陷落，韩国的霸业大计，就功成泰半！”

韩昭侯频频点头，当场赐申不害名贵甲胄与绣金斗篷一领。

申不害向齐国赵国派出紧急特使，请求与两国结成盟约，共同对付魏国。赵国已经从邯郸大战的噩梦中清醒过来，国力有所恢复，赵肃侯立即答应结盟，届时从魏国背后袭击。齐国则表示盟约暂不缔结，但一定不会坐视韩国民众的兵灾。两路特使回报，申不害顿时安心。这个结果是他早预料到的，赵国和魏国有了仇恨，自然是一拍即合。齐国已经成为隐隐然与魏国争霸的超强战国，极希望魏国消耗国力；其所以不愿过早地与韩国结盟，是怕魏国知难而退，这场大仗反而打不起来了。

韩国寻求的最佳结果是，三国盟约达成，迫使魏国不敢攻韩，韩国便可以继续灭周灭陈大计。齐国却恰恰相反，是希望大战发生，方能趁机再度打败魏国，所以不能与韩国达成盟约。赵国力量大大削弱，不能单独对魏国作战，自然对加入"反魏联盟"极为热衷。申不害对这种邦交诈道深知就里，岂能一厢情愿地自顾做梦？但无论如何，齐国会救援韩国，此乃铁定。因为这不是韩国利益，而是齐国必然要寻找机会压倒魏国所决定的必然路径。

申不害立即向韩国臣民公布了"与齐赵结盟抗魏"的大好消息。韩国人心里有了底，抵抗魏国的斗志倍加高昂，新郑城弥漫出大战将临的紧张气息。

魏惠王虽然气昂昂地宣布了太子申为灭韩统帅，但心中总觉发虚。公子卬何等机警，见魏惠王沉吟不语，自然是心有灵犀，一脸肃然地提出："太子身系国家安危，不宜前敌涉险。臣以为，灭韩大战仍当以庞涓为主将，臣辅之，太子为统帅，总监诸军为上策。"魏惠王欣然赞同，明下王书改变部署："灭韩战事由上将军庞涓统领，太子申统帅，总监诸军。"

王书下到上将军府，这才使庞涓有了一个台阶。虽说这"统帅总监军”的名头闻所未闻，“统领”的职分也颇为含糊，实在是兵家大忌。然则事已至此，魏惠王在热昏的朝野共识下，明摆着教他做实际主将，让太子这个“名将”做只立功不受过的统帅。有何办法？除了归山，庞涓只有接受。想了两天，庞涓还是带病出征，挑起了这副重担。

一旦回到中军幕府，庞涓立即精神大振，将诸般龌龊丢在了脑后。经过一个月夜以继日的准备，庞涓终于发出号令，魏国主力大军秘密向韩国进发。

公元前342年初夏，魏国终于发动了灭韩大战。

庞涓对各国地形要塞及军力部署，历来非常清楚，哪国稍有变更，他便在那幅秘密地图上做出记号。对于韩国这般土地狭小的国家，他更是了如指掌。庞涓的进兵方略是：

第一步，派出一万精锐步卒秘密堵截洧水上游，使新郑的护城河变成一条干沟。

第二步，派出五万骑兵，在一个月黑风高的夜晚衔枚疾进，突然插进新郑城外的三万韩军与新郑之间，发动猛攻，将三万城外韩军一举击溃。

第三步，派出六万重甲武卒扼守新郑城外的三条要道，狙击有可能从韩国周边要塞赶来救援的四万步骑大军。

最后一步，自己亲自统率十万主力大军从东北两面泰山压顶般猛攻新郑。

为了避免混乱，庞涓没有教太子申与公子卬独当任何一面，而只请他们以三军统帅与副统帅的尊贵身份，高车驷马地随同中军前进。这样做，其实正中公子卬下怀。太子申还有些不满，被公子卬一番附耳低语，说得大展眉头，不再要求独当大任了。

三天之内，庞涓的外围作战全部顺利完成，做好了对新郑的攻城准备。

申不害有些慌乱了。他没有想到洧水断流，更没有想到城外驻军被一举击溃。更要命的是，周边要塞驻军的来援要道，竟也被全部卡死了。突然之间，新郑变成了一片孤岛，城内的一万多军士成了唯一的支柱。明摆的大势，如果齐国赵国没有主力大军前来救援，新郑就是砧板上的一块鱼肉。

“庞涓竖子，当真狠毒！”申不害站在新郑城头，遥望原野上连绵不断的红色军营，就像秋日里火红的枫林，不禁佩服庞涓的用兵狠辣，竟觉得颇合自己胃口。

本来，任何一座都城里都不可能驻扎主力大军。所谓城防，更主要的是城外要塞与城外驻军。城内驻军只能对付小型攻击，更主要的功能是防止内部动乱。城外大军与城内驻军相互策应，才是全面防守。从这一兵家典则出发，申不害在城外驻扎三万大军，是兵家正道，是真正的城防力量。但申不害万万没有想到，魏军的精锐铁骑在平原上战力太强，韩军竟在一夜之间被分割击溃。如此一来，形势大变，新郑城西南两面的洧水，如今既阻挡了突围之路，也阻挡了援救之路。东北两面的三条大道也全部被堵死，且还有十万魏国大军的猛攻，纵能冲出重围，显然也是自投罗网。

为今之计，只有依赖新郑的城墙和城内充足的粮草，做拼死一战了。

庞涓自然不会给申不害留下喘息机会，大军一到，立即猛烈攻城。

第一波攻势，是在五万强弓硬弩的掩护下，五万步卒全力冲到城下，填平护城泥沟。护城河虽然断水，但仍然是两丈多深三丈多宽的泥泞大沟，云梯无法推进，是全面攻城的最大障碍。在雷鸣般的战鼓中，魏武卒的强弓远射发挥出强大威力，密如骤雨的羽箭封锁了女墙的每个垛口，韩军根本无法抬头，只有偶然推下的几根滚木轰隆隆砸下，反倒滚入护城河替魏军填了沟。魏军五万步卒分为三个梯队，人手一张大铁铲，猛扑沟边铲土填沟。半个时辰轮换一次，不消几个时辰，大沟便被填成了平地。

此时日近暮色，庞涓下令休整一个时辰，扎好营寨半餐饭食。天黑时，魏军展开第二波夜间猛攻。但见火把之下，庞涓手执长剑，顶盔贯甲，站在距城墙不到一箭之地的一架云车上，亲自指挥攻城作战。太子申与公子卬两位统帅，则站在远离城墙三箭之遥的云车上观看战况，津津评点，犹如市井看社火一般。

夜幕下的广阔平原上人喊马嘶，火把连天，鼓声杀声震天动地。新郑城头也是灯火连绵，韩军盔明甲亮，人人奋勇做殊死搏斗。申不害命令运来大批猪牛油脂，分装于陶罐，齐齐地摆在女墙之下。火把下魏军攻到，韩军立即将油脂陶罐狠狠砸向云梯。在陶罐油脂炸开，溅满云梯和魏军步卒的刹那之间，能够持久燃烧的牛油火把也随之摔下，轰然一声，烈焰飞腾，魏武卒连连惨叫着翻滚摔落。随后密集的滚木礌石从城头滚砸压下，将云梯拦腰砸断，将魏军士兵砸死在城墙之下。魏军虽有强弓硬弩，但这种远射兵器在夜间攻城中却难以使用，否则会误伤自己士兵。毕竟，箭矢再多也有限，射出去又收不回来，如何能无限度滥射？

夜攻两个时辰，对新郑城无可奈何，庞涓下令停止攻杀。

当夜，韩国外围要塞立即派出多路特使，飞骑驰向临淄和邯郸，催促两国发兵救援新郑。接到求救急报，赵肃侯本欲立即起兵五万，袭击魏国北部。但上大夫腹击却力主不能妄动，应当和齐国同时发兵，否则，万一齐国不动，赵国将陷于危险境地。赵肃侯猛然醒悟，立即改变主张，一面答应出兵，一面派特使入齐探听齐国的真正意图。

齐威王稳住两国特使，与田忌立即来见孙膑。

孙膑在桂陵之战后，再三辞退了上卿高位。齐威王仍然保留了孙膑的“军师”封号，以上大夫规格专门为他建了一座八进府邸。府邸的右跨院是一片十多亩地大的园林，竹林茂密，池水清澈，假山石亭，分外幽静。孙膑又在竹林中建了几间茅屋，大部分时光便都在这座园林度过，正院府邸反倒空了起来，仅仅成了聚合少数几个稷下学子的场所。孙膑深居简出，极少与官员来往，除了使女推着轮椅在竹林漫游，便沉浸在茅屋书房里，或刻简或读书，倒也悠闲自在。经过一场人生巨变，孙膑的将相雄心已经化成了散淡的隐士情怀。他唯一的寄托是两件大事，一件是整理先祖兵书，写一部自己的《孙膑兵法》；另一件，与庞涓再打一场大仗，一抒胸中块垒。他料定，庞涓决然不服上次的失败，魏国朝野上下也同样不服。任何事情都可以退避三舍，唯独在兵学战阵的较量上，孙膑绝不让步。且不说兵法战阵之学是他生命的全部意义，就说自己是兵圣孙武的后裔这一条，孙膑也不想给祖宗丢脸。他之所以还没有隐居山林，就是在等待这次大战。打完这一仗，他就该进山写书了。

齐威王和田忌直接来到园林时，孙膑正在茅屋中读《吴子兵法》。

“先生对吴起兵法，可有评点？”齐威王笑问。

孙膑淡淡笑道：“吴子为距今最近的名将，一生与诸侯大战七十六次，战胜六十四次，战平十二次，未尝败北，自是堂堂正正的兵学大家。然则，吴子为时势所限，尚无大规模的步骑野战，其兵法主旨在于强军之道，尚缺战场谋划之道。究其竟，其时攻防之战粗朴简约，军旅要害在于精兵，而不在良谋。吴子兵法所短，正在于良谋不足。吴子久为魏国上将军，此精兵传统已植根于魏国军队，正与庞涓所长不期而合，亦正与庞涓所短不期而合。时也，势也。”不禁感慨叹息。

田忌笑道："先生之意，步骑野战，奇谋可抵精兵？"

孙膑大笑："若有精兵，自然更佳。"

齐威王见使女上茶后已经退出，落座拱手道："魏军已经大举攻韩，先生有何见教？"

孙膑丝毫没有感到惊讶意外，淡然笑道："魏韩大战与魏赵大战不同。其一，韩国虽小，战力却强于赵国。其二，魏国与新郑相距不过百余里，与邯郸相距却有四百余里。其三，此次庞涓有太子申与公子卬掣肘，对手又是略通兵法且坚忍不拔的申不害。有此三不同，齐国一定要发兵救韩，而且能再胜魏国，为齐国大出奠定根基。然则，一定不能急于发兵。"孙膑虽然不假思索，但却说得很慢。

齐威王会意地点头："先生以为，发兵时机当如何确定？"

"以臣预料，申不害虽只有万余兵力，却足以抗击魏国三月左右。其时韩国消耗殆尽，魏军亦急躁不安，齐国与赵国同时出动，当可大胜。"

"好！就以先生谋划。仍是先生与田忌统军。"齐威王拍案定策。

"我王，上将军统帅，臣只是军师。"孙膑纠正得很认真，齐威王与田忌不禁笑了起来。

韩国特使得到齐威王"稍做准备，即发救兵"的确定答复，未敢停留，星夜回韩，放出久经训练的信鸽进入新郑。这时的新郑，已经顽强抵御了一个多月，军民伤亡两万有余，国人军兵疲惫不堪，士气渐渐低落。申不害得到信鸽传书，立即向新郑军民宣布了"齐军将不日出兵救援"的消息。新郑军民看到了希望，精神大振，士气重新高涨。好在新郑城内粮草兵器倒是充足，只要有人作战，再挺一段也非难事。申不害抓紧时机补充新兵，将城内五十岁以下十五岁以上的男子，全数征发为军卒，居然有一万之众，与剩余的五千多精兵混编，新郑城头居然又是旌旗招展，盔明甲亮，军卒密布，没有寻常山穷水尽的样子。

庞涓久攻不下，本来就非常恼火，见新郑城头骤然威风抖擞，仿佛向魏军挑战一般。庞涓不禁大怒，登上云车高台，仔细观察半日，不禁哈哈大笑。回到幕府大帐，庞涓当即召集众将下令：“新郑已经是孤注一掷，回光返照。我大军明日开始轮番猛攻，昼夜不停，一举拿下新郑！”部署好兵力与攻城方法，魏军当夜偃旗息鼓。

此日清晨，太阳尚未出山，魏国大军列阵。庞涓登上高高云车，遥遥可见北门中央箭楼垛口的申不害，两人都是大红斗篷，相互看得很是清楚。庞涓长剑指向箭楼，高声喊道：“申不害，本上将军敬佩你硬骨铮铮，已经下令不对你施放冷箭，我与你堂堂正正地见个高低，如何？”申不害哈哈大笑，长剑直指：“庞涓，本丞相一片孤城，无法像孙膑那样与你斗智，就与你硬拼一场，宁为玉碎，不为瓦全！”

庞涓听申不害用孙膑嘲笑他，顿时脸色铁青，令旗一劈，战鼓骤然雷鸣而起。

魏军开始了猛烈进攻。全军分为四轮，每轮两万精兵，猛攻两个时辰便换上另一轮。如此保持每一轮都是精锐的生力军。新郑守军本来就兵力单薄，加之又是新老混编，不可能同样轮番替换，只有全体在城头死守。

几个昼夜下来，新郑城头的女墙，已经被一层又一层鲜血糊成了酱红色，血流像淙淙小溪般顺着城墙流淌，三丈多高的城墙，在五月的阳光下猩红发亮。面对城下震天动地的喊杀声，韩国守军个个血气蒸腾，杀红了眼，喊哑了嗓，只能像哑巴一样狠狠地挥舞刀矛猛烈砍杀。所有的弓箭都被鲜血浸泡得滑不溜手，射出去的箭，如同醉汉一般在空中飘摇。所有堆积在城墙上的滚木礌石砖头瓦块，都带着血水汗水以及黏黏糊糊的饭菜残渣滚砸下城墙。刀剑已经砍得锋刃残缺，变成了铁片，也顾不上换一把。每个韩国军士，无论新兵老兵，全都杀得昏天黑地，血透甲袍。后来干脆摔掉甲胄，光着膀子，披头散发地死命拼杀。但不消片刻，每个人又都变成了血人，连白森森的两排牙齿也变得血红血红。

新郑的民众，更是老幼男女一齐出动，向城头搬运滚木礌石。最后又开始急拆民房官署，将所有的木椽、砖头、瓦片一齐搬上城头，充做滚木礌石。眼见繁华街市被拆得狼藉废墟，新郑民众的一片哭声变成了恶毒的咒骂，最后连咒骂也没有了时间，只有咬牙飞跑。街道、马道、废墟、城头，累死压死战死哭死者不知几多，尸体堆满了巷道，却是谁也顾不上搬运。官吏、内侍、宫女与所有嫔妃，在太子率领下也气喘吁吁地出动了。十余万人口的新郑举城皆兵，只有韩昭侯一个人没有出宫了。

申不害已经没有时间在箭楼指挥了，奔跑在各个危险地段，脸上又脏又黑，胡须头发散乱纠缠，双手挥舞着带血的长剑，到处连连吼叫："杀！守住！齐国援兵就要到了！到了——"仿佛一只被困在笼中的猛兽。除了那件早已经变成紫黑色的"红色"斗篷，他和每一个士兵已经没有任何区别了。

城下的魏国军阵中，太子申与公子卬生平第一次见到如此恶战，两个多月"督察"下来，经常面色煞白，心跳不止，连连呕吐，常被护卫军士扶回大帐。高台上的庞涓却是恶气难消，这是他军旅生涯中所遇见的最大的硬仗恶仗，已经死伤了两万精锐武卒，新郑城竟然还是没有攻破，当真是不可思议。今日他心里很清楚，这是最要紧的关头，再咬牙猛攻两个时辰，韩国人的意志必然崩溃，绝不能给申不害一丝喘息机会。

看看西下的落日，庞涓高声下令："晓谕三军，猛攻两个时辰，今夜拿下新郑！”

高台四周的传令军吏立即四散飞马：“猛攻两个时辰！今夜拿下新郑！”

魏军士气振作，一个冲锋大潮喊杀涌上，可是冲到城下，血糊糊的云梯搭上血糊糊的城墙，立即就滑倒在城下。纵然侥幸搭住，士兵刚踩上去，脚下就滑跌下来。加上城头守军不断用长钩猛拉云梯，砖头石头不断砸下，半个时辰中竟没有一副云梯牢牢靠上城墙。大军恶战，任何荒诞神奇的功夫都派不上用场，纵然有个别人能飞上城墙，面对汹涌的死战猛士也肯定是顷刻间化为肉酱。这里需要严格的配合与整体的力量，去一刀一枪地搏杀，而不是任何奇能异士的一己之力所能奏效的。

庞涓作为久经战阵的大将，自然深知其中道理。他接到三次无法攀城的急报后，愤然高喊：“停止攻城。”

一阵大锣鸣金，魏军武卒一下子全瘫倒在了城下旷野。

城头韩军，也无声地伏在城墙垛口大喘气，连骂一声魏军的力气都没有了。

夕阳残照，萧萧马鸣，战场骤然沉寂下来。城头烟火弥漫，缓缓飘动着血染的战旗。城下也缓缓飘动着血红的战旗，烟火弥漫在茫茫旷野。到处都是鲜血，到处都是尸体，到处都是伤兵，连兵刃的闪光也被血污掩盖了。

申不害站在城头箭楼，庞涓站在阵前云车，两人遥望对视，伸出长剑互相指向对方，却都没有力气再高喊一声。

新郑宫殿的廊柱下，韩昭侯木呆呆地伫立着。几只乌鸦扑棱棱飞来，惊得他打了个激灵。骤然的沉寂，使他觉得阴森可怖，连那昏黄的夕阳也扑朔迷离起来。仗打了这么长时间，他始终没有迈出宫门一步，但心里却很清楚，新郑将要湮灭了。一国防守，连太子嫔妃宫女内侍官吏都出动了，这仗还打得么？面对魏军，能撑持这么长时日，已经难得了，韩国亡于一场恶战，也算对得起列祖列宗了……突然，一阵沉重的脚步声响起，在死一般寂静的大殿竟像雷声一样。韩昭侯不禁一阵恐慌，难道魏军破城了？抬头盯视宫门，却见一个长发散乱的血人披着一领滴血的斗篷，缓缓向他走来。

仿佛白日见鬼，韩昭侯伸手一指，面色煞白，骤然软瘫在廊柱下，语不成声。

“臣……申，不害，回，来了……”血人嘶声低语，软软瘫倒在门柱下。

韩昭侯两腿发软，靠着廊柱长嘘一声：“丞相……辛苦，你了。”

“君侯，庞涓，攻不动了。一片，血城。云梯，没用了！”申不害突然放声狂笑起来，嘶哑得像是惨嚎，森森然在大殿回荡。

韩昭侯一阵发抖，久久沉默：“丞相，这仗，不打也罢……”

申不害却突然站起，带着一身血腥，赳赳走到韩昭侯面前嘶声喊道：“如何？君侯害怕了？不能啊。齐国快来了！他们就是要等韩国人鲜血流干，才肯发兵！君侯，三天之内，必有救兵！要挺、挺起来！你是韩国君主，君主！”

韩昭侯依旧木然沉默。

“君侯……到城头，抚慰一番，将士们。”申不害连眼泪也没有了。韩昭侯费力地倚着廊柱，站了起来，叹息一声，跟着申不害，走出了空旷的宫殿。

新郑城头。夕阳将没，旷野中血红的魏军营寨和血红的新郑城融成了一片，在血红的霞光下弥漫着红色流光，荒蛮而又迷离怪异。士兵们都变成了血人，全部躺在城垛下昏睡，分不清是死人还是活人，也没有一个人站起来迎接君主。韩昭侯想说话，嘴唇却只是簌簌抖动着，一个字也吐不出来。他步履蹒跚地走到垛口前，费力地扶住女墙，手却胶粘在温热的糊糊中，猛然缩手，却见双手沾满了黏稠的淤血！他惊叫一声，骤然一阵恶心，猛烈地呕吐起来……原野的血色军营，化成血海巨浪，向他迎面扑来！他大叫抬头，火红的霞光又燃成漫天大火，向他烧了过来！惊骇低头，血兵们竟然一个个站了起来，僵硬地向他逼来……

韩昭侯惨叫一声，狂笑不止，手舞足蹈间滚倒在地，骤然变成了一个血人，毛发偾张，森森可怖。

"君侯——"申不害觉得不妙，立即抢上前来。

韩昭侯猛烈旋转，陀螺般不能停止。猛然，他长嚎一声，口中鲜血箭一般喷出，软无声息地倒了下去。

"君侯……"申不害趴到韩昭侯尸身之上，久久不动，无声无息。

太阳落山了。暮色苍茫，城头原野一片死寂。申不害终于抬起头来，抚平了韩昭侯惊恐圆睁的双眼，站起身来，脱下自己那件浸透鲜血的战袍，轻轻覆盖了韩昭侯，恭恭敬敬地躬身三拜。申不害凝视着西方的落日，缓缓抽出长剑："君侯，士为知己者死，申不害岂能独生？"安详地倒转长剑，猛地刺入了自己腹中。

鲜血飞溅，城头笼罩在无边无际的夜色之中。

在这刹那之间，申不害蓦然想到了秦国，想到了卫鞅，想到了那个至今不知姓名的"高人兄"——韩国的变法夭折了，自己与卫鞅较量变法，也是自己惨败了；成者千古不朽，败者万世笑柄，一切都随着这场血战泯灭了。难道，这就是天意么……申不害费力地睁开眼睛，最后看了一眼已经变成了紫色的新郑箭楼，大叫一声，颓然伏在了韩昭侯身上。

一阵急骤的马蹄声，撕碎了原野军营的寂静。庞涓霍然警觉，执剑冲出幕府。战马人立嘶鸣，骤然停顿间骑士已经滚下马来扑倒在地：

“上将军，大梁危急！王命急救……”特使从怀中摸出已经被汗水浸湿的一卷竹简，昏倒在地。

庞涓怒喝：“三军拔营！回师大梁！”

庞涓怒火中烧。即或在攻韩最激烈的时候，他也没有忘记齐国援救的可能。而在内心，他把与孙膑再次较量，看得比攻韩重要一百倍，纵然灭了韩国，天下也不会因此而赞颂他，因为韩国太小，申不害也不通军事。齐国孙膑则不同，孙武之后，名门高足，同门师弟，又有桂陵大败庞涓的皇皇战绩；只有孙膑才是庞涓真正的对手，也是庞涓面前的“龙门”。打败孙膑，庞涓才称得上真正的名将。否则，庞涓在天下永远都只是一个二流将领。高傲而又雄心勃勃的庞涓，岂能如此屈辱地断送自己？这个孙膑也真是利令智昏，竟敢故伎重演，难道庞涓真是白痴不成？

正在拔营之际，又接快马急报，赵国八万精锐骑兵，由上党渡少水直扑安邑。

庞涓没有片刻犹豫，立即“命令”太子申与公子卬分兵三万，北上截杀赵军。已经大乱方寸的两员“名将”立即高兴地接受了。他们很清楚，安邑本来就有一万守军，再加上龙贾的几万河西守军可以随时策应，救援安邑当然是有惊无险。若要去打连庞涓都不是对手的孙膑，那可是九死一生。庞涓也乐得支走这两个大权在握却又酒囊饭袋的累赘，利利索索地与孙膑大战一场。

一个时辰后，训练有素的魏军兵分两路。庞涓自领十万大军全速疾进，直扑大梁。

大梁城下的齐国兵马竟然没有撤退，继续猛烈攻城。直到看见铺天盖地的火把，齐军才突然从大梁城下消失。大梁人的欢呼声浪还没有沉寂，庞涓自领的前军马队已暴风骤雨般卷到了。登高一望，庞涓遥遥可见齐军遍野北去，火把旗帜散乱无序，断然下令："全力追击！一举击溃！"

漆黑的原野上，魏军的铁甲骑兵风驰电掣般向北追击，步兵则从距离骑兵数里之遥的另一条大路兼程疾进。天亮时分，追到济水南岸，齐军堪堪渡河北窜。再次登高远望，庞涓已经清楚了，齐军的撤退路线是顺长垣、东郡北上，进入齐国境内的东阿。这条路大约七八百里，在东郡之前没有山地。而东郡到东阿的二百余里中，只有一片小山，也不足以设伏偷袭。况且，以魏军铁骑与武卒的追击速度，在东郡之前的五百多里一定能够截住齐军，决然不会进入东阿以南的马陵山地。

庞涓思虑停当，下令军吏清点齐军留下的军灶。不消片刻，军吏回报："军灶六千有余。"按照军中定规，一灶可供三十人的战饭，六千多军灶，说明齐军攻击大梁出动了将近二十万大军。这正是齐国军队的常数。庞涓不禁冷笑，别看齐军比魏军多了几乎一倍，但还是经不起魏军的强大冲击。这一点，大约齐国人自己也知道，否则，何必仓皇逃窜？孙膑纵然善于运筹，仗还得兵士来打，只要追上齐军，孙膑的任何计谋都会无从施展。

庞涓下令，就着齐军军灶埋锅造饭，半餐后携带三天干粮干肉，一气追击。

太阳出山时，魏军渡过济水。两个时辰后，齐军旗帜遥遥在望。魏军士气大振，呼啸猛追。奇怪的是，总能看见旗帜散乱的齐军，却硬是无法追上包抄。

庞涓自然无从知道，前面"逃窜"的，恰恰是齐国善于骑射技击的三万精锐骑士。

为了这场大战，孙膑可谓处心积虑。当他对田忌说还是采取上次打法时，田忌惊讶得说不出话来。面对庞涓这样的沙场宿将、兵家名士，岂能再次教他钻入圈套？孙膑却说：“庞涓熟读兵书，却又刻板过分。此次，教他觉得自己是在按照兵法行事，而齐军却反其道而行之，诱他入伏。此谓兵不厌诈。唯其故伎重演，才能激怒庞涓追歼齐军。”虽然有理，田忌还是有些忐忑不安，及至亲自率领三万精骑将庞涓引诱过了济水，田忌才大大松了一口气，不禁对孙膑的谋划由衷叹服。

这次攻击大梁，孙膑做了不同于上次的安排：五万骑兵，两万步兵，旗号营寨打出十五万大军的声势；同时在新郑大梁之间，遍布装束成庶民模样的斥候，随时回报魏军动静；魏军回援的前一天，两万步兵已经撤离，另外两万二流骑兵也提前两个时辰撤离；三万精骑由田忌亲自率领，诱敌深入。沿途路径与各种细节，孙膑都一一做了精细部署。部署妥当，孙膑便坐镇伏击山地，秘密调集齐国境内没有出动的步骑大军，专门在夜间向这片山地兼程进发，做好充分的伏击准备。

追击到当天晚上，庞涓大军已经越过长垣，发现齐军的灶坑锐减到四千。分明是齐军逃亡很多，兵员大减，只剩下十一二万了。庞涓下令继续猛追，第二天午后，已经进入大河东岸的濮阳地面，再往前不到一百里，便是东郡山地了。此时庞涓有些犹豫，清点齐军灶坑，却只剩下不到两千。此时前军骑兵恰又俘获了两百多名溃散伤兵，还有几百名溃散的齐军步卒前来投降。经过缜密讯问，方知齐军沿途逃亡严重，只剩下了七八万人马，步卒们都走不动了，齐军几乎就要崩溃了。

“孙膑可在军中？”庞涓威严地问一个百夫长。

“军师与步卒同行，一个百人队轮换抬着。上将军率领骑兵掩护。”百夫长很沮丧。

庞涓高声下令：“后军五千，留守辎重。全军轻装疾进！”

片刻之间，魏军甩下各种车辆云梯帐篷炊锅等，全副轻装，向北猛追，决意要在东阿之南截住齐军一鼓全歼。庞涓派出五十名军吏在路边奔驰穿梭，向大军高喊：“擒杀孙膑田忌者，封千户！”魏军士气大振，呐喊呼啸着：“擒杀孙膑田忌！杀！”卷起漫天烟尘，在广阔的原野像滚滚沉雷向北压来。

孙膑的大军，此刻正埋伏在齐国边境重镇东阿以南百余里的马陵山地。这片丘陵地带，当时尚是卫国土地。由于卫国弱小，夹在魏齐两大国中间奄奄待毙，所以对任何“假道”大军都无力干预，只好听之任之。这片山地，不是险峻高绝的兵家险地，寻常人甚或连名字也叫不出。从地形说，西南是平原，穿出山地又是平原，山前山后没有大河，全部山地只有二三十里。这种半山半原的丘陵，对于闪电般的精锐铁骑，实在算不得险地。但是孙膑看中的，恰恰是它貌似平庸这一点。他当初被齐国特使秘密救回的时候，走的就是这条山道。对地形地貌有着本能敏锐的孙膑，本来躺在车中，过山时却爬起来看了整整一个时辰。

兵贵山水。河流高山从来都是兵家必须刻骨铭心的，看得透，用得好，一条河流一道山原，足可抵十万大军。孙膑留意到这片看似舒缓的马陵山地，实则是外圆缓而内险曲。山口是舒缓的小山包，大道宽阔，可是越往里走越是狭窄曲折，两边山势也随之高了起来，加之山体土多石少，所以林木特别茂密。孙膑熟悉庞涓，也知道他手中有老师赠送的一幅“天下山水图”，庞涓不可能不知道这片山地。但是，庞涓肯定没有亲自走过这条山道。这是孙膑特意查过的。山中学兵时，两人一起游历天下，但都是名山大川，如何能走遍每片山地每条河流？知名不知实，恰在知与不知之间。孙膑利用的就是庞涓这种缺陷，料定庞涓会因为知道这片山地而不会过分小心。更重要的是，孙膑将庞涓进入山道的时间挤在了晚上，使齐军能够最充分地发挥这种出乎意料的地形战力。

日落之前，孙膑秘密增调的十多万步兵已经全数到位，北面的出口已经被堵死。封堵南面山口的骑兵，也已经等候在十多里之外的密林中。他要将庞涓的十万人马，全歼在这条默默无闻的马陵道。

夕阳将落，高山顶上的孙膑看见南边原野上漫天烟尘暴起，不用斥候回报，也知道庞涓大军到了。不消一刻，便看见前边“逃窜”的齐国骑兵，散乱的旗帜和毫无章法的乱兵洪水般汹涌而来。将近谷口时，田忌的护卫军马连中军大旗都丢了。一时间，齐军丢盔弃甲，兵器遗落，惊慌失措地拥进了山谷。

孙膑不禁笑了。

五月天长，太阳虽已经落山，原野的景色依然遥遥可见。一片暮色中，可见旌旗招展杀声震天，庞涓大军排山倒海般压来。接近山口，前军骤然勒马，一片战马嘶鸣响彻原野。庞涓飞骑赶到前军，长剑一指：“前方是马陵道，穿谷而出便是开阔平原。我军入谷，两骑并行，前后相随，宜快不宜慢。出谷后立即展开，截杀齐军！点起火把，入谷！”

“点起火把！两两入谷！”前军主将高声下令。

骤然之间，火把照亮了广阔的原野。魏军铁骑井然有序地高举火把，走马入谷。

山风吹拂，高山顶上的孙膑哈哈大笑：“庞涓哪庞涓，你也有今日也！”

田忌的精锐骑兵一进入山谷，立即从事先开辟好的小道，分东西两路反身出山，加入堵截南山口的骑兵大军。一万多齐国步兵立即接替了“逃窜”，丢盔弃甲地向深山逃去。魏军入谷，不断清理着道中丢弃的兵刃与木石障碍，遥遥可闻前方的马嘶人喊，对追上齐军深信不疑，便只顾急急赶路。火把照耀下，却见山道越来越窄，越来越崎岖难行，堪堪两骑并行就塞满了山道。山弯频频，竟将大军分割得前不见后，后不见前，长蛇般在谷中穿行。

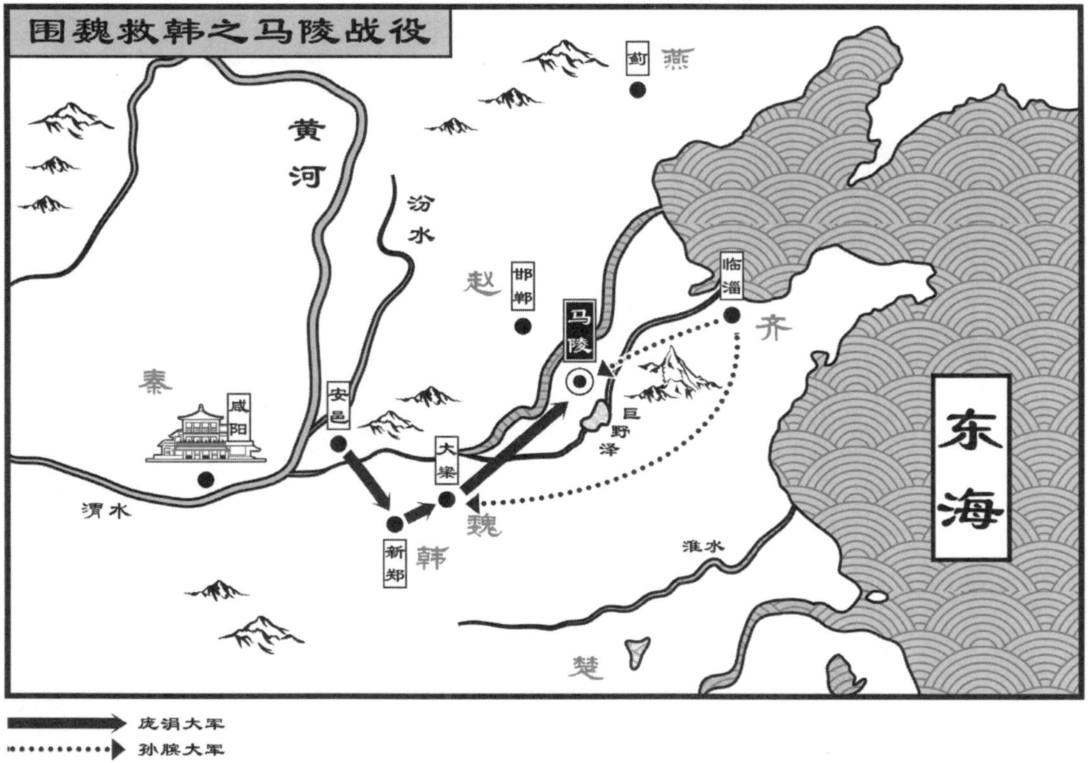

围魏救韩之马陵战役
黄河
汾水
蓟
燕
赵
邯郸
马陵
临淄
齐
秦
咸阳
安邑
大梁
巨野泽
东海
渭水
新郑
韩
魏
淮水
楚
庞涓大军
孙膑大军

大约半个时辰，庞涓的中军精锐进入崎岖险道，后军也已经进了山口。庞涓已经觉察到这山道崎岖狭窄得大出所料，然则已经进入，只有尽速通过，断无后退之理。他断然下令：“全军下马，人马并行，尽速出谷！”刚刚传出命令，前军斥候急报：“前方道旁有异情，前将军请上将军速往！”

“何事？”庞涓冷冷问。

“在下，不敢说。”斥候面色涨红。

庞涓心中一动：“岂有此理！领路我看！”带领十多名护卫壮士匆匆向前。

山坡一棵大树下，立着一个高大的草人，草人脖子上吊着一块大木牌，火把围照下可见赫然大字——庞涓死于马陵道！

庞涓一怔，随之挥手哈哈大笑：“雕虫小技耳，继续行军！”

一阵山风呼啸而过，庞涓却油然生出一片迷蒙，一丝恐惧。

突然，晴空惊雷，战鼓遍山轰隆，喊杀声从两面山头如潮水般压来。

庞涓未及下令，箭镞已漫天激雨般啸叫飞来。

瞬息之间，庞涓与手执火把的十多名卫士满身带箭，刺猬般倒在路边。

山谷中顿时大乱，魏军被山洪般涌下的齐军分割成无数小段，厮杀在一起。

庞涓已经奄奄一息，看着山谷中被打蒙了的魏军将士各自为战的搏杀，一丝泪水涌出了眼眶。十多年精心训练的这支铁军，将全军覆没，他自己也将带着永远的仇恨和无尽的遗憾离开人世，建功立业出将入相的勃勃雄心，就这样顷刻间随风而去了。在生命的最后时刻，一道闪电从脑海掠过，他瞬息间洞察了孙膑的全部谋划，连最后置他于死地的计谋也计算得如此精到——引诱他到山坡孤立处，集中强弓硬弩向火把圈子齐射。孙膑也孙膑，你可谓用心良苦，做得干净彻底。庞涓要有你如此铁石心肠，岂能让你活到今日？你，终于成名了，你是踩着我庞涓的尸骨成名的……

庞涓抽出甲带上的短剑，用尽全力，猛然插向自己的腹中。

一夜激战，太阳挂上山头时，马陵山地沉寂了下来，齐军的欢呼声响彻山谷。

魏国最精锐的十万大军，就这样被全部歼灭在这片平淡无奇的山谷里。

马陵道大战的消息迅速传开，各国顿感轻松，天下弹冠相庆了。

马陵之战，使魏国用雄厚的财富与漫长的岁月堆砌起来的最具威慑力的精锐主力毁于一旦，魏国唯一一个极有统兵才能的上将军庞涓，也死于非命。从此，这个超强战国，在龌龊的内耗中日复一日地衰落下去，使战国初期形成的格局为之一变，为战国中期争雄的新局面拉开了序幕。

魏国留下了短暂的霸主空隙，齐国却并没有立即填补上去。

马陵大战后，齐国将相失和。田忌与驺忌相互倾轧，驺忌巧妙地给田忌设了一个“谋反”圈套，田忌被迫逃亡到楚国去了。孙膑失望之极，秘密离开了临淄，去山野隐居了。齐国的强国优势，因为失去两大名将而大为逊色。

一个短暂的均势，罕见地出现在战国时期。

一个百年不遇的大好时机，骤然推到了秦国面前。

第十二章 收复河西

一 卫鞅抓住了稍纵即逝的机遇

马陵道大战后，最感轻松的是秦国。

还在庞涓刚刚开始进攻韩国时，卫鞅就预感到这对秦国是一个难得的机遇。如果说几年前魏国进攻赵国时，秦国的实力还不足以有大作为的话，目下就大不一样了。卫鞅在安邑公叔丞相府多年，虽然对孙膑所知不多，但却深知庞涓在军旅战阵上的正统拘泥，料到他必然第二次败在孙膑手里。卫鞅当即对秦孝公提出，抓住时机，立即迁都咸阳。

秦孝公自然明白，迁都这样的大事，最要紧的是平定的时日。征用民力数十万，几乎是举国大动，再快也得一半年，没有一段绝对安全的时日，万万不能动手。目下魏国调集兵马灭韩，函谷关以西的精锐大军全数东调，栎阳威胁顿时解除。此时迁都，正是大好时机。君臣一拍即合，决策立即迁都咸阳。

时当初夏，正是手脚舒展的大好季节。关中平原的所有道路都是车马载道，日夜川流不息。关中临近夏忙，三丁抽一，陇西游牧部族则是两丁抽一。五十多万民夫，三个月便将小小栎阳城的国府、官署并所有的官邸搬空。倒是在咸阳大大忙碌了几个月，比搬迁栎阳还费事。一则是咸阳城规模颇大，可容纳民众十多万户，几乎与临淄、大梁不相上下。迁入咸阳的人口主要是西部雍城和东部栎阳两个老都城的老秦人。卫鞅的部署是，栎阳城三分之二的人口迁往咸阳，雍城的人口一半迁入咸阳，加上东方商贾和国府官署，咸阳城一次迁入了六万多户将近三十万人，大约只占了咸阳城的一半。秦孝公本来还想多迁进一些人口。卫鞅却说，十年之后，咸阳城就是天下中心，岂能不留下余地？秦孝公爽朗大笑，连连赞叹卫鞅目光远大，停止了继续迁入的打算。

就在咸阳新都尚未安排就绪的时候，马陵道魏国大败的消息传来，秦国朝野一片欣喜。百年以来，将秦国封锁在关内的是魏国；越过黄河攻进函谷关夺去河西千里之地的，也是魏国；纠结六国企图瓜分秦国的，还是魏国；策动秦国内乱鼓动民众逃亡，又派商人大赚秦国血汗钱的，仍然是魏国。自从三家分晋有了这个魏国，秦国就一直被压得喘不过气来。秦献公和魏国血战而死，秦孝公被魏国压迫得立了国耻石，秦国人的鲜血、泪水、仇恨、耻辱，都集中在魏国身上。如今，这个百年宿敌一朝大败，还死了个热衷于灭国大战的庞涓，压在秦国头上的大山骤然没有了重量，秦国朝野岂能不大喜过望？就是卫鞅和秦孝公，也没有想到魏国败得如此之惨，也都是振奋异常。

“君上最感高兴的，是何事？”卫鞅问秦孝公。

“庞涓战死！此人胜过雄兵十万。”秦孝公不假思索，“大良造如何？”

“秦国大出天下，机会来也！”卫鞅毫不犹豫。

两人不约而同地哈哈大笑。

栎阳城和咸阳城几乎同时沸腾起来。老秦人无论男女老幼，个个穿上了新衣，就像过年一样走亲串户，高声大气地谈论着传播着马陵道的种种传闻，肆无忌惮地嘲笑着魏国的失败。国人不断在街头相聚，兴奋之情难以抑制，相互角力比武，围观者人山人海。于是角力比武者越来越多，栎阳咸阳的大街小巷都在欢呼，连比武失败者也都是兴高采烈。入夜，栎阳城史无前例地大举夜市，灯火照亮了小城堡的每个角落，社火歌舞也走上了街头。每个商家店铺前都是人头攒动，每个酒肆饭馆中都是高谈阔论。未成格局的咸阳，也灯火阑珊摆起了夜市，推出了社火，连正在奉命劳作的民夫们也聚酒畅饮，不亦乐乎。于是，便有七十岁老人三百余人上书国府，请求举行“大酺”，以慰国人庆贺之心。

大酺，就是或国库或民户出钱，举国饮宴欢庆。在春秋战国时期，这是一个国家最大规模的盛事庆典，很少有国家能够举行。秦国穷弱，在变法前是想也不敢想的。几二十年之后，秦国大富，又遇上如此令国人快慰的大好事，人们自然想到了要大大地庆贺一番。

上书呈送大良造府，卫鞅皱起了眉头：“景监，你以为该当大酺么？”

“此事，无可无不可。”景监笑道。

“何谓无可无不可？明是不可。仗是齐国人打胜的，鹬蚌相争，渔翁得利。高兴可也，何能当做自己的胜利举国大酺？老秦人要惕厉自省，昏昏然必当大亏。”卫鞅脸色语气都很严厉。

景监一时尴尬，却也悚然大悟：“大良造切中要害，当下令昭示国人。”

此日，栎阳、咸阳两城都张挂出“大良造训诫令”，赫然大书：

大良造训诫国人：民气为国之根本。民气正则国强盛，民气颓则国黯弱。今魏国大败，非我秦人之力，贺固可贺，何当大酺？

今我河西之地未复，昭昭国耻未雪，我民却以他国之胜狂喜，岂非民气之羞也？责我国人，须惕厉自省，方可雪耻图强，窃喜他胜，徒灭心志也！秦公十八年九月

此令张挂两城四门，国人观之如潮。一经识文断字者念诵，立时人人低头鸦雀无声，顷刻间便散去了。半日之间，栎阳、咸阳就恢复了忙碌紧张的劳作，再也没有大喜大乐的聚酒欢宴了。秦国庶民对大良造更加敬畏，觉得他简直就是教诲子民的圣贤尊神。上书的老人中三十余人羞愧自杀，一时间举国沉默。

卫鞅顾不上理会这些，他正在与秦孝公密谈，提出了一个惊人主张："君上，魏国新败，秦国的大好时机已到。若不立即出动，时机稍纵即逝。"

秦孝公惊讶道："大良造是说，收复河西？""正是。君上以为如何？"

秦孝公沉吟道："魏国是一面，根本是我方实力。我新军只有五万，还没有统兵大将。魏国的河西守军八万，稍一凑集，收拢十几万大军对魏国不是难事，龙贾又是百战老将。若无必胜把握，再等几年也无不可。魏国肯定是日益衰落，秦国肯定是不断强大。大良造，收复河西事大，宁可稍缓，不可再挫国人锐气也。"

卫鞅明白秦孝公的担心所在。论雪耻之心，这位比自己只长一岁的国君比谁都急切。论军旅战阵，他少年为将久经沙场，与魏军拼杀的愿望比谁都强烈。但他身为国君，却能够在复仇火焰的燃烧中冷静地等待，何其难能可贵。但是就事情本身而言，卫鞅却觉得自己更为超脱冷静，秦孝公反倒由于长期沉浸于国耻思绪，关心则乱，过分谨慎。他觉得自己不能沉默，必须说出自己的周密思虑，他相信秦公的决断能力。

“君上，以目下情势，臣以为魏有三弱，秦有三强，可出河西一战。其一，魏国朝野沮丧颓废，丧失斗志。魏人浮躁狂傲，可胜不可败。桂陵一败后，不思自省，反呼上当，举国求战，并非真正的大勇，实则盲目骄狂。马陵再败，精兵尽失，大将阵亡，魏人之狂傲骤然溃散，举国又陷于低迷，短期内绝不能恢复。相比之下，秦国十余年埋首变法，国富民强，士气高昂，雪耻复仇，求战心切，民气斗志大大强于魏国。其二，魏国宫廷腐败，嫉贤妒能。魏王志大才疏，偏又刚愎自用。大战一起，必相互掣肘，力不能聚。相比之下，我秦国却是举国同心，君臣无猜，将士用命。其三，魏国河西守军虽可凑集十余万之多，但多为地方守军，且老少卒居多，战力远非庞涓精兵可比。河西将军龙贾虽是老将，但目下太子申与公子卬已被魏国朝野捧为‘名将’，大战若起，这两人与龙贾必生龃龉，而给我可乘之机。相比之下，我新军精锐战力极强，上下合力，如臂使指，必可大胜。”

秦孝公点点头：“此三则不错。”却又沉吟着不再说话。

“更重要的还是时机。目下，魏国知我正在迁都，以为我绝不可能此时发兵河西。一旦我大军东出，魏国必仓促应对。魏国素来蔑视秦国，虽仓促应战，也必是漫不经心。我军突袭作战，胜算极大。”

“大良造，谁堪统帅？”秦孝公轻轻叹息一声，显然，他最大的心事在这里，“车英似有不足，嬴虔又不可能复出。将才难求也。”

卫鞅微笑：“君上，臣自将兵，收复河西。”

秦孝公惊讶地看着卫鞅，一时沉默不语，眼光显然在询问：“大良造知兵？”

“君上，臣之兵学，尚强于法学。秦国不强，臣无用武之地。”

秦孝公更为惊讶，突然大笑起来：“大良造之兵学，尚强于法学？”

“正是。”卫鞅认真道，“我师因材施教，以为臣有兵学天赋，定臣学兵。臣五年学完，自请转修法家治国之学。”

秦孝公豁然醒悟，连连拍案，大笑不止：“上天哪，上天！何其佑护秦国也！”他深知卫鞅不是虚言之人，顿时大喜过望。要知道，名相名将皆天下奇才，往往是得其一便可成大业。吴王阖闾得孙武、齐桓公得管仲、魏文侯得李悝、魏武侯得吴起、齐威王得孙膑、韩昭侯得申不害，皆成一时大业。秦国得卫鞅，变法成效已经证明，卫鞅乃治国大才，可如何又能想到，他竟然也是兵学大才！这种兼通文武的将相人才更是百年难遇，战国以来，只有吴起堪称出将入相的特异之才。今日自己眼前的卫鞅，竟然也是如此特异之才，而且更为深沉成熟，如何不教秦孝公惊喜非常？骤然之间，他觉得块垒全消，对卫鞅深深一躬，肃然道：“嬴渠梁不识泰山北斗，今日拜将了。”

卫鞅连忙扶住：“臣得君上知遇大恩，方能一展所学，自当报效国家。”

咸阳城楼抹上了一缕火红的霞光，君臣二人的密谈尚兴犹未尽。正午时分，一骑快马飞出咸阳，飞往陈仓峡谷。三天之后，秦国的五万新军在夜间分路秘密东进，集中到咸阳北面一百里左右的云阳山地，秘密驻扎了下来。

旬日之间，卫鞅的中军幕府便配置完成。车英为副将，景监为行军司空专司辎重粮草，大良造府精选的十名军吏做行军司马[1]。本来，太后、荧玉和大臣们都要为卫鞅在郊外壮行，甚至秦孝公也想为大军一壮行色。但是，卫鞅都婉言辞谢了。这是一场长途奔袭战，要收奇兵之效，就要尽量隐秘，若朝野大张旗鼓壮行，实际上等于公开向魏国宣战，如

[1]　行军司马，类似于今日的作战参谋，但职能要更为宽泛。

何能打魏国一个措手不及？

九月秋色的一个夜里，月色朦胧。卫鞅带领中军将佐并二百名铁甲骑士出咸阳北门，兼程疾进，一个时辰便赶到了云阳山谷。勘合兵符后大军立即开拔，沿途绕开了所有的县府城堡，经高奴[1]沿洛水一路北上。旬日之后，秦国新军在洛水西岸的一片河谷地带秘密扎营了。

二 魏国庙堂的名将与老将

乌云遮月，一队骑士沿着大河东岸向南飞驰，清晨时分到达安邑。

魏惠王刚刚梳洗完毕。这些天他一直闷闷不乐，火气很大，连柔媚有术的狐姬也不敢来讨好他了。庞涓一死，魏惠王顿时觉得胆气虚了。庞涓活着时，魏国的精兵名将天下第一，可以任他对列国颐指气使，说攻谁就攻谁；各国使者无不成年累月地泡在安邑看他的脸色，刺探到一星半点儿的消息，立即快马回报本国。那时候，别说他这个魏王，就是魏国一个大夫，列国都奉若神明，生怕惹恼了魏国。魏王打个喷嚏，列国都要伤风咳嗽，那是何等的威风惬意。纵然在桂陵战败后，列国也还是唯唯诺诺。谁想马陵道一战后，各国竟然一齐翻脸。且不说同出一源的韩国赵国，那早已经是势同水火了，连向来以魏国马首是瞻的楚国，也骤然翻脸，非但同齐国结盟，而且要讨回自愿割让给魏国的淮北几城。还有燕国这个最没出息的老牌软蛋，竟然也敢召回使者，给魏国一个冷脸。齐国不消说，已经是魏国大敌了。秦国呢，更是百年以来对魏国恨之入骨的宿敌。这些大国风向骤转不要说了，就连鲁国、邹国、薛国、宋国、卫国这些小诸侯，竟也召回了驻安邑使者，纷纷向齐国楚国

[1] 高奴，今陕西省延安地区。当时魏国占领的河西地带，包括了今日陕北高原的大部分和洛水流域。

靠过去了。

魏惠王是在两代霸业的基础上即位称王的，近三十年来，他从来没尝过被天下如此冷淡的滋味儿，一时窝火得不知摔碎了多少名贵宝器。想来想去，他恨上了庞涓，也恨上了孙膑，甚至连鬼谷子都恨上了。这个老东西忒邪门儿，教出两个鬼学生，没一个堂堂正正的主儿。一个只会硬碰硬，一个只会使阴招儿，害得他十几万精兵做了屈死的冤鬼。要不是太子申、公子卬带领三万精兵赶回，别说安邑不保，就连威震天下的魏武卒只怕也会一个不剩地死在马陵道。

梳洗完毕，魏惠王独自一人到园林漫步去了。他是个喜好热闹豪阔的君主，身边从来都是莺莺燕燕一大群，要么就是和狐姬纠缠在一起。像今日这样独自漫步，还真是数十年来第一次，宫中的内侍与侍女都不知道该不该跟着国君了。走了一阵，他觉得累了，坐在草地石礅上望着波光粼粼的湖水发呆。若非上天有眼，保住了太子申、公子卬这两员大将和三万魏骑，就是赵国这样的二流战国来攻安邑，也无法自保了。魏罃啊魏罃，魏氏祖先的基业如何被你弄成了这般模样……就在他烦躁不安的时候，内侍来报，说河西将军龙贾星夜赶回，正在宫外求见。

“教他进来。”魏惠王不耐烦地挥挥手，没办法，只有回宫见这个倔犟的“龙不死”了。

一阵沉重急促的脚步声，老将军龙贾大步匆匆地走了进来，风尘仆仆，汗流满面，头盔下的白发水淋淋地贴在两鬓。立即，一股浓浓的汗腥味儿在芬芳的大厅中弥漫开来，魏惠王不禁皱了皱眉头。

“臣，河西守将龙贾，参见我王。”

“龙老将军，何事如此匆忙？”

“秦国大军，已经秘密开进了洛水东岸。臣察其意图，欲与我在河西决战。我军新败，士气受挫，臣请我王速做部署。”龙贾很是急迫。

魏惠王听后一惊一怔，又略一沉吟，哈哈大笑起来："秦国？老军破车，敢打河西的主意？老将军莫非弄错也！"

"断无差错。"龙贾大手一捋，将脸上的汗水甩掉。魏惠王连忙后退两步，又是大皱眉头。龙贾毫无觉察，肃然正色道，"我军连遭败绩，皆因轻视敌国而起。十多年来，秦国已经今非昔比。若无精锐新军，秦国断不敢与我做河西决战。我河西守军步卒占八成以上，且多老少，难以抵御。"

"以老将军之见？"

"速将安邑的三万精锐铁骑调往河西，归臣统辖，方可与秦军周旋。"

"如何？"魏惠王一下子惊讶地瞪起了眼睛，"三万铁骑给你，安邑如何防守？"

"赵韩两国皆在休养生息，断不会进攻安邑。"龙贾充满了自信。

魏惠王大为不耐："老将军，都城安危，岂是儿戏？目下韩赵齐三国是魏国死敌，最大的危险是赵国偷袭安邑、齐国再次来攻，而非秦国之骚扰！"

"我王差矣！"龙贾面色涨红，"秦国绝非骚扰，而是要夺回河西。我大魏只有集中兵力，周密部署，我王亲自督战，与秦军速战速决。届时，纵然齐赵袭击，我军也可立即回师，安邑决然无忧。"

魏惠王真的有些生气了。几十年来，魏国大小臣子，包括那个死硬的庞涓，谁敢说他"差矣"？想不到打了两次败仗，一个差点儿被人遗忘的老朽也狂妄起来，竟敢公然指斥他"差矣"，还有点儿规矩么？他脸一沉："军国大计，本王自有运筹，老将军无须多虑。"

"臣启我王……"

正在此时，内侍高声报号："太子、丞相晋见。"

魏惠王笑了："教他们进来。老将军哪，你还是听听名将的谋划了。"

龙贾脸色铁青，默然伫立。他当然知道魏王说的"名将"是谁。

太子申与公子印精神抖擞地走了进来。现下整个魏国，可能也就这两个人的士气斗志丝毫没有受到影响，也只有这两个人是两次大败仗的受益者。马陵之战，此两人率三万铁骑回援安邑，恰遇赵国五万兵马做试探进攻，龙贾的河西守军又及时赶到，还没有认真开战，赵国就迅速撤回了。如此一来，安邑"解围"，国人欢庆，两人被誉为"千里驰驱，力克强敌"，名将的光环更加璀璨了。如果说桂陵之战那一次，两人对"名将"称号还有点儿不大自然，这次可是心安理得了。仗是自己打的，而且也确实大胜，名将称号自然是当之无愧。事后两人对庞涓大加评点，竟列出了庞涓用兵的"十大缺失"！朝中臣僚自然是惊叹不已，魏惠王更是后悔没有将兵权交给两员名将，否则，孙膑岂非早已经是阶下囚？有如此两个如日中天的国家干城，魏惠王真不明白龙贾这样的老将军操的何心？

目下两"名将"正当得志，人各一领大红绣金斗篷，绿色玉冠上镶嵌着魏惠王特意赏赐的光华灿烂的国宝明珠。这两人都有带剑进宫的赫赫特权，太子申手持一口王室古剑，面如冠玉般嫩白，显得俊秀风流。公子印带着那口稀世绝品"蚩尤天月剑"，容光焕发英气勃勃。相比之下，老将龙贾的铁甲布衣倍显寒酸，就像一名土气拙朴的老卒。魏惠王父子与公子印，都是在声色犬马中浸淫出来的宫廷雅人，极为讲究衣食住行，尤其是衣着的精美考究更是上心。此刻看见龙贾粗俗猥琐的样子，两位名将不由得大皱眉头。

两人行过参见礼，公子印看着龙贾笑道："夫上将军者，威风凛凛，老将军何其土著？本丞相可是无欠军饷也。"

魏惠王和太子申不禁哈哈大笑。

龙贾面色通红，肃然拱手道：“丞相，龙贾回宫急报军情，何须金玉其外？”

公子卬最善周旋，一点儿不生气，反而亲切笑道：“噢？是何军情啊？”

太子申也立即凝神注目。这二人目下一听“军情”二字，就会莫名兴奋起来。

“秦国大军，秘密开进洛水东岸。”龙贾硬邦邦回答。

“谁人统兵？”太子申立即提出了一个极为要害的问题。

“斥候探察，秦国大良造卫鞅亲自统兵。”

“老将军，你说何人？”公子卬憋住笑意，似乎没有听清。

“秦国大良造，卫鞅。”龙贾淡淡重复。

突然，公子卬纵声大笑：“我还以为嬴虔出山了，原是那个中庶子啊！”

“中庶子？父王，卫鞅何人？做过中庶子？”太子申很冷静。

魏惠王悠然笑道：“我也差点儿忘记了。这个卫鞅，当初是公叔丞相的中庶子，公叔拿他做国宝一般。庞涓呢，却认他只能做个军务司马。后来，他就跑到秦国去了，竟然做了秦国大良造，这秦国变法么，也是可想而知也。”

“这个卫鞅，带兵多少犯我？”太子申没有一丝笑意，俨然名将气度。

“号称十万。臣多方探察，以为大约有五六万之众。”龙贾回答。

“五六万？”太子申禁不住笑了，“五六万就想拿下河西？”

龙贾正色道：“太子不闻兵谚，‘万人被刃，横行天下’？吴起昔日只有精兵三万，却是无坚不摧。兵贵精，不贵多。秦国五万新军，不可小视。”

太子申大为不悦，当初他就极为厌恶庞涓对他的这种训诫口吻，但也无可奈何，庞涓毕竟是名门上将。如今一个老龙贾也来教训他，好像将他当做没上过战场的黄口小儿一般，当真岂有此理！他正要斥责龙贾，公子卬却眨眼示意，嘲讽笑道：“龙老将军，秦国五万兵马，河西八万魏军。他能横行天下，难道你就不能么？”

龙贾亢声道：“八万魏军并非精锐，丞相应当知晓。”

“兵不精，将之过也。镇守河西十余年，老将军竟将精兵带成了衰兵，尽失为将之道，难道有功了么？”公子卬俨然一副训诫的口吻。

龙贾气得雪白的胡须簌簌抖动，激愤高声：“丞相差矣！当初我王与庞涓上将军反复说河西无战事，只给老夫留下老弱步兵六万。十余年来，老夫惨淡经营，收留林胡降卒游勇，兵力增加为八万，训练得尚能一战，难道还有罪了么？”

魏惠王见龙贾认真起来，知道这个三朝老将刚烈之极，生怕当场有个三长两短，连忙摆手道：“老将军息怒，丞相随便说说而已，何必当真计较？现下说说，这仗究竟如何打法？老将军高见？”魏惠王特意抚慰一番犹自喘息的老将。

“臣已说过，三万精兵调往河西，臣与秦军周旋到底。”龙贾还是咬定那个主意。

太子申冷冷一笑：“周旋？打仗就是打仗，如何周旋？猫鼠做戏么？”

龙贾强忍怒火：“太子当知，兵机多变，未曾临敌，如何能虚言打法？”

“没有成算，为何要精兵三万？老将军打盲仗么？”公子卬揶揄笑问。

龙贾刚烈坦直，又拙于言辞，被三个机变高手揶揄奚落得愤懑不堪，却又无从辩驳回旋，想想长嘘一声，拱手道：“老臣无能，但凭我王部署。”

魏惠王笑了：“终究是老将军，明白事理。两位名将说，如何应对秦国？”

太子申慨然请命：“儿臣请与丞相同率大军，活擒卫鞅，振我国威！”

“好！”魏惠王拍案赞叹，“丞相之意如何？”

公子卬肃然作礼：“臣以为，太子乃国家储君，当镇守国都，以防齐赵万一偷袭。臣自请精兵两万，再加河西八万大军，将那个中庶子献于我王阙下！”

魏惠王大笑：“妙极！教卫鞅再做丞相中庶子！”他霍然起身，“本王决意，丞相为河西统帅，龙老将军副之，一举消灭秦军！太子申镇守安邑，预防齐赵！”

“臣等遵命！”三人齐声应命。

出得王宫，公子卬拿起统帅架势，教龙贾等在宫门。他自己去办妥了兵符印信，方才悠然转来，笑着命令：“龙老将军，你先星夜赶回河西，不得妄动，等我大军到来，再一举歼敌。明白么？”

“丞相，你的精锐铁骑不能延误，我看卫鞅绝非善类。”龙贾忧心忡忡。

公子卬大笑起来：“老将军怕卫鞅，我却视他如草芥一般。”骤然收敛笑容，“方才，是本帅第一道将令，可曾听清楚了？”

“末将明白。”龙贾见公子卬根本无视提醒，不再多说，大步匆匆走了。

公子卬轻快地上了轺车，赶魏惠王的秋季大猎去了。

深秋暮色，河西官道上几乎没有行人，只有一队铁骑放马奔驰。这便是龙贾的护卫骑队。老将军没有吃饭，更没有回府与老妻重温一宿生疏日久的敦伦之乐，便飞马回程了。

龙贾已经七十三岁了，非但是魏国仅存的三朝老将，而且也是列国闻名的老将军之一。还在魏文侯时期，龙贾少年从戎，一刀一枪地苦挣功劳，从伍长、什长、百夫长、千夫长，一步一步地锤炼成了军中猛将。在吴起为统帅时，他终于做到了前军主将，跟随吴起与天下诸侯恶战七十六次，竟然没有战死，当真是军旅罕见。时间一长，魏军中便呼他为“龙不死”。吴起离开魏国后，魏武侯任用龙贾为河西将军，镇守离石要塞，专司对秦赵作战。那时候，魏国的主要战场有两个，一是与秦国争夺河西，二是与赵国争夺上党。河西将军在实际上是魏军对秦作战的主力统帅。魏惠王即位后，信任丞相公叔痤，魏国几次对秦献公的恶战都是公叔痤统帅迎敌。龙贾这个河西将军，反倒被调到东面战场与赵国对峙。结果是公叔痤被秦献公杀得大败，连公叔痤自己都成了俘虏。魏惠王这才改变部署，重新以龙贾为河西将军，率军二十万镇守离石要塞。就在这时候，恰恰是秦献公战死，秦国无力东进。龙贾便主张趁势大举灭秦。可魏惠王对龙贾这个“老军”总是心存疑虑，龙贾每次请命伐秦，魏惠王都是不置可否。不久，有了庞涓做上将军，龙贾成了钉在河西的一个“不战”将军。精锐的河西大军全部被庞涓调走，留给他的只是老少步卒。十多年来，龙贾再没有打过一次真正的大仗，他这个身经百战的沙场老将，竟然在魏国几次大恶战中只能遥遥观望，那种憋闷，是任何人都难以体察到的。

进攻赵国没有他，进攻韩国也没有他，与此相连，桂陵大战与马陵大战自然也没有他。整个魏国似乎都将他这个最有资格就战场说话的老将忘记了，这使他很是窝火。假若他在大军中，他绝不会教庞涓进入桂陵、马陵那样的山地。龙贾对那些山地太熟悉了，熟得就像自家的后院一般。他还记得，吴起当年率军与齐国作战时说过：“桂陵、马陵，外缓内险，魏齐但有大战，此地当是伏击好战场也！”庞涓虽然通晓兵法，但是却不熟悉地形，如何有他这个老军头在这些战场险地摸爬滚打的经历？可是，他能做什么？竟然只有眼睁睁看着魏国精锐大军覆没！对于一个打了一辈子仗的老将来说，没有再比这更令人痛心的了。

这次秦军来犯，龙贾精神大振，决意要教天下看看吴起时日老将军的威风。他非常自信，只要将魏国仅存的三万精锐铁骑归入河西守军，他一定能够战胜秦军。因为他本能地感到，河西很危险，卫鞅定然是个不循常法作战的可怕对手。他的人生沧桑告诉他，一个不到二十年能将穷弱秦国大翻身的人，绝不会是公子卬他们说的那样是个欺世盗名的草包。但是，不管卫鞅如何厉害，仗总是要一刀一枪打的，只要有魏国的三万铁骑在手，纵然卫鞅是吴起再生，在河西这片土地上也休想占得龙贾便宜。

但是，今日安邑一行，龙贾的心却猛然沉了下去。

那两个徒有虚名的人物，竟然也算得名将？还有一个竟然就真的成了河西统帅。龙贾当真是哭笑不得了。他隐隐有一种不祥的预感——莫非上天真要魏国灭亡么？否则，如何事事都是阴差阳错？这样的国君，这样的名将，和他这个一辈子在战场上滚爬的老军头，能拧在一起么？他当真是心里没底。若仅仅是个人委屈，他完全可以忍受。这些膏粱名将瞧他土气而奚落他嘲笑他，可以忍了；国君对他这样年高的老军特有的辛苦没有一声抚慰，也可以忍了；这个膏粱统帅那样冷漠地教他连夜赶回河西，也可以忍了；更何况他本来就是打算连夜赶回的，只不过原来想的是率领三万铁骑赶回，现下却是只身赶回而已。这些都可以忍。可是，老龙贾实在不知道，如果那些膏粱名将要指挥他胡乱打仗，要拿近十万将士的生命瞎折腾，他还能不能忍受？当年，他这个“龙不死”，可是连威名赫赫的吴起都敢顶撞的。那个吴起，只要你顶撞得对，他非但不记仇，事后反而给你报功升爵。就凭这一点，吴起与军中将士结下了生生死死的情谊，打起仗来一声吼，人人拼死命。没有一个士兵逃亡过，没有一个将领在战场上做过手脚，甚至，不打仗时连个违犯军纪的都没有。那个仗打得，才真叫痛快淋漓。

兵谚云：“一将不良，窝死千军。”而今遇上了如此一个不知打仗为何物的“名将”，还要事事听命于他，看样子，他是绝不会允许部属顶撞的……该如何与这样一个统帅相处？老龙贾可真是束手无策了。

君命如此，庙堂如此，老龙贾也只有但求问心无愧了。

秋风掠过原野，雪白的长须拂过脸颊，老龙贾不禁一个激灵，两行老泪夺眶而出。

三　卫鞅出奇兵　老龙贾酣战身死

洛水东岸的高山顶上，卫鞅和车英、景监正在凝神东望。

遥遥可见大河之水劈开崇山峻岭，从林胡云中的白云深处澎湃而来，在郁郁葱葱的广袤高原上一泻千里向南流去。滚滚滔滔的大河水，带着敕勒川大草原的清新，带着阴山大森林的青绿，在万里无云的碧蓝天空下，恍若一条闪亮透明的缎带，温柔地缠绕着雄峻粗犷的千山万壑，壮丽得教人心醉。

“大良造，那就是河东的离石要塞。”车英遥遥指向大河对面。

正是秋高气爽，远眺之下，依稀可见大河东岸山头上的红色旗帜和灰色城堡。卫鞅知道，那就是魏国河西大军依托的本土根据地离石要塞。大河在这里被两山夹峙，河面狭窄，水流又深又急，河面上一座大石桥直通河西，是上下千里的两座大河石桥之一，另一座是下游少梁邑石桥。从位置说，离石要塞东北不到二百里，是赵国重镇晋阳[1]；东南二百多里，是魏国北部重镇平阳[2]，离石要塞恰恰在赵秦魏三国交合地带，自然成为魏国北部的屏障与根基。离石要塞虽然只是一个很小的城堡，但却是卡在大河上游的一道门户。离石在手，既可以东面威胁赵国、中山国，又可以西面渡河，威胁秦国。魏文侯后期，吴起正是以平阳与少梁为跳板，以离石要塞为根基大营，渡过大河，与秦国在河西大战三年，尽夺河西千里土地的。

"离石要塞，悬在秦国头上的一把利剑。"景监说。

"夺过离石要塞，将这把利剑架在魏国脖子上！"车英接道。

卫鞅没有说话，默默地将目光转向大河西岸的魏军营寨，心中不禁赞叹龙贾的老辣。龙贾的河西大军自然不会驻扎在离石要塞，那里只是他的后援基地。所谓河西大军，分别驻扎在大河西岸的三个山头。这三个山头，东距大河五六十里，西距洛水也是五六十里，在两河的中间地带形成一个天然的"品"字形，互为犄角之势。中央山头上一面大纛旗迎风招展，显然是龙贾的中军大营。北面前出的山头上，隐隐有战马嘶鸣，应当是龙贾的骑兵右军。南面前出的山头营寨前，隐隐可见鹿角壕沟，显然是龙贾的步兵左军。三座山头各自相隔二三里，中间各是一片开阔的谷地。四面山原地势都很低缓，魏军营寨完全是居高临下，既可迅速展开，又可快速回拢。无论怎么看，都是一片易守难攻的营地。

"你们说，龙贾的粮草辎重藏在何处？"卫鞅没有回头。

车英："当在大河西岸的那片山沟里。大良造请看，那条路伸到山

[1] 晋阳，今山西省太原市，战国初期为赵国，中期、后期为秦国领土。
[2] 平阳，今山西省临汾市西部，当时在汾水西岸，战国后期被秦国占领。

下就没了。”

“我看也是。那座山过河就是离石要塞，两边均可救急。”景监赞同。

卫鞅微微点头，回头吩咐：“车英，立即下令行军司马，寻找几个当地老秦人，请到幕府。走，我等回帐。”

回到幕府大帐，卫士立即给卫鞅拿来秦军的传统战饭，一块很咸的干牛肉，一块又硬又酥的干烙饼，一大碗野菜汤。几百年来，深受游牧部族骑兵影响的秦军，历来的粮草辎重都比别国军队简单。非但每人携带五斤干肉、五斤干饼算做三天军粮，而且辎重队伍也不运谷麦生粮，骡马大队驮运的全部是干饼、干肉和马料。大军歇息，很少埋锅造饭，但有饮水便成。如果是兼程疾进，士兵们就边走边吃。所以，秦军的辎重后军从来没有牛车挑夫，非常精悍且行动迅速，几乎从来都是与大军同步前进。主力大军中也没有专门的炊兵，全部是作战兵士。只有在扎营休战的时日里，秦军士兵们才采来野菜，埋锅煮汤。卫鞅很喜欢这种简单生活，真正是与士兵们一模一样，竟觉比官署宫廷还酣畅了许多。

卫鞅刚刚用过战饭，车英就带来了三位老人。

车英一说这是大良造，老人们一齐拜倒，唏嘘流泪地哭诉起来。

魏国占领河西已经四五十年了。魏文侯后期与魏武侯时期，的确是雄心勃勃地将河西之地当做本土一样治理。但在魏惠王即位后，却由于秦献公拼死抗争，连年进行收复河西的大战，加之魏国君臣都志在中原争霸，认定河西之地是“兵家战区”，撤回了官吏和魏国老农户，任这里的老秦人自生自灭。虽然没有了官府管辖，龙贾的几万大军还是照样向河西老秦人征赋征役，散兵游勇欺压老秦人的事，更是屡见不鲜。于是，河西老秦人便部族相结，纷纷逃亡到山中自保。近十几年来，河西老秦人听说秦国变法后大富起来了，又成群结伙地偷偷下山，想逃向关中。不想山口要道都被魏军封锁，虽零零星星逃走了一些，大部分老秦人还是在山中过着半盗半民的日子。近日秦军开过洛水，龙贾收缩兵力，撤回了封堵山口要道的军兵。老秦人们方得以偷偷出山打探，才知道秦国大军到了，奔走相告间喜不自胜，却又听说秦国法令严苛，疑惑会不会接纳他们这些遗民，一时间不敢出山。

“我等三人，在山外采药，被几位大人找来，请大良造饶恕我等遗民。”一个白发苍苍的老人叩头不止。

卫鞅连忙扶起老人，连连感慨叹息：“丢土遗民，国府之责，庶民何罪？河西老秦人饱受沦丧之苦，卫鞅代国君向河西父老赔罪了。”说罢深深三躬。

老人们大出所料，一阵激动，一齐伏地，放声大哭起来。

卫鞅、车英也唏嘘不止，连忙将老人们扶起入座，吩咐拿来战饭菜汤让老人们充饥。

一个老人惊讶了：“还是秦军老战饭也！大良造也用如此战饭么？”

车英笑道：“老人家，大良造和士兵们一模一样，有时比士兵吃得还简朴。”

老人拭泪感慨：“二十年前，我也是秦军骑士。大将如此，秦国有望了……”

“老人家，你当过秦军骑士么？”卫鞅目光闪亮。

老人点头：“少梁之战，我身负重伤，被埋在死尸堆里了。夜里爬出来，爬到天亮，不想迷失了方向。要不是这两个采药老哥哥，早没我了……”

“你和两位老人家，一直采药？”

老人点点头："两位老哥哥教我的，他们通得些许医道。"

"老人家，你等对这一带山地熟么？"

"熟！大路小路，人道兽道，闭上眼都能走出去！"老骑士慨然回答。

"魏军扎营的三座山，也熟么？"

"熟！"另一个精瘦的老人笑道，"那三座山本来没有名字，我等叫它三熊山。中间那座山有黑熊，北边那座山有白熊，南边那座山有灰熊。就叫它三熊山！"

"后山有路么？"

老骑士沉吟："有是有，很难走，大狗熊踩踏出来的。"

"魏军知道这些路么？"

老骑士连连摇头："说甚来？他咋个知道？我哥儿仨经常爬到后山顶看魏军操练，魏狗一点儿都没得觉察！"

"一万人上山，大约要多长时间？"

老骑士眯着眼想了片刻："夜间上山，要大半夜，五更到山顶！"

"三位老人家，夜里可能带路么？"

老骑士哈哈大笑："说甚来？咋不能？只怕兵娃子还跟不上我等老弟兄！"

"好！"卫鞅拍案吩咐军吏，"将三位老人家请下去好生歇息。老人家，请。"

三位老人下去后，卫鞅立即和车英景监秘密计议，一个奇袭方略在半个时辰内迅速形成了。片刻之后，将令传下：两万骑兵坚守营寨，三万步军立即轻装！

天色暮黑，乌云遮月。秦军营寨依旧灯火连绵，卫鞅的三万步军分成三支，悄无声息地开出大营，沿着隐秘的山道疾行。在三位采药老人的带领下，疾行一个时辰，各自到达三熊山的背后，散开队形悄悄开始登山。

天交四鼓时分，两万骑兵摘去马铃，包裹马蹄，马口衔枚，在漆黑的夜色里开出大营，秘密行进到三熊山正面的山谷里埋伏下来。

秦军的营寨依旧灯火连绵，不时传来隐隐的战马嘶鸣。

此时，龙贾正在通往河西的大道上飞骑奔驰。他总有一种隐隐的不安，觉得卫鞅大军静悄悄地驻扎在河西却不动手，大有蹊跷。按照以往大国开战的传统，一般都会派出使者下战书，而后发兵交战。即或不下战书，大军开到战区后也必然有所动作。以最近发生的大战看，也都是这样：魏国攻赵是大张旗鼓，攻韩也是大张旗鼓，齐国两次猛攻大梁，更是大张旗鼓；桂陵、马陵两次伏击是被动作战，自然悄无声息，但这是另类打法，不是收复失地的进攻性作战。目下秦国开出数万大军，驻扎在隐秘的洛水河谷，却是毫无动作，当真怪诞。据斥候消息，秦国大军似乎还不是从咸阳出发的，因为咸阳没有任何欢送大军出征的举动。那么，这支大军必是从秦国西部的训练营地出发的了。如果说是到北地郡驻防，却为何开到早已经被魏国占领四十余年的河西地带？如果要收复河西，却为何静悄悄猫在那里不动？这个卫鞅，还当真教人难以揣摩。想着想着，龙贾甚至后悔回这一趟安邑，非但受了一通奚落嘲笑，没有带回预想的三万铁骑，而且还得等待那位膏粱统帅的兵马会合后才能行动，可真是自缚手脚了。

作为久经战阵的三朝老将，他并不畏惧秦军，更想依靠自己的八万守军一举击退卫鞅的进犯。但他毕竟久在前沿，深知秦国已经今非昔比，自己纵然击退秦军，若不能斩首全歼，依然是后患无穷。为今之计，也只有赶回去坚守，吸引住秦军，等待精锐铁骑到来再聚歼秦军。但愿自己离开的这几日，河西不会有事……可是，秦军万一趁机突袭呢?

一想到这里，龙贾的心骤然一紧，打马一鞭，星夜急赶。

天交五鼓，正是天地最为黑暗的时分。莽莽山原，尽皆融入无边的暗夜，唯有魏军大营的军灯在山上明灭闪烁，就像天上遥远的星星。隐隐约约的刁斗声混合着隐隐约约的大河涛声，在秋天的山风中恍若山河在呜咽。

“镗——镗——镗——镗——镗——”魏国军营的刁斗悠长地响了五声。

突然，仿佛天塌地陷，三座山头的战鼓骤然间惊雷般炸响，山顶倏忽涌出连天火把，呼啸着呐喊着冲入山腰处魏国的营寨。魏军的山后本来就没有设防，只有拦截野兽的最简单的鹿角木栅。就是这些简单障碍，也早被秦军悄悄挖掉了，后营几乎成了没有任何障碍的山坡。秦军步卒俯冲杀来，滚滚山洪势不可挡。魏军长期蔑视秦军，纵然明知秦军在洛水河谷驻扎，也丝毫不以为意。统帅龙贾又不在，三军更没有丝毫的战事准备。如今被精锐的秦军步兵在黎明的沉沉睡梦中突袭强攻，立即陷入了一片无边的混乱。营寨成了漫无边际的火海，魏军懵懂窜突，自相践踏，完全溃不成军，慌张之中，如蝗虫般拥向山口寨门。半个时辰内，三座大营的魏军残兵，狼狈地拥进了正面的谷地之中。

突然，又一阵雷鸣般的战鼓，秦国的两万铁骑在晨曦雾霭中两翼展开，赫然堵截在谷口。

就在这时，一支红色铁骑从山谷冲进茫茫慌乱的魏军之中，所到之处，红色魏军一片欢呼。这正是老将龙贾率领他的百人骑队赶了回来，在乱军中突进山谷了。曙光之中，可见一面“龙”字战旗迎风招展，一员大将白发红袍，手持一条长戟，胯下红色战马，在狼狈窜突的乱军中大是勇迈非凡——正是赫赫猛将老龙贾到了。他拔剑怒喝，连斩三名惊恐四窜的百夫长，魏军的三四万残兵居然整肃下来，迅速列成了一个方阵。

此时，一阵悠长的牛角号响彻山谷。站在山坡大纛旗下的卫鞅高声笑道："龙老将军，我已下令步军停止攻杀，老将军下马投降也。"

龙贾戟指卫鞅，怒喝一声："卫鞅偷袭，有何炫耀？！"

卫鞅大笑："兵者，诡道也。吴起当年若不偷袭，焉有河西之地？老将军乃魏国少有的骨鲠之臣，只要退出河西，秦军放你生路一条。"

龙贾愤然高声："为大将者，自当战死疆场，丢土全师，岂是龙贾所为！"

"好！"卫鞅扬鞭一指，"老将军尚有四万之众，我只用两万铁骑，一个时辰全歼魏军！"

龙贾哈哈大笑："卫鞅，你打过仗么？一个时辰全歼？狂妄之极！列阵！"

卫鞅手中令旗一扬，猛然劈下。

车英举剑大喝一声："杀——"闪电般冲出，身后两万铁骑自动展开，分成三路狂风骤雨般卷进山谷。步骑平川决战，步兵本来就是劣势。加上魏国河西守军多年没有实战，更不是庞涓原先率领的精锐武卒，经突袭之后惊慌逃窜出来，士气正在沮丧，如何经得起斗志高昂训练有素的秦军铁骑的猛烈冲击？一个冲锋，魏军便被分割成小块挤压在山根，完全成了秦军骑士剑下的劈刺活靶。就是龙贾率领的百人铁骑，也被一个秦军百骑队猛烈冲散，只三四个回合便死伤了大半。秦军对魏军的仇恨由来已久，加上新军首战，锋芒初试，人人奋勇立功，剽悍猛勇之气势不可当。

还不到一个时辰，山谷中的四万魏国步兵，已没有一个能够站着的了。

唯有孤零零的龙贾，血染白发，一尊石雕般立马层层叠叠的尸体之中。

那时候，骑兵将领也和骑士一样，用的都是短兵器，使用长戟者极少。直到战国末期，骑兵将领使用长兵器才日渐多了起来。这龙贾却是天生异禀，膂力过人，一支铁杆长戟五十余斤，在骑兵短剑的战阵之中从来都是所向披靡势不可当。身经百战“龙不死”，与龙贾的特异兵器不无关系。但是，打仗毕竟不是一将之勇所能决定，大将无论如何勇猛，如何抵得山呼海啸般的千军万马？仗，总是要依靠全体士卒一刀一枪地整体拼杀的。龙贾身经百战，岂能不明白如此简单的道理？当他眼见自己的三四万步兵在秦军黑色风暴冲击下溃不成军，根本没有机会形成有效的阵形抵抗时，便知道这将是他一生的最后一战。他勇猛冲杀，不断扑向秦军的将领，发誓至少要将车英斩首马下。然则秦国的骑兵训练别出心裁，五骑一伍，小阵形配合厮杀，绝不做憨蛮的个人比拼。眼见龙贾勇猛，便有两个骑伍十名铁甲长剑骑士冲上，将龙贾围定在中心做轮番攻杀。在往昔血战中，龙贾曾经身陷百骑包围之中，也是照样杀破包围。可今日秦军骑兵这战法确实奇特——十马连环。个个骑术精湛，风车般围着龙贾飞驰，剑光闪闪，没有丝毫缝隙可乘；长戟堪堪砍刺出去，身后便有长剑劈刺到人身马身，容不得他伸展长大兵器的威力。堪堪半个时辰，龙贾始终冲不出这十骑圈子。眼看红色步兵一片一片地倒在山谷之中，龙贾终于长叹一声，突兀勒马……

数百名骑士拥来，拈弓搭箭，围住了龙贾。卫鞅飞马赶到，高声大喝：“不得对龙老将军无理！”走马入围，肃然拱手道：“龙老将军，你可以走了。”

龙贾凄惨淡漠地笑笑，拱手慨然一叹：“卫鞅啊，秦国锐士将天下无敌。老夫佩服！”说罢拔出长剑，一剑刎颈，沉重地栽倒在马下。

卫鞅叹息一声："马革裹尸，战后安葬老将军。"又转身对车英下令，"多派游骑，封锁道路山卡，莫使消息走漏魏国！"

"遵命！"车英一声答应，飞马去部署了。

太阳堪堪升起，魏国八万大军的尸体覆盖了山野，在秋日晨雾中蒙蒙一片血红。

四　秦步决魏骑　公子卬全军覆没

旬日之后，公子卬率领三万铁骑，还有魏惠王特赐的一千虎骑卫士，浩浩荡荡地向河西开来。一路上，他既很骄傲又很生气。骄傲的是他终于做了三军统帅，成就了"出将入相"的功业顶峰。看着原野上旌旗招展战马嘶鸣烟尘蔽日的壮阔景象，看着斥候穿梭般向他禀报沿途情势，又飞马传达他的各种命令，他深深体会到了大军统帅的个中滋味——军中权威与丞相权威，又是另一番天地也。生气的是，龙贾这个老军头既没有军情回报，也没有前来迎接，分明狂妄之极。

兵行到离石要塞，公子卬思忖一阵，命令扎营歇兵。他的幕府大帐扎在要塞城堡的西门外，比城堡里黑糊糊的石头房子舒服多了。大帐扎定，公子卬又痛痛快快地沐浴了一番，才轻裘出帐，派出行军司马飞驰河西，宣龙贾火速前来晋见。如果治不顺这个老军头，日后这个三军统帅还有颜面么？

那个行军司马过了大河石桥，遥遥看见山头上三座河西大营的红色旗帜。飞马疾进，闻得山谷里弥漫出一股血腥臭味儿。虽然惊奇，却不及多想，不消片刻便来到营前。报号验令之后，行军司马匆匆进营，刚刚走得几步，被两个军卒猛然扑倒，眼睛蒙上黑布，晕晕乎乎被一队战马驮走了。

天将暮色时分，一个红衣军吏飞马来到河东的离石要塞向公子卬禀报：老将军龙贾染病不起，行军司马不慎摔伤，正在军营疗伤，老将军命他前来火速禀报，请大元帅即刻发兵会合共破秦军。

公子卬冷冷笑道："何谓'共破'？老将军还能打仗么？传令老将军，大军明日开到，本帅自有破敌良策。老将军么，尽管养病。"

军吏领命，飞马驰回河西去了。

公子卬传令上饭，准备饭后再好好思虑一下破敌良策。一名艳丽的侍女轻柔地从后帐捧来一个铜盘，在长案上摆下了一鼎一爵一盘。鼎中是逢泽麋鹿肉，爵中是上上品的宋国米酒，盘中是松软的大梁酥饼。公子卬坐到案前，不禁油然感念夫人对他的关切。夫人心细，知道他虽然吃得极少，却是食不厌精脍不厌细，竟特意进宫通过狐姬请得魏王准许，破了大将不许带侍女的成法，派了府中最能干也最得夫君喜爱的一名侍女，随军侍候他的衣食起居。夫人又极尽疏通，每天从安邑派出一名快马特使，为他送来各种名贵饮食，使他犹如在家安卧一般。昨日一天行军，夫人特使竟送来了两次军食。第一次是安邑洞香春的金匣白玉羹，第二次是楚国的玉装蛇段。连他也感到惊讶，不知夫人如何竟能知晓他经常和魏王一起享用的这些珍馐佳肴？今日是逢泽麋鹿肉和宋酒梁饼，每一样都价值数十金弥足珍贵也。在安邑大梁，这一餐便将近百金，相当于一个中大夫半年的爵禄。然则，公子卬对此等些许小事从来不会放在心上，他是国家的栋梁丞相，又是国家的干城元帅，衣食起居这样的琐碎小事，听任夫人侍女安排便了，无须计较。他要思虑的是国家的兴亡安危。

细细地咀嚼着逢泽麋鹿，品尝着那恰到好处的肉筋弹性和奇特的野香，公子卬知道，这是一头幼鹿，而且是极具滋阴功效的母鹿。心中一动，他不禁瞄了一眼跪坐在身旁的侍女，那雪白的脖颈散发出的醉人香味儿与小母鹿的肉香混合在一起，不禁使他一阵心动。

这个侍女一直是他心目中的尤物。以往，夫人总是有意无意地防着他和她在一起。这次，夫人竟然将这个小尤物公然送给了他，实在令他喜出望外。看来，他的将相功业已经使夫人折服了，这次大胜班师回去，夫人还不知道要如何献媚给他？女人也女人，天生便是英雄与功业的奴隶。打败秦军，我公子卬便是力挽狂澜的功臣。往前走，魏王已经昏聩，失去了朝野人心，我公子卬王族出身，魏王的庶出兄弟，未必不能取而代之也。念头一闪，公子卬心头狂跳，热血骤然涌上头顶。刹那之间，他觉得身边侍女如粪土一般。对，为何不能拥有像狐姬那样的奇珍异品？战国之世强力相争，谁有实力，谁便能登上权力巅峰，我魏氏祖先原来还不是晋国的一家臣子？这次大胜秦军，我公子卬兵权在手，政权在握，将魏国的乾坤颠倒过来何难？

猛然，公子卬觉得身上燥热起来，敲敲长案："撤下去，本帅还有军机大事。"

艳丽的侍女诱人地一笑，撤下了长案上的精美器皿。

公子卬在华贵的大帐中踩着厚厚的地毡，踱步沉思起来。猛然，他心中一闪，一个绝妙的主意涌上心头，立即高声命令："笔墨伺候！"艳丽侍女恭敬轻柔地捧来笔墨皮纸，公子卬略微思忖提笔疾书，片刻之间写完，高声道："司马何在？"一个行军司马大步走进，公子卬命令："将此书信，即刻送往秦军大营，带回卫鞅回书！"又秘密叮嘱了一番。

行军司马接过封好的书信，上马飞驰河西去了。

卫鞅的五万军马依旧驻扎在洛水河谷。秋日枯水，洛水河面大缩，河谷倍加宽阔。秦军在这里扎营，一可以就近利用水源，二可以迅速渡河进退自如。全歼龙贾大军后，卫鞅下令将魏军尸体全数搬往一道隐秘的山谷，整理三熊山营寨，虚设魏军旗帜，又派一千铁骑扮作魏军驻扎营内，卡住所有通往河东的要道，对离石要塞封锁消息。

卫鞅最担心的是，公子卬被吓得缩了回去，不能全歼。卫鞅没有料到的是公子卬如此迟缓，竟在龙贾大军被全歼后十天才赶到离石要塞。及至活擒了公子卬的行军司马，知道了魏军详情，卫鞅不禁哈哈大笑起来。近年来，他也风闻魏国的太子申和公子卬被誉为“名将”，虽说深知两人底细，但还是不敢有丝毫轻敌大意，世道沧桑人也多变，万一公子卬真有长进了亦未可知？十天来，卫鞅和车英、景监反复计议，谋划了三套应敌方略，准备着大破魏军最后一支精锐铁骑。

军灯点亮的时分，卫鞅接到装扮魏军司马的偏将回报，说公子卬大军明日开到河西。卫鞅立即聚将到幕府大帐，部署大军明日行动。刚刚结束，公子卬的军使就飞马赶到，向卫鞅递交了公子卬的亲笔书信。

“两军议和？龙贾老将军答应么？”卫鞅将书信撂在案上，微微冷笑。

魏军使者高声回答：“元帅将令，龙贾安敢不从！”

“如此说来，元帅没有向龙老将军知会了？”

“正是。”魏军使者赳赳回答。

卫鞅故作沉吟：“也好，两军议和，避免一场流血大战。我这里回书一封，请贵使带回便了。”

“是。我军元帅正是此意。”魏人历来蔑视秦人，这个小小司马也是一脸傲气，看得帐中将士眼中冒火。

卫鞅仿佛没有看见，微笑着写了回书，封好交使者带回。

军使刚一出帐，卫鞅便向车英眼色示意。车英快步出帐，命令斥候飞马“龙贾魏营”，告知“魏军”，军使不进营便放他回去河东，一旦进营立即拿获。片刻之后斥候回报，魏军特使飞马直回河东，而且专门走了一条远离三熊山的小路。帐中将士们不禁哄然笑了起来，觉得大为奇异。卫鞅笑道："公子卬多有小智，自卑自负却又野心勃勃。他根本想不到龙贾之军已经被我军全歼，却以为是龙贾等一班老将怠慢于他，不和他联络，便有意冷落龙贾，更不与他联络。所谓与我军议和，不过是公子卬想抛开龙贾，单独建立大功，好在班师安邑后做上将军而已。此等卑劣猥琐之人，岂能忠心谋国？魏国连战皆败，全在于此等人物当道也。"

"我军当如何全歼魏军？请大良造下令。"车英慨然拱手。

卫鞅肃然拍案："这次我军要彻底震慑魏军。车英听令，命你率领一万铁骑，隐蔽在大河西岸山谷，明日魏军开过河西后，立即飞兵河东，夺取离石要塞！"

"车英遵命！"

"景监听令，命你率领五千铁骑隐蔽在三熊山后，魏国大军一旦过山，立即陈兵要道，堵截魏军退路。"

"景监遵命！"

"步军三将听令，两万步军连夜构筑圆阵，精心准备，明日大破魏军铁骑。"

"步军遵命！"

部署完毕，将军们匆匆出帐，分头紧张地准备去了。

朦胧夜色中，秦军营地又一次井然有序地秘密行动起来。

河东的离石要塞，却是一片欢腾气息。公子卬已经传令三军："饱餐鼾睡，明日迫使秦军退回！"将士们对这种闻所未闻的奇特军令感到惊讶，一时间三军哗然。魏军铁骑在庞涓统领的时期，从来不许"饱餐"，更不许"鼾睡"，以免遇到紧急偷袭或需要兼程疾进时骑士过于笨拙懵懂。这本来是精锐军队的基本规矩，魏军将士自然习以为常。今日军令忒煞作怪，公然是"饱餐鼾睡"，如何不令训练有素的魏国精锐骑兵感到做梦一般？饱餐战饭后，军帐里处处议论，都说丞相乃上天星宿，魏国福将，跟着丞相打仗，不辛苦不流血还照样立功；丞相说“明日迫使秦军退兵”，那就一定有妙算；说不定，丞相已经命龙贾将秦军后路抄了。秦军和魏军打了多少年仗，秦国人哪次胜过了？将士们越说越安心，纷纷倒下头去，军营里弥漫开一片沉重的鼾声。

三军统帅公子卬没有睡。他很兴奋，却总觉得有件大事没有办，踱步沉思，猛然大悟，高声对着帐门：“来人！”

行军司马匆匆走进：“听元帅号令！”

“我军乐舞可曾带来？”公子卬正色问道。

“回元帅，军中从无乐舞，这次也没有带。”行军司马小心翼翼。

“何其蠢也！威之以力，服之以德，魏国大军如何能没有乐舞？明日两军议和，我要德威并举，岂能没有乐舞？想想，离石要塞有没有？”

“离石要塞……只有军中号角。”行军司马低着头。

“军中号角也行，我军有么？”

“有。魏国军制，千军一旗三号，我军有近百支牛角号。”

“好！即刻将号手集中起来，练吹雅乐！”公子卬很是果断。

行军司马大为惊讶：“元帅，军号手何曾吹过雅乐？连乐谱也没有。”公子卬不耐地训诫：“尔等何其无能也！即刻集中号手，本帅给你写下《鹿鸣》乐谱。”

“是！”行军司马匆匆去了。

“笔墨伺候！”公子卬一声吩咐，艳丽侍女捧来笔墨皮纸，跪坐磨墨。公子卬思忖片刻，提起雁翎大笔，竟将一曲《小雅·鹿鸣》的曲谱弯弯曲曲地画了出来，惊得艳丽侍女对主人如天神般仰慕。公子卬踱步欣赏片刻，亲自拿着曲谱出帐了。

片刻之后，在三军统帅公子卬的亲自号令下，离石要塞外的军营里响起了呜呜咽咽参差不齐的牛角号声。昂扬凄厉的牛角号，变成了靡靡荡荡的催眠曲。三万骑士在断断续续的乐声中各自做着光怪陆离的梦，便到了东方发白之时。

秋霜初降，河西山原一片苍茫枯黄。咸阳栎阳也许还是秋阳如春，这里却已经是寒风料峭了。卫鞅起得特别早，踏着秋霜登上洛水东岸的小山，凝望着东方大河，等待着那红色的队伍。他不习惯铜盔铁甲的上将装束，只穿了一身软甲，外罩着那件白色斗篷，头上戴着一顶较轻的牛皮盔，行动大是轻便。四望寂静空旷的山原，他的思绪已经飞到了函谷关，这里一结束，就必须连续秘密行军，只有将魏军彻底赶出函谷关，河西之地才算全部收复。

令他高兴的是，一个年轻的千夫长向他提出了一个奇袭函谷关的方略，并且自请三千铁骑，一举收复函谷关。这个千夫长叫司马错，厚重稳健，非但作战勇猛，而且谋划间颇通兵法。卫鞅很是兴奋，和车英一起与这个司马错谈了整整一个时辰。最后决定，派司马错接替景监，率领五千铁骑断绝魏军后路，腾出景监与他共同对付这个公子卬。卫鞅心中已定，司马错若能打好这一仗，秦国就将涌现一个年轻的将才，对于目下的秦国来说，这一点太重要了。

“大良造，魏军旗号！”行军司马遥遥一指。

河西山地腾起大片烟尘，红色旗帜隐隐可见，显然是公子卬的精锐铁骑开过来了。卫鞅下令：“号令三军，于三熊山大营严阵以待。”

高高山顶上，一面黑色大旗连续摆动，悠长的号角响彻山谷。

公子卬的谋划是先入龙贾大营，再将卫鞅请来议和；卫鞅若不退兵，就当场擒杀，然后一举击溃秦军。他已经部署妥当，自领一万骑兵进入龙贾大营，两万骑兵在谷口列阵，擒杀卫鞅后，谷口骑兵立即向秦军的洛水大营发动猛攻。他根本就没有想教龙贾的兵马参战，他已经给魏王拟好了一个“三万铁骑独破秦军十万”的捷报，只等天黑发出了。公子卬颇有心机，他不能教卫鞅觉得自己杀气腾腾而来，怕吓跑了卫鞅。“示敌以伪，麻痹秦军”是公子卬的精心谋划。

夜来想好这八个字时，公子卬兴奋得很是大笑了一阵，觉得自己天生就是雄才大略，对兵法简直就是无师自通。心中充满豪情的统帅，将那个尤物侍女拉了过来，一反寻常对女人的耐心挑逗，三两下粗鲁地将侍女尤物扒了个精光，压在身下狠狠蹂躏了整整一个时辰。公子卬看着长发散乱满面红潮像一摊软泥般瘫在地毡上的雪白又青紫的肉体，觉得此等猛士式地处置女人，真令人轻松极了。出将入相，王者之风，一切女人都是他脚下温顺的奴隶，日后还要嫔妃成群，如何有机会去细细玩味女人？正是这般生吞活剥，才有吞吐天下的气概。之后，公子卬破天荒地鼾声如雷，大睡了一个时辰。行军司马唤醒他时，他懵懵懂懂的，竟忘记了为何要起来这么早，盯着豪华的军帐呆了片刻，才纵声大笑。

今日公子卬摆出的是一副喜庆议和的大铺排，近百名长号手列在最前，在林立的旌旗中吹着祥和的《鹿鸣》雅乐，浩浩荡荡向三熊山的营地而来。

就在魏军三万骑兵进入开阔的谷地，已经能够清晰地看见“龙贾军营”的寨门时，突然一阵战鼓大作，所有的红色旗帜骤然消失，全部大营神奇地变成了一道黑色的城墙矗立在山腰，分明是黑色旗帜和黑衣黑甲的秦国大军。

魏军一片哗然，长号雅乐骤然沉寂。公子卬不禁愕然，莫非龙贾投降了秦军？

“元帅！你看！那里……”身边行军司马惊讶高喊。

中军大营门外的山头上，大片弓箭手挽弓待发，中间一个白衣人哈哈大笑："公子卬，别来无恙乎！"

"卫鞅？"公子卬扬鞭一指，怒声喝道："卫鞅！本帅未请，如何擅入我营？"

秦军一齐哄然大笑。卫鞅揶揄笑道："公子卬，龙贾老将军请我先来也。"

"大胆龙贾！快来见我！"公子卬真的愤怒了。

秦军又一阵哄然大笑，仿佛看一只笼中的猴子一般。

卫鞅高声道："公子卬，尔身为三军统帅，却竟如此愚蠢。明说也罢，龙贾大军于半个月前，已经被我全部歼灭了！"

"卫鞅何其大言也！"公子卬大笑，"休欺龙贾卧病，便来痴人说梦。竖子机巧多变，胁迫龙贾可也，岂能骗了本帅！"

卫鞅扬鞭一指，冷冷笑道："公子卬，你且到身后峡谷一看。"

早有行军司马飞马而出，片刻后惊慌回报："禀报元帅，谷中尽是我军尸体！"

公子卬大惊失色，慌乱得不知如何是好。心中却在大骂龙贾无能，如何竟让卫鞅这个从来没带过兵打过仗的中庶子得手。虽然惊慌，一想到面前对手不过是昔日小小一个中庶子，顿时宽心，一副颇有气度的样子高声道："卫鞅，意欲何为？"

"元帅，不是你要请求议和么？"卫鞅很是淡漠。

公子卬精神大振，卫鞅虽然打败了龙贾那个老军头，但对我还是敬畏有加依旧想议和的，也罢，给他个机会，免得打打杀杀败兴。心念及此，公子卬高声笑道："卫鞅，只要你带兵退出河西，再将栎阳以东二百里割让给魏国，以惩罚你偷袭龙贾之罪，本帅就放你回去，不做计较！明白么？"

“这就是公子卬的议和图谋？”卫鞅笑得很开心。

“卫鞅，此乃本帅念及与你多年朋友的交情，否则，岂能与你议和？”公子卬辞色陡然严厉。

卫鞅面色阴沉，冷冷道：“公子卬，卫鞅何曾有过你这样一个朋友？你以为荐举卫鞅做个小吏，卫鞅与你酒肉周旋，就算朋友了？公子卬呵公子卬，你如何解得大丈夫情怀心志？今日卫鞅告知你这个纨绔膏粱，你乃天下人所共知的酒囊饭袋，小人得志，中山狼也！你貌似豪爽义气，实则浮滑虚伪，好大喜功，心胸狭隘，嫉贤妒能。没有你这个丞相元帅，庞涓能死么？龙贾能死么？魏国能一败涂地么？你实乃魏国草包，天下笑柄，居然大言不惭，脸皮当真厚极也！”

两军相对，这一番折辱可是任谁也难以忍受，连魏军将士也面红过耳，大为难堪。然则公子卬却没有生气，他在宫廷官场磨炼得从来不怕羞辱，魏惠王经常当着狐姬刻薄地戏弄他嘲笑他，当着太子也将他骂得狗血淋头，可他从来都是笑脸相迎。没有如此胸襟，能做丞相么？能做三军统帅么？你卫鞅刻薄我损我，只能说明你忌恨我怕我，还能如何？然则今日卫鞅是敌人，自然不能笑脸相迎。咳嗽一声，他很矜持很平静也很威严地开了口：“卫鞅，休逞小人口舌之能，究竟愿否议和？”

卫鞅内心暗暗惊讶，不禁开怀大笑道：“多年不见，公子卬果然大有长进也。好！卫鞅明白告知你，要想议和，魏国须得全部归还我河西之地，还得加上河东离石要塞与函谷关外的崤山六百里险要之地。否则休谈议和。”

公子卬也大笑起来：“卫鞅啊卫鞅，你莫非疯了不成？本帅不是龙贾，本帅可有十万铁骑在此！”

此时有军吏匆匆走近卫鞅，附耳低语一阵。卫鞅马鞭一指笑道：

“公子卬，你的兵倒点得不错，三万变十万，佩服。不过，我要告知你，我军已经夺取了离石要塞，你想回也回不去了，还是下马投降为是。”

公子卬一下子不知道卫鞅说的是真是假，正当犹豫，猛然听山谷外战鼓如雷黑旗招展。探马飞报：“禀报元帅，秦军近万骑兵从河东撤回，封住了谷口！”公子卬顿时蒙了，只觉嗡的一声，眼前金星乱冒，手足无措起来，低声问左右：“如何处置？投降么？”周围将士却都对他怒目相向，没有一个人回答。

公子卬不由得愣怔怔地盯着半山腰的卫鞅，说不出话来。

卫鞅笑道：“公子卬，你不是有十万精锐铁骑么？害怕了？”

“你说只有三万！如何有十万了？”公子卬冲口而出，理直气壮。

“哄——”山上秦军不禁大笑起来，前仰后合，开心极了。

山下魏军一片尴尬的沉默，人人脸上一片血红。

“公子卬，”卫鞅收敛笑容高声道，“我今日只用两万步卒，与你三万铁骑决战，你若胜出，我绝不使骑兵追击。你若不胜，就从速撤出函谷关！唯此一路，别无他途。”

公子卬愣怔片刻，不知这仗能不能打，连忙问身旁诸将：“如何？攻他两万步卒？”

骑兵大将愤愤然道：“秦军休得猖狂！大魏铁骑战无不胜，要决战，就与他骑兵决战。攻他步卒，哼，徒使天下笑话！”

“正是。与秦军骑兵决一死战！”将军们异口同声。

见将军们信心十足，公子卬大为快慰，精神陡长，脸上却一副肃然，低声且颇有神秘意味地训诫道：“兵家以战胜为本，何争虚名？卫鞅从来不会打仗，竟让步卒对骑兵，送我一个大大便宜。切勿说破，全歼他便是。否则他步骑合围，我军若当真吃败如何是好？速做准备，我与他立规。”

“谨遵将令。”将领们不好辩驳，齐声应命，却没有了方才的骑士气概。

公子卬回身高声道：“卫鞅，本帅就依你所言，骑兵攻你步卒。然则本帅只有三万骑兵，不是十万，也算公平决战了。你若胜出，我即刻奏明魏王还你河西。你若败阵，则不得骑兵追击，还须得退兵割地，如何？”

卫鞅又一阵哈哈大笑，仿佛看一个怪物，大手一挥道：“好！就算公平。我两万步卒，就在龙贾军山下设阵，与你三万骑兵决战。”回身下令，“步军入阵！”

一阵凄厉的牛角号响过，随着隆隆的行进鼓声，三个步卒方阵分别从两边山口和中央大营开出。阳光之下，秦军黑衣黑甲，步伍整肃，矛戈刀剑像一片闪亮的森林。随着战鼓节奏，三个方阵在山下隆隆聚合。又闻号声大作，方阵骤然启动旋转，旗帜纷乱穿插，不消片刻，变成了一个大大的圆阵。三熊山中间的开阔地虽说叫山谷，实际上并不是两山夹峙的死谷，而是“品”字形山头之间的“丫”字形谷地，与周围山原相连畅通。但是如今秦军的步卒战阵恰恰卡住了前边的两条通道，后边的出口又被景监、司马错率领的骑兵堵住，魏军三万骑兵事实上已经被压缩在中间谷地，攻不破步卒圆阵，便只有全军覆没。

秦军开出时，公子卬一如既往地洒脱，将攻杀指挥权交给了骑兵大将，自己好进退皆有说辞。

骑兵大将一挥令旗，断然高喝：“号手归队！”聚起来吹奏雅乐的号手们这才急匆匆回归各军好一阵忙乱才整肃下来。又一挥令旗，三万骑兵井然有序地退后三里之遥，列成冲锋梯队。这是骑兵发动大型攻势所需要的最短距离。公子卬却看得莫名其妙，大皱眉头却又不便发作。见秦军阵地已经列好，魏军骑兵大将令旗猛然劈下，魏军两侧战鼓大作号声齐鸣，大将拔剑高呼："杀！"两翼各自飞出五个千骑队，就像层层红色巨浪，呼啸着向黑色阵地卷来。

庞涓为魏国骑兵制定的基本战法——骑步决战，骑兵不可全军而出，只可以能够展开杀伤队形的最大容量排定梯次兵力，否则拥作一团，反倒减低骑兵战力。庞涓为此定了一条军规：敌步过万，则半数击之。魏国三军对庞涓心悦诚服，这位骑兵大将自然谨遵传统战法，以一万骑兵做第一波冲击。公子卬却看得大为恼火——三万对两万，应当一举压上，牛刀杀鸡，岂不痛快全歼？真是愚蠢！

就在公子卬自顾气恼时，红色浪头已经闪电般压向黑色圆阵。黑色圆阵静如山岳，鸦雀无声。红色浪头堪堪扑到百步之遥，黑色阵地战鼓骤起，第一道高大的铁灰色盾牌墙后骤然站起层层强弓射手，箭如骤雨飞蝗，劲急啸叫着射向红色骑兵。瞬息之间，人喊马嘶，骑士纷纷落马，红色浪头骤然受阻大乱。秦军的强弓硬弩却丝毫没有停息，箭雨封锁了整个冲锋队形。在魏军骑兵被这闻所未闻的箭雨压得抬不起头时，一阵尖厉的牛角号响遏行云，秦军五千盾刀手呐喊杀出，三人一组，对乱了阵形的骑兵分割厮杀。骑兵一旦被步兵冲乱队形分开缠斗，便相互难以为伍，并拢靠近反相互掣肘。步兵却恰恰相反，三人结组，纵跃灵便，一人对马上骑士，一人对地下战马，一人左右呼叫掩护，大是得力。

不消半个时辰，魏军第一次冲锋的一万骑兵，丢下几千具人马尸体溃退了。

黑色步兵在和红色骑兵搏杀中，始终和圆阵主力保持着一两百步的距离，只杀眼前骑兵，丝毫不做追击。见红色骑兵溃退，黑色步兵立即撤回严阵以待。这是卫鞅事先部署好的方略"一击即退，逐次杀敌"。卫鞅和将士们都很清楚，魏军无论如何也逃不脱，不冲杀就得投降，只要秦军步卒阵地岿然不动，魏军不是瓦解投降，就是全军覆没，完全不必急于攻杀。

公子卬却看得心急胸闷，大是烦躁，对骑兵大将吼道："全数压上去！十则围之，倍则攻之！懂么？蠢才！"骑兵大将急促辩解："元帅，地窄人多，施展不开，窝我兵力。"公子卬见他竟敢顶撞，不由得大怒："大胆！压上去，否则立即斩首！"骑兵大将脸色铁青，拔剑嘶声大吼："拼死一战，压上去！杀！"一马当先，风驰电掣般冲杀出去。

两万多骑兵一声呐喊，排山倒海般压了过来。

黑色阵地一阵战鼓，一通号角，骤然缩进事先挖好的壁垒壕沟，突然从地面神奇地消失了。骑兵大将发觉有异，想勒马叫停也来不及了。这骑兵大阵一旦发动，极难骤然收刹，这就是其所以需要起码纵深的原因。此刻冲锋潮头已经迫近秦军阵地，前面纵然是刀山火海也得舍身冲锋，否则，前停后冲，必得自相践踏大乱。刹那间，红色浪头淹没了覆盖了黑色阵地，刀剑劈下，却砍不到一个敌兵。整个壕沟地面都是一片铁灰色盾牌，战马踩踏过去，犹如卷地沉雷。前锋堪堪冲到山下，红色巨浪已经全部覆盖黑色阵地。

此时，却听鼓号齐鸣，黑色步兵万众怒吼，挺剑持盾从壕沟中突兀跃起，呐喊着插入骑兵缝隙厮杀。魏军骑兵素来惯于原野冲杀，何曾见过如此怪异的战法？一时间，两万多骑兵和两万步卒便密密麻麻地分割纠缠在一起。魏国骑兵大是惊慌失措，稍不留神马失前蹄，栽进壕沟，立马便是人头落地。慌乱之下，人喊马嘶，自相践踏，一片混乱不堪。秦军步卒却是有备而来，三三两两各组为战，杀得痛快淋漓。

片刻之后，魏军骑兵锐减一半，却也清醒了过来。秦军壕沟也被几万人马踩成了坑坑洼洼的"平地"。战马脚下陷坑消失，顿时灵动起来。浑身鲜血的骑兵大将奔驰冲突，将所剩骑兵聚拢起来，与秦军步卒

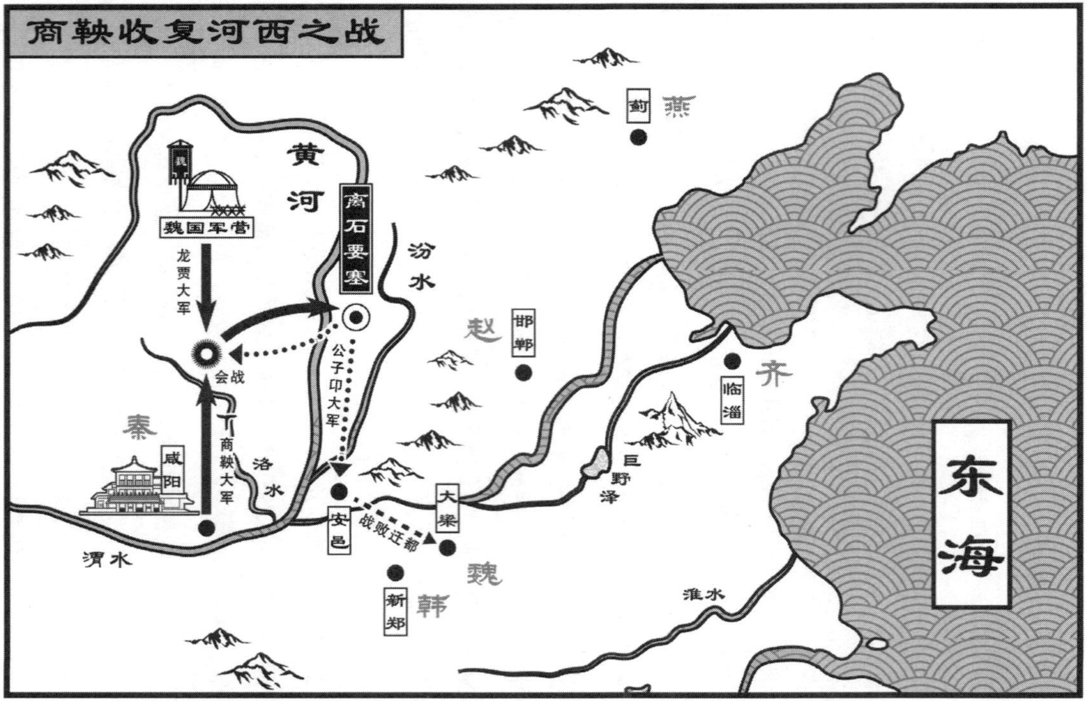
商鞅收复河西之战
黄河
魏国军营
龙贾大军
会战
秦
咸阳
商鞅大军
洛水
渭水
离石要塞
公子卬大军
汾水
安邑
战败迁都
大梁
魏
新郑
韩
赵
邯郸
蓟
燕
齐
临淄
巨野泽
淮水
东海

展开了浴血拼杀。

猛然，一声尖厉的呼哨响彻山谷！秦军步卒闻哨一起后退，后阵数千名步卒骤然变成强弓硬弩，向聚拢成阵的骑兵猛烈射出密集箭雨。在此同时，前阵步卒一齐掷掉手中厚背短刀，每人手中骤然出现了一把白光森然的大头兵器，左手铁盾，右手异兵，一声呐喊，盾牌排成城墙一般，步伐整齐地向魏军骑兵推进过来。红色骑兵在箭雨疾射之下正在后退，又对这轰轰而来的怪异兵器不知所以。一阵慌乱间，骑兵大将眼见已经退到山根，退无可退，嘶声大喊：“马披铁甲！杀！”

只听一阵叮当之声，魏军骑兵放下马头铁甲面具，汹涌巨浪般又冲杀过来。

两军轰然相撞，展开了一场战国时期闻所未闻的步骑搏杀。秦军步卒手里的白色短槌，正是新军对付骑兵的秘密兵器，日后威震天下的“短木大槌”。卫鞅和秦孝公视察新军后，对这种取材方便、使用简单、威力奇大的步战兵器十分赞赏，命令步军人手一把，务必训练纯熟。那个精悍的千夫长山甲，成了全军的木槌教习，辛苦训练，使步卒人人运用自如。今日上阵，果然是威不可挡。推进的步卒每遇骑兵，左手举起盾牌抵挡骑士，右手一槌猛击马头。饶是魏军马头戴着铁甲，也被砸得鲜血飞溅扑倒在地。浑身铁甲的骑士轰然落马，不及翻身，便被随之而来的木槌砸得头颅开花。魏军大是惊骇，呐喊一声，回马便撤。然则，强弓硬弩早已经将退路封死，退回者一律中箭落马，无一漏网。

两个时辰，魏国三万红色铁骑，干净彻底地全部躺在了狭长的山谷里。

公子卬面如死灰，瑟瑟发抖，一句话也说不出来了。

卫鞅早已下山，信步来到公子卬面前：“元帅，我军战力，你可服气么？”

公子卬浑身颤抖着被一个司马扶下马来，面色煞白："服，服气……大良造，我？"此刻他最怕卫鞅一剑杀了自己。

卫鞅微微一笑："公子卬命贵，我自然知道。然则，货贵者价钱也大，是么？"

公子卬抖得牙齿格格格响："你你你，说，我有，奇珍异宝，无，无数。这，这支蚩尤剑先，送，送给，大，大良造……"说着摘下腰间弯月形长剑，双手递上。

卫鞅冷冷道："元帅，看看这位，认识么？"

公子卬抬头，惊得目瞪口呆："你，你，你不是，薛国商人？"

顶盔贯甲的景监哈哈大笑："公子卬哪公子卬，有你在，何愁魏国不灭！"

公子卬却是一副笑脸："说得是，说得是。当初怠慢，将军勿怪。"卫鞅揶揄道："公子卬，我要将你做一回人质，看魏王是否愿意拿函谷关与崤山换你？请你这个元帅即刻修书，派行军司马为特使送回安邑。我军只等六日，明白么？六日一过，若无音信，纵然我想救你，三军将士也不答应。"

"是是是，我即刻，修，修书。"公子卬毕恭毕敬。

卫鞅蔑视而又厌恶地看了公子卬一眼，拂袖去了。

第四日早晨，魏国特使便从安邑返回了河西。特使带着盖有魏惠王红色大方印的国书在幕府大帐晋见卫鞅，递上国书，反复陈述魏国愿交出河西与秦国罢兵息战的愿望。

"何时撤出函谷关？秦国需要确切时日。"卫鞅根本不看国书。

"魏王已经下令，即刻撤出函谷关与华山军营，三日后当有军报。"

"好！"卫鞅下令，"车英，你率一万精锐铁骑，兼程赶赴函谷关与崤山接防。"

“是！”车英立即出帐准备去了。

“司马错听令。”

“末将在！”“你率领五千铁骑星夜赴华山魏营接防，魏军若有抵抗，立即全歼！”

“遵命！”年轻的将军雄赳赳去了。

卫鞅笑道：“至于特使，大人还得在这里等几日。一俟我军在函谷关等地接防完毕，贵使与元帅即可返回魏国。”卫鞅说罢下令军吏，“将魏国特使带下。”

“且慢。”特使急迫道，“我王恳请大良造，将离石要塞归还魏国。”

“归还魏国？”卫鞅冷笑，“贵使几曾听说过，战胜者的土地归还敌方？”

“魏国已经将函谷关归还秦国。秦国亦当归还我离石要塞。”

卫鞅大笑：“离石要塞岂能与函谷关相比？魏国不还函谷关，我军还不是一举而下？离石要塞乃魏国欺凌秦国之要害，又是我战胜得来。魏国不服，尽可以再派名将太子申领兵来夺，我倒很想再见识一番，魏国到底有多少酒囊饭袋？”

魏国特使低下头喘息着：“既然如此，请大良造准许丞相与我相见。”

卫鞅一摆手：“可也。带特使与饭袋元帅同宿一帐。”

旬日后，车英与司马错相继从函谷关与华山派军使飞马回报，各自的铁骑已经驻守函谷关、崤山与华山，关内所有魏军已经撤出，少梁邑与华山魏军也已撤走，秦军已经在各个关口设卡完毕。卫鞅接报，终于松了一口气。

次日清晨，卫鞅亲自带领一百名骑士，将公子卬和魏国特使送到大河东岸。遥见不远处的离石要塞城堡上飘扬着秦国的黑色军旗，魏国特使不禁悄悄拭泪。公子卬却是浑然不觉，带着庆幸逃生的满脸笑容拱手道："大良造，你我既是早年挚友，又都是两国丞相上将军，日后这魏秦结好，要多多仰仗了。"

卫鞅不禁大笑起来。公子卬茫然："大良造，笑从何来也？"

卫鞅走马上前，靠近低声道："告诉你一个秘密。你我只是相熟，不是朋友，更非挚友。卫鞅放你回去，只是因为有你当权，对秦国有好处。记住了？秘密。"

公子卬一怔，又立即仰天大笑："好好好，两国结盟好！"

卫鞅忍俊不禁，更是开怀大笑。

魏国特使奇怪地看着公子卬，一个大大的疑团在心中升起。

五　战国格局大变　咸阳祝捷封商君

公元前339年春，卫鞅班师回到咸阳。

去年深秋的两场大战，河西之地全部收回。北起肤施高原，南到桃林山地，东起大河，西到高奴、雕阴，[1]被魏国占领将近百年的河西屏障，终于一举回到了秦国。战胜施压的结果，黄河东岸的离石要塞，函谷关外的崤山，河西中段的少梁山地也被夺了过来。这三处地方对秦国而言，非但是加固河西屏障的外围形胜，而且是伸进中原的三块东方根据地，其意义之大，无论如何估计都不会过分。卫鞅为了彻底巩固河西，战胜后暂时没有班师，快马报捷的同时，请秦孝公选派二十余名精明强干的县令郡守立即赶赴河西军营。卫鞅和这些县令郡守详细谋划了安抚聚拢河西老秦人的办法，以及在河西全面变法的步骤；又在河西招

---

[1] 肤施为今日榆林地区，高奴为今日延安地区，雕阴大约在陕北甘泉和黄陵之间，乃战国军事要塞之一。

募兵士，组成了各郡县的郡卒县卒。整整一个冬天，虽然是大雪飞扬，寒风凛冽，县令郡守们却每人带领一百名铁骑立即赶赴任所，在传统的“窝冬”时期便开始了紧张的变法准备。

开春时分，护送县令郡守赴任的骑士队先后回到了河西大营，各县的变法也蓬蓬勃勃地开始了。卫鞅分出两千军马驻守离石要塞，便在柳枝吐芽的时候班师了。

秦国河西大捷的消息早已传遍中原，引起了高山雪崩般的连锁反应。

首先是魏国朝野震恐，深感安邑处在离石要塞和少梁邑的遥遥夹击之中，立即议决迁都大梁。魏国都城南迁虽说已准备多年，但丢失河西之后的南迁，与本来准备的南迁却有着天壤之别。未失河西，魏国南迁大梁，是要将北部安邑变成与燕赵齐三国放手大战的重镇，南部大梁则泰山压顶般威慑楚韩两国，从而完成统一天下的宏大谋划。那时，魏国根本没有将秦国的力量考虑在内，因为整个河西地区就像压在秦国头顶的一座大山，秦国根本无力东出中原。如今情势陡然大变，秦国非但全歼了魏国仅有的精锐大军，一举收复了河西，还硬生生夺取了离石要塞与少梁山地，又压魏国退出了函谷关外的崤山。如此一来，魏国北部完全处在秦国和赵国的巨大压力之下，秦军东出离石与少梁几乎半日便可兵临安邑。魏国西部则被崤山像一根楔子一样钉在那里。要不是中间夹了一个东周洛阳，秦国几个时辰就可以从崤山攻到大梁。这种形势，恰恰是魏国当初压迫秦国的翻版。秦国对魏国安邑、大梁的威胁，恰恰如当年魏国对秦国栎阳的威胁，同样近在咫尺，同样痛苦难当。这种形势下魏国迁都，明显是一种龟缩，而不是谋求伸展。

中原战国自然立即抓住了压缩魏国的大好机会。

首先是与魏国同出一源，但又对魏国恨之入骨的赵国和韩国。赵国立即趁势夺取了安邑东北部的上党山地和平阳重镇，将魏国东北部的屏障全部摧毁。韩国则立即北进，袭击占领了荥阳、广武，封锁了鸿沟上游，非但使大梁水源受到威胁，而且将魏国包围东周王室三川地区的优势抢夺过来，准备随时吞灭东周。

如此一变，魏赵韩三国又处在了强弱大体相等的位置。

最北部的燕国，则趁着赵国南下的时机，一举夺取了多年梦想的大半个中山国，又夺取了林胡部族的大片草原，从北面对赵国形成压力。

楚国早憋了一肚子气，见魏国丢土丧师，楚宣王立即亲自率军向北推进，非但夺回了割让给魏国的淮北六城，而且占据了鸿沟下游、颍水上游的重镇陈城[1]，准备将国都由郢都迁往这里，与中原争夺淮水以北的大片土地。

齐国作为首先松动魏国霸主格局的东方强国，自然更不会坐失良机。齐威王派田忌首先南下夺取了楚国东北的琅邪地区，将楚国的海滨地带压缩到兰陵以南，又西进夺取了魏国巨野泽以南地区，将魏齐边境延伸到桂陵山地。一夜之间，魏国东部的屏障全部变成了齐国的西进跳板。

与此同时，中原战国、东周王室与天下诸侯，对秦国的骤然强大都大为震动。谁能想到，本来最弱小的秦国，非但一举恢复了始封诸侯时的广大国土，而且将脚步迈出了黄河与函谷关，成了压迫魏国的强大力量。更令天下震惊的，还是秦国这支新军。河西两战，秦国新军竟然摧枯拉朽般全歼魏军。魏国铁骑与魏国武卒，原本是令天下谈虎色变的第一流精兵，就是齐国的“技击之师”也无法与之正面对抗，也只有

[1] 陈城，今日淮阳县一带，战国后期名陈县。

依靠伏击战取胜。而秦国新军完全不同，非但是正面对抗，而且是用步兵两万全歼了骑兵三万。此等战力，当真是匪夷所思。战国之世，人人知兵，谁都知道秦国这支新军对天下意味着什么。一时间，秦国新军被天下传扬为“锐士”，各国莫不以秦国“锐士”为目标训练大军。

秦国收复河西，使战国格局发生了重大变化，战国初期的魏国霸主时代已经结束，战国中期的列强纵横已经拉开了序幕。

就在卫鞅大军班师的同时，函谷关外的大道上轺车如流，中原各国纷纷派出特使，进入函谷关向秦国表示祝贺，争相与秦国结好。

咸阳城真正地沸腾起来了。老秦人何曾品尝过一等强国的滋味儿，简直是欣喜若狂了。

都知道春天要迎接大军班师，并正式举行新都大典。人们从寒冷的冬天就开始喜滋滋地准备了。尤其是那些有子弟从军的家族，早早就仔细地修葺门额，准备悬挂爵位铜额了。女儿与从军子弟有婚约的人家，则喜滋滋地请媒妁到男家议定婚期，一定要在受爵的那一天使勇士成为新郎，双喜临门。做嫁妆者、修门房者、置办喜宴者、准备送子从军者、准备大社火者等等，家家在忙，人人在忙，整个秦国都弥漫着浓浓的难以化解的喜庆气氛。在河西有亲戚朋友的国人，则不断传递着河西的种种变化，期待着夏天去河西走走。开春以后，春耕大典完毕，老秦人就白天春耕，晚上忙碌那些永远也准备不完的喜庆事宜。村社田野，都城内外，沉浸在漫无边际的欢乐之中。

秦孝公却顾不上高兴。自从卫鞅兵出河西，他便全力以赴地督促迁都，征发训练第二支新军，并向河西选派县令郡守。迎接大军班师并定都大典的准备事宜，秦孝公全部交给了已经晋升为咸阳令的王轼，他自己在忙碌之余，依旧沉浸在书房默思苦想。

三月底，卫鞅率领大军从函谷关开进了关中。卫鞅没有从上郡走捷径回咸阳，而是沿大河南下，出桃林高地再出函谷关，再绕道崤山又重进函谷关。这样做，为的是督察这块离开秦国近一百年的土地上的关口要塞与防务民治。他反复提醒官吏将士，绝不能像魏国那样粗疏地对待边境土地，否则夺回来也守不住。进入函谷关后，他又绕道华山，察看了魏军丢下的旧军营，下令立即修葺这座废弃的营盘，依山修建一座要塞城邑，做关中的第二道门户。兵行到栎阳，卫鞅大军受到栎阳民众的夹道欢迎，男女老幼箪食壶浆，将大军殷殷送出十里之外。

将近咸阳，卫鞅将大军交给了车英景监，自己却换上便装带了荆南，悄悄从咸阳北门进了城。谁知刚刚走马到府门，秦孝公却大笑着从门口迎来："大良造啊，我就知道你会一个人回来。荧玉，快来！"

卫鞅连忙下马，未及行礼，已经被秦孝公扶住。两人默默对视间，荧玉已经忙不迭赶来，唏嘘拭泪："夫君……黑了，瘦了。"

卫鞅笑道："也更结实了，你看！"捋起大袖，黝黑的臂膀鼓起坚硬的肌肉。

三人一齐大笑。秦孝公拉住卫鞅的手："大良造，上车，今日可是两大庆典也。"不由分说将卫鞅扶上青铜轺车，"荧玉，你乘后边一辆。"说罢亲自坐上驭手位置，一抖马缰，驾车向咸阳宫前驰去。荆南则跳上公主荧玉乘坐的第二辆轺车，驾车紧随其后。

气势宏大的咸阳宫广场已经是人山人海，先行到达的新军已在广场中央列成两个整肃威武的方阵，中间红毡铺地的大道直达三九（二十七级）台阶之上的巍峨大殿。见两辆轺车驶来，广场响起震天动地的欢呼："国君万岁！""大良造万岁！""公主万岁！"秦孝公驾车在白玉阶下停住，亲自扶下卫鞅，又殷殷拉起卫鞅的一只手，走上了大殿平台。

两座丈余高的大鼎下，秦国的全体大臣一齐行礼："参见君上！参见大良造！"秦孝公拉着卫鞅走到中央高台上，向司礼大臣微微点头。

"大秦国，庆贺河西大捷并迁都大典，开始！"

顿时，整个咸阳广场都轰鸣了起来。那不是丝竹埙篪之音，而是沉重轰鸣的战鼓号角与黄钟大吕，宏大低沉，气势壮阔得令人心神激荡。

"国君书告天地臣民——"

秦孝公展开一卷竹简，激越浑厚的嗓音在广场回荡着："昊昊上天，冥冥大地，秦国朝野臣民：收复河西旧地，迁都咸阳新城，乃我秦国百年以来之两大盛典！二十有年，秦国顺天应人，力行变法，由弱变强，走过了一条浸透泪水、汗水与鲜血的道路。秦国摆脱了旧日贫困，洗刷了先祖屈辱，痛雪了百年仇恨。兹此昭告，天地人神共鉴！"

全场山呼："大秦万岁！""变法万岁！"

"国君亲封——"

秦孝公咳嗽了一声，高声宣布："人心昭昭，天地悠悠。大良造卫鞅之不世功勋将永载史册。为昭当年求贤令之信，今封商於之地十三县为卫鞅领地，封号商君。"

话音落点，全场沸腾："商君万岁！""新法万岁！"

卫鞅深深一躬："臣卫鞅，谢过君上大恩。"

接着，由司礼大臣宣读了封赏功臣的君书：车英晋爵三级，晋升国尉；景监晋爵三级，晋升上大夫；新军将士按照斩首数字与其他军功，四万余隶农、平民出身的士卒，分别获得了初级爵位，其中三千余勇士升爵达到四级；战死的数千名将士尽皆赐爵四级，厚葬故乡。

君书读完，人山人海的咸阳广场安静得像幽深的山谷，唯闻连绵不断的粗重喘息。普天之下，隶农平民得到国家爵位难于登天，爵位权力天生与贱民无缘。可是，就在今日这光天化日之下，万千庶民亲眼看见了自己的儿子、自己的兄弟从国君手中，从大良造手中，拜受了爵书铜印，拜受了象征着家族荣耀的府邸赐石与绣着金线的战袍。埋藏在多少隶农心中的辉煌大梦，竟然真的一朝实现了。年轻的锐士们捧着摞满荣誉的铜盘哭了，广场上的万千庶民也哭了……良久，广场爆发出山呼海啸般的声浪：“变法万岁！”“万岁万岁万万岁！”

秦孝公的眼睛湿润了。卫鞅的眼睛湿润了。

老内侍黑伯走来轻声禀报：“君上，洛阳王室派特使前来庆贺。”

东周的洛阳王室虽然已经名存实亡，但“天下共主”的名义却是谁也没有公然否认。哪一国有了战胜之功，洛阳都会派出特使“嘉奖”庆贺，目的只有一个，就是避免战胜国对自己动手。唯独与周室源远流长的秦国，自秦献公打了一场胜仗后，已经有三十多年没有接待过“天子嘉奖”的特使了。然则，周室毕竟在最困难的时候支持过秦国，秦孝公自然是要隆重接待的。他拉起卫鞅，一同迎到了平台边缘。

红衣高冠的“天子”特使，正从红毡铺地的高高台阶拾级而上，却又忍不住四面打量这威势赫赫的军阵广场，看看将近平台，远远就向秦孝公和卫鞅深深一躬。

秦孝公与卫鞅一齐躬身大礼：“秦国小邦，何敢劳动天子大礼？”

特使恭敬地拱手笑道：“世事沧桑，秦国终究大出了……请秦公接受王命嘉勉。”

秦孝公与卫鞅及全体大臣跪拜在地。特使展开一卷竹简，高声读了起来：“兹尔秦公，顺天应命，民富国强，讨魏建功，迁都咸阳，西土平定。天子特诏，册封秦公嬴渠梁为西土诸国盟主，享代天子征伐大权。周室第四十一王二十六年春。”

“谢天子盛恩！我王万岁！”秦孝公卫鞅率领群臣叩拜。

黑伯又来禀报："报君上，六大战国特使庆贺。"

秦孝公点头，司礼大臣领六国使者鱼贯而入，一一递交国书的同时，又一一用最美好的言辞赞颂祝贺了秦国的河西大捷，又一一满脸笑容地表示了愿意与秦国结好的真诚愿望，连串走完，已经是将近半个时辰。秦孝公和卫鞅均以最大的耐心，始终微笑着听完了不听也知道内容的篇篇言辞。

黑伯又来了："报君上，二十六诸侯国派特使前来祝贺。"

秦孝公摆摆手："请他们入座便了。"

在司礼大臣引导下，一长串使者诚惶诚恐地鱼贯走进，顷刻间，种种贺表与种种礼物堆满了长案。秦孝公和卫鞅相互对视，不约而同地笑了。

司礼大臣高声宣布："请列国特使，观看大典兵舞！"

大殿平台上的车英猛然一挥令旗，两个方阵各自退后，将一个四千锐士的方阵留在了中央。骤然间战鼓号角齐鸣，四千名剑盾甲士踏着整齐的步伐挥剑起舞，杀声不断。一排军中歌手在高台上引吭高歌：

西有大秦　如日方升
百年国恨　沧海难平
天下纷扰　何得康宁
秦有锐士　谁与争雄

所有的特使都如芒刺在背，惊讶得笑不出来。的确，没有任何一个国家在盛大的庆典中以如此独特的兵舞，宣告结束屈辱并公然向天下挑战。"秦有锐士，谁与争雄"，在战国近一百年的历史上，这无疑是一个令山东六国心惊肉跳的信号。

卫鞅仿佛没有听见，他的心已经飞向了遥远的东方。

第十三章 雨雪霏霏

一　宏图忧患两叹嗟

大典完毕，秦孝公突然感到了深深的困倦。

红日临窗，国君还不能醒来。黑伯在廊下犹豫着要不要唤醒国君，思忖片刻，黑伯终是拿定了主意，走进大门，静静守在寝室门口的纵横要道上。咸阳的国府宫殿比栎阳扩大了几乎十倍，政事堂、书房、寝室各自在一个小区，宽敞得令人觉得空旷。黑伯一下子还有些不习惯，反倒觉得栎阳的小庭院更为温馨紧凑一些，书房、寝室、政事堂紧紧相连，他只要往书房门口一站，全部要紧的物事都可以照看过来。如今不行了，不想教人打扰国君难得的酣睡，就须守在寝室的第一重门外，这样一来，国君如果醒来他就不可能随时听见。看来，宫中的内侍与侍女还得增加，眼下这几十个人显然是忙不过来了。最可惜的是太后的寝宫也远了，单独的一片园林，又隔着几条宫巷，要像在栎阳那样将难为之事随时禀报太后，也不行了。公主荧玉也出嫁了，回宫的时候越来越少。国君始终也没有大婚，连个统管后宫的国后也没有。偌大的宫中，只有黑伯整日陪在国君身边。

“黑伯，君上用过早饭了？”

黑伯回头一看：“参见商君。君上劳累，今日尚未醒来，商君是否稍等？”

商鞅思忖有顷：“黑伯，可曾让太医给君上看过？”

“没有。君上从来不喜欢无事把脉。”

“黑伯，你去传太医来，最好看看。君上可是从来都早起的。”

黑伯醒悟点头，快步去了。片刻之后，太医匆匆赶来了。商鞅教太医等在门外，吩咐黑伯先进去看看。黑伯轻步走进，片刻之后又急忙出来招招手，商鞅和太医连忙跟了进去。黑伯挂起大帐，只见宽大的卧榻之上竟然弥漫出一股隐隐热气，秦孝公面色赤红，显然在发热昏睡之中。太医上前把脉片刻，从随手药箱中拿出一包银针，熟练仔细地扎进了六处穴位。大约小半个时辰，秦孝公脸上的红潮消退，显然是清醒过来了。太医退出银针，走到一旁去开药方。商鞅见秦孝公清醒过来，连忙上前问：“君上自觉如何？”秦孝公笑道：“没事。昨夜大约伤风了。”说着坐了起来，脚方着地，又是一阵大汗淋漓，骤然间面色苍白。太医急忙走过来道：“君上受风寒侵袭甚深，宜安卧休憩数日，容臣医从容调理才是。”

秦孝公挥挥手：“无甚大碍，你下去。”说着就站了起来。

黑伯连忙上前扶住：“君上，还是卧榻休憩才是。”见秦孝公不语，深知国君个性的黑伯不再说话，扶着他走向隔间去沐浴梳洗。

商鞅走近太医，低声问：“君上为何发热？有他疾么？”

太医躬身作礼，答道：“启禀商君，寒热之疾，百病渊薮，在下一时尚难断定。然君上宵衣旰食，起居无度，长此以往，必有大患。”

商鞅点头：“你将药方留下，回去召太医们议诊一番再说。”

“是。”太医匆匆走了。

商鞅踱步思索着，方才进宫时还明朗愉快的心情，此刻突然有些惆怅。

庆典之后，他也是觉得宽慰了许多。变法、迁都、收复河西，这三件大事的任何一件，都足以使一个臣子成为秦国大功臣。他竟然在二十年中同时完成了三件大事，亲手将一个贫弱愚昧的西部诸侯变成了一个富裕强大的一流战国，封君领地，权兼将相，达到了人臣功业的极致。人生若此，夫复何求？他油然想到了一个古老的问题：大功之后如何走完后半生？孔夫子将人生划分了五重境界："三十而立，四十而不惑，五十而知天命，六十而耳顺，七十从心所欲不逾矩"。自己已经四十有二了，功成名就，声威赫赫，可是做到"不惑"了么？历来的功业名臣，面前都有共同的困惑，是继续走完权臣功业的道路，还是急流勇退自保全身？前者是一条充满荆棘危机四伏的道路，它的艰难与危险，甚至远远胜过建功立业之期。功高自危，这是无数功臣的鲜血铸下的古老法则。远有文种、范蠡，近有田忌、孙膑，都活生生地证明了这条古老的法则。同是大功臣，文种不听范蠡劝告，坚持在国辅政而被杀害；范蠡断然辞官，隐退江湖而逍遥终生；田忌不听孙膑劝告而受到陷害，被迫逃离齐国；孙膑却隐退山林撰写兵书，明智地避免了最危险的功臣末路。商鞅对这些兴亡荣辱的典故再熟悉不过，他在班师咸阳的归路上，就已经开始想这件事了。

商鞅选择了功成身退。

他要办的事太多了，首先是对白雪的愧疚折磨得良心无法安宁，他要用后半生的激情去安抚补偿那颗流血的心。其次，他要静心总结自己的变法心得，撰写一部超过李悝《法经》的法家经典。再者，还要回到故国寻找父母的墓地，为他们建一座可以安享祭祀的陵园，以尽自己从来没有尽过的孝道。更重要的是，他还想收三五个学生，将他们教成出类拔萃的法家名士，使自己的法家思想更为发扬光大。他还想与白雪、荧玉并带上弟子们重新游历天下，像孔子孟子一样在列国奔走一番……所有这些事，都有待他辞官之后才能去做。

对于国事，他是放心的。他要辞官，绝不担心秦公是越王勾践那种“唯知共患难，不能同享乐”的国君，更不是齐威王那种表面英烈实则耳根很软的国君。秦公的胆略、智慧、意志、品格，堪称千古罕见，否则也不会与他这样凌厉冰冷的权臣肝胆相照，更谈不上他的建功立业。他从来傲视天下，唯独对秦公是真正的折服。二十年来，他始终有一个鲜明的感觉，秦公是泰山，他只是泰山上的苍苍松柏，没有这坚实的万仞高山，就没有凌越绝顶的苍松翠柏。他相信，终秦公之世，他卫鞅决然没有任何功臣之难。选择隐退，恰恰因为他对秦公，对秦国的未来完全放心。秦公比他长一岁，同样是正当盛年，只要再撑持二十年，甚或十年，秦国将对山东六国占压倒优势。

今日进宫，商鞅正是要对秦公交代国事，提出自己隐退的请求。

但是，秦公的“热病”，却使商鞅猛然悟到了一个长期忽略的事实，秦公的身体与储君太子的下落。秦公的身体果然没有隐患么？看来不是这样。若果然有隐患，太子的事就应当早日着手了。这些事商鞅从来没有想过，他认为只有四十三岁的秦公，完全有时间有能力从容地处置好这些国脉大事，而且，秦公处置这种事情的能力要远远超过商鞅自己。可是，秦公却恰恰对自己的“热病”没有丝毫警觉，自然也不会去想相关诸事了。一想到这里，商鞅心里就猛然感到沉甸甸的。

“商君，来，你我今日痛饮一番。”秦孝公沐浴出来，精神大振。

商鞅笑道：“君上高热方退，还是不要饮酒。”

“哪里话来？”秦孝公爽朗大笑，“我这发热是喜病！当年一打胜仗一高兴，就要莫名其妙地热一次。这回呀，大捷迁都，双喜庆典，就大大地热了一回。我看呀，这不是病，是上天怕我糊涂，让我将糊涂撂在睡梦里算了。黑伯，上酒！大喜大捷，岂能不一醉方休？来，这是你最喜欢的赵酒！”

商鞅也大笑起来：“君上，秦国终于也有赵国贡酒的一天了！好，只此一坛。”

“岂有此理？”秦孝公笑道：“本来昨夜就要请你和荧玉来共饮，不想回来就昏睡过去。今日你来正好，我们多久没有畅谈畅饮了？二十年？对，二十年！来，干！”

商鞅一阵激动：“君上……”举爵一饮而尽。

“商君啊，二十年前，你我可是畅饮畅谈了三天四夜。从那时起，你我就携手并肩，就挑起了兴亡重担，荣辱与共，艰辛备尝。此中甘苦，何堪对他人道也！”秦孝公喟然一叹，眼中泪光莹然。

商鞅也是两眼潮湿：“君上，臣心中始终铭记那句誓言。”

“变法强秦，生死相扶！”两人不约而同地念诵着，举爵相碰，慨然饮尽。

“生死存亡，不堪回首。商君啊，有几次，我都觉得支撑不住了。至今想来，犹觉后怕也。”

“二十年与君上风雨共舟，臣时常想起孟夫子为人生立格之名言：威武不能屈，贫贱不能移，富贵不能淫，此之谓大丈夫。此格，君上当之无愧！”

秦孝公大笑起来：“哪里，我倒觉得，此话是孟子专为商君说的。”

“不。唯君上当之无愧。”

“那就别谦让，都是！”两人同声大笑，又是一饮而尽。

秦孝公置爵沉吟：“商君，你说往前该如何走？总还是能活几年了？”

商鞅心中一震，脸上却是一片微笑：“臣当问，君上之志若何？”

“强国之志，未尝有变。”

“国已强盛，敢问君上远图何在？”

秦孝公思忖有顷，轻声道：“商君是说，秦国可一统天下？”

“可与不可何足论？君上，可有此远图大志？”

秦孝公不禁默然，大饮一爵：“商君以为，你我此生，可成得此等大业？”

商鞅摇头：“君上，天下纷扰割据六百年，一统大业，自是万般艰难曲折。若君上与臣再有三十年时日，或许可成。然则，若天不假年，也就非一代之功了。商灭夏，历时两代。周灭商，历时三代近百年之久。秦国由弱变强，用了二十年。然若东出函谷关，与六国争天下，直至灭六国而一统天下于秦，当有数代之不懈奋发。以臣预测，至少需三代以上较量。此中关键，在于君上是否为后世立格？”

“此乃吞吐八荒之志。有何国策可以确保？”

“坚守法治，代有明君。”商鞅显然经过了深思熟虑。

秦孝公默然沉思良久，感慨长叹：“商君啊，今日一席话，你将我面前的迷雾拨开了。坚持法治难，代有明君更难啊。就说太子嬴驷，十几年不见他了，也不知他是变成了石头，还是炼成了精铁？”

“君上，”商鞅觉得到了坦诚直言的时候，“臣以为，君上虽正在盛年，亦当虑及旦夕祸福，及早为秦国未来着想，召回太子，使其熟悉国事，确保后继有明君。此乃国家根本，望君上明断。”

秦孝公望着窗外，一声沉重的叹息。

二　孤帆飘蓬水成冰

那年盛夏酷暑的时节，南山的山腰小道上，一个黑衣少年匆匆不停地赶路。

嬴驷被公父的愤怒吓坏了，回到太子府，立即向驷车庶长交了太子印信，又办理了游学士子的关文，天不亮便出了栎阳南门。他只有向南向西两条路可走。东面、北面都是被魏国占了的河西之地，根本不能去。西部倒是秦国的老根，但是那需要一匹好马，否则真有可能被困在地广人稀的山野里。想来想去，只有向南了。

出得栎阳，高耸的青山就在眼前。嬴驷一鼓作气，想赶到南山再歇乏，谁知走了整整一天，才到得南山脚下。这里空旷寂凉，举目不见人烟。嬴驷已经走得浑身酸疼，趴在清清山溪旁大喝了一阵清水，躺在一块光滑的大石上囫囵睡去。半夜忽然醒来，浑身被蚊虫叮咬得奇痒难忍，一阵乱抓乱抠，身上已经满是血丝。想爬起来赶路，却闻深山里阵阵狼嗥虎啸，吓得不敢动弹。脚板又疼得火烧一般，脱去皮靴布袜一摸，脚板全是大大的血泡。嬴驷不知如何是好，只有咬着牙硬撑。好容易挨到天色微明，啃下一个随身携带的干饼，咬着牙又站起来上路了。日近正午，走近了南山[1]腹地的主峰，遥遥南望，只见大山层叠连绵，仿佛一根根支撑蓝天的巨柱。山道上行人稀少，偶有过客，也是三三两两的楚国商人。嬴驷生怕天黑出不了大山，不敢耽搁，用短剑砍了一根树枝削成木杖，拄着一瘸一拐地继续上路。再往南走了一程，山势开始变低，尽是曲曲折折的下山小道，走得一阵又是上坡，爬上了一座小山，已经是日头西斜了。往下一看，嬴驷高兴得大叫起来。

---

[1]　南山，即终南山，今日秦岭。

山下一片河谷，树林中冒出缕缕炊烟。山坡上散布着一片一片的金黄谷田，没有一块荒芜的秃山。河谷之中也是田块整齐，隐隐可闻鸡鸣狗吠之声。

嬴驷顾不得细看，拄着木棍瘸下山来。到了谷底，却发现这里竟是世外邦国一般。林木茂密，绿草如茵，牛羊悠闲地在河边自由吃草，无一人看管。啾啾鸟鸣，阵阵花香，一条小河哗哗流淌。河畔山脚的石屋点缀在一片片的小树林里，就像一幅山水图画。嬴驷愣怔半日，向离得最近的一排石屋走去。穿过一片小树林，便见一圈低矮的石墙，中间门楼挺高，大门洞开，庭院里一个中年女人正在理桑叶。

“敢问大姐，这里是秦国，还是楚国？”嬴驷小心翼翼地问。

女人抬头，咯咯咯笑个不停：“哟！你是从山上滚下来的吧，昏了头不成？楚国远呢，这儿是秦国，商於县黑林沟，知道么？”女人说着，放下手里的桑篮站了起来。

嬴驷恭敬地拱手道：“敢问大姐，此间里正何人？我想见他。”

“哟，你可算找对了。我家夫君，就是里正，一会儿就回来。我还没问，你是何等人？咋个称呼你？”说话间，女人打量着这个蓬头垢面双脚流血的年轻人，一副惊讶的神情，似乎有几分怀疑。

“大姐，我乃游学士子，叫秦庶。山道不熟，摔了几次。”

“我说呢，原是个小先生。请院中稍歇，我去拿茶水来。”女人转身进屋，片刻提来一个大陶罐和几个大陶碗，将陶碗一溜摆开，利落地挨个斟满，“喝吧，新山茶，消暑解渴呢。”

“多谢了，大姐。”片刻之间，嬴驷将五六碗凉茶一饮而尽。

女人啧啧叹道：“游学也苦啊，小先生一定饿了呢。”回身走进屋中，拿出了一盘似红似黑的软面饼和一块熟肉，放到石板上，“先垫垫饥，再待饭时。黑面的，里面加了柿子，多咥几个！”脸上显然怜惜有加。

嬴驷道一声谢，风卷残云般吃光了面饼熟肉，见女人静静地看着他，大觉难堪，起身拱手道：“秦庶饥渴难忍，有失礼数，大姐见谅。”

女人笑道：“哟，快别那样儿，坐着歇歇吧。前些年，我也被饿怕了呢。有过路客人，想喝口米粥都没有，更别说面饼和肉块子了。这几年呀，日子好过多了。不然，我家也逃到楚国去了。”说着说着，女人眼圈红了，转身又走到院中井口边，三两下打起一桶清水提到一块石板上，“来，你脱了衣服，冲洗一番。我去给你拿两件男人衣裳来。”

嬴驷还没来得及答话，女人便进了屋子。想了想，嬴驷还是脱去了又脏又臭已被山石荆棘挂得破烂不堪的长袍，用木瓢舀着清水向自己头上身上猛泼，顿觉一片清凉酣畅。刚从皮囊中拿出一块干布包住腰身，女人便拿着几件衣裳走了出来：“来，换上。小先生莫嫌弃，我男人只有这件长布衫，见县令才穿的。看看，合身不？”

嬴驷穿上长衫，虽略显宽大，却是干爽风凉，大觉舒坦，不由得深深一躬：“多谢大姐，秦庶容当后报。”

“哟，说哪儿去了？老秦人都是热肠子直性子，小先生不知道么？”笑着说着又是一番打量，“啧啧啧，小先生还是个俊气后生哩！这么年轻就出来游学，父母放心？”

嬴驷摇摇头：“母亲早去了。父亲，不要我了。”

“啊？为个甚来？”

“父亲责我学业不精，赶我出门，游学天下，增长见识。”

“啧啧啧，”女人大为感叹，“严父呢。也是，吃得苦中苦，方为人上人嘛。哪像我那儿子，就能种地当兵。”

“大姐，你儿子当兵了？他，不怕当兵打仗么？”

“咳，那个憨货，明日就要走了。”女人抹着眼泪，脸上却是明亮的笑容，“怕当兵？那是早年的事了。现今庶民当兵，杀一个敌兵，官府就给一级爵位，男人们都争着抢着打破头了。连老头子们都想去哩！”

“老头子？老人，也想当兵？”嬴驷大为惊讶。

“想，想得厉害呢。”女人笑着说，“老头子们打了半辈子仗，就想圆个爵位梦，改换门庭嘛。早年，山里人都是贱民隶农，当兵有份。可立功再多，也是老兵头一个。能保住命回乡过穷日子，就算万幸了。如今呀，山民都除了隶籍，谁不想挣个爵儿？谁不想荣归故里风光一番？只可惜呀，官府不要老头子，你说他们憋气不？”

“那如何是好？”嬴驷有些着急起来。

“别急呀你，现今这官府，就是有办法。非但奖战，还奖耕呢。农户纳粮，超过官定数儿一倍，也赐爵一级呢。老头子们当不了兵，就可着劲儿侍弄庄田，比侍弄女人还上心哩，劲儿大着呢。”女人咯咯咯笑着，说得神采焕发。

“那，有人得爵位了么？”

“咋个没有？我们黑林沟有四家得爵位了呢。三家‘公士’，一家‘造士’。你识得字，门口瞧瞧。”女人骄傲地指指新修的高大石门。

嬴驷进门时饥渴困乏，没有留意，此时连忙走到门口一看，却见门额正中四个大铜字镶嵌在雪白的蓝田玉里——国赐造士！转身向女人深深一躬：“秦庶恭贺大姐了。”

女人笑得脸上绽开了花儿：“好！大姐受这一拜。你还是个白身士子嘛，不违礼数呢。”

“你是何人？因何到此？”一个沙哑的嗓音从身后门口传来。嬴驷回身，见一个五十岁上下的粗壮男人大步走来，手中提着铁耒，身上穿着短打黑布衣，上下打量着自己。

女人笑道："黑九，这位是游学士子，正在等你呢。小先生，这便是我家夫君。"

嬴驷谦恭地深深一躬："士子秦庶，参见造士大人。"

"哎哎哎，"黑九急忙扶住，"说是那么说，当真行礼不成？来来来，快进来坐。"将嬴驷拉到院中石案前坐了，粗声大气对女人嚷嚷："快弄饭哐，有事等着呢。"

女人笑问："儿子呢？他不哐？"

"咳，他们十来个要走的小子，缠住了老兵头黑三，要听军中规矩，还要练功，喊他不动。别等了，我和先生先哐了。先生坐坐，我冲一下子。"说着，便打起一桶水冲洗起来。

片刻之间，女人已经将一大盆炖山猪肉、一大盆凉拌青葵摆了上来，又端来一盘热腾腾的面饼和两碗米酒："小先生初到，尝尝自家酿的米酒。"

黑九嘿嘿笑道："好好好，有酒就好。来，先生请。"

嬴驷和黑九碰了一下，一口气喝下了那清凉沁脾的米酒，拱手道："里正，我已经在商於官府记名游学，请里正关照。"说着从皮袋中拿出关文。

黑九接过端详："我识得这红色大方印，行了。依照新法，士子游学，所到处免金而食，就是不许讲《诗》论《书》，知道么？其余你自己看着办，有为难处就对我说。来，哐饱！"黑九还过关文，大吃大喝起来。

"里正放心，我不会《诗》《书》。我习农学，查勘山川而已。"

"那就住我家里。儿子一走，正好，有一间房子空着。""多谢里正。"嬴驷很高兴，他能看出来，里正一家厚道豪爽，令人放心。

吃过饭，天色已经暮黑，里正匆匆出门了。女人还没收拾完，嬴驷便靠在石板上睡着了。一觉醒来，满天星斗在头顶眨眼，晚风习习，很是凉爽，全然没有山外的炎热酷暑。坐起来一看，身下一张大草席，身上一块粗布被单，石枕头旁边放着自己随身不离的皮袋，原来自己就睡在院中。听听屋中似乎没人，嬴驷不禁有些害怕起来，拿起皮袋翻开，一样物事不少，不禁长长嘘了一口气。正在此时，遥遥传来“叮叮当当”的声音，还伴随着一片笑语喧闹。他霍然坐起，走到正屋前轻声叫道：“黑嫂，大姐。”却没有人应答。

想了想，嬴驷背起皮袋，悄悄出门，循声向村中走来。

穿过一片小树林，小河边的打谷场上红光闪烁人声鼎沸。嬴驷心中惊讶疑惑，莫非有乱民暴动？他从皮袋中轻轻抽出短剑，悄悄地爬上林边一座土丘，小心翼翼地向打谷场张望。但见场中一排皮囊鼓风炉喷出三五尺高的火焰，十几名赤膊壮汉抡着大锤正在叮当捶打。围观的男女老幼熙攘喧闹，黑九夫妇的声音特别响亮。这是做甚？不是打造兵器么？对，绝不是打造农具的样子。嬴驷不禁大疑起来，秦国素来缺铁，铁料铁器全数由官府控制，连菜刀也是栎阳的国府作坊打造好登录售出，如何这小小山村，竟然打造起了兵器？难道卫鞅新法允许民间私铸兵器了？即或如此，铁料哪里来？莫不是楚国偷运铁料过来，在这里制造民乱？果真如此，我可要立即回栎阳。

正在思绪紧张纷乱之际，却见场中铁工将红光未敛的兵器塞进水瓮，顿时腾起大团大团的热气。片刻之间，兵器从水瓮抽出，略经锻打，交给旁边的铁工开刃。开刃后又立即交给下手的七八个老人在大石上磨起来。一顿饭工夫，一排明光闪耀的长剑摆在了炉前的大石板上。

嬴驷不禁大为吃惊，想偷偷离开这个山村。正在这时，却听到黑九的高声大嗓：“县工为黑林沟立功，多谢了！”县工？如何还有官府工匠？嬴驷更是惊疑，想看个水落石出。这时只见场中一个黑衣人拱手道："黑林沟大义铸剑，缴五十石余粮换来铁料，又请县府督造，守法助国，乃有功义举。本工师当禀明县令，为黑林沟父老请功！"

一个白发老人高声道："咱是为自家兵娃子有个称手家伙，多杀几个魏狗，立功挣爵儿！又不是咱上阵，冒个甚功？"

全场哄笑，一片乱喊："对！兵娃子们立功就行！""咱土疙瘩要功做啥？鸟！"

黑九高喊："兵娃子们，好好跟姑娘道个别，明早上路。散了！"

"噢……散了……"一片喊声中，青年男女们三三两两地隐没到树林里去了，场中只剩下老人家长收拾场子，招呼工匠们吃喝。嬴驷一阵轻松，连忙爬下土丘，回到黑九院中倒头便睡。蒙眬中只听黑九夫妇的屋中一直在说话，夹杂着隐隐的哭声笑声，直到东方发白。

清晨起来，黑九夫妇已经做好了一顿丰盛的饭菜。嬴驷明白，那是专门为儿子饯行的。黑嫂眼睛红红的，却又兴奋地忙进忙出，全然不像悲伤的样子。黑九从房中唤出儿子向先生行礼。嬴驷连忙扶住，向青年深深一躬："兄台为国赴难，请受秦庶一拜。"

黑嫂笑道："哟，这是咋个讲究？小先生应唤他侄儿才对。"

嬴驷道："兄台比我年长，自当尊重。请大姐许我，各叫各的了。"

黑九哈哈大笑："也好，各叫各的。你俩也做个朋友，山不转水转。"

青年拱手道："我叫黑茅竹，大字不识一个，高攀先生了。"

嬴驷笑道："兄台从军，不妨去掉那个'竹'字，'茅'做'矛'字，就叫黑矛，好听好记。"

黑九夫妇一齐笑道："好好好，就叫黑矛！读书士子，就是不一样。"

"谢过先生。"英武憨厚的黑矛乐得嘿嘿直笑。

“好了好了，咥饭！”黑嫂指着院中长大的青石板桌，“小先生，上座。”

嬴驷坚决推辞，将黑矛推到了上座。桌上摆了满满六个大陶盆，一盆炖山猪肉，一盆方方正正的酱猪肉，一盆青葵，一盆山菜，一盆萝卜炖羊腿，一盆清煮整鸡。黑嫂又提来一坛米酒，给各人斟满陶碗，自己才坐在黑九身边。

黑九端起了大陶碗：“来，为这小子立功挣爵，干了！”

四人大碗相碰，一气干下。黑嫂放下陶碗，眼睛红红地背过身去。

黑九大笑：“哭个鸟！黑矛立了军功，就是黑家的香火旺。还怕没人葬埋咱这把老骨头？真是妇人见识。”

嬴驷心中一动：“敢问里正，黑矛兄可是独子？”

黑九高声大气道：“本来不是。夏忙时老二给官府纳粮，黑天山路，滚沟了。”

“里正，不是说新法征兵，不取独子么？”嬴驷惊讶了。

“那是。”黑九慷慨高声，“国府体恤庶民，咱庶民也得体恤国府，是不？没变法那些年，黑林沟一窝子隶农贱民，整天饿得前心贴后背，一大半都逃到楚国去了。就有十个八个儿子，又能咋样？还不是饿死冻死？变法了，日子好了，逃到楚国的人都回来了，谁不说黑林沟翻了个儿？”黑九长长一叹，“人，得有良心。没人当兵，这土地，这庄园，这好日子，能守得住？满村的老头子都要当兵，咱个独子，就舍不得？”

“可是，县府能让他去么？”嬴驷不安地问。

“老二的事，谁都不知道。我对村里说，老二是出山帮亲戚去了。哎，先生，你可不能露底。”黑九神秘地笑着叮嘱。

嬴驷默默点头，心里一阵莫名的悸动。

黑嫂抹抹眼泪笑道："别说了，黑矛去，我也没拦挡嘛。黑矛，你虽是独子，阵前可不兴贪生怕死……"一句话没说完，黑嫂已经泣不成声。

黑矛霍然站起，趴到地上咚咚咚给父母叩了几个响头，粗声大嗓道："爹，娘，你等放心，儿不立功，誓不还家！"

黑九大笑："好儿子，有志气！走，该送你们上路了。"

嬴驷陪着黑嫂一起来到山口小道时，太阳已经升上了半山。只听一阵辚辚车声，三辆兵车从山外驶来。黑嫂笑道："那是县府派来接兵的。你看，他们出村了。"只听一阵悠长的牛角号声，大群村民簇拥着十二名青年出了村口，当先一幅红布，大书"黑林沟义勇新兵"几个字。青年们后面，是村中少年抬着的十二张木案，每张木案上一罐米酒一把长剑。来到山口，黑九向兵车前的县吏拱手高声道："黑林沟十二名义勇新兵，送到！"

县吏拿出一卷竹简高声点名，查对无误，一挥手："新兵换甲！"

新兵一个个鱼贯走到兵车前，从县吏手中接过一套铁衣，又回到木案前将原先布衣脱去，换上黑色甲胄，顿见人人精神倍增英气勃勃。

黑九大喊："老兵头们，献酒壮行——"

十二名白发苍苍的老人走到案前，各自捧起黑色的小陶罐，齐声喝道："黑林沟，英雄酒！后生上阵莫回头！"十二名铁甲新兵锵锵然列队，单腿跪地，双手接过陶罐咕咚咚一饮而尽，霍然站起，齐声高喊："饮得英雄酒，上阵不回头！"

黑九又大喊一声："姑娘们，赠剑——"

十二名红衣少女噙着泪花，各自走到恋人的案前，捧起雪亮的长剑，双腿跪地，将长剑高高举过头顶。新兵们双手接过长剑，向恋人深深一躬。

少女们站了起来，齐声唱起了悠长的山歌：

君有长剑兮　守我家园
我有痴心兮　待君回还
两心无悔兮　悠悠青山
征人远去兮　流水潺潺
猛士归来兮　布衣高冠
日月无改兮　桑麻红颜

深情的歌声中，新兵们拱手辞乡，跳上兵车，辚辚远去了。

嬴驷眼见黑嫂摇摇欲倒，连忙扶住。望着远去的兵车，黑林沟的男女老幼哭成了一片。嬴驷也早已经是双眼朦胧，心中禁不住地颤抖着。

那一夜，嬴驷彻夜未眠，听着屋中黑九夫妇的喁喁低语，看着夜空的满天星斗，自己也弄不清想了些什么，直到天亮，才昏沉沉睡了过去。

光阴如梭，倏忽之间嬴驷在黑林沟一住就是三年。本来，他是可以早早离去的，可是总觉得不能离开。他到秦楚边境去了，也到商於其他县去了，但都是一两个月就又回到了黑林沟。嬴驷终于弄明白了，自己是在等黑矛回来，想亲自看到黑九夫妇和他们唯一的儿子相聚。三年中，他和黑林沟父老已经有了深厚的情谊，黑九夫妇待他像兄嫂又像父母，使他时常感慨不已。反复思忖，嬴驷觉得不能再等了，毕竟不能老死在这里，他还要顺着自己的路走下去。

这年春天，嬴驷终于决定要离开黑林沟了。

消息传出，山民们扶老携幼地将嬴驷送到山口。这个送块干肉，那个送张兽皮，交口夸赞秦庶是个知书达理的好先生，日后一定能做大官。嬴驷坚决推辞了父老们的礼物，答应日后一定再来拜望黑林沟父老。

黑九夫妇感慨唏嘘着又将他送出山口。黑嫂抹着眼泪塞给嬴驷一袋铁钱："兄弟呀，你两手空空地走了，啥也不要，大嫂我如何安心？带上这点儿钱，路上方便些个……"黑九揉揉眼睛笑道："我说秦庶老弟，何必四处游学奔走？反正黑矛不在，我等就一家人过了。将那个女子娶了来，分一方田，挣个爵，再生几个兵娃子，多好！"

嬴驷双眼含泪深深一躬："大哥大嫂，秦庶本当待黑矛兄回来再走，奈何还要完成修业。黑矛兄荣归之日，我一定回来。秦庶告辞了。"

"哎哎哎，别急。"黑嫂赶上来悄声问，"她，咋个没来送你？"

"谁呀？"嬴驷笑道。

"还有谁呀？黑枣！你不要她了？还是她不与你相好了？老实说。"

嬴驷大笑："哎呀大嫂，黑枣是个好姑娘，可我，和她没事。"

"你，没有和她进过林子？"黑嫂一脸惊愕。

嬴驷认真摇头，叹息道："黑嫂，我岂敢做那等事，决然不会。"

黑嫂轻轻叹息："黑枣生得美，方圆百十里难挑。可性子烈着呢，谁都知道，她只对你唱歌儿，不理别个后生。山里女娃儿，那就是将心给你了呢。"

嬴驷默然，又向黑九夫妇深深一躬，大踏步走了。

谷口外的山道上，一个红裙少女当道而立。

正踽踽独行的嬴驷不禁怔怔地站住了，良久，他深深一躬道："黑枣，秦庶走了。"便要从少女身旁绕过。

"慢着。"少女叹息一声，"秦庶，你真的不带我走？"

"姑娘，你我萍水相逢，秦庶漂泊无定，不敢做他想。"

少女闪动着眼波："我，喜欢你。你，也喜欢我。咋个不敢带我走？”

“我，从来就没有喜欢过你。”嬴驷冷冰冰的。

少女顽皮地笑了：“秦庶，咋个骗自己？你，为难么？”

嬴驷低头沉默，不敢抬头看那对热烈真诚的眼睛。少女也静静地看着他，不说话。良久，嬴驷终于开口了：“姑娘，你不知道我是何等人。我，没有资格去爱。我不知道，我的明天隐藏着何等凶险，甚至哪一天，我会被人突然杀掉。我已经跌进了深渊，我连做一个山野庶民，自由自在耕织田园的资格都被剥夺了。我只能，永远与不知道来源的险难周旋下去，直到我死。姑娘，我，不属于我，我只能一个人漂泊……告辞了。”

“秦庶……哥哥！”少女哽咽一声，追到嬴驷身前挡住，从怀中掏出一个小小的红布包儿，仔细打开，一只绿莹莹的玉埙赫然捧在掌心。少女柔声道：“我听懂了哥哥的心曲。你不是寻常人，我知道。你有那么多愁苦烦恼，有那么多常人没有的心事。我想钻到哥哥心里去，化开它们。黑枣甚也不怕，哥哥，带我走吧。”

嬴驷默默而坚决地摇摇头。

少女叹息一声：“秦庶哥哥，这是我从小吹的绿玉埙，今日送给哥哥做个念想。请大哥哥吹一曲《秦风》，黑枣儿唱支歌儿，为哥哥送别，好么？”

默默地，嬴驷从少女掌心拿起碧绿晶莹的玉埙，略一思忖，悠长高亢而又充满忧伤与激烈的《秦风》歌谣曲在山谷回荡开来。少女灿烂的笑脸上，洒满晶莹的泪珠儿，美丽的嗓音直上云中：

上邪——

我欲与君相知

长命无绝衰

山无陵

江水为竭

冬雷震震

夏雨雪

天地合

乃敢与君绝

少女唱完，慢慢走到嬴驷面前，猛然抱住他热烈地长吻。

嬴驷手足无措间，少女猛然松开双手，跑向山头，纵身跳下了悬崖。

“黑枣！”“小妹！”嬴驷嘶声大喊着扑到悬崖边，眼前却只有一缕红布在呼啸的山风中悠悠飘荡。

嬴驷双手抱头，跌坐在悬崖山石上失声痛哭。

嬴驷在悬崖边上哭了一个时辰，才猛然醒悟过来，拽着山石上的青藤滑下山谷，粗厚的布衣被荆棘划挂成了褴褛破絮，身上脸上全是道道血痕。好容易在峡谷的乱石林木中找到了少女，却已经是一具头破血流的冰凉尸体了。嬴驷抱起少女尸体，跌跌撞撞地摸爬到一块山溪旁的平地上，奋力用短剑掘出一个大坑，四面用石块镶住泥土，将少女尸体平展展放进坑中。坐在少女身体旁想了好一阵，嬴驷又从皮袋中拿出自己的一件长衫盖在少女身上，这才跳上地面，找来一块石板盖在坑上，将掘出的泥土在坑上堆成了一个圆圆的坟墓。喘了口气，嬴驷又用短剑砍下一段枯树，削去树皮，砍去疤痕，立在少女墓前。思忖片刻，嬴驷猛然一挥短剑，大喊一声，左手食指顿时在地上血淋淋蹦跳。嬴驷捡起地上的血指，猛然在木碑上大书“贞烈山女嬴驷亡妻”八个大字，字方写完，咕咚一声栽倒在墓前……

第二天，太阳照亮山谷的时候，嬴驷才睁开眼睛。一看左手，嬴驷大吃一惊，那根断指竟然神奇地接在了食指上，还用一片白布包扎着。再一看，身上还盖着一件布衫，身旁还放着一块熟肉。嬴驷大为疑惑，翻身爬起四面张望，却是杳无人迹。愣怔半日，对着上天长长三拜，又对着少女坟墓拜了三拜，喝了一顿山溪水，吃了那块熟肉，便艰难地开始爬山……

爬上山来，嬴驷沿着南山山麓西行，出得大散关，向陇西跋涉去了。

……

十年过去，嬴驷已经走遍了秦国西部的草原河谷，也走遍了被魏国占领的河西地区。最后，他回到了关中，来到了郿县，住在了那个令他刻骨铭心的白里。这时候，他已经快三十岁了，长发长须，精瘦结实，肤色粗黑，地道一个苦行农事的农学士子，任谁也想不到，他就是十三年前的秦国太子。

又是夕阳暮色，一个肩扛铁锄赤脚布衣者走出了田头，步态疲惫散漫地向白村而来。走着走着，他倚锄而立，木然看着暮色中炊烟袅袅的村庄。一个十四五岁的少年左手提着陶罐，右手抱着一束从田中锄下的杂草，从他身后兴冲冲赶上："秦大哥，今晚到我家用饭如何？我娘炖的羊肉美极了。反正你也是孤身游学，一个人回去冰锅冷灶的。"少年聪敏伶俐，一串儿话说得铃铛般脆，却又老成得大人一般。

"那就多谢小兄弟了。"

"咳，秦大哥客气了。我白山在村里，和谁都不搭界，就高兴和你说话。秦大哥有学问，老族长都说，你不是个寻常人哩。"

"农家士子，力行躬耕，自食其力而已，寻常得很。"秦大哥疲惫地笑笑。

“不管咋说，我就喜欢你，沉沉的。我白山，没有朋友。”少年脸色黯淡下来。

秦大哥搂住少年肩膀：“小兄弟，秦大哥做你的朋友。”

说着话已经来到村边一个普通的砖房院落前，与村中其他宅院相比，这家显然要贫寒一些。少年在门外放下青草，才轻轻叩门。厚厚的木门“吱呀”开了，一个头发灰白却是一身整洁布衣的妇人站在门内，脸色平淡得几乎没有表情。

“娘，这是秦大哥。”少年恭恭敬敬，方才活泼生气顿时消失。

“见过先生。”妇人稍有和缓的面色中，依旧透着一种萧瑟落寞。

秦大哥将铁锄靠在门后，深深一躬：“秦庶见过前辈，多有叨扰。”

“先生莫得客气。山儿，带客人到正屋落座。”

白山拉起秦庶的手：“兄台，我们到大屋坐。”说着便将秦庶拉到了坐北面南的正屋。秦庶略一打量，便感到这间简朴宽敞的客厅隐隐散发着一种败落的贵族气息。面前是磨损落漆的长案，膝下是色泽已经暗污的毛毡坐垫，屋角一座陈旧的剑架上横着一支铜锈斑驳的短剑，再里边就是一架已经用旧布包起来的竹简。点点滴滴，都透露着主人家不凡的往昔。

“秦大哥，上座。我来点灯。”白山说话间将一盏带有风罩的高脚铜灯点了起来，屋中顿时明亮。白山又从屋角窸窸窣窣拖出一个红布封口的坛子，“秦大哥，这坛老酒寻常没人动，今日我们干了它。”

门轻轻推开了，白夫人端着一个大盘走了进来，将三个带盖子的精致陶盆摆在长案上。白山一一打开盖子，是一盆热腾腾的炖羊腿，一盆藿菜，一盆关中秦人最喜欢的凉苦菜。一转身，白夫人又端来一个小盘，拿出两双筷子，一碗小蒜，一碗米醋，一盘热热的白面饼。虽是家常，每一样却都整治得甚是精致干净，雪白青绿，香气扑鼻。秦庶一看就知道，若非世家传统，寻常农家的饭菜决然不会做到如此精细讲究。白夫人淡淡笑道："粗茶淡饭，请先生慢用，失陪了。"白山小心翼翼问："娘，我与秦大哥，饮了这坛酒如何？"白夫人略一沉吟，点点头走了出去。

白山又活泼起来，拿出两个细脖子的铜觯斟满："秦大哥，不是你来，娘不会教我饮酒。来，我们干了！"举觯一碰，咕咚咚饮了下去，呛得满脸通红，连连咳嗽，"秦大哥，这，这是我第一次饮酒，好辣！"

秦庶也是脸上冒汗，笑道："惭愧，我也是第一次饮酒，彼此彼此。"

"噫，"白山惊讶，"秦大哥该三十多岁了吧？二十岁出头时加冠大礼，必要饮酒的，你没有？"

秦庶摇摇头："我少小游学，长久离家，至今尚未加冠。"

白山啧啧啧一阵："秦大哥，你如何那么多与人不一样？哎，你没觉得我家、我娘、我，也不同于白里人？不寻常么？"

秦庶沉吟："是有些不同。家道中落了，是么？"

"咳，不说也罢。"白山涨红的脸上双眼潮湿。

"小兄弟有何愁苦，不妨一吐为快。"秦庶慨然又饮一觯。

白山也猛然饮了一觯，长长地呼出一口气，明亮的眼睛中溢满了泪水："这不是愁，也不是苦。这是仇，是恨。我一生下来就没有父亲。十五年了，我与娘相依为命。那么大的家，那么大的势，那么多的人，就那样风吹云散了。秦大哥，你说，人该信天命么？"

"小兄弟，你父亲，死于非命？"

"不。被太子嬴驷杀死的。"白山嘶哑的声音一字一顿。

秦庶猛然一抖，铜觯“咣”地掉在石板地上，连忙捡起，充满关切地问：“小兄弟，这，这太子，为何要杀你父亲？”

“当年，白氏全族都是太子封地。那年夏收时节，我父亲领着车队给太子府缴粮。不知何故，十几车粮食都变成了沙石土块。那个太子不分青红皂白，便杀死了我父亲，又狠毒地杀了白氏数十口青壮。从那以后，白氏一族就衰落了。你说，这不是仇恨么？”年深月久的仇恨浸泡，使少年白山有着比成年人还要深刻的冷漠。

“小兄弟，这粮食，如何，竟能变了沙石？”秦庶眼睛闪出异样的光芒。

白山一拳砸在长案上：“天晓得！我白氏举族明察暗访了十几年，还没查出这只黑手。上天真是大大的不公！。”

“小兄弟，你，恨那个太子么？”

“恨。他行凶杀人的时候，还没有我大。秦大哥，你说，如此狠毒少年，做了国君还不吃人？咳，听说他被国君废为庶人，赶出了都城，失足摔死在了山里，也算是罪有应得。否则，我都要杀他，老秦人都咒他死！”

秦庶脸色煞白，沉重地叹息一声：“小兄弟，天意也。”

“天意？”白山哈哈大笑，“秦大哥，你不是秦国人，就不明白。老秦人讲究个快意恩仇，有恩有仇都必报，否则还不如死了。我白山一生两大仇人，死了一个，剩下这个一定要查出来，杀了他！加冠之后，我就和你一样流浪游学，查访仇家，不信他上天入地不成？报了仇，我再请你喝酒！”

“小兄弟，是何声音？你听！”秦庶脸色骤变。

静夜之中，隐隐约约的女人哭声若游丝般飘荡，凄厉悲怆，令人毛骨悚然。

白山阴沉沉道："那是我娘。她，每晚都要在父亲灵前哭祭……"

"咣！"秦庶醉了，猛然趴在案上，昏了过去。

三更时分，秦庶才跌跌撞撞地回到村后靠山的小院子。他知道，其实自己并没有喝多少酒，他不会在一个深沉多思满怀仇恨的少年家里放纵自己。流浪的岁月，已经给了他足够的警惕。可是，他不明白自己如何就昏昏然了，就神思大乱了。是那个少年的仇恨摧垮了他？是那一家的森森阴冷迷乱了他？真是弄不清楚了。独自站在小院子里望着无垠的河汉，他喟然长叹。嬴驷啊嬴驷，你的稚嫩、偏执与冲动，埋下了多么可怕的仇恨种子？一个少年尚且对你如此刻骨仇视，更别说整个孟西白三族和无数拥戴变法的民众了。在他们心目中，秦国太子是个歹毒阴狠的狼崽，他们期盼这个太子早早地死于非命，他们根本不想要如此的国君，否则，如何能有"太子失足摔死"的传闻？嬴驷啊，你在国人心目中已经死了，在公父的心里也已经死了。你，你眼下算个什么东西？漂泊十多年，公父从来没有寻觅过自己，早先和官府的一丝联络，也早早没有了。看来，公父的的确确是将自己当做废了的庶民，遗忘了。也许公父早已经大婚，已经有了不止一个儿子，他为何一定要记挂这个几乎要毁掉秦国变法的忤逆的儿子？

十多年的孤身游历，嬴驷对公父的怨尤，早已经随着他的稚嫩烟消云散了。秦国山野沧海桑田般的变化，也使他对变法的偏执怨恨，随着脚下的坎坷变成了一缕飘散的烟雾。他深深地理解了公父，也深深地理解了新法。可是，少年白山的仇恨火焰，却使他蓦然悟到了自己在秦国朝野的处境——一个被岁月无情淹没了的弃儿。一直坚实沉淀着的希望破灭了，一直锤炼着的意志崩溃了，一直憧憬着的未来虚化了，一直支撑着身心的山岳塌陷了。

嬴驷木呆呆地看着月亮渐渐地暗淡下去，走进屋内背起小包袱，拿起那支光滑的木杖，走出了屋门。是的，天还没有亮，离开这里，离开秦国，永远……

一阵辚辚车声与马蹄声骤然传来！凭着多年山野磨炼的灵敏听力，嬴驷断定车马正是向他的独院驶来。莫非有人识破了我的真实身份，前来寻仇？嬴驷一个箭步蹿到院门后，猛然一扯手中木杖，一支闪亮的短剑赫然在手。

“笃笃笃”，有人轻轻敲门。

“何人造访？”嬴驷慢悠悠发问。

“县府料民[1]，秦庶开门。”

“县府何人？有夜半料民之事么？”嬴驷冷笑。

“我乃郿县令。官府料民，历来夜间，不失人口，士子不知么？”

想了想，嬴驷轻轻拉开横木，自己却迅速地隐身门后。

一个身披黑色斗篷的高大身影走进院子，默默地四面打量。嬴驷仔细一看，猛然屏住了呼吸，心头一阵狂跳。

“嬴驷，你在哪里？”

“公父！”嬴驷猛然扑倒，跪伏在地，放声痛哭。

秦孝公伸手抚着嬴驷的双肩，半晌沉默：“驷儿，回咸阳……”

三　黑林沟夺情明法

商鞅去商於视察了，没有见到漂泊归来的太子嬴驷。

自从封为商君，商鞅就接连收到商於县令们的“请商君督导书”，并一次次地呈来商於百姓的万民书，请求向商君府缴纳封地赋税。商

---

[1]　料民，先秦用语，即查点登记户口、人口。

鞅心里很不是滋味儿。他主持变法，最主要的大法之一，便是实行郡县制。这郡县制的前提和基础，恰是彻底废除分封割地的贵族世袭制。只是虑及秦国实际状况，才做出了变通，保留了“封地”这种最高封赏形式，将爵主与封地的关联最大限度地淡化，明确规定爵主对封地没有治权，更没有征收赋税的权力。实际上，就是将“封地”仅仅作为一种国君封赏的最高名义而保留下来。这一点，商鞅心里最清楚。作为变法强国的策划者与推行者，他获得了国君的最高封号，也获得了与封号相匹配的十三县封地。商鞅也很坦然地接受了封号封地，这是因为他很明白，这只是国家功臣的最高名号，而不是实际领地。在“奖励军功，奖励农耕”成为国家激励朝野的最有力法令时，自己若第一个坚决推辞爵位奖励，还有谁敢心安理得地接受国家赐封？

那样做，虚伪的道义将逐渐淹没法制的严明，秦国朝野又会被弄得无所适从。作为彻底的法家，卫鞅最厌恶那种“有功惜赏，有罪施仁”的迂腐国策，那是熄灭坚刚、滋生懦弱的温吞水。他非常自觉、非常明确地在秦国实行重奖重罚，有功不惜赏，有罪不施仁，法行如山，朝野一体。商鞅坚信，只有这样，才能最大限度地激励人们为国立功的勇气与激情，才能最大限度地抑制、摧毁人们本性中潜藏的犯罪恶欲。这正是他反复向吏员们说的“大仁不仁”的道理，也是他坚决反对儒家人治“仁政”的根本点。在法制推行中，商鞅反复向各郡县官署申明，不许庶民“辞赏”。畏赏者必畏死，不敢坦然接受应得的荣誉与爵位，也必然不会在国家危难时勇敢赴死。这就是商鞅对“辞赏”者的定论。

唯其如此，商鞅如何能自己辞赏？法令不允许，他自己的性格也不允许。

如今，郡县官吏和商於百姓似乎忘记了新法本意。他们对商君变法感恩戴德，以为商君封地当之无愧，庶民百姓向恩人功臣缴纳赋税天经地义，甚至求之不得。这种眼看就要席卷秦国的“善民潮”，使商鞅感到了深深不安。他没有来得及等候秦孝公回来，就带着荆南和十余名铁甲骑士赶赴商於了。

他们没有走南山丰水入商於的那条路，而从蓝田塬翻过，进入了商於。

当年，商鞅曾从这条路进入商於山地察勘，知道这一带是商於最穷困的地方。他想沿途看看，穷商於变化有多大？时当仲秋，一上蓝田塬，便见树木葱茏的山头夹着大片金黄的豆田谷田伸展到山野尽头。山坡河谷，到处可见星星点点的身影，时而可闻农夫悠长高亢的山歌。显然，农家已经开始秋收了。商鞅一路走马瞭望，眼睛不觉湿润了。当年人迹罕至的荒山秃岭，二十年间变成了林木满山豆谷茶的丰裕山乡，当真是倏忽间桑田沧海，令人感慨万端。翻过蓝田塬进入丹水谷地，当年的羊肠小道已经大大拓宽，成了可错开两车的宽阔官道。在山腰官道上鸟瞰河谷，绿树谷田包裹着一个又一个村庄，炊烟袅袅，牛羊哞咩，不需相问，也是安居乐业丰饶小康的景象。绕过峣关，向东南便进入了通向商於的官道。

忽然，迎面驶来长长一串牛车，大约有二十余辆之多，每辆车上都装着鼓鼓囊囊的麻布口袋。庶民缴粮么？不到时候。商旅路过？如何乘马押车的却是一个黑衣小吏？商於向咸阳运粮么？国府没有下令调商於之粮。商鞅觉得奇怪，便向荆南瞥了一眼。荆南会意，立马当道，拦住牛车。车队中间的押车黑衣人看见，纵马驰来，高声呵斥：“光天化日，何人敢拦官车？不怕新法治罪么？”荆南向道边商鞅一拱手，又向押车人比划着伸手做请。

押车小吏向道旁一看，滚鞍下马拜倒在地：“在下商於小吏，不知商君驾到，万望恕罪。”商鞅淡淡道：“你起来。我问你，这粮车要去何处？做何用？”小吏拱手答道：“回商君，小人奉命押粮五千斛，到商於县黑林沟赈灾。”商鞅大奇，沉声道：“风调雨顺，又正当秋收，何来赈灾之说？”小吏急忙回答：“回商君，黑林沟并非天灾，乃、乃人祸。我县令念其对变法有功，已经救济两年了。”商鞅冷冷道：“距黑林沟尚有多远？”小吏指着前方山口：“回商君，不到十五里，进了山口就是。”

商鞅略一思忖：“我和你一起去黑林沟。”转身向卫士将官下令，“立即带我令牌，着商於县令即刻赶赴黑林沟。”

“遵命！”卫士将官飞驰而去。

牛车队走得很慢，刚刚进得山口，商於县令就带着几名吏员飞骑赶来。商鞅勒住马缰，阴沉着脸听完了商於县令结结巴巴的叙述，心中不禁生出一股凉意。

黑林沟是变法以来秦国最为有名的乡里之一，和郿县的白里一样，朝野皆知。所不同的是，白里是关中腹地秦国老贵族的农家支脉，以多事闻名。黑林沟却是穷山野岭的隶农（奴隶）新里，以勤耕守法多受官府激赏而闻名。变法前十年，黑林沟不足五十户人家，便有六家获得爵位，五家公士爵，一家造士爵。在整个秦国，黑林沟是争得“农事爵”最多的里。里正黑九，更是秦国万余个里正中唯一获得造士爵的一个，其赫赫声名可想而知。商鞅当年踏勘秦国的时候，黑林沟已经逃亡得只剩下十多户人家了。太子嬴驷隐名游学在这里的时候，黑林沟正是蓬蓬勃勃的红火时期。商鞅作为统摄国政的大良造，对黑林沟的每一次授爵，都激动得心潮起伏感慨万端。在他的内心，黑林沟就是秦国变法激励民众的活生生的楷模。

谁能想到，就是这样一个功勋里，竟能在三五年之中变成了一个饥饿里！

据商於县令说，黑林沟的变化是从里正黑九开始的。黑九将唯一一个儿子送到了军中，渴望他为国立功光耀门庭。谁能想到，憨厚朴实的黑矛还没有来得及上战场，就在新军训练中失足掉下悬崖伤残致死了。官文传来，黑九夫妇没有哭叫，没有眼泪，连官府的抚恤金都坚决辞掉了。官府乡民没有不敬佩黑九夫妇知事明理的，商於县令还给黑九赐了一块“大义高风”的刻石。谁知从那以后，黑九性情大变，酗酒成性，竟在村里造了一个酿酒坊，经常拉一拨光棍或后生饮得大醉醺醺。慢慢地，黑林沟的人就变懒了，变馋了，荒芜了田庄，荒废了公事。开初，乡民与郡县官署感念黑九往昔好处，都替他兜着包着，想他一定能回心转意振作起来。可是年复一年，黑九却如同泡在酒里一般，整天醉醺醺地游荡哭笑，没有疯，也没有傻，就是不务正业。三五年下来，黑林沟的穷人越来越多，又回到了老样子，一片荒凉破败。许多村民想逃往他乡，又畏惧新法的脱籍罪，想逃往楚国，又怕被关口捉回来以叛逃罪斩首。万般无奈，只有在村中苦守。商於县令本是韩国的一个儒家士子，素有仁政爱民之心，不忍看黑林沟人忍饥受寒，便从县库里拨出粮食救济黑林沟，恰恰在第三年教商鞅碰上了。

“为何不上报国府？”商鞅冷漠得有些木然。

县令连连拭汗：“回商君，下官以为一里事小，就、就擅自做主了。”

“三年，共用官粮多少？”

“回商君，一万三千斛，折金百镒之多。商於没有动用国府军粮。”

“可曾想过，如此做违背新法？”商鞅突然严厉起来。

县令本来慌乱，此时更是手足无措，期期艾艾道：“法，不、不违天理。官府赈灾，乃、乃天道仁政，与法似、似有通融处。”

商鞅冷冷道：“进里。看看你的天道仁政。”

押车小吏和商鞅卫队已经将乡人传唤到打谷场。往昔秋收时堆满谷草垛的大场，如今却是荒草丛生。乡人衣衫褴褛地蜷缩在一起，个个面黄肌瘦，男人酒气熏天，女人蓬头垢面，场中弥漫着一种穷困潦倒的穷酸与绝望气息。

商鞅凌厉的目光扫视着猥琐的人群："谁是黑九？走出来！"

黑乎乎的人群中摇出一个气喘吁吁的汉子，白发苍苍，臃肿肥胖，粗大的鼻头上生满红红的显眼的酒糟，浓浓的酒意加上懵懂的恐惧，涨红的脸上大汗淋漓，在这群青黄干瘪的人群中显得突兀怪诞。他踉踉跄跄地走到前面，扑通跪倒，深深低下头，兀自喘着粗气，一句话也不说。

商鞅厌恶地皱着眉头："你是里正黑九？造士爵？"

黑九只是喘气点头，没有出声。

"是你首开恶习，常年聚酒，耗尽村民粟谷，荒芜了千亩良田？"

黑九喘气更粗更重，只是频频点头。

"官府赈济之后，你反倒愈加懒惰，带着全村吃官粮？"

黑九依旧只是点头，汗珠已经滴滴答答掉到了地上。

商鞅冷冷问："诸位村民父老，你等对黑九所为，可有辩解？"

"哇"的一声，人群捶胸顿足放声痛哭，无尽的羞惭使他们抬不起头，说不出话。商於县令和吏员、卫士都忍不住心酸低头。只有黑九没有哭，一段木头一样跪在那里。

商鞅厉声喝道："不许哭嚎，都站起来！"

村民们骤然噤声，惊恐地望着冷冰冰的商鞅，又不由自主地深深低下头。

商鞅冷冷道："秦国法令，不容二出，执法不避贵贱，法外永不施恩。此等道理，二十年来朝野皆知。奖励耕战，惩治疲惰，乃秦国新法之根本。黑林沟里正黑九，怠于职守，放纵恶欲，致使富裕勤耕之村，沦为饥荒穷困，罪不可赦。来人，将黑九押起，就地正法！”

铁甲卫士哄然应命，将肥胖臃肿的黑九猛然架起。村民们惊恐地睁大了眼睛，突然一齐跪倒哭喊：“大人，饶恕里正，让他改过自新吧。”

“立即正法！”商鞅厉声一喝，头也不回。

四名卫士将黑九押到了场边石磙旁。黑九嘶声大喊：“黑九该死！黑林沟子孙们，不要学黑九啊！”便将头颅伸到了石磙顶上。卫士剑光一闪，一颗白头滚下，鲜血喷出丈余之外。

场中村民脸色煞白，鸦雀无声，如在梦魇中一般。

“黑九啊！你等我！”突然，一个蓬头垢面的白发老女人哭嚎着从人群中冲出，抱住黑九的尸体，猛然一头撞上石磙。满面鲜血的老女人费力地笑了一下，嘴唇嚅动着想说一句什么，终于未能说出，趴在黑九胸前去了。

“黑嫂！好黑嫂啊！”顷刻间男女老幼放声痛哭，一齐跪倒在地，向老女人的尸体叩头。显然，他们对黑九的死，远远不如对老女人的死感到震撼悲伤。

商鞅转过身子，背对着悲伤哭泣的人群，紧紧咬着牙关。商鞅蓦然想起，当年他第一次踏进商於的穷山恶水时，黑嫂还是个活泼天真的村姑少女，黑九还是个憨厚朴实的愣后生，他们俩的相爱，是这个穷乡僻壤的美丽神话。就在商鞅要离开这个村子时，他们大婚了。他们很穷，可是他们对好日子却充满了憧憬。商鞅记得，他当时送了这对新婚夫妻十枚铁钱，活泼天真的新娘还为他唱了一支山歌，说他这个“过路先生”是他们俩的福星。后来，为了暗中保护嬴驷，商鞅曾派荆南多次到商於黑林沟暗访，知道了黑九夫妇已经是深受山民拥戴的好里正，是秦国里正中一颗耀眼的亮星了。谁能想到，今日竟是自己亲自将黑九斩首了，那个贤良能干聪慧爽朗几乎有恩于每一个路人和村民的黑嫂也去了。她如何知道，他便是当年那个“过路先生”啊……商鞅感到心头阵阵疼痛，一股热泪夺眶而出。

商鞅没有心软，在满场痛哭声中，猛然转过身来厉声道：“将商於县令押起来！”

村民们猛然止住了哭声，惊恐地看着商鞅，茫然不知所措。

商鞅冷冷道：“商於县令疏于督导，使民怠惰；又滥施仁政，触犯新法，开秦国新政之恶例，实为不赦之罪！为正国法，以戒恶习，将商於县令，就地正法！”

商鞅冷峻地宣判刚一落点，黑林沟村民们轰然跪倒一片：“大人啊，县令是好人！饶了他这一次吧。”几个白发苍苍的老人叩头哭求：“大人，县令有恩于黑林沟，教我等死吧，我等愿意替县令服刑啊！”

商鞅大袖一挥：“法不容情，即刻行刑。”

商於县令已经面色灰白地瘫吊在铁甲卫士的臂膊上，嘶声大叫：“千古之下，何有仁政受刑？荒诞律法！商君，你甘做酷吏，青史遗臭么？”

商鞅冷笑：“没有你这迂腐之极的仁政，何来黑林沟之恶性怠惰？身为执法命官，不思唯法是从，却苟且于沽名钓誉，实为法治大堤之蚁穴。秦国官吏皆如你等，法治大堤岂不自溃？国家富强，商鞅何惧酷吏之名？行刑！”

剑光一闪，又一颗人头落地了。这是第二颗秦国县令的人头。黑林沟乡民们第一次亲眼看见，赫赫县令竟然与庶人一样被大刑斩首，惊恐得毛发皆张，大汗淋漓，大张着嘴巴却没有一点儿声音。

商鞅对黑衣小吏下令：“你且留在黑林沟，带领一百名甲士，督耕一年，不许发放官粮救济。明年收获之前，只许催督村民，狩猎采集自救。一年后若有改变，大功晋爵。若无改变，依法严惩不贷。”

“谨遵商君命！”黑衣小吏精神大振。

“黑林沟父老兄弟姐妹们，”商鞅慷慨激昂道，“从今日起，你们就要像上古先民一样，进山狩猎采集，自救谋生！播种之时，官府会按土地多少，如数发给你们种子。然则，绝没有一颗粮食的救济。如果你们不想洗刷自己的耻辱，你们可以逃跑，秦国绝不强留没有血性的懦夫！如果洗刷了耻辱，恢复了黑林沟的富裕生计，人人都是有功之臣，人人晋爵一级。生死荣辱，都掌握在你们自己手中。官府的仁政，救不了你们。只有你们自己，才能救出自己。我相信，黑林沟人，不是懦夫！”

场中寂静异常，人们的惊恐在倏忽之间神奇地消失了，一双双茫然无措的眼睛渐渐明亮起来，仿佛一个懵懂的醉汉在当头棒喝之下猛然醒悟一般。衣衫褴褛蓬头垢面佝偻猥琐的人群，直起了腰身，眼中燃起了自信的火焰。

商鞅一挥手，满载粮食的牛车队咣当咣当地出村远去了。夕阳西下，黑林沟男女老幼目送着维系生命的赈济粮车渐渐远去，一动不动地伫立着，像面对死亡的猛士，肃穆而又悲壮……

猛然，一个老人高喊：“收拾家伙！进山！”

“收拾家伙！进山！”人们拼命呐喊着，争先恐后地跑开了。

天色暮黑，秋风呼啸。黑林沟的男女老幼举着粗大的松明火把，肩扛手提扶老携幼地进山了。商鞅立马村口，默默地为他们送行，直到那逶迤的火把消失在茫茫大山之中。

商鞅回身看了看黑乎乎的村庄，一挥手，马队向南方的山道奔驰而去。

四　崤山峡谷的神秘刺客

次日清晨，商鞅到达商南城[1]。这座小城堡是商於的治所，城堡南面不远，就是扼守秦楚咽喉的武关，并不是商於十三县的中心地带。由于秦献公以来秦国确立了“国都临敌”的传统，秦国和大国交界地区的治所，大多都设在前沿地带。商南城作为郡守治所，就直接成为秦国南大门——武关的后盾。

商鞅在自己封地的这座首府小城堡，只住了三天。除用一天时间仔细巡查了武关的守备外，主要办了三件事：第一件，命令郡守向黑林沟派出一百名士兵，接受那位督导县吏的指挥，协助黑林沟村民自救。第二件，召见了商於十三县的所有官员和大族族长以及大村落的里正。商鞅痛陈了黑林沟骤变的执法弊端，严厉重申了唯法是从的为政准则，当众宣示了对商於郡守降爵两级，以示惩戒。第三件，反复申明秦法保留封地的真实含义，宣示了自己对商於封地依法享用的“四不”定策：不收赋税，不建府邸，不行治权，不许商於官民以任何形式为他歌功颂德。总而言之，商於十三县不享有任何超越秦国法律的特权，完全与秦国其他郡县一样。

商於十三县的官员、族长、里正，大多是第一次见到这位“功盖管晏”的商君，本想竭尽心力地为商君办几件好事，将商於建成商君的永远退路。这在战国时代，乃是司空见惯的功臣现象，谁也不会感到奇怪。其时，官吏庶民很愿意做贤明功臣的根基，因为这种功臣比国府更能给他们以保护和特权。齐国的孙膑劝田忌大力整饬封地，遇到危险时立即退守封地的策略，正是基于战国现实提出来的自保主张。后来的

[1] 商南城，大约今日陕西商南县。

战国“四大公子”之一的孟尝君，正是在受到陷害时逃回封地才得以保全的。其所以如此，根基正在于封地与封主的相互依存并融为一体。谁想商於人的这片赤诚之心，却被商鞅大大冷淡，还受到了严厉的斥责。商於山民虽然朴实憨厚拙于言辞，但心中却是雪亮，决然能够掂量真假虚实。在他们看来，商君虽然不近人情，但却是千古罕见的无私权臣。一个对天下最根本的财富——土地与民众都断然拒绝的人，山野民众自然是肃然起敬的。但不知为何，商於官员与庶民，却也感到在这个人面前总有几分畏惧——你不能颂扬他，不能追随他，不能向他奉献激情，只能默默地看着他为国为民施展权力，将自己烧成灰烬。就像是上天派下人间救民于水火的神圣一般，人间的欲望烟火丝毫不能熏染他，丝毫不能改变他。对这样的神圣，黎民百姓除了敬畏，连爱慕他的激情和为他献身的权利都不能有！

商於的官员民众终于沉默了，他们默默地接受了这个令人尴尬的圣人。

三日后，商鞅走了。没有民众夹道送行，也没有官员饯行长亭。人们远远地看着他走马而去，就像看着一尊神离开了喧嚣的尘寰。

商鞅却很是坦然。他喜欢“各司其事不相扰”这样的官民关系，很厌恶官扰民，也厌恶民扰官。在他看来，官员法外滋事就是官扰民，包括商於县令的滥施仁政。民众歌功颂德额外进献法外求助，就是民扰官。官扰民为害一方，民扰官却是为害天下。官民不相扰，才是一个法治成熟的良好状态。商鞅不可能知道，他的这种为政主张在秦国产生了深远影响。后来的秦惠王、秦昭王，都曾经严厉处斩过为国王杀牛祝寿和歌功颂德的官员庶民。如此法治政风，使秦国朝野在与战国争雄的一百六十多年中，始终保持了清明、勤奋与悍勇，官员羞于沽名钓誉，民众羞于歌功颂德，举国唯法是从，人人惕厉自尊。否则，如何能以一敌六，并战而胜之统一华夏？

走马出得商南城，商鞅吩咐十名铁甲卫士从官道直回咸阳，给秦孝公呈上他对商於诸多事宜的处置上书，他自己只留下荆南同行护卫。卫士将官很不放心，商鞅笑道：“回去吧，都是秦国土地，不会有事。”便带着荆南走了。

出得山口，荆南连打手势询问去哪里。商鞅笑道：“去崤山，认识路么？”

荆南高兴地“噢”了一声，一抖马缰便向东南山地奔去。荆南高兴的是，整整十三年，商鞅终于要回崤山了。同时心中却又很是紧张，因为崤山毕竟是魏国本土，虽说眼下割让给了秦国，但山民肯定不会像老秦人那样教人放心。国君给商君派定的卫士，是一个精锐的千人骑队，千夫长由一员勇猛善战的骑兵偏将担任。秦孝公严令卫队将领“行必于卫鞅左右。卫鞅出事，全队皆斩！”可在收复河西以前，商君出巡所带的铁甲卫士，最多也只在两三百之间。河西班师后，商君将卫士千骑队全数交给了国尉车英，自己只留下十名。今日连这十名卫士也被遣回了咸阳，只有他一个担纲，荆南岂能不紧张？不管自己对崤山地面有多熟，都得分外小心。荆南知道，商君之所以不北上由蓝田塬进入崤山，而走武关外向东南入崤山，除了这条路近一些外，商君还想再走一遍当年第一次踏勘秦国的老路，看看这片处于秦魏楚交界处的大山如何能建成秦国的形胜要塞。对于商君这个人来说，国事无处不在。荆南跟随商君二十年了，想不起商君办过何等私事，连白雪姑娘都被搁置了十三年没有见面，遑论其他私事？看着商君一领白衣一匹红马，逍遥自在地走马山道，荆南就像自己有了喜事一般快慰。

山道崎岖，不能纵马。看看已经是日落西山，商鞅荆南才到达洛水上游的河谷。顺着洛水河谷走出二百余里再北上，便是崤山区域，即便夜间不停地赶路，也得明日清晨到达峭山。

商鞅打个手势笑道：“荆南啊，休憩片刻，吃点儿再走。”

荆南“噢”地答应一声，指着一块光滑的巨石跑了过去，下马一看，又避风又干净，便向商鞅手势示意——这里正好。赶商鞅来到大石下，荆南已经在大圆石上铺好了垫布，摆好了干肉、干饼、酒囊和短剑，并给商鞅搬好了一个坐墩。他向商鞅比划一下，从马背上摘下另一个皮囊，跑到河边去打水了。商鞅放开两匹马的缰绳，让坐骑自由自在地去河边饮水，以便荆南取水回来正好喂马。他坐在大石前，用短剑将干肉干饼切成小块，等候荆南回来一起吃。

谷风习习，已略有寒凉之意。商鞅望着河谷中最后一抹渐渐褪去的晚霞，油然想到了阔别十三年的白雪。现下，她也在山边看这秋阳晚霞么？当年白雪不辞而别，教侯嬴带的话，孩子稍大就来找他。可是十三年了，白雪既没有找他，连书信也是极少。商鞅只知道她早早就离开了安邑，将白氏宗族的庞大产业完全交给了侯嬴掌管，她自己到峭山深处的山庄里隐居了。每每想到白雪，商鞅的心头就是一阵震颤，觉得这个遥远的女士子就像钟子期对俞伯牙，是自己永恒的知音，不管分开多久，心都永远融合在一起。商鞅庆幸上天对自己的眷顾，使自己遇到了两个性格迥异却又同样善良聪慧的好女子。荧玉身为秦国公主，丝毫没有公室贵族那些令人厌恶的秉性，否则，以商鞅的冷峻凌厉，这桩婚姻早就名存实亡了。商鞅没有想到的是，这桩以自己郁郁寡欢开始的婚姻，后来竟意外地变得融洽甚至美满起来。荧玉的落落大方，使商鞅在与同僚相处中多了一种无形的润滑力量。荧玉的内秀聪慧，又使她在与商鞅同行露面中每次都起到了意想不到的作用。更重要的是，荧玉对他的关爱、忍让和无微不至的体贴，就像那屋檐下的滴水与穿堂而过的清风，渐渐融化了他冰冷坚硬的心。仅仅是这些也还罢了，最使商鞅刮目相看的，是多年前的一个冬夜，荧玉对他的一席肺腑之言。

那天晚上，商鞅还是在书房里忙碌。更深人静时分，天空飘起了鹅毛大雪。荧玉进来给火盆加上了木炭，又拿来浓浓的米酒挂在火架上煨着。婚后一个月，荧玉就和仆人们私下立了规矩，三更之后由她亲自照料书房，不需仆人们插手。多年来，只要商鞅在书房忙碌，荧玉就绝不会自顾卧榻而眠，所有的琐细事务她都做得精细有序，绝不会弄得叮当作响干扰商鞅。商鞅提起大笔，手边砚池就正好有磨就的一汪黑亮的墨汁；机密命令要亲自刻简，恰好就有一束摊开削好的绿竹简放在长案边上，旁边垫布上的刻刀，也必定磨得锋利雪亮；渴了恰恰就有米酒，热了正好就打开了门窗，穿堂风掠过顿时凉爽；蚊虫肆虐的夏秋，必有艾绳点在四周屋角，寒冷的冬天，火盆里的木炭总是恰到好处地明亮温暖……不知道哪一天，商鞅忽然感到，晚上在书房处置公文特别快捷，忽然大悟，将府中家老唤来，要将夜间执事的仆人晋爵一级奖励。家老惊愕地睁大了眼睛："左庶长，不知夜间何人执事么？"商鞅对这种不正面答话的拖泥带水素来厌烦："废话，我何须知道。"家老诚惶诚恐打躬："左庶长，三更之后，从来是公主照料书房。"商鞅愣怔了，半日无话。他本来是最反对女子进书房的，本能地以为那是一种无端的干扰，与仆人大不相同，如今……反复思忖，商鞅默默地接受了这种照料，连他自己也弄不明白，这种变化如何竟一直教他接受了？今日，荧玉却是"公然"进来的，而他恰恰又需要休息一下。

荧玉跪坐在长案顶端，浅浅一笑："夫君，这支剑鞘可好？"说着从宽大的红袖中拿出一个不到两寸见方的丝绸包儿，又轻柔地打开。

"剑鞘么？"商鞅不禁揶揄，"做头巾差不多。"

"且慢。"荧玉伸出右手，微笑着用两指夹起摊在丝绸上的红黄色物事，轻轻一抖，一条几乎透明的带子，带着一种特异的轻微声响笔直地垂下。

商鞅感到惊讶，他从荧玉手中接过“带子”端详，方知这是一支用皮子制作成的剑鞘。那特异的声音，来自剑鞘和剑刃接触的两边。翻开一看，两边竟是细如头发的银丝缝制，其精工细作，令人匪夷所思。就是那薄得几乎透明的皮子，也柔韧得令人难以想象。商鞅反复端详，看不出这是何种珍禽异兽的皮子。剑鞘顶上吊着两方铜片包裹的搭扣，也是非常的精致讲究。

“看不出？”荧玉顽皮地笑笑，“这是犀牛皮第一层，等闲工匠，剥不得如此薄整也。银丝边是我缝制的，其他都是尚坊做的。哎，别急，我是出了五千半两钱的也，不违法。”

“剑鞘固然精美，然世间哪有如此细剑，赏玩罢了。”商鞅对花五千钱做一件玩物显然不以为然。

“谁要赏玩了？将你腰间那剑拿出来。”荧玉娇嗔地嚷起来。

商鞅惊讶了，难道这剑鞘是荧玉给这支素女剑做的？自大婚之日，他从来没有讲过这素女剑的来历。而且，这支剑缠于腰间，外形酷似一根丝带，他又从来都是一身白衣，几乎没有人注意到他腰间系有一支稀世宝剑，荧玉却如何知晓？而且看来早已经知道了。商鞅看看荧玉，默默解下了腰间的素女剑。荧玉接过剑来，顺手往剑鞘里一插，剑柄一摆，包铜皮扣“嗒”的一声带住了剑扣，剑鞘合一，天衣无缝。

“自己看看，合适不？”荧玉笑着递过剑柄。

一搭手，商鞅便知道这鞘与剑匹配得严丝合缝，不松不滑不紧不涩不软不硬不长不短。这素女剑本是裸剑，百十年下来，光泽自然有所磨损，佩剑者自然也要处处小心，以防裸剑自伤。如今这剑鞘一套，非但保护了这支名剑的锋刃光泽，而且省去了主人行动的诸多不便。然更妙的是，带鞘后丝毫不影响素女剑作为腰带佩剑的特异方式。荧玉偎依过来，亲手将素女剑系上了商鞅腰间，一支隐隐发亮的淡黄色精美“皮带”竟然使主人倍添风采。

荧玉高兴地连连拍手：“好也！白姐姐看了一定高兴。”

商鞅不禁怔住了：“你？你知道……白雪？”

荧玉面色绯红，羞涩笑道：“嫁你三个月后，才知道的。白姐姐是个好人，罕见的奇女子……”荧玉说着，眼中溢出了泪水，“夫君，该接白姐姐来咸阳。一起住。她独居十多年，还有夫君一个儿子……这样对她，不公也。”

商鞅双眼潮湿，忍不住抱住了荧玉。

可是，那时要迁都，要训练新军，还要准备收复河西，商鞅紧张忙碌得一天只能休憩一两个时辰，如何有时间去办这件必须由他亲自办理的大事？他的两鬓白发，就是那几年悄悄生出来的。这件刻骨铭心的大事，竟然就这样被一拖再拖，直到今日……

突然，“噢嗬”一声怒吼从河边传来。荆南！

商鞅霍然起身，只见暮色隐隐中河边有人影绰绰，不时传来低沉猛烈的砍杀之声。商鞅一个纵跃，跳上了旁边一块大石，仔细瞭望，四周没有发现埋伏迹象，便跳下大石要去救援荆南。

“商君，你走得了么？”一个黑布蒙面人赫然当道。

“你是何人？意欲何为？”见对方知道自己身份，商鞅已经明白此等人绝非盗贼抢劫，自然很想听听他自报家门。

“我是何人？哼哼，拿到你首级后，我自会昭告天下。”

商鞅大笑：“既可昭告天下，也算是英雄名士了。何不拿掉面布，让本君死个明白？”

蒙面人冷冷一笑：“在下不是英雄名士，可要你这个英雄名士血溅崤山。商鞅啊商鞅，上天赐你天赋大才，却不赐你剑术武功。那个哑巴荆南又过不来，你就自己割下头颅，免得我动粗，失了商君身份。”

商鞅也冷笑着：“如此说来，阁下是剑术超凡了？然则，本君素来喜欢惩办刺客，想将阁下带回咸阳明正典刑，如何是好？”

“商鞅！你酷爱刑杀，今日我就杀了你这个刑痴，为天下王道张目！”蒙面人怒喝一声，凌空飞跃，一支闪亮的长剑当胸刺到。谁知就在这堪堪之间，随着一声沙哑的怒吼，一团炫目的剑光流星般飞来，“噌”的一声轻响，蒙面人手中的长剑断为数截，乱纷纷碰到大石上迸出一片火星。

蒙面人大惊，一声长啸，顿时消失得无影无踪。

疾步赶来的荆南连声怒吼，显然在大骂这些刺客。

原来，荆南这次带的是那柄蚩尤天月剑。河西战场上，公子卬为了活命，主动将蚩尤剑献给了商鞅。商鞅本想将这柄亘古名剑亲手交还公子虔，冰释公子虔对自己的仇恨。但三次登门，均遭闭门谢客的拒绝。无奈之下，商鞅请秦孝公转交，秦孝公却不以为然地笑笑：“蚩尤剑本是嬴族祖传，公子虔要它也无用。今日特赐商君，以为防身之用。神剑名器，唯大英雄可以服之也。”可这蚩尤剑乃战场神兵，长大碍眼，商鞅如何能随身佩带它行走于朝野之间？反复思虑，商鞅将蚩尤剑交给了荆南。一则荆南的威猛绝伦与蚩尤剑的气魄相匹配，二则荆南是自己的贴身护卫，国君朝臣也觉得顺理成章。荆南天生是个“兵痴”，拿到蚩尤剑激动得奉若神明，天天练这弯月剑的独特用法。先是用楚国名震天下的弯剑“吴钩”练习，称手后才换了蚩尤剑。虽说还没有达到公子虔那样的火候，可也能熟练使用了。荆南是职业剑士，剑不离身乃行动铁则，到河边取水自然也是随身带剑。

就在荆南弯腰汲水的刹那之间，山石草丛中蹿出了六支利剑，一齐向他猛刺。荆南并非先天聋哑，耳音极好，弯腰时已经听见天月剑在剑鞘中隐隐振鸣。山石中剑风一起，他本能地左手出剑，一个圆弧向身后划出。待他右手提起汲水皮囊转过身子，六支长剑已经被齐齐削断。荆南怒吼连声，一边教商鞅听见提防，一边追杀六名惊慌失措的刺客。从山石间灵敏异常的纵跃身手看，刺客绝非寻常剑士。但他们忌惮于荆南的天月剑，只有招架躲避之力。荆南将天月剑舞得一团光芒，剑风直达五六丈之外，刺客们不敢近前，荆南也无心追杀，舞着剑冲向商鞅身边。

堪堪三丈之外，眼见蒙面人跃起击刺，荆南一个飞掷，天月剑啸音大起，滴溜溜一团白光电射飞击，竟迎面截住了蒙面人的长剑。这本是弯剑的独特手法，力道得当，弯剑可像圆形“剑饼”一样疾飞劲射，剑光偾张，直如一轮明月。

商鞅也是第一次目睹天月剑的威力，不禁连连惊叹。

荆南哇啦哇啦地比划一番，商鞅不禁陷入沉思。他知道荆南的意思，蒙面人的遁形术很是怪异。据他所知，只有楚国一个古老的铸剑派才有，这拨刺客肯定和楚国有关。可是，楚国要杀他，会用如此手段么？商鞅不能相信荆南的判断，他的思绪飘得很远很远……

五 秋风山庄两情长

白雪在崤山已经住了十三年了。

崤山是一片奇特的山地。它西接函谷关内的桃林高地[1]，东抵洛阳城外，北跨大河，南抵伊水上游，方圆数百里群山起伏林木葱茏。这片山地恰恰卡在魏、韩、秦、楚、周五国的交界地带。虽是山地，但却是

[1] 桃林高地，函谷关内的高原山地，东汉时期设置的潼关即在这片高地上。

“五邦通衢”的冲要。但奇怪的是，偏偏没有任何一个国家在这片山地建立城堡要塞，竟是一片天下腹心的处女大山。

崤山本身虽然封闭，但出山百余里，西北山口接着秦国函谷关，西南顺洛水上游通秦国南大门武关，东面山口接韩国产铁要地宜阳；东北出洛水河谷，可直达周室洛阳；北渡黄河百余里，即是魏国安邑；南出山口，连着楚国熊耳山与伏牛山地带的要塞南阳。也就是说，住在这片幽静的连绵大山，向哪个国家去都不很远，也都很方便。

崤山原本一直是魏国领土。在魏国占领秦国河西之地的岁月里，崤山已经是魏国大后方了。相邻的其他国家，根本无法与魏国争夺崤山。秦国收复河西，并强迫魏国将崤山割让给秦国以后，形势陡变，崤山的位置顿时重要起来。对秦国而言，崤山是控制函谷关外数百里黄河渡口的一个天然屏障，同时也成为秦国东进的一个坚实跳板。对魏、韩、周三国而言，崤山则成为逼近胸前的一把利剑，插入腹心的一个楔子。对楚国而言，崤山则成为秦国正面压迫楚国淮北地区的一座大山。如此一来，各国对崤山大为重视，纷纷向崤山腹地派出大量斥候，侦探地形与山民分布，准备随时建立封锁崤山出口的要塞。崤山顿时热闹起来了。

这种突兀的变化，白雪可是没有料到。

当年，白雪忍痛离开栎阳的时候，崤山还是魏国的“老西门”。白雪回到安邑后身孕反应很强烈，很想找个幽静去处长住生养。按说涑水河谷的狩猎山庄是个好地方，可白雪总觉得涑水河谷离安邑太近，不安宁。魏国迁都后这里又离赵国太近，很可能成为双方拉锯争夺的兵家之地，不安全。自己需要的是一个远离兵争的安静地方，距离都城的远近，对她几乎没有作用。

梅姑和老总事反复查找，才发现了崤山这座已经废弃的山庄。这是老白圭按照他一贯的商战传统，针对洛阳周室、韩国宜阳以及楚国淮北，特意建立的货物秘密储存基地。白圭死后，白氏家族的长途商贸有所收缩，加上洛阳周室的购买力大大下降，崤山基地的储运功能被函谷关内的桃林高地取代，这座崤山小城堡便废弃不用了。

白雪对这废弃的城堡颇感兴趣，和梅姑、侯嬴专程去看了一趟，很是满意这座城堡的隐秘幽静：唯一的缺陷就是太大，又加荒废日久，不能居住，修葺一新又很是费事。侯嬴知道白雪的心境，提出在废弃城堡的旁边山头上新建一座小山庄，费事不多，住着又紧凑舒适。想来想去，白雪同意了。大半年后，崤山小寨建成了，坐落在老城堡旁边的半山腰，一条山溪瀑布挂在中间，将新老庄园隔开。小寨淹没在漫山遍野的密林之中，外人很难发现。白氏家族素来有建筑秘密基地的传统，将这座只有十多间房屋和一座仓库的小寨，建得异常的坚固隐蔽。白雪很高兴，将小寨取名为“静远山庄”。

进山之前，白雪将侯嬴、老总事和白氏家族的老功臣二十六人，全部召集起来做最后安排。她将白氏商家财产预先分成了三十份，两份最大的交给了侯嬴和老总事，两份较小的留给了自己和梅姑，其余二十六份平均分给了二十六位老功臣。谁知当她一一分配完毕后，却久久无人说话。

“诸位有何想法？是否白雪析产不公？”白雪笑问。

老总事面红耳赤：“敢问姑娘，白门商家传承百年，名震天下，未尝入不敷出，为何却要析产遣散？”

二十六功臣一齐拱手道：“我等效忠女主，不能析产毁业！”

侯嬴深深一躬：“姑娘不管有何想法，此举的确不妥。姑娘纵然隐退山林，白门一干老人绝不会乱了阵脚。且不说姑娘即将临盆，白氏后继有人，仅仅这经营百年的根基毁于一旦，也是暴殄天物。敢请姑娘三思后行。”

“请女主三思后行。”功臣们一齐拜倒，满堂的白发头颅都在颤抖。

“诸位快快请起。”白雪将要临产，宽大的衣裙虽不显过分臃肿，却也难以弯腰一一搀扶，只有站在堂中连连摆手，“诸位起来，听我说。”

老功臣们都在商旅沧海久经磨炼，个个心细如发，见女主行动大是不便，立即起来肃然站好。白雪叹息一声道：“白氏商旅，到我手是第四代，一百多年。然我不善经商，也无心经商，数十年来从不过问白门商事。白门财富虽说以白氏为底本滋生，但也是诸位兢兢业业操持积累而来。先父曾说过，财货如流，能祸能福，有心则当之，无心则散之。白雪志不在商，析产于诸位白门功臣，使白门商道遍及天下，未尝不是好事。诸位既然坚执不肯接受析产，倒也可变通从事。今日析产份额不变，今后之商事即为诸位合产经营。你等公推一人主事，能合则合之，不能合则随时分之。此乃两全之策，免得我一朝有事，内部生乱，反倒坏了白氏声誉。诸位以为如何？”

老功臣们齐声道：“侯兄主事，老总事辅之，我等和衷共济！”

“侯兄、老总事，看来得多劳二位了。你等就相机行事吧。”

“姑娘放心，白门商事坚如磐石，断无内乱之忧。”侯嬴与老总事慷慨激昂地回答。

“守定商旅，等待新主！”老功臣们也是一片激昂。

白雪本来还想说什么，终是没有再说，默默地对众人一躬，回头走了。

倏忽十三年过去了，静远山庄已经在山风雨雪中变成了半老寨子，宁静地隐匿在山林深处，消磨着悠长的岁月。

眼下正是仲秋时节，秋高气爽，阳光照得满山苍黄，山庄外的小道上铺满了落叶。一个英武少年正从瀑布旁边的山坡上飞跑下来，在嶙峋山石间飞纵跳跃，满头大汗依然不停。猛然，一只苍鹰从山峦掠过，在少年头顶盘旋鸣叫。少年停止了跳跃，端详一阵，迅速摘下背上的木弓，又从箭壶中拔出一支羽箭搭上，引弓满射，羽箭“嗖”地啸叫着飞向天空。但闻黑鹰锐声长鸣，振翅高飞，那支羽箭眼见就要贯穿鹰腹，却怏怏地掉了下来。少年气得跺脚直跳，将木弓狠狠摔向山石，木弓“啪”地断为两截。少年想了想，又捡起断弓，向山庄飞跑而来。

少年猛然撞开了虚掩的大门，院中一个女子惊讶道：“子岭，何事慌张？”

“梅姨，我要铁弓。这木弓劲力太差！”

女子笑道：“哟，吓梅姨一跳。你有多大劲儿，木弓不能使了？”

少年将断木弓撂到石案上，气鼓鼓地不说话。

女子走近一看，大吃一惊：“这是上好的桑木弓也，你拉断的？”

少年顽皮而又得意地笑笑：“如何？梅姨，该给我换铁胎弓了。”

女子惊喜地向着正屋叫道：“大姐大姐，快来看吔。”

“有事啊？”一个不辨年龄的女子出现在宽大的廊下，宽松曳地的绿色长裙，高高挽起的发髻上横插了一支玉簪，手中拿着一卷竹简，潇洒随意中别有一番书生名士的英秀之气。她就是隐居了十三年的白雪。

听见喊声，她走出廊下笑道：“梅姑，一惊一乍的，值得看么？”

“大姐你看，子岭将桑木弓拉断了吔！”梅姑将断了的木弓递给白雪。

白雪接过断弓端详：“子岭，如何便拉断了？”

“回母亲，子岭射一只山鹰，这弓力不济，山鹰飞走了。孩儿生气，将桑木弓摔断了，不是拉断的。”少年昂首挺胸高声回答。

“究竟是桑木弓不济，还是你膂力不济？得试试看。梅姑，取那张良弓来。”白雪很平静慈和，但却丝毫没有溺爱神色，倒更像老师对待学生一般。

梅姑已经拿来了一张铁弓和三支长箭递给白雪，白雪指点着弓箭道："子岭，这是你外祖留下的弓箭。弓叫王弓，是威力最强的硬弓。箭叫兵矢，是能穿透三层铠甲的利箭。你只要能将这张王弓拉开两三成，这王弓就是你的了。"

梅姑笑道："大姐，既然试射，就用寻常箭矢吧，兵矢飞出去找不回来，可惜了。"

"不行。"白雪摇头，"寻常箭矢重量不够，试不出真正的膂力。再说，他能射多远？自己找回来就是。子岭，来，到门口试射。"

少年接过弓箭，大步赳赳来到山庄门外。静远山庄原处在山腰密林，出门一条石板路，路外就是宽约百步的幽深峡谷，对面山体上的白色岩石清晰可见。白雪指着山庄一侧五六十步开外的一段枯树："子岭，就射那棵枯树。"

"不。"少年摇摇头，"枯树岂配王弓？我要射对面白岩上的那块黑圆石。"

遥遥看去，峡谷对面的白色岩石上突出着一块黑色石头。目力所及，大约也就是拳头大小，虽说比箭靶中心的鹄的稍大，但却比整个箭靶小了许多。若在平地，这倒也是考校箭术的正常距离。但这是一道峡谷，那强劲的谷风对箭矢的影响可是极大，大约寻常将军也不一定能将箭矢送过这样的峡谷，更不要说这样一个少年。

梅姑惊叹："吔，不行不行！我看都看不清，还是射枯树。"

白雪虽不精通射技，但对剑术武功毕竟有扎实的功底。她觉得，儿子目下的状况无论如何也射不过这道山风习习的峡谷，虽说是壮志可嘉，但太过夸口，也是一种很不好的毛病。她素来是明睿聪慧，知道这种指正只能在儿子试射失败之后，而不能在前，否则他绝不会服气。心念及此，她淡淡笑道："子岭，只要你能射过峡谷，不管触山与否，都算成功。"

少年没有说话，咬紧牙关，拈弓搭箭，左腿笔直地斜线蹬开，右腿曲蹲成一个结实的弓形；左手持弓，"嗨"的一声，右手扯动弓弦，但听皮裹铁胎的王弓响起了细微的咯吱声，王弓倏忽张开成半月之形。少年一奋力，王弓竟渐渐拉成将近满月之形。这在弓法上是"九成弓"，距离满弓仅有一成力道。白雪梅姑兴奋地屏住呼吸，比自己开弓射箭还要紧张。

少年双目炯炯地瞪视着峡谷对面，猛然放箭，只听一声尖锐的啸叫，长长的兵矢流星般穿过峡谷。但闻"轰隆——"一声，白色山岩上突出的那块黑石便带着一阵烟尘，滚落到深深的峡谷之中。

"彩也！子岭成功了！成功了！"梅姑拍手笑着跳着高声喝彩。

白雪长长地舒了一口气，笑道："好。这张王弓归你了。"

"谢过母亲！"少年兴奋地跳了起来，"我给母亲猎一只野羊回来！"说着飞快跑向了山庄后的密林。

"子岭，早点儿回来！"梅姑在身后高喊。

"哎，晓得。"山坡密林中遥遥传来少年子岭的清脆声音。

白雪笑笑："教他去。"便和梅姑进了山庄，又坐在石案前展开那卷竹简看了起来。

梅姑问："大姐看甚书？忒般认真？"

白雪笑道："你猜猜。"

梅姑顽皮地眨眨眼："莫不是大哥的书？"

"梅姑果然聪明。正是前日侯嬴大哥派人送来的流传抄本，是他前些年写的。"

梅姑神秘地笑笑："大姐吔，你说大哥该不会忘了我们吧？如何还不回来？”

白雪撂下竹简笑了：“是么？那就休了他，教他当那个破官儿去。”

“休了男人？大姐，亏你想得出！”梅姑咯咯咯笑个不停。

猛然，响起了“笃笃笃”敲门声。梅姑一阵惊喜，冲过去拉开门，却呆呆地怔在那里。

“山中游士，讨口水喝。”一个蓝布长衫须发灰白的人，脸上蒙着一方面巾，手中提着一口短剑，苍老嘶哑的声音很是刺耳，“多有叨扰，敢请包涵。”

梅姑回过神来，怏怏道：“不妨事，请进来。”

蓝衫蒙面者走进大门，白雪起身拱手道：“客人光临，多有荣幸，请上屋入座。”

“秋日如春，庭院凉爽，不必进屋叨扰。”蓝衫蒙面者谦恭作礼。

白雪：“也好。梅姑，搬一坛老酒来，请先生解渴。”

梅姑顷刻间搬来一坛陈年清米酒，又用托盘端来一盆炖兔肉，自到一边忙碌去了。白雪道：“先生请自饮。我清茶作陪了。”

蒙面人：“鄙人相貌丑陋，不敢示人，敬请夫人回避。”

白雪笑了：“貌相乃父母天赐，何须自愧？先生若不介意，但请取下面巾痛饮无妨。”

“夫人高风，得罪了。”蓝衫人摘下面巾，一张红赤赤脸庞赫然现出，活像被人生生揭去了面皮，令人望而生畏。

白雪一惊，不自觉捂住了嘴没有出声。远处的梅姑却惊讶得“啊”了一声。

蓝衫人仿佛没有听见，自顾痛饮大嚼。

正在此时，虚掩的庄门“咣当”大开，少年子岭气喘吁吁满面大汗地撞了进来：“娘！野羊！”举起手中一只肥大的黄羊，“快看，箭射在脖颈上了！”

梅姑已经闻声跑来接过黄羊：“快来洗洗，热死了吔。”

白雪高兴道：“好，子岭有功，正好犒劳客人。”

少年怔怔地看着院中蓝衫人：“娘，他是谁？”

白雪笑道：“子岭，这是一位过路客人。该向先生行礼。”

少年天真地笑了：“啊，是客人，我当是……”却硬生生收住口拱手行礼，“客人先生，本庄少主人有礼了。”老声老气，逗得白雪、梅姑和蓝衫人都笑了。

“在下山中游士，见过小公子。”蓝衫人目光盯在了少年脸上。

“先生，小儿有何不对么？”白雪注意到蓝衫人的目光有异。

蓝衫人叹息一声：“不瞒夫人，贵公子与我旧时一个老友之相貌神韵酷似，使在下油然感怀。敢问夫人，夫君高名贵姓？”

“先生可否见告，你那位老友高名贵姓？”白雪微笑地看着蓝衫人。

“在下游历二十余年，沧海桑田，故人的姓名却是记不得了。”

“先生既已忘却故人名姓，我说出来亦是无用，是么？”

蓝衫人点头感慨：“正是正是，原是在下唐突。夫人，告辞了。”

少年却突然走近蓝衫人道：“先生，你这脸庞生得有趣，是生来如此，还是猛兽伤害？”

蓝衫人大笑，沙哑凄厉的声音像一头怪枭：“快哉快哉！老夫生平第一次听人说，老夫面相有趣！小公子，这是比虎狼还要厉害的猛兽所伤，记住了？”

“那你报仇了么？”少年兴致勃勃。

“还没有。然老夫的心却没有死。告辞。”蓝衫人一拱手，径自出门去了。

梅姑去掩门，却惊讶地站在门口不动。白雪问：“梅姑，怎么了？”

梅姑掩门回身，面色苍白道：“那人刚出门就不见了踪影，鬼魅般消失了，好怪异！”

白雪点点头没有说话，沉思良久，低声吩咐：“放出信鸽，请侯嬴大哥来一趟。”

梅姑答应一声，跑向庭院深处。片刻之后，一只黑色的鸽子冲上蓝天，带着隐隐哨声向东飞去。

放走信鸽，梅姑吩咐两个仆人帮着兴致勃勃的子岭杀那只野羊，自己便去厨下打点整治，要为子岭的箭术膂力庆贺一番。白雪却一直在后院望着远山出神，思忖今日这个不速之客的来路，为商鞅担心，偏又勾起了浓浓的思念。十几年来，她每天都要在这里站上一两个时辰，望着远山踱步，方圆丈许的草地都被踩出了硬土。夕阳将落的时分，庭院中飘来浓郁的肉香，白雪知道野羊已经炖好了，不想教梅姑或儿子看见自己痴痴凝望的样子，信步来到前院。

“笃笃笃”，又是敲门声。

梅姑正在收晾晒的衣服，回头看着白雪做了个鬼脸笑道：“吔，侯嬴大哥忒快嘛。”

子岭冲过来道：“梅姨，我来开门，我不怕。”

白雪慈爱地笑道：“嗬，子岭长大了，那就去。”

梅姑不自觉拿起石案上子岭的短剑，跟着子岭来到门后。大门“咣当”拉开，子岭粗声大气问：“敢问何方人士？”梅姑不等门外回答，在子岭身后道：“本庄夜晚不留客人，敢请务必见谅。”

暮色中，门外响起一个熟悉的嗓音：“梅姑，不记得我了么？”

梅姑惊讶地一个箭步冲到门前，见门外两人一黑一白，都是长须飘飘，白衣人正对着自己亲切地微笑。梅姑猛然醒悟，冲回院子高声叫嚷：“大姐大姐，快来呀，大哥回来了！大哥回来了！”

子岭怔怔地挡在门口："你是何人？梅姨那么高兴。"

门外人笑道："你是子岭么？如何不教客人进门？"

子岭认真摇头："没问清白，不能擅入我家。"

门外人点头笑道："挺认真，小将军似的，问吧。"

子岭一点儿不笑，一副大人气魄："姓甚名谁？从何处来？所为何事？"

门外人微笑答道："姓卫名鞅，从咸阳来，为了找你，找你娘，还有梅姨。"

少年子岭有些茫然："卫鞅？噢，我好像听说过这个人……娘。"一转身，不禁惊讶失色，"娘？你如何哭了？"

白雪早已经来到门后，听着父子二人的对话，按捺不住心潮起伏，不禁泪流满面道："子岭，他就是，你的父亲……鞅，你终于回来了。"一下子扑到商鞅肩头……

少年子岭的脸憋得通红："梅姨，他，他是我的父亲么？"

梅姑擦着眼泪笑道："蠢！父亲还有假？"

子岭扑通跪倒叩头："孩儿白子岭，参见父亲大人！"

商鞅乐得大笑，一边揉眼睛，一边扶起已经长过自己肩头的少年，"参见？大人？礼数蛮大也。来，教我看看！好，精气神都不错，快长成大人了，啊！"

说话间，梅姑已经帮荆南将两匹马牵了进来拴好，边喂马边亲热地和荆南比划着又笑又叫。荆南也高兴得"啊噢"不断，夹七夹八地既比划着路上的经历，又诉说着莫名的兴奋。少年子岭被骤然降临的父亲夸奖得红着脸局促地笑着，有些不知所措。白雪走过来高兴地揽着父子二人的肩膀："有话慢慢说，走，进屋。梅姑、荆南，进屋了。"梅姑高兴地答应一声，拉着荆南走进正屋大厅，又飞跑出去吩咐两个仆人准备接风酒宴，又飞快地捧来茶水，忙得像只穿梭的小燕子。荆南也干脆跟着她忙前忙后地张罗。少年子岭想了想，说要从地窖取酒，也跑到院子忙去了。

白雪和商鞅坐在大厅，默默相望打量，千言万语一时不知从何说起。

怔怔地看着阔别十三年的商鞅，白雪明显感到了他身上凝聚的沧桑风尘。昔日英挺白皙的商鞅，脸上已经是肤色粗黑，沟壑纵横，长须垂胸，两鬓染霜了。一个刚刚年过四十岁的男子，正是如日中天的时候，却显出一种比同龄人要苍老得多的面容。不用问他受了多少辛苦，仅仅从那种不能掩饰的疲惫感，就能体察到他的曲折艰难和呕心沥血。

商鞅也静静地望着白雪，觉得她依然那么美，美得动人，洒脱爽朗的英气中沉淀出一种深沉的风韵，披肩的长长秀发变成了高高挽起的发髻，圆润秀丽的脸庞和窈窕的身躯略微丰满了几分，就像中天的一轮明月，舒缓安详，而又明艳无比。那双永远如澄澈湖水般的眼睛，依旧喷发着火热的光芒，只有那从眼角延伸出去的细细的鱼尾纹，才铭刻着如缕如丝的漫长岁月对她青春年华的划痕。一个正值青春年少的女子，要在人迹罕至的山林中寡居独处，仅仅依靠情感的坚贞，是无法消解那如火如荼的本能冲动的。只有白雪，凭借着出类拔萃的家世给予她的胸襟、品性、学问、见识，才锤炼得出这种“久经沧海，难为一瓢之饮”的高贵气度。也只有这种并非刻意追求操守，而奔着一种境界飞升的高远情愫，才远远超越了尘世寻常的坚贞节烈，才能驾驭自己的灵与肉达到至美的升华。

默默相对的凝望中，商鞅的灵魂又一次颤抖起来。

这日晚上，商鞅生平第一次喝得醉态可掬，给每个人敬酒，给儿子唱激越悲凉的秦地歌谣，撮合着要梅姑嫁给荆南，不断搂着白雪和儿子开怀大笑。白雪非但没有丝毫的阻拦，且满面春风地与他频频共饮，也喝得满脸酡红，笑得高高的发髻也散了开来。荆南忘形地呼喝着向子岭教习剑术，梅姑则忙得陀螺般斟酒劝酒，终于也喝得咯咯咯笑个不停，顽皮地比划着要荆南叫自己姐姐。少年子岭第一次沉浸在如此无拘无束的天伦之乐中，高兴得不断要求显示自己的学问和功夫，背《诗》背《书》，舞剑奏琴，绘声绘色地讲述自己的箭术，不时引来满堂哄笑……

直到雄鸡高唱，东方发白，静远山庄才安静下来。

一觉醒来，已经是红日西沉了。商鞅觉得从未有过的心旷神怡。窗外一抹晚霞，山间林涛隐隐，流泉飞瀑，鸟语花香。商鞅大睁着眼睛躺在卧榻，好像在梦中画境一般，竟然不想坐起身来。听听院中有白雪她们的低声笑语，商鞅还是揉揉眼睛坐了起来，穿上榻边放置整齐的宽大衣衫，干爽舒适，再蹬上精致宽松的木屐，散发赤脚，真个是通体轻松满心惬意。商鞅情不自禁地伸了个懒腰，长长地打了一个响亮而又兴奋的哈欠，信步走出大厅。

“起来了？”白雪笑盈盈地走了过来，“棚下坐坐，子岭采了一大筐野果。”

梅姑老远地笑嚷着：“吔，姑爷大哥变成山老爷子了！”

“要知逍遥事，唯到山中住。姑爷大哥我，可是做定山老爷子了。”商鞅的木屐踩在院中石板上，清脆的梆当声夹着笑声，一副悠然自得。

白雪笑道：“都昏了头，又是姑爷，又是大哥，做新郎似的。”心中却溢出一股浓浓的甜意。谁能想到，冷峻凌厉素来不苟言笑的卫鞅，能有在她身边的这般本色质朴？这般松弛散漫？这般明朗闲适？

商鞅踱步到竹席棚下的石礅坐下，梅姑端来两大盘洗干净的山果，红黄青绿的煞是好看。白雪拿来一柄小刀坐在他身旁，将山果剥壳削皮地一个一个递给他。商鞅怡然自得地吃了一大堆，笑道："呀呀，真做田家翁了。"白雪笑道："做田家翁不好么？"商鞅连连点头："好好好。"却收敛笑容认真说道："哎，知道我这次回来要做的事么？"白雪微微一笑："要接我们回咸阳？"商鞅道："这可不是我的主意。"白雪笑道："你敢么？自然是荧玉的主意了。"商鞅哈哈大笑一阵："我的想法，本来是立即辞官隐居，教荧玉一起到崤山来先住一段时光，然后我们就泛舟湖海了。荧玉却一定要你先回咸阳，聚一段时日再走。正好秦公身体不佳，我一下就走，也脱不开身，就依了这个主意。"白雪点头思忖道："也好。只要主意定了，自然要缓缓脱身。掌权二十多年，国事总得有个交代。"

商鞅高兴，就滔滔不绝地将这些年的大事逐一说了一遍。白雪听得很认真，直到商鞅说到河西大捷，白雪才幽幽地叹息一声："魏国也败落得忒快了。好端端一个强国，就如此葬送在这班君臣手里了。身为魏人，惭愧也。"商鞅大笑道："我那个卫国，不更教人惭愧？几个县的地面，都快完了。列强竞争，同是华夏大族，谁强大，谁就统一。此等纷争称雄的局面，绝不会长久。可不要抱残守缺，做伯夷叔齐也。"

白雪笑了："抱残守缺，那是贵族的毛病。庶民百姓，可是谁给好日子就拥戴谁，我不操心。"

说着说着，已是明月挂在了树梢。梅姑拉着荆南和子岭帮忙，将饭菜山果摆在了棚外的另一张大石案上，对着天中一轮秋月，五个人边吃边说，又到了三更天。

子岭突然指着大门："听，有人！"

习习谷风中隐隐可闻马蹄沓沓，紧接着就是一声悠长的呼哨。

"侯嬴大哥！"梅姑站起来就去开门。

商鞅惊喜地迎到门外，月色下的山道上一骑骏马飞驰而来，马上骑士迎风展开的黑斗篷就像一只巨大的山鹰。片刻之间，骏马飞到。商鞅鼓掌大笑："侯嬴兄，别来无恙也！"骑士闻声下马，疾步高声："啊呀，鞅兄么？真是做梦一般哪！"两人在山崖边交臂而抱，你看我我看你感慨不已。荆南连忙赶出来参见老主人，侯嬴看着这个一脸粗硬胡须的威猛壮士，又是一阵唏嘘感慨。白雪出门笑道："侯兄，我也没想到他恰恰就回来，你等三人有情分。进去吧，别在门外絮叨了。"

回到庭院，重治酒席，又是一番相逢痛饮。明月皎洁，商鞅侯嬴眼见对方都已经两鬓染霜，不由得说起初次在栎阳渭风客栈相聚时的青春意气，一时泪光莹莹。叙谈良久，侯嬴问起白雪信鸽传书的原因，白雪这才将那个怪异客人的事说了一遍，怀疑这个怪异客人与商鞅有关，想请侯嬴查查这个人。

商鞅也感到惊讶，他本来不想将路遇刺客的事告诉白雪，此时见两件事显然有关联，便将洛水河谷遇到突然袭击的事说了一遍。

"如此说来，那个蒙面人与这个蒙面人，是一个人？"白雪蓦然警觉。

侯嬴思忖道："正是。这个怪人，定然长期在这一带大山活动。魏国想谋害鞅兄么？"

"不像。"白雪摇头，"魏国目下沉沦，不会对秦生事。"

"那就该当是仇人。鞅兄可有夙仇？"

白雪道："他这个人，生平无私怨，有也是公仇。"

商鞅沉思有顷，心中猛然一亮："难道，是他？"

"谁？"白雪与侯嬴一齐问。

"原太子傅公孙贾。他当年与公子虔一起服刑，放逐陇西。我听此人声音颇熟，一时没想起来。"

侯嬴道："对，一个人相貌可以变化，嗓音变不了。"

梅姑有些茫然："秦法那么严明，放逐的罪犯能逃得了？"

"那得看是谁。"白雪问，"公孙贾剑术武功很高明么？"

商鞅思忖道："公孙贾原是文职长史，纵然有剑术武功，也是略知一二罢了。对，从这一点说，又不像。这却奇也。"

侯嬴："剑术武功在成年突进的事，也是有过的。假若此人逃遁后有奇遇，也未尝不能成为剑道高手。"

"我看这样，"商鞅道，"目下此人对我尚无大碍，然对山庄有威胁。侯嬴兄可访查峭山一带，看看有无神秘人物藏匿。雪妹他们跟我回咸阳。走前这一段时日我都在，不会有事。回咸阳后，我立即下令查清此事。"

"我看也是如此。"白雪笑道。

"好。那我立即动手。峭山是白氏的老根基，好查。"侯嬴听说白雪要跟商鞅回咸阳，心中很是高兴，"哪天走？我来安排行程事务。至少得几辆车呢。"

"一个月后了。"商鞅笑道，"也和侯兄多多痛饮几次。"

"快哉快哉！我也是如此想，来，干！"

"干！"两人举起大碗，一饮而尽。

次日清晨，商鞅还没有起来，侯嬴已匆匆走了，留下的话是，十日后再来回话。白雪知道侯嬴侠义情怀，要急着去查峭山地面的可疑人物，挽留不住，也只好教他走了。商鞅晚来和白雪缠绵到天亮方才入睡，午时醒来，见侯嬴已去，兴致勃勃地和白雪、子岭到山中览胜去了。回山庄时天已傍晚，落日余晖下，但见迂回曲折的山道上一骑黑马直奔山庄而来。子岭高兴地叫起来："娘，又是马！父亲一回来，深山都热闹了。"

白雪脸上却掠过一丝阴影，心中不禁一阵猛跳，来人显然不是侯嬴，会有何等事？片刻间马到庄前。骑士飞身下马，对商鞅拱手道："禀报商君，景监上大夫紧急书简！"说着从马背革囊中取出一卷密封的竹简，双手呈上。

商鞅心中一沉，立即打开竹简，眼光一瞄，脸色就阴沉下来。那竹简上只有一行大字："君上病倒，君宜还都。私信告知，君自决断。"商鞅将竹简递给白雪。白雪一看，不禁愕然，但瞬息之间已平静下来。她知道，景监作为上大夫，是商鞅的忠实同僚，一定是秦公不许告知商鞅，而景监又觉得必须告知，才用了私人书简的方式。若事情不急，如何能动用官府的快马特使？这种关键时候，能阻拦他么？

略一思忖，白雪轻声道："那就回去了。我们随后来。"

商鞅看了白雪一眼，回头对使者道："回复上大夫，我明日起程，后日可到咸阳。"

"是！"信使答应一声，翻身上马，沓沓下山。

这一夜，静远山庄异常宁静，只有那间卧房的灯火亮到了东方发白。

六　病榻上的秦孝公怦然心动

秋风一起，秦孝公突然病倒了。

病势来得莫名其妙，先是突然高烧了两次，太医刚刚一用退烧药，就突然好转了。刚刚被秦孝公接回来的太子嬴驷，急得寝食不安，昼夜守候在寝宫之外。秦孝公又气又笑，训斥了嬴驷一顿，命他回太子府加紧熟悉国事，不要小儿女般矫情。前些天，秦孝公已经从荧玉口气中隐隐约约猜到了商君要辞官归隐的打算。虽然他一万个不想放商鞅离开，但却不能不做万一的打算。他要教太子嬴驷恢复一段，看看他究竟是垮了还是成了？再看他能否挑起日益繁重的政务。当此之时，不能教嬴驷在这些小事上太过拘泥，一味地尽礼数。

谁知刚刚过了三五天，秦孝公就突然不能下榻了，浑身酸软，厌食厌水，瘫在了榻上一般。太医令李醯大急，带领六名白发苍苍的太医府高手在榻前轮流诊脉，整整两个时辰过去，面面相觑，却说不出病因，也不敢开方。李醯急得大汗淋漓却又束手无策。秦孝公笑了：“去吧，想想再说。天数如此，急也无用。”

景监闻讯进宫，主张立即召回商君应急。秦孝公只是摇头：“莫急莫急，也许几天就又好了。二十余年，商君未尝闲暇一日，刚刚离开几天，就召他回来，岂有此理？国中政务，上大夫先主事。”谁知过了十多日，秦孝公非但不见好转，反而急剧消瘦，日进食量竟只有原先的两成不到了。景监真着急了，明知对秦孝公说也无用，就私下写了书简，当做官府急件“逢站换马”，报知商鞅。

这次，太子嬴驷没有哭泣着坚持守在病榻前。

上次秦孝公的严厉训导，打消了嬴驷残存的一丝脆弱，也抹去了他重新回宫开始一段时日的惶惑与无所适从。就像当初刚刚离开栎阳对村野民居生疏茫然一样，乍然回宫，他对壮阔瑰丽的咸阳城和咸阳宫陌生极了，好像梦幻一样。长期的村野磨炼，已经使他适应了粗粝的生计，宫廷少年的娇气任性和俊秀潇洒，早已经消失得无影无踪。现下的嬴驷，粗黑壮硕稳健厚重，正是老秦人所喜欢的那种成年男子汉的体魄。然则，长期的隔绝，使嬴驷对公父、太后、公主姑姑都陌生了，见了他们总觉得局促不安，应对总是不得体。见了朝臣也感到生涩，甚至不知道如何自称才好。受到公父的斥责，嬴驷清醒了，他明白了公父的意思，做人做事要大局为重，要有自己的真见识；看别人脸色说话，揣摩别人心志行事，永远都没有出息。他猛然警悟了，恍惚感顿时消失了。长久的磨炼，不正是为了证实自己是可以造就的么？如今归来，正事没做一件，兀自惶惶不安，想起来真是不可思议。

嬴驷回到府中，将自己关在书房，一连半个月没有出门。

今日清晨，嬴驷进宫，他要郑重地向公父呈上自己独特的礼物。此刻他非常清楚，突然病倒的公父，最需要的不是榻前守候，而是真实地看到自己的儿子已经磨炼成了一个堪当大任的储君。

进得宫来，嬴驷觉得气氛有异。侍女内侍，个个都是神色匆匆。看看身后抬着大木箱的两个仆人，嬴驷不由得加快了脚步。到得寝宫门前，却见太医令李醯和几个老太医神色郑重地争辩不休，上大夫景监和国尉车英也在一边低声交谈，没有人看见他，自然也没有人过来行礼参见。嬴驷没有理会这些，径直进入。第二道门前，白发苍苍的黑伯静静地肃立着，眉头紧锁。嬴驷低声问："黑伯，公父梳洗了么？"黑伯点点头，默默领他走进寝室。

嬴驷走近榻前，不禁心中一惊，正当盛年英华逼人的公父已经变得枯瘦羸弱，完全没有了昔日光彩。嬴驷心中一酸，低低叫了一声"公父"，泪水已经溢满了眼眶。

秦孝公睁开眼睛打量着嬴驷，明亮的目光丝毫没有病态。他指指榻侧绣墩，却没有说话。嬴驷深深一躬道："公父，嬴驷带来了这些年的心得，想请公父批阅斧正，又担心公父病体能否支撑？"

"你写的文章？快，拿过来。"秦孝公显得有些惊讶，更多的显然是高兴。

嬴驷回身吩咐："黑伯，教他们将木箱抬进来。"

黑伯点点头，走到寝宫大门，吩咐两个仆人放下木箱回去，右手抓起捆箱的大绳就提了进来，轻轻放到榻前，又利落地解开绳套打开木箱。嬴驷第一次看见黑伯如此惊人的膂力，不由得大奇。要知道，一大箱竹简足足有三百多斤重，而黑伯却是一个白发苍苍的老者，而且只用了一只右手。

秦孝公笑道：“黑伯，教太医大臣们都回去，各司其职，不要再天天来了。”黑伯答应一声走了出去。秦孝公回头又道：“驷儿，你先回去，明日再来。”嬴驷看看公父，想说话却又没说，深深一躬，步履沉重地走了。

嬴驷一走，秦孝公便教黑伯找来一张木板支在榻旁，将木箱内的所有竹简都摆在了木板上。竹简一摆开，立即散发出一股浓浓的腐竹气息和汗腥霉味儿。秦孝公一眼看去，便知道这些竹简完全是一个生手削编的。竹片全是山中到处可见的低劣毛竹削成，长短大小薄厚参差不齐；编织得更是粗糙，寻常用的麻线上生满了霉点儿，有不少简孔已经被麻线磨穿，又有不少麻线被带有毛刺的简孔磨断；几乎每一片竹简都发黄发黑，有汗湿渗透的霉腥味儿和斑斑发黑的血迹，和竹简工匠们削制、打磨、编织的上好青竹简相比，这简直是一堆破烂不堪的毛竹片子。但秦孝公却看得心潮起伏，眼中潮湿。他知道，这只能是嬴驷自己制作的竹简。一个宫廷少年，且不说坚持自己执刀刻简——在宫廷中，刻简是由专门的“文工”完成的，国君与太子只要将文章写在竹板上就行了——就是经常性的砍竹、削片儿、打孔、编织，也需要多大的毅力去做啊。这一大箱竹简，每一片都渗透了嬴驷的汗水与辛劳。不说内容，单就是这种精卫鸟儿般的喋血精神，也使人真切感受到了一个苦行少年的惊人意志。

秦孝公怦然心动，闭上眼睛，任由两行细泪从眼角缓缓渗出。

一天一夜，秦孝公没有睡觉，一刻不停地看完了嬴驷的全部手记。黑伯劝他歇息片刻，他却笑道：“整天躺着睡，还嫌不够么？”健旺饱满的神态，使人无论如何想不到他是一个卧病不起的人。

嬴驷的手记竹简分为三类：一类是所经郡县的地形、人口、城堡、村庄的记载；一类是变法后民生民治状况的变化；一类是自己的思考心得。秦孝公最感兴趣的是嬴驷自己的心得手记，将那几篇文章反复看了五六遍。其中有一篇的题目是《治秦三思》，秦孝公拿着它手不释卷地琢磨，良久思忖着。已经是红日临窗了，黑伯进来收拾烛台，秦孝公方才放下竹简想睡一会儿，但一闭上眼睛，眼前就浮现出破旧发霉的竹简和那耐人寻味的篇章：

> 商君之后，治秦不易。法度已立，邦国富强，秦风大变，公战大兴。然则国有三虚，不可不思。一曰法治根基未坚，二曰复辟根基未除，三曰多有穷乡僻壤，财货实力不足以养战。治秦之途，首在固法强本，次在除恶务尽，三在垦发穷困以长财货。有此三纲，秦国当立于不败，可放手与东方周旋。治国安邦，慎之慎之……

秦孝公感到了一丝宽慰，紧绷的心弦略微放松。作为国君，他只有这一个儿子，而对这个唯一的儿子，他却实在把握不准。在嬴驷独自磨炼的时期，他曾经闪现过一个念头，赶快将玄奇找回来大婚，再生一个儿子继承大业。可几次到陈仓河谷，那个小庄园都尘封无人，派人打探，方知老墨子高年卧病，所有骨干弟子都聚集在神农大山，整理老墨子的一生言行和未成形的论著。孝公对墨家很是了解，也知道老墨子行事神秘，统辖墨家的方法历来是一人独断。在墨家这种行动性学派来说，也是迫不得已的事情，它确保了老墨子的绝对权威和墨家子弟在行动中的高度一致，这是其他任何学派都不能望其项背的。

但是，这也带来了其他学派所没有的许多麻烦。最大的麻烦，就是对老墨子身后地位权力的继承。老墨子的四大弟子，个个都是文武全才，在天下有很大名声的“高义饱学之士”，也都各有一批忠实的信徒。论资历才智，大弟子禽滑釐当然是首选。然则禽滑釐偏偏少了老墨子的胸怀境界和人格魅力，许多次大事都处置得议论纷纷。尤其是对秦国行动，察勘粗糙，判断见识都不到位。秦孝公只身闯墨家总院时，老墨子只得亲自出面才使墨家在对待“暴政”上有了一个大的转折。如此一来，非但禽滑釐威望下降，更重要的是，墨家内部也更加分化，老墨子可谓难矣！

由于玄奇在对秦国事务中坦然诚实，且表现出卓越的见识与胆略，不但老墨子倍加钟爱，许多墨家弟子也衷心敬佩，隐隐然又形成了一个“第五墨家”。纵然玄奇洒脱散淡对权力毫无兴趣，然则从小就以墨家为家园，身处其中，植根其中，自己的一言一行都关乎追随者的利害得失，遇到分歧不可能不说话，想摆脱也摆脱不了。老墨子年高卧病，竟出人意料地指定玄奇主持编撰《墨子》大书，使玄奇骤然间成为墨家矛盾冲突的交会点。玄奇既不能拒绝终生敬佩的老师的重托，又对内部错综纷纭的微妙冲突不得不小心翼翼地平衡抚慰。

在这样的关键时刻，能教玄奇从墨家脱身么？纵然是两情深长，又如何骤然脱得千丝万缕的“业绊”？秦孝公身为一国之君，最能体味这种身不由己的牵绊，也深深理解玄奇此时的困境，长嘘一声，只好将大婚的愿望暂时搁置了。几次突然发病，孝公虽然表面轻松无事，实际已经有所警觉，闪过的第一个念头就是“可能已经没有机会大婚生育了”！有此警觉，他甚至想过在嬴氏宗族中另外挑选一个有为青年做太子，也闪过念头，抱养荧玉和商鞅的儿子……念头归念头，秦孝公秉性坚忍不拔，在没有清楚嬴驷的鱼龙变化之前，他的任何念头都只是永远地埋藏在心底。

自从商鞅提及，接回嬴驷之后，秦孝公也没有急于对儿子进行终日教诲，而依然和他不疏不密，让他自然地熟悉离开太久的宫廷，渐渐弥补这长期隔离造成的陌生。更重要的是秦孝公明白，一个人已经长到了三十一岁，能否担当大任，绝不是终日教诲所能解决的。将近二十年的磨炼，如果嬴驷还不成器，那也是无可奈何的事情了。虽然秦孝公想到了最坏的可能，但在儿子最终暴露真实面目之前，他的那一丝希望始终都没有破灭。他没有和嬴驷认真长谈过一次，也没有一次主动问起嬴驷的磨炼心得。他以为，嬴驷选择何种方式显出曾经沧海后的本色，这对嬴驷也是一个考验。

事实说明，嬴驷做得很好，甚至可以说很出色。

秦孝公想过许多可能，但确实没有想到，儿子的磨炼竟是如此认真如此刻苦如此用心。这个嬴驷，是嬴氏历代嫡系长子中唯一没有军旅经历的储君。在秦国，这是一个很大的缺失。因为这将直接关涉军旅将士对他的敬重和他对军旅的控制。秦孝公少年征战，几年中就成为军中有数的名将，对秦国大军有着无与伦比的影响力，所以才能以二十一岁的年龄在权力场中纵横捭阖，无所畏惧。这个嬴驷，还没有来得及补上这一课，就栽倒在变法旋涡中了。然则，嬴驷在山野底层苦行磨炼十余年的经历，又是他在所有公族子弟中独具的优势。对民生民治的透彻体验，将成为他把握国家大势的根基本领。从长远看，这一点也许比从军本身更重要更宝贵。也许，孺子尚可教也。

秦孝公闭着眼睛轻松地舒了一口气，沉沉地睡去了。

商鞅赶回来的时候，秦孝公还在呼呼大睡。商鞅将黑伯叫到一边，详细询问了孝公发病及医治的过程，然后立即安排，在孝公的寝宫之外给他辟出一大间屋子做政事堂，他要在这里昼夜守候处置国务。吩咐完，商鞅匆匆赶到景监的上大夫府，紧急召来国尉车英、咸阳令王轼，四个人秘密商谈了两个时辰，将一切稳定朝野的细节都落实妥帖，方才散了。

回到商君府，已经是初夜了。荧玉已经知道商鞅紧急赶回，早就准备好了接风洗尘的小宴。此时饭菜已凉，荧玉一边和商鞅说话，一边亲自为商鞅准备沐浴热水，一边吩咐重新整治酒菜，忙碌得碎步跑个不停。半个时辰后，一切收拾妥当，两人才安静地坐下来吃饭。

商鞅简略地说了去崤山的经过和白雪明春搬来咸阳的事。荧玉一番感慨，也说了咸阳的近况和孝公的病情，眉目之间忧虑忡忡。商鞅劝慰了一番，说了自己明日住进宫中的打算，荧玉又说了一些宫廷细节，两人计议了约一个时辰，三更时分方才准备安歇。

商鞅每日走进寝室前，总要了却当日的全部公务。这次离开咸阳了一段日子，虽说有景监主持国务，但也一定积压了一些要他定策的公文，便走进书房，打算处置完这些公文再休憩。坐在案前，先一件件看了事由，却发现有一卷太医令李醯的上书。商鞅一瞥，心想一定是有关为国君治病的谋划，连忙打开，一行大字赫然入目：请逐巫医扁鹊出咸阳书！

晋人扁鹊，多有妖行巫术，今以名医自诩，游走列国，均被逐出。近日扁鹊入我咸阳，称其擅医小儿，开馆行医。实则不行望闻问切，随心抓药，国人多被蒙骗蛊惑，竟趋之若鹜，咸阳嚣嚣！秦国新法，禁止妖言惑众，巫术为医。今扁鹊巫医公然入秦，乱我民心，请即逐之，以正新法。

商鞅惊讶了，扁鹊入秦了么？却如何成了巫医？太医令为何要驱逐扁鹊？

七　神医扁鹊对秦孝公的奇特诊断

咸阳城北区有一条小街叫神农巷。街不长，也不繁华，但名气颇大。因为这条小街住的药农多，开的药铺多，生药商人多，几乎就是秦国的医药一条街。寻常时日，这条小街很是幽静，一种淡淡的草药异香弥漫得很远很远。无论是药材交易，还是国人来这里寻医抓药，只要进入神农巷，所有人都会自觉不自觉地文雅起来，绝无咸阳南市那般熙熙攘攘。

这几天，神农巷大大地热闹了起来。

人们纷纷从小巷口的一个小院子里走出来，匆匆到小巷深处的各家药铺抓药，整日络绎不绝。几家名气大点儿的药铺，抓药者竟排起了长队。奇怪的是，抓药的人如此之多，药铺里的坐堂医士却很冷清，很少有人找他们诊脉开方。医士们先是惊讶，后来便都悻悻地离开了医案，帮着店役抓药去了。药铺的出药量骤然增大，药材生意也顿时好了起来，药农、药商也都比往日忙活了许多。如此一来，神农巷人群川流不息，完全没有了寻常时日的幽静。

神农巷最大的药铺叫南山堂，这里的堂医叫李儋，是太医令李醯家族的支脉后裔。他是个有心人，自然很清楚，这突然的变化，都是因为巷口小院子里来了一个神奇怪异的医者。这一天他实在悻悻难忍，换了一身寻常布衣，来到了巷口小院子要看个究竟。

方到巷口，便见大树下坐满了等候就诊的国人，绝大部分都是抱着小儿的年轻夫妇。进了院子，院中大树下也坐满了候诊者。人人手里都拿着一个木牌，提着一袋半两钱，神色安闲地等候着。

“敢问大姐，这木牌做甚用？”李儋恭敬地问一个抱着小儿的中年女人。

“看病的人太多，木牌上写着顺号，挨个来，人不挤哩。”

“这袋半两，够先生的诊金么？”

女人笑了：“够。先生只收十个半两，谁心里过得去？都想给先生一袋钱，还不知先生收不收哩。”

“诊金少，药钱贵，是么？”

“哟，你这书生莫担心，在先生这儿看病花得起哩。诊费十个半两，药钱更少。先生开的都是寻常草药，不值钱，可治大病哩。哪像那些个堂医，不开贵重药治不了病似的。我在这儿守了三天了，才把我这宝贝儿子抱来看的。你放心领个木牌子，回去抱儿子来，没事。”

“多谢大姐，那我进去领牌子了。”

李儋走进了中间正屋，静悄悄站在门边打量。只见正中长大的木案前坐着一个童颜鹤发的老人，两边各有三名年轻弟子不断记录着老人念出的方子。看了片刻，李儋不禁大是惊讶，这，这样做也能叫看病么？！老人面前根本没有诊脉的绵垫儿，长案上只有几摞散片竹简。每个病人来到面前，老人只是凝眸将病人看得片刻，便立即断定：“此儿积食难消，须得泻去淤积，调理肠胃。”父母连连点头称是之际，老人便念出几味草药来。身边弟子记下，便将竹片交给病儿父母。满怀感激的父母们的钱袋，一律被老人的一个女弟子挡回，每人只要十个“半两”。

一个病人，就这样看完了病？比军营大将的军令还出得快。

李儋大奇，生出一种说不清的神秘恐惧。匆匆赶回，立即上书太医府，请官府立即驱逐这个使用妖法的巫医。太医令李醯接到李儋上书，疑心大起却不敢造次，亲自乔装观察，方信了李儋所言不虚。李醯本想立即知会咸阳令王轼，驱逐这个妖医，但又怕激怒咸阳国人。听口碑，这个妖医擅医小儿杂症。偏老秦人视小儿如命根，对这个妖医大是敬重。若太医府出令驱逐，惹出事来恐难担当。反复思忖，李醯先将这个老人的底细探察了一番，一经探察，方知这个老人竟然是大名赫赫、有“神医”之称的扁鹊。

李醯大是紧张。这扁鹊声名赫赫，却悄悄来到秦国做甚？真的仅仅是行医救世么？不像，一点儿不像。作为太医令，李醯自然明白，秦国虽然强大了富裕了，但医家名士却没有一个，整个咸阳的医术都很难与山东六国相比。扁鹊留在秦国，要不了多长时间会声名大噪，那时，这个太医令还会是他李醯么？更重要的是，李氏家族是高居秦国医业首席的望族，扁鹊入秦，眼看李氏的医家首席地位要大打折扣，岂能甘心？但是，要以太医府职权驱逐扁鹊这样的神医，李醯还是不敢。商君执法，亲贵不避，万一撞在刀口上，那可是大灾大祸。想来想去，李醯还是觉得上书商君府，请国府驱逐这个妖医为好。商君天下名士，正宗的法家大师，对怪力乱神之类的妖术巫术素来深恶痛绝，太医府以“驱逐妖医”做根基上书，商君断无拒绝的道理。

一卷“请逐妖医”的上书，恰恰在商鞅赶回咸阳时送到了商鞅案头。

埋在心头的久远记忆，一团团地断断续续地涌了上来，商鞅很有些兴奋。

商鞅在山中修习的少年时期，就知道扁鹊的大名。老师学问无边，自然也很通医道，但每遇弟子或自己的异疾不能诊断，却都要请扁鹊来医治。商鞅还记得，扁鹊是个又高又瘦的老人，一头白发，一身布衣，精神极是矍铄，也和老师一样看不出年岁。扁鹊医病很是奇特，只是静静地坐在病人对面凝神观望。要说“望闻问切”，大约只能占得一个“望”字了。然则就是这样一望，却总能准确说出病情病因。开的药方，也都是些最寻常的草药，可疗效却神奇得惊人。当时，扁鹊给商鞅师兄弟们的震动很大，却没有一个弟子能够说清其中道理。

后来，老师在茅屋大树下给弟子们开讲“天下医家”，才说起了扁鹊的神奇故事。

春秋初期，一支秦人从陇西草原流居赵地，与赵人多有通婚。赵人中也多有“秦”姓，以至于流传着一种说法，“秦赵同源，姓氏不分”。后来，赵人立国了。赵国与燕国交界处有个郑县，居住着一支秦人部族的后裔，始终保持着“秦”姓，以示自己是秦人后裔。后来，这一族在燕赵拉锯战中衰落了下去，没有再出声名赫赫的人物。大约在春秋中后期，这个部族出了个聪慧少年，名叫秦越人。此儿天分过人，跟一个族叔习武识字，几年间便在族中小有名气了。十六岁时，秦越人像大多后生一样，义无反顾地从戎征战了。过了几年，秦越人小有军功，做了一个驿站的“舍长”。驿站是官府办的，“舍长”是带领兵卒守护驿站的小小将官，当时人称为“馆帅”。驿站在官道边上，专门接待来往官员并负责护送紧急文书，自然也免不了商人、士子路过留宿。

有一日，驿站来了个皓首白发的老人，手拄一支竹杖，身背一只葫芦，徒步逍遥而来。说是商人，没有货车；说是百工，没有徒弟工具；说是官员，没有轺车；说是名士游学，没有官府的凭牌……一时间谁也弄不清老人的身份。时已暮色，驿丞偏偏不让老人留宿，说是没有官府凭牌不能留住驿站，除非有人担保。这时，秦越人恰恰出来巡查，见老人慈善祥和，毫无半点怪诞戾气，便担保老人住进了驿站。老人毫无谢意，心安理得地住了下来。到了第三天，老人病了，发热发冷得奄奄一息。秦越人请来了县城里最好的一个老医士为老人诊脉，老人却拒绝了，只是教秦越人在每天晚上月亮升起时扶他到院中打坐。过了几天，老人居然好了，只是体弱身虚，依然住了下来将息。驿丞与驿站吏员仆役觉得这个老头儿大是怪诞，根本无人理睬。老人的起居与驿站费用等，都是秦越人一力照拂。一个月后，老人走了。从此以后，每过几个月，这位老人都要来这个驿站住上几日，甚事也没有。每次都是秦越人照料，老人要住几日便几日，他从来不问老人要做何事要去哪里。

倏忽十多年过去，秦越人已经三十岁了。有次老人路过，又在驿站住了下来。到了晚上，秦越人正在驿站门口查夜，老人却在月下笑着向他招手。秦越人以为老人有事，便跟老人到了他住的小石屋。老人让秦越人坐在石礅上，笑道："秦越人，你不想知道老夫是谁么？"秦越人恭敬拱手道："前辈年高德劭，必是高人隐士，在下何须多扰？"老人笑了："后生啊，老夫乃长桑君也。观你十年有余，知你大有通悟灵犀，只是蒙昧未开也。再者，你秉性端正，施恩于人不图报，且能持之以恒，正是老夫寻觅之人。老夫欲传你一件物事，不知你能否接纳？"秦越人欣然道："多蒙前辈不弃，越人愿为前辈完成心愿。""噢？"老人眼睛一亮，"你也不问老夫要传你何物？先竟自接纳？"秦越人道："前辈高人，所传必善，越人何须多问？"长桑君哈哈大笑："好！老夫所传得其人也。"说着从怀中拿出一个发黄的小羊皮包，"这是一味闲药。不得人不传，你能做到么？"秦越人想了想道："越人谨记，考心二十年，方可得人而传。"

"小子果然明白！"长桑君赞叹一声，将小包递给秦越人，叮嘱道："将此药分为三十份，每日清晨以上池之水服之，三十日后，功效自知。"

"敢问前辈，何谓上池之水？"

"水未至地，谓之上池，竹木花草之朝露是也。"老人说罢，又将秦越人领到屋角，指着一口木箱道："这是三十六卷医方，可济世以恒，唯韧善者可当之。汝好自为之也。"一言落点，倏忽不见。

秦越人没有惊讶，他本来就没有当老人是尘世俗人。

收藏好老人的赠物，秦越人就去找驿丞辞官。驿丞本来就觉得他和那个神秘兮兮的老头儿一般特异，大是看不顺眼，听说他要辞官回乡，一口答应代为上达，竟自许他去了。回到老家，父母已经过世了。秦越人也不与乡人来往，只是每日清晨到山上去采集上池之水服药，服了药便在深山幽谷竟日打坐，直到红日西沉，却也不渴不饿。如此三十日之后，他于暮色回到家中，却突然看见邻居的女子坐在灯下织补，连她的五脏六腑都看得一清二楚！秦越人大惊，捂住眼睛冷静了许久，才悟到自己有了异能……静下心来，秦越人搬出长桑君的书箱翻了起来，发现上面记载的都是药方。奇特的是，这些药方配伍都很简单，最多的也只有十味草药，很好记；用药也都是极为寻常的草药，没有一样珍奇贵重的药材，更没有那些不可思议的药引子。

秦越人明白了，这是长桑君要他救世，为天下庶民解除病痛。

秦越人开始在乡里行医了。一出山，声名大振。因为他医术通神，人们就说他是黄帝时的神医扁鹊复生，叫他“扁鹊”。时间一长，“秦越人”这名字倒无人知道了。

对于此等神奇的传说，商鞅历来有个准则，善则信之，恶则否之。怪力乱神，原本难以说清，只要为善，就不能当做妖术抹煞。否则，如何孔夫子都要对怪力乱神不置可否？墨子大师都要敬天明鬼？神而善之，神又何妨？老师讲述这段神奇故事时，本来也是不置可否的。

后来，商鞅到了安邑，又听到了不少扁鹊的神奇故事。

最教商鞅不能忘记的，是扁鹊对齐桓公的神明诊断。

齐国先后有两个桓公，第一个是春秋时代大名赫赫的五霸之首齐桓公姜小白，第二个是战国初期田氏夺取齐国政权后的首任国君——齐桓公田午。扁鹊见的齐桓公正是这第二个齐桓公田午。此公专横自负，身体壮硕异常。有一日在后宫习武，不慎将脚扭伤，疼得唏嘘冒汗不止。这种外伤，太医急切间没有办法，便请来了正在临淄专治骨病的扁鹊。扁鹊将齐桓公的伤处凝目看了片刻，抓住齐桓公的脚脖子猛力一转，只听“咔嚓”“哎哟”两声，齐桓公顿时轻松。仔细一看，脚上的红肿竟渐渐消退，不消半个时辰便行走如常。齐桓公高兴，命人摆上酒宴答谢。谁知当齐桓公举爵向扁鹊敬酒时，扁鹊没有举爵，却拱手正色道：“国公已病入腠理，不宜饮酒。”齐桓公满脸不悦道：“寡人无疾。”扁鹊起身作礼道：“越人一介医士，国公无疾，自当告退。”说完走了。齐桓公对臣僚内侍们笑道：“医者好利，总是将没病之人说成有病，赚利成名罢了。”

过了几日，齐桓公心血来潮，又派太医将扁鹊请来，悻悻问道：“先生，寡人还有疾么？”扁鹊凝神观望，郑重拱手道：“国公已病入血脉，当及早医治。”齐桓公生气地挥挥手，话也不说，就教扁鹊走了。但齐桓公生性执拗，总忘不了这档子事，总想教扁鹊说他没有病，于是过了几日又将扁鹊召来：“先生，寡人还是有疾么？”扁鹊道：“国公之病，已入肠胃根本，很难治了。”齐桓公哈哈大笑，拍着胸脯：“先生也，天下有如此壮实的病人么？”扁鹊也不说话，默默走了。

又过了几日，齐桓公想想觉得奇怪，一个游历天下的神医，何以总是说自己有病？而且一次比一次说得重？莫非自己真的有太医查不出来的病？还是召他来再看看，毕竟是性命要紧，否则，始终是个挥之不去的阴影。谁知，这次扁鹊进宫后只是看了齐桓公一眼，一句话也没说就走了。齐桓公大为诧异，派内侍立即赶上扁鹊问个究竟。扁鹊对内侍说：“国君已病入膏肓，无药可医了，夫复何言？”内侍惊讶：“先生，前几日不是还说能医么？”扁鹊微笑道：“病入腠理，烫熨所能治也。病入血脉，刀灸所能治也。病入肠胃，良药和酒可以治也。病入膏肓，虽上天司命，亦无可奈何，何况人乎？”

五日之后，齐桓公病发了，四处派人请扁鹊医治，扁鹊却已经离开了临淄。

声名赫赫的齐桓公，就这样在盛年之期骤然死了。

从此以后，扁鹊行医有了六不治：骄横不论于理者不治，轻身重财者不治，酒食无度不听医谏者不治，放纵阴阳不能藏气者不治，羸弱不能服药者不治，信巫不信医者不治。这六不治中，“信巫不信医”这条最是要紧。本来就有许多人说扁鹊是“巫医”，可偏偏他自己就不信巫术，而且也不为相信巫术的人治病。仅此一点，商鞅就认定扁鹊决然是医家神圣，而不是欺世盗名的妖邪术士。

扁鹊可谓医家奇才。他行医赵国，见国人看重女子，便专治女病，被赵国人称为“带下医”。到周室洛阳，见周人尊爱老人，便专治老人多发的眼耳鼻喉病。到齐魏两国，见国人尚武，便专治练武易得的骨伤病。如今到了秦国，见秦国人钟爱小儿，便又做了医家最头疼的儿医。可以说，扁鹊的医术无所不包，无所不精。

如此不世出的医家大师来到咸阳，岂不是国君病体的救星？如何竟被太医令李醯看做了巫医？李醯和太医们明明对孝公的病束手无策，如何不思请扁鹊医治，却要将他逐出咸阳？而且冠冕堂皇地加上了“护我新法”的名义。商鞅不由得一阵怒火上冲，就想立即将李醯交廷尉府勘问。思忖良久，还是压下怒火，唤来府中领书，吩咐他立即派人探听扁鹊医馆的所在；又立即派荆南飞骑咸阳令王轼府中，送去一道手令，密令王轼着意保护好扁鹊医馆，不得有任何差错。分派完毕，商鞅将李醯的上书揣在袖中，匆匆走进了寝室，对荧玉说明原委，两人商议多时，方才就寝。

次日清晨，一辆四面垂帘的宽大马车出了商君府，几经曲折，驶向一条宽阔幽静的石板街。这正是咸阳城内远离商市的神农街，此刻却是车马行人不断，都流向一座宽敞的庭院前。垂帘马车停在院外街边的一排大树下，车中走出一个黑纱遮面的布衣女子，径直走进了门口竖有“扁鹊医馆”刻石的庭院。这座庭院虽然只有三进，院子却是异常的宽敞。院中树下石礅上坐满了待诊的病人，大多是抱着孩童的女人和老人。

黑纱蒙面的女人走进院中唯一的大屋，坐在几个正在抱着小儿就诊的女人后边静静地打量。只见一张长大的木案前坐着一位看不出年龄的老人，清瘦矍铄，童颜鹤发，双目明亮锐利。他对每个解开襁褓的婴儿或小童都是那样神色专注地凝视片刻，然后念出几味草药，一名弟子在竹片上记下来便是药方……如此简约的医病过程，速度自是很快，不消片刻，蒙着面纱的女人已坐到了扁鹊老人的面前。

“这位夫人，你没有病。”扁鹊淡淡地笑了。

“前辈见谅，我昨夜已经排了位。然我不是为自己诊病，是想请前辈为我兄长诊病。兄长病得奇异，身无疼痛，却不能下榻走动，是以敢请前辈到舍下出诊，小女感激不尽。”黑面纱女人诉说着原委。

扁鹊点头：“请夫人留下居所地址，老夫将院中病人诊完，午后可出诊贵府。”

“如此多谢前辈。只是我家居所街巷曲折，前辈寻找多有不便，我在院外等候前辈便了。”说完深深一拜，出了院门。

商鞅卯时进得寝宫，一问黑伯，孝公还没有醒来，便走进了昨日专门开辟的临时政事堂批阅公文。这间政事堂很大，几乎占了小半个寝宫大厅。这是商鞅的着意安排，国君病重，朝臣必然不时进出宫中。有了这间特辟的政事堂，所有的官员探视国君病情时，都可以在这里候见，出来后又可以聚在这里和商鞅共议国事。更重要的是与秦孝公近在咫尺，非但有特别重大的国事便于向孝公禀明定夺，而且使秦公能够感到身临国务。商鞅深知，像秦公这样的国君，即或卧病在床，也离不开亲自运转权力的特异感觉，一旦失去了此等感觉，就失去了最主要的精神支柱，反而会迅速被病势击溃。

商鞅刚刚开始翻阅公文，景监和车英就进宫了。商鞅和这两个老部属没有任何多余的寒暄，立即将扁鹊已来咸阳及太医令李醯请求逐扁鹊的事告诉了他们，吩咐景监立即派员查核李醯的真实意图；又吩咐车英在军中挑选一个可靠机敏的干员，立即到陇西秘密探听公孙贾服刑事，如果人在，就秘密押解回咸阳。车英略一思忖道："山甲如何？"商鞅立即想起了那个精瘦勇猛而又机敏过人的"山精"，笑问："他还是千夫长？"车英道："不，已经是步军副将了。"商鞅点点头："好，就教他去。"

此时黑伯过来禀报说，国君精神有所好转，请三人进去叙谈。

进得寝室，卧榻上的秦孝公很是高兴，说景监不该催商君匆匆回来，他不会悄悄走的，说得三人都笑了起来。秦孝公教三人坐下，沉默片刻开口道："商君、上大夫、国尉，三位乃我秦国柱石，我要对你等说明嬴驷的事，与诸位议定一个方略。嬴驷已经回宫，还没有恢复太子爵位。现下看来，嬴驷磨炼得还算有所长进。商君，你等看，这是嬴驷在村野乡间写的书简。你等看看，能否教他重新复位？或者，该如何处置为好？商君，你看这卷。"

商鞅三人看着这整整一案发霉的竹简，不禁有些愕然。默默拿起，展开浏览，都是神色肃然。约略有半个时辰，三人翻完竹简。商鞅向景监车英看看，三人站起来深深一躬："君上，臣等为君上致贺，秦国储君有人了。"

“商君，你以为嬴驷可以造就？”秦孝公认真问。

“君上，臣以为大可造就。”商鞅举着手中竹简，“此等文章，字字皆心血所凝，断非文人议论之笔所能写刻出来。尤其这《治秦三思》，臣以为切中秦国要害，若能坚持法治、铲除复辟、大增实力，秦国大出于天下，将在君上身后也。”

孝公微笑着长嘘一声：“这也是我略感快慰的来由啊。商君，虽然如此，我还是请你将嬴驷的竹简带回去审览批阅一遍，而后教他到你府上请教，你要好好指点他一番……我，是心有余，力不足了。”

“君上，臣以为当正式册封太子，君上患病这段时日，可命太子总摄国事。”

“臣赞同商君所请。”景监车英异口同声。

“那好。此事请商君主持……”秦孝公笑意未泯，骤然昏了过去。

景监、车英和黑伯大为惊慌。商鞅摆摆手，伏到孝公身上倾听片刻，站起来道：“没有大事，一会儿就醒。等等，会有神医来。”

正在此时，侍女匆匆禀报：“公主车驾进得宫中。”

商鞅道：“你等守候，我去迎接先生。”匆匆出了寝室。

寝宫门外的庭院中，荧玉已经下车，除去了面纱，打开车帘恭敬作礼：“前辈请。”话未落点，商鞅赶到，向车内老人深深一躬：“多劳前辈了。”伸手扶住下车的扁鹊老人。扁鹊笑了：“是商君、公主夫妇，老夫有礼了。”商鞅连忙扶住老人：“鞅后进幼齿，何敢当前辈行礼？”扁鹊肃然道：“天下大道，敬贤为先。商君医国圣手，岂在年齿之间？”执拗地鞠了一躬。商鞅内性洒脱，本不拘泥礼数，连忙还了一礼，扶着扁鹊进了寝宫。

进得寝室，孝公恰恰醒来。商鞅拱手道：“君上，这位前辈乃名闻天下的神医扁鹊，特请先生为君上诊治。”

秦孝公困倦的脸上现出一丝惊喜：“多谢前辈高义，请坐。”

扁鹊从容拱手道：“秦公但请歇息养神，无妨。”说罢凝视秦孝公面容与全身良久，又举目环顾寝宫一周，一时沉默不语。秦孝公笑道：“前辈高人，嬴渠梁闻名久矣。但请明言，无得忌讳。朝闻道，夕死可矣，夫复何憾？”商鞅道：“秦公胸襟似海，先生但请明言，教君上心中明朗。”说话间，荧玉已经将一个绣墩搬来，请扁鹊坐在秦孝公卧榻对面。

扁鹊手抚胸前雪白的长须，凝重缓慢地开口：“秦公之疾，天下罕有。此非体变之疾，而是体能之疾也。体变之疾者，体质尚健，却因外伤内感，而致体中局部生变成疾。此种疾病甚好医治。体能之疾者，人体每一器官均完好无变，然每一器官之功能尽皆衰竭，人无病痛，身体却无力振作，日渐衰弱。此种疾病，乃元气耗尽之症状，医家无以诊断，非人力所能扭转也。”

“我自觉体质尚可，如何得此怪疾？元气耗尽？”

“体能之疾，世所罕见，大体有二：一为先天元气不足，少年夭亡者是也。二为心力损耗过甚，若秦公之疾是也。人有五脏六腑，七情六欲过度者，皆可使之为病。《素问》云，好哭者病肺，好歌者病脾，好妄言者病心，好呻吟者病肾，好怒吼者病肝。秦公虽非嬉笑怒骂而伤身，然则心力专注一端，经年思虑过甚，则如出一辙也。人体精能有数，若经年累月殚精竭虑，犹如炉中之火熊熊不熄。业绩未竟，则心力十足，神气健旺。若一日事成，则心力骤弛，体能骤失，犹如炉中木炭燃尽而火势难继也。”

顿得一顿，见寝室肃然，扁鹊又缓缓道：“心者，藏神之府，乃人身之君。心生元气，心神旺，则统驭有力。心神衰，则五脏六腑俱衰。胃为谷仓，因心衰而不受食。肝为将军，因心衰而无以鼓勇。脾为意象，因心衰而失意，不能聚思而断。肺为魂魄之府，因心衰而失魂落魄，神情萧疏。肾为志所，心衰则心志大减。胆为勇略之所，心衰则果敢不持，优柔顿生。此乃心力衰竭，而五脏六腑皆病也。”

突然，圈外一个苍老的声音传来：“敢问先生，渠梁何事，以至于此？”

“娘！”荧玉低声惊呼，将太后搀扶了进来。

老太后一头霜雪，拄着一支红木大杖，眼角显然有泪痕。秦孝公笑道：“母后，你如何也来了？渠梁不能大礼了。”老太后落座，向儿子摇摇手，却对扁鹊道：“先生，请直言无妨。”

扁鹊道：“秦公英明神武，惜乎用心太专。一则为国事所迫，求治之心刻刻相催，大山在肩而不能卸。二则，恕老夫直言，秦公心中有痴情纠缠，郁郁之心相煎，求之难得，舍之不能，心陷泥潭而不能自拔。舍国就情，公当不为。舍情就国，公心不忍。长此煎熬，虽铁石犹碎也，况于人乎？”

两行清泪流下秦孝公脸颊，但他却微笑着：“前辈不愧旷古神医。知我心者，前辈也。嬴渠梁今得指点，死而无憾了。”

寝室中人人眼睛潮湿，都强忍着要夺眶而出的泪水。荧玉紧紧扶着老太后，她显然感到了娘的颤抖。老太后却颤巍巍站了起来，向扁鹊深深一躬：“敢问先生，可有维持……”话还没有说完，猛然捂住自己眼睛，跌靠在荧玉怀中。

商鞅忙向黑伯招招手，黑伯快步走进，和荧玉将老太后扶了出去。

秦孝公长嘘一声：“商君啊，不要教太后再来了。”

商鞅点头："君上，听听先生的良方。"

扁鹊肃然道："老夫将竭尽所能，维持秦公无事。秦公歇息，老夫告辞。"

出了寝宫，扁鹊登车时对着商鞅耳边低声道："半年时光。"

商鞅的心猛然一沉，心中涌上一阵痛楚，强自按捺："多劳先生了。"

扁鹊道："三日后，老夫再来。"登车走了。

看看天色将晚，商鞅耳边不断响起扁鹊的声音："半年时光！"时日太紧了，要办的事情太多了。心中理了一下头绪，立即与景监车英简短商议了正式册封太子的准备事宜，教景监立即开始筹备，一个月内完成这件大事。三人又议定，由车英秘密调集一万铁骑驻扎在咸阳北阪的山谷里，以防万一。

商议完毕，已经是初更时分，商鞅知道荧玉肯定在后宫陪着老太后，便匆匆来到后宫。进得宫中，只见帐幔低垂，悄无人声，只有荧玉守在榻前。

"太后如何？"商鞅低声问。

"服了汤药，刚刚入睡。娘，受不了……"荧玉低声抽泣。

"荧玉，要挺住。现下无论如何，不是哭的时候。"商鞅抚着荧玉的肩膀低声道，"老先生说，君上只有半年时光……你想想，君上未了的心事还有没有？国事有我，你不用想。"荧玉一听，泪水骤然涌出，猛然伏在商鞅胸前浑身颤抖。商鞅紧紧抱着她，"荧玉，你是明白人，不能这样，要挺住。"荧玉抬起头，抹着眼泪唏嘘道："大哥的未了心事，我知道，百里老人的孙女，玄奇。我去找她……"

"百里老人的孙女？是否在墨家总院？"

“对。大哥好几次悄悄去陈仓河谷找她，都不在，肯定在总院。”

“那我教荆南去好了，你写一信。”

“可是，荆南不是要保护扁鹊前辈么？”

“太后这里要紧，你离不开。别人不熟悉墨家，再换人保护扁鹊前辈便是。”

猛然，帐后一阵咳嗽，太后喘息道：“荧玉，这事儿该当你去。你，说得清白。娘，不打紧。渠梁太苦了，一定教他含笑九泉……”

“娘！”荧玉哭叫一声，扑到榻前。

“去，娘没事……鞅，教荧玉去。”

商鞅沉默有顷，俯身榻前：“母后，那就教荧玉去了。”

荧玉不再说话，安排好后宫侍女，去匆匆准备了。

商鞅回到寝宫政事堂，已是三更，在案头刻板上记下了要办的大事，便翻开嬴驷的发霉竹简看了起来。刚刚看得几卷，听到庭院中沉重急骤的脚步声。商鞅霍然起身，只见咸阳令王轼匆匆而来：“禀报商君，抓获刺客两名。”

“刺客？是行刺扁鹊先生么？”

“正是。刺客剑术甚高，要不是荆南，我的军士根本不是对手。”

商鞅放下竹简：“将刺客押到前厅偏殿等候，我立即前来讯问。”

经过讯问，刺客果然是太医令李醯的门客。这两人本是楚国铸剑名家风胡子的门徒，感念李醯当年游医楚国时救过他们一家人性命，无以为报，便做了李醯的门下武士。两人说完，突然猛舔衣领。荆南冲到面前时，两人已经脸色青黑，倒地死了。

商鞅冷笑道：“不愧是太医令，毒药倒是天下第一。咸阳令，立即捕拿太医令李醯。荆南，昼夜守候扁鹊医馆，不得有误！”

一个时辰后，李醯被捕拿归案，押赴云阳国狱。

商鞅吩咐领书立即起草对李醯的罪行公文，快马送到廷尉[1]府论罪定刑。处置完毕，咸阳城头的刁斗已经敲响了五更，商鞅却是心潮起伏，无法入睡。思忖良久，提笔写了一信，派人快马送往峭山静远山庄。

[1]　廷尉，战国时代秦国执掌司法刑讯的官员。秦惠王时，廷尉开始成为秦国重臣，后益显赫。

第十四章 冰炭同器

一 秦孝公的大婚盛典

秋色萧疏，两骑骏马飞进函谷关，急如星火般向西而来。

荧玉带来的消息对玄奇宛如晴空霹雳，只觉得天旋地转心中一片空白。玄奇醒来时，已经是山月当空了。不顾荧玉劝告，玄奇霍然起身，向老师的竹楼冲去。

老墨子已经进入高年养生的“休眠”期，虽没有大病，却也是行动不便。虽则如此，这位哲人气定神闲，丝毫不为老态所困，整日除了一个时辰看山，就是卧榻大睡，耐心等待上天召唤他的日子。玄奇冲到竹楼前时，那个顽皮机灵的少年弟子被玄奇姐姐的模样吓坏了，正自惊愕间，玄奇已经冲上了小楼，风一般进了老墨子的天眠室，扑通跪在榻前。竹楼竹榻纵然紧凑，也被玄奇的快疾脚步和强烈动作弄得嘎吱吱一阵响动。老墨子漫步归来后刚刚入眠，蒙眬中听得响动异常，长期锤炼的行动警觉立即使他要翻身起来，然心念一闪间，身子却没有应念而起，终究是老了。老墨子心中慨然一叹，翻过身来睁开眼睛，一个长发散乱面色苍白的女子跪在榻前。

“噢，玄奇？”老墨子苍老的声音充满了困惑惊讶。还没有问第二句，玄奇已经举起展开了一方绢帛，上面赫然四个大大的血字“秦公垂危”！老墨子一惊，盯着玄奇端详有顷，已经完全明白了玄奇的用心。此时随侍弟子已经进来扶老墨子坐了起来。老墨子摇摇头，深邃朦胧的眼神亮了起来。他轻轻地摁了一下竹榻靠枕，枕中滑出一个铜匣。他伸手从铜匣中拿出一个黑色玉牌，又拿出一个小布包，粗重地叹息了一声：“玄奇，这玉牌是墨家最高号令，没有人阻拦你。这布包是为师给秦公的一点儿念物。去吧，好自为之了。”说罢又是一叹，神色大是萧瑟落寞。

玄奇不禁心中大恸，流泪叩头：“老师，玄奇愧为墨家弟子，书未编完……”

老墨子摇摇头淡淡一笑：“身后之名，无足道也。真情天道，本色不夺。去吧……”向外挥挥手，转过身睡去了。玄奇见老师枯瘦伟岸的身躯佝偻成一团，巨大的秃头在风灯下红光熠熠……凝望片刻，玄奇默默地向老师三叩，起身走了。

墨家的神农大山日暮封关，从来不许夜间出入。但玄奇持有墨家黑玉令牌，和荧玉连夜出山，破了神农大山素不夜行的老规程。一路疾行出得大山，到了汉水河谷的墨家客栈，二人骑上了存放在这里的良马，兼程向函谷关飞驰而来。荧玉坐骑是秦孝公的西域赤风驹，玄奇坐骑则是墨家特有的草原名马阴山雪。赤风驹像一团火焰，阴山雪像一片白云，放马飞驰，大半日间飞越汝水、伊水、洛水，直抵函谷关。

进得函谷关，已经是午后斜阳了。秋日苦短，眼见一个时辰就要日落西山了。赤风驹与阴山雪已经是热气腾腾汗水淋漓，宛如吞云吐雾的天上龙马。荧玉玄奇也已经长发散乱面如云霞，三重夹裙都汗湿透衣了。按照通常的行路规矩，纵然良马，日行千里后也必得休憩，否则就要换马。但这时二人都是心急如焚，恨不能插翅飞到咸阳，谁也没有想起停下来歇息。

正在风驰电掣间，荧玉猛然一声惊叫，带着哭声喊："血！玄奇姐姐快看，赤风驹流血了！"玄奇闻声勒马，灵动异常的阴山雪长长地嘶鸣一声，骤然站立接着在原地一个打旋，马不停蹄地折了回来。玄奇飞身下马间，赤风驹已经在面前人立嘶鸣。玄奇一打量，只见赤风驹肩颈部的长鬃上流淌着鲜红的汁液，分明鲜血一般。玄奇愣怔片刻，抚摩着赤风驹的长鬃，将手上的"鲜血"凑到鼻端仔细嗅了嗅，略一思忖道："荧玉，我想起来了，赤风驹是西域汗血马。汗流如血，正在酣勇处。"荧玉闻言，长长地嘘了一口气，拍拍赤风驹的头偎在了马颈上："赤风驹啊汗血马，还得辛苦一阵也。"赤风驹前蹄刨地，咴咴喷鼻，对着阴山雪长嘶了一声。阴山雪也是一声嘶鸣，已经沓沓偎近了玄奇。玄奇一跃上马，高声道："良马真义士。走！"一抖马缰，两脚轻磕，阴山雪长嘶一声，大展四蹄，像一道闪电骤然飞出。赤风驹不待荧玉号令，嘶鸣腾空，一团火焰直追白色闪电。

两马堪堪并行，突然"啊"的一声，荧玉身子悬空，几乎要掉下马来。赤风驹感觉有异，一声长嘶，人立而起，硬生生收住了四蹄。几乎同时，阴山雪也是一声嘶鸣骤然人立。不等阴山雪前蹄着地，玄奇已经飞了下来，扑到了荧玉身边接住了滑向马下的身体，不禁一声惊呼："荧玉！"

荧玉满身鲜血，面色苍白地双目紧闭。

玄奇没有慌乱，稍一把脉，断定荧玉是昏迷不醒暂无性命之忧。玄奇取下随身携带的医囊水囊，迅速给荧玉服下一粒墨家特制的定血丹，然后清理荧玉身上的血迹。仔细一看，大吃一惊——荧玉两腿间一个大大的血块！玄奇不禁大恸，一声惊呼，泪如雨下："荧玉啊！你何苦如此啊！"

玄奇虽颇通医道，但对这带下女科却是生平第一遭。略一思忖，立即用大布给荧玉包了出血处，又将血块包了起来，装进皮囊。收拾停当，玄奇跪着背起荧玉，又用大带将荧玉缚在自己背上，挺身起来走到两匹良马面前，轻轻抚着马头流泪道："赤风驹啊阴山雪，公主有难，你们俩要辛苦了……"赤风驹与阴山雪咴咴喷鼻，轻声悲鸣着蹭蹭玄奇，又霍然分开，同时卧倒，等待玄奇上马。

玄奇拍拍赤风驹："赤风驹啊，小半个时辰一换。公主是你的主人，你先来……"背着荧玉跨上了鞍鞯。赤风驹奋然立起，一声长鸣，四蹄腾空而起，道边村庄屋舍便在暮色中流云般向后退去。玄奇虽熟悉马上生涯，但也没有想到这久经沙场的赤风驹竟有如此神力耐力，超常负重，竟是更加平稳神速。半个时辰，赤风驹已飞驰了三百余里到达骊山脚下。玄奇右手拍拍马头，赤风驹稍缓，阴山雪堪堪并行，玄奇凝神聚力，奋然跃起，坐在了阴山雪背上。阴山雪昂首长鸣间已风驰电掣般飞过骊山。

咸阳城东门箭楼上的军灯刚刚点亮，玄奇已经飞马而至。如果荧玉安好，依玄奇的性格，纵然心急如焚，也自然会接受盘查走马入城以不惊扰国人。但现下荧玉有性命之危，岂能常法缓步？玄奇早有准备，遥遥举起荧玉的金令箭高呼："金令箭特使到——行人闪开！"城门卫士与咸阳国人哗然闪开，两匹良马火焰闪电般冲进了城内。

来到巍峨壮丽的咸阳宫广场，玄奇猛然一阵眩晕，颓然伏在马背上昏了过去。

赤风驹昂首人立，长长嘶鸣……玄奇睁开眼睛时，发现自己躺在榻上，身边有一个白眉白发宛若神仙的老人轻声道："商君，没事了。"

旁边一个满面焦虑的长须中年人轻轻点头："玄奇姑娘，醒来了？"这不是卫鞅么？相比于二十多年前在安邑洞香春遇到的卫鞅，眼前此人已沉雄苍健多矣。

心中感慨间玄奇蓦然警悟，奋力坐起，一跃下榻："荧玉，如何了？"

商鞅拱手道："玄奇姑娘且莫担心，扁鹊先生在，荧玉没有性命之忧。"

玄奇向白眉老人大礼道："多谢前辈。"老人慈祥点头。玄奇又向商鞅拱手道："既然荧玉无忧，玄奇去见渠梁大哥了。"

商鞅道："玄奇姑娘，请跟我来。"将玄奇领进了寝宫，直入秦孝公寝室。

秦孝公正在昏睡，寝室中分外静谧，弥漫出一股淡淡的草药味儿。玄奇轻轻走近病榻，只见秦孝公斜靠在大枕上双目紧闭，苍白瘦削的面孔与昔日黧黑英挺的秦公嬴渠梁已经是判若两人了。"渠梁大哥！"玄奇不禁悲从中来，扑到孝公榻前泣不成声。

秦孝公正在迷乱的梦中，听得一阵隐隐哭声，自觉分外熟悉。费力睁开双目，不禁惊喜得一下子坐了起来："玄奇？小妹？真的？是……你么？"揉着眼睛，一时间分不清是梦境还是真实。玄奇跪伏榻前哭着笑着："大哥，玄奇来了，玄奇不走了，永远地陪你。不是梦，是真的……"骤然之间，孝公大觉快慰，泪光莹然道："墨家之事如何？受委屈了么？"玄奇摇摇头："老师心念你，让我给你带来了上药。"孝公慨然一叹："墨子大师高风大义，嬴渠梁愧对他老人家了，竟要让老前辈为我送行……"玄奇捂住孝公的嘴："莫如此丧气。有扁鹊前辈，还有老师上药，一定会好的，一定。"孝公笑道："好，依你，一定会好的。"玄奇笑道："这就对了，才四十余岁，忒般没出息？"说得孝公笑了起来，招招手叫黑伯过来吩咐道："给玄奇姑娘安置一个独院居所，教她安静一些。"黑伯尚未答应，玄奇急迫道："不。我不要独居。我要在你身边陪你。"孝公笑道："如何？你一两天就走么？"玄奇道："不。永远不走了。"孝公笑道："这不对了？没个住处行么？"玄奇道："你的住处就是我的住处。我要和你大婚！"

孝公不禁愕然，半日沉默，释然笑了："玄奇小妹，莫意气了。"

玄奇肃然道："渠梁大哥，你忘记了我们的誓言么？"

孝公摇摇头，已经热泪盈眶："不移，不易，不离，不弃。"

"天地合，乃敢与君绝……"玄奇不禁哽咽了。

"小妹，我永远不会忘记你的。我……来生再聚首了。"

玄奇斩钉截铁道："渠梁大哥，人世谁无病痛之时？如何能以病痛而改大节？莫非你以为，我布衣子弟贬损了你公族门庭？"

孝公大笑一阵："玄奇啊……那，你就陪大哥走这一段了。"

玄奇笑着伏在榻边："世有君子，其犟若牛。没错儿。"

孝公吩咐黑伯将商鞅请了进来，玄奇红着脸说了大婚的事，孝公也略显拘泥地点头。商鞅高兴地连连恭贺，又说："君上不要担心，此事我一力筹划。三日之内，君上与玄奇姑娘大婚！"

消息传出，朝野动容。国人朝臣无不奋激万分，感念上苍对秦公的眷顾，一时间纷纷奔走相告，喜庆气氛顿时弥漫了咸阳。最高兴的要算老太后了，非但病状全消，且在后宫庭院设置了一个大大的香案，诚心诚意地祭拜日神月神，祈祷日月天地给儿子以悠长的生命。荧玉虽然还不能离榻，却高兴得唏嘘不止。她深知二哥的秉性，深知二哥压抑在内心的深深恋情。对于二哥这种处处克制自己，将一切内心痛苦与情感需求都深藏不露的人，爱的激情也许能创造生命的奇迹，使二哥的病得以痊愈；秦国需要这样的国君，荧玉也需要这样的兄长，愿上苍佑护二哥，佑护秦国。

大婚典礼那一日，下起了入冬第一场雪。一夜之间，纷纷扬扬的大雪覆盖了关中河山，覆盖了咸阳都城，整个秦国都陷进了无边无际的温柔的白色之中。

按照老秦人的传统，玄奇先一天晚上出宫，住到了自己的家——她和爷爷的小院子。这是迁都咸阳时，秦孝公特意吩咐，按照栎阳城内百里庄原样大小建造的，爷爷和她都没有回过咸阳，这百里庄竟成了一座寂寞老旧的新房子。玄奇谢绝了一切名义的陪伴，一个侍女也不要，她要一个人度过女儿家的最后一夜。

掌灯时分，玄奇走进了爷爷的书房，在爷爷的画像前久久伫立。她和爷爷都是终年云游，相互难得在一起。有一次独自回家，玄奇惊喜地发现，书房墙上挂着爷爷一张布画像，书案上有八个大字："在在不在，有画如面"。玄奇很佩服爷爷别出心裁的这一着，也在自己的小房间里画了一张自己的像挂了起来。她没有爷爷画得精细，只是用木炭在白布上勾了一个手捧竹简打瞌睡的顽皮少女，下面写了大大的三个字：想爷爷！后来，爷爷的画像上便有了白发白眉。玄奇却懒得像爷爷那样认真地描画自己的沧桑，依然是顽皮的瞌睡样子。

今夜，看着爷爷的飘然白发，玄奇眼睛潮湿了——爷爷，还在齐国么？不知道。那你在哪里啊？不知道。爷爷养育了自己，却不知道自己就要出嫁了。爷爷啊爷爷，饶恕玄奇的不告之罪吧。爷爷知道，玄奇爱渠梁大哥，玄奇早该嫁给渠梁大哥了。他从来没有欢畅过舒心过，打仗、变法、国事斡旋，硬是熬干了心血啊。玄奇原想三五年将墨家大事办完，再到渠梁大哥身边，谁想他一病若此啊，玄奇真是疼碎了心。早知如此，玄奇十年前就该与他大婚，玄奇好悔也……爷爷，渠梁大哥二十年没有大婚，就是在等玄奇啊。玄奇不能拘泥礼仪了，玄奇决意做新娘了，爷爷一定很高兴，是么？是的，爷爷笑了……

玄奇从爷爷的书房出来，鹅毛大雪正漫天而下，院中已是一片洁白了。她走到院中，轻柔的雪花飘到她滚烫的脸上慢慢融化，她的心也慢慢舒展起来，沉浸在从未有过的幸福喜悦之中。在三十多年严酷粗粝的墨家生活中，她几乎没有时间一个人细细品味女儿家的柔情蜜意，只是每日入睡都抱着他的那把短剑。现下，这个静静的雪夜，是真正属于自己了，她要精心地为自己生命的盛典仔细准备一番。

拨亮了木炭火盆，烧好了一大木盆热水，玄奇到院中虔诚地对天三拜，然后到屋中细细沐浴。三更时分，她坐在了陌生的铜镜前，蓦然发现镜中的姑娘竟是那样美丽，她是自己么？在动荡无定的墨家行动中，玄奇只能偶然在陈仓河谷和栎阳百里庄照照铜镜。墨家节用，总院是没有女弟子用铜镜的。更重要的是，玄奇没有闲情逸致去流淌女儿家最寻常的爱美之心，蓦然揽镜，她为自己的美怦然心动了。

玄奇害羞地笑了，开始打扮自己。她要给他一个名副其实的新娘。

天边一缕曙光在雪天来得特别早，方交寅时，窗户就亮了。

一辆华贵的青铜轺车将玄奇接走了。她站在六尺伞盖下，一身大红丝绸长衣，长发挽成了高高的发髻，亭亭玉立，明艳动人，宛若天上仙子，引得早起的国人夹道惊叹，一片“国后万岁”的欢呼声响彻了咸阳。

到得咸阳宫前，玄奇遥遥望见一个熟悉的黑色身影踩着大红地毡走下高高的台阶，向她迎来了，没错，分明是她的渠梁大哥。看着他健旺如昔的步态，玄奇一阵惊喜眩晕，颓然倒在了轺车中……秦孝公走到轺车前，将他的新娘轻轻抱下了轺车。

玄奇睁大眼睛，向着红日骤现的苍穹深深一躬，拉住了孝公的双手：“天地合，乃敢与君绝。”

“不移，不易，不离，不弃。”秦孝公肃然回答。

一轮艳丽的红日，一片湛蓝的天空。银装素裹的咸阳城，正为上天赐给秦国的幸运与喜庆狂欢不已。

老墨子的赠药真是不可思议。秦孝公居然精神大振，非但离榻走动如常，而且面色红润，黧黑如初，谈笑风生如常。三日前，商鞅求教扁鹊，老墨子带来的“上药”能否服用？扁鹊打开小布包一看一闻，大为惊喜：“此乃六芝草，《神农经》记名的上上之药。墨子大师真奇人也！”商鞅详细询问，扁鹊娓娓道来，“天地生药，分为三品。上药养命延寿，中药养性培心，下药治病去疾。所谓上药，乃五石六芝。五石者，丹砂、雄黄、白矾、曾青、慈石也；六芝者，六种灵芝草，即石芝、木芝、草芝、肉芝、菌芝、水芝。五石多被巫师方士用来炼丹，六芝则是医家极难寻觅的草药神品，得一灵芝足以救命，况乎六芝也？”

商鞅惊喜异常：“六芝草可使君上痊愈么？”

扁鹊摇摇头：“病态可去，痊愈极难。然墨子大师学问渊深，工医皆精，他既赠药于秦公，自当一试。”说罢亲自将六芝草分为九份，又加了几味草药，合成了九剂养神补气散，煎了其中一份，看着秦孝公服下。

国君大婚与病体康复，朝野之间一片喜庆。只有商鞅丝毫没有懈怠，和景监、车英、王轼一件接一件地安顿计议好的大事。

十天后，在太庙举行了嬴驷的加冠典礼。

秦国传统，男子二十岁或二十一岁加冠。这是一个人的成人大典，对于男子，其意义比婚典更为根本。嬴驷十多岁被公父逐出栎阳，一直没有举行加冠大典，这是在他年过三十岁时的追补仪式，显得格外的不寻常。秦孝公亲自主持了儿子的加冠大典，在嬴氏列祖列宗的灵位前，亲手为儿子戴上了布冠、皮冠与最后的一顶黑色的玉冠。

又过了十日，在咸阳宫大殿隆重举行了正式册封太子的典礼。商鞅向秦国朝野宣示了嬴驷坚忍刻苦的游学磨炼过程，及其锤炼出的胆识毅力。景监宣读了国君正式册封嬴驷为太子的诏书。秦孝公宣布了太子嬴驷与商君共同摄政的书命。大殿一片欢呼。正当此时，商君府领书匆匆赶来禀报：山甲已经将放逐陇西的公孙贾秘密押回了咸阳！商鞅立即对秦孝公低声道："臣有一件急务处置。"秦孝公点点头："去吧，这里有我。"商鞅便匆匆走了。

在商君府政事堂，商鞅与景监、车英、王轼四人连夜对犯人进行审讯。当人犯被押进来的时候，商鞅几乎不敢相信自己的眼睛。这个人满头满脸都是黑白相杂的粗硬须发，几乎完全淹没了他的五官，浑身脏污不堪，双眼发直，活似一个野人。公孙贾一介名士，久为文职，素有洁癖，利落清爽为人所共知。难道放逐服刑竟可以如此彻底地改变一个人的本性？商鞅思忖有顷，走到犯人面前："公孙右傅，请入座说话。"

犯人一言不发，木呆呆地站立着。

车英轻声道："商君，太医已经看过，犯人服了哑药，不会说话。"

"看看有无烙印？"

车英上前扒开犯人额角的长发细看："商君，有烙印，不假。"

商鞅轻轻摇头，拿起一束竹简走到犯人面前："公孙右傅，且看这是何物？"

犯人木呆呆毫无反应，只是摇头不停。车英这才惊讶起来："公孙贾乃秦国博士，如何连特赦书令都不认识？怪哉！"

商鞅看看犯人："车英，教荆南来。"荆南进来后商鞅吩咐，"荆南，此人口不能言，你能否与他手势对话？教他知道，只要他不是犯人公孙贾，就放他无罪归家，不需代人受刑。"

荆南上前很费劲地打着手势，口中不时噢噢叫几声。那人也回以手势，摇头摇手，不时尖叫。荆南回身对商鞅摇头，在木板上写了“山中猎户”四个大字。

商鞅道：“问他识字么？”

荆南与猎户又一阵手势，转身对商鞅摇摇头。商鞅道：“问他何时做公孙贾替身的？”荆南又与猎户不断手势，猎户两指交成“十”字。这次商鞅也看得明白，知道是十年前，又问：“他为何做了公孙贾替身？”

荆南与猎户一阵费力的手势喊叫，在木板上写了“受人之恩，立誓不泄”。

商鞅沉默思忖，看来眼前这个猎户曾受公孙贾大恩，是自愿替公孙贾做替身的。山中老秦人的执拗义气，商鞅最明白不过，再问他也不会说，想想吩咐道：“上大夫，晓谕陇西郡守，此人与罪犯沆瀣一气，触犯秦法，以律罚苦役十年。免他终身不见天日。”

景监立即去行紧急文书。荆南一阵比划，猎户嚎叫一声，向商鞅扑地拜倒，又抬头对着荆南一通比划尖叫。荆南会意点头，在木板上写了“受人之恩，无以为报，被迫为之”。

商鞅叹息一声，吩咐将猎户押回陇西原籍服徭役去了。

商鞅和三位大员商议到夜半，依景监三人的主意，立即图影缉捕公孙贾，以震慑潜藏的邪恶复辟者。商鞅反复思忖，没有采纳。一则，他认为公孙贾心思周密，既是有备而为，就未必还在秦国。二则，若公然缉捕，反倒会议论丛生，引起朝野不安。最后商鞅拍案，决定对公孙贾秘密查访秘密缉拿，一旦捉拿归案，立即明正典刑。四人一致认为，这件事由荆南去做最为合适。荆南欣然领命，连夜去秘密布置了。

商鞅回到寝室，已经是四更时分，荧玉已经昏昏酣睡了。偌大的燎炉中木炭行将燃尽，屋中已是有了寒气。商鞅用炭箕加了一些木炭，将火拨得熊熊旺了起来，屋中顿时暖烘烘的。

荧玉不期然醒了过来，见商鞅在拨弄燎炉，虽大感温暖，心中却过意不去，笑道："我不教侍女们晚上进来，想不到却累了夫君。"商鞅笑道："这不也好么？日后退隐山林，我还要为你俩做更多事。"荧玉感慨中来，长嘘一声道："夫君，荧玉不好，流了骨血……"说着双泪长流。商鞅笑了起来，走近榻前轻轻为荧玉拭着泪水："我的公主，别伤心了。要是我，也会那样做。"荧玉不禁喷笑道："你也会有身孕么？真是。"商鞅笑道："豁达之心，君上第一。这件事你办得好极，你是没看见君上大婚时的精气神，否则你是不会难过的了。等你能走动了，我们去看看他们如何？"荧玉笑道："好也。羞羞他们。"商鞅大笑一阵，安慰荧玉道："来日方长，我们日后再生一个还来得及，别上心了。"荧玉点点头"嗯"了声问："如何今日公事完得忒晚？"

商鞅猛然心头一闪道："荧玉，你有多久没去嬴虔府了？"

荧玉想想道："五六年了。那个小侄女夏天偷着来过一次。哎，如何想起了他？"

商鞅将公孙贾和假犯人的事说了一遍，沉吟道："你说公孙贾，会找嬴虔么？"

荧玉道："不会。我这个异母兄长素来倔强，对公孙贾甘龙很是疏淡。"

商鞅摇头一叹："仇恨，会使人变形。公孙贾可是一个大大警钟也。"

"要不，我明日去走走？"

商鞅笑道："带病前去，不是明着告诉人有事么？好了再说。有人纵想变天，也还远着。"说着熄了铜灯，上榻安歇了。

荧玉偎着夫君，很快睡着了。商鞅久久不能安眠，片断的思绪零乱如麻，什么都在想，什么也没想。长夜难眠，对商鞅是极为罕见的。多少年来，他从来都是心无杂念挨枕即睡不知失眠为何物。近日来，他却总感到一种沉甸甸的东西压在心头，不时有一丝不安和警觉闪现出来。这绝不仅仅是秦孝公的病情，对于邦国的正面危难，商鞅从来都是泰山崩于前而色不变的秉性。他的直觉告诉他，这种不安和警觉，是一种朦胧的预感。这种感觉是从崤山遇刺开始的，是今夜发现公孙贾潜逃而明晰起来。猛然，商鞅想起了太子嬴驷的论断“秦国新法，尚未固本”。嬴驷为何如此断定？他发现了什么？警觉了什么？为何不明确地上书言明……

商鞅蓦然坐起，看着燎炉中烘烘的木炭，穿好衣裳，走进了书房。

二 灰色影子与蒙面石刻

滴水成冰的寒夜，咸阳城最是夤夜喧腾的商民区也凝固了。

紧挨着蓬勃兴旺商名远播的南市，咸阳城内的西南角是商民区。这里住着许多山东六国的商人，也居住着秦国各地来咸阳经商的本国商贾，酒肆客栈最多，是咸阳城人口最为芜杂流动的区域。这个区域主要是两条交叉成“十”字的大街，与一片方圆三百多亩的南市。南北走向的大街叫“太白道”，东西走向的大街叫“朱凤道”。太白是秦国的天界星，太白之下为秦国。朱凤则是周人秦人的吉祥神鸟，凤鸣岐山而兴周也。以两者命名商区的两条大街，意味着秦人对商市的虔诚祝愿——顺应天道吉祥昌盛。

在两条大街十字路口的东北角，有一座与周围店面客栈都不沾连的孤立无邻的大院落，高大的院墙与两邻房屋相隔着一条空荡荡的巷子。大门前是废弃的停车场与拴马桩，临街的大门也用大石青砖砌得严严实实，若不是那座还算高大的门楼门厅，谁也看不出这里是曾经的大门。在商民市区，这座庄院显得有些古怪，就像繁华闹市硬生生插了一座荒凉古堡。从规模看，它既没有六国大商的豪华气魄，也不似小商小贩人家的紧凑朴实。这样的怪诞庄园能矗立在金贵的商市街面，自然是咸阳城建起后最早迁来的“老户”。尽管如此，商人们毕竟见多了乍贫乍贱的人世沧桑，谁也没有感到奇怪，谁也没有试图接近它探察它。大院子一如迁来时的孤立冷清，在这北风料峭哈气成霜的夜晚，更显得萧瑟孤寒。

三更时分，一条灰色影子从高墙外空巷的大树上飞起，无声无息地落在院内屋顶。庭院正中的大屋里，风灯昏暗，一个人在默默打坐。他面上垂着一方厚厚的黑纱，散乱的白发披在两肩，就像凝固的石刻一动不动。虽然是滴水成冰的寒夜，这座空荡荡的大屋里却没有燎炉火盆，只有那盏昏黄的青铜风灯。

突然，虚掩的屋门在呼啸的寒风中无声地开了。

“何方朋友？敢请进屋一叙。”凝固的石刻发出淡漠的声音。

没有丝毫的脚步声，灰色影子已经坐到了石刻对面的长案上，提起案上的陶罐咕咚咚大饮一阵，喘息一阵道：“左傅别来无恙？”

长长的沉默，石刻悠然道：“右傅别来无恙？”

灰色影子道：“二十年天各一方，左傅竟有如此耳力，钦佩之极。”

蒙面石刻道：“君不闻，虎狼穴居，唯恃耳力？”

“左傅公族贵胄，惨状若行尸走肉，令人心寒。”

“右傅一介书生，竟成高明剑士，倒是教老夫欣慰。”

“造物弄人，左傅宁如此老死乎？”

“祸福皆在人为，老夫从不信怪力乱神。”

“果然如此，左傅何自甘沉沦，白头穴居？”

石刻淡淡漠漠道：“四野无追，何不守株以待？”

灰色影子猛然扑拜于地：“公子铁志，大事可成。”

“右傅身负重罪，离刑入国，岂非自彰于官府？”石刻依旧一动不动。

灰色影子慨然一叹：“若有服刑之忧，何敢踏进咸阳半步？”

“莫非右傅杀监逃身？”

灰衣人咯咯一阵笑声，犹如寒夜枭鸣：“左傅过虑也，秦国永远也找不到公孙贾这个人了。”

“此话，却待怎讲？自然，你可以不说。”

“既与左傅和衷共济，岂有不说之理？寒夜漫漫，枯寒故事正耐得消磨。”

于是，在月黑风高的夜晚，灰衣人讲了一段鬼神难测的奇遇。

公孙贾被放逐的陇西是一个奇特的地区。这里有荒凉广袤的沙漠，有水草丰盛的草原，有险峻奇绝的崇山峻岭，也有秀美幽静的河谷。最要紧的是人烟稀少，远离富庶文明的蛮荒之地。如此穷荒险峻之地，官府的管辖治理自然是疏松宽阔。虽然如此，这里却是老秦人的原生根基地，是秦国一个辽阔荒僻的后院，比任何边界山地都安全可靠。公孙贾作为重犯要犯，没有放逐到南接楚国的商山，也没有放逐到北连赵国的北地山区，而放逐到了陇西老秦人的根基之地，自然意味着国府对这里最为放心。

放逐处是荒绝险峻的一片狭窄谷地，四面陡峭高山，唯一的山谷出口恰恰驻守着一个兼管军马放牧的百人队。要想逃走，当真比登天还难。放逐生涯是一种强加于罪犯的苦行岁月。一顶茅屋，一领布衣，一升谷种，一柄铁铲，这是官府刑吏交给公孙贾的全部物事。他就要凭这几样物事生存下去。只要犯人不逃走，无力生存而死在放逐地，是无人追究的。除了三个月一查生死，官府永远不会增加一粒粮食一件衣裳。如果没有特赦书令，犯人大体上都要死在这里。

公孙贾心怀深仇大恨，如何能无声无息地死在这荒沟野岭？第一天晚上，山谷里秋风嘶鸣，山岭上虎啸狼嗥，他被吓得蛇一样挤进了岩石缝隙，直到天亮才敢出来。苦思良久，公孙贾撕下长衫下摆，做了一个布袋，拿起那把铁铲上了山。他通晓医道，识得草药，这是游学士子的防身求生本领。和所有的博学名士一样，公孙贾永远不会忘记青少年时代的这种基本学问。他开始上山采药了。一来是草药中有可以直接食用的生补之药，功效强于五谷，兼有野果补充，大体可解饥饿之苦。二来是借此踏勘山势地形，看能否寻觅一条生路。公孙贾明白，他是永远不可能得到特赦的，要复仇，就先要自己逃得出去。两三个月过去，他才发现这一片大山荒野得超出了预想。放眼望去，莽莽苍苍渺无人烟，山间只有兽道狼迹，别说逃，就是公然出走，也只怕做了出没无常的猛兽美食。

在公孙贾绝望的时日，一件奇异的事情发生了。

那天暮黑时分，他手执铁铲拨打着齐腰深的莽草枯藤，想寻路“回家”。却盲人瞎马般闯到了一处高高的悬崖顶上，鬼使神差地一脚踩空，咔啦啦跌落了下去。待他醒来，已经是满天星斗不知何时了。我没死么？他活动了一下手足，庆幸自己果然没死，便挣扎站起。四面张望，他“啊”的一声惊叫起来。原来，悬崖下似乎有一点火红的灯光。揉眼细看，没错，是灯光！他精神大振，折下一根树枝做拐杖，一瘸一拐地向灯光跳奔过去。到得近前，却发现这是一道陡直的山崖下的一幢石头房子，隐隐可见屋外石坪上有剥下晾晒的兽皮，是猎户之家，不是官人。公孙贾一阵狂喜，扑上前去笃笃敲门。

粗糙厚重的圆木门吱呀拉开，一个裹着兽皮的精瘦汉子打着一盏兽油风灯站在他面前。公孙贾"啊"了一声，后退几步，死死盯住对方。这个男子和他像极了，简直就是黑白双胞胎。兽皮汉子却浑然无觉，抹着眼泪憨憨地一伸手，将他让了进去，坐在另一间狭小的石头房子里。汉子默默端来一大盆炖兽肉和一罐山果酒，便站在旁边木呆呆抹眼泪。公孙贾是精细之人，听见隔壁石屋里有隐隐约约的呻吟，拱手问道："兄台何事悲伤？可否见告？"兽皮汉子憨直地抹泪道："二老好端端牛样壮，不想开罪了山神，连日大泻，眼见活不成了，呜……"说着大哭了起来。

公孙贾听准了"大泻"二字，慨然站起道："在下尚通医道，敢请一观。"

十日之中，公孙贾治好了老猎户夫妇的急性腹泻，也养好了自己的伤。猎户一家千恩万谢，送他兽皮兽肉一大堆，公孙贾都拒绝了。兽皮汉子急得满脸涨红，用猎刀在自己手臂上猛然划出一道血口，用嘴嘬一口鲜血喷出，扑拜在地赳赳高声道："恩公，有用小人处，万死不辞！"公孙贾扶起了兽皮汉子："兄台高义，只要空闲时日来看看我，足矣。"

半个月后，兽皮汉子凭着猎户特有的本领，找到了公孙贾的山谷茅屋。

山月当空，公孙贾和兽皮汉子结成了异姓兄弟。汉子问大哥何以犯法？大哥说父母被仇人惨杀，大仇未报，自己却又被仇家陷害服刑，请兄弟帮他逃出这个地方。汉子慨然允诺，公孙贾便给他脸上刺了字，又给他脸颊烙了印，与汉子互换了衣服，将汉子装扮成自己，教会了汉子如何应对官府的"季查"。

三日后的晚上，月黑风高，公孙贾与兄弟共饮山酒，在酒中加进了哑药。

兄弟睡熟后，公孙贾顺着兄弟指引的兽道，逃出了荒无人烟的大山……

“果真，无毒不丈夫。”蒙面石刻冷笑着。

灰衣人阴沉切齿：“谋大事，不拘小义。”

“虽然如此，你终究难见天日，官府若图影缉捕，汝将奈何？”

一阵夜枭般长笑，灰衣人道：“左傅自囚二十年，孤陋寡闻了。”

“如此说来，右傅奇遇不断了。”石刻露出一丝嘲讽。

灰衣人嘿嘿冷笑，又讲出了一个惊心动魄的故事。

公孙贾逃出陇西大山，夜行晓宿，一路东行，翻越大散岭沿南山折转进入商山，又从丹水谷地潜出武关，逃亡到楚国。他倒不是寄希望于楚国的保护，而是看中了楚国大江上游人迹罕至的连绵群山。为了复仇，公孙贾发誓再造自己，埋头修炼剑术。就在他寻觅落脚点的跋涉中，一个晚上撞进了一道神秘的峡谷。

这道峡谷的两岸青山总是隐隐约约地响着某种奇特的声音，“扑——呼——”不是风声，不是雷声，倒像是大山得了气喘病。到了深夜，这种奇特的声音更是清晰，而且岩石缝隙中还闪现出隐隐红光和均匀而又模糊的“嗵嗵嗵”声。公孙贾恍若置身梦境，听了一夜，断定这道荒险的峡谷隐藏着一个极大的秘密。公孙贾在峡谷和两岸高山游荡踏勘了好几日，终于在一个漆黑的夜晚突然失去了知觉……

醒来时，公孙贾发现自己躺在冰凉的石板上，眼前红光一明一灭地不断闪烁。原来这里是一个极大的山洞，一个白发飘拂的老人正站在他面前，盯着他的额角。没有几句问答，他便心甘情愿地做了老人的苦役。

渐渐地，他知道了这道峡谷是楚国铸剑名家“风宗”的大本营。那个老人，是继铸剑大师欧冶子、干将之后最负盛名的铸剑宗师风胡子！“风宗”在这道峡谷里有六个铸剑山洞，每洞一炉，仅直接铸剑的工师就有二十多个，铁工、风工、杂工、炊工等，加起来是二百多人的大作坊。“风宗”的规矩是白日备料休憩，夜间铸剑。所以，白日进入峡谷的人，什么也发现不了。在苦役生涯中，公孙贾为许多工匠治好了诸多叫不上名字的怪疾，渐渐地得到了风宗上下的好感。

有一天，从不与他照面的风胡子将他召到一个小山洞里，冷冷问了两句话：“子欲修习剑术乎？”“想！”“子欲换副面孔乎？”“想！”公孙贾没有丝毫犹豫。

老人没有一句多余话，一挥手，两个壮汉抬起他丢进了洞外的水池，又压上一张石板。公孙贾在水里不吃不喝地浸泡了三日，奄奄一息地被抬回了山洞。风胡子冷冷问：“目下要绑起你来，烤火，怕么？”公孙贾摇头。风胡子再没有说话，枯瘦的大手一挥，两名壮汉夹持着将他绑缚在一张又高又厚的石板上。石板对面不到一丈处就是熊熊火焰的熔铁炉，烘烘热浪迎面扑来，渗透寒湿的肌肤顿感干爽。半个时辰后，他燥热难当，背靠的石板也烫了起来。身边两人只管定时给石板喷水，对他却是不闻不问。公孙贾紧紧咬着牙关，一声不叫，不久就烤得昏迷了过去，一泼水醒来，须臾又昏迷过去。

不知过了多久，公孙贾被架到了洞口，刺骨的寒风使他又猛醒了过来。

风胡子走了过来，猛然向他脸上喷出一股气味怪异的绿水，“噗”的一声，散开了一片紫雾。公孙贾的脸顿时像大面团般胀了起来，透亮透亮。风胡子走近端详，伸出长长的指甲在公孙贾额角轻轻一挑，就从“大面团”上揭下了一层人皮，黑字与烙印赫然在目。公孙贾又被放到了一个滴水成冰的山洞，冻了一夜，次日早晨被抬到风胡子的小山洞，脸上已经全部复原了。

风胡子冷冰冰问：“要美么？”公孙贾摇头。风胡子再不说话，又向公孙贾脸上喷了一口红色药水，一阵奇异的感觉立即渗透了公孙贾的四肢百骸。风胡子伸出枯枝般的大手在他脸上按捏了整整一个时辰，丢下一句话：“记住自己了。水缸在那里。”说罢倒头大睡。

公孙贾定定神，站了起来。他原以为历经如此折磨不死也得瘫了，没想到脚下却大感轻灵，走到水缸边一看，却一声尖叫，昏了过去……

“如此说来，右傅面相很是不凡了？”蒙面石刻淡漠平板，丝毫没有惊诧。

“左傅记住了。”灰衣人猛然扯下黑色面纱，蒙面石刻不禁一抖。灯下，一张狰狞可怖的脸骤然现出：一头红发青蓝色面孔眼珠黑蓝眼白发黄阔嘴大牙大胡须连鬓而生！与当年清秀儒雅的公孙贾相比，当真一个魔鬼出世。

“虽鬼神洞察，亦不能辨认矣。”蒙面石刻一声叹息。

“明告左傅，风胡子收我为学生，赠我一口风宗名剑。公孙贾不敢说纵横天下，然则复仇足矣。若不是你那口蚩尤天月剑，商鞅早已经死在崤山河谷了。”

“你，做刺客了？”

“商鞅仇人多矣。即便他是神仙，也想不到我公孙贾再生。”

“住口。”蒙面石刻低沉的声音中喘息着丝丝怒气，好像一只骤然起身的猛虎。灰衣人不禁一抖。沉默有顷，蒙面石刻冷笑道：“公孙贾，老夫以为你真的浴火重生了，谁想你依旧是个卑劣猥琐之小人。老夫不杀你，你走。”

“复仇杀敌也算小人？如何才算得大丈夫？”

“公孙贾，你虽精明有余，却永远没有大器局。老夫问你，我等与商鞅的仇恨，是村小械斗之仇么？”

“自然不是。是国事仇恨。”

“且不说你杀不了商鞅，纵然杀了，徒使商鞅做了天下英烈名臣，你自己反倒成了天下耻笑的卑鄙刺客。若这也算复仇，用得着你出手？”

灰衣人默然良久，恭敬拱手：“请教左傅，如何筹划？”

“商鞅最大的立身功勋，在何处？”

“自然是变法。”

“若国事逆转，其人治罪？”

“商鞅……身败名裂！”

“老夫再问你，我等仇恨，是商鞅私刑么？”

“不是，乃国法明刑。”

蒙面石刻冷笑：“记住，唯使商鞅败身，将商鞅处以国法明刑，方为大器复仇。”

灰衣人深深扑拜于地：“左傅一言，公孙贾茅塞顿开。”

黎明前最黑暗的时刻，灰色影子又飞上树梢，落下小巷，骤然消失在茫茫冬夜的咸阳城。

三　蒙面来客与神秘预言

太子嬴驷目下只有一件事，埋头阅览秦国的法令典章。

虽说公父明令他与商君共摄国政，但嬴驷心里十分清楚，这是公父教自己跟着商君熟悉并修习国务。他长期远离权力中心，对法令、人事、政令推行方式等基本事务都非常陌生，事实上也无从共摄，只能跟商鞅做学生。为了尽快进入状态，嬴驷主动请求用一个月时间，读完国藏的全部法令典章以及变法以来的国史记载。商鞅完全赞同嬴驷的想法，认为这是熟悉国务不可或缺的一环，熟悉得越早越好，越彻底越好。商鞅制定了一个进度：每三日从典籍库给太子府送去一车竹简，一个月十车，大体可以披阅完全部法令、典章与国史。秦国缺乏文治传统，往昔素来不注重积累国家资料，国史记载也特别简略。商鞅执政后大幅度改变了这种状况，非但对国史进行了全面的重辑编修，而且将所有的法令、典章、人口、赋税等政务文本都分为正本、副本两套建馆收藏。正本非秦孝公、商君调阅不能出馆，副本则供各官署与学士随时查阅。给太子嬴驷看的自然是正本，所以太史令府吏就格外地紧张忙碌。出馆点验，派兵押送，回收点验，逐卷归位，生怕出了差错。太子嬴驷也分外刻苦，除了每天休憩两个时辰，其余时间全部沉浸在书房。

天寒夜长，嬴驷书房的大燎炉几乎没有熄灭的时候。木炭烧得再干净，也总有丝丝缕缕的白烟与炭气，天天熏烘，嬴驷的脸微微发黄，还有些轻微的咳嗽。尽管如此，嬴驷依然天天守在案头，真有些秦孝公年轻即位时的勤奋气象。

这天已是二更时分，嬴驷正在全神贯注地翻检披阅，年轻的内侍进来禀报说，一个楚国商人求见。嬴驷惊讶地抬起头来："楚国商人与我何干？不见。"

内侍低声道："他说受太子故交之托，前来送一件物事。"

嬴驷大为疑惑，如果说他有故交，那就是"放逐"生活中结识的村野交谊，可那些人谁能知道他是太子？又如何能托人找到这里？思忖有顷，他不动声色道："既是故交所托，请在外书房等候，我片刻就来。"内侍走后，嬴驷又沉思一阵，收拾好案头，轻步走到隔门前打开一个小孔向外端详。

外书房站着一个身着华贵皮裘者，从一身华丽的黄色看，的确是楚国商人的习惯服饰。但这个人手中空无一物，脸上还垂着一方黑沉沉的面纱，透出几分不寻常的神秘气息。

嬴驷拉开门，冷冰冰地盯着这个蒙面者，一句话也不说。

蒙面人深深一躬："楚国商人辛必功，参见太子。"

嬴驷沉默伫立，依旧一言不发。蒙面人拱手道："敢问太子，可曾认识一个叫黑矛的山民否？"嬴驷面无表情，既不摇头，也不点头。蒙面人又道："黑矛委托在下给太子带来一件薄礼。"嬴驷冷冷道："请先生摘下面纱，再开口。"蒙面人道："非是在下不以真面目示人，实是在下天生丑陋，恐惊吓了太子。"嬴驷冷笑沉默。蒙面人右手一抬，面纱落地，一张红发碧眼阔嘴大牙连鬓虬髯的面孔赫然现出，在灯下显得特别可怖。

嬴驷平淡淡道："先生如此异相，何自感难堪？"

商人拱手作礼道："太子胆识过人，在下钦佩之至。"

嬴驷仿佛没有听见，淡然道："黑矛何许人也？本太子素不相识。"

"黑矛言，他与一个叫秦庶的士人交好，找到太子府可找到秦庶先生。"

"秦庶乃我书吏，公差在外。"嬴驷毫无表情地回答。

"如此恕在下鲁莽。告辞。"

"且慢。黑矛找秦庶何事？太子府可代为转达。"

黄衣商人："可否容在下遮面？卑相实在有伤大雅。"

嬴驷点点头。商人捡起黑纱挂好，恭敬道："禀报太子，三年前在下商旅，路过商山遇大雨阻隔，幸得黑矛兄容留旬日，是以结为好友。从此，来往路过必有盘桓。黑矛兄行走不便，故此委托在下寻觅故交，原无他故。"

嬴驷似乎漫不经心道：“这个黑矛，何以行动不便？”

“禀报太子，黑矛兄从军次年从马上摔下，一腿伤残，但立功心切，坚持留在炊兵营。十载过去，未斩敌首，未得爵位。老兵还乡，凄凉不堪。”蒙面商人声音嘶哑，语带哽咽。

“新法之下，何得凄凉？”嬴驷听得很认真。

“黑矛兄父亲被刑杀，母亲自杀，举村进山自救，唯留黑矛兄一人漂泊乞讨。”

“如何……刑杀？自杀？自救？你详细道来。”嬴驷大为惊讶。

蒙面商人缓缓道：“在下听黑矛兄言说，黑林沟大旱三年，遭了年馑。商於县令用官粮赈灾，被商君制止，当场斩首了商於县令和黑矛兄的父亲——里正黑九；又派出兵士，威逼举村老少进山，任其自生自灭。黑矛兄老娘亲悲痛过分，跳崖身死。黑矛兄伤残无依，无力谋生，又怕被官府当做疲民治罪，白日在楚国边界的山村乞讨，晚上赶回老屋落脚……”

嬴驷面色阴沉得可怕，转过身去良久沉默。

“禀报太子，这是黑矛兄托我转交秦庶的礼物。”

嬴驷转身，赫然一块黑布包裹的物事立在面前。蒙面商人道：“黑茅兄言说，这是秦庶的心。他只教我给秦庶带一句话：那座坟没有了，是商君下令挖掉的。”

嬴驷努力平静自己，淡漠地接过黑布包：“你可走了。”

“秦庶先生若有口信带给黑矛兄，请他到楚天客栈找我。”

嬴驷默默点头。蒙面商人深深一躬，大步去了。

回到书房，嬴驷心乱如麻。看着那块紫黑的枯树墓刻，他禁不住热泪盈眶。那个美丽的红色身影从眼前飘过，那悲怆激越的歌声萦绕在耳旁，那个姑娘深深地爱着自己，为自己义无反顾殉情死了。那是第一次结结实实撞开嬴驷心扉的火热恋情。嬴驷在峡谷里痛不欲生的时候，已经明白，原来自己也深深地爱着这个美丽的村姑。假如他不是被“放逐”，假如他不是秦国太子，他一定会将她带回来，一定会娶她。他离开黑林沟的时候，心中就立下誓言，有朝一日一定要接她娶她，可是他当时不能说啊。没有想到，他冷冰冰的拒绝不但没有使姑娘知难而退，反而使姑娘为他献身了。多少年来，嬴驷每想起那个美丽的身影，心就疼得滴血，一种深深的屈辱感折磨得他寝食不安。姑娘留给他的，只有那一抔黄土一只玉埙，那是他魂牵梦绕的一抔黄土啊。如今，连他亲手给姑娘盖上的这一抔黄土也被铲除了，黑九夫妇也死了，黑矛兄弟也沦为乞丐了，唯一在嬴驷冰凉的少年时代留下的一片淳朴友谊，就这样被无情地抹去了……上苍啊上苍，你何其不公！

嬴驷一夜未眠，木然坐到天亮。宫中内侍来传宣他时，他刚刚上榻不到一个时辰。嬴驷本来想大睡一觉，清醒清醒，避免自己沿着绵绵思绪滑下去。可是上榻后怎么也不能入眠，反倒更为清醒了。蓦然，他心海一闪，想到那个狰狞可怖的蒙面商人，觉得此人此事大为蹊跷。那个商人是先问自己是否认识黑矛的，此一问，可见他知道“秦庶”就是面前的太子。看自己默然不答，他才说黑矛委托他到太子府找“秦庶”的。若黑矛果真沦落为难以求生的乞丐，如何能知道“秦庶”在太子府？美丽山妹殉情于荒山绝谷，黑矛如何能知晓？商君纵然经常出巡，又如何能到得那人迹罕至的地方去毁墓？果真商君认为有人假冒嬴驷损害公室声誉而毁墓，能不禀报公父？公父能不询问自己？商君执法固然无情，但却从来没有逾越法度雷池半步，他能如此滥杀大名赫赫的造士里正黑九么？秦国新军军法昭彰，军中伤残，纵然不斩敌首，亦在退役时赐金安置，如何能沦为乞丐？

心头一亮，嬴驷想到了自己在荒山绝谷醒来时的奇迹——断指接上了，伤口包扎了，身上盖了一件白布衫，手边还放了一块熟肉。仔细想来，当时显然有人发现了自己，从墓刻上知道了自己的身份，才救了自己，但却没有露面。反复思忖，泄露身份的可能唯有这一次。知道“秦庶”就是嬴驷的，也只有那个荒山绝谷救过自己的那个神秘人物。这个人是谁？难道……猛然，嬴驷一个激灵，那个人肯定就是昨晚的楚国商人！

嬴驷猛然坐了起来，望着映得窗户一片淡红的早霞，嘴角露出一丝冷笑：“来人。请家老前来。”

不消片刻，一个老内侍匆匆走进寝室。嬴驷低声吩咐了几句，倒头便睡，鼾声大起。

红日已上半山，宫中内侍来宣。嬴驷虽则只睡了半个时辰，却一点儿不显疲惫之色。到得宫中，公父刚刚梳洗完毕，正在前庭缓缓舞剑。嬴驷上前恭敬见礼：“公父康复，儿臣不胜欣喜。”孝公收剑笑道：“驷儿，今日陪我去南山如何？”

“儿臣遵命。”嬴驷欣然领命。

出得宫门，嬴驷见只有十多名甲士和公父的一辆轺车，便知道新母后不去，也不多问，翻身上马走在轺车旁边，出了咸阳直奔南山。

这是冬日少有的无风天气，阳光和煦，苍松长绿，颇有几分小阳春光景。到得山下，沿着一条小河进山，苍松翠柏的谷地中露出一片青砖绿瓦的院落，在萧疏的冬野倍显宁静旷远。孝公遥指山谷院落问：“驷儿，来过此处么？”嬴驷知道公父问的是放逐期间是否来过，摇摇头道：“此处没有民户，儿臣尚未来过。”孝公指点道：“你看，这条山水叫田峪川。东南那座山，就是饿死伯夷、叔齐的首阳山。那片院落啊，可是大大有名的一个人物留下来的。”嬴驷恍然大悟：“儿臣想起来了，莫非是老子书馆？”

孝公微笑点头，吩咐车马慢行，沿着山道向谷地院落而去。

到得谷地，院落反而隐没在松柏林中无从得见了。穿过小河边一片松林，面前豁然开朗，一座蓝田白玉筑起的高大石坊巍然矗立在松林草地，石坊正中四个斗大的黑字——道法天地。进得石坊一箭之地，便见朴实无华的院落大门。孝公吩咐停车驻马。

车马方停，嬴驷就见公父的贴身老仆兼内侍总事黑伯从大门匆匆走出。黑伯来到孝公车前，扶孝公下车，拱手禀报道："按照君上吩咐，一切妥当。"

孝公吩咐道："黑伯，两个时辰后，我到上善池。你稍后到系牛亭找我。"黑伯答应一声，吩咐车马侍从随他从偏门进院去了。

孝公向嬴驷一招手，从正门进入，直向院落深处而去。嬴驷一路留心，发现这座外观很不起眼的院落，内中竟大有气象。水流亭台错落有致，松林小道回环周折，地势缓上成坡，宛若咸阳北阪。这种山坡，任何大雨山洪都停留不住，直涌门外的田峪川。房屋亭台分明是山石砖瓦粗糙堆砌起来，偏偏却显出一种质朴本色与浑然野趣，令人大为悦目。到得半坡一处石亭下，孝公肃然向亭外的一株老柏躬身一拜。嬴驷也连忙跟着一拜。

进得石亭，嬴驷发现石案上已经摆好了茶具山果，便知这是预先安排，公父今日定有大事要对他说，不由得神情肃然地为公父斟了一盏热茶，肃立一旁。孝公饮了一口热茶，招招手教儿子坐在对面石礅上。

阳光下，秦孝公的面色焦黄憔悴。嬴驷心中涌上一股酸楚道："儿臣无以为公父分忧，惭愧之至。"秦孝公笑着摆摆手道："莫说这些。可知今日你我父子到此的原委？"

嬴驷摇摇头道："儿臣不知。"

秦孝公喟然一叹："嬴驷啊，你也算历经风霜，对世情人事有自己的见识了。无须瞒你，公父的日子，已经不多了，你也一定能看出来。”

“公父……”嬴驷哽咽一声，扑拜在地。

孝公豁达地笑了：“起来吧。人生寿夭，原在天算，何须伤怀？你我既生于公室之家，国事便是至大。公父对你今日要说的，是一宗国事之密。你大父定的规矩，国君临死，方可将这秘密传给继位者。我就是在你大父临终时才知道的。可是，公父没有时日了，清醒时说比糊涂时说要好。”

嬴驷站起来坐在对面石礅上，发现黑伯远远站在路口，方才悟到公父今日的周密用心。

秦孝公缓慢地说着，太子嬴驷认真地听着——

几千年来，嬴秦部族一直流传着两则神秘的预言。一则是部族公开流传的，一则是在嫡系公族中秘密单传的。公开流传的预言，是舜帝当初赐给嬴氏“秦”之封号封地时的一则预言——兹尔秦族，后必大出天下。在立国前的沉浮挣扎中，这则预言是嬴秦部族的精神火把，是嬴秦部族精诚凝聚的纽带。四百多年前，嬴秦部族成为诸侯国之后，这则预言渐渐成了流传在老秦人中的古老故事，那像彗星一样激励人心的光芒便渐渐消失了。在通常庶民的心目中，一个半农半牧的偏远部族成为中原诸侯大国，也就算大大的“大出”了，还想如何呢？这则遥远的预言，便在嬴秦部族贫乏的想象中渐渐干涸了。

这则预言是国史载明的，嬴驷自然很熟悉，本不是甚秘密。

另一则秘密预言，则发生在嬴秦部族立国四百余年之后，时日很近，并且要具体得多。但这则预言却只在嫡系一脉的国君与储君之间单传，严厉禁止流传民间。秦孝公要对嬴驷说的，正是这一则预言。

这则预言，是当年西入流沙的老子对秦国国运的推算。

六十多年前，秦献公即位的第十一年春天，接到一个消息，曾在洛阳周室做过柱下史的老聃要到秦国来了。秦献公不禁大喜过望。在东方诸侯卑秦，天下士子视秦国为蛮夷之邦而拒绝入秦的年代，一个声名远播就连孔子也要向他求教的泰斗人物要到秦国来，岂是等闲小事？秦献公请出了一个酷爱和学问家交往的人物来接待老子。这个人，就是曾经做过函谷关令的尹喜。尹喜精心准备，周密筹划，将一切都部署得妥帖之极。

是年四月，不知高年几许的老聃骑着一头青牛优哉游哉地进了函谷关。虽然那时候函谷关还被魏国占领着，但尹喜派出的斥候早就发现了这个走遍天下也不会错认的老人，立即飞马报回栎阳。尹喜多与名士交往，知道像老聃这样的泰山北斗，绝不会刻意到秦国都城歇脚，一定要找山清水秀的胜境独居，便对秦献公禀明自己的想法，商议好了对策。

果然，老聃的青牛悠悠地飘过了栎阳，向着南山去了。进入莽莽苍苍的南山北麓，老聃和随行小童却被布衣牛车的两个“士子”拦住，不断求教学问。老聃颇是喜欢这两个坦诚质朴的“士子”，在他们的山庄歇息了下来。一连盘桓数天，两人对老子提出了数不清的难题，老子都一一解疑，谈天说地般娓娓道来，胸怀心海间仿佛埋藏着无穷无尽的学问。

一个布衣“士子”整日陪着老子闲步深山，牛走旷野，粗茶淡饭却又极尽恭敬地侍奉着这位穷通天地的老人。夏夜星空下，这个布衣“士子”提出，请老子写一卷天地文章给秦人“开塞”。老子大笑一番，终不忍拒绝其虔诚请求，慢慢地写了起来。就像那扑嗒扑嗒的青牛脚步，老子写得慢极了，远远赶不上那个布衣“士子”的刻简。

一月之后，老子终于写完了五千言的“开塞”大书。那日晚上，另一个布衣“士子”单独走进了老子的小院。夏夜的一轮明月下，老子正坐在院中高台上仰望苍穹，点头摇头，兀自叹息感慨。

猛然，老子身后响起一个声音：“敢请前辈教我。”

老子没有回身，叹息一声：“秦公何其聪睿，宁误老聃耶？”

布衣士子扑拜不起：“前辈既知我身，请为嬴师隰解惑。嬴秦日衰，秦人多困，嬴师隰寝食难安。”

老子依然没有转身，仰望苍穹，一阵思忖后喟然叹息：“秦公谨记：老聃之言，只传储君，若有泄露，自罪于天。”

“嬴师隰恪守前辈之言。”

老子缓慢低沉地说出了一段话：“老聃昔年游宿巫山神女峰，细察天象：秦周同源，均起西陲；秦为诸侯，而秦周分离；离五百年，而大合于秦；合十七年，则霸王出。”

秦献公请老子拆解，老子却摇头不语。

后来，老子留在南山麓收了数十名弟子，教导三年，却莫名其妙地失踪了。有人说，老子去了大漠流沙。有人说，老子去了阴山草原。也有人说，老子进南山修身成仙去了……这个神秘老人留给世人的，唯有那一卷五千言的天地文章和那一则神秘久远的预言[1]。

“嬴驷，老子预言不能见诸国史，你记下了？”秦孝公肃然问。

“记下了。”嬴驷正色回答。

“你背一遍，我听。”

嬴驷一字一顿念道：“秦周同源，均起西陲；秦为诸侯，而秦周分离；离五百年，而大合于秦；合十七年，则霸王出。”

听嬴驷背得一字不差，秦孝公意味深长地笑了：“你，信不信老子的国运预言？”

[1] 预言，即老子预言。《史记·周本纪》与《史记·秦本纪》相同。《史记·老子韩非列传》记载有异。

嬴驷一时沉吟，不知如何应对。他的第一感觉是惊讶与震撼，老子的预言岂不是给了秦国一个新的精神火把？分五百年而合，现下秦已立国四百二十多年，那岂不是说再有百年上下秦国就将与“周”大合？老子是周王室的史官，他说的这个“周”，自然囊括了天下诸侯，而绝不仅仅是龟缩于三川一隅事实上比寻常小诸侯还要窝囊的“周王城”；直到今日七大战国，也依然在口头上承认周王室为“天下共主”。如此说，与“周”合，就是与“天下合”，“大合于秦”，就是秦将代替周统一天下！而百年上下，也就是两三代人的岁月，相比于舜帝预言实现的两千多年，何其短也。有了如此辉煌的前程，秦人自然倍加奋发，比国君的任何激励之书都要有威力。几千年来，“天”的暗示对于庶民国人是无比神圣的，他们承认服从“受命于天”的大人，心甘情愿地为他们流血拼命，成就天命大业。别的不说，舜帝的预言就长期支撑了嬴秦部族的浴血奋战，能说这种国运预言的威力不大么？春秋战国以来，多少新老贵族都在权力争夺中假托“天命”以聚拢人心，老子的“合秦”预言岂非求之不得的天命之书？既然如此，大父、公父为何都秘而不宣呢？果真是忌讳“泄露天机”之罪么？天机若果然不可泄露，老子何敢明言？

看来，大父、公父一定还有埋藏很深的想法没有说出。嬴驷的沉吟正在这里，他正襟危坐，谨慎回道：“公父，儿臣对阴阳天命之学素来陌生，不知从何谈起。”

“如此说吧。”秦孝公道，“若是神明占卜，说秦将为天下霸主，子何以待之？”

嬴驷没有犹豫：“纵然天命所归，亦需人事努力。儿臣当似有若无。”

“好！”秦孝公拍案而起，“公父要的，就是这‘人事努力，似有若无’。”他在亭中缓缓踱步，字字斟酌道，“你大父临终时说，他之所以没有将这个预言早日告我，就是怕我恃天命而骄，反倒自绝于天命。驷儿啊，要知道，一个君主，沉溺于天象、占卜、童谣、谶语之类，非但荒唐，而且丧志。往远说，三皇五帝可算天命攸归了。然则，舜帝却囚禁了尧帝而当权，大禹囚禁了舜帝而当权，天命何在？往近说，周室天子哪一代不是聪慧英武？偏偏却痴信天命，在大争之世龟缩自保，而今只留下了洛阳城周三四百里，何其凄惨也。如此天命，有同于无。再往近说，楚宣王痴信星象，竟因彗星径天而乱了阵脚，用土地城池收买魏国齐国，要灭我秦国。最后如何，丢了城池，穷了国家，还没有结成灭秦同盟。你须牢牢记住，天命星象从来不会垂怜弱者，它永远都只是强者的光环！”

“公父之言，鞭辟入里，儿臣永生铭记。”

“嬴驷，秦国纵可一统天下，也要一步一步一代一代地去苦做，去奋争。万不可乱了心志，走入歧途啊。”秦孝公语重心长。

“公父，秦国正道，乃坚持公父与商君创立的法制，而不是坐待天命攸归。儿臣深知，没有新法，就没有强秦；没有新法，就没有庶民国人的真诚拥戴。秦国前途纵有千难万险，儿臣亦无所畏惧。”嬴驷慷慨激昂。

“好。”秦孝公拍拍儿子的肩膀，欣然而又亲切道，“驷儿，你长成了。有此等精坚心志，公父也就不多说了。走，我们去看太后和姑姑。”

“太后、姑姑也来了？”嬴驷感到惊讶，又立即高兴起来。

老太后住在这里已经几个月了。她对富丽堂皇的咸阳宫一点儿也不喜欢，倒是对雍城、栎阳多有留恋，时常念叨。秦孝公突然病倒，老太后莫名其妙地说咸阳宫“空阴”太重，要儿子和她一起搬到栎阳去养病。秦孝公知道母亲老了，喜欢那种抬脚可见的小城堡小庭院。与玄奇大婚后，秦孝公就有意陪母亲到南山游了一趟，老太后见到秦献公为老子书馆立的石坊，睹物思情，便在这里住了下来。孝公其实正是此意，便将太后寝宫的仆从物事几乎全部搬了过来，教老太后在这田园书院里安度暮年。老太后选了上善池边的一座空闲小院落，在这里悠然地住了下来。荧玉康复后正想去崤山一趟，亲自见见白雪，回来后再去南山陪母亲。正在此时，却接到秦孝公派黑伯送来的一条密简，便将两件事颠倒了顺序，先到了南山来陪母亲了。

秦孝公和嬴驷到来时，荧玉正给老太后弹奏秦筝。筝与琴相似，却比琴长大粗犷，是秦人的独创乐器，天下呼之为“秦筝”。这时的秦筝只有八根弦，尽管比后来的秦筝少了几弦，[1]但还是比琴音域广阔，弹奏起来深沉旷远苍凉激越，秦人莫不喜爱有加。荧玉奏的是《秦风·蒹葭》，这是一首在秦地广为流传百余年的情歌，荧玉边奏边唱，老太后微闭双目深深沉浸在对往昔年华的追忆中。

秦孝公停下脚步，凝神倾听，觉得深沉辽远的筝音中隐隐有一丝忧郁，使这首美丽的情歌显得有几分忧伤，不禁若有所思。筝音一落，秦孝公拍掌笑道：“好啊，弹得好，唱得也好。”嬴驷连忙上前给老太后和姑姑行礼。老太后高兴地拉着孙儿说长道短。荧玉吩咐侍女置座上茶，亲自扶二哥坐在铺着绵垫儿的石礅上。

时当正午，山洼谷地向阳无风，小院子暖和得没有一点儿寒冬萧瑟之气。荧玉吩咐上饭，长大石案顿时摆上了一片野味山菜和两坛清酒。嬴秦嫡系的三代人，就在这简朴幽静的黄土小院里开始了二十多年来的第一次共餐。老太后精神大好，一再教儿子和孙子多饮几碗清酒。秦孝公饮了一碗，额头上生出了涔涔虚汗，便不再饮了。荧玉和嬴驷见

[1] 秦始皇时，名将蒙恬将秦筝增加为十弦以上，音色更为丰富。见本书第五部讲述的故事。

孝公不饮了，也停了下来品尝炖得酥烂的山兔野羊。

孝公笑问：“母后，要不要搬回咸阳？”

老太后连连摇头：“不不不，就南山好。咸阳，太空了。”

“可是，母后一个人住，我如何放心得下？”

“渠梁啊，”老太后叹息一声，“娘没事，山清水秀，我蛮舒坦，倒是娘放心不下你。秦国势大了，你也累垮了。要娘说，你不妨将国事交给鞅和驷儿，和玄奇一起住到这儿来，身子自会慢慢康复的了。”

“好。明春一过，我与玄奇搬来。”秦孝公爽快答应，回身道，“驷儿，你想不想陪祖母几日？”

嬴驷心中诧异，公父不是教自己与商鞅摄政么，如何却生出教自己留在南山的意思？一时困惑，沉吟道：“但凭公父安排。”

秦孝公道：“三五日，祖母会让你长许多见识也。”

嬴驷拱手领命，老太后高兴得满脸笑容。

饭后，太后吩咐嬴驷陪自己在院中转转，说有几个地方还没去过。院中只留下孝公和荧玉兄妹。秦孝公道：“小妹，随我进山一趟。”荧玉也不多问，出门上马，就随秦孝公飞驰进了南山深处。二人返回时，已经是夕阳将落。简单的晚饭后，秦孝公与荧玉向太后告辞，登车回了咸阳。

四　嬴虔甘龙的诡秘暴亡

秦孝公处心积虑，要做好最后一件大事。

储君之事一旦解决，秦孝公心头顿时轻松。作为国君，后继无人是最大的失败。而今嬴驷作为不俗，颇有见地，看来堪当大任，加之商君辅佐，秦国将后继无忧。秦孝公心一定，就想到了一直萦绕心头的一件大事。再不做，就来不及了。虽然扁鹊的神术、老墨子的奇药、玄奇的爱心同时遇合，使他的病体出现了不可思议的奇迹。但秦孝公知道，这绝不意味着他病体的康复。他的时日不多了，他必须尽可能地做好这最后一件大事。

从开始变法，秦孝公就或明或暗地意识到，秦国朝野有一股反对变法的势力存在。尽管这股势力随着变法的节节推进而渐渐萎缩，尤其是庶民国人中的反变法势力几乎全部化解。原因只有一个，庶民国人从变法中得到了实实在在的好处。奖励耕战、废除井田、隶农除籍、族里连坐、移风易俗，这些最重要的新法实行三五年后，莫不使国人竭诚拥戴，连那些历来蔑视官府的"疲民"，也变成了勤耕守法勇于公战的良民。这是秦国新法不可动摇的根基。

但是，秦国新法却屡屡伤害了老世族，废除世袭爵位、废除世族封地、废除私家亲军、废除世族治权、无功不赏、有罪同罚等等，几乎将世族特权剥夺得一干二净。秦国的老族望族几乎在变法中悉数崩溃了。另一方面，上层权力也在变法中发生了难以预料的变化，旧族权臣几乎无一例外地被贬黜架空了。一个个做来，虽然并不显山露水，然则时日一长，资深老世族的全体衰落，却是谁也看得明白的事实。甘龙、杜挚、公孙贾、孟西白三族大臣以及无数的世族臣工，都是这样被淹没的。

更重要的是，变法浪头还无情地湮灭了一批本来是变法支持者的世族大臣，将他们也变成了与反对变法的旧世族同样下场的沦落者。少年太子嬴驷、太子左傅兼领上将军的嬴虔、太子右傅公孙贾的被逐出庙堂，是变法进程中最重要的事变，导致秦国的庙堂权力发生了令人担忧的倾斜。秦孝公、商鞅、嬴虔组成的"三铁云梯"残缺了，作为国家储君而起稳定人心作用的太子从权力层消失了，久掌机要而颇具影响力的公孙贾被刑治放逐了。从庙堂权力场的眼光看，当年的太子力量竟然成了秦国变法的最大受害者。这一事变的直接后果，是秦国上层力量的根基大为削弱；更深远的负面作用，更令人难以预料的是，在变法中受害的老世族们将以“太子派”为旗帜。无论太子、嬴虔、公孙贾等对变法的态度与老世族们有多大区别，老世族们都会将太子力量作为他们的旗帜，而太子力量也会与老世族们产生某种惺惺相惜的共鸣，都会对变法及其轴心人物产生出一种仇恨。

与其说秦孝公嗅到了某种气息，毋宁说秦孝公从一开始便清楚这种后果。

秦孝公是一个极为特出的权力天才。他的雄才大略，不在寻常的文治武功开疆拓土，而在于将一场千古大变不动声色地从惊涛骇浪中引导出来。他的全部智慧，就在于每次都能将本可能颠倒乾坤的流血事变稳健地消于无形，使秦国大权始终牢牢控制在变法力量的手中，成功地迫使秦国上层老世族势力在变法中全面“隐退”。在商鞅掌握轴心权力之前，他巧妙地搬开了阻碍商鞅执掌大权的阻力，有步骤地将权力顺利集中到商鞅手里。商鞅掌权开始变法后，充分施展出千古大变的肃杀严峻与排山倒海般的威力。这时的秦孝公没有提醒商鞅谨慎行事，更没有陷入变法事务，去一钉一铆地干预订正，而是淡出局外，全身心注目那些暗中隐藏的危险。他很明白，像商鞅这样的磐磐大才和冷峻性格，任何督导都无异于画蛇添足。作为国君，他只要遏制了那些有可能导致国家动乱的势力，变法就会成功。在“太子事变”前，秦孝公对老世族势力并不担心。但在“太子事变”后，秦孝公却警觉到了某种危险。

虽然如此，秦孝公非但没有对这些危险势力斩草除根，甚至连多余的触动都没有。商鞅的唯法是从与秦孝公的后发制人在这里不谋而合，都对这种有可能合流的危险采取了冷处置——你不跳，我不动。所以如此，是因为秦孝公要让岁月自然淘汰这些危险者。他相信，仇恨失意郁闷独居山野放逐等这些常人难以忍受的折磨，将早早夺去他们的生命。甘龙、嬴虔、公孙贾几个人一死，全部危险力量的旗帜人物就没有了，其余残余力量，自然也就在朝野大势中融化了。

谁能想到，上天仿佛遗忘了那些失去价值的生命，竟然不可思议地将厄运降临在他这个国君身上，盛年之期，行将辞世。这一冷酷事实，迫使秦孝公动了杀机，他要在最后的时日里铲除这些隐患。

即将成为国君的嬴驷，对商鞅总有一种隐隐约约的疏离，对嬴虔公孙贾则总有一种隐隐约约的歉意。这是秦孝公敏锐的直觉。假若这些危险者消失了，嬴驷会是一个好君主，也有能力保持秦国的稳定。然则，只要这些危险者还在朝局之内，秦国新法和商鞅本人就将面临极大的风险。要消灭这种隐患，只有他能做到。

秦孝公的谋划很简单，也很实用。首先，他避开了商鞅，也避开了嬴驷，不教他们知道这件事，更不教他们参与这件事。商鞅是秦法的象征，是危险势力的复仇目标，而铲除隐患的方式却是“违法”的权力角逐，是旨在保护商鞅的行动。有他参与，隐患反而会更加复杂，反倒可能使保护商鞅的目的适得其反。而嬴驷是储君，要尽可能地不为他树敌。单独地秘密地完成这件大事，是秦孝公最后的心愿。

有意将嬴驷留在南山，秦孝公与荧玉迅速回到咸阳。荧玉按照秦孝公的叮嘱回府了，秦孝公却驰往咸阳北阪的狩猎行宫。

这时候的咸阳北阪，还保持着苍茫荒野的原貌，远非后来那样声威赫赫。所谓狩猎行宫，也就是两三座储藏猎具的石屋与临时休憩的一片庭院。虽然简朴，却常驻着一个百人骑士队，等闲臣民不能进入。秦孝公在这里秘密召见了国尉车英，计议了大约半个时辰，秦孝公又飞车回到了咸阳宫。

夜半时分，北风呼啸，滴水成冰。漆黑的原野上，一队人马悄无声息地从北阪的丛林中开出，又悄无声息地开进了咸阳北门。

就在这月黑风高的夜晚，咸阳南市的那片孤独院落里，蒙面石刻般的嬴虔依旧青灯枯坐。突然，“砰”的一声，一支袖箭扎在面前的长案上！庭院中却一片寂静，杳无人迹。嬴虔缓缓拔下袖箭，解开箭身的布片展开，不禁浑身一抖。枯坐良久，他伸手“笃、笃、笃”敲了三下长案。一个黑衣老仆走来默默一躬，嬴虔对老仆耳语片刻，老仆快疾地转身走了。

次日清晨，一夜北风刮尽了阴霾，咸阳城红日高照恍若阳春。咸阳宫南门驶出了一辆又一辆华贵的青铜双马轺车，车上特使捧着国君的诏书，抵达一个又一个元老重臣的府前。秦孝公向元老们发出了大宴喜书——国君康复，将在咸阳宫聚宴老臣，大赦前罪，特派使者专车迎接，元老务必奉书前来。

一时间，街中国人翘首观望，感慨国君的宽宏大量，弥漫出一片喜庆。一半个时辰后，以各种形式贬黜而备受冷落的元老们陆续进了咸阳宫，矜持地下了青铜轺车，相互高声谈笑着进了正中大殿，按原先的爵位名号各自就座了。六个大燎炉，木炭烧得通红，大殿中暖烘烘的。这些白发苍苍的元老们多年来为了自保，已经断绝了相互来往。今日聚宴宫中，纷纷相互问候试探，寒暄得不亦乐乎。堪堪将近巳时，大殿中只剩下三张空案——正中央的国君位、左手的太师位、右手的太子左傅上将军位。

巳时一刻，秦孝公轻裘宽带，神采焕发地走进大殿。

“参见君上！”元老们离座躬身，齐声高呼。

秦孝公一瞄座位，微微一怔，却又笑道：“诸位老臣入座，老太师与上将军一到，立即开宴。”

此时，突闻殿外马蹄声疾，一特使大步匆匆走进道："禀报君上，太师甘龙病故！"

"病故？"秦孝公霍然起身，"何时病故？"

"半个时辰前。臣亲自守候榻前，送老太师归天。"

秦孝公尚在惊诧，又一特使飞马回报："禀报君上，左傅公子虔突然病逝！"

"噢……是何因由？"

"突发恶疾，误用蛮药，吐血而死。"

秦孝公思绪飞转，断然下令道："上大夫景监，主持大宴。国尉车英，随我去两府吊唁。"回身对景监低声叮嘱几句，匆匆登车出宫。

封闭大门二十年的公子虔府终于大开了正门，一片动地哭声。秦孝公到来时，老得佝偻蹒跚的白发总管正在门外迎候。孝公下车，眼见昔日声威赫赫的上将军府里外一片荒凉破败，令人不堪卒睹。进得庭院，正厅阶下一张大案上停放着黑布苫盖的一具尸体，府中男女老幼都在伏地大哭。孝公上前缓缓揭开黑布，一张令人生畏的面孔赫然现在眼前——一头白发散乱，被割掉鼻子的一张脸干缩得瘦骨嶙嶙，沾满了紫黑色的淤血。昔日伟岸的身材，干瘦得仿佛冬日的枯树老枝。

是的，这是嬴虔，这是自己的同父异母兄长。那身材，那面孔，甚至那气味儿，秦孝公嬴渠梁都太熟悉了，任谁也替代不了。蓦然，秦孝公一阵心酸，眼中热泪夺眶而出，挥手哽咽道："入殓吧。以公侯礼安葬。我，改日祭奠……"转身大步走了。

太师府也是举府披麻戴孝，大放悲声。

秦孝公对甘龙这位门人故吏遍及朝野的三朝元老，本来便敬而远之，心中自然无甚伤悲，反倒觉得他死得太蹊跷幸运了些。来到咸阳新都最显赫的府邸，秦孝公吩咐车英带十名甲士跟随进府，径直进入正厅。甘龙的长子甘成跪拜迎接，痛哭失声。秦孝公肃然正色吩咐道：“公子且莫悲伤，带我向老太师作别。”

甘成带秦孝公来到寝室，只见帐幔低垂，满室都是积淀日久的浓郁草药气息。甘成上前挂起帐幔，肃立榻侧。秦孝公近前，只见偌大卧榻洁净整齐，中间仰面安卧着一个须发雪白面目枯干的老人。在秦孝公记忆中，甘龙从来都是童颜鹤发洁净整齐，如何十余年闲居竟枯瘦黝黑？秦孝公略一思忖，凑近死者头部，右手轻轻拨开耳根发际，一颗紫黑的大痣赫然在目！

长嘘一声，秦孝公默默向甘龙遗体深深一躬，转身道：“甘成啊，老太师高年无疾而终，亦算幸事，还须节哀自重。与上将军同等，以公侯大礼安葬。”甘成涕泪交流，拜倒叩谢。

回宫的路上，秦孝公对车英低声吩咐几句，径直到书房去了。

大殿中的元老们突闻噩耗，一个个心神不定。无论景监如何殷勤劝酒，大宴终是萧疏落寞。正午时分，国尉车英进殿，说君上心情伤恸，不能前来共饮，请元老们自便。

重臣病逝，虽非国丧，也是大悲不举乐，国君辞宴，正合礼制。元老们岂能不明白这传统的规矩？于是纷纷散去，到两府奔丧吊唁去了。

秦孝公在书房将自己关了半日，反复权衡，觉得嬴虔、甘龙既死，老世族元老们已经失去了旗帜，很难再掀起何等风浪。至于放逐的那个公孙贾，车英已经禀报了他在刑私逃。这种罪上加罪的重犯，本身不可能具有任何鼓噪力，也不可能对嬴驷产生扰动。再说，公孙贾本人毕竟长期做文职大臣，在重视武职与家世的老秦世族中素来没有威望，尚不如孟西白三族的将领们有根基。只要大势不乱，这样的罪犯回到秦国无异于自投罗网。况且，也该给嬴驷和商君他们留一些“开手”的事做，未必自己都收拾得干干净净。既然如此，再杀那些元老世族已经没有甚必要，不如留着，逐渐的化为国人庶民便了。

当夜，秦孝公密令车英取缔紧急部署，从咸阳宫撤出了伏兵。

三日后，嬴驷回到咸阳时，秦孝公又发热了。

嬴驷探视病情时，秦孝公脸泛红潮虚汗涔涔仿佛身处盛夏酷暑一般，看着嬴驷喘息不已道："七国特使，来了，找，商君……"

嬴驷郁郁回到太子府，并没有立即去见商鞅。看来，公父这次不可能再出现神奇的康复了。公父病逝前的这段时日，是最微妙紧张的日子，他不想在这段时日主动过问国事。他想不动声色地看一看各种人物在这段时日的动作，好做到胸有成算。大事有商君顶着，绝不会出现混乱。他最担心的，倒是只有他能嗅到的那股危险气息。公父这次将他留在南山，他立即敏感到咸阳将要发生重大事端。但是，公父不说，他就决然不问。长期隐名埋姓历经屈辱磨炼出的深沉性格，使他不愿轻易暴露自己的真实想法。不该知道的不问，该知道的少问。这就是他回到咸阳宫抱定的主意。从南山回来，他已经意识到那场大事端并没有发生，唯一的变化，是伯父嬴虔和老太师甘龙突然死了。府中家老给他说完了几天内咸阳宫的大小事件，他已经隐隐约约地明白了公父想要做的事情和将他留在南山的苦心。

仔细想来，嬴驷认为公父这件事做得不够高明。一则是手段太陈旧，二则是虎头蛇尾反倒打草惊蛇。以嬴驷的特殊敏感，立即警觉到了伯父和老太师突然死亡的诡异。但是，这种直感论心之事，岂能对公父说明？公父要除掉的，都是昔日的"太子势力"，况且自己本身就是昔日的"罪太子"，如何去说这需要努力辩白的话题？

但是，不能说是不能说，并不意味着这件事可以不理睬。自从那个丑陋可怖的楚国商人神秘造访后，嬴驷就陡然警觉到，有一双眼睛在盯着自己。他是谁？他的背后是何等人？嬴驷虽有影影绰绰的预感，但是却不能确定。这双眼睛与伯父嬴虔、老太师甘龙有没有关联？嬴驷也不能确定。

家老轻捷地走进来，轻声道：“禀报太子，那人动了。”

“方向何处？可有人跟下去？”

“城西方向，有人跟下去了。”

“黑林沟有消息么？”

“飞鸽传信，真黑矛已死，假黑矛已经找到，正秘密押来咸阳。”

“好。不得走漏半点风声。否则，一律斩首！”嬴驷凌厉果断。

家老正色应命，轻步退了出去。

三更方过，咸阳城西已经灯火全熄了。这里不是商市区，漆黑的石板街区寂静得只有呜呜的风声。这是老秦世族的府邸区域，街道不宽，门户也很稀疏，往往是很长一段高墙才有一座高大门庭，更显得清冷空旷。

北风呼啸中，一个灰色的影子骤然从街边大树上飞起，大鸟一般落到街中一座最高大的门庭上。片刻宁静，灰色影子又再度飞起，消失在漆黑的院落里。

这时，一个黑影也从街中大树飞起，跃上门庭，跃进庭院屋脊。片刻之后，又有一道黑影闪电般划过门庭，消失在深深庭院。

后园土山的石亭下，伫立着一个佝偻的身影——白发垂肩，黑衣拖地，仰脸望天，僵滞不动，仿佛一尊石俑。良久，佝偻的石俑发出一声苍老沉重的叹息。这时，土山下骤然现出一个灰色身影，也发出一声沉重的叹息。佝偻石俑依旧僵滞不动，灰色身影又沉重地叹息了一声。

“何人造访？”佝偻石俑的声音苍老嘶哑。

灰色影子遥遥拱手：“老太师，别来无恙？”

佝偻石俑浑身一抖：“老夫持儒家之学，不信怪力乱神。”

灰色影子笑道："世有奇异，岂能皆曰怪力乱神？老太师不妨回身一观。"

佝偻的身影缓缓转身，"笃、笃、笃"，竹杖点着石阶，一步步挪下土山。院中的灰色影子垂着一方黑色面罩伫立着动也不动。丈余之外，佝偻身影停住脚步道："敢问，何事相约？"

"老太师，劫后余生，做何感慨？"

"高朋且记，老太师已经死了。老夫，乃太师府家老，甘——石——风。"

"噢，敢问家老，可知在下何人？"

佝偻老人冷冷一笑："太子右傅，你好大胆也。"

"家老且记，太子右傅公孙贾已经死了。在下乃楚国商人辛——必——功。"

"辛必功？好。老夫谢过你示警之恩，容当后报。你走，夜长梦多。"

灰色影子冷笑道："甘家老，既然心如死灰，何须逃避屠戮之祸？"

"阁下处心积虑，意欲何为？"

"复仇雪恨，乾坤复位！"灰色影子咬牙切齿。

佝偻老人摇头叹息："阁下不觉脚下无着么？"

灰色影子深深一躬："敢请家老教我。"

佝偻老人点点竹杖道："老夫念你示警有恩，送你十六字：靠定嬴虔，策动新君，密联旧臣，国丧始动。"

"多谢家老。这笔大买卖，定然成功。"

"却是未必。做得不好，适得其反。"佝偻老人冷冷一笑，"足下谨记，飓风起于青萍之末，发难之妙，在于策动新君。可解其中三昧？"

“家老机谋渊深，尚请指点。”

佝偻老人一字一顿：“策动之法，夺心为上。第一步，只言诛奸，不涉新法。第二步，只言新法，不涉诛奸。如此新君必随我行，否则万难成事。慎之慎之。”

灰色影子深深一躬：“聆听指教，茅塞顿开。家老保重，在下告辞。”一言落点，陡然消失得无影无踪。

瞬息之间，门庭屋脊上两道黑影同时飞起，扑向凌空疾飞的灰色大鸟。

灰色大鸟尖啸一声，陡然直扑街巷。待两个黑影落地，灰色影子早已踪迹难觅。两个黑影对峙片刻，突然各自飞身越高，消失在漆黑的夜里。

嬴驷书房的灯光直亮到五更。听完追踪剑士的禀报，嬴驷更加确定了那个隐隐约约的预感。可是，显然还有一种力量在监视这个“楚国商人”。会是谁？屈指算来，可能的只有公父、商君或者伯父嬴虔。那么，最有可能的是谁？嬴驷一时想不清楚。但有一点他很清楚，就是绝不能教任何人发现太子府在跟踪监视这个“楚国商人”。心念及此，他立即召来家老，吩咐撤销对“楚商”的监视，并且严禁府中两个秘密剑士踏出府门。

带着理不清的困惑，嬴驷在曙光初上时才沉沉睡去。直到商鞅到来，嬴驷才被内侍唤醒。

五　太子嬴驷乍现锋芒

嬴驷有些惊讶，商君从未来过太子府，今日登门有何大事？

他立即吩咐家老恭敬接待，便匆匆起来梳洗。片刻之后，来到正厅，嬴驷带着歉意拱手作礼："嬴驷怠惰，望商君见谅。"商鞅离座拱手道："偶有误时，也是寻常。"嬴驷请商鞅入座，自己坐在对面，毕恭毕敬道："嬴驷正要到商君府拜望求教，不意商君亲自前来，惭愧之至。"商鞅没有寒暄，径直道："鞅今日前来，有大事相商。"

"嬴驷谨听教诲。"话一出口，嬴驷就有些懊悔，生气自己不由自主。从少年时起，嬴驷就有些怕这个冷峻凌厉不苟言笑的权臣。他觉得此人生硬得不近人情，几乎不和任何人私下交往，除了国事还是国事，除了变法还是变法，在秦国犹如鹤立鸡群一般。就连那身永远不变的白衣，在一片粗黑的秦国殿堂也显得那样扎眼。此人身上有一股无形的威慑力，令人敬而远之。嬴驷少时见了他就怦怦心跳。犯法"放逐"的磨炼，虽然使嬴驷对商鞅有了真正理智的评判，对他的雄才大略与扭转乾坤的功业钦佩得五体投地，但内心深处那份忌惮却始终不能消除。他也想在商君面前坦然一些自如一些，但总是不由自主地拘谨，不由自主地恭敬，比在公父面前还窝囊，连自己都觉得颇显别扭，真教人懊恼。

商鞅浑然没有察觉，侃侃道："君上病情已经传遍天下，中原六大战国和洛阳周室，陆续派特使前来探视君上病情，目下都住在国宾驿馆。太子以为，七国特使来意何在？是真的关心君上病体么？"

"嬴驷以为，彼等名为探病，实为探国。"

"太子所言极是。"商鞅露出欣然微笑，"探国之本意，却在何处？"

嬴驷沉吟片刻，谦恭笑道："敢请商君拆解。"

"自春秋以来，国强一代者屡见不鲜，国强两代者屈指可数，国强三代者闻所未闻。此所谓，君子之泽，三世而斩。战国以来，魏国历文侯、武侯两代变法，方成天下第一强国。如今，第三代魏王却日见衰落。这是变法强国三代而弱的明证。殷鉴不远，在夏后之世。如今我秦国历经变法二十余年，已隐隐然成为天下第一强国。中原战国岂能甘心？彼等所望，秦国新法能在君上之后改弦更张，盼望秦国的强大变成彗星，一闪而逝。而改弦更张之厚望何在？在太子，在储君。是以，七国特使之本意，不在探秦公之病情，而在探秦国之变数。确切言之，要探清太子之心。”商鞅以他一以贯之的风格，说得明晰透彻。

嬴驷由衷钦佩商君的深彻洞察与犀利言辞，自己觉得不好说清的东西，商君总能三言两语刀劈斧剁般料理开来，如此才华智慧确实旷古罕见。嬴驷频频点头道：“商君是说，彼等要看嬴驷能否将新法坚持下去？要看嬴驷是否有治国才具？”

“正是如此。”

“商君以为，此事当如何处置？”

“君上病体虚弱，不宜接见特使。以臣之见，当由太子出面，接见七国特使，臣陪同之。太子须得借机申明，坚持新法国策乃既定决心。否则，君上万一不测，六国极可能联合攻秦。”

“商君勿忧，嬴驷能做到。”

咸阳的国宾驿馆坐落在宫城外最宽阔的一条大街上。这条大街没有民居，没有商市，干净整洁，极有气魄。当初商鞅营造咸阳时，就对秦孝公提出“不拘周礼，营造大城，虑及后世，独步天下”的建都主张，将咸阳城建得宏大严谨，远远超过了周室的王城洛阳。

战国初期，虽然周礼已经崩溃，但在城堡建造方面依然沿袭着《周礼》的基本定制。这种沿袭，虽然已经不再具有必须遵从的“王法”意义，而仅仅作为一种建筑传统被沿用，但也极大地束缚着人们对都会建造的创新。《周礼》中有一篇《考工记》，就是专门规定各级都会的建造规模及规划方式的。其中的《匠人营国》一节，详尽规定了天子都城（王城）与大小诸侯的都城以及卿大夫“采邑”（城堡）的建造规制：

匠人营国，方九里，旁三门。国中九经九纬，经涂九轨。左祖右社，面朝后市。内有九室，九嫔居之。外有九室，九卿朝焉。九分其国，以为九分，九卿治之。

王宫门阿之制五雉，宫隅之制七雉，城隅之制九雉。

经涂九轨，环涂七轨，野涂五轨。

门阿之制，以为都城之制。宫隅之制，以为诸侯之城制。环涂以为诸侯经涂，野涂以为都经涂。

这种都城建造（营国）的“王法”，对都城规模（方九里）、街道数目（九经九纬）、宽窄（王城街道并行九车，环城道路并行七车，野外道路并行五车）、宫城高度（宫门屋脊高五丈，宫殿屋脊高七丈，城墙高九丈）、等级规制（诸侯都城与天子宫城大小同，诸侯都城的干道与王城的环城道路同，卿大夫的城堡街道与野外道路同）等都做了严格限制，不得越雷池半步，否则就是“僭越”之罪。

春秋末期，天下诸侯对这种“王法”已经不屑一顾。齐国丞相管仲公然主张，都会之功能应为“定民之居，成民之事”；都会等级当以占地大小、人口多少来划分，万户之城即可称为“国”，千户之城即可称为“都”。这就是所谓的“万室之国”与“千室之都”。管仲还对建立国都提出了大违“王法”的自然地势主张：“凡立国都，非于大山之下，必于广川之上。高毋近旱，而水用足。下毋近水，而沟防省。”[1]尽管这在观念上已经大大破了周礼“王法”，但在实际中却没有一个诸侯国实施，包括齐国的临淄。

[1] 见《管子》中《乘马》《小匡》《立政》等篇。

作为新建都城，咸阳充分体现了不拘“王法”的创新实践。

就地理形势而言，咸阳是广川在前，大山在后，水用足，沟防省，旱涝无忧。就规模而言，咸阳则大大超出了天子“方九里”的规模，更不用说诸侯都城的三五里城堡。咸阳城墙边长十里有余，达到了周长四十余里的宏伟规模。仅咸阳城南的白玉渭桥，就宽六丈余，长三百八十步，可并行九车。

咸阳城最特殊的，还是城内布局的创新。创新的根本点是“成民之事”，而不再是“宣王之德”。咸阳城内划分了宫廷区、官署区、商市区、仓廪区、匠作区、国宅区、编户区、宗庙区等八个区域，将城内官民的居住部署得井井有条。更重要的是，商鞅对都城治理也极为严格，“弃灰于道者，刑”。正因为如此，城中街道宽阔，林木苍翠，整肃洁净。车道、马道、人行道截然分开，井然有序。中原商贾与各国使节，一入咸阳便感到一种严整肃穆而又生机勃勃的强国气象，不由得便肃然起敬。

这国宾驿馆，便建在国宅区内。所谓国宅区，是大小官员和有爵贵族的府邸区域。这里街道宽阔，幽静整洁，车马长流，既不冷清也不喧闹，自然是咸阳城内的风华中枢之地。对于使者们，住在这里，与官员交往大是方便。对于秦国官府来说，既便于对重要使臣保护，更便于对心怀叵测的使者进行监视。各得其所，皆大欢喜。

秦孝公病势沉重的消息传到中原，六大战国纷纷派出使臣“抚慰探视”。魏国齐国楚国的使臣还带来了本国名医和名贵药材。这些使臣大部分在咸阳已经住了两三个月，丝毫没有走的意思。他们每隔两三日便派出飞骑回国报告，对秦孝公的病情起伏很是清楚。这次秦孝公再次病倒，六大战国和洛阳周室立即派出重要大臣做特使，专程赶来咸阳。这一次，特使们已经不再议论猜测秦公的病情了，相逢一笑，便匆匆地出去奔忙。回到驿馆，则三三两两地秘密交换传闻，气氛大是神秘。

前几日，七国特使已经分别上书，请求晋见太子与商君，“递交国书，以释疑惑”。但却始终不见回音。特使们纷纷议论猜测，都认为这是个微妙迹象——一向不拖泥带水的商君府竟无暇顾及各国特使了，可见秦国宫廷的争夺已经何其紧迫。这天，特使们都没有出驿馆，不约而同地聚到驿馆大厅饮茶议论，一片轻松笑谈。

“太子、商君车驾到！”驿馆门庭传来响亮的报号声。

特使们你看我我看你，一片惊愕沉默。楚国特使江乙颇有头脑，悠然一笑道：“好事啦，迎接太子、商君啦。”特使们醒悟过来，纷纷整衣起立，在门厅下站成一排，拱手相迎：“参见太子！参见商君！”

商鞅拱手作礼，微微笑道：“有劳迎候，敢请诸位特使厅中就座。”

进得大厅重新列座。太子嬴驷居中，商鞅左侧相陪。七国特使则按照大小国次序坐定，左手（东侧）为齐、楚、魏三使，右手（西侧）为赵、燕、韩三使。周室王使虽是虚空名位，然有“天子”名分，各国在礼仪交往中素来照顾，坐在了与太子遥遥相对的南面，算是特使首席的名义。待特使们坐定，九名捧盘侍女鱼贯而入，每张长案上有了一鼎一爵，鼎中热气腾腾，爵中米酒溢香。特使们却仿佛没有看见，目光尽都凝聚在太子嬴驷的身上。

迎着特使们炯炯审视的目光，嬴驷坦然笑道：“诸位特使风尘仆仆，前来探视公父病情。秦国向贵国国君、诸位使臣深表谢意。公父病体尚未康复，不便召见诸位使臣。今日由本太子与商君小宴诸公，望诸公痛饮畅言，嬴驷与商君竭诚奉陪。”

“谢过太子！谢过商君！”

嬴驷举爵道：“嬴驷与商君，代公父为诸公洗尘，干此一爵。”说完一饮而尽。

“愿秦公早日康复！”特使们齐声祝愿，也是一饮而尽。

商鞅笑道：“太子总摄国政，诸公对秦国事，太子尽可决疑。”

此言一出，特使们颇感惊讶。按照常例，国君病危的交接关头，储君权臣都尽可能地回避公开国务，尽可能不给朝野对手留下口实。如何秦国竟反其道而行之？沉默有顷，燕国特使小心翼翼道：“敢问太子，近年列国传言，秦国权贵元老力图恢复祖制旧法，不知此说可有根基？”

嬴驷心中冷笑，从容自如地笑道：“商君变法二十余年，从来就有反对者。然新法已成秦国朝野大势，任谁也无可阻挡，此乃天下有目共睹。至于居心叵测者散布流言，蛊惑视听，此乃违法罪行。一经查出，即刻惩治，绝不宽恕。请诸公禀报贵国君主，秦国永远不会恢复旧制，权贵元老复古之说，亦属以讹传讹。”

一番话沉稳精当，特使们不禁暗暗惊讶。

魏国特使笑道：“禀报太子，魏国与秦国相邻，魏王诚望两国捐弃前嫌，修好邦交。魏王之意，秦国已经收回河西之地，恢复了穆公疆土。然魏国民众被秦国裹胁逃亡者，有万余户，计约十余万人丁，至今仍居秦国。魏王恳望秦国，遣返我逃民，冰释前嫌，不使邻国反目。”此一番话软中带硬，颇有威胁意味。

韩国特使立即呼应：“韩国也有数万民众逃居秦国，恳望遣返。”

赵国特使也高声接道：“赵国也有近十万人丁，被秦国裹胁出逃，秦国当尽快遣返，以安赵国人心。”

嬴驷哈哈大笑，良久方收敛笑容揶揄道：“三晋特使是否名家门下？真乃辩才也。鸡三足、马三耳，尽有说辞矣。嬴驷不才，请教三位：秦本穷弱，三晋之民却何以逃离祖国本土而入秦国？何谓裹胁？出兵劫持还是四面游说？何谓冰释前嫌？魏国夺我河西之地五十余年，秦国收复，竟要以遣返逃民为回报，这就是冰释么？此情此理，真道的令人拍案惊奇也。”三晋特使一时无言相对，嬴驷却骤然正色道：“嬴驷正告诸公：天下民众，从善如流。三晋百万人丁，是秦国新法吸引而来，绝非裹胁劫持而来。移民居秦，有田可耕，有屋可住，衣食温饱，有功受爵，三年不纳赋，五年不抽丁，他们自然不断流入。秦国救民于水火之中，若遣返移民，天下公理何存？正道何在？若贵国因此而反目，只怕是秦国要增加更多的土地城池人丁了，又何惧之有？若要贵国君臣安心，大约总要自己明修国政，亡羊补牢了。”

入情入理，软硬不吃，又给三晋特使一个强硬的警告，当真出色。

商鞅微笑点头。

三晋特使尴尬得抽搐着嘴角笑不出声。这时，楚国特使江乙轻蔑地笑了。他觉得三晋特使愚不可及，竟然在这最敏感的时期向秦国施压，企图解决多年悬而未决的难题，不是找钉子碰么？魏国尤其不是好东西，那年出尔反尔，曾经让江乙颜面丧尽，今日看着魏使出丑，江乙倍感开心。他一脸谦恭的笑容道：“楚国僻处南疆，极少与闻中原之事。然听说太子当初也曾反对新法，且受到处罚。是以，人言秦公百年之后，秦国将如楚悼王死后一般结局，太子以为如何？”

“楚人预言，若杞人之忧天。”嬴驷微笑道，“本太子少年时不明事理，确曾触犯新法，然却不是反对变法。后来，嬴驷在秦国山乡体察磨炼多年，与庶民国人感同身受，深知新法乃秦国强盛、庶民富足之根本。皮之不存，毛将焉附？纵然有谁想做楚悼王身后的复辟逆臣，秦国朝野臣民岂能坐视？诸公须知，楚悼王与吴起变法，只有短短五年。而公父与商君变法，却是二十余年。新法根基之差异，列位须仔细斟酌。”说到后边，嬴驷已经是目光凌厉，冷峻异常。

大厅中的气氛一时间肃杀起来。周王特使本对此事无关痛痒，周室与秦国素来有“同源”之情，倒是希望秦国强大起来，但又怕秦国强大后觊觎洛阳。这个特使的唯一任务，就是探听秦国新君有无东扩野心？以秦国储君目下之心态，当务之急乃国内大政，决然无力东出。他心中有数，举爵轻松笑道：“我说诸公，秦国有储君若此，何愁不能长治久安？还是我等为秦公康复，为秦国昌盛，干此一爵。”

特使们恍然醒悟，一齐举爵：“为秦公康复，为秦国昌盛，干！”

嬴驷点头笑道：“商君，我等也为秦国与天下交好，干此一爵。”

商鞅欣然举爵，一饮而尽。

六　商君府来了名士说客

回到府中，已是午后。商鞅感到很疲倦，又很轻松，想卧榻休憩片刻，却又不能安枕。

太子嬴驷今日第一次在重大国事场合露面，也是商鞅第一次见到嬴驷处置国务的才干。虽然他对太子的性格能力有一个基本估价，但的确没想到他能做得如此出色，沉稳的气度、恰到好处的措辞、敏锐的反诘辩驳、敦厚之中的烁烁锋芒，无一不充溢着纵横捭阖的王者气象。所有这些，都是拿捏不出来的，也是苦思不出来的。只有久经磨砺的胆识和与生俱来的天赋、本色坚刚的性格，才能融合成这种出类拔萃的应变能力。商鞅的宽慰正在这里。他和秦公肝胆与共的最初岁月，一个二十三岁，一个二十二岁。可如今的嬴驷，已经是三十岁的人了，身后之事，夫复何愁？看来，只要陪秦公走完这最后一程，他就可以心安理得地辞官归隐了……

荆南匆匆走了进来，递给商鞅一幅布画：一个灰色影子蹿上了门额写着“太师府”的屋脊，屋脊暗处趴着另外一个黑影。

“谁？”商鞅指着那个黑影。

荆南摇摇头。

“跑了？”商鞅指指灰色影子。

荆南点点头，又指着黑色影子比划了几下。

商鞅踱步沉思。荆南已经弄清楚，那个灰色影子正是逃刑易容并对他行刺的公孙贾。为了钓出公孙贾背后的势力，商鞅命令荆南对公孙贾“只跟不杀”。可是，还有何等人也在跟踪公孙贾，并且显然要杀之后快呢？若非荆南阻拦，公孙贾这条线岂不有可能随时断掉？谁？谁要杀公孙贾？嬴虔么？可嬴虔已经死了。甘龙么？甘龙也已经死了。可是，既然甘龙死了，公孙贾闯进去有何意图？……一时间商鞅想不清楚，回身指着布画道：“继续跟踪灰人，查清黑人来路。”

荆南“咳”地答应一声，出门去了。

家老轻步走进：“禀报商君，门外有一士人求见，自称云阳赵良。”“赵良？”商鞅思忖有顷，恍然笑道，“啊，想起来了。”说着走出书房迎到了门厅。遥见门廊外站着一个中年士子，散发大袖，黑衣长须，面带微笑，颇显儒雅洒脱。商鞅在门厅下拱手笑道：“来者可是稷下名士，赵良兄台？”

“然也。在下正是赵良。”来人矜持的微笑中颇有几分揶揄，“只是想不到商君竟能垂驾出迎，赵良受宠若惊了。”

商鞅爽朗大笑：“名士无冠，王者尊之，况乎鞅也？请。”

进得书房，商鞅请赵良面东上座，自己主位相陪。仆人上得茶来，掩门退出。商鞅慨然一叹：“赵兄此来，令弟赵亢已不能相见，何其不幸也？望兄节哀。”

赵良微微一笑：“赵亢触犯法令，赵良唯哀其不幸，怒其不争。商君不必挂怀，国事私情，孰轻孰重，赵良尚能分得清白。”

“先生胸襟若此，鞅不胜感念。先生从天下第一学宫归来，堪为良师益友，敢问何以教我？”商鞅觉得赵良话头有异，想教赵良一抒块垒。

赵良道：“仆不敢受命。孔丘有言，推贤则贤者进，聚不肖则能者退。仆不肖之辈，焉能与商君做良师益友？”

商鞅淡淡一笑：“儒家之士，以守为攻。先生必有后话，请。”

“人言商君以刑杀为法，小罪重刑。可否允我言之无罪？”

看着赵良貌似轻松揶揄却又透着一丝期期艾艾的紧张，商鞅终于忍不住大笑起来：“名士立言，何惧生死？稷下论战之风天下闻名，可只有儒家的孟子大师请杀过论战之士。先生莫非以为，天下士人皆如孟子？”

赵良略显难堪，咳嗽一声，进入正题道：“敢问商君，为政自比何人？”

商鞅微微一笑，已知赵良欲去何处，悠然道：“鞅求实求治，不以任何先贤自比。然在秦国，总可超越百里奚之业绩也。”

赵良肃然摇头：“仆则以为，商君可比管仲、李悝、子产、吴起，甚至超越彼等。然则商君最不能比的，正是这百里奚。”

“愿闻其详。”

“百里奚之与商君，乃治国两途，犹南辕北辙，冰炭不能同器也。一言以蔽之，百里奚乃王道治国，恃德为政。商君乃霸道治国，恃力为政。恃德者昌，恃力者亡，此千古典训也。岂能相提并论？”

“敢问先生，百里奚何以恃德？鞅何以恃力？”

赵良侃侃而论：“百里奚相秦，不颁法令，唯行仁德。静则布衣粗食，动则安步当车。居家不使仆役，出行不带甲兵。夏不张伞盖，冬不着轻裘。国无重刑，民无诉讼。邻国有灾，秦国救粮。是故功名藏于府库，德行流于天下。巴蜀致贡，八戎宾服。由余闻之，叩关请见。天下英才，莫不望秦。百里奚死，男女流涕，童子不歌谣，舂者不相杵。此等王道大德，方成就穆公一代大业。然则，商君治秦，不思德化，唯恃刑法，小罪重刑，滥施杀戮。庶民国人，连坐伤残，公室贵族，刑罚加身。民有灾祸，不救反杀。恃兵夺地，威逼四邻。更有甚者，商君出行，铁骑森严，矛戈耀日，行人远避，旁车下道。《诗》云'得人者兴，失人者崩'。君之所为，尽失人心，岂能久长？"一篇说辞，慷慨流利。

商鞅依旧淡淡笑着："敢问先生，恃力之徒，如之奈何？"

赵良说得气盛，顺势直下道："方今秦公垂危，君已危若朝露。朝中贵族包羞忍耻，闭门待机。庶民国人怨恨重重，隐隐欲动。为君谋划，不若作速归隐封地，灌园读书，请新君大赦罪犯，恢复王道，了却臣民怨恨，或可自安。若恃宠蓄怨，则君之危难，翘首可待也。"

商鞅离席而起，锐利的目光盯着赵良，恍然长叹一声，突然仰天大笑道："赵良啊赵良，原来你是替人游说而来也，用心良苦。难怪先以言之无罪立身，而后大放厥词。大伪若此，却居然以王道正义自居，实乃天下奇闻也。可否容我回答几句，先生带给背后之人？"

"商君请讲。"赵良显得有些窘迫。

商鞅缓缓踱步，平静淡漠道："恃德恃力之说，鞅本不屑批驳。然若先生等一叶障目之士，岂能不彰显泰山？治国不恃力，安得有国？恃力者，治国之大德也。若无军队、牢狱、法令、官吏等根本之力，天下安得有序？强力乃国家之本，德行乃为政之末。若皮之与毛，皮之不存，毛将焉附？禹不恃力，何以立夏？汤不恃力，何以灭夏？文王武王不恃力，何以灭商？周公不恃力，何以剪灭管蔡？何以推行周礼？凡此种种，不在是否恃力，而在恃力所求之目标若何。恃力求治，国强民富，此为天下大德，何错之有？《诗》云：'忘我大德，思我小怨'，诚先生之谓也。先生人等，不思法治之大德，唯计世族之恩怨，推百里奚为圣贤大道，斥商鞅新法为酷刑恶政。此等陈词滥调，早已被天下唾弃，先生却奉若圣明，以此教训于人，岂不令人喷饭？”商鞅说着，哈哈大笑起来。

“百里奚之德政，流传千古！”赵良梗着脖子红着脸。

商鞅道：“百里奚虽贤，然其治国之农夫做派，根本不足效法。小国寡民，犹可为之。千里万里之大国，百万千万之人众，若安步当车，早亡国崩溃矣！民众本非弱婴，若百里奚者，偏以慈母自居，视民众如婴幼儿般抚弄，致使民风懦弱，强悍之气尽消。行事不遵法令，唯赖人治斡旋。此乃治国之恶习痼疾也，行于国则国亡，行于家则家破。百里奚之后，秦国羸弱五代，百年间无力崛起。此种德政，天下有识之士尽皆视作迂腐笑谈，先生却视若珍宝，当真是儒家痴梦也。”

“纵然如此，百里奚名传后世。商君如何？却有杀身之祸！”显然，这是最大法宝，赵良拭着额头细汗，脸上却生生溢出紧张的笑容。

“至于个人之生命祸福，鞅早已置之度外了。”商鞅笑道，“春秋以来，多有名士学人以全身自保作为功业最高境地者。否则，先生岂能充当说客而踌躇满志？然则先生有所不知，世间亦有极心无二虑，尽公不顾私者，从来不依个人生死做进退依据。你们儒家不是也讲杀身成仁、舍生取义么？国家要强大，就要付出血的代价。民众的血，大臣的血，王公贵族的血，战场的血，刑场的血，壮烈的血，冤屈的血。国家若大树，国人敢于以鲜血浇灌，方能茁壮参天。一个惧怕流血的国家，一个惧怕做牺牲上祭坛的执政家，永远都不会放开手脚治理国家。此中，何尝不包括鞅之鲜血？大德恢恢，此心昭昭。鞅之个人生命，将与新法同在，岂有他哉！”

赵良痴痴地望着商鞅，胡子翘了起来，却又久久地沉默着。

七 秦孝公梦断关河

春耕大典时，秦孝公病势更加沉重了。

人们都以为熬过了冬天，国君的病情自然会减轻许多。可谁也没想到，恰恰在这春暖花开的时节，秦公进入了垂危之际。太子嬴驷主持了启耕大典，却全然没有往年的欢腾景象，朝臣国人都沉甸甸地笑不出来。就在这天晚上，秦孝公拉住守在榻前的商鞅的手，说了一句："明日，去，函谷关。"便颓然昏睡了过去。太子惊讶困惑地望着商鞅，不敢说话。商鞅眼中含泪，握着孝公双手，哽咽点头。

嬴驷低声道："商君，能行么？"

商鞅喟然一叹："自收复河西，君上尚未亲临函谷关。这是最后心愿……"

次日清晨，国尉车英亲自率领一千铁骑，护送着一列车队开出了咸阳东门。中间一辆车特别宽大，四面垂着厚厚的黑色布帘，车轮用皮革包裹了三层，四匹马均匀碎步，走得平稳异常。这正是商鞅亲自监督，为秦孝公连夜改装的座车。商鞅、嬴驷各自乘马与孝公座车并行，上大夫景监率领其他臣僚殿后。

暮春时节，渭水平原草长莺飞耕牛遍野。宽阔的夯土官道上垂柳依依，柳絮如飞雪飘舞，原野上麦苗已经泛出了茫茫青绿，村落炊烟袅袅升起，鸡鸣狗吠依稀可闻，一片宁静安乐的大好春光。不消一个时辰，古老栎阳的黑色箭楼遥遥在望。商鞅向座车一看，秦孝公已经教玄奇打开了绵布帘，依着厚厚的绵被靠在车厢板上，凝神望着栎阳，眼中闪着晶莹泪光。

嬴驷扬鞭遥指道："公父，栎阳已经更名为栎邑。她的使命完成了。"

秦孝公喃喃自语："雍城，栎阳，咸阳。这段路，秦人走了四百余年啊。"

栎阳向东不远，渭水两岸白茫茫盐碱滩无边无际，蓑草蓬蒿中的一片片水滩泛着粼粼白光。春风掠过，卷起遍野白色尘雾，变成了呼啸飞旋的白毛风。玄奇要将车帘放下来，秦孝公拉住了她的手，一任白毛风从脸上掠过。

商鞅上前扬鞭遥指道："君上，秦川东西八百里，这盐碱地恰在腹心地带。从咸阳西一直延伸到下邽，将近洛水方止，占地数百万亩。要使这盐碱滩变成良田沃野，就要大修沟渠，引水浇灌。若秦川人口达到三百万上下，就有能力开数百里大渠了。那时候，秦川将富甲天下，变成天府之国！"

秦孝公殷殷地望着太子。嬴驷高声道："儿臣铭记在心！"

越过华山百余里，车马铁骑开进了桃林高地。人们说，夸父逐日便是渴死在这里的。夸父的手杖化成了千万株桃树，这片山原便叫做了"桃林"。每逢春日，这里的山原沟壑开遍了姹紫嫣红的各种桃花，装点在万绿丛中，使这莽莽苍苍的山原平添了几分柔媚。实际上，桃林高地是一片广阔的山原，北抵大河，南至洛水[1]，沟壑纵横，极其闭塞。函谷关其所以险要，就是因了它是桃林高地的出入口。函谷关卡在峡谷东边入口，本来就已经是难以逾越的形胜要塞了。然而进了函谷关，还要穿越桃林高地仅有的一条数十里长的峡谷险道，才能进入关中平川的东头。这就是函谷关之所以成为天下第一要塞的根本所在。秦孝公久历军旅，却只有一次登临过梦萦魂牵的函谷关。收复河西后，本当前来巡视登临，却又腾不出整段时日，便一拖再拖了下来。直至病体垂危，他

[1]　洛水有两条，秦国境内的洛水经今日陕北流入渭水，南洛水则经洛阳流入黄河。这里是南洛水。

才意识到这是多么大的一个缺憾。

车马辚辚，穿行在桃林高地的峡谷。秦孝公兴奋地靠在车厢上，命内侍揭掉车顶篷布，打开四面车帘。放眼四望，头顶一线蓝天，两岸青山夹峙，铁骑仅能成双，车辆唯有单行。他的座车已经卸去了两马，还要小心翼翼地避开触手可及的岩石枯树。秦孝公望着两岸高山，不禁笑道："商君啊，敌军即或进了函谷关，这高山峡谷之上只要有数千兵马，也足可当得十万大军！"

"有此天险，秦川便是金城汤池。"商鞅在车后也笑了。

"看！函谷关城！"嬴驷惊喜地扬鞭指向谷口。

此时峡谷稍宽，遥望谷口，但见一座卡在两山之间的城堡巍然矗立，黑色的"秦"字战旗迎风猎猎，城楼兵士衣甲鲜明矛戈如林，呜呜的牛角号悠长地响彻山谷。片刻之间，马蹄如雨，一队骑士飞驰而来，滚鞍下马："函谷关守将司马错，率副将参见君上！参见国后！参见太子！参见商君！"一员甲胄鲜明的青年将领报号作礼。

秦孝公扶着车厢奋力站了起来："诸位将军请起。来，上函谷关。"孝公知道，像这样的关城，无论是轺车还是骏马都不能到达城上。虽然是病体支离，他还是要亲自登临函谷关。

"君上且慢。"司马错一招手，身后疾步走来一队抬着一张木榻的步卒，"君上请上榻。"说着亲自来扶。

秦孝公摇摇手，脸上泛着兴奋的红光："不用。我自己走上函谷关！"

商鞅向司马错摆摆手。司马错略一思忖，一挥手，士卒在道边两列肃立，一副应急姿态。玄奇知道孝公秉性，笑道："诸位自走，我来照应便是。"说着给秦孝公披上了一件黑色皮裘，轻轻扶着他走向函谷关的高高石梯。

登上函谷关，正是斜阳倚山霞光漫天的傍晚时分。函谷关正在山原之巅，极目四望，苍茫远山被残阳染得如血似火，东边的滔滔大河横亘在无际的原野，缕缕炊烟织成的村畴暮霭恍若漂浮不定的茫茫大海，天地间壮阔辽远，深邃无垠。

秦孝公扶着垛口女墙，骤然间热泪盈眶，眼前浮现出壮阔无比的画卷：十万铁骑踏出函谷关，黑色旌旗所指，大军潮水般漫过原野；一日之间八百里，一举席卷周室洛阳、韩国新郑、魏国大梁；越过淮水，楚国郢都指日可下；北上河内，一支偏师奇袭赵燕，势如破竹；大军东进，三千里之外决战齐国，一鼓可定中原天下……

秦孝公深重地叹息一声，上天啊上天，假使再给我二十年岁月，嬴渠梁当金戈铁马定中原，结束这兵连祸接的无边灾难，还天下苍生以安居乐业。何天不假年，竟使嬴渠梁并吞八荒囊括四海包举宇内席卷天下之雄心，化作了东流之水？上天啊上天，你何其不公也……

"君上！"商鞅猛然听得秦孝公呼吸粗重，觉得有异。

话音方落，秦孝公猛然喷出一股鲜血，身体软软后倒。

玄奇惊叫一声，揽住孝公，紧紧抱在怀中，坐到地上。

秦孝公睁开眼睛，伸手拉住商鞅，粗重地喘息着："商君，生死相扶……我，却要先去了。不能，与君共图大业，何其憾也……"

"君上……"商鞅泪如泉涌，泣不成声。

"驷儿，"秦孝公又拉过太子的手放到商鞅手中，"商君，天下为重。嬴驷可扶，则扶。不可扶，君可自，自为秦公。切切……"

"君上！"商鞅惊悲交加，不禁伏地痛哭，"太子一代明君，君上宽心……"

秦孝公挣扎喘息着："玄奇，记住，我的话……墨子，大师……"

"大哥，我记住了，记住了……"玄奇将孝公揽在怀中，突然放声痛哭。

秦孝公慢慢松开了双手，颓然倒在玄奇怀中，两眼却睁得大大地“看”着嬴驷。

“公父！”嬴驷浑身一抖，哭叫一声，颤抖着双手向公父的眼睛上轻轻抹去……

周围臣工和函谷关将士一齐肃然跪倒。

城头两排长长的号角面对苍山落日，低沉地呜咽着，嘶鸣着。

公元前338年，壮志未酬的秦孝公嬴渠梁逝世了，时年四十六岁。

商鞅霍然站起：“诸位臣工将士，目下非常时期，不能发丧，不能举哀。一切如常，不许有丝毫泄露。”景监一挥手，城头悲声骤然停止。

商鞅巡视众人一眼，立即开始下令：“国尉车英，即刻带五百铁骑，护送太子昼夜兼程回咸阳，与咸阳令王轼会同，密切戒备都城动静。但有骚乱，立即捕拿！”

“遵命！”车英大步下城。

“函谷关守将司马错，立即封锁函谷关，不许六国使臣商人出关！”

“遵命！”司马错转身一声令下，函谷关城门隆隆关闭。

“上大夫景监，带领随行臣工、内侍并五百铁骑，护卫君上，常速返回咸阳！”

“遵命！”景监大步转身，立即部署去了。

商鞅回身对嬴驷叮嘱道：“太子，你且先行回到咸阳，做好镇国事宜。我护送君上后行，回到咸阳即可发丧。”

嬴驷深深一躬：“多劳商君了。”转身向孝公遗体扑地一拜，挥泪而去。

三天后，秦都咸阳隆重发丧，向国人宣告了国君不幸逝世的噩耗。

咸阳城顿时陷入无边的悲伤呜咽。四门箭楼插满了白旗，垂下了巨大的白幡。面向孝公陵园的北门悬挂起几乎要掩盖半个城墙的白布横幅——痛哉秦公千古高风。

出丧那日，国人民众无不身穿麻衣头裹孝布，在通向北阪的大道两边夹道祭奠。痛哭之声，响彻山野。秦人对这位给了他们富庶荣耀尊严强盛的国君，有着神圣的崇敬。无论妇孺老小，几乎人人都能讲出国君勤政爱民宵衣旰食的几个故事，对国君的盛年早逝，秦人有着发自内心的悲痛。没有人发动，没有人号令，秦人也素来不太懂得繁冗的礼仪，他们只以自己特有的质朴敦厚送行着他们的国君。大道两旁，排列着各县民众自发抬来的各种祭品，牛头羊头猪头，都用红布扎束着整齐地摆在道边石板上。面人、面兽、面饼、干果、干肉，连绵不断。咸阳北门到陵园的十多里官道上，祭品摆成了一道长河。每隔一段，就有老人们圈坐草席上，手持陶埙、竹篪、木梆、瓦片，吹奏着悲情激越的《秦风》殇乐，令人不忍卒听……这一切，倒是应了孔子对葬礼的一句感慨："与其哀不足而礼有余也，不若礼不足而哀有余也。"[1]

日上山巅，隆重简朴的送葬行列出了咸阳北门。最前方阵是一个白衣白甲高举白幡的步兵千人队，之后是六列并行的公室子弟的哭丧孝子。秦孝公的灵车覆盖着黑色的大布，由四匹白色的战马拉着缓缓行进。太子嬴驷披麻戴孝，手扶棺椁前进。玄奇和荧玉在灵车后左右扶棺痛哭。四名红衣巫师散发持剑，低沉悠扬地反复长呼："公归来兮，安我大秦！""公已去兮，魂魄安息！"巫师后面是四辆满载陶俑的兵车（人殉废除后，陶俑便成为跟随王公贵族到幽冥地府的仆人内侍）。俑车之后，是白衣白马的商鞅，之后是各国使节和步行送葬的百官队伍。

[1]《礼记·檀弓上》，子路引语。

最后的白色方阵，是车英率领的三千铁骑。他们高举着白杆长矛，恍若一片白色的枪林。

送葬长龙堪堪行进到北阪塬下，突然之间，晴朗的天空乌云四合，雷声隆隆，沙沙雨幕顷刻间笼罩了咸阳原野。北阪官道又长又陡，瓷实的夯土路面顿时油滑明亮。探道骑士的马蹄一滑数尺，连续跌倒了五六匹战马。雨大路滑，灵车如何上得这六里长坡？太子嬴驷与送葬大臣们束手无策，在雨中跪倒一片，乞求上苍开颜。列国使臣则无动于衷地站在道边作壁上观。

按照古老的习俗，出丧大雨，乃上苍落泪，本身倒不是“破丧”。然则，若因此阻挡了或扰乱了葬礼照常进行，则是大大的“破丧”，往往会招来无休无止的非议。列国使臣们期盼的正是这一点，他们希望天下因此而将秦孝公看成一个“遭受天谴”的暴君。

此等情形商鞅岂能不知？他策马上前，亲自来到最前面查看，希望想出一个办法来。

正在此时，雨幕中冲来数百名白发苍苍的老人，身后是一大片整肃排列的赤膊壮汉。他们当道跪成一片，为首一个老人嘶声高呼：“天降大雨，上苍哀伤！我等子民，请抬秦公灵车上山！”

商鞅大为惊讶，下马一看，却是郿县白氏老族长。他顾不上多说，含泪问道：“敢问老人家，灵车庞大，天雨路滑，这却如何抬法？”

老人霍然站起，转身高喊：“父老们，闪开！”

老人们哗然闪开，道中赫然现出一个粗大圆木纵横交结成的巨大木架。老人又一挥手，十多名赤膊壮汉哗啦啦一阵响动，又给木架铺上了一层厚厚的木板。

老人回身跪倒：“商君，请国君灵车！”

商鞅泪眼蒙胧，嘶声下令：“灵车上架！”

黑色灵车隆隆驶上了木架，驭手利落地卸去了马匹。

老人从怀中摸出一面白色小旗，高喊一声：“郿县后生听了！前行三十人，挖脚坑！第一抬，九十九人，上！”

只听赤膊方阵中“嗨”的一声，四排手持大杠粗绳的壮汉肃然出列，迅速站到木架四面，“咔！咔！咔！”三声大响，整齐划一地甩下了大绳，结紧了木架，大杠插进了绳套。连环动作，整齐利落，不愧是久有军旅传统的老秦人。

雨幕无边，天地肃穆。白氏老族长向灵车深深一躬，举起令旗，猛然一脚跺下，嘶声哭喊：“老秦人哟！”

“送国君哟！”壮汉们一声哭吼，木架灵车稳稳地升起。

“好国君哟！”一声号子，老泪纵横。

“去得早哟！”齐声呼应，万众痛哭。

“日子好哟！”雨雾萧萧，天地变色。

“公何在哟！”妇孺挽手，童子噤声。

……

大雨滂沱，漫山遍野涌动着白色的人群，漫山遍野呼应着激昂痛楚的号子。

六里长的漫漫北阪，在老秦人撕心裂肺的号子声和遍野痛哭中，灵车走了整整一个时辰。

当灵车被万千民众簇拥着抬上莽莽苍苍的北阪时，风吹云散，红日高照。

山东列国的使臣们简直惊呆了。谁见过如此葬礼？谁见过如此民心？在他们的记忆中，战国以来，赵肃侯的葬礼要算最隆重的了：六大战国各派出了一万铁骑组成护葬大方阵，邯郸城外的十里原野上，旌旗蔽日白幡招展，雄壮极了。然事后想来，那都是“礼有余而哀不足”

的排场而已，如何比得这万千乡野匹夫为国君义勇抬灵，竟在大雨中抬上了六里北阪？如何比得这举国震颤的哀痛？如何比得这无边无际的汹涌哭声？

秦人若此，天下何安？

第十五章 万古国殇

一　沉沉夜幕　重重宫闱

商鞅终于开始忙自己的事了。

从墓地回来，商鞅心里空荡荡的。他第一次感到了失意与沮丧，将自己关在书房里默默流泪。孝公盛年病逝，对他的心灵是重重一击。除了那天下难觅的君臣情谊，除了那同心同德的默契，最令人痛心的，是他们携手相扶的大业半途而废。秦孝公在函谷关远望的愤激与遗恨，正是商鞅最为痛心的伤口。若再有二十年，他们的功业将何其辉煌？只有那时，才可以说，商鞅的法家学说获得了彻底的胜利……如今秦公去了，商鞅才骤然感到了独木难支，感到了秦孝公作为他背后的支柱是何等重要。以他冷峻凌厉的性格，无与伦比的才华，只有秦孝公这样的国君才能让他放手施展。坚实厚重的秦孝公，从来不怕商鞅的光芒淹没了自己，从来都是义无反顾苦心周旋，为他扫清所有障碍。即或是有人风言："秦国民众唯知商君之'令'，而不知国君之'书'。"秦孝公也是微微一笑，不予理睬。而今秦公去了，自己还能遇到如此罕见的国君么？不能了，永远不能了。自古以来，明君强臣之间便是可遇不可求的。

更深人静，商鞅平静了下来。他写好了辞官书，准备新君明日即位后郑重呈送。即位大典的事，他已经交给了景监车英，不用亲自操持了。他要做的是尽快善后，整理准备交接的官文，集中属于自己的典籍书卷，以备辞官后治学。也就是说，他所有的事都集中在书房，书房之外的善后完全用不着他操心。荧玉却觉得他未免太急，侄子刚刚即位，他这位姑父商君就要辞官，总有点儿不妥。商鞅只是笑笑，也不多说，只顾在书房里忙。

商鞅不好对荧玉明说的，是自己的那种异常感觉。

从嬴驷回到咸阳，商鞅就感到了这位太子和自己的疏离与陌生，尽管太子非常地尊重自己，见了自己恭敬得甚至超过了寻常官员。但正是这种“敬”，使商鞅感到了内心的“远”。商鞅虽不善从小处处人，但却善于从大处处人。譬如对待太子，商鞅在二十多年中，竟一直无从弥合他和少年嬴驷之间的伤口。按照常理，小嬴驷犯法理亏，商鞅只要多接触多开导，稍稍给“放逐”中的嬴驷一些照料抚慰，依嬴驷的悟性自悔，这种伤口当不难弥合。但商鞅却从来没有想过这样去做。他的严厉、他的自尊、他的注意力、他的尽公无私、都不允许他这样做。在商鞅看来，一个做错了事的人若再去计较处罚他的人，那是不可思议的。一个志存高远的法家名士，如果再存心回头抚慰依法处置的罪人，同样是不可思议的。即使这个“罪人”具有最特殊的身份，他也不可能改变自己的本色。二十多年后，当商鞅敏锐觉察到这种“敬而远之”时，这种伤口已经成了难以填补的鸿沟。

对人心人情人事的洞察，商鞅又是无与伦比的，这种沟壑看得很清楚。商鞅的过人处，正在于他不会在大局上迷失自己。留在国中，与新君貌合神离，上下不同心，岂能再创大业？况且，新君嬴驷已经完全成熟，自己这个“震主”权臣留在国中，反倒多有不便。更重要的是秦孝公临终前的嘱托：嬴驷能扶则扶，不能扶则商君自立为秦公，使商鞅处于一种微妙的难堪地位。这个嘱托是当众说的，大臣们都知道，商鞅也认为这是秦孝公的肺腑之言。论能力，论实力，论威望，论民意，商鞅都可以做到废嬴驷而自立。按商鞅的本色品格，也绝不会顾忌天下非议与旧贵族的骂声。假若嬴驷真的不堪重任，商鞅是会那样做的，而且毫不犹豫，做得干净利落。

然则，如今的嬴驷完全可担大任，且对新法一力维护，自己如何能因嬴驷与自己“不合”而发难？如果商鞅是一个以权力为第一生命者，也许恰恰这个“不合”，便是发难的最大理由。但是，商鞅毕生追求的恰恰是功业，而不是权力。功业完成之后，仅仅为了保持权力而倾轧，何谈顶天立地之名士？既然认可了嬴驷，就应当为他开道，让他放开手脚去做。一朝天子一朝臣，是明君岂怕找不到良才辅佐？留在国中，嬴驷坐立不安，非议也会纷至沓来，对自己不利事小，引起裂痕内乱事大。

商鞅辞官，还有一个因素，就是想引出那些神秘的影子。

除了秘密活动的公孙贾，商鞅对嬴虔和甘龙的死始终感到蹊跷。尤其在知道了秦孝公那次“元老宴”的真实意图之后，商鞅更是疑虑重重。假如这些“该死”者都没有死，他们显然是将希望寄托在嬴驷身上。这些人发现了何等迹象，笃定嬴驷会支持他们？如果是这样，商鞅倒想看看他们究竟要做何图谋。自己辞官，无疑会引得他们早日出来，若有不测，自己也来得及收拾。

次日清晨，刚刚举行完嬴驷的即位大典，商鞅就将辞官书交给了国府长史。

大典一结束，嬴驷没有接见任何大臣，径自回到了书房。他不急于和任何人共商国是，他要看看动静，因为他嗅到了一股异常的味道——

昨天夜里，他书案上突然出现了一卷没有具名的请举逸民书。方才，长史又呈来了商君的辞官书。他觉得应当好好想想，绝不能轻易动作。

宫中很空旷很冷落。公父的一拨旧人，嬴驷一个都没有用。黑伯那样的老人，嬴驷觉得不放心，他们对公父的旧情太深了。黑伯在公父葬礼之后骤然衰老了，白发如霜，佝偻成一团，失魂落魄地在宫中到处转悠，被嬴驷派人送到南山老太后那里去了。其余旧人一律集中在公父的那座宫室里，等候重新分派。嬴驷从太子府带来的十几个内侍仆从，散布在这偌大宫中无声无息。好在嬴驷习惯了寂寞冷清，觉得这样没甚不好，要得整顺，那要慢慢调理，急躁只能坏事。

暮春初夏，白日虽然长了许多，但天还是不知不觉地黑了下来。嬴驷理清了自己的思绪，坐在灯下打开了那卷神秘的匿名上书，卷首赫然五个大字“请举逸民书”。

臣等昔日获罪者上奏国公：一国之本，在于世族。臣等本老秦旧士，历代追随秦公，浴血沙场，马革裹尸，烈士累累，忠臣锷锷，实乃老秦国脉所系。先君变法，臣等未尝懈怠。然商鞅主政，视臣等为腹心之患，罗织小罪，贬黜杀戮，责之细行，酷刑凌辱。秦国世族蒙冤含恨，子孙凋零，一蹶不振！世族衰微，国脉不存，国公何得安枕？当此之时，商鞅权倾朝野，野心弥彰，必欲杀君自立而后快！臣等孤存忠心，请君上兴灭继绝，大举逸民，倚喋血世族克难靖国，护秦国新法重振大业。耿耿此心，唯天可表。

嬴驷字斟句酌，细细品味，看出了这篇痛心疾首的文字实则是煞费苦心敲打出来。文卷只提商鞅刑杀，却回避商鞅变法，将天下皆知的商鞅变法说成“先君变法”，非但为他们不触动新法找了一个很妙的台阶，而且表明了世族力量志在复出而并不想推翻新法的意图。目的单一，就容易获得他的共鸣首肯。当然，这个谋略的背后，显然是认为嬴驷也对商鞅有着仇恨与戒惧。匿名文卷还隐隐透露出对他的胁迫，“国脉不存，国公何得安枕”？当真是用心良苦。更特异的是，他们匿名不具，竟然采取了刺客游侠式的秘密呈送，分明是在做初步试探，万一失算，使他这个新君也无法急切问罪。

思忖良久，嬴驷没有将这卷特异的“上书”归入公文卷宗，而收进了只有自己能打开的铁箱。他觉得还是要静观，情势不明朗，他绝不会轻易决断。踱步有顷，蓦然想起长史交来的商君上书，立即坐在灯前打开，卷首题目教他心头一跳：请辞官治学书——

臣卫鞅启奏君上：鞅不得志时，闻先君求贤令离魏入秦。尝遇先君求变图强之际，多方考量，论政明志，委臣以治国重任。臣主政二十余载，惕厉自勉，推行变法，未尝懈怠。鞅本布衣之士，得遇先君生死相知，一展所学，此生足矣！今先君已逝，臣痛悲无以自拔，飘忽恍若大梦，悠悠此心，不胜倦怠，自感老之将至，无从专精国事。况新君明锐，才堪大任，胸有成算。臣懵懂在位，于国无益，于事有损。恳请允准臣辞官退隐，治学山林。如此则国家兴盛，臣心亦安。

嬴驷叹息一声，心中微微一阵颤抖。

在嬴驷的心目中，商鞅就像高山之巅的岩石，永远都是冷冰冰的。今日看这辞官书，却是催人泪下，嬴驷几乎难以相信这出自冷冰冰的商君笔下。揣情度理，嬴驷相信商君之言是真实的。他眼前又一次闪过黑伯那失魂落魄的佝偻身影，这些老臣旧人和公父的情谊太深了。公父一死，他们简直如丧考妣。上大夫景监病了，国尉车英在丧礼那天竟哭得昏死在公父墓前，还有那个咸阳令王轼，捶胸顿足地要给公父守陵。更不说一大片赶来的郡守县令，一个个都哭得死去活来，硬是让葬礼磨蹭到了天黑。荧玉姑母与玄奇新母后的悲伤，甚至庶民国人的悲伤，嬴驷都完全理会。唯有这些旧臣老人的深彻悲伤，教嬴驷觉得很是茫然。公父并没有给这些人特异的利益和权力，如何都觉得公父死了就天塌了一般？细细想来，嬴驷觉得公父真是不可思议，竟能如此深彻地将人心聚拢在自己身上。难怪他从来没有觉得商鞅的“威胁”。自己能么？能得到如此深彻的人心么？嬴驷真是心中无底……

如今商君要辞官，也是如此理由，“痛悲无以自拔，飘忽恍若大梦，悠悠此心，不胜倦怠，自感老之将至，无从专精国事”。嬴驷很明白，这是商君的肺腑之言，绝非虚假。可是，商君能走么？当然不能。公父遗嘱，国事情势，朝野人心，都不允许。然而奇怪的是——想到商君要走，嬴驷就从心底渗出一种莫名其妙的轻松。何以如此？嬴驷自己也说不清楚……兹事体大，还是想清楚再说。

旬日之间，咸阳宫没有任何动静。

新君即位，十数日不见大臣，不理国事，非但在秦国闻所未闻，只怕在天下也是绝无仅有。平静沉默的咸阳巷闾之间，渐渐飘出了种种神秘的流言，说商君与新君不和，秘密到商於去了；旧臣称病不起，向新君示威，等等。尽管秦国新法严禁传播流言，流言还是弥漫开来了。

这天，嬴驷接到密报，商君去了商於封地。

嬴驷感到惊讶，辞官书并没有准下，肯定不会是私自辞官离国，商鞅也不是那种有失坦荡之人。那么是国事？也不可能，以商鞅辞官书所述，商鞅何有心情处置国事？纵然当真处置国务，当此时刻，也会禀报出行，如何不告而行？私不能，公不能，究竟何事？嬴驷当真感到吃不准了。

月上柳梢，咸阳宫静谧空旷，波光粼粼的南池映出四面秦楼，楼上传来时断时续的箫声，使层层叠叠的宫城飘忽着峡谷般的清幽神秘。嬴驷正在南池边漫步，遥闻箫声呜咽，不禁仰头望月，轻轻一叹。

“禀报国公，太庙令杜挚求见。”

杜挚？嬴驷心中一动，终于有人忍不住了。他记得，这个杜挚当年是中大夫，甘龙的学生，后来明升暗降做了太庙令，便再也不过问国事了。在所有的贬黜旧臣中，他成了唯一的合法在任者，也是唯一可为匿名文卷做试探的人。嬴驷微微一笑：“请太庙令进来。”

一个身材高大略显驼背的人赳赳走来。从步态看，嬴驷觉得他还年轻，然走近一看，却已经是须发灰白的老人了。

“罪臣杜挚，参见国公。”来人扑地拜倒。

“太庙令安然居官，何罪之有也？”

“老臣几近二十年荒疏国事，深感愧疚，请国公治罪！”杜挚放声痛哭。

嬴驷淡淡漠漠道：“太庙令纵有委屈，何至于此？请起来讲话。”

杜挚哽咽着站起来：“老臣之伤悲，非为一己，而为国公，为秦国。”

“国有何事，令太庙令伤悲若此？”

“启奏国公，国有危难，朝夕将至。老臣故而伤悲。”

嬴驷微微冷笑：“太庙令不怕流言罪么？”

杜挚亢声道：“老臣但知效忠国公，何惧奸人陷害！商鞅未曾离职而归封地，国公可知他意欲何为？”见嬴驷默然不答，杜挚低声道，“老臣友人方从商於归来，亲见商鞅进入秘密谷地调动军马。老臣不胜忧虑矣。”

“太庙令偏有如此友人，巧得很，在哪里？”嬴驷冷冷揶揄。

不想杜挚霍然转身，双手“啪”地一拍：“请老友自己道来。”

话音落点，一个蒙面人顿时站在面前，仿佛从地下冒出来一般。

嬴驷丝毫没有惊慌，反冷冷一笑：“足下不是楚国商人、黑矛之友么？”

蒙面人深深一躬：“秦公慧眼无差，在下商旅无定，也是太庙令故交。”

嬴驷不想在这里追究蒙面人的底细，淡然问：“何事偏教你巧遇了？”

“禀报秦公，在下运货夜过商山无名谷，发现商君入谷。小人原本以为富商隐匿财宝，便尾随探察，想将来劫财盗宝。不料跟随到谷中，发现竟是秘密军营。在下连忙逃回。在下本不以为意，奈何太庙令说此乃国难，硬将在下带来作证。”蒙面人讲话倒真像个贪财未遂的商人语气，一惊一乍，活灵活现。

“你？识得商君？”

“在下见过商君多次，皆在刑场光天化日之下，永难忘记。”

“你记得那道山谷？”“商山之道，在下了如指掌。”

“来人。”嬴驷肃然下令，“派两名特使，随这位先生即刻急赴商山探察。无论有无情事，不许走了此人！”

“谨遵王命！”新由太子府家老升任的内侍大臣，带着蒙面人疾步去了。

“太庙令请回。”嬴驷冷冷一句，转身走了。

半个时辰后，一辆四面垂帘的篷车急速驶出宫城。

篷车来到咸阳商市空阔地带的那座孤独院落前，没有在正门前的车马场停留，而是轻快地驶到了隐蔽的后院门前。车马刚刚停稳，厚重的包铁木门无声地开了。一个白发老人盯着篷车上下来的黑衣人，深深一躬，一言未发，将来人让进，随即关上了大门。

白发老人领着黑衣人穿过几道门厅，进了一座荒芜的园林。园中荒草及腰，假山水池也是草树参差荒凉清冷。月光下，隐隐可见山顶石亭下一个黑影，仿佛一根石柱立在那里凝固不动。白发老人指指石亭，默默走了。

“侄儿嬴驷，参见公伯。”黑衣人走近土山，在荒草中遥遥一拜。

亭中黑影蓦然回身，却是良久沉默，只有粗重的喘息。黑衣人走上石亭，在亭廊下又是一躬：“公伯，别来无恙？”

亭中黑影沉重地叹息一声：“国公，如何知我没有死？”“一支神秘的袖箭告诉我，疑难不解可找公伯。想必也有人告诉公伯我要来。”嬴驷走进了石亭。

“嬴虔戴罪，与世隔绝，心志枯竭，安得谋国？”

“公伯坚忍不拔，断不会一刑丧志。封门绝世，不过是公伯在躲避风暴。如今风浪平息，何拒侄儿于千里之外？”

嬴虔长嘘一声：“驷儿，没有白白磨炼，不愧嬴氏子孙。你且说来，难在何处？”

“其一，那个神秘人物的真实身份？”

“此人乃当年的太子右傅，公孙贾。逃刑离国，屡有奇遇。”

“其二，这些元老旧臣，世族逸民，究竟想走到哪一步？”

嬴虔略有沉吟：“自公孙贾露面，我就精心揣摩其图谋。看来，彼等有两个目标，一是复仇，二是复辟。”

“他们只字不提复辟，反信誓旦旦维护秦国新法。孰真孰假？”

嬴虔冷笑道：“阴谋，策略，而已。第一步，唯言复仇；第二步，唯言复辟。此乃步步为营，用心何其险恶。”

“公孙贾有此谋略，也算重生了。”

“公孙贾有学无识，岂有此等谋划？此乃老甘龙谋划无疑。只有这只老枭有此见识。”

“甘龙？”嬴驷大为惊讶，“那个风烛残年的昏聩老人？”

嬴虔冷冷一笑：“驷儿，你只听甘龙讲过一次书，后即少年出走，何能看透这只老枭？此人机谋善变，深藏不露，狡猾若千年老狐，阴毒如山林老枭。只有他，才是世族逸民的灵魂。你公父当初第一个防备的就是他。平心而论，甘龙生不逢时，偏偏遇上了你公父与商鞅这样的英主强臣，否则，他在任何国家都可倒海翻江。我已派人查清，当年使你闯下大祸的背后黑手，正是这只老枭。”

“啊！”嬴驷不禁一阵颤抖。

多少年了，那个噩梦始终萦绕着他——好端端的封地世族，为什么会送沙砾石子羞辱他？为了解开这个噩梦，他固执地在郿县白村住了三年，结识了当年被他杀死的白氏族人的后代，得知了他们的冤情，也知道了他们在寻觅追查这只黑手。自此，嬴驷彻底明白了自己对封地庶民的罪责，噩梦解开了一半。也就是从那时候起，他心中暗暗发誓，一定要查出这只黑手，食其肉寝其皮。少年仇恨已经积成了冰山，但却从来没有融化，没有流失。此时听得伯父一言，他的冲动几乎要难以抑制地爆发出来，但他还是顽强地克制了自己。既然这只老枭已经出现在面前，就慢慢消受，一刀一刀剐他。他深深地出了一口粗气，颓然坐在石凳上。

嬴虔慢慢讲述了甘龙当年的阴谋：甘龙的长子甘成，秘密挑选了十几个本族农夫，去白里亲戚家帮忙，白日打场，晚上看场。就在农人鼾睡的夏夜，他们偷换了已经封好的赋粮。天一亮，牛车上路，他们便各自告辞，离开了白里……后来，这十几个农夫都在三五年里莫名其妙地死了。

“很平易，是么？”嬴虔淡然道，“然则却最难觉察。甘龙很高明。第一，他选准了阴谋对象，你和白里，这是成功的一大半。其次，他的手段很平易，远远地离开了国府权力的视野。再看看结果，这个阴谋一举改变了秦国的庙堂权力。非但裂权弱君，而且埋下了日后复仇复辟的种子，迫使所有被变法淘汰的怨臣旧族，包括我等，都与他站在一起，何其老辣矣！”

嬴驷已经冷静下来，非常钦佩这个昔日的太子傅上将军。他的坚忍，他的洞察，他的缜密，他的冷静，他的智慧，都足以与甘龙抗衡。而且，他有甘龙不具备的优势，他是王族血统、曾经统率六军的秦国名将。最重要的是，他曾经是商鞅变法的强大后盾，而不是复辟的旧派世族。这一切，都决定了他将成为自己稳定大局的支柱。

心念及此，嬴驷问：“伯父以为当如何应对？”

“两刃一面，将计就计。”嬴虔不假思索。

“两刃一面？将计就计？”嬴驷虽然一下不能解透嬴虔潜心思虑的谋略，但也大体悟到了其中堂奥，不禁微微一抖。

“嬴驷，”嬴虔的声音平淡得像池中死水，“有商鞅在，你就无所作为。有世族逸民在，你亦无所作为。何去何从，你自决断。”

嬴驷深深一躬：“公伯，请允准华妹随我一段时日。”

嬴虔沉吟有顷：“教她去吧，但你要严加管束，不能鲁莽。”

“我自明白。”嬴驷走出石亭，大步穿过荒草去了。

片刻之后，两个黑衣人出了后门，闪身钻进篷车。一阵轻微的车轮声，篷车已经隐没在四更夜幕之中。

二　流火落叶公器心

曙光初上，赴商山的密使飞马疾报：商山无名谷确有军马驻扎，商君尚在谷中未出。

嬴驷不再犹豫，即刻命宫门右将带领三千铁骑飞驰商山要道，务必“请回”商君。又迅速召来国尉车英，查询商山军马系何人调遣。

片刻之后，车英进宫，出示了兵符公书，说明这一万铁骑乃先君下令秘密驻扎在商山，是为了防备楚国北进的驻军。嬴驷松了一口气问：“国尉可知，商君到商山军营，所为何事啊？”车英答道：“臣不知商君赴商山军营。纵然前往，自是国事所需，国公何虑之有？”嬴驷微笑：“楚国未犯，国中无乱，有何国事国君尚且不知？”车英默然有顷，肃然拱手道：“臣启国公，商君胸襟坦荡，尽公无私。先君在日，常未及禀报而处置急务，未尝有丝毫差错。臣以身家性命担保，商君归来时自会向国公禀报。”

嬴驷笑了：“商君乃国家栋梁，本公岂能不知？然则公父新丧，人心易动。商君此举，似有不妥。国尉以为然否？”

“臣可前往，查明此事，与商君同来禀报。”

“不须如此。”嬴驷平平淡淡，“当此非常之时，请国尉调出商山军马另行驻扎，以免国人对商君颇有微词。国尉以为然否？”一副商议的口吻。

车英脸泛红潮，赳赳高声：“此兵马本与商君无关，调动与否，但凭国公！”

“如此，国尉便去处置。”嬴驷倒是丝毫不以为忤，淡漠如常。

车英大步出宫，飞身上马，带领卫队铁骑向商山疾驰而去。

商山峡谷的出口，三千铁骑列成了一个方阵守在当道，等候商鞅出山。

眼见时将正午，谷中却没有动静。正在此时，只听山谷中一阵隆隆雷声，高山上的斥候游骑飞马来报："谷中大军，拔营而出！"宫门右将大为紧张，回身与隐蔽在大纛旗下的一个身影商议了几句，拔剑传令："列开阵势，准备冲杀！"三名千夫长挥动令旗，铁骑分做三个方阵迅速展开，一排牛角号"呜——"地响了起来，这是发动冲锋前的第一次预备命令。六面大鼓在谷口山头一字排开，只待第二遍号声战鼓，便将催动狂飙般的冲锋。

"停！"随着一声长长的吼声，一队骑士闪电般从来路山头冲下，当先斗篷飞动者赫然是国尉车英。

右将出列，高声禀报："报国尉，谷中叛军冲出，末将奉命堵截！"

车英面色铁青，厉声斥责："何来叛军？收起阵形！"

三千铁骑刚刚收拢，谷中大军隆隆开出，遥遥可见当先大旗下一领红色斗篷，竟是公主荧玉。旁边的领军大将是精瘦的山甲，谁也没有看到商君。右将本想上前拦截，但有国尉车英在此，只好悻悻地向身后旗下看了一眼，勒马观望。

出谷大军见铁骑方阵堵在谷口，国尉车英立马阵前，自然勒马停骑。荧玉尚在惊讶，车英已单骑出列高声问道："敢问公主，商君何在？"

"车英，你率铁骑堵在谷口，意欲何为？"荧玉沉着脸问道。

车英："禀报公主，国君命我调出商山兵马，并无他事。"

右将也单骑上前："禀报公主，末将奉国公之令，务必请回商君。请公主见告，商君现在何处？"

荧玉冷笑："请回商君？用得着么？退下！山甲，向国尉禀明军情。”

山甲：“禀报国尉，商君已命令我军开出商山，向国尉请示驻扎地点。”

“好。大军北上，驻扎咸阳东南灞水北岸。”车英说完，命令谷口骑兵闪开道路，谷中大军隆隆开出。车英走马荧玉身旁，低语几句，荧玉顿时面色涨红：“车英，我先回咸阳。”打马一鞭，疾驰北去。

车英回身向愣怔的右将厉声命令：“回军咸阳！”

这宫门右将虽不属国尉管辖，然车英毕竟是新军统帅，身边又正有商山开出的新军一万骑兵，纵想滞留，也怕祸及自身，只好下令撤回咸阳。

荧玉回到咸阳，马不停蹄地直入宫中。车英说的情势令她震惊莫名，如何嬴驷骤然间就要“请回”商鞅？这个侄儿的变化竟如此之快？难怪那天晚上无论她怎么说，商鞅都坚持调出商山兵马。要是按照她的主意，这支军马还不成了商鞅谋反的证据？真真的岂有此理！

刚刚掌灯，嬴驷正在书房浏览近日商君批阅过的公文，一阵急促的脚步夹着内侍的惊叫，荧玉风风火火地冲了进来。嬴驷抬起头一看，训斥内侍：“公主进宫，有何惊慌？下去！”又起身作礼，请姑母入座。荧玉不顾满头大汗，厉声问：“嬴驷，商鞅何罪？要派兵马缉拿！”

嬴驷先笑了：“姑母何出此言？商君进入商山军营，国中流言纷纷。侄儿派人请商君回来，以正视听，何来缉拿之说？”

“嬴驷，你可知商君为何要进商山军营？”

“如若知晓，何须问之。”嬴驷摇摇头。

荧玉从大袖拿出一支亮晶晶的铜管：“打开看看，这是何物？”

嬴驷接过，拧开铜帽，抽出细细一卷绢帛打开，赫然便见公父手迹：“一万铁骑，常驻商山，不听兵符，唯听商君号令！秦公嬴渠梁二十四年三月。”嬴驷看得清楚，立即明白这是公父临终前留下的秘密手令，心中暗暗惊讶，脸上却是平静如常：“那，商君是劳军去了？”

“嬴驷啊嬴驷，你机心何其多也！”荧玉对这个侄儿素来呵护，却想不到他离开十多年竟有如此大的变化，心中又气又急，满面涨红道：“我来告诉你：这道密令是二哥留给我的，言明只要国中有变，密令即交商君之手。你当明白，你公父的用心何在？若你向世族屈膝妥协，这支兵马便是商君平乱靖难、维护新法的铁军！也是废黜你嬴驷的铁军！因了商君执意辞官，我拿出了这道手令，想劝他多留两年，辅佐于你，也可震慑世族力量。可商君坚持认为，你一定能维护新法，留下这支军队只会增加君臣猜忌，竭力要调出商山大军。我被他说服，就与他一起去了商山调出兵马。你说，你疑惑何来？你公父在日，商君多少次不及面君而紧急外出，你公父可有疑惑过一丝一毫？”荧玉愤激感慨，泪水盈眶。

“果真如此，嬴驷负荆请罪。”嬴驷深深一躬。

正在这时，车英匆匆进宫，将商山军马驻扎灞上的处置禀报明了，便辞别出宫，似乎一刻也不想在宫中逗留。

嬴驷真有几分尴尬了，赔笑道：“敢问姑母，商君何以没有一起回来？”

“商君谋反去了！”眼见嬴驷没有丝毫悔悟，还是追问商鞅，荧玉大怒，拂袖而去。

嬴驷拿起案上那道密令端详良久，一股凉意涌上心头。

公父真道的匪夷所思，相信商鞅竟超过了相信自己。纵有君臣情谊，何至交给商鞅如此颠倒乾坤的权力？嬴驷是眼看着公父叮嘱商鞅的：“嬴驷能扶则扶，不能扶，则商君自立为秦公。”虽然惊讶，但嬴驷并没有认真对待这件事。他以为，公父如此遗嘱，不过是打消商鞅有可能滋生的野心，让商鞅更加忠诚地辅佐自己，权谋而已，何须当真？今日看来，绝非如此。公父当真是彻底地相信商鞅，认为只有商鞅的铁腕意志能维护新法，能稳定地推进秦国大业。嬴驷有些悲凉——公父终究是没有完全相信自己，这一点，甚至连商鞅对自己的信任也不如。对于公父的想法做法，嬴驷没有指责的权力，他毕竟离开公父的时间太长，又没有军旅磨炼，公父对自己的担心也算情有可原。可是，经受了几乎半生的苦行磨炼，以及还都后表现出的见识能力，难道还不足以消除公父对自己少年犯法所留下的阴影么？

从秘密手令看来，果真如此。骤然间，嬴驷对公父有了一种冰冷的憎恨，他从来不关心自己，从来不相信自己，从来没有给过自己一丝温暖与关怀。有的只是淡漠与疏远、冰冷与训诫、严厉与苛责。嬴驷在“放逐”中不止一次地冒出一个想法：公父要是再有一个儿子，可能自己就永远地沉沦了。目下，这个念头又一次奇异地闪现出来。公父假若不是自感衰竭，绝不会主动去接回自己。公父对自己若还有几分亲情与信任，就绝不会给商鞅“自立秦公”的权力与颠倒乾坤的一万铁骑。公父看重的，是他与商鞅共同创立的秦国变法基业，血亲继承不过是公父功业棋盘上的一枚棋子，能兼顾则兼顾，不能兼顾则牺牲，这就是他和公父关系的全部本相。

公父啊公父，你未免太多虑了，难道嬴驷就没有建功立业的勃勃雄心？

嬴驷很清楚，权衡利弊的长远基点，应该是自己的功业宏图，而不是其他。但在目下，却必须先将自己的权力真正稳固下来。这种稳固，不是满足于在公父留下的旧权力框架内与旧臣和睦相处，在表面上维护新法；而是有一套自己的权力人马，全副身心地推行自己的权力意志。至于公父的情感意志与遗命，与自己有利者则行，与自己巩固权力不利者则不行，绝不能拘泥于公父留下的权力格局与善后成命。只有权力彻底真正地转移到自己手里，才有资格说功业，否则，一切都是受制于人的。

想到这里，嬴驷心中一闪——公父还有没有其他秘密手令牵制自己？真说不准。宁信其有，不信其无。立足于有，动作就要快，在这些密令持有者还猝不及防的时刻，就要剥夺他们的权力，将要害大权牢牢掌握在自己手里，然后再来对付那些世族。公父啊公父，不要说嬴驷不相信你的那些老臣，实在是他们对你太过崇拜太过迷恋，用你的作为丝丝入扣地苛责于我，连姑母都是如此。纵然有成，天下人也只说嬴驷靠了公父这班老臣。如果那样，嬴驷的功业何在？难道嬴驷忍辱磨炼出的胆识谋略，就要湮没在公父的影子和你这班旧臣手里？

岂有此理？嬴驷要走自己的路。

嬴驷不再犹豫，命内侍总事立即唤来堂妹嬴华。片刻之后，一个面白如雪的黑裙少女来了。没有丝毫的脚步之声，直是飘了进来一般。这是公伯嬴虔的小女儿，生在公伯与世隔绝的岁月，话语极少而又身怀惊人本领。嬴驷知道公伯的秘密，他的全部艺业都教给了这个小妹妹，那是公伯消遣岁月的唯一出路。嬴驷在这种非常时期要来这个堂妹，为的就是要做一些寻常人无法做的机密事宜。

黑裙少女嫣然一笑，默默地看着嬴驷。

嬴驷也只点点头，上前一阵低声叮嘱。

嬴华又是一笑，悄然无声地飘出了书房，一扭身踪迹皆无了。

接着，嬴驷又对奉命前来的长史连续口述三道公书，命令立即起草缮写。

咸阳令王轼大喝闷酒，自斟自饮，唏嘘叹嗟。

前天，闻听商君与公主出城，王轼得到消息飞马追赶，终于在蓝田塬下截住了商君夫妇。王轼力劝商鞅，说流言纷飞国事蹊跷，在此关键时候绝不能离开咸阳。商君却是若无其事，反倒劝他毋得多心。王轼被逼无奈，便将只有他这个咸阳令才掌握的密情和盘托出，告诉商君，落魄世族出动了，意在复出寻仇，国君暧昧，大势不明。

岂料商鞅却笑了："王轼教我，何以处之？"

王轼慨然道："秦公遗命，朝野皆知，何须王轼提醒？"

商鞅又笑了："王轼，你是要我刑治世族，废黜自立？"

王轼高声道："天下为公，有何不可？"

"不在可不可，而在当不当。王轼啊，你我都是心怀变法强秦之志入秦，而今变法有成，秦国强大，秦公却骤然病逝。当此之时，何谓朝野第一大局？"

"自然是维护新法，稳定朝局。"

商鞅肃然道："既然如此，我若发兵废立，将会给秦国带来何种后果？世族唯恐天下不乱，我等却引出大乱之由。其时内有部族纷起，西有戎狄反水，东有六国压境；内乱外患，新法崩溃，我等变法壮志付诸东流，秦公毕生奋争亦成泡影。当与不当，君自思之。"

王轼大笑道："商君何其危言耸听也！平乱废立，护法抚民，以商君之能，雷霆万钧，岂容四面危机？"

"王轼差矣！"商鞅扬鞭遥指道，"秦国千里河山，郡县四十三，部族三十六，世族根基极深，戎狄归化尚浅，唯四百年之嬴秦部族可聚拢全局。倘废黜嬴氏，世族与戎狄必然先乱，一旦进入大漠草原深山峡谷，何来雷霆万钧？"

"然则，新君昏昧，世族蠢蠢，岂不照样大乱？"

"君又差矣！"商鞅叹息一声，"新君护法之志毋庸置疑，此乃我长期反复查勘。假如没有成算，商鞅岂能等到今日再来理论？况且，将镇压世族这件大功留给新君，有何不好？”

“商君！”王轼热泪夺眶而出，“如此你将面临深渊，难道束手待毙么？”

商鞅坦然自若地微笑着：“王轼啊，如果需要，我们谁都会在所不辞的。护法需要力量，你等在，我也就放心了。你回去吧。”

商鞅走了，赶上了远远等候的公主，纵马消失在蓝田塬的沉沉暮霭中。

王轼回来，觉得胸中郁闷，关起门来谁都不见，只是饮酒叹息。他想不通，为何一个人明明看见了即将来临的巨大危险，还要置若罔闻？连孔夫子都说危邦不居，商君这个大法家竟硬是不动声色，真真的无从度量。王轼始终以为，秦国世族的力量在二十多年的变法风暴中，已经萎缩到了可以忽略不计，陇西戎狄部族在上次平乱后也已经没有了叛乱能力，关中老秦人更是竭诚拥戴新法。商君一呼，万众响应，会有谁来反对？然而商君却将国情评判得那么脆弱，仿佛四面八方都潜藏着危机，这是王轼不能接受的。明明可以轰轰烈烈往前走，为什么偏偏要隐忍牺牲，将不朽功业拱手让给别人？况且，商君一人之进退，牵扯到整个一层变法大臣。若有不测变故，莫说他这个咸阳令岌岌可危，就是上大夫景监、国尉车英，以及数十名郡守县令也都成了砧板鱼肉。当此危境，岂能不竭力奋争？

商君啊商君，甘做牺牲固然令人敬佩，然则真的有价值么？

“禀报大人，国君使臣到。”仆人匆匆走进。

王轼醉眼蒙眬地站了起来，走到大厅问：“何事之有啊？”

黑衣内侍右手举起一面铜牌：“国君宣咸阳令，即刻进宫议事。”

王轼猛然清醒了。此时天色已晚，有何紧急国事？本当想问清楚，想想又作罢了，内侍奉命行事，能知晓个甚？整整衣装，匆匆登车随内侍去了。

进得宫中但见灯火明亮，却又越来越黑，感觉根本不是正殿方向。难道新君要在那座偏殿召见他？曲曲折折地走了片刻，来到一座僻静的宫中小院落前，内侍下马请王轼下车。王轼暗暗惊讶，新君竟然住在如此僻静的宫院？此时院中走出一个老内侍，身后还有一个掌着风灯的小内侍，躬身一礼，将王轼让进小院。

一座高大的石屋孤零零地矗立在院中。小内侍推开沉重的石门，老内侍恭谨躬身："大人请进。"王轼走进屋中，只见四面石墙围满了粗简的书架，各种竹简帛书杂乱无章地堆放着，中间一张长长的白木书案，笔墨刻刀俱全，就像一个穷书吏的作坊。

"咸阳令，可知这是何处？"

王轼揶揄反诘："我如何知晓？难道会是国君书房不成？"

老内侍微笑："大人聪敏之极。这是太子府最重要的书房，每隔三日，新君就要回这间书房用功一夜。大人莫感委屈也。"

王轼大为惊讶间，老内侍长声宣道："咸阳令王轼，听君书——"

王轼木然地看着老内侍展开竹简，嘶哑尖锐的声音不断颤抖着："咸阳令王轼，才具敏捷，屡出佳策。今秦国地广人稀，耕战乏力，本公苦无良策。着王轼脱职一月，潜心谋划增长秦国人丁改变秦川盐碱荒滩之良策。策成之日，本公亲迎功臣。大秦公元年。"

怔怔地看着老内侍，王轼突然仰天大笑了。

"妙啊！好快！开始了！啊哈哈……"

夏夜长街上，一队铁甲骑士风驰电掣般飞到咸阳令官署大门。暴风骤雨般的马蹄声恍如沉雷滚过，确实使安定了多年的国人大惊失色。

官署门廊下的护卫军兵尚未问话，铁甲骑士已经将他们团团圈了起来。一个身着黑色斗篷头戴黑色面罩的将军翻身下马，长剑一指：

“铁骑守门！护卫百人队随我进府。”

这是嬴虔亲自出面了。他手执金令箭，带着百名锐士闯进咸阳令官署，收缴了兵符印信，亲自接掌了咸阳城防。咸阳令官署的吏员将士们骤然见到这位白发苍苍黑纱垂面的老将军全副甲胄杀气腾腾，无不胆战心惊，凛然遵命。

这时的咸阳宫中，嬴驷正与上大夫景监对弈。连下两局，嬴驷皆输，不禁一叹：“棋道亦需天分，嬴驷终究愚钝也。”

“君上行棋，轻灵飘逸，然力度不足，根基欠稳。若能兼顾根本，君上当成大器也。”

“上大夫棋力强劲，可有对手？”

“臣行棋一生，唯服商君棋道，当真天马行空。我与商君每年只下一局，二十五年，我无一制胜也。”景监大为感慨。

嬴驷心念一闪，又是商君，脸上却微笑着：“商君算力精深，常人难及也。”

景监摇头：“若论算力，商君未必超过君上与臣。商君棋道，在于大局大势审度得当，从不因小失大。”

嬴驷默然了，很不想沿着这个话题说下去。请景监前来弈棋，本来就是意不在棋，只是景监柔和恭谨极有分寸，一时倒觉得不好急转直下。景监却站了起来，深深一躬道：“臣启国公，臣欲归隐，写一部《棋经》，将我与商君对弈之局，一一图解评点，给后来者留下一份典籍，也一抒我胸中块垒。恳望国公允准。”

“如何？上大夫要弃国而去？”嬴驷的确感到了意外。

景监叹息一声：“君上，垂暮之臣，不可治国。历代强国大政，无不出于英年勃发之君臣。战国之世，更是如此。景监辅助先公、商君二十余年，昼夜伏身书案，耗尽精力，一身疾病，两鬓染霜。虽不到天命之年，却已是如灯将枯，不思进取，为政必自取其辱也。”嬴驷略一思忖道：“上大夫请回府养息诊病，康复后隐退不迟。”转身命内侍召来太医令，吩咐派一名医术精深的太医长住景监府诊治守护。

太医陪同，车马护送，景监默默地回去了。

车马方去，国尉车英夜半奉书，紧急来到宫中。新君说北地郡快马急报，阴山林胡部族大举南下，劫掠北地郡牛羊马匹近万头、男女人口两千余人；北地守军只有三千，无力抵挡，请求紧急救援。车英身为国尉，自然知道北地郡这北方大门的重要，没有丝毫犹豫，立即请命北上。嬴驷却没有让车英带走灞上一万精兵，而是让他从河西大营和离石要塞就近调兵。车英觉得也有道理，连夜北上，直赴河西去了。

次日清晨，嬴驷亲自来到商君府，一来向姑母荧玉谢罪，二来说要为老太后在南山一带相一块墓地建造陵园，请姑母“大驾”前去督责三位堪舆大师。这件事本是秦孝公临终遗命，也是荧玉心头之事，自然没有推诿，爽快地带着嬴驷派出的二百护送骑兵，和堪舆大师进了南山。

这天夜里，一辆篷车驶出了秦孝公生前居住的宫院，直出咸阳南门，驶向了千山万壑的苍茫南山。

三　消弭风暴的哲人溘然长逝

向南翻过蓝田塬，玄奇将篷车存放在一家道边客栈里，跨上阴山雪向西南方向的连绵大山飞去。一夜之间，到了神农山下的墨家据点。安顿好阴山雪，玄奇没有片刻休息，立即动身进山。

玄奇太焦急了。秦孝公在最后的那些日子，曾交给她一宗密件，郑重叮嘱她，若咸阳有变，立即持此件进神农山，请墨子大师出山斡旋。

直到孝公在函谷关吐血长逝时，孝公还拉着她的手叮嘱这件事，足见秦孝公对墨家寄托的巨大希望。玄奇知道孝公的苦心，想将方方面面能想到的漏洞都补上。最担心与最需要防止的，则是嬴驷与商鞅不和而生变生乱。这种变乱，国中大臣无人可以制止，因为他们必然的要站在一边介入变乱，个别保持中立者却又毫无力量。只有老墨子出面，才有可能化解危机。

墨家有实力，有正气，非但在国与国间调停斡旋反对弱肉强食，而且辅助好几个国家化解过危机内乱。墨家的斡旋调停其所以功效显著，根本原因是不做和事老，而是坚定地以自己的实力支持他们所判定的正义一方。

玄奇还记得墨家最壮烈的那个故事：

楚悼王临终时，旧贵族密谋杀死吴起，楚国形势动荡大乱在即。阳成君将自己的封地交给了墨家名士孟胜以及他率领的一百八十三名墨家子弟，阳成君自己则要火急赶赴郢都，力图消弭内乱，挽救楚国变法。临行前，阳成君将一块半圆形的玉器（璜）碎成两段，当作“璜符”，与孟胜相约“若有传令，须持璜符，符合则听”。

待阳成君赶到郢都，楚悼王刚刚死去。旧贵族在灵堂发动叛乱，将吴起乱箭射死在楚悼王的尸体上。阳成君被叛乱势力追捕，乘乱在夜间逃到越国去了。楚国新君惩治旧贵族，偏又错将阳成君也当成了“箭伤王尸”的乱党，派特使要收回阳成君封地。因无“璜符”，孟胜坚持不肯交出封地，决意死战守地。孟胜的学生徐弱劝说：“死而有益阳成君，死之可矣。今死之无益，徒绝墨家子弟，不可为也。”

孟胜慷慨叹息：“若不死难，自今以后，世求严师不必于墨家，求贤友不必于墨家，求义士不必于墨家，求良臣不必于墨家矣！死之所以必行，墨家大义所在也。”徐弱大悟，率先死战，又率先战死。孟胜与一百八十三名墨家子弟，最后也全部战死了。

将近百年中，墨子大师与墨家子弟，就是凭着这种大义凛然的“义死”精神，树起了公理正义的丰碑。秦孝公对墨家素来钦佩，与墨子大师更是英雄相惜深有共鸣，几成忘年神交，将如此重大的靖国大事托于墨子，可谓思虑深远。再说，玄奇又是秦孝公的挚友爱妻、墨子大师的爱徒、秦国圣贤百里奚的后裔，于情于理，都更加有助于墨家协助秦国。

孝公逝世后，玄奇对咸阳的变化已经看得很清楚，她觉得不能再等了。墨家唯有此时介入，才能及早稳定秦国，免得商鞅与嬴驷两败俱伤。虽然老师年高不出，二三十年来已经不再亲自处置这种行动性事务，但玄奇还是充满了信心，相信老师一定会为秦国做最大的努力，甚至是最后的努力。就墨家力量而论，现下正是实力最为集中的时日，分散在各个国家的骨干弟子，在老师去年开始“善后”时几乎都撤回了总院。

目下的最大担心，就是老师还能不能行动？

神农山的栈道关隘，对于玄奇来说是轻车熟路。日过正午，她就进了最后一道关隘，来到了总院前那块熟悉的平坦山地，耸立在半山腰的总院箭楼已经遥遥可见。

突然，她觉得有些不对，揉揉眼睛细看，总院城堡的城墙上、箭楼上竟然结满了隐隐约约的白花，城堡出口的山道两旁，也插满了白花。

玄奇一阵目眩头晕，惊得心头狂跳，莫非老师……她不及细想，踉踉跄跄腾云驾雾般飞向总院，突然又愣怔地钉在了当地，眼睛直直地瞪着——

那座熟悉的古堡门口，拥出了一队身裹麻衣的墨家弟子，悠扬哀伤的乐声在山谷飘荡着。当先一幅白布大幛横展开三丈有余——我师不朽。漆黑的大字让人心惊肉跳。两队身穿白衣头戴白花的少年女弟子，臂挎花篮，不断将篮中的白色花瓣撒向空中。中间一队精壮弟子，抬着一张白布苫盖的巨大的木榻，禽滑釐等四名大弟子两前两后护卫着木榻。数十名墨家乐手排成一个方队，跟随着木榻，吹奏着低沉肃穆的哀乐。最后是数百人的大队，每人头上顶着一捆砍削光洁的木柴，随着哀乐的节拍，踏着整齐沉重的步伐……

“老师！”玄奇终于哭喊一声，昏倒在地。

两名少年女弟子跑过来扶起了玄奇，跟着送葬队伍缓缓地走上了城堡东面最高的山峰。

这是一片高高的山坳，绿树葱茏，山花盛开。顶着薪柴的弟子们绕着中间的草地转了三圈，整齐有序地架起了一座方方的木山。禽滑釐等四大弟子在木榻四角站定，奋力托起了木榻。十多名骨干弟子迅速将十多条粗大的麻绳结在木榻四边的圆孔上。大绳伸展，墨家弟子们井然有序地分成十几队，每队一绳，木榻稳稳地悬在了空中。

少年弟子们绕木榻一周，将花束围满了白布遮盖的老师。

“我师登山！”相里勤一声号子，所有大绳倏忽间同时伸展——山花包裹的巨大木榻稳稳地高高地升起，又稳稳地轻轻地落在了木山正中。

“列队——为我师送行！”禽滑釐哭声嘶喊，墨家弟子八百多人绕木山缓行一周，将木山围在了中央。

禽滑釐走到始终跪在地上泣不成声的玄奇面前：“玄奇师妹，你是我师生前亲授书剑的最后一个弟子，也是我师最钟爱的学生。师妹，为我师点燃归天的圣火吧……”

玄奇默默站起，走到火坛前，双手颤抖着执起粗大的油松木伸向火坛，轰然一声，火把腾起了一团火焰。玄奇双手将火把高高地举过头顶，肃穆地向高高的木山走去，短短几步，她竟觉万里迢迢，双腿酸软得只要瘫倒。一把圣火，慈父般的老师就要永远地离开她去了。一腔痛楚，她真想放声痛哭……

禽滑釐肃穆庄严地高诵："恭送我师！"

烈火熊熊燃起，墨家弟子挽手相连，绕着火山踏步高歌：

我师我师　亘古高风
兼爱四海　大音希声
任艰任险　非战非攻
育我本色　书剑勤耕
大智之巅　布衣之圣
我师我师　万古永生

烈火在歌声中燃烧着。

墨家弟子们没有哭嚎，没有跪拜，肃穆挽手，踏歌声声，群山回荡着久远的声音：布衣之圣，万古永生……

那日晚上，墨家四大弟子特邀玄奇召开了最重要的尚同会议。一番微妙的磋商，议决由禽滑釐暂时执掌墨家总院，"巨子"人选待后再定。几番思忖，玄奇终于没有说出秦国的事情。会商结束后，她找到了当初一起整理老师文稿的几个实诚弟子，片刻商议之后，收拾了老师竹楼中零散的竹简帛书，一起匆匆出山了。

玄奇又回到了陈仓河谷。这片已经尘封日久的小小庄园，是唯一能够给她以平静的地方。

老师去了，唯一能够消弭秦国内乱的长剑哲人溘然长逝了。没有了老师的辉煌光焰，墨家还能成为天下正义与爱心的大旗么？墨家还能担当消弭秦国内乱的重任么？不行了，不行了。玄奇一想到“四大弟子”，心中就冰凉得哆嗦。她为老师伤心，为墨家团体伤心，为秦国去路伤心，一时间，玄奇当真不知自己该如何处置了。

谁能想到，河谷庄园刚刚收拾就绪，就传来一个惊人消息：商鞅谋反，被秦公缉拿！

玄奇没有片刻犹豫，连夜飞马赶到咸阳，却一时目瞪口呆了。

四　濒临危难　理乱除奸

商鞅是日夜兼程赶到商於的。

秦孝公留给荧玉的密令，使商鞅猛然想到了一件事，秦公会不会对商於郡守也有特异遗命？以秦孝公的思虑周密，这是完全可能的。反复思忖，商鞅决意到商於封地弄个明白，安顿好这最后一个可能生乱的隐患之地。商鞅明白，咸阳局势正在微妙混乱的当口，他随时都有可能陷入危境，必须在有限的时间里尽快处置好这件事。因为有了这个念头，在商山峡谷安顿好军营大事后，商鞅对荧玉秘密叮嘱了一番，便带着荆南向商於封地飞马兼程去了。

商山地区的十余县，在商鞅变法之前统称为商於之地。商鞅变法开始设置郡县，商於之地便成为一郡，郡守治所设在丹水上游谷地的一座城堡。自商於之地成为自己的封地，商鞅只来过一次。在他的心目中，这个“商君”只是个爵位封号，封地仅仅是个象征而已。新法规定的三成赋税、一座封邑城堡、名义上的领地巡视权，他都一概放弃。不收赋税，不建封邑，不要丝毫治权。所有这些，他上次来都交代得清清楚楚。正因为这块“封地”上没有自己的封邑城堡，他就像在任何郡县处置公务一样，直截了当地进了郡守府。

天色刚刚过午，商於郡守惊喜地擦拭着汗水迎了出来："商於郡守樗里疾，参见商君！"商鞅笑道："樗里疾啊，一头汗水，刚巡视回来么？"樗里疾生得又黑又矮，胖乎乎一团，兴冲冲道："正要禀报商君，在下刚刚从封邑回来，造得很好，想必商君已经去过了。稍时为商君洗尘之后，樗里疾再陪商君去封邑歇息。不远，二三十里，放马就到……"

商鞅觉得不对味儿，眉头一拧："停停停，你说的是何封邑？"

樗里疾惊讶笑道："商君的封邑啊！商於乃商君封地，岂有别个封邑？"

商鞅面色陡变："本君封邑？何人所建？"

"我，樗里疾，亲自监造。商君，不满意？"樗里疾大是紧张，额头滚下豆大的汗珠。

商鞅啼笑皆非："我问你，谁让你建造封邑？你自己主意么？"

樗里疾顿时明白了过来，长吁一口气，躬身道："商君且入座，上茶！樗里疾取一样物事给商君看。"说罢鸭子一般摇摆着跑向后庭院，片刻后双手捧着一个铁匣子出来，恭恭敬敬地放在商鞅案头，又恭恭敬敬地用一支长长的钥匙打开铁匣，取出一支铜管，拧开管帽儿，抽出一卷帛书，双手捧到商鞅面前。

商鞅看着樗里疾煞有介事的样子，又气又笑，接过布书展开一瞄，不禁愣怔——

着商於郡守樗里疾立即建造商君封邑。无论商君为官为民，此封邑与商於封地均属商君恒产，无论何人不得剥夺。此君书由商於郡守执存，证于后代君主。秦公嬴渠梁二十四年

“这君书，何时颁发于你？”

“禀报商君，先君巡视函谷关时派特使飞马急送，其时下官正在外县，特使赶到外县，亲自交到樗里疾手中。”

“县令们知晓么？”

“事涉封地各县，樗里疾当做密件宣谕县令，严令不得泄露。”

商鞅沉思有顷断然道：“立即飞马下令，各县令务必于今夜子时前，赶到郡守府。”

“商君有所不知，”樗里疾皱着眉头，“山路崎岖，不能放马，往日再紧急的公事，县令们都得两日会齐……好，樗里疾遵命。”说罢急急摇摆着鸭步布置去了。

匆匆用过了“午饭”，已经是太阳偏西。中夜之前县令们肯定到不齐了，左右半日空闲，商鞅教樗里疾领着自己去看封邑城堡。出得城池放马一阵，不消半个时辰便到了丹水河谷最险要的一片山地。这片山地很奇特，山峰虽不是险峻奇绝，也没有陇西那种莽莽苍苍的大峡谷，但却是山山相连，一道道连接山峰的“山梁”构成了比山峰还要惊险的奇观。

商君封邑就建在最宽的一道山梁上。远远看去，一座四面高墙的府邸孤悬两山之间，山梁两头各有一座小寨防，还真是一个小小的金城汤池。再看四周，左手山峰飞瀑流泉，右手山峰溪流淙淙，山间林木葱茏，谷风习习，白云悠悠。置身其中，当真令人物我两忘。不说山水景色，单从实用处看，取水方便，柴薪不愁，也确实是一处极佳的居处。

商鞅却大皱眉头道：“这座封邑，花去了多少钱财？”

“商於府库的一半赋税。商於官民都说建造得太小了。”

商鞅四面打量：“樗里疾，这座封邑扼守要冲，改成兵营要塞，倒是适得其所。”

“差矣差矣，”樗里疾连连摇头，黑面团脸做肃然正色，“禀商君，樗里疾不才，亦有耿耿襟怀，岂可将先君护贤之心做了流水？”

商鞅看着樗里疾的黑脸通红，不禁噗地笑了出来：“先君护贤？你这黑子想得出！”

“山野庶民都能嗅出味儿来，商君又何须自蔽？”樗里疾不避忌讳。

商鞅看看樗里疾，知道这个鸭步黑胖子极有才具，生性正直诙谐，是郡守县令中难得的人才。听他话音，他一定觉察到了甚，商於官民可能也有诸多议论。商鞅本想问明，也想斥责樗里疾一番，严令他安定商於。然沉吟之间，开口却变成了沉重的自责：“一个人功劳再大，能有国家安定、庶民康宁要紧？你说，新法废除了旧式封地，我岂能坐拥封邑，率先乱法，失信于天下？”

“商君之意，不要，这，封邑了？”樗里疾惊讶得结巴起来。

“非但不要封邑，我还要将先君密令收回去。”

“差矣差矣，商君万万不可。这，这不是自绝后路么……”

“不要说了！”商鞅骤然变色，“樗里疾，新君有大义，秦国不会出乱子！”

樗里疾愣怔着鼓了鼓嘴巴，想说什么又生生憋了回去……

突闻马蹄如雨，郡将疾驰而来，滚鞍下马，紧张地在樗里疾耳边匆匆低语。樗里疾脸色陡变，将郡将拉到一边低声询问。

商鞅笑道：“樗里疾，有紧急公务么？”

樗里疾脸色涨红，骤然间大汗淋漓，拜倒在地：“商君……”

商鞅觉得樗里疾神色有异，微微一笑：“是否国君召我？”

樗里疾哽咽了：“商君，国君密令，要缉拿于你……”

商鞅哈哈大笑：“樗里疾也樗里疾，你也算能臣干员，如何忒般死板？拿。见了国君我自会辩白清楚，莫要担心。”

樗里疾霍然起身：“不。樗里疾若做此事，莫说自己良心不依，商於百姓若是知晓，非生吃了我不可。商君，走，我有办法！”

商鞅厉声道：“樗里疾，少安毋躁！”

正在这时，几名县令飞马赶到，见了商鞅一齐拜倒，神色分外紧张。樗里疾高声问：“你等是否也接到了密令？”县令们纷纷说是。正说话间，商城方向火把连天，老百姓们蜂拥而来！不知是谁走漏了消息，商於民众愤怒了。山民特有的执著悍勇使他们忘记了一切顾忌，赶来保护他们的“恩公”。在商於百姓心目中，商於属于商君，商君也属于商於，商君在自己的地盘出事，还有天理良心么？山梁川道涌动着火把的河流：“商君不能走！”“打死狗官！”“谁敢动商君，剥了谁的皮！”连绵不断的怒吼声山鸣谷应。

樗里疾嘿嘿嘿笑了：“商君，你说这样子，我等能拿你么？”

片刻之间，火把涌到了封邑前的山梁上，顷刻围住了郡守县令们。十几位白发苍苍的老人嘶声喊道：“谁？谁要拿商君？说！”

樗里疾连忙拱手笑道：“父老兄弟们，我等也是保护商君。商君在这里！”

人们听说商君在此安然无恙，不禁一阵狂喜欢呼。老人们率先跪倒：“商於子民参见商君！”火把海洋也呼啦啦跪倒，赤膊壮汉们高喊：“国君坏良心！商於人反了！”人海呼应怒吼着：“昏君害恩公！跟商君反了！”“商於人只做商君子民！”

站在火把海洋中，商鞅眉头紧皱，热泪盈眶。他一个一个地扶起了各乡的老人，向他们深深一躬，对最前边一位老人高声道：“老人家，我给大家说几句话。”

老人举手高呼：“噤声！听商君训示——”

呼啸纷乱的火把海洋渐渐平息下来。商鞅走上了一座土丘，向民众拱手环礼一周高声道："父老兄弟姐妹们，商鞅永生铭感商於民众的相知大恩。日月昭昭，民心如鉴，商鞅此生足矣！但请父老兄弟姐妹们，务必听我一言。商鞅当年入秦变法，为了民众富庶，秦国强盛。秦国变法短短二十余年，温饱足矣，富庶尚远。当此之时，国脉脆弱，经不起动荡生乱。商鞅若留在商於苟安一世，或与父老们反叛，秦国都必然大乱！商鞅一人，死不足惜，然商於十余县的生计出路，都必将毁于一旦！不知多少人要流血，多少家园要毁灭？整个秦国，也会在动荡中被山东六国吞灭！父老兄弟姐妹们，秦国人的血，要流在杀敌战场上，不能流在自相残杀的内乱中！再说，我回到咸阳，一定会辩说明白，成为无罪之身。那时候，商鞅就回到商於来隐居，永远住在这片大山里，死在这块土地上……恳请父老兄弟姐妹们，回家去，商鞅不会有事。我要即刻回咸阳面君，不要为我担心。"

商於的老百姓们哭了，无边无际的大山林海在秋风中呜咽。

老人们跪倒了，火把海洋跪倒了："商君大恩大德，商於子民永世不忘……"

商鞅生平第一次肃然跪地，泪水夺眶而出："父老们，商鞅纵死，灵魂也会回到商於来的……"

火把海洋艰难地缓慢地，终于散去了。

樗里疾和县令们要送商鞅出山，商鞅断然地回绝了。

三更时分，商鞅和荆南飞马出山，一个时辰便到了峣关外的大道。这里有两条官道，东南沿丹水河谷直达武关，西北沿灞水下行，直达秦川。商鞅在岔道口勒马，挥鞭遥指东南官道："荆南啊，你不要跟我回咸阳了，到峭山去。"荆南哇哇大叫，拼命摇头，锵然拔剑搁在了脖颈上——誓死不从！商鞅叹息一声："荆南，你乃忠义之士，我岂不知？

要你去峭山，是为我办最要紧的一件大事：告诉白雪他们，千万不要来咸阳，教她们赶快离开峭山，到齐国去，将儿子最好送到墨子大师那里。咸阳事了，我会来找她的……荆南，去吧。”

“噢”一声，荆南大哭，下马向商鞅深深一拜，翻身上马，扬鞭绝尘而去。粗重的哭声在风中隐隐传来，商鞅的心不禁猛烈地一抖。

这里到咸阳不过三百里左右，快马疾驰，五更天可到咸阳。然商鞅大事已了，心中松弛，想到人困马乏地紧赶到咸阳也未必能立即见到新君嬴驷，不若找个客栈，歇息到天亮再上路。思谋定了，感到一阵倦意袭了上来，打了个粗重的哈欠，走马向关城外风灯高挑的客栈而来。到得门前，商鞅下马嘭嘭拍门。

大门拉开，一个着黑色长衫者走了出来：“客官，投宿？”

商鞅默默点头。

“客官，请出具照身帖一观。”黑长衫边说边打着哈欠。

商鞅笑了：“照身帖？甚物事？”

黑长衫骤然来神，瞪大眼睛侃侃起来：“嘿嘿嘿，看模样你倒像个官人，如何连照身帖都不晓得？听好了，一方竹板，粘一方皮纸，画着你的头像，写着你的职事，盖着官府方方的大印。明白了？秦国新法，没有照身帖，不能住店！”

商鞅恍然，他从来没有过私事独行，哪里准备得照身帖？不禁笑道：“忒严苛了，但住一晚，天亮启程，又有何妨？”

“严苛？”黑长衫冷笑，“你是个山东士子，懂甚来？我大秦国，道不拾遗夜不闭户，凭甚来？奸人坏人没处躲藏！不严苛，国能治好么？亏你还是个士子，先到官府办好照身帖，再出来游学。”

商鞅倒是钦佩这个店东的认真，着实道：“我是商君。随身没带照身帖。”

黑长衫骤然一惊，瞪大眼睛绕着这个白长衫转了一圈，上下反复打量，陡然指着他的鼻子道："看你倒蛮气派，如何是个失心疯？这商君，也假冒得么？有朝一日啊，等你真做了商君，我再想想教你住不让？只怕那时啊，还是不行！啊哈哈……走吧走吧，我看你是有病，走夜路去，好在我大秦国路上没有强盗。"说罢，黑长衫瞥了他一眼，走进门去咣当将大门关了。

商鞅愣怔半日，苦笑摇头，索性在官道上漫步缓行，边走边想，突然间仰天大笑不能遏止。是也，为何不笑呢？新法如此深入庶民之心，也不枉了二十多年心血。自己制定的法令，自己都要受制，真乃作法自毙也。然则，纵然自毙，他心里踏实——法令能超越权力，意味着这种法令有无上的权威和深厚的根基。要想废除新法，便等于要将秦国的民心根基与民生框架彻底粉碎。谁有此等倒行逆施的胆量？

猛然，商鞅想起了老师，想起了王屋山里那个白发皓首慈和严厉的老人。老师啊老师，学生遵守了约定，使法家学说立下了一块无比坚实的根基。可是，你老人家的名字，却永远地隐在了学生的身影背后。假若商鞅隐退了，一定来拜望那座简朴的山洞与小小的茅屋，与老师长长的盘桓，一起在永无边际的学问大海里徜徉……

漫漫长路在纷飞的思绪中出奇地短暂，倏忽之间，天已经亮了。

秋天的太阳红彤彤地爬上了东方的山塬，葱茏的秦川原野挂着薄薄的晨霜，清新极了。主政以来，商鞅从来没有时日一个人在旷野里体味"大清早"的曙光、空旷、寂静与辽远。今日孤身漫步在秦川原野迎来第一缕朝霞，依稀回到了少年时代的晨练时光，商鞅感到分外的轻松舒畅。

突然，原本跟在他身后嗒嗒游荡的赤风驹仰天嘶鸣，冲到商鞅面前人立而起。商鞅拍拍马颈道："赤风驹啊，如此清晨美景，你却急得何来？”赤风驹蹭着商鞅，兀自长鸣不已。蓦然，商鞅听到一阵隐隐雷声，分明是有马队疾驰而来。商鞅笑道：“好，走，看看何人来了？”翻身上马，赤风驹长嘶一声，大展四蹄飞向咸阳。

片刻之间，前方尘土大起，黑旗招展，显然是大军上道。赤风驹奋力飞驰，作势要越过大军侧翼。商鞅却紧急勒缰，赤风驹奋力长嘶，在大道中间人立起来，硬生生停住。几乎同时，迎面马队也在一阵凄厉的号声中骤然勒马，停在了五六丈之外。当先却是宫门右将与一个面具人。宫门右将遥遥拱手：“禀报商君，末将奉命行事，实有难言之隐，容我说明……”

旁边黑纱蒙面者大喝道：“无须多言！奉国君手令缉拿罪犯，商鞅下马受缚！”

商鞅哈哈大笑，扬鞭直指：“公孙贾么？只可惜你不配拿我。”

公孙贾咬牙切齿道：“商鞅国贼，人人得而诛之，公孙贾何以不配？”

“公孙贾，你逃刑残民，流言惑国，多年未得明正典刑。今日竟公然露面，在本君面前亵渎秦国法令，算你正刑之日到了也。”商鞅勒马当道，白衣飘飘，将士们看得一片肃然。

公孙贾嘶声大笑，一把扯下面具。那张丑陋可怖的脸使右将与骑士们一阵惊讶骚动，马队不由自主地沓沓后退几步，将公孙贾一个人撂在了商鞅对面。公孙贾全然不觉，摇着面具冷笑道：“商鞅，看看这张脸，就知道公孙贾的仇恨何其深也。我恨不能杀你一万次！商鞅唯知刑治于人，最终却要被刑治，敢问商君作何感慨？”

“青史有鉴，刑刑不一。公孙贾犯法处刑，遗臭万年。商鞅为国赴死，千古不朽。不知燕雀鸿鹄之高下，公孙贾枉称饱学之士，端的无耻之尤！”

公孙贾大喝一声："来人！将你送到牢狱，再与你理论不迟。拿下商鞅！"

三千马队的方阵一片肃静，无一人应声。公孙贾正在惊恐尴尬之际，商鞅突然间从高大神骏的赤风驹上飞身跃起，好似一只白色大鹏从天而降，将公孙贾从马上提起，向空中骤然推出。公孙贾身体方在空中展开，一道炫目的剑光已在空中绕成巨大的光环，只听一声惨叫，公孙贾的人头从空中滚落到右将马前。

商鞅平稳落地道："请右将军将人犯首级交廷尉府，验明结案。"

马队方阵一片低声喝彩，哄嗡骚动。

商鞅转身，双手背后道："将军，来。"

五 渭城白露秋萧萧

白雪见到深夜上山的荆南，什么都明白了。

荆南愤激地比划着吼叫着。白雪平静得出奇，没有问一句话，也没有说一句话。梅姑急得直哭，白雪却仿佛没有看见。最后，白雪挥挥手教梅姑领着荆南歇息去了，她自己关上了门，再也没有出来。她没有点灯，对着洒进屋中的月光，一直坐到东方发白。当她拉开房门的时候，平静的脸上甚至带着一丝微笑。可是，当她看见在院子里显然也站了一个晚上的荆南、梅姑和儿子时，仿佛感到了秋天的寒意，不禁一阵颤抖。她走下台阶轻轻搂住儿子问："子岭，你知道了？"儿子轻轻点头，庄重得大人一般："母亲，我们一起去找父亲。"白雪轻抚着儿子的长发道："傻话，娘自有安排。来，荆南、梅姑，你们过来，听我吩咐。"

在院中凉棚下四人坐定，白雪道："我们只有半日时间。荆南、梅姑，你俩准备一番，立即带子岭到神农大山墨家总院去。这一点，他说得对。”

“子岭不去墨家！子岭要跟娘去找父亲！”儿子赳赳站起。

白雪微微一笑：“子岭，你也快长成大人了，再过几年就该行加冠大礼了，如何这般倔强？父亲和娘早就准备送你去墨家了，也非今日提及之事。父亲出点儿小事，就没有定力了？娘去安邑一趟，回头就来找你们，啊。”

子岭沉默了好一阵，终于点了点头。

“梅姑、荆南，先吃点饭，就收拾。”

梅姑拼命咬住颤抖的嘴唇跑开了。荆南拉起子岭比划了几下，两人也一起走了。白雪唤来两个仆人，吩咐他们立即准备马匹、收拾中饭，便回房收拾自己的行囊了。一个时辰后，白雪吩咐在院中摆上酒菜，四人聚饮。

“荆南、梅姑、子岭，我为你们三人饯行。来，干了。”白雪一饮而尽。

荆南举起沉甸甸的青铜酒爵，“咳”的一声，慨然饮干。

子岭望着母亲，仿佛一下子长大了：“娘，儿第一次饮酒，不想竟是为娘饯行。娘，一定回来找我，别忘了。”壮士般豪爽地饮干了一爵。

白雪猛然转过了身去……良久回身笑道：“子岭，娘会来找你的，不会忘记的，啊。梅姑，好妹妹，你也饮了。”

梅姑颤抖着双手举起酒爵：“姐姐，我，饮了……”猛然干尽，却扑倒在地连连叩头放声大哭，“好姐姐，梅姑知道你，你，你不能去啊，不能……”

白雪搂住梅姑，拍着她的肩膀：“好妹妹，你是经过大事的，如何哭了？”

梅姑止住哭声，断然道：“姐姐，荆南护送子岭足矣。梅姑要跟着姐姐！”

白雪笑了：“好妹妹，莫小孩子一般，你还有许多事。看，我给你开了一个单，一件件办。我会回来的，啊。荆南，我知道你对梅姑的心意，本来上次你随他来，我就要说开的，惜乎错过了。你要好好待梅姑，记住了？”

荆南“咳”的一声，扑倒在地叩头不止……白雪又将梅姑拉到一边，低声叮嘱了一阵，梅姑终于点了点头。

饭后，白雪将三人送到山口，拿出一个包袱对子岭道：“好儿子，这是父亲和娘给你的。先由梅姨保管，到时候她会给你的，啊。”

“娘……”子岭郑重地跪在地上叩了三个头，“倘若能见父亲，告诉他，儿子以为父亲是天下第一等英雄……”

“子岭，好儿子！”白雪紧紧抱住儿子。

回到山庄，白雪吩咐两个仆人守住庄园，等候侯嬴前来。又做了一番细致的准备，暮色降临，她跨上那匹早已经准备好的塞外骏马，出了崤山向安邑飞驰而去。

安邑虽然不再是魏国国都，但商事传统依旧，昼夜不关城门。白雪四更时分到得安邑，进了城直奔白氏老府。侯嬴刚刚盘点完本月收支，准备休息，忽见白雪风尘仆仆而来，知道必有大事，连忙将白雪请到密室说话。白雪饮了两盅茶，一时不知从何说起，想想侯嬴也是商鞅好友故交，开门见山道：“侯兄，鞅出事了。”侯嬴大惊：“何事？”白雪平静地将荆南到崤山的事说了一遍：“侯兄，我要去咸阳。静远山庄交给你了。”

对这位既是女主人又是好朋友的性情，侯嬴知之甚深，对白雪与商鞅的情意更是一清二楚，她越平静，内心的悲痛就越深，主意也就越坚定，劝告是没有用的。侯嬴略一思忖断然道：“静远山庄先放下，我与你一起去咸阳。”白雪摇摇头。侯嬴慨然道：“卫鞅也是我的好友，将我侯嬴当义士。朋友有难，岂可袖手旁观？姑娘莫得多言，我去准备。”说完大步出去了。

不消半个时辰，侯嬴备得一辆轻便的双马轺车前来，说白雪骑马时间太长了，执意要她乘车。白雪无暇争执，跳上轺车一试，果然轻灵自如，便不再说话。匆匆用过一餐，天亮时分，白雪轻车，侯嬴快马，出了安邑。行至城外岔道，白雪拱手道：“侯兄请先行一步，我要到灵山一趟。”侯嬴看看晨雾笼罩的灵山，明白了白雪的心意，打马一鞭，飞驰而去。

灵山在安邑之南涑水河谷的北岸，是巫咸十峰中最为秀美的一座小山。松柏苍翠，山泉淙淙，终年长青，幽静异常。白雪将轺车停在山下石亭，步行登上了山腰。转过一个大弯，一座陵园赫然坐落在一片平坦的谷地里。

走进高大的石坊，一座大墓依山而立，墓石大字清晰可见——大魏丞相白圭夫妻合墓。白雪走到墓前跪倒，从随身皮囊中拿出一个精美的铜樽，樽盖弹开，将一樽清酒缓缓洒到墓前，深深九叩，泣不成声道：“父亲母亲，这是女儿最后一次祭奠你们。岁月长长，秋风年年，女儿再也不能为父母扫墓祭拜了……女儿，要去找自己的归宿了。若人有生死轮回，女儿来生再侍奉父母了……父亲母亲，你们安息，女儿去了……”

倏忽间，一阵清风在墓前打着旋儿，绕着白雪依依不舍……白雪忍不住满腔痛楚，张开双手揽风扑倒，放声痛哭。

太阳爬上山巅，灵山的晨雾秋霜散了，洒满了柔柔的阳光。

白雪终于依依起身，头也不回地去了。

这时的咸阳，弥漫着一种莫名其妙的异常气氛。

嬴驷听了宫门右将的禀报，看了公孙贾的头颅，半天没有说话——商於郡守县令无一执行秘密君令，竟还发生了百姓聚众拥戴商鞅作乱；商鞅既逃，却又自动就缚，丝毫没有面见自己陈述冤情的请求；三千骑士在商鞅杀公孙贾时非但无动于衷，竟还喝彩庆幸……所有这些，都使嬴驷感到了非同寻常的压力，觉得对商鞅一定要谨慎处置，绝不能造次。

宣来长史，嬴驷连下三道紧急密令：第一，即刻将商鞅交廷尉府，秘密押送到云阳国狱，严禁私下刑讯。第二，不许对任何同情商鞅的臣民问罪，尤其是商於吏民。第三，公孙贾被杀事秘而不宣，立即将“公孙贾”交廷尉府以逃刑论罪“正法”，并通告朝野。这三道密令只宣到相关官署，不许通告国人。

嬴驷要稳住局面，只有先稳住局面，才能谈得上如何处置商鞅。否则，国狱里的商鞅还得放出来。而稳住局面的要害，就是绝不能触动对商鞅抱有同情的官员百姓，若以秦国新法的“连坐”论罪，无异于火上浇油，激起天怒人怨。只要官员百姓的同情不走到公然作乱的地步，就只能佯装不知。

但是，这三道密令一下，咸阳的世族元老却大为不满。他们为公孙贾被杀一片愤怒，更为不对“同谋叛逆”的商於官民治罪愤愤然。杜挚与甘龙密商一夜，同时开始了两方面动作。一是将商鞅被缉拿的消息广为散布，诱发乱势，使国君不得不依靠世族旧臣；二是联络世族元老聚会朝堂，请将商鞅及其党羽斩草除根。

商鞅被缉拿的消息一传开，立即激起了轩然大波。

在南山的荧玉听得惊讯，顿时昏了过去。悠悠醒来，本想告知母后与她同回咸阳救出商鞅，又恐母后愤激伤情撑持不住……愣怔良久，抛下几个堪舆方士，孤身连夜赶回了咸阳。

荧玉直冲深宫，却被宫门右将带一排甲士拦住。

“如何？连我也要杀了么？”荧玉冷笑。

“禀报公主，国君严令，唯独不许公主进宫。”右将拦在当道。

荧玉愤然大叫：“嬴驷！你如此卑鄙，何以为君？！”疯了般突然夺过右将手中长剑，挥剑向里冲去。右将一声尖吼，挺胸挡在中央。训练有素的一排甲士迅疾地锵然伸出长矛，架在右将与荧玉之间。荧玉本来在流产后身体尚未完全康复，此刻悲愤难抑，大叫一声，喷出一口鲜血，一头栽倒在白玉阶上，头上冒出汩汩鲜血……

甲士惊慌大乱，右将连忙抱起公主登上轺车，直驶太医院。太医连忙抢救。荧玉醒来睁开眼睛，却奋力站起，踉踉跄跄地冲了出去。太医令吓得大叫：“车！快！车！”

一名甲士迅速赶来一辆轺车，将荧玉扶上车：“公主去哪里？我来驾车！”

荧玉伸手一指：“走！嬴虔府……”

嬴虔正在荒芜的后圆山亭下独自饮酒，默默沉思。多年闭门不出，他已经习惯了每天在这荒草丛生的院子里枯坐，许多时候能从天黑坐到天亮，天亮坐到天黑，有时思绪纷飞，有时甚也不想，就那样木然枯坐，犹如一座黑色石雕。秦孝公的病逝，终于使他结束了漫长的等待，看到了冷酷无情的商鞅下狱。按照他的预想，他不准备出面，只准备隐藏在背后谋划。因为他的目标很简单——公开处死薄情寡义的商鞅，一雪心头屈辱仇恨。其余的事，随遇而安，想不了那么多了。

可是，新君嬴驷突然间秘密造访，使嬴虔一下子看到了更为深远的东西，潜藏在心底深处的另一套谋划不可遏止地涌流出来。以此谋划既给了嬴驷强有力的支撑，也使他有了补偿自己命运的希望——与嬴驷结盟，除掉商鞅，铲除世族，称霸天下，完成秦国第二步大业。

嬴虔本是雄心勃勃的国家栋梁，当年与孝公商鞅同心变法，大刀阔斧地为商鞅扫清道路，毫无怨言地将左庶长大权与兵权一起让给了商鞅。在嬴虔内心，他也要做秦国强大的功臣，愿以老秦人特有的忠诚热血，辅助自己的弟弟与商鞅。他在军队与公族中的威望，与他出类拔萃的猛将天赋，都使他成为秦国不可或缺的基石人物。他万万没有想到，商鞅会对他施加屈辱的酷刑——割掉了他的鼻子，使他成为永远垂着面纱的怪物。他冷静沉思了多年，始终对商鞅的做法不能理解，不能原谅，不能饶恕。虽然他是首席的太子左傅，但谁都知道那是为了让出左庶长位置而给他的“清爵”。更重要的是，他对甘龙公孙贾的蔑视遏制甚或是威慑，更是商鞅与朝野清楚的。太子犯法，处置公孙贾天经地义，因为他是名副其实的太子老师，而且确实是给太子灌输复古王道的世族老朽。将嬴虔从“太子事件”中排除，几乎是任何人无可非议的。只要商鞅出面讲清楚，国人无怨，新法无损，弟弟嬴渠梁更不会异想天开地坚持刑治于他。然则商鞅偏偏以稳定国人、刑名相合为理由，坚持将他与公孙贾这样的佞臣并列，使他蒙受了终生无法消解的奇耻大辱。

以嬴虔的暴烈禀性与雄猛武功，加上对他忠心无二的一批老秦死士，暗杀商鞅绝非难事。然则，嬴虔毕竟是个看重大局的人，他知道秦国变法是不可逆转的潮流，自己纵然有满腔冤仇，也不能在秦国最需要商鞅的时候寻仇生乱。他是公族嫡系，秦国的兴衰荣辱，就是嬴氏的兴衰荣辱，他如何能做嬴秦公族的千古罪人?

如今，孝公死了，秦国的变法成就了，秦国的根基稳固了，商鞅的使命也完成了，该清算的仇恨也到时候了。可是，要将三大难题即除掉商鞅、铲除世族、推进霸业全部圆满解决，需要十分的谨慎，需要高明的谋略。在这一方面，他极赞赏嬴驷，做得很到火候。最近这三道密令就稳妥周密之极，与他的想法完全暗合。这几日，世族元老们沉不住气了，出来走动了，散布消息，联络贵胄，一片兴奋忙碌。嬴虔相信这个侄儿心中是清楚的，这时一定要稳住心神，将计就计——世族元老的愤然躁动，对民众同情商鞅是一种制衡；民众的愤然怒火，又是将来铲除世族的理由；利用世族元老层的压力除掉商鞅，再用民众的压力铲除世族。这就是嬴虔与嬴驷胸有胜算的奥妙所在。

纷至沓来的思绪，在黑色石雕般的心海中汹涌澎湃……

突然，前院传来急迫的脚步声与愤激的喊声："谁敢拦我，剑下立死！"

女人声音？谁有如此胆量？对了，荧玉。

仆人跌跌撞撞跑进来："公子，不好了！公主闯进来了，拦，拦不住！"

"谁教你等拦了？公主是我妹妹，不知道么？"嬴虔冷冷训斥。

话音落点，头上包扎着白布的荧玉，发疯一般地冲了进来，手中长剑直指山上石亭："大哥！我，我现下还可以叫你大哥。你说，你们为何抓了商君？为何？"

嬴虔没有说话，走下石亭站在荒草丛中："小妹，应该由国君来回答你。"

"嬴驷？他不敢见我！"荧玉声色俱厉。

"那么我告诉你，有人具名告发商鞅，蛊惑庶民，谋逆作乱。"

"一派胡言！商鞅谋反，还有你等的今天？一不要自立，二不要大军，三不要封邑，四还要退隐，这样人如何谋逆？鬼话，骗得了何人！"荧玉气愤得嘴唇发紫，浑身哆嗦。

嬴虔沉默良久："小妹，你生于公室，当知一句老话：斯人无罪，怀璧其罪。不要闹了，没用。"

"好！你说得好。斯人无罪，怀璧其罪？啊哈哈……"荧玉大笑间猛然咬牙切齿，“嬴虔，我知道你是后盾。没有你，嬴驷不敢颠倒乾坤！对么？你说！”

嬴虔像一尊石雕，死死地沉默着。

荧玉大步上前，猛然一把扯下他的面纱——二十年来，嬴虔那张被割掉鼻子的狰狞变形的脸第一次显露出来：“教世人看看，你的心和脸一般邪恶！”

嬴虔纹丝未动，冷冷道：“这张脸，就是你要的答案。”

“啪——”荧玉猛然扬手，狠狠打了嬴虔一个响亮的耳光。

嬴虔依旧默默站着，石雕般木然。

荧玉眼中涌出两行清泪，一声尖叫，转身头也不回地跑了。

又闻脚步匆匆，却是家老来到后园禀报：国君派内侍传命，请嬴虔立即进宫。

嬴虔未及多想，登上内侍的垂帘篷车就走了。到得宫中，方知是六国特使不约而同地赶到了咸阳，强烈敦促秦国杀掉商鞅以泄天下公愤。嬴驷感到受制于六国而为，未免屈辱，征询伯父，此事当如何处置？嬴虔略一思忖，敏锐捕捉到了其中价值，与嬴驷一阵低语。嬴驷恍然大悟，立即下书，明日举行朝会，公议紧急大事。

次日清晨，咸阳宫的正殿举行嬴驷即位以来的第一次朝会。几乎所有有资格走进这座大殿的文武臣僚都来了，最显眼的是世族元老和公室旁支大臣们也都来了。老太师甘龙、太庙令杜挚、咸阳孟坼、白缙、西乞弧等多年称病不朝的老臣，整整齐齐全到了。唯有真正的元老重臣嬴虔没有来，传出的消息说是病了。在权力结构中举足轻重的郡守县令，也是一个未到，就连位置最重要的咸阳令王轼也没能出来。明眼人一看就知道，商鞅的力量几乎全部被排除了。另外一个引人注目处，在黑色的秦国臣子群中，陆续夹杂了几位锦衣华服趾高气扬的外国人，他们就是紧急赶赴秦国的六国特使。秦国传统，向来不在朝臣议事时会见使者。今日朝会，六国特使竟一下子全来了，不能不说是一桩怪异之事，一时间惹来议论纷纷。

正在内侍高宣秦公驾到，群臣噤声的时刻，殿外疾步匆匆，国尉车英戎装甲胄大步进殿，径自昂然坐在了武臣首位。殿中大员们不禁侧目，惊讶这远在北地郡的车英如何恰恰在此时赶回？他一来，孟西白等将军的分量岂不顿时减弱？谁知参拜大礼刚刚行完，两名护卫军吏竟然抬着一张竹榻进了大殿，众人一看，又是上大夫景监来了。他奋然下榻，坐到了仅仅在老太师甘龙之下的第二位。

嬴驷平静如常，关切笑道："上大夫，病体康复了？"

"臣病体事小，秦国命运事大。臣，不敢不来。"景监面色苍白地喘息着。

"国尉，何时还都？"嬴驷同样的微笑。

"臣方才赶回。北地郡战事，臣已安排妥当。"车英没有说破北地郡本无战事。

嬴驷没有再问，肃然正色道："本公即位，尚未朝会。今日首朝，一则与诸位臣工相见，二则接受六国特使国书。因郡守县令未到咸阳，今日朝会不议国事。"

司礼大臣高宣："六国特使递交国书，魏国——"

红色官服的魏国特使站起上前，深深一躬："外臣惠施，参见秦公！"将一卷国书交到司礼大臣手中，转递到嬴驷案头。

嬴驷笑道："惠施乃名家大师，今入秦国，何以教本公？"

惠施高声道："一则，本使代魏王恭贺秦公即位大喜。二则，本使代转魏王之言，魏国朝野请秦国杀商鞅以谢天下！否则，六国结盟，秦国将自食其果。"

其他五国使者异口同声："我国皆然！杀商鞅以谢天下！"

嬴驷脸色阴沉，尚未开口，国尉车英霍然站起戟指怒斥："六国使者何其猖狂？竟敢公然干我国政！还当今日秦国做二十年前之秦国么？老秦人一腔热血，十万锐士，怕甚六国结盟！请国公下令，赶出六国使者！"

太庙令杜挚却站了出来："臣启国公，六国之言，大可不睬。然则商鞅之罪，不可不论。日前商鞅服法之际，尚大逆无道，竟在军前公然诛杀元老大臣公孙贾。此等淫威，千古罕见！领军将官纵容首逆，三千骑士坐视滥杀，实为情理难容。臣请论商鞅斩刑。领军将官并旁观骑士一体连坐！"

此言一出，另开话题，殿中顿时哗然。白缙站起高声道："商鞅谋逆作乱于商於，滥杀世族于变法，开千古暴政之先河。不杀商鞅，天理何在！"

老态龙钟的甘龙颤巍巍站了起来，大有劫后余生的悲愤之相，他艰难地躬身作礼，突然放声痛哭，嘶哑苍老的嗓子在殿中凄惨地飘荡着。嬴驷不悦道："老太师有话便说，何以如此失态？"甘龙骤然收住哭声道："臣启国公，商鞅有十大不赦之罪，当处极刑也！"

"请老太师昭告天下！"元老大臣一片呼喊。

甘龙感慨唏嘘，字斟句酌，分外庄重："其一，谋逆作乱；其二，蛊惑民心；其三，玷污王道；其四，暴政虐民；其五，刑及公室贵族，动摇国脉根基；其六，无视先君，欺凌国公；其七，任用私人，结党乱政；其八，军前私刑，蔑视国法；其九，私调大军，威胁咸阳；其十，重婚公主，玷污公室。有此十恶不赦，岂容此等人于天地间招摇过市！"

殿中一片沉寂。这些匪夷所思的罪名将所有人都惊呆了，连世族元老们也是惊骇莫名。他们将商鞅恨得咬牙切齿，偏是找不出商鞅罪名，一个“谋逆”也是睁硬眼睛生生咬下去的，连他们自己也觉得经不起认真追究。可是，素来以“大儒”自诩的老甘龙竟然一口气数出商鞅的“十大罪状”，除了“谋逆作乱”一条在意料中外，其余罪状竟还真像那么回事儿，从施政到治学，从变法到用人，从公务到私情，无一遗漏的都是不赦之罪。最令人匪夷所思的是“重婚公主，玷污公室”一条，一下子就将商鞅打入了卑鄙龌龊的宵小之徒，竟还真是似无若有，令人心惊肉跳。

此等罗织之能当真是老辣，大殿中所有人的脊梁骨都顿时感到一阵冰凉。

魏国特使惠施原本是名家[1]名士，颇具书生气，遇上能将“白”说成“黑”的能士，就不由自主地兴味盎然，要和对方较劲。当初惠施说“马有三耳”，能者大哗，惠施竟和这些人论战了三天三夜。“白马非马”、“鸡三足”的命题也一气被激发了出来。今日做特使来到秦国，竟然在朝会上遇见了如此特异老能，顿时兴致勃发，竟忘记了自己的使命，跨步上前拱手道：“请教前辈，在下以为，重婚非婚，不当做罪。何也？婚为一，重婚为另一，重婚与婚，婚与重婚，本为两端，名实相异。故重婚非婚，有婚非重，重则非婚。前辈以为然否？”

甘龙正在沉迷地品尝“十大罪状”的惊人效果，自感块垒稍消，通身舒坦得难以言喻。不想眼前突然冒出一个红衫胖子，满口绕辞使人茫然如堕云雾。甘龙讲究儒家正道，素来不苟言笑，眼见此人伶牙俐齿，语速飞快，一连串的拗口突兀之辞，直如市井之徒，不由得怒气攻心，愤然大喝：“竖子何许人也？竟敢搅闹国事？！”

---

[1] 名家，战国学派之一，循名求实，以诡辩著名，对中国哲学颇有贡献；不是“著名学派”之意。

“前辈差矣。竖子非人，人非竖子，竖子与人，焉能并称？如同国事非事，事非国事。亦如前辈非人，人非前辈。名实不清，焉得论理？然否？”惠施认真应对，全然不以为忤，与甘龙的愤激恰成滑稽对照。

肃杀的殿堂突然爆发出哄然大笑，深居简出的元老们笑得最为畅快。

甘龙气得浑身哆嗦，闷哼一声，喷出一口鲜血，颓然倒在了太师席上。

殿堂顿时骚动。有人拥上去呼喊拍打老太师，有人高喊太医，有人怒斥惠施，有人笑犹未尽连连咳嗽……唯有嬴驷平静淡漠得没有看见一般，大袖一挥：“散去朝会。”起身径自去了。车英走到景监面前低语几句，扶起景监出了大殿，登车直驶商君府。

昔日车马穿梭的商君府一片清冷萧瑟，门前空旷无人，院中黄叶飘零，秋风吹过，倍显凄伤。走进第三进，景监车英二人顿时愣怔——庭院中跪满了仆人侍女，人人饮泣，个个憔悴。

“家老，缘何如此？”景监急问。

“上大夫！国尉……”老总管一见二人，悲从中来，老泪纵横，泣不成声。

车英忙问荧玉的贴身侍女。侍女哭诉说，公主将自己关在寝室已经两夜三天了，不许任何人进去……车英大急，疾步上前拍门：“公主，我乃车英，快开门！”

屋中悄无声息。

“车英，撞门！”景监话音落点，车英肩膀猛力一撞，门闩咣当断开。

两人冲进寝室，顿时惊得目瞪口呆——一个白发如雪的红衣女子石人一般跪坐着，面前墙上挂着一幅大大的商君的木炭画像。

“公主……”车英哭喊一声，跪到荧玉面前。美丽的荧玉公主已经枯瘦如柴，空洞干枯的眼睛大大地睁着，雪白的散发覆盖着苍白的面容，气息奄奄，行将自殁……车英猛然抱起公主向外就走。景监急道：“车英，去我家！”

到得景监家中，明朗善良的令狐一见荧玉的惨烈之相，顿时悲声大放。景监忙吩咐十余岁的女儿给荧玉炖了一鼎浓浓的羊羹。令狐强忍悲伤，亲自给荧玉一勺一勺喂下，又守在榻前看着荧玉昏昏睡去。景监和车英泪眼相对，商议如何安置荧玉？车英说，送到南山老太后那里去养息。景监说那不行，非但要送了老太后的命，连公主也保不住。最后，两人商定相机探监，征询商君主意。

次日清晨，荧玉终于醒来了，第一句话就是：“云阳国狱……我，要见他……”

景监二话没说，教车英和妻子令狐守着公主，自己匆匆到宫中去了。嬴驷没有阻拦，而且教景监给商君带去了两坛他最喜欢的赵酒，同时命景监责令狱吏善待商君，否则杀无赦。景监回到府中，和车英准备了一番，便要出发。令狐却坚持要亲自看护荧玉，景监想了想，便教妻子和荧玉同坐了那辆垂帘篷车。车英见景监病体衰弱，坚持教景监乘坐轺车，他自己带领二十名骑士护卫。

出得咸阳北门，上了高高的咸阳北阪，向西北官道行得百余里，进入了泾水中游的山地，便见遥遥青山下一座奇特的城堡。这就是天下闻名的云阳国狱。

这里有一条小河流，从东北深山流来，曲曲折折飘若柔云，老百姓叫它云溪。云溪在中山流入泾水，与泾水形成一个夹角地带，水草丰茂，林木葱茏。夹角云溪的北岸有一个老秦人的农牧部族，官府命名此地为云阳[1]。秦献公时，都城栎阳太小，不宜建造牢狱，秦人的半个关中又面临魏国强大的军事压力，关押罪犯也有危险。建造在陇西后方倒是安全，却又距离都城太远，给执法带来很大不便。几经查勘，堪舆家选中了距离栎阳二百多里的泾水山区。这里距离关中平原很近，虽非南山那样的崇山峻岭，却也是黄土地带罕见的一片岩石山区，地形险要，易于看守关押。堪舆家们说，云阳山势威峻，水流凛冽，暗合法刑肃杀之秋德，宜于建造牢狱。于是，三年之后这里有了一座远离人烟的小城堡，又有了一座小军营。那时，犯人大多罚为各种苦役（包括军队中的苦力和官署中的低等仆役），需要关押的很少，大都是官员、世族、国人、士子等有身份地位的罪犯。牢狱本身不需要很大，却要求坚固险峻，能够有效防止劫狱。所以，秦国只有这一座监狱——云阳国狱。除了管理牢狱的一百多名狱吏狱卒，牢狱外的峡谷出口，还有一个千夫长率领的五百名甲士经年驻守。这支军马很特异，名义隶属廷尉府，但却只听国君号令。没有国君令箭，任何人都不能进入国狱，甚至包括了法政大臣廷尉。

车英前行，到得小军营前向千夫长出示了嬴驷的令箭。一行车马便穿过营地中间的车道，驶到了城堡门前。这座城堡没有任何标志，箭楼极高而窄小异常，城墙全部用青色岩石砌成，闪着青森森的石光。门前没有任何岗哨守护，石门紧紧关闭，就像一座废弃的古堡。

军营千夫长已经随后赶到，向高高的小箭楼“嗖”地射上一支响箭。

小箭楼的望孔中探出一个半身人头，高喝：“出示令箭——”

车英举起黑色令箭，一扬手“嗖”地飞向了望孔。半身人准确地

[1] 秦云阳在今陕西淳化山区，始皇置云阳县。北魏后的云阳县在今陕西泾阳，该县有云阳镇。

一把抓住。有顷，厚重的城门轧轧启动，只开了仅容一人侧身通行的一道细缝。景监吩咐令狐背起公主，三名卫士拿了酒坛，车英抱了一只木箱，一行小心翼翼地通过了狭窄的门缝。

刚刚进去，身后硕大的石门就轧轧关闭了。

城堡中没有阳光，幽暗一片。一个狱吏迎了上来，恭谨地问了各人官职姓名与探视何人等。听说是探视商君，立即命两名狱卒用软架抬了公主，将三人曲曲折折地领到城堡最深处的一座独立石屋前。打开门进去，一股潮湿的霉味儿扑鼻冲来，景监呛得连连咳嗽。又走过长长的幽暗甬道，才依稀看见粗大的铁栅栏。

“景监！”铁栅栏中传来熟悉的声音和一阵当啷啷的铁链声。

“商君！”景监车英喊出一声，顿时泪如泉涌。

狱吏打开铁栅栏，向众人一躬，悄悄地出去了。

短短一个月，商鞅的胡须已经连鬓而起，瘦削苍白，除了那双锐利明亮的眼睛，教人简直不敢相认。商鞅看见被抬进来的白发妻子，俯身端详，惊得半天说不出话来，眼中泪水只是扑簌簌地涌流……此情此景，无须解释，屋中人尽皆抽泣哽咽。

昏迷的荧玉睁开了眼睛，看着眼前熟悉而陌生的脸庞，伸出颤抖的双手轻轻抚着商鞅的面颊：“夫君……苦，苦了你啊！荧玉无能，生为公主，连自己的夫君，都救不了……”一口气噎住，又昏了过去。

商鞅大急，铁链一扬，“锵”的一声将一只酒坛的脖颈齐齐切断，双手抱起酒坛咕咚咚猛喝一阵，顿时面色涨红。他将荧玉的身体平放在草席上，轻声道：“你等在门外稍待，我要救她，不能分神。”景监三人退到门外甬道，却都紧张地望着牢房内不敢出声。

幽暗之中，依稀可见商鞅轻轻松开荧玉的裙带，盘坐在三尺开外，两手平推而出，一片隐隐白气便覆盖了荧玉全身。白气渐渐变浓，荧玉脸上变红泛出细汗。商鞅又将荧玉两脚搁在自己腿上，两掌贴住她的两只脚心。片刻之间，荧玉头上冒出一股隐隐可见的黑气，渐渐地越来越淡……商鞅头上大汗淋漓，顾不得擦拭，又退出两三尺外，长嘘一声，平静地遥遥抚摩荧玉全身。仿佛有一种轻柔超然而又具有渗透性的物事进入荧玉体内，她面色渐渐红润了，脸上犹如婴儿般恬淡，显然是深深地睡去了。

商鞅闭目喘息，脸上红潮退尽，苍白得虚脱了一般，片刻养神后，向门外轻声道："进来吧。"三人小心翼翼地走了进来，关切地看着地上的荧玉。商鞅疲惫地笑了："没事了。她是急愁苦哀攻心，方才已经快要疯了……我用老师的昏眠秘术，总算将她救了过来。她大约一个月后才能完全清醒……令狐妹妹，你现下将她抬到院中，找块太阳地让她暖睡。"

令狐哽咽着答应一声，叫来两名狱卒用软架抬出荧玉。狱吏将她们领到唯一的一块阳光角落，还拿来一床干净的丝棉被。令狐给荧玉盖上，守在旁边哭得泪人一般。

牢房内车英问："商君，公主该当到何处养息？"

商鞅："荧玉之根本是养息心神，淡出悲伤。唯有玄奇能帮助荧玉养心。想办法送到玄奇那里去。日后转告荧玉：不要自责，鞅很高兴自己的生命彻底融进了秦国；如果她是我，她也会如此的。"

车英、景监粗重地一声叹息，只有含泪点头。

"景监、车英，我们三人从变法开始就是一体，情逾同胞手足。你俩谨记，至少两年内不能辞官。维护新法，新君还要借重你们。"商鞅分外清醒，似乎方才什么事情也没有发生。

景监面色更加苍白了："商君被拿之日，景监已经心灰意冷，决意退隐。然商君如此叮嘱，景监自当为维护新法撑持下去。"

车英愤愤然道："为拿商君，国君煞费苦心。软禁王轼，支开公主，困住上大夫，虚假军情调我离都。前日朝会，又装聋作哑，纵容六国特使。凡此种种，令人寒心，车英实在无心做官……商君此情此景，尚全力维护新法大局，车英亦当与上大夫共同撑持！"

见商鞅目询，景监将前日朝会的情景说了一番。商鞅思忖点头道："新君有他的成算预谋。他是有意教六国特使施加压力，便于对我处置。将来一旦腾出手来，他就会以'六国合谋，逼杀商鞅'为由，对东方师出有名。莫得担心，国君对山东六国绝不会手软，对世族元老也绝不会留情。他要的，只是我的生命而已，岂有他哉！"

景监道："……甘龙被惠施气得吐血，他竟不闻不问。"

车英道："虽则如此，也忒过阴险歹毒，难成大器。"

商鞅笑了："车英啊，权力功业如战场，历来不以德行操守论人。我也说过，大仁不仁。只要他坚持新法、铲除世族、使秦大出，就有大德大操。"

景监慨然叹息："商君胸襟，河海浩浩，慷慨赴难，天下何堪？"

"别如此说了。"商鞅自嘲地笑了，"鞅也是为了名节大业。设若新法失败，鞅还有几多价值？老甘龙肯定要恶狠狠说，以身沽名，心逆而险。"商鞅不禁一阵大笑。

景监车英也禁不住笑了起来。

商鞅恍然道："车英啊，我等在河西收回的那把蚩尤天月剑，荆南不用了，还在我府中。荧玉醒来后你取将出来，还给嬴虔，那剑对他还是有大用场。"

"好。"车英答应了。

景监肃然拱手道："商君，有件事瞒了你十余年，今日景监直言，望能首肯。"

商鞅释然笑道："瞒便瞒了，何须每件事都教我知晓？"

景监道："二十三年前，自我任商君领书，便与书吏们辑录商君治国言论，整理成篇，分类抄写。至去年共得二十四章，分五十卷誊清在羊皮纸上。今日带来，请商君浏览斧正，以使商君之学流传后世。"说罢，打开带来的木箱，拿出一卷卷捆扎整齐的羊皮大书。

商鞅一阵惊愕，又深深感动了。要知道，自辞官不成大难不免，商鞅最感痛心的憾事，就是无法继续完成只写了三五篇的法家大著。听景监一说，连忙打开景监递过的目录卷，一眼看去，整整齐齐二十四章：

更法第一	垦令第二	去强第三	说民第四
算地第五	开塞第六	壹言第七	错法第八
战法第九	立本第十	兵守十一	靳令十二
修权十三	徕民十四	刑约十五	画策十六
境内十七	弱民十八	御盗十九	外内二十
君臣二一	禁使二二	慎法二三	定分二四

商鞅深深一躬："景兄苦心大德，了却鞅一大心志，鞅此生无憾矣！"

景监连忙扶住商鞅："分内之事。还请商君过目斧正。"

商鞅笑道："很好了。再加上我写的那几篇，农战、赏刑、六法，就是二十七章。那几章荧玉收藏着，找她拿出来补上吧……我可能没有时间逐一订正了，景兄相机斟酌吧。"

景监含泪道："此书就叫《商君书》，商君以为如何？"

商鞅点头微笑："来，我三人共干一碗，以示庆贺！"

车英提起酒坛斟满三个大陶碗，三人举碗相碰，一饮而尽。

天色将晚，景监车英方才依依不舍地含泪离开。出得国狱，与令狐商量，公主不能再回咸阳，否则触景生情，她会再次发生危险。于是议定由车英带领十名卫士，直接护送公主去陈仓河谷找玄奇。令狐坚持要护持公主同去，车英却担心景监病体，再三劝住令狐。两队人马在暮色中分道扬镳，景监夫妇向了东南，车英一队向了西南。

这天，咸阳城发生了惊人的事件，国人聚众数万，在咸阳宫广场为商君请命。关中百姓也陆续拥来咸阳，请命人海不断扩大，官府束手无策。

入夜，嬴驷来到咸阳宫最高的望楼上向广场瞭望。但见朦胧月色中，万千人头涌动，哄哄嗡嗡的人声犹如隐隐海潮。请命的白色大布仿佛黑色人海中一片片白帆，招摇飞动。时而有人愤激地高声陈情，不断引来阵阵高呼，“为商君请命！”“还我商君！”“变法无罪！”的呼声此起彼伏……如此声势的庶民请命，在战国以来还从未有过。嬴驷倒没有惊慌恐惧，但却实实在在地感到了棘手。原先的三道密令，为的就是稳住民心，谁想还是引来了如此声势浩浩的国人请命，真有些不可思议。嬴驷相信，除了商君功业威望的感召，这里一定还有一种力量在蓄意煽动推波助澜。这种力量不是别的，一定是世族元老和六国间人，他们明里坚请杀商鞅以谢天下，暗里却传播流言，鼓动庶民请命，希望秦国彻底大乱。六国企盼秦国大乱进而瓜分之，世族企图借此证实新法易于威胁公室，进而一举恢复旧制。民众力量，只不过是他们的一枚棋子而已。这就是国政战场。嬴驷公室、世族元老、六国外力，三方角逐，就看谁能踏稳民众这块基石。

嬴驷公室将来要借助民众压力，彻底铲除世族根基，就绝不能直接开罪于老秦国人。然则，目前却因要处置商鞅，却与自己的长远基石——民众发生龃龉；同样因要除掉商鞅，又不得不与自己的两大死敌——世族元老和六国外力结成暂时同盟。一个商鞅横在中间，利害冲突顿时复杂起来。当此之时，动用铁骑甲士对付庶民请命，是最愚蠢的，也是山东六国与秦国世族最希望看到的。那样一来，无疑会使秦国崩溃。老秦人朴实憨猛，极重恩义。尽管商鞅也刑杀了许多庶民，但商鞅变法给了他们实实在在的丰厚好处，民众就死心塌地地拥戴他，甚至不惜跟着他造反。如此国人民心，要用流血威胁他们，无异于抱薪救火。民不畏死，奈何以死惧之？嬴驷对这一点看得很清楚，压根儿就没有下硬手的打算。可是，对这种声势的请命听之任之，则同样不可收拾。

投鼠而忌器。事情的棘手正在这里。

观望思忖良久，嬴驷猛然心头一亮，匆匆下得瞭望楼，乘坐密帘篷车从后门出宫，直驶学人名士居住的东区。

中夜时分，一辆轺车辚辚驶进宫前广场。请命百姓以为来了国君特使，顿时从朦胧中醒来，一片哗然鼓噪，大片火把围了过来。却见轺车上走下一个布衣竹冠三绺长须的士子，他只身登上大殿前高高的白玉台阶，向广场民众高声道："父老兄弟姐妹们，听我说几句实在话……"

"你是何人？"火把下有人高声喊问。

布衣长须者高声回答："我乃云阳赵良，刚刚从齐国稷下学宫归来。"

"你是奉命来的么？"又有火把摇晃。

"父老兄弟姐妹们，尽人皆知，秦赵同宗，我赵良是老秦人！我并非奉国君之命而来，我是刚刚从临淄归来，惊闻国人举动，特意来说一番自己的心里话。父老们教说则说，不教说我则不说。"赵良极为诚恳。

"请先生说！""对！赵氏兄弟是秦国名士，有见识！"两个老人高声答应。

众人晃动着火把呼应：“先生请说。”

赵良向台下人海遥遥拱手：“父老们，兄弟们，姐妹们，商君蒙难，举国痛心，此情此理，朝野尽知。为商君请命，也是我老秦国人之良知。然则，父老兄弟姐妹们须得明白，商君之难，天命所系，实非人力所能挽回。商君变法，使秦国富强而六国震恐。我在齐国已经知道，六国于先君新逝之际，以联兵攻秦为胁迫，请杀商君。以秦国之力，目下尚不足以战胜六国联军。当此之时，商君主动请狱，国君不得已而为之！赵良听得消息，唯恐国人鲁莽请命，国中生乱，使六国有可乘之机，忙日夜兼程赶回，不想果然遭遇此等乱事。幸得秦公英明，知我国人赤心，没有派兵刑治。赵良劝父老们回去，成全商君苦心，全力耕战，奉行新法。他日秦国强大时发兵山东，为商君复仇！昭昭此心，人神共鉴……”赵良慷慨唏嘘，说得痛心疾首。

一番话入情入理，广场上顿时默然沉寂。

老秦人生性宽厚憨直，觉得此人不像诓骗，相互观望着，希望听到有见识者评判的声音。一个人高声道：“就说嘛，国君岂能忘恩负义？”“有道理。不过还是不能杀商君。”又有人高喊。“不对！”一个中年人高声道，“赵良兄弟赵亢被商君处死，焉知他不是诓骗国人？”“对！有理！赵良，你做何说？！”一片呼喊之声。

赵良双手一拱慷慨激昂道：“父老兄弟姐妹们，问得好！赵良胞弟的确被商君处死。然则，那是赵亢身为县令触犯新法所致，赵良若记恨于商君，岂非枉为天下名士？此点商君亦曾问过赵良，赵良之回答与今日一般无二！父老们谓予不信，请与我同赴国狱，请商君作证如何？”

又是全场默然。一个白发老人高声道：“老夫之见，先生乃真心实言，国人当三思而行。众位以为如何？”

“有理！聚在这里使国君难堪，我等回家！”有人呼应。

“回家！谁要杀商君，回来与他们拼了！”

……

渐渐地，一片汪洋人海消退了，火把像小溪一样流向街巷，流出城外。

宫中望楼上的嬴驷长长地松了一口气。

六 本色极身唯忧国

国人请命的怒潮退去了，赵良被嬴驷拜为客卿。

客卿，是战国时任用名士的传统序曲。客卿本身无执掌，爵位也是中等，但其弹性却很大，实际上是一种试用方式。商鞅入秦初期也做过客卿。赵良明白这一点，心中很是满意。秦国正在微妙处，这时候若让他执掌重任，他还真有些拿捏不定，做客卿正好，既无实际职责，又有展示斡旋才干的天地。

赵良自己没有想到的是，他的宫前游说骤然升为客卿，已经引起了各方的密切关注，尤其是世族元老们大感兴趣。甘龙本以“儒家大师”自诩，知道赵良也是儒家名士，自然引为同道。凡是儒家，都是法家的对手，这一点没有人不知道。国君在危难之时起用了儒家名士，这本身就是一个信号，世族元老们大为兴奋。谁说儒家无用？这不是解决了最为棘手的难题么？秦国将来的事情，还得世族元老与儒家来解决。

甘龙立即派杜挚出面，约请赵良到太庙官署“赐教点惑”。

赵良闻言，心中说不出的欣慰，连甘龙杜挚这样的世族望家都要请他“赐教点惑”，足以说明他已经在秦国一举成名了。举目四望，秦国已经是人才凋敝，世族元老们气息奄奄，商鞅法家们流水落花，理国栋梁，舍我其谁？当此之时，不能冷落了这些世族老臣，他们的支持也是很要紧也。商鞅不正是因为开罪于世族，才落得如此下场么？此乃前车之鉴。心念及此，赵良欣然答应。

初更时分，赵良崭新的青铜轺车驶到了太庙石坊前的松柏林中。杜挚已经在石坊前恭候了。这太庙本不是寻常官吏能随意来的，杜挚之所以将会面选在这里，一则是甘龙指定；二则是太庙前院是他处置公务的官署，不是供奉重地，确实有小宴议事的地方；三则也借以显示这次会面的神圣。

赵良被杜挚热情恭谨地领进石坊时，不由得对庄严肃穆的太庙大殿深深一躬。

两人刚刚坐定，老太师甘龙被两个素衣侍女搀扶了进来，龙钟喘息之态，使赵良大感风烛残年的凄凉，同时也深为惊讶——这个看起来一阵大风都能吹倒的老人，白发皓首，步履蹒跚，却竟能屡经大难而不死，当真令人不可思议。那天当殿吐血昏迷，连太医救护都没有，臣僚们都以为老太师要寿终正寝了，可他依然挺了过来，仿佛永远死不了一般。

“云阳赵良，参见老太师。”赵良毕恭毕敬。

甘龙喘息着：“请，客卿入座。阁下，英年有为，可喜可贺也。”

“赵良晚生后辈，何敢当老太师赞誉？”

“非也，非也。”甘龙摇头笑道，“客卿大才磐磐，国之大幸也。太庙令，你我今日，可是要请客卿赐教点惑了也。”

杜挚已经趁此安排好酒菜，将大门关上，转过身来刚刚入座，闻言拱手笑道：“老太师之言甚是，我等当聆听客卿高论。老太师，你我先敬客卿一爵。”

“甚是。”甘龙举爵小饮一口，“老夫，很想聆听，客卿对当今国事之高论。”

杜挚却是一饮而尽："老太师之言甚是。杜挚亦想聆听高论。"

赵良受到两位世族元老的恭维，意气风发，大饮一爵，慨然拱手道："多蒙老太师、太庙令奖掖，赵良愧不敢当。要说秦国大势，赵良亦是管中窥豹，一斑之见也。赵良以为，如何处置商鞅，乃目下国政之焦点。国君既有除掉商鞅之意，又有恐惧国人之心。良虽说退庶民请命，然却不能安国君之心。良窃以为，目下之要，在于安定君心，促使国君断然除掉商鞅，而后方能言他！唯其如此，世族元老不宜在国人中搅和，而应竭尽全力促使国君决意定策。不积跬步，无以致千里。远图必得有章。不知两位前辈以为然否？"

"好！有见识，与老太师不谋而合！"杜挚拍案激赏。

甘龙摇头嘎嘎长笑："老夫何有此等见识？太庙令休得掠人之美也。另则，世族元老本来也无人搅和国人请命，客卿，却是过虑了。"

赵良一怔，恍然笑道："啊——对，没有搅和，决然没有搅和！"

三人不约而同地放声大笑……笑声未落，三人的笑容却戛然僵在脸上。

一领白色斗篷，一张黑色面具，一支寒光闪烁的长剑——一个阴冷的身影悄无声息地站在三人身后。

"刺……"杜挚一个"刺客"尚未出口，剑光一闪，扑扑两声，两只耳朵便掉在面前。赵良霍然跃起，腰身尚未伸展，两只耳朵也掉在地上。甘龙惊愕地张大了嘴巴，如同梦魇般出不了声。长剑冰冷地贴上他的面颊一滑，高耸的鼻头已经落在酒爵之中。心想惨叫，两只耳朵又噗噗落下……三人顿时泥雕木塑般僵坐，任凭鲜血顺着脸颊流进口中，流进脖颈。

来人冷笑一声："三位皆大奸大恶，谋人有术，死有余辜也。本使今日略施惩戒，若有不满，本使割下三颗白头也就是了。"

杜挚略有军旅生涯，稍有些硬气，粗重喘息着："有事，便说，何得有辱斯文？"

"斯文？"白衣黑面具大笑道，"尔等空有人面，竟有脸说出斯文二字？"

甘龙嘶声道："剑士，有话但讲，我等，绝无推诿。"

"好。算你这老枭明白。"来人隔着面具，声音听来空洞怪异，"听好了！一则，商君须得服善刑。二则，不许干预国人收尸。三则，不许掘墓扬尸。如若不然，随时有人取尔等狗命！明白了？"

三人忙不迭点头，赵良疼痛惶恐，咬牙皱眉道："商君未必就死，何须……"

话音未落，明晃晃剑身飞来，"啪"地打了赵良一个铁耳光，一道血红的印痕顿时烙在脸上："枉为名士，何其虚伪！方才谁在说，要促使国君早除商鞅？说！"

赵良吓得浑身颤抖，鸡啄米般只是叩头。

面具人从斗篷中拿出一只黑丝袋，往案上一掷，木案"咔嚓"折断，黄灿灿的金饼滚落在厚厚的地毡上腾腾腾一阵闷响。三人又一次惊讶得不知所措，却听面具后怪异的声音道："记住，这是两万金，是让你等收买同道的，不是给你等的。若敢私吞，十天后杀尔等全家！"

话音方落，面具人倏忽不见。

杜挚尖叫一声："来人！护卫死了么？"半晌却无人应声……

杜挚拉开门一看，院中甲士全都呼呼酣睡，一时间惊怔得说不出话来。

甘龙咬牙切齿喘息着："我等，自己收拾。记住，再不能，吃这种暗亏。"

三人相互包扎住伤处，挣扎起身，唤醒卫士，匆匆如惊弓之鸟，各自回府去了。

时当中夜，月黑风高，万籁俱寂。咸阳南市边上的那座庭院的一点灯光在闪烁。

嬴虔正在昏暗的烛光下翻阅一卷竹简，背后的书房门悄无声息地开了——一个白衣面具人站在了嬴虔身后，一支长剑冰冷地贴上了黑面罩下的脖颈。

嬴虔猛然一抖，迅速平静下来道："剑士，要取嬴虔性命？"

"你承认我能取你性命？"

"嬴虔也是刀丛剑树过来之人，却觉察不到你进门出剑，如此身手，自然能取我性命……然则，嬴虔没有想到，剑士是个女子。"

面具人收回长剑道："嬴虔，你被私仇恨欲已经淹没，丧失了空灵的心田，已经迟钝了。我今日不杀你，只是想告诉你，为何不杀你。"

嬴虔转身，只见一领白色斗篷一张黑色面具伫立在昏暗的烛光下，神秘高贵而又令人恐怖。连嬴虔这个在黑屋中自我封闭了近二十年的铁石人，也感到了一丝寒意："女公子绝非常人。能否告我，你是何人？"

来人卸下那张精巧的青铜面具，露出如云的长发与明朗得有如秋月般的脸庞。嬴虔也算公室嫡系权臣，生平见过的美女不知几多，但还是被眼前这个白衣女子深深震撼了。没有哪个女人有如此高贵的气度，没有哪个女人有如此冰冷的眼睛，更没有哪个女人有如此浓郁的书卷气息。尽管她手中有一支非常的名剑利器，却丝毫不能掩盖她的高雅与渗透在高雅中的冷峻。嬴虔知道，仅仅凭她能在复仇中保持节制这一点，这个女子就是大家器局。

"敢问女公子，可是商君之友？"

"我是商鞅恋人，也是商鞅事实上的妻子。"

嬴虔默然点头，轻轻一叹："明白也。你为何不杀我？商君知道嬴虔仇恨他，但却拥戴新法。商君对我期望甚高，托车英国尉将蚩尤剑还给了我。嬴虔岂能不知，商君寄希望于嬴虔维护新法，铲除世族。你深解商君之心，本想杀我，但最终还是成全了商君心愿……一个女子，不被仇恨淹没，深明大义，不愧商君知音发妻。当日若知，何能使你与商君分开？”

“我没有后悔。你不必为此介怀。”

嬴虔深重地叹息道：“嬴虔与世隔绝，商君在明处，嬴虔在暗处。我看得很清楚，商君唯公无私。可是，他太无私，太正直，太严厉，太公平，像一尊神，人人恐惧……恕嬴虔直言，想杀他的人，决然不比拥戴他的人少。皎皎者易污，峣峣者易折。至刚至公，是不能长久的。人心，本来就是凶险的。”

“你有才能，有心志，但却没有胸襟，最终流于凡品。”

“嬴虔是个无法忘记仇恨的人……请看这张脸。”嬴虔猛然扯下面纱，赫然露出那张狰狞变形的扁平面孔。

女子却意外地冷笑着：“你不过失去了一只鼻子，竟如此耿耿于怀？秦公失去了多少？商君失去了多少？若依你记恨之心，商君该当如何？”

“嬴虔不是商君。嬴虔就是嬴虔。”

女子淡淡道：“我恨权贵层的冷酷，我爱至刚至公的荡荡襟怀，我鄙视你的狭隘残烈。但我还是要说，教他光明正大地走，士可杀，不可辱。”

嬴虔点头：“我还得感谢他，杀了公孙贾。”

“恩怨情仇，随风去也。”白衣女子戴上面具，倏忽消失了。

嬴虔思忖有顷，猛然站起，登车前往宫中，与嬴驷仔细商议了一个时辰方才回府。次日，宫中传出君书，命老太师甘龙与上大夫景监共同召集朝臣，对商鞅论罪定刑；因老太后骤然患病朝夕难保，国君并公子虔前往南山探视，不能主持朝会。这道君书使世族元老们大为兴奋，认定这是大好机会，相互密议，打好腹稿，准备与“商君派”较量。

第三日清晨，世族元老们陆续来到宫前。奇怪的是，每个人都乘坐着嘎吱咣当的牛车，都穿着简朴的布衣，仿佛一群老农夫来赶大市。宫门右将大皱眉头，赶紧命令军士找来一车麦草，铺在一大片蓝田玉地砖上，教牛车停放。这牛憨厚邋遢，不像马矜持自尊，想拉就拉，想尿就尿，谁也拿它没辙。秦国新法，村口道边尚且严禁弃灰堆物，何况宫前广场？要在寻常之日，这破烂牛车是决然不许驶进宫前车马场的。因为秦国官员坐牛车的日子早已经过去了，除却商旅货车，想在咸阳城的官署找一辆牛车，还真得费点儿工夫。可是这些世族元老们非但人人一辆牛车，而且还都破烂不堪，都由一头有气无力的老牛拉着，货真价实的老牛破车。也真难为他们一番搜寻工夫了。

如此特异之举，显然是有备而来，宫门右将如何敢去拦挡？

赶得卯时，世族元老们居然齐刷刷准点来到。怪异的是，老太师甘龙非但包裹得严严实实，两只护耳，一方面纱，还有数十名重甲武士护卫在牛车四周。随后的太庙令杜挚、客卿赵良，也是两只大大的护耳，一队簇拥的卫士。如此奇观，非但令宫门守军大为惊讶，连世族老臣们也议论纷纷。宫门右将连忙上前，恭敬地申明，私家卫士不能停留在宫前广场，必须开到广场外的大街上去。杜挚却红着脸吼叫：“咸阳刺客横行！卫士走了，你能保我等安然无恙？”右将拱手道：“太庙令差矣。国有律法，宫有成规，守军重重，何来刺客？”杜挚恼怒：“守军重重？顶鸟用！你看看！”一把扯下护耳，赫然露出没有耳朵的圆柱头，“还有老太师！还有客卿！都没了耳朵鼻子！商鞅刺客横行不法，你的守军哪里去了？！”

一通吼叫，世族元老们尽皆大惊失色，面面相觑，人人眼中闪出困惑惊惧。右将不再多说，只好教三人的卫队停在大殿外十余丈外，方才罢了。

正在此时，恰逢国尉车英的轺车赶到，见状高声问："宫前广场，何来私家卫士？"

右将大步上前，将情形简略禀报一遍，车英骤然变色道："朗朗乾坤，谁敢公然蔑视大秦国法？全数赶出广场！否则，立杀不赦！"右将本来就对此事恼火，现下有国尉命令，胆气顿生，一声大喝："缴下兵器！赶出广场！"殿外三百甲士一声雷鸣般呼应，包围了三人的小马队，不由分说收下了马队兵器。

杜挚目瞪口呆，赵良面色苍白，甘龙挥挥手道："走吧走吧。"卫队便灰溜溜地出了广场。

景监是最后一个进殿的。他一进来，就引起哄嗡一片议论——原来他身后竟跟着咸阳令王轼。世族元老们这一惊非同小可，王轼本来已经被软禁，虽未削职，却已经被嬴虔旧人掌了城防，咸阳民治已由客卿赵良兼领过问，他如何能解禁？此人乃商鞅死党，耿直激烈，国君放他出来何意？

众人哄嗡中，甘龙只是暗自冷笑。他知道，这定是景监死请，国君不得已放出王轼的。新君貌似公允，落得"两方共同论罪定刑"的名义罢了，没甚大不了。越是如此，越说明新君杀商鞅之心已定，这只是最后一场掩人耳目的博戏罢了，无关大局。

甘龙心思已定，站起来向景监一拱手："上大夫，奉国君之命，你我共主朝会，当可开始也。"只是脸上戴着面纱，耳朵裹着棉套，声音嘶哑咕哝，没人听得清楚。

景监淡然道："可也。老太师开宗明义。"

“诸位同僚，”甘龙的身子和声音一起颤抖着，样子颇为滑稽，有人便窃窃发笑。甘龙不理不睬，径自高声诉说，“商鞅大罪下狱，我等奉国君之命，论罪定刑。有罪无刑，朝野不安。请诸公放言，老夫与上大夫，当如实禀报。”

不待景监开口，杜挚抢出班外，愤然高声道：“商鞅乃窃国残民之大盗，欺祖改制之元凶，专权谋逆之首恶，乱国乱俗之魔障！老太师日前当殿指控商鞅十大罪恶，字字入骨，当为论罪定刑之根本！此谓死有余辜也。”

一阵哈哈大笑，须发散乱的王轼从座中霍然站起，戟指杜挚怒斥道：“太庙令信口雌黄，不怕嬴秦列祖列宗取汝狗命么！所谓十大罪恶，分明是字字污秽，句句罗织，竟公然以神明天道自诩，以为民请命招摇，诸公真不知厚颜无耻为何物乎！天人皆知，人神共鉴，商君乃变法强秦之元勋，定国立制之柱石，移风易俗之导师，洗刷国耻之功臣！皇皇功绩，荆越之竹难书。今至论罪定刑，荒诞不经！”

“大胆王轼！”甘龙嘶声训斥，“论罪定刑，乃国君之命，尔竟指为荒诞不经，何其狂悖！再有此等欺君谬论，下狱论罪！”

王轼勃然大怒，怒吼一声：“甘龙老贼枭，阴鸷歹毒，谈何纲常！此等乱国大奸，留在庙堂何用？”猛力冲去，要将甘龙顶在大殿石柱之上撞死。

不想白缙正在甘龙身后，见王轼凶猛冲来，急速将甘龙猛力一扯。甘龙向后跌倒，后颅却撞在通向国君大座的白玉台阶上，一声惨叫，昏了过去……王轼心知商君必死，早已悲恸欲绝，今日已怀必死之心，要与甘龙老枭同归于尽，这一冲自是勇猛绝伦，不想变生偶然，猛力撞在了白玉大柱上，一声闷响，鲜血脑浆迸裂四溅。

变起仓促，大殿中死一般沉寂，又骤然间乱成一团。

车英出殿，向宫门右将大吼一声："甲士进殿守护！"

右将虽来自新军，是车英老部下，但宫门禁军不属国尉管辖，除了国君，不能听从任何人调遣号令。但自商君蒙难，人心惶惶，变异忒多。宫门将士们皆山乡子弟，对世族元老们早就恨意不平，敢怒不敢言罢了。今见老国尉与世族元老愤然抗衡，岂有犹豫？右将一招手，亲率一个百人队锵锵开到大殿平台，列队守住殿口，矛戈齐举，一片肃杀。

杜挚变色道："车、英？你、你、意欲何为？"

车英高声道："诸公听了，继续朝会。谁敢再滋生事端，立杀不赦！"

世族元老们顿时惊愕，滋生事端的王轼已经死了，被突然袭击的甘龙生死未卜，此时不说救人，却要继续朝会，车英居心何在？白缙正抱着甘龙，西乞弧在包扎甘龙伤口，一闻此言，异口同声道："老太师须得急救！送太医院！"世族大臣一片愤愤然呼应。

车英厉声道："朝会乃国君之令，谁敢以私乱公，本国尉立即执法！"

世族元老们骇然。这不是公然要甘龙的老命么？风烛残年的甘龙，已经被刺客割去了耳朵鼻子，比嬴虔受劓刑还惨，如今又遭此重伤，再不许救治，必送命无疑。赵良已经是心惊肉跳，不明白这些商鞅死党何以个个都不怕死……正在乱纷纷之际，老甘龙却醒了过来，费力地睁开浑浊的老眼，颤声道："不，不能受人，胁迫……商鞅，车裂之刑，车、裂！"头一甩，又昏死过去。

老甘龙生不畏死的老硬骨头，大长了世族元老们的志气，一致愤怒高喊："车裂商鞅！车裂！"

景监冷笑："尔等丧心病狂也。刑皆有典，何谓车裂？出自何典何法？"

元老们一时愕然，谁也不晓得老甘龙说的“车裂”为何典何刑？

赵良突然觉得了自己的重要，挺身而出道：“车裂乃天地古刑，即五牛分尸也。非万恶之人，不施此刑。此刑出于禹帝诛杀共工。共工罪大恶极，身长无以斩其首，故以五牛之车裂其躯体，复斩其首。此刑，春秋五百年未尝见于人世，刑于商鞅，正可息天人之怒。”

此言一出，元老们惊叹纷纷：“禹帝古刑，安得无典？好！太师客卿大学问！”

景监愤然指着赵良道：“尔儒家名士，何来鲁莽灭裂之怪论？越地昔年掘出长大骨架，无人能识。求教孔子，孔子考订为共工躯干之骨。若车裂共工，何来完好躯干？尔等欺圣灭智，玷污刑典，不畏天道昭昭乎！”

赵良面色涨红：“车裂共工，乃孟子大师所考，岂有荒诞之理？”

杜挚高叫：“商鞅罪行，发九州四海之水，无以洗之！此千古不赦之罪，自当受千古奇刑！上大夫说没有出典，难道禹帝之时有你么！”

车英怒喝：“杜挚！难道禹帝时有你么？再胆敢蔑视大臣，本国尉杀了你！”

杜挚吓得顿时噤声……甘龙却又醒转，嘶声喘息道：“处商鞅，极刑，以戒后世欺圣灭祖之……元凶巨恶……我等，纵然命丧商鞅……余党，亦在所不惜……”

“车裂商鞅！在所不惜！”世族元老们一片呼喊。

……

次日嬴驷回宫后，案头已经赫然摆上了七卷公文。除了甘龙领衔的朝会报文“请车裂商鞅书”，六国各有一卷请极刑杀商鞅的国书。嬴驷浏览一遍，见六国国书颇多威慑之辞，微微冷笑，吩咐长史将这六卷国书妥为密藏，以备日后大用。然后拿起朝会报文，一路看下去，脊骨阵阵发凉。车裂商鞅？简直匪夷所思！所列举的商鞅罪行与用词之刻毒，也令他心悸。思忖良久，他将这卷报文亲自收藏在了密室。

时当午后，嬴驷命令准备密帘篷车出行。

片刻之后，他登上篷车，在一队铁骑锐士护卫下出了咸阳北门，翻越北阪，直上云阳官道。傍晚时分，篷车马队抵达云溪河谷的城堡国狱。当年，嬴驷只在“放逐流浪”中远远瞭望过这座城堡，从来没有走近过它。那时候，他多少有些憎恨这座差点儿将自己关进去的城堡，如同多少有点儿憎恨新法与憎恨商鞅一般。倏忽二十多年，少年时代的情感体察都变成了淡淡飘忽的思绪。这次以国君之身亲临，真正走近了这座黑沉沉的城堡，却实实在在地感觉到了它是一种神奇的力量。没有这坚固险峻的城堡牢狱，没有能征惯战的军旅，国君将变得苍白无力，权力将变得索然无味。有了牢狱，有了军队，权力可以翻云覆雨，可以颠倒黑白，可以将功臣说成罪人，可以将所有威胁自己的敌人连根铲除，可以将自己的功业欲望淋漓尽致地展现出来。一个人做了国君很苦恼很孤独很辛苦很压抑，上天对他的补偿，就是给了他权力的神兵魔杖，让他尽情地复仇报恩，让他尽情地建功立业。身为国君者，哪怕是最为龌龊的内心欲望，也可以堂而皇之地满足……

想到这里，嬴驷猛然觉得有些脸红，心中响起另一个声音：“不，嬴驷不是满足私欲。嬴驷是扫除建功立业的阻力。未来的功业，定然可以弥补这种愧疚，定然可以告慰含冤死去的高贵灵魂……”

打开牢狱铁门，嬴驷被扑鼻而来的霉腐气味呛得咳嗽了几声。

走进长长的甬道，这种气息愈加浓厚，几只硕大的老鼠公然对着他吱吱尖叫。嬴驷原本以为，既然是关押世族官员的国狱，想来也不会很差，况且自己又两次下令善待商鞅，至少应该是窗明几净的房间了，如何弄得洞穴一般？他骤然止步，沉声问国狱令：“这是国狱最好的牢房么？”国狱令恭敬答道：“禀报大人，这是最好的牢房。”嬴驷再没有说话，向随身两名卫士目光示意。卫士铿锵卡住甬道出入口，只留国狱令一人带嬴驷进去了。

一灯如豆，商鞅正在灯下安然静坐，凝神端详着面前的一幅木炭地图，时而用木炭条在图上画出各种记号。自上次荧玉、景监、车英、令狐来过后，他心情大为好转。荧玉有了妥善安置，《商君书》使他消失了最大的遗憾。至于白雪，他倒并不担心。白雪是个奇女子，她的天赋智慧与对他深彻的了解，都不会使她像荧玉那样身心崩溃。无论她如何安排儿子和她自己，商鞅都充分地相信，那肯定是当时最有利的选择。他只要教她知道了可能发生的事情，她的安排与选择就用不着忧虑担心。这是无数大事小事都证实了的。景监他们走后，商鞅剃掉了杂乱的胡须，又将宽大的石屋收拾了一番，向狱吏要了笔墨和几张皮纸，每日饮两碗赵酒，写几行想到的事情，竟然又像惯常那样利落讲究起来。依稀之间，他常常觉得这里就是少年时修习的山洞。噢，那个山洞还没有如此宽敞。

从昨天起，他想到了一件重要事情，一直在画这幅地图，一直在对着地图深思。

猛然，商鞅听见一阵脚步声和粗重的喘息声。蓦然抬头，一个戴着黑色面纱的黑衣人站在铁栏外，仿佛一柱黑色岩石。狱令打开铁栏就走了。黑色岩石却站在牢房门口，默默打量着肃然端坐的商鞅。

商鞅笑了：“可是嬴虔将军？别来无恙？”

黑色岩石缓慢地跨进了牢房：“商君，嬴驷来了。”说着扯下面纱，轻轻跪地，又深深一叩，“商君，嬴驷是来请罪的。”

商鞅的惊讶一闪而逝，扶住了嬴驷道：“国公何出此言？世间事多有始料不及，谈何罪责过失？国公若以个人生死计较，鞅可真正的心有不快了。”

嬴驷沉重地叹息一声：“商君胸襟似海，嬴驷汗颜不已。事已至此，势成骑虎。若嬴驷问政，商君肯教我否？”

商鞅慨然一笑：“鞅若对国公没有信心，何须自请囹圄？国公对鞅没有信心，何须涉险激乱？你我心志相通，些小恩怨，何足挂齿？”

“嬴驷一问，商君之后，世族将借重何方力量作乱？”

“国公虑及世族作乱，鞅大为快慰。历来世族复古，内力不足必借外力。今秦国大势稳定，世族已无国人根基，唯有外力一途。此外力非在别处，就在此地。”将面前皮纸一推，“国公请看，这是甘龙与孟西白三族的老根所在。”

皮纸题头大书四字——义渠冲要。嬴驷一惊：“义渠？何地何族？”

“但将此图交于嬴虔、车英可也。国公只需提醒他们，除恶务尽。”

嬴驷收起地图道：“嬴驷二问，商君之后，将相何在？”

“鞅已多日思虑此事。嬴虔、景监、车英他们，已经是昨日英华了。平定世族之乱后，彼等精华亦当耗尽，不堪东出大任了。臣曾留心察勘，国公有两人可用：文治乃商於郡守樗里疾，兵事乃函谷关守将司马错。樗里疾外圆内方，才气过人。司马错乃兵家大师司马穰苴后裔，有将略之才。丞相人选，鞅尚无成才可荐，国公自可留心察之。若有山东名士入秦，亦望国公明察善待，莫要外之。”

“嬴驷三问，商君之后，当如何待公伯嬴虔？”

商鞅微微一笑，心中却为嬴驷的周密深远感到惊讶，沉吟片刻答道：“嬴虔大节明而胸襟窄，以毋伤情义为要。实际论之，当使其身居高位，常参决策，而毋得执掌实权。另则，可轻父重子，重用其子女，可保嬴虔无事。”

嬴驷深深一躬道：“商君教诲，嬴驷铭记心怀。不知商君可否有托嬴驷之事？”

商鞅爽朗大笑道：“生前身后，了无一事也！”

嬴驷默然良久，沉吟道：“若处商君极刑，也是情境所迫，望商君恕罪。”

“处鞅以极刑，实则大彰世族与六国之恶，国公日后便可借机发难。鞅死尚能于国有益，何罪于国公？”商鞅发自内心的豁达明朗。

嬴驷轻轻一叹，亲自斟满两碗赵酒，双手捧给商君一碗，自己端起一碗：“人言商君极身无二虑，尽公不顾私。诚如斯言，嬴驷感佩之至。商君，嬴驷为你送行了……”仰起头来，咕咚咚一气饮尽。

商鞅平静安详地举起酒碗，一饮而尽。嬴驷深深一躬，出门去了。

国狱院中，嬴驷对国狱令正色吩咐：“立即将商君迁到你的山顶官署，取掉脚镣，餐餐酒肉，要教他看得见青山绿水。若有延误，严惩无赦！”

“谨遵特使之命！下官即刻办理。”国狱令答应得特别痛快。

朦胧月色下，嬴驷的篷车马队辚辚南下了。

深秋时节，山风寒凉，眼看就要进入老秦人的窝冬期，嬴驷觉得不能再等待了。

七 冬雷暴雪

立冬那天，咸阳城传出一则惊人消息：渭水草滩正在修造大刑场，要对商君处刑！

消息不胫而走，传遍秦国山野，老百姓们被深深震撼了。

这是秦孝公二十四年，又是新君嬴驷元年。按照当时流行的历法，这一年是甲申年。阴阳家说，甲申年物性躁动，有猴性，天下多事不安。国人以为，甲申凶兆应在了秦孝公病逝这件事上。不想新君即位后，商君下狱，世族复出，朝野流言纷纷，说要恢复祖制废除新法，当真是人心惶惶躁动不安。然则只要商君在，人们还是相信不会变天。如今竟然要杀商君，国人庶民一下子便惊慌起来。几个月来，各县百姓已经听了官府吏员的许多宣慰，说六国要联兵攻秦杀商君，商君为了秦国安危而自请下狱，国公为了国家安危而不得不杀商君。说归说，人们毕竟没有完全当真。老秦人几时怕过打仗？几时怕过联兵攻秦？献公时候打得只剩下了一半国土，不还在死打？当今秦国如此强大，莫非国公还真的怕了六国不成？国人百姓们坚信，国公无论如何都是不愿杀商君的。上次国人请命，那个赵良说得在理，六国害怕商君，硬逼着国公杀商君的。

而今听到消息，人们从四郡八县纷纷拥向咸阳。远处的骑马乘车，近处的大步匆匆。人们都很恐慌，心乱如麻，说不清要来祭奠商君，还是要来为商君请命？还是要向六国示威？抑或要打听一个实在消息，新法究竟会不会废除？只有一点是清楚的，商君是秦人的大恩公，恩公赴死，舍命也要来送恩公一程，见恩公一面。

渭水北岸的广阔滩头，向着咸阳南门的方向呈上坡状展开，形成天然的堤坝。从咸阳南门到碧波滚滚的河道，足足有三四里之宽。春日伊始，这里是草长莺飞的踏青之地。盛夏到来，这里又是牧童牛羊撒欢与少男少女们幽会的乐土。秋霜始降，这里的枯草芦苇便成了四野农夫与咸阳国人收割柴草的好地方。一片渭水草滩，飘出过多少激越悲情的秦风歌谣，生出过多少美丽动人的故事？老人们说，孔夫子编的《诗》里的那首《秦风·蒹葭》，就是这段渭水河滩里的老歌儿。长长的渭水，茫茫的草滩，她们是老秦人说不完的“古经”，做不完的噩梦。

这里也是官府的刑场，每年秋决，都要在渭水草滩杀人。商君变法的头三年杀人最多，有一年一次杀了七百余人，渭水都被鲜血染红了。可是，那都是在栎阳的渭水草滩与郿县的渭水草滩上。咸阳城南的渭水草滩还没有做过刑场，还是干净的。

谁能想到，第一次在这里开刑场，杀的竟然是商君？

一年四季，唯独冬天的渭水草滩空旷辽远，清冷孤寂。长长厚厚的草海早已经被打割净尽，枯黄的草根顽强地铺成一片无边无际的草毯，为苍黄的土地做出凄凉的装扮和最后的护持，以免呼啸的北风吹走自己赖以生存的土地。立冬开始，进入河滩的只有寥寥无几的猎户和破冰打鱼的官役。渭水草滩已经习惯了冬日的空旷寂凉。

今年冬日，渭水草滩却被涌动的人潮惊醒了。

河滩四野，人群茫茫，却没有哄哄嗡嗡的人潮之声，仿佛是无数失魂落魄的梦游人的会聚。人群木然地涌动着，没有激情，没有议论，连村野百姓好看热闹的新鲜感也丝毫没有。唯有刑场内猎猎翻飞的黑旗与呼啸的北风有些许响动，辽远的河滩更显空旷，仿佛一片人迹罕至的深深幽谷。

将近巳时，一辆辆华贵的青铜轺车在森严护卫下陆续驶进了刑场。

这是世族元老们的轺车，他们无一遗漏地出动了。昨晚，国公嬴驷下了君书，因老太后病危，国公紧急赶往南山，着太师甘龙为行刑大臣，公子嬴虔为监刑大臣，孟西白三将为护刑将军，即日对商鞅决刑。君书一出，世族元老们大为振奋，连夜在太师府密议，做好了各种准备。次日巳时，他们按照约定，一个个高车驷马气宇轩昂地开进了刑场。数日前乘坐破烂牛车身穿旧时布衣的装扮被彻底抛开了。

他们苦苦等了二十三年，黑发人熬成了白发人，一朝复仇，大是神采飞扬。可是，当他们高车驷马地进入刑场时，却发现黑色的人海铁一样的沉默着，虽然隔着两层夹道护卫的铁甲骑士，依然能感到那无边无际的幽幽眼睛里闪烁出的冰冷，依然能感受到那梦魇般的沉默中透出的漠视。没有期待的欢呼，甚至连一丝惊讶也没有，茫茫人海凝固成了黑色的冰山。不由自主地，世族元老们的灿烂笑容收敛了，相互竞赛车技的呼喝兴致没有了，疾驰欢腾的马蹄也莫名其妙地变成了沓沓走马。自己做作出的些许欢腾，竟被无边无际的冰冷人海吸纳得无踪无影。这一切仿佛在无声宣告，任何人都没有力量消解这凝固的肃穆的沉默。

这是一个不见任何经传的特异刑场。

它很大。数千名铁甲骑士围出了一个方圆半里地的圈子，唯有面临渭水河道的一面敞开着。黑色人海蔓延在三面高地上，将刑场围成了一个盆地。盆地刑场的北面是一道五六尺高的土台，台上摆开了一字十六张长案，全部坐着白发苍苍的世族元老。中间突前的两张大案，坐着面垂黑纱的老甘龙和嬴虔。后面的高坡上，三百名重甲步卒护卫着一座高高耸立的望楼，楼里正是“已经去了南山”的嬴驷。

刑场中央，是事先打造好的行刑台。它是一座边长约丈余、高约六尺的白木台。台上立着一张又宽又厚的黑色大木板，一个人伸开四肢恰恰能够及边。刑台下，红衣赤膊的行刑手分成黑、白、红、黄、绿五对，每两人一对，头戴狰狞面具，牵一头“刑牛”围着刑台的五个方位站定。牛很怪异，直直的长角上套着红绫，头上戴着硕大的青铜面具，身上披着色彩斑斓的兽皮，牛脖上架着粗大的红色绳套和跟头鞍具。

谁也没有见过如此刑场，谁也不知晓将对商君何以处刑？很少见过世面的山野庶民本有看热闹新鲜的本性，寻常时日早已经骚动呐喊起来。世族元老们预想的期待的，也正是如此场面——商鞅处死，万民欢呼。老人们说，百年前秦穆公令三贤殉葬，国人心怀悲伤，但还是在三贤走进墓门时惊讶地呼喝喊叫起来。然而今日却没有丝毫声息，无边无际的黑色人海依然是一座冰山，唯闻夹在呼啸北风中的沉重喘息。

“将到午时。”甘龙对旁边的嬴虔说了一声，嬴虔点点头。

甘龙举起令箭：“押进人犯！”

担任掌刑官的是杜挚，他一挥手中黑色令旗，嘶声高喊：“押进人犯！”

车声辚辚，西乞弧率领一队骑士押着一辆青铜轺车驶进了刑场。谁都知道，这是商君的专用轺车，车上坐的也正是商君。依旧是白玉高冠，依旧是白色斗篷，依旧是整洁讲究，依旧是自信威严。当那辆轺车辚辚驶进的时候，老秦人竟觉得这是马队护卫着神圣的商君前来视察了。四野人海突然欢呼起来：“商君万岁！”“新法万岁！”

声浪如同山呼海啸，滚滚惊雷，在渭水川道猛烈激荡着。

甘龙生平第一次感到了恐惧惊慌。四面高坡上的汹涌声浪就像要凌空压下来卷走他吞噬他的黑色怒潮。他用力拍打着长案吼叫：“如此做法，礼法何存？谁的命令？”

嬴虔淡漠的声音：“老太师久经沧桑，何其如此恐慌？”

“将人犯押上刑台！”杜挚大声吼叫，生怕西乞弧听不见他的号令。

将近刑台，商鞅从容下车，从容登台，在大板前气定神闲地坐了下来。

“宣国君书！”甘龙声嘶力竭，却一点儿听不见自己的声音。

杜挚捧起一卷竹简高声念道：“逆臣卫鞅，图谋不轨，聚众谋反，欺君罔上，擅杀大臣。凡此种种，罪恶昭彰，为昭国法，为泄民愤，议将卫鞅处车裂大刑！”

甘龙颤巍巍起身：“卫鞅，遭此极刑，乃天道恢恢，你，还有何话说？”

商鞅笑了：“甘龙，商鞅虽死犹生，尔等却虽生犹死。青史之上，商鞅千古不朽，尔等却万劫不复。老太师以为然否？”

甘龙脸色发青，被噎得说不上话来，只是抖个不停……

嬴虔淡然笑道：“老太师，何其不知趣也？杜挚，许民活祭。”

杜挚高声宣布：“传令场外，凡有活祭商鞅者入场。”

一场旷古罕见的活祭开始了。

四野民众仿佛早有准备，一县一拨，由各族老人抬着祭品走进刑场，不断在刑台前摆上一案一案的三牲祭品，一束一束的松柏绿枝，洒下一坛一坛的清酒。人潮涌动，默然无声。片时之间，祭品如山，松柏成荫，浓郁的酒气弥漫了刑场。

轮到商於十三县活祭时，万千人众屏息了。一百多名老人在郡守樗里疾和十三位县令带领下，抬着祭品，拿着乐器，默默走到刑台前跪成一圈，吹起了陶埙竹篪，激越悲伤的山歌顿时传遍刑场——

商君商君　法圣天神
忠魂不灭　佑我万民
商君商君　三生为神
万古不朽　刻石我心

令世族元老们目瞪口呆的，与其说是百姓们的山歌，毋宁说是商於十三县的官员。他们竟敢公然率领百姓活祭商鞅，当真不可思议。

然而紧接着出场的更令他们震惊。上大夫景监、国尉车英率领各自府邸与商君府原有吏员三百余人，麻衣白孝，抬着一幅白绫包裹的大刻木和祭品祭酒走进了刑场。摆好祭品，洒酒祭奠，国尉车英拉开白绫，刻木铜字赫然在目——万古法圣！

须发灰白的上大夫景监捧起了一卷竹简，高声宣读祭文——

呜呼！哭我商君，万古强臣。昭昭大德，磐磐大才。维新法制，强国富民。奖励耕战，怠惰无存。郡县统制，国权归一。度量一统，工商无欺。刑上大夫，礼下庶人。唯法是从，极身无虑。移风易俗，文明开塞。收复河西，雪我国耻。立制立言，千秋可依。皇皇法圣，青史永垂。呜呼哀哉！商君蒙冤，天地混沌。哭我商君，何堪我心？呜呼哀哉，人神共愤，山河同悲！

随着景监悲愤的祭文，四野民众肃静得死寂一般。泪水挂满了每个人的脸庞，却没有一个人号啕痛哭。那令人窒息的沉默，比哭声更加令人惊心动魄。

倏忽之间，天空乌云四合，鹅毛大雪密匝匝漫天飘落。

一个火红色斗篷的女子飘然走进了刑场，像一团火焰，飘舞的雪花远远地融化在她的四面八方。她身后跟着两名抬着长案的白衣壮士，一个赫然便是侯嬴。火焰飘到刑台之下，女子露出灿烂的笑容道："夫君，白雪来了。"

商鞅笑了，没有丝毫的惊讶："小妹，我正在等你，来。"

侯嬴两人将长案送上刑台，向商鞅深深一躬："鞅兄，走好……"

"侯兄，来生聚饮，还是苦菜烈酒，如何？"

"好……"侯嬴泪如雨下，哽咽答应一声，纵身下台去了。

白雪轻盈地飞身纵上刑台，大红斗篷随风飘曳，就像漫天大雪中一只火红的凤凰。商鞅张开双臂抱住了白雪："我们终于永远在一起了。"白雪偎在他胸前甜蜜地笑了："夫君，一切都安排好了。我们的儿子，我们的坟墓，还有荧玉妹妹……我们可以了无牵挂地走了。"商鞅轻抚着她的如云秀发，仰脸向天，一任冰凉的雪花落在脸上："小妹，上天赐福我们，让我们双双归去。人生若此，夫复何憾？”

白雪明亮轻柔地笑了：“夫君，我们共饮一爵。”

她从容地揭开长案酒坛的坛口红布，利落地剥去泥封，向两个铜爵斟满了清亮的烈酒，将一爵双手举到商鞅面前：“夫君，这是白雪自酿的女儿酒。二十四年前，当白雪第一次结识夫君，就酿下了这坛酒，就等着这一天……”

商鞅爽朗大笑：“好！就叫它三生雪酒！”

“好也。”白雪举爵，“三生相聚，白雪足矣。”两爵相碰，一饮而尽。

白雪走到案前坐定：“我来抚琴，夫君一歌，如何？”

“大雪伴行，壮士长歌。大是快事！”商鞅爽朗大笑。

大雪飘飘，旷谷般寂静的刑场飘出悠扬的琴音。商鞅的歌声弥漫在天地之间：

天地苍茫　育我生命
一抔黄土　拥我魂灵
有情同去　遨游苍穹
千秋功罪　但与人评

歌声止息了。白雪停琴，细细地抚摸着琴身，低头深深一吻，霍然起身，将那无比名贵的古琴锵然摔碎在刑台上……她又斟了一爵：“夫君，为我们三生相聚，此爵你我共饮。”说着将酒爵捧到商鞅口边，商鞅大饮一口，白雪将半爵一饮而尽。

“夫君，白雪先去了，等你。”她从长案下悠然抽出一把短剑，在火红的斗篷上擦拭明亮，猛然紧紧抱住商鞅，深深地向他吻去……转过身来，白雪跪倒在地，双手挺剑，猛然刺向腹中……汩汩鲜血流在白玉般的积雪上，又流下了刑台，流到了地面。

商鞅将白雪的身体轻轻放平，将火红的斗篷盖在了她身上。

漫天暴雪，骤然间掩盖了那美丽的身体，银装玉砌的身形顷刻间在刑台隆起。商鞅从白雪身旁缓缓站起，整整衣衫，仰天大笑："行刑！"四肢贴着大黑板站定，微笑地看着咣啷啷的铁环套上了他的双脚、双手与脖颈。

台下五头怪牛被无声地驱赶出来，铁索慢慢绷紧。

杜挚声嘶力竭地高喊："分——尸——行——刑——"

骤然间天地迸裂，天空中炸雷滚滚，暴雪白茫茫连天涌下。五头怪牛吼叫连连，奋力狂奔，厚厚的雪地上洒下了猩红的热血。冬雷炸响，一道电光裂破长空，接着一声巨响，怪诞的刑台燃起了熊熊大火！

刑场陷入茫茫雪雾之中……

［《大秦帝国·黑色裂变》终］

商君虽死　秦法犹存